ROGER ZELAZNY · DIE PRINZEN VON AMBER

Roger Zelazny

Die Prinzen von Amber

Corwin von Amber

Die Gewehre von Avalon

Im Zeichen des Einhorns

Die Hand Oberons

Die Burgen des Chaos

Fünf Romane in einem Band

Roger Zelazny: Die Prinzen von Amber
Corwin von Amber • Die Gewehre von Avalon • Im Zeichen des Einhorns
Die Hand Oberons • Die Burgen des Chaos
Titel der Originalausgaben:
Nine Princes in Amber
The Guns of Avalon
Sign of the Unicorn
The Hand of Oberon
The Courts of Chaos
Copyright © 1970, 1972, 1975, 1976, 1978 by Roger Zelazny

Übersetzung aus dem Amerikanischen: Thomas Schlück

Copyright © 2005 by area verlag gmbh, Erftstadt
Einbandgestaltung: rheinConcept, Wesseling
Einbandabbildung: © William Li
Satz und Layout: GEM mbH, Ratingen

Printed in Germany 2005
ISBN 3-89996-438-1

Inhalt

Corwin von Amber
Seite 7

Die Gewehre von Avalon
Seite 173

Im Zeichen des Einhorns
Seite 359

Die Hand Oberons
Seite 517

Die Burgen des Chaos
Seite 677

Erster Roman

Corwin von Amber

1

Nach einer Zeit, die mir wie eine Ewigkeit vorkam, zeichnete sich das Ende ab.

Ich versuchte, die Zehen zu bewegen, erfolgreich. Ich lag in einem Krankenhausbett, und meine Beine waren von Gipsverbänden umschlossen, doch sie gehörten immer noch mir.

Ich kniff die Augen zusammen und öffnete sie dreimal.

Das Zimmer hörte auf zu schwanken.

Wo zum Teufel war ich?

Dann verzog sich der Nebel allmählich, und etwas von dem, was Gedächtnis genannt wird, kehrte zurück. Ich erinnerte mich an Nächte, Nachtschwestern und Nadeln. Und jedesmal, wenn ich ein bißchen klarer im Kopf wurde, erschien jemand auf der Bildfläche und stach mich. So war es bisher gewesen. Doch jetzt fühlte ich mich wieder einigermaßen. Jetzt mußte Schluß sein.

Oder würde man sich nicht darauf einlassen?

Blitzartig kam mir der Gedanke: *Vielleicht nicht*.

Eine natürliche Skepsis hinsichtlich der Reinheit menschlicher Motive legte sich mir schwer auf die Brust. Plötzlich wurde mir klar, daß ich Überdosen von Beruhigungsmitteln erhalten hatte. So wie ich mich fühlte, war das ohne guten Grund geschehen, und es gab nun eigentlich auch keinen Grund, damit aufzuhören, falls man dafür bezahlt worden war. Also ruhig bleiben und sich schläfrig stellen, sagte eine Stimme, die mein schlimmstes, allerdings auch klügeres Ich vertrat.

Und danach handelte ich denn auch.

Etwa zehn Minuten später steckte eine Schwester den Kopf durch den Türspalt, während ich – natürlich – dicke Bäume zersägte. Sie verschwand wieder.

Inzwischen hatte ich mir einige Bruchstücke der Ereignisse zusammengesucht.

Ich erinnerte mich vage, in einen Unfall verwickelt gewesen zu sein. Was danach geschehen war, konnte ich noch nicht recht erfassen, und die Ereignisse davor waren mir völlig entfallen. Aber ich war zuerst in einem Krankenhaus gewesen und dann in dieses Haus gebracht worden. Warum? Ich wußte es nicht.

Meine Beine fühlten sich allerdings ganz brauchbar an. Jedenfalls konnte ich wohl notfalls darauf stehen, wenn ich auch nicht wußte, wie alt die Brüche waren – ich war sicher, daß sie gebrochen gewesen waren.

Ich richtete mich also auf. Da meine Muskeln erschlafft waren, kostete mich die Bewegung große Anstrengung. Draußen war es dunkel, und eine Handvoll Sterne schimmerte klar vor dem Fenster. Ich erwiderte ihr Blinzeln und schob die Beine über die Bettkante.

Zuerst war mir schwindlig, doch nach einer Weile beruhigte ich mich und stand auf, wobei ich mich am Kopfende des Bettes festhielt. Dann machte ich meine ersten Schritte.

Gut. Ich stand wieder.

Theoretisch war ich also fit, diesen Laden zu verlassen.

Ich tastete mich zum Bett zurück, legte mich nieder und überlegte. Ich schwitzte und zitterte. Die Trauben hingen hoch ...

Etwas war faul im Staate Dänemark ...

Es war ein Autounfall gewesen, fiel mir plötzlich ein. Ein ziemlich schwerer Unfall ...

Im nächsten Augenblick öffnete sich die Tür, Licht fiel herein. Durch die gesenkten Wimpern sah ich eine Schwester mit einer Injektionsspritze in der Hand.

Sie näherte sich dem Bett, ein gut gebautes Mädchen mit dunklem Haar und kräftigen Armen.

Als sie heran war, richtete ich mich auf.

»Guten Abend«, sagte ich.

»Oh – guten Abend«, erwiderte sie.

»Wann komme ich hier raus?« wollte ich wissen.

»Da muß ich den Arzt fragen.«

»Tun Sie das«, sagte ich.

»Bitte rollen Sie den Ärmel hoch.«

»Nein danke.«

»Ich muß Ihnen eine Injektion geben.«

»Nein. Brauche ich nicht.«

»Das muß wohl leider der Arzt entscheiden.«

»Dann schicken Sie ihn her, damit er's entscheiden kann. Aber bis dahin lasse ich es nicht zu.«

»Ich habe leider meine Anweisungen.«

»Die hatte Eichmann auch – und Sie wissen ja, was mit dem passiert ist.« Ich schüttelte langsam den Kopf.

»Also gut«, sagte sie. »Ich muß natürlich Meldung machen ...«

»Bitte tun Sie das«, sagte ich, »und melden Sie auch gleich, daß ich beschlossen habe, die Klinik morgen früh zu verlassen.«

Erstes Kapitel

»Unmöglich! Sie können ja nicht mal gehen – und Sie haben innere Verletzungen ...«

»Das werden wir sehen«, sagte ich. »Gute Nacht.«

Sie verschwand wortlos.

Ich lag in meinem Bett und überlegte. Offenbar befand ich mich in einer Art Privatklinik – es mußte also jemanden geben, der für die Pflege aufkam. Wen kannte ich? Doch ich vermochte mich an keine Verwandten zu erinnern. Auch nicht an Freunde. Was blieb dann noch? Feinde?

Ich überlegte eine Zeitlang.

Nichts.

Niemand, der mir so wohlgesonnen war.

Plötzlich fiel mir ein, daß ich mit dem Wagen über Klippen in einen See gerast war. Aber an mehr erinnerte ich mich nicht.

Ich war ...

Ich versuchte mich zu erinnern und begann von neuem zu schwitzen.

Ich wußte nicht mehr, *wer* ich war.

Um mich zu beschäftigen, richtete ich mich auf und wickelte alle Bandagen ab. Darunter schien alles in Ordnung zu sein; offenbar machte ich nichts falsch. Den Gips an meinem rechten Bein zerbrach ich mit einer Metallstange, die ich vom Kopfteil des Bettes löste. Ich hatte das vage Gefühl, daß ich mich beeilen mußte, daß es dringend etwas zu erledigen gab.

Ich bewegte mein rechtes Bein. Keine Probleme.

Ich zerschlug den Gipsverband am anderen Bein, stand auf und ging zum Schrank.

Keine Kleidung.

Dann hörte ich die Schritte. Ich kehrte zum Bett zurück und deckte die zerbrochenen Gipsstücke und abgelegten Bandagen zu.

Wieder schwang die Tür auf.

Im nächsten Augenblick war ich in Licht gebadet, und ein stämmiger Bursche in einer weißen Jacke stand vor mir, die Hand am Schalter.

»Was höre ich da, Sie machen der Schwester das Leben sauer?«

»Keine Ahnung«, sagte ich. »Was haben Sie denn gehört?«

Das beschäftigte ihn einen Augenblick lang, wie sein Stirnrunzeln andeutete. Dann: »Es ist Zeit für Ihre Spritze.«

»Sind Sie Arzt?« fragte ich.

»Nein, aber ich bin befugt, Ihnen eine Spritze zu geben.«

»Und ich lehne das ab«, sagte ich, »wie es mir dem Gesetz nach zusteht. Was nun?«

»Sie bekommen Ihre Spritze«, sagte er und ging zur linken Seite des Bettes hinüber. In der Hand hielt er eine Spritze, die er bis zu diesem Augenblick hinter sich versteckt hatte.

Es war ein gemeiner Tritt, etwa zehn Zentimeter unter die Gürtelschnalle. Er ging sofort in die Knie.

»...!« sagte er nach einer Weile, ganz grün im Gesicht.

»Wenn Sie mir noch einmal zu nahe kommen«, sagte ich, »können Sie sich auf eine Überraschung gefaßt machen.«

»Wir wissen, wie man Patienten wie Sie zur Räson bringt«, keuchte er.

Da wußte ich, daß die Zeit zum neuerlichen Handeln gekommen war.

»Wo ist meine Kleidung?« fragte ich.

»...!« wiederholte er.

»Dann muß ich Ihre Sachen nehmen. Ziehen Sie sich aus.«

Da es beim drittenmal schon etwas langweilig wurde, warf ich ihm nur das Bettzeug über den Kopf und schlug ihn mit der Metallstrebe bewußtlos.

Nach etwa zwei Minuten war ich von Kopf bis Fuß in Weiß gekleidet. Ich schob den Burschen in den Schrank und blickte durch das Fenstergitter. Ich sah den Neumond über einer Pappelreihe. Das Gras funkelte silbrig. Die Nacht kämpfte ein Rückzugsgefecht gegen die Sonne. Ich fand keinen Hinweis darauf, wo die Klinik lag. Ich schien mich im zweiten Obergeschoß des Gebäudes aufzuhalten. Weiter unten zur Linken leuchtete ein helles Viereck im Erdgeschoß, wo noch jemand wach zu sein schien.

Ich verließ das Zimmer und sah mir den Flur an. Links endete der Gang an einer Wand mit einem Gitterfenster; in dieser Richtung waren vier weitere Türen zu sehen, zwei auf jeder Seite. Wahrscheinlich Krankenzimmer.

Ich ging nach links, blickte aus dem Fenster und sah noch mehr Grasflächen und Bäume, noch mehr Nacht – nichts Neues. Schließlich machte ich kehrt und wanderte in die andere Richtung.

Zahlreiche Türen, kein Licht darunter zu sehen; das einzige Geräusch kam von meinen großen geborgten Schuhen.

Die Armbanduhr des Bulligen verriet mir, daß es Viertel vor sechs war. Die Metallstange, die ich unter dem weißen Krankenpflegerjackett in den Gürtel gesteckt hatte, scheuerte mir beim Gehen gegen den Hüftknochen. Etwa alle fünf Meter leuchtete eine schwache Deckenlampe.

Ich erreichte eine Treppe, die zur Rechten in die Tiefe führte. Ich ging hinab. Die Stufen waren mit Teppichboden ausgelegt.

Die erste Etage sah identisch aus – reihenweise Zimmer. Ich marschierte weiter.

Als ich das Erdgeschoß erreichte, wandte ich mich nach rechts und suchte nach der Tür mit dem Lichtstreifen.

Erstes Kapitel

Ich fand sie fast am Ende des Korridors und machte mir nicht die Mühe anzuklopfen.

Der Bursche saß in einem schreiend bunten Morgenmantel hinter einem großen polierten Tisch und sah eine Art Kontobuch durch. Dies war kein Stationszimmer. Er sah mich an; seine Lippen dehnten sich zu einem Schrei, der nicht kam – was wohl an meinem entschlossenen Gesichtsausdruck lag. Hastig stand er auf.

Ich schloß die Tür hinter mir und trat vor.

»Guten Morgen«, sagte ich. »Machen Sie sich auf gehörige Schwierigkeiten gefaßt.«

Wenn es um Schwierigkeiten geht, sind die Leute immer neugierig; nach den drei Sekunden, die ich benötigte, um das Zimmer zu durchqueren, wollte er wissen: »Was meinen Sie?«

»Ich meine«, fuhr ich fort, »daß Sie einen Prozeß an den Hals bekommen, weil Sie mich hier meiner Freiheit beraubt haben, einen zweiten Prozeß wegen unsachgemäßer Führung der Klinik, insbesondere wegen des unverantwortlichen Einsatzes von Betäubungsmitteln. Ich habe bereits Entziehungserscheinungen und wäre durchaus fähig, gewalttätig zu werden ...«

Er stand auf. »Verschwinden Sie!« sagte er.

Ich entdeckte eine Packung Zigaretten auf seinem Tisch und griff zu. »Setzen Sie sich und halten Sie die Schnauze. Wir haben einiges zu besprechen.«

Er setzte sich, aber meinem guten Rat, die Schnauze zu halten, kam er nicht nach.

»Sie übertreten hier mehrere Vorschriften«, maulte er.

»Dann sollten wir das Gericht entscheiden lassen, wer dafür zu belangen ist«, erwiderte ich. »Ich möchte meine Kleidung und meine persönlichen Wertsachen zurückhaben. Ich verlasse die Klinik.«

»Ihr Zustand erlaubt nicht ...«

»Niemand hat Sie um Ihre unmaßgebliche Meinung gebeten. Tun Sie, was ich Ihnen sage – oder verantworten Sie sich vor dem Gesetz!«

Er versuchte einen Knopf auf dem Tisch zu drücken, doch ich wischte seine Hand zur Seite.

»Also wirklich!« sagte ich. »Den hätten Sie drücken sollen, als ich hereinkam. Jetzt ist es zu spät.«

»Mr. Corey, Sie stellen sich höchst widerborstig an ...«

Corey?

»Ich habe mich hier nicht eingeliefert«, sagte ich, »aber ich habe das verdammte Recht, von hier zu verschwinden. Und jetzt ist der richtige Moment dafür gekommen. Also los!«

»Ihr Zustand erlaubt es nicht, diese Anstalt zu verlassen«, sagte er. »Ich kann es nicht zulassen. Ich werde jetzt jemanden rufen, der Sie in Ihr Zimmer zurückbegleitet und ins Bett bringt.«

»Versuchen Sie das lieber nicht«, sagte ich, »sonst bekommen Sie nämlich zu spüren, in welchem Zustand ich bin! Zunächst habe ich mehrere Fragen. Wer hat mich hier eingeliefert, wer zahlt für mich?«

»Also gut«, seufzte er, und sein winziger, sandfarbener Schnurrbart senkte sich bedrückt, so weit es ging.

Er öffnete eine Schublade, steckte die Hand hinein, doch ich war auf der Hut.

Ich schlug ihm den Arm zur Seite, ehe er die Waffe entsichert hatte – eine .32 Automatic, sehr hübsch, Colt. Als ich die Waffe zur Hand nahm, spannte ich den Hahn, zielte auf seine Nasenspitze und sagte: »Jetzt beantworten Sie mir gefälligst meine Fragen. Offensichtlich halten Sie mich für gefährlich. Da könnten Sie durchaus recht haben.«

Er lächelte schwach und zündete sich ebenfalls eine Zigarette an, was ein Fehler war, wenn er damit Gelassenheit demonstrieren wollte.

Seine Hände zitterten nämlich.

»Also gut, Mr. Corey – wenn Sie dann zufrieden sind«, sagte er. »Sie wurden von Ihrer Schwester hier angemeldet.«

In meinem Kopf zeichnete sich lediglich ein einziges großes Fragezeichen ab.

»Welche Schwester?« fragte ich.

»Evelyn.«

Nichts rührte sich. »Das ist lächerlich. Ich habe Evelyn seit Jahren nicht mehr gesehen«, sagte ich. »Sie wußte nicht einmal, daß ich in der Gegend war.«

Er zuckte die Achseln. »Trotzdem ...«

»Wo ist sie jetzt? Ich will sie anrufen«, forderte ich.

»Ich habe ihre Anschrift nicht greifbar.«

»Holen Sie sie.«

Er stand auf, ging zu einem Aktenschrank, öffnete ihn, blätterte Papiere durch, zog eine Karte heraus.

Ich sah mir die Eintragung an. Mrs. *Evelyn Flaumel* ... Die New Yorker Adresse sagte mir ebenfalls nichts, doch ich merkte sie mir. Aus der Karte ging noch hervor, daß mein Vorname Carl lautete. Gut. Weitere Informationen.

Ich steckte die Waffe neben die Strebe in den Gürtel; zuvor hatte ich sie natürlich gesichert.

»Also gut«, sagte ich. »Wo ist meine Kleidung, und was werden Sie mir zahlen?«

»Ihre Kleidung wurde bei dem Unfall vernichtet«, sagte er, »und ich muß Ihnen außerdem sagen, daß beide Beine gebrochen waren – das linke sogar doppelt. Offen gesagt, es ist mir schleierhaft, wie Sie überhaupt stehen können. Sie sind erst vor zwei Wochen ...«

»Meine Wunden heilen eben schnell«, sagte ich. »Aber jetzt zum Geld ...«

»Was für Geld?«

»Die außergerichtliche Erledigung der Mißbrauchsanklage und das andere.«

»Sie haben ja den Verstand verloren!«

»Wer hat hier den Verstand verloren? Ich bin mit tausend in bar zufrieden, zahlbar sofort.«

»Darüber brauchen wir gar nicht erst zu reden.«

»Nun, ich rate Ihnen, sich die Sache lieber noch einmal durch den Kopf gehen zu lassen – überlegen Sie nur, welchen Ruf sich Ihre Klinik erwirbt, wenn ich vor dem Prozeß tüchtig die Trommel rühren kann. Zumindest werde ich mich an die Amerikanische Ärztevereinigung wenden, an die Zeitungen, die ...«

»Das ist Erpressung«, sagte er. »Darauf lasse ich mich nicht ein.«

»Zahlen Sie jetzt – oder später, auf Gerichtsbeschluß«, sagte ich. »Mir ist das egal. Aber auf kurzem Wege ist es billiger.«

Wenn er jetzt mitmachte, waren meine Vermutungen nicht ganz aus der Luft gegriffen – dann war hier tatsächlich etwas nicht in Ordnung.

Düster starrte er mich an – ich weiß nicht, wie lange.

»Tausend habe ich nicht hier«, sagte er schließlich.

»Schlagen Sie einen Kompromiß vor.«

»Raub ist das«, sagte er nach einer weiteren Pause.

»Nicht in bar, Charlie. Also raus damit.«

»Kann sein, daß ich fünfhundert im Safe habe.«

»Holen Sie's.«

Nachdem er den Inhalt eines kleinen Wandsafes durchgesehen hatte, verkündete er, er habe vierhundertundvierzig Dollar. Da ich keine Fingerabdrücke auf dem Safe hinterlassen wollte, nur um mich von der Wahrheit zu überzeugen, akzeptierte ich den Betrag und stopfte mir die Noten in die Jackentasche.

»Wie heißt die Taxigesellschaft hier?«

Er nannte einen Namen, und ich sah im Telefonbuch nach. Diesem entnahm ich, daß wir uns im Norden des Staates New York befanden.

Ich ließ ihn das Taxi rufen, denn ich hatte keine Ahnung, wie die Klinik hieß, und wollte ihm nicht zeigen, wie wenig ich wußte. Immerhin hatte eine der abgewickelten Bandagen meinen Kopf geschützt.

Während er den Wagen bestellte, nannte er den Namen der Klinik: Privatkrankenhaus Greenwood.

Ich drückte meine Zigarette aus, nahm eine zweite und entlastete meine Füße von etwa zwei Zentnern, indem ich mich in einen braunen Sessel neben seinem Bücherregal sinken ließ.

»Wir warten hier. Sie bringen mich dann zur Tür«, sagte ich.

Er redete kein Wort mehr mit mir.

2

Es war etwa acht Uhr, als mich das Taxi an einer willkürlich gewählten Straßenecke der nächsten Stadt absetzte. Ich bezahlte den Fahrer und wanderte zwanzig Minuten lang ziellos herum. Dann machte ich in einem Schnellrestaurant Station, bestellte Fruchtsaft, Eier, Toast, Speck und drei Tassen Kaffee. Der Speck war zu fett.

Nachdem ich meine Frühstückspause auf über eine Stunde ausgedehnt hatte, wanderte ich weiter, fand ein Kleidergeschäft und wartete, bis um halb zehn Uhr aufgemacht wurde.

Dann kaufte ich ein paar Hosen, drei Sporthemden, einen Gürtel, etwas Unterkleidung und ein Paar bequeme Schuhe. Außerdem suchte ich mir ein Taschentuch, eine Brieftasche und einen Taschenkamm aus.

Anschließend ging ich zur Greyhound-Station und stieg in einen Bus nach New York. Niemand versuchte mich aufzuhalten. Niemand schien nach mir zu suchen.

Während ich die vorbeihuschende Landschaft betrachtete, die in bunten Herbstfarben leuchtete und unter einem hellen, kalten Himmel von frischen Windböen bewegt wurde, ließ ich mir all die Dinge, die ich über mich und meine Lage wußte, durch den Kopf gehen.

Ich war von meiner Schwester Evelyn Flaumel als Carl Corey in Greenwood eingeliefert worden. Dies war als Folge eines Autounfalls geschehen, der etwa vierzehn Tage zurücklag – und bei dem ich mir angeblich Knochenbrüche zugezogen hatte, die mir aber keine Schwierigkeiten mehr machten. Ich hatte keinerlei Erinnerung an eine Schwester Evelyn. Die Leute in Greenwood waren angewiesen, mich ruhig zu halten, fürchteten aber rechtliche Konsequenzen, als ich mich befreien konnte und sie bedrohte. Also gut. Irgend jemand hatte Angst vor mir – aus irgendeinem Grund. An diesem Punkt wollte ich einhaken.

Ich zwang mich, an den Unfall zu denken, konzentrierte mich darauf, bis ich Herzschmerzen bekam. Es war kein Unfall gewesen. Dieser Eindruck schälte sich heraus, obwohl ich den Grund dafür nicht wußte. Aber ich würde die Wahrheit schon feststellen, und jemand würde dafür büßen müssen! Und zwar gehörig! Ein ungeheurer Zorn flammte plötzlich in mir auf. Wer mir weh zu tun versuchte, wer mich für seine Zwecke einspannen wollte, handelte auf eigene Gefahr und würde nun seine gerechte Strafe erhalten, wer immer dahinterstecken mochte. Mordgedanken bewegten mich, und ich wußte, daß ich solche Gefühle nicht zum erstenmal hatte, daß ich diesem Impuls in der Vergangenheit schon stattgegeben hatte. Und zwar mehr als einmal.

Ich starrte aus dem Fenster und sah zu, wie die toten Blätter von den Bäumen fielen.

Als ich die große Stadt erreichte, suchte ich den nächsten Frisiersalon auf und bestellte Rasur und Haarschnitt; anschließend wechselte ich auf der Toilette Hemd und Unterhemd, denn ich mag es nicht, wenn mir Haarschnipsel über den Rücken rieseln. Die .32 Automatic, die dem namenlosen Individuum in Greenwood gehörte, ruhte in meiner rechten Jackentasche. Wenn Greenwood oder meine Schwester mich schleunigst wieder festsetzen wollten, mochte ihnen eine Übertretung des Waffengesetzes gerade recht kommen. Dennoch beschloß ich, die Waffe zu behalten, denn auf jeden Fall mußten sie mich zuerst mal finden, und ich wollte gewappnet sein. Ich aß kurz zu Mittag, fuhr eine Stunde lang mit U-Bahn und Bussen herum, bestieg schließlich ein Taxi, das mich zu Evelyns Adresse in Westchester brachte, zu Evelyn, meiner angeblichen Schwester, die hoffentlich mein Gedächtnis etwas auftauen würde.

Schon vor meiner Ankunft hatte ich mir eine Taktik zurechtgelegt.

Als dann schließlich die Tür des großen Hauses dreißig Sekunden nach meinem Klopfen aufschwang, wußte ich, was ich sagen wollte. Ich hatte darüber nachgedacht, während ich die gewundene weiße Kiesauffahrt entlangging, zwischen dunklen Eichen und hellschimmernden Ahornbäumen, während unter meinen Füßen das Laub raschelte und mir der Wind kühl um den frischgeschorenen Hals im hochgeschlagenen Jackenkragen strich.

Der Duft meines Haarwassers vermengte sich mit dem dumpfen Geruch der Efeuranken, die sich an den Mauern des alten Gebäudes hochzogen. Nichts kam mir aus meiner Erinnerung vertraut vor. Ich hatte den Eindruck, noch nie hier gewesen zu sein.

Ich hatte geklopft; das Geräusch hatte ein Echo gefunden.

Dann hatte ich die Hände in die Taschen gesteckt und gewartet.

Als die Tür aufging, lächelte und nickte ich dem Hausmädchen entgegen; sie hatte zahlreiche Leberflecken, eine dunkle Haut und einen puertoricanischen Akzent.

»Ja?« fragte sie.

»Ich möchte bitte Mrs. Evelyn Flaumel sprechen.«

»Wen darf ich anmelden?«

»Ihren Bruder Carl.«

Zweites Kapitel

»Oh, kommen Sie doch bitte herein«, forderte sie mich auf.
Ich betrat den Flur. Der Boden war ein Mosaik aus winzigen lachs- und türkisfarbenen Kacheln, die Wände waren mahagoniverkleidet, in einem Raumteiler zu meiner Linken stand eine Wanne voller großblättriger Gewächse. Von oben spendete ein Würfel aus Glas und Emaille ein gelbliches Licht.
Das Mädchen verschwand, und ich suchte meine Umgebung nach vertrauten Dingen ab.
Nichts.
Also wartete ich.
Schließlich kehrte das Hausmädchen zurück, nickte lächelnd und sagte: »Bitte folgen Sie mir. Man wird Sie in der Bibliothek empfangen.«
Ich folgte ihr drei Stufen hinauf und an zwei geschlossenen Türen vorbei durch einen Korridor. Die dritte Tür zur Linken war offen, und das Mädchen bedeutete mir einzutreten. Ich gehorchte und blieb auf der Schwelle stehen.
Wie alle Bibliotheken war der Raum voller Bücher. Drei Gemälde hingen an den Wänden, zwei ruhige Landschaften und ein friedlicher Meerblick.
Der Boden war mit dickem grünem Material ausgelegt. Neben dem Tisch stand ein riesiger alter Globus, Afrika war mir zugewendet; dahinter erstreckte sich ein zimmerbreites Fenster, in kleine Glasfelder unterteilt. Doch nicht deswegen hielt ich auf der Schwelle inne.
Die Frau hinter dem Tisch trug ein blaugrünes Kleid mit breitem Kragen und V-Ausschnitt, hatte langes Haar und herabhängende Locken, in der Farbe etwa zwischen Sonnenuntergangswolken und der Außenkante einer Kerzenflamme in einem abgedunkelten Raum. Naturfarben, wie ich instinktiv wußte. Die Augen hinter einer Brille, die sie meinem Gefühl nach nicht brauchte, waren so blau wie der Erie-See um drei Uhr an einem wolkenlosen Sommernachmittag; und die Tönung ihres gezwungenen Lächelns paßte zu ihrem Haar. Doch auch das brachte mich nicht ins Stocken.
Ich kannte sie von irgendwoher – wenn ich den Ort auch nicht zu nennen vermochte.
Ich trat vor, ohne mein Lächeln zu verändern.
»Hallo«, sagte ich.
»Setz dich, bitte«, sagte sie und deutete auf einen Sessel mit hoher Lehne und breiten Armstützen, der weich und orangefarben gepolstert und genau in dem Winkel zurückgeklappt war, wie ich es zum Herumlümmeln gern hatte.
Ich kam der Aufforderung nach, und sie sah mich an.
»Freut mich, daß du wieder auf den Beinen bist.«

»Ich auch. Wie ist es dir ergangen?«

»Gut, danke der Nachfrage. Ich muß zugeben, daß ich dich hier nicht zu sehen erwartet hätte.«

»Ich weiß«, hakte ich nach. »Aber hier bin ich nun, um dir für deine schwesterliche Fürsorge zu danken.« Ich legte einen leicht ironischen Ton in meine Worte, weil mich ihre Reaktion interessierte.

In diesem Augenblick kam ein riesiger Hund ins Zimmer – ein irischer Wolfshund – und rollte sich vor dem Tisch zusammen. Ein zweiter folgte und wanderte zweimal um den Globus, ehe er sich ebenfalls hinlegte.

»Nun«, sagte sie ebenso ironisch, »das war das mindeste, was ich für dich tun konnte. Du müßtest eben vorsichtiger fahren.«

»Ab jetzt«, sagte ich, »werde ich vorsichtiger sein, das verspreche ich dir.« Ich wußte nicht, welche Rolle ich hier eigentlich spielte, aber da sie nicht wußte, daß ich nichts wußte, beschloß ich, sie gründlich auszuhorchen. »Ich hatte mir gedacht, es würde dich interessieren, wie es mir geht, und bin gekommen, damit du mich anschauen kannst.«

»Neugierig war ich tatsächlich – und bin es immer noch«, erwiderte sie. »Hast du schon gegessen?«

»Etwas Schnelles, vor mehreren Stunden.«

Sie klingelte nach dem Mädchen und bestellte etwas zu essen. Dann sagte sie: »Ich hatte mir schon gedacht, daß du Greenwood verlassen würdest, sobald du dazu in der Lage wärst. Allerdings hatte ich nicht angenommen, daß es so schnell geschehen würde – und daß du dann hierherkommen würdest!«

»Ich weiß«, sagte ich, »deshalb bin ich ja hier.«

Sie bot mir eine Zigarette an, ich nahm sie, gab uns beiden Feuer. »Du hattest schon immer was übrig für Überraschungen«, vertraute sie mir schließlich an. »Wenn dir das auch bisher oft geholfen hat, würde ich mich an deiner Stelle lieber nicht mehr darauf verlassen.«

»Wie meinst du das?« fragte ich.

»Das Wagnis ist für einen Bluff viel zu groß, und für genau das halte ich deinen Auftritt hier; ich habe deinen Mut stets bewundert, Corwin, aber sei kein Dummkopf. Du weißt doch, worum es geht.«

Corwin! Speichern unter »Corey.«

»Vielleicht weiß ich nicht mehr Bescheid«, sagte ich. »Vergiß nicht, daß ich eine Weile geschlafen habe.«

»Soll das heißen, du hast keinen Kontakt mehr gehabt?«

»Seit meinem Erwachen hatte ich keine Gelegenheit dazu.«

Sie legte den Kopf auf die Seite und kniff die herrlichen Augen zusammen.

»Unbesonnen«, sagte sie, »aber möglich. Immerhin möglich. Vielleicht sagst du die Wahrheit. Bei *dir* wäre das denkbar. Ich will im

Augenblick mal darauf eingehen. Vielleicht hast du sogar besonders klug und vorsichtig gehandelt. Ich werde darüber nachdenken.«

Ich zog an meiner Zigarette und hoffte, daß sie noch mehr sagen würde. Aber da sie schwieg, wollte ich den möglichen Vorteil nutzen, den ich in diesem unverständlichen Spiel herausgeholt hatte – ein Spiel mit Spielern, die ich nicht kannte, und um Einsätze, von denen ich keine Ahnung hatte.

»Die Tatsache, daß ich hier bin, besagt etwas«, meinte ich.

»Ja«, erwiderte sie. »Ich weiß. Aber du bist schlau, also könnte dein Hiersein auf mehr als eine Möglichkeit hindeuten. Warten wir's ab, dann sehen wir klarer.«

Warten worauf? Um was zu sehen? Welche Möglichkeiten?

In diesem Augenblick wurden Steaks und ein großer Krug Bier aufgetragen. Dadurch war ich vorübergehend der Notwendigkeit enthoben, geheimnisvolle und allgemeingültige Äußerungen zu machen, die sie für raffiniert oder verschlüsselt halten konnte. Mein Steak war sehr gut, innen saftig-rosa, und ich zerrte mit den Zähnen an dem hartgerösteten frischen Brot und schluckte durstig das Bier. Sie lachte, während sie kleine Bissen von ihrem Steak abschnitt.

»Mir gefällt der Schwung, mit dem du das Leben anpackst, Corwin. Das ist einer der Gründe, warum es mir zuwider wäre, wenn du es verlieren würdest.«

»Mir auch«, brummte ich.

Während des Essens beschäftigte ich mich ein wenig mit ihr. Sie saß da in einem tief ausgeschnittenen Kleid, das grün war wie das Grün des Meeres und unten schwungvoll weit geschnitten.

Musik ertönte, es wurde getanzt, Stimmen murmelten hinter uns. Ich trug Schwarz und Silber, und … Die Vision verschwand. Aber es war ein echtes Stück aus meiner Erinnerung, davon war ich überzeugt; ich fluchte innerlich, daß mir das Gesamtbild fehlte. Was hatte sie mir damals gesagt, sie in ihrem grünen Kleid, ich in meinem schwarzsilbernen Gewand, in jener Nacht, beim Klang der Musik und der Stimmen – was hatte sie mir da gesagt?

Ich schenkte Bier aus dem Krug nach und beschloß, die Vision auf die Probe zu stellen.

»Ich erinnere mich da an einen Abend«, sagte ich, »du warst von Kopf bis Fuß in Grün gekleidet, und ich trug meine Farben. Wie schön mir damals alles vorkam – und die Musik …!«

Ihr Gesicht nahm einen sehnsüchtigen Ausdruck an, die Wangenmuskeln entspannten sich.

»Ja«, sagte sie. »War das nicht eine großartige Zeit? … Du hast wirklich keine Verbindung mehr?«

»Ehrenwort«, sagte ich, was immer mein Wort wert sein mochte.

»Die Dinge sind im Grunde viel schlimmer geworden«, sagte sie, »und die Schatten enthalten mehr Schrecknisse, als man sich hat träumen lassen ...«

»Und ... ?« fragte ich.

»Er hat noch immer seine Sorgen«, endete sie.

»Oh.«

»Ja«, fuhr sie fort, »und er wird natürlich wissen wollen, wo du stehst.«

»Hier«, sagte ich.

»Soll das heißen ... ?«

»Wenigstens im Augenblick«, sagte ich – vielleicht ein wenig zu hastig, denn sie hatte die Augen zu sehr aufgerissen. »Schließlich habe ich noch keinen rechten Überblick.« Was immer das bedeuten mochte.

»Oh.«

Und wir aßen unser Steak und leerten die Biergläser und warfen den Hunden die Reste vor.

Hinterher tranken wir Kaffee, und ich erlebte einen Anfall brüderlicher Gefühle, die ich aber unterdrückte. »Was ist mit den anderen?« fragte ich – und das konnte alles bedeuten, klang aber ungefährlich.

Einen Augenblick lang war ich besorgt, sie könnte mich fragen, was ich denn meinte. Statt dessen lehnte sie sich in ihrem Sessel zurück, blickte zur Decke empor und sagte: »Wie immer hat man von keinem der Verschollenen gehört. Vielleicht war deine Methode die beste. Ich habe ja selbst Spaß daran. Aber wie könnte man je – die Pracht vergessen?«

Ich senkte den Blick, weil ich nicht sicher war, was ich hätte hineinlegen müssen. »Das kann man auch nicht«, sagte ich. »Niemals.«

Es folgte ein langes unbehagliches Schweigen. »Haßt du mich?« fragte sie schließlich.

»Natürlich nicht«, erwiderte ich. »Wie könnte ich das denn – wenn man es genau bedenkt?«

Diese Antwort schien sie zu freuen, und sie ließ ihre weißen Zähne blitzen.

»Gut, und vielen Dank«, sagte sie. »Was du auch sein magst, du bist auf jeden Fall ein Gentleman.«

Ich grinste und verbeugte mich.

»Du verdrehst mir noch den Kopf.«

»Sicher nicht«, meinte sie, »wenn man es genau bedenkt.«

Und mir war unbehaglich zumute.

Der Zorn loderte nach wie vor in mir, und ich fragte mich, ob sie wüßte, gegen wen er sich richten müßte. Ich hatte das Gefühl, daß sie

Bescheid wußte. Ich kämpfte mit dem Wunsch, sie geradeheraus danach zu fragen, unterdrückte die Anwandlung aber.

»Na, was gedenkst du zu tun?« fragte sie schließlich, und damit steckte ich in der Klemme.

»Natürlich vertraust du mir nicht ...«, erwiderte ich.

»Wie könnten wir das?«

Das *wir* mußte ich mir merken.

»Nun denn. Zunächst bin ich bereit, mich deiner Überwachung zu stellen. Ich würde gern hierbleiben, wo du mich im Auge behalten kannst.«

»Und hinterher?«

»Hinterher? Wir werden sehen.«

»Geschickt«, sagte sie, »sehr geschickt. Damit bringst du mich in eine unangenehme Lage.« (Ich hatte mich so entschlossen, weil ich nicht wußte, wo ich sonst unterkriechen sollte und das erpreßte Geld mich nicht lange über Wasser halten konnte.) »Natürlich darfst du bleiben. Aber ich möchte dich warnen ...«, bei diesen Worten betastete sie ein Gebilde an einer Halskette, das ich für eine Art Schmuckstück hielt – »dies ist eine Ultraschallpfeife. Blitz und Donner haben vier Brüder, die darauf getrimmt sind, Störenfriede anzugreifen, und sie reagieren auf meine Pfeife. Versuch also nicht, irgendwohin zu gehen, wo du nicht erwünscht bist. Ein kleiner Pfiff, und auch du bist ihr Opfer. Diese Hunderasse ist der Grund, warum es in Irland keine Wölfe mehr gibt.«

»Ich weiß«, sagte ich und erkannte dabei, daß ich es tatsächlich wußte.

»Ja«, fuhr sie fort. »Es wird Eric gefallen, daß du mein Gast bist. Diese Tatsache müßte ihn dazu bringen, dich in Ruhe zu lassen – und darum geht es dir doch, *n'est-ce pas?*«

»*Oui*«, erwiderte ich.

Eric! Der Name sagte mir etwas! Ich hatte tatsächlich einen Eric gekannt, und diese Tatsache war einmal sehr wichtig gewesen. Allerdings nicht in letzter Zeit. Aber der Eric, den ich kannte, war noch immer da, und das war wichtig.

Warum?

Ich haßte ihn – das war einer der Gründe. Ich haßte ihn so sehr, daß ich mit dem Gedanken gespielt hatte, ihn umzubringen. Vielleicht hatte ich es sogar schon versucht.

Auch gab es eine Bindung zwischen uns, das wußte ich.

Waren wir verwandt?

Ja, das war's! Keinem von uns gefiel es, daß wir – Brüder waren ... ich erinnerte mich, *erinnerte mich ...*!

Der große, starke Eric mit dem nassen Kräuselbart und seinen Augen – die Evelyns Augen ähnlich sahen!

Eine neue Woge der Erinnerung durchfuhr mich, während meine Schläfen zu schmerzen begannen und sich mein Nacken plötzlich heiß anfühlte.

Ich ließ mir im Gesicht nichts anmerken und zwang mich, an meiner Zigarette zu ziehen und nach meinem Bier zu greifen. Im nächsten Moment wurde mir bewußt, daß Evelyn wirklich meine Schwester war! Nur hieß sie nicht Evelyn. Ihr richtiger Name wollte mir nicht einfallen, sie hieß jedenfalls nicht Evelyn. Ich beschloß, vorsichtig zu sein. Wenn ich sie anredete, wollte ich lieber gar keinen Namen benutzen, bis mir der richtige einfiel.

Und was war mit mir? Was ging hier eigentlich vor?

Ich hatte plötzlich das Gefühl, daß Eric irgendwie mit meinem Unfall zu tun hatte.

Der Sturz hätte eigentlich tödlich sein müssen, doch ich war durchgekommen. Er war der Gesuchte, nicht wahr? Ja, sagte mir mein Gefühl. Eric mußte es sein. Und Evelyn arbeitete mit ihm zusammen, bezahlte Greenwood, um mich im Koma zu halten. Besser das als tot, aber ...

Ich erkannte, daß ich mich irgendwie in Erics Gewalt begeben hatte, indem ich zu Evelyn kam, und daß ich, wenn ich blieb, sein Gefangener sein würde, einem neuen Angriff schutzlos ausgesetzt.

Aber sie hatte angedeutet, daß mein Aufenthalt hier Eric veranlassen würde, mich in Ruhe zu lassen. War das möglich? Im Grunde durfte ich keiner Äußerung glauben. Ich mußte ständig auf der Hut sein. Vielleicht war es besser, wenn ich einfach verschwand und meine Erinnerungen langsam zurückkehren ließ.

Aber ich hatte ein beunruhigendes Gefühl der Dringlichkeit. Ich mußte schnellstmöglich Klarheit gewinnen und dann sofort handeln. Dieser Gedanke beherrschte mich wie ein Zwang. Wenn ich meine Erinnerungen nur unter Gefahr auffrischen konnte, wenn ich die richtige Gelegenheit nur im Risiko finden konnte, dann mußte ich so handeln. Ich wollte bleiben.

»Und ich erinnere mich«, sagte Evelyn, und mir wurde bewußt, daß sie schon eine Weile gesprochen hatte, ohne daß ich überhaupt zugehört hatte. Vielleicht lag es an der Nachdenklichkeit in ihrer Stimme, die keine Reaktion erforderte – und am Zwang meiner Gedanken.

»Und ich erinnere mich an den Tag, als du Julian bei seinem Lieblingsspiel besiegtest und er ein Glas Wein nach dir schleuderte und dich verwünschte. Aber du nahmst den Preis entgegen. Und er hatte plötzlich Angst, zu weit gegangen zu sein. Aber du hast nur gelacht und ein Glas mit ihm getrunken. Ich glaube, ihm tat sein Temperamentsausbruch hinterher leid, wo er doch sonst so beherrscht ist, und ich glaube, er war an jenem Tag neidisch auf dich. Weißt du noch? Ich glaube, er hat seither vieles von dir kopiert. Aber ich hasse ihn noch immer und

Zweites Kapitel

hoffe, daß es ihn bald erwischt. Ich habe so ein Gefühl, als ob es bald soweit wäre ...«

Julian, Julian, Julian. Ja und nein. Die vage Erinnerung an ein Spiel, an das Quälen eines Mannes, dessen geradezu legendäre Selbstbeherrschung ich zerstört hatte. Ja, das alles war mir irgendwie vertraut; nein, ich vermochte nicht zu sagen, worum es dabei im einzelnen gegangen war.

»Und Caine, den hast du erst richtig übertölpelt. Er haßt dich sehr, das weißt du ...«

Ich erkannte, daß ich nicht besonders beliebt war. Irgendwie gefiel mir diese Vorstellung.

Der Name Caine hörte sich ebenfalls vertraut an. Sehr sogar.

Eric, Julian, Caine, Corwin. Die Namen wirbelten mir im Kopf herum, und irgendwie konnte ich nicht mehr an mich halten.

»Es ist lange her ...«, sagte ich fast gegen meinen Willen – eine Äußerung, die aber zu stimmen schien.

»Corwin«, sagte sie. »Reden wir nicht um den heißen Brei herum. Du willst mehr als Sicherheit, das weiß ich. Und du bist noch stark genug, etwas herauszuholen, wenn du deine Trümpfe nur richtig ausspielst. Ich habe keine Ahnung, was du im Schilde führst, aber vielleicht können wir mit Eric zu einem Arrangement kommen.«

Die Bedeutung des *wir* hatte sich offenbar verändert. Sie war zu einem Urteil über meinen Wert in den unbekannten Dingen gelangt, die hier vorgingen. Sie sah eine Chance, etwas für sich selbst herauszuholen, das spürte ich. Ich lächelte, aber nicht zu sehr.

»Bist du deshalb hergekommen?« fuhr sie fort. »Hast du einen Vorschlag für Eric, etwas, das einen Zwischenträger erfordert?«

»Kann durchaus sein«, erwiderte ich, »wenn ich noch ein bißchen gründlicher darüber nachgedacht habe. Ich bin erst seit so kurzer Zeit wieder auf den Beinen, daß ich mir noch so manches durch den Kopf gehen lassen muß. Jedenfalls möchte ich an dem Ort sein, wo ich am schnellsten handeln könnte, wenn ich zu dem Schluß käme, daß mir auf Erics Seite am besten gedient wäre.«

»Sieh dich vor«, sagte sie. »Du weißt, daß ich ihm jedes Wort weitererzähle.«

»Natürlich«, sagte ich, ohne es wirklich zu wissen; ich mußte nur schnell parieren, »es sei denn, deine Interessen gingen mit den meinen konform.«

Ihre Augenbrauen rückten enger zusammen, und dazwischen erschienen einige winzige Falten.

»Ich verstehe nicht so recht, was du mir da eigentlich vorschlägst.«

»Ich schlage dir gar nichts vor, noch nicht. Ich bin nur ganz ehrlich mit dir und sage, daß ich es nicht weiß. Ich bin noch gar nicht überzeugt, daß ich mich mit Eric arrangieren möchte. Schließlich ...« Ich ließ das Wort bewußt in der Luft hängen, denn ich hatte nichts nachzusetzen, obwohl ich eigentlich das Gefühl hatte, ich müßte weitersprechen.

»Man hat dir eine Alternative geboten?«

Plötzlich stand sie auf und ergriff ihre Pfeife. »Natürlich steckt Bleys dahinter!«

»Setz dich«, sagte ich, »und stell dich nicht lächerlich an. Würde ich mich so bereitwillig in deine Hand begeben, nur um mich zu Hundefutter verarbeiten zu lassen, wenn du zufällig an Bleys denkst?«

Sie entspannte sich, sank vielleicht sogar etwas in sich zusammen, und nahm wieder Platz.

»Vielleicht nicht«, sagte sie schließlich. »Aber ich weiß, daß du ein Spieler bist und hinterlistig sein kannst. Wenn du gekommen bist, um mich als Gegner zu beseitigen, solltest du den Versuch lieber bleibenlassen. So wichtig bin ich nicht, was du inzwischen selbst wissen müßtest. Außerdem hatte ich bisher immer angenommen, daß du mich ganz gern hast.«

»Das war und ist durchaus richtig«, sagte ich, »und du brauchst dir keine Sorgen zu machen. Aber es ist interessant, daß du Bleys erwähnst.« Ich mußte Köder legen, immer wieder Köder! Es gab noch so viel zu erfahren!

»Warum? Hat er sich denn wirklich mit dir in Verbindung gesetzt?«

»Die Frage möchte ich lieber nicht beantworten«, sagte ich in der Hoffnung, mir damit einen Vorteil zu verschaffen. Jedenfalls wußte ich nun Bleys' Geschlecht. »Wenn er zu mir gekommen wäre, hätte ich ihm dieselbe Antwort gegeben wie Eric – ›Ich werde darüber nachdenken‹.«

»Bleys«, sagte sie noch einmal, und ich wiederholte im Geiste den Namen, *Bleys. Bleys, ich mag dich. Ich habe den Grund vergessen, und ich weiß, daß es Gründe gibt, warum ich dich nicht gernhaben sollte – aber ich mag dich, soviel ist klar.*

Wir saßen uns eine Zeitlang stumm gegenüber, und ich fühlte eine Müdigkeit in mir aufsteigen, die ich aber nicht zeigen wollte. Ich konnte stark sein. Und ich wußte, daß ich stark sein mußte.

Ich saß da und lächelte und sagte: »Hübsche Bibliothek hast du hier«, und sie erwiderte: »Vielen Dank.«

»Bleys«, wiederholte sie nach einer Weile. »Glaubst du wirklich, er hat eine Chance?«

Ich zuckte die Achseln.

»Wer weiß? Ich jedenfalls nicht. Vielleicht hat er eine. Mag sein.«

Zweites Kapitel

Dann starrte sie mich mit leicht aufgerissenen Augen an, und ihr Mund öffnete sich. »Du hast keine Chance?« fragte sie. »Du willst es doch nicht selbst versuchen, oder?«

Da lachte ich – doch nur um auf ihre Stimmung einzugehen.

»Sei doch kein Dummkopf«, sagte ich, als ich fertig war. »Ich?«

Aber schon als ihr die Worte über die Lippen kamen, wußte ich, daß sie eine besondere Saite berührt hatte, etwas in mir Vergrabenes, das mit einem kräftigen »Warum nicht?« antwortete.

Plötzlich hatte ich Angst.

Sie schien allerdings erleichtert zu sein über meine Ablehnung der Sache, über die ich nichts Näheres wußte. Sie lächelte plötzlich und deutete auf eine eingebaute Bar zu meiner Linken.

»Ich möchte gern einen Irischen Nebel«, sagte sie.

»Ich eigentlich auch«, erwiderte ich, stand auf und machte zwei Drinks.

»Weißt du«, fuhr ich fort, als ich mich wieder gesetzt hatte, »es ist angenehm, so mit dir zusammen zu sein, auch wenn es nur für eine kurze Zeit ist. Es weckt Erinnerungen.«

Und sie lächelte und bot einen lieblichen Anblick.

»Du hast recht«, sagte sie und trank aus ihrem Glas. »In deiner Gesellschaft habe ich fast das Gefühl, in Amber zu sein.« Ich ließ fast mein Getränk fallen.

Amber! Das Wort ließ einen kribbelnden Schauder über meinen Rücken laufen.

Im nächsten Augenblick begann sie zu weinen, und ich stand auf und legte ihr tröstend den Arm um die Schultern.

»Du darfst nicht weinen, Mädchen. Bitte nicht. Das macht mich auch traurig.« *Amber!* Dieser Ort hatte etwas Besonderes, er war elektrisierend, machtvoll. »Es wird wieder gute Zeiten geben wie früher«, sagte ich leise.

»Glaubst du wirklich?« fragte sie.

»Ja!« sagte ich laut. »Ja, das glaube ich.«

»Du bist ja verrückt. Ich glaube dir fast alles, auch wenn ich weiß, daß du verrückt bist.«

Dann weinte sie noch ein Weilchen und beruhigte sich schließlich.

»Corwin«, sagte sie, »wenn du es schaffst – wenn dir eine unglaubliche, unvorstellbare Chance aus den Schatten den Weg ebnet – wirst du dich dann deiner kleinen Schwester Florimel erinnern?«

»Ja«, sagte ich und erkannte zugleich, daß sie so hieß. »Ja, ich werde an dich denken.«

»Danke. Ich werde Eric nur das Wesentliche mitteilen und Bleys überhaupt nicht erwähnen – und auch nicht meine neuesten Vermutungen.«

»Vielen Dank, Flora.«
»Aber ich traue dir kein bißchen«, fügte sie hinzu. »Daran solltest du auch denken.«
»Das ist selbstverständlich.«
Dann rief sie das Mädchen, das mir ein Zimmer zeigen sollte, und ich zog mich mühsam aus, sank ins Bett und schlief elf Stunden lang.

3

Am nächsten Morgen war sie fort, ohne eine Nachricht hinterlassen zu haben. Das Mädchen setzte mir das Frühstück in der Küche vor und zog sich zurück, um ihren Hausmädchenpflichten nachzukommen. Ich hatte den Impuls unterdrückt, die Frau auszuhorchen, da sie die Dinge, die ich wissen wollte, entweder nicht verraten würde oder vielleicht gar nicht über sie informiert war. Außerdem hätte sie den Versuch sicher Flora gemeldet. Da ich mich anscheinend im Haus frei bewegen konnte, beschloß ich statt dessen, in die Bibliothek zurückzukehren. Vielleicht konnte ich dort etwas in Erfahrung bringen. Außerdem mag ich Bibliotheken. Wände aus schönen und weisen Worten ringsum geben mir ein Gefühl der Behaglichkeit und Sicherheit. Mir ist immer viel wohler, wenn ich sehe, daß es etwas gibt, mit dem sich die Schatten zurückdrängen lassen.

Donner und Blitz – oder einer ihrer Verwandten – erschien von irgendwoher und folgte mir mit steifen Beinen durch den Flur und beschnüffelte meine Fährte. Ich versuchte mich mit ihm anzufreunden, aber dabei war mir, als spräche ich mit einem Motorradpolizisten, der mich eben angehalten hatte. Unterwegs warf ich einen Blick in einige andere Zimmer, die einfach nur Zimmer waren, ganz normal.

Ich betrat also die Bibliothek, wo mir noch immer Afrika entgegenblickte. Ich schloß hinter mir die Tür, um die Hunde draußenzuhalten, und schlenderte durch den Raum, während ich die Titel auf den Regalen las.

Geschichtsbücher waren besonders zahlreich vertreten. Sie schienen in ihrer Sammlung zu überwiegen. Daneben entdeckte ich zahlreiche Kunstbücher der großformatigen, teuren Sorte und blätterte einige durch. Ich kann am besten nachdenken, wenn ich mich mit etwas anderem beschäftige.

Ich fragte mich, woher Floras Reichtum stammte. Wenn wir verwandt waren, bedeutete das, daß ich irgendwo auch über ausreichende Mittel verfügte? Ich dachte über meinen wirtschaftlichen und gesellschaftlichen Status, über meinen Beruf und meine Herkunft nach. Ich hatte das Gefühl, daß ich mir um Geld keine Sorgen machte und daß es immer genug Vermögen oder Verdienstmöglichkeiten gegeben hatte, um mich zufriedenzustellen. Besaß ich ein großes Haus wie dieses? Ich wußte es nicht mehr.

Welchen Beruf übte ich aus?

Ich saß hinter ihrem Tisch und durchforschte mein Gehirn nach besonderen Kenntnissen. Es ist schwierig, sich selbst auf diese Weise zu erkunden, als Fremden. Vielleicht ist das der Grund, warum ich nichts zu finden vermochte. Was zu einem Menschen gehört, gehört eben ihm, ist ein Teil von ihm und scheint einfach dorthin zu gehören, ins Innere. Das ist alles.

Arzt? Der Gedanke kam mir, während ich einige anatomische Zeichnungen Leonardos betrachtete. Fast automatisch war ich im Geiste die Etappen verschiedener chirurgischer Operationen durchgegangen. Ich erkannte, daß ich schon Operationen an Menschen durchgeführt hatte.

Aber das Bild stimmte noch nicht ganz. Mir war klar, daß ich eine medizinische Ausbildung hatte, die aber zu etwas anderem gehörte. Irgendwie war mir bewußt, daß ich kein praktizierender Chirurg war. Aber was dann? Was spielte da noch hinein?

Etwas lenkte meinen Blick auf sich.

Vom Tisch aus vermochte ich die gegenüberliegende Wand zu überschauen, an der unter anderem ein antiker Kavalleriesäbel hing, den ich bei meinem ersten Rundgang durch den Raum übersehen hatte. Ich stand auf, ging hinüber und nahm die Waffe von den Haken.

Im Geiste schüttelte ich den Kopf über den Zustand des Säbels. Ich wünschte mir Öllappen und Wetzstein, um die Waffe so aufzubereiten, wie es sich gehörte. Ich kannte mich mit antiken Waffen aus, besonders mit Hiebwaffen.

Der Säbel fühlte sich leicht und nützlich an, ich hatte das Gefühl, daß ich damit einiges anstellen konnte. Ich schlug *en garde*, parierte und hieb ein paarmal zu. Ja, ich konnte mit dem Ding umgehen.

Was für eine Basis war das? Ich sah mich nach weiteren Gedächtnishilfen um.

Da mir jedoch nichts anderes auffiel, hängte ich die Klinge wieder an die Wand und kehrte zum Tisch zurück. Als ich mich gesetzt hatte, beschloß ich, die Schubladen durchzusehen.

Ich begann in der Mitte, arbeitete mich auf der linken Seite schubladenweise hoch und auf der anderen wieder hinab.

Briefpapier, Umschläge, Briefmarken, Büroklammern, Bleistiftstümpfe, Gummibänder – die üblichen Sachen.

Allerdings zog ich jede Schublade ganz heraus und nahm sie auf den Schoß, während ich den Inhalt untersuchte. Dahinter stand keine bewußte Absicht.

Dieses Vorgehen gehörte vielmehr zu einer Ausbildung, die ich früher einmal erhalten hatte, eine Ausbildung, die mich veranlaßte, auch die Außenkanten und Unterseiten der Schubladen zu untersuchen.

Drittes Kapitel

Eine Kleinigkeit entging mir fast, fiel mir dann aber doch noch im letzten Augenblick auf. Die Rückwand der rechten unteren Schublade war nicht so hoch wie die der anderen.

Dies deutete auf etwas hin, und als ich mich niederkniete und in den Schreibtisch blickte, entdeckte ich ein kleines kastenähnliches Gebilde, das an der Oberseite festgemacht war.

Es war eine weitere kleine Lade, ganz hinten befestigt, und sie war verschlossen.

Ich mußte etwa eine Minute lang mit Büroklammern, Stecknadeln und einem Schuhanzieher aus Metall herumfummeln, den ich in einer anderen Schublade entdeckt hatte. Der Schuhanzieher brachte mich schließlich zum Ziel.

Die kleine Schublade enthielt einen Packen Spielkarten.

Der Karton trug eine Zeichnung, die mich auf den Knien erstarren und meinen Atem schneller gehen ließ, während mir der Schweiß auf die Stirn trat.

Ein weißes Einhorn auf grünem Feld – auf den Hinterbeinen stehend, nach rechts gewandt.

Ich kannte diese Zeichnung, und es schmerzte mich, daß ich keinen Namen dafür wußte.

Ich öffnete die Schachtel und zog die Karten heraus. Sie bauten auf dem Tarock auf mit Zauberstäben, Drudenfüßen, Kelchen und Schwertern, doch die Großen Trümpfe sahen ganz anders aus.

Ich schob beide Schubladen wieder zu, wobei ich die kleinere nicht verschloß. Dann erst setzte ich meine Untersuchung fort.

Sie wirkten fast lebensecht, die Großen Trümpfe, bereit, durch die schimmernde Oberfläche zu treten. Die Karten fühlten sich ziemlich alt an, und es machte mir Freude, sie in der Hand zu halten.

Plötzlich wußte ich, daß auch ich einmal ein solches Spiel besessen hatte.

Ich begann die Karten auf der Schreibunterlage vor mir auszubreiten.

Eine zeigte einen listig aussehenden kleinen Mann mit schmaler Nase, lachendem Mund und struppigem, strohfarbenem Haar. Er war in eine Art Renaissance-Kostüm der Farben Orange, Rot und Braun gekleidet. Er trug eine lange weite Hose und ein enggeschnittenes besticktes Wams. Und ich kannte ihn. Er hieß Random.

Als nächstes die ruhigen Gesichtszüge Julians, dem das dunkelbraune Haar lang herabhing, dessen blaue Augen weder Leidenschaft noch Gefühl zeigten. Er war in eine schuppige weiße Rüstung gekleidet – nicht silbern oder metallisch gestrichen, sondern in einem Ton, der mich an Emaille erinnerte. Ich wußte allerdings, daß der Stoff sehr hart war und jedem Aufprall widerstand, trotz des dekorativen und herausgeputzten Aussehens. Er war der Mann, den ich bei seinem Lieblingsspiel besiegt hatte, woraufhin er mir ein Glas Wein ins Gesicht geschüttet hatte. Ich kannte ihn und haßte ihn.

Dann kam das dunkelhäutige, dunkeläugige Gesicht Caines, von Kopf bis Fuß in schwarzen und grünen Samt gehüllt, darüber ein keck aufgesetzter Dreispitz, von dem ein grüner Federbusch zum Rücken herabhing. Er stand im Profil, einen Arm angewinkelt, und die Spitzen seiner Schnabelschuhe waren übertrieben aufgebogen. An seinem Gürtel blitzte ein smaragdbesetzter Dolch. Mein Herz war von zwiespältigen Gefühlen erfüllt.

Und dann Eric. Auf jeden Fall gutaussehend, das Haar so dunkel, daß es fast blau wirkte. Der Bart kräuselte sich um den Mund, der immer lächelte, und er war schlicht in Lederjacke, enge Hosen und hohe schwarze Stiefel gekleidet, darüber ein einfacher Umhang. Er trug einen roten Schwertgurt mit einem langen silbernen Säbel, ein Rubin diente als Gürtelschnalle, und der Capekragen, der sich um seinen Kopf erhob, war rot eingefaßt, ebenso die Ärmel. Die Hände, deren Daumen in den Gürtel gehakt waren, sahen ausgesprochen kräftig und groß aus. Schwarze Handschuhe steckten im Gürtel an der Hüfte. Ich war sicher, daß er es war, der mich an jenem schicksalshaften Tag zu töten versucht hatte. Ich musterte ihn und fürchtete ihn auch etwas.

Dann kam Benedict, mürrisch, groß und hager: dünn im Gesicht, doch offen an Geist. Er trug die Farben Orange, Gelb und Braun und ließ mich an Heuhaufen, Kürbisköpfe und Vogelscheuchen denken. Er hatte ein langes, kräftiges Kinn, haselnußbraune Augen und braunes Haar, das sich niemals kräuselte. Er stand neben einem braunen Pferd und stützte sich auf eine Lanze, um die eine Blumengirlande gewunden war. Er lachte nur selten. Er gefiel mir.

Ich zögerte, bevor ich die nächste Karte aufdeckte, und mein Herz machte einen Sprung und prallte gegen meinen Brustkasten und wäre am liebsten ins Freie gehüpft.

Ich sah mich selbst.

Ich kannte das Ich, das ich rasiert hatte – dies war der Bursche hinter dem Spiegel. Grüne Augen, schwarzes Haar, in Schwarz und Silber gewandet, jawohl! Mein Mantel bewegte sich leicht im Wind. Wie Eric trug ich schwarze Stiefel und auch eine Klinge, nur war meine schwerer, allerdings nicht ganz so lang. Die Handschuhe hatte ich angezogen, und sie waren silberfarben und schuppig. Die Spange an meinem Hals hatte die Form einer Silberrose.

Ich, Corwin.

Und von der nächsten Karte sah mich ein großer, kräftiger Mann an. Er hatte Ähnlichkeit mit mir, nur war sein Kinn stärker ausgeprägt, und ich wußte, daß er größer war als ich, allerdings auch langsamer. Seine Körperkräfte waren gewaltig. Er trug ein weites Gewand aus blaugrauem Stoff, das in der Mitte von einem breiten schwarzen Gürtel zusammengehalten wurde, und er lachte. Um seinen Hals hing an einer dicken Schnur ein silbernes Jagdhorn. Er trug ein keckes Schnurrbärtchen, und ein Bartkranz rahmte sein Gesicht. In der rechten Hand hielt er einen Krug mit Wein. Meine Zuneigung flog ihm entgegen, und schon fiel mir sein Name ein. Er hieß Gérard.

Dann kam ein wildaussehender Mann mit mächtigem Bart und flammendem Haarschopf, ganz in Rot und Orange gekleidet, zumeist Seide, und er hielt ein Schwert in der Rechten und ein Glas Wein in der Linken, und aus seinen Augen, die so blau waren wie Floras Augen, schien der Teufel zu funkeln. Er hatte ein leicht fliehendes Kinn, was jedoch vom Bart verdeckt wurde. Sein Schwert war herrlich ziseliert mit einem goldfarbenen Metall, das Filigranmuster von ausgeprägter Schönheit bildete. Zwei große Ringe trug er an der rechten Hand und einen an der linken: einen Smaragd, einen Rubin und einen Saphir. Dieser Mann war Bleys, das wußte ich sofort.

Dann kam eine Gestalt, die mir und Bleys ähnlich sah. Meine Gesichtszüge, wenn auch zarter, und meine Augen; Bleys' Haar, bartlos. Der junge Mann trug einen grünen Reitanzug und saß auf einem Schimmel, der rechten Seite der Karte zugewandt. Das Bild strahlte Stärke und Schwäche zugleich aus, Konzentration und Unbeherrschtheit. Ich fand den Burschen sympathisch, zugleich aber auch nicht; ich mochte ihn und fühlte mich doch abgestoßen. Ich wußte, daß er Brand hieß. Ich wußte es, als mein Blick auf ihn fiel.

Mir wurde auch klar, daß ich all diese Männer gut kannte, daß ich mich ausnahmslos an sie erinnerte, an ihre Stärken und Schwächen, ihre Siege und Niederlagen.

Denn sie waren meine Brüder.

Ich zündete mir eine Zigarette aus Floras Schreibtischvorrat an, lehnte mich zurück und überdachte die Dinge, an die ich mich erinnert hatte.

Sie waren meine Brüder, diese acht seltsamen Männer in den seltsamen Kostümen. Und ich wußte, daß es nur recht und billig war, wenn sie sich nach Belieben kleideten, so wie es für mich richtig war, daß ich Schwarz und Silber anlegte. Dann lachte ich leise vor mich hin; mir war bewußt geworden, was ich am Leibe trug, was ich in dem Kleiderladen in der kleinen Stadt gekauft hatte, den ich nach meiner Abreise aus Greenwood aufgesucht hatte.

Ich trug schwarze Hosen, und die drei Hemden, die ich gekauft hatte, wiesen eine annähernd graue, silbrige Färbung auf. Mein Jackett war ebenfalls schwarz.

Wieder wandte ich mich den Karten zu, und da war Flora in einem Gewand, das so grün war wie das Meer – so wie ich sie gestern abend im Geiste gesehen hatte; dann ein schwarzhaariges Mädchen mit denselben blauen Augen. Das Haar hing ihr lang herab, und sie war ganz in Schwarz gekleidet, mit einem Silbergürtel um die Hüften. Sie hieß Deirdre. Dann kam Fiona, deren Haar mich an Bleys oder Brand denken ließ und die meine Augen und einen Teint wie Perlmutter hatte. Ich haßte sie, sobald ich die Karte umgedreht hatte. Die nächste war Llewella, das Haar zu den jadegrünen Augen passend; sie trug ein schimmerndes graugrünes Gewand mit einem lavendelfarbenen Gürtel und sah traurig aus. Irgendwoher wußte ich, daß sie nicht so war wie die anderen. Aber auch sie war meine Schwester.

Eine riesige Entfernung, ganze Welten schienen mich von all diesen Menschen zu trennen. Trotzdem schienen sie mir körperlich sehr nahe zu sein.

Die Karten fühlten sich dermaßen kalt an, daß ich sie schnell wieder hinlegte, wenn auch mit gewissem Widerwillen, den Kontakt mit ihnen zu verlieren.

Aber es gab keine weiteren Karten. Die anderen waren unbedeutende Symbole. Und ich wußte irgendwie – wieder dieses *Irgendwie*, ah, irgendwie! –, daß mehrere Karten fehlten.

Doch ich hätte um alles in der Welt nicht sagen können, was auf den fehlenden Trümpfen dargestellt war.

Diese Erkenntnis bedrückte mich seltsam, und ich nahm meine Zigarette zwischen die Finger und überlegte.

Warum kamen all diese Erinnerungen so schnell zurück, wenn ich die Karten betrachtete – warum fluteten sie mir in den Kopf, ohne ihren Hintergrund oder den größeren Zusammenhang gleich mitzubringen? Natürlich wußte ich jetzt mehr als zu Anfang, jedenfalls im Hinblick auf Namen und Gesichter. Aber das war so ziemlich alles.

Ich vermochte die Bedeutung der Tatsache nicht zu ergründen, daß wir alle auf diesen Karten festgehalten worden waren. Dabei verspürte ich den starken Wunsch, ein solches Spiel zu besitzen. Doch wenn ich Floras Karten an mich nahm, merkte sie sofort, daß sie fehlten, und das konnte Ärger bringen. Ich legte sie also wieder in die kleine Schublade hinter der großen Lade und schloß sie ein. Und dann zermarterte ich mir das Gehirn – und wie, bei Gott! Aber ich kam nicht weiter.

Bis ich auf ein Zauberwort stieß.

Amber.

Gestern abend hatte mich dieses Wort ziemlich erschüttert – und zwar so sehr, daß ich der Erinnerung bisher bewußt aus dem Weg gegangen war. Doch jetzt schlich ich näher heran, jetzt bewegte ich das Wort im Geiste hin und her und untersuchte alle Gedanken, die mir dabei kamen.

In dem Wort knisterte eine starke Sehnsucht und eine gewaltige Nostalgie. Ganz im Innern umschloß es Begriffe wie verlorene Schönheit und große Taten und ein Machtbewußtsein, das geradezu allumfassend war. Irgendwie gehörte dieses Wort zu meinem Sprachschatz. Irgendwie war ich ein Teil davon, und es war ein Teil von mir. Es war der Name eines Ortes, das erkannte ich nun. Es war der Name eines Ortes, der mir einmal sehr vertraut gewesen war. Doch das Wort beschwor keine Bilder herauf, nur Gefühle.

Wie lange ich so dasaß, weiß ich nicht. Meine Träumereien hatten mich irgendwie von der Zeit gelöst.

Aus dem innersten Kern meiner Gedanken stieg die Erkenntnis auf, daß es leise geklopft hatte. Dann drehte sich langsam der Türknauf, und das Mädchen – Carmella – trat ein und erkundigte sich, ob ich zu Mittag etwas essen wollte.

Die Vorstellung behagte mir, und ich folgte ihr in die Küche und aß ein halbes Hähnchen und trank ein großes Glas Milch.

Schließlich nahm ich einen Topf Kaffee mit in die Bibliothek, wobei ich den Hunden aus dem Weg ging. Ich war gerade bei meiner zweiten Tasse, als das Telefon klingelte.

Es kribbelte mir in den Fingern, den Hörer abzunehmen, doch ich vermutete, daß es überall im Haus Nebenapparate gab und Carmella sich bestimmt melden würde.

Aber das war ein Irrtum. Der Apparat klingelte weiter.

Schließlich konnte ich nicht mehr widerstehen.

»Hallo«, sagte ich. »Hier bei Flaumel.«

»Könnte ich bitte Mrs. Flaumel sprechen?«

Es war die Stimme eines Mannes; er sprach hastig und etwas nervös. Er schien außer Atem zu sein, und seine Worte kamen gedämpft und durch das schwache Surren und die Gespensterstimmen, die auf ein Ferngespräch hindeuten.

»Tut mir leid«, sagte ich. »Sie ist im Augenblick nicht hier. Kann ich ihr etwas ausrichten, oder soll sie Sie anrufen?«

»Mit wem spreche ich denn?« wollte er wissen.

Ich zögerte. »Corwin«, sagte ich schließlich.

»Mein Gott!« rief er, und ein langes Schweigen trat ein.

Ich dachte schon, er hätte aufgelegt. »Hallo?« fragte ich noch einmal, als er wieder zu sprechen begann.

»Lebt sie noch?« wollte er wissen.

»Natürlich! Mit wem spreche ich denn überhaupt?«

»Erkennst du meine Stimme nicht, Corwin? Hier ist Random. Hör zu, ich bin in Kalifornien und habe Ärger. Ich wollte Flora eigentlich nur bitten, mir Zuflucht zu gewähren. Hast du dich mit ihr zusammengetan?«

»Vorübergehend«, sagte ich.

»Ich verstehe. Gewährst du mir deinen Schutz, Corwin?« Pause. Dann: »Bitte!«

»Soweit ich kann«, erwiderte ich. »Aber ich kann Flora zu nichts verpflichten, ohne mich mit ihr abzustimmen.«

»Wirst du mich vor ihr beschützen?«

»Ja.«

»Dann genügt mir das völlig, Mann. Ich will sehen, daß ich es nach New York schaffe. Dabei muß ich etliche Umwege in Kauf nehmen, ich weiß also nicht, wie lange es dauert. Wenn ich den falschen Schatten aus dem Weg gehen kann, sehen wir uns dann. Wünsch mir Glück.«

»Glück«, sagte ich.

Dann ertönte ein Klicken, und ich lauschte noch eine Zeitlang dem fernen Summen und den Gespensterstimmen.

Der kecke kleine Random war also in Schwierigkeiten! Ich hatte das Gefühl, daß mir das eigentlich kein Kopfzerbrechen bereiten dürfte. Aber in meiner jetzigen Lage war er einer der Schlüssel zu meiner Vergangenheit und wahrscheinlich auch zu meiner Zukunft. Ich würde also versuchen, ihm nach besten Kräften zu helfen, bis ich erfahren hatte, was ich von ihm wissen wollte. Ich wußte, daß zwischen uns nicht gerade die stärkste Bruderliebe herrschte. Aber ich wußte auch, daß er kein Dummkopf war; er hatte Ideen und Köpfchen und reagierte auf die verrücktesten Dinge seltsam sentimental; andererseits war sein Wort nicht die Spucke wert, die er dabei verbrauchte, und er hätte meine Leiche vermutlich an die nächste Universität verkauft, wenn er genug dafür bekommen konnte. Ich erinnerte mich gut an den kleinen Schwindler – mit einem schwachen Hauch von Zuneigung, vielleicht wegen ein paar hübscher Stunden, die wir zusammen verbracht hatten. Aber ihm vertrauen? Niemals! Ich beschloß, Flora erst im letzten Augenblick zu sagen, daß er im Anmarsch war. Er mochte mir als As im Ärmel nützlich sein.

Also schüttete ich noch etwas heißen Kaffee zu den Resten in meiner Tasse und trank langsam.

Vor wem rückte er aus?

Jedenfalls nicht vor Eric, denn sonst hätte er nicht hier angerufen. Später beschäftigte mich Randoms Frage, ob Flora etwa tot war, nur weil ich zufällig hier war. War sie wirklich so sehr mit dem von mir gehaßten Bruder verbündet, daß in der Familie das Gerücht umging, ich würde sie ebenfalls umbringen, wenn ich die Chance dazu erhielt? Die Vorstellung erschien mir seltsam, aber schließlich kam die Frage von ihm.

Drittes Kapitel

Und was war das eigentlich, weswegen sie sich verbündet hatten? Was war die Ursache dieser Spannung, dieser Opposition? Wie kam es, daß Random auf der Flucht war?

Amber.

Das war die Antwort.

Amber. Irgendwie lag der Schlüssel zu allem in Amber. Das Geheimnis des Durcheinanders war in Amber zu finden, lag in einem Ereignis, das sich dort abgespielt hatte – vor gar nicht so langer Zeit, würde ich meinen. Ich mußte mich in acht nehmen. Ich mußte ein Wissen vortäuschen, das ich nicht besaß, während ich mir die Kenntnisse Stück um Stück von jenen holte, die Bescheid wußten. Ich war zuversichtlich, daß ich es schaffen konnte. Es gab soviel Mißtrauen ringsum, daß sich jeder vorsichtig gab. Und das wollte ich mir zunutze machen. Ich würde mir holen, was ich brauchte, und nehmen, was ich wollte; ich würde mir jene merken, die mir halfen, und die übrigen verdrängen. Denn dies, das wußte ich, war das Gesetz, nach dem unsere Familie lebte, und ich war ein echter Sohn meines Vaters ...

Plötzlich machten sich wieder meine Kopfschmerzen bemerkbar, bohrend, pulsierend, als wollte mir die Schädeldecke zerplatzen.

Der Gedanke an meinen Vater mußte diesen Anfall ausgelöst haben, dachte ich, vermutete ich, fühlte ich ... Aber ich wußte nicht, warum oder wie es dazu gekommen war.

Nach einer gewissen Zeit ließen die Schmerzen nach, und ich schlief im Stuhl ein. Nach einer viel längeren Zeit ging die Tür auf, und Flora trat ein. Wieder war es draußen Nacht.

Sie trug eine grüne Seidenbluse und einen langen grauen Wollrock. Ihre Füße steckten in Ausgehschuhen und dicken Strümpfen. Das Haar hatte sie hinter dem Kopf zusammengesteckt, und sie wirkte ein wenig bleich. Wie zuvor hatte sie ihre Hundepfeife bei sich.

»Guten Abend«, sagte ich und stand auf.

Aber sie antwortete nicht. Statt dessen ging sie durch den Raum zur Bar, schenkte sich einen Schuß Jack Daniels ein und kippte den Alkohol wie ein Mann hinunter. Dann machte sie sich einen zweiten Drink, den sie mit zu dem großen Sessel nahm.

Ich zündete eine Zigarette an und reichte sie ihr.

Sie nickte und sagte: »Die Straße nach Amber – ist schwierig.«

»Warum?«

Sie warf mir einen verwirrten Blick zu.

»Wann hast du sie das letzte Mal zu begehen versucht?«

Ich zuckte die Achseln. »Weiß ich nicht mehr.«

»Bitte sehr, wenn du dich anstellen willst«, sagte sie. »Ich hatte mich nur gefragt, wieviel davon dein Werk war.«

Ich antwortete nicht, denn ich hatte keine Ahnung, wovon sie sprach. Aber im nächsten Augenblick fiel mir ein, daß es eine einfachere Methode als die Straße gab, um nach Amber zu kommen. Offensichtlich wußte sie nichts davon.

»Dir fehlen ein paar Trümpfe«, sagte ich plötzlich mit einer Stimme, die der meinen fast nicht mehr ähnlich klang.

Da sprang sie auf, verschüttete den Drink über ihre Hand.

»Gib sie mir zurück!« rief sie und griff nach der Pfeife.

Ich trat vor und packte sie an den Schultern.

»Ich habe sie nicht«, sagte ich. »Ich habe nur eine Feststellung getroffen.«

Sie entspannte sich ein wenig und begann zu weinen; ich drückte sie sanft wieder in den Sessel.

»Ich dachte, du wolltest mir sagen, du hättest mir meine restlichen genommen«, sagte sie. »Und nicht nur eine böse und überflüssige Bemerkung machen.«

Ich entschuldigte mich nicht. Es kam mir nicht recht vor, so etwas zu tun.

»Wie weit bist du denn gekommen?«

»Nicht weit.« Dann lachte sie und betrachtete mich mit einem frischen Funkeln in den Augen.

»Ich begreife jetzt, was du getan hast, Corwin«, sagte sie, und ich zündete mir eine Zigarette an, um einer Antwort aus dem Weg zu gehen.

»Ein paar von den Dingen kamen von dir, nicht wahr? Du hast mir den Weg nach Amber versperrt, ehe du hierherkamst, ja? Du wußtest, daß ich zu Eric gehen würde. Aber das kann ich jetzt nicht mehr. Jetzt muß ich warten, bis er zu mir kommt. Schlau von dir! Du willst ihn zu mir locken, nicht wahr? Aber er wird einen Boten schicken. Er kommt bestimmt nicht selbst.«

Diese Frau, die mir offen eingestand, sie habe gerade versucht, mich an meinen Feind zu verraten – was sie auch jetzt noch tun würde, wenn sie Gelegenheit dazu erhielt – sprach in seltsam bewunderndem Tonfall von etwas, das ich ihrer Meinung nach getan und das ihre Pläne durcheinandergebracht hatte. Wie konnte jemand in Gegenwart eines erklärten Gegners so offen machiavellisch sein? Aus tiefstem Innern stieg die Antwort in mir auf: So sind wir eben. Im Umgang mit unseresgleichen brauchen wir kein Versteck zu spielen. Allerdings meinte ich, daß ihr doch etwas die Raffinesse eines echten Profis fehlte.

»Hältst du mich für dumm, Flora?« fragte ich. »Glaubst du, ich bin hierhergekommen, nur um in aller Ruhe abzuwarten, bis du mich an Eric verrätst? Worauf du auch gestoßen sein magst, es ist dir recht geschehen!«

Drittes Kapitel

»Schon gut. Wir spielen eben nicht in derselben Klasse. Aber du bist im Exil, wie ich! Und das beweist, daß du so übermäßig schlau auch wieder nicht bist!«

Irgendwie schmerzten mich ihre Worte, und ich wußte, daß sie nicht stimmten.

»Exil – o nein!« sagte ich.

Wieder lachte sie.

»Ich wußte doch, daß ich dich irgendwie auf die Palme bringen würde«, sagte sie. »Also gut, du treibst dich mit bestimmten Absichten in den Schatten herum. Du bist ja verrückt!«

Ich zuckte die Achseln.

»Was willst du überhaupt?« fragte sie. »Warum bist du wirklich hier?«

»Ich wollte wissen, was du im Schilde führtest«, erwiderte ich. »Das ist alles. Wenn ich nicht bleiben will, kannst du mich nicht halten. Nicht einmal Eric hat das fertiggebracht. Vielleicht wollte ich dich wirklich nur besuchen. Vielleicht werde ich auf meine alten Tage sentimental. Wie dem auch sei; ich werde noch ein Weilchen bleiben und dann wahrscheinlich für immer verschwinden. Wenn du nicht so begierig gewesen wärst, Kapital aus mir zu schlagen, hättest du wahrscheinlich mehr von der Sache gehabt, liebe Schwester. Du hast mich gebeten, dich nicht zu vergessen, wenn ein bestimmter Umstand einträte ...«

Es dauerte mehrere Sekunden, bis sie begriff, was ich glaubte anzudeuten.

»Du willst es versuchen!« sagte sie. »Du willst es tatsächlich versuchen!«

»Und ob!« sagte ich in dem Bewußtsein, daß ich es wirklich versuchen würde, worum es sich auch handeln mochte. »Und meinetwegen kannst du das Eric ausrichten – aber denk daran, daß ich es vielleicht sogar schaffe. Und *wenn* ich es schaffe, könnte es vorteilhaft sein, mein Freund zu sein, vergiß das nicht.«

Ich hätte zu gern gewußt, worüber ich hier eigentlich redete; immerhin hatte ich schon einige Schlüsselworte aufgeschnappt und erspürte ihren Stellenwert, so daß ich sie richtig benutzen konnte, ohne wirklich zu wissen, was sie bedeuteten. Jedenfalls kamen sie mir passend vor, hundertprozentig passend ...

Plötzlich warf sie sich in meine Arme und küßte mich.

»Ich sag's ihm nicht! Auf mein Wort, Corwin! Ich glaube, du kannst es schaffen. Bleys wird Schwierigkeiten machen, aber Gérard hilft dir vielleicht, und vielleicht auch Benedict. Und wenn er das sieht, würde auch Caine zu dir umschwenken ...«

»Ich kann meine Pläne allein schmieden«, sagte ich.

Sie löste sich von mir, schenkte Wein ein und reichte mir ein Glas.

»Auf die Zukunft«, sagte sie.
»Darauf trinke ich immer.«
Und das taten wir.
Dann füllte sie mein Glas wieder und blickte mir ins Gesicht
»Eric, Bleys oder du – einer von euch mußte dahinterstecken«, sagte sie. »Ihr seid die einzigen, die überhaupt Mut oder Köpfchen haben. Aber du hattest dich so lange vom Schauplatz empfohlen, daß ich dich schon gar nicht mehr mitgezählt hatte.«
»Da zeigt sich mal wieder, daß man einer Sache niemals gewiß ist.«
Ich trank aus meinem Glas und hoffte, daß sie mal ein Weilchen den Mund halten würde. Für meinen Geschmack war sie ein wenig zu offenkundig bemüht, auf allen Hochzeiten mitzutanzen. Irgend etwas machte mir zu schaffen, und ich wollte darüber nachdenken.
Wie alt war ich eigentlich?
Diese Frage, das spürte ich, gehörte zu der Erklärung für die schreckliche Losgelöstheit, die ich gegenüber den Personen auf den Spielkarten empfand. Ich war älter, als es den Anschein hatte. (Mitte Dreißig, hatte ich geschätzt, als ich mich im Spiegel betrachtete – aber jetzt wußte ich, daß die Schatten hier ein Lügenwort für mich einlegten.) Ich war erheblich älter und hatte meine Brüder und Schwestern schon seit langer Zeit nicht mehr zusammen gesehen, in friedlicher Koexistenz wie auf den Karten, ohne Spannungen und Reibereien.
Plötzlich schlug eine Glocke an. Wir hörten Carmella zur Tür gehen.
»Das ist sicher Bruder Random«, sagte ich und wußte, daß ich recht hatte. »Er steht unter meinem Schutz.«
Ihre Augen weiteten sich. Dann lächelte sie, als wisse sie zu schätzen, was für einen raffinierten Schachzug ich da wieder gemacht hatte.
Natürlich hatte ich nichts dergleichen getan, aber ich war zufrieden, sie in dem Glauben zu lassen.
Ich fühlte mich sicherer so.

4

Dieses Gefühl der Sicherheit hielt nur etwa drei Minuten lang an.
Ich war dicht vor Carmella an der Tür und riß sie auf.
Er taumelte herein, knallte die Tür sofort wieder hinter sich zu und schob den Riegel vor. Er hatte sich lange nicht rasiert. Schatten lagen unter seinen hellen Augen, und er trug kein schimmerndes Wams und keine enge Hose, sondern einen braunen Wollanzug und dunkle Wildlederschuhe. Aber er war Random – der Random, den ich auf der Karte gesehen hatte – nur wirkte der lachende Mund erschöpft, und seine Fingernägel waren schmutzig.
»Corwin!« sagte er und umarmte mich.
Ich drückte ihm die Schultern. »Du siehst aus, als könntest du einen Drink gebrauchen.«
»Ja. Ja. Ja ...« sagte er, und ich führte ihn zur Bibliothek.
Etwa drei Minuten später hatte er Platz genommen, in einer Hand einen Drink und in der anderen eine Zigarette. »Sie sind hinter mir her«, sagte er. »Bald müssen sie hier sein.«
Flora stieß einen leisen Schrei aus, den wir ignorierten.
»Wer?«
»Leute aus den Schatten«, erwiderte er. »Ich kenne sie nicht und weiß nicht, wer sie geschickt hat. Es sind vier oder fünf, vielleicht sogar sechs. Sie waren mit mir im gleichen Flugzeug. Ich hatte einen Jet genommen. Sie tauchten ungefähr bei Denver auf. Ich habe das Flugzeug mehrfach versetzt, um sie zu subtrahieren, aber es klappte nicht – und ich wollte nicht zu weit vom Weg abkommen. In Manhattan konnte ich sie endlich abschütteln, aber das ist sicher nur ein kurzer Aufschub. Ich nehme an, sie werden bald hier sein.«
»Und du hast keine Ahnung, wer sie geschickt hat?«
Er lächelte kurz.
»Nun, man liegt wohl richtig, wenn man den Kreis der in Frage Kommenden auf die Familie beschränkt. Vielleicht sogar du, um mich hierherzulocken. Aber das hoffe ich eigentlich nicht. Du steckst doch nicht dahinter, oder?«
»Leider nicht«, erwiderte ich. »Wie unangenehm haben sie ausgesehen?«

Er zuckte die Achseln. »Wenn sie nur zu zweit oder dritt gewesen wären, hätte ich es mit einem Hinterhalt versucht. Aber doch nicht bei der Menge.«

Er war ein kleiner Mann, etwa einen Meter fünfundsechzig groß und vielleicht hundertzwanzig Pfund schwer. Aber seine Worte klangen todernst. Ich war ziemlich sicher, daß er es tatsächlich mit zwei oder drei Schlägern allein aufnehmen würde. Dabei kam ich auf meine eigenen Körperkräfte, wo ich doch sein Bruder war. Ich fühlte mich angenehm stark. Ich wußte, daß ich mich unbesorgt jedem Gegner im fairen Kampf stellen konnte.

Wie kräftig war ich?

Plötzlich erkannte ich, daß ich gleich eine Chance bekommen sollte, die Antwort auf diese Frage festzustellen.

Es klopfte an der Haustür.

»Was tun wir?« fragte Flora.

Random lachte, löste seine Krawatte, warf sie über seinen Gabardinemantel, der auf dem Tisch lag. Dann zog er sein Anzugjackett aus und sah sich im Zimmer um. Sein Blick fiel auf den Säbel, und im Nu hatte er den Raum durchquert und die Waffe von der Wand genommen. Ich spürte das Gewicht der .32er in meiner Jackentasche und zog den Sicherungshebel zurück.

»Was wir tun?« fragte Random. »Es besteht die Wahrscheinlichkeit, daß sie sich Zutritt verschaffen«, sagte er. »Also *werden* sie hier eindringen. Wann hast du zum letzten Mal richtig gekämpft, Schwester?«

»Es ist schon zu lange her«, erwiderte sie.

»Dann solltest du deine Erinnerungen schleunigst auffrischen«, fuhr er fort, »denn es dauert nicht mehr lange. Die Burschen werden gelenkt, das kann ich euch verraten. Aber wir sind zu dritt, und die Gegenseite ist höchstens doppelt so stark. Warum sich also Sorgen machen?«

»Wir wissen nicht, wer sie sind«, gab sie zu bedenken.

Wieder ertönte das Klopfen.

»Kommt es darauf an?«

»Überhaupt nicht«, sagte ich. »Soll ich sie reinlassen?«

Beide wurden bleich.

»Wir können ebensogut abwarten ...«

»Ich könnte die Polizei anrufen«, sagte ich.

Beide brachen in ein fast hysterisches Lachen aus.

»Oder Eric«, fuhr ich fort und sah Flora abrupt an.

Aber sie schüttelte nur den Kopf.

»Dazu haben wir keine Zeit mehr. Wir haben zwar den Trumpf, aber ehe Eric auf uns eingehen könnte – wenn er überhaupt dazu bereit ist –, wäre es zu spät.«

Viertes Kapitel

»Und vielleicht steckt er ja hinter der ganzen Sache, was?« fragte Random.

»Das möchte ich doch bezweifeln«, meinte sie. »So etwas paßt nicht zu seinem Stil.«

»Richtig«, erwiderte ich, nur um etwas zu sagen und anzuzeigen, daß ich im Bilde war.

Und wieder das Klopfen, diesmal lauter.

Mir fiel plötzlich etwas ein. »Was ist mit Carmella?« fragte ich.

Flora schüttelte den Kopf.

»Ich halte es für unwahrscheinlich, daß sie zur Tür geht.«

»Aber du weißt nicht, womit du es hier zu tun hast!« rief Random. Im nächsten Moment hatte er das Zimmer verlassen.

Ich folgte ihm durch den Flur ins Foyer und kam gerade noch zurecht, Carmella vom Öffnen der Haustür abzuhalten.

Wir schickten sie in ihr Zimmer zurück und gaben ihr die Anweisung, sich einzuschließen. »Ein Beweis für die Stärke der Opposition«, bemerkte Random. »Wo sind wir überhaupt, Corwin?«

Ich zuckte die Achseln.

»Ich würd's dir sagen, wenn ich es wüßte. Im Augenblick sitzen wir jedenfalls im selben Boot. Zurück!«

Und ich öffnete die Tür.

Der erste Mann versuchte mich zur Seite zu drängen, doch ich schob ihn mit ausgestrecktem Arm zurück.

Es waren sechs, das konnte ich deutlich erkennen.

»Was wollen Sie?« fragte ich.

Aber es fiel kein einziges Wort. Waffen blinkten.

Ich trat gegen die Tür, ließ sie zuknallen und schob den Riegel vor.

»Okay, sie sind wirklich vorhanden«, sagte ich. »Aber woher soll ich wissen, daß du mich nicht reinzulegen versuchst?«

»Wissen kannst du das nicht«, sagte er. »Aber ich wünschte, ich täte es wirklich. Die Kerle sehen wirklich zum Fürchten aus.«

Ich mußte ihm recht geben. Die Burschen auf der Veranda waren breit gebaut und hatten sich die Hüte tief über die Augen gezogen. Ihre Gesichter waren von Schatten bedeckt.

»Ich wüßte gern, wo wir sind«, sagte Random.

Ich spürte eine durch und durch gehende Vibration in der Nähe meines Trommelfells und wußte sofort, daß Flora ihre Pfeife benutzt hatte.

Als ich rechts ein Fenster klirren hörte, überraschte es mich nicht, von links ein grollendes Knurren und ein tiefes Bellen zu vernehmen.

»Sie hat ihre Hunde gerufen«, sagte ich. »Sechs bösartige Bestien, die unter anderen Umständen auf unserer Fährte sitzen könnten.«

Random nickte, und wir eilten in die Richtung, in der es geklirrt hatte.

Als wir das Wohnzimmer erreichten, waren zwei Männer bereits im Haus. Beide trugen Waffen.

Ich schoß den ersten nieder und ließ mich zu Boden fallen, während ich auf den zweiten feuerte. Random sprang säbelschwingend hin und her, und ich sah, wie er dem zweiten Mann den Kopf von den Schultern trennte.

Schon waren zwei weitere Gestalten durch das Fenster geklettert. Ich leerte die Automatic auf sie und hörte, wie sich das Grollen von Floras Hunden mit Schüssen vermengte, die nicht aus meiner Waffe kamen.

Ich sah drei Männer und ebenso viele Hunde am Boden. Es war ein ganz angenehmer Gedanke zu wissen, daß wir die Hälfte der Gegenseite schon ausgeschaltet hatten, und als die übrigen durch das Fenster kamen, tötete ich einen weiteren auf eine sogar für mich überraschende Weise.

Plötzlich und ohne nachzudenken ergriff ich einen riesigen Sessel und schleuderte ihn etwa fünf Meter weit durch das Zimmer. Das Möbelstück traf einen Mann und brach ihm das Rückgrat.

Dann sprang ich auf die beiden letzten Männer los, doch ehe ich das Zimmer durchqueren konnte, hatte Random einen von ihnen mit dem Säbel aufgespießt und überließ ihn den Hunden, während er sich dem letzten zuwandte.

Dieser wurde jedoch niedergeworfen, ehe er in Aktion treten konnte. Ehe wir es verhindern konnten, tötete er einen zweiten Hund, der aber sein letztes Opfer sein sollte. Random erwürgte ihn.

Es stellte sich heraus, daß zwei Hunde tot und einer schwer verletzt war. Random erlöste das verletzte Tier mit einem schnellen Stoß der Klinge in den Hals, und wir wandten uns den Männern zu.

Ihr Aussehen war irgendwie ungewöhnlich.

Gemeinsam mit Flora versuchten wir uns darüber klar zu werden.

Zum einen hatten alle blutunterlaufene Augen. Sehr blutunterlaufene Augen.

Bei den Männern schien der Zustand allerdings normal zu sein.

Außerdem besaßen alle sechs ein zusätzliches Gelenk an Fingern und Daumen, sowie scharfe, nach vorn gekrümmte Spitzen auf den Handrücken.

Das Kinn der Fremden war sehr ausgeprägt, und als ich einem den Mund öffnete, zählte ich vierundvierzig Zähne, zumeist länger als beim Menschen, und mehrere sahen auch sehr viel schärfer aus. Die Haut der Kerle war hart und glänzendgrau.

Es gab zweifellos noch andere Unterscheidungsmerkmale, doch diese Feststellungen reichten für gewisse Rückschlüsse zunächst aus.

Wir sammelten die Waffen der Toten ein, dabei nahm ich drei kleine flache Pistolen an mich.

Viertes Kapitel

»Wir hatten recht – die Burschen sind aus den Schatten gekrochen«, sagte Random, und ich nickte. »Ich hatte Glück. Offenbar hatten sie nicht angenommen, ich würde mir Verstärkung holen – einen kampfstarken Bruder und eine ganze Hundemeute!« Er äugte aus dem zerbrochenen Fenster, und ich ließ ihn gewähren. »Nichts«, meldete er nach einer Weile. »Ich bin sicher, daß keiner übrig ist.« Und er zog die schweren orangefarbenen Vorhänge zu und schob etliche hochlehnige Möbelstücke davor zurecht. Während er noch damit beschäftigt war, durchsuchte ich die Taschen der Toten.

Es überraschte mich nicht, daß sie keine Ausweise bei sich trugen.

»Gehen wir wieder in die Bibliothek«, sagte ich, »damit ich mein Glas austrinken kann.«

Doch ehe sich Random setzte, reinigte er vorsichtig die Klinge und hängte sie wieder an die Wand. In dieser Zeit holte ich Flora einen Drink.

»Offenbar bin ich vorübergehend in Sicherheit«, sagte Random, »nachdem wir nun diese Bühne zu dritt besetzt halten.«

»Sieht so aus«, meinte Flora.

»Himmel, ich habe seit gestern nichts mehr gegessen!« verkündete er.

Flora verließ das Zimmer, um Carmella zu sagen, daß sie wieder herauskommen könne und nur nicht ins Wohnzimmer gehen solle. Außerdem wollte sie eine umfangreiche Mahlzeit bestellen.

Sie war kaum aus dem Zimmer, als sich Random zu mir umwandte. »He, wie steht es zwischen euch?« fragte er.

»Du darfst ihr nicht den Rücken zudrehen.«

»Sie gehört immer noch zu Eric?«

»Soweit ich weiß.«

»Was machst du dann hier?«

»Ich wollte Eric dazu verleiten, selbst zu kommen. Er weiß, es ist die einzige Möglichkeit, wirklich an mich heranzukommen, und ich wollte wissen, wie sehr ihm daran liegt.«

Random schüttelte den Kopf.

»Ich glaube nicht, daß er darauf eingeht. Sicher nicht. Solange du hier bist und er dort steckt – warum sollte er da seinen Hals riskieren? Er hat noch immer die bessere Ausgangsposition. Wenn du ihn stürzen willst, mußt du schon zu ihm kommen.«

»Das habe ich mir auch gerade überlegt.«

Da begannen seine Augen zu funkeln, und sein altbekanntes Lächeln flammte wieder auf. Er fuhr sich mit der Hand durch das strohfarbene Haar und ließ meinen Blick nicht mehr los.

»Willst du's denn tun?«

»Vielleicht.«

»Komm mir nicht mit ›vielleicht‹, alter Knabe! Dir steht's doch ins Gesicht geschrieben! Ich bin fast geneigt mitzukommen, weißt du. Wenn es um das Verhältnis zu meinen Mitmenschen geht, steht der Sex ganz oben und Eric ganz unten auf der Liste.«

Ich zündete mir eine Zigarette an und dachte darüber nach.

»Du fragst dich jetzt: ›Wie sehr kann ich Random diesmal vertrauen? Er ist hinterlistig und gemein und wankelmütig wie sein Name, und er wird mich zweifellos verraten, sobald ihm jemand einen besseren Vorschlag macht.‹ Stimmt's?«

Ich nickte.

»Bruder Corwin, du solltest andererseits bedenken, daß ich dir zwar noch nie sehr genützt habe, daß ich dir aber auch keinen besonderen Schaden zugefügt habe. Gewiß, da waren ein paar Streiche, das gebe ich zu. Aber alles in allem könnte man wohl sagen, daß wir beide in der Familie noch am besten miteinander ausgekommen sind – das heißt, wir sind uns nicht in die Quere gekommen. Denk mal darüber nach. Ich glaube, ich höre Flora oder ihr Hausmädchen kommen, da sollten wir lieber das Thema wechseln ... Aber noch etwas! Du hast nicht zufällig einen Satz des Lieblingsspiels der Familie dabei?«

Ich schüttelte den Kopf.

Flora betrat das Zimmer. »Carmella bringt uns gleich etwas zu essen«, sagte sie.

Das war ein Anlaß zum Trinken, und Random blinzelte mir heimlich zu.

Am nächsten Morgen waren die Leichen aus dem Wohnzimmer verschwunden, es gab keine Flecke auf dem Teppich mehr, und das Fenster war anscheinend repariert worden. Random erklärte mir, er habe sich um die Dinge »gekümmert«. Ich hielt es nicht für angebracht, weitere Fragen zu stellen.

Wir liehen uns Floras Mercedes und unternahmen einen Ausflug. Die Landschaft kam mir seltsam verändert vor. Ich vermochte nicht genau zu sagen, was hier fehlte oder neu hinzugekommen war, doch irgendwie fühlte sich die Welt anders an. Auch dies verursachte mir Kopfschmerzen, als ich mich damit zu beschäftigen versuchte, und so beschloß ich, solche Überlegungen zunächst aufzuschieben.

Ich fuhr den Wagen, Random saß neben mir. Ich sagte, daß ich gern wieder in Amber gewesen wäre – nur um zu sehen, wie er darauf reagierte.

»Ich hatte mich schon gefragt«, erwiderte er, »ob es dir nur um die Rache oder um mehr gegangen ist.« Damit spielte er den Ball zurück; die Entscheidung über Antwort oder nicht Antwort lag wieder bei mir.

Ich entschloß mich zu einer Antwort und versuchte mein Heil mit einem Gemeinplatz:

Viertes Kapitel

»Auch ich habe darüber nachgedacht und mir meine Chancen auszurechnen versucht. Weißt du, vielleicht ›versuche‹ ich's tatsächlich.«
Daraufhin wandte er sich in meine Richtung (er hatte aus dem Seitenfenster gestarrt) und sagte: »Vermutlich haben wir alle mal diesen Ehrgeiz gehabt oder zumindest mit dem Gedanken gespielt – jedenfalls trifft das in meinem Fall zu, obwohl ich mich ziemlich frühzeitig aus dem Spiel zurückgezogen habe – und meinem Gefühl nach wäre es einen Versuch wert. Ich weiß, du willst in Wirklichkeit von mir wissen, ob ich dir helfen will. Die Antwort ist ›ja‹. Ich tu's, schon um die anderen zu ärgern.« Dann: »Was hältst du von Flora? Könnte sie uns irgendwie helfen?«
»Das bezweifle ich sehr«, erwiderte ich. »Sie würde mitmachen, wenn das Ergebnis feststünde. Aber was ist in diesem Augenblick schon gewiß?«
»Oder jemals?«
»Oder jemals«, wiederholte ich, damit er annahm, ich wisse die Antwort auf meine rhetorische Frage.
Ich scheute davor zurück, ihn über den Zustand meines Gedächtnisses aufzuklären. Ich wollte ihm nicht vertrauen, und ich tat es auch nicht. Es gab so viel zu erfahren. Ich wollte ihm nicht vertrauen, und ich tat es auch nicht. Es gab so viel Unbekanntes, aber ich hatte niemanden, an den ich mich wenden konnte. Ich dachte während der Fahrt ein wenig darüber nach.
»Nun, wann willst du anfangen?« fragte ich.
»Wenn du bereit bist.«
Wieder hatte er mir den Ball zugespielt, und ich wußte nicht, was ich damit anfangen sollte.
»Wie wär's mit sofort?« fragte ich.
Er schwieg und zündete sich eine Zigarette an. Wahrscheinlich wollte er Zeit gewinnen.
»Also gut«, sagte er schließlich. »Wann warst du zum letzten Mal dort?«
»Das ist so verdammt lange her«, sagte ich, »daß ich mir nicht mal sicher bin, ob ich den Weg noch weiß.«
»Na gut«, erwiderte er, »dann müssen wir eben ein Stück fahren, ehe wir zurückkehren können. Wieviel Benzin hast du?«
»Der Tank ist dreiviertel voll.«
»Bieg an der nächsten Ecke links ab, dann sehen wir schon, was passiert.«
Ich tat, was er gesagt hatte, und plötzlich begannen die Bürgersteige zu funkeln.
»Verdammt!« sagte er. »Es ist jetzt etwa zwanzig Jahre her, seit ich zum letzten Mal durch bin. Ich erinnere mich zu schnell an die richtigen Dinge.«

Wir setzten unsere Fahrt fort, und ich wunderte mich, was hier eigentlich passierte.

Der Himmel war hellgrün geworden, schimmerte sogar leicht ins Rosa hinüber.

Ich biß mir auf die Lippen, um die Fragen zurückzuhalten.

Wir fuhren unter einer Brücke hindurch, und als wir auf der anderen Seite herauskamen, hatte der Himmel wieder eine normale Farbe, doch überall in der Gegend standen Windmühlen, große gelbe Gebilde.

»Keine Sorge«, sagte er hastig. »Es könnte schlimmer sein.«

Ich bemerkte, daß die Menschen, die an uns vorbeikamen, ziemlich seltsame Kleidung trugen, und daß die Straße holprig gepflastert war.

»Jetzt rechts.«

Ich bog ab.

Purpurne Wolken verdeckten die Sonne, und es begann zu regnen. Blitze jagten durch das Firmament, und der Himmel grollte über uns. Ich stellte die Scheibenwischer auf volle Geschwindigkeit, aber sie richteten nicht viel aus. Ich schaltete die Scheinwerfer ein und ging noch mehr mit dem Tempo herunter.

Ich hätte schwören können, daß ich an einem Reiter vorbeikam, der in die andere Richtung galoppierte, ganz in Grau gekleidet, den Kragen hochgeschlagen, den Kopf vor dem Regen geduckt.

Dann brach die Wolkendecke wieder auf, und wir fuhren an einer Küste entlang. Die Wogen schäumten hoch, und riesige Möwen schwebten im Tiefflug darüber hin. Der Regen hatte aufgehört, und ich schaltete Licht und Scheibenwischer aus. Die Straße bestand jetzt aus Asphalt, doch ich erkannte die Gegend nicht. Im Außenspiegel entdeckte ich keine Spur von der Stadt, die wir eben verlassen hatten. Meine Hände krampften sich um das Steuerrad, als wir an einem unerwartet aufragenden Galgen vorbeikamen, an dem ein fast zum Skelett verwester Mensch vom Wind hin und her bewegt wurde.

Random rauchte und starrte aus dem Fenster, während unsere Straße die Küste verließ und sich um einen Hügel zog. Eine grasbestandene baumlose Ebene öffnete sich zu unserer Rechten, und links stieg eine Bergkette immer höher empor. Der Himmel leuchtete in einem dunklen, aber strahlenden Blau, wie ein tiefer klarer See inmitten von Bäumen. Einen solchen Himmel hatte ich meiner Erinnerung nach noch nie gesehen.

Random öffnete das Fenster, um die Kippe fortzuwerfen. Ein eisiger Windhauch wirbelte durch das Innere des Wagens, bis er die Scheibe wieder hochgedreht hatte. Die Böe trug einen salzig-scharfen Meeresgeruch herbei.

»Alle Straßen führen nach Amber«, sagte er, als handle es sich um einen Lehrsatz.

Viertes Kapitel

Dabei fiel mir ein, was Flora gestern noch gesagt hatte. Ich wollte ja nicht als Dummkopf dastehen oder als jemand, der lebenswichtige Informationen für sich behält, doch als mir klar wurde, was ihre Äußerungen bedeuteten, mußte ich ihm davon berichten – zu meiner wie zu seiner Sicherheit.

»Weißt du«, begann ich, »als du neulich anriefst und ich ans Telefon kam, weil Flora nicht da war – ich glaube, da versuchte sie gerade, nach Amber durchzukommen, und fand die Straße blockiert.«

Darauf lachte er nur.

»Die Frau hat kaum Fantasie«, erwiderte er. »Natürlich ist die Straße in solchen Zeiten blockiert. In der letzten Phase, davon bin ich überzeugt, werden auch wir zu Fuß gehen müssen, und wir brauchen zweifellos sämtliche Kräfte und unseren ganzen Erfindungsreichtum, um ans Ziel zu gelangen, falls wir es überhaupt schaffen. Hat sie geglaubt, sie könne wie eine vornehme Prinzessin auf einem Blumenteppich zurückschreiten? Dumme Pute! Sie verdient es eigentlich nicht zu leben, aber darüber habe ich nicht zu befinden, noch nicht.«

»An der Kreuzung nach rechts«, verkündete er.

Was ging hier vor? Ich wußte, daß er irgendwie verantwortlich war für die exotischen Veränderungen, die ringsum eintraten, doch ich vermochte nicht zu bestimmen, wie er das anstellte und wohin er uns brachte. Ich wußte, daß ich hinter sein Geheimnis kommen mußte, aber ich konnte ihn nicht einfach danach fragen, wenn er nicht erfahren sollte, daß ich keine Ahnung hatte. Damit hätte ich mich ihm ausgeliefert. Seine Tätigkeit schien sich auf das Rauchen und das Hinausstarren zu beschränken – doch als wir nun aus einer Senke kamen, erreichten wir eine blaue Wüste, und die Sonne schimmerte plötzlich rosa am strahlenden Himmel. Im Rückspiegel erstreckte sich die Wüste endlose Meilen hinter uns, so weit ich sehen konnte. Ein toller Trick, alle Achtung.

Dann begann der Motor auszusetzen, fing sich wieder, stotterte erneut.

Das Steuerrad verformte sich unter meinen Händen.

Es verwandelte sich in einen Halbkreis; der Sitz schien sich plötzlich weiter hinten zu befinden, der Wagen hing offenbar tiefer über der Straße, und die Windschutzscheibe war viel schräger.

Doch ich sagte nichts, auch nicht, als der lavendelfarbene Sandsturm einsetzte.

Doch als sich das Unwetter verzog, hielt ich den Atem an.

Etwa eine halbe Meile vor uns staute sich eine ungeheure Wagenreihe. Die Fahrzeuge standen still, und ich hörte sie hupen. »Langsamer«, sagte Random. »Jetzt kommt das erste Hindernis.«

Ich gehorchte, und neue Sandwolken hüllten uns ein.

Ehe ich das Licht einschalten konnte, war die Erscheinung vorbei, und ich blinzelte mehrmals.

Die Wagen waren fort, ihre Hupen schwiegen. Aber die Straße funkelte nun ebenso wie vorhin die Bürgersteige, und ich hörte Random leise fluchen.

»Ich weiß, ich habe genauso reagiert, wie er es vorhatte, wer immer den Block errichtet hat«, sagte er. »Es ärgert mich, daß ich so gehorsam gewesen bin!«

»Eric?« fragte ich.

»Wahrscheinlich. Was meinst du? Sollen wir anhalten und es eine Zeitlang auf die harte Tour versuchen oder weiterfahren und sehen, ob noch weitere Sperren auftauchen?«

»Fahren wir ruhig ein Stück weiter. Schließlich war das erst der erste Block.«

»Gut«, sagte er, fügte aber hinzu: »Wer weiß, wie der zweite aussieht?«

Der zweite war ein Etwas – ich weiß nicht, wie ich die Erscheinung beschreiben soll.

Das Ding sah wie ein Brennofen mit Armen aus. Es hockte mitten auf der Straße, griff sich ein Auto nach dem anderen und verschlang es.

Ich trat auf die Bremse.

»Was ist los?« wollte Random wissen. »Fahr doch weiter! Wie kommen wir sonst daran vorbei?«

»Ich war im ersten Augenblick erschrocken«, sagte ich, und er warf mir einen seltsamen Blick zu, während zugleich der nächste Sandsturm begann.

Jetzt hatte ich etwas Falsches gesagt, das erkannte ich deutlich.

Als sich der Staub legte, rasten wir wieder auf einer leeren Straße dahin. Und in der Ferne ragten Türme auf.

»Ich glaube, jetzt habe ich ihn reingelegt«, sagte Random. »Ich habe mehrere miteinander verbunden, und jetzt haben wir wohl eine gefunden, mit der er nicht gerechnet hat. Schließlich kann niemand alle Straßen nach Amber im Auge behalten.«

»Das ist wahr«, sagte ich und hoffte, den *Faux Pas* wiedergutmachen zu können, der seinen seltsamen Blick ausgelöst hatte.

Ich beschäftigte mich in Gedanken mit Random. Ein kleiner, schwächlich wirkender Bursche, der gestern abend in ebenso großer Gefahr gewesen war wie ich. Worin bestand seine Stärke? Und was bedeutete all das Gerede von den Schatten? Ich hatte das Gefühl, daß wir uns sogar in diesem Augenblick inmitten der Schatten bewegten, was immer sich dahinter verbergen mochte. Aber wie? Es lag an etwas, das Random tat, und da er physisch im Ruhezustand zu sein schien, da er die Hände ruhig im Schoß hatte, mußte es sich

Viertes Kapitel

wohl um eine geistige Tätigkeit handeln. Und dabei ergab sich dieselbe Frage: *Wie?*

Nun, ich hatte ihn von »Additionen« und »Subtraktionen« sprechen hören, als sei das Universum, in dem wir uns bewegten, eine gewaltige Gleichung.

Mit plötzlicher Gewißheit erkannte ich, daß er auf irgendeine Weise Objekte zur ringsum sichtbaren Welt addierte oder davon abzog, um uns in eine immer genauere Ausrichtung zu jenem seltsamen Amber zu bringen, dem die Lösung dieser Gleichung galt.

Diesen Vorgang hatte auch ich einmal beherrscht. Und der Schlüssel dazu, das erkannte ich nun, lag in meiner Erinnerung an Amber.

Aber ich konnte mich nicht daran erinnern.

Die Straße beschrieb überraschend eine Kurve, die Wüste ging zu Ende und machte Feldern eines blauen Grases Platz, dessen lange Helme ziemlich scharf aussahen. Nach einiger Zeit wurde das Terrain hügelig, und am Fuß der dritten Erhebung endete das Pflaster; wir fuhren auf festgefahrener Erde weiter. Der schmale Weg wand sich zwischen größeren Erhebungen hindurch, auf denen jetzt kleinere Sträucher und Büsche mit bajonettähnlichen Dornen auftauchten.

Nachdem das etwa eine halbe Stunde lang so gegangen war, lagen die Hügel hinter uns, und wir erreichten einen Wald voller mächtiger Bäume mit rautenförmigen Blättern in herbstlicher Orange- und Purpurfärbung.

Es begann leicht zu regnen; Schatten hüllten uns ein. Aus dem feuchten Laub erhoben sich bleiche Nebelschwaden. Irgendwo zur Rechten hörte ich ein Heulen.

Noch dreimal veränderte das Steuerrad seine Form – die letzte Version war ein achteckiges Holzgebilde. Der Wagen war ziemlich hoch geworden, und wir hatten uns irgendwo eine Flamingoskulptur als Kühlerhaubenverzierung zugelegt. Ich enthielt mich jedes Kommentars über diese Details, und paßte mich den verschiedenen Stellungen an, die der Sitz einnahm, wie auch den veränderten Bedienungserfordernissen. Random jedoch warf einen Blick auf das Steuerrad – im gleichen Augenblick ertönte neues Geheul –, schüttelte den Kopf. Plötzlich waren die Bäume viel größer, wenn auch mit Ranken und bläulich schimmernden Flechten bekränzt, und der Wagen war fast wieder normal. Ich schaute auf die Benzinuhr und sah, daß der Tank noch halb voll war.

»Wir kommen voran«, bemerkte mein Bruder, und ich nickte.

Der Fahrweg erweiterte sich plötzlich und erhielt eine Betonoberfläche. Auf beiden Seiten erstreckten sich Kanäle mit schlammigem Wasser. Blätter, kleine Äste und bunte Federn trieben darauf.

Plötzlich war mir ein wenig schwindlig. »Langsam und tief atmen«, sagte Random, ehe ich eine Bemerkung darüber machen konnte. »Wir nehmen eine Abkürzung, und Luft und Schwerkraft sind eine Zeitlang verändert. Ich glaube, wir haben bisher ziemlich großes Glück gehabt, und ich möchte das natürlich ausnutzen – ich will in kürzester Zeit so dicht wie möglich ans Ziel heran.«

»Gute Idee«, sagte ich.

»Vielleicht – vielleicht aber auch nicht«, erwiderte er. »Aber ich glaube, es ist das Risiko wert ... *Paß auf*!«

Wir fuhren gerade einen Hügel hinauf. Ein Lkw kam über den Kamm und raste auf uns zu – auf der falschen Straßenseite! Ich versuchte auszuweichen, aber der andere Wagen vollzog dasselbe Manöver. Um einen Zusammenstoß zu vermeiden, mußte ich den Wagen auf den weichen Seitenstreifen zu meiner Linken steuern und am Kanalufer entlangfahren.

Rechts von mir stoppte der Laster mit quietschenden Bremsen. Ich versuchte, vom Seitenstreifen wieder auf die Straße zu kommen, doch wir steckten im Boden fest.

Im nächsten Moment hörte ich eine Tür zuknallen und sah, daß der Fahrer auf der rechten Seite des Führerhauses ausgestiegen war – was bedeuten mochte, daß er doch auf der richtigen Straßenseite gefahren war und wir uns im Unrecht befanden. Ich war sicher, daß in den Vereinigten Staaten nirgendwo britische Verkehrsvorschriften galten, aber ich war auch längst davon überzeugt, daß wir die mir bekannte Erde längst verlassen hatten.

Der Lkw war ein Tanklaster. In großen blutroten Buchstaben stand ZUÑOCO an der Seite und darunter das Motto »Wier beliewern die Weeld«. Der Fahrer belieferte mich mit Schimpfworten, als ich ausstieg, um den Wagen ging und mich zu entschuldigen begann. Er war so groß wie ich und hatte die Gestalt eines Bierfasses. In der Hand hielt er einen Schraubenschlüssel.

»Hören Sie, ich habe mich ja schon entschuldigt«, sagte ich. »Was wollen Sie denn noch? Niemand ist verletzt, und es hat keinen Schaden gegeben.«

»Sonntagsfahrer wie Sie sollte man nicht auf die Straße lassen!« brüllte er. »Ihr verfluchten Kerle seid eine Gefahr für Leib und Leben!«

In diesem Augenblick stieg Random aus dem Wagen. »Mister, Sie sollten lieber weiterfahren«, sagte er. Er hielt eine Waffe in der Hand.

»Tu das Ding weg«, sagte ich zu ihm, doch er zog den Sicherungshebel zurück.

Der Bursche riß angstvoll Augen und Mund auf, machte kehrt und wetzte davon.

Viertes Kapitel

Random hob die Waffe und zielte sorgfältig auf den Rücken des Mannes.

Erst im letzten Augenblick vor dem Schuß vermochte ich seinen Arm zur Seite zu schlagen.

Das Geschoß traf die Straße und surrte als Querschläger davon. Random drehte sich zu mir um. Sein Gesicht war leichenblaß.

»Du verdammter Narr!« sagte er. »Der Schuß hätte in den Tank gehen können!«

»Er hätte auch den Burschen treffen können, auf den du gezielt hast!«

»Na und? Wir kommen hier nicht mehr durch, jedenfalls nicht in dieser Generation. Der Schweinehund hat es gewagt, einen Prinzen von Amber zu beleidigen! Ich habe dabei an *deine* Ehre gedacht!«

»Ich kann meine Ehre selbst schützen«, entgegnete ich schroff. Plötzlich ergriff etwas Kaltes und Unwiderstehliches von mir Besitz und ließ mich fortfahren: »Die Entscheidung über sein Leben lag bei mir und nicht bei dir.« Ein Gefühl der Entrüstung erfüllte mich.

Da neigte er den Kopf, während die Lkw-Tür zuknallte und der schwere Wagen sich entfernte.

»Tut mir leid, Bruder«, sagte er. »Ich wollte nicht anmaßend sein. Aber es hat mich gekränkt, daß einer von denen so mit dir geredet hat. Ich weiß, ich hätte warten müssen, daß du dich des Burschen annimmst, wie du es für richtig hieltest – zumindest hätte ich dich fragen müssen.«

»Nun, wie dem auch sei«, sagte ich. »Wenn wir können, sollten wir auf die Straße zurückkehren und weiterfahren.«

Die Hinterräder waren bis zu den Radkappen eingesunken, und während ich sie noch anstarrte und mir überlegte, wie man die Dinge am besten in Angriff nahm, rief Random: »Okay, ich nehme die vordere Stoßstange. Du packst hinten an – wir tragen das Ding zur Straße – und zwar auf die linke Seite.«

Er meinte es ernst!

Er hatte zwar von einer geringeren Schwerkraft gesprochen, doch ich für meinen Teil fühlte mich gar nicht leicht. Gewiß, ich war kräftig, doch ich hatte meine Zweifel, ob ich das hintere Ende des Mercedes anheben konnte.

Andererseits wurde so etwas offensichtlich von mir erwartet; also mußte ich es versuchen. Ich durfte mir die Lücken in meinem Gedächtnis nicht anmerken lassen.

Ich beugte mich also vor, stellte die Beine auseinander, packte zu und begann, die Knie durchzudrücken. Mit saugendem Geräusch lösten sich die Hinterräder aus der feuchten Erde. Ich stemmte mein Ende des Wagens etwa zwei Fuß hoch über den Boden!

Das Auto war schwer – verdammt, und wie schwer! –, aber ich konnte es halten.

Mit jedem Schritt sank ich etwa fünfzehn Zentimeter tief in den Boden. Aber ich trug den Wagen! Und Random leistete an seinem Ende dasselbe.

Wir setzten das Fahrzeug auf der Straße ab; die Federung wippte etwas. Dann zog ich mir die Schuhe aus, leerte sie und reinigte sie mit Grasbüscheln; ich wrang meine Socken aus, bürstete die Hosensäume ab, warf meine Fußbekleidung auf den Rücksitz und stieg barfuß hinter das Steuer.

Random sprang auf den Beifahrersitz. »Hör mal. Ich möchte mich noch einmal entschuldigen …«

»Schon gut«, sagte ich. »Die Sache ist ausgestanden und vorbei.«

»Ja, aber ich möchte nicht, daß du mir etwas nachträgst.«

»Das tue ich nicht«, entgegnete ich. »Du solltest dich künftig nur etwas besser beherrschen, wenn es um das Töten in meiner Gegenwart geht.«

»Das will ich gern tun«, versprach er.

»Dann wollen wir jetzt weiterfahren.« Und das taten wir.

Wir bewegten uns durch eine Felsschlucht und erreichten schließlich eine Stadt, die völlig aus Glas oder glasähnlichen Substanzen zu bestehen schien – von hohen Gebäuden flankiert, die dünn und zerbrechlich wirkten, und mit Menschen, durch die die rosa Sonne hindurchschien und dabei ihre Organe und die Überreste der letzten Mahlzeit sichtbar machte. Die seltsamen Gestalten starrten uns nach. An den Straßenecken liefen sie zusammen, doch niemand versuchte, uns den Weg zu versperren.

»Die von Dänikens dieser Welt werden von unserem Besuch sicher noch in vielen Jahren berichten«, sagte mein Bruder.

Ich nickte.

Schließlich war vor uns überhaupt keine Straße mehr, und wir fuhren über eine endlose Fläche, die aus Silikon zu bestehen schien. Nach einer Weile engte sich die Erscheinung ein und wurde zu unserer Straße, und ein paar Minuten später erstreckten sich Sümpfe zu beiden Seiten – flach, braun, übelriechend. Und ich entdeckte ein Tier, das garantiert ein Diplodocus war und das den Kopf hob und auf uns herabstarrte. Gleich darauf flog ein riesiger fledermausartiger Schatten über uns dahin. Der Himmel erstrahlte königsblau, die Sonne schimmerte hellgolden.

»Wir haben nur noch einen Vierteltank«, bemerkte ich.

»Gut«, sagte Random. »Halt an.«

Ich gehorchte und wartete ab.

Eine lange Zeit – vielleicht sechs Minuten lang – schwieg er. »Fahr weiter«, sagte er dann.

Viertes Kapitel

Nach etwa drei Meilen erreichten wir eine Barrikade aus Baumstämmen, und ich begann, darum herumzufahren. Auf einer Seite tauchte eine Tür auf, und Random sagte zu mir: »Halt an und drück auf die Hupe.« Das tat ich, und kurz darauf öffnete sich das Holztor mit quietschenden Angeln.

»Fahr hinein«, sagte er. »Hier sind wir sicher.«

Ich fuhr hinein, und zu meiner Linken erhoben sich drei Esso-Zapfsäulen mit Ballonköpfen. Das kleine Gebäude dahinter gehörte zu der Art, wie ich sie unter normaleren Umständen schon unzählige Male gesehen hatte. Ich hielt an einer Zapfsäule und wartete.

Der Mann, der aus dem Häuschen kam, war etwa einen Meter fünfzig groß, hatte einen ungeheuren Leibesumfang und eine erdbeerrote Nase. Seine Schultern mochten einen Meter breit sein.

»Was soll's denn sein?« fragte er. »Volltanken?«

»Normalbenzin«, sagte ich nickend.

»Fahren Sie noch ein Stück vor«, wies er mich an.

Ich gehorchte und sagte zu Random: »Ob mein Geld hier gilt?«

»Schau's dir doch mal an«, sagte er, und das tat ich.

Meine Börse war voller orangefarbener und gelber Banknoten.

In den Ecken standen römische Ziffern, gefolgt von den Buchstaben »D.R«.

Er grinste mich an, als ich den Packen durchsah.

»Siehst du, ich habe für alles gesorgt«, sagte er.

»Großartig. Übrigens bekomme ich langsam Hunger.«

Wir sahen uns um und entdeckten das riesige Reklamebild eines Mannes, der in einer anderen Welt Kentucky-Brathähnchen verkaufte.

Der Erdbeernasige ließ etwas Benzin auf den Boden rinnen, um auf eine gerade Summe zu kommen, hängte den Zapfhahn ein, kam herbei und sagte: »Acht Drachae Regum.«

Ich nahm einen orangefarbenen Geldschein mit »V D.R.« darauf und drei weitere mit »I D.R.« und reichte sie ihm.

»Danke«, sagte er und stopfte sich das Geld in die Tasche. »Soll ich Öl und Wasser nachsehen?«

»Ja.«

Er füllte etwas Wasser nach, sagte, der Ölstand sei in Ordnung, und schmierte mit einem Schmutzlappen über die Windschutzscheibe.

Dann winkte er uns zu und verschwand wieder in seinem Schuppen.

Wir fuhren zu Kenni Rois hinüber und bestellten uns einen Eimer voll gebratene Kentucky-Echsenstücke und einen Eimer mit dünnem, salzigem Bier.

Dann wuschen wir uns im Nebengebäude die Hände, drückten am Tor auf die Hupe und warteten, bis ein Mann mit einer Hellebarde aufmachte.

Und dann fuhren wir weiter.

Vor uns sprang ein Tyrannosaurus empor, zögerte einen Augenblick lang und ging dann irgendwo links seines Weges. Drei weitere Pterodaytylen zogen am Himmel vorbei.

»Ich gebe Ambers Himmel nur ungern frei«, sagte Random, was immer er damit meinen mochte. Ich knurrte etwas zur Erwiderung.

»Ich habe allerdings ein wenig Angst, alles auf einmal zu versuchen«, fuhr er fort. »Vielleicht werden wir in Stücke gerissen.«

»Der Meinung bin ich auch.«

»Andererseits gefällt mir diese Gegend nicht.«

Ich nickte, und wir fuhren weiter, bis die Silikonebene endete und uns auf allen Seiten nacktes Gestein umgab.

»Was willst du jetzt tun?« wagte ich mich vor.

»Nachdem ich den Himmel habe, will ich mich am Terrain versuchen«, sagte er.

Und als wir langsam weiterfuhren, wurde die Felsebene von Felsbrocken abgelöst. Nackter schwarzer Erdboden erstreckte sich dazwischen. Nach einiger Zeit verminderte sich der Anteil des Gesteins. Dann entdeckte ich erste grüne Stellen – da und dort ein Fleckchen Gras. Aber es hatte eine sehr helle Tönung, wie sie mir von der Erde, die ich kannte, vertraut war – doch zugleich auch wieder nicht.

Bald umgaben uns endlose Grünflächen.

Später tauchten ab und zu Bäume am Wegesrand auf.

Dann ein Wald.

Und was für ein Wald!

Solche Bäume hatte ich noch nie gesehen – riesig, majestätisch, von einem dunklen, saftigen Grün, mit einem leichten goldenen Schimmer. Sie ragten hoch über uns auf, sie strebten zum Himmel. Es handelte sich um riesige Kiefern, Eichen, Ahornbäume und andere Arten, die ich nicht zu erkennen vermochte. Zwischen den Stämmen wogte ein lieblicher Duft. Nachdem ich mehrmals tief eingeatmet hatte, beschloß ich, das Fenster ganz herunterzudrehen und es so zu lassen.

»Der Wald von Arden«, sagte der Mann, der mein Bruder war. Ich wußte, daß er recht hatte, und irgendwie liebte und beneidete ich ihn zugleich wegen seiner Weisheit, wegen seines Wissens.

»Bruder«, sagte ich. »Du machst es richtig! Besser als erwartet. Vielen Dank.«

Dies schien ihn ziemlich zu überraschen.

Es war, als hätte ihm noch nie ein Verwandter ein gutes Wort gesagt.

»Ich gebe mir Mühe«, sagte er, »und das werde ich bis zum Schluß tun, das verspreche ich dir. Sieh dich doch um! Wir haben den Himmel, den Wald! Es ist fast zu schön, um wahr zu sein! Wir haben die Hälfte des Weges bereits hinter uns, ohne daß es besondere Probleme gegeben hat. Ich glaube, wir hatten bisher großes Glück. Gibst du mir eine Grafschaft?«

»Ja«, sagte ich, ohne zu wissen, was das bedeutete, doch bereit, ihm den Wunsch zu gewähren, wenn es in meiner Macht lag.

Er nickte und sagte: »Du bist in Ordnung.«

Er war ein kampflustiger kleiner Schurke, der meiner wiederauflebenden Erinnerung nach stets eine Art Rebell gewesen war. Unsere Eltern hatten ihn zu erziehen versucht, aber ohne rechten Erfolg. Mir wurde zugleich klar, daß wir gemeinsame Eltern gehabt hatten, was auch auf mich und Eric und Flora, wie auch auf Caine, Bleys und Fiona zutraf. Und wahrscheinlich auch auf andere – doch an diese Namen erinnerte ich mich, diese Geschwister kannte ich bereits.

Wir fuhren auf einem harten Feldweg durch eine Kathedrale riesiger Bäume. Der Wald schien kein Ende zu nehmen. Ich fühlte mich sicher. Von Zeit zu Zeit scheuchten wir Rehwild auf oder überraschten einen Fuchs, der den Weg überquerte oder in der Nähe verharrte. Da und dort zeigten sich Hufabdrücke im Lehm. Das Sonnenlicht sickerte zuweilen durch die Blätter, fiel schräg herab wie straffgespannte goldene Saiten auf einem exotischen Musikinstrument. Der Wind war feucht und satt von Leben. Mir ging auf, daß ich diesen Ort kannte, daß ich früher oft auf dieser Straße geritten war. Ich war auf dem Pferderücken durch den Wald von Arden galoppiert, war zu Fuß hindurchgewandert, hatte darin gejagt, hatte lange unter riesigen Stämmen gelegen, die Arme hinter dem Kopf verschränkt, während mein Blick emporwanderte. Ich war zwischen den Ästen solcher Riesen herumgeklettert und hatte auf eine grüne Welt hinabgeblickt, die sich ständig veränderte.

»Ich liebe diesen Ort«, sagte ich – und mir war im ersten Augenblick nicht recht klar, daß ich laut gesprochen hatte.

»Das hast du immer getan«, erwiderte Random, und ein Hauch von Belustigung schien in seiner Stimme mitzuschwingen – ich war mir meiner Sache nicht sicher.

Aus der Ferne tönte plötzlich ein Laut herüber, von dem ich wußte, daß es sich um das Signal eines Jagdhorns handelte.

»Fahr schneller!« sagte Random plötzlich. »Das klingt nach Julians Horn.«

Ich gehorchte.

Wieder der Hornstoß, diesmal näher.

»Seine verdammten Hunde reißen den Wagen in Stücke, und seine Jagdvögel picken uns die Augen aus!« sagte er. »Ich würde ihm ungern über den Weg laufen, wenn er so gut gerüstet ist. Was immer er gerade jagt, er würde seine Beute bestimmt aufgeben, wenn er dafür Jagd auf zwei Brüder machen könnte.«

»›Leben und leben lassen‹ – das ist heutzutage meine Devise«, bemerkte ich.

Random lachte leise vor sich hin.

»Was für eine drollige Vorstellung! Ich wette, die hält sich im Ernstfall höchstens fünf Minuten.«

Und wieder ertönte das Jagdhorn, diesmal noch näher, und er sagte: »Verdammt!«

Der Tachometer zeigte in altmodischen Runenziffern die Zahl fünfundsiebzig an. Ich wagte auf diesem Weg nicht, schneller zu fahren.

Wieder ertönte das Horn, dreimal lang aufjaulend, ganz in der Nähe. Dann hörte ich Hundegebell links von uns.

»Wir sind der wirklichen Erde schon sehr nahe, wenn auch noch weit von Amber«, sagte mein Bruder. »Es wäre sinnlos, durch die benachbarten Schatten zu fliehen, denn wenn er es wirklich auf uns abgesehen hat, würde er uns verfolgen. Oder zumindest sein Schatten.«

»Was sollen wir tun?«

»Wir können nur aufdrehen und hoffen, daß er nicht hinter uns her ist.«

Und wieder gellte das Horn auf, diesmal fast neben uns.

»Verdammt, worauf reitet er denn – auf einer Lokomotive?« fragte ich.

»Ich glaube, er reitet seinen mächtigen Morgenstern, das schnellste Pferd, das er je geschaffen hat.«

Ich ließ mir das vorletzte Wort eine Weile durch den Kopf gehen. Ja, es stimmt, sagte mir eine innere Stimme. Julian hatte Morgenstern aus den Schatten *geschaffen*, hatte in diesem Wesen die Wucht einer Dampframme mit der Geschwindigkeit eines Hurrikans verbunden.

Plötzlich fiel mir ein, daß ich guten Grund hatte, dieses Tier zu fürchten – und da sah ich es auch schon.

Morgenstern war sechs Hände größer als jedes andere Pferd, das ich je gesehen hatte, seine Augen wirkten seltsam tot, sein Fell war grau, und seine Hufe erinnerten an schimmernden Stahl. Er flog schnell wie der Wind dahin und hielt mit dem Wagen Schritt.

Julian duckte sich im Sattel – der Julian von der Spielkarte, mit langem schwarzen Haar und hellblauen Augen, und er trug seine schuppige weiße Rüstung.

Julian lächelte uns zu und winkte. Morgenstern warf den Kopf hoch, und seine herrliche Mähne wogte im Wind wie eine Flagge. Seine Beine waren ein einziger verwischter Schatten.

Mir fiel ein, daß Julian vor längerer Zeit einen Mann in abgelegte Kleidung von mir gesteckt und ihn veranlaßt hatte, das Tier zu quälen. Dies hatte dazu geführt, daß mich Morgenstern bei der nächsten Jagd niederzutrampeln versuchte, als ich abstieg, um einen Rehbock aufzubrechen.

Viertes Kapitel

Ich hatte das Fenster wieder zugemacht und nahm nicht an, daß Morgenstern am Geruch feststellen konnte, wer im Wagen saß. Doch Julian hatte mich entdeckt, und ich glaubte zu wissen, was das bedeutete. Er war von seinen Sturmhunden umgeben, robusten Tieren mit stahlharten Zähnen. Auch sie kamen aus den Schatten, denn kein normaler Hund vermochte so schnell zu rennen. Allerdings fühlte ich, daß das Wort »normal« in dieser Welt im Grunde auf nichts zutraf.

Julian signalisierte uns anzuhalten, und ich sah zu Random hinüber, der mir zunickte. »Wenn wir nicht gehorchen, reitet er uns nieder«, sagte er. Ich trat also auf die Bremse, fuhr langsamer, hielt an.

Morgenstern stieg auf die Hinterhand empor, ließ die Vorderhufe durch die Luft wirbeln, sprang mit allen vier Hufen auf und trabte näher. Die Hunde wimmelten hechelnd herum. Das Fell des Pferdes wies einen Schimmer auf, der vom Schweiß herrühren mußte.

Ich kurbelte das Fenster herunter.

»Was für eine Überraschung!« sagte Julian langsam, fast stockend, wie es seine Art war. Ein großer schwarz- und grüngefiederter Falke kreiste herab und setzte sich auf seine linke Schulter.

»Kann man wohl sagen«, erwiderte ich. »Wie ist es dir ergangen?«

»Ach, großartig«, beschied er mich, »wie immer. Und wie geht es dir und Bruder Random?«

»Ich bin ganz gut in Form«, antwortete ich.

Random nickte.

»Ich hätte angenommen, daß du dich in solchen Zeiten mit anderen Spielen beschäftigst.«

Julian neigte den Kopf und musterte ihn schräg durch die Windschutzscheibe.

»Es macht mir Spaß, Tiere abzuschlachten«, sagte er, »und ich denke ständig an meine Verwandten.«

Ein Kälteschauer rieselte mir über den Rücken.

»Der Lärm eures Motorwagens hat mich von der Jagd abgelenkt«, sagte er. »Dabei wußte ich zunächst gar nicht, daß ich zwei Burschen wie euch darin finden würde. Ich möchte fast annehmen, daß ihr hier nicht zu eurem Vergnügen herumfahrt, sondern ein Ziel habt – Amber zum Beispiel. Stimmt's?«

»Stimmt«, sagte ich. »Darf ich fragen, warum du hier bist – und nicht dort?«

»Eric hat mich hierhergeschickt, damit ich die Straße bewache«, erwiderte er. Unwillkürlich legte ich die Hand auf eine der Pistolen in meinem Gürtel. Ich hatte allerdings den Eindruck, daß sein Panzer sogar einer Kugel standgehalten hätte. Ich überlegte, ob ich auf Morgenstern schießen sollte.

»Nun, meine Brüder«, sagte er lächelnd. »Ich heiße euch im Schoße der Familie willkommen und wünsche euch eine gute Reise. Bestimmt sehe ich euch bald in Amber. Guten Tag.« Mit diesen Worten zog er sein Tier herum und ritt auf den Wald zu.

»Komm, wir wollen schleunigst hier verschwinden«, flüsterte Random. »Wahrscheinlich plant er einen Hinterhalt oder will uns jagen.« Er zog eine Waffe aus dem Gürtel und legte sie im Schoß bereit.

Ich fuhr in vernünftigem Tempo weiter.

Als ich nach fünf Minuten aufzuatmen begann, vernahm ich wieder das Horn. Obwohl ich wußte, daß er uns einholen würde, trat ich das Gaspedal nieder, denn ich wollte möglichst viel Zeit und Abstand gewinnen. Wir rutschten durch die Kurven, dröhnten Hänge hinauf und rasten durch Senken. Einmal hätte ich fast ein Reh gerammt, aber wir konnten dem Tier ausweichen, ohne die Fahrt zu verlangsamen oder gegen einen Baum zu krachen.

Die Hornstöße klangen schon wieder näher, und Random murmelte üble Verwünschungen.

Ich hatte das Gefühl, daß der Wald noch lange nicht zu Ende war – was mich nicht gerade aufmunterte.

Wir erreichten eine ziemlich lange gerade Strecke, auf der ich fast eine Minute lang höchstes Tempo fahren konnte. In dieser Zeit wurde Julians Jagdhorn wieder leiser. Aber dann erreichten wir ein Waldstück, in dem der Weg zahlreiche Kurven beschrieb, und hier mußte ich wieder langsamer fahren; hier begann er aufzuholen.

Etwa sechs Minuten später tauchte er im Rückspiegel auf, eine dahingaloppierende Masse auf dem Weg, von seiner hechelnden, bellenden, sabbernden Meute umgeben.

Random kurbelte sein Fenster runter, lehnte sich hinaus und begann zu feuern.

»Die verdammte Rüstung!« sagte er. »Ich bin sicher, daß ich ihn zweimal getroffen habe, aber es ist ihm nichts passiert.«

»Es gefällt mir zwar nicht, das Tier umzubringen«, sagte ich, »aber ziel auf das Pferd.«

»Habe ich schon mehrmals gedacht«, erwiderte er, warf seine leere Waffe wütend auf den Wagenboden und zog die andere. »Entweder bin ich ein schlechterer Schütze, als ich dachte, oder das Gerücht stimmt, wonach man ein Geschoß aus Silber braucht, wenn man Morgenstern töten will.«

Mit den restlichen Patronen erschoß er sechs Hunde, doch die Meute bestand noch mindestens aus zwei Dutzend Tieren.

Ich reichte ihm eine meiner Pistolen, und er erledigte fünf weitere Hunde.

»Die letzte Patrone hebe ich mir auf«, sagte er, »für Julians Kopf, wenn er nahe genug herankommt!«

Viertes Kapitel

Die Verfolger waren in diesem Augenblick noch etwa fünfzig Fuß hinter uns und holten immer mehr auf. Ich trat heftig auf die Bremse.

Einige Hunde vermochten nicht mehr rechtzeitig anzuhalten, aber Julian war plötzlich verschwunden, und ein dunkler Schatten segelte über uns dahin.

Morgenstern war über den Wagen gesprungen! Er wirbelte auf der Stelle herum, und als Pferd und Reiter sich in unsere Richtung wandten, gab ich wieder Gas. Der Wagen schleuderte los.

Mit einem großartigen Sprung brachte sich Morgenstern aus der Gefahrenzone. Im Rückspiegel sah ich, wie zwei Hunde ein Schutzblech fallenließen, das sie abgerissen hatten, und die Verfolgung wieder aufnahmen. Einige Tiere lagen auf der Straße, und nur noch fünfzehn oder sechzehn beteiligten sich an der Jagd.

»Gut gemacht«, sagte Random. »Aber du hattest Glück, daß sie nicht in die Reifen gebissen haben. Ist wahrscheinlich ihr erstes Auto.«

Ich gab ihm meine letzte Waffe. »Auf die Hunde«, sagte ich.

Er feuerte in aller Ruhe und sehr präzise und erledigte nacheinander sechs Hunde.

Julian galoppierte jetzt neben dem Wagen her und schwang ein Schwert in der rechten Hand.

Ich betätigte die Hupe in der Hoffnung, Morgenstern zu erschrecken – doch der Trick funktionierte nicht. Ich fuhr seitlich auf die beiden zu, doch das Pferd tänzelte leichtfüßig davon. Random duckte sich in seinem Sitz zusammen und zielte an mir vorbei. Er hielt die Pistole mit der rechten Hand, die er auf seinen linken Unterarm stützte.

»Noch nicht schießen«, sagte ich. »Ich will sehen, ob ich ihn so erwische.«

»Du bist ja verrückt«, sagte er, als ich wieder auf die Bremse stieg.

Aber er senkte die Waffe.

Kaum hatten wir gestoppt, als ich auch schon meine Tür aufriß und ins Freie sprang – und ich war barfuß! Verdammt!

Ich duckte einen Schwerthieb ab, packte Julian am Arm und riß ihn aus dem Sattel.

Mit der gepanzerten Faust versetzte er mir einen Schlag auf den Kopf, und ich sah zahlreiche Sterne aufblitzen und hatte stechende Schmerzen.

Er lag erschöpft am Boden, wohin er gefallen war, und ich war von Hunden umgeben, die nach mir schnappten, während Random Fußtritte austeilte. Ich nahm Julians Klinge vom Boden auf und hielt ihm die Spitze an die Kehle.

»Ruf sie zurück!« rief ich. »Oder ich nagle dich am Boden fest!«

Er schrie den Hunden einen Befehl zu, und sie zogen sich winselnd zurück. Random hielt Morgensterns Zügel und mühte sich mit dem Pferd ab.

»Und jetzt, mein lieber Bruder, frage ich dich, was du vorzubringen hast«, sagte ich.

Ein kaltblaues Feuer loderte in seinen Augen, und sein Gesicht war ausdruckslos.

»Wenn du mich töten willst, tu's doch endlich!« sagte er.

»Nun mal langsam«, erwiderte ich. Irgendwie machte es mir Spaß, seine gepflegte Rüstung voller Schmutz zu sehen. »Doch zunächst die Frage, was dir dein Leben wert ist?«

»Natürlich alles, was ich habe.«

Ich trat zurück.

»Steh auf und setz dich hinten in den Wagen«, befahl ich.

Er gehorchte. Ehe er einstieg, nahm ich ihm noch den Dolch weg. Random stieg ebenfalls wieder ein; er hielt die Pistole mit der letzten verbleibenden Patrone unverwandt auf Julians Kopf gerichtet.

»Warum bringen wir ihn nicht einfach um?« fragte er.

»Ich glaube, er kann uns noch nützlich sein«, erwiderte ich. »Es sind noch zu viele Fragen offen. Und wir haben einen weiten Weg vor uns.«

Ich fuhr los. Ich sah die Hunde herumwimmeln. Morgenstern begann folgsam hinter dem Wagen herzutraben.

»Ich befürchte, ich kann euch als Gefangener nicht viel nützen«, sagte Julian. »Auch wenn ihr mich foltert, kann ich euch nur das verraten, was ich selbst weiß – und das ist nicht viel.«

»Na, dann fang doch damit an«, sagte ich.

»Eric scheint die stärkste Position zu haben«, berichtete er, »da er sich direkt in Amber aufhielt, als die ganze Sache losging. Jedenfalls habe ich die Lage so gesehen und ihm meine Unterstützung angeboten. Wäre es einer von euch gewesen, hätte ich wahrscheinlich genauso gehandelt. Eric beauftragte mich, in Arden aufzupassen, da es sich um einen der Hauptzugänge handelt. Gérard kontrolliert die Seewege im Süden, und Caine treibt sich in den nördlichen Gewässern herum.«

»Und was ist mit Benedict?« fragte Random.

»Keine Ahnung. Ich habe nichts von ihm gehört. Vielleicht ist er bei Bleys. Oder er treibt sich sonstwo in den Schatten herum und weiß von der ganzen Sache womöglich noch gar nichts. Vielleicht ist er sogar tot. Wir haben seit Jahren nicht mehr von ihm gehört.«

»Wie viele Männer hast du in Arden?« wollte Random wissen.

»Mehr als tausend«, erwiderte er. »Einige beobachten euch wahrscheinlich sogar in diesem Augenblick.«

»Und wenn sie wollen, daß du weiterlebst, sollten sie es dabei belassen«, sagte Random.

Viertes Kapitel

»Damit hast du sicher recht«, erwiderte Julian. »Ich muß zugeben, daß Corwin sehr klug gehandelt hat, als er mich gefangennahm, anstatt mich zu töten. Auf diese Weise schafft ihr es vielleicht durch den Wald.«

»Du sagst das ja nur, weil du weiterleben willst«, meinte Random.

»Natürlich möchte ich weiterleben. Darf ich?«

»Warum?«

»Als Gegenleistung für die Informationen, die ich euch gegeben habe.«

Random lachte.

»Du hast uns sehr wenig gegeben, und ich bin sicher, wir können dir noch mehr entreißen. Das werden wir sehen, sobald wir Gelegenheit zum Anhalten haben. Was, Corwin?«

»Wir werden's sehen«, sagte ich. »Wo ist Fiona?«

»Irgendwo im Süden, glaube ich«, entgegnete Julian.

»Und Deirdre?«

»Keine Ahnung.«

»Llewella?«

»In Rebma.«

»Gut«, sagte ich. »Ich glaube, du hast mir alles verraten, was du weißt.«

»Ja.«

Wir fuhren schweigend weiter. Nach einiger Zeit begann sich der Wald zu lichten. Ich hatte Morgenstern längst aus den Augen verloren, obwohl ich zuweilen noch Julians Falke erblickte, der mit uns auf gleicher Höhe blieb. Die Straße führte über einen Hang auf einen Paß zwischen zwei purpurnen Bergen zu. Der Tank war noch zu gut einem Viertel gefüllt. Nach einer Stunde fuhren wir zwischen hochaufragenden Felshängen dahin.

»Hier wäre eine günstige Stelle für eine Straßensperre«, sagte Random.

»Möglich«, sagte ich. »Wie steht es damit, Julian?«

Er seufzte.

»Ja«, sagte er schließlich. »Ihr müßtet bald auf eine stoßen. Ihr wißt ja, wie ihr dann handeln müßt.«

Wir wußten es. Als wir die Absperrung erreichten und der in grünes und braunes Leder gekleidete Wächter mit gezogenem Schwert auf uns zukam, deutete ich mit dem Daumen auf den Rücksitz. »Kapiert?« fragte ich.

Und er kapierte schnell; außerdem erkannte er uns.

Hastig hob er die Barriere und grüßte, als wir vorbeifuhren.

Wir mußten zwei weitere Sperren überwinden, ehe wir den Paß hinter uns hatten – und irgendwo unterwegs hatten wir offenbar auch den

Falken abgehängt. Wir waren nun mehrere tausend Fuß hoch, und ich bremste den Wagen auf einer Straße, die sich an einer Felswand entlangzog. Zu unserer Rechten ging es steil in die Tiefe.

»Raus!« sagte ich. »Du machst jetzt einen Spaziergang.«

Julian erbleichte.

»Ich werde nicht vor dir kriechen«, sagte er. »Ich werde dich auch nicht um mein Leben anflehen.« Und er stieg aus.

»Himmel!« sagte ich. »Ich habe seit Wochen keine schöne Kriecherei mehr gehabt! Nun ja ... stell dich mal hier an die Kante. Bitte noch etwas näher heran.« Random zielte mit der Waffe auf seinen Kopf. »Vor kurzem«, sagte ich zu ihm, »erzähltest du uns, du hättest wahrscheinlich jeden unterstützt, der sich Erics Position sichern konnte.«

»Richtig.«

»Schau hinab.«

Er gehorchte. Die Schlucht war unvorstellbar tief.

»Gut«, sagte ich, »daran solltest du denken, falls sich plötzliche Veränderungen ergeben. Und vergiß später auch nicht, wer dir das Leben geschenkt hat, das dir andere bestimmt genommen hätten. Komm Random, wir fahren weiter.«

Wir ließen ihn stehen. Er atmete heftig und hatte die Stirn gerunzelt.

Als wir die Paßhöhe erreichten, hatten wir fast kein Benzin mehr. Ich ging auf Leerlauf, stellte den Motor ab und ließ den Wagen anrollen.

»Ich habe mir so meine Gedanken über dich gemacht«, sagte Random. »Du hast nichts von deiner alten Arglist verloren. Ich hätte ihn für seine Gemeinheit wahrscheinlich umgebracht. Aber ich glaube, du hast richtig gehandelt. Er wird uns sicher unterstützen, wenn wir Eric in die Zange nehmen können. Aber zunächst meldet er Eric natürlich, was hier geschehen ist.«

»Natürlich«, sagte ich.

»Dabei hast du von uns allen eigentlich den besten Grund, dir seinen Tod zu wünschen.«

Ich lächelte.

»Persönliche Gefühle sind in der Politik, bei rechtlichen Entscheidungen oder bei Geschäftsabschlüssen nicht vom besten.«

Random zündete zwei Zigaretten an und reichte mir eine.

Während ich durch den Rauch nach vorn starrte, erhaschte ich einen ersten Blick auf das Meer. Unter dem tiefblauen, fast nächtlichen Himmel mit der goldenen Sonne wirkte das Meer dermaßen prächtig – dick wie Farbe, strukturiert wie ein königsblaues, fast purpurnes Stück Stoff –, daß ich gar nicht darauf schauen konnte. Ehe ich mich versah, sprach ich Worte in einer Sprache, die zu beherrschen ich keine Ahnung gehabt hatte. Ich zitierte aus der »Ballade der Wassergeher«, und Random hörte mir zu, bis ich fertig war, und fragte dann: »Es wird gemunkelt, daß du das Stück gedichtet hast. Ist das wahr?«

»Es ist so lange her«, erwiderte ich, »daß ich mich nicht mehr so recht erinnere.«

Und als sich die Klippe immer mehr nach links krümmte und wir uns an dem gewaltigen Steilhang abwärts bewegten, auf ein bewaldetes Tal zu – da wurde zugleich ein immer größer werdendes Stück des Meeres sichtbar.

»Der Leuchtturm von Carba«, sagte Random und deutete auf einen riesigen grauen Turm, der sich meilenweit vom Ufer entfernt aus dem Wasser erhob. »Ich hatte ihn fast vergessen.«

»Ich auch«, erwiderte ich. »Es ist ein seltsames Gefühl – zurückzukehren.« Und ich erkannte plötzlich, daß wir uns gar nicht mehr auf Englisch unterhielten, sondern in einer Sprache, die Thari genannt wird.

Nach etwa einer halben Stunde waren wir unten. Ich ließ den Wagen ausrollen, ehe ich den Motor wieder anließ. Das Geräusch scheuchte im Gebüsch links von uns einen Schwarm dunkler Vögel auf. Ein graues, wolfsartiges Tier brach aus seiner Deckung und raste auf ein nahegelegenes Dickicht zu; das Reh, das es beschlichen hatte und das bis jetzt unsichtbar gewesen war, sprang davon. Wir befanden uns in einem fruchtbaren Tal, das allerdings nicht so dicht mit Bäumen bestanden war wie der Wald von Arden und das sich sanft dem fernen Meer zuneigte.

Zur Linken erhoben sich die Berge zu ungeahnten Höhen. Je tiefer wir in das Tal vorstießen, um so besser vermochten wir die Art und Ausdehnung des gewaltigen Felsmassivs zu erkennen, von dem wir einen der kleineren Hänge bewältigt hatten. Die Berge setzten ihren Marsch zum Meer fort und wurden dabei immer größer; zugleich legte sich an ihre Hänge ein schwankender Schimmer von grüner, malvenfarbener, purpurner und indigoblauer Tönung. Das Gesicht, das sie dem Meer zuwandten, war für uns aus dem Tal nicht zu erkennen, doch um den Rücken des letzten und höchsten Gipfels wirbelte ein Hauch gespenstischer Wolken, die die goldene Sonne von Zeit zu Zeit mit ihrem Feuer füllten. Ich schätzte, daß wir noch etwa fünfunddreißig Meilen von diesem Ort des Lichts entfernt waren, und die Tankanzeige stand fast auf Null. Dieser letzte Gipfel war unser Ziel, das wußte ich. Ungeduld packte mich. Random starrte in dieselbe Richtung.

»Sie ist noch immer da«, bemerkte ich.

»Ich hatte sie fast vergessen ...«, sagte er.

Und als ich die Gangschaltung bediente, bemerkte ich, daß meine Hosen einen ungewohnten Glanz angenommen hatten, daß sie nun zu den Knöcheln ziemlich eng zuliefen. Außerdem stellte ich fest, daß meine Manschetten verschwunden waren. Dann fiel mein Blick auf das Hemd, das ich trug.

Es war eher ein Jackett, und es war schwarz und mit Silber besetzt; und mein Gürtel hatte sich erheblich verbreitert.

Als ich genauer hinschaute, sah ich, daß sich ein Silberstreifen um die Säume meiner Hosenbeine zog.

»Ich bin recht eindrucksvoll gekleidet«, sagte ich um festzustellen, welche Reaktion ich damit auslöste.

Random lachte, und jetzt erst sah ich, daß auch er sich rotgestreifte braune Hosen und ein braunorangefarbenes Hemd zugelegt hatte. Eine braune Mütze mit gelber Kapuze lag auf dem Sitz neben ihm.

»Ich hatte mich schon gefragt, wann es dir endlich auffallen würde«, sagte er. »Wie fühlst du dich?«

»Ziemlich gut«, entgegnete ich. »Übrigens haben wir fast kein Benzin mehr.«

»Daran können wir kaum noch etwas ändern«, sagte er. »Wir sind jetzt in der realen Welt, und es würde schreckliche Mühe bereiten, mit den Schatten herumzuspielen. Außerdem wäre das nicht möglich, ohne bemerkt zu werden. Ich fürchte, wir müssen tippeln, wenn der Wagen nicht mehr will.«

Zweieinhalb Meilen weiter war es soweit. Ich fuhr an den Straßenrand und bremste. Die Sonne verabschiedete sich bereits im Westen, die Schatten waren lang geworden.

Ich griff auf den Rücksitz – meine Schuhe waren zu schwarzen Stiefeln geworden, und als ich danach tastete, klapperte etwas.

Ich zog ein mittelschweres Schwert mit Scheide und silbernem Griff nach vorn. Die Scheide ließ sich wunderbar an meinem Gürtel befestigen. Außerdem lag hinten ein schwarzer Mantel mit einer Schnalle in der Form einer Silberrose.

»Hattest du die Sachen für immer verloren geglaubt?« fragte Random.

»So ziemlich«, sagte ich.

Wir stiegen aus dem Wagen und setzten unseren Weg zu Fuß fort. Die Abendluft war kühl und hatte einen angenehmen frischen Duft. Im Osten zeigten sich bereits die ersten Sterne, während die Sonne tiefer in ihr Bett tauchte.

Wir wanderten die Straße entlang.

»Mir will das nicht schmecken«, sagte Random plötzlich.

»Was meinst du?«

»Bis jetzt ist alles zu leicht gegangen«, erklärte er. »Das gefällt mir nicht. Wir haben den Wald von Arden fast mühelos überwunden. Sicher,

Viertes Kapitel

Julian versuchte uns zu erledigen – aber ich weiß nicht recht ... Wir sind so problemlos vorwärtsgekommen, daß ich fast das Gefühl habe, man hat geplant, uns so weit vorstoßen zu lassen.«
»Dieser Gedanke ist mir auch schon gekommen«, log ich. »Was schließt du daraus?«
»Ich fürchte«, sagte er, »wir tappen geradewegs in einen Hinterhalt.«
Mehrere Minuten lang gingen wir schweigend nebeneinander her.
»Hinterhalt?« fragte ich dann. »Der Wald hier scheint aber seltsam still zu sein.«
»Ich weiß nicht.«
Wir legten etwa zwei Meilen zurück, dann war die Abenddämmerung erloschen. Die Nacht war schwarz und von funkelnden Sternen durchsetzt.
»Für zwei Burschen wie uns ist das keine gute Fortbewegungsart«, meinte Random.
»Wie wahr!«
»Und doch habe ich Angst, uns Reittiere zu besorgen.«
»Ich auch.«
»Was hältst du von der Situation?« fragte Random.
»Tod und Tollkühnheit«, erwiderte ich. »Ich ahne, daß wir bald damit zu tun bekommen.«
»Meinst du, wir sollten den Weg verlassen?«
»Ich habe darüber nachgedacht«, log ich erneut. »Und ich glaube nicht, daß es uns schaden könnte, wenn wir ein bißchen seitlich davon gehen!«
Und das taten wir.
Wir gingen zwischen Bäumen hindurch, wir passierten die dunklen Umrisse von Felsbrocken und Büschen. Und langsam stieg auch der Mond auf, riesig, silbrig, die Nacht erhellend.
»Mich plagt das Gefühl, daß wir es nicht schaffen«, sagte Random.
»Und wie verläßlich ist dieses Gefühl?«
»Sehr.«
»Wieso?«
»Wir sind zu schnell vorangekommen«, entgegnete er. »Das gefällt mir ganz und gar nicht. Wir sind jetzt in der realen Welt, und zur Umkehr ist es zu spät. Wir können nicht auf die Schatten zurückgreifen, sondern müssen uns auf unsere Klingen verlassen.« (Er trug ein kurzes brüniertes Schwert.) »Ich bin fast der Meinung, daß unser Vordringen ganz Erics Plänen entspricht. Natürlich können wir nicht mehr viel an der Situation ändern, aber wo wir nun einmal hier sind, wünschte ich, wir hätten uns jeden Zentimeter des Weges mühsam erkämpfen müssen.«

Wir legten eine weitere Meile zurück und zündeten uns dann eine Zigarette an, die wir mit den Händen abschirmten.

»Eine schöne Nacht«, sagte ich zu Random und in den kühlen Wind.

»Mag sein ... Was war das?«

Ein Stück hinter uns raschelte es im Gebüsch.

»Vielleicht ein Tier.«

Er hatte seine Klinge gezogen.

Wir warteten mehrere Minuten lang, doch es war nichts mehr zu hören.

Random stieß die Waffe wieder zurück in die Scheide, und wir gingen weiter.

Hinter uns blieb nun alles ruhig, doch nach einer Weile vernahm ich vor uns ein Geräusch.

Als ich zu ihm hinübersah, nickte er, und wir begannen, uns anzuschleichen.

In der Ferne tauchte ein schwacher Lichtschimmer wie von einem Lagerfeuer auf.

Wir vernahmen keine weiteren Geräusche, doch er stimmte achselzuckend zu, als ich mich nach rechts wandte, um durch den Wald darauf zuzuhalten.

Es dauerte fast eine Stunde, bis wir das Lager erreichten. Vier Männer saßen um das Feuer, vier weitere schliefen in den Schatten.

Das Mädchen, das an einem Pfahl festgebunden war, hatte den Kopf zur anderen Seite gedreht, doch als ich ihre Gestalt erblickte, begann mein Herz schneller zu schlagen.

»Ist das vielleicht ... ?« flüsterte ich.

»Ja«, erwiderte er. »Ich glaube, du hast recht.«

Dann drehte sie den Kopf, und ich wußte, daß sie es war.

»Deirdre!«

»Ich möchte wissen, was sie angestellt hat«, sagte Random. »Nach den Farben der Kerle zu urteilen, bringen sie sie nach Amber zurück.«

Ich sah, daß die Männer Schwarz, Rot und Silber trugen – die Farben Erics, wie ich von den Trümpfen und sonstwoher wußte.

»Da Eric sie haben will, darf er sie nicht bekommen«, sagte ich.

»Ich habe nie besonders viel für Deirdre übrig gehabt«, sagte Random. »Ganz im Gegensatz zu dir, also ...« Und er zog seine Waffe.

Ich tat es ihm nach.

»Mach dich bereit«, sagte ich und richtete mich in eine geduckte Stellung auf.

Dann griffen wir an.

Etwa zwei Minuten, so lange mochte es gedauert haben.

Sie beobachtete uns, und der Feuerschein verwandelte ihr Gesicht in eine schiefe Maske. Sie schrie und lachte und rief mit lauter und ängstlicher Stimme unsere Namen, und ich zerschnitt ihre Fesseln und half ihr auf die Füße.

»Sei gegrüßt, Schwester. Begleitest du uns auf der Straße nach Amber?«

»Nein«, sagte sie. »Ich danke euch für mein Leben, aber ich möchte es behalten. Warum wandert ihr nach Amber – eigentlich müßte ich's mir ja denken können.«

»Es gibt dort einen Thron zu erringen«, sagte Random, was neu für mich war, »und wir wären immerhin daran interessiert.«

»Wenn ihr schlau seid, haltet ihr euch fern und lebt ein wenig länger«, sagte sie. Bei Gott! Sie war hübsch, wenn auch ein wenig mitgenommen und verdreckt.

Ich nahm sie in die Arme, weil ich den Wunsch dazu verspürte, und drückte sie an mich. Random fand eine Weinhaut, und wir alle tranken daraus.

»Eric ist der einzige Prinz in Amber«, sagte sie, »und die Truppen sind ihm treu ergeben.«

»Ich habe keine Angst vor Eric«, erwiderte ich und wußte, daß ich mir dieser Äußerung nicht hundertprozentig sicher war.

»Er läßt euch nie nach Amber hinein«, sagte sie. »Ich war dort gefangen, bis ich vor zwei Tagen auf einem der geheimen Wege fliehen konnte. Ich dachte, ich könnte in den Schatten wandeln, bis alles vorbei wäre, doch es ist nicht leicht, in unmittelbarer Nähe der Wirklichkeit zu beginnen. Seine Truppen haben mich heute früh gefunden ... Die Männer wollten mich zurückbringen. Vielleicht hätte er mich getötet – aber da bin ich mir nicht sicher. Jedenfalls bin ich in der Stadt eine reine Marionette gewesen. Ich glaube, Eric ist verrückt – aber auch dazu muß ich sagen, daß ich es nicht genau weiß.«

»Was ist mit Bleys?« wollte Random wissen.

»Er schickt Dinge aus den Schatten zu uns, und Eric ist beunruhigt. Aber er hat uns niemals mit seiner realen Kraft angegriffen, und so ist Eric nervös, und die Macht über Krone und Zepter bleibt ungewiß, auch wenn Eric beides in den Händen hält.«

»Ich verstehe. Hat er jemals von uns gesprochen?«

»Nicht von dir, Random. Aber von Corwin. Die Rückkehr Corwins nach Amber fürchtet er immer noch. Auf den nächsten fünf Meilen ist es noch relativ sicher, aber danach bringt jeder Schritt Gefahren. Jeder Baum, jeder Felsbrocken birgt Fallstricke und Hinterhalte. Und das alles nur wegen Bleys und Corwin. Es lag in Erics Absicht, euch zunächst bis hierhin kommen zu lassen, damit ihr nicht mehr mit den Schatten arbeiten oder euch mühelos seiner Macht entziehen könnt. Es ist einfach unmöglich, daß einer von euch Amber betritt, ohne einem seiner Tricks zum Opfer zu fallen.«

»Trotzdem bist du entkommen ...«

»Das war ja auch etwas anderes. Ich wollte hinaus, nicht hinein. Vielleicht hat er mich nicht so gut bewacht, wie er es bei einem von euch veranlaßt hätte – das mag an meinem Geschlecht und an meinem mangelnden Ehrgeiz liegen. Wie dem auch sei – ihr seht ja, daß mir die Flucht nicht geglückt ist.«

»Aber zu guter Letzt doch noch, Schwester«, sagte ich, »und dabei soll es bleiben, solange meine Klinge sich für dich schlagen kann.« Und sie küßte mich auf die Stirn und drückte mir die Hand. So etwas hatte mich schon immer weich gestimmt.

»Ich bin sicher, daß wir verfolgt werden«, sagte Random, und auf seine Handbewegung hin verschwanden wir in der Dunkelheit.

Reglos lagen wir unter einem Busch und beobachteten den Weg, auf dem wir gekommen waren.

Nach einer Weile lief unser Geflüster darauf hinaus, daß ich eine Entscheidung treffen mußte. Die Frage war im Grunde ganz einfach: Was nun?

Das Problem war zu grundlegend, und ich konnte nicht mehr so weitermachen. Ich wußte, daß ich den beiden nicht vertrauen konnte, nicht einmal der lieben Deirdre, aber wenn ich schon mit offenen Karten spielen mußte, dann steckte Random zumindest bis zum Hals mit in der Sache drin, und Deirdre war meine Lieblingsschwester.

»Geliebte Blutsverwandte«, setzte ich an. »Ich muß euch ein Geständnis machen.« Randoms Hand lag bereits auf seinem Schwertgriff. Damit zeigte sich das Ausmaß unseres gegenseitigen Vertrauens. Ich hörte es förmlich in seinem Kopf klicken: *Corwin hat mich hierhergeführt, um mich zu verraten*, das redete er sich ein.

»Wenn du mich hierhergeführt hast, um mich zu verraten«, sagte er, »bringst du mich nicht lebendig in die Stadt.«

»Machst du Witze?« fragte ich. »Ich wünsche mir deine Unterstützung, nicht deinen Kopf. Ich habe nur eins zu sagen: Ich habe nicht den blassesten Schimmer, was hier eigentlich vorgeht. Ich habe so meine Vermutungen, aber im Grunde weiß ich nicht, wo wir sind, was Amber ist, was Eric tut, wer Eric ist oder warum wir hier in den Büschen hocken und uns vor seinen Soldaten verstecken. Und wo wir schon mal dabei sind – wer ich eigentlich bin, weiß ich auch nicht so recht.«

Das Schweigen dehnte sich unangenehm in die Länge, dann flüsterte Random: »Was soll das heißen?«

»Ja«, sagte Deirdre.

»Das soll heißen«, sagte ich, »daß es mir gelungen ist, dich zum Narren zu halten, Random. Hast du es nicht seltsam gefunden, daß ich mich auf dieser Reise ganz auf das Fahren des Wagens beschränkt habe?«

Viertes Kapitel

»Du warst der Boß«, sagte er, »und ich bildete mir ein, daß du alles geplant hattest. Du hast unterwegs ein paarmal ziemlich scharfsinnig reagiert. Ich weiß, daß du Corwin bist.«

»Und das ist ein Umstand, den auch ich erst vor ein paar Tagen herausgefunden habe«, sagte ich. »Mir ist bekannt, daß ich ein Mann bin, den ihr Corwin nennt, aber ich war vor einiger Zeit in einen Unfall verwickelt. Dabei habe ich Kopfverletzungen davongetragen und leide an Amnesie. Ich begreife euer Gerede von den Schatten nicht. Ich habe außerdem kaum Erinnerungen an Amber. Ich erinnere mich nur an meine Verwandten und an die Tatsache, daß ich ihnen nicht besonders vertrauen kann. Das ist meine Geschichte. Was kann man da unternehmen?«

»Himmel!« sagte Random. »Ja, jetzt begreife ich! Ich begreife all die Kleinigkeiten, die mir unterwegs zu schaffen gemacht haben ... Wie hast du Flora so rückhaltlos überzeugen können?«

»Mit Glück«, erwiderte ich, »und mit instinktiver Arglist, vermute ich. Aber nein! Das stimmt gar nicht! Sie war dumm. Doch jetzt brauche ich euch wirklich.«

»Glaubst du, daß wir es in die Schatten schaffen?« fragte Deirdre, aber sie wandte sich nicht an mich.

»Ja«, sagte Random, »aber ich wäre nicht dafür. Ich möchte gern Corwin in Amber haben und Erics Kopf auf einen Pfahl gespießt sehen. Und um diese Ziele zu erreichen, nehme ich auch einige Risiken auf mich. In die Schatten gehe ich nicht zurück. Das kannst du gern machen, wenn du willst. Ihr alle haltet mich für einen Schwächling und aufgeblasenen Täuscher. Jetzt sollt ihr die Wahrheit kennenlernen. Ich bringe die Sache zu Ende.«

»Vielen Dank, Bruder«, sagte ich.

»Schicksalshafte Begegnung im Mondlicht«, bemerkte Deirdre.

»Du könntest jetzt noch gefesselt sein«, gab Random zu bedenken, und sie schwieg.

Wir lagen noch eine Zeitlang im Gebüsch, und schließlich betraten drei Männer das Lager und sahen sich um. Dann bückten sich zwei von ihnen und beschnüffelten den Boden.

Schließlich blickten sie in unsere Richtung.

»*Werwesen*«, flüsterte Random, als sie auf uns zukamen.

Ich sah alles ganz deutlich – allerdings nur schattenhaft. Die Gestalten gingen auf alle viere nieder, und das Mondlicht spielte mit ihrer grauen Kleidung. Dann waren nur noch die sechs schimmernden Augen unserer Jäger zu sehen.

Ich spießte den ersten Wolf mit meiner Silberklinge auf, und ein menschlicher Schrei ertönte. Random köpfte ein Wesen mit einem einzigen Hieb, und zu meiner Verblüffung sah ich, wie Deirdre einen

Angreifer durch die Luft wirbelte und ihm mit kurzem, trockenem Geräusch über dem Knie das Rückgrat brach.

»Schnell, dein Schwert!« sagte Random. Ich stieß seinem und Deirdres Opfer die Klinge ins Herz.

»Wir sollten schleunigst hier verschwinden«, sagte Random. »Kommt!« Wir folgten ihm.

»Wohin gehen wir?« fragte Deirdre, nachdem wir uns etwa eine Stunde lang verstohlen durchs Unterholz bewegt hatten.

»Zum Meer«, erwiderte er.

»Warum?«

»Dort finden wir Corwins Erinnerungen.«

»Wo denn? Und wie?«

»Natürlich in Rebma.«

»Man würde dich dort umbringen und dein Fleisch an die Fische verfüttern.«

»Ich komme nicht bis Rebma mit. Du wirst an der Küste übernehmen und mit der Schwester deiner Schwester reden müssen.«

»Meinst du, er soll das Muster noch einmal durchmachen?«

»Ja.«

»Das ist riskant.«

»Ich weiß ... Hör zu, Corwin«, sagte er. »Du hast mich in letzter Zeit sehr anständig behandelt. Wenn du zufällig doch nicht der echte Corwin bist, ist dein Leben verwirkt. Aber du mußt der Richtige sein. Etwas anderes ist gar nicht möglich – nicht nach dem, was du getan hast, und zwar ohne Erinnerungen. Nein, ich setze dein Leben darauf. Versuch dein Glück mit dem Gebilde, das wir Muster nennen. Du hast die Chance, daß es dir die Erinnerungen zurückgibt. Machst du mit?«

»Wahrscheinlich«, sagte ich. »Aber was ist das Muster?«

»Rebma ist die Gespensterstadt«, erklärte er. »Sie ist die Reflexion Ambers im Meer. Darin findet sich alles dupliziert, was es in Amber gibt, wie in einem Spiegel. Llewellas Leute leben dort unten, als befänden sie sich in Amber. Sie hassen mich wegen ein paar alter Sünden, deshalb kann ich dich nicht dorthin begleiten, aber wenn du offen mit den Leuten redest und vielleicht eine Andeutung über deine Mission machst, glaube ich, daß man dich das Muster von Rebma abschreiten läßt, das zwar spiegelverkehrt ist zu dem Muster Ambers, das aber dieselbe Wirkung haben müßte. Das heißt, es verleiht einem Sohn unseres Vaters die Fähigkeit, sich in den Schatten zu bewegen.«

»Wie kann mir diese Fähigkeit weiterhelfen?«

»Sie müßte dir verraten, wer du bist.«

»Dann tu ich's«, sagte ich.

»So ist es richtig. Also ziehen wir weiter nach Süden. Es sind noch mehrere Tage bis zur Treppe ... Gehst du mit ihm, Deirdre?«

Viertes Kapitel

»Ich begleite meinen Bruder Corwin.«

Ich wußte, daß sie das sagen würde und freute mich. Ich hatte Angst, doch zugleich war ich froh.

Wir marschierten die *ganze* Nacht hindurch. Dabei gingen wir drei bewaffneten Suchtrupps aus dem Weg und legten uns früh am Morgen in einer Höhle schlafen.

5

Zwei Nächte vergingen auf unserem Weg zum rosa und schwarzen Sandstrand des großen Meeres. Erst am Morgen des dritten Tages erreichten wir die Küste, nachdem wir gegen Sonnenuntergang einer kleinen Reitertruppe ausgewichen waren. Wir scheuten uns, ins Freie zu treten, ehe wir die richtige Stelle gefunden hatten und Faiella-bionin, die Treppe nach Rebma, in kürzester Zeit erreichen konnten.

Die aufgehende Sonne legte Milliarden glitzernder Funken auf die schäumende Brandung, und unsere Augen waren von den hin und her tanzenden Reflexen dermaßen geblendet, daß wir nicht unter die Oberfläche zu schauen vermochten. Wir hatten seit zwei Tagen von Früchten und Wasser gelebt, und ich war sehr hungrig – doch ich vergaß dieses Gefühl, als ich den breiten geneigten Strand betrachtete mit seinen überraschenden Korallenskulpturen in Orange, Rosa und Rot, mit den Häufchen aus Muscheln, Treibgut und kleinen, vom Wasser polierten Steinen; dahinter das Meer: aufsteigend, zurücksinkend, leise plätschernd, ganz Gold und Blau und Purpur, ein Wesen, das seine belebende Brise unter dem violetten Himmel der Morgendämmerung wie eine Labsal verschenkte.

Der Berg Kolvir, der der Morgendämmerung zugewendet ist und der seit Urzeiten Amber schützt wie eine Mutter ihr Kind, erhob sich etwa zwanzig Meilen zu unserer Linken, in nördlicher Richtung, und die Sonne hüllte ihn in einen goldenen Schimmer und ließ den Dunst über der Stadt in allen Regenbogenfarben erglühen.

Random blickte hinüber und knirschte mit den Zähnen; dann wandte er den Kopf ab.

Deirdre berührte meine Hand, deutete mit dem Kopf und begann, parallel zum Strand nach Norden zu gehen. Random und ich folgten ihr. Sie hatte offenbar ein Erkennungszeichen ausgemacht.

Etwa eine Viertelmeile weiter hatten wir plötzlich das Gefühl, als erzittere die Erde unter unseren Füßen.

»Hufschlag!« flüsterte Random.

»Schaut!« sagte Deirdre. Ihr Kopf war nach hinten geneigt, sie deutete nach oben.

Ich folgte ihrer Geste mit den Blicken.
Über uns kreiste ein Falke.
»Wie weit ist es noch?« wollte ich wissen.
»Der Steinhügel dort«, sagte sie, und ich entdeckte etwa hundert Meter entfernt das Zeichen – acht Fuß hoch, auf kopfgroßen grauen Steinen, von Wind, Sand und Wasser zernagt, in der Form eines Pyramidenstumpfes.

Der Hufschlag wurde lauter, und im nächsten Augenblick ertönte ein Horn – diesmal nicht Julians Signal.

»Lauft!« schrie Random – und wir rannten.

Nach etwa fünfundzwanzig Schritten stieß der Falke herab. Er stürzte sich auf Random, doch der hatte bereits seine Klinge gezogen und hieb nach dem Tier. Daraufhin wandte sich der Falke Deirdre zu.

Ich riß mein Schwert aus der Scheide und probierte es mit einem Hieb.

Federn wirbelten durch die Luft. Der Falke stieg auf und griff erneut an, und diesmal traf meine Klinge auf etwas Hartes – und ich glaubte, der Falke stürzte vom Himmel, aber dessen war ich mir nicht sicher, denn ich hatte keine Lust, stehenzubleiben und zurückzuschauen. Der Hufschlag war nun schon ziemlich regelmäßig und laut zu hören, der Hornist mußte ganz in der Nähe sein.

Wir erreichten den Steinhügel; Deirdre wandte sich im rechten Winkel nach links und hielt direkt auf das Wasser zu.

Ich wollte mich nicht mit jemandem streiten, der offenbar wußte, was er tat. Ich folgte ihr. Im nächsten Augenblick bemerkte ich aus den Augenwinkeln die Reiter.

Sie waren noch ziemlich weit entfernt, doch sie galoppierten über den Strand herbei, mit gellenden Jagdhörnern und geifernden Hunden, und Random und ich rannten mit voller Kraft und wateten hinter unserer Schwester in die Brandung hinaus.

Wir standen bis zu den Hüften im Wasser, als Random sagte: »Ich bin tot, wenn ich zurückbleibe, und tot, wenn ich weitergehe.«

»Das eine geschieht auf der Stelle«, erwiderte ich, »und über das andere läßt sich vielleicht reden. Komm weiter!«

Und wir wateten tiefer ins Wasser. Wir befanden uns auf einer Art flachem Felsplateau, das sich ins Meer senkte. Ich wußte nicht, wie wir auf unserem weiteren Weg atmen sollten, aber wenn sich schon Deirdre keine Gedanken darüber machte, wollte ich versuchen, ebenfalls ruhig zu bleiben. Aber ich machte mir Sorgen.

Als das Wasser uns bis zum Kinn reichte, war ich sogar ziemlich besorgt, Deirdre ging ungerührt weiter, stieg in die Tiefe. Ich folgte ihr, Random folgte ihr.

Alle paar Schritte gab es eine Vertiefung. Wir waren auf einer gewaltigen Treppe, die Faiella-bionin hieß, das wußte ich nun.

Der nächste Schritt mußte das Wasser über meinem Kopf zusammenschwappen lassen, doch Deirdre war bereits unter der Oberfläche.

Ich machte also einen tiefen Atemzug und wagte mich weiter.

Weitere Stufen senkten sich vor mir, und ich stieg hinab. Ich wunderte mich, daß mein Körper gar keinen Auftrieb hatte; ich blieb aufrecht und kam mit jedem Schritt tiefer, als befände ich mich auf einer ganz normalen Treppe, wenn meine Bewegungen auch etwas verlangsamt waren. Ich begann mich zu fragen, was ich tun sollte, wenn ich den Atem nicht länger anhalten konnte.

Um die Köpfe von Random und Deirdre stiegen Bläschen auf. Ich versuchte festzustellen, was sie machten, doch ich konnte nichts erkennen. Sie schienen ganz normal zu atmen.

Als wir etwa zehn Fuß unter der Oberfläche waren, blickte mich Random von der Seite an, und ich hörte seine Stimme. Es klang, als hätte ich das Ohr an die Unterseite einer Badewanne gelegt, und mit jedem seiner Worte schien jemand gegen den Wannenboden zu treten.

Doch ich konnte ihn gut verstehen.

»Ich glaube nicht, daß sie die Hunde dazu bringen, uns ins Wasser zu folgen, die Pferde schon eher«, sagte er.

»Wie kannst du denn hier atmen?« versuchte ich zu fragen und hörte meine eigenen Worte aus der Ferne.

»Entspann dich«, sagte er hastig. »Wenn du noch den Atem anhältst, laß ihn langsam raus und mach dir keine Sorgen. Du kannst atmen, solange du die Treppe nicht verläßt.«

»Wie ist das möglich?« wollte ich wissen.

»Wenn wir es schaffen, wirst du eine Antwort auf diese Frage bekommen«, sagte er, und seine Stimme klang seltsam hohl im kalten Grün.

Inzwischen waren wir fast zwanzig Fuß tief, und ich drückte etwas Luft aus den Lungen und versuchte eine Sekunde lang einzuatmen.

Da das Ergebnis nicht weiter beunruhigend war, setzte ich den Versuch fort.

Es gab neue Bläschen, doch abgesehen davon bereitete mir der Übergang kein Unbehagen.

Während wir die nächsten zehn Fuß zurücklegten, hatte ich nicht das Gefühl, daß sich der Druck ringsum erhöhte. Wie durch einen grünlichen Nebel sah ich die Treppe, auf der wir uns bewegten. Sie führte scheinbar endlos in die Tiefe, schnurgerade. Und von unten schimmerte ein Lichtschein herauf.

»Wenn wir es durch das Tor schaffen, sind wir gerettet«, sagte meine Schwester.

»Dann bist *du* gerettet«, korrigierte sie Random, und ich fragte mich, was er wohl angestellt hatte, daß er in Rebma so gehaßt wurde.

»Wenn sie Pferde haben, die den Abstieg noch nie gemacht haben, müssen sie uns zu Fuß folgen«, bemerkte Random. »Dann schaffen wir es.«

»Wenn das stimmt, folgen sie uns vielleicht überhaupt nicht«, bemerkte Deirdre.

Wir beeilten uns.

Als wir etwa fünfzig Fuß tief waren, war das Wasser ringsum kalt und düster, doch der Lichtschimmer schräg unter uns nahm zu, und nach weiteren zehn Schritten vermochte ich die Lichtquelle auszumachen.

Zur Rechten erhob sich eine Säule. Auf ihrer Spitze befand sich eine Art schimmernde Kugel. Etwa fünfzehn Schritte darunter zeichnete sich links ein zweites Gebilde dieser Art ab. Und dahinter offenbar ein weiterer Beleuchtungskörper, wieder rechts – und so weiter.

Als wir in die Nähe der Erscheinung kamen, erwärmte sich das Wasser wieder, und die Treppe selbst wurde deutlich sichtbar; sie war weiß, durchsetzt mit Rosa und Grün, und erinnerte an Marmor, war aber trotz des Wassers überhaupt nicht glatt. Die Stufen waren etwa fünfzig Fuß breit, und zu beiden Seiten erhob sich ein Geländer aus demselben Material.

Fische umschwammen uns während des Abstiegs. Als ich einen Blick über die Schulter warf, war von unseren Verfolgern keine Spur auszumachen.

Es wurde heller. Wir erreichten das erste Licht – bei dem es sich nicht um eine Kugel auf einer Säule handelte. Meine Fantasie mußte der Erscheinung diese Details hinzugedichtet haben, um zumindest den Ansatz einer logischen Erklärung zu finden. Es schien sich um eine etwa zwei Fuß lange Flamme zu handeln, die oben wie aus einer riesigen Düse hervorschoß. Ich nahm mir vor, später danach zu fragen, und sparte meinen Atem – wenn der Ausdruck gestattet ist – für den schnellen Abstieg.

Als wir die beleuchtete Gasse erreicht und sechs weitere Fackeln passiert hatten, sagte Random: »Sie sind hinter uns!«

Wieder blickte ich zurück und sah in der Ferne einige Gestalten auf der Treppe, vier davon auf Pferderücken.

Es ist ein seltsames Gefühl, sich unter Wasser lachen zu hören.

»Na, meinetwegen!« sagte ich und berührte meinen Schwertgriff. »Wo wir es nun schon so weit geschafft haben, spüre ich neue Kräfte in mir!«

Trotzdem beeilten wir uns. Das Wasser links und rechts wurde nun tintenschwarz. Nur die Treppe, auf der wir wie von Sinnen nach unten hasteten, war erleuchtet, und in der Ferne begann ich, die vagen Umrisse eines riesigen Torbogens auszumachen.

Deirdre begann, zwei Stufen auf einmal zu nehmen und hüpfte uns voraus, und die trommelnden Hufe der verfolgenden Pferde hinter uns ließen die Treppe erbeben.

Die Horde der Bewaffneten, die die Treppe in ganzer Breite ausfüllte, lag weit zurück. Aber die vier Reiter hatten aufgeholt.

Wir folgten Deirdre in ihrem schnellen Lauf, und meine Hand ließ den Schwertgriff nicht mehr los.

Drei, vier, fünf – so viele Lichter passierten wir, ehe ich wieder zurückblickte und feststellte, daß die Reiter noch etwa fünfzig Fuß über uns waren, während wir die Fußsoldaten kaum noch sehen konnten. Vor uns ragte das Tor auf, bis dorthin waren es noch etwa zweihundert Fuß. Riesig, schimmernd wie Alabaster, verziert mit Tritonen, Meeresjungfrauen und Delphinen. Und dahinter schienen sich Leute aufzuhalten.

»Die fragen sich bestimmt, warum wir kommen«, bemerkte Random.

»Die Frage dürfte ziemlich akademisch bleiben, wenn wir es nicht schaffen«, erwiderte ich und lief noch schneller, als ich bemerkte, daß die Reiter zehn Fuß aufgeholt hatten.

Im nächsten Augenblick zog ich mein Schwert, und die Klinge funkelte im Fackelschein. Random folgte meinem Beispiel.

Nach weiteren zwanzig Schritten machten sich die Vibrationen der Hufe auf der grünen Treppe deutlich bemerkbar, und wir fuhren herum, um nicht im Laufen von hinten niedergestreckt zu werden.

Sie waren fast heran. Das Tor erhob sich nur etwa hundert Fuß hinter uns – doch wenn wir die vier Reiter nicht besiegen konnten, hätten es auch hundert Meilen sein können.

Als der Mann, der direkt auf mich zuritt, seine Klinge schwang, zog ich den Kopf ein. Da rechts von ihm und ein Stück dahinter ein zweiter Reiter anrückte, wich ich natürlich auf seine linke Seite aus, in die Nähe des Geländers. Diese Bewegung führte dazu, daß er vor seinem Körper vorbeischlagen mußte, da er die Waffe mit der rechten Hand führte.

Als sein Hieb kam, parierte ich in *quarte* und stach zu.

Er hatte sich im Sattel vorgebeugt, und meine Schwertspitze drang ihm auf der rechten Seite in den Hals.

Eine riesige Blutwolke wallte wie roter Rauch und wirbelte im grünlichen Licht. Widersinnigerweise regte sich in mir der Wunsch, Van Gogh hätte das sehen können.

Das Pferd galoppierte an mir vorbei, und ich ging von hinten auf den zweiten Reiter los.

Fünftes Kapitel

Er machte kehrt, um den Hieb zu parieren, mit Erfolg. Aber der Schwung seines Unterwasserritts und die Stärke meines Hiebes rissen ihn aus dem Sattel. Während er noch stürzte, trat ich zu, und er trieb davon. Wieder schlug ich nach ihm, während er über mir schwebte, und er parierte erneut – doch von dieser Bewegung wurde er über das Treppengeländer getragen. Ich hörte ihn schreien, als der Wasserdruck ihn zerquetschte. Dann war er still.

Ich wandte meine Aufmerksamkeit nun Random zu, der ein Pferd und einen Mann getötet hatte und sich mit einem zweiten Soldaten zu Fuß duellierte. Als ich die beiden erreichte, hatte er seinen Gegner schon getötet und lachte mich an. Ringsum wallte Blut, und mir wurde plötzlich klar, daß ich den irrsinnigen und traurigen Vincent Van Gogh tatsächlich gekannt hatte. Es war wirklich schade, daß er diese Szene nicht malen konnte.

Die unberittenen Verfolger waren noch etwa hundert Fuß entfernt, und wir machten kehrt und eilten auf den Torbogen zu. Deirdre hatte sich bereits in Sicherheit gebracht.

Wir schafften es. Neben uns erhoben sich zahlreiche Schwerter, und die Verfolger kehrten um. Dann steckten wir die Waffen fort, und Random sagte: »Jetzt ist es aus mit mir«, und wir traten zu der Gruppe, die sich zu unserer Verteidigung formiert hatte.

Random wurde aufgefordert, sein Schwert abzuliefern, und er gehorchte achselzuckend.

Zwei Männer nahmen links und rechts von ihm Aufstellung, ein dritter nahm hinter ihm Aufstellung, und so setzten wir unseren Wag auf der Treppe fort.

In dieser Wasserwelt war mir jedes Zeitgefühl verlorengegangen. Ich glaube allerdings, daß wir gut eine Viertelstunde unterwegs gewesen waren, bis wir endlich unser Ziel erreichten.

Vor uns ragten die goldenen Tore Rebmas auf. Wir gingen hindurch. Wir betraten die Stadt.

Alles schien hinter grünen Schleiern zu liegen. Durchsichtige Gebäude ragten auf; sie wirkten zerbrechlich und waren meistens sehr hoch, sie standen in bestimmten Gruppierungen zusammen und wiesen Farben auf, die durch meine Augen in meinen Geist wehten und Erinnerungen zu wecken suchten. Aber sie hatten keinen Erfolg; das einzige Ergebnis ihrer Bemühungen war der längst vertraute Schmerz des Halb-Erinnerten, des Nicht-Erinnerten. Doch eins wußte ich: Ich war schon einmal durch diese Straßen geschritten – oder durch sehr ähnliche Straßen.

Random hatte seit seiner Festnahme kein einziges Wort gesprochen. Deirdres Konversation hatte sich mit der Frage nach unserer Schwester Llewella erschöpft. Man informierte sie, daß sich Llewella in Rebma aufhielt.

Ich musterte unsere Begleiter. Es waren Männer mit grünem, purpurnem oder schwarzem Haar; sie alle hatten grüne Augen, mit Ausnahme eines Mannes, dessen Augen haselnußbraun schimmerten. Die Männer trugen schuppige knielange Badehosen und Umhänge, über Kreuz gelegte Gurte vor der Brust und kurze Schwerter, die an muschelbesetzten Gürteln hingen. Sie besaßen kaum Körperhaare. Niemand sagte etwas zu mir, obwohl uns einige Typen finster anstarrten. Ich durfte meine Waffe behalten.

Wir wurden durch eine breite Straße geführt. Für die Beleuchtung sorgten Laternenflammen, die hier noch dichter standen als auf Faiellabionin. Man starrte uns aus getönten achteckigen Fenstern nach. Fische mit hellen Bäuchen schwammen an uns vorbei.

Eine kühle Strömung traf uns wie ein Windhauch, als wir um eine Ecke kamen; nach ein paar Schritten folgte eine warme Strömung wie ein Atemzug.

Wir wurden in den Palast geführt, der das Zentrum der Stadt bildete. Ich kannte diesen Palast wie meine Westentasche! Das Gebäude war ein Spiegelbild des Palasts in Amber, gedämpft nur durch den grünen Schimmer, verwirrend verändert durch die zahlreichen Spiegel an den Wänden drinnen und draußen. In dem durchsichtigen Raum, an den ich mich fast erinnerte, saß eine Frau auf einem Thron, und ihre Augen waren rund wie Monde aus Jade, und ihre Augenbrauen schwangen sich empor wie die Flügel olivenfarbener Möwen. Ihr Mund und Kinn waren klein, ihre Wangenknochen hoch und breit und rund. Ein Weißgoldband lag um ihre Stirn, und ihren Hals zierte ein kristallenes Band; daran funkelte ein Saphir zwischen ihren schönen nackten Brüsten, deren Warzen hellgrün geschminkt waren. Sie trug schuppige blaue Hosen und einen Silbergürtel, und in der rechten Hand hielt sie ein Zepter aus rosa Korallen. Sie trug an jedem Finger einen Ring, und jeder Ring enthielt einen Stein, der in einem anderen Blau funkelte. Sie lächelte nicht, als sie das Wort an uns richtete.

»Was sucht Ihr hier, Ausgestoßene von Amber?« fragte sie, und ihre Stimme war ein lispelndes, sanftes Etwas.

Deirdre antwortete für uns: »Wir flüchten vor dem Zorn des Prinzen, der in der wahren Stadt herrscht – Eric! Um ehrlich zu sein – wir streben seinen Sturz an. Wenn er hier wohlgelitten ist, sind wir verloren und befinden uns in der Gewalt unserer Feinde. Aber ich spüre, daß er hier nicht geliebt wird. Also kommen wir, um Hilfe zu erbitten, gnädige Moire ...«

»Truppen für einen Angriff auf Amber dürft Ihr von mir nicht erwarten«, erwiderte sie. »Wie Ihr wißt, würde sich das Chaos in meinem Reich widerspiegeln.«

»Nicht das wünschen wir uns von Euch, liebe Moire«, fuhr Deirdre fort, »sondern nur eine Kleinigkeit, die ohne Mühe oder Kosten für Euch und Eure Untergebenen zu verwirklichen ist.«

»Nenn sie! Denn wie du weißt, ist Eric hier fast ebenso unbeliebt wie der Übeltäter, der dort zu deiner Linken steht.« Mit diesen Worten deutete sie auf meinen Bruder, der sie offen und herausfordernd anstarrte, während ein Lächeln um seine Lippen spielte.

Wenn er für seine mir unbekannte Tat büßen mußte, würde er sich der Strafe wie ein wahrer Prinz von Amber unterwerfen – wie sie auch aussehen mochte. Mir fiel plötzlich ein, daß unsere drei toten Brüder vor langer Zeit ebenso gehandelt hatten. Random würde die Strafe auf sich nehmen und die Menschen hier dennoch verspotten; würde noch lachen, wenn das Blut ihm schon im Mund zusammenlief und ihn erstickte, und im Sterben noch würde er einen unwiderruflichen Fluch ausstoßen, der sich erfüllen würde. Auch ich besaß diese Kraft, das erkannte ich plötzlich, und würde sie einsetzen, wenn die Umstände es erforderten.

»Was ich von Euch erbitte«, fuhr Deirdre fort, »soll meinem Bruder Corwin zugute kommen, der zugleich Bruder der Lady Llewella ist, die hier bei Euch lebt. Ich glaube, sie hat Euch nie ein Ärgernis bereitet ...«

»Das stimmt. Aber warum trägt er seinen Wunsch nicht selbst vor?«

»Eben das gehört zu dem Problem, Lady. Er kann nicht selbst sprechen, denn er weiß nicht, worum er bitten muß. Ein großer Teil seiner Erinnerung ist untergegangen, als Folge eines Unfalls, in den er verwickelt wurde, während er in den Schatten lebte. Wir sind gekommen, um sein Gedächtnis aufzufrischen, um die Erinnerung an die alten Zeiten zu wecken, damit er Eric in Amber entgegentreten kann.«

»Sprich weiter«, sagte die Frau auf dem Thron und musterte mich durch die Schatten ihrer Wimpern.

»In einem bestimmten Teil dieses Gebäudes«, sagte sie, »befindet sich ein Raum, den nur wenige aufzusuchen wagen. In diesem Raum«, fuhr sie fort, »liegt auf dem Boden in feurigen Linien ein Duplikat jener Erscheinung, die wir ›das Muster‹ nennen. Nur ein Kind des letzten Herrn von Amber kann dieses Muster abschreiten, ohne zu sterben; und dieser Gang schenkt dem Betreffenden die Macht über die Schatten.« Bei diesen Worten blinzelte Moire mehrmals, und ich fragte mich, wie viele Untergebene sie wohl auf diesen Weg geschickt hatte, um für Rebma ein wenig Einfluß auf diese Gabe zu gewinnen. Natürlich waren die Versuche vergeblich gewesen. »Indem er das Muster abschreitet«, fuhr Deirdre fort, »müßte Corwin unserer Meinung nach die Erinnerung an sich selbst als Prinz von Amber zurückerhalten. Er kann nicht Amber aufsuchen, um den Gang dort zu tun; dies ist der einzige Ort, an dem sich meines Wissens ein Duplikat befindet, abgesehen von Tirna Nog'th, wohin wir natürlich im Augenblick nicht gehen können.«

Moire schaute wieder zu meiner Schwester, streifte Random mit einem Blick und sah schließlich mich an.

»Ist Corwin bereit, den Versuch zu wagen?« fragte sie.

Ich verbeugte mich.

»Bereit, M'lady«, sagte ich, und sie lächelte.

»Also gut – Ihr habt meine Erlaubnis. Allerdings kann ich Euch außerhalb meines Reiches keine Sicherheitsgarantien geben.«

»Was das angeht, Euer Majestät«, sagte Deirdre, »erwarten wir keine Hilfe, sondern werden uns bei unserer Abreise selbst darum kümmern.«

»Bis auf Random«, sagte Moire, »der hier in Sicherheit sein wird.«

»Was meint Ihr?« fragte Deirdre, da sich Random unter den gegebenen Umständen natürlich nicht selbst äußern konnte.

»Gewiß erinnert Ihr Euch«, erwiderte die Herrscherin, »daß Prinz Random vor einiger Zeit als Freund in mein Reich kam – und anschließend in aller Heimlichkeit mit meiner Tochter Morganthe wieder verschwand.«

»Ich habe davon berichten hören, Lady Moire, doch ich weiß nichts über die Wahrheit oder Verlogenheit dieser Geschichte.«

»Sie ist wahr«, fuhr Moire fort. »Einen Monat später wurde sie mir zurückgebracht. Ihr Selbstmord erfolgte einige Monate nach der Geburt ihres Sohnes Martin. Was habt Ihr dazu zu sagen, Prinz Random?«

»Nichts«, sagte Random.

»Als Martin volljährig wurde«, fuhr Moire fort, »beschloß er das Muster zu beschreiten, denn er war immerhin vom Blute Ambers. Er ist der einzige Angehörige meines Volkes, dem dieses Wagnis gelungen ist. Danach ist er in die Schatten gegangen, und ich habe ihn seither nicht mehr gesehen. Was habt Ihr dazu zu sagen, Lord Random?«

»Nichts«, erwiderte Random.

»Deshalb werde ich Euch bestrafen«, fuhr Moire fort. »Ihr werdet eine Frau meiner Wahl heiraten und mit ihr ein Jahr lang in meinem Reiche wohnen – sonst ist Euer Leben verwirkt. Was sagt Ihr dazu, Random?«

Random sagte nichts – doch er nickte knapp.

Sie schlug mit dem Zepter auf die Armlehne ihres türkisfarbenen Throns.

»Gut«, sagte sie. »So soll es denn sein.«

Und so geschah es.

Wir zogen uns in die Räume zurück, die sie uns zugewiesen hatte, um uns frisch zu machen. Ein wenig später erschien sie an meiner Tür.

»Heil, Moire«, sagte ich.

»Lord Corwin von Amber«, gestand sie, »ich habe mir oft gewünscht, Euch kennenzulernen.«

»Und ich Euch«, log ich.

»Eure Taten sind Legende.«

»Vielen Dank – aber ich erinnere mich kaum noch daran.«

»Darf ich eintreten?«

»Gewiß.« Und ich gab ihr den Weg frei.

Sie betrat die herrlich ausgestattete Zimmerflucht, die sie mir zugewiesen hatte, und setzte sich auf die Kante des orangefarbenen Sofas.

»Wann möchtet Ihr den Versuch mit dem Muster machen?«

»So schnell wie möglich«, erwiderte ich.

Sie überlegte einen Augenblick. »Wo seid Ihr gewesen, in den Schatten?« fragte sie schließlich.

»Sehr weit von hier«, entgegnete ich, »an einem Ort, den ich zu lieben gelernt habe.«

»Seltsam, daß ein Lord von Amber diese Fähigkeit besitzt.«

»Welche Fähigkeit?«

»Zu lieben«, erwiderte sie.

»Vielleicht habe ich mich falsch ausgedrückt.«

»Das bezweifle ich«, sagte sie. »Immerhin rühren die Balladen Corwins ans Herz.«

»Majestät ist zu gütig.«

»Aber irrt sich nicht«, erwiderte sie.

»Ich werde Euch eines Tages eine Ballade widmen.«

»Was habt Ihr in den Schatten getan?«

»Ich weiß nur noch, daß ich Berufssoldat war, Madam. Ich kämpfte für jeden, der mich bezahlte. Außerdem schuf ich Melodien und Worte zu vielen bekannten Liedern.«

»Beides erscheint mir logisch und natürlich.«

»Bitte sagt mir, was aus meinem Bruder Random wird.«

»Er muß ein Mädchen aus meinem Volk heiraten. Sie heißt Vialle. Sie ist blind und hat keine Freier in unseren Reihen.«

»Seid Ihr sicher«, sagte ich, »ob Ihr auch zu ihrem Vorteil handelt?«

»Auf diese Weise erringt sie großes Ansehen«, sagte Moire, »selbst wenn er nach einem Jahr verschwindet und niemals zurückkehrt. Was man auch sonst gegen ihn vorbringen kann – daß er ein Prinz von Amber ist, bleibt unbestreitbar.«

»Wenn sie ihn nun zu lieben beginnt?«

»Ist so etwas bei ihm wirklich möglich?«

»Auf meine Art liebe ich ihn auch – als Bruder.«

»Dann ist dies das erste Mal, daß ein Sohn Ambers so etwas sagt – ich schreibe die Worte Eurem poetischen Temperament zu.«

»Wie dem auch sei«, sagte ich. »Versichert Euch, daß Ihr im besten Interesse des Mädchens handelt.«

»Ich habe darüber nachgedacht«, verkündete sie, »und bin mir meiner Sache sicher. Sie wird sich wieder erholen, falls er ihr Kränkungen zufügt, und nach seiner Abreise wird sie an meinem Hof eine große Dame sein.«

»Gut«, sagte ich und wandte den Blick ab, denn Trauer überkam mich – natürlich für das Mädchen. »Was kann ich sagen?« fuhr ich fort. »Vielleicht tut Ihr etwas Gutes. Ich hoffe es jedenfalls.«

Und ich ergriff ihre Hand und küßte sie.

»Ihr, Lord Corwin, seid der einzige Prinz von Amber, dem ich meine Unterstützung geben könnte«, erwiderte sie, »Benedict vielleicht ausgenommen. Er ist schon zweiundzwanzig Jahre fort, und Lir allein weiß, wo seine Knochen ruhen. Es ist ein Jammer.«

»Das wußte ich nicht«, erwiderte ich. »Mein Gedächtnis ist ganz durcheinander. Habt Geduld mit mir. Benedict wird mir fehlen. Aber ob er wirklich tot ist? Er war mein Lehrmeister und unterrichtete mich an allen Waffen. Zugleich war er sehr sanftmütig.«

»Wie du, Corwin«, sagte sie, nahm meine Hand und zog mich heran.

»Nein, im Grunde nicht«, erwiderte ich und nahm auf dem Sofa neben ihr Platz.

»Wir haben vor dem Essen noch viel Zeit«, sagte sie und lehnte sich mit der Schulter an mich.

»Wann essen wir denn?« fragte ich.

»Wann immer ich es anordne«, sagte sie und drehte sich zu mir herum. Ich zog sie an mich und ertastete den Haken des Gürtels, der ihren zarten Leib umschlang. Darunter war es noch zarter, ihr Schamhaar war grün und weich wie junges Moos im Frühling.

Ich bettete sie auf die Couch und widmete ihr eine Ballade ohne Worte, und ihre Lippen antworteten mir, ihr ganzer Körper.

Nachdem wir gegessen hatten – und nachdem ich den Trick des Unterwasseressens gelernt hatte, von dem ich vielleicht später mehr berichten werde, wenn es die Umstände erfordern – erhoben wir uns von unseren Plätzen in dem riesigen Marmorsaal, der mit Netzen und roten und braunen Tauen verziert war, gingen durch einen schmalen Korridor und stiegen unter den Meeresboden hinab – zuerst über eine Wendeltreppe, die sich schimmernd durch absolute Dunkelheit zog. Nach den ersten zwanzig Schritten sagte mein Bruder: »Ach, was soll's!«, verließ die Treppe und begann, daneben in die Tiefe zu schwimmen.

»So geht es tatsächlich schneller«, verkündete Moire.

»Und es ist ein langer Weg«, sagte Deirdre, die die entsprechende Entfernung in Amber kannte.

Fünftes Kapitel

Und so verließen wir alle die Treppe und schwammen neben dem schimmernden gewundenen Gebilde durch die Dunkelheit. Es dauerte etwa zehn Minuten bis hinab, doch als unsere Füße den Boden berührten, standen wir fest und sicher auf den Beinen. Licht schimmerte ringsum aus einigen Wandnischen, in denen Flammen flakkerten.

»Warum ist dieser Teil des Ozeans im Duplikat Ambers so anders als die sonstigen Gewässer?« wollte ich wissen. »Hier scheinen ganz andere Gesetzmäßigkeiten zu herrschen.«

»Weil es eben so ist«, erwiderte Deirdre, und das ärgerte mich.

Wir befanden uns in einer riesigen Höhle, von der Tunnel in alle Richtungen abgingen. Wir näherten uns einem Tunneleingang.

Nachdem wir ziemlich lange ausgeschritten waren, stießen wir auf Nebengänge, von denen einige durch Türen oder Gitter verschlossen waren, andere nicht.

An der siebenten Öffnung blieben wir stehen. Hier versperrte uns eine riesige graue Tür aus einem schieferähnlichen Material den Weg, in Metall gefaßt, von doppelter Mannesgröße. Beim Anblick dieser Tür kam mir eine vage Erinnerung an die Größe von Tritonen. Im nächsten Moment lächelte Moire – ein Lächeln, das nur für mich bestimmt war –, nahm einen großen Schlüssel von einem Ring an ihrem Gürtel und schob ihn ins Schloß.

Allerdings vermochte sie ihn nicht umzudrehen. Vielleicht war das Schloß seit langer Zeit nicht mehr benutzt worden.

Random stieß einen Knurrlaut aus, und seine Hand schoß vor, schlug die ihre zur Seite.

Er packte den Schlüssel mit der rechten Hand und drehte ihn herum.

Ein Klicken ertönte.

Dann schob er die Tür mit dem Fuß auf, und wir alle starrten hinein.

In einem Raum, der die Größe eines Ballsaales hatte, war das Muster angelegt.

Der Fußboden war schwarz und wirkte glatt wie Glas. Auf dem Boden zeichnete sich das Muster ab.

Es schimmerte in kaltem Licht, es bestand aus kaltem Licht, und ließ den Raum irgendwie durchsichtig erscheinen. Es handelte sich um ein kompliziertes Filigranwerk schimmernder Energie, hauptsächlich aus Kurven bestehend, wenn es auch zur Mitte hin einige gerade Linien hatte. Die Erscheinung erinnerte mich an eine besonders komplizierte Version eines jener Labyrinthrätsel, die man mit einem Bleistift lösen muß, um sich aus einem Gewirr von Gängen und Sackgassen zu befreien oder ein bestimmtes Ziel zu erreichen. Irgendwo im Hintergrund glaubte ich die Worte »Anfang« zu sehen. Die ganze

Anlage war in der Mitte etwa hundert Meter breit und ungefähr hundertundfünfzig lang.

Der Anblick ließ in meinem Kopf eine Erinnerung anschlagen, und dann kam der Schmerz. Ich zuckte innerlich vor dem Ansturm zurück. Aber wenn ich ein Prinz von Amber war, dann mußte dieses Muster in meinem Blut, in meinem Nervensystem oder meinen Genen irgendwie aufgezeichnet sein, dann mußte ich richtig darauf reagieren und das verdammte Ding abschreiten können.

Random faßte mich am Arm. »Es ist eine schwere Prüfung«, sagte er. »Aber unmöglich ist es nicht, sonst wären wir jetzt nicht hier. Geh die Sache langsam an, und laß dich nicht beirren. Mach dir keine Sorgen wegen der Funkenschauer, die du bei jedem Schritt erzeugst. Sie können dir nicht schaden. Du wirst die ganze Zeit das Gefühl haben, unter Schwachstrom zu stehen, und nach einer Weile wirst du geradezu berauscht sein. Aber das mußt du mit Konzentration überwinden, und vergiß eins nicht – du mußt in Bewegung bleiben! Was immer geschieht, bleib nicht stehen und verlaß den Weg nicht, sonst ist es wahrscheinlich um dich geschehen.« Während er sprach, waren wir weitergegangen. Wir schritten dicht an der rechten Wand entlang um das Muster herum, gingen auf das andere Ende zu.

Die Frauen folgten uns.

Ich flüsterte Random zu: »Ich habe versucht, ihr die Sache auszureden, die sie für dich geplant hat. Sinnlos.«

»Ich hatte schon angenommen, daß du es versuchen würdest«, erwiderte er. »Mach dir keine Sorgen. Ich kann notfalls auch ein Jahr lang auf dem Kopf stehen, und vielleicht läßt man mich schon früher wieder gehen – wenn ich mich übel genug anstelle.«

»Das Mädchen, das sie für dich ausgesucht hat, heißt Vialle. Sie ist blind.«

»Großartig«, sagte er. »Großartiger Witz!«

»Erinnerst du dich an die Grafschaft, von der wir gesprochen haben?«

»Ja.«

»Dann solltest du das Mädchen freundlich behandeln und das ganze Jahr bleiben – das wird mich großzügig stimmen.«

Keine Reaktion.

Dann drückte er mir den Arm.

»Eine Freundin von dir?« fragte er und lächelte leise. »Wie ist sie denn?«

»Abgemacht?« fragte ich lauernd.

»Abgemacht.«

Dann hatten wir die Stelle erreicht, an der das Muster begann, fast in einer Ecke des Raums.

Fünftes Kapitel

Ich trat vor und betrachtete die eingelegte Feuerlinie, die nahe der Stelle begann, an der mein linker Fuß stand. Das Muster war die einzige Lichtquelle im Raum. Das Wasser ringsum war kühl.

Ich trat vor und setzte den linken Fuß auf den Weg. Der Schuh war sofort von blauweißen Funken umgeben. Dann zog ich den rechten Fuß nach und spürte sofort die Elektrizität, von der Random gesprochen hatte. Ich machte einen zweiten Schritt.

Ein Knistern ertönte, und ich spürte, wie sich meine Haare aufrichteten. Der nächste Schritt.

Dann begann sich das Ding zu krümmen, fast in die Gegenrichtung. Ich machte zehn weitere Schritte, wobei sich ein gewisser Widerstand aufzubauen begann. Es war, als wäre vor mir eine Barriere aus einer schwarzen Substanz erwachsen, die mich mit jedem Schritt stärker zurückzudrängen versuchte.

Ich kämpfte dagegen an. Plötzlich wußte ich, daß es sich um den Ersten Schleier handelte.

Ihn zu überwinden war eine besondere Leistung, ein gutes Zeichen, ein Signal, daß ich tatsächlich Teil des Musters war. Jedes Heben und Senken des Fußes kostete plötzlich sehr viel Kraft, und Funken sprühten aus meinem Haar.

Ich konzentrierte mich auf die glühende Linie. Schwer atmend schritt ich darauf entlang.

Plötzlich ließ der Druck nach. Der Schleier hatte sich vor mir geöffnet – ebenso plötzlich, wie er aufgetreten war. Ich hatte ihn überwunden und damit etwas gewonnen.

Ich hatte ein Stück meiner selbst hinzugewonnen.

Ich sah die papierdünne Haut und die dürren Knochen der Toten in Auschwitz. Ich war in Nürnberg dabei gewesen, das wußte ich. Ich hörte die Stimme Stephen Spenders, der »Wien« aufsagte, und ich sah Mutter Courage über die Bühne schreiten. Ich sah die Raketen von den fleckigen Betonrampen aufsteigen, Peenemünde, Vandenberg, Kennedy, Kyzyl Kum in Kasachstan, und ich berührte mit eigener Hand die große Chinesische Mauer. Wir tranken Bier und Wein, und Shaxpur sagte, er sei voll, und zog ab, um sich zu übergeben. Ich drang in den grünen Wald der westlichen Reservation ein und erbeutete an einem Tage drei Skalps. Im Marschieren begann ich ein Lied zu singen, in das die anderen bald einfielen. Es wurde zu »*Auprès de ma Blonde.*« Ich erinnerte mich, ich erinnerte mich ... an mein Leben an dem Ort der Schatten, den seine Bewohner die Erde genannt haben, die große Schattenwelt. Nach drei weiteren Schritten hielt ich eine blutige Klinge in der Hand und sah drei Tote und mein Pferd, auf dem ich dem aufgebrachten Mob der Französischen Revolution entkommen war. Und mehr, unendlich mehr, bis zurück ...

Ich machte einen weiteren Schritt.

Bis zurück ...

Die Toten. Sie waren überall. Ein schrecklicher Gestank lag in der Luft, der Geruch von Tod und Verwesung – und ich hörte das Geheul eines Hundes, der totgeschlagen wurde. Schwarze Rauchschwaden füllten den Himmel, und ein eiskalter Wind umtoste mich und trug kleine Regentropfen herbei. Meine Kehle war trocken, meine Hände zitterten, mein Kopf schien zu glühen. Allein taumelte ich dahin, sah meine Umwelt durch den Schleier des Fiebers, das mich verzehrte. In den Gossen lagen Unrat und tote Katzen und der Kot aus Nachttöpfen. Mit klingender Glocke ratterte der Todeswagen vorbei, besprutzte mich mit Schlamm und kaltem Wasser.

Wie lange ich herumwanderte, weiß ich nicht mehr; jedenfalls ergriff eine Frau meinen Arm, und ich sah einen Totenkopfring an ihrem Finger. Sie führte mich in ihre Wohnung, stellte dort aber fest, daß ich kein Geld hatte und kein zusammenhängendes Wort mehr herausbekam. Angst verzerrte ihr bemaltes Gesicht, löschte das Lächeln auf ihren schimmernden Lippen, und sie floh von mir und ließ sich auf ihr Bett fallen. Ich warf mich auf sie und klammerte mich schutzsuchend an ihrem Fleisch fest.

Später – wieder weiß ich nicht, wieviel Zeit vergangen war – kam ein großer Mann, der Beschützer des Mädchens, versetzte mir einen Schlag ins Gesicht und zerrte mich hoch. Ich packte seinen rechten Bizeps und krallte mich in seinen Arm. Er trug und zerrte mich zur Tür.

Als mir klar wurde, daß er mich in die Kälte hinauswerfen wollte, griff ich noch fester zu, um dagegen zu protestieren. Ich drückte mit aller Kraft, die mir noch verblieben war, und stammelte, flehte ihn an.

Durch Schweiß und tränengeblendete Augen sah ich plötzlich, wie sein Gesicht erschlaffte, und hörte, wie ein Schrei zwischen seinen fleckigen Zähnen hervorbrach.

Ich hatte ihm mit meinem Griff den Oberarm gebrochen.

Er stieß mich mit der linken Hand fort und sank weinend auf die Knie. Ich hockte am Boden, und war einen Augenblick lang klar im Kopf.

»Ich ... bleibe ... hier«, sagte ich, »bis ich mich besser fühle. Raus mit dir! Wenn du zurückkommst, töte ich dich!«

»Du hast ja die Pest!« brüllte er. »Morgen holen sie deine Knochen!« Und er spuckte aus, rappelte sich hoch und taumelte ins Freie. Die Frau floh mit ihm.

Ich schleppte mich zur Tür und verriegelte sie. Dann kroch ich ins Bett zurück und schlief ein.

Wenn die Totengräber am nächsten Morgen tatsächlich meine Leiche abholen wollten, wurden sie enttäuscht. Denn etwa zehn

Fünftes Kapitel

Stunden später erwachte ich mitten in der Nacht, in kalten Schweiß gebadet. Mein Fieber war überwunden. Ich war schwach, aber bei Sinnen.

Ich erkannte, daß ich die Pest überlebt hatte.

Ich nahm einen Männermantel, den ich im Schrank fand, und auch etwas Geld aus einer Schublade.

Dann trat ich in die Londoner Nacht hinaus, im Jahre der Pest, auf der Suche nach etwas ...

Ich hatte keine Ahnung, wer ich war oder was ich dort machte.

So hatte es begonnen.

Ich war nun ein gutes Stück in das Muster vorgedrungen, und die Funken sprühten mir ständig um die Füße, reichten mir fast bis zu den Knien. Ich wußte nicht mehr, in welche Richtung ich ging oder wo Random und Deirdre und Moire standen. Ströme durchzuckten mich, und ich hatte das Empfinden, daß meine Augäpfel vibrierten. Plötzlich spürte ich ein Prickeln wie von Nadeln in den Wangen und einen kühlen Hauch im Nacken. Ich biß die Zähne zusammen, damit sie nicht zu klappern begannen.

Nicht der Autounfall hatte die Amnesie ausgelöst. Ich hatte seit der Herrschaft Elizabeths I. kein volles Erinnerungsvermögen mehr gehabt! Flora mußte angenommen haben, der kürzliche Unfall habe mich völlig wiederhergestellt. Sie hatte meinen Zustand gekannt. Plötzlich kam mir der Gedanke, daß sie sich vermutlich nur deswegen auf der Schatten-Erde aufhielt, um mich im Auge zu behalten.

Also seit dem sechzehnten Jahrhundert?

Das vermochte ich nicht zu sagen. Doch ich würde es herausfinden.

Ich machte sechs weitere schnelle Schritte, erreichte das Ende einer Biegung und stand am Ausgangspunkt einer geraden Linie.

Ich setzte den Fuß darauf, und mit jedem Schritt begann sich eine weitere Barriere unangenehm bemerkbar zu machen. Es handelte sich um den Zweiten Schleier.

Es folgte eine rechtwinklige Biegung, eine zweite, eine dritte.

Ich war ein Prinz von Amber. Das war die Wahrheit. Ursprünglich waren es fünfzehn Brüder gewesen, von denen sechs nicht mehr lebten. Es hatte acht Schwestern gegeben, von denen zwei, vielleicht sogar vier tot waren. Wir hatten einen Großteil unseres Lebens mit Wanderungen durch die Schatten oder unsere eigenen Universen verbracht. Es ist eine philosophische Frage, ob ein Wesen mit Macht über die Schatten sein eigenes Universum schaffen kann. Wie immer die Antwort darauf letztlich aussehen mochte – in der Praxis war es möglich.

Eine weitere Biegung begann, und es war, als bewegte ich mich auf Leim.

Eins, zwei, drei, vier ... Ich hob meine glühenden Stiefel und senkte sie wieder.

Der Kopf dröhnte mir wie eine Glocke, und mein Herz fühlte sich an, als hämmere es sich selbst in Stücke.

Amber.

Als ich mich an Amber erinnerte, kam ich plötzlich wieder ganz leicht voran.

Amber war die großartigste Stadt, die es je gegeben hatte oder geben würde. Amber hatte seit Ewigkeiten bestanden und würde ewig bestehen – und jede andere Stadt, wo immer sie auch stehen mochte, war nur der Schatten einer Phase Ambers, Amber, Amber, Amber ... Ich erinnere mich an dich. Ich werde dich nie wieder vergessen. Tief im Innern habe ich dich wohl nie wirklich vergessen, in all jenen Jahrhunderten, die ich auf der Schatten-Erde verbrachte, denn meine nächtlichen Träume wurden oft von Visionen deiner grünen und goldenen Türme und deiner weiten Terrassen heimgesucht. Ich erinnere mich an deine breiten Promenaden und die Meere aus goldenen und roten Blumen. Ich erinnere mich an die Süße deiner Luft und an die Tempel, Paläste und Freuden, die du zu bieten hast, zu bieten hattest und immer bieten wirst. Amber, die unsterbliche Stadt, von der jede andere Stadt nur ein Abklatsch ist, ich kann dich nicht vergessen, selbst jetzt nicht; auch vermag ich jenen Tag auf dem Muster von Rebma nicht zu vergessen, da ich dich innerhalb deiner reflektierten Mauern wiedererkannte, erfrischt von einer Mahlzeit nach langem Hunger und von der Liebesstunde mit Moire, doch nichts ließ sich mit der Freude und Wonne der Erinnerung an dich vergleichen; und selbst jetzt, da ich vor dem Gericht des Chaos stehe und diese Geschichte dem einzigen Anwesenden vortrage, damit er sie vielleicht weitererzähle, damit sie nicht untergehe, wenn ich gestorben bin – selbst jetzt erinnere ich mich in Liebe an dich, an die Stadt, in der zu herrschen ich geboren wurde ...

Nach zehn weiteren Schritten erhob sich vor mir ein sprühendes Filigrannetz aus Feuer. Ich stellte meine Kräfte dagegen, während mein Schweiß vom Wasser aufgesaugt wurde, so schnell er sich bildete.

Es war gefährlich, teuflisch gefährlich, und ich hatte plötzlich den Eindruck, als bewegte sich das Wasser im Saal mit starken Strömungen, die mich aus dem Muster zu reißen drohten. Ich widersetzte mich diesen Kräften und strebte weiter. Instinktiv wußte ich, daß ich sterben mußte, wenn ich das Muster vorzeitig verließ. Ich wagte es nicht, meinen Blick von den hellen Stellen zu nehmen, die vor mir lagen – etwa um zu sehen, wie weit ich schon vorgedrungen war, wie weit ich noch zu gehen hatte.

Die Strömungen ließen nach, und weitere Erinnerungen kehrten zurück ... Erinnerungen an mein Leben als Prinz von Amber ... Nein,

Fünftes Kapitel

Sie haben keinen Anspruch darauf; es sind meine Erinnerungen, zum Teil böse und grausam, zum Teil vielleicht angenehm. Erinnerungen, die bis in meine Kindheit im riesigen Palast von Amber zurückreichen, unter dem grünen Banner meines Vaters Oberon, das springende weiße Einhorn, nach rechts gewandt.

Random hatte das Muster bewältigt. Sogar Deirdre war ans Ziel gekommen. Also mußte ich, Corwin, es ebenfalls schaffen, ungeachtet des Widerstandes.

Ich tauchte aus dem Filigranvorhang auf und marschierte durch die Große Kurve. Die Kräfte, die das Universum bilden, fielen mich an und formten mich gewaltsam nach ihrem Bilde.

Doch ich hatte einen Vorteil gegenüber anderen Personen, die sich auf das Muster wagten. Ich wußte, daß ich diesen Weg schon einmal gegangen war, daß ich also stark genug war. Dies half mir in meinem Kampf gegen die unnatürlichen Ängste, die wie schwarze Wolken aufstiegen und plötzlich wieder verschwunden waren, nur um dann mit doppelter Stärke zurückzukehren. Ich schritt das Muster ab und erinnerte mich an alles, erinnerte mich an all die Tage vor meiner langen Zeit auf der Schatten-Erde, erinnerte mich an andere Orte in den Schatten, von denen mir viele sehr am Herzen lagen, und einer besonders, den ich über alles liebte, über alles – außer Amber.

Ich brachte drei weitere Kurven, eine gerade Linie und eine Reihe scharfer Bögen hinter mich, und wie schon einmal vor längerer Zeit erfüllte mich die Erkenntnis einer Fähigkeit, die mir nie wirklich verloren war: Ich hatte Macht über die Schatten.

Zehn Wendungen, die mich schwindeln machten, ein weiterer kurzer Bogen, eine gerade Linie und der Letzte Schleier.

Jede Bewegung war eine Qual. Alles versuchte, mich zur Seite zu stemmen. Das Wasser war zuerst kalt, dann kochendheiß. Ich hatte den Eindruck, als bedrängte es mich ständig. Ich mühte mich ab, stellte einen Fuß vor den anderen. Die Funken sprangen an dieser Stelle bis zur Hüfte hoch, dann bis zur Brust und zu den Schultern. Sie stachen mir in die Augen, hüllten mich völlig ein. Ich vermochte das Muster kaum noch zu erkennen.

Dann ein kurzer Bogen, der in Schwärze endete.

Eins, zwei ... und beim letzten Schritt hatte ich das Gefühl, durch eine Betonmauer steigen zu wollen.

Aber ich schaffte es.

Dann drehte ich mich langsam um und betrachtete den Weg, den ich zurückgelegt hatte. Den Luxus, in die Knie zu sinken, durfte ich mir nicht gönnen. Ich war ein Prinz von Amber, und nichts sollte mich in der Gegenwart von meinesgleichen besiegen, bei Gott! Nicht einmal das Muster!

Mit federnden Schritten bewegte ich mich in eine Richtung, die ich für die richtige hielt. Dann verweilte ich einen Augenblick lang und überlegte.

Ich kannte nun die Macht des Musters. Es würde kein Problem sein, darauf zurückzugehen. Aber warum sollte ich mir die Mühe machen?

Ich hatte zwar kein Kartenspiel, aber die Kraft des Musters mochte mir den gleichen Dienst tun ...

Sie warteten auf mich, mein Bruder und meine Schwester und Moire mit ihren Schenkeln wie Marmorsäulen.

Deirdre konnte nun wieder auf sich selbst aufpassen – schließlich hatten wir ihr das Leben gerettet. Ich fühlte mich nicht verpflichtet, sie Tag um Tag zu beschützen. Random saß ohnehin ein Jahr lang in Rebma fest, es sei denn, er hatte den Mut vorzuspringen, das Muster bis zu seinem stillen Machtkern abzuschreiten und zu fliehen. Und was Moire anging, die Bekanntschaft mit ihr war angenehm gewesen; vielleicht würde ich sie eines Tages wiedersehen – und zwar gern. Ich schloß die Augen und senkte den Kopf.

Doch kurz vorher sah ich noch einen vorbeihuschenden Schatten.

Random? Versuchte er es tatsächlich? Wie auch immer, er wußte bestimmt nicht, wohin ich wollte. Niemand konnte das wissen.

Ich öffnete die Augen und stand in der Mitte desselben Musters, umgekehrt.

Frierend und erschöpft sah ich mich um – ich war in Amber, im wirklichen Saal, von dem derjenige, aus dem ich kam, nur ein Abbild war. Vom Muster konnte ich innerhalb Ambers zu jedem gewünschten Punkt springen.

Die Rückkehr würde allerdings ein Problem aufwerfen.

Ich stand tropfnaß da und überlegte.

Wenn Eric eine der königlichen Zimmerfluchten bezogen hatte, mochte ich ihn dort finden. Vielleicht auch im Thronsaal. Aber dann mußte ich mit eigener Kraft zum Ort der Macht zurückfinden, mußte ich wieder durch das Muster schreiten, um den Fluchtpunkt zu erreichen.

Ich versetzte mich in ein mir bekanntes Versteck im Palast. Es handelte sich um einen fensterlosen Raum, der nur durch einige Beobachtungsschlitze weiter oben erleuchtet wurde. Ich verriegelte den einzigen Zugang von innen, staubte mir eine Holzbank ab, breitete meinen Mantel darauf aus und legte mich zu einem Schläfchen nieder. Wenn von oben jemand herabstieg, würde ich ihn rechtzeitig hören.

Und ich schlief ein.

Fünftes Kapitel

Nach einer Weile erwachte ich, stand auf, staubte meinen Mantel ab und legte ihn wieder um. Dann begann ich, die Serie der Pflöcke zu erklimmen, die leiterartig in den Palast hinaufführte.

Anhand der Markierungen an den Wänden erkannte ich, wo die dritte Etage lag.

Ich schwang mich auf einen kleinen Vorsprung hinüber und suchte nach dem Guckloch. Ich fand es und starrte hindurch. Kein Mensch zu sehen. Die Bibliothek war leer. Ich öffnete die Geheimtür und trat ein.

Wie immer beeindruckte mich die Vielzahl der Bücher. Ich betrachtete alles, einschließlich der Glasvitrinen, und ging schließlich auf eine Stelle zu, wo ein Kristallkasten all das enthielt, was zu einem Familienbankett führt. Er enthielt vier Sätze der Familienkarten, und ich suchte nach einer Möglichkeit, mir ein Spiel zu besorgen, ohne einen Alarm auszulösen, der verhindern konnte, daß ich es benutzte.

Nach etwa zehn Minuten gelang es mir, den richtigen Kasten mit einem Trick zu öffnen. Dann suchte ich mir mit den Karten einen bequemen Sitz, um mich näher mit meiner Beute zu befassen.

Die Karten sahen genauso aus wie Floras Spiel; sie hielten uns alle unter Glas fest und fühlten sich kalt an zwischen den Fingern. Inzwischen war mir auch der Grund wieder bekannt.

Ich mischte die Karten und breitete sie in der richtigen Reihenfolge vor mir aus. Dann deutete ich ihre Position und sah, daß auf die ganze Familie schlimme Dinge zukamen; schließlich raffte ich die Karten wieder zusammen.

Bis auf eine.

Bis auf die Karte, die meinen Bruder Bleys zeigte.

Ich schob die anderen wieder in ihre Schachtel und steckte diese in den Gürtel. Dann befaßte ich mich in Gedanken mit Bleys.

Etwa zu dieser Zeit kratzte es im Schloß der großen Bibliothekstür. Was tun? Ich lockerte mein Schwert in der Scheide und wartete. Allerdings duckte ich mich dazu hinter den Tisch.

Um die Ecke blickend, sah ich, daß es sich um einen Mann namens Dik handelte, der offensichtlich saubermachen wollte; er begann, die Aschenbecher und Papierkörbe zu leeren und die Regale abzustauben.

Da es unpassend gewesen wäre, entdeckt zu werden, richtete ich mich auf. »Hallo, Dik«, sagte ich. »Erinnerst du dich noch an mich?«

Er zuckte heftig zusammen und wurde totenblaß.

»Natürlich, Lord«, sagte er. »Wie könnte ich Euch je vergessen?«

»Na ja, nach so langer Zeit wäre das immerhin möglich.«

»Niemals, Lord Corwin«, erwiderte er.

»Ich nehme an, ich bin ohne offizielle Genehmigung hier und im Begriff, verbotene Nachforschungen anzustellen«, sagte ich, »aber wenn Eric einen Wutanfall bekommt, sobald du ihm von mir berichtest, erkläre ihm bitte auch, daß ich lediglich meine Rechte ausgeschöpft habe und daß er mich von Angesicht wiedersehen wird – bald.«

»Das werde ich tun, M'lord«, sagte er und verbeugte sich.

»Komm, setz dich einen Augenblick zu mir, guter Dik, dann erzähle ich dir mehr.«

Er gehorchte, und ich machte mein Versprechen wahr.

»Es gab eine Zeit«, sagte ich in sein uraltes Gesicht, »da man mich für immer verloren wähnte und aufgegeben hatte. Aber da ich noch lebe und noch bei vollen Kräften bin, muß ich Erics Anspruch auf den Thron von Amber wohl leider anfechten. Allerdings ist das keine leichthin zu klärende Sache, da er nicht der Erstgeborene ist und ich außerdem nicht der Meinung bin, daß er breite Unterstützung fände, wenn ein anderer Thronanwärter auf der Bildfläche erschiene. Aus diesen Gründen – zu denen noch viele andere kommen, von denen die meisten persönlicher Natur sind – werde ich ihn bekämpfen. Ich habe noch nicht entschieden, auf welche Grundlage ich meine Opposition stellen will – jedenfalls hat er eine verdient, bei Gott! Sag ihm das! Wenn er mich sprechen möchte, sag ihm, ich wohne in den Schatten, doch in anderen als zuvor. Vielleicht weiß er, was ich damit meine. Ich bin nicht leicht zu vernichten, denn ich werde mich mindestens ebensogut schützen, wie er sich hier einkapselt. Ich werde ihm von jetzt bis in alle Ewigkeit die Hölle heiß machen und werde erst aufhören, bis einer von uns tot ist. Was sagst du dazu, alter Gefolgsmann?«

Und er ergriff meine Hand und küßte sie.

»Heil sei Euch, Corwin, Lord von Amber«, sagte er, und eine Träne funkelte in seinem Auge.

Im nächsten Augenblick knirschte die Tür hinter ihm und schwang auf. Eric trat ein.

»Hallo«, sagte ich im Aufstehen und ließ meine Stimme denkbar herablassend klingen. »Ich hatte nicht erwartet, in dieser Partie so früh auf dich zu treffen. Wie stehen die Dinge in Amber?« Seine Augen waren geweitet vor Erstaunen.

»Nun, wenn es um die *Dinge* geht, Corwin, steht es gut. In anderer Beziehung allerdings nicht so gut.«

»Das ist bedauerlich«, sagte ich, »und wie stellen wir die Dinge richtig?«

»Ich wüßte eine Methode«, erwiderte er und sah zu Dik hinüber, der sich schleunigst empfahl und die Tür hinter sich zumachte. Ich hörte sie ins Schloß klicken.

Eric lockerte sein Schwert in der Scheide.

»Du willst auf den Thron«, sagte er.

»Wollen wir das nicht alle?« gab ich zurück.

»Schon möglich«, meinte er seufzend. »Es stimmt völlig – das Gerede vom unruhigen Schlaf, wenn man Herrscher ist. Ich habe keine Ahnung, warum wir dermaßen nach diesem lächerlichen Posten streben. Aber du darfst nicht vergessen, daß ich dich schon zweimal besiegt habe, wobei ich dir beim letzten Mal in einer Schattenwelt großzügig das Leben geschenkt habe.«

»So großzügig war das gar nicht«, widersprach ich. »Du weißt selbst, wo du mich zurückgelassen hast – ich sollte an der Pest sterben. Wenn ich mich recht erinnere, war der Kampf beim ersten Mal ziemlich ausgeglichen.«

»Dann kämpfen wir es jetzt aus, Corwin«, sagte er. »Ich bin älter und besser als du. Wenn du mit Waffen gegen mich antreten willst, bin ich gerüstet. Tötest du mich, gehört der Thron wahrscheinlich dir. Versuch's ruhig! Doch ich glaube nicht, daß du es schaffst. Und ich möchte, daß du deinen Anspruch hier und jetzt erhebst. Also los. Wollen mal sehen, was du auf der Schatten-Erde gelernt hast.«

Und er hatte die Klinge in der Hand, und ich schwang die meine.

Ich eilte um den Tisch herum.

»Was du doch für eine Chuzpe hast!« sagte ich. »Was erhebt dich so sehr über uns andere, was macht dich eher zum Herrscher als uns?«

»Die Tatsache, daß ich fähig war, den Thron zu besetzen«, erwiderte er. »Versuch's doch, ihn mir zu nehmen!«

Und das tat ich.

Ich versuchte es mit einem Kopfhieb, den er abwehrte, woraufhin ich seinen Stich auf mein Herz parierte und nach seinem Handgelenk hieb.

Diesen Vorstoß blockte er ab und schob mit dem Fuß einen Schemel zwischen uns.

Ich schickte das kleine Möbelstück mit den Zehen auf den Weg und hoffte, daß es sein Gesicht treffen würde, aber es flog vorbei, und er fiel erneut über mich her.

Ich parierte seinen Angriff, er den meinen. Dann stieß ich vor, wurde abgewehrt und angegriffen und fiel ihm erneut in die Parade.

Nun versuchte ich es mit einem sehr komplizierten Angriff, den ich in Frankreich gelernt hatte – ein Hieb, eine Finte *in quarte*, eine Finte *in sixte*, und einen Vorstoß, der zu einem Angriff auf sein Handgelenk abgefälscht wurde.

Ich ritzte ihn, Blut begann zu fließen.

»Oh, niederträchtiger Bruder!« sagte er und wich zurück. »Den Meldungen zufolge ist Random in deiner Begleitung.«

»Richtig«, sagte ich. »Im Kampf gegen dich stehe ich nicht allein.«

Er griff an und schlug mich zurück, und ich hatte plötzlich das Gefühl, daß er mir trotz all meiner Bemühungen noch immer überlegen war. Er gehörte zu den großartigsten Schwertkämpfern, denen ich je gegenübergestanden hatte. Ich hatte plötzlich das Gefühl, als könnte ich ihn niemals besiegen, und parierte heftig und zog mich zurück, während er unbarmherzig nachsetzte, Schritt um Schritt. Beide hatten wir jahrhundertelang mit den größten Meistern der Klingen gearbeitet. Der beste Schwertkämpfer von uns war Bruder Benedict, aber der konnte keine Hilfe leisten, weder mir noch Eric. Ich begann, mit der linken Hand Gegenstände vom Tisch zu reißen und sie durch den Raum zu schleudern. Aber Eric wich den Geschossen aus und stieß mit unverminderter Kraft vor. Ich brach nach links aus, doch ich vermochte seine Schwertspitze nicht von mir abzuwenden.

Und ich hatte Angst. Der Mann kämpfte großartig. Wäre er mir nicht so verhaßt gewesen, hätte ich ihm für seine Leistung applaudiert.

Immer weiter wich ich zurück, ergriffen von Angst und der Erkenntnis, daß ich ihn nicht zu besiegen vermochte. Mit dem Schwert war er ein besserer Kämpfer als ich. Ich verwünschte diese Tatsache, kam aber nicht darum herum. Ich probierte drei weitere komplizierte Attacken und wurde jedesmal abgeschlagen. Er parierte mühelos und trieb mich seinerseits in die Defensive.

Dann gab es Lärm und Gerenne im Flur vor der Biblitohek. Erics Gefolgschaft kreuzte auf, und wenn er mich nicht umbrachte, ehe die anderen auf dem Schauplatz eintrafen, nahmen sie ihm diese Arbeit bestimmt ab – wahrscheinlich mit einem Armbrustpfeil.

Blut tropfte von seinem rechten Arm, aber die Hand wurde noch immer ruhig geführt. In mir regte sich die Hoffnung, daß ich im Hinblick auf seine Verletzung bei defensivem Vorgehen vielleicht in der Lage war, ihn zu ermüden und seine Abwehr womöglich im richtigen Augenblick zu durchbrechen, wenn er langsamer wurde.

Ich fluchte leise vor mich hin, und er lachte.

»Dumm von dir, daß du hierhergekommen bist«, sagte er.

Erst als es zu spät war, merkte er, was ich im Schilde führte. Ich hatte mich langsam zurückdrängen lassen, bis ich die Tür im Rücken hatte. Das Manöver war riskant, beraubte es mich doch der Bewegungsfreiheit für einen weiteren Rückzug – aber es war besser als der sichere Tod.

Mit der linken Hand gelang es mir, den Sperrbalken vorzulegen. Die Tür war groß und dick und ließ sich bestimmt nicht so einfach einschlagen. Auf diese Weise hatte ich einige Minuten gewonnen. Zugleich holte ich mir eine Schulterwunde von einer Attacke, die ich nur zum Teil abwehren konnte, als der Balken in die Halterungen fiel. Aber es hatte meine linke Schulter getroffen. Mein Schwertarm war nach wie vor intakt.

Ich lächelte, um mich mutig zu geben.

»Vielleicht war es dumm von *dir*, hierherzukommen«, konterte ich. »Du wirst nämlich langsamer.« Und ich versuchte es mit einem heimtückischen, drängenden Angriff.

Er wehrte mich ab, mußte aber dabei zwei Schritte zurückweichen.

»Die Wunde macht dir zu schaffen«, fügte ich hinzu. »Dein Arm wird schwächer. Du spürst, wie dich die Kraft verläßt ...«

»Halt's Maul!« sagte er, und und ich erkannte, daß ich im tiefsten Innern eine empfindliche Stelle getroffen hatte. Dies erhöhte meine Chancen um mehrere Prozent, sagte ich mir und bedrängte ihn so gut ich konnte, auch wenn ich wußte, daß ich das nicht lange durchhalten würde.

Aber Eric wußte es nicht.

Ich hatte die Saat der Angst ausgestreut, und er wich vor meinem plötzlichen Angriff zurück.

Jemand hämmerte an die Tür, doch darum brauchte ich mir noch keine Gedanken zu machen.

»Ich mach dich fertig, Eric«, sagte ich. »Ich bin widerstandsfähiger als früher, und du bist erledigt, Bruder.«

Ich sah die Angst in seinen Augen, die sich über sein Gesicht ausbreitete, und sofort änderte sich sein Kampfstil. Er ging völlig in die Defensive, wich immer mehr vor meinen Attacken zurück. Ich war sicher, daß das keine Verstellung war. Ich hatte das Gefühl, ihn geblufft zu haben, denn er war immer besser gewesen als ich. Aber wenn das nun auf meiner Seite auch psychologische Gründe gehabt hätte? Wenn ich mich mit dieser Einstellung geradezu selbst besiegt hätte – eine Einstellung, die Eric natürlich gefördert hatte! Was war, wenn ich mich die ganze Zeit selbst geblufft hatte? Vielleicht war ich ja genauso gut wie er. Mit einem seltsamen neuen Selbstvertrauen probierte ich denselben Angriff, den ich schon einmal durchgebracht hatte, und zog eine neue rote Spur über seinen Unterarm.

»Zweimal auf denselben Trick hereinzufallen, das war aber ziemlich dumm, Eric«, sagte ich, und er wich hinter einen breiten Stuhl zurück. Wir kämpften eine Zeitlang über der Lehne.

Die Schläge an der Tür hörten auf, und die Stimmen, die fragend gerufen hatten, schwiegen.

»Sie holen Äxte«, keuchte Eric. »Sie sind gleich hier.«

Ich gab mein Lächeln nicht auf. Ich hielt krampfhaft daran fest und sagte: »Ein paar Minuten dauert es schon – und das ist mehr, als ich brauche, um dich fertigzumachen. Du kannst dich ja kaum noch wehren, und das Blut fließt immer stärker, sieh dir's doch an!«

»Halt den Mund!«

»Wenn sie zur Stelle sind, gibt es hier nur noch einen Herrscher von Amber – und du bist das nicht!«

Mit dem linken Arm fegte er einige Bücher von einem Regal, die mich trafen und polternd vor mir zu Boden fielen.

Doch er nahm seine Chance nicht wahr, er griff nicht an. Er hastete quer durch den Raum, packte einen Schemel, den er in der linken Hand hielt.

Dann stellte er sich mit dem Rücken in eine Ecke und hielt Schemel und Klinge vor sich.

Hastige Schritte tönten aus dem Flur herein, und schon begannen Äxte, gegen die Tür zu schmettern.

»Komm schon!« rief er. »Versuch mich doch zu erledigen!«

»Du hast Angst«, sagte ich.

Er lachte.

»Eine akademische Frage«, erwiderte er. »Du kannst mich nicht umbringen, ehe die Tür nachgibt – und dann ist es aus mit dir.«

Da hatte er recht. In seiner Position konnte er jede Klinge abwehren – zumindest einige Minuten lang.

Hastig zog ich mich zur gegenüberliegenden Wand zurück.

Mit der linken Hand öffnete ich das Wandpaneel, durch das ich eingetreten war.

»Also gut«, meinte ich. »Es sieht so aus, als kämst du mit dem Leben davon – diesmal wenigstens. Wenn wir uns das nächste Mal sehen, kann dir niemand mehr helfen.«

Er spuckte aus und belegte mich mit Schimpfwörtern und setzte sogar den Schemel ab, um noch eine obszöne Geste zu machen; doch ich schob mich bereits durch die Wandöffnung und schloß das Paneel hinter mir.

Ein dumpfer Laut ertönte, und eine zwanzig Zentimeter lange Stahlspitze schimmerte auf meiner Seite des Holzpaneels, das ich eben festhakte. Er hatte sein Schwert geschleudert. Eine riskante Sache, falls ich zu ihm zurückkehrte. Aber er wußte, daß ich so nicht handeln würde, denn es hörte sich an, als konnte die große Tür nicht mehr lange standhalten.

Ich kletterte so schnell ich konnte an den Pflöcken hinab in den Raum, in dem ich geschlafen hatte. Dabei beschäftigte ich mich in Gedanken mit meinem verbesserten Kampfstil. Zuerst war ich eingeschüchtert gewesen von dem Mann, der mich schon einmal besiegt hatte. Aber das mußte ich mir noch genau überlegen. Vielleicht waren die Jahrhunderte auf der Schatten-Erde gar nicht verschwendet gewesen. Vielleicht hatte ich mich in dieser Zeit tatsächlich verbessert. Ich spürte plötzlich, daß ich Eric mit dem Schwert womöglich ebenbürtig

Fünftes Kapitel

war. Und das erfüllte mich mit einem angenehmen Gefühl. Wenn wir uns wiederbegegneten – und dazu kam es bestimmt – und wenn es dann keine Einflüsse von außen gab – wer weiß? Die Chance mußte ich nutzen. Unsere heutige Begegnung hatte ihm einen gehörigen Schrecken eingejagt, das wußte ich. Die Angst mochte ihn langsamer machen, mochte bei der nächsten Gelegenheit dazu führen, daß er zögerte.

Ich ließ los, sprang die letzten vier Meter hinab und fing den Fall mit federnden Knien ab. Ich hatte die sprichwörtlichen fünf Minuten Vorsprung vor meinen Verfolgern, aber ich war sicher, daß ich die Zeit nutzen und entwischen konnte.

Denn ich hatte die Karten im Gürtel.

Ich zog die Karte mit Bleys' Abbild und starrte darauf. Meine Schulter tat weh, doch ich vergaß den Schmerz, als mich die Kälte packte.

Es gab zwei Möglichkeiten, von Amber direkt in die Schatten zu entfliehen ...

Die eine war das Muster, das selten zu diesem Zwecke benutzt wurde.

Eine andere waren die Trümpfe, wenn man sich auf einen Bruder verlassen konnte.

Ich richtete meine Gedanken auf Bleys. Ich konnte ihm ziemlich vertrauen. Er war zwar mein Bruder, aber er steckte in Schwierigkeiten und brauchte meine Hilfe.

Ich starrte ihn an, den Mann mit seiner Flammenkrone, in seinem orangeroten Gewand, mit einem Schwert in der rechten Hand und einem Glas Wein in der linken. In seinen Augen tanzte ein teuflischer Ausdruck, sein Bart war flammendrot, und die Linien auf seiner Klinge bildeten ein flammendes Filigran, das – so erkannte ich plötzlich – ein Stück des Musters nachvollzog. Seine Ringe funkelten. Er schien sich zu bewegen.

Der Kontakt berührte mich wie ein eisiger Wind.

Die Gestalt auf der Karte schien plötzlich lebensgroß zu sein und veränderte die Position, paßte sie der Wirklichkeit an. Die Augen richteten sich nicht genau auf mich, die Lippen bewegten sich.

»Wer ist das?« fragten sie, und ich hörte die Worte.

»Corwin«, sagte ich, und er streckte die linke Hand aus, die nun keinen Weinkelch mehr hielt.

»Dann komm zu mir, wenn du willst.«

Ich streckte die Hand aus, und unsere Finger berührten sich. Ich machte einen Schritt.

Nach wie vor hielt ich die Karte in der linken Hand, doch nun standen Bleys und ich zusammen auf einer Klippe. Auf einer Seite gähnte ein Abgrund, auf der anderen ragte eine gewaltige Festung auf. Der Himmel über uns war flammenfarben.

»Sei gegrüßt, Bleys«, sagte ich und steckte die Karte zu den anderen in meinen Gürtel. »Vielen Dank für die Hilfe.«

Mir war plötzlich schwach, und ich spürte, daß die Wunde an meiner linken Schulter noch immer blutete.

»Du bist ja verwundet!« sagte er und legte mir einen Arm um die Schultern. Ich wollte nicken, verlor aber statt dessen das Bewußtsein.

Später am Abend lag ich ausgestreckt in einem bequemen Stuhl in der Festung und trank Whisky. Wir rauchten, reichten die Flasche hin und her und unterhielten uns.

»Du warst also wirklich in Amber?«

»Genau.«

»Und du hast Eric bei eurem Duell verwundet?«

»Ja.«

»Verdammt! Ich wünschte, du hättest ihn umgebracht!« Dann wurde er nachdenklich. »Na ja, vielleicht ist es doch besser so. Damit wärst du nämlich auf den Thron gekommen. Gegen Eric stehen meine Chancen vielleicht besser als gegen dich. Ich weiß es nicht. Was hast du für Pläne?«

»Jeder von uns erstrebt den Thron«, sagte ich, »es besteht also kein Grund, daß wir uns anlügen. Ich habe nicht die Absicht, dich deswegen umzubringen – das wäre töricht –, doch andererseits gedenke ich meinen Anspruch nicht aufzugeben, nur weil ich hier deine Gastfreundschaft genieße. Random hätte Freude daran, aber er ist derzeit so ziemlich aus dem aktiven Geschehen ausgeschlossen. Von Benedict hat seit längerer Zeit niemand etwas gehört. Gérard und Caine scheinen Eric zu unterstützen und keine eigenen Ansprüche anmelden zu wollen. Das gleiche gilt für Julian. Damit bleiben Brand und unsere Schwestern. Ich habe nicht den blassesten Schimmer, was Brand gerade treibt, aber ich weiß, daß Deirdre machtlos ist, es sei denn, sie und Llewella könnten in Rebma etwas auf die Beine stellen, und Flora ist Erics Anhängerin. Was Fiona im Schilde führt, weiß ich nicht.«

»Damit wären wir beide übrig«, sagte Bleys und schenkte noch einmal die Gläser voll. »Ja, du hast recht. Ich weiß nicht, was in den Köpfen der anderen vorgeht, aber ich vermag unsere Stärken und Schwächen abzuwägen und glaube, ich bin in der besten Position. Du hast klug gehandelt, als du zu mir kamst. Unterstütze mich, dann gebe ich dir eine Grafschaft.«

»Du bist zu gütig«, sagte ich. »Wir werden sehen.«

»Was könntest du sonst tun?« fragte er, und ich merkte, daß die Frage einen sehr wichtigen Punkt berührte.

»Ich könnte eine eigene Armee auf die Beine stellen und Amber belagern«, erwiderte ich.

»Wo in den Schatten liegt denn deine Armee?« wollte er wissen.

»Das ist natürlich meine Sache«, erwiderte ich. »Ich glaube nicht, daß ich mich gegen dich stellen würde. Wenn es um die Herrschaft geht, möchte ich dich, mich, Gérard oder Benedict – wenn er noch lebt – auf dem Thron sehen.«

»Aber am liebsten natürlich dich.«

»Natürlich.«

»Dann verstehen wir uns. Ich glaube, wir können zusammenarbeiten, im Augenblick jedenfalls.«

»Ich bin derselben Meinung«, stimmte ich zu, »sonst hätte ich mich auch nicht in deine Hand begeben.«

Er lächelte in seinen Bart. »Du brauchst jemanden«, sagte er. »Und ich war das kleinere Übel.«

»Stimmt.«

»Ich wünschte, Benedict wäre hier. Ich wünschte, Gérard hätte sich nicht kaufen lassen.«

»Wünsche, Wünsche!« sagte ich. »Nimm deine Wünsche in die eine Hand und in die andere etwas anderes, drücke beide zu, dann siehst du, was sich als reell erweist.«

»Gut gesprochen«, meinte er.

Eine Zeitlang rauchten wir schweigend vor uns hin.

»Wie sehr kann ich dir vertrauen?« fragte er.

»Soweit ich dir vertrauen kann.«

»Dann wollen wir ein Abkommen treffen. Offen gestanden hatte ich dich seit vielen Jahren tot geglaubt. Ich hatte nicht damit gerechnet, daß du im entscheidenden Augenblick auftauchen und einen eigenen Anspruch anmelden würdest. Aber jetzt bist du da, und damit basta. Verbünden wir uns – werfen wir unsere Streitkräfte zusammen, belagern wir Amber. Wer immer von uns den Kampf überlebt, bekommt die Beute. Wenn wir beide überleben, ach, Himmel! – dann können wir uns immer noch duellieren!«

Ich ließ mir den Vorschlag durch den Kopf gehen. Etwas Besseres konnte ich eigentlich nicht erwarten.

»Ich möchte mal drüber schlafen«, sagte ich. »Meine Antwort bekommst du morgen, einverstanden?«

»Einverstanden.«

Wir leerten unsere Gläser und wandten uns gemeinsamen Erinnerungen zu. Meine Schulter schmerzte etwas, aber der Whisky half mir darüber hinweg, ebenso wie die Salbe, die Bleys darauf gestrichen hatte. Nach einer Weile war die Stimmung schon ziemlich gelockert.

Es ist wohl seltsam, Verwandte zu haben und doch ohne Familie zu sein – denn unser ganzes Leben hindurch waren wir getrennte Wege gegangen. Himmel! Wir redeten den Mond vom Himmel! Zuletzt schlug mir Bleys auf die gesunde Schulter und verkündete, er beginne den Alkohol zu spüren, und ein Bediensteter würde mir am nächsten Morgen das Frühstück bringen. Ich nickte, wir umarmten uns, und er zog sich zurück. Dann trat ich ans Fenster. Von hier oben vermochte ich weit in den Abgrund zu blicken.

Die Lagerfeuer in der Tiefe funkelten wie Sterne. Es waren viele tausend. Hier wurde deutlich, daß Bleys eine gewaltige Streitmacht zusammengezogen hatte, und ich war neidisch auf ihn. Andererseits hatte diese Situation ihr Gutes. Wenn es überhaupt jemand mit Eric aufnehmen konnte, dann wahrscheinlich Bleys. Bleys auf dem Thron von Amber – das wäre keine üble Sache; nur hätte ich mich selbst dort oben lieber gesehen.

Ich schaute noch eine Zeitlang hinab und sah, daß sich seltsame Gestalten zwischen den Lichtern bewegten. Da begann ich mich zu fragen, woraus seine Armee bestehen mochte.

Wie auch immer, es war mehr, als ich besaß.

Ich tastete mich zum Tisch zurück und schenkte mir ein letztes Glas ein.

Doch ehe ich den Alkohol hinabstürzte, zündete ich eine Kerze an.

In ihrem Licht nahm ich das Kartenspiel zur Hand, das ich gestohlen hatte.

Ich breitete die Karten vor mir aus, bis ich die Abbildung Erics erreichte. Ich legte sie in die Mitte des Tisches und steckte die übrigen wieder fort.

Nach einer Weile belebte sich das Bild; und ich sah Eric in Schlafkleidung und hörte die Worte: »Wer ist da?« Sein Arm war verbunden.

»Ich«, sagte ich, »Corwin. Wie geht es dir?«

Da begann er zu fluchen, und ich lachte. Ich trieb ein gefährliches Spiel, zu dem mich der Whisky verleitet haben mochte, doch ich fuhr fort: »Mir war gerade danach, dir zu sagen, daß bei mir alles zum Besten steht. Ich wollte dir auch sagen, daß du recht hattest, als du vom unruhigen Schlaf des Herrschenden sprachst. Du wirst nicht mehr lange schlafen können. Leb wohl, Bruder! Der Tag, an dem ich nach Amber zurückkehre, ist zugleich dein letzter! Das wollte ich dir nur sagen – da dieser Tag nicht mehr allzu fern ist.«

»Komm ruhig«, erwiderte er, »und ich werde mich hinsichtlich deiner Todesart nicht lumpen lassen.«

Da richtete sich sein Blick auf mich, und wir waren uns ganz nahe.

Ich machte ihm eine lange Nase und fuhr mit der Handfläche über die Karte.

Es war, als hätte ich einen Telefonhörer aufgelegt. Ich schob Eric zwischen die übrigen Karten.

Als sich der Schlaf herabsenkte, begann ich mir dennoch Gedanken über Bleys' Truppen zu machen, die in der Schlucht unter uns lagerten, und ich dachte an Erics Abwehr.

Es würde nicht einfach werden.

6

Das Land hieß Avernus, und die versammelten Truppen waren nicht ganz menschlich. Ich besichtigte sie am folgenden Morgen, wenige Schritte hinter Bleys gehend. Die Soldaten waren etwa sieben Fuß groß, hatten eine sehr rote Haut und wenig Haar, katzenähnliche Augen, sechsgliedrige Hände und Füße. Ihre Ohren liefen spitz zu, und die Finger besaßen Klauennägel.

Die Kämpfer trugen Kleidungsstücke, die leicht wie Seide aussahen, aber aus einem ganz anderen Stoff bestanden und vorwiegend grau oder blau waren, und jeder war mit zwei kurzen Klingen bewaffnet, die am Ende Haken aufwiesen.

Das Klima war mild, die Vielfalt der Farben war verwirrend, und alle hielten uns für Götter.

Bleys hatte Wesen gefunden, deren Religion sich um Brudergötter drehte, die wie wir aussahen und die ihre speziellen Sorgen hatten. Nach den Erwartungen dieses Mythos sollte ein böser Bruder die Macht übernehmen und die guten Brüder zu unterdrücken versuchen.

Und natürlich gab es die Sage von der Apokalypse, bei der alle aufgerufen waren, für die überlebenden guten Brüder Partei zu ergreifen.

Ich trug den linken Arm in einer schwarzen Schlinge und betrachtete die Wesen, die nicht mehr lange zu leben hatten.

Ich stand vor einem Soldaten und starrte ihn an. »Weißt du, wer Eric ist?« fragte ich.

»Der Herr des Bösen«, erwiderte er.

»Sehr gut«, sagte ich, nickte und ging weiter.

Bleys hatte sein Kanonenfutter gefunden.

»Wie groß ist deine Armee?« fragte ich ihn.

»Etwa fünfzigtausend Mann stark«, entgegnete er.

»Ich grüße jene, die ihr Leben hingeben werden«, sagte ich. »Mit fünfzigtausend Mann kannst du Amber nicht erobern, selbst wenn du sie heil und gesund zum Fuße Kolvirs schaffen könntest – was unmöglich ist. Schon der Gedanke ist eine Torheit, diese armen Schlucker mit ihren Spielzeugschwertern gegen die unsterbliche Stadt einsetzen zu wollen.«

»Ich weiß«, sagte er. »Aber sie sind nicht meine einzige Waffe.«

Sechstes Kapitel

»Da brauchst du aber noch einiges mehr.«
»Was sagst du zu drei Flotten – anderthalbmal so groß wie Caines und Gérards Einheiten zusammen?«
»Reicht noch nicht«, sagte ich. »Das ist kaum ein Anfang.«
»Ich weiß. Aber ich bin noch bei den Vorbereitungen.«
»Nun, dann sollten wir das beschleunigen. Eric wird in Amber sitzen und uns umbringen, während wir durch die Schatten marschieren. Wenn die verbleibenden Streitkräfte endlich Kolvir erreichen, wird er sie dort kurz und klein schlagen. Dann kommt erst der Aufstieg nach Amber. Wie viele hundert sind deiner Meinung nach übrig, wenn wir die Stadt erreichen? Genug für einen fünfminütigen Kampf, ohne Verluste für Eric. Wenn du nicht mehr zu bieten hast, Bruder Bleys, sehe ich schwarz für unser Vorhaben.«
»Eric hat seine Krönung für einen Tag in drei Monaten anberaumt«, sagte er. »Bis dahin kann ich meine Armeen verdreifachen – mindestens. Vielleicht bringe ich eine Viertelmillion Soldaten aus den Schatten zusammen, die auf Amber vorrücken können. Es dürfte andere Welten geben als diese, und ich werde in sie eindringen. Ich werde eine Streitmacht von Kreuzrittern zusammenrufen, wie sie nie zuvor gegen Amber geschickt wurde!«
»Und Eric bekommt Zeit, seine Abwehr zu stärken. Ich weiß nicht recht, Bleys ... die Sache hat fast etwas Selbstmörderisches. Ich hatte keinen richtigen Überblick, als ich hier eintraf ...«
»Und was hast du denn mitgebracht?« wollte er wissen. »Nichts! Es wird gemunkelt, daß du früher einmal Truppen befehligt hast. Wo sind sie?«
Ich wandte ihm den Rücken zu.
»Es gibt sie nicht mehr«, erwiderte ich. »Da bin ich sicher.«
»Könntest du nicht einen Schatten deines Schattens finden?«
»Das will ich gar nicht erst versuchen«, sagte ich. »Tut mir leid.«
»Was kannst du mir denn überhaupt nützen?«
»Ich werde wieder verschwinden«, sagte ich. »Wenn das alles ist, was du wolltest, wenn du mich nur deswegen bei dir haben wolltest – um noch mehr Leichen zu bekommen.«
»Warte doch!« rief er. »Ich habe unbedacht gesprochen. Wenn es schon nicht mehr wird, möchte ich doch wenigstens deinen Rat hören. Bleib bei mir, bitte. Ich kann mich sogar entschuldigen.«
»Das ist nicht nötig«, sagte ich, wußte ich doch, was dieses Angebot für einen Prinzen von Amber bedeutet. »Ich bleibe. Ich glaube, ich kann dir helfen.«
»Gut!« Und er schlug mir auf die gesunde Schulter.
»Und ich verschaffe dir weitere Truppen«, fuhr ich fort. »Keine Sorge.«

Und das tat ich.

Ich wanderte durch die Schatten und fand eine Rasse pelziger Wesen, dunkel und mit Klauen und Reißzähnen bewehrt, ziemlich menschenähnlich und nicht besonders intelligent. Etwa hunderttausend verehrten uns dermaßen, daß sie zu den Waffen griffen.

Bleys war beeindruckt und hielt den Mund. Eine Woche später war meine Schulter wieder verheilt. Nach zwei Monaten hatten wir unsere Viertelmillion und mehr zusammen.

Allerdings war mir irgendwie seltsam zumute. Der größte Teil der Truppen ging in den sicheren Tod. Ich war das Werkzeug, das für diesen Umstand weitgehend verantwortlich war. Ich hatte Anwandlungen von Reue, obwohl ich den Unterschied zwischen Schatten und Substanz durchaus kannte. Jeder Tod würde ein wirklicher Tod sein; doch das wußte ich auch.

Und in manchen Nächten beschäftigte ich mich mit den Spielkarten. Die fehlenden Trümpfe befanden sich in dem Spiel, das ich bei mir führte. Einer war ein Bild des eigentlichen Amber, und ich wußte, daß mich die Karte in die Stadt zurücktragen konnte. Die anderen zeigten unsere toten oder vermißten Geschwister. Und eine Karte trug ein Bild von Vater, und ich blätterte hastig weiter. Er war fort.

Ich starrte lange auf jedes Gesicht, um mir darüber klar zu werden, was von jedem zu erwarten war. Ich legte mehrmals die Karten aus, und jedesmal kam derselbe heraus.

Er hieß Caine.

Er trug grünen und schwarzen Satin und einen dunklen Dreispitz mit einem silbernen Federbusch. An seinem Gürtel hing ein smaragdbesetzter Dolch. Er war dunkelhäutig.

»Caine«, sagte ich.

Nach einer Weile kam die Antwort.

»Wer?«

»Corwin«, sagte ich.

»Corwin? Soll das ein Witz sein?«

»Nein.«

»Was willst du?«

»Was hast du?«

»Das weißt du doch«, und seine Augen zuckten herum, sahen mich an, doch ich beobachtete seine Hand, die am Dolch lag.

»Wo bist du?«

»Bei Bleys.«

»Es gibt Gerüchte, du seist kürzlich in Amber aufgetaucht. Ich habe mich schon über die Bandagen an Erics Arm gewundert.«

»Den Grund dafür siehst du vor dir«, sagte ich. »Wie hoch ist dein Preis?«

»Was meinst du damit?«
»Wir wollen klar und offen reden. Glaubst du, daß Bleys und ich Eric besiegen können?«
»Nein – deshalb bin ich ja auch auf Erics Seite. Und ich werde meine Armada nicht verkaufen, wenn du das im Sinn haben solltest – und so etwas könnte ich mir denken.«
Ich lächelte.
»Schlaues Brüderchen«, erwiderte ich. »Na ja, hat mich gefreut, mal wieder mit dir zu reden. Auf Wiedersehen in Amber – vielleicht.«
Ich hob die Hand.
»Warte!« rief er.
»Warum?«
»Ich kenne ja nicht mal dein Angebot!«
»O doch«, sagte ich. »Du hast es erraten und hast kein Interesse daran.«
»Das habe ich nicht gesagt. Ich weiß eben nur, wo die Werte liegen.«
»Du meinst die Macht.«
»Gut also, die Macht. Was hast du zu bieten?«
Wir verhandelten etwa eine Stunde lang, danach standen den drei Phantomflotten Bleys' die nördlichen Gewässer offen, wohin sie sich zurückziehen mochten, um Verstärkung abzuwarten.
»Wenn es mißlingt, gibt es drei Hinrichtungen in Amber«, sagte er.
»Aber damit rechnest du doch nicht wirklich, oder?« wollte ich wissen.
»Nein, ich glaube, daß in absehbarer Zeit einer von euch, du oder Bleys, auf den Thron kommt. Ich bin es zufrieden, dem Sieger zu dienen. Die Grafschaft ist mir dann recht. Allerdings möchte ich noch immer Randoms Kopf in unseren Handel einbeziehen.«
»Auf keinen Fall«, sagte ich. »Du hast meine Bedingungen gehört – greif zu oder laß es.«
»Ich greife zu.«
Ich lächelte, legte die Handfläche auf die Karte, und er war fort.
Gérard wollte ich mir für den nächsten Tag aufheben. Caine hatte mich angestrengt.
Ich ließ mich ins Bett fallen und schlief ein.

Als Gérard erfuhr, wie die Dinge standen, erklärte er sich einverstanden, uns in Ruhe zu lassen. Das lag in erster Linie daran, daß ich der Fragesteller war, da er Eric für das kleinere der möglichen Übel gehalten hatte.
Ich traf mein Arrangement sehr schnell, indem ich ihm alles versprach, was er verlangte, da für ihn keine Köpfe zu rollen brauchten.

Später besichtigte ich noch einmal die Truppen und erzählte ihnen mehr von Amber. Seltsamerweise kamen sie wie Brüder miteinander aus, die großen roten und die kleinen pelzigen Burschen.

Es war traurig – aber wahr.

Wir waren ihre Götter – und daran führte kein Weg vorbei.

Ich sah die Flotte, die auf einem blutroten Ozean dahinsegelte. Ich überlegte.

In den Schattenwelten, durch die sich die Schiffe bewegten, würden viele untergehen.

Ich dachte über die Truppen von Avernus nach und über meine Rekruten aus dem Land, das Ri'ik genannt wurde. Sie hatten die Aufgabe, zur Erde und nach Amber zu marschieren.

Ich mischte die Karten und legte sie auf. Schließlich nahm ich Benedicts Bildnis zur Hand. Ich suchte lange, doch ich fand nichts anderes als Kälte.

Dann ergriff ich Brands Karte. Wieder spürte ich zuerst nur die Kälte.

Dann ertönte ein Schrei. Es war ein schrecklicher, gequälter Laut.

»Hilf mir!« tönte es.

»Wie kann ich das?« fragte ich.

»Wer ist da?« wollte er wissen, und ich sah, wie sich sein Körper wand.

»Corwin.«

»Hol mich fort von diesem Ort, Bruder Corwin! Was immer du dir dafür wünschst, es soll dein sein!«

»Wo bist du?«

»Ich ...«

Es folgte ein Wirbel von Dingen, die vorzustellen mein Gehirn nicht in der Lage war, dann ein weiterer Schrei, wie aus Todesqualen geboren, ein Laut, der in Stille endete.

Dann kehrte schnell die Kälte zurück.

Ich stellte fest, daß ich am ganzen Körper zitterte.

Ich zündete mir eine Zigarette an und trat ans Fenster, um in die Nacht hinauszuschauen. Die Karten lagen auf dem Tisch in meinem Raum in der Garnison – so wie sie gefallen waren.

Die Sterne waren winzig und vom Nebel verwischt. Keines der Sternenbilder war mir bekannt. Ein kleiner blauer Mond schimmerte durch die Dunkelheit. Die Nacht war mit einem plötzlichen eiskalten Wind eingefallen, und ich zog den Mantel eng um mich. Unwillkürlich dachte ich an den Winter unseres katastrophalen Feldzugs in Rußland. Himmel! Ich war fast erfroren!

Und wohin führte das alles?

Natürlich auf den Thron von Amber.

Denn der war ein ausreichender Grund für alles.
Aber was war mit Brand?
Wo steckte er? Was geschah mit ihm, und wer tat ihm dies an?
Antworten? – Keine.
Doch während ich in die Nacht hinausstarrte und dem Weg der blauen Scheibe mit den Blicken folgte, kamen mir Zweifel. Gab es etwas, das mir im großen Bild entging, ein Faktor, den ich nicht richtig begriff?
Keine Antwort.
Ich setzte mich wieder an den Tisch, ein kleines Glas in Reichweite.
Ich blätterte durch den Stapel und fand Vaters Karte.
Oberon, Lord von Amber, stand in seinem grüngoldenen Gewand vor mir. Groß, breit, rundlich, der schwarze Bart von Silberstreifen durchzogen wie das Haar. Grüne Ringe in Goldfassungen und eine goldfarbene Klinge. Ich hatte früher einmal angenommen, daß nichts den unsterblichen Herrscher Ambers von seinem Thron stürzen könne. Was war geschehen? Ich wußte es noch immer nicht. Aber er war fort. Wie hatte mein Vater geendet?
Ich starrte auf die Karte und konzentrierte mich.
Nichts, nichts ...
Etwas?
Etwas!
Ich spürte die Reaktion einer Bewegung, wenn auch sehr schwach, und die Gestalt auf der Karte wandelte sich, schrumpfte zu einem Schatten des Mannes, der Vater einmal gewesen war.
»Vater?« fragte ich.
Nichts.
»Vater?«
»Ja ...« Sehr schwach und weit entfernt, wie durch das Rauschen einer Muschel, eingebettet in das ewige Summen.
»Wo bist du? Was ist geschehen?«
»Ich ...« Eine lange Pause.
»Ja? Hier spricht Corwin, dein Sohn. Was ist in Amber geschehen, daß du jetzt fort bist?«
»Meine Zeit war gekommen«, erwiderte er – und seine Stimme schien sich noch weiter entfernt zu haben.
»Soll das heißen, daß du abgedankt hast? Keiner meiner Brüder hat mir bisher davon erzählt, und ich traue ihnen nicht so sehr, daß ich sie fragen möchte. Ich weiß nur, daß der Thron anscheinend jedem offensteht, der danach greifen will. Eric hält die Stadt, und Julian bewacht den Wald von Arden. Caine und Gérard herrschen über die Meere. Bleys möchte gegen alle kämpfen, und ich habe mich mit ihm verbündet. Wie sehen deine Wünsche in dieser Angelegenheit aus?«

»Du bist der einzige, der – danach – gefragt – hat«, keuchte er. »Ja ...«
»›Ja‹ was?«
»Ja – kämpfe gegen – sie ...«
»Was ist mit dir? Wie kann ich dir helfen?«
»Mir kann niemand mehr helfen. Ersteige den Thron ...«
»Ich? Oder Bleys und ich?«
»Du!« sagte er.
»Ja?«
»Du hast meinen Segen ... Ersteige den Thron – und beeil – dich – damit.«
»Warum, Vater?«
»Ich habe den Atem nicht mehr – ersteige ihn!«
Dann war auch er fort.
Vater lebte also.
Das war interessant. Was sollte ich tun?
Ich trank aus meinem Glas und überlegte.
Er lebte noch immer, irgendwo, und er war König in Amber. Warum war er nicht mehr hier? Wohin war er gegangen? Welcher Art ... was ... wie viele ...?
Diese Art Fragen stellte ich mir.
Wer wußte Bescheid? Ich jedenfalls nicht. Im Augenblick gab es dazu nicht mehr zu sagen.
Aber ...
Ich konnte die Sache nicht auf sich beruhen lassen. Sie müssen wissen, daß Vater und ich nie so richtig miteinander ausgekommen sind. Ich habe ihn nicht gehaßt, wie etwa Random oder einige andere seiner Söhne, aber ich hatte andererseits auch keinen Grund, ihn besonders zu mögen. Er war groß und mächtig gewesen – er war *da* gewesen. Das war so etwa alles. Er war zugleich identisch mit dem größten Teil der Geschichte von Amber, wie wir sie kannten – und die Geschichte Ambers geht so viele Jahrtausende zurück, daß man sie gar nicht erst zu zählen braucht. Was also war zu tun?
Am nächsten Morgen nahm ich an einer Besprechung von Bleys' Generalstab teil. Er hatte vier Admiräle, die jeweils etwa ein Viertel seiner Flotte kommandierten, und eine ganze Messe voller Armeeoffiziere. Insgesamt waren etwa dreißig hochstehende Chargen versammelt – groß und rothäutig oder klein und pelzig, je nachdem.
Die Besprechung dauerte etwa vier Stunden, ehe wir alle eine Mittagspause machten. Man kam überein, daß wir in drei Tagen angreifen würden. Da ein Mann des Blutes von Amber erforderlich war, um den Weg zur Stadt zu öffnen, sollte ich von Bord des Flaggschiffs aus die

Flotte leiten, während Bleys die Infanterie durch die Länder des Schattens führen wollte.

Dieser Plan beunruhigte mich, und ich fragte ihn, was er tun würde, wenn ich nicht gekommen wäre, um ihm diese Hilfe zu gewähren. Darauf erhielt ich zwei Antworten: Erstens hätte er allein vorgehen müssen; er wäre mit der Flotte durchgebrochen und hätte sie weit vor der Küste verlassen, um in einem einzelnen Schiff nach Avernus zurückzukehren und seine Fußsoldaten zu einem geplanten Treffpunkt zu führen; und zweitens hatte er gezielt einen Schatten gesucht, in dem ein Bruder auftauchen würde, um ihm zu helfen.

Als ich dies vernahm, kamen mir erste düstere Vorahnungen, auch wenn ich wußte, daß ich hier wirklich vorhanden war. Die erste Antwort kam mir ziemlich unpraktisch vor, da die Flotte zu weit draußen auf dem Meer lag, um Signale von Land zu erkennen. Das Risiko, den richtigen Zeitpunkt zu verpassen – bei einer so großen Einheit gab es immer unvorhergesehene Zwischenfälle –, war in meinen Augen zu groß, um den Plan wirklich realisierbar erscheinen zu lassen.

Aber als Taktiker hatte ich Bleys stets für brillant gehalten; und als er nun die selbstgezeichneten Karten Ambers und des umliegenden Gebietes ausrollte und uns die Taktik erklärte, die er dort anzuwenden gedachte, wußte ich, daß er ein Prinz von Amber war, dessen Arglist nicht seinesgleichen fand.

Das Problem war nur, daß wir gegen einen anderen Prinzen von Amber vorrückten, einen Mann, der entschieden die bessere Ausgangsposition hatte. Ich machte mir Sorgen, doch angesichts der bevorstehenden Krönung schien uns kein anderer Weg offenzustehen, und ich beschloß, Bleys bis zum bitteren Ende zu unterstützen. Wenn wir unterlagen, waren wir verloren, aber er vermochte die größte Angriffsmacht auf die Beine zu stellen und hatte einen praktikablen Zeitplan, den ich nicht aufweisen konnte.

So wanderte ich denn durch das Land, das Avernus hieß, und beschäftigte mich mit seinen nebelverhangenen Tälern und Schluchten, mit den qualmenden Kratern und der grellen Sonne am verrückten Himmel, mit den eiskalten Nächten und viel zu heißen Tagen, mit den zahlreichen Felsbrocken und Unmengen dunklen Sandes, mit den winzigen, doch bösartigen und giftigen Tieren und den riesigen purpurnen Pflanzen, die an schlaffe Kakteen erinnerten; und am Nachmittag des zweiten Tages stand ich auf einer Klippe und schaute unter einem gewaltigen zinnoberroten Wolkenmassiv auf das Meer hinaus – und da kam ich zu dem Schluß, daß mir die Gegend recht gut gefiel und daß ich ihre Söhne eines Tages, wenn ich dazu in der Lage war, mit einem Lied unsterblich machen würde, sollten sie im Krieg der Götter untergehen.

Nachdem ich meine Ängste vor dem Kommenden auf diese Weise besänftigt hatte, stieß ich zu der Flotte und übernahm das Kommando. Wenn wir es schafften, sollten diese Kämpfer für alle Ewigkeit in den Hallen der Unsterblichen gefeiert werden.

Ich war Anführer und Wegbereiter. Ich freute mich.

Am folgenden Tag setzten wir Segel, und ich befehligte die Flotte vom ersten Schiff aus. Ich führte uns in einen Sturm, und als wir die unruhige Zone verließen, waren wir unserem Ziel um ein Beträchtliches nähergerückt. Ich führte die Schiffe an einem gewaltigen Strudel vorbei, der uns ebenfalls weiterhalf. Ich steuerte durch felsige Untiefen, aber der Schatten des Wassers verdunkelte sich bald wieder. Seine Farbe begann der Tönung Ambers zu ähneln. Ich besaß die Fähigkeit also noch immer. Ich vermochte unser Schicksal in Zeit und Raum zu beeinflussen. Ich konnte uns nach Hause führen. In mein Zuhause, genauer gesagt.

Ich führte uns an unbekannten Inseln vorüber, auf denen grüne Vögel krächzten und grüne Affen wie Früchte pendelnd in den Bäumen hingen.

Ich führte uns aufs offene Meer hinaus und steuerte die Flotte dann wieder auf die Küste zu.

Inzwischen marschierte Bleys über die Ebenen der Welten. Irgendwoher wußte ich, daß er es schaffen würde, daß er die Barrieren überwinden würde, die Eric errichtet hatte. Durch die Karten blieb ich mit ihm in Verbindung und erfuhr von den Kämpfen, die er durchstehen mußte. So gab es zehntausend Tote bei einer Zentaurenschlacht in offenem Gelände, fünftausend Mann Verlust durch ein Erdbeben von erschreckendem Ausmaß, fünfzehnhundert Tote in einer Sturmbö, die das Lager durchtoste, neunzehntausend Tote oder Vermißte nach Kämpfen in den Dschungeln eines Gebiets, das ich nicht kannte, da von seltsamen Flugmaschinen, die am Himmel vorbeibrummten, Napalm herabregnete; weiterhin sechstausend Deserteure in einer Gegend wie der Himmel auf Erden, den man den Soldaten versprochen hatte, fünfhundert Vermißte beim Durchqueren einer Sandwüste, über der eine riesige Pilzwolke dräute, achttausendsechshundert Verschwundene in einem Tal voller unerwartet militanter Maschinen, die auf Ketten rollten und Feuer spien. Achthundert Kranke und Zurückgelassene, zweihundert Mann, die in einer Flutwelle untergingen, vierhundertfünfzig Opfer durch Duelle in den eigenen Reihen, dreihundert Tote von einer vergifteten Frucht, tausend Mann Verlust durch einen panischen Ausbruch büffelähnlicher Kreaturen, der Tod von dreiundsiebzig Mann, deren Zelte Feuer fingen, fünfzehnhundert bei Flußüberquerungen Davongeschwemmte, zweitausend, die von Stürmen aus den blauen Bergen getötet wurden.

Sechstes Kapitel

Ich war froh, daß ich in der gleichen Zeit nur hundertundsechsundachtzig Schiffe verloren hatte.

Schlaf, vielleicht ein Traum ... Ja, das paßt. Eric bekämpfte uns in Zentimetern und Stunden. Die vorgesehene Krönung sollte in wenigen Wochen stattfinden, denn wir starben und starben.

Nun steht geschrieben, daß nur ein Prinz von Amber durch die Schatten vordringen kann, allerdings vermag er jede Anzahl von Gefolgsleuten über denselben Weg hinter sich herzuziehen. Wir führten unsere Truppen und sahen sie sterben, doch über Schatten muß ich folgendes sagen: Es gibt Schatten, und es gibt Substanz, und dies ist die Wurzel aller Dinge. An Substanz gibt es nur Amber, die reale Stadt auf der realen Erde, die alles umfaßt. An Schatten gibt es eine endlose Vielfalt. Irgendwo besteht jede Möglichkeit als Schatten des Realen. Durch die Tatsache seiner Existenz hat Amber solche Schatten in alle Richtungen geworfen. Und was läßt sich über die Dinge sagen, die außerhalb liegen? Die Schatten erstrecken sich von Amber bis zum Chaos, und in diesem weiten Bereich sind alle Dinge möglich. Es gibt nur drei Möglichkeiten, sie zu durchqueren, und jede ist mit Schwierigkeiten verbunden.

Ist man ein Prinz oder eine Prinzessin vom Blute, dann kann man zu Fuß gehen, dann kann man die Schatten durchqueren und die Umgebung im Vorbeigehen zwingen, sich zu verändern, bis sie schließlich genau die gewünschte Form hat, und dann aufhören. Diese Schattenwelt wird dadurch zur eigenen, und man kann damit machen, was man will – bis auf die Einwirkungen anderer Familienmitglieder. An einem solchen Ort hatte ich mich jahrhundertelang aufgehalten.

Die zweite Möglichkeit sind die Karten, die von Dworkin dem Meister nach unserem Ebenbild gezeichnet worden waren, um die Kommunikation zwischen den Mitgliedern der Königsfamilie zu erleichtern. Er war der urzeitliche Künstler, dem Raum und Perspektive nichts bedeuteten. Er hatte die Familientrümpfe geschaffen, die es dem Suchenden erlaubten, seine Verwandten anzusprechen, wo immer sie sich befinden mochten.

Ich hatte das Gefühl, daß die Karten nicht in voller Übereinstimmung mit den Absichten des Schöpfers eingesetzt worden waren.

Die dritte Möglichkeit war das Muster, das ebenfalls von Dworkin gezeichnet worden war und das nur von einem Mitglied unserer Familie abgeschritten werden konnte. Es führte den Gehenden in das System der Karten ein und gab ihm zum Schluß die Macht, Schatten zu überspringen.

Die Karten und das Muster sorgten für einen sofortigen Sprung von der Substanz durch die Schatten. Die andere Möglichkeit, der Weg zu Fuß, war mühsamer.

Ich wußte, was Random geleistet hatte, als er mich in die wahre Welt führte. Im Verlauf unserer Fahrt hatte er aus dem Gedächtnis immer wieder Dinge addiert, an die er sich aus Amber erinnerte, und andere Details subtrahiert, die nicht dazugehörten. Als schließlich alles stimmte, wußte er, daß wir am Ziel waren. Im Grunde war das kein Trick, denn mit dem erforderlichen Wissen vermochte jeder von uns sein eigenes Amber zu erreichen. Auch jetzt noch hätten Bleys und ich ein Schatten-Amber finden können, in dem jeder von uns auf dem Thron saß; wir hätten bis in alle Ewigkeit dort herrschen können. Aber das wäre eben nicht das Wahre gewesen, denn keiner von uns hätte sich im wirklichen Amber befunden, in der Stadt unserer Geburt, in der Stadt, die Vorbild ist für alle anderen.

Für unseren Angriff auf Amber wählten wir also den anstrengendsten Weg, den Marsch durch die Schatten. Wer immer davon wußte und die Fähigkeit besaß, konnte uns Hindernisse in den Weg stellen. Das hatte Eric getan, und viele starben im Kampf dagegen. Wie würde das Ergebnis aussehen? Das wußte niemand.

Aber wenn Eric zum König gekrönt wurde, mußte sich das widerspiegeln und überall seine Schatten werfen.

Alle überlebenden Brüder, wir Prinzen von Amber, dessen bin ich sicher, hielten es jeder auf seine eigene simple Art für weitaus besser, diesen Status persönlich zu erlangen und die Schatten anschließend nach Belieben fallen zu lassen.

Wir passierten Gespensterflotten, die Schiffe von Gérard – die Fliegenden Holländer dieser Welt und jener Welt –, und wir wußten, daß wir uns dem Ziel näherten. Ich benutzte die anderen Flotten als Orientierungspunkte.

Am achten Tag unserer Reise standen wir dicht vor Amber. Und da brach das Unwetter los.

Das Meer wurde dunkel, die Wolken zogen sich über uns zusammen, und die Segel erschlafften in der beginnenden Flaute. Die Sonne verhüllte ihr Gesicht – ein riesiges blaues Gesicht –, und ich hatte das Gefühl, daß Eric uns endlich aufgespürt hatte.

Dann brach der Sturm los und fiel über mein Schiff her.

Wir wurden vom Unwetter angesprungen, vom Sturm zerfetzt. Ich fühlte mich innerlich ganz weich und haltlos, als die ersten Böen kamen. Wie Würfel in der Hand eines Riesen wurden wir hin und her geschleudert. Wir rasten über das Wasser und durch das Wasser, das vom Himmel rauschte. Der Himmel wurde schwarz, und Hagel mischte sich mit den glasiggrellen Glockensträngen, die den Donner einläuteten. Ich bin sicher, daß niemand stumm blieb in diesem Tosen – ich jedenfalls habe geschrien. Ich tastete mich über das schwankende Deck, um das verlassene Steuerruder zu übernehmen. Ich band mich fest und hielt das Ruder in den Händen. Eric hatte aus Amber losgeschlagen, soviel war sicher.

Eins, zwei, drei, vier Stunden – und der Sturm ließ nicht nach. Schließlich fünf Stunden. Wie viele Männer hatten wir verloren? Ich wußte es nicht.

Dann spürte und hörte ich ein Kribbeln und Klimpern und sah Bleys wie durch einen langen grauen Tunnel.

»Was ist los?« fragte er. »Ich habe andauernd versucht, dich zu erreichen.«

»Das Leben ist voller Unannehmlichkeiten«, erwiderte ich. »Wir plagen uns gerade mit einer herum.«

»Sturm?«

»Darauf kannst du jede Wette eingehen. Der Urvater aller Orkane. An Backbord scheint sich gerade ein Ungeheuer herumzutreiben. Wenn es überhaupt Verstand hat, wird es sich auf den Meeresboden zurückziehen ... ja, das tut es jetzt.«

»Wir haben auch gerade eins gehabt«, meldete Bleys.

»Ein Unwetter oder Ungeheuer?«

»Unwetter«, entgegnete er. »Zweihundert Tote.«

»Beiß die Zähne *zusammen*«, sagte ich, »halte die Stellung und melde dich später wieder. In Ordnung?«

Er nickte, und ich sah hinter ihm die Blitze zucken.

»Eric hat uns aufgespürt«, fügte er hinzu, ehe er die Verbindung unterbrach.

Da mußte ich ihm recht geben.

Es dauerte drei Stunden, bis ich erfuhr, daß wir die Hälfte der Flotte verloren hatten (auf meinem Schiff – dem Flaggschiff – betrugen die Verluste ein Drittel von hundertundzwanzig Mann). Es war ein schweres Los.

Irgendwie schafften wir es in das Meeresgebiet über Rebma.

Ich nahm meine Karte zur Hand und hielt mir Randoms Bild vor Augen.

Als ihm klar wurde, wer sich meldete, sagte er sofort: »Kehrt um«, und ich fragte ihn nach dem Grund.

»Weil mir Llewella gesagt hat, Eric könnte euch mühelos in die Tasche stecken. Sie meint, ihr solltet eine Zeitlang warten, bis seine Wachsamkeit nachläßt, und dann zuschlagen – etwa in einem Jahr.«

Ich schüttelte den Kopf.

»Tut mir leid«, sagte ich. »Das geht nicht. Um überhaupt bis hierher zu kommen, haben wir schon zu viele Verluste erleiden müssen. Jetzt oder nie.«

Er zuckte die Achseln und sagte: »Ich habe dich gewarnt.«

»Warum ist Eric so stark?« erkundigte ich mich.

»Vor allem weil er hier in der Gegend das Wetter kontrollieren kann, wie ich gerade erfahren habe.«
»Trotzdem müssen wir es riskieren.«
Wieder zuckte er die Achseln.
»Weiß er bestimmt, daß wir im Anmarsch sind?«
»Was glaubst du denn? Ist er ein Dummkopf?«
»Nein.«
»Dann weiß er Bescheid. Wenn ich es in Rebma schon erraten konnte, dann hat er in Amber Gewißheit darüber – und ich habe es tatsächlich erraten, anhand eines Schwankens in den Schatten.«
»Leider«, meinte ich, »habe ich hinsichtlich unserer Expedition ein dummes Gefühl, aber es ist Bleys' Feldzug.«
»Steig doch aus und laß ihn allein zur Schlachtbank gehen.«
»Tut mir leid, das Risiko kann ich nicht eingehen. Er könnte siegen. Ich führe die Flotte heran.«
»Du hast mit Caine und Gérard gesprochen?«
»Ja.«
»Dann rechnest du dir auf dem Meer sicher eine Chance aus. Aber hör mir mal genau zu, Eric hat eine Möglichkeit gefunden, das Juwel des Geschicks zu kontrollieren – diese Tatsache geht aus Gerüchten über sein Doppel hervor. Zumindest kann er es einsetzen, um hier das Wetter zu beherrschen – soviel steht fest. Gott allein weiß, was er sonst noch damit anrichten kann.«
»Schade«, sagte ich. »Wir müssen's über uns ergehen lassen. Wir können uns nicht von ein paar Stürmen entmutigen lassen!«
»Corwin, ich will ehrlich sein. Ich habe vor drei Tagen mit Eric gesprochen.«
»Warum?«
»Er hat sich mit mir in Verbindung gesetzt. Dabei hat er detailliert über seine Abwehr gesprochen.«
»Der Grund dafür ist Julian, von dem er erfahren hat, daß wir zusammen gekommen sind. So kann er sicher sein, daß mir seine Bemerkungen zu Ohren kommen.«
»Möglich«, sagte er. »Aber das ändert nichts an dem, was er gesagt hat.«
»Nein«, mußte ich zugeben.
»Dann laß Bleys seinen Kampf allein ausfechten«, sagte er. »Du kannst auch später noch gegen Eric vorgehen.«
»Er will sich in Amber krönen lassen.«
»Ich weiß, ich weiß. Aber der Angriff auf einen König ist doch ebenso leicht wie der auf einen Prinzen, oder? Was macht es schon aus, wie er sich im Augenblick der Entscheidung nennt, solange du ihn nur besiegst? Er ist und bleibt Eric.«

Sechstes Kapitel

»Sicher«, sagte ich, »aber ich habe mein Wort gegeben.«
»Dann nimm es wieder zurück.«
»Das geht leider nicht.«
»Dann bist du verrückt, Charlie.«
»Wahrscheinlich hast du recht.«
»Jedenfalls wünsche ich dir viel Glück.«
»Danke.«
»Bis demnächst.«
Und das war's, und es beunruhigte mich.
Lief ich in eine Falle?
Eric war kein Dummkopf. Vielleicht hatte er eine richtige Todesfalle aufgebaut. Aber dann zuckte ich die Achseln und beugte mich über die Reling; die Karten waren wieder in meinem Gürtel verstaut.

Es ist ein stolzes und einsames Geschick, Prinz von Amber zu sein, ein Mann, der unfähig ist, Vertrauen zu haben. In diesem Augenblick hatte ich nicht gerade viel übrig für dieses Dasein, aber was sollte ich tun?

Natürlich hatte Eric das Unwetter gelenkt, das wir gerade hinter uns hatten, und das schien zu dem zu passen, was mir Random über seine Wetterherrschaft in Amber erzählt hatte.

Und ich versuchte es selbst mit einem solchen Trick.

Ich führte uns inmitten eines dichten Schneegestöbers auf Amber zu.

Es war der schlimmste Schneesturm, den ich heraufbeschwören konnte.

Riesige Flocken begannen draußen über dem Ozean zu fallen.

Sollte er doch diese ganz normale Schattenerscheinung unterbinden, wenn er konnte!

Und das tat er.

Nach einer halben Stunde hatte der Schneesturm aufgehört. Amber war praktisch uneinnehmbar – und es war im Grunde die einzige existierende Stadt. Da ich nicht vom Kurs abweichen wollte, ließ ich den Dingen ihren Lauf.

Wir segelten weiter. In die Fänge des Todes.

Der zweite Sturm war schlimmer als der erste, aber ich ließ das Steuerrad nicht los. Das Unwetter brachte zahlreiche elektrische Entladungen und war allein gegen die Flotte gerichtet. Es trieb sie auseinander und kostete uns vierzig weitere Schiffe.

Ich hatte Angst, Bleys anzurufen um zu erfahren, wie es ihm ergangen war.

»Etwa zweihunderttausend Soldaten sind noch übrig«, sagte er.
»Eine Flutwelle«, und ich berichtete ihm, was Random mir mitgeteilt hatte.

»Könnte stimmen«, sagte er. »Aber wir wollen die Sache nicht zerreden. Wetter oder nicht – wir werden ihn besiegen.«
Ich stützte mich auf die Reling und hielt Ausschau.
Bald müßte Amber in Sicht kommen. Ich kannte mich mit den Tricks der Schatten aus und wußte, wie ich zu Fuß ans Ziel gelangen konnte.
Aber jedermann hatte düstere Vorahnungen.
Doch den idealen Tag würde es niemals geben ...
Also segelten wir weiter, und die Dunkelheit hüllte uns ein wie eine riesige Welle, und der schlimmste Orkan von allen brach los.
Es gelang uns, die Wucht seiner Schläge abzureiten, aber ich hatte Angst. Alles war Realität, und wir befanden uns in nördlichen Gewässern. Die Sache konnte gutgehen, wenn Caine sein Wort hielt. Wenn er mit uns kämpfen wollte, hatte er nun eine vorzügliche Ausgangsposition.
Ich nahm daher an, daß er uns verraten hatte. Warum auch nicht? Als ich ihn nähermanövrieren sah, bereitete ich die Flotte – dreiundsiebzig Schiffe waren noch übrig – zum Kampf vor. Indem ihn die Karten als Schlüsselfigur auswiesen, hatten sie entweder gelogen – oder waren überaus zutreffend gewesen.
Das führende Schiff hielt auf mich zu, und ich zog mein Boot herum und fuhr ihm entgegen. Wir drehten bei und musterten uns Seite an Seite. Wir hätten uns durch die Trümpfe verständigen können, doch Caine wählte diesen Weg nicht; dabei war er in dieser Situation der Stärkere. In solchen Fällen schrieb die Familienetikette vor, daß er die Verständigungsmethode wählte.
Er wollte seine Vormachtstellung offenbar für alle hörbar machen, denn er benutzte einen Lautsprecher.
»Corwin! Liefere deine Flotte aus. Ich bin dir zahlenmäßig überlegen! Du schaffst es nicht!«
Ich betrachtete ihn über die hochgehenden Wogen hinweg und hob meine Flüstertüte an die Lippen.
»Was ist mit unserer Vereinbarung?« fragte ich.
»Null und nichtig«, entgegnete er. »Du bist viel zu schwach, um gegen Amber etwas auszurichten, also rette Menschenleben und ergib dich sofort.«
Ich warf einen Blick über die linke Schulter auf die Sonne.
»Bitte hör mich an, Bruder Caine«, sagte ich, »und gewähre mir eine Bitte: Laß mir Zeit, mich mit meinen Kapitänen zu besprechen – bis die Sonne im Zenit steht.«
»Einverstanden«, erwiderte er sofort. »Ich bin sicher, sie werden ihre Lage richtig einschätzen.«
Ich wandte mich ab und gab Befehl, das Schiff zu wenden und zur Hauptflotte zurückzusteuern.

Sechstes Kapitel

Versuchte ich zu fliehen, würde mich Caine durch die Schatten verfolgen und meine Schiffe eins nach dem anderen vernichten. Auf der realen Erde explodierte Schießpulver nicht, aber wenn wir uns sehr weit davon entfernten, konnte es zu unserer Vernichtung mit eingesetzt werden. Caine würde welches beschaffen, denn es war anzunehmen, daß die Flotte, wenn ich sie verließ, die Schatten-Meere nicht allein bewältigen konnte. Die Schiffe säßen dann wie lahme Enten in den realen Gewässern hier fest.

Die Mannschaften waren also tot oder gefangen – was immer ich tat.

Random hatte recht gehabt.

Ich nahm Bleys' Trumpf zur Hand und konzentrierte mich darauf, bis er sich bewegte.

»Ja?« fragte er, und seine Stimme klang erregt. Ich hörte förmlich den Kampflärm rings um ihn.

»Wir haben Ärger«, sagte ich. »Dreiundsiebzig Schiffe haben es geschafft, und Caine hat uns aufgefordert, bis Mittag zu kapitulieren.«

»Verdammt soll er sein!« sagte Bleys. »So weit wie du bin ich noch gar nicht. Wir stehen mitten im Kampf. Eine riesige Kavalleriestreitmacht haut uns in Stücke. Ich kann dir also keinen wohlüberlegten Ratschlag geben, denn ich habe meine eigenen Sorgen. Tu, was du für richtig hältst. Sie greifen wieder an!« Und der Kontakt war unterbrochen.

Ich nahm Gérards Karte und suchte die Verbindung.

Als unser Gespräch begann, glaubte ich eine Küstenlinie hinter ihm zu erkennen, die mir bekannt vorkam. Wenn ich recht hatte, befand er sich in südlichen Gewässern. Ich erinnerte mich nur ungern an unsere Unterhaltung. Ich fragte ihn, ob er mir gegen Caine helfen könnte und wollte.

»Ich habe nur gesagt, ich würde dich vorbeilassen. Deshalb habe ich mich in den Süden zurückgezogen. Selbst wenn ich wollte, könnte ich gar nicht rechtzeitig zur Stelle sein. Ich habe dir keine Hilfe versprochen.«

Und ehe ich etwas erwidern konnte, war er verschwunden. Er hatte natürlich recht. Er hatte sich bereit erklärt, mir eine Chance zu geben, nicht meinen Kampf mitzukämpfen.

Welche Möglichkeiten blieben mir noch?

Ich schritt auf Deck hin und her. Der frühe Morgen war vorbei. Der Nebel hatte sich längst aufgelöst, und die Sonne wärmte mir die Schultern. Bald war es Mittag. Vielleicht noch zwei Stunden ...

Ich betastete meine Karten, wog das Spiel in der Hand. Ich konnte mich durch die Trümpfe auf einen Kampf der Willenskräfte einlassen – mit Eric oder mit Caine. Diese Fähigkeit steckte in den Karten – und vielleicht noch andere, von denen ich im Augenblick keine Ahnung hatte. Sie waren auf Befehl Oberons gestaltet worden, von der Hand des verrückten Künstlers Dworkin Barimen, jenes glutäugigen Buckligen, der Zauberer, Priester oder Psychiater gewesen war – in diesem Detail widersprachen sich die Überlieferungen – und der aus irgendeinem fernen Schatten stammte, wo Vater ihn vor einem selbstverschuldeten schlimmen Schicksal bewahrt hatte. Die Einzelheiten waren unbekannt, doch hatte er seit jener Zeit nicht mehr alle Tassen im Schrank. Trotzdem war er ein großartiger Künstler, und es war eine unbestreitbare Tatsache, daß er über seltsame Fähigkeiten verfügte. Er war vor langer Zeit verschwunden, nachdem er die Karten geschaffen und das Muster in Amber niedergelegt hatte. Wir hatten uns oft über ihn Gedanken gemacht, doch niemand schien seinen Aufenthaltsort zu kennen.

Vielleicht hatte Vater ihn umgebracht, damit seine Geheimnisse nicht bekannt wurden.

Caine war sicher auf einen Angriff durch die Karten gefaßt, und wahrscheinlich vermochte ich ihn nicht niederzuringen, wenn ich ihn auch vielleicht in meinen Bann schlagen konnte. Aber das genügte nicht, da seine Kapitäne längst Order zum Angriff erhalten hatten.

Und Eric rechnete bestimmt mit allem – aber wenn es sonst keine andere Möglichkeit gab, konnte ich es genausogut versuchen. Ich hatte außer meiner Seele nichts zu verlieren.

Schließlich die Karte von Amber selbst. Mit dieser Karte konnte ich mich dorthin versetzen und es mit einem Attentat versuchen, aber ich schätzte das Risiko auf eins zu eine Million gegen mich.

Ich war zum Kampf bereit, doch es war sinnlos, all diese Männer mit mir in den Tod zu reißen. Vielleicht war mein Blut trotz meiner Macht über das Muster dünn geworden. Ein echter Prinz von Amber hätte Skrupel dieser Art nicht haben dürfen.

Ich begann zu ahnen, daß mich die Jahrhunderte auf der Schatten-Erde sehr verändert und vielleicht weicher gemacht hatten; daß sie in mir etwas bewirkt hatten, das mich nun von meinen Brüdern unterschied.

Ich beschloß, die Flotte auszuliefern und mich dann nach Amber zu versetzen, wo ich Eric zu einem entscheidenden Duell herausfordern wollte. Darauf einzugehen, wäre dumm von ihm. Aber was machte das für einen Unterschied – ich hatte keine andere Wahl.

Ich drehte mich um und machte meine Offiziere mit meinen Wünschen bekannt und spürte plötzlich, wie mich die Macht befiel, und ich war sprachlos.

Ich spürte den Kontakt und brachte schließlich zwischen zusammengebissenen Zähnen hervor: »Wer?« Es kam keine Antwort, doch etwas drehte und bohrte sich langsam in meinen Geist, und ich rang damit.

Sechstes Kapitel

Als er nach einer Weile erkannte, daß ich mich nicht ohne langen Kampf besiegen ließ, hörte ich Erics Stimme im Wind.

»Wie stehen die Dinge bei dir, Bruder?« erkundigte er sich.

»Nicht gut«, erwiderte oder dachte ich, und er lachte leise, wenngleich sich in seiner Stimme die Anstrengung unseres Kampfes widerzuspiegeln schien.

»Das ist schade«, sagte er. »Wärst du zurückgekommen, um mich zu unterstützen, hätte ich dich fürstlich belohnt. Aber dazu ist es natürlich zu spät. Jetzt werde ich jubilieren, sobald ich dich und Bleys geschlagen habe.«

Ich antwortete nicht sofort, sondern kämpfte mit allen Kräften.

Vor diesem Angriff zog er sich ein Stück zurück, doch er vermochte mich an Ort und Stelle festzuhalten.

Wurde einer von uns auch nur einen Sekundenbruchteil lang abgelenkt, konnten wir in physischen Kontakt miteinander treten, oder einer von uns konnte auf der geistigen Ebene die Oberhand gewinnen. Ich vermochte ihn jetzt deutlich in seinen Palasträumen zu erkennen. Doch wer immer einen Angriff wagte, er würde sich der Kontrolle des anderen ausliefern.

Also starrten wir uns düster an und kämpften im Geiste. Mit seinem Angriff hatte sich eines meiner Probleme erledigt. Er hielt meinen Trumpf in der Linken, und seine Stirn war gerunzelt. Ich suchte nach einem Ansatzpunkt, konnte aber keinen finden.

Leute redeten mit mir, doch ich verstand ihre Worte nicht, während ich mit dem Rücken an der Reling stand.

Wie spät war es?

Mit dem Beginn des Kampfes hatte mich jegliches Zeitgefühl verlassen. Konnte es sein, daß zwei Stunden verstrichen waren? War es das? Ich war mir meiner Sache nicht sicher.

»Ich spüre deine Beunruhigung«, sagte Eric. »Jawohl, ich habe mich mit Caine abgesprochen. Er hat sich nach eurer Unterhaltung mit mir in Verbindung gesetzt. Ich kann dich mühelos weiter festhalten, während deine Flotte ringsum zerschossen und zum Verrotten nach Rebma geschickt wird. Die Fische werden sich an deinen Männern gütlich tun.«

»Warte!« sagte ich. »Sie sind schuldlos. Bleys und ich haben sie getäuscht, und sie glauben für eine gerechte Sache zu kämpfen. Ihr Tod hätte keinen Sinn mehr. Ich hatte mir schon vorgenommen, die Flotte kapitulieren zu lassen.«

»Dann hättest du nicht so lange zögern sollen«, erwiderte er. »Jetzt ist es zu spät. Ich kann Caine nicht anrufen und meine Befehle widerrufen, ohne dich freizugeben, und sobald ich dich loslasse, falle ich unter deine geistige Herrschaft oder bin einem physischen Angriff ausgesetzt. Unsere Gehirne sind zu sehr verwandt.«

»Wenn ich dir nun mein Wort gebe, daß ich meinen Vorteil nicht nutze?«

»Jeder Mensch schwört Meineide, um ein Königreich zu erringen«, sagte Eric.

»Kannst du meine Gedanken nicht lesen? Erspürst du ihn nicht in meinem Geist? Ich halte mein Wort!«

»Ich spüre ein seltsames Mitleid mit diesen Lebewesen, die du getäuscht hast, und weiß nicht, worauf eine solche Bindung beruhen könnte – trotzdem nein! Du weißt zu gut Bescheid. Selbst wenn du es in diesem Augenblick ehrlich meintest – was ja durchaus der Fall sein mag –, wäre die Versuchung zu groß, sobald sich die Gelegenheit bietet. Du weißt das so gut wie ich. Ich darf das Risiko nicht eingehen.«

Und ich wußte Bescheid. Zu sehr brannte Amber in unserem Blut.

»Du bist mit dem Schwert wesentlich besser als früher«, fuhr er fort. »Wie ich sehe, hat dir dein Exil in dieser Hinsicht durchaus genützt. Du bist von allen derjenige, der sich am ehesten auf meine Stufe stellen könnte – ausgenommen Benedict, der vielleicht tot ist.«

»Bilde dir nichts ein«, sagte ich. »Ich weiß, daß ich schon jetzt mit dir fertigwerde. Im Grunde ...«

»Spar dir die Mühe. In diesem späten Stadium lasse ich mich mit dir nicht auf ein Duell ein.« Und er lächelte in der Erkenntnis meines Gedankens, der allzu offenkundig geworden war.

»Ich wünschte mir wirklich fast, du hättest dich auf meine Seite gestellt«, sagte er. »Ich hätte dich besser gebrauchen können als die anderen. Julian kann ich nicht ausstehen. Caine ist ein Feigling. Gérard ist stark, aber dumm.«

Ich beschloß, ein gutes Wort einzulegen – das einzige, mit dem ich vielleicht Erfolg hatte.

»Hör zu«, sagte ich. »Ich habe Random durch einen Trick dazu gebracht, mich hierher zu begleiten. Ihm hat der Gedanke von Anfang an nicht gefallen. Ich glaube, er hätte dich unterstützt, wenn du ihn darum gebeten hättest.«

»Der Schweinehund!« sagte er. »Den ließe ich nicht mal die Nachttöpfe im Palast leeren. In meinem fände ich bestimmt einen Piranha-Fisch. Nein danke. Ich hätte ihn vielleicht begnadigt – aber damit ist es aus, nachdem du dich für ihn verwendet hast. Möchtest du, daß ich ihn an meine Brust drücke und ihn Bruder heiße, nicht wahr? Oh nein! Du bist ihm zu hastig zu Hilfe gekommen. Das offenbart mir seine wahre Einstellung, die er dir zweifellos enthüllt hat. Vergessen wir Random in den Höfen der Gnade.«

Sechstes Kapitel

In diesem Augenblick bemerkte ich Rauchgeruch und vernahm metallisches Klirren. Das konnte nur bedeuten, daß Caine über uns hergefallen war und seine Arbeit tat.

»Gut«, sagte Eric, der die Eindrücke aus meinem Geist mitbekam.

»Halte sie auf! Bitte! Meine Männer haben keine Chance gegen eine solche Übermacht!«

»Selbst wenn du dich ergeben würdest ...« Und er unterbrach mit einem Fluch. Da fing ich seinen Gedanken auf. Er hätte verlangen können, daß ich als Gegenleistung für die Schonung meiner Männer kapitulierte – ohne dann Caine in seiner Schlächterei Einhalt zu gebieten. Ein solcher Schachzug hätte ihm gepaßt, aber er hatte im Eifer des Gefechts die falschen Worte über die Zunge rutschen lassen.

Ich lachte über seinen Zorn.

»Ich erwische dich sowieso bald«, sagte er. »Sobald das Flaggschiff erobert wird.«

»Aber zuvor«, sagte ich, »solltest du dies mal versuchen!« Und ich griff ihn an, mit allem, was ich hatte. Ich drang in seinen Geist ein, peinigte ihn mit meinem Haß. Ich spürte seinen Schmerz, der mich zu weiteren Anstrengungen anspornte. Zum Ausgleich für all die Jahre meines Exils hieb ich nach ihm, suchte ich wenigstens diesen Lohn. Dafür, daß er mich grausam der Pest ausgeliefert hatte, hämmerte ich auf die Barrieren seiner geistigen Normalität ein, suchte ich meine Rache. In der Erinnerung an den Autounfall, für den er verantwortlich gewesen war, das wußte ich, drang ich auf ihn ein, suchte seine Qual zum Ausgleich für meinen Schmerz.

Er begann nachzulassen, und mein Angriff steigerte sich weiter.

Ich fiel über ihn her, und er begann die Herrschaft über mich zu verlieren.

»Du Teufel!« rief er schließlich und schob die Hand über die Karte, die er umklammerte.

Der Kontakt war unterbrochen, und ich stand zitternd an Deck.

Ich hatte es geschafft! Ich hatte ihn in einem Willenskampf besiegt. Im Einzelkampf brauchte ich meinen tyrannischen Bruder nie wieder zu fürchten.

Ich war stärker als er.

Ich machte mehrere tiefe Atemzüge und richtete mich auf, bereit für den Augenblick, da sich die innere Kälte eines neuen geistigen Angriffs anmeldete. Aber ich wußte auch, daß es nicht mehr dazu kommen würde, jedenfalls nicht von Eric. Ich spürte, daß er Angst hatte vor meinem Zorn.

Ich sah mich um. Ringsum wurde gekämpft. Schon strömte Blut über die Decksplanken. Ein Schiff lag längsseits, und seine Mannschaft enterte uns. Ein zweites Schiff versuchte auf der anderen Seite dasselbe Manöver einzuleiten. Ein Pfeil sirrte mir am Kopf vorbei.

Ich zog mein Schwert und stürzte mich in den Kampf.

Ich weiß nicht mehr, wie viele Männer ich an jenem Tag tötete. Nach dem zwölften oder dreizehnten Gegner verlor ich die Übersicht. In diesem ersten Zusammenstoß war es jedenfalls mehr als die doppelte Anzahl. Die Körperkräfte, die ein Prinz von Amber von Natur aus besitzt, leisteten mir heute gute Dienste; immerhin konnte ich einen Mann mit der Hand in die Luft reißen und über die Reling schleudern.

Wir töteten jeden Mann an Bord der angreifenden Schiffe, öffneten ihre Luken und schickten sie nach Rebma hinab. Meine Mannschaft war auf die Hälfte reduziert worden, und ich hatte unzählige Stiche und Schnitte abbekommen, allerdings nichts Ernstes. Anschließend kamen wir einem Schwesterschiff zu Hilfe und erledigten ein weiteres Piratenschiff Caines.

Die Überlebenden des geretteten Boots kamen an Bord des Flaggschiffes. Auf diese Weise verfügte ich wieder über eine komplette Mannschaft.

»Blut!« brüllte ich. »Blut und Rache schenkt mir an diesem Tag, meine Krieger, dann soll man sich eurer in Amber auf ewig erinnern!«

Und wie ein Mann hoben sie die Waffen und brüllten: »Blut!« Wir vernichteten zwei weitere Angreiferschiffe und ergänzten unsere Mannschaft mit Überlebenden von anderen Einheiten unserer Flotte. Während wir auf einen sechsten Gegner zuhielten, erklomm ich den Hauptmast und versuchte, mir einen ungefähren Überblick zu verschaffen.

Caine schien drei zu eins in der Überzahl zu sein. Meine Flotte bestand noch aus fünfundvierzig bis fünfundfünfzig Einheiten.

Wir besiegten den sechsten Gegner und brauchten nicht lange nach dem siebenten und achten zu suchen – sie griffen uns an. Auch diese Schiffe kämpften wir nieder, doch ich zog mir mehrere Wunden zu in den Auseinandersetzungen, die meine Mannschaft erneut halbierten. An der linken Schulter und am rechten Schenkel klafften tiefe Schnitte, und ein Riß an der rechten Hüfte tat höllisch weh.

Während wir die beiden Schiffe auf den Meeresgrund schickten, rückten zwei weitere heran.

Wir flohen und taten uns mit einem meiner Schiffe zusammen, das siegreich aus einem Kampf hervorgegangen war. Wieder legten wir die Mannschaften zusammen, wobei wir diesmal die Standarte auf das andere Schiff hinübernahmen, das weniger beschädigt war, während mein bisheriges Flaggschiff bereits zu lecken begann und Schlagseite nach Steuerbord bekam.

Sechstes Kapitel

Man ließ uns nicht die Zeit, zu Atem zu kommen; schon näherte sich ein weiteres Schiff.

Meine Männer waren erschöpft, und ich begann, die Anstrengungen des Kampfes ebenfalls zu spüren. Zum Glück war die gegnerische Mannschaft auch nicht mehr sonderlich in Form.

Ehe ein zweites Schiff Caines eingreifen konnte, hatten wir es geentert und die Standarte erneut mitgenommen. Der Zustand dieses Schiffes war sogar noch besser.

Wir besiegten auch den nächsten Angreifer, und ich besaß nun ein gutes Schiff und vierzig Mann – und konnte bald nicht mehr.

Nun war niemand mehr in Sicht, der uns hätte helfen können.

Soweit meine Schiffe noch schwimmfähig waren, kämpften sie gegen mindestens einen Gegner. Als ein Angreifer auf uns zuhielt, ergriffen wir die Flucht.

Auf diese Weise holten wir etwa zwanzig Minuten heraus. Ich versuchte, in die Schatten zu segeln, aber in solcher Nähe zu Amber ist das eine anstrengende, langwierige Sache. Es ist viel einfacher, nach Amber vorzudringen, als sich wieder davon zu entfernen, denn Amber ist das Zentrum, der Nexus. Hätte ich zehn Minuten länger Zeit gehabt, wäre es mir vielleicht trotzdem gelungen.

Doch ich schaffte es nicht.

Als der Verfolger näher kam, machte ich in der Ferne ein weiteres Schiff aus, das sich in unsere Richtung wandte. Es trug die schwarzgrüne Standarte unter Erics Farben und dem weißen Einhorn. Caines Schiff. Er wollte den letzten Akt persönlich miterleben.

Wir griffen den ersten Verfolger an, hatten aber kaum Gelegenheit, ihn zu versenken; schon fiel Caine über uns her. Schließlich stand ich auf dem blutigen Deck, von einem Dutzend Männern umgeben, und Caine ging zum Bug seines Schiffs und forderte mich auf, die Waffen zu strecken.

»Schenkst du meinen Männern das Leben, wenn ich es tue?« fragte ich.

»Ja«, erwiderte er. »Täte ich es nicht, würde ich noch ein paar Leute mehr verlieren – und das muß nun wirklich nicht sein.«

»Gibst du mir dein Wort als Prinz?« fragte ich.

Er überlegte einen Augenblick lang und nickte schließlich.

»Also gut«, sagte er. »Laß deine Männer die Waffen niederlegen und zu mir an Bord steigen, sobald ich längsseits komme.«

Ich steckte meine Klinge fort und schaute nickend in die Runde.

»Ihr habt einen guten Kampf geliefert, und ich liebe euch dafür«, sagte ich. »Doch in diesem Augenblick sind wir unterlegen.« Während des Sprechens trocknete ich mir die Hände an meinem Mantel ab und wischte sie sauber, da ich ungern ein Kunstwerk beflecke.

»Streckt die Waffen in dem Bewußtsein, daß eure Mühen nicht vergessen werden. Eines Tages werde ich euch am Hofe Ambers besingen!«

Die Männer – neun große rothäutige Gestalten und drei Pelzwesen – weinten, als sie die Waffen niederlegten.

»Habt keine Sorge, daß etwa der Kampf um die Stadt verloren sei«, fuhr ich fort. »Wir sind lediglich in einer Schlacht unterlegen, der Krieg geht anderswo weiter. Mein Bruder Bleys kämpft sich in diesem Augenblick auf Amber zu. Caine wird sein Versprechen halten und euch verschonen, wenn er sieht, daß ich zu Bleys an Land gegangen bin. Es tut mir nur leid, daß ich euch nicht mitnehmen kann.«

Mit diesen Worten zog ich Bleys' Trumpf aus dem Kartenspiel und hielt ihn vor mich, im Schutz der Reling, wo die Karte vom anderen Schiff aus nicht gesehen werden konnte.

Als Caine anlegte, rührte sich etwas unter der kalten, kalten Oberfläche.

»Wer?« fragte Bleys.

»Corwin«, sagte ich. »Wie geht es dir?«

»Wir haben die Schlacht gewonnen, dabei aber viele Männer verloren. Wir ruhen uns gerade aus, ehe wir weitermarschieren. Wie stehen die Dinge bei dir?«

»Ich glaube, wir haben fast die Hälfte von Caines Flotte vernichtet, doch er hat den Tagessieg errungen. Er ist im Begriff, uns zu entern. Hilf mir fliehen!«

Er streckte die Hand aus, und ich berührte sie und sank ihm in die Arme.

»Das wird nun schon langsam zur Gewohnheit«, brummte ich und bemerkte jetzt, daß er ebenfalls verwundet war – am Kopf – und daß sich eine Bandage um seine linke Hand zog. »Mußte das falsche Ende eines Säbels anfassen«, erklärte er, als er meinen Blick bemerkte. »Tut ganz schön weh.«

Als ich langsam wieder zu Atem kam, gingen wir zu seinem Zelt, wo er eine Flasche Wein aufmachte und mir Brot, Käse und etwas getrocknetes Fleisch vorsetzte. Er hatte noch reichlich Zigaretten, und ich qualmte vor mich hin, während ein Sanitätsoffizier meine Wunden versorgte.

Er hatte noch immer etwa hundertundachtzigtausend Mann hinter sich. Während ich auf einer Hügelkuppe den Beginn des Abends erlebte, hatte ich das Gefühl, über jedes Lager zu schauen, das ich je in meinem Leben gesehen hatte, ein Lager, das sich über endlose Meilen und Jahrhunderte erstreckte. Plötzlich spürte ich Tränen in den Augen, vergossen für die armen Kreaturen, die nicht wie die Herren von Amber sind, die nur eine kurze Lebensspanne haben und dann zu

Staub werden; ich beweinte den Umstand, daß so viele dieser Wesen wegen unserer Launen auf den Schlachtfeldern der Welt den Tod finden mußten.

Schließlich kehrte ich in Bleys' Zelt zurück, und wir leerten eine Flasche Wein um die andere.

7

In dieser Nacht erhob sich ein heftiger Sturm. Das Toben des Windes ließ auch nicht nach, als sich die Morgendämmerung bemühte, die Handfläche der Welt in Silber zu tauchen, und dauerte während unseres ganzen Tagesmarsches an.

Es ist sehr entmutigend, im Regen zu marschieren, noch dazu in einem kalten Regen. Oh, wie habe ich den Schlamm gehaßt, durch den ich immer wieder gewandert bin – jahrhundertelang, wie mir scheinen will!

Wir suchten einen Schatten-Weg, auf dem es nicht regnete, doch was wir auch anstellten, wir kamen nicht weiter.

Wir konnten nach Amber marschieren, doch wir kamen nicht darum herum, daß uns dabei die Kleidung am Leibe klebte, daß uns der Trommelwirbel des Donners begleitete, daß hinter unserem Rücken die Blitze zuckten.

Am nächsten Abend fiel die Temperatur in ungeahnte Tiefen, und am Morgen starrte ich an den steif gefrorenen Flaggen vorbei auf eine nun weiße Welt unter dem grauen Himmel, vor dem zahlreiche helle Punkte flirrten. Der Atem wehte mir in riesigen Wolken um den Kopf.

Unsere Truppen waren auf ein solches Wetter nicht eingerichtet, mit Ausnahme der Pelzwesen – und wir trieben die Männer zur Eile an, um Erfrierungen zu verhindern. Die großen rothäutigen Burschen litten entsetzlich. Sie kamen aus einer sehr warmen Welt.

An diesem Tag wurden wir von Tigern, Polarbären und Wölfen angegriffen. Der Tiger, den Bleys erlegte, war von der Schnauze bis zur Schwanzspitze gut vierzehn Fuß lang.

Wir marschierten bis tief in die Nacht hinein; dann begann es zu tauen. Bleys trieb die Soldaten an, um sie aus den kalten Schatten zu holen. Der Trumpf für Amber hatte uns verraten, daß dort ein warmer, trockener Herbst herrschte; wir begannen uns der wirklichen Erde zu nähern.

Gegen Mitternacht der zweiten Nacht lagen Hagel und Schneematsch und kalte und warme Regenfälle hinter uns – wir waren in einer trockenen Welt.

Siebtes Kapitel

Nun wurde der Befehl zum Lageraufschlagen gegeben – mit einem dreifachen Sicherheitskordon. In Anbetracht der Müdigkeit der Männer waren wir reif für einen Angriff. Doch die Männer taumelten bereits vor Erschöpfung und ließen sich nicht weiter antreiben.

Der Angriff erfolgte mehrere Stunden später, und Julian war der Anführer, wie ich später den Schilderungen Überlebender entnahm.

Er führte Kommandounternehmen gegen unsere empfindlichsten Lagerteile am Rand der Haupttruppe. Hätte ich gewußt, daß Julian am Werke war, hätte ich seinen Trumpf benutzt, um ihn vielleicht im Schach zu halten – doch ich erfuhr erst davon, als es schon zu spät war.

Wir hatten in dem überraschenden Winter etwa zweitausend Mann verloren, und mir war noch nicht bekannt, wie viele Opfer Julian gefunden hatte.

Offenbar verloren die Männer langsam den Mut, doch sie gehorchten, als der Weitermarsch befohlen wurde.

Der nächste Tag verging unter ständigen Angriffen. Eine Armee unserer Größe konnte sich nicht ausreichend flexibel bewegen, um den ständigen Attacken zu entgehen, die Julian gegen unsere Flanken führte. Einige seiner Männer erwischten wir, aber nicht genug – das Verhältnis war etwa eins zu zehn.

Gegen Mittag durchquerten wir das Tal, das parallel zur Meeresküste verlief. Der Wald von Arden lag links von uns im Norden. Amber erhob sich direkt vor uns. Der Wind war kühl und trug die Gerüche der Erde und ihrer süßen Früchte herbei. Blätter fielen herab. Amber war noch achtzig Meilen entfernt, ein bloßer Schimmer am Horizont.

Als sich an diesem Nachmittag Wolken zusammenzogen und ein leichter Schauer begann, regneten plötzlich Pfeile vom Himmel. Das Unwetter hörte wieder auf, und die Sonne kam hervor, um alles zu trocknen.

Nach einer Weile bemerkten wir den Rauchgeruch.

Und etwas später sahen wir den Rauch, der ringsum zum Himmel aufstieg.

Schließlich begannen die Flammenwände aufzusteigen und wieder zusammenzusinken. Sie bewegten sich mit knirschenden, unaufhaltsamen Schritten auf uns zu; und im Näherkommen begannen wir die Hitze zu spüren, und irgendwo weiter hinten in der Truppe entstand Panik. Geschrei ertönte, und die Kolonne wogte nach vorn.

Wir begannen zu laufen.

Ringsum fielen Ascheflocken zu Boden, und der Rauch wurde dichter. Wir rannten so schnell wir konnten, und die Flammen drängten noch näher heran. Die Licht- und Hitzevorhänge flatterten mit gleichmäßigem, wogendem Brausen, und die Wogen der Hitze hämmerten auf uns ein, rasten über uns dahin. Nach kurzer Zeit waren sie unmittelbar neben uns, und die Bäume verkohlten, die Blätter wehten glühend herab, und einige der kleineren Stämme begannen zu schwanken. Unser Weg war eine einzige Allee aus Bränden, so weit wir blickten.

Wir rannten noch schneller, denn die Lage mußte sich noch verschlimmern.

Und darin irrten wir uns nicht.

Gewaltige Bäume begannen, sich vor uns über den Weg zu legen.

Wir sprangen über die Stämme oder liefen darum herum. Wenigstens waren wir auf einem Weg ...

Die Hitze wurde erdrückend, und der Atem rasselte in unseren Lungen. Rehwild und Wölfe und Füchse und Kaninchen huschten an uns vorbei, flüchteten mit uns, ignorierten uns und ihre natürlichen Feinde. Die Luft über dem Rauch schien mit Wolken kreischender Vögel angefüllt. Ihre Ausscheidungen fielen auf uns herab.

Das Anstecken dieses alten Waldes, der so ehrwürdig war wie der Wald von Arden, wollte mir fast wie ein Sakrileg erscheinen. Aber Eric war Prinz von Amber – und bald auch König. Ich hätte vielleicht ebenso gehandelt ...

Augenbrauen und Haar wurden mir angesengt. Meine Kehle fühlte sich wie ein Kamin an. Ich fragte mich, wie viele Männer uns dieser Angriff kosten mochte.

Siebzig Meilen Waldwege lagen zwischen uns und Amber, und über dreißig Meilen hinter uns, bis zum Rand des Baumbestandes.

»Bleys!« keuchte ich. »Zwei oder drei Meilen vor uns gabelt sich der Weg! Rechts kommt man schneller zum Oisen-Fluß, der zum Meer führt! Ich glaube, das ist unsere Chance! Das ganze Garnath-Tal wird verbrennen! Unsere einzige Hoffnung liegt am Wasser!«

Er nickte.

Wir hasteten weiter, doch die Brände überholten uns.

Wir schafften es bis zur Abzweigung, während wir die Flammen auf unserer glimmenden Kleidung mit den Händen löschten, uns die Asche aus den Augen rieben, schwarze Flocken ausspuckten und mit den Fingern durch das Haar fuhren, sobald sich dort Flämmchen einzunisten begannen.

»Nur noch etwa eine Viertelmeile«, sagte ich.

Schon mehrfach war ich von fallenden Ästen getroffen worden. Die bloßliegenden Stellen meiner Haut pulsierten mit einem fiebrigen Schmerz. Wir eilten durch brennendes Gras, hasteten einen langen Hang hinab und sahen unten das Wasser, und unser Tempo nahm weiter zu, obwohl wir es nicht für möglich gehalten hatten. Wir stürzten uns in den Fluß und ließen uns von der kalten Nässe einhüllen.

Bleys und ich bemühten uns, beieinander zu bleiben, als die Strömung uns packte und wir durch das gewundene Bett des Oisen gerissen wurden. Die verfilzten Äste der Bäume über uns waren zu den Stützpfeilern einer Kathedrale aus Feuer geworden. Wo sie auseinanderbrachen und einstürzten, mußten wir uns auf den Bauch drehen und untertauchen oder uns anders in Sicherheit bringen, je nachdem, wie nahe wir waren. Das Wasser ringsum war angefüllt mit zischenden schwarzen Brocken, und hinter uns wirkten die Köpfe unserer überlebenden Soldaten wie eine Ladung dahintreibender Kokosnüsse.

Das Wasser war dunkel und kalt, und unsere Wunden begannen zu schmerzen, und wir zitterten und klapperten mit den Zähnen.

Wir mußten mehrere Meilen zurücklegen, ehe der brennende Wald zurückblieb und der flachen baumlosen Ebene Platz machte, die sich bis zum Meer erstreckte. Sie bot Julian eine perfekte Möglichkeit, sich mit seinen Bogenschützen auf die Lauer zu legen. Ich machte eine entsprechende Bemerkung gegenüber Bleys, und er war meiner Meinung, sah aber keine Möglichkeit, etwas dagegen zu tun. Und da mußte ich ihm recht geben.

Ringsum brannte der Wald, und wir schwammen und ließen uns treiben.

Meine Ängste bewahrheiteten sich, und der erste Pfeilschauer regnete auf uns herab.

Ich tauchte und schwamm eine lange Strecke unter Wasser. Da ich mich mit der Strömung bewegte, schaffte ich auf diese Weise ein gutes Stück, ehe ich wieder an die Oberfläche mußte.

Und schon tauchten weitere Pfeile um mich ins Wasser.

Die Götter allein mochten wissen, wie lange sich dieser Todeskampf noch hinziehen mochte – doch ich wollte nach Möglichkeit sein Ende erleben.

Also atmete ich tief ein und ging wieder unter Wasser.

Ich berührte den Flußgrund, tastete mich über Felsen weiter.

Ich schwamm so weit ich konnte und hielt dann auf das rechte Ufer zu; beim Auftauchen ließ ich die Luft ab.

Ich brach durch die Oberfläche, atmete tief ein und tauchte wieder unter, ohne mich umzusehen.

Und ich schwamm, bis mir die Lungen zu platzen drohten; dann kam ich wieder hoch.

Diesmal hatte ich nicht soviel Glück. Ein Pfeil bohrte sich durch meinen linken Bizeps. Ich schaffte es wieder unter Wasser und brach den Schaft ab, als ich den Grund erreichte. Beim nächsten Auftauchen bot ich ein sicheres Ziel, das wußte ich.

Daher zwang ich mich weiter, bis mir rote Blitze vor den Augen zuckten und sich Schwärze in meinem Kopf auszubreiten drohte. Gut drei Minuten muß ich unten gewesen sein.

Als ich wieder hochkam, geschah nichts, und ich trat Wasser und versuchte hustend und keuchend, wieder zu Atem zu kommen.

Ich schwamm zum linken Ufer und hielt mich an den herabhängenden Ranken fest.

Dann sah ich mich um. In dieser Gegend gab es kaum noch Bäume, und das Feuer war noch nicht bis hierher vorgedrungen. Beide Ufer schienen leer zu sein – ebenso der Fluß. War ich etwa der einzige Überlebende? Das wollte mir unmöglich erscheinen. Immerhin war unsere Armee zu Beginn des Marsches riesig gewesen.

Ich war halbtot vor Erschöpfung, und mein ganzer Körper schmerzte. Jeder Quadratzentimeter meiner Haut schien versengt zu sein, aber das Wasser war so kalt, daß ich zugleich zitterte und wahrscheinlich blaugefroren war. Wenn ich weiterleben wollte, mußte ich den Fluß schleunigst verlassen. Allerdings hatte ich das Gefühl, daß ich noch einige Etappen unter Wasser durchstehen konnte, und beschloß, meine Flucht auf diesem Wege noch ein Stück fortzusetzen, ehe ich mich endgültig von den schützenden Tiefen abwandte.

Mit Mühe und Not schaffte ich vier weitere Tauchstrecken und hatte schließlich das Gefühl, daß ich eine fünfte Etappe nicht mehr schaffen würde. Ich klammerte mich an einem Felsen fest, bis ich wieder ruhiger atmen konnte, und kletterte schließlich an Land.

Dort ließ ich mich auf den Rücken rollen und sah mich um. Die Gegend war mir unbekannt. Das Feuer schien noch weit entfernt zu sein. Ein dickes Gebüsch erstreckte sich zu meiner Rechten, und ich kroch darauf zu, zwängte mich hinein, fiel flach aufs Gesicht und schlief ein.

Als ich erwachte, wäre ich am liebsten gestorben. Mein ganzer Körper war ein einziger Schmerz, und mir war übel. Halb im Delirium lag ich im Gebüsch und taumelte schließlich nach Stunden zum Fluß zurück, wo ich durstig trank. Dann torkelte ich wieder auf das Dickicht zu und legte mich erneut schlafen.

Als ich das Bewußtsein wiedererlangte, fühlte ich mich noch immer sehr mitgenommen, wenn auch ein wenig kräftiger. Ich ging zum Fluß zurück und stellte mit Hilfe meines eiskalten Trumpfes fest, daß Bleys noch am Leben war.

»Wo bist du?« fragte er, als ich Kontakt aufgenommen hatte.

Siebtes Kapitel

»Wenn ich das nur wüßte!« erwiderte ich. »Ich habe Glück, daß ich überhaupt irgendwo bin. Allerdings muß das Meer in der Nähe sein. Ich höre die Wellen und kenne den Geruch.«
»Du bist in der Nähe des Flusses?«
»Ja.«
»An welchem Ufer?«
»Am linken, am Nordufer.«
»Dann bleibe, wo du bist«, wies er mich an. »Ich schicke jemanden zu dir. Ich sammele gerade unsere Streitkräfte. Ich habe schon über zweitausend zusammen; Julian traut sich bestimmt nicht in unsere Nähe. Es werden mit jeder Minute mehr.«
»Gut«, sagte ich.
Ich blieb, wo ich war. Und dabei schlief ich ein.

Ich hörte sie durch die Büsche brechen und duckte mich. Vorsichtig schob ich einige Äste zur Seite und starrte hindurch.
Es waren Rothäute.
Ich klopfte meine Kleidung ab, fuhr mir mit den Fingern durchs Haar, richtete mich schwankend auf, machte einige tiefe Atemzüge und trat vor.
»Hier«, verkündete ich.
Zwei von den Wesen fuhren mit gezogenen Klingen herum. Aber sie erholten sich schnell wieder, lächelten, bezeugten mir ihren Respekt und führten mich zum Lager, das etwa zwei Meilen entfernt war. Ich schaffte die Strecke, ohne mich aufstützen zu müssen.
Bleys tauchte auf. »Wir haben schon gut dreitausend beisammen«, sagte er und rief einen Sanitätsoffizier herbei, der sich meiner annehmen mußte.
In der Nacht belästigte uns niemand. In dieser Zeit stießen große Teile unserer Truppen wieder zu uns, und auch am folgenden Tag verstärkten sich unsere Reihen weiter.
Schließlich hatten wir etwa fünftausend Mann. In der Ferne war Amber zu erkennen.
Wir lagerten eine weitere Nacht und setzten uns am nächsten Morgen in Marsch.
Am Nachmittag hatten wir etwa fünfzehn Meilen zurückgelegt. Wir marschierten am Strand entlang. Von Julian keine Spur.
Der Schmerz in meinen Brandwunden begann nachzulassen.
Mein Oberschenkel schien zu heilen, doch Schulter und Arm taten noch scheußlich weh.
Wir marschierten weiter und befanden uns bald vierzig Meilen vor Amber. Das Wetter blieb friedlich, und der Wald zu unserer Linken war eine einzige trostlose Aschewüste. Das Feuer hatte den größten Teil

des Holzbestandes im Tal vernichtet, was sich zur Abwechslung einmal zu unserem Vorteil auswirkte. Weder Julian noch sonst jemand konnte uns hier in einen Hinterhalt locken. Jede Annäherung bemerkten wir auf weite Entfernung. Vor Sonnenuntergang schafften wir weitere zehn Meilen und schlugen unser Lager am Meer auf.

Am nächsten Tag mußte ich daran denken, daß Erics Krönung unmittelbar bevorstand, und machte Bleys auf diese Tatsache aufmerksam. Wir wußten nicht mehr so recht, welchen Tag wir eigentlich schrieben, doch mir war klar, daß wir noch eine kurze Gnadenfrist hatten.

Wir drangen im Eilmarsch weiter vor, und gegen Mittag legten wir eine Pause ein. Unsere Entfernung zum Fuße des Kolvir betrug nur noch fünfundzwanzig Meilen, bei Einbruch der Dämmerung noch zehn.

Und wir ruhten nicht. Wir marschierten bis Mitternacht und lagerten erneut. Inzwischen hatte ich wieder einigermaßen zu mir selbst gefunden.

Ich hieb versuchsweise mit meiner Klinge durch die Luft und stellte fest, daß ich fast wieder in Form war. Am nächsten Tag ging es mir sogar noch besser.

Wir marschierten, bis wir den ersten Hang des Kolvir erreichten, wo uns Julians gesamte Streitmacht erwartete, verstärkt durch zahlreiche Kämpfer aus Caines Flotte, die sich hier als Fußsoldaten betätigten.

Bleys stellte sich hin und brüllte einiges in den Wind, dann griffen wir an.

Wir hatten noch knapp dreitausend Mann, als wir mit Julians Soldaten fertig waren. Julian selbst entkam natürlich.

Aber wir hatten gesiegt. An diesem Abend fand eine Feier statt. Wir hatten gesiegt!

Inzwischen hatten meine Ängste weiter zugenommen, die ich Bleys anvertraute. Dreitausend Mann gegen Kolvir.

Ich hatte die Flotte verloren, und Bleys hatte über achtundneunzig Prozent seiner Fußsoldaten eingebüßt. Diese Bilanz war schrecklich.

Trotzdem begannen wir am nächsten Tag mit dem Aufstieg. Es gab eine Treppe, die es den Männern ermöglichte, die Stufen zu zweit nebeneinander zu erklimmen; doch bald verengte sich der Weg dermaßen, daß wir hintereinander gehen mußten.

Wir stiegen hundert Meter empor, zweihundert, dreihundert.

Dann wehte der Sturm vom Meer herein, und wir klammerten uns fest und ließen uns durchschütteln.

Hinterher fehlten einige hundert Mann.

Wir mühten uns weiter, und der Regen trommelte herab. Die Stufen wurden höher und glitschiger. Als wir ein Viertel der Höhe Kolvirs

Siebtes Kapitel

erstiegen hatten, stießen wir auf eine Gruppe von Bewaffneten, die auf dem Wege nach unten war. Der erste dieser Männer schlug sich mit dem Anführer unserer Streitmacht herum, und zwei Männer stürzten in die Tiefe. Zwei Stufen waren gewonnen, ein weiterer Mann wirbelte in die Tiefe.

So ging es über eine Stunde lang, dann hatten wir etwa ein Drittel des Weges zurückgelegt, und die Schlange der Männer vor Bleys und mir wurde langsam kürzer. Nur gut, daß unsere großen roten Krieger stärker waren als Erics Soldaten. Waffen klirrten, ein Schrei ertönte, und ein Mann stürzte an uns vorbei. Manchmal war er rothäutig, zuweilen auch pelzig, doch in den meisten Fällen trugen die Fallenden Erics Farben.

Wir schafften es bis zur Hälfte des Weges, wobei wir um jede Stufe kämpfen mußten. An der Spitze verbreiterten sich die Stufen zu der Treppe, deren Spiegelbild sich in Rebma befand. Sie führte zum großen Tor, zum östlichen Zugang nach Amber.

Noch waren etwa fünfzig Kämpfer vor uns. Dann vierzig, dreißig, zwanzig, ein Dutzend ...

Wir hatten ungefähr zwei Drittel des Weges zurückgelegt, und die Treppe führte im Zickzack am Steilhang Kolvirs empor. Die Osttreppe wird selten benutzt, sie ist fast eine Art Verzierung. Ursprünglich hatten wir vorgehabt, durch das jetzt verbrannte Tal vorzustoßen, im Klettern einen Bogen zu schlagen nach Westen über die Berge; schließlich wollten wir von hinten in Amber einfallen. Das Feuer und Julian hatten diesen Plan zunichte gemacht. Den langen Weg hätten wir nie geschafft. Frontalangriff oder Kapitulation, das war jetzt die Alternative. Und Kapitulation kam nicht in Frage.

Drei weitere Krieger Erics stürzten in die Tiefe, und wir rückten um vier Stufen vor. Dann trat unser führender Mann die Reise in die Tiefe an, und wir mußten einen Schritt zurückweichen.

Der Meereswind war scharf und kühl, und am Fuße des Berges versammelten sich die Aasvögel in Scharen. Die Sonne brach durch die Wolken, als Eric seine Wetterpfuscherei aufgab, nachdem wir uns nun mit seinen Leuten herumschlugen.

Wir kletterten sechs Stufen weiter und verloren einen Mann.

Es war seltsam und traurig und verrückt ...

Bleys stand vor mir; bald kam die Reihe an ihn. Und wenn er unterging, mußte ich kämpfen.

Noch sechs Männer vor uns.

Zehn Stufen ...

Fünf Männer waren noch übrig.

Langsam rückten wir vor, und so weit ich zurückschauen konnte, war auf jeder Stufe Blut geflossen.

Der fünfte Mann tötete vier Gegner, ehe er selbst fiel und uns zu einer weiteren Biegung der Treppe brachte.

Immer weiter ging es empor, unser dritter Mann schwenkte in jeder Hand eine Klinge. Nur gut, daß er hier einen heiligen Krieg ausfocht, so führte er jeden Hieb mit echtem Einsatz. Er fällte drei Mann, ehe er selbst starb.

Der nächste war nicht ganz so energisch oder nicht ganz so gut. Er stürzte sofort von der Treppe – da waren es nur noch zwei.

Bleys zog seine lange verzierte Klinge, und die Schneide funkelte in der Sonne.

»Bald, Bruder«, sagte er, »werden wir sehen, was sie gegen einen Prinzen ausrichten.«

»Hoffentlich nur gegen einen«, erwiderte ich, und er lachte leise.

Ich meine, daß wir noch etwa ein Viertel des Weges vor uns hatten, als Bleys schließlich doch an der Reihe war.

Er sprang vor und brachte den ersten Gegner sofort aus dem Gleichgewicht. Seine Schwertspitze bohrte sich in den Hals des zweiten, und die flache Klinge prallte gegen den Kopf des dritten, der ebenfalls abstürzte. Mit dem vierten duellierte er sich einen Augenblick lang und erledigte ihn ebenfalls.

Ich hatte die Klinge kampfbereit in der Hand, während ich die Auseinandersetzung verfolgte und langsam nachrückte.

Er war gut, sogar noch besser, als ich ihn in Erinnerung hatte. Er stürmte wie ein Wirbelwind vor, und seine Klinge blitzte förmlich vor Leben – und säte Tod. Die Gegner fielen reihenweise vor ihm. An diesem Tag behauptete er sich, wie es seinem Stande zukam. Ich fragte mich, wie lange er das durchhalten konnte.

Er hielt einen Dolch in der Linken und benutzte ihn mit brutaler Geschicklichkeit, sobald er eine Möglichkeit im Nahkampf sah. Er ließ die Klinge schließlich im Hals des elften Opfers stecken.

Die Schlange der Gegner schien kein Ende zu nehmen. Offenbar erstreckte sie sich bis zum Absatz am oberen Ende. Ich wünschte, daß ich nicht in den Kampf eingreifen müßte – und hätte fast schon zu hoffen gewagt.

Drei weitere Männer stürzten an mir vorbei, und wir erreichten einen kleinen Absatz und eine Biegung. Bleys räumte den Treppenabsatz und begann, weiter emporzusteigen. Eine halbe Stunde lang beobachtete ich ihn, und die Gegner starben einer nach dem anderen. Ich hörte das ehrfürchtige Gemurmel der Männer hinter mir. Ich begann fast zu glauben, er könne es schaffen.

Er arbeitete mit allen Tricks. Er führte die gegnerischen Waffen und Augen mit seinem Mantel in die Irre. Er stellte den Kriegern manches Bein. Er umklammerte Handgelenke und zerrte mit voller Kraft daran.

Wieder erreichten wir einen Treppenabsatz. An seinem Ärmel schimmerte nun etwas Blut, doch er lächelte ständig, und die Krieger hinter den Männern, die er tötete, hatten totenbleiche Gesichter, als die Reihe an ihnen war, sich ihm zu stellen. Dies steigerte seinen Schwung. Und vielleicht trug die Tatsache, daß ich hinter Bleys bereitstand, noch mehr zu ihren Ängsten bei, machte sie langsamer, belastete ihre Nerven. Wie ich später erfuhr, wußten diese Männer von der Schlacht auf See.

Bleys kämpfte sich zum nächsten Treppenabsatz vor und stieg weiter. Ich hatte nicht geglaubt, daß er es so weit schaffen konnte. Ich glaubte auch nicht, daß ich Ähnliches vollbringen konnte.

Es war das phänomenalste Beispiel von Waffengeschick und Ausdauer, das ich gesehen hatte, seit Benedict in einer großartigen Leistung den Paß über Arden gegen die Mondreiter von Ghenesh verteidigt hatte.

Doch Bleys ermüdete langsam, das war zu erkennen. Wenn es nur eine Möglichkeit gegeben hätte, mich an ihm vorbeizuschieben …!

Aber die gab es nicht. Also folgte ich ihm und fürchtete jeden Streich, der sein letzter sein könnte.

Ich spürte, daß seine Kräfte erlahmten. Wir befanden uns noch hundert Fuß vom Ende der Treppe entfernt.

Mein Mitgefühl galt ihm. Er war mein Bruder, und er hatte mich gut behandelt. Ich glaube, er selbst bezweifelte in diesen Sekunden, daß er es schaffen würde – dennoch kämpfte er weiter wie ein Löwe – womit er mir die Chance auf den Thron eröffnete.

Er tötete drei weitere Männer, und bei jedem Gegner bewegte sich seine Klinge langsamer. Mit dem vierten duellierte er sich etwa fünf Minuten lang, ehe er ihn ausschalten konnte. Ich war sicher, daß der nächste sein letzter sein würde.

Aber das war nicht der Fall.

Als er den Mann umbrachte, wechselte ich meine Klinge in die linke Hand, zog mit der rechten meinen Dolch und schleuderte ihn.

Die Waffe bohrte sich bis zum Heft in den Hals des nächsten Gegners.

Bleys sprang zwei Stufen empor und zertrennte dem Mann vor sich die Achillessehne und kippte ihn in die Tiefe.

Dann hieb er aufwärts, riß dem nachfolgenden Kämpfer den Unterleib auf.

Ich stürmte vor, um die Lücke aufzufüllen, um mich unmittelbar hinter ihm aufzuhalten, kampfbereit. Doch er brauchte mich noch nicht.

Mit neu aufflackernder Energie tötete er die beiden nächsten Männer. Ich rief nach einem weiteren Dolch, der mir von hinten gereicht wurde.

Ich hielt die Klinge bereit, bis Bleys wieder langsamer wurde, und tötete damit den Mann, gegen den er kämpfte.

Als die Waffe durch die Luft zischte, stürmte der Mann gerade vor und wurde mehr vom Griff als von der Klinge getroffen. Doch die Wucht des Aufpralls am Kopf genügte, Bleys drückte gegen seine Schulter, und der Mann stürzte ab. Aber schon griff der nächste Soldat an. Obwohl er sich selbst aufspießte, traf er Bleys an der Schulter, und beide taumelten gemeinsam über die Kante.

Wie durch Reflex, in einer jener mikrosekundenschnellen Entscheidungen, deren Rechtfertigung man erst findet, nachdem sie längst gefallen sind, zuckte meine linke Hand zum Gürtel, riß die Schachtel mit den Trümpfen heraus und warf sie Bleys zu, der einen Augenblick lang zu verharren schien – so schnell waren meine Wahrnehmungen und Muskeln. »Fang sie, du Dummkopf!« brüllte ich.

Und er fing das Päckchen auf.

Ich hatte keine Zeit mehr, mich um die weiteren Geschehnisse zu kümmern, da ich schon parieren und zustoßen mußte. Dann begann die letzte Etappe unseres Anstiegs auf den Kolvir-Berg.

Beschränken wir uns auf den Hinweis, daß ich es schaffte und keuchend dastand, als meine Truppen über den Rand kletterten, um mir auf dem letzten Treppenabsatz zur Seite zu stehen.

Wir konsolidierten unsere Streitkräfte und drangen weiter vor.

Es dauerte eine Stunde, bis wir das Große Tor erreichten.

Wir stürmten hindurch. Wir betraten Amber.

Wo immer Eric auch sein mochte, er hatte sicher nicht damit gerechnet, wir würden es bis hierhin schaffen.

Und ich fragte mich, wo Bleys wohl steckte. Hatte er Gelegenheit gefunden, einen Trumpf zu ziehen und zu benutzen, ehe er unten aufprallte? Eine Antwort auf diese Frage würde ich wohl nie erhalten.

Wir hatten die Lage unterschätzt, in vollem Ausmaß. Wir waren hoffnungslos unterlegen, und es blieb uns nichts anderes übrig, als bis zum Äußersten zu kämpfen. Warum hatte ich Bleys törichterweise meine Trümpfe zugeworfen? Ich wußte, daß er kein Spiel besaß, und diese Tatsache hatte wohl meine Reaktion bestimmt, die zudem noch von meinem Aufenthalt auf der Schatten-Erde geprägt worden war. Aber wenn es jetzt zum Schlimmsten kam, hätte ich die Karten zur Flucht benutzen können.

Und es kam zum Schlimmsten.

Wir kämpften bis zum Einbruch der Dämmerung, und zu dieser Zeit war nur noch eine kleine Gruppe von uns am Leben.

Siebtes Kapitel

Wir waren an einem Punkt etwa tausend Meter innerhalb der Mauern Ambers umzingelt – noch immer weit vom Palast. Wir kämpften in der Defensive – und einer nach dem anderen starben wir. Wir wurden überwältigt.

Llewella oder Deirdre hätten mir Schutz geboten. Warum hatte ich es getan? Ich tötete einen Mann und schlug mir die Frage aus dem Kopf.

Die Sonne ging unter, und Dunkelheit füllte den Himmel. Wir waren nur noch hundert Mann und hatten auf dem Weg zum Palast kaum Fortschritte gemacht.

Dann entdeckte ich Eric und hörte ihn Befehle brüllen. Wenn ich ihn doch nur erreichen könnte!

Aber das konnte ich nicht.

Vermutlich hätte ich in diesem Augenblick kapituliert, um die restlichen Soldaten zu retten, die mir viel zu gute Dienste geleistet hatten.

Aber es gab niemanden, dem ich mich hätte ergeben können, niemanden, der eine Kapitulation verlangte. Eric hätte mich nicht hören können, wenn ich losgebrüllt hätte. Er war weit hinten und befehligte seine Leute.

Und so kämpften wir weiter, und bis auf hundert Mann existierte meine Streitmacht nicht mehr.

Machen wir es kurz.

Man tötete jeden einzelnen unserer Leute.

Mich bedachte man mit stumpfen Pfeilen und einem großen Netz.

Schließlich sank ich zu Boden, wurde niedergeknüppelt und gefesselt, und dann ging alles andere unter bis auf einen Alptraum, der sich an mich klammerte und unter keinen Umständen loslassen wollte.

Wir waren besiegt.

Ich erwachte in einem Verlies unter Amber, und es tat mir leid, daß ich es bis hierhin geschafft hatte.

Die Tatsache, daß ich noch lebte, deutete daraufhin, daß Eric Pläne mit mir hatte. Ich stellte mir Streckbänke und Kammern, Flammen und Zangen vor. Auf feuchtem Stroh liegend, beschäftigte ich mich mit den kommenden Erniedigungen.

Wie lange war ich bewußtlos gewesen? Ich wußte es nicht.

Ich durchsuchte meine Zelle nach einem Werkzeug, mit dem ich Selbstmord begehen konnte. Aber ich fand nichts Geeignetes.

Meine Wunden brannten wie Sonnen, und ich war ungeheuer müde.

Ich legte mich nieder und schlief erneut ein.

Ich erwachte, und noch immer kümmerte sich niemand um mich. Es gab niemanden zu überzeugen, niemanden zu foltern.

Auch hatte ich nichts zu essen.

Ich lag in der Zelle auf dem Boden, in meinen Mantel gehüllt, und ließ mir alles durch den Kopf gehen, was geschehen war, seitdem ich in Greenwood mein Bewußtsein erlangt und mich einer Spritze widersetzt hatte. Vielleicht hätte ich das lieber nicht tun sollen.

Ich erfuhr, was Verzweiflung bedeutet.

Bald würde sich Eric zum König von Amber krönen. Vielleicht war es schon geschehen.

Aber der Schlaf war etwas Herrliches, und ich war so ungeheuer müde!

Zum ersten Mal hatte ich Gelegenheit, mich auszuruhen und meine Wunden zu vergessen.

Die Zelle war dunkel; sie stank und war feucht.

8
___

Wie oft ich erwachte und wieder einschlief, weiß ich nicht. Zweimal fand ich Brot und Wasser auf einem Tablett an der Tür. Beide Male leerte ich das Tablett. Meine Zelle war nahezu pechschwarz und sehr kühl. Ich wartete und wartete.

Dann holte man mich.

Die Tür wurde aufgerissen, und schwaches Licht fiel herein. Ich blinzelte in die Helligkeit, als mein Name gerufen wurde.

Der Korridor vor der Zelle quoll vor Bewaffneten förmlich über, und so wagte ich keine Risiken.

Ich rieb mir über die Bartstoppeln und ließ mich führen.

Nach einer langen Wanderung erreichten wir den Saal der Wendeltreppe und begannen emporzusteigen. Ich stellte unterwegs keine Fragen, und niemand stillte meinen Wissensdurst.

Als wir oben ankamen, führte man mich tiefer in den eigentlichen Palast. Man brachte mich in ein warmes sauberes Zimmer und befahl mir, mich auszuziehen. Ich gehorchte. Dann stieg ich in ein dampfendes Bad, und ein Bediensteter eilte herbei und schrubbte mich ab, rasierte mich und schnitt mir das Haar.

Als ich wieder trocken war, erhielt ich frische Kleidung in Schwarz und Silber.

Als ich die Sachen angelegt hatte, wurde mir ein schwarzer Umhang um die Schultern gelegt, dessen Schnalle eine Silberrose darstellte.

»Ihr seid bereit«, sagte der Sergeant der Wache. »Hier entlang.«

Ich folgte ihm, und der Wächter folgte mir.

Ich wurde in den hinteren Teil des Palasts geführt, wo mir ein Schmied Eisenbänder um die Hand- und Fußgelenke legte. Die Ketten daran waren zu schwer, als daß ich sie hätte brechen können. Hätte ich mich widersetzt, wäre ich garantiert bewußtlos geschlagen worden, und das Ergebnis wäre dasselbe gewesen. Da ich keine Lust hatte, erneut bewußtlos geschlagen zu werden, ließ ich alles mit mir geschehen.

Dann wurden die Ketten von mehreren Wächtern hochgehoben, und ich wurde wieder in den vorderen Teil des Palasts geführt. Ich verschwendete keinen Blick auf die herrliche Ausstattung ringsum. Ich war ein Gefangener. Wahrscheinlich würde ich bald tot sein oder auf einer Streckbank liegen. Was immer ich auch anstellte – ich konnte nichts richtig machen. Ein Blick aus dem Fenster verriet mir, daß wir Spätnachmittag hatten, und es gab keinen Anlaß zur Nostalgie, als wir Zimmer durchschritten, in denen wir als Kinder gespielt hatten.

Ich wurde durch einen langen Korridor in den großen Bankettsaal geführt.

Überall standen Tische. Menschen saßen daran; viele von ihnen waren mir bekannt.

Die herrlichen Gewänder der Edelleute Ambers schimmerten, und Musik schwebte durch den Fackelschein und über das Essen auf dem Tisch – das allerdings noch niemand angerührt hatte.

Ich entdeckte bekannte Gesichter – zum Beispiel Flora – und auch etliche Fremde. Den Sänger Lord Rein – ja, ich selbst hatte ihn in den Ritterstand erhoben – hatte ich seit Jahrhunderten nicht mehr gesehen. Er wich meinem Blick aus.

Ich wurde an das untere Ende des riesigen Mitteltisches geführt und durfte mich dort setzen.

Die Wächter bauten sich hinter mir auf. Sie befestigten die Enden meiner Ketten in Ringen, die in den Boden eingelassen waren. Der Sitz am Kopfende meines Tisches war noch leer.

Die Frau zu meiner Rechten erkannte ich nicht, doch links von mir saß Julian. Ich ignorierte ihn und starrte auf die Dame, eine hagere Blondine.

»Guten Abend«, sagte ich. »Wir sind uns, glaube ich, noch nicht vorgestellt worden. Mein Name ist Corwin, Corwin von Amber.«

Sie sah den Mann zu ihrer Rechten hilfesuchend an, einen massigen rothaarigen Burschen mit zahlreichen Sommersprossen. Er wandte den Blick ab und begann ein lebhaftes Gespräch mit der Frau zu seiner Rechten.

»Ihr könnt ruhig mit mir sprechen, wirklich«, sagte ich. »Es steckt nicht an.«

Sie brachte ein schwaches Lächeln zustande. »Ich bin Carmel«, sagte sie. »Wie geht es Euch, Prinz Corwin?«

»Ein hübscher Name«, erwiderte ich. »Und mir geht es gut. Was hat ein nettes Mädchen wie Ihr an einem solchen Ort zu suchen?«

Hastig trank sie einen Schluck Wasser.

»Corwin«, sagte Julian lauter als notwendig. »Ich glaube, die Lady findet dich aufdringlich und abstoßend.«

»Was hat sie denn mit dir heute abend schon geredet?«

Er errötete nicht. Er wurde bleich. »Das reicht jetzt aber!«

Achtes Kapitel

Ich reckte mich und rasselte absichtlich laut mit den Ketten. Abgesehen von dem dramatischen Effekt erfuhr ich auf diese Weise, wieviel Bewegungsraum ich hatte. Natürlich nicht genug. Eric war vorsichtig.

»Komm näher heran und flüstere mir deine Einwände zu, Bruder«, sagte ich.

Aber das tat er nicht.

Da ich der letzte gewesen war, der an den Tischen Platz nahm, dauerte es wahrscheinlich nicht mehr lange. Und darin irrte ich mich nicht.

Fünf Fanfarenstöße ertönten, und Eric trat in den Saal.

Alle standen auf.

Nur ich nicht.

Die Wächter mußten mich an den Ketten hochziehen und festhalten.

Eric lächelte und kam rechts von mir die Stufen herab. Unter dem dicken Hermelinmantel waren seine Farben kaum noch zu erkennen.

Er ging zum Kopfende des Tisches und stellte sich vor seinen Stuhl. Ein Bediensteter baute sich hinter ihm auf, und die Mundschenke machten ihre Runde und füllten die Pokale.

Als alle gefüllt waren, hob er sein Gefäß.

»Mögt Ihr ewig in Amber leben«, sagte er, »das alle Ewigkeit überdauern wird.« Und die Gäste hoben ihre Gläser.

Nur ich rührte mich nicht.

»Heb das Glas!« sagte Julian.

»Heb's dir sonstwohin«, sagte ich.

Das tat er nicht, sondern starrte mich nur wütend an. Aber im nächsten Augenblick beugte ich mich vor und nahm mein Glas.

Einige hundert Leute saßen zwischen uns, doch meine Stimme war deutlich zu hören. Erics Blick war starr auf mich gerichtet, während ich sagte: »Auf Eric, der am unteren Ende des Tisches sitzt!«

Julian schüttete sein Glas auf dem Boden aus. Die anderen kamen seinem Beispiel nach, doch ich vermochte den größten Teil meines Weins zu trinken, ehe mir das Glas aus der Hand geschlagen wurde.

Eric setzte sich, und die Edelleute taten es ihm nach, und man ließ mich los, ließ mich wieder in meinen Sitz fallen.

Nun wurden die Gerichte aufgetragen, und da ich hungrig war, aß ich so freudig wie alle anderen und mehr als die meisten.

Das Essen dauerte gut zwei Stunden lang.

Während der ganzen Zeit sagte niemand ein Wort zu mir, und auch ich enthielt mich jeder Bemerkung. Aber meine Gegenwart machte sich bemerkbar; unser Tisch war stiller als die anderen.

Caine saß ein Stück weiter oben an unserem Tisch. Rechts von Eric. Ich vermutete, daß Julian in Ungnade gefallen war. Weder Random noch Deirdre waren anwesend. Ich erkannte zahlreiche andere Edelleute, die ich früher zu meinen Freunden gezählt hatte, doch kein einziger erwiderte meinen Blick.

Daraus schloß ich, daß es nur noch einer reinen Formalität bedurfte, Eric zum König von Amber zu machen.

Und ich brauchte nicht lange darauf zu warten.

Nach dem Essen gab es keine großartigen Reden. Eric stand einfach auf.

Neue Fanfarentöne und ein heiseres Murmeln in der Luft.

Dann bildete sich eine Prozession, die langsam in den Thronsaal Ambers marschierte.

Ich wußte, was nun kam.

Eric stand vor dem Thron, und alle verbeugten sich.

Natürlich bildete ich die Ausnahme, doch ich wurde energisch in die Knie gezwungen.

Heute war der Krönungstag.

Stille trat ein. Gleich darauf trug Caine das Kissen mit der Krone herein, mit der Krone Ambers. Er kniete nieder und erstarrte in dieser Stellung, die Krone darreichend.

Dann wurde ich hochgerissen und nach vorn gezerrt. Ich wußte, was mich erwartete. Blitzartig wurde mir die Wahrheit bewußt, und ich begann, mich zu wehren. Doch ich wurde niedergeschlagen und vor der Throntreppe auf die Knie angehoben. Die angenehme Musik steigerte sich – es war »Greensleeves« –, und hinter mir sagte Julian: »Seht die Krönung eines neuen Königs in Amber!« Dann flüsterte er mir zu: »Nimm die Krone und reiche sie Eric. Er wird sich selbst krönen.«

Ich starrte auf die Krone von Amber, die auf dem von Caine dargereichten Kissen lag.

Sie war aus Silber geschmiedet und hatte sieben Spitzen, die jeweils von einem Edelstein abgeschlossen wurden. Sie war mit Smaragden besetzt, und links und rechts schimmerte je ein riesiger Rubin.

Ich regte mich nicht, dachte an die vielen Male, da ich das Gesicht meines Vaters unter dieser Krone gesehen hatte.

»Nein«, sagte ich einfach und spürte einen Hieb an der linken Wange.

»Nimm sie und gib sie Eric!« wiederholte er.

Ich versuchte nach ihm zu schlagen, doch man hatte die Ketten eng angezogen.

Wieder wurde ich geprügelt.

Ich starrte auf die hohen Spitzen der Krone.

»Also gut«, sagte ich schließlich und griff danach.

Achtes Kapitel

Ich hielt sie eine Sekunde lang in beiden Händen, setzte sie mir mit schneller Bewegung auf den Kopf und erklärte: »Hierdurch kröne ich mich, Corwin, zum König von Amber!«

Die Krone wurde mir sofort wieder abgenommen und auf das Kissen zurückgestellt. Mehrere Schläge trafen mich auf den Rücken. Die Menschen im Saal begannen zu murmeln.

»Und jetzt versuch es noch mal«, sagte Julian. »Nimm die Krone und reiche sie Eric.«

Wieder ein Schlag.

»Gut«, sagte ich, als ich spürte, daß mein Hemd feucht wurde.

Diesmal schleuderte ich das Staatssymbol, in der Hoffnung, Eric ein Auge damit auszustechen.

Doch er fing die Krone mit der rechten Hand auf und lächelte auf mich herab, während ich brutal zusammengeschlagen wurde.

»Vielen Dank«, sagte er. »Nun hört mich an, Ihr Anwesenden und auch Ihr, die Ihr aus den Schatten lauscht – ich übernehme von diesem Tage an Krone und Thron. Ich ergreife das Zepter des Königreichs von Amber. Ich habe mir den Thron in fairem Kampf errungen und besteige ihn mit dem Rechte meines Blutes.«

»Lügner!« brüllte ich, und eine Hand wurde mir über den Mund gelegt.

»Hiermit kröne ich mich – Eric der Erste, König von Amber.«

»Lang lebe der König!« riefen die Edelleute dreimal hintereinander.

Dann beugte er sich vor und flüsterte mir zu: »Deine Augen haben den schönsten Anblick genossen, den sie jemals sehen werden ... Wachen! Bringt Corwin in die Schmiede und brennt ihm die Augen aus! Er soll sich an die herrlichen Szenen dieses Tages als die letzten erinnern, die er jemals vor Augen hatte! Dann werft ihn in die Schwärze des tiefsten Verlieses unter Amber, auf daß sein Name vergessen sei!«

Ich spuckte aus und wurde erneut niedergeprügelt.

Ich wehrte mich jeden Meter, wurde aber aus dem Saal geschleift. Niemand sah mich dabei an, und meine letzte Erinnerung ist der Anblick Erics auf seinem Thron, wie er den Edelleuten Ambers lächelnd sein Wohlwollen aussprach.

Mir wurde angetan, was er befohlen hatte, und gnädigerweise wurde ich ohnmächtig, ehe das Werk vollendet war.

Ich habe keine Vorstellung, wieviel Zeit verstrichen war, als ich in absoluter Dunkelheit erwachte und den fürchterlichen Schmerz in meinem Kopf bewußt erlebte. Vielleicht geschah es in diesem Augenblick, daß ich den Fluch ausstieß, vielleicht hatte ich ihn aber schon vorher geäußert, als sich die weißglühenden Eisen näherten. Ich weiß es nicht mehr. Doch ich wußte, daß Eric auf dem Thron keine Ruhe finden würde, denn der Fluch eines Prinzen von Amber, in äußerstem Zorn ausgesprochen, hat stets seine Wirkung.

In der absoluten Dunkelheit meiner Zelle tastete ich im Stroh herum, und keine Tränen kamen. Das war das Schreckliche daran. Nach einer Weile – Oh Götter! Nur ihr und ich wißt, wie lange es dauerte – kehrte der Schlaf zurück.

Als ich erwachte, war der Schmerz noch immer da. Ich richtete mich auf. Ich schritt meine Zelle ab. Vier Schritte breit, fünf Schritte lang. Ein stinkendes Toilettenloch im Fußboden und eine halbverfaulte Strohmatratze in einer Ecke. Die Tür wies im unteren Teil einen kleinen Schlitz auf, und dahinter befand sich ein Tablett mit einem harten Stück Brot und einer Flasche Wasser. Ich aß und trank, ohne mich erfrischt zu fühlen.

Mein Kopf schmerzte derart, daß ich keine Ruhe fand.

Ich schlief, soviel ich konnte, doch niemand kam mich besuchen. Ich erwachte und kroch durch meine Zelle, tastete nach meinem Essen und verzehrte es, wenn ich etwas fand.

Nach sieben Schlafperioden waren meine Augenhöhlen frei von Schmerz. Ich haßte meinen Bruder, der nun König von Amber war.

Er hätte mich lieber umbringen sollen.

Ich fragte mich, was das Volk davon hielt, konnte mir die Reaktion aber nicht vorstellen.

Wenn die Dunkelheit schließlich auch Amber erreichte, würde Eric sein Handeln bedauern, das wußte ich – und der Gedanke tröstete mich.

Und so begannen meine Tage in der Dunkelheit, und ich hatte keine Möglichkeit, ihr Verstreichen zu messen. Selbst wenn ich noch Augen besessen hätte, wäre mir an diesem Ort der Unterschied zwischen Tag und Nacht nicht bewußt geworden.

Die Zeit verging und ignorierte mich. Es gab Augenblicke, da mir am ganzen Körper der kalte Schweiß ausbrach und ich zu zittern begann. War ich nun schon Monate hier? Oder nur Stunden? Oder Wochen? Oder etwa Jahre?

Ich vergaß die Zeit. Ich schlief, schritt auf und ab (ich wußte genau, wohin ich die Füße setzen und wann ich mich umdrehen mußte) und dachte über die Dinge nach, die ich getan und nicht getan hatte. Manchmal saß ich mit untergeschlagenen Beinen da und atmete langsam und tief, leerte meinen Geist von allen Gedanken und verharrte in diesem Zustand, so lange es ging. An nichts zu denken, das half mir sehr.

Eric hatte sehr schlau gehandelt. Obwohl die Fähigkeit in mir pulsierte, war sie jetzt völlig nutzlos. Ein Blinder vermag sich nicht zwischen den Schatten zu bewegen.

Achtes Kapitel

Mein Bart war mir inzwischen bis auf die Brust gewachsen, und mein Haar war lang.

Zuerst hatte ich ein ständiges Hungergefühl, doch nach einer Weile ließ mein Appetit nach. Manchmal war mir schwindlig, wenn ich zu schnell aufstand.

Ich konnte noch immer sehen – in meinen Alpträumen –, doch das schmerzte mich noch mehr, als wenn ich wach war.

Nach einiger Zeit schienen die Ereignisse, die zu diesem Dasein geführt hatten, sich immer mehr zu entfernen. Es war fast, als wären sie einer anderen Person zugestoßen. Und auch das stimmte.

Ich hatte erheblich an Gewicht verloren. Ich konnte mir mein Aussehen vorstellen – bleich und ausgemergelt. Ich konnte nicht einmal mehr weinen, obwohl mir einige Male danach zumute war. Mit meinen Tränendrüsen stimmte etwas nicht. Es war schlimm genug, daß ein Mensch überhaupt in diese Lage gebracht werden konnte.

Eines Tages vernahm ich ein leises Kratzen an der Tür. Ich kümmerte mich nicht darum.

Das Geräusch wiederholte sich, und ich reagierte noch immer nicht.

Dann hörte ich, wie jemand fragend meinen Namen flüsterte. Ich durchquerte die Zelle.

»Ja?« erwiderte ich.

»Ich bin's, Rein«, sagte er. »Wie geht es dir?«

Da mußte ich lachen.

»Großartig! Einfach großartig!« sagte ich. »Jeden Abend gibt's Steak und Champagner, und dazu Tanzmädchen. Himmel! Du müßtest mich mal besuchen!«

»Tut mir leid«, erwiderte er, »daß ich nichts für dich tun kann«, und ich spürte die Qual in seiner Stimme.

»Ich weiß«, sagte ich.

»Ich würde dir helfen, wenn ich könnte.«

»Auch das weiß ich.«

»Ich habe dir etwas mitgebracht. Hier.«

Das Türchen unten an der Zellentür knirschte leise, als es mehrmals nach innen geschoben wurde.

»Was ist das?« fragte ich.

»Ein paar saubere Kleidungsstücke«, sagte er, »und drei Laib frisches Brot und ein Stück Käse, etwas Fleisch, zwei Flaschen Wein, ein Karton Zigaretten und ein Stapel Streichhölzer.«

Die Stimme versagte mir.

»Vielen Dank, Rein. Du bist großartig. Wie hast du das nur alles geschafft?«

»Ich kenne den Wächter, der in dieser Schicht Dienst hat. Er wird mich nicht verraten. Dazu verdankt er mir zuviel.«

»Er könnte seine Schuld durch einen Alarmschrei abtragen wollen«, sagte ich. »Also laß es bei diesem einen Mal bewenden – ich weiß es zu schätzen, glaube mir. Und ich brauche dir nicht erst zu sagen, daß ich die Spuren restlos tilgen werde.«

»Ich wünschte, die Dinge hätten sich anders entwickelt, Corwin.«

»Da sind wir uns ja einig. Vielen Dank, daß du an mich gedacht hast, obwohl man dir befohlen hatte, mich zu vergessen.«

»Das war leicht«, meinte er.

»Wie lange stecke ich schon in diesem Loch?«

»Vier Monate und zehn Tage«, erwiderte er.

»Was gibt es Neues in Amber?«

»Eric regiert. Das ist alles.«

»Wo ist Julian?«

»Wieder im Wald von Arden mit seiner Wache.«

»Warum?«

»In letzter Zeit sind ein paar seltsame Sachen durch die Schatten angerückt.«

»Ich verstehe. Und Caine?«

»Der ist immer noch in Amber und vergnügt sich hier. Alkohol und Mädchen.«

»Und Gérard?«

»Admiral der gesamten Flotte.«

Ich seufzte erleichtert. Ich hatte befürchtet, daß seine Zurückhaltung während der Meeresschlacht ihn bei Eric in Ungnaden gebracht haben könnte.

»Und was ist mit Random?«

»Der ist irgendwo hier im Gefängnis.«

»Was? Er wurde gefangen?«

»Ja. Er hat in Rebma das Muster abgeschritten und ist gleich darauf mit einer Armbrust hier aufgetaucht. Er hat Eric verwundet, ehe man ihn gefangennahm.«

»Oh wirklich? Warum hat man ihn nicht umgebracht?«

»Na ja, den Gerüchten zufolge hat er in Rebma eine Edelfrau geheiratet. Eric will zur Zeit wohl keinen Ärger mit Rebma heraufbeschwören. Moire herrscht über ein ziemlich großes Königreich, und es wird gemunkelt, daß sich Eric mit dem Gedanken trägt, ihr die Ehe anzutragen. Natürlich nur Geschwätz. Aber interessant.«

»Ja«, sagte ich.

»Dich hat sie gemocht, nicht wahr?«

»Gewissermaßen. Woher weißt du das alles?«

»Ich war dabei, als Random verurteilt wurde. Hinterher konnte ich einen Augenblick mit ihm sprechen. Lady Vialle, die sich als seine Frau ausgibt, hat gebeten, zu ihrem Mann ins Gefängnis zie-

Achtes Kapitel

hen zu dürfen. Eric weiß noch nicht recht, wie er darauf antworten soll.«

Ich dachte an das blinde Mädchen, das ich nicht kannte, und war verwundert über ihre Reaktion.

»Wie lange ist das alles her?« wollte ich wissen.

»Hm. Vierunddreißig Tage«, erwiderte er. »Ich meine, an dem Tag tauchte Random auf. Eine Woche später äußerte Vialle ihre Bitte.«

»Sie muß eine seltsame Frau sein, wenn sie Random wirklich liebt.«

»Derselbe Gedanke ist mir auch gekommen«, erwiderte er. »Ein ungewöhnlicheres Paar kann ich mir gar nicht vorstellen.«

»Wenn du ihn wiedersiehst, richte ihm doch bitte meine Grüße und mein Bedauern aus.«

»Ja.«

»Wie geht es meinen Schwestern?«

»Deirdre und Llewella wohnen weiterhin in Rebma. Lady Florimel steht bei Eric in hoher Gunst und nimmt bei Hof eine hohe Stellung ein. Wo Fiona im Augenblick ist, weiß ich nicht.«

»Hat man mal wieder von Bleys gehört? Ich bin sicher, daß er tot ist.«

»Er muß tot sein«, sagte Rein. »Allerdings wurde seine Leiche nicht gefunden.«

»Und was ist mit Benedict?«

»Verschollen wie eh und je.«

»Und Brand?«

»Kein Wort von ihm.«

»Damit hätten wir wohl den ganzen Stammbaum abgegrast, wie er sich im Augenblick darstellt. Hast du in letzter Zeit neue Balladen geschrieben?«

»Nein«, sagte er. »Ich arbeite noch an der ›Belagerung von Amber‹, aber wenn überhaupt etwas daraus wird, dann wohl ein Untergrunderfolg.«

Ich streckte die Hand durch die winzige Öffnung in der Tür.

»Ich möchte dir gern die Hand drücken«, sagte ich und spürte seine Hand an der meinen. »Es war lieb von dir, daß du mir diese Freude gemacht hast. Aber laß es dabei bewenden. Es wäre töricht, Erics Zorn zu wecken.«

Er drückte mir die Hand, murmelte etwas und war verschwunden.

Ich ertastete sein Paket und stopfte mich mit dem Fleisch voll, bei dem es sich um den verderblichsten Teil der Nahrungsmittel handelte. Dazu verzehrte ich einen großen Teil des Brots und erkannte dabei, daß ich fast vergessen hatte, wie gut es einem schmecken kann. Darauf wurde ich müde und schlief ein. Ich glaube nicht, daß ich sehr lange geschlummert habe; als ich wieder erwachte, öffnete ich eine der Weinflaschen.

In meinem geschwächten Zustand brauchte ich gar nicht viel zu trinken, um angeheitert zu sein. Ich nahm eine Zigarette, setzte mich auf meine Matratze, lehnte mich an die Wand und überlegte.

Ich erinnerte mich an Rein als Kind. Ich war damals schon erwachsen, und er war Anwärter für den Posten des Hofnarren. Ein hagerer, intelligenter Jüngling. Seine Mitmenschen hatten ihn zu oft verspottet, ich eingeschlossen. Aber ich komponierte Musik und schrieb Balladen, und er hatte sich irgendwo eine Gitarre besorgt und sich das Spielen beigebracht. Bald sangen wir zusammen. Mit der Zeit wuchs meine Zuneigung zu ihm, und wir übten zusammen an den Waffen. Er stellte sich dabei ziemlich ungeschickt an, doch es tat mir irgendwie leid, wie ich ihn früher behandelt hatte, wo er doch so positiv auf meine lyrischen Werke eingegangen war, und so lehrte ich ihn die Finten und machte ihn zu einem passablen Säbelfechter. Ich hatte diese Handlungsweise nie bedauern müssen und er wohl auch nicht. Nach einiger Zeit wurde er Sänger am Hofe Ambers. Die ganze Zeit hindurch hatte ich ihn meinen Pagen genannt, und als die Kriege gegen die düsteren Dinge aus den Weirmonken genannten Schatten auszubrechen drohten, machte ich ihn zu meinem Waffengefährten. Wir waren gemeinsam in den Kampf geritten. Ich schlug ihn noch auf dem Schlachtfeld bei den Jones-Fällen zum Ritter, eine Auszeichnung, die er sich verdient hatte. Danach hatte er sich fortentwickelt und mich in Dichtkunst und Musik sogar überrundet. Seine Farbe war das Scharlachrot, seine Worte waren golden. Ich liebte ihn, zählte ihn zu meinen zwei oder drei Freunden in Amber. Ich hatte allerdings nicht angenommen, daß er das Risiko eingehen würde, mir eine anständige Mahlzeit zu bringen. Das hatte ich von niemandem erwartet. Ich nahm noch einen Schluck aus der Flasche und rauchte eine weitere Zigarette, auf ihn, zu seinen Ehren. Er war ein guter Kamerad. Ich fragte mich, wie lange er dies alles überleben würde.

Ich warf die Zigarettenstummel in die Toilette und – nach einiger Zeit – auch die leere Flasche. Ich wollte nichts in der Zelle behalten, was auf ein Gelage schließen ließ, falls eine plötzliche Inspektion stattfand. Ich verzehrte all die guten Sachen, die er mir gebracht hatte, und fühlte mich zum ersten Mal in dieser Zelle voll gesättigt. Ich hob mir die letzte Flasche für einen hübschen Vollrausch und eine angenehme Zeit des Vergessens auf. Und als das vorbei war, kehrte ich in meinen Teufelskreis der Vorwürfe zurück.

In erster Linie hoffte ich, daß Eric keine Ahnung von unserer umfassenden Macht hatte. Gewiß, er war König in Amber, aber er wußte nicht alles. Noch nicht. Nicht in dem Umfang, wie Vater Bescheid gewußt hatte. Es gab eine Chance von eins zu einer Million, die sich vielleicht trotz allem zu meinen Gunsten auswirken konnte. Dermaßen umfas-

Achtes Kapitel

send und dermaßen überraschend, daß mir diese Chance zumindest half, einen letzten Rest von Verstand zu bewahren, obwohl ich von Verzweiflung geschüttelt wurde.

Vielleicht war ich dennoch eine Zeitlang verrückt, ich weiß es nicht. Es gibt Tage, die für mich eine einzige große Leere darstellen, jetzt da ich hier am Rande des Chaos stehe. Gott allein weiß, was in dieser Zeit vorging, und ich werde niemals einen Seelenarzt aufsuchen, um mehr darüber zu erfahren.

Ihr lieben Ärzte, unter euch ist ohnehin niemand, der mit meiner Familie fertig würde!

Ich lag in meiner Zelle oder wanderte in der lähmenden Dunkelheit hin und her. Meine Empfindlichkeit gegenüber Geräuschen nahm zu. Ich erlauschte das Rascheln von Rattenfüßchen im Stroh, das ferne Stöhnen anderer Gefangener, die widerhallenden Schritte eines Wächters, der sich mit einem Essenstablett näherte. Aus solchen Details begann ich Entfernungen und Richtungen abzuleiten.

Vermutlich wurde ich auch empfänglicher für Düfte, doch über diesen Aspekt versuchte ich, nicht allzu gründlich nachzudenken. Neben den denkbar unangenehmen Düften machte sich lange Zeit etwas bemerkbar, das ich für den Geruch verwesenden Fleisches hielt. Ich überlegte. Wenn ich hier starb, wieviel Zeit würde vergehen, ehe jemand etwas merkte? Wie viele Stücke Brot und Schalen mit undefinierbarer Suppe mußten ungegessen bleiben, ehe der Wächter darauf kam, die Fortdauer meiner Existenz zu überprüfen?

Die Antwort auf diese Frage konnte noch sehr wichtig sein.

Der Todesgestank hielt sich eine ganze Weile. Ich versuchte, mir wieder einen Begriff von der Zeit zu machen und gewann den Eindruck, daß der Geruch über eine Woche lang bemerkbar war.

Obwohl ich mir den Vorrat vorsichtig einteilte und den Versuchungen so lange wie möglich widerstand, kam schließlich doch der Augenblick, da ich nur noch eine Packung Zigaretten hatte.

Ich riß sie auf und zündete mir eine an. Ich hatte einen ganzen Karton besessen und hatte nun elf Packungen aufgebraucht. Das waren zweihundertundzwanzig Zigaretten. Ich hatte einmal die Zeit ausgerechnet, die ich für eine Zigarette brauchte – sieben Minuten. Das ergab eine Gesamtzeit von eintausendfünfhundertundvierzig Rauchminuten – fünfundzwanzig Stunden und vierzig Minuten. Ich war sicher, daß zwischen jeder Zigarette und der nächsten mindestens eine Stunde gelegen hatte, eher anderthalb Stunden. Nehmen wir anderthalb. Außerdem mußte berücksichtigt werden, daß ich täglich sechs bis acht Stunden schlief. Damit blieben sechzehn bis achtzehn Stunden. Ich vermutete, daß ich zehn bis zwölf Zigaretten am Tag geraucht hatte. Seit Reins Besuch mochten also etwa drei Wochen vergangen sein. Er hatte mir damals erzählt, die Krönung liege vier Monate und zehn Tage zurück, was den Schluß nahelegte, daß ich nun etwa fünf Monate hier im Kerker war.

Ich streckte die letzte Packung, genoß jede einzelne Zigarette wie das Zusammensein mit einer Frau. Als ich die letzte Zigarette aufgeraucht hatte, war ich deprimiert.

Inzwischen mußte ziemlich viel Zeit vergangen sein.

Ich begann, mir Gedanken über Eric zu machen. Wie stellte er sich als Herrscher an? Mit welchen Problemen schlug er sich herum? Was führte er im Schilde? Warum war er nicht gekommen, um mich zu quälen? War es möglich, daß man mich in Amber wirklich vergaß – auch wenn es vom Herrscher so angeordnet wurde?

Nein, sagte ich mir.

Und was war mit meinen Brüdern? Warum hatte sich keiner von ihnen mit mir in Verbindung gesetzt? Es wäre ganz einfach gewesen, meinen Trumpf zu ziehen und Erics Verbot zu brechen.

Doch niemand tat diesen Schritt.

Ich dachte lange an Moire, die letzte Frau, die ich geliebt hatte. Was tat sie in diesem Augenblick? Dachte sie überhaupt noch an mich? Wahrscheinlich nicht. Vielleicht war sie längst Erics Geliebte oder gar seine Königin. Hatte sie mich ihm gegenüber erwähnt? Wahrscheinlich nicht.

Und meine Schwestern? Vergiß sie. Hexen, sie alle.

Ich war schon einmal geblendet worden, von einem Kanonenblitz im achtzehnten Jahrhundert auf der Schatten-Erde. Der Zustand hatte aber nur etwa einen Monat gedauert, danach hatte ich wieder sehen können. Mit seinem Befehl hatte Eric allerdings eine dauerhaftere Regelung im Sinne gehabt. Noch immer hatte ich Schweißausbrüche und zitterte, erwachte zuweilen von meinem eigenen Geschrei, sobald mich die Erinnerung heimsuchte an die weißglühenden Eisen vor meinen Augen – und dann die Berührung, als sie mir die sonnenhellen Spitzen in die Augenhöhlen stießen.

Ich stöhnte leise auf und setzte meinen Weg fort.

Ich konnte überhaupt nichts unternehmen. Das war das Schlimmste an der ganzen Sache. Ich war so hilflos wie ein Embryo. Wiedergeboren zu werden in Licht und Zorn – dafür hätte ich meine Seele verschenkt. Und wenn es nur für eine Stunde gewesen wäre, mit der Klinge in der Hand, um mich noch einmal gegen meinen Bruder zu stellen.

Ich legte mich auf die Matratze und schlief. Als ich wieder erwachte, standen Lebensmittel vor mir, und ich aß und schritt wieder auf und ab. Finger- und Zehennägel hatte ich wachsen lassen. Mein Bart war inzwi-

Achtes Kapitel

schen sehr lang, und das Haar fiel mir ständig ins Gesicht. Ich fühlte mich unbeschreiblich schmutzig und mußte mich andauernd kratzen. Ich fragte mich, ob ich Flöhe hatte.

Daß ein Prinz von Amber in diesen Zustand versetzt werden konnte, erweckte eine schreckliche Emotion im Kern meines Wesens, wo immer der liegen mag. Ich war in dem Glauben aufgezogen worden, wir seien unbesiegbar – sauber, nüchtern und diamanthart wie unsere Bilder auf den Trümpfen. Offensichtlich war dies nicht der Fall.

Wenigstens waren wir soweit menschenähnlich, daß wir eine gewisse Findigkeit unser eigen nannten.

Ich erdachte Spiele, erzählte mir Geschichten, ließ mir angenehme Erinnerungen durch den Kopf gehen – von denen ich viele besaß. Ich erinnerte mich an die Elemente, Wind, Regen, Schnee, die Wärme des Sommers und die kühlen Böen des Frühlings. Auf der Schatten-Erde hatte ich ein kleines Flugzeug besessen, und das Gefühl des Fliegens war herrlich gewesen. Ich dachte an die schimmernden Panoramen aus Farbe und Tiefe, die Miniaturisierung der Städte, die blaue Unendlichkeit des Himmels, die Herden von Wolken (wo waren sie jetzt?) und an die saubere Weite des Ozeans unter den Tragflächen. Ich erinnerte mich an Frauen, die ich geliebt hatte, an Parties und militärische Aktionen. Und wenn ich mit allem durch war und nicht mehr anders konnte, dachte ich an Amber.

Und während ich einmal daran dachte, begannen meine Tränendrüsen wieder zu funktionieren. Ich weinte.

Nach einer unendlichen Zeit, einer Zeit voller Dunkelheit und unbestimmbaren Schlafperioden, vernahm ich Schritte, die vor meiner Zellentür verhielten, und ich hörte, wie ein Schlüssel ins Schloß gesteckt wurde.

Reins Besuch lag so weit zurück, daß ich den Geschmack des Weins und der Zigaretten vergessen hatte. Ich vermochte die Zeitspanne nicht abzuschätzen – jedenfalls war eine lange Zeit vergangen.

Zwei Männer befanden sich auf dem Korridor, das vermochte ich den Schritten zu entnehmen, ehe sie etwas sagten.

Eine der Stimmen kannte ich.

Die Tür ging auf, und Julian nannte meinen Namen.

Ich antwortete nicht sofort, und er wiederholte seinen Ruf.

»Corwin? Komm her!«

Da ich kaum eine andere Wahl hatte, stemmte ich mich hoch und trat vor. Ich blieb stehen, als ich spürte, daß ich dicht vor ihm stand.

»Was willst du?«

»Komm mit!« Und er packte mich am Arm.

Wir gingen durch den Korridor, und er sagte nichts, und ich hätte mir eher die Zunge abgebissen, als ihm eine Frage zu stellen.

Die Echos verrieten mir den Augenblick, da wir den großen Saal betraten. Gleich darauf führte er mich die Treppe hinauf. Wir stiegen empor und erreichten den eigentlichen Palast.

Ich wurde in ein Zimmer geführt und in einen Sessel gedrückt. Ein Friseur machte sich an meinem Haar und Bart zu schaffen. Ich erkannte seine Stimme nicht, als er mich fragte, ob er den Bart stutzen oder ganz abschneiden sollte.

»Abschneiden«, sagte ich, während sich jemand daran machte, meine Finger- und Fußnägel zu maniküren.

Dann wurde ich gebadet, und jemand half mir in saubere Sachen, die lose an mir herabhingen. Außerdem wurde ich entlaust, aber das sollten Sie lieber vergessen.

Dann wurde ich an einen anderen düsteren Ort geführt, wo es Musik, herrliche Essensgerüche, Stimmengemurmel und Gelächter gab. Ich erkannte den Speisesaal.

Die Stimmen wurden etwas leiser, als Julian mich hereinführte und Platz nehmen ließ.

Ich blieb sitzen, bis die Fanfarenstöße erklangen, woraufhin ich aufstehen mußte.

Ich hörte den Trinkspruch.

»Auf Eric den Ersten. König von Amber! Lang lebe der König!«

Ich trank nicht, was aber niemand zu bemerken schien. Caines Stimme hatte den Spruch ausgebracht, ein gutes Stück weiter oben am Tisch.

Ich aß, soviel ich konnte, denn es war das beste Essen, das mir seit der Krönung vorgesetzt worden war. Aus Gesprächen, die ich mitbekam, ging hervor, daß heute der Jahrestag von Erics Krönung war – ich hatte also ein ganzes Jahr in meinem Verlies zugebracht!

Niemand richtete das Wort an mich, und ich bemühte mich auch nicht um ein Gespräch. Ich war lediglich als Gespenst zugegen. Sicher um mich zu erniedrigen, aber auch als lebendes Mahnmal für meine Brüder – das Opfer einer Auflehnung gegen den Herrscher. Und allen war befohlen worden, mich zu vergessen.

Das Fest währte bis tief in die Nacht. Irgend jemand versorgte mich ständig mit Wein, immerhin, und ich saß da und lauschte auf die Musik und die Tänze.

Inzwischen waren die Tische fortgeräumt worden, und ich saß irgendwo in einer Ecke.

Ich betrank mich sinnlos und wurde schließlich am Morgen in meine Zelle zurückgeschleift. Ich bedauerte nur, daß mir nicht richtig übel geworden war. Zu gern hätte ich jemandem auf den sauberen Boden oder über das Hemd gekotzt.

So ging mein erstes Jahr der Dunkelheit zu Ende.

9

Ich möchte Sie nicht mit Wiederholungen langweilen. Das zweite Jahr verlief mehr oder weniger wie das erste und hatte dasselbe Finale. Das dritte ebenso. Im zweiten Jahr besuchte mich Rein zweimal mit einem Korb voller schöner Sachen und einem Mund voller Klatsch. Beide Male verbat ich ihm, mich jemals wieder aufzusuchen. Im dritten Jahr ließ er sich sechsmal sehen, jeden zweiten Monat, und jedesmal wiederholte ich mein Verbot und aß seine Gaben und hörte mir an, was er zu sagen hatte.

Irgend etwas stimmte nicht in Amber. Seltsame *Dinge* bewegten sich durch die Schatten und machten sich überall gewalttätig bemerkbar. Natürlich wurden sie vernichtet. Eric versuchte, sich noch darüber klar zu werden, wie sie sich hatten bilden können. Ich sagte nichts von meinem Fluch, wenn ich mich auch innerlich freute, daß er solche Wirkungen gezeitigt hatte.

Random war ebenso wie ich noch gefangen. Inzwischen hatte er jedoch seine Frau bei sich. Die Stellung meiner anderen Brüder und Schwestern war unverändert. Dies half mir durch den dritten Jahrestag der Krönung, verlieh mir das Gefühl, fast wieder am Leben zu sein.

Es.

Es! Eines Tages war es da, und es erfüllte mich mit einem solchen Wohlgefühl, daß ich sofort die letzte Flasche Wein aufmachte und die letzte Schachtel Zigaretten anbrach, die ich mir aufgehoben hatte.

Ich rauchte und trank und genoß das Gefühl, Eric irgendwie besiegt zu haben. Wenn er die Wahrheit erfuhr, mochten die Folgen für mich tödlich sein. Aber ich wußte, daß er keine Ahnung hatte.

Also freute ich mich, rauchte und trank und streckte mich im Lichte dessen, was geschehen war.

Ja, im *Licht*.

Ich hatte einen winzigen Streifen Helligkeit entdeckt, irgendwo rechts von mir.

Können Sie sich vorstellen, was mir das bedeutete?

Sehen wir es mal so: Ich war in einem Krankenhausbett erwacht und erfuhr, daß ich mich viel zu schnell erholt hatte. Wissen Sie, was ich damit sagen will?

Meine Wunden heilen schneller als die Verletzungen anderer. Alle Lords und Ladies von Amber besitzen diese Fähigkeit.

Ich hatte die Pest überlebt, ich hatte den Marsch auf Moskau überstanden ...

Mein Körper regeneriert sich schneller und besser, als ich es jemals bei anderen erlebt habe. Bei Nervengewebe dauert es nur etwas länger, das ist alles. Mein Sehvermögen kehrte zurück – das hatte diese Entdeckung zu bedeuten, dieser herrliche Streifen Helligkeit, irgendwo rechts von mir.

Nach einer Weile wußte ich, daß es sich um das kleine vergitterte Fenster in meiner Zellentür handelte.

Meine Finger ertasteten die Tatsache, daß mir neue Augen gewachsen waren. Dieser Vorgang hatte drei Jahre gedauert, aber ich hatte es geschafft. Dies war die winzige Chance, die ich schon erwähnt habe – jener Vorgang, den nicht einmal Eric richtig abzuschätzen wußte, weil die Familienmitglieder in mancher Hinsicht doch sehr verschieden sind. Insoweit hatte ich ihn besiegt; ich wußte, daß mir neue Augäpfel wachsen konnten. Mir war bald klar geworden, daß das Nervengewebe meines Körpers nachwachsen konnte, wenn man ihm genug Zeit ließ. In den preußisch-französischen Kriegen hatte ich eine schwere Rückgratverletzung davongetragen. Nach zwei Jahren war die Lähmung verschwunden gewesen. Ich hatte von Anfang an die Hoffnung genährt – eine vage Hoffnung, das will ich gern eingestehen –, daß ich dasselbe mit meinen ausgebrannten Augäpfeln vollbringen könnte. Und ich hatte recht behalten. Das Sehvermögen kehrte langsam zurück.

Wie lange noch bis zum Jahrestag von Erics Krönung? Ich blieb stehen, und mein Herz begann schneller zu klopfen. Sobald man bemerkte, daß ich das Augenlicht zurückgewonnen hatte, würde ich es wieder verlieren.

Deshalb mußte ich fliehen, ehe die vier Jahre vorüber waren.

Aber wie?

Bis jetzt hatte ich mir kaum Gedanken darüber gemacht, denn selbst wenn ich eine Möglichkeit fand, aus der Zelle auszubrechen, war mir doch der Weg aus der Stadt – oder auch nur aus dem Palast – ganz gewiß versperrt; immerhin war ich blind und allein.

Doch jetzt ...

Die Tür zu meiner Zelle war ein großes, schweres, metallgefaßtes Ding, in etwa fünf Fuß Höhe von einem winzigen Gitter durchbrochen, durch das man sehen konnte, ob ich noch lebte – falls sich jemand dafür interessierte. Selbst wenn ich das Gitter herausnehmen konnte, vermochte ich durch die Öffnung nicht an das Schloß heranzukommen. Unten gab es eine kleine Klappe – groß genug für das Essen, und das

Neuntes Kapitel

war schon alles. Die Scharniere befanden sich entweder draußen oder zwischen Tür und Türpfosten; ich konnte ihre Stellung nicht genau bestimmen. Jedenfalls kam ich nicht heran. Es gab keine Fenster und keine anderen Türen.

Es war fast, als wäre ich blind – nur war da eben das schwache und beruhigende Licht hinter dem Gitter. Ich wußte, daß meine Sehkraft noch nicht völlig wiederhergestellt war. Bis dahin war es noch ein weiter Weg. Aber selbst wenn ich wieder richtig hätte sehen können – in der Zelle war es pechschwarz. Dies war mir bekannt – weil ich die Verliese unter Amber eben kannte.

Ich wanderte erneut hin und her und überdachte meine Lage, beschäftigte mich mit allem, was mir vielleicht helfen konnte. Da war meine Kleidung, meine Matratze und genug feuchtes Stroh. Ich hatte auch Streichhölzer – gab aber den Gedanken, das Stroh anzuzünden, schnell wieder auf. Ich glaubte nicht, daß jemand herbeieilen und die Tür öffnen würde. Eher würde mich der Wächter auslachen, wenn er überhaupt etwas bemerkte. Beim letzten Bankett hatte ich einen Löffel mitgehen lassen. Eigentlich wollte ich ja ein Messer stibitzen, doch Julian hatte mich dabei erwischt, wie ich eins zur Hand nahm, und hatte es mir entrissen. Er wußte allerdings nicht, daß dies mein zweiter Versuch war. Der Löffel steckte bereits in meinem Stiefel.

Aber was konnte mir das gute Stück jetzt nützen?

Ich hatte Geschichten von Gefangenen gehört, die sich mit den seltsamsten Gegenständen einen Weg in die Freiheit graben konnten – Gürtelschnallen (so etwas besaß ich nicht) und so weiter. Aber ich hatte nicht die Zeit, den Grafen von Monte Christo zu spielen. Ich mußte innerhalb weniger Monate entkommen, sonst konnte mir auch das neue Augenlicht nicht weiterhelfen.

Die Tür bestand hauptsächlich aus Holz. Eichenholz. Vier Metallstreifen hielten sie zusammen. Ein Band führte im oberen Teil ganz herum, ein zweites weiter unten, unmittelbar über dem Türchen, und zwei verliefen von oben nach unten, links und rechts an dem fußbreiten Gitter vorbei. Die Tür öffnete sich nach außen, das wußte ich noch, und das Schloß befand sich zu meiner Linken. Wenn ich mich recht erinnerte, war die Tür etwa fünf Zentimeter dick, und ich wußte auch noch die ungefähre Position des Schlosses – einen Eindruck, den ich bestätigte, indem ich mich gegen die Tür lehnte und an der Stelle die Spannung überprüfte. Ich wußte auch, daß die Tür zusätzlich verriegelt war, aber darüber konnte ich mir später noch Gedanken machen. Vielleicht konnte ich den Griff des Löffels zwischen Türkante und Türöffnung nach oben gleiten lassen.

Ich kniete mich auf meine Matratze und kratzte mit dem Löffel ein Viereck in die Tür, in dessen Mitte das Schloß liegen mußte. Ich arbeitete, bis mir die Hand schmerzte – ein paar Stunden lang. Dann fuhr ich mit dem Fingernagel über die Oberfläche. Ich hatte noch keine große Kerbe ins Holz gegraben, aber es war wenigstens ein Anfang. Ich nahm den Löffel in die linke Hand und machte weiter, bis auch sie schmerzte.

Ich hoffte, daß Rein wieder einmal auftauchen würde. Ich glaubte, ihn mit dem nötigen Nachdruck überreden zu können, mir seinen Dolch anzuvertrauen. Da er sich aber nicht blicken ließ, schabte ich weiter.

Tag um Tag arbeitete ich, bis ich etwa einen Zentimeter tief in das Holz eingedrungen war. Sobald ich die Schritte eines Wächters hörte, schob ich das Bettgestell wieder an die gegenüberliegende Mauer und legte mich mit dem Rücken zur Tür darauf. Wenn der Mann vorbei war, setzte ich meine Arbeit fort. Obwohl ich meine Hände zum Schutz in ein Tuch einwickelte, das ich mir von meiner Kleidung abgerissen hatte, holte ich mir zahlreiche Blasen, die aufplatzten, und das rohe Fleisch darunter begann zu bluten. Ich legte also eine Pause ein, um die Wunden heilen zu lassen. In dieser Zeit wollte ich planen, was nach dem Ausbruch zu tun war.

Wenn ich tief genug in der Tür war, wollte ich den Riegelbalken anheben. Das Geräusch des fallenden Holzes würde vermutlich einen Wächter alarmieren. Aber bis dahin war ich längst draußen. Mit einigen festen Tritten konnte ich das Stück herausfallen lassen, an dem ich gerade arbeitete. Sobald die Tür aufschwang, sah ich mich dem Wächter gegenüber. Der Mann würde bewaffnet sein, ich nicht. Ich mußte es mit ihm aufnehmen.

Vielleicht fühlte sich der Mann zu sicher – wahrscheinlich nahm er an, ich könnte nichts sehen. Andererseits mochte er Angst empfinden bei der Erinnerung daran, wie ich nach Amber gekommen war. Wie auch immer – er mußte sterben, und ich wollte seine Waffen an mich nehmen. Ich umspannte mit der linken Hand meinen rechten Bizeps und spürte, wie sich die Fingerspitzen berührten. Himmel! Ich war ja ausgemergelt! Egal, ich war vom Blute Ambers und spürte, daß ich einen gewöhnlichen Gegner sogar in dieser Situation überwältigen konnte. Vielleicht machte ich mir damit etwas vor, aber ich mußte es versuchen.

Wenn ich durchkam, wenn ich dann eine Klinge in der Hand hielt, konnte mich nichts davon abhalten, zum Muster vorzudringen. Ich wollte es beschreiben und mich dann von der Mitte aus in einen Schatten meiner Wahl versetzen lassen. Dort wollte ich mich erholen, ohne die Dinge zu überstürzen. Und wenn es mich ein Jahrhundert kostete – ich wollte alles perfekt vorbereiten, ehe ich wieder gegen Amber vorging. War nicht ich der Herrscher hier? Hatte ich mich nicht vor den Augen aller gekrönt, ehe Eric dasselbe getan hatte? Ich würde meinen Anspruch auf den Thron schon durchsetzen!

Nach etwa einem Monat waren meine Hände verheilt, und von der Schaberei bildeten sich gewaltige Schwielen. Ich hörte die Schritte eines Wächters und zog mich auf die andere Seite der Zelle zurück. Ein leises Quietschen ertönte, und mein Essen wurde unter der Tür hindurchgeschoben. Und wieder erklangen Schritte, verloren sich in der Ferne.

Ich kehrte zur Tür zurück. Ich brauchte gar nicht erst hinzuschauen – ich wußte, was sich auf dem Tablett befand: ein trockenes Stück Brot, ein Krug mit Wasser und, wenn ich Glück hatte, auch ein Stück schimmeliger Käse. Ich zog die Matratze zurecht, kniete mich darauf und betastete die Rille. Ich war etwa halb durch.

Dann hörte ich das leise Lachen.

Es ertönte hinter mir.

Ich wandte mich um und brauchte gar nicht erst meine Augen zu bemühen um zu wissen, daß noch jemand in der Zelle war.

Unmittelbar vor der linken Wand stand ein Mann und kicherte vor sich hin.

»Wer seid Ihr?« fragte ich, und meine Stimme hörte sich seltsam an. Da wurde mir bewußt, daß ich seit langer Zeit nicht mehr gesprochen hatte.

»Fliehen«, sagte er. »Er versucht zu fliehen.« Und wieder lachte er.

»Wie seid Ihr hier hereingekommen?«

»Zu Fuß«, entgegnete er.

»Von wo? Wie?«

Ich riß ein Streichholz an. Das Licht schmerzte meine noch sehr empfindlichen Augen, doch ich hielt es in die Höhe.

Ein kleiner Mann. Winzig, könnte man sagen. Etwa fünf Fuß groß und bucklig. Haar und Bart waren so lang und dicht wie bei mir. Das einzige hervorstechende Merkmal in der Pelzpracht waren die lange Hakennase und die nahezu pechschwarzen Augen, die sich im Lichtschein zusammengezogen hatten.

»Dworkin!« rief ich überrascht.

Und er lachte.

»So heiße ich. Und wie heißt Ihr?«

»Kennt Ihr mich nicht wieder, Dworkin?« Ich zündete ein zweites Streichholz an und hielt es mir vors Gesicht. »Schaut einmal genau hin. Vergeßt den Bart und das Haar. Stellt Euch vor, ich wäre etliche Pfund schwerer. Ihr habt mich in exquisitem Detail auf mehreren Kartenspielen festgehalten.«

»Corwin«, sagte er schließlich. »Ich erinnere mich an Euch. Jawohl.«
»Ich hatte Euch für tot gehalten.«
»Das bin ich aber nicht. Seht Ihr?« Und er drehte sich im Kreise.
»Wie geht es Eurem Vater? Habt Ihr ihn kürzlich gesehen? Hat er Euch hierhergesteckt?«
»Oberon ist nicht mehr in Amber«, erwiderte ich. »Mein Bruder Eric herrscht in der Stadt, und ich bin sein Gefangener.«
»Dann habe ich gewisse Vorrechte«, sagte er, »denn ich bin Oberons Gefangener.«
»Oh? Niemand von uns wußte, daß Vater Euch eingesperrt hatte.«
Ich hörte ihn weinen.
»Ja«, sagte er nach einer Weile. »Er hat mir nicht getraut.«
»Warum nicht?«
»Ich sagte ihm, ich hätte eine Möglichkeit gefunden, Amber zu vernichten. Ich habe ihm die Methode beschrieben, und da hat er mich eingesperrt.«
»Das war ungerecht von ihm«, sagte ich.
»Ich weiß«, stimmte er zu, »aber er gab mir eine schöne Wohnung und viele Dinge, die ich erforschen konnte. Nur besuchte er mich nach einer gewissen Zeit nicht mehr. Er brachte immer Männer mit, die mir Tintenkleckse zeigten und mich aufforderten, Geschichten darüber zu erzählen. Das war ganz lustig, bis ich eine Geschichte erzählte, die mir selbst nicht gefiel, und einen seiner Begleiter in einen Frosch verwandelte. Der König war zornig, als ich ihn nicht zurückverwandeln wollte. Ich habe inzwischen so lange niemanden mehr gesehen, daß ich den Kerl sogar jetzt noch zurückverwandeln würde, wenn er darauf bestünde. Einmal ...«
»Wie seid Ihr hierher gekommen, in meine Zelle?« fragte ich noch einmal.
»Ich hab's Euch doch gesagt. Zu Fuß.«
»Durch die Mauer?«
»Natürlich nicht. Durch die Schatten-Mauer.«
»Niemand kann in Amber durch die Schatten schreiten. In Amber gibt es keine Schatten.«
»Hihi, man muß sich nur auskennen und ein bißchen schummeln«, sagte er.
»Wie?«
»Ich entwarf einen neuen Trumpf und bin hindurchgeschritten, um mal zu sehen, was sich auf dieser Seite der Mauer tut. Ach je – da fällt mir ein ... ich kann ja ohne den Trumpf nicht zurück! Ich muß einen neuen zeichnen. Habt Ihr irgend etwas zu essen?«
»Nehmt ein Stück Brot«, sagte ich und reichte ihm den Laib. »Und hier ist ein Stück Käse dazu.«

Neuntes Kapitel

»Dank sei Euch, Corwin«, und er verschlang die Brocken und trank anschließend meinen Wasserkrug leer. »Wenn Ihr mir jetzt einen Stift und ein Stück Pergament geben könntet, kann ich in meine Räume zurückkehren. Ich möchte gern noch ein Buch zu Ende lesen. Unser Gespräch hat mich gefreut. Die Sache mit Eric ist bedauerlich. Ich komme ein andermal wieder, dann können wir uns ausführlicher unterhalten. Wenn Ihr Euren Vater seht, sagt ihm bitte, er soll nicht zornig sein, weil ich ...«

»Ich habe weder Schreibstift noch Pergament«, stellte ich fest.

»Meine Güte!« rief er aus. »Wie unzivilisiert.«

»Ich weiß. Eric ist eben nicht besonders zivilisiert.«

»Nun denn, was habt Ihr statt dessen? Meine Räume gefallen mir doch besser als dieser Ort. Zumindest sind sie besser beleuchtet.«

»Ihr habt mit mir gegessen«, sagte ich, »und jetzt möchte ich Euch um einen Gefallen bitten. Wenn Ihr mir die Bitte erfüllt, dann will ich alles in meiner Macht Stehende tun, um die Angelegenheit zwischen Euch und Vater zu bereinigen, das verspreche ich Euch.«

»Was wollt Ihr?« fragte er.

»Ich bin seit langer Zeit ein großer Bewunderer Eurer Arbeit«, sagte ich. »Und es gibt ein Motiv, das ich mir stets von Eurer Hand gewünscht habe. Kennt Ihr den Leuchtturm von Cabra?«

»Natürlich. Ich bin oft dort gewesen. Ich kenne den Wächter Jopin. Früher habe ich öfter mit ihm Schach gespielt.«

»Vor allen Dingen habe ich mir eins ersehnt – eine Eurer magischen Skizzen des großen grauen Turms – das ist mein Herzenswunsch.«

»Ein einfaches Thema«, sagte er, »und auch ganz reizvoll. Ich habe früher einmal ein paar Grundskizzen davon gemacht, doch weiter bin ich nicht gekommen. Es kam mir immer andere Arbeit dazwischen. Wenn Ihr möchtet, hole ich Euch eine der Zeichnungen.«

»Nein«, sagte ich. »Ich wünsche mir etwas Dauerhafteres, das mir hier in der Zelle Gesellschaft leisten soll – um mich zu trösten und andere, die vielleicht nach mir hier leben müssen.«

»Löblich«, sagte er. »Was habt Ihr Euch als Material gedacht?«

»Ich habe hier einen Stift«, erwiderte ich (der Löffel war inzwischen ziemlich scharf) »und hätte das Bild gern an der gegenüberliegenden Wand, damit ich es anschauen kann, wenn ich mich ausruhe.«

Er schwieg einen Augenblick lang und sagte dann: »Die Beleuchtung ist aber ziemlich schlecht.«

»Ich habe mehrere Streichholzheftchen«, erwiderte ich. »Ich werde die Hölzer aneinander anzünden und hochhalten. Wenn der Vorrat knapp wird, können wir auch etwas von dem Stroh verbrennen.«

»Die Arbeitsbedingungen sind nicht gerade ideal ...«

»Ich weiß«, sagte ich, »und ich entschuldige mich dafür, großer Dworkin, aber etwas Besseres kann ich Euch leider nicht bieten. Ein Kunstwerk von Eurer Hand würde mein bescheidenes Dasein unvorstellbar bereichern.«

Er kicherte vor sich hin.

»Also gut. Aber Ihr müßt mir versprechen, daß Ihr mir hinterher Licht zur Verfügung stellt, damit ich mir einen Rückweg in meine Gemächer aufzeichnen kann.«

»Einverstanden«, sagte ich und griff in die Tasche.

Ich hatte drei volle Streichholzhefte und ein angebrochenes.

Ich drückte ihm den Löffel in die Hand und führte ihn zur Wand.

»Habt Ihr Euch mit dem Stift vertraut gemacht?« fragte ich.

»Ja – ein angespitzter Löffel, nicht wahr?«

»Ja. Ich mache Licht, sobald Ihr bereit seid. Ihr müßt schnell zeichnen, da mein Vorrat an Streichhölzern beschränkt ist. Ich sehe die Hälfte für den Leuchtturm vor und die andere Hälfte für Eure Sache.«

»Gut«, sagte er. Ich zündete ein Streichholz an, und er begann, die feuchte graue Wand mit Linien zu überziehen.

Zuerst zeichnete er ein hohes Rechteck als eine Art Rahmen. Dann begann er, mit energischen Strichen den Leuchtturm zu umreißen.

So unzurechnungsfähig er sonst war – seine Zeichenkunst war ungeschmälert. Ich hielt jedes Streichholz mit den Fingerspitzen, spuckte mir auf Daumen und Zeigefinger der anderen Hand und ergriff das bereits abgebrannte Ende, drehte das ganze Gebilde herum und ließ das Streichholz völlig abbrennen, ehe ich das nächste anzündete.

Als das erste Heft mit Streichhölzern aufgebraucht war, hatte er den Turm abgeschlossen und beschäftigte sich mit Meer und Himmel. Ich ermutigte ihn, indem ich mit jedem Strich anerkennend vor mich hin murmelte.

»Großartig, wirklich großartig«, sagte ich, als das Werk fast vollendet war. Zuletzt ließ er mich ein weiteres Streichholz verschwenden, damit er seine Signatur anbringen konnte. Ich war nun fast mit der zweiten Packung am Ende.

»Jetzt wollen wir es bewundern«, meinte er.

»Wenn Ihr in Eure Räumlichkeiten zurückwollt, müßt Ihr noch einige Streichhölzer abbrennen, damit wir uns noch als Kunstkritiker betätigen können.«

Er schmollte ein wenig, ging dann aber an die andere Wand und begann zu zeichnen, sobald das erste Streichholz entflammt war.

Er zeichnete einen Arbeitsraum mit einem Schädel auf dem Tisch, daneben einen Globus, reihenweise Bücher an allen Wänden.

»Das ist gut«, sagte er, als ich mit dem dritten Heftchen durch war und den angebrochenen Streichholzvorrat in Angriff nahm.

Neuntes Kapitel

Es kostete sechs weitere Streichhölzer, bis er fertig war und das Werk signiert hatte.

Er starrte darauf, während das achte Streichholz brannte – ich hatte nur noch zwei –, dann machte er einen Schritt darauf zu – und war verschwunden.

Schon versengte mir die Flamme den Finger, und ich ließ das Hölzchen fallen, das zischend im Stroh verlöschte.

Zitternd stand ich da, von seltsamen Gefühlen bewegt, und im nächsten Augenblick hörte ich seine Worte und spürte seine Gegenwart neben mir. Er war zurückgekommen!

»Mir ist da noch etwas eingefallen«, sagte er. »Wie könnt Ihr überhaupt das Bild sehen, wo es hier doch so dunkel ist?«

»Oh, ich kann im Dunkeln sehen«, erwiderte ich. »Ich habe so lange darin gelebt, daß ich mich geradezu damit angefreundet habe.«

»Ich verstehe. Ich wollte es nur wissen. Streicht noch ein Hölzchen an, damit ich wieder verschwinden kann.«

»Aber gern«, sagte ich und nahm mein vorletztes Zündholz. »Beim nächsten Mal solltet Ihr aber Euer eigenes Licht mitbringen – ich habe jetzt keine Streichhölzer mehr.«

»Gut.«

Ich machte Licht, und er betrachtete seine Zeichnung, ging darauf zu und verschwand von neuem.

Ich wandte mich hastig um und betrachtete den Leuchtturm von Cabra, ehe die Flamme verlöschte. Ja, die Fähigkeit regte sich. Ich spürte sie.

Doch genügte das letzte Streichholz?

Nein, vermutlich nicht.

Es erforderte eine längere Periode der intensiven Konzentration, ehe ich einen Trumpf zur Flucht verwenden konnte.

Was ließ sich verbrennen? Das Stroh war zu feucht und mochte nicht brennen. Es wäre schlimm, den Fluchtweg vor Augen zu haben – den Weg in die Freiheit –, ohne ihn benutzen zu können.

Ich brauchte eine Flamme, die eine Zeitlang brannte.

Meine Matratze! Es handelte sich um einen mit Stroh gefüllten Stoffsack. Das Stroh war bestimmt trockener als das andere, und der Stoff mochte ebenfalls brennen.

Ich fegte die Hälfte des Steinbodens frei. Dann suchte ich den angespitzten Löffel, um damit den Strohsack zu öffnen. Und ich fluchte. Dworkin hatte mein Handwerkszeug mitgenommen!

Ich zerrte und riß an dem Ding.

Schließlich ging der Stoff auf, und ich zog das trockene Stroh aus der Mitte, häufte es auf und legte den Bezug daneben, als weitere Nahrung für das Feuer, falls ich es brauchte. Je weniger Rauch, desto besser. Wenn zufällig ein Wächter vorbeikam, mochte er aufmerksam werden. Aber die Wahrscheinlichkeit war nicht besonders groß, da man mich erst vor kurzem versorgt hatte und ich nur eine Mahlzeit am Tag erhielt.

Ich zündete mein letztes Streichholz an, benutzte es dazu, die Papierhülle der Streichhölzer anzuzünden. Als die Flamme brannte, hielt ich sie an das Stroh.

Fast hätte es nicht geklappt. Obwohl das Stroh aus dem Kern meiner Matratze kam, war es feuchter, als ich angenommen hatte. Doch endlich begann es zu glühen, dann zu flackern. Ich mußte zwei weitere leere Zündholzheftchen anzünden, bis es soweit war – und ich war froh, daß ich sie nicht in das Toilettenloch geworfen hatte.

Ich legte das dritte auf das Stroh, nahm den Stoffbezug in die linke Hand, richtete mich auf und betrachtete die Zeichnung.

Als die Flammen höher wurden, kroch der Feuerschein an der Wand empor, und ich konzentrierte mich auf den Turm und erinnerte mich daran. Ich glaubte den Schrei einer Möwe zu hören, spürte so etwas wie eine salzige Brise und hatte das Empfinden, daß das Bild immer realer wurde.

Schließlich warf ich den Bezug auf das Feuer, und die Flammen verlöschten einen Augenblick lang, ehe sie noch höher flackerten. Ich nahm den Blick nicht von der Zeichnung.

Dworkins Hand besaß noch immer den alten Zauber, denn bald kam mir der Leuchtturm so real vor wie die Zelle. Dann war er die einzige Wirklichkeit, während die Zelle zu einem Schatten hinter mir verblaßte. Ich hörte das Plätschern der Wellen und spürte so etwas wie die Nachmittagssonne auf den Schultern.

Ich trat vor, doch mein Fuß berührte das Feuer nicht.

Ich stand auf dem sandigen, mit Felsbrocken übersäten Ufer der kleinen Insel Cabra mit dem großen grauen Leuchtturm, der den Schiffen Ambers in der Nacht den Weg wies. Eine Horde erschrockener Möwen umflog mich kreischend, und mein Lachen verschmolz mit der Brandung und dem Freiheitslied des Windes. Amber lag dreiundvierzig Meilen links hinter mir.

Ich hatte es geschafft.

10

Ich ging zum Leuchtturm hinüber und erstieg die Steintreppe, die zur Tür auf der Westseite führte. Sie war groß, schwer und wasserdicht. Und sie war verschlossen. Etwa dreihundert Meter hinter mir befand sich ein kleines Pier. Zwei Boote waren dort vertäut – ein Ruderboot und ein geschlossenes Segelboot. Die beiden Boote schwankten leicht auf den Wellen, und das Wasser hinter ihnen schimmerte grau in der Sonne. Ich verharrte einen Augenblick, um den Anblick zu genießen. Es war so lange her, daß ich überhaupt etwas gesehen hatte, und so kamen mir die beiden Boote eine Sekunde lang fast überwirklich vor. Ich mußte ein Schluchzen unterdrücken, machte kehrt und klopfte an die Tür.

Nach längerer Zeit wiederholte ich das Klopfen.

Endlich hörte ich ein Geräusch von innen, und die Tür schwang auf; die Scharniere quietschten.

Leuchtturmwächter Jopin musterte mich mit blutunterlaufenen Augen. Sein Atem stank nach Whisky. Er war etwa fünfeinhalb Fuß groß und ging dermaßen gebückt, daß er mich an Dworkin erinnerte. Sein Bart war so lang wie der meine und rauchfarben, bis auf einige gelbe Flecke in der Nähe seiner ausgetrocknet wirkenden Lippen. Seine Haut hatte Poren wie eine Apfelsinenschale; Wind und Wetter hatten sie gegerbt, daß sie wie das Furnier eines wertvollen alten Möbelstücks aussah. Die dunklen Augen waren zusammengekniffen, konzentrierten sich auf mich. Wie so mancher Schwerhörige sprach er übermäßig laut.

»Wer seid Ihr? Was wollt Ihr?« fragte er.

Wenn ich in meinem Zustand schon unkenntlich war, wollte ich meine Anonymität auch wahren.

»Ich bin ein Reisender aus dem Süden, kürzlich mit meinem Schiff verunglückt«, erwiderte ich. »Ich konnte mich viele Tage lang an einem Holzstück festhalten und wurde schließlich hier an Land geschwemmt. Ich habe den ganzen Vormittag am Strand geschlafen. Erst vor wenigen Minuten konnte ich mich dazu aufraffen, zum Leuchtturm zu kommen.«

Er trat vor und packte mich am Arm. Den anderen legte er mir um die Schultern.

»Dann kommt rein, kommt rein«, sagte er. »Stützt Euch auf mich. Vorsichtig! Hier entlang.«

Er führte mich in sein Quartier, das ziemlich unaufgeräumt war – voller alter Bücher, Seekarten, Landkarten und nautischer Geräte.

Da er selbst nicht allzu sicher auf den Beinen war, stützte ich mich kaum auf ihn – nur soviel, daß der Eindruck von Schwäche bestätigt wurde, den ich an der Tür zu erwecken versucht hatte.

Er führte mich zu einer Liege, sagte, ich solle mich niederlegen, machte die Tür zu und ging, um mir etwas zu essen zu holen.

Ich zog die Stiefel aus, doch meine Füße waren so schmutzig, daß ich sie sofort wieder überstreifte. Wenn ich wirklich lange im Wasser gewesen war, wie ich behauptet hatte, konnte ich nicht so schmutzig sein. Da ich mich nicht unnötig verraten wollte, zog ich eine Decke über mich und streckte mich lang aus.

Kurz darauf brachte mir Jopin einen Krug Wasser, einen Krug Bier, ein großes Stück Fleisch und einen Brocken Brot auf einem viereckigen Holztablett. Er fegte die Platte eines kleinen Tisches leer, den er dann mit dem Fuß neben die Couch schob, stellte das Tablett darauf ab und forderte mich auf zu essen und zu trinken.

Und das tat ich. Ich stopfte mich voll mit den herrlichen Sachen – bis zum Platzen. Ich aß alles, was er mir vorsetzte. Ich leerte beide Krüge.

Dann war ich unendlich müde, Jopin nickte, als er meinen Zustand bemerkte, und forderte mich auf zu schlafen. Ehe ich wußte, was mir geschah, schlief ich bereits.

Als ich erwachte, war es Nacht, und ich fühlte mich besser als seit vielen Wochen. Ich stand auf und verließ das Gebäude. Draußen war es kalt, doch der Himmel war kristallklar und schien von einer Million Sterne erfüllt zu sein. Die Linse an der Spitze des Turms blitzte hinter mir auf, wurde dunkel, blitzte wieder auf, verdunkelte sich erneut. Das Wasser war kalt, doch ich mußte mich dringend waschen. Ich badete und wusch meine Sachen und wrang sie aus. Darüber mußte eine ganze Stunde vergangen sein. Schließlich kehrte ich in den Leuchtturm zurück, hängte meine Sachen zum Trocknen über die Lehne eines alten Stuhls, kroch wieder unter die Decke und schlief weiter.

Als ich am nächsten Morgen erwachte, war Jopin bereits auf den Beinen. Er bereitete ein herzhaftes Frühstück zu, dem ich ebenso gründlich zusprach wie dem Abendessen tags zuvor. Dann lieh ich mir Rasiermesser, Spiegel und Schere und rasierte mich und verpaßte mir eine Art Haarschnitt. Anschließend badete ich noch einmal, und als ich schließlich meine salzig-steife, aber saubere Kleidung anzog, kam ich mir fast wieder wie ein Mensch vor.

Zehntes Kapitel

Als ich vom Meer zurückkehrte, starrte mich Jopin an. »Ihr kommt mir irgendwie bekannt vor, Mann«, sagte er, und ich zuckte die Achseln.

»Jetzt erzählt mir aber von Eurem Unfall.«

Und das tat ich. Aus dem Stegreif beschwor ich die Katastrophe herauf – und was für eine Katastrophe, bis hin zum Brechen des Hauptmasts!

Er klopfte mir auf die Schulter und schenkte mir zu trinken ein. Dann zündete er die Zigarre an, die er mir angeboten hatte.

»Ruht Euch nur aus«, sagte er. »Ich bringe Euch an Land, sobald Ihr wollt, oder rufe ein vorbeifahrendes Schiff an, wenn Ihr eins erkennt.«

Ich nahm seine Gastfreundschaft weiter in Anspruch. Ich aß von seinen Lebensmitteln, trank von seinen Vorräten und ließ mir ein sauberes Hemd schenken, das ihm zu groß war. Es hatte einem Freund von ihm gehört, der auf See umgekommen war.

Drei Monate blieb ich bei ihm, und in dieser Zeit gewann ich meine frühere Form zurück. Ich half ihm auch bei der Arbeit – kümmerte mich nachts um das Licht, wenn er sich mal betrinken wollte, und säuberte alle Zimmer im Haus, wobei ich zwei sogar neu anstrich und fünf neue Fensterscheiben einsetzte. Und in stürmischen Nächten beobachtete ich mit ihm das Meer.

Wie ich erfuhr, war er völlig unpolitisch. Ihm war es gleichgültig, wer in Amber herrschte. Soweit es ihn betraf, war unsere Familie durch und durch verderbt. Solange er sich um seinen Leuchtturm kümmern konnte und gute Sachen zu essen und zu trinken hatte, solange er in aller Ruhe seine Seekarten studieren durfte, hatte er keine Meinung zu den Geschehnissen an Land und bei Hof. Mit der Zeit wuchs er mir ziemlich ans Herz, und da ich gewisse Kenntnisse über alte Karten habe, verbrachten wir manchen angenehmen Abend damit, falsche Eintragungen richtigzustellen. Ich war vor vielen Jahren im Hohen Norden gewesen und lieferte ihm nun eine neue Seekarte, die ich aus dem Gedächtnis zeichnete. Dies schien ihm sehr zu gefallen, wie auch meine Beschreibung dieser Gewässer.

»Corey«, (so hatte ich mich genannt), »ich möchte eines Tages mal mit Euch lossegeln. Ich wußte gar nicht, daß Ihr früher Euer eigener Kapitän gewesen seid.«

»Wer weiß«, erwiderte ich. »Ihr seid ja früher auch Kapitän gewesen, nicht wahr?«

»Woher wißt Ihr?« fragte er.

Tatsächlich hatte ich mich an die Angelegenheit erinnert, doch ich machte eine umfassende Handbewegung.

»All die Dinge, die Ihr hier gesammelt habt«, sagte ich, »und Eure Vorliebe für Seekarten. Außerdem erinnert Eure Haltung an einen Mann, der früher das Kommando geführt hat.«

Er lächelte.

»Ja«, meinte er, »es stimmt. Ich habe über hundert Jahre lang ein Kommando geführt. Aber das ist lange her ... Trinken wir noch einen.«

Ich nahm einen Schluck aus meinem Glas und stellte es zur Seite. Während meines Aufenthalts im Leuchtturm mußte ich gut vierzig Pfund zugenommen haben. Ich rechnete jeden Tag damit, daß er mich als Mitglied der Königsfamilie erkannte. Vielleicht würde er mich dann an Eric ausliefern – vielleicht aber auch nicht. Ich hatte das Gefühl, daß er es nicht tun würde. Allerdings wollte ich nicht das Risiko eingehen und diese Entscheidung in aller Ruhe abwarten.

Wenn ich zuweilen die große Lampe versorgte, fragte ich mich, wie lange ich noch bleiben sollte.

Nicht mehr lange, sagte ich mir und ölte die Drehlager. Gar nicht mehr lange. Die Zeit rückte heran, da ich mich auf den Weg machen und wieder zwischen den Schatten verschwinden mußte.

Eines Tages spürte ich plötzlich den Druck, zuerst sanft und fragend. Ich war nicht sicher, wer sich da meldete.

Ich erstarrte sofort, schloß die Augen und löschte alles Denken. Es dauerte etwa fünf Minuten, bis sich die forschende Erscheinung zurückzog.

Nachdenklich wanderte ich hin und her und lächelte, als ich erkannte, wie wenige Schritte ich in jeder Richtung machte. Unbewußt hatte ich mich den Dimensionen meiner Zelle in Amber angepaßt.

Soeben hatte sich jemand mit mir in Verbindung setzen wollen, über meinen Trumpf. Eric? Hatte er endlich gemerkt, daß ich nicht mehr in der Zelle war, wollte er mich auf diesem Wege finden? Ich wußte es nicht. Ich glaubte, daß er sich vor einem weiteren geistigen Kontakt mit mir fürchtete. Also Julian? Oder Gérard? Wer immer es gewesen war – ich hatte ihn völlig abgeblockt, das wußte ich. Und ich wollte jedem weiteren Kontakt mit Familienangehörigen aus dem Wege gehen. Dabei mochten mir wichtige Neuigkeiten oder Hilfsangebote entgehen, doch ich konnte mir das Risiko nicht leisten. Der versuchte Kontakt und mein Abblocken erfüllten mich mit einer ungewohnten Kälte. Ich erschauderte. Den ganzen Tag hindurch beschäftigte ich mich mit dem Ereignis und kam zu dem Schluß, daß die Zeit zum Abschied gekommen sei. Sinnlos, in der Nähe Ambers zu bleiben, solange meine Position noch so schwach war. Ich hatte mich soweit erholt, daß ich wieder in den Schattenwelten untertauchen konnte. Die Fürsorge des alten Jopin hatte meine gewohnte Vorsicht etwas eingeschläfert. Es würde weh tun, ihn zu verlassen, denn in den Monaten unseres Zusammenseins war mir der alte Knabe ans Herz gewachsen. Nach einer Partie Schach am gleichen Abend vertraute ich ihm meine Pläne an.

Zehntes Kapitel

Er schenkte zwei Gläser voll, hob das seine und sagte: »Das Glück sei mit Euch, Corwin. Ich hoffe, ich sehe Euch eines Tages wieder.«

Ich sagte nichts zu der Tatsache, daß er mich mit meinem richtigen Namen angeredet hatte, und er lächelte, als er erkannte, daß mir der Umstand nicht entgangen war.

»Ihr seid ein guter Mann, Jopin«, sagte ich. »Wenn ich Erfolg habe mit dem, was ich jetzt in Angriff nehmen muß, werde ich nicht vergessen, was Ihr für mich getan habt.«

Er schüttelte den Kopf.

»Ich wünsche mir nichts«, sagte er. »Ich bin hier vollauf zufrieden, ich habe Spaß an der Arbeit. Es gefällt mir, mich um diesen Turm zu kümmern. Er ist mein ganzes Leben. Wenn Ihr Erfolg habt in Eurem Bemühen – nein, verratet mir nichts davon, bitte! Ich will es nicht wissen! –, dann kommt Ihr hoffentlich manchmal auf eine Partie Schach vorbei.«

»Gewiß«, versprach ich ihm.

»Ihr könnt morgen früh die *Schmetterling* nehmen, wenn Ihr wollt.«

»Vielen Dank.«

Die *Schmetterling* war sein Segelboot.

»Ehe Ihr geht«, sagte er, »möchte ich Euch bitten, mein Sehglas zu nehmen, den Turm zu ersteigen, und einmal ins Tal Garnath zu schauen.«

»Was gibt es dort zu sehen?«

Er zuckte die Achseln.

»Das müßt Ihr Euch schon selbst zusammenreimen.«

Ich nickte.

»Also gut, ich tu's!«

Dann begannen wir, uns angenehm zu betrinken, und legten uns schließlich zu Bett. Der alte Jopin würde mir fehlen. Abgesehen von Rein war er der einzige Freund, den ich seit meiner Rückkehr von der Schatten-Erde gefunden hatte. Ich dachte an das Tal, das eine Flammenhölle gewesen war, als wir es durchquerten. Was mochte daran so ungewöhnlich sein – jetzt, vier Jahre später?

Heimgesucht von Träumen über Werwölfe und Sabbate schlief ich tief die ganze Nacht, und der Vollmond stieg über der Welt auf.

Beim Einsetzen der Dämmerung stand ich auf. Jopin schlief noch. Darüber war ich froh, denn ich hätte mich nur ungern von ihm verabschiedet; außerdem hatte ich das seltsame Gefühl, daß ich ihn nie wiedersehen würde.

Ich erstieg den Turm und betrat den Raum mit dem großen Licht, das Fernglas in der Hand. Ich ging zum Fenster, das zur Küste hinüberschaute, und richtete das Fernglas auf das Tal.

Nebel hing über dem Gehölz, ein kaltes, feucht aussehendes graues Gewebe, das sich an die Spitzen der kleinen, verkrüppelten Bäume klammerte. Die Bäume waren düster, und ihre Äste verhakten sich ineinander wie die Finger ringender Hände. Dunkle Gebilde huschten dazwischen umher, und aus ihren Bewegungen schloß ich, daß es sich nicht um Vögel handelte. Wahrscheinlich waren es Fledermäuse. In dem Riesenwald machte sich etwas Unheimliches und Böses bemerkbar, das erkannte ich nun – und plötzlich erkannte ich die Empfindung. *Ich selbst* lauerte dort. Meine Rache begann Gestalt anzunehmen!

Mein Fluch hatte diese Veränderung bewirkt. Ich hatte das friedliche Garnath-Tal in seine heutige Form gebracht: ein Symbol meines Hasses auf Eric und all die anderen, die es zugelassen hatten, daß sein Machthunger gestillt wurde, die es zugelassen hatten, daß ich das Augenlicht verlor. Dieser Wald gefiel mir ganz und gar nicht, und während ich hinüberstarrte, erkannte ich, wie sehr mein Haß dort schon Gestalt gewonnen hatte. Ich wußte es, weil die Erscheinungen dort ein Teil meiner selbst waren.

Ich hatte einen neuen Eingang zur wirklichen Welt geschaffen. Garnath war ein neuer Weg durch die Schatten. Durch düstere, böse Schatten. Nur die Gefährlichen, die böse Denkenden mochten diesen Weg beschreiten. Hier lag der Ausgangspunkt der *Dinge*, von denen Rein gesprochen hatte, jener Dinge, die Eric zu schaffen machten. Das war auf eine Weise gut, wenn sie ihn in Atem hielten. Aber während ich durch das Glas starrte, kam mir der Gedanke, daß ich hier etwas sehr Schlimmes getan hatte. Damals konnte ich nicht ahnen, daß ich jemals wieder das helle Tageslicht schauen würde. Nachdem ich nun wieder sehen konnte, wurde mir klar, daß ich hier etwas entfesselt hatte, dessen Bändigung gehörige Anstrengungen erforderte. Schon jetzt schienen sich dort drüben seltsame Gestalten zu bewegen. Ich hatte etwas getan, das niemals zuvor getan worden war, auch nicht während Oberons langer Herrschaft: Ich hatte einen neuen Weg nach Amber eröffnet. Und ich hatte ihn nur den schlimmsten Kräften aufgetan. Der Tag würde kommen, da sich der Herrscher von Amber – wer immer es sein mochte – dem Problem gegenübersah, diesen schrecklichen Weg zu schließen. All dies ging mir durch den Kopf, während ich hinüberstarrte, während ich erkannte, daß die Erscheinung ein Produkt meines Schmerzes, meines Zorns und meines Hasses war. Wenn ich Amber eines Tages mein eigen nannte, mochte ich es mit meinem eigenen üblen Werk aufnehmen müssen – was stets ein teuflisch schwieriges Bemühen ist. Ich senkte das Glas und seufzte.

Na, und wenn schon, sagte ich mir. Bis es soweit war, sollte Eric noch viele schlaflose Nächte davon erleiden!

Ich nahm ein kleines Frühstück zu mir, rüstete die *Schmetterling* aus, so schnell es ging, legte ab und setzte Segel. Jopin war sonst um diese

Zehntes Kapitel

Zeit schon auf den Beinen, aber vielleicht sagte er ebenso ungern Lebewohl wie ich.

Ich steuerte das Boot aufs Meer hinaus. Ich wußte, wohin ich fuhr, ohne genau zu wissen, wie ich an dieses Ziel gelangen sollte. Ich wollte durch die Schatten segeln, durch seltsame Gewässer, aber dieser Weg war besser als jede Route an Land – vor allem, solange sich dort mein Fluch bemerkbar machte.

Ich nahm Kurs auf ein Land, das fast ebenso prächtig war wie Amber, auf einen nahezu unsterblichen Ort, eine Welt, die es eigentlich gar nicht gab, nicht mehr. Es war ein Ort, der vor Urzeiten im Chaos versunken war, von dem es aber irgendwo noch einen Schatten geben mußte. Ich mußte diesen Ort nur finden, erkennen und mir wieder aneignen, wie ich es vor langer Zeit schon einmal getan hatte. Mit den eigenen Streitkräften im Rücken, wollte ich dann etwas unternehmen, das Amber nie zuvor erlebt hatte. Ich wußte noch nicht, wie ich meine Pläne verwirklichen wollte, doch ich gab mir das Versprechen, daß am Tage meiner Rückkehr in der unsterblichen Stadt die Waffen sprechen würden.

Während ich in die Schatten segelte, flog ein weißer Vogel meiner Schöpfung herbei und ließ sich auf meiner rechten Schulter nieder, und ich schrieb einen Zettel, band ihn an seinem Bein fest und schickte ihn fort. Der Zettel verkündete: »Ich komme« und trug meine Unterschrift.

Ich wollte nicht ruhen, bis meine Rache erfüllt war, bis ich den Thron erstiegen hatte; und *Adieu* allen, die sich zwischen mich und dieses Ziel stellten.

Die Sonne stand tief zu meiner Linken, und der Wind blähte das Segel und trieb mich voran.

Ich war frei und in Bewegung; ich hatte es bis hierher geschafft. Jetzt hatte ich die Chance, die ich mir von Anfang an gewünscht hatte.

Ein schwarzer Vogel meiner Schöpfung flog herbei und ließ sich auf meiner linken Schulter nieder, und ich schrieb einen Zettel, band ihn an seinem Bein fest und schickte ihn damit nach Westen.

Darauf stand: »Eric – ich komme zurück«, und die Unterschrift lautete: »Corwin, Lord von Amber«.

Ein Dämonenwind trieb mich an der Sonne vorbei.

Zweiter Roman

Die Gewehre von Avalon

1

Ich stand am Ufer an der Küste und sagte: »Leb wohl, *Schmetterling!*«, und das Schiff wendete langsam und glitt wieder ins tiefe Wasser hinaus. Ich wußte, daß es an den Steg des Leuchtturms von Cabra zurückkehren würde, denn jener Ort lag den Schatten nahe.

Als ich mich abwandte, fiel mein Blick auf die schwarze Linie der Bäume in der Nähe. Mir war klar, daß mich ein langer Marsch erwartete. Ich setzte mich in diese Richtung in Bewegung und nahm dabei die notwendigen Anpassungen vor. Nächtliche Kühle lag über dem stummen Wald, und das war gut.

Ich hatte etwa fünfzig Pfund Untergewicht und konnte von Zeit zu Zeit nicht richtig sehen, doch mein Zustand besserte sich allmählich. Ich war mit der Hilfe des verrückten Dworkin den Verliesen Ambers entkommen und hatte mich in Gesellschaft des trinkfesten Jopin wieder etwas erholt. Jetzt mußte ich mir einen Ort zum Verweilen suchen, einen Ort, der einem anderen Ort ähnlich war – einem Ort, den es nicht mehr gab. Ich machte den richtigen Weg ausfindig. Ich schlug ihn ein.

Kurze Zeit später verweilte ich an einem großen Hohlbaum, mit dessen Vorhandensein ich gerechnet hatte. Ich griff hinein, nahm meine versilberte Klinge heraus und gürtete sie um. Es zählte nicht, daß sich die Waffe irgendwo in Amber befunden hatte – jetzt war sie hier, denn der Wald, durch den ich schritt, befand sich in den Schatten.

Ich wanderte mehrere Stunden lang dahin; die unsichtbare Sonne stand dabei irgendwo links hinter mir. Dann ruhte ich mich eine Zeitlang aus und marschierte weiter. Ein hübscher Anblick, die Blätter und Felsen und die toten Baumstümpfe, die lebenden Stämme, das Gras, die dunkle Erde. Es war angenehm, all die zarten Gerüche des Lebens aufzunehmen und sein Summen, Surren und Zwitschern zu hören. Bei den Göttern! Wie teuer mir meine Augen waren? Nach fast vierjähriger Blindheit wieder sehen zu können, war einfach unbeschreiblich! Und mich in Freiheit zu bewegen ...

Mein zerschlissener Umhang flatterte im Morgenwind, während ich tüchtig ausschritt. Ich muß über fünfzig Jahre alt ausgesehen haben, mit meinem faltigen Gesicht, dem abgemagerten, dürren Körper. Wer hätte in mir den Mann erkannt, der ich wirklich war?

Meine Schritte führten mich durch die Schatten, auf einen Ort zu. Doch so sehr ich die Füße bewegte, so sehr ich durch die Schatten schritt, einem bestimmten Ort entgegen – ich erreichte dieses Ziel nicht. Offenbar war ich doch etwas weichherzig geworden. Es geschah das folgende ...

Ich stieß auf sieben Männer am Straßenrand. Sechs waren tot, grausig zerstückelt. Der siebente lehnte halb zurückgeneigt mit dem Rücken am moosbedeckten Stamm einer alten Eiche. Er hielt die Klinge im Schoß, und an seiner rechten Flanke schimmerte eine große Wunde, aus der Blut strömte. Im Gegensatz zu etlichen Toten trug er keine Rüstung. Seine grauen Augen waren offen, wirkten allerdings ziemlich glasig. Die Knöchel seiner Schwerthand waren aufgeschunden, und er atmete nur sehr langsam. Unter buschigen Brauen hervor beobachtete er die Krähen, die den Toten die Augen aushackten. Mich schien er nicht wahrzunehmen.

Ich streifte die Kapuze über und senkte den Kopf, um mein Gesicht zu verbergen. Dann trat ich näher.

Ich hatte ihn früher einmal gekannt – ihn oder einen Mann, der ihm sehr ähnlich war.

Als ich mich näherte, begann seine Klinge zu zucken; die Spitze wurde gehoben.

»Ich bin ein Freund«, sagte ich begütigend. »Möchtet Ihr einen Schluck Wasser?«

Er zögerte einen Augenblick lang und nickte dann.

»Ja.«

Ich öffnete meine Flasche und reichte sie ihm.

Er trank und hustete, setzte die Flasche erneut an.

»Sir, ich danke Euch«, sagte er und gab mir die Flasche zurück. »Ich bedaure nur, daß das Getränk nicht kräftiger war. Verdammte Wunde!«

»Auch damit bin ich versorgt. Seid Ihr sicher, daß Ihr so etwas vertragt?«

Er streckte die Hand aus. Ich entkorkte eine kleine Flasche und reichte sie ihm. Nach einem Schluck von dem *Zeug*, das Jopin immer trank, hustete er etwa zwanzig Sekunden lang.

Dann lächelte die linke Seite seines Mundes, und er blinzelte mir zu.

»Das ist schon viel besser«, sagte er. »Hättet Ihr etwas dagegen, wenn ich ein paar Tropfen davon auf die Wunde schütte? Ich verschwende ungern guten Whisky, aber ...«

»Nehmt alles, wenn Ihr müßt. Doch wenn ich es mir recht überlege – Eure Hand scheint ziemlich zittrig zu sein. Vielleicht sollte ich das lieber besorgen.«

Er nickte, und ich öffnete seine Lederjacke und schnitt mit dem Messer sein Hemd auf, bis ich die Wunde freigelegt hatte. Es war ein

Erstes Kapitel

böse aussehender tiefer Schnitt, der sich einige Zentimeter über dem Hüftknochen bis zum Rücken herumzog. An Armen, Brust und Schultern hatte er weitere, weniger schlimme Verwundungen erlitten.

Aus der großen Öffnung quoll das Blut, ich tupfte es ab und wischte mit meinem Taschentuch die Wundränder sauber.

»Gut«, sagte ich. »Jetzt beißt die Zähne zusammen und wendet den Blick ab.« Ich ließ den Whisky herabtropfen.

Ein gewaltiger Ruck ging durch seinen Körper, dann sank er herab und begann zu zittern. Doch kein Laut kam über seine Lippen, womit ich auch nicht gerechnet hatte. Ich faltete das Taschentuch zusammen und drückte es mitten auf die Wunde. Dort band ich es mit einem langen Stoffstreifen fest, den ich mir unten von meinem Umhang abgerissen hatte.

»Noch einen Schluck?« fragte ich.

»Wasser«, sagte er. »Dann muß ich wohl schlafen.«

Er trank, dann neigte sich sein Kopf nach vorn, bis das Kinn auf der Brust ruhte. Er schlief ein, und ich machte ihm ein Kissen und bedeckte ihn mit den Mänteln der Toten.

Schließlich saß ich an seiner Seite und beobachtete die hübschen schwarzen Vögel bei ihrem grausigen Mahl.

Er hatte mich nicht erkannt. Aber wer konnte mich in meinem Zustand schon erkennen? Hätte ich mich ihm offenbart, wäre ihm mein Name vielleicht bekannt vorgekommen. Wir hatten uns wohl nie richtig kennengelernt, dieser Verwundete und ich. Doch auf eine seltsame Weise waren wir doch miteinander vertraut.

Ich schritt durch die Schatten und suchte einen Ort, einen ganz besonderen Ort. Dieser Ort war vor langer Zeit zerstört worden, doch ich besaß die Macht, ihn wiedererstehen zu lassen, denn Amber strahlt eine Unendlichkeit von Schatten aus. Ein Kind Ambers – und das bin ich – kann sich zwischen den Schatten bewegen. Nennen Sie sie Parallelwelten, wenn Sie wollen, Alternativuniversen, wenn Ihnen das lieber ist, Produkte eines verwirrten Geistes, wenn Ihnen der Sinn danach steht. Ich nenne sie Schatten, ich und auch alle anderen, die die Macht besitzen, sich inmitten dieser Erscheinungen zu bewegen. Wir erwählen eine Möglichkeit und schreiten aus, bis wir sie erreichen. Auf gewisse Weise erschaffen wir sie. Lassen wir es für den Augenblick dabei bewenden.

Ich war über das Meer gefahren und hatte meinen Marsch nach Avalon begonnen.

Vor vielen Jahrhunderten hatte ich dort gelebt. Das ist eine lange, komplizierte, stolze und schmerzhafte Geschichte, auf die ich später vielleicht noch eingehe – wenn ich in der Lage sein sollte, meinen Bericht solange fortzusetzen.

Ich befand mich bereits in der Nähe Avalons, als ich den verwundeten Ritter und die sechs Toten fand. Wäre ich vorbeigegangen, hätte ich einen Ort erreichen können, da die sechs Toten am Straßenrand lagen und der Ritter unverwundet gewesen wäre – oder eine Stelle, da er tot war und sie lachend um ihn herumstanden. Manche Leute sind der Meinung, daß es darauf eigentlich gar nicht ankomme, da es sich bei all diesen Dingen nur um verschiedene Möglichkeiten handelte und es sie deshalb ausnahmslos irgendwo in den Schatten gibt.

Meine Brüder und Schwestern – ausgenommen vielleicht Gérard und Benedict – hätten sich nicht weiter um den Vorfall gekümmert. Ich aber bin wohl etwas weich geraten. So war ich nicht immer, doch es kann sein, daß mich die Schatten-Erde, auf der ich so viele Jahre verbracht habe, ein wenig gemäßigt hat, und vielleicht erinnerte mich die Zeit in den Verliesen Ambers doch etwas an die schreckliche Pein menschlichen Leidens. Ich weiß es nicht. Ich weiß nur, daß ich nicht an der Qual eines Mannes achtlos vorbeigehen konnte, der große Ähnlichkeit hatte mit einem guten Freund aus der Vergangenheit. Hätte ich dem Verwundeten meinen Namen ins Ohr gesagt, hätte er mich vielleicht verflucht; auf jeden Fall wäre mir eine Leidensgeschichte zu Ohren gekommen. Folglich gedachte ich den Preis zu zahlen: Ich wollte ihn wieder hochpäppeln, dann aber meines Weges ziehen. Damit war kein Schaden anzurichten, und vielleicht wurde sogar etwas Gutes getan.

Ich saß am Straßenrand und beobachtete ihn, und mehrere Stunden später erwachte er.

»Hallo«, sagte ich und öffnete meine Wasserflasche. »Noch etwas zu trinken?«

»Vielen Dank.« Er streckte die Hand aus.

Ich sah ihm beim Trinken zu, und als er mir die Flasche zurückgab, sagte er: »Entschuldigt, daß ich mich nicht vorgestellt habe. Das war kein gutes Benehmen ...«

»Ich kenne Euch«, sagte ich. »Nennt mich Corey.«

Er sah mich an, als wolle er fragen: »Corey von Woher?«, doch er überlegte es sich anders und nickte.

»Sehr wohl, Sir Corey«, sagte er. »Ich möchte Euch danken.«

»Mein Dank ist die Tatsache, daß Ihr schon besser ausseht«, sagte ich. »Möchtet Ihr etwas zu essen?«

»Ja, bitte.«

»Ich habe Trockenfleisch dabei und auch Brot, das nicht mehr ganz frisch ist«, sagte ich. »Außerdem ein großes Stück Käse. Eßt nach Belieben.«

Erstes Kapitel

Ich reichte ihm die Nahrungsmittel, und er griff zu.
»Was ist mit Euch, Sir Corey?« fragte er.
»Ich habe gegessen, während Ihr schlieft.«
Vielsagend sah ich mich um. Er lächelte.
»... Und Ihr habt die sechs allein erledigt?« fragte ich.
Er nickte.
»Ein großartiger Kampf. Was soll ich jetzt mit Euch machen?«
Er versuchte mir ins Gesicht zu schauen, was ihm aber nicht gelang.
»Ich verstehe nicht, was Ihr meint«, sagte er.
»Wohin wollet Ihr?«
»Ich habe Freunde«, sagte er, »etwa fünf Meilen im Norden. Ich war dorthin unterwegs, als diese Sache passierte. Ich bezweifle sehr, dass mich ein Mensch, und sei er der Teufel selbst, auch nur eine Meile weit auf dem Rücken schleppen könnte. Und könnte ich stehen, Sir Corey, vermöchtet Ihr besser zu erkennen, wie groß ich eigentlich bin.«

Ich stand auf, zog meine Klinge und hieb mit einem Streich einen jungen Baum um, dessen Stamm etwa zwei Zoll durchmaß. Ich hackte Äste und Rinde ab und schnitt die Stange auf die richtige Länge zurecht. Dann schnitt ich eine zweite und flocht aus den Gürteln und Mänteln der Toten eine Art Bahre.

Er sah mir zu, bis ich fertig war. Dann bemerkte er: »Ihr führt eine gefährliche Klinge, Sir Corey – und offenbar eine silberne, wenn ich mich nicht täusche ...«

»Haltet Ihr einen Transport aus?« fragte ich.
Fünf Meilen sind in dieser Welt etwa fünfundzwanzig Kilometer.
»Was geschieht mit den Toten?« wollte er wissen.
»Wollt Ihr ihnen etwa ein anständiges christliches Begräbnis verschaffen?« fragte ich. »Zum Teufel mit ihnen! Die Natur sorgt für sie. Wir sollten hier verschwinden. Die Kerle stinken ja schon.«
»Ich hätte es gern, wenn wir sie zumindest bedeckten. Sie haben gut gekämpft.«

Ich seufzte.
»Also gut, wenn Ihr dann besser schlafen könnt. Ich habe keinen Spaten und muß ihnen daher ein Felsengrab bauen. Das Begräbnis wird sich allerdings nur einfach gestalten.«
»Einverstanden«, sagte er.

Ich legte die sechs Leichen nebeneinander. Ich hörte ihn etwas murmeln, vermutlich ein Gebet für die Toten.

Dann zog ich einen Ring aus Steinen um die reglosen Gestalten. Es gab genügend Felsbrocken in der Nähe. Ich suchte mir die größten Steine aus, damit ich schneller vorankam. Und das war ein Fehler. Einer der Steine muß gut dreihundert Pfund gewogen haben, und ich verzichtete darauf, ihn zu rollen. Ich stemmte ihn vom Boden hoch und setzte ihn ab.

Ich hörte ein erstauntes Schnaufen aus seiner Richtung und machte mir klar, daß ihm das Gewicht meiner Last nicht entgangen war.

Sofort fluchte ich los.

»Hätte mich fast verhoben!« sagte ich und achtete darauf, daß ich nur noch nach kleineren Steinen griff.

»Also gut«, sagte ich, als ich fertig war. »Seid Ihr bereit?«

»Ja.«

Ich nahm ihn auf die Arme und setzte ihn auf die Bahre. Dabei biß er die Zähne zusammen.

»Wohin?« fragte ich.

Er machte eine Handbewegung.

»Zurück auf den Weg. Folgt ihm bis zur Gabelung. Dort geht rechts. Wie wollt Ihr denn überhaupt ...?«

Ich nahm die Bahre in die Arme und hielt ihn wie einen Säugling in einer Wiege. Dann machte ich kehrt und ging auf den Weg zu.

»Corey?«

»Ja?«

»Ihr seid einer der kräftigsten Männer, die ich je gesehen habe – und mir will scheinen, daß ich Euch kenne.«

Ich antwortete nicht sofort. Dann sagte ich: »Ich versuche eben in Form zu bleiben. Ein vernünftiges Leben, ein bißchen Bewegung – und so weiter.«

»... Eure Stimme kommt mir auch ziemlich bekannt vor.«

Er starrte nach oben, versuchte noch immer mein Gesicht zu erkennen.

Ich wollte so schnell wie möglich das Thema wechseln.

»Wer sind die Freunde, zu denen ich Euch bringe?«

»Unser Ziel ist die Burg von Ganelon.«

»Dieser falsche Jakob!« sagte ich und hätte meine Last beinahe fallen gelassen.

»Ich verstehe zwar den Ausdruck nicht, den Ihr gebraucht habt, doch es scheint sich um eine Beschimpfung zu handeln«, erwiderte er. »Jedenfalls nach Eurem Tonfall zu urteilen. Wenn das der Fall ist, muß ich zu seiner Verteidigung eintreten ...«

»Moment«, sagte ich. »Ich habe das Gefühl, daß wir über verschiedene Männer sprechen, die nur denselben Namen tragen. Tut mir leid.«

Durch die Bahre spürte ich, wie sich eine gewisse Anspannung verflüchtigte.

»Das ist zweifellos der Fall«, sagte er.

Ich trug ihn vor mir her, bis wir den Weg erreichten, und dort wandte ich mich nach links.

Erstes Kapitel

Nach kurzer Zeit schlief er wieder ein, und während er schnarchte, bewegte ich mich im Trab dahin und wandte mich an der Weggabelung nach rechts, wie er gesagt hatte. Ich begann mir Gedanken zu machen über die sechs Burschen, die ihn angefallen und fast besiegt hatten. Ich hoffte, daß sich nicht noch Freunde von ihnen in der Gegend herumtrieben.

Als sich sein Atemrhythmus veränderte, ging ich wieder langsamer.

»Ich habe geschlafen«, sagte er.

» … und geschnarcht«, fügte ich hinzu.

»Wie weit habt Ihr mich getragen?«

»Etwa zwei Meilen, würde ich schätzen.«

»Und Ihr seid noch nicht müde?«

»Ein bißchen«, sagte ich, »aber es ist noch nicht so schlimm, daß ich ausruhen müßte.«

»*Mon Dieu!*« sagte er. »Ich bin froh, daß ich Euch nie zum Feind gehabt habe. Seid Ihr sicher, daß Ihr nicht der Teufel seid?«

»Oh ja, ganz sicher«, erwiderte ich. »Riecht Ihr nicht den Schwefel? Und mein rechter Huf brennt wie verrückt.«

Er schnüffelte tatsächlich ein paarmal durch die Nase, bevor er zu lachen begann, was mich doch etwas kränkte.

In Wirklichkeit hatten wir nach meiner Berechnung bereits über vier Meilen zurückgelegt. Ich hoffte, daß er wieder einschlafen würde und sich über die Entfernungen keine weiteren Gedanken machte. Meine Arme begannen zu schmerzen.

»Was waren das für Männer, die Ihr umgebracht habt?« fragte ich.

»Wächter des Kreises«, erwiderte er. »Aber es waren keine Männer mehr, sondern Besessene. Betet zu Gott, Sir Corey, daß ihre Seelen in Frieden ruhen.«

»Wächter des Kreises?« fragte ich. »Was für ein Kreis ist das?«

»Der schwarze Kreis – der Ort der Schlechtigkeit, ein Ort voller widerlicher Ungeheuer …« Er atmete tief ein. »Der Quell der Krankheit, die auf diesem Land liegt.«

»Mir scheint die Gegend nicht besonders krank zu sein«, sagte ich.

»Wir sind fern von jenem Ort, und Ganelons Macht ist für die Eindringlinge noch zu groß. Doch der Kreis breitet sich aus. Ich spüre, daß die entscheidende Schlacht eines Tages hier ausgetragen wird.«

»Ihr habt meine Neugier geweckt.«

»Sir Corey, wenn Ihr nichts davon wißt, wäre es besser für Euch, wenn Ihr meine Worte schnell wieder vergeßt, um den Kreis einen Bogen macht und Eures Weges zieht. Zwar täte ich nichts lieber, als an Eurer Seite zu fechten, doch dies ist nicht Euer Kampf – und wer vermag zu sagen, wie die Auseinandersetzung endet?«

Der Weg begann, sich hangaufwärts zu winden. Durch eine Lücke zwischen den Bäumen sah ich plötzlich eine ferne Erscheinung, die mich stocken ließ und meine Erinnerung auf einen anderen ähnlichen Ort richtete.

»Was ...?« fragte mein Schützling und drehte sich um. Dann rief er aus: »Ihr seid ja viel schneller vorangekommen, als ich ahnte! Das ist unser Ziel, die Burg von Ganelon!«

Und da dachte ich an Ganelon, an *einen* Ganelon. Ich sehnte diese Gedanken nicht herbei, doch ich konnte nichts dagegen tun. Er war ein gemeiner Mörder und Verräter gewesen, und ich hatte ihn vor vielen Jahrhunderten aus Avalon verstoßen. Ich hatte ihn durch die Schatten in eine andere Zeit und an einen anderen Ort verbannt, so wie es mein Bruder Eric später mit mir getan hatte. Ich hoffte, daß ich ihn nicht gerade hier abgesetzt hatte. Das war zwar nicht anzunehmen, doch immerhin möglich. Zwar war er ein Sterblicher mit begrenzter Lebensspanne, und ich hatte ihn vor etwa sechshundert Jahren aus jenem Reich verbannt, doch schien es möglich, daß nach den Gegebenheiten dieser Welt erst wenige Jahre vergangen waren. Auch die Zeit ist eine Funktion der Schatten, und selbst Dworkin kannte sich nicht hundertprozentig damit aus. Vielleicht aber doch. Vielleicht war er gerade deswegen wahnsinnig geworden. Das größte Problem mit der Zeit ist meiner Erfahrung nach die Notwendigkeit, sie zu durchleben. Jedenfalls hatte ich das Gefühl, daß dieser Mann nicht mein alter Feind und früherer Vertrauter sein konnte, denn *der* hätte sich zweifellos keiner Woge der Schlechtigkeit widersetzt, die sich über das Land auszubreiten drohte. Jener Mann wäre mitten in den Kreis vorgedrungen und hätte sich mit den widerlichen Ungeheuern verbündet, davon war ich überzeugt.

Probleme bereitete mir auch der Mann, den ich in den Armen hielt. Sein Doppelgänger hatte zur Zeit meines Exilspruchs in Avalon gelebt – und dieser Umstand deutet darauf hin, daß der Zeitsprung so ziemlich stimmen konnte.

Ich hatte keine Lust, jenem Ganelon gegenüberzutreten, den ich aus früherer Zeit kannte, und womöglich von ihm erkannt zu werden. Er wußte nichts von den Schatten. Sein Wissen beschränkte sich auf die Erkenntnis, daß ich ihn mit Schwarzer Magie beeinflußt hatte, als Alternative zur Hinrichtung – und obwohl er diese Alternative überlebt hatte, mochte der Weg für ihn schlimmer gewesen sein als der schnelle Tod.

Doch der Mann in meinen Armen brauchte eine sichere Bettstatt und Ruhe; ich stolperte also weiter. Meine Gedanken kreisten allerdings immer wieder um die große Frage.

Ich schien etwas an mir zu haben, das dem Verwundeten vage bekannt vorkam. Wenn es an diesem Ort, der Avalon zugleich ähnelte und nicht ähnelte, Erinnerungen an einen Schatten meiner selbst gab –

Erstes Kapitel

welche Form hatten diese Erinnerungen? Zu welchem Empfang des tatsächlichen Corwin würden sie führen, sollte meine Identität wirklich enthüllt werden?

Die Sonne begann unterzugehen. Ein kühler Wind machte sich bemerkbar, Vorbote einer kühlen Nacht. Da mein Schützling wieder zu schnarchen begonnen hatte, beschloß ich, den Rest der Strecke im Laufschritt zurückzulegen. Mir mißfiel der Gedanke, daß es in diesem Wald nach Einbruch der Dunkelheit von den scheußlichen Bewohnern eines Kreises wimmeln mochte, von dem ich nichts wußte, die sich aber von ihrer unangenehmsten Seite zeigten, wenn man sich in diese Gegend verirrte.

So hastete ich durch die länger werdenden Schatten und versuchte, das aufsteigende Gefühl abzuschütteln, daß ich verfolgt, in einen Hinterhalt gelockt, beobachtet würde – bis es nicht mehr ging. Das Gefühl schwoll zur Stärke einer Vorahnung an, und plötzlich vernahm ich die Geräusche hinter mir – ein leises *Pat-pat-pat*, wie Schritte.

Ich setzte die Bahre ab und zog im Umdrehen meine Klinge.

Sie waren zu zweit – Katzen.

Ihre Fellzeichnung erinnerte mich an Siamkatzen; die Tiere hatten allerdings die Größe von Tigern. Die Augen waren durchgehend hellgelb und zeigten keine Pupillen. Als ich mich umwandte, hockten sich die Geschöpfe hin und starrten mich ohne zu blinzeln an.

Sie waren etwa dreißig Schritte von mir entfernt. Mit erhobener Klinge stand ich seitlich zwischen ihnen und der Bahre.

Im nächsten Augenblick öffnete das Wesen links das Maul. Ich wußte nicht, ob ich mich auf ein Schnurren oder ein Brüllen gefaßt machen sollte.

Statt dessen waren Worte zu hören: »Mensch, höchst sterblich«, sagte es. Die Stimme hatte nichts Menschenähnliches. Sie klang zu schrill.

»Aber es lebt noch«, sagte das zweite Geschöpf in einem ähnlichen Tonfall.

»Töten wir es hier«, meinte die erste Katze.

»Was ist mit dem, der es mit der bösen Klinge bewacht?«

»Sterblicher Mensch?«

»Kommt, verschafft euch Gewißheit«, sagte ich leise.

»Es ist dünn und vielleicht alt.«

»Aber es hat den anderen vom Grab an diesen Ort getragen, schnell und ohne Rast. Wir wollen es umzingeln.«

Als sich die beiden Geschöpfe in Bewegung setzten, sprang ich vor, und das Wesen zu meiner Rechten kam auf mich zu.

Meine Klinge spaltete ihm den Schädel und bohrte sich bis tief in die Schulter. Als ich meine Waffe freizerrte und kehrtmachte, huschte die andere Katze an mir vorbei. Ihr Ziel war die Bahre. Mit einer heftigen Bewegung schwang ich die Waffe.

Die Schneide traf den Rücken und fuhr durch den ganzen Körper. Das Wesen stieß einen Schrei aus, der an das schrille Quietschen von Kreide über eine Tafel erinnerte, und stürzte, in zwei Teile gespalten, zu Boden. Dort begann es augenblicklich zu brennen.

Das andere Wesen loderte ebenfalls.

Das Geschöpf, das ich halbiert hatte, lebte allerdings noch. Der Kopf wandte sich in meine Richtung, und die funkelnden Augen begegneten meinem Blick und ließen ihn nicht los.

»Ich sterbe den letzten Tod«, sagte die Kreatur, »und so erkenne ich dich, Wegbereiter. Warum tötest du uns?«

Und im nächsten Augenblick hüllten die Flammen auch den Kopf ein.

Ich machte kehrt, reinigte meine Klinge und steckte sie wieder in die Scheide, nahm die Bahre auf die Arme, ignorierte alle Fragen und setzte meinen Weg fort.

Eine erste Erkenntnis hatte sich in mir gebildet, eine Erkenntnis darüber, was das Ding war, was es gemeint hatte.

Und noch heute sehe ich den brennenden Katzenkopf zuweilen in meinen Träumen, und dann erwache ich schweißgebadet und zitternd, und die Nacht kommt mir viel dunkler vor und scheint von Gestalten zu wimmeln, die ich nicht zu definieren vermag.

Die Burg von Ganelon stand im Schutze eines tiefen Grabens und verfügte über eine Zugbrücke, die im Augenblick angehoben war. An den vier Ecken, wo die hohen Mauern zusammenstießen, erhob sich je ein gewaltiger Turm. Hinter den Mauern ragten andere Türme viel höher empor, schienen den Bauch der tiefhängenden dunklen Wolken aufzuschlitzen, welche die ersten frühen Sterne verhüllten und pechschwarze Schatten über den Hügel warfen. In mehreren Türmen zeigte sich bereits Licht, und der Wind wehte leises Stimmengemurmel herüber.

Ich stand vor der Zugbrücke, setzte meine Last ab, legte die Hände um den Mund und rief: »Holla! Ganelon! Zwei Reisende ohne Unterkunft in der Nacht!«

Ich hörte Metall auf Stein prallen und hatte das Gefühl, von oben gemustert zu werden. Mit zusammengekniffenen Augen starrte ich empor, doch mein Sehvermögen ließ noch viel zu wünschen übrig.

»Wer ist da?« tönte die laute, dröhnende Stimme.

»Lance, der verwundet ist, und ich, Corey von Cabra, der ihn hierhergetragen hat.«

Ich wartete, während er die Information einem anderen Wächter zurief, und hörte den Klang anderer Stimmen, die die Botschaft weitergaben ins Innere der Burg.

Erstes Kapitel

Etliche Minuten später kam auf demselben Wege eine Antwort. Schließlich brüllte der Wächter zu uns herab: »Tretet zurück! Wir lassen die Zugbrücke hinunter! Ihr dürft eintreten!«

Noch ehe er zu Ende gesprochen hatte, begann das laute Knirschen, und nach kurzer Zeit knallte das eisenbeschlagene Gebilde auf unserer Seite des Grabens auf den Boden. Ein letztes Mal hob ich meinen Schützling auf und trug ihn hinüber.

So brachte ich Sir Lancelot du Lac in die Burg Ganelons, dem ich vertraute wie einem Bruder. Nämlich überhaupt nicht.

Überall bewegten sich Menschen, und ich fand mich von Bewaffneten eingekreist. Doch sie strahlten keine Feindseligkeit aus, sondern waren lediglich besorgt. Ich befand mich in einem großen kopfsteingepflasterten Innenhof, der voller Schlafsäcke lag. Fackeln verbreiteten ein unruhiges Licht. Ich roch Schweiß, Rauch, Pferde und Küchendünste. Eine kleine Armee hatte hier ihr Lager aufgeschlagen.

So mancher Mann war herbeigekommen und hatte mich mit aufgerissenen Augen murmelnd und flüsternd angestarrt, doch schließlich kamen zwei, die voll bewaffnet waren, als wollten sie in den Kampf ziehen. Einer berührte mich an der Schulter.

»Hier entlang«, sagte er.

Ich setzte mich in Bewegung, und sie nahmen mich in die Mitte. Der Menschenwall teilte sich. Die Zugbrücke bewegte sich bereits wieder rasselnd empor. Wir näherten uns dem düsteren Hauptgebäude.

Drinnen schritten wir durch einen Flur und passierten eine Art Empfangszimmer. Dann erreichten wir eine Treppe. Der Mann zu meiner Rechten bedeutete mir, daß ich emporsteigen solle. Im ersten Stockwerk blieben wir vor einer massiven Holztür stehen, und der Wächter klopfte an.

»Herein!« rief eine Stimme, die mir leider nur allzu bekannt vorkam.

Wir traten ein.

Er saß an einem schweren Holztisch vor einem breiten Fenster, durch das man auf den Hof hinabblicken konnte. Er trug eine braune Lederjacke über schwarzem Hemd; die Hosen waren ebenfalls schwarz und bauschten sich über den Schäften seiner dunklen Stiefel aus. Um die Hüften trug er einen breiten Gürtel, in dem ein Dolch mit Horngriff steckte. Ein Kurzschwert lag auf dem Tisch vor ihm. Sein Haar und Bart waren rot und zeigten erste graue Strähnen. Die Augen waren dunkel wie Ebenholz.

Er blickte mich an und wandte sich dann zwei Wächtern zu, die mit der Bahre eintraten.

»Legt ihn auf mein Bett«, sagte er und fuhr fort: »Roderick, kümmere dich um ihn.«

Roderick, sein Arzt, war ein alter Mann, der nicht den Eindruck machte, als könne er großen Schaden anrichten, was mich doch etwas erleichterte. Ich hatte Lance nicht die weite Strecke getragen, um ihn hier etwa unter den Händen eines Kurpfuschers verbluten zu lassen.

Schließlich wandte sich Ganelon wieder an mich.

»Wo habt Ihr ihn gefunden?« fragte er.

»Fünf Meilen südlich von hier.«

»Wer seid Ihr?«

»Ich werde Corey genannt«, erwiderte ich.

Er musterte mich ein wenig zu eingehend, und unter dem Schnurrbart deuteten seine wurmähnlich zuckenden Lippen ein Lächeln an.

»Was ist Eure Rolle bei dieser Sache?« wollte er wissen.

»Ich weiß nicht, was Ihr meint«, entgegnete ich.

Ich ließ absichtlich die Schultern hängen und sprach langsam und stockend. Mein Bart war länger als der seine und völlig verschmutzt. Ich bildete mir ein, daß ich wie ein alter Mann aussehen müßte. Seine Haltung deutete darauf hin, daß er ebenfalls diesen Eindruck hatte.

»Ich möchte wissen, warum Ihr ihm geholfen habt«, sagte er.

»Nächstenliebe und so weiter«, erwiderte ich.

»Ihr seid Ausländer?«

Ich nickte.

»Nun, Ihr seid hier willkommen, solange Ihr bleiben möchtet.«

»Vielen Dank. Ich werde wahrscheinlich schon morgen weiterziehen.«

»Zunächst setzt Euch aber auf ein Glas Wein zu mir und erzählt mir von den Umständen, unter denen Ihr ihn gefunden habt.«

Und das tat ich.

Ganelon unterbrach mich nicht, und die ganze Zeit über waren seine stechenden Augen auf mich gerichtet. Während mir der Vergleich »Blicke wie Dolchspitzen« bisher immer recht töricht vorgekommen war, belehrte mich dieser Abend doch eines anderen. Sein Blick war tatsächlich stechend.

Ich fragte mich, was er über mich wissen mochte oder welche Vermutungen er anstellte.

Schließlich fiel mich urplötzlich die Müdigkeit an und ließ mich nicht mehr los. Die Anstrengung, der Wein, das warme Zimmer – all diese Dinge wirkten zusammen, und ich hatte plötzlich den Eindruck, irgendwo in einer Ecke zu stehen, mir selbst zuzuhören und mich zu beobachten, als sei ich ein anderer Mensch. Zwar vermochte ich kurzzeitig schon wieder einiges zu leisten, doch wurde mir klar, daß mein Durchhaltevermögen noch nicht wieder das alte war. Auch bemerkte ich, daß meine Hand zu zittern begonnen hatte.

Erstes Kapitel

»Es tut mir leid«, hörte ich mich sagen. »Die Mühen des Tages machen sich bemerkbar ...«

»Natürlich«, sagte Ganelon. »Wir unterhalten uns morgen weiter. Geht zu Bett. Schlaft gut.«

Dann rief er einen Wächter und gab Befehl, mich in einen Gästeraum zu führen. Ich muß unterwegs getaumelt sein, denn ich erinnere mich an die stützende Hand des Wächters an meinem Ellbogen.

In jener Nacht schlief ich den Schlaf eines Toten. Es war ein großes schwarzes Gebilde, das auf mir lastete, etwa vierzehn Stunden lang.

Am Morgen tat mir der ganze Körper weh.

Ich wusch mich. Auf der Kommode stand ein Becken, und ein aufmerksamer Bediensteter hatte Seife und Handtuch daneben zurechtgelegt. Ich hatte das Gefühl, Sägemehl im Hals zu haben und Sand in den Augen.

Ich nahm Platz und überdachte meine Lage.

Es hatte einmal eine Zeit gegeben, da ich Lance die ganze Strecke hätte tragen können, ohne hinterher schlappzumachen. Es hatte eine Zeit gegeben, da ich mich am Hang Kolvirs emporgekämpft hatte und ins Zentrum Ambers vorgestoßen war.

Doch diese Zeiten waren vorbei. Plötzlich fühlte ich mich so mitgenommen, wie es meinem Äußeren entsprach.

Es mußte etwas geschehen.

Ich hatte bisher nur langsam an Gewicht und Kräften zugenommen. Das mußte nun beschleunigt werden.

Eine oder zwei Wochen vernünftiges Leben und mit ausreichend Bewegung mochten mir guttun. Ganelon hatte eigentlich nicht den Eindruck gemacht, als ob er mich erkannt hätte.

Also gut, dann wollte ich die angebotene Gastfreundschaft ausnutzen.

Diesen Entschluß im Herzen suchte ich die Küche auf und verschaffte mir ein herzhaftes Frühstück. Nun, eigentlich hatten wir bereits die Mittagsstunde, aber wir wollen doch die Dinge beim richtigen Namen nennen. Ich hatte große Lust auf ein Pfeifchen und empfand eine gewisse perverse Freude angesichts der Erkenntnis, daß ich meinen Tabak aufgebraucht hatte. Das Schicksal half mir, meinen guten Vorsätzen treu zu bleiben.

Ich schlenderte in den Burghof hinaus. Es war ein frischer, sonniger Tag. Eine Zeitlang beobachtete ich die hier stationierten Männer, die ihr Training absolvierten.

Am anderen Ende entdeckte ich Bogenschützen, die sirrende Pfeile auf Ziele abschossen, welche an Heuballen befestigt waren. Mir fiel auf, daß sie Daumenringe verwendeten und die Bogensaite auf orientalische Art faßten, während ich die Dreifingertechnik vorzog. Diese Entdeckung weckte erste Zweifel in mir über diesen Schatten. Die Schwertkämpfer setzten sowohl die Schneiden als auch die Spitzen ein, und es waren verschiedene Schwertformen und Kampftechniken zu beobachten. Ich machte eine Schätzung und sagte mir, daß etwa achthundert Männer im Hof waren – ohne sagen zu können, wie viele Soldaten noch in der Burg stecken mochten. Die Färbung von Haut, Haaren und Augen war ganz verschieden – von hell bis dunkel. Über dem Sirren und Klirren vernahm ich manchen Akzent, wenn auch die meisten die Sprache Avalons sprachen, die ein Dialekt Ambers ist.

Während ich die Szene beobachtete, sah ich, wie ein Schwertkämpfer die Hand hob, seine Klinge senkte und sich den Schweiß von der Stirn wischte. Dann trat er zurück. Sein Gegner machte keinen besonders erschöpften Eindruck. Hier lag meine Chance, mir die Bewegung zu verschaffen, die ich brauchte.

Lächelnd trat ich vor und sagte: »Ich bin Corey von Cabra. Ich habe Euch beobachtet.«

Dann wandte ich mich dem großen, dunkelhaarigen Mann zu, der seinen ruhenden Kameraden angrinste.

»Hättet Ihr etwas dagegen, wenn ich mit Euch ein bißchen trainiere, während sich Euer Freund ausruht?« fragte ich.

Er grinste noch breiter und deutete auf seinen Mund und seine Ohren. Ich versuchte es mit mehreren anderen Sprachen, doch eine Verständigung kam nicht zustande. Schließlich deutete ich auf die Klinge und auf ihn und dann auf mich, bis er begriff, was ich wollte. Sein Gegner schien den Einfall für gut zu halten, denn er bot mir seine Waffe an.

Ich nahm sie. Das Schwert war kürzer und weitaus schwerer als Grayswandir*.

Zur Probe schwang ich die Klinge ein paarmal hin und her, zog meinen Mantel aus, warf ihn zur Seite und schlug *en garde*.

Der große Bursche griff an. Ich parierte und attackierte. Er parierte und ripostierte. Ich parierte die Riposte, fintete und griff erneut an. Und so weiter. Nach fünf Minuten wußte ich, daß mein Gegner gut war – und daß ich ihn besiegen konnte. Er unterbrach zweimal den Kampf, um sich ein vor mir angewandtes Manöver erklären zu lassen. In beiden Fällen begriff er sehr schnell, worum es ging. Doch nach einer Viertelstunde wurde sein Grinsen breiter. Vermutlich war dies der Augenblick, da er die meisten Gegner mit seinem Durchhaltevermögen zum Aufgeben zwang, wenn sie sich überhaupt schon so lange gehalten

---

* Das ist der Name meiner Klinge, den ich bis jetzt noch gar nicht erwähnt habe. Damit verbindet sich eine eigene Geschichte, die ich vielleicht noch erzähle, ehe Sie erfahren, was mich zu diesem letzten Paß geführt hat. Aber sollte ich den Namen noch einmal verwenden, dann wissen Sie wenigstens, wovon ich spreche.

Erstes Kapitel

hatten. Er wußte mit seinen Kräften zu haushalten und sie richtig einzusetzen, das muß ich zugeben. Nach zwanzig Minuten trat ein verwirrter Ausdruck auf sein Gesicht. Ich sah wohl nicht aus wie ein Mann, der einen Kampf so lange durchstand. Doch was vermag ein Mensch über die Kräfte zu sagen, die in einem Abkömmling Ambers schlummern?

Nach fünfundzwanzig Minuten war er in Schweiß gebadet, setzte den Kampf aber tapfer fort. Mein Bruder Random wirkt und handelt gelegentlich wie ein asthmatischer jugendlicher Raufbold – doch einmal hatten wir gut sechsundzwanzig Stunden miteinander gekämpft, nur um festzustellen, wer zuerst aufgab. (Wenn Sie es unbedingt wissen wollen: Ich war es. Ich hatte am nächsten Tag eine Verabredung, zu der ich in einigermaßen guter Verfassung antreten wollte.) Wir hätten weiterkämpfen können. Zwar war ich keiner Leistung fähig, wie ich sie damals zustande gebracht hatte, doch wußte ich, daß ich diesem Manne überlegen war. Immerhin war er nur ein Mensch.

Nach etwa einer halben Stunde, als er bereits schwer atmete und in seinen Gegenzügen langsamer wurde und sicher bald erriet, daß ich mich zurückhielt, hob ich die Hand und senkte die Klinge, wie ich es bei seinem ersten Gegner gesehen hatte. Er kam ebenfalls langsam zum Stillstand und stürzte dann auf mich zu und umarmte mich. Was er sagte, verstand ich nicht, doch ich vermutete, daß unsere Übung ihm gefallen hatte. Und das traf auch für mich zu. Das Schlimme war nur, daß ich die Anstrengung spürte. Mir war leicht schwindlig zumute.

Aber ich brauchte mehr. Ich gab mir das Versprechen, daß ich mich an diesem Tage bis zum Äußersten anstrengen, mir am Abend den Bauch vollschlagen und dann in einen tiefen Schlaf sinken würde. Und morgen dasselbe Programm.

Daraufhin begab ich mich zu den Bogenschützen. Nach einer Weile lieh ich mir einen Bogen aus und schoß im Dreifingerstil etwa hundert Pfeile ab. Meine Trefferquote war nicht schlecht. Anschließend schaute ich eine Zeitlang den Berittenen zu, die mit Lanzen, Schilden und Morgensternen hantierten, und ging dann weiter, um mir die Ringkämpfe anzuschauen.

Schließlich rang ich mit drei Männern hintereinander. Danach fühlte ich mich wirklich ausgelaugt. Ich konnte nicht mehr.

Schweißüberströmt, schweratmend setzte ich mich auf eine schattige Bank. Ich dachte an Lance, an Ganelon, an das Abendessen. Nach etwa zehn Minuten begab ich mich ins Zimmer, das man mir zugewiesen hatte, und wusch mich gründlich.

Ich verspürte einen Heißhunger und machte mich schließlich daran, mir ein Abendessen und Informationen zu beschaffen. Ich hatte mich kaum von der Tür entfernt, als ein Wächter herankam – es handelte sich um einen der Männer, die mich am Abend zuvor hierhergeführt hatten.

»Lord Ganelon bittet Euch, heute abend beim Schlag der Essensglocke mit ihm in seinen Gemächern zu speisen«, sagte er.

Ich dankte dem Mann, sagte, ich würde zur Stelle sein, kehrte in mein Zimmer zurück und ruhte mich auf meinem Bett aus, bis es soweit war. Dann machte ich mich auf den Weg.

Meine Muskelschmerzen waren stärker geworden, hatte ich doch heute keine Rücksicht darauf genommen und mir einige neue empfindliche Stellen zugezogen. Ich kam zu dem Schluß, daß dies nur gut für mich sein könne, weil es mich älter erscheinen ließ. Ich klopfte an Ganelons Tür, und ein Page ließ mich ein und eilte zu einem anderen Jüngling, der in der Nähe des Kamins den Tisch deckte.

Ganelon, der von Kopf bis Fuß in Grün gekleidet war, saß in einem Stuhl mit hoher Lehne. Als ich eintrat, stand er auf und kam mir zur Begrüßung entgegen.

»Sir Corey, ich habe von Euren heutigen Leistungen gehört«, sagte er und ergriff meine Hand. »Das alles läßt mir glaubhaft erscheinen, daß Ihr Lance getragen habt. Ich muß sagen, Ihr seid ein besserer Mann, als Euer Aussehen vermuten läßt – und das soll beileibe keine Kränkung sein.«

Ich lachte leise vor mich hin. »Ich bin auch nicht beleidigt.«

Er führte mich zu einem Stuhl, reichte mir ein Glas Weißwein, der für meinen Geschmack etwas zu süß war, und fuhr fort: »Wenn man Euch so anschaut, könnte man meinen, Ihr wärt mit einer Hand zu besiegen – dabei habt Ihr Lance fünf Meilen weit getragen und unterwegs noch zwei von den widerlichen Katzenwesen getötet. Außerdem hat er mir von dem Grabhügel erzählt, den Ihr gebaut habt, von den großen Steinen ...«

»Wie geht es Lance heute?« unterbrach ich ihn.

»Ich mußte ihm einen Wächter ins Zimmer geben, damit er auch wirklich im Bett blieb. Der Muskelprotz wollte doch tatsächlich aufstehen und herumlaufen! Aber bei Gott – mindestens eine Woche lang bleibt er im Bett!«

»Dann muß er sich ja schon wieder besser fühlen.«

Er nickte.

»Auf seine Gesundheit!«

»Darauf trinke ich gern.«

Wir tranken.

»Hätte ich doch nur eine Armee aus Männern wie Euch und Lance«, sagte Ganelon schließlich. »Dann sähe die Lage vielleicht anders aus.«

»Welche Lage?«

»Der Kreis und seine Wächter«, sagte er. »Ihr habt davon noch nicht gehört?«

Erstes Kapitel

»Lance hat den Kreis erwähnt. Das ist alles.«

Einer der Pagen kümmerte sich um ein riesiges Stück Rindfleisch an einem Spieß über dem niedrigbrennenden Feuer. Von Zeit zu Zeit goß er etwas Wein darüber, während er das Fleisch wendete. Immer wenn mir der Duft in die Nase stieg, begann mein Magen laut zu knurren, und Ganelon lachte leise vor sich hin. Der andere Page verließ das Zimmer, um aus der Küche Brot zu holen.

Ganelon schwieg lange Zeit. Er trank aus und schenkte sich nach. Ich genoß mein erstes Glas.

»Habt Ihr schon einmal von Avalon gehört?« fragte er schließlich.

»Ja«, erwiderte ich. »Es gibt da einen Vers, den ich vor langer Zeit von einem reisenden Barden gehört habe: ›Hinter dem Flusse der Gesegneten setzten wir uns und weinten bei der Erinnerung an Avalon. Die Schwerter in unserer Hand waren zerschmettert, und wir hingen unsere Schilde an den Eichbaum. Die schlanken Silbertürme verschlungen von einem Meer von Blut. Wie viele Meilen bis Avalon? Keine, sage ich, und doch unendlich viele. Die Silbertürme sind gefallen.‹«

»Avalon vernichtet ...?« fragte er.

»Ich glaube, der Mann war verrückt. Ich weiß nichts von einem Avalon. Sein Gedicht ist mir aber in Erinnerung geblieben.«

Ganelon wandte das Gesicht ab und schwieg einige Minuten lang. Als er schließlich wieder das Wort ergriff, klang seine Stimme verändert.

»Es hat ...«, sagte er, »... es hat einmal einen solchen Ort gegeben. Ich habe dort gelebt ... vor vielen Jahren. Ich wußte nicht, daß er nicht mehr existiert.«

»Wie seid Ihr dann hierhergekommen?« fragte ich.

»Ich wurde von dem dort herrschenden Zauberer Corwin von Amber ins Exil verbannt. Er schickte mich auf dunklen, verrückten Wegen an diesen Ort, auf daß ich hier litte und stürbe – und ich habe viel gelitten und bin dem letzten Augenblick oft nahe gewesen. Natürlich habe ich den Weg zurück finden wollen, doch niemand weiß Bescheid. Ich habe mit Zauberern gesprochen und sogar ein Geschöpf aus dem Kreis befragt, ehe wir es töteten. Doch niemand kennt die Straße nach Avalon. Euer Barde hat durchaus recht: ›Keine Meile und doch unendlich viele‹.« Er bekam das Zitat nicht genau hin. »Wißt Ihr noch den Namen des Sängers?«

»Tut mir leid – nein.«

»Wo liegt Cabra, Eure Heimat?«

»Weit im Osten, jenseits des Meeres«, sagte ich. »Die Entfernung ist wirklich sehr groß. Ein Inselkönigreich.«

»Bestünde die Chance, daß man uns von dort mit Truppen versorgt? Ich könnte ganz gut zahlen.«

Ich schüttelte den Kopf.

»Es ist ein kleines Land mit einer kleinen Miliz – und der Weg von dort ist nur in mehreren Monaten zurückzulegen – über Meer und Land. Die Leute haben außerdem nie als Söldner gekämpft und sind nicht besonders kriegerisch.«

»Dann scheint Ihr Euch von Euren Landsleuten sehr zu unterscheiden«, meinte er und musterte mich offen.

Ich nippte an meinem Wein. »Ich war Waffenmeister der königlichen Garde«, sagte ich dann.

»Seid Ihr womöglich geneigt, Euch anwerben zu lassen, meine Truppen auszubilden?«

»Ich bleibe gern ein paar Wochen«, erwiderte ich.

Er nickte, und auf seinen Lippen spielte ein gepreßtes Lächeln, das sofort wieder verflog. »Eure Andeutung, daß das schöne Avalon vernichtet sei, stimmt mich traurig«, sagte er schließlich. »Aber wenn das der Fall ist, kann ich hoffen, daß der, der mich verbannte, wahrscheinlich ebenfalls tot ist.« Er leerte sein Glas. »So hat denn auch dieser Dämon einen Augenblick erlebt, da er sich nicht zu verteidigen wußte«, sagte er nachdenklich. »Das ist ein ganz angenehmer Gedanke. Er läßt mich hoffen, daß wir im Kampf gegen unsere Dämonen vielleicht eine Chance haben.«

»Verzeihung«, sagte ich und riskierte meinen Kopf – doch aus Gründen, die ich für gut hielt. »Wenn Ihr eben Corwin von Amber meintet, so muß ich Euch sagen, daß er nicht umgekommen ist bei den Veränderungen, die vielleicht eingetreten sind.«

Das Glas in seiner Hand zerbrach.

»*Ihr kennt Corwin?*« fragte er.

»Nein, doch ich habe von ihm gehört«, erwiderte ich. »Vor mehreren Jahren lernte ich einen seiner Brüder kennen – einen Burschen namens Brand. Er erzählte mir von der Stadt Amber und von der Schlacht, in der Corwin und ein anderer Bruder namens Bleys eine Armee gegen ihren Bruder Eric führten, welcher die Stadt in der Gewalt hatte. Bleys stürzte dabei vom Kolvir-Berg, und Corwin wurde gefangengenommen. Nach Erics Krönung wurden Corwin die Augen ausgebrannt, und er landete in den Verliesen unter Amber, wo er vielleicht noch immer dahinvegetiert, wenn er nicht gestorben ist.«

Ganelons Gesicht hatte jede Farbe verloren.

»All die Namen, die Ihr eben erwähntet – Brand, Bleys, Eric«, sagte er. »Ich habe davon sprechen hören, vor langer Zeit. Wie lange ist es her, daß Ihr von diesen Ereignissen erfuhret?«

»Etwa vier Jahre.«

»Er hätte ein besseres Schicksal verdient.«

»Nach allem, was er Euch angetan hat?«

Erstes Kapitel

»Nun«, sagte der Mann. »Ich hatte inzwischen Gelegenheit, gründlich darüber nachzudenken. Es ist ja nicht so, daß seine Handlungsweise unbegründet gewesen wäre. Er war stark – stärker noch als Ihr oder sogar Lance – und schlau. Außerdem konnte er im richtigen Augenblick fröhlich sein. Eric hätte ihm einen schnellen, schmerzlosen Tod schenken sollen. Ich liebe den Burschen nicht, aber mein Haß ist doch verflogen. Der Dämon hätte ein gütigeres Schicksal verdient, das ist alles.«

In diesem Augenblick kehrte der zweite Page mit einem Korb voller frischem Brot zurück. Der andere Knabe, der auf das Fleisch aufpaßte, streifte es vom Spieß und setzte es auf einem Teller in der Mitte des Tisches ab.

Ganelon deutete mit einem Kopfnicken darauf.

»Wir wollen essen«, sagte er.

Er stand auf und begab sich an den Tisch.

Ich folgte ihm. Während der Mahlzeit sprachen wir kaum.

Nachdem ich mich vollgestopft hatte, bis mein Magen nichts mehr aufnehmen wollte, und nachdem ich die Köstlichkeit mit einem zweiten Glas des zu süßen Weins hinuntergespült hatte, begann ich zu gähnen. Nach dem dritten Mal stieß Ganelon eine Verwünschung aus.

»Verdammt, Corey! Hört auf damit! Es steckt an!«

Er unterdrückte ein Gähnen.

»Gehen wir doch ein bißchen an die frische Luft«, sagte er und stand auf.

So unternahmen wir einen Spaziergang auf den Mauern, vorbei an den Wächtern, die ihre Runden machten. Sobald die Männer sahen, wer ihnen da entgegenkam, nahmen sie Haltung an und salutierten, worauf Ganelon mit einem Grußwort reagierte, ehe wir weitergingen. Wir erreichten schließlich einen Wehrgang, setzten uns auf eine Balustrade und genossen die Abendluft, die kühl und feucht und voller Walddüfte war. Wir beobachteten, wie am dunkler werdenden Himmel nacheinander die Sterne erschienen. Die Mauersteine fühlten sich kalt an. In der Ferne glaubte ich den Schimmer des Meeres auszumachen. Von irgendwo unter uns hörte ich den Schrei eines Nachtvogels. Ganelon nahm Pfeife und Tabak aus einem Beutel an seinem Gürtel. Er füllte den Pfeifenkopf, drückte den Tabak fest und riß ein Streichholz an. Sein Gesicht hätte im Flackerlicht geradezu satanisch ausgesehen, wenn nicht irgendein Einfluß seine Mundwinkel nach unten gezogen und die Wangenmuskeln in jenen Winkel gehoben hätte, der von den Innenseiten der Augen und dem scharfen Nasenrücken gebildet wird. Ein Teufel stellt angeblich ein böses Grinsen zur Schau; dieses Gesicht aber wirkte viel zu bedrückt.

Ich roch den Rauch. Nach einer Weile begann er zu sprechen, zuerst leise und sehr langsam.

»Ich erinnere mich an Avalon«, begann er. »Meine Geburt dort war nicht unstandesgemäß, doch die Tugend gehörte nicht zu meinen Stärken. Ich brachte schnell mein Erbe durch und trieb mich schließlich auf den Straßen herum, wo ich Reisende überfiel. Später schloß ich mich einer Bande Gleichgesinnter an. Als ich feststellte, daß ich der stärkste war und die besten Führungsqualitäten besaß, stieg ich schnell zum Anführer auf. Für unsere Ergreifung waren Belohnungen ausgesetzt. Mein Kopfgeld war das höchste.«

Die Worte kamen nun schneller, die Stimme wurde klangvoller, die Formulierungen schienen ein Echo aus seiner Vergangenheit zu sein.

»Ja, ich erinnere mich an Avalon«, sagte er, »an einen Ort voller Silber und Schatten und kühlen Gewässern, wo die Sterne die ganze Nacht hindurch wie Feuerstellen flackerten und das Grün des Tages zugleich immer das Frühlingsgrün war. Jugend, Liebe, Schönheit – all diese Dinge erlebte ich in Avalon. Herrliche Reittiere, schimmerndes Metall, weiche Lippen, dunkles Bier. Ehre ...« Er schüttelte den Kopf.

»Einige Zeit später«, fuhr er fort, »als im Reich der Krieg ausbrach, bot der Herrscher allen Geächteten, die ihm gegen die Aufständischen halfen, die Begnadigung an. Dieser Mann war Corwin. Ich schlug mich auf seine Seite und ritt in den Krieg. Ich wurde Offizier und – später – ein Mitglied seines Stabes. Wir gewannen unsere Schlachten, schlugen den Aufstand nieder. Schließlich hatte Corwin wieder Frieden im Lande, und ich blieb an seinem Hof. Nun begann eine Reihe guter Jahre. Später kam es zu Grenzscharmützeln, die aber stets gewonnen wurden. Sein Vertrauen in mich war so groß, daß er mir diese Aktionen überließ. Schließlich vergab er einen Herzogtitel, um einen unbedeutenden Edelmann zu ehren, dessen Tochter er zu heiraten wünschte. Doch diesen Posten hatte ich haben wollen; er hatte auch schon Andeutungen gemacht, daß ich eines Tages darauf rechnen könnte. Ich war zornig und ließ mein Kommando im Stich, als ich das nächste Mal losgeschickt wurde, um eine Auseinandersetzung an der Südgrenze zu klären, wo es immer wieder zu Unruhen kam. Viele meiner Männer mußten das Leben lassen, und die Invasoren drangen in das Land ein. Ehe man sie aufhalten konnte, mußte auch Lord Corwin wieder zu den Waffen greifen. Die Angreifer waren mit einer großen Streitmacht vorgestoßen, und ich dachte schon, daß sie das ganze Land erobern würden. Ich hoffte sogar darauf. Doch Corwin, der schlaue Fuchs, wendete raffinierte Taktiken an und setzte sich wieder einmal durch. Ich floh, wurde aber gefangengenommen und zur Verurteilung zu ihm gebracht. Ich verwünschte ihn und spuckte ihn an. Ich weigerte mich, die vorgeschriebene Verbeugung zu machen. Ich haßte den Boden, auf dem er sich bewegte – ein zum Tode Verurteilter hat eben keinen Grund, sich nicht nach besten Kräften zu schlagen, nicht wie ein Mann in den Tod zu gehen. Corwin sagte, er wolle Milde walten lassen angesichts der Dinge, die ich früher getan hatte. Ich erwiderte, er solle sich seine Milde sonstwohin stecken, und erkannte schließlich, daß er sich über mich lustig machte. Er befahl, daß man mich losließ, und trat auf mich zu. Ich wußte, daß er mich mit bloßen Händen töten konnte. Trotzdem versuchte ich, gegen ihn zu kämpfen, aber vergeblich. Er landete einen Schlag, und ich stürzte zu Boden. Als ich wieder zu mir kam, war ich auf den Rücken seines Pferdes gebunden. Er ritt hinter mir und verspottete mich immer wieder. Ich antwortete auf keine seiner Bemerkungen, während wir durch wundersame Länder ritten, die Alpträumen zu entstammen schienen – und so erfuhr ich überhaupt erst, daß er Zauberkräfte besitzt. Kein Reisender, den ich bisher gesprochen habe, hat jemals solche Landschaften erlebt, wie ich sie an jenem Tag sah. Dann verkündete er seinen Bannspruch und ließ mich an diesem Ort frei, machte kehrt und ritt davon.« Er hielt inne, um seine erloschene Pfeife neu anzuzünden, zog ein Weilchen daran und fuhr schließlich fort: »An diesem Ort habe ich von Menschen und Ungeheuern manchen Schlag, Biß und Stich hinnehmen müssen, und es ist mir manchmal schwergefallen, mit dem Leben davonzukommen. Corwin hatte mich in der schlimmsten Ecke des Landes abgesetzt. Doch eines Tages erfuhr mein Glück eine Wende. Ein Ritter in Rüstung bat mich, ihm den Weg freizugeben. Zu jener Zeit war es mir gleich, ob ich weiterlebte oder starb, und ich nannte ihn einen pockennarbigen Hurensohn und forderte ihn auf, zum Teufel zu gehen. Er griff an, und ich packte seine Lanze, deren Spitze ich in den Boden drückte, woraufhin er aus dem Sattel gehebelt wurde. Ich zog ihm mit seinem eigenen Dolch ein neues Lächeln unter das Kinn und verschaffte mir auf diese Weise ein Reitpferd und Waffen. Anschließend machte ich mich daran, es jenen heimzuzahlen, die mir Schwierigkeiten bereitet hatten. Ich nahm das alte Straßenräuberhandwerk wieder auf und versammelte eine neue Schar Gefolgsleute um mich. Die Bande wuchs. Bald zählten wir viele hundert Köpfe, und unsere Bedürfnisse waren groß. In manche kleine Stadt ritten wir ein und machten sie zu der unseren. Die örtliche Miliz begann, uns zu fürchten. Auch dies war eine schöne Zeit, wenn auch nicht ganz so prunkvoll wie die Jahre in Avalon, das ich nun nie wiedersehen werde. Die Landschänken begannen, das Hufgrollen unserer Bande zu fürchten, und die Reisenden machten sich in die Hosen, wenn sie uns kommen hörten. Ha! Dieses Leben währte mehrere Jahre. Schließlich schickte man große Abteilungen Bewaffneter aus, die uns aufspüren und vernichten sollten, doch wir vermochten ihnen immer wieder zu entkommen oder sie in einen Hinterhalt zu locken.

Doch eines Tages tauchte der schwarze Kreis auf – und niemand weiß eigentlich, warum.«

Heftig zog er an seiner Pfeife und starrte in die Ferne.

»Man hat mir erzählt, die Erscheinung hätte als winziger Kreis von Giftpilzen begonnen, fern im Westen. In der Mitte dieses Kreises wurde ein totes Kind gefunden, und der Vater dieses Kindes starb mehrere Tage später unter Krämpfen. Die Stelle wurde daraufhin für verflucht erklärt. In den folgenden Monaten wuchs die Stelle sichtbar an, bis ihr Durchmesser eine halbe Meile betrug. Das Gras verfärbte sich dunkel und schimmerte wie Metall, doch ohne völlig abzusterben. Die Bäume krümmten sich, und ihre Blätter wurden schwarz. Sie bewegten sich, auch wenn kein Wind wehte, und Fledermäuse huschten zwischen ihnen herum. Bei Dämmerung sah man seltsame Umrisse in Bewegung, und Lichter wie von kleinen Feuerstellen waren die ganze Nacht hindurch zu sehen. Der Kreis setzte sein Wachstum fort, und die meisten jener, die in der Nähe lebten, ergriffen die Flucht. Einige blieben allerdings, und von ihnen hieß es, sie hätten sich mit den Wesen der Düsternis arrangiert. Der Kreis weitete sich immer mehr, breitete sich aus wie die Wellen, die ein ins Wasser geworfener Stein verursacht. Immer mehr Menschen verzichteten auf die Flucht, lebten innerhalb des Kreises weiter. Ich habe mit diesen Menschen gesprochen, mit ihnen gekämpft, sie auch getötet. Es ist, als sei in ihnen etwas gestorben. Ihren Stimmen fehlt die Regung von Menschen, die sich ihre Worte überlegen und sie auskosten. Mit ihren Gesichtern stellen sie kaum noch etwas an, sondern tragen sie wie Totenmasken. Sie begannen, den Kreis hordenweise zu verlassen, begannen, die Umgebung auszuräubern und dabei willkürlich zu morden. Zahlreiche Scheußlichkeiten begingen sie und zerstörten dabei heilige Stätten. Im Zurückweichen hinterließen sie gewaltige Brände. Nur Dinge aus Silber ließen sie stets liegen. Nach vielen Monaten griffen nicht nur Menschen an, sondern auch andere Wesen – seltsame Gestalten wie die Höllenkatzen, die Ihr getötet habt. Schließlich verlangsamte sich das Wachstum des Kreises und kam fast zum Stillstand, als nähere er sich einer Art Grenze. Doch inzwischen stürmten daraus alle möglichen Scheusale hervor – manche sogar während des Tages. Sie vernichteten das Land außerhalb des Kreises. Als das Gebiet rings um den Kreis in Schutt und Asche lag, rückte die Erscheinung vor, um auch diese Flächen zu verschlingen, und begann auf diese Weise, erneut zu wachsen. Der alte König Uther, der mich seit langer Zeit verfolgte, vergaß mich völlig und setzte seine Streitkräfte darauf an, den Höllenkreis zu bewachen. Auch ich begann, mir Sorgen darüber zu machen, da ich keine rechte Freude bei dem Gedanken hatte, im Schlaf womöglich von einem höllengezeugten Blutsauger überrascht zu werden. Ich versammelte also fünfundfünfzig meiner Männer um mich – mehr wollten sich nicht freiwillig melden, und ich konnte keine Feiglinge gebrauchen – und ritt eines Nachmittags an den unheimlichen Ort. Wir stießen auf eine Horde der totgesichtigen Menschen, die im Begriff waren, auf einem Steinaltar eine lebendige Ziege zu verbrennen, und griffen sofort an. Wir machten einen Gefangenen, fesselten ihn auf seinem eigenen Altar und verhörten ihn an Ort und Stelle. Er sagte uns, der Kreis würde sich ausdehnen, bis er das ganze Land bedecke, von Ozean zu Ozean. Eines Tages würde er sich auf der anderen Seite der Welt begegnen und schließen. Wenn wir unsere Haut retten wollten, müßten wir uns ihnen anschließen. Daraufhin verlor einer meiner Männer die Beherrschung und stach zu, und das Wesen starb. Er starb wirklich; ich weiß, wenn ein Mensch tot ist, habe ich diesen Zustand doch oft genug selbst herbeigeführt. Doch als sein Blut auf den Altarstein tropfte, öffnete sich sein Mund und das lauteste Lachen ertönte, das ich je gehört habe. Es umgab uns wie Donnergrollen. Dann richtete sich die Gestalt auf, ohne zu atmen, und begann zu brennen. Dabei veränderte sich die Gestalt, bis sie an die brennende Ziege auf dem Altar erinnerte, nur war sie größer. Im nächsten Augenblick sprach das Wesen zu uns. Es sagte: ›Flieh, Sterblicher! Aber du wirst den Kreis niemals verlassen!‹ Und das könnt Ihr mir glauben – wir sind tatsächlich geflohen. Der Himmel verdunkelte sich vor Fledermäusen und anderen – Wesen. Wir hörten Hufschlag. Wir ritten mit den Klingen in der Hand und töteten alles, was sich in unserer Nähe sehen ließ. Wir sahen Katzen, wie jene, die Ihr getötet habt, und Schlangen und hüpfende Gebilde – Gott allein weiß, was sich alles auf uns stürzte. Als wir uns dem Rand des Kreises näherten, entdeckte uns eine Patrouille König Uthers und kam uns zu Hilfe. Sechzehn von den fünfundfünfzig, die mit mir losgeritten waren, kamen mit dem Leben davon. Außerdem verlor auch die Patrouille etwa dreißig Mann. Als die Soldaten mich erkannnten, brachten sie mich sofort vor Gericht. Hierher. Dies war früher einmal Uthers Palast. Ich erzählte ihm, was ich getan und gesehen und gehört hatte. Er tat das gleiche wie Corwin. Er bot mir und meinen Männern die Begnadigung an, wenn ich mich mit ihm gegen die Wächter des Kreises verbündete. Angesichts der Dinge, die ich erlebt hatte, war mir klar, daß die Gefahr beseitigt werden mußte. Ich erklärte mich einverstanden. Doch zunächst wurde ich krank; man sagte mir, ich hätte drei Tage lang im Delirium gelegen. Nach meiner Genesung war ich schwach wie ein Kleinkind und erfuhr jetzt erst, daß die übrigen Männer, die mit mir im Kreis gewesen waren, eine ähnliche Krankheit durchmachten. Drei waren daran gestorben. Ich besuchte meine Leute, erzählte ihnen die Geschichte, und sie ließen sich anwerben. Die Patrouillen rings um den Kreis wurden verstärkt. Trotzdem konnten wir die weitere Ausdehnung nicht verhindern. In den folgenden Jahren wuchs der Kreis immer mehr. Zahlreiche Scharmützel wurden ausgefochten. Ich wurde befördert, bis ich als Uthers rechte Hand galt – eine Laufbahn, die ich schon unter Corwin durchgemacht hatte. Schließlich weiteten sich die Scharmützel aus. Immer größere Gruppen brachen aus dem Höllenloch hervor. Wir begannen, Kämpfe zu verlieren. Der Gegner eroberte einige unserer Vorposten. Und eines Nachts stürmte eine Armee heran, eine Horde aus Menschen und anderen Wesen, die dort leben. In dieser Nacht bekämpften wir die größte Streitmacht, mit der wir es je zu tun gehabt hatten. Gegen meinen Rat ritt König Uther persönlich in die Schlacht – er war schon ziemlich alt – und fiel. Das Land war ohne Herrscher. Ich wollte Lancelot, meinen Ersten Mann, zum Regenten ernennen lassen, wußte ich doch, daß er viel ehrenwerter war als ich ... Doch jetzt kommt ein seltsamer Punkt. Ich hatte zuvor in Avalon einen Lancelot gekannt, einen Mann wie ihn – doch dieser Mann kannte mich nicht, als wir uns zum ersten Mal sahen. Wirklich seltsam ... Jedenfalls lehnte er meinen Vorschlag ab, und der Titel fiel mir zu. Ich hasse diese Situation, aber so ist es nun mal. Seit über drei Jahren halte ich die unheimlichen Kräfte, so gut es geht, im Zaum. Alle meine Instinkte raten mir zur Flucht. Was schulde ich diesen Menschen? Was schert es mich, ob sich der verfluchte Kreis ausweitet oder nicht? Ich könnte über das Meer in ein Land fahren, welches der Kreis zu meinen Lebzeiten bestimmt nicht mehr erreicht, und die ganze Sache vergessen. Verdammt! Ich habe mir diese Verantwortung nicht gewünscht! Doch ich muß sie tragen!«

»Warum?« frage ich, und meine Stimme klang mir seltsam in den Ohren.

Er leerte schweigend seine Pfeife, füllte sie von neuem und zündete sie wieder an. Er begann zu rauchen. Das Schweigen dehnte sich in die Länge.

»Ich weiß es nicht«, sagte er schließlich. »Ich würde einen Mann wegen seiner Stiefel hinterrücks erdolchen, wenn ich sie brauchte, um meine Füße warm zu halten. Ich weiß das, weil ich so etwas einmal getan habe. Aber ... diese Sache ist etwas anderes. Diese Attacke schadet allen, und ich bin der einzige, der etwas dagegen tun kann. Verdammt! Ich weiß, daß man mich hier eines Tages zusammen mit allen anderen begraben wird. Doch ich kann sie nicht im Stich lassen. Ich muß diese Erscheinung eindämmen, solange es geht.«

Die klare Nachtluft hatte meine Gedanken belebt, obwohl sich mein Körper noch immer leicht betäubt anfühlte.

»Könnte Lance nicht die Führung übernehmen?« fragte ich.

»Gewiß. Er ist ein guter Mann. Aber es gibt noch einen anderen Grund. Ich glaube, das Ziegenwesen auf dem Altar, oder was immer es

Erstes Kapitel

war, hatte Angst vor mir. Ich war in den Kreis gestürmt, und es hatte mir versichert, daß ich es nicht hinaus schaffen würde – aber dann habe ich es doch geschafft. Die nachfolgende Krankheit habe ich ebenfalls überstanden. Das Wesen weiß, daß ich hinter der erbitterten Gegenwehr stehe. Wir gewannen die blutige Schlacht in jener Nacht, in der Uther starb, und ich stand dem Wesen, das eine andere Form hatte, wieder gegenüber, und es erkannte mich. Vielleicht gehört das zu den Gründen, warum es sich im Augenblick zurückhält.«

»Eine andere Form?«

»Ein Wesen mit einem menschenähnlichen Körper, doch mit Ziegenhörnern und roten Augen. Es saß auf einem gescheckten Hengst. Wir kämpften eine Zeitlang miteinander, doch im Kampfgetümmel wurden wir getrennt. Nur gut so, denn der andere war im Begriff zu siegen. Während wir Schwerthiebe tauschten, sprach es zu mir, und ich erkannte die dröhnende Stimme wieder. Das Wesen nannte mich einen Dummkopf und versicherte mir, daß ich niemals siegen könne. Doch als der Morgen graute, gehörte das Schlachtfeld uns, und wir trieben die Ungeheuer in den Kreis zurück und brachten dabei noch viele fliehende Gegner um. Der Reiter des Schecken konnte entkommen. Seither hat es andere Vorstöße gegeben, doch nicht mehr in der Stärke jener Nacht. Wenn ich dieses Land verließe, würde sofort eine andere solche Armee – die sich im Augenblick schon versammelt – hervorstoßen. Das Wesen würde irgendwie wissen, daß ich mich zurückgezogen habe – so wie es auch wußte, daß Lance mit einem neuen Bericht über die Verteilung der Truppen im Kreis zu mir unterwegs war, und ihm unterwegs jene Wächter entgegenschickte. Das Wesen weiß inzwischen auch von Euch und macht sich bestimmt Gedanken über diese Entwicklung. Es fragt sich, wer Ihr seid, woher Ihr die Kräfte nehmt. Ich werde bleiben und kämpfen, bis ich falle. Ich muß. Fragt mich nicht nach dem Grund. Ich kann nur hoffen, daß ich vor jenem letzten Tag zumindest erfahre, wie es zu dieser Erscheinung gekommen ist – *warum* sich der Kreis dort draußen ausbreitet.«

Im nächsten Augenblick ertönte ein Flattern dicht neben meinem Kopf. Hastig duckte ich mich, um der unbekannten Erscheinung auszuweichen – eine überflüssige Bewegung. Es war nur ein Vogel. Ein weißer Vogel. Er landete auf meiner linken Schulter und verharrte dort und stieß einen leisen Ruf aus. Ich streckte ihm das Handgelenk entgegen, und das Tier sprang herab. An seinem Bein war ein Zettel festgebunden. Ich löste ihn, las ihn, zerknüllte ihn in der Hand. Dann starrte ich in die Ferne, ohne etwas zu sehen.

»Was ist los, Sir Corey?« rief Ganelon.

Der Zettel, den ich zu meinem Ziel vorausgeschickt hatte, von mir selbst geschrieben, überbracht von einem Vogel meiner Schöpfung, konnte nur den Ort erreichen, der mein nächster Aufenthalt sein sollte. Allerdings war dies nicht der Ort, den ich im Sinn gehabt hatte. Doch ich vermochte mein eigenes Omen zu deuten.

»Was ist?« fragte er. »Was habt Ihr da in der Hand? Eine Nachricht?«

Ich nickte und reichte ihm den Zettel. Ich konnte ihn nicht gut fortwerfen, nachdem er gesehen hatte, wie ich die Botschaft in Empfang nahm.

»Ich komme«, stand darauf, und darunter meine Unterschrift.

Ganelon stieß eine Rauchwolke aus und studierte das Blatt im Schimmer der Pfeife.

»Er lebt? Und er will *hierher* kommen?« fragte er.

»Sieht so aus.«

»Sehr seltsam«, sagte er. »Das verstehe ich nun wirklich nicht ...«

»Hört sich wie ein Hilfeversprechen an«, sagte ich und entließ den Vogel, der zweimal gurrte, meinen Kopf umkreiste und dann davonflatterte.

Ganelon schüttelte den Kopf. »Ich verstehe das nicht.«

»Wozu dem Pferd ins Maul schauen, das Euch geschenkt wird?« fragte ich. »Ihr habt es bisher nur geschafft, das Ding im Zaum zu halten.«

»Das ist wahr«, erwiderte er. »Vielleicht könnte er es vernichten.«

»Und vielleicht ist das Ganze nur ein Scherz«, wandte ich ein. »Ein grausamer Scherz.«

Wieder schüttelte er den Kopf.

»Nein. Das ist nicht sein Stil. Ich frage mich, worauf er es abgesehen hat?«

»Schlaft drüber«, schlug ich vor.

»Es bleibt mir im Augenblick wohl kaum etwas anderes übrig«, sagte er und unterdrückte ein Gähnen.

Dann standen wir auf und schritten über die Mauer. Wir wünschten uns eine gute Nacht, und ich taumelte dem Abgrund des Schlafes entgegen und ließ mich kopfüber hineinfallen.

2

Tag. Neue Schmerzen. Neue empfindliche Stellen.
Jemand hatte mir einen ungebrauchten Mantel aus braunem Stoff dagelassen, und das schien mir eine gute Sache zu sein. Besonders wenn ich noch weiter zunahm und Ganelon sich an meine Farben erinnerte. Den Bart rasierte ich nicht ab, hatte er mich doch in einem etwas weniger struppigen Zustand gekannt. In seiner Gegenwart gab ich mir Mühe, meine Stimme zu verstellen. Grayswandir versteckte ich unter dem Bett.
In der folgenden Woche trieb ich mich von einer Anstrengung zur nächsten. Ich quälte mich ab und schwitzte und hüpfte, bis die Schmerzen nachließen und meine Muskeln wieder fest wurden. Ich glaube, in dieser Woche nahm ich fünfzehn Pfund zu. Langsam, sehr langsam begann ich mich zu fühlen wie früher.
Das Land hieß Lorraine – und so hieß auch sie. Wäre ich jetzt in der Stimmung, Sie etwas an der Nase herumzuführen, würde ich sagen, wir hätten uns auf einer Wiese hinter der Burg getroffen, während sie Blumen pflückte und ich an der frischen Luft einen Spaziergang machte. Blödsinn!
Höflich ausgedrückt, konnte man sie wohl als Marketenderin bezeichnen. Ich begegnete ihr am Ende eines harten Tages, den ich vorwiegend mit Säbel und Netz verbracht hatte. Als mein Blick auf sie fiel, stand sie abseits und wartete auf den Mann, mit dem sie verabredet war. Sie lächelte, und ich lächelte zurück, nickte, blinzelte ihr zu und ging vorbei. Am nächsten Tag bekam ich sie wieder zu Gesicht, sagte »Hallo« und ging an ihr vorbei. Das ist alles.
Nun, ich lief ihr immer mal wieder über den Weg. Am Ende der zweiten Woche, als die Schmerzen ausgestanden waren und ich gut hundertundsiebzig Pfund wog und mich wieder entsprechend zu fühlen begann, verabredete ich mich auf einen Abend mit ihr. Inzwischen war mir ihr Status natürlich bekannt, und ich hatte nichts dagegen. Aber an jenem Abend taten wir nicht das übliche. Oh nein. Statt dessen unterhielten wir uns, und später passierte etwas ganz anderes.
Ihr Haar war rostfarben und wies schon einige graue Strähnen auf. Trotzdem schätzte ich sie auf unter Dreißig. Die Augen sehr blau. Ein

etwas spitz zulaufendes Kinn. Saubere, gleichmäßige Zähne in einem Mund, der mich viel anlächelte. Ihre Stimme klang leicht nasal, sie trug das Haar zu lang, das Make-up lag zu dick über zu tiefen Spuren der Müdigkeit, ihre Haut war ein wenig zu sommersprossig, ihre Kleidung zu bunt und zu eng. Doch ich mochte sie. Als ich mich mit ihr verabredete, wußte ich noch nicht, daß sie mir gefallen würde; wie gesagt, ich hatte eigentlich nicht die Absicht gehabt, ihr den Hof zu machen.

Es gab keine andere Möglichkeit als mein Zimmer, und wir waren dorthin gegangen. Ich war inzwischen zum Captain ernannt worden und nutzte natürlich meine Stellung aus, indem ich uns das Essen und eine Extraflasche Wein servieren ließ.

»Die Männer haben Angst vor dir«, sagte sie. »Sie sagen, du ermüdest niemals.«

»Das tue ich aber«, erwiderte ich. »Glaub mir!«

»Natürlich«, sagte sie, schüttelte die zu langen Locken und lächelte. »Trifft das nicht bei uns allen zu?«

»Kann man wohl sagen«, erwiderte ich.

»Wie alt bist du?«

»Wie alt bist *du*?«

»Ein Gentleman stellt diese Frage nicht.«

»Eine Dame aber auch nicht.«

»Als du hier auftauchtest, hielt man dich für über fünfzig.«

»Und …?«

»Jetzt ist man sich nicht mehr sicher. Fünfundvierzig? Vierzig?«

»Nein«, sagte ich.

»Das hatte ich auch nicht angenommen. Aber dein Bart hat alle getäuscht.«

»Das haben Bärte oft so an sich.«

»Du siehst mit jedem Tag besser aus. Größer …«

»Danke. Ich fühle mich tatsächlich besser als bei meiner Ankunft.«

»Sir Corey von Cabra«, sagte sie. »Wo liegt Cabra? Was ist Cabra? Nimmst du mich dorthin mit, wenn ich dich nett darum bitte?«

»Versprechen würd' ich's dir«, erwiderte ich. »Aber es wäre eine Lüge.«

»Ich weiß. Aber ich würd's trotzdem gern hören.«

»Na gut. Ich nehme dich mit dorthin. Es ist ein mieses Land.«

»Bist du wirklich so gut, wie die Männer behaupten?«

»Wohl kaum. Und du?«

»Eigentlich nicht. Möchtest du jetzt zu Bett gehen?«

»Nein, ich möchte mich lieber mit dir unterhalten. Hier, ein Glas Wein.«

»Vielen Dank – auf deine Gesundheit.«

»Und die deine.«

Zweites Kapitel

»Wieso bist du ein so guter Schwertkämpfer?«
»Naturtalent und gute Lehrer – deshalb.«
»... und du hast Lance die ganze weite Strecke getragen und die Ungeheuer getötet ...«
»Je öfter man eine solche Geschichte erzählt, desto gewaltiger wird sie.«
»Aber ich habe dich beobachtet. Du bist wirklich besser als die anderen. Deshalb hat dir Ganelon ja auch seinen Vorschlag gemacht – was immer es ist. Er weiß etwas Gutes zu erkennen, wenn es ihm vor Augen kommt. Ich habe schon viele Schwertkämpfer zum Freund gehabt und habe ihnen beim Üben zugeschaut. Du könntest sie alle fertigmachen. Die Männer sagen, du wärst ein guter Lehrer. Sie mögen dich, obwohl du ihnen angst machst.«
»Warum mache ich ihnen angst? Weil ich kräftig bin? Es gibt viele kräftige Männer auf der Welt. Weil ich mein Schwert lange Zeit schwingen kann?«
»Sie glauben, da spielt etwas Übernatürliches mit.«
Ich lachte.
»Nein, ich bin nur der zweitbeste Schwertkämpfer, den es gibt. Verzeihung – vielleicht der drittbeste. Aber ich will mir künftig noch mehr Mühe geben.«
»Wer ist denn besser?«
»Möglicherweise Eric von Amber.«
»Wer ist das?«
»Ein übernatürliches Wesen.«
»Er ist der beste?«
»Nein.«
»Wer dann?«
»Benedict von Amber.«
»Ist er auch eins?«
»Ja – wenn er noch lebt.«
»Seltsam – du bist seltsam«, meinte sie. »Und warum? Sag's mir! Bist auch du ein übernatürliches Wesen?«
»Komm, wir trinken noch ein Glas Wein.«
»Der Alkohol steigt mir zu Kopf.«
»Um so besser.«
Ich schenkte ein.
»Wir werden alle sterben«, sagte sie.
»Früher oder später.«
»Ich meine hier und bald, im Kampf gegen dieses Ding.«
»Warum sagst du das?«
»Es ist zu stark.«
»Warum bleibst du dann hier?«

»Ich weiß nicht, wohin ich sonst sollte. Deshalb habe ich dich auch nach Cabra gefragt.«

»Und deshalb bist du heute abend zu mir gekommen?«

»Nein. Ich wollte sehen, wie du so bist.«

»Ich bin ein Athlet, der sich gegen sein Training versündigt. Bist du hier in der Gegend geboren?«

»Ja. Im Wald.«

»Warum hast du dich mit den Burschen hier eingelassen?«

»Warum nicht? Es ist doch besser, als jeden Tag Schweine zu hüten.«

»Hast du keinen eigenen Mann gehabt? Einen ständigen, meine ich?«

»Doch. Aber er ist tot. Er ist der Mann, der den ... den Hexenring gefunden hat.«

»Tut mir leid.«

»Mir aber nicht. Immer wenn er genug Geld zusammengestohlen oder -geborgt hatte, ist er sich besaufen gegangen, und dann kam er nach Hause und schlug mich. Ich war froh, daß ich Ganelon kennengelernt habe.«

»Du meinst also, das Wesen sei zu stark – daß wir den Kampf verlieren?«

»Ja.«

»Da magst du recht haben. Aber ich glaube, du irrst dich.«

Sie zuckte die Achseln.

»Du wirst mit uns kämpfen?«

»Ich fürchte, ja.«

»Niemand wußte das genau oder hat sich eindeutig darüber geäußert. Das kann interessant werden. Ich würde dich gern mit dem Ziegenmann kämpfen sehen.«

»Warum?«

»Weil er der Anführer zu sein scheint. Wenn du ihn tötest, hätten wir eine bessere Chance. Du könntest es sogar schaffen.«

»Ich werde es müssen«, sagte ich.

»Aus besonderen Gründen?«

»Ja.«

»Private Gründe?«

»Ja.«

»Dann viel Glück.«

»Vielen Dank.«

Sie leerte ihr Glas, und ich schenkte nach.

»Ich weiß, daß er ein übernatürliches Wesen ist«, meinte sie.

»Wechseln wir lieber das Thema.«

»Na schön. Aber tust du mir einen Gefallen?«

»Welchen denn?«

Zweites Kapitel

»Lege morgen deine Rüstung an, nimm dir eine Lanze, besorg dir ein Pferd und mach den Kavallerieoffizier Harald fertig!«

»Warum denn?«

»Er hat mich letzte Woche geschlagen, so wie es Jarl früher getan hat. Schaffst du das?«

»Ja.«

»Tust du's?«

»Warum nicht? Der Mann ist schon so gut wie abgeworfen!«

Sie rückte näher heran und lehnte sich gegen mich.

»Ich liebe dich«, sagte sie.

»Unsinn!«

»Na schön. Wie gefällt dir: ›Ich mag dich‹?«

»Schon besser. Ich ...«

In diesem Augenblick fuhr mir ein kalter, lähmender Wind das Rückgrat entlang. Ich erstarrte und widersetzte mich dem Kommenden, indem ich meinen Geist völlig leerte.

Jemand suchte nach mir. Es handelte sich zweifellos um einen Angehörigen des Hauses von Amber, wahrscheinlich um eins meiner Brüderchen, und er benutzte meinen Trumpf oder etwas Ähnliches. Das Gefühl war nicht zu verkennen. Wenn sich dort Eric meldete, hatte er mehr Mut, als ich ihm zutraute, da ich ihm bei unserem letzten Kontakt fast das Gehirn ausgebrannt hatte. Um Random konnte es sich nicht handeln, es sei denn, er war inzwischen aus dem Gefängnis geholt worden, was ich doch bezweifelte. Wenn es Julian oder Caine waren, sollten sie sich zur Hölle scheren. Bleys war vermutlich tot, wahrscheinlich auch Benedict. Damit blieben Gérard, Brand und unsere Schwestern. Aus dieser Gruppe mochte mir nur Gérard gesonnen sein. Folglich widersetzte ich mich einer Entdeckung, und mit Erfolg. Dazu brauchte ich etwa fünf Minuten, und als es vorbei war, zitterte ich am ganzen Körper und war in Schweiß gebadet. Lorraine starrte mich seltsam an.

»Was ist los?« fragte sie. »Du bist doch noch längst nicht betrunken, und ich auch nicht!«

»Nur ein Anfall, wie ich ihn manchmal bekomme«, sagte ich. »Eine tückische Krankheit, die ich mir auf den Inseln zugezogen habe.«

»Ich habe ein Gesicht gesehen«, sagte sie. »Vielleicht auf dem Boden, vielleicht auch nur in meinem Kopf. Ein alter Mann. Der Kragen seines Gewandes war grün, und er sah dir ziemlich ähnlich, außer daß sein Bart grau war.«

Da versetzte ich ihr einen Schlag.

»Du lügst! Du kannst unmöglich ...«

»Ich berichte doch nur, was ich gesehen habe! Schlag mich nicht! Ich weiß nicht, was es bedeutet hat! Wer war das?«

»Ich glaube, es war mein Vater. Gott, das ist seltsam ...«

»Was war eigentlich los?« wiederholte sie.

»Ein Anfall«, erklärte ich. »Ich habe so etwas öfter, dann bilden sich die Leute ein, sie sähen meinen Vater an der Burgmauer oder auf dem Boden. Mach dir keine Gedanken. Es ist nicht ansteckend.«

»Unsinn!« meinte sie. »Du lügst mich an!«

»Ich weiß. Aber bitte, vergiß das Ganze.«

»Warum sollte ich?«

»Weil du mich magst«, erklärte ich. »Weißt du noch? Und weil ich Harald morgen für dich in den Staub werfe.«

»Das stimmt«, sagte sie, und als ich erneut zu zittern begann, holte sie eine Decke vom Bett und legte sie mir um die Schultern.

Sie reichte mir mein Glas, und ich trank. Schließlich nahm sie neben mir Platz und lehnte den Kopf an meine Schulter, und ich legte den Arm um sie. Ein teuflischer Wind begann zu kreischen, und ich hörte das schnelle Prasseln des Regens, der davon herangetragen wurde. Eine Sekunde lang hatte ich den Eindruck, als schlüge etwas gegen die Fensterflügel. Lorraine wimmerte leise vor sich hin.

»Mir gefällt nicht, was da heute nacht im Gange ist«, sagte sie.

»Mir auch nicht. Bitte lege den Balken vor die Tür. Sie ist nur verriegelt.«

Während sie meiner Bitte nachkam, verschob ich unseren Sitz, bis er dem einzigen Fenster des Raums gegenüberstand. Dann holte ich Grayswandir unter dem Bett hervor und zog blank. Schließlich löschte ich die Lichter im Zimmer bis auf eine letzte Kerze auf dem Tisch zu meiner Rechten.

Ich nahm wieder Platz und legte die Klinge über die Knie.

»Was tun wir?« fragte Lorraine und setzte sich zu meiner Linken.

»Wir warten«, sagte ich.

»Worauf?«

»Ich weiß es nicht genau – jedenfalls ist die Nacht dafür günstig.«

Sie erschauderte und kuschelte sich an mich.

»Vielleicht solltest du lieber verschwinden«, sagte ich.

»Ich weiß«, entgegnete sie, »aber draußen hätte ich Angst. Wenn ich hierbleibe, kannst du mich doch beschützen, nicht wahr?«

Ich schüttelte den Kopf. »Ich weiß nicht einmal, ob ich mich selbst schützen kann.«

Sie berührte Grayswandir.

»Was für eine herrliche Klinge! So eine Schneide hab ich noch nie gesehen.«

»Es gibt auch keine zweite dieser Art«, erwiderte ich, und mit jeder kleinen Bewegung fiel das Licht in anderem Winkel auf den Stahl, der eben noch mit orangerotem Blut nichtmenschlicher Herkunft bedeckt zu sein schien und im nächsten Augenblick kalt und weiß schimmerte wie Schnee oder die Brust einer Frau und in meiner Hand erbebte, sobald mich ein Kälteschauer packte.

Ich fragte mich, wie es möglich war, daß Lorraine während des Kontaktversuches etwas gesehen hatte, das mir entgangen war. Etwas, das der Wirklichkeit so nahe kam, daß es sich nicht um Einbildung handeln konnte.

»Auch du bist irgendwie seltsam«, sagte ich.

Sie schwieg, während die Kerze vier- oder fünfmal flackerte; dann sagte sie: »Ich besitze so etwas wie das zweite Gesicht. Bei meiner Mutter war das Talent noch größer. Die Leute sagen, meine Großmutter sei eine wahre Zauberin gewesen. Von solchen Sachen weiß ich allerdings nichts. Na ja, nicht viel. Ich hab's seit Jahren nicht mehr versucht. Es lief immer wieder darauf hinaus, daß ich letztlich nur Nachteile davon hatte.«

Sie schwieg, und ich fragte: »Was meinst du damit?«

»Ich setzte einen Zauberspruch ein, um meinen ersten Mann an mich zu binden«, erzählte sie, »und nun sieh doch, was er für einer war. Hätte ich es nicht getan, wäre ich viel besser dran gewesen. Ich hatte mir eine hübsche Tochter gewünscht und ließ es dazu kommen ...«

Abrupt hielt sie inne, und ich erkannte, daß sie weinte.

»Was ist los? Ich verstehe nicht ...«

»Ich dachte, du wüßtest es«, sagte sie.

»Nein – ich weiß nichts.«

»Sie war das kleine Mädchen, das im Hexenkreis tot ... Ich dachte, du wüßtest Bescheid ...«

»Es tut mir leid.«

»Ich wünschte, ich hätte diese Fähigkeit nicht. Ich setze sie auch gar nicht mehr ein. Aber sie läßt mir keine Ruhe. Noch immer bringt sie mir Träume und seltsame Zeichen, und dabei geht es nie um Dinge, auf die ich Einfluß nehmen kann. Ich wünschte, die Fähigkeit würde verschwinden und jemand anders plagen!«

»Und das ist etwas, was nicht passieren wird, Lorraine. Ich fürchte, du mußt dich damit abfinden.«

»Woher weißt du das?«

»Ich habe Menschen gekannt, die in deiner Lage waren – das ist alles.«

»Du hast selbst solche Fähigkeiten, nicht wahr?«

»Ja.«

»Dann spürst du also auch, daß sich da draußen etwas herumtreibt?«

»Ja.«

»Ich auch. Weißt du, was das Wesen gerade macht?«

»Es sucht nach mir.«

»Ja, das spüre ich auch. Warum?«

»Vielleicht will es mich auf die Probe stellen. Es weiß, daß ich hier bin. Wenn ich ein neuer Verbündeter Ganelons bin, fragt es sich natürlich, was sich hinter mir verbirgt, wer ich bin ...«

»Ist es der Gehörnte persönlich?«

»Keine Ahnung. Aber ich nehme es nicht an.«

»Warum nicht?«

»Wenn ich wirklich derjenige bin, der das Wesen vernichten könnte, wäre es doch töricht von ihm, mich hier in der Burg des Gegners aufzusuchen, wo ich sofort Hilfe finden kann. Ich glaube eher, daß einer seiner Helfer nach mir sucht. Vielleicht hängt das irgendwie damit zusammen, daß das Gespenst meines Vaters ... ich weiß es nicht. Wenn der Helfer mich findet und identifiziert, weiß das Wesen, welche Vorbereitungen es treffen muß. Wenn es mich findet und vernichtet, ist das Problem ja schon gelöst. Vernichte ich den Gesandten aber, weiß das Wesen schon etwas mehr über meine Kräfte. Wie immer sich die Sache entwickelt – der Gehörnte wird um eine Nasenlänge vorn liegen. Warum also sollte er in diesem Stadium des Spiels seinen gehörnten Kopf riskieren?«

Wir warteten in der schattengefüllten Kammer, während unsere Kerze die Minuten niederbrannte.

Sie regte sich neben mir. »Was hast du gemeint, als du sagtest: ›Wenn es dich findet und identifiziert?‹ Identifiziert als was?«

»Als den, der beinahe nicht gekommen wäre«, erwiderte ich.

»Glaubst du, das Wesen könnte dich von irgendwoher kennen?«

»Möglich ist es.«

Da rückte sie von mir ab.

»Du brauchst keine Angst zu haben«, sagte ich. »Ich werde dir nicht weh tun.«

»Ich habe aber Angst, und du *wirst* mir weh tun!« sagte sie. »Ich weiß es! Aber ich sehne mich nach dir! Warum sehne ich mich nur nach dir?«

»Ich weiß es nicht.«

»Dort draußen ist etwas!« sagte sie, und in ihrer Stimme lag ein Hauch von Hysterie. »Es ist schon ganz nahe! Ganz nahe! Hör doch!«

»Halt den Mund!« sagte ich, während sich in meinem Nacken ein kaltes Kribbeln bemerkbar machte und sich um meinen Hals zog. »Geh auf die andere Seite des Zimmers, hinter das Bett!«

»Ich fürchte mich vor der Dunkelheit«, sagte sie.

»Los, geh schon, sonst muß ich dich bewußtlos schlagen und hinschleifen. Hier bist du mir nur im Weg!«

Ich hörte ein schweres Klatschen durch den Lärm des Unwetters, und dann kratzte etwas über die Mauersteine; Lorraine hatte mir gehorcht.

Zweites Kapitel

Im nächsten Augenblick blickte ich in zwei glutrote Augen, die mich starr ansahen. Hastig senkte ich den Blick. Das Wesen stand auf dem äußeren Fenstersims und sah mich an.

Das Geschöpf war gut sechs Fuß groß; riesige Fühler entsprangen der breiten Stirn. Es trug keine Kleidung; das Fleisch hatte eine einheitliche graue Färbung. Das Wesen schien geschlechtslos zu sein und besaß ledrig-graue Flügel, die über eine große Spannweite verfügten und mit der Nacht verschmolzen. In der rechten Hand hielt es ein kurzes Schwert aus dunklem Metall. Die Klinge war mit seltsamen Runenzeichen bedeckt. Mit der linken Hand klammerte sich das Wesen am Fenster fest.

»Betreten auf eigene Gefahr!« sagte ich laut und richtete Grayswandirs Spitze auf die Brust des Wesens.

Das Geschöpf kicherte. Es stand über mir und kicherte und lachte mich an. Es versuchte noch einmal, meinen Blick in seinen Bann zu ziehen, doch ich wehrte mich. Wenn es mir eine Zeitlang in die Augen starrte, mußte es mich erkennen, wie es schon der Höllenkatze gelungen war.

Als der nächtliche Besucher das Wort ergriff, hörte es sich an, als spräche er mit Posaunenklängen.

»Du bist nicht der Gesuchte«, sagte das Wesen. »Du bist kleiner und älter. Trotzdem ... die Klinge ... Sie könnte ihm gehören. Wer bist du?«

»Wer bist du?« fragte ich zurück.

»Strygalldwir ist mein Name. Wenn du in diesem Namen fluchst, fresse ich dein Herz und deine Leber.«

»In deinem Namen fluchen? Ich kann ihn ja nicht mal aussprechen«, erwiderte ich, »und meine Leberzirrhose würde dir nur Durchfall verursachen. Verschwinde!«

»Wer bist du?« wiederholte es.

»*Misli, gammi gra'adil, Strygalldwir*«, sagte ich, und das Wesen zuckte wie von einem glühenden Brandeisen getroffen zusammen.

»Mit einem so einfachen Zauberspruch willst du mich vertreiben?« fragte es, als es sich wieder gefangen hatte. »Ich gehöre nicht zu den kleinen Fischen!«

»Trotzdem schien dir eben ein bißchen heiß zu werden.«

»Wer bist du?« fragte es noch einmal.

»Sag mir, was du willst, Bursche. Vögelchen, Vögelchen, flieg zurück nach Hause ...«

»Viermal muß ich dich fragen, viermal mußt du die Antwort verweigern, ehe ich eindringen darf, um dich zu töten. Wer bist du?«

»Nein!« sagte ich und stand auf. »Komm herein und brenne!«

Im nächsten Augenblick riß der Eindringling die Fensterfüllung heraus, und der Wind, der den Angreifer ins Zimmer begleitete, ließ die Kerze verlöschen.

Ich stürzte vor, und Funken sprühten zwischen uns, als Grayswandir auf das dunkle Runenschwert traf. Die Klingen klirrten zusammen, und ich sprang zurück. Meine Augen hatten sich an das Halbdunkel gewöhnt, so daß mich der Lichtverlust nicht blendete. Das unheimliche Geschöpf vermochte ebenfalls gut zu sehen. Es war kräftiger als ein normaler Mensch, aber da das auch auf mich zutraf, machte es mir nichts aus. Wir umkreisten uns in dem engen Zimmer. Ein eiskalter Wind umtoste uns, und als wir wieder am Fenster vorbeikamen, klatschten mir kalte Tropfen ins Gesicht. Als ich das Wesen zum ersten Mal verletzte – mit einem langen Schnitt in die Brust –, blieb es stumm, obwohl die Wundränder von winzigen Flammen bekränzt waren. Beim zweiten Stich – in den Oberarm – stieß es einen Schrei aus und begann, mich zu verfluchen.

»Heute abend sauge ich dir das Mark aus den Knochen!« sagte es. »Ich werde sie trocknen und voller Raffinesse zu einem Musikinstrument umgestalten! Und jedesmal, wenn ich darauf spiele, windet sich deine Seele in körperloser Qual!«

»Du brennst recht hübsch«, sagte ich.

Das Wesen stockte einen Sekundenbruchteil lang, und das war meine Chance.

Ich hieb die düstere Klinge zur Seite, und mein Stich ging genau ins Ziel, bohrte sich in die Mitte der Brust. Ich stieß kräftig zu.

Da begann das Wesen aufzuheulen, doch es sank nicht zu Boden. Grayswandir wurde mir aus der Hand gerissen. Flammen zuckten um die Wunde. Das Wesen stand da und stellte das Feuerlodern zur Schau. Es machte einen Schritt auf mich zu, und ich riß einen kleinen Stuhl hoch und hielt ihn zwischen uns.

»Ich habe mein Herz nicht an der Stelle, wo ihr Menschen es vermutet«, sagte das Ungeheuer.

Dann griff es an, doch ich wehrte den Hieb mit dem Stuhl ab und stieß ihm eins der Stuhlbeine in das rechte Auge. Dann warf ich das Möbelstück fort, trat vor, packte das rechte Handgelenk meines Gegners und drehte es herum. So fest ich konnte, ließ ich die Handkante gegen den Ellbogen schnellen. Ein lautes Knacken ertönte, und das Runenschwert polterte zu Boden. Im nächsten Augenblick traf seine linke Hand mich am Kopf, und ich stürzte zu Boden.

Es sprang auf die Klinge zu, doch ich packte es an den Fußgelenken und brachte es zu Fall.

Das Wesen wand sich am Boden, und ich warf mich darüber und umklammerte seinen Hals. Ich drehte den Kopf zur Seite, das Kinn gegen die Brust gedrückt, während es mir mit der linken Hand und dem linken Flügel das Gesicht zu zerkratzen suchte.

Zweites Kapitel

Als sich mein tödlicher Griff festigte, versuchte sich sein Blick in meine Augen zu bohren – und diesmal wich ich dem Angriff nicht aus. Im tiefsten Innern meines Gehirns verspürte ich einen leichten Schock, als wir beide die Wahrheit erkannten.

»Du!« vermochte das Wesen noch zu keuchen, ehe ich die Hände verdrehte und das Leben aus den roten Augen preßte.

Langsam richtete ich mich auf, stellte den Fuß auf die Leiche und zog Grayswandir heraus.

Als sich die Klinge löste, flammte das Wesen auf und brannte, bis nur noch ein schwarzer Fleck auf dem Boden zu sehen war.

Im nächsten Augenblick eilte Lorraine zu mir, und ich legte ihr den Arm um die Schultern, und sie sagte, ich solle sie in ihre Unterkunft und ins Bett bringen. Und das tat ich, doch wir lagen nur nebeneinander, bis sie sich in den Schlaf geweint hatte. Ja. So lernte ich Lorraine kennen.

Lance, Ganelon und ich saßen auf unseren Reittieren auf einem hohen Berg; die spätmorgendliche Sonne schien uns auf den Rücken, während wir auf die Stelle hinabblickten. Die Szene brachte mir Bestätigung.

Der Kreis ähnelte dem kranken kahlen Wald im Tal südlich von Amber.

Oh Vater! Was habe ich getan? fragte ich tief in meinem Innern, doch es gab keine Antwort außer dem schwarzen Kreis, der sich unter mir dehnte, soweit das Auge reichte.

Durch die Schlitze meines Visiers blickte ich auf die Fläche – verkohlt wirkend, öde, nach Verfall stinkend. Inzwischen setzte ich den Helm kaum noch ab. Die Männer hielten das für eine Marotte, doch mein Rang gab mir das Recht auf gewisse exzentrische Züge. Seit gut zwei Wochen trug ich die Rüstung, seit meinem Kampf mit Strygalldwir. Ich hatte den Helm am folgenden Morgen aufgesetzt, ehe ich Harald besiegte und damit mein Versprechen Lorraine gegenüber einlöste, und war zu dem Schluß gekommen, daß ich mein Gesicht lieber verbergen sollte, während ich langsam weiter zunahm.

Ich mochte inzwischen an die hundertundachtzig Pfund wiegen und fühlte mich allmählich kräftig wie früher. Wenn ich dazu beitragen konnte, die Probleme des Landes Lorraine zu beseitigen, gab mir das zumindest eine Chance, das Ziel zu erstreben, das mir besonders am Herzen lag, und es vielleicht sogar zu erreichen.

»Das ist also der Kreis«, sagte ich. »Ich sehe aber gar keine Truppenbewegungen.«

»Dazu müßten wir wohl weiter nach Norden reiten«, sagte Lance. »Außerdem sehen wir die Wesen bestimmt erst nach Einbruch der Dunkelheit.«

»Wie weit nach Norden?«

»Drei oder vier Meilen. Sie sind ziemlich wendig.«

Zwei Tage lang waren wir geritten und hatten nun den Kreis erreicht. Einige Stunden zuvor hatten wir eine Patrouille getroffen und erfahren, daß die Truppen im Innern sich jede Nacht versammelten. Sie vollführten verschiedene Manöver und verschwanden dann gegen Morgen – zu einem weiter drinnen gelegenen Platz. Ich erfuhr auch, daß über dem Kreis ein ständiges Donnergrollen lag, ohne daß sich ein Unwetter entlud.

»Wollen wir hier frühstücken und dann nach Norden reiten?« fragte ich.

»Warum nicht?« fragte Ganelon. »Ich bin hungrig, und wir haben Zeit.«

Wir stiegen ab, aßen Trockenfleisch und tranken aus unseren Flaschen. »Die seltsame Nachricht verstehe ich immer noch nicht«, sagte Ganelon, nachdem er ausgiebig gerülpst, sich den Magen getätschelt und eine Pfeife angezündet hatte. »Wird er uns im entscheidenden Kampf zur Seite stehen – oder nicht? Wo ist er denn, wo er uns doch helfen will? Der Tag der Auseinandersetzung rückt immer näher!«

»Vergeßt ihn!« sagte ich. »Das Ganze war vermutlich ein Scherz.«

»Verdammt, das kann ich nicht!« rief er. »Die Sache ist irgendwie seltsam!«

»Worum geht es denn?« fragte Lance, und mir wurde bewußt, daß Ganelon ihm noch gar nichts gesagt hatte.

»Mein alter Lehnsherr Lord Corwin schickt eine seltsame Botschaft mit einem Vogel. Angeblich will er kommen. Ich hatte ihn für tot gehalten, und nun diese Nachricht!« sagte Ganelon. »Aber ich weiß immer noch nicht, was ich davon halten soll.«

»Corwin?« fragte Lance, und ich hielt den Atem an. »Corwin von Amber?«

»Ja, von Amber und Avalon.«

»Vergeßt die Nachricht.«

»Warum?«

»Er ist ein Mann ohne Ehre, und seine Versprechungen sind nichts wert.«

»Ihr kennt ihn?«

»Ich habe von ihm gehört. Vor langer Zeit einmal herrschte er auch über dieses Land. Erinnert Ihr Euch nicht an die Geschichten vom Dämonenherrscher? Das ist er! Das war Corwin lange vor meiner Zeit. Seine beste Tat war es abzudanken und zu fliehen, als der Widerstand gegen ihn zu stark wurde.«

Das stimmte nicht!

Oder doch?

Zweites Kapitel

Amber wirft eine Vielzahl von Schatten, und mein Avalon hatte infolge meines dortigen Aufenthalts zahlreiche eigene Schatten beherrscht.

Ich mochte auf vielen Erdenwelten bekannt sein, auf denen sich Schatten meiner selbst bewegt und meine Taten und Gedanken nur unvollkommen nachgeäfft hatten.

»Nein«, sagte Ganelon. »Ich habe nie auf die alten Geschichten gehört. Allerdings frage ich mich, ob er wirklich derselbe Mann sein kann wie der, der früher einmal hier geherrscht hat. Eine interessante Überlegung.«

»Sehr«, stimmte ich zu, um aus der Diskussion nicht ausgeschlossen zu werden. »Aber wenn er vor so langer Zeit geherrscht hat, müßte er längst tot oder greisenhaft alt sein.«

»Er war ein Zauberer«, sagte Lance.

»Der Corwin, den ich kannte, war in der Tat ein Zauberer«, sagte Ganelon. »Er verbannte mich aus einem Land, das weder mit Beschwörung noch mit normalen Mitteln wiederzufinden ist.«

»Ihr habt bisher nie davon gesprochen«, sagte Lance. »Wie ist es dazu gekommen?«

»Das geht Euch nichts an«, sagte Ganelon unwirsch, und Lance schwieg.

Ich zog meine Pfeife heraus – vor zwei Tagen hatte ich mir eine zugelegt –, und Lance tat es mir nach. Es war eine Tonpfeife, die schlecht zog und in der Hand ziemlich heiß wurde. Wir entzündeten den Tabak, und zu dritt saßen wir da und rauchten vor uns hin.

»Nun, er hat jedenfalls klug gehandelt«, sagte Ganelon. »Wir wollen die Sache für den Augenblick vergessen.«

Natürlich taten wir das nicht. Doch wir ließen das Thema ruhen.

Ohne das schwarze Gebilde hinter uns wäre es sehr angenehm gewesen, dort zu sitzen und gelassen zu rauchen. Plötzlich fühlte ich mich den beiden Männern sehr verbunden. Ich wollte etwas sagen, doch mir fiel nichts ein.

Ganelon erlöste mich aus meinem Dilemma, indem er die Sprache auf eine aktuelle Frage brachte.

»Ihr wollt sie also packen, ehe sie angreifen?« fragte er.

»Genau«, erwiderte ich. »Wir wollen den Kampf in ihr Gebiet tragen.«

»Das Problem liegt darin, daß es eben ihr Gebiet *ist*«, erwiderte er. »Sie kennen sich dort viel besser aus als wir, und wer kann schon sagen, welche Mächte sie dort zu Hilfe rufen können?«

»Wenn wir den Gehörnten umbringen, bricht der ganze Angriff zusammen«, sagte ich.

»Vielleicht. Vielleicht aber auch nicht. Vielleicht könnt Ihr es schaffen«, sagte Ganelon. »Ob ich es könnte, weiß ich nicht; ich müßte mich wohl auf das Glück verlassen. Er ist zu schlecht für einen leichten Tod. Zwar nehme ich an, daß ich noch so gut kämpfe wie vor einigen Jahren – doch das kann immerhin ein Irrtum sein. Vielleicht bin ich zu verweichlicht und zu bequem geworden. Ich habe mir diesen Schreibtischposten nicht gewünscht!«

»Ich weiß«, sagte ich.

»Ich weiß«, sagte Lance.

»Lance«, fragte Ganelon, »sollen wir dem Rat unseres Freundes folgen? Sollen wir angreifen?«

Er hätte die Achseln zucken und sich herausreden können.

Doch das tat er nicht.

»Ja«, sagte er. »Beim letzten Mal hätten sie uns fast überrannt. In der Nacht, als König Uther starb, war der Ausgang sehr knapp. Wenn wir sie jetzt nicht angreifen, können sie uns beim nächsten Mal wohl niederkämpfen. Gewiß, leicht würde es ihnen nicht fallen, und sie müßten mit vielen Ausfällen rechnen. Doch ich glaube, daß sie es schaffen könnten. Am besten versuchen wir, uns einen Überblick zu verschaffen, dann können wir unsere Angriffspläne im einzelnen festlegen.«

»Also gut«, sagte Ganelon. »Ich habe auch keine Lust mehr zum Warten. Sagt mir nach unserer Rückkehr noch einmal, was Ihr dazu meint, dann sehen wir weiter.«

Und das taten wir.

Am Nachmittag ritten wir nach Norden, versteckten uns auf den Bergen und blickten auf den Kreis hinab. Jenseits der Grenze gaben die Wesen auf ihre Art der Anbetung Ausdruck, und sie übten sich im Kampfeinsatz. Ich schätzte ihre Zahl auf etwa viertausend Kämpfer. Wir verfügten über zweitausendfünfhundert Mann. Die Gegenseite setzte seltsame fliegende, kriechende und hüpfende Wesen ein, die in der Nacht unheimliche Geräusche ausstießen. Wir besaßen ein mutiges Herz. Oh ja.

Dabei brauchte ich nur einige Minuten im Zweikampf mit dem gegnerischen Anführer, um die Sache zu entscheiden – so oder so. Die ganze Sache. Das konnte ich meinen Gefährten zwar nicht sagen, doch es stimmte.

Ich war nämlich verantwortlich für die Erscheinung dort unten. Ich hatte sie ausgelöst, und es lag an mir, sie ungeschehen zu machen, wenn es ging.

Ich hatte nur Angst, daß ich es nicht schaffen würde.

In einem Anfall der Leidenschaft, genährt von Wut, Entsetzen und Schmerz, hatte ich dieses Etwas entfesselt, ein Gebilde, das auf irgendeine Weise seine Entsprechung fand auf jeder Erde, die es gab. Das sind die Folgen des Blutfluchs eines Prinzen von Amber.

Zweites Kapitel

Wir beobachteten sie die ganze Nacht hindurch, die Wächter des Kreises – und am nächsten Morgen zogen wir uns zurück.

Das Urteil lautete: Angriff!

Wir ritten den ganzen Weg zurück, und nichts folgte uns. Als wir die Burg von Ganelon erreichten, schmiedeten wir Pläne. Unsere Truppen waren bereit – vielleicht mehr als bereit –, und wir beschlossen, innerhalb der nächsten zwei Wochen zuzuschlagen.

Neben Lorraine liegend, erzählte ich ihr von diesen Dingen. Ich war der Meinung, daß sie Bescheid wissen müßte. Ich besaß die Macht, sie in die Schatten zu entführen, noch diese Nacht, wenn sie sich nur bereit erklärte. Doch sie war nicht einverstanden.

»Ich bleibe bei dir«, sagte sie.

»Na gut.«

Ich sagte ihr nicht, daß meinem Gefühl nach alles in meinen Händen ruhte, doch ich hatte so eine Ahnung, als ob sie es wüßte und mir aus irgendeinem Grund vertraute. Ich hätte mir nicht vertraut, aber das war ihre Sache.

»Du weißt ja, wie es ausgehen kann«, sagte ich.

»Ich weiß«, sagte sie, und ich wußte, daß sie es wußte, und das war alles.

Wir wandten uns angenehmeren Dingen zu, und später schliefen wir ein.

Sie hatte geträumt.

Am nächsten Morgen sagte sie zu mir: »Ich habe geträumt.«

»Wovon?« fragte ich.

»Von dem bevorstehenden Kampf«, sagte sie. »Ich sehe dich und den Gehörnten im Kampf vereint.«

»Wer siegt?«

»Das weiß ich nicht. Aber während du schliefst, habe ich etwas getan, das dir vielleicht hilft.«

»Das hättest du lieber nicht tun sollen«, sagte ich. »Ich kann auf mich selbst aufpassen.«

»Dann träumte ich von meinem eigenen Tod, in dieser Zeit.«

»Ich möchte dich an einen Ort bringen, den ich kenne.«

»Nein, mein Platz ist hier«, erwiderte sie.

»Ich will ja nicht so tun, als gehörtest du mir«, sagte ich, »aber ich kann dich vor den Dingen schützen, die du geträumt hast. Soviel liegt in meiner Macht, das mußt du mir glauben.«

»Ich glaube dir. Aber ich gehe nicht.«

»Du bist ein verdammter Dickschädel!«

»Laß mich bleiben.«

»Wie du willst ... Hör mal, ich würde dich sogar nach Cabra schicken ...«
»Nein.«
»Du bist ein verdammter Dickschädel!«
»Ich weiß. Ich liebe dich.«
»... und ein Dummkopf obendrein. Wir haben uns auf ›mögen‹ geeinigt, weißt du noch?«
»Du wirst es schaffen«, sagte sie.
»Geh zur Hölle!«
Und sie begann leise zu weinen, und ich mußte sie wieder trösten.
Das war Lorraine.

3

Eines Morgens dachte ich zurück an all die Dinge, die früher geschehen waren. Ich stellte mir meine Brüder und Schwestern vor, als spielten sie Karten, was natürlich nicht stimmte. Ich dachte an das Krankenhaus, in dem ich erwacht war, an den Kampf um Amber, an meinen Marsch durch das Muster in Rebma und an meine Zeit mit Moire, die jetzt vielleicht in den Armen Erics lag.* Meine Gedanken schweiften an jenem Morgen zu Bleys und Random, Deirdre, Caine, Gérard und Eric. Es war der Morgen vor der großen Schlacht, und wir lagerten in den Bergen in der Nähe des Kreises. Unterwegs waren wir mehrfach angegriffen worden, doch die Scharmützel waren nur kurz gewesen. Wir hatten die Angreifer zurückgeschlagen oder vernichtet und waren weitergezogen. Als wir das vorher festgelegte Gebiet erreicht hatten, schlugen wir unser Lager auf, stellten Wachen auf und legten uns hin. Unsere Nachtruhe blieb ungestört. Ich erwachte und stellte mir die Frage, ob meine Brüder und Schwestern wohl dieselbe Meinung von mir hatten wie ich von ihnen. Es war ein trauriger Gedanke.

In der Abgeschlossenheit eines kleinen Hains, den Helm voller Seifenwasser, rasierte ich mir den Bart ab. Dann kleidete ich mich an, legte meine ureigenen mitgenommenen Farben an. Wieder einmal war ich hart wie Stein, düster wie der Erdboden und zornig wie die Hölle – wie früher. Heute war der entscheidende Tag. Ich setzte den Helm auf, zog das Kettenhemd über, schloß den Gurt um meine Hüfte und legte Grayswandir an. Dann schloß ich den Umhang vor meinem Hals mit einer Silberrose und wurde schließlich von einem Melder entdeckt, der mir mitteilen sollte, daß alles bereit sei.

Ich küßte Lorraine, die sich nicht hatte davon abbringen lassen, uns zu begleiten. Dann stieg ich auf mein Pferd, einen Braunen namens Star, und ritt in die vorderste Reihe.

Dort stieß ich auf Ganelon und Lance. »Wir sind fertig«, sagten sie.

Ich rief meine Offiziere zusammen und gab meine Befehle. Sie salutierten, machten kehrt und ritten davon.

---

* Roger Zelazny, *Corwin von Amber*

»Bald«, sagte Lance und zündete seine Pfeife an.
»Wie geht es Eurem Arm?«
»Wieder sehr gut«, erwiderte er, »nach dem Kampf, den Ihr mir gestern geliefert habt. Ausgezeichnet.«
Ich öffnete mein Visier und zündete mir ebenfalls eine Pfeife an.
»Ihr habt Euch ja den Bart abrasiert!« sagte Lance. »Damit seid Ihr Euch gar nicht mehr ähnlich.«
»Ohne Bart sitzt der Helm besser«, sagte ich.
»Das Glück sei mit uns allen«, warf Ganelon ein. »Ich kenne zwar keine Götter, doch wenn sich welche auf unsere Seite stellen wollen, heiße ich sie willkommen!«
»Es gibt nur einen Gott«, sagte Lance. »Ich bete, daß Er uns beisteht.«
»Amen«, sagte Ganelon und hielt eine Flamme an seinen Pfeifenkopf. »Für heute.«
»Der Sieg wird uns gehören.«
»Ja«, sagte ich, als die Sonne im Osten höher stieg und die Vögel des Morgens sich in die Luft schwangen. »Es fühlt sich so an.«
Als wir fertig waren, klopften wir unsere Pfeifen aus und steckten sie in die Gürtel. Dann zogen wir zum letzten Mal die Schnallen und Schnüre unserer Rüstungen nach, und Ganelon sagte: »Also los. Gehen wir ans Werk.«
Meine Offiziere machten Meldung. Meine Abteilungen waren bereit.
In langer Kolonne ritten wir den Berg hinab und versammelten uns außerhalb des Kreises. Drinnen rührte sich nichts; Truppen waren nicht zu sehen.
»Was mag mit Corwin sein?« wandte sich Ganelon an mich.
»Er ist bei uns«, erwiderte ich, und er sah mich seltsam an, schien zum ersten Mal die Rose an meinem Hals wahrzunehmen. Er nickte abrupt.
»Lance«, sagte er, als wir uns formiert hatten, »gebt den Befehl!«
Und Lance zog seine Klinge. Sein Schrei »Angriff!« wurde ringsum wiederholt.
Wir waren eine halbe Meile weit in den Kreis eingedrungen, ehe etwas geschah. Fünfhundert Berittene bildeten unsere Vorhut. Eine dunkelgekleidete Kavallerie erschien, die wir in einen Kampf verwickelten.
Nach fünf Minuten brach der Widerstand zusammen, und wir ritten weiter.
Dann hörten wir den Donner. Blitze zuckten, Regen rauschte hernieder. Das seit langer Zeit über dem Kreis lauernde Gewitter brach endlich los.

Drittes Kapitel

Eine dünne Kette Fußsoldaten, zumeist Lanzenträger, versperrte uns den Weg, wartete in stoischer Ruhe. Vielleicht ahnten wir die Falle, trotzdem griffen wir an.
Gleich darauf bestürmte die feindliche Kavallerie unsere Flanke. Wir wirbelten herum, und der Ernst des Soldatenlebens begann.
Etwa zwanzig Minuten später ...
Wir hielten durch, warteten auf die Hauptmacht unserer Armee. Schließlich ritt unsere zweihundertköpfige Gruppe weiter ...
Menschen. Wir töteten Menschen an diesem Ort, Menschen, die die Unsrigen töteten – graugesichtige Menschen mit ausdruckslosen starren Mienen. Ich wollte mehr. Noch einen mehr ...
Die logistischen Probleme des Gegners mußten halb metaphysischer Art gewesen sein. Wie viele Kämpfer konnten durch dieses Tor geführt werden? Ich wußte es nicht genau. Kurz darauf ...
Wir kamen über eine Anhöhe, und tief unter uns lag eine unheimliche Zitadelle.
Ich hob meine Klinge.
Als wir den Hang hinabsprengten, griffen sie an.
Sie zischten und krächzten und flatterten. Ihr Anblick verriet mir, daß er nicht mehr genug Kämpfer hatte. Grayswandir war eine Flamme in meiner Hand, ein Blitz. Ich tötete die Wesen, sobald sie in meine Nähe kamen, und im Sterben flammten sie auf. Zu meiner Rechten sah ich Lance ein ähnliches Chaos anrichten, dabei murmelte er unverständliche Worte vor sich hin. Waren es Gebete für die Toten? Zu meiner Linken hieb Ganelon um sich, und eine Kette von Bränden kennzeichnete den Weg, den er genommen hatte. Inmitten der aufzuckenden Blitze rückte die Zitadelle langsam näher, ragte immer höher vor uns auf.
Die etwa hundert Mann, die von uns noch übrig waren, stürmten weiter, und links und rechts sanken die scheußlichen Ausgeburten der Hölle zu Boden.
Als wir das Tor erreichten, stellte sich uns eine Infanterie aus Menschen und Ungeheuern entgegen. Wir griffen an.
Die Gegenseite war uns zahlenmäßig überlegen, doch wir hatten keine andere Wahl. Vielleicht hatten wir die Entfernung zu unserer eigenen Infanterie zu groß werden lassen. Aber ich nahm es eigentlich nicht an. Wie ich die Lage sah, war die Zeit nun allein entscheidend.
»Ich muß durch!« rief ich. »Er ist drinnen!«
»Er gehört mir!« sagte Lance.
»Ihr beide könnt mit ihm tun, was Ihr wollt!« sagte Ganelon und ließ seine Klinge kreisen. »Dringt ein, sobald Ihr könnt! Ich begleite Euch!«

Wir hieben um uns und töteten, doch dann schlug sich das Kriegsglück auf die Seite der anderen. Sie bedrängten uns, all die häßlichen Wesen, die nicht ganz Menschen waren oder nicht mehr, vermengt mit menschlichen Kämpfern. Wir wurden auf einen kleinen Kreis zusammengedrängt und mußten uns nach allen Seiten verteidigen, bis endlich unsere erschöpfte Infanterie eintraf und loszulegen begann. Wieder stießen wir auf das Tor zu und schafften es diesmal, alle vierzig oder fünfzig Mann.

Wir kämpften uns durch, und nun stellten sich uns die Soldaten im Innenhof entgegen.

Das letzte Dutzend von uns, das es bis zum Fuß des düsteren Zitadellenturms schaffte, sah sich einer letzten Gruppe Wächter gegenüber.

»Ran!« rief Ganelon, als wir von unseren Pferden sprangen und zum Nahkampf vorstürmten.

»Ran!« brüllte Lance, und wahrscheinlich meinten beide mich – oder jeweils den anderen.

Ich löste mich aus dem Scharmützel und hastete die Treppe hinauf.

Ich wußte, daß er sich dort oben befand, im höchsten Turm; ich mußte mich ihm zum Kampf stellen und ihn besiegen. Ich wußte nicht, ob ein Sieg in meiner Macht lag, doch ich mußte es versuchen. Wußte ich doch als einziger, woher er wirklich kam und daß ich derjenige war, der ihn hierhergeführt hatte.

Oben an der Treppe stieß ich auf eine massive Holztür. Ich versuchte, sie zu öffnen, doch sie war von innen verschlossen. Ich trat mit voller Kraft zu.

Krachend stürzte sie einwärts.

Und da sah ich ihn am Fenster stehen, einen menschenähnlichen Körper in leichter Rüstung, mit einem Ziegenkopf auf breiten Schultern.

Ich trat über die Schwelle und blieb stehen.

Als die Tür nachgab, war er herumgefahren und hatte die Augen aufgerissen – und jetzt versuchte er durch das Visier meinen Blick zu bannen.

»Sterblicher, du bist zu weit gegangen«, sagte er. »Oder bist du gar kein sterblicher Mensch?« In seiner Hand funkelte eine Klinge.

»Frag Strygalldwir«, sagte ich.

»Du also hast ihn getötet«, stellte er fest. »Hat er dich erkannt?«

»Vielleicht.«

Auf der Treppe hinter mir hallten Schritte herauf. Ich trat nach links in den Schutz des Türrahmens.

Ganelon stürmte ins Zimmer, und ich rief: »Halt!« Er blieb sofort stehen.

Er wandte sich in meine Richtung.

»Dies ist das Wesen«, sagte er. »Was ist es?«

Drittes Kapitel

»Meine Sünde gegen etwas, das ich einst geliebt habe«, sagte ich. »Laß es in Ruhe. Es gehört mir.«

»Oh, bitte sehr!«

Er rührte sich nicht.

»Hast du das wirklich ernst gemeint?« fragte das Geschöpf.

»Finde es doch heraus!« sagte ich und sprang vor.

Doch das Wesen stellte sich nicht zum Kampf. Statt dessen tat es etwas, das jeder sterbliche Kämpfer für töricht gehalten hätte.

Es schleuderte seine Klinge in meine Richtung, mit der Spitze voran, wie einen Blitz. Und die Bewegung wurde von einer Art Donnerschlag begleitet.

Die Elemente außerhalb des Turms stimmten in das Echo ein, eine ohrenbetäubende Reaktion.

Ich parierte den Angriff mit Grayswandir. Die Waffe bohrte sich in den Boden und begann sofort zu brennen. Draußen zuckten im gleichen Moment Blitze auf.

Einen Augenblick lang war das Licht so grell wie eine Magnesiumfackel, und in dieser Sekunde fiel das Geschöpf über mich her.

Es drückte mir die Arme an die Flanken, und seine Hörner hieben gegen mein Visier, einmal, zweimal ...

Dann richtete ich meine Kräfte gegen die mächtigen Arme, und ihr Griff begann sich zu lockern.

Ich ließ Grayswandir fallen und löste mich mit einer letzten gewaltigen Anspannung aus der Umarmung meines Gegners.

Doch im gleichen Augenblick begegneten sich unsere Blicke.

Wir hieben beide zu, gerieten ins Taumeln.

»Lord von Amber«, sagte das Wesen nun. »Warum bekämpft Ihr mich? Ihr wart es doch selbst, der uns diese Passage eröffnet hat, diesen Weg ...«

»Ich bereue eine voreilige Handlung und versuche, sie rückgängig zu machen.«

»Dazu ist es nun zu spät – und dies ist ein seltsamer Ort, um damit zu beginnen.«

Wieder hieb das Wesen zu, so schnell, daß es meine Deckung durchbrach. Ich wurde gegen die Wand geschleudert. Das Geschöpf war gefährlich schnell.

Und dann hob es die Hand und machte ein Zeichen, und ich hatte eine Vision der Gerichte des Chaos vor Augen – eine Vision, die mir die Nackenhaare sträubte, die meine Seele einem kalten Wind aussetzte, in der Erkenntnis, was ich getan hatte.

»Seht Ihr?« fragte mein Gegner. »Ihr habt uns dieses Tor aufgetan. Wenn Ihr uns jetzt helft, verschaffen wir Euch, was Euch rechtmäßig gehört.«

Einen Augenblick lang war ich in Versuchung. Durchaus möglich, daß das Wesen sein Versprechen wahrmachen konnte, daß es mir helfen würde, wenn ich ihm half.

Aber danach würde es immer eine Gefahr für mich sein. Für kurze Zeit verbündet, würden wir uns später wieder bekämpfen, sobald wir das Gewünschte erhalten hatten – und die Kräfte der Finsternis waren dann weitaus stärker. Trotzdem – wenn ich Herrscher über die Stadt war ...

»Machen wir das Geschäft?« lautete die scharfe, fast schrille Frage.

Ich dachte an die Schatten und die Orte jenseits der Schatten ...

Langsam hob ich den Arm und löste meinen Helm ...

Ich schleuderte ihn, als das Wesen aufzuatmen schien. Ich glaube, Ganelon sprang im gleichen Augenblick vorwärts.

Ich warf mich quer durch das Zimmer und trieb das Wesen gegen die Wand.

»Nein!« brüllte ich.

Die menschenähnlichen Hände fanden meinen Hals – etwa in dem gleichen Augenblick, da sich meine Finger um seinen Hals schlossen.

Ich drückte mit voller Kraft, drehte die Hände zur Seite. Vermutlich tat die Kreatur das gleiche.

Ich hörte etwas brechen wie einen trockenen Ast. Ich fragte mich, wessen Hals da eben gebrochen sein mochte. Meiner tat jedenfalls fürchterlich weh.

Ich öffnete die Augen, und über mir wölbte sich der Himmel. Ich lag auf dem Rücken; eine Decke schützte mich vor der Kühle des Bodens.

»Ich fürchte, er schafft es«, sagte Ganelon, und ich drehte den Kopf mühsam in die Richtung, aus der ich seine Stimme gehört hatte.

Er saß am Rand der Decke, ein Schwert über den Knien. Lorraine war bei ihm.

»Wie steht der Kampf?« fragte ich.

»Wir haben gesiegt«, sagte er. »Ihr habt Euer Versprechen gehalten. Als Ihr das Ding umgebracht hattet, war alles vorbei. Die graugesichtigen Menschen sanken bewußtlos zu Boden, die Ungeheuer verbrannten.«

»Gut.«

»Ich habe hier gesessen und mich gefragt, warum ich Euch nicht mehr hasse.«

»Seid Ihr dabei zu Ergebnissen gelangt?«

»Nein, eigentlich nicht. Vielleicht liegt es daran, daß wir uns im Grunde sehr ähnlich sind. Ich weiß es nicht.«

Ich lächelte Lorraine an. »Ich bin froh, daß deine prophetischen Gaben nicht die besten sind«, sagte ich. »Der Kampf ist vorbei, und du lebst immer noch.«

»Der Tod hat bereits begonnen«, sagte sie, ohne mein Lächeln zu erwidern.

»Was meinst du damit?«

»Noch heute werden Geschichten erzählt über den grausamen Lord Corwin, der meinen Großvater öffentlich vierteilen ließ, weil er einen der ersten Aufstände gegen ihn angezettelt hatte.«

»Das war nicht ich«, sagte ich, »sondern einer meiner Schatten.«

Doch sie schüttelte den Kopf. »Corwin von Amber«, sagte sie, »ich bin, was ich bin.« Mit diesen Worten stand sie auf und entfernte sich.

»Was war das für ein Wesen?« fragte Ganelon, ohne sich um ihren Abgang zu kümmern. »Was war das für ein Geschöpf im Turm?«

»Es war mein Geschöpf«, erwiderte ich. »Eins von den Dingen, die entfesselt wurden, als ich Amber meinen Fluch auferlegte. Ich gab den Elementen, die jenseits der Schatten lauern, den Weg frei in die reale Welt. Die Wege des geringsten Widerstands zeichnen sich in diesen Erscheinungen ab, durch die Schatten nach Amber. Hier war der Kreis dieser Weg. Woanders mag sich der Vorgang anders äußern. Den Weg durch diesen Schatten habe ich nun versperrt. Ihr könnt aufatmen, Ihr habt Eure Ruhe.«

»Seid Ihr deshalb zu uns gekommen?«

»Nein«, sagte ich. »Eigentlich nicht. Ich war unterwegs nach Avalon, als ich Lance fand. Ich konnte ihn nicht liegen lassen, und als ich ihn zu Euch gebracht hatte, wurde ich in diesen Aspekt meines üblen Tuns verwickelt.«

»Avalon? Es war also eine Lüge, als Ihr sagtet, es wäre vernichtet worden?«

Ich schüttelte den Kopf.

»Oh nein. Unser Avalon wurde zerstört, doch in den Schatten mag sich durchaus ein Avalon finden, das dem alten gleicht.«

»Nehmt mich mit Euch!«

»Seid Ihr verrückt?«

»Nein, ich möchte das Land meiner Geburt wiedersehen, so groß die Gefahr auch sein mag.«

»Ich gedenke dort nicht zu verweilen«, sagte ich, »sondern mich lediglich zum Kampf zu rüsten. In Avalon gibt es ein rosafarbenes Pulver, welches Juweliere verwenden. Ich habe einmal eine Handvoll davon in Amber angezündet. In Avalon will ich mir nur dieses Pulver beschaffen und dann Gewehre bauen, mit denen ich Amber belagern will, um den Thron zu erringen, der rechtmäßig mir gehört.«

»Was ist mit den Elementen außerhalb der Schatten, die Ihr erwähntet?«

»Um die kümmere ich mich später. Wenn ich vor Amber unterliege, sind sie Erics Problem.«

»Ihr sagtet, er hätte Euch geblendet und in ein Verlies geworfen.«

»Das ist wahr. Mir sind neue Augen gewachsen. Dann konnte ich fliehen.«

»Ihr seid wirklich ein Dämon.«

»Das hat man schon oft von mir behauptet. Jetzt leugne ich es nicht mehr.«

»Nehmt Ihr mich mit?«

»Wenn Ihr wirklich wollt? Unser Ziel wird sich allerdings von dem Avalon unterscheiden, das in Eurer Erinnerung lebt.«

»Nach Amber!«

»Ihr seid ja wirklich verrückt!«

»Nein. Seit langem ersehne ich die Rückkehr in die sagenhafte Stadt. Wenn ich Avalon wiedergesehen habe, möchte ich einmal etwas Neues probieren. Habe ich mich nicht als guter General erwiesen?«

»Ja.«

»Dann unterweist mich an den Gebilden, die Ihr eben Gewehre nanntet – und ich helfe Euch bei Eurem größten Kampf. Ich habe nicht mehr allzu viele gute Jahre zu erwarten, das weiß ich. Nehmt mich mit.«

»Es mag dazu kommen, daß Eure Knochen am Fuße Kolvirs bleichen – neben den meinen!«

»Welcher Kampfausgang ist schon gewiß? Das Risiko gehe ich ein.«

»Wie Ihr wollt. Ihr dürft mitkommen.«

»Vielen Dank, Lord.«

In jener Nacht blieben wir in unserem Lager an Ort und Stelle und ritten am nächsten Tag in die Burg zurück. Dort machte ich mich auf die Suche nach Lorraine. Ich erfuhr, daß sie mit einem ihrer früheren Liebhaber geflohen war, einem Offizier namens Melkin. Obwohl sie ziemlich bestürzt gewesen war, mißfiel mir der Umstand, daß sie mir keine Gelegenheit gegeben hatte, Dinge zu erläutern, die sie lediglich als Gerüchte kannte. Ich beschloß, den beiden zu folgen.

Ich bestieg Star, drehte meinen schmerzenden Hals in die Richtung, die sie angeblich eingeschlagen hatten, und nahm die Verfolgung auf. In gewisser Weise konnte ich ihr nicht gram sein. Mein Empfang in der Burg war nicht so ausgefallen, wie es der Sieger über den Gehörnten hätte erwarten können, wäre er ein anderer gewesen als ich. Die Geschichten vom hiesigen Corwin hatten sich ziemlich hartnäckig gehalten, und jede dieser Geschichten hatte etwas Dämonisches. Die Männer, mit denen ich gearbeitet hatte, die mit mir im Kampf gewesen waren, musterten mich nun mit Blicken, in denen mehr lag als Angst – kurze Blicke nur, denn sie senkten immer wieder hastig die Augen und richteten sie auf etwas anderes. Vielleicht hatten sie Angst, daß ich zu bleiben und sie zu beherrschen wünschte. Als ich aus der Burg ritt, waren sie womöglich erleichtert – mit Ausnahme Ganelons. Ganelon mochte annehmen, daß ich nicht wie versprochen zurückkehren würde, um ihn abzuholen. Dies war meinem Gefühl nach der Grund, warum er sich erbot, mich auch bei der Verfolgung Lorraines zu begleiten. Aber dies war eine Sache, die ich allein erledigen mußte.

Wie ich jetzt zu meiner Überraschung erkannte, hatte mir Lorraine einiges bedeutet – ihre Handlungsweise kränkte mich ziemlich. Ich war der Meinung, sie müsse mich zumindest anhören, ehe sie ihres Weges zog. Wenn sie sich dann immer noch für ihren sterblichen Offizier entschied, konnte sie auf meinen Segen rechnen. Wenn nicht, dann wollte ich sie bei mir behalten – das machte ich mir nun klar. Das schöne Avalon mußte warten, bis ich diese Angelegenheit geregelt hatte – und zum Ende oder Neubeginn.

Ich folgte der Spur, und in den Bäumen ringsum sangen die Vögel. Der Tag war hell, erfüllt von einem himmelblauen, baumgrünen Frieden, denn die Plage war vom Land gewichen. In meinem Herzen regte sich so etwas wie Freude, daß ich zumindest einen kleinen Teil des Übels getilgt hatte, welches auf meinem Gewissen lastete. Übel? Hölle und Verdammnis, ich habe in meiner Zeit mehr Böses angerichtet als die meisten Menschen, doch ich hatte mit der Zeit auch ein Gewissen entwickelt, irgendwie, und diesem Gewissen gönnte ich nun einen der seltenen Augenblicke der Zufriedenheit. Sobald ich Amber beherrschte, konnte ich ihm wieder etwas mehr die Zügel schießen lassen, meinte ich. Ha!

Die Spur führte mich nach Norden, und die Gegend war mir fremd. Ich folgte einem gutausgetretenen Weg, auf dem sich die frischen Spuren zweier Reiter abzeichneten. Ich folgte diesen Spuren den ganzen Tag lang, durch die Abenddämmerung bis in die Dunkelheit. Von Zeit zu Zeit stieg ich ab und untersuchte den Weg. Schließlich begannen mir die Augen Streiche zu spielen, und ich suchte mir eine kleine Senke einige hundert Meter links vom Weg und schlug dort mein Nachtlager auf. Zweifellos war es auf meine Halsschmerzen zurückzuführen, daß ich von dem Gehörnten träumte und den ganzen Kampf noch einmal durchfechten mußte. »Helft uns, dann verschaffen wir Euch, was Euch rechtmäßig gehört«, sagte das Geschöpf. An dieser Stelle erwachte ich abrupt, und ein Fluch lag auf meinen Lippen. Als der Morgen den Himmel bleichte, stieg ich auf und setzte meinen Weg fort. Es war eine kalte Nacht gewesen, und ein kühler Hauch aus dem Norden hielt mich nach wie vor in seinem Bann. Das Gras glitzerte von leichtem Frost, und mein Umhang war feucht, da er während der Nacht auf dem Boden unter mir gelegen hatte.

Gegen Mittag war etwas Wärme in die Welt zurückgekehrt, und die Spur war frischer. Ich holte langsam auf.

Als ich sie schließlich fand, sprang ich von meinem Reittier und rannte zu ihr. Sie lag unter einem Wildrosenbusch ohne Blüten, dessen Dornen sie an Wange und Schulter zerkratzt hatten. Sie war noch nicht lange tot. Dort, wo die Klinge eingedrungen war, schimmerte das Blut noch feucht auf ihrer Brust, ihre Haut fühlte sich noch warm an.

Es gab keine Felsbrocken, mit denen ich ihr ein Steingrab hätte bauen können; also hieb ich mit Grayswandir auf den Boden ein und bettete sie in die flache Grube. Er hatte ihr Armbänder, Ringe und den juwelenbesetzten Aufsteckkamm abgenommen – ihr ganzes Vermögen. Ich mußte ihr die Augen schließen, ehe ich provisorisch meinen Mantel über sie legte und mit Zweigen bedeckte; dabei begannen meine Hände zu zittern, und mein Blick trübte sich. Ich brauchte lange, um darüber hinwegzukommen.

Ich ritt weiter, und es dauerte nicht lange, bis ich ihn einholte; er galoppierte dahin, als sei der Teufel hinter ihm her, was ja auch stimmte. Ich sprach kein Wort, als ich ihn vom Pferd holte, und auch hinterher nicht, und ich beschmutzte auch nicht meine Klinge, obwohl er die seine zog. Ich schleuderte seinen entstellten Leichnam in eine hohe Eiche, und als ich später zurückschaute, war die Baumkrone schwarz von Vögeln.

Ehe ich das Grab schloß, gab ich ihr die Ringe, Armbänder und Kämme zurück – und das war Lorraine. Ihr ganzes Leben, all ihre Wünsche, hatten hier gemündet, zu diesem Ort geführt – und das ist die ganze Geschichte unserer Begegnung und Trennung in jenem Land, das Lorraine heißt. Eine Geschichte, die wohl zu meinem Leben paßt, hat doch ein Prinz von Amber Anteil und Verantwortung an allem Übel, das in der Welt lauert – worin auch der Grund zu suchen ist, warum ein Teil meiner selbst mit einem spöttischen »Ha!« reagiert, sobald ich einmal von meinem Gewissen spreche. In vielen Urteilen über mich wird gesagt, meine Hände seien blutig. Ich bin ein Teil des Bösen, das in der Welt und in den Schatten existiert. Ich sehe mich zuweilen als ein Übel, dessen Daseinszweck es ist, sich anderen bösen Einflüssen entgegenzustellen. Ich vernichte Menschen wie Melkin, wenn ich sie aufspüren kann, und an jenem Großen Tag, von dem die Propheten sprechen, an den sie aber eigentlich gar nicht glauben, an jenem Tag, da die Welt gesäubert wird von allem Bösen, werde auch ich in die Düsternis hinabsinken, zähneknirschend und meine Flüche murmelnd. Neuerdings habe ich das Gefühl, daß es sogar schon vorher dazu kommen könnte. Wie dem auch sei ... Bis zu jenem Augenblick werde ich mir nicht die Hände waschen und sie auch nicht nutzlos in den Schoß legen.

Ich wendete mein Pferd und kehrte zur Burg des Ganelon zurück, der dies alles wußte, aber nie begreifen würde.

4

Über die unheimlichen und verrückten Wege nach Avalon ritten wir, Ganelon und ich, durch Gassen aus Träumen und Alpträumen, unter der hallenden Stimme der Sonne und den weißen Inseln der Nacht, bis diese zu Gold- und Diamantbrocken wurden und der Mond wie ein Schwan dahinsegelte. Der Tag schrie das Grün des Frühlings hinaus, wir überquerten einen breiten Strom, und die Berge vor uns waren mit Nacht überkrustet. Ich schickte einen Pfeil meiner Schöpfung in die mitternächtliche Schwärze empor, und der Schaft fing über mir Feuer und brannte sich wie ein Meteor nach Norden. Der einzige Drache, auf den wir stießen, war lahm und humpelte hastig in ein Versteck, wobei sein keuchender, quietschender Atem Gänseblümchen versengte. Schimmernde Vogelscharen deuteten pfeilförmig unser Ziel an, kristallklare Stimmen aus den Seen ließen unsere Worte widerhallen, während wir vorüberritten. Ich sang im Sattel, und nach einer Weile fiel Ganelon ein. Wir waren nun schon über eine Woche unterwegs, und das Land und der Himmel und die Windstöße verrieten mir, daß wir Avalon nahe gekommen waren. Als sich die Sonne hinter den Felsen verbarg und der Tag zu Ende ging, lagerten wir in einem Wald in der Nähe eines Sees. Ich ging zum Wasser um zu baden, während Ganelon unsere Sachen auspackte. Das Wasser war kalt und atemberaubend erfrischend. Ich plätscherte eine Weile darin herum.

Dabei glaubte ich, mehrere Schreie zu hören – doch es blieb bei einem vagen Gefühl. Wir befanden uns in einem unheimlichen Wald, aber ich machte mir keine großen Sorgen. Trotzdem zog ich mich hastig an und kehrte ins Lager zurück.

Unterwegs vernahm ich es erneut: ein Jammern, ein Flehen. Als ich näher kam, erkannte ich, daß ein Gespräch im Gange war.

Schließlich betrat ich die kleine Lichtung, die wir als Lagerplatz erwählt hatten. Unsere Sachen lagen im Gras, eine Feuerstelle war halb fertiggestellt.

Ganelon hockte unter einem alten Eichenbaum auf den Fersen. Der Mann hing an einem Ast.

Er war jung und blond. Mehr vermochte ich auf den ersten Blick nicht festzustellen. Es ist schwierig, sich einen Eindruck von den

Viertes Kapitel

Gesichtszügen und der Größe eines Mannes zu machen, wenn er mehrere Fuß über dem Boden kopfunter an einem Baum hängt.

Die Hände waren ihm auf dem Rücken gefesselt worden, und er hing an einem Seil, das an seinem rechten Fußknöchel befestigt war.

Er stieß hastige, kurze Antworten auf Ganelons Fragen hervor, und sein Gesicht war feucht von Speichel und Schweiß. Er hing nicht schlaff herab, sondern pendelte hin und her. Seine Wange wies eine Abschürfung auf, an seiner Brust waren mehrere Blutflecken zu sehen.

Ich blieb stehen, zwang mich dazu, nicht einzugreifen, und beobachtete die beiden. Ganelon behandelte den Mann sicher nicht ohne Grund auf diese Weise, so daß ich nicht gerade von Mitleid für den Burschen überwältigt wurde. Was immer Ganelon auf diese Verhörmethode gebracht hatte, in jedem Fall waren die Informationen auch für mich interessant. Außerdem interessierten mich die Erkenntnisse, die mir das Verhör über Ganelon bringen würde, der nun immerhin eine Art Verbündeter war. Und ein paar weitere Minuten mit dem Kopf nach unten konnten dem Burschen nicht groß schaden ...

Als das Pendeln nachließ, stieß Ganelon seinen Gefangenen mit der Schwertspitze an und ließ ihn erneut heftig ausschwingen. Dies führte zu einer weiteren leichten Brustwunde; ein neuer roter Fleck breitete sich aus. Gleichzeitig stieß der Jüngling einen Schrei aus. An seiner Gesichtsfarbe erkannte ich, daß er noch ziemlich jung war. Ganelon streckte sein Schwert aus und hielt die Spitze mehrere Zoll über die Stelle, die der Hals des Jungen beim Zurückschwingen passieren mußte. Im letzten Augenblick ließ er die Schneide zurückschnellen und lachte leise, als der Junge sich hin und her warf und zu flehen begann. »Bitte!«

»Ich will alles hören«, sagte Ganelon.

»Das ist schon alles«, sagte der Gepeinigte. »Ich weiß wirklich nicht mehr!«

»Warum nicht?«

»Sie sind dann an mir vorbeigaloppiert! Ich konnte nichts mehr sehen!«

»Warum bist du ihnen nicht gefolgt?«

»Sie waren beritten – ich war zu Fuß.«

»Warum bist du ihnen nicht zu Fuß gefolgt?«

»Ich war durcheinander.«

»Durcheinander? Du hattest Angst! Du bist desertiert!«

»Nein!«

Ganelon streckte die Waffe aus und zog sie wieder im letzten Augenblick zurück.

»Nein!« rief der Jüngling.

Wieder hob Ganelon die Klinge.

»Ja!« kreischte der Junge. »Ja, ich hatte Angst!«

»Und dann bist du geflohen?«

»Ja! Ich bin immer weiter geflohen! Ich bin seither auf der Flucht ...«

»Und du weißt nicht, wie sich die Sache weiterentwickelt hat?«

»Nein!«

»Du lügst!«

Wieder geriet die Klinge in Bewegung.

»Nein!« flehte der Junge. »Bitte ...«

Ich trat vor. »Ganelon«, sagte ich.

Er sah mich an und senkte grinsend seine Waffe. Der Junge sah mich an.

»Was haben wir denn hier?« fragte ich.

»Ha!« rief Ganelon und klatschte dem Jungen eins auf den Sack, daß er aufschrie. »Einen Dieb, einen Deserteur – mit einer interessanten Geschichte.«

»Dann schneide ihn los und erzähl mir, was du erfahren hast«, sagte ich.

Ganelon machte kehrt und durchtrennte mit einem einzigen Schwerthieb die Schnur. Der Junge fiel zu Boden und begann zu schluchzen.

»Ich habe ihn erwischt, wie er unsere Vorräte stehlen wollte, und kam auf den Gedanken, ihn nach der Gegend zu befragen«, sagte Ganelon. »Er kommt von Avalon – auf schnellstem Wege.«

»Was meinst du damit?«

»Er war Fußsoldat in einer Schlacht, die dort vor zwei Nächten geschlagen wurde. Während des Kampfes gewann seine Feigheit die Oberhand, und er ist desertiert.«

Der Jüngling wollte widersprechen, und Ganelon versetzte ihm einen Tritt.

»Sei still!« sagte er. »Ich erzähle doch nur, was du mir gesagt hast!«

Der junge Mann bewegte sich seitwärts wie ein Krebs und starrte mich mit weitaufgerissenen Augen flehend an.

»Schlacht? Wer hat denn gekämpft?« fragte ich.

Ganelon lächelte grimmig.

»Die Geschichte dürfte Euch bekannt vorkommen«, sagte er. »Die Streitkräfte Avalons gingen in die schwerste – und vielleicht letzte – einer ganzen Reihe von Auseinandersetzungen mit Wesen, deren Herkunft nicht natürlich zu erklären ist.«

»Oh?«

Ich musterte den Jungen, der den Blick senkte – doch ich sah die Angst in seinen Augen, ehe die Lider herabglitten.

Viertes Kapitel

»... Frauen«, sagte Ganelon. »Bleichgesichtige Furien aus einer unbekannten Hölle, lieblich und kalt. Bewaffnet und in Rüstung. Langes, helles Haar. Augen wie Eis. Sie reiten auf dem Rücken weißer feuerspeiender Reittiere, die sich von Menschenfleisch ernähren. Sie stürmen nachts aus einem Höhlengewirr in den Bergen hervor, welches vor einigen Jahren von einem Erdbeben geöffnet wurde. Sie veranstalteten zahlreiche Überfälle und nahmen junge Männer als Gefangene mit, brachten alle anderen um. Viele tauchten später als seelenlose Infanterie in ihrem Gefolge wieder auf. Das alles hört sich sehr nach den Menschen des Kreises an, mit denen wir es zu tun hatten.«

»Aber von denen waren viele noch am Leben, als sie befreit wurden«, sagte ich. »Im Kampf wirkten sie gar nicht so seelenlos, nur irgendwie betäubt – so wie es mir auch einmal ergangen ist. Seltsam«, fuhr ich fort, »daß man die Höhlen nicht am Tage versperrt hat, wo die Reiterinnen ihr Unwesen doch nur nachts getrieben haben ...«

»Der Deserteur hat mir berichtet, daß man so etwas versucht hat«, sagte Ganelon. »Doch die unheimlichen Wesen seien nach einer gewissen Zeit stets wieder aufgetaucht, stärker denn je zuvor.«

Das Gesicht des Jungen war gespenstisch bleich, doch als ich ihn fragend ansah, nickte er.

»Sein General, den er den Protektor nennt, hat sie oft besiegt«, fuhr Ganelon fort. »Er hat sogar den Teil einer Nacht mit der Anführerin, einer bleichen Hexe namens Lintra, verbracht – ob im Liebesspiel oder zu Verhandlungen, weiß ich nicht genau. Jedenfalls ist nichts dabei herausgekommen. Die Überfälle gingen weiter, und die Macht der unheimlichen Wesen wuchs. Der Protektor faßte schließlich den Plan, einen umfassenden Angriff einzuleiten, um den Gegner völlig zu vernichten. Und während dieses Kampfes ist unser Freund hier geflohen« – er deutete mit dem Schwert auf den jungen Mann –, »weshalb wir jetzt nicht wissen, wie die Geschichte ausgegangen ist.«

»Verhält es sich so?« fragte ich den Gefangenen.

Der Junge wandte sich von der Spitze des Schwerts ab, hielt einen Augenblick lang meinem Blick stand und nickte langsam.

»Interessant«, sagte ich zu Ganelon. »Sehr interessant. Ich habe das Gefühl, daß die Probleme Avalons mit den Gefahren zu tun haben, die wir vor kurzem bannen konnten. Wenn ich nur wüßte, wie der Kampf hier ausgegangen ist!«

Ganelon nickte und faßte seine Waffe fester.

»Also, wenn wir mit ihm fertig sind ...«, sagte er.

»Moment – Ihr habt gesagt, er wollte sich etwas zu essen stehlen?«

»Ja.«

»Bindet ihn los. Wir geben ihm zu essen.«

»Aber er wollte uns bestehlen!«

»Habt Ihr mir nicht erzählt, Ihr hättet einmal einen Mann wegen eines Paars Schuhe umgebracht?«

»Ja, aber das war doch etwas anderes.«

»Inwiefern?«

»Na, ich – ich habe mich nicht erwischen lassen.«

Ich lachte schallend. Zuerst blickte er mich verärgert an, dann verwirrt. Schließlich begann er ebenfalls zu lachen. Der junge Mann sah uns an, als hätten wir den Verstand verloren.

»Also gut«, sagte Ganelon schließlich, »also gut.« Er bückte sich, drehte den Jungen mit einer kräftigen Handbewegung herum und schnitt die Schnur durch, die seine Handgelenke zusammenhielt.

»Komm, mein Junge«, sagte er. »Ich besorge dir etwas zu essen.« Er beschäftigte sich mit unserer Ausrüstung und öffnete mehrere Proviantpakete.

Der Junge stand auf und humpelte langsam hinter ihm her. Er ergriff, was ihm gereicht wurde, und begann, es hastig hinunterzuschlingen, ohne den Blick von Ganelon zu wenden. Seine Informationen, sollten sie stimmen, warfen etliche Komplikationen für mich auf – als erstes den Umstand, daß ich in einem vom Krieg überzogenen Land meine Absichten wahrscheinlich nicht so schnell verwirklichen konnte. Auch verstärkten sich meine Befürchtungen hinsichtlich Art und Ausmaß der Störungen, die ich hervorgerufen hatte.

Ich half Ganelon, ein kleines Feuer anzufachen.

»Wie beeinflußt dies Eure weiteren Pläne?« fragte er.

Ich sah eigentlich keine Alternative. Die Schatten in der Nähe dessen, was ich erstrebte, waren sicher ähnlich beeinträchtigt. Ich konnte mein Ziel natürlich in einem Schatten suchen, der nicht heimgesucht wurde – aber wenn ich dann dort eintraf, wäre es der falsche Ort für mich. Was ich erstrebte, wäre dort nicht vorhanden. Wenn die Vorstöße des Chaos auf meinem Wunschweg durch die Schatten eintraten, hingen sie mit der Art meiner Wünsche zusammen und mußten früher oder später bewältigt werden, so oder so. Ausweichen konnte man ihnen nicht. So lief das Spiel nun mal, und ich durfte mich nicht beschweren – hatte ich doch die Regeln selbst aufgestellt.

»Wir reiten weiter«, sagte ich. »Avalon ist mein Ziel.«

Der junge Mann stieß einen kurzen Schrei aus und begann, warnend auf mich einzureden – vielleicht aus einem Gefühl des Verpflichtetseins heraus, weil ich Ganelon davon abgehalten hatte, ihn zu durchbohren. »Reitet nicht nach Avalon, Sir! Dort gibt es nichts, was Ihr erstreben könntet! Man würde Euch töten!«

Ich lächelte ihn an und dankte ihm. Ganelon lachte leise vor sich hin und sagte: »Nehmen wir ihn doch mit, damit er sich als Deserteur verantworten kann.«

Viertes Kapitel

Daraufhin rappelte sich der Jüngling auf und rannte davon. Immer noch lachend, zog Ganelon seinen Dolch und machte Anstalten, die Klinge zu schleudern. Ich hieb ihm gegen den Arm, und er traf weit daneben. Der junge Mann verschwand im Wald, und Ganelon lachte noch immer.

Er brachte den Dolch wieder an sich. »Ihr hättet mich nicht aufhalten sollen«, sagte er.

»Ich habe anders entschieden.«

Er zuckte die Achseln.

»Wenn er heute nacht zurückkehrt und uns die Hälse durchschneidet, seid Ihr vielleicht anderer Ansicht.«

»Dann allerdings. Aber er kommt nicht zurück, und das wißt Ihr auch.«

Wieder hob er die Schultern, schnitt sich ein Stück Fleisch ab und erwärmte es über den Flammen.

»Nun, der Krieg hat ihm wenigstens beigebracht, wie man die Beine unter den Arm nimmt«, sagte er anerkennend. »Vielleicht erleben wir den morgigen Tag doch noch.«

Er biß ab und begann zu kauen. Sein Beispiel spornte mich an, und ich versorgte mich ebenfalls mit einem Stück Fleisch.

Später erwachte ich aus unruhigem Schlaf und starrte durch das Dach der Blätter auf die Sterne. Ein in die Zukunft schauender Teil meines Geistes beschäftigte sich mit dem Jungen und nahm uns tüchtig ins Gebet. Es dauerte lange, bis ich wieder einschlafen konnte.

Am Morgen häuften wir Erde über die Feuerstelle und ritten weiter. Bis zum Nachmittag schafften wir es in die Berge und ließen sie am folgenden Tag hinter uns.

Auf unserem Weg zeigten sich da und dort frische Spuren – doch wir begegneten niemandem.

Am nächsten Tag kamen wir an mehreren Bauernhäusern und Siedlungen vorbei, ohne uns aufzuhalten. Ich hatte mich gegen die wilde, dämonische Route entschlossen, der ich bei der Verbannung Ganelons gefolgt war. Zwar wäre dieser Weg viel kürzer gewesen, doch hätte sich mein Begleiter bestimmt darüber aufgeregt. Außerdem brauchte ich Zeit zum Nachdenken, so daß ein solcher Ausflug nicht in Frage kam. Inzwischen ging auch der lange Weg seinem Ende entgegen. An diesem Nachmittag erlangten wir Ambers Himmel, und ich bewunderte stumm den Anblick. Es sah beinahe so aus, als ritten wir durch den Wald von Arden. Allerdings war kein Hörnerklang zu vernehmen, und kein Julian, kein Morgenstern, keine gierig hechelnden Hunde tauchten auf, wie damals, als ich zum letzten Mal durch Arden kam. Wir nahmen nur den Vogelgesang in den mächtigen Bäumen wahr, das Keckern eines Eichhörnchens, das Bellen eines Fuchses, das Plätschern eines Wasserfalls, das Weiß und Blau und Rosa von Blumen in den Schatten.

Der Nachmittagswind war angenehm kühl; er stimmte mich derart friedlich, daß mich der Anblick der frischen Gräber am Wegesrand hinter einer Kurve ziemlich unvorbereitet traf. In der Nähe befand sich eine zertrampelte Lichtung. Wir verweilten kurze Zeit, erfuhren aber auch nicht mehr, als auf den ersten Blick erkennbar gewesen war.

Ein Stück weiter passierten wir eine ähnliche Stelle mit mehreren verkohlten Grasflecken und Büschen. Der Weg zeigte inzwischen Spuren intensiver Benutzung, und das Gebüsch links und rechts war geknickt und niedergetrampelt, als seien hier zahlreiche Männer und Tiere durchgekommen. Von Zeit zu Zeit roch die Luft nach Asche, und einmal kamen wir an einem Pferdekadaver vorbei, der bereits ziemlich verwest und von Raben zerfleddert war. Wir hielten eine Zeitlang den Atem an.

Der Himmel Ambers schenkte mir keine Kraft mehr, obwohl der Weg in der nächsten Zeit keine Überraschungen mehr brachte. Der Tag neigte sich dem Abend entgegen, und der Wald war schon viel lichter geworden, als Ganelon im Südosten die Rauchsäulen bemerkte. Wir schlugen den ersten Seitenweg ein, der in die Richtung zu führen schien, auch wenn uns das von Avalon fortführte. Es war schwierig, die Entfernung zu schätzen, doch wir erkannten bald, daß wir unser Ziel erst nach Einbruch der Dunkelheit erreichen würden.

»Die Armee – noch im Lager?« fragte Ganelon.

»Oder die der Eroberer.«

Er schüttelte den Kopf und lockerte die Klinge in der Scheide.

In der Dämmerung verließ ich den Weg, um ein Wasserplätschern zu erkunden. Es war ein heller, klarer Bach, der von den Bergen herabstürzte und noch etwas Gletscherkälte mit sich führte. Ich badete darin, stutzte meinen neuen Bart zurecht und befreite meine Kleidung vom Staub der Reise. Da nun das Ende unseres Ritts bevorstand, wollte ich natürlich einen zivilisierteren Eindruck machen, soweit das möglich war. Ganelon wußte meinen Wunsch zu schätzen und benetzte sein Gesicht mit Wasser und schneuzte sich einmal vernehmlich.

Schließlich stand ich am Ufer, blinzelte mit frischausgespülten Augen zum Himmel empor und sah den Mond plötzlich ganz deutlich hervortreten, sah seine Ränder scharf werden. Das widerfuhr mir zum ersten Mal! Ich hörte auf zu atmen und blickte reglos hinauf. Dann suchte ich den Himmel nach ersten Sternen ab, suchte den Rand von Wolken, die Gipfel ferner Berge, weit entfernte Bäume. Noch einmal blickte ich auf den Mond, der sich noch immer klar und deutlich am Himmel zeigte. Ich konnte wieder normal sehen!

Viertes Kapitel

Als ich zu lachen begann, wich Ganelon zurück – und erkundigte sich weder jetzt noch später nach dem Grund.

Ich unterdrückte meinen Wunsch zu singen, stieg wieder auf mein Pferd und kehrte zum Weg zurück. Die Schatten wurden dunkler, und zwischen den Ästen über unseren Köpfen blühten Sternenwolken auf. Ich atmete ein schönes Stück der Nacht ein, hielt es einen Augenblick lang in meinen Lungen, gab es wieder frei. Ich war wieder ganz der alte – ein herrliches Gefühl!

Ganelon lenkte sein Pferd neben mich und sagte leise: »Wir müssen mit Posten rechnen.«

»Ja«, sagte ich.

»Sollten wir dann nicht lieber den Weg verlassen?«

»Nein. Ich möchte nicht heimlichtuerisch erscheinen. Mir macht es nichts aus, notfalls auch mit einer Eskorte einzutreffen. Wir sind eben nur zwei einfache Reisende.«

»Vielleicht erkundigt man sich nach dem Grund für unsere Reise.«

»Dann geben wir uns als Söldner aus, die von den Auseinandersetzungen in der Gegend gehört haben und eine Anstellung suchen.«

»Ja. Das könnte nach unserem Aussehen klappen. Hoffentlich nimmt man sich überhaupt die Zeit, uns anzuschauen.«

»Wenn man uns so schlecht erkennen kann, bieten wir auch kein gutes Ziel.«

»Das ist wahr – trotzdem tröstet mich der Gedanke wenig.«

Ich lauschte auf unseren Hufschlag. Der Weg verlief nicht geradlinig, sondern wand sich hierhin und dorthin, streckte sich ein Stück, um sich dann erneut zu krümmen. Als wir die nächste Anhöhe erreichten, traten die Bäume noch weiter auseinander.

Als wir den Gipfel des nächsten Hügels erreichten, sahen wir vor uns ein ziemlich offenes Gelände. Gleich darauf befanden wir uns an einer Stelle, von der aus wir mehrere Meilen weit zu blicken vermochten. Wir zügelten unsere Tiere an einem Abgrund, der sich nach zehn oder fünfzehn steilen Metern zu einem gemächlichen Hang neigte und zu einer großen Ebene hinabführte, die etwa eine Meile entfernt begann und in ein hügeliges, da und dort bewaldetes Gebiet mündete. Die Ebene war mit Lagerfeuern übersät, und zur Mitte hin erhoben sich etliche Zelte. In der Nähe grasten zahlreiche Pferde. Meiner Schätzung nach saßen viele hundert Männer an den Feuern oder bewegten sich im Lager.

Ganelon seufzte. »Wenigstens scheint es sich um gewöhnliche Menschen zu handeln«, sagte er.

»Ja.«

»Und wenn es ganz normale Soldaten sind, werden wir wahrscheinlich längst beobachtet. Dieser Aussichtspunkt ist einfach zu günstig, um unbewacht zu bleiben.«

»Ja.«

Hinter uns ertönte plötzlich ein Geräusch. Wir wollten uns eben umdrehen, als eine Stimme ganz in der Nähe sagte: »Keine Bewegung!«

Ich erstarrte, vollendete aber meine Kopfbewegung und erblickte vier Männer. Zwei hatten Armbrüste auf uns gerichtet, die beiden anderen hielten Schwerter in den Fäusten. Einer der Schwertkämpfer trat zwei Schritte vor.

»Absteigen!« befahl er. »Auf dieser Seite! Langsam!«

Wir stiegen von unseren Pferden und standen ihm gegenüber, wobei wir darauf achteten, die Hände von den Waffengriffen zu lassen.

»Wer seid Ihr? Woher kommt Ihr?« fragte er.

»Wir sind Söldner«, erwiderte ich. »Aus Lorraine. Wir hörten, daß hier gekämpft würde. Wir suchen Arbeit. Unser Ziel ist das Lager dort unten. Es ist doch hoffentlich das Eure!«

»Und wenn ich nein sagte, wenn ich behaupten wollte, wir seien die Patrouille einer Armee, die das Lager gleich überfallen will?«

Ich zuckte die Achseln. »In dem Fall die Frage – ist vielleicht Eure Seite an ein paar frischen Männern interessiert?«

Er spuckte aus. »Der Protektor braucht Männer wie Euch nicht«, sagte er und fuhr fort: »Aus welcher Richtung kommt Ihr?«

»Aus dem Osten«, entgegnete ich.

»Habt Ihr letztlich – Schwierigkeiten gehabt?«

»Nein«, sagte ich. »Wäre das zu erwarten gewesen?«

»Schwer zu sagen«, erwiderte er. »Legt die Waffen ab. Ich schicke Euch ins Lager hinab. Man wird Euch dort befragen wollen, ob Ihr vielleicht im Osten – ungewöhnliche Dinge gesehen habt.«

»Wir haben nichts Besonderes bemerkt«, behauptete ich.

»Wie dem auch sei – man gibt Euch wahrscheinlich ein Essen. Allerdings glaube ich nicht, daß man Euch anwerben wird. Zum Kämpfen seid Ihr ein bißchen zu spät gekommen. Und jetzt die Waffen ablegen.«

Während wir die Schwertgurte lösten, rief er zwei weitere Männer aus dem Wald herbei. Er wies sie an, uns zu Fuß nach unten zu bringen. Dabei sollten wir unsere Pferde an den Zügeln führen. Die Männer ergriffen unsere Waffen, und als wir uns zum Gehen wandten, rief der Mann, der uns verhört hatte: »Wartet!« Ich drehte mich um.

»Ihr! Wie lautet Euer Name?« wandte er sich an mich.

»Corey.«

»Bleibt stehen!«

Er kam auf mich zu und pflanzte sich dicht vor mir auf. Zehn Sekunden lang starrte er mich an.

»Was ist los?« fragte ich.

Viertes Kapitel

Anstelle einer Antwort fummelte er in einem Beutel an seinem Gürtel herum. Er zog eine Handvoll Münzen heraus und hielt sie sich dicht vors Gesicht.

»Verdammt! Zu dunkel«, sagte er. »Und Licht dürfen wir nicht machen.«

»Wozu?« fragte ich.

»Ach, es ist nicht weiter wichtig«, gab er Auskunft. »Allerdings kamt Ihr mir bekannt vor, und ich wollte den Grund feststellen. Ihr seht aus wie der Mann, der auf manchen unserer alten Münzen abgebildet ist. Ein paar sind noch im Umlauf. Meinst du nicht auch?« wandte er sich an den neben ihm stehenden Armbrustschützen.

Der Mann senkte die Armbrust und trat vor. Aus zusammengekniffenen Augen starrte er mich an.

»Ja«, sagte er.

»Wer war das – der Mann, den wir meinen?«

»Einer von den Alten. Vor meiner Zeit. Ich weiß es nicht mehr.«

»Ich auch nicht. Nun ja...« Er zuckte die Achseln. »Ist auch unwichtig. Geht weiter, Corey. Antwortet ehrlich auf alle Fragen, dann geschieht Euch nichts.«

Ich wandte mich ab und ließ ihn im Mondlicht stehen. Er kratzte sich am Kopf und blickte mir irritiert nach.

Die Männer, die uns bewachten, gehörten nicht zum gesprächigen Typ. Was mir nur recht war.

Während wir den Hang hinabstiegen, dachte ich an die Aussage des jungen Soldaten und an die Lösung des Konflikts, den er beschrieben hatte – ich hatte hier nun die physische Analogie der gewünschten Welt erreicht und mußte mit der existierenden Situation fertig werden.

Im Lager herrschte ein angenehmer Geruch nach Mensch und Tier, nach Holzrauch, gebratenem Fleisch, Leder und Öl. All dies vermengte sich im Feuerschein, wo die Männer sich unterhielten, Waffen schliffen, ihre Ausrüstung reparierten, aßen, spielten, schliefen, tranken – und uns beobachteten, wie wir unsere Pferde mitten durch das Lager führten und uns einem fast in der Mitte gelegenen Trio zerschlissener Zelte näherten. Die Sphäre des Schweigens um uns wurde immer größer, je weiter wir vordrangen.

Vor dem zweitgrößten Zelt hielt man uns an, und einer unserer Wächter sprach mit einem Posten, der vor dem Zelt auf und ab ging. Der Mann schüttelte mehrmals den Kopf und deutete auf das größte Zelt. Das Gespräch dauerte einige Minuten, ehe unser Wächter zu uns zurückkehrte und mit seinem Begleiter sprach, der links von uns wartete. Schließlich nickte unser Begleiter und kam auf mich zu, während die anderen vom nächstgelegenen Lagerfeuer einen Mann herbeiriefen.

»Die Offiziere halten im Zelt des Protektors eine Versammlung ab«, sagte er. »Wir werden Eure Pferde anbinden und grasen lassen. Nehmt die Sättel ab und legt sie hierhin. Ihr müßt warten. Später wird der Hauptmann Euch rufen lassen.«

Ich nickte, und wir machten uns daran, unsere Besitztümer abzuschnallen und die Pferde trockenzureiben. Ich tätschelte Star am Hals und sah zu, wie ein kleiner humpelnder Mann ihn und Ganelons Feuerdrachen zu den anderen Pferden führte. Dann ließen wir uns auf unseren Bündeln nieder und warteten. Einer der Posten brachte uns heißen Tee und erhielt dafür eine Pfeifenfüllung von meinem Tabak. Anschließend zogen sich die beiden Wächter ein Stück zurück.

Ich beobachtete das große Zelt, trank meinen Tee und dachte an Amber und den kleinen Nachtclub in der Rue de Char et Pain in Brüssel, auf jener Schatten-Erde, die so lange meine Heimat gewesen war. Sobald ich mir das Juweliersrouge beschafft hatte, das ich brauchte, wollte ich nach Brüssel zurückkehren, um noch einmal Geschäfte zu machen mit den Händlern der Waffenbörse. Meine Bestellung war kompliziert und teuer, das war mir klar, denn sie setzte voraus, daß ein Munitionsfabrikant einen speziellen Herstellungsgang für mich einrichtete. Auf jener Erde hatte ich dank meiner zeitweiligen militärischen Tätigkeit außer Interarmco noch andere Verbindungen, und ich nahm an, daß mich die Beschaffung des Gewünschten nur einige Monate kosten würde. Ich begann, mich mit den Einzelheiten zu befassen, und die Zeit verging fast unbemerkt.

Nach etwa anderthalb Stunden gerieten die Schatten des großen Zelts in Bewegung. Es dauerte aber noch mehrere Minuten, bis die Eingangsplane zur Seite geworfen wurde und Männer ins Freie traten, langsam, sich unterhaltend und über die Schulter ins Zelt blickend. Die letzten beiden verweilten am Eingang, ins Gespräch vertieft mit jemandem, der im Innern blieb. Die übrigen Männer verteilten sich auf die anderen Zelte.

Die beiden am Eingang schoben sich seitlich ins Freie. Ich hörte ihre Stimmen, doch ich vermochte nicht zu verstehen, was sie sagten. Als sie weiter herauskamen, bewegte sich auch der Mann, mit dem sie sprachen, und ich vermochte einen Blick auf ihn zu werfen. Er hatte das Licht im Rücken, und die beiden Offiziere standen im Wege, doch ich vermochte zu erkennen, daß er dünn und sehr groß war.

Unsere Wächter hatten sich noch nicht geregt, was mir darauf hinzudeuten schien, daß einer der beiden Offiziere der vorhin erwähnte Hauptmann sein müsse. Ich starrte weiter in das Zelt, versuchte die Männer durch meine Willenskraft dazu zu bringen, sich weiter zu entfernen und mir einen klaren Ausblick auf ihren Befehlshaber zu verschaffen.

Viertes Kapitel

Nach einer Weile geschah dies auch, und Sekunden später machte der Unbekannte einen Schritt nach vorn.

Zuerst wußte ich nicht zu sagen, ob mir Licht und Schatten nicht etwa einen Streich spielten ... Aber nein! Wieder bewegte er sich, und ich konnte ihn eine Sekunde lang deutlich sehen. Ihm fehlte der rechte Arm, der unmittelbar unter dem Ellbogen abgetrennt worden war. Die Wunde war so dick verbunden, daß die Verstümmelung wohl erst vor kurzem geschehen sein mußte.

Dann machte die große linke Hand eine weite, abwärtsgerichtete Bewegung und verharrte ein Stück vom Körper entfernt. Der Armstumpf zuckte im gleichen Augenblick hoch, und etwas regte sich im Hintergrund meines Geistes. Das Haar des Mannes war lang, glatt und braun, und ich sah, wie sein Kinn sich vorreckte ...

Im nächsten Augenblick trat er ins Freie, und ein Windhauch verfing sich in seinem weiten Mantel und ließ ihn nach rechts ausschwingen. Ich sah, daß er ein gelbes Hemd und braune Hosen trug. Der Mantel selbst erstrahlte in einem grellen Orangeton, und er faßte mit einer unnatürlich schnellen Bewegung der linken Hand zu und zog ihn wieder über den Armstumpf.

Hastig stand ich auf, und sein Kopf richtete sich ruckhaft in meine Richtung.

Unsere Blicke begegneten sich, und mehrere Herzschläge lang rührte sich keiner von uns.

Die beiden Offiziere machten kehrt und starrten uns an, und schon schob er sie zur Seite und kam mit großen Schritten auf mich zu. Ganelon stieß einen unverständlichen Laut aus und stand hastig auf. Unsere Wächter erhoben sich ebenfalls überrascht.

Er blieb mehrere Schritte vor mir stehen, und seine haselnußbraunen Augen musterten mich von Kopf bis Fuß. Seine Lippen verzogen sich selten – doch in diesem Augenblick brachte er ein schwaches Lächeln zustande.

»Kommt mit«, sagte er und wandte sich seinem Zelt zu.

Wir folgten ihm und ließen unsere Sachen liegen.

Er entließ die beiden Offiziere mit einem Blick, blieb neben dem Zelteingang stehen und winkte uns an sich vorbei. Er folgte und ließ die Zeltplane hinter sich zufallen. Meine Augen erfaßten seinen Schlafsack, einen kleinen Tisch, Bänke, Waffen, eine Feldherrntruhe. Auf dem Tisch befanden sich eine Öllampe, Bücher, Landkarten, eine Flasche und etliche Becher. Eine zweite Lampe flackerte auf der Truhe.

Er umfaßte meine Hand und lächelte wieder.

»Corwin«, sagte er. »Lebendig wie eh und je.«

»Benedict«, sagte ich und lächelte nun ebenfalls. »Und atmet wie eh und je. Es ist teuflisch lange her!«

»Kann man wohl sagen! Wer ist dein Freund?«
»Er heißt Ganelon.«
»Ganelon«, sagte er und nickte in seine Richtung, machte aber keine Anstalten, ihm die Hand zu reichen.

Er trat an den Tisch und füllte drei Becher mit Wein. Einen reichte er mir, den zweiten Ganelon. Dann hob er den dritten.

»Auf deine Gesundheit, Bruder«, sagte er.
»Auf die deine.«
Wir tranken.

»Setzt euch«, sagte er dann, deutete auf die nächste Bank und nahm am Tisch Platz. »Und willkommen in Avalon.«

»Vielen Dank – Protektor.«
Er schnitt eine Grimasse.

»Die Bezeichnung besteht nicht zu unrecht«, sagte er tonlos, ohne den Blick von meinem Gesicht zu wenden. »Ich weiß nur nicht, ob der frühere Protektor dieser Gegend von sich dasselbe behaupten könnte.«

»Er hat eigentlich nicht genau an diesem Ort geherrscht«, sagte ich. »Und ich glaube, er könnte das von sich sagen.«

Er zuckte die Achseln.

»Natürlich«, sagte er. »Aber genug davon! Wo hast du gesteckt? Was hast du gemacht? Warum bist du hierhergekommen? Erzähl mir von dir! Unser letztes Gespräch liegt Jahre zurück.«

Ich nickte. Es war bedauerlich, gehörte aber zur Familienetikette wie auch zur Ausübung der Macht, daß ich seine Fragen beantworten mußte, ehe ich selbst Fragen stellte. Er war älter als ich, und ich war – wenn auch ahnungslos – in seinen Einflußbereich eingedrungen. Nicht daß ich ihm die Geste nicht gönnte. Er gehörte zu den wenigen Verwandten, die ich respektierte und sogar mochte. Nur lagen mir zahlreiche Fragen auf der Zunge. Wie er schon gesagt hatte – es war viel zu lange her.

Und wieviel durfte ich ihm verraten? Ich hatte keine Ahnung, welcher Seite er seine Sympathien geschenkt hatte. Ich wollte die Gründe für sein selbstgewähltes Exil nicht etwa erfahren, indem ich die falschen Themen anschnitt. Also mußte ich mit etwas Neutralem anfangen und ihn dann Zug um Zug aushorchen.

»Es muß doch irgendwo einen Anfang geben«, sagte er im gleichen Moment. »Mir ist egal, wie du die Sache anpackst.«

»Es gibt viele Anfänge«, sagte ich. »Es ist schwierig ... am besten hole ich wohl ganz weit aus ...«

Ich kostete einen Schluck Wein.

»Ja«, fuhr ich fort. »Das scheint mir das einfachste zu sein – obwohl ich einen großen Teil der Ereignisse erst kürzlich begriffen habe.«

Viertes Kapitel

»Es geschah mehrere Jahre nach dem Sieg über die Mondreiter von Ghenesh und deinem Verschwinden, daß Eric und ich uns ernsthaft zu streiten begannen«, setzte ich an. »Ja, es war ein Streit um die Nachfolge. Vater hatte wieder einmal von Abdankung gesprochen und weigerte sich wie eh und je, einen Nachfolger zu benennen.

Natürlich kam es sofort wieder zu den altbekannten Diskussionen darüber, wer wohl der rechtmäßige Erbe wäre. Eric und du, ihr seid natürlich älter als ich, doch während Faiella, meine und Erics Mutter, nach dem Tod von Clymnea seine Frau wurde, haben sie ...«

»Es reicht!« brüllte Benedict und schlug so heftig auf den Tisch, daß die Platte zersplitterte.

Die Lampe hüpfte herum und begann zu flackern, stürzte aber wie durch ein Wunder nicht um. Sofort wurde der Vorhang vor dem Ausgang zur Seite geschoben, und ein Posten spähte besorgt herein. Benedict warf ihm einen Blick zu, und er zog sich hastig wieder zurück.

»Ich habe keine Lust, mir unsere jeweilige Bastard-Vergangenheit anzuhören«, sagte Benedict leise. »Dieser obszöne Zeitvertreib war einer der Gründe, warum ich mich überhaupt aus dem Schoß der Familie und Amber entfernt habe. Bitte erzähl deine Geschichten ohne solche Fußnoten.«

»Nun – ja«, sagte ich und mußte mich räuspern. »Wie ich schon sagte, hatten wir ziemlich heftige Auseinandersetzungen über die Sache. Eines Abends blieb es dann nicht bei Worten. Wir kämpften.«

»Ein Duell?«,

»So formell war es nun auch wieder nicht. Eher könnte man sagen, daß wir gleichzeitig beschlossen, uns gegenseitig zu ermorden. Jedenfalls kämpften wir ziemlich lange miteinander, und Eric gewann schließlich die Oberhand und machte Anstalten, mir den Garaus zu machen. Auch wenn ich meiner Geschichte wieder vorgreife, muß ich hinzufügen, daß mir all diese Einzelheiten erst vor etwa fünf Jahren wieder ins Gedächtnis zurückgebracht wurden.«

Benedict nickte, als verstünde er, was ich meinte.

»Ich kann nur vermuten, was unmittelbar nach meiner Bewußtlosigkeit geschah«, fuhr ich fort. »Jedenfalls hielt sich Eric im letzten Augenblick zurück und tötete mich nicht. Als ich erwachte, befand ich mich auf einem Schatten Welt namens Erde, in einem Ort, der London heißt. Die Stadt wurde gerade von der Pest heimgesucht, und ich steckte mich an. Ich erholte mich jedoch und hatte keine Erinnerung an die Zeit vor meinem Aufenthalt in London. Auf dieser Schattenwelt lebte ich viele Jahrhunderte lang und suchte nach Anhaltspunkten für meine Identität. Ich reiste viel herum, nahm oft an militärischen Feldzügen teil. Ich besuchte die dortigen Universitäten, sprach mit den klügsten Köpfen, suchte die berühmtesten Ärzte auf. Doch nirgendwo fand sich ein Schlüssel zu meiner Vergangenheit. Mir war bewußt, daß ich nicht wie die anderen Menschen war, und ich gab mir größte Mühe, diese Tatsache zu verheimlichen. Es stimmte mich wütend, daß ich alles haben konnte, was ich wollte – außer dem, was ich mir am sehnlichsten wünschte: Aufschluß über meine Identität, meine Erinnerungen.

Die Jahre vergingen, doch mein Zorn und meine Sehnsucht blieben. Es bedurfte eines Unfalls, der meinen Schädel verletzte, um jene Veränderungen auszulösen, die die ersten Erinnerungen zurückbrachten. Dies geschah vor etwa fünf Jahren, und die Ironie besteht darin, daß ich guten Grund habe, Eric als Urheber für den Unfall zu verdächtigen. Flora hatte wahrscheinlich die ganze Zeit auf jener Schatten-Erde gelebt und mich im Auge behalten.

Um zu meinen Vermutungen zurückzukehren – Eric muß sich im letzten Augenblick gebremst haben, denn er wünschte sich wohl meinen Tod, wollte aber nicht, daß die Tat auf ihn zurückfiel. Folglich schaffte er mich durch die Schatten an einen Ort, wo ein schneller Tod auf mich wartete – er wollte wohl nach Amber zurückkehren und sagen können, wir hätten uns gestritten und ich wäre trotzig davongeritten und hätte etwas davon gemurmelt, ich wolle wieder einmal verschwinden. Wir hatten an jenem Tag im Wald von Arden zusammen gejagt – nur wir beide.«

»Ich finde es seltsam«, unterbrach mich Benedict, »daß zwei Rivalen wie ihr unter solchen Umständen zusammen auf die Jagd geht.«

Ich trank einen Schluck Wein und lächelte.

»Vielleicht war doch etwas mehr dahinter, als ich eben erkennen ließ«, sagte ich. »Vielleicht hießen wir beide die Gelegenheit zur Jagd willkommen – nur wir beide allein im Wald.«

»Ich verstehe«, sagte er. »Es wäre also denkbar, daß die Situation auf den Kopf gestellt worden wäre?«

»Nun«, erwiderte ich, »das ist schwer zu sagen. Ich glaube nicht, daß ich so weit gegangen wäre. Natürlich spreche ich von heute. Immerhin ändern sich die Menschen. Und damals ...? Ja, vielleicht hätte ich ihm dasselbe angetan. Ich vermag es nicht mit Sicherheit zu sagen, aber möglich ist es.«

Wieder nickte er, und ich spürte einen Anflug von Zorn in mir, der sofort in Belustigung umschlug.

»Zum Glück kommt es mir hier nicht darauf an, meine Motive zu erläutern«, fuhr ich fort. »Um meine Mutmaßungen fortzusetzen – ich glaube, daß Eric mir danach auf der Spur blieb. Gewiß war er zuerst enttäuscht, daß ich seinen Anschlag überlebt hatte, doch zugleich mußte er annehmen, daß ich ihm nicht mehr schaden konnte. Er sorgte also dafür, daß Flora mich im Auge behalten konnte, und die Welt drehte sich friedlich weiter, eine lange Zeit. Dann hat Vater vermutlich abge-

Viertes Kapitel

dankt und ist verschwunden, ohne die Frage der Nachfolge zu klären ...«

»Ach was!« sagte Benedict. »Eine Abdankung hat es nie gegeben! Er ist einfach verschwunden. Eines Morgens war er nicht mehr in seinen Räumen. Sein Bett war unberührt. Ein Brief oder ein sonstiger Hinweis war nicht zu finden. Man hatte ihn am Vorabend bemerkt, wie er die Zimmer betrat, doch niemand hat ihn fortgehen sehen. Sein Fehlen wurde zuerst nicht mal für absonderlich gehalten. Man nahm einfach an, er sei wieder einmal in den Schatten unterwegs, um sich womöglich eine neue Braut zu suchen. Es dauerte ziemlich lange, ehe jemand ein Verbrechen zu vermuten wagte oder den Umstand als eine neuartige Form der Abdankung hinzustellen beliebte.«

»Das war mir nicht bekannt«, sagte ich. »Deine Informationsquellen waren dem Kern der Dinge offenbar näher als meine.«

Daraufhin nickte er nur und löste damit in mir unangenehme Spekulationen über seine Kontakte in Amber aus. Vielleicht stand er neuerdings auf Erics Seite!

»Wann warst du denn zum letzten Mal dort?« wagte ich mich vor.

»Gut zwanzig Jahre ist das jetzt her«, erwiderte er. »Doch ich halte Kontakt und lasse mich informieren.«

Nicht mit jemandem, der diesen Umstand mir gegenüber hatte erwähnen wollen! Und das mußte ihm bekannt sein; sollte ich seine Worte nun als Warnung verstehen – oder etwa als Drohung? Meine Gedanken überschlugen sich. Natürlich besaß er ein Spiel mit den Haupttrümpfen. Ich blätterte sie im Geiste vor mir auf und ging sie hastig durch. Random hatte ahnungslos getan, als ich ihn nach Benedicts Verbleib befragte. Brand wurde schon lange vermißt. Ich hatte einen Hinweis darauf, daß er noch lebte, als Gefangener an einem unbekannten üblen Ort, unfähig, Informationen über die Geschehnisse in Amber zu erlangen. Flora konnte seine Kontaktperson auch nicht gewesen sein, da sie bis vor kurzem in den Schatten praktisch im Exil gelebt hatte. Llewella hielt sich in Rebma auf, Deirdre ebenfalls; als ich sie zum letzten Mal sah, war sie außerdem in Amber in Ungnade gewesen. Fiona? Julian hatte mir gesagt, sie sei »irgendwo im Süden«. Er wußte nicht genau, wo. Wer blieb nun noch übrig?

Eric selbst, Julian, Gérard oder Caine. Eric kam nicht in Frage. Der hätte niemals Einzelheiten über Vaters Nichtabdankung auf eine Weise verbreitet, die es Benedict ermöglichte, sich eine solche Meinung zu diesem Thema zu bilden. Julian stand hinter Eric, war allerdings nicht ohne persönlichen Ehrgeiz. Wenn es ihm nützen konnte, würde er Informationen weitergeben. Das gleiche galt für Caine. Gérard dagegen hatte auf mich immer den Eindruck gemacht, als interessiere ihn das Wohl Ambers mehr als die Frage, wer denn auf seinem Thron saß. Seine

Sympathie für Eric hielt sich allerdings in Grenzen, und er war einmal bereit gewesen, Bleys oder mich gegen ihn zu unterstützen. Meiner Auffassung nach hätte er Benedicts Informiertheit über die Ereignisse als eine Art Rückversicherung für das ganze Land angesehen. Ja, mit ziemlicher Sicherheit war es einer dieser drei. Julian haßte mich, Caine mochte mich nicht besonders, hatte aber auch nichts gegen mich, und Gérard und ich teilten angenehme Erinnerungen, die bis in meine Kindheit zurückreichten. Ich mußte schleunigst herausfinden, wer dahintersteckte – und Benedict war natürlich nicht so ohne weiteres bereit, mir klaren Wein einzuschenken, kannte er doch meine jetzigen Beweggründe nicht. Eine Verbindung zu Amber konnte dazu verwendet werden, mir zu schaden oder zu nützen, je nach seinen Wünschen, je nach der Person am anderen Ende. So war diese Information für ihn zugleich Waffe und Schild, und es kränkte mich doch etwas, daß er es für richtig hielt, mir diesen Umstand so deutlich vor Augen zu führen. Ich rang mich schließlich zu der Annahme durch, seine kürzliche Verwundung habe ihn unnatürlich vorsichtig gemacht – denn ich hatte ihm bisher niemals Grund zur Sorge gegeben. Allerdings führte dies dazu, daß ich ebenfalls ungewöhnlich vorsichtig war – eine traurige Erkenntnis, wenn man nach vielen Jahren einen Bruder wiedersieht.

»Interessant«, sagte ich und ließ den Wein in meinem Becher kreisen. »So gesehen hat es den Anschein, als habe jedermann voreilig gehandelt.«

»Nicht jeder«, sagte er.

Ich spürte, daß sich mein Gesicht rötete.

»Verzeihung«, sagte ich.

Er nickte knapp. »Bitte setze deinen Bericht fort.«

»Nun, zurück zu meinen Vermutungen«, setzte ich an. »Als Eric zu dem Schluß kam, der Thron habe nun lange genug leer gestanden und es wäre Zeit, danach zu greifen, muß er sich zugleich überlegt haben, daß meine Amnesie nicht ausreichte und daß es besser wäre, meinen Anspruch ein für allemal zu unterbinden. Daraufhin sorgte er dafür, daß ich auf der Schatten-Erde in einen Unfall verwickelt wurde, der tödlich hätte sein müssen – es aber nicht war.«

»Woher weißt du das alles? Wieviel vermutest du nur?«

»Als ich sie später befragte, hat Flora diesen Plan gewissermaßen eingestanden – einschließlich ihrer Rolle dabei.«

»Sehr interessant. Sprich weiter.«

»Der Schlag auf den Kopf sorgte für etwas, das mir nicht einmal Sigmund Freud hatte verschaffen können«, fuhr ich fort. »Erinnerungsfetzen regten sich in mir, die mit der Zeit immer stärker wurden – besonders als ich Flora wiedersah und allen möglichen Dingen ausgesetzt wurde, die mein Gedächtnis anregten. Ich überzeugte Flora schließlich,

Viertes Kapitel

daß ich mich wieder an alles erinnern konnte, und brachte sie dazu, offen über Menschen und Umstände zu sprechen. Dann tauchte Random auf. Er war auf der Flucht vor etwas ...«

»Auf der Flucht? Wovor? Warum?«

»Vor irgendwelchen seltsamen Kreaturen aus den Schatten. Den Grund habe ich nie erfahren.«

»Interessant«, meinte er, und ich mußte ihm zustimmen. In meiner Zelle hatte ich oft darüber nachgedacht und mich gefragt, warum wohl Random, von den Furien gehetzt, überhaupt auf der Bühne erschienen war. Vom Augenblick unserer Begegnung an bis zu unserer Trennung hatten wir in einer Art Gefahr geschwebt; ich war zu der Zeit mit meinen eigenen Sorgen beschäftigt, und er hatte nichts verlauten lassen über die Gründe für sein plötzliches Auftauchen. Ich hatte mir im Augenblick seines Erscheinens natürlich Gedanken gemacht, doch ich wußte nicht, ob es sich um etwas handelte, das ich hätte wissen sollen, und ließ die Frage zunächst offen. Die späteren Ereignisse lenkten mich davon ab, bis ich mich dann in der Zelle und jetzt in diesem Augenblick wieder damit befassen konnte. Interessant? In der Tat. Aber auch beunruhigend.

Ich vermochte Random über meinen Zustand zu täuschen«, fuhr ich fort. »Er nahm an, ich erstrebte den Thron, während ich mich zunächst nur darum bemühte, mein Gedächtnis wiederzufinden. Er erklärte sich einverstanden, mir bei der Rückkehr nach Amber zu helfen, und brachte mich auch tatsächlich zurück. Na ja, fast«, korrigierte ich mich. »Wir landeten in Rebma. Doch inzwischen hatte ich Random reinen Wein eingeschenkt, und er schlug vor, ich solle das Muster noch einmal abschreiten und mich auf diese Weise völlig wiederherstellen. Die Gelegenheit bot sich mir, und ich ergriff sie. Das Ergebnis war positiv, und ich nutzte die Macht des Musters, um mich nach Amber zu versetzen.«

Er lächelte. »In diesem Augenblick muß Random ein sehr unglücklicher Mensch gewesen sein«, bemerkte er.

»Jedenfalls ist er nicht gerade in Jubelrufe ausgebrochen«, sagte ich. »Er hatte Moires Urteil akzeptiert – er mußte eine Frau ihrer Wahl heiraten, ein blindes Mädchen namens Vialle, und mindestens ein Jahr lang bei ihr bleiben. Ich ließ ihn zurück und erfuhr später, daß er das Urteil erfüllt hatte. Deirdre war ebenfalls dort. Wir hatten sie unterwegs getroffen; sie war aus Amber geflohen, und wir suchten zu dritt in Rebma Schutz. Auch sie blieb dort.«

Ich leerte meinen Becher, und Benedict deutete mit einer Kopfbewegung auf die Flasche, die aber schon fast leer war. Er nahm eine neue aus seiner Truhe, und wir füllten unsere Becher. Ich trank einen großen Schluck. Dieser Wein war noch besser als der erste – vermutlich sein Privatvorrat.

»Im Palast«, fuhr ich fort, »schlug ich mich in die Bibliothek durch, wo ich mir ein Spiel Tarockkarten verschaffte. Dies war der Hauptgrund für meinen Vorstoß. Doch Eric überraschte mich gleich darauf, und wir kämpften in der Bibliothek. Ich verwundete ihn und hätte ihn wohl auch besiegen können, doch nun traf Verstärkung für ihn ein, und ich mußte fliehen. Ich setzte mich mit Bleys in Verbindung, der mich zu sich in die Schatten holte. Den Rest weißt du sicher von deinen Informanten. Daß Bleys und ich uns zusammentaten, Amber angriffen und die Schlacht verloren. Er stürzte vom Kolvir in die Tiefe. Ich warf ihm meine Karten zu, und er fing sie auf. Soweit ich gehört habe, wurde seine Leiche bis jetzt nicht gefunden. Doch es war ein tiefer Sturz – wenn ich auch annehme, daß in jenem Augenblick Flut herrschte. Ich weiß nicht, ob er an jenem Tag gestorben ist oder nicht.«

»Ich auch nicht«, sagte Benedict.

»Ich wurde gefangengenommen, und Eric wurde gekrönt. Man zwang mich, der Krönung beizuwohnen, obwohl ich mich eigentlich nicht dazu bereitfinden wollte. Es gelang mir, mich zu krönen, bevor der Bastard – genealogisch gesprochen – das Ding wieder an sich nahm und es sich auf den Kopf setzte. Dann ließ er mich blenden und ins Verlies werfen.«

Benedict beugte sich vor und starrte mir ins Gesicht.

»Ja«, sagte er. »Ich habe davon gehört. Wie hat man es gemacht?«

»Mit glühenden Eisen«, sagte ich und zuckte unwillkürlich zusammen. Ich verspürte den Drang, meine Augen zu berühren. »Ich bin ohnmächtig geworden.«

»Sind die Augäpfel verletzt gewesen?«

»Ja«, sagte ich. »Ich glaube schon.«

»Und wie lange hat die Regeneration gedauert?«

»Es dauerte etwa vier Jahre, bis ich wieder verschwommene Umrisse sehen konnte«, sagte ich. »Und erst jetzt ist die Sehschärfe wieder normal. Alles in allem etwa fünf Jahre, würde ich sagen.«

Er lehnte sich zurück, seufzte und lächelte schwach.

»Gut«, sagte er. »Du machst mir Hoffnung. Natürlich haben schon andere von uns Körperteile verloren und eine Regeneration erfahren – doch ich bin bisher noch nie so schlimm verstümmelt worden.« Er hob den Armstumpf.

»Oh ja«, sagte ich. »Eine eindrucksvolle Serie, die mich immer sehr interessiert hat. Allerlei Kleinigkeiten, sicher nur noch den Beteiligten und mir in Erinnerung: Fingerkuppen, Zehen, Ohrläppchen. Ich würde meinen, daß du wegen deines Arms hoffen darfst. Aber es wird seine Zeit dauern. – Nur gut, daß du Rechts- *und* Linkshänder bist«, fügte ich hinzu.

Viertes Kapitel

Er lächelte unbehaglich und trank von seinem Wein. Nein, er war noch nicht bereit, mir zu sagen, was ihm widerfahren war.

Auch ich griff wieder nach meinem Becher. Ich wollte ihm nichts von Dworkin sagen. Ich hatte Dworkin als eine Art Trumpf im Ärmel behalten wollen. Keiner von uns kannte die volle Macht dieses Mannes, der offensichtlich verrückt war. Doch er war beeinflußbar. Offensichtlich hatte sogar Vater mit der Zeit Angst vor ihm bekommen und ihn einsperren lassen. Was hatte er mir doch in meiner Zelle gesagt? Daß Vater ihn ins Gefängnis geworfen hätte, nachdem er verkündet hatte, ein Mittel zur Vernichtung von ganz Amber gefunden zu haben. Wenn es sich hierbei nicht nur um das Geplapper eines Wahnsinnigen handelte und wenn dies der eigentliche Grund für seinen Aufenthalt in einer Zelle war, dann war Vater großzügiger gewesen, als ich es hätte je sein können. Der Mann war zu gefährlich, um am Leben zu bleiben. Andererseits hatte Vater versucht, ihn von seiner Krankheit zu heilen. Dworkin hatte von Ärzten gesprochen – von Männern, die er verscheucht oder vernichtet hatte, indem er seine Macht gegen sie richtete. Meine Erinnerungen zeigten ihn als klugen, freundlichen alten Mann, Vater und dem Rest der Familie treu ergeben. Es wäre wahrlich schwierig, einen solchen Menschen umzubringen, solange es noch Hoffnung gab. Er war in ein Quartier verbannt worden, das eigentlich als fluchtsicher galt. Doch als er die Sache eines Tages über hatte, war er einfach ins Freie marschiert. Da kein Mensch in Amber durch die Schatten schreiten kann, wo es nun mal keine Schatten gibt, mußte er etwas bewirkt haben, das ich nicht begriff und das mit dem Prinzip hinter den Trümpfen zusammenhing, woraufhin er dann sein Quartier verlassen konnte. Ehe er dorthin zurückkehrte, vermochte ich ihn zu überreden, mir einen ähnlichen Ausgang aus meiner Zelle zu verschaffen, einen Ausgang, der mich zum Leuchtturm von Cabra versetzte, wo ich mich erholte, ehe ich jene Reise antrat, die mich nach Lorraine führte. Wahrscheinlich hatte man seine Umtriebe noch gar nicht entdeckt. Meines Wissens hatte unsere Familie schon immer besondere Kräfte besessen, doch es war an ihm gewesen, sie zu analysieren und ihre Funktionen im Muster und in den Tarockkarten zu formalisieren. Oft hatte er die Sprache auf dieses Thema gebracht, doch den meisten von uns war der Stoff schrecklich abstrakt und langweilig vorgekommen. Wir sind eben eine sehr pragmatische Familie. Brand war der einzige, der offenbar Interesse für diese Dinge aufbrachte. Und Fiona. Das hatte ich fast vergessen. Auch Fiona hörte ihm manchmal zu. Und Vater. Vater besaß erstaunliche Kenntnisse über Dinge, die er niemals erwähnte. Er hatte nie viel Zeit für uns und hatte so viele Seiten, die wir nicht kannten. Doch hinsichtlich der Prinzipien, die hier eingewendet wurden, war er vermutlich ebenso kenntnisreich wie Dworkin. Der Hauptunterschied zwischen den beiden Männern lag in der Anwendung dieser Kenntnisse. Dworkin war ein Künstler. Was Vater war, weiß ich eigentlich nicht. Obwohl er kein unzugänglicher Patriarch war, lud er uns nie zur Aussprache ein. Sobald er uns einmal wahrnahm, war er großzügig mit Geschenken und unterhaltenden Einfällen. Doch unsere Erziehung überließ er Angehörigen seines Hofs. Meinem Gefühl nach tolerierte er uns als gelegentliche unvermeidliche Folgen der Leidenschaft. Im Grunde bin ich einigermaßen überrascht, daß unsere Familie nicht viel größer ist. Wir dreizehn, außerdem zwei Brüder und eine Schwester, die inzwischen tot waren, stellten nahezu fünfzehnhundert Jahre elterlicher Fortpflanzung dar. Da gab es noch einige andere Geschwister lange vor uns, von denen ich hatte sprechen hören und die nicht mehr lebten. Kein sensationelles Ergebnis für ein so lustvolles Familienoberhaupt – allerdings waren wir selbst auch nicht besonders fruchtbar geworden. Wir waren kaum in der Lage, für uns selbst zu sorgen und durch die Schatten zu schreiten, als Vater uns ermutigte, diese Fähigkeiten auszunutzen, uns Orte zu suchen, wo wir glücklich leben konnten, und uns dort niederzulassen. Dies war meine Verbindung zu jenem Avalon, das es heute nicht mehr gibt. Soweit ich weiß, war Vaters Herkunft nur ihm selbst bekannt. In meinem ganzen Leben war ich keinem Menschen begegnet, dessen Gedächtnis in eine Zeit zurückreichte, da es keinen Oberon gegeben hatte. Ist das seltsam? Nicht zu wissen, woher der eigene Vater kommt, nachdem man Jahrhunderte zur Verfügung gehabt hat, die Neugier walten zu lassen? Ja. Aber er war geheimnisvoll, mächtig, schlau – Aspekte, die wir alle zum Teil in uns wiederfanden. Er wollte uns gut versorgen und zufriedenstellen, das spüre ich – doch durften wir nicht so gut gestellt sein, daß wir zur Gefahr für seine Herrschaft werden konnten. In ihm regte sich vermutlich ein Element des Unbehagens, ein nicht unberechtigtes Gefühl der Vorsicht angesichts der Möglichkeit, daß wir zuviel über ihn und die alten Zeiten erfuhren. Ich nehme nicht an, daß er sich jemals eine Periode vorgestellt hatte, da er nicht mehr in Amber herrschen würde. Zwar sprach er von Zeit zu Zeit scherzhaft oder grollend von seiner Abdankung. Doch meinem Gefühl nach stand immer eine kühle Berechnung dahinter, der Wunsch zu sehen, welche Reaktion darauf erfolgte. Er mußte die Situation erkannt haben, die sein Tod hervorrufen würde, weigerte sich aber anzuerkennen, daß es je soweit kommen würde. Und keiner von uns hatte einen Überblick über all seine Pflichten und Verantwortungen, über seine heimlichen Aufgaben. So unangenehm mir dieses Eingeständnis auch war, ich kam langsam zu der Überzeugung, daß keiner von uns wirklich geeignet war, den Thron zu übernehmen. Nur zu gern hätte ich Vater die Schuld an dieser Unfähigkeit zugeschoben, doch leider war ich seit

Viertes Kapitel

meinem Aufenthalt auf der Schatten-Erde zu gut mit Freud bekannt, um nicht einen Teil der Schuld auch bei mir zu suchen. Außerdem kamen mir Zweifel über die Gültigkeit unserer Ansprüche. Wenn es keine Abdankung gegeben hatte und er tatsächlich noch lebte, konnte einer von uns bestenfalls auf eine Regentschaft hoffen. Es wäre sicher kein angenehmer Augenblick – und schon gar nicht, wenn man auf dem Thron saß –, ihn in eine andere Situation zurückkehren zu sehen. Sagen wir es ganz offen – ich hatte Angst vor ihm, und das nicht ohne Grund. Nur ein Dummkopf hat keine Angst vor einer realen Macht, die er nicht versteht. Doch ob es nun um den Königstitel oder die Regentschaft ging, mein Anspruch war fundierter als der von Eric, und ich war noch immer entschlossen, ihn durchzusetzen. Wenn eine Macht aus Vaters düsterer Vergangenheit, die keiner von uns wirklich verstand, mir helfen konnte, diesen Anspruch zu sichern, und wenn Dworkin eine solche Macht war, dann mußte er im verborgenen bleiben, bis ich ihn zu meinen Gunsten einsetzen konnte.

Galt das aber auch, wenn die von ihm vertretene Macht die Fähigkeit war, ganz Amber zu vernichten – und damit sämtliche Schattenwelten, das gesamte Universum, wie ich es kannte?

Dann besonders, gab ich mir zur Antwort. Denn wem sonst konnte man eine solche Macht anvertrauen?

Wir sind wirklich eine sehr pragmatische Familie.

Ich trank mehr Wein, dann fummelte ich an meiner Pfeife herum, säuberte sie, stopfte sie von neuem.

»In den Grundzügen ist das meine Geschichte bis heute«, sagte ich, stand auf und holte mir Feuer von der Lampe. »Als ich wieder sehen konnte, gelang mir die Flucht aus Amber. Ich trieb mich eine Zeitlang in einem Land namens Lorraine herum, wo ich Ganelon kennenlernte, dann kam ich hierher.«

»Warum?«

Ich nahm Platz und sah ihn an.

»Weil dieser Ort dem Avalon nahe ist, das mir einmal am Herzen lag«, sagte ich.

Ich hatte absichtlich nicht erwähnt, daß ich Ganelon von früher kannte, und hoffte, daß mein Begleiter sich entsprechend verhielt. Dieser Schatten war unserem Avalon nahe genug, daß sich Ganelon in der Landschaft und mit den meisten Lebensgewohnheiten auskennen mußte. Was immer ich daraus gewinnen mochte, mir schien es jedenfalls geraten, Benedict diese Information vorzuenthalten.

Er ging darüber hinweg, wie ich es erwartet hatte, stand dieser Aspekt doch im Schatten interessanterer Details.

»Und deine Flucht?« fragte er. »Wie hast du das geschafft?«

»Mir wurde bei meiner Flucht aus der Zelle natürlich geholfen. Als ich erst einmal draußen war ... Nun, es gibt noch einige Passagen, die Eric nicht kennt.«

»Ich verstehe«, sagte er verständnisvoll nickend – natürlich in der Hoffnung, ich würde nun die Namen meiner Helfer nennen, doch klug genug, um nicht offen danach zu fragen.

Ich zog an meiner Pfeife und lehnte mich lächelnd zurück.

»Es ist angenehm, Freunde zu haben«, sagte er, als stimme er Gedanken zu, die mir jetzt durch den Kopf gehen mochten.

»Wir alle dürften ein paar Freunde in Amber haben.«

»Das bilde ich mir jedenfalls ein«, sagte er und fuhr fort: »Wie ich gehört habe, hast du die zum Teil angekratzte Zellentür verriegelt zurückgelassen, nachdem du deine Bettstatt angezündet hattest. Außerdem hast du Bilder an die Wand gemalt.«

»Ja«, sagte ich. »Das lange Eingesperrtsein bleibt nicht ohne Einfluß auf den Geist. Ich bekam die Folgen jedenfalls sehr zu spüren. Ich machte lange Perioden durch, in denen ich nicht ganz bei Verstand war.«

»Ich beneide dich nicht um diese Erfahrung, Bruder«, sagte er. »Ganz und gar nicht. Was hast du jetzt für Pläne?«

»Die sind noch ungewiß.«

»Verspürst du vielleicht den Wunsch hierzubleiben?«

»Ich weiß es nicht«, entgegnete ich. »Wie stehen die Dinge hier?«

»Ich habe die Führung«, sagte er – eine einfache Feststellung, keine Prahlerei. »Ich glaube, es ist mir soeben gelungen, die einzige wirkliche Gefahr für das Territorium zu beseitigen. Wenn ich recht habe, steht uns eine einigermaßen ruhige Zeit bevor. Der Preis war hoch« – er deutete auf seinen Armstumpf –, »aber der Einsatz hat sich gelohnt, wie sich bald erweisen wird, wenn das Leben wieder in seine normalen Bahnen zurückkehrt.«

Er beschrieb mir eine Situation, die in den Grundzügen mit der Schilderung des jungen Soldaten übereinstimmte. Sein Bericht gipfelte in dem Sieg über die höllischen Frauen. Die Anführerin war umgekommen, ihre Reiter waren geflohen und auf der Flucht getötet worden. Das Höhlensystem war von neuem verschlossen worden. Benedict hatte sich vorgenommen, eine kleine Streitmacht im Feld zu belassen, um jedes Risiko auszuschließen, während seine Kundschafter die Gegend nach Überlebenden absuchten.

Von seiner Zusammenkunft mit Lintra, der gegnerischen Anführerin, sprach er nicht.

»Wer hat die Anführerin getötet?« wollte ich wissen.

»Das ist mir gelungen«, sagte er und machte eine heftige Bewegung mit dem Armstumpf. »Allerdings habe ich beim ersten Hieb ein wenig zu lange gezögert.«

Viertes Kapitel

Ich wandte den Blick ab. Ganelon tat es mir nach. Als ich meinen Bruder wieder ansah, hatte sich sein Gesicht beruhigt, und der verstümmelte Arm hing wieder an seiner Seite herab.

»Wir hatten nach dir gesucht. Wußtest du das, Corwin?« fragte er. »Brand suchte in vielen Schatten nach dir, ebenso Gérard. Du hattest recht mit deiner Vermutung über die Äußerungen, die Eric am Tag nach deinem Verschwinden machte. Doch wir waren nicht geneigt, sein Wort ohne weiteres hinzunehmen. Wiederholt bemühten wir deine Trumpfkarte, doch es kam keine Antwort. Offensichtlich kann ein Gehirnschaden den Trumpf blockieren. Eine interessante Vorstellung. Die mangelnde Reaktion auf den Trumpf führte uns schließlich zu der Überzeugung, daß du umgekommen wärst. Dann schlossen sich Julian, Caine und Random der Suche an.«

»Ihr alle? Wirklich? Ich bin erstaunt!«

Er lächelte.

»Oh«, sagte ich und mußte ebenfalls lächeln.

Ihr Mitmachen bei der Suche bedeutete, daß es ihnen nicht um mein Wohl gegangen war, sondern um die Möglichkeit, Beweise für einen Brudermord zu finden, Beweise, mit denen Eric entmachtet oder erpreßt werden konnte.

»Ich habe in der Nähe Avalons nach dir gesucht«, fuhr Benedict fort. »Und da fand ich diesen Ort und blieb hier hängen. Er war damals in einem jämmerlichen Zustand, und generationenlang mühte ich mich, dem Land wieder zu seiner früheren Pracht zu verhelfen. Während ich die Arbeit im Gedenken an dich begann, entwickelte sich in mir mit der Zeit eine Zuneigung zu dem Land und seinem Volk. Die Menschen hier sahen mich bald als ihren Protektor an – und ich mich ebenfalls.«

Seine Worte beunruhigten und rührten mich zugleich. Wollte er sagen, ich hätte die Sache hier vermasselt, und er habe sich ins Geschirr gelegt, um alles wieder in Ordnung zu bringen – gewissermaßen als Aufräumaktion für den jüngeren Bruder? Oder wollte er mir mitteilen, er habe erkannt, daß ich diese – oder eine ihr sehr ähnlich sehende – Welt geliebt hatte, und er habe für Ruhe und Ordnung gesorgt, um damit sozusagen meine Wünsche zu erfüllen? Vielleicht war ich nun doch etwas zu empfindlich.

»Es ist ein angenehmes Gefühl zu wissen, daß man mich gesucht hat«, sagte ich, »und daß du das Land hier beschützt. Ich würde mir diesen Ort gern einmal ansehen – denn er erinnert mich tatsächlich an das Avalon von früher. Hättest du etwas gegen einen Besuch einzuwenden?«

»Ist das alles, was du möchtest? Einen Besuch machen?«

»Mehr hatte ich nicht im Sinn.«

»Dann solltest du dir klarmachen, daß die hiesige Meinung über den Schatten deiner selbst, der einmal hier geherrscht hat, nicht besonders gut ist. In dieser Welt erhält kein Kind den Namen Corwin, auch trete ich nicht als Corwins Bruder auf.«

»Ich verstehe«, sagte ich. »Mein Name ist Corey. Können wir alte Freunde sein?«

Er nickte.

»Alte Freunde sind hier immer gern gesehen«, sagte er.

Ich lächelte und nickte. Ich war gekränkt über seine Vorstellung, daß ich womöglich Absichten auf diesen Schatten eines Schatten hätte – ich, der ich das kalte Feuer der Amber-Krone auf meiner Stirn gespürt hatte, wenn auch nur eine Sekunde lang.

Ich überlegte, wie er sich verhalten würde, wenn er von meiner eigentlichen Schuld an diesen Überfällen erfuhr. So gesehen, war ich vermutlich auch am Verlust seines Arms schuld. Doch ich zog es vor, die Situation noch um einen Schritt zurückzustufen und Eric als Gesamtverantwortlichen zu sehen. Schließlich war es sein Vorgehen, das meinen Fluch ausgelöst hatte.

Trotzdem hoffte ich, daß Benedict niemals die Wahrheit erfuhr.

Ich hätte zu gern gewußt, wie er zu Eric stand. Würde er ihn unterstützen oder sich hinter mich stellen oder sich aus der Sache ganz heraushalten, wenn ich zu handeln begann? Er seinerseits fragte sich bestimmt, ob mein Ehrgeiz erloschen war oder noch immer glomm – und was ich, wenn ich noch Pläne hatte, zu unternehmen gedachte. Also ...

Wer würde die Sprache auf das Thema bringen?

Ich zog mehrmals kräftig an meiner Pfeife, leerte den Becher, schenkte mir nach, rauchte weiter. Ich lauschte auf die Geräusche des Lagers, auf den Wind ...

»Was hast du langfristig vor?« fragte er mich dann fast beiläufig.

Ich konnte antworten, ich hätte mich noch nicht entschlossen, ich sei es zufrieden, frei zu sein, zu leben, sehen zu können ... Ich konnte ihm weismachen, das wäre mir im Augenblick genug, ich hätte keine speziellen Pläne ...

... Und er hätte gewußt, daß ich ihm Lügen auftischte. Denn er kannte mich besser.

»Du kennst meine Pläne«, sagte ich also.

»Wenn du mich um Hilfe bitten würdest«, sagte er, »müßte ich sie dir verweigern. Amber ist auch ohne einen neuen Machtkampf übel genug dran.«

»Eric ist ein Usurpator«, sagte ich.

»Ich betrachte ihn eher als Regenten. Im Augenblick ist jeder von uns ein Usurpator, der Anspruch auf den Thron erhebt.«

Viertes Kapitel

»Dann nimmst du also an, daß Vater noch am Leben ist?«
»Ja. Am Leben und ziemlich mitgenommen. Er hat mehrmals versucht, Verbindung aufzunehmen.«
Es gelang mir, mein Gesicht unbewegt zu halten. Ich war also nicht der einzige. Jetzt meine eigenen Erfahrungen zu offenbaren, hätte sich heuchlerisch, opportunistisch und geradezu unwahr angehört – hatte er mir doch bei unserem Kontakt vor fünf Jahren den Weg zum Thron freigegeben. Allerdings konnte er auch eine Regentschaft gemeint haben ...
»Als Eric den Thron übernahm, hast du ihm nicht geholfen«, sagte ich. »Würdest du ihn jetzt unterstützen, da er auf dem Thron sitzt, wenn ein Versuch unternommen würde, ihn zu stürzen?«
»Ich habe es schon gesagt«, erwiderte er. »Ich betrachte ihn als Regenten. Das soll nicht heißen, daß ich die Situation billige, doch ich möchte in Amber keine weiteren Unruhen erleben.«
»Du würdest ihn also unterstützen?«
»Ich habe gesagt, was ich in dieser Sache sagen wollte. Du bist herzlich eingeladen, mein Avalon zu besuchen, doch nicht, es als Ausgangspunkt für einen Angriff auf Amber zu benutzen. Klärt das die Lage hinsichtlich der Dinge, die du vielleicht in deinem Köpfchen bewegst?«
»Allerdings«, sagte ich.
»Und möchtest du uns noch immer besuchen?«
»Ich weiß nicht recht«, sagte ich. »Wirkt sich dein Wunsch, in Amber Unruhen zu vermeiden, auch zur anderen Seite hin aus?«
»Was meinst du damit?«
»Ich meine, wenn man mich etwa gegen meinen Willen nach Amber zurückbrächte, würde ich dort natürlich denkbar viel Unruhe schaffen, um eine Rückkehr in meine frühere Lage zu verhindern.«
Sein Gesicht entspannte sich, und er senkte langsam den Kelch.
»Ich wollte nicht andeuten, daß ich dich verraten würde. Glaubst du etwa, ich hätte keine Gefühle, Corwin? Ich möchte nicht, daß du wieder in Gefangenschaft gerätst und erneut geblendet wirst – oder daß etwas Schlimmeres mit dir passiert. Als Gast bist du mir stets willkommen, und du kannst an unseren Grenzen außer deinem Ehrgeiz auch deine Ängste zurücklassen.«
»Dann möchte ich dir meinen Besuch nach wie vor abstatten«, sagte ich. »Ich habe keine Armee und bin auch nicht in der Absicht gekommen, Soldaten auszuheben.«
»Dann bist du herzlich willkommen, das weißt du.«
»Vielen Dank, Benedict. Ich habe zwar nicht erwartet, dich hier vorzufinden – doch ich bin froh darüber.«
Sein Gesicht rötete sich etwas, und er nickte.
»Ich freue mich ebenfalls«, sagte er. »Bin ich der erste aus der Familie, den du – nach deiner Flucht zu sehen bekommst?«

Ich nickte. »Ja, und ich bin natürlich neugierig, wie es den anderen geht. Irgendwelche wichtigen Neuigkeiten?«

»Es hat keine neuen Todesfälle gegeben«, sagte er.

Wir lachten leise vor uns hin, und ich wußte, daß ich den Familienklatsch auf anderem Wege in Erfahrung bringen mußte. Der Versuch hatte sich aber gelohnt.

»Ich gedenke, noch eine Zeitlang im Felde zu bleiben«, sagte er, »und die Patrouillenritte fortzusetzen, bis ich sicher bin, daß von den Angreifern niemand mehr im Freien unterwegs ist. Es dauert vielleicht noch eine Woche, bis wir uns endgültig zurückziehen.«

»Oh? War euer Sieg denn nicht total?«

»Ich glaube schon – doch ich gehe niemals unnötige Risiken ein. Es lohnt sich, ein wenig mehr Zeit aufzuwenden, um ganz sicherzugehen.«

»Klug gehandelt«, sagte ich und nickte.

»Wenn du also nicht unbedingt bei uns im Lager bleiben möchtest, sehe ich keinen Grund, warum du nicht zur Stadt vorausreiten und dich dem Kern der Dinge nähern solltest. Ich besitze mehrere Wohnungen in Avalon und denke daran, dir ein kleines Landhaus zur Verfügung zu stellen, das ich ganz hübsch finde. Es liegt nicht weit von der Stadt.«

»Ich freue mich darauf.«

»Ich gebe dir morgen früh eine Karte und einen Brief an meinen Hausverwalter.«

»Vielen Dank, Benedict.«

»Ich stoße zu dir, sobald ich hier fertig bin«, fuhr er fort. »Außerdem schicke ich täglich Boten in die Stadt. Durch sie bleibe ich mit dir in Verbindung.«

»Einverstanden.«

»Dann such dir ein bequemes Plätzchen«, sagte er. »Ich bin sicher, du wirst den Gong zum Frühstück nicht verschlafen.«

»Das passiert mir selten«, erwiderte ich. »Ist es dir recht, wenn wir dort schlafen, wo unsere Sachen liegen?«

»Aber ja«, sagte er, und wir leerten unsere Becher.

Als wir das Zelt verließen, packte ich den Vorhang beim Öffnen ganz oben und vermochte ihn ein Stück zur Seite zu zerren, als ich ihn beiseite stieß. Benedict wünschte uns eine gute Nacht und wandte sich ab, während ich die Plane zurückfallen ließ. Er übersah den mehrere Zoll breiten Schlitz, den ich an einer Seite geschaffen hatte.

Ich schlug mein Lager ein Stück rechts von unseren Besitztümern auf, wobei ich zu Benedicts Zelt hinübersah, und ich stapelte die Sachen um, während ich sie durchsah. Ganelon warf mir einen fragenden Blick zu, doch ich nickte nur und machte mit den Augen eine Bewegung zum Zelt. Er blickte in die Richtung, gab mir das Nicken zurück und machte sich daran, seine Decke weiter rechts auszulegen.

Viertes Kapitel

Ich maß die Entfernung mit den Augen, ging zu ihm und sagte: »Wißt Ihr, ich möchte doch lieber hier schlafen. Hättet Ihr etwas dagegen, mit mir zu tauschen?« Ich unterstrich meine Worte mit einem Augenzwinkern.

»Mir egal«, sagte er achselzuckend.

Die Lagerfeuer waren ausgegangen oder brannten nieder, und die meisten Soldaten hatten sich schlafen gelegt. Der Posten kümmerte sich kaum um uns. Im Lager war es sehr still, und keine Wolke verdeckte den Glanz der Sterne. Ich war müde und empfand den Geruch nach Rauch und feuchter Erde als sehr angenehm, fühlte ich mich doch an frühere Zeiten und ähnliche Orte erinnert, an die Rast am Ende eines langen Tages.

Doch anstatt die Augen zu schließen, nahm ich mein Bündel und stellte es mir in den Rücken. Ich füllte meine Pfeife erneut und entzündete sie.

Zweimal mußte ich die Stellung wechseln, während Benedict im Zelt hin und her schritt. Einmal verschwand er aus meinem Blickfeld und war einige Sekunden lang nicht zu sehen. Doch dann bewegte sich das hintere Licht, und ich erkannte, daß er seine Truhe geöffnet hatte. Im nächsten Augenblick kam er wieder in Sicht und räumte den Tisch ab. Er trat einen Augenblick zurück, kehrte zurück und setzte sich an seinen alten Platz. Ich schob mich so zurecht, daß ich seinen linken Arm im Auge behalten konnte.

Er blätterte in einem Buch oder sortierte etwas, das ungefähr die gleiche Größe hatte.

Etwa Karten?

Natürlich!

Ich hätte viel gegeben für einen Blick auf den Trumpf, den er schließlich auswählte und vor sich hinhielt. Ich hätte viel dafür gegeben, Grayswandir in meiner Hand zu fühlen, für den Fall, daß plötzlich eine weitere Person in dem Zelt erschienen wäre – und zwar nicht durch den Eingang, durch den ich die Szene verfolgte. Meine Handflächen und Fußsohlen begannen zu kribbeln in Erwartung des Kampfes.

Doch er blieb allein.

Reglos saß er da, etwa eine Viertelstunde lang, und als er sich schließlich wieder bewegte, legte er die Karten in seine Truhe zurück und löschte die Lampen.

Die Wächter setzten ihren monotonen Dienst fort, und Ganelon begann zu schnarchen.

Ich klopfte meine Pfeife aus und rollte mich auf die Seite.

Morgen, so sagte ich mir. Wenn ich morgen hier erwache, ist alles in Ordnung...

5

Ich kaute auf einem Grashalm herum und sah, wie sich das Mühlenrad drehte. Ich lag auf dem Bauch am gegenüberliegenden Ufer des Flusses und hatte den Kopf in die Hände gestützt. Im Dunst über dem Gischten und Schäumen am Fuße des Wasserfalls hatte sich ein winziger Regenbogen gebildet, und ab und zu flog ein Tropfen sogar bis zu mir. Das gleichmäßige Rauschen und das Knarren des Rades löschten alle anderen Geräusche des Waldes aus. Die Mühle lag heute verlassen da, und ich starrte nachdenklich hinüber, hatte ich doch ein solches Bauwerk seit vielen Jahren nicht mehr gesehen. Das Rad zu beobachten und dem Wasser nachzulauschen – das war mehr als eine Erholung. Es war irgendwie hypnotisch.

Es war unser dritter Tag als Benedicts Gäste. Ganelon war auf einer Vergnügungstour in der Stadt. Ich hatte ihn am Vortag begleitet und alle Erkundigungen eingezogen, die ich brauchte. Jetzt hatte ich keine Zeit mehr, den Touristen zu spielen. Ich mußte nachdenken und so schnell wie möglich handeln. Im Lager hatte es keine Probleme mehr gegeben. Benedict hatte uns zu essen vorgesetzt und uns, wie versprochen, eine Karte und ein Einführungsschreiben überreicht. Wir waren bei Sonnenaufgang losgeritten und gegen Mittag am Landhaus eingetroffen. Man empfing uns zuvorkommend, und nachdem wir unsere Sachen ausgepackt hatten, waren wir in die Stadt gegangen, wo wir den Rest des Tages verbrachten.

Benedict gedachte noch einige Tage im Feld zu bleiben. Wenn er zurückkam, mußte ich die mir gestellte Aufgabe erledigt haben. Folglich stand ein Höllenritt auf dem Programm. Zeit für eine gemächliche Reise blieb mir nicht. Ich mußte mich an die richtigen Schatten erinnern und mich bald auf den Weg machen.

Es hätte sehr angenehm sein können, an diesem Ort zu verweilen, der mich so sehr an mein Avalon erinnerte, wenn meine dunklen Pläne nicht förmlich zur Besessenheit geworden wären. Die Erkenntnis dieser Tatsache war jedoch nicht gleichbedeutend mit ihrer Bewältigung. Die vertrauten Szenen und Geräusche hatten mich nur kurz ablenken können, ehe ich mich wieder meinen Plänen zuwandte.

Fünftes Kapitel

Soweit ich es überschauen konnte, würde es keine Schwierigkeiten geben. Mit dem geplanten Ausflug müßten sich zwei Probleme lösen lassen, wenn ich ihn vollenden konnte, ohne Verdacht zu erregen. Dies bedingte, daß ich über Nacht ausblieb, doch ich hatte so etwas schon geahnt und Ganelon gebeten, meine Abwesenheit zu decken.

Im Rhythmus der quietschenden Geräusche des Mühlrades sank mir der Kopf herab, und ich verdrängte alles andere aus meinem Geist und machte mich daran, die richtige Beschaffenheit des Sandes heraufzubeschwören, seine Färbung und Temperatur, die Winde, den Geschmack von Salz in der Luft, die Wolken ...

Und ich schlief ein und begann zu träumen – doch nicht von dem Ort, den ich erstrebte.

Ich beobachtete ein riesiges Roulette, und wir alle saßen darauf – meine Brüder, meine Schwestern, ich selbst und andere, die ich kannte oder einst gekannt hatte; wir stiegen auf und stürzten hinab, jeder in der ihm zugeteilten Sektion. Wir alle forderten lautstark, das Rad möge für uns anhalten, und begannen zu jammern, wenn wir die Spitze passierten und wieder abwärts schossen. Die Fahrt des Rades begann sich zu verlangsamen, und ich befand mich auf dem Weg nach oben. Ein blonder Jüngling hing mit dem Kopf nach unten vor mir, flehte mich an und äußerte düstere Warnungen, doch seine Worte gingen in der Kakophonie der Stimmen unter. Sein Gesicht verdunkelte sich, zerschmolz, verwandelte sich in etwas unbeschreiblich Schreckliches, und ich hieb nach der Schnur, die sein Fußgelenk hielt, und er stürzte aus meinem Blickfeld. Als ich mich der Spitze näherte, verlangsamte das Rad die Fahrt noch mehr – und in diesem Augenblick sah ich Lorraine. Sie schwenkte die Arme, gab mir verzweifelt Zeichen, rief meinen Namen. Ich sah sie ganz deutlich und beugte mich in ihre Richtung, ich sehnte mich nach ihr, wollte ihr helfen. Doch als das Rad seine Drehung fortsetzte, verschwand sie wieder.

»Corwin?«

Ich versuchte, ihren Schrei zu ignorieren, denn ich war fast oben. Der Laut ertönte von neuem, doch ich spannte die Muskeln an und bereitete mich darauf vor, nach oben zu springen. Wenn das Rad nicht für mich anhielt, wollte ich das verdammte Ding hereinlegen, wenn es ging – auch wenn ein Sturz in die Tiefe meinen völligen Ruin bedeutet hätte. Ich setzte zum Sprung an. Noch ein Klicken ...

»Corwin!«

Das Rad wich zurück, kehrte zurück, verblaßte, und ich blickte wieder auf das Mühlrad, während mir mein Name in den Ohren nachklang und sich mit dem Plätschern des Bachs vermischte, damit verschmolz, darin verhallte.

Ich blinzelte und fuhr mir mit den Fingern durchs Haar. Dabei fielen mir einige Gänseblümchen auf die Schultern, und irgendwo hinter mir ertönte ein Kichern.

Verblüfft drehte ich mich um.

Sie stand etwa ein Dutzend Schritte von mir entfernt, ein großes, schlankes Mädchen mit dunklen Augen und kurzgeschnittenem braunem Haar. Sie trug eine Fechtjacke und hielt in der rechten Hand ein Rapier, in der linken eine Maske. Sie sah mich lachend an. Ihre Zähne waren weiß, ebenmäßig und ein wenig zu lang; ein Streifen Sommersprossen zog sich über ihre schmale Nase und den oberen Teil der gebräunten Wangen. Sie war von einer Aura aus Vitalität umgeben, die eine andere Anziehungskraft ausübte als bloße Anmut. Und vermutlich besonders, wenn sie mit dem Auge langjähriger Erfahrung gesehen wird.

Sie grüßte mich mit der Klinge.

»*En ga de*, Corwin«, sagte sie.

»Wer seid Ihr, zum Teufel?« fragte ich. Im gleichen Moment fiel mein Blick auf Jacke, Maske und Rapier neben mir im Gras.

»Keine Fragen, keine Antworten«, sagte sie. »Erst müssen wir miteinander fechten.«

Sie setzte die Maske auf und wartete.

Ich stand auf und nahm die Jacke zur Hand. Mir war klar, daß es leichter sein würde, mit ihr zu kämpfen, als mit ihr zu diskutieren. Die Tatsache, daß sie meinen Namen kannte, beunruhigte mich, und je mehr ich darüber nachdachte, desto bekannter kam sie mir irgendwie vor. Sicher war es am besten, ihr die Freude zu machen, sagte ich mir, zog die Jacke an und knöpfte sie zu.

Dann nahm ich die Klinge zur Hand und setzte die Maske auf.

»Na gut«, sagte ich, deutete einen Salut an und trat vor. »Also gut.«

Sie kam mir entgegen, und wir begannen zu kämpfen. Ich ließ sie angreifen.

Sie attackierte schnell mit Schlag – Finte – Finte – Stoß. Meine Riposte kam zweimal ebenso schnell, doch sie vermochte zu parieren und mit gleichem Tempo erneut vorzustoßen. Ich reagierte darauf mit einem langsamen Rückzug, um sie aus der Reserve zu locken. Sie lachte und folgte mir, begann, mich zu bedrängen. Sie war gut, was sie auch wußte. Sie wollte ein bißchen angeben. Tatsächlich wäre es ihr zweimal fast gelungen, mich zu treffen, zweimal auf dieselbe Weise, sehr tief, was ich nicht so mochte. Danach gab ich mir Mühe und erwischte sie schließlich mit einem angehaltenen Stoß. Sie fluchte leise vor sich hin, bestätigte den Treffer und fiel sofort wieder über mich her. Normalerweise fechte ich nicht gern mit Frauen, so gut sie auch sein mögen – doch diesmal hatte ich zu meiner Überraschung Spaß an der Sache. Die Geschicklichkeit und die Anmut, mit der sie ihre Angriffe

Fünftes Kapitel

vortrug und durchhielt, bereitete mir Freude, ließ mich lebhaft reagieren, und ich dachte unwillkürlich an den Verstand, der hinter diesem Kampfstil stecken mußte. Zuerst war ich bestrebt gewesen, sie schnell zu ermüden, den Kampf zu beenden und dann meine Fragen zu stellen. Doch jetzt beherrschte mich der Wunsch, die Auseinandersetzung in die Länge zu ziehen.

Sie ermüdete nur sehr langsam. In diesem Punkt brauchte ich mir keine Sorgen zu machen. Während wir am Ufer des Flusses vor- und zurücksprangen, ging mir jedes Zeitgefühl verloren; unsere Klingen klirrten in ständigem Rhythmus gegeneinander.

Es mußte ziemlich viel Zeit vergangen sein, als sie schließlich mit dem Fuß aufstampfte und die Klinge zu einem letzten Gruß hob. Dann riß sie sich die Maske vom Gesicht und lächelte mich an.

»Vielen Dank«, sagte sie schweratmend.

Ich erwiderte den Gruß und warf die Netzmaske ab. Dann drehte ich mich um und fummelte an den Jackenschnallen herum, und ehe ich etwas merkte, war sie heran und küßte mich auf die Wange. Dazu brauchte sie sich nicht einmal auf die Zehenspitzen zu stellen. Im ersten Augenblick war ich verwirrt, dann lächelte ich. Ehe ich etwas sagen konnte, hatte sie meinen Arm ergriffen und mich in die Richtung gedreht, aus der wir gekommen waren.

»Ich habe einen Picknickkorb für uns mitgebracht«, sagte sie.

»Ausgezeichnet. Ich bin hungrig. Außerdem bin ich neugierig ...«

»Ich erzähle Euch alles, was Ihr wissen wollt«, sagte sie fröhlich.

»Wie wär's mit Eurem Namen?«

»Dara«, erwiderte sie. »Ich heiße Dara, wie meine Großmutter.«

Dabei sah sie mich an, als hoffe sie auf eine Art Reaktion von mir. Es tat mir fast leid, sie enttäuschen zu müssen, doch zumindest nickte ich und wiederholte den Namen. »Warum habt Ihr mich Corwin genannt?« fragte ich.

»Weil Ihr nun mal so heißt«, sagte sie. »Ich habe Euch erkannt.«

»Woran?«

Sie ließ meinen Arm los.

»Hier ist er«, sagte sie, griff hinter einen Baum und nahm einen Korb zur Hand, der dort zwischen den Wurzeln gestanden hatte.

»Ich hoffe, daß sich die Ameisen nicht schon darüber hergemacht haben«, sagte sie, ging zu einer schattigen Stelle am Fluß und breitete ein Tuch auf dem Boden aus.

Ich hängte die Fechtausrüstung auf einen Busch in der Nähe.

»Ihr scheint eine ganze Menge Sachen mit Euch herumzuschleppen«, bemerkte ich.

»Mein Pferd steht dort hinten«, erwiderte sie und deutete mit einer Kopfbewegung flußabwärts.

Dann widmete sie sich wieder der Aufgabe, das Tuch zu beschweren und den Korb auszupacken.

»Warum dort hinten?« fragte ich.

»Damit ich mich an Euch heranschleichen konnte, natürlich. Bei Hufschlag wärt Ihr doch sicher sofort aufgewacht.«

»Da habt Ihr wahrscheinlich recht«, sagte ich.

Sie schwieg einen Augenblick lang, als hinge sie ernsten Gedanken nach, um diesen Eindruck schließlich mit einem Kichern verfliegen zu lassen.

»Trotzdem – beim ersten Mal habt Ihr mich nicht gehört. Aber immerhin ...«

»Beim ersten Mal?« fragte ich, da sie die Frage offenbar von mir erwartete.

»Ja. Ich hätte Euch vorhin fast niedergeritten«, sagte sie. »Ihr habt fest geschlafen. Als ich Euch erkannte, bin ich nach Hause zurückgeritten und habe den Picknickkorb und die Fechtsachen geholt.«

»Ich verstehe.«

»Kommt und setzt Euch«, sagte sie. »Und öffnet doch bitte die Flasche, ja?«

Sie stellte eine Flasche vor mich hin und packte vorsichtig zwei Kristallkelche aus, die sie auf das Tuch stellte.

Ich begab mich an meinen Platz und setzte mich.

»Das ist Benedicts bestes Kristall«, stellte ich fest, als ich die Flasche öffnete.

»Ja«, sagte sie. »Seid vorsichtig beim Eingießen. Vielleicht sollten wir lieber nicht anstoßen.«

»Da habt Ihr sicher recht«, sagte ich und schenkte ein.

Sie hob das Glas.

»Auf das Wiedersehen«, sagte sie.

»Was für ein Wiedersehen?«

»Das unsere.«

»Ich habe Euch noch nie zuvor gesehen.«

»Seid nicht so prosaisch«, bemerkte sie und trank einen Schluck.

Ich zuckte die Achseln. »Auf unser Wiedersehen.«

Daraufhin begann sie zu essen, und ich tat es ihr nach. Sie hatte so viel Spaß an der Atmosphäre der Rätselhaftigkeit, die sie geschaffen hatte, daß ich gern auf ihr Spiel einging, nur um sie fröhlich zu sehen.

»Wollen mal sehen – woher könnten wir uns kennen?« fragte ich. »Von einem großen Hof? Vielleicht aus einem Harem ...?«

»Vielleicht aus Amber«, sagte sie. »Ihr wart dort ...«

»Amber?« fragte ich und mußte daran denken, daß ich hier Benedicts Glas in der Hand hielt, und beschränkte meine Emotionen auf die Stimme. »Wer seid Ihr eigentlich?«

»Dort standet Ihr – gutaussehend, eingebildet, von allen Damen bewundert«, fuhr sie fort. »Und ich – ein unansehnliches kleines Ding, das Euch aus der Ferne anhimmelte. Ein graues, ganz und gar nicht lebhaftes Geschöpf, die kleine Dara – ein Spätentwickler, wie ich noch schnell hinzufügen möchte –, die sich nach Euch verzehrte ...«

Ich murmelte eine Verwünschung vor mich hin, und sie lachte erneut.

»War es nicht so?« fragte sie.

»Nein«, entgegnete ich und tat mich noch einmal an Fleisch und Brot gütlich. »Es dürfte sich eher um jenes Freudenhaus gehandelt haben, in dem ich mich am Rücken verletzte. In dieser Nacht war ich betrunken ...«

»Ihr erinnert Euch also!« rief sie. »Ich habe dort ausgeholfen. Tagsüber ritt ich Pferde ein.«

»Ich geb's auf«, sagte ich und schenkte Wein nach.

Am meisten irritierte mich die Tatsache, daß sie mir wirklich verdammt bekannt vorkam. Nach ihrem Aussehen und Verhalten schätzte ich ihr Alter allerdings auf etwa siebzehn Jahre – und das schloß eine frühere Begegnung so ziemlich aus.

»Hat Euch Benedict das Fechten beigebracht?« fragte ich.

»Ja.«

»Was bedeutet er Euch?«

»Er ist natürlich mein Liebhaber«, erwiderte sie. »Er behängt mich mit Schmuck und Pelzen.«

Wieder lachte sie.

Ich nahm den Blick nicht von ihrem Gesicht.

Ja, möglich war es ...

»Ich bin gekränkt«, sagte ich schließlich.

»Warum?« fragte sie.

»Benedict hat mir keinen reinen Wein eingeschenkt.«

»Reinen Wein?«

»Ihr seid seine Tochter, nicht wahr?«

Ihr Gesicht rötete sich, doch sie schüttelte den Kopf.

»Nein«, sagte sie. »Aber Ihr kommt der Sache schon näher.«

»Enkelin?«

»Na ja ... gewissermaßen.«

»Das verstehe ich nicht ganz.«

»Großvater – so soll ich ihn immer nennen. Doch in Wirklichkeit ist er der Vater meiner Großmutter.«

»Ich verstehe. Habt Ihr noch Geschwister?«

»Nein, ich bin allein.«

»Was ist mit Eurer Mutter – und Großmutter?«

»Beide tot.«

»Wie sind sie gestorben?«

»Gewaltsam. Beide Male geschah es, als er in Amber war. Deshalb ist er wohl seit langer Zeit nicht mehr dortgewesen. Er läßt mich nicht gern ohne Schutz hier – auch wenn er weiß, daß ich selbst auf mich aufpassen kann. Und Ihr wißt das jetzt auch, nicht wahr?«

Ich nickte. Damit fanden verschiedene Dinge ihre Erklärung, unter anderem die Frage, warum er hier Protektor war. Er mußte seine Enkelin irgendwo aufwachsen lassen, da er sie zweifellos nicht nach Amber bringen wollte. Sicher wollte er auch nicht, daß die übrigen Familienangehörigen von ihrer Existenz erfuhren. Zu leicht konnte man sie als Waffe gegen ihn mißbrauchen. Es konnte nicht seinem Willen entsprechen, daß ich so leicht mit ihr bekannt wurde.

»Ich glaube nicht, daß Ihr jetzt hier sein solltet«, sagte ich daher. »Ich habe das Gefühl, daß Benedict sehr zornig wäre, wenn er es erführe.«

»Ihr seid genauso wie er! Ich bin erwachsen, verdammt noch mal!«

»Habt Ihr mich ein Wort dagegen sprechen hören? Trotzdem solltet Ihr jetzt an einem anderen Ort sein, nicht wahr?«

Anstelle einer Antwort stopfte sie sich einen Bissen in den Mund. Ich tat es ihr nach. Nach mehreren unbehaglichen Minuten des Kauens beschloß ich, das Thema zu wechseln.

»Wie habt Ihr mich erkannt?« fragte ich.

Sie trank einen Schluck aus ihrem Glas und grinste.

»Natürlich von Eurem Bild.«

»Welches Bild?«

»Auf der Karte«, erwiderte sie. »Als ich noch klein war, haben wir immer damit gespielt. Auf diese Weise habe ich meine Verwandten kennengelernt. Ihr und Eric seid zusammen mit Benedict die guten Schwertkämpfer. Das wußte ich. Deshalb habe ich auch ...«

»Ihr habt einen Satz Trümpfe?« unterbrach ich sie.

»Nein«, sagte sie und schürzte die Lippen. »Er gibt mir kein Spiel – dabei hat er mehrere, das weiß ich.«

»Wirklich? Wo bewahrt er sie auf?«

Sie kniff die Augen zusammen und sah mich starr an.

Verdammt! So begierig hätte meine Stimme nicht klingen sollen!

Doch sie antwortete mir ganz unbefangen. »Die meiste Zeit hat er ein Spiel bei sich, und wo er die anderen verwahrt, weiß ich nicht. Warum? Läßt er Euch die Karten nicht sehen?«

»Ich habe ihn deswegen noch nicht angesprochen«, erklärte ich. »Versteht Ihr die Bedeutung dieser Tarockkarten?«

»Es gab da gewisse Dinge, die ich nicht tun durfte, wenn ich in ihrer Nähe war. Soweit ich weiß, kann man sie auf besondere Art einsetzen, aber er hat mir nie Näheres erklärt. Sie sind ziemlich wichtig, nicht wahr?«

»Ja.«

»Das dachte ich mir. Er stellt sich immer damit an. Habt Ihr ein Spiel? Ich sollte wohl du zu dir sagen, wo wir doch verwandt sind.«

»Ja, ich habe ein Spiel – aber es ist gerade ausgeliehen.«

»Ich verstehe. Und du möchtest die Karten für etwas Kompliziertes und Unheimliches einsetzen?«

Ich zuckte die Achseln.

»Ich möchte sie schon benutzen, doch für etwas sehr Einfaches und Langweiliges.«

»Zum Beispiel?«

Ich schüttelte den Kopf.

»Wenn Benedict nicht möchte, daß du die Funktion der Karten erfährst, werde ich sie dir nicht verraten.«

»Du hast Angst vor ihm?« fragte sie.

»Ich habe großen Respekt vor Benedict, ganz zu schweigen von meiner Zuneigung.«

Sie lachte.

»Ist er ein besserer Kämpfer als du, ist er besser mit dem Schwert?«

Ich wandte den Blick ab. Sie mußte erst vor kurzer Zeit von einem ziemlich entlegenen Ort zurückgekehrt sein. Die Leute in der Stadt hatten von Benedicts Verstümmelung gewußt. Diese Art Nachricht verbreitet sich immer sehr schnell. Doch ich wollte nicht derjenige sein, der ihr davon erzählte.

»Mach daraus, was du willst«, sagte ich. »Wo bist du gewesen?«

»Im Dorf«, erwiderte sie. »In den Bergen. Großvater hat mich dorthin gebracht, zu Freunden, die Tecys heißen. Kennst du die Tecys?«

»Nein.«

»Ich bin schon früher dortgewesen«, erzählte sie. »Er bringt mich immer ins Dorf, wenn es hier Probleme gibt. Der Ort hat keinen Namen. Ich nenne ihn einfach Dorf. Alles ist dort irgendwie seltsam – die Leute, das Dorf. Sie scheinen uns irgendwie anzubeten. Sie behandeln mich, als wäre ich etwas Göttliches, und antworten nie richtig auf meine Fragen. Der Ritt dorthin ist nicht lang, aber die Berge sind ganz anders, der Himmel ist ganz anders, alles! – und es ist, als gäbe es keinen Weg zurück, sobald ich einmal dort bin. Schon früher habe ich versucht, aus eigener Kraft zurückzukehren, aber dabei habe ich mich nur verirrt. Stets mußte Großvater mich holen kommen, und dann machte der Weg keine Probleme. Die Tecys folgen allein seinen Anweisungen und verraten mir nichts. Sie behandeln ihn, als wäre er eine Art Gott.«

»Das ist er auch«, sagte ich. »Für sie.«

»Du hast gesagt, du kennst sie nicht.«

»Das brauche ich auch nicht. Aber ich kenne Benedict.«

»Wie schafft er das? Sag's mir.«
Ich schüttelte den Kopf.
»Wie hast du es denn geschafft?« fragte ich sie. »Wie hast du diesmal zurückkehren können?«
Sie leerte ihr Glas und hielt es mir hin. Als ich es vollgeschenkt hatte und mein Blick ihrem Blick begegnete, hatte sie den Kopf auf die rechte Seite gelegt und die Stirn gerunzelt; ihre Augen blickten in die Ferne.
»Eigentlich weiß ich es nicht«, sagte sie, hob das Glas und kostete von dem Wein. »Ich weiß gar nicht mehr, wie ich es überhaupt angefangen habe ...«
Mit der linken Hand begann sie, an ihrem Messer herumzuspielen und nahm es schließlich zur Hand.
»Ich war wütend, ausgesprochen wütend, daß er mich wieder einmal aus dem Weg geschafft hatte«, fuhr sie fort. »Ich sagte ihm, ich wolle hierbleiben und kämpfen, doch er ritt mit mir aus, und nach einer Weile trafen wir im Dorf ein. Ich weiß nicht, wie. Es war kein langer Ritt, doch plötzlich waren wir am Ziel. Ich kenne die Gegend. Immerhin bin ich hier geboren und aufgewachsen. Ich bin überallhin geritten, Hunderte von Meilen in allen Richtungen. Doch auf diesen Ausflügen habe ich das Dorf niemals finden können. Verstehst du: *niemals*. Trotzdem kam es mir so vor, als wären wir nur kurze Zeit unterwegs gewesen, und plötzlich waren wir wieder bei den Tecys. Allerdings waren seit meinem letzten Besuch mehrere Jahre vergangen, und mit dem Älterwerden hat sich auch mein Wille gefestigt. Ich beschloß, allein zurückzukehren.«
Mit dem Messer kratzte sie nun in der Erde neben sich herum, anscheinend achtlos.
»Ich wartete bis zum Einbruch der Dunkelheit«, erzählte sie, »und betrachtete die Sterne, die mir einen Anhalt geben sollten. Es war ein unheimliches Gefühl. Die Sterne sahen ganz anders aus! Ich vermochte keine einzige Konstellation zu erkennen. Ich ging ins Haus zurück und dachte darüber nach. Ich hatte ein wenig Angst und wußte nicht, was ich tun sollte. Den nächsten Tag verbrachte ich mit dem Versuch, die Tecys und die anderen Leute im Dorf zu befragen.
Aber das Ganze war wie ein böser Traum. Entweder waren die Menschen strohdumm, oder sie legten es bewußt darauf an, mich zu verwirren. Es gab nicht nur keinen Weg von dort nach hier, sie hatten auch keine Ahnung, wo das ›Hier‹ lag und waren sich über das ›Dort‹ noch weniger im klaren. In dieser Nacht sah ich mir von neuem die Sterne an, um mich zu vergewissern, was ich da gesehen hatte – und da war ich fast bereit, den Leuten zu glauben.«
Sie bewegte das Messer hin und her, als versuche sie, es zu schleifen. Dabei glättete sie den Boden und klopfte ihn fest. Dann begann sie, Linien zu zeichnen.

Fünftes Kapitel

»In den nächsten Tagen versuchte ich, den Rückweg zu finden«, setzte sie ihren Bericht fort. »Ich hoffte, unseren Weg finden und ihm folgen zu können – doch er verschwand einfach irgendwie, ich weiß nicht, wie. Dann tat ich das einzige, was mir noch einfiel. Jeden Morgen ritt ich in einer anderen Richtung davon, ritt bis zur Mittagsstunde und kehrte um. Doch nichts kam mir bekannt vor. Die ganze Situation war sehr verwirrend. Mit jedem Abend steigerten sich mein Zorn und meine Verwirrung über die Entwicklung – und ich war entschlossener denn je, den Weg zurück nach Avalon zu finden. Ich mußte Großvater beweisen, daß er mich nicht länger wie ein Kind zur Seite schieben und erwarten konnte, daß ich friedlich blieb.

Nach etwa einer Woche begann ich, Träume zu haben. Alpträume, so muß ich sie wohl nennen. Hast du schon einmal geträumt, endlos zu laufen, ohne je irgendwohin zu gelangen? So etwa waren meine Träume über das brennende Spinngewebe. Eigentlich war es gar kein Spinngewebe – es gab keine Spinne, und gebrannt hat es auch nicht. Aber ich war darin gefangen und lief darauf herum und hindurch. Dabei bewegte ich mich eigentlich gar nicht. Diese Beschreibung ist sehr ungenau, aber ich weiß nicht, wie ich es anders ausdrücken soll. Und ich mußte den Versuch fortsetzen – ich wollte den Versuch fortsetzen, darin vorwärtszukommen, heraus aus dem Gewebe. Als ich erwachte, war ich müde, als hätte ich mich tatsächlich die ganze Nacht hindurch angestrengt. So ging es viele Nächte hindurch, und jedesmal kam mir der Traum stärker und länger und realer vor.

Dann kam der Morgen, da ich aufstand und mir der Traum noch im Kopf herumspukte. Und ich wußte, daß ich nach Hause reiten konnte. Noch halb in dem Traum befangen, ritt ich los. Ich ritt die ganze Strecke, ohne einmal anzuhalten, doch diesmal kümmerte ich mich nicht besonders um die Umgebung, sondern dachte nur an Avalon – und im Reiten wurde die Gegend immer bekannter, bis ich wieder hier war. Erst jetzt hatte ich das Gefühl, völlig wach zu sein. Und inzwischen kommen mir das Dorf und die Tecys, der fremde Himmel, die Sterne, der Wald und die Berge wie ein Traum vor. Ich bin gar nicht sicher, daß ich dorthin zurückfinden würde. Ist das nicht seltsam? Kannst du mir sagen, was da passiert ist?«

Ich stand auf und ging um den Rest unserer Mahlzeit herum. Dann hockte ich mich neben ihr nieder.

»Erinnerst du dich an das Aussehen des brennenden Spinngewebes, das eigentlich gar kein Spinngewebe war und auch gar nicht brannte?« fragte ich.

»Ja – einigermaßen schon.«

»Gib mir das Messer.«

Sie reichte es mir.

Mit der Spitze begann ich ihre Zeichnung im Sand zu erweitern, verlängerte hier eine Linie, verwischte dort eine andere, fügte eigene hinzu. Sie sagte kein Wort, doch sie verfolgte jede meiner Bewegungen. Als ich fertig war, legte ich das Messer zur Seite und wartete einen stummen Augenblick lang.

Schließlich sagte sie mit leiser Stimme: »Ja, das ist es«, wandte sich von der Zeichnung ab und starrte mich an. »Woher wußtest du das? Woher wußtest du, was ich geträumt habe?«

»Weil ich ...«, sagte ich. »Weil du ein Gebilde geträumt hast, das in deiner Erbmasse niedergelegt ist. Warum und wie – das weiß ich nicht. Diese Erscheinung beweist aber, daß du in der Tat eine Tochter Ambers bist. Dein Erlebnis nennt man ›durch die Schatten gehen‹. Und geträumt hast du das Große Muster von Amber. Dieses Muster verleiht Menschen von königlichem Geblüt die Macht über die Schatten. Weißt du, wovon ich spreche?«

»Nicht genau«, sagte sie. »Ich glaube nicht. Ich habe Großvater auf die Schatten fluchen hören, aber ich habe ihn nie richtig verstanden.«

»Dann weißt du nicht, wo Amber wirklich liegt.«

»Nein. In dieser Frage ist er mir immer ausgewichen. Er hat mir wohl von Amber erzählt und von der Familie. Aber ich kenne nicht einmal die Richtung, in der Amber zu finden ist. Ich weiß nur, daß es weit entfernt liegt.«

»Es liegt in allen Richtungen«, sagte ich, »oder in jeder Richtung, die man sich aussucht. Man braucht nur ...«

»Ja!« unterbrach sie mich. »Ich hatte es vergessen oder dachte, er wolle nur geheimnisvoll oder herablassend tun – doch Brand hat vor langer Zeit einmal genau dasselbe gesagt. Aber was steht dahinter?«

»Brand! Wann war Brand hier?«

»Vor Jahren«, entgegnete sie. »Ich war damals noch ein kleines Mädchen. Er kam oft zu Besuch. Ich war sehr in ihn verliebt und fiel ihm auf die Nerven. Er erzählte mir viele Geschichten, brachte mir Spiele bei ...«

»Wann hast du ihn zum letzten Mal gesehen?«

»Oh, ich würde sagen, vor etwa acht oder neun Jahren.«

»Hast du noch andere kennengelernt?«

»Ja«, sagte sie. »Julian und Gérard waren vor nicht allzu langer Zeit hier. Das ist erst wenige Monate her.«

Ich kam mir plötzlich sehr ungeschützt vor. Benedict hatte mir manches verschwiegen. Es wäre mir lieber gewesen, er hätte mir Lügen aufgetischt, als mich völlig im dunkeln tappen zu lassen. Wenn man dann die Wahrheit herausfindet, kann man sich leichter aufregen. Der Ärger mit Benedict war der Umstand, daß er zu ehrlich war. Er zog es vor, mir lieber nichts zu erzählen, als mich anzulügen. Doch ich hatte das

Fünftes Kapitel

Gefühl, etwas Schlimmes wälze sich auf mich zu, und ich wußte, daß ich nicht zögern durfte, daß ich so schnell wie möglich handeln mußte. Ja, es würde ein harter Höllenritt werden, an dessen Ende mich die Steine erwarteten. Doch zunächst gab es mehr zu erfahren. Die Zeit ... verdammt!

»Hast du sie bei dieser Gelegenheit zum ersten Mal gesehen?« fragte ich.

»Ja«, sagte sie. »Und ich war sehr gekränkt.« Sie schwieg einen Augenblick lang und seufzte.

»Großvater hat mir verboten, unsere Verwandtschaft zu erwähnen. Er stellte mich als seinen Schützling vor. Und er weigerte sich, mir den Grund zu nennen. Verdammt!«

»Ich bin sicher, er hatte gute Gründe.«

»Oh, die hatte ich auch. Aber das hilft einem trotzdem nicht weiter, wenn man sein ganzes Leben lang darauf gewartet hat, Verwandte kennenzulernen. Weißt *du*, warum er mich so behandelt hat?«

»Amber macht im Augenblick eine schwere Zeit durch«, sagte ich, »und die Lage dürfte sich noch verschlimmern, ehe sie wieder besser wird. Je weniger Leute von deiner Existenz wissen, desto geringer ist die Chance, daß du in die Sache hineingezogen wirst und Schaden nimmst. Er wollte dich nur schützen.«

Sie tat, als spucke sie aus.

»Ich brauche keinen Schutz«, sagte sie. »Ich kann selbst auf mich aufpassen.«

»Du bist eine vorzügliche Fechtmeisterin«, sagte ich. »Leider ist das Leben komplizierter als ein Duell, bei dem es fair zugeht.«

»Das weiß ich auch. Ich bin ja kein Kind mehr! Aber ...«

»Nichts ›aber‹! Ich hätte an seiner Stelle genauso gehandelt. Er schützt sich und dich. Ich bin überrascht, daß er Brand eingeweiht hat. Er wird sich ziemlich aufregen, wenn er erfährt, daß ich ebenfalls die Wahrheit kenne.«

Ihr Kopf fuhr herum, und sie starrte mich mit aufgerissenen Augen an.

»Aber du würdest uns doch nicht schaden wollen!« sagte sie. »Wir ... wir sind doch immerhin verwandt ...«

»Woher, zum Teufel, willst du wissen, warum ich hierbin oder was ich denke!« rief ich aus. »Vielleicht hast du dich und deinen Großvater soeben ans Messer geliefert!«

»Du machst doch einen Scherz, nicht wahr?« fragte sie und hob wie abwehrend die linke Hand.

»Ich weiß nicht. Es muß durchaus kein Scherz sein – doch ich würde wohl kaum darüber sprechen, wenn ich etwas Übles im Schilde führte, nicht wahr?«

»Nein ... wahrscheinlich nicht«, sagte sie.

»Ich will dir etwas sagen, das dir Benedict längst hätte offenbaren müssen«, fuhr ich fort. »Du darfst niemals einem Verwandten vertrauen. Das ist viel schlimmer als Vertrauen gegenüber Fremden. Bei einem Fremden besteht immerhin die Möglichkeit, daß du nicht in Gefahr bist.«

»Das meinst du ja ernst, oder?«

»Und ob!«

»Und du selbst beziehst dich ein?«

Ich lächelte. »Für mich gilt das natürlich nicht. Ich bin ein Muster an Ehre, Freundlichkeit, Gnade und Güte. Du kannst mir rückhaltlos vertrauen.«

»Das werde ich tun«, sagte sie; ich lachte.

»Oh doch!« beharrte sie. »Du würdest uns kein Leid antun. Das weiß ich.«

»Erzähl mir von Gérard und Julian«, sagte ich. Mir war unbehaglich zumute wie immer, wenn mir jemand ungebeten Vertrauen entgegenbrachte. »Weshalb waren sie hier?«

Sie schwieg einen Augenblick lang, ohne den Blick von mir zu nehmen. »Ich habe dir schon ziemlich viel anvertraut«, sagte sie schließlich, »nicht wahr? Du hast recht. Man kann nie vorsichtig genug sein. Ich glaube, jetzt bist du mal an der Reihe!«

»Gut. Du lernst den Umgang mit unseresgleichen rasch. Was willst du wissen?«

»Wo liegt das Dorf wirklich? Und wo Amber? Die beiden sind sich irgendwie ähnlich, nicht wahr? Was sollte das heißen, als du vorhin sagtest, Amber liege in allen Richtungen oder in jeder, die man sich aussucht? Was sind Schatten?«

Ich stand auf und blickte auf sie hinab. Dann streckte ich die Hand aus. Sie wirkte plötzlich sehr jung und verängstigt, doch sie ergriff mutig meine Hand.

»Wohin ...?« fragte sie im Aufstehen.

»Hier entlang«, sagte ich und führte sie an die Stelle, wo ich geschlafen hatte. Wir betrachteten den Wasserfall und das Mühlrad.

Sie wollte etwas sagen, doch ich unterbrach sie.

»Schau hin«, sagte ich. »Du mußt nur schauen.«

Und so standen wir da und starrten auf das Wirbeln, Plätschern und Drehen, während ich meine Gedanken ordnete. Dann sagte ich: »Komm«, ergriff sie am Ellbogen und ging mit ihr auf den Wald zu.

Als wir uns zwischen den Bäumen bewegten, verdunkelte eine Wolke die Sonne, und die Schatten wurden tiefer. Die Stimmen der Vögel klangen schriller, und Feuchtigkeit stieg aus dem Boden auf. Wir gingen von Baum zu Baum, und die Blätter wurden länger und breiter. Als die

Fünftes Kapitel

Sonne zurückkehrte, wirkte ihr Licht gelber, und hinter einer Wegbiegung stießen wir auf Pflanzenranken. Die Stimmen der Vögel erklangen nun zahlreicher und heiserer. Der Weg führte plötzlich bergan, und ich geleitete sie an einer Steinformation vorbei auf höheres Gelände. Ein fernes, kaum vernehmliches Grollen schien sich hinter uns bemerkbar zu machen. Das Blau des Himmels veränderte sich, während wir über eine Lichtung schritten und eine große braune Eidechse verscheuchten, die sich auf einem Felsen gesonnt hatte. Als wir um eine andere Felsgruppe bogen, sagte sie: »Ich wußte gar nicht, daß es hier so etwas gibt. Dabei dachte ich, ich kenne mich gut aus, aber hier bin ich noch nie gewesen.« Doch ich antwortete ihr nicht, denn ich war mit meiner ganzen Willenskraft beschäftigt, die Substanz der Schatten zu verändern.

Kurz darauf sahen wir uns wieder dem Wald gegenüber, doch jetzt führte der Weg hangaufwärts zwischen Bäumen hindurch. Die Bäume waren tropische Riesen, durchsetzt mit Farngewächsen, und neue Geräusche – Gebell, Zischen, Summen – wurden laut. Während wir weiter ausschritten, verstärkte sich das Grollen ringsum, der Boden begann förmlich, davon zu vibrieren. Dara klammerte sich fester an meinen Arm; sie sagte nichts mehr, verschlang aber jedes Detail mit den Augen. Große, flache helle Blumen wuchsen im Unterholz zwischen Pfützen, in denen sich die von oben herabtropfende Feuchtigkeit niederschlug. Die Temperatur war ziemlich angestiegen, und wir schwitzten nicht wenig. Das Grollen wurde zu einem übermächtigen Tosen, und als wir an den Rand des Waldes kamen, wurden wir von dem Lärm bestürmt wie von ständigem Gewitterdonner.

Ich führte das Mädchen an den Rand des Abgrunds und deutete in die Tiefe.

Vor uns fiel der Wasserfall gut tausend Fuß hinab – ein mächtiger Katarakt, und der Fluß dröhnte unter dem mächtigen Aufprall wie ein Amboß. Die Strömung trug das Wasser kraftvoll dahin, ließ Luftblasen und mächtige Gischtwolken über weite Strecken wirbeln, ehe sie sich schließlich auflösten. Uns gegenüber, etwa eine halbe Meile entfernt, halb verdeckt durch Regenbogen und Wasserdunst, einer von Riesenhand geformten Insel ähnlich, rotierte langsam ein gigantisches Rad, bedächtig und schimmernd. Hoch über uns ließen sich große Vögel wie schwebende Kruzifixe in den Luftströmungen dahintreiben.

Wir verweilten ziemlich lange an dieser Stelle. Ein Gespräch war unmöglich, was mir nur recht sein konnte. Als sie sich schließlich von dem Bild abwandte, um mich mit zusammengekniffenen Augen abschätzend anzusehen, nickte ich und deutete mit den Augen wieder auf den Wald. Wir machten kehrt und schritten in die Richtung, aus der wir gekommen waren.

Bei der Rückkehr liefen dieselben Vorgänge umgekehrt ab, wobei ich es nicht ganz so schwer hatte. Als wir endlich wieder sprechen konnten, schwieg Dara dennoch, da sie offenbar inzwischen erkannt hatte, daß ich ein Teil der Veränderungsprozesse war, die ringsum abliefen.

Erst als wir wieder an dem alten Fluß standen und das kleine Mühlrad beobachteten, ergriff sie das Wort.

»War das ein Ort wie das Dorf?«

»Ja. Ein anderer Schatten desselben Orts.«

»Und wie Amber?«

»Nein. Amber wirft diese Schatten. Wenn man sich darauf versteht, läßt es sich in jede gewünschte Form bringen. Jener Ort war ein Schatten, ebenso dein Dorf – und auch *dieses* Fleckchen ist ein Schatten. Jeder Ort, den du dir nur vorstellen kannst, existiert irgendwo in den Schatten, du mußt nur die Kunst beherrschen, dorthin zu gelangen.«

»Und du und Großvater und die anderen – ihr könnt euch in diesen Schatten bewegen und euch nehmen und aussuchen, was ihr wollt?«

»Ja.«

»Und ich habe dasselbe getan, als ich aus dem Dorf zurückkehrte?«

»Ja.«

Ihr Gesicht war eine Studie aufdämmernder Erkenntnis. Ihre fast schwarzen Augenbrauen senkten sich um einen Zentimeter, und ihre Nasenflügel weiteten sich mit einem plötzlichen Atemzug.

»Ich kann es also auch ...« sagte sie. »Ich kann mich überallhin bewegen, kann alles tun, was ich will!«

»Die Fähigkeit schlummert in dir«, sagte ich.

Da küßte sie mich in einer impulsiven Geste und wirbelte davon; ihr Haar umtanzte den schlanken Hals, als sie versuchte, sich alles auf einmal anzusehen.

»Ich kann alles!« sagte sie und blieb stehen.

»Es gibt Grenzen und Gefahren ...«

»So ist das Leben nun mal«, sagte sie. »Wie lerne ich, die Gabe einzusetzen?«

»Der Schlüssel dazu ist das Große Muster von Amber. Du mußt es durchschreiten, um die Fähigkeit voll zu erringen. Es ist in den Boden eines Saales unter dem Palast von Amber eingezeichnet. Es ist ziemlich groß. Man muß außen beginnen und ohne stehenzubleiben zur Mitte gehen. Dabei tritt ein ziemlich starker Widerstand auf, und man muß sich sehr anstrengen, um ihn zu brechen. Wenn man stehenbleibt oder das Muster zu verlassen versucht, ehe man es zu Ende beschritten hat, vernichtet es den Betreffenden. Doch begeht man es, wird die angeborene Macht über die Schatten der bewußten Kontrolle unterworfen.«

Fünftes Kapitel

Sie eilte zu unserem Picknicklager und betrachtete das Muster, das wir dort in den Boden geritzt hatten.

Ich folgte ihr langsam. Als ich näher kam, sagte sie: »Ich muß nach Amber reisen und das Muster beschreiten!«

»Ich bin sicher, daß Benedict entsprechende Pläne mit dir hat – eines Tages.«

»Eines Tages?« fragte sie. »Nein, jetzt! Ich muß das Muster sofort beschreiten! Warum hat er mir nie etwas von diesen Dingen erzählt?«

»Weil du dieses Ziel noch nicht erreichen kannst. Die Verhältnisse in Amber sind so, daß es für euch beide gefährlich wäre, deine Existenz dort bekanntwerden zu lassen. Amber ist vorübergehend gesperrt für dich.«

»Das ist nicht fair!« sagte sie und starrte mich mürrisch an.

»Natürlich nicht«, sagte ich. »Aber so liegen die Dinge nun mal. Mir darfst du keine Schuld daran geben.«

Die Worte wollten mir nicht so recht über die Lippen, lag doch ein Teil der Schuld tatsächlich bei mir.

»Fast wäre es besser, wenn du mir nichts erzählt hättest«, sagte sie, »wenn ich doch noch nicht die Erfüllung finden kann.«

»So schlimm ist es nun auch wieder nicht«, sagte ich. »Die Situation in Amber wird sich stabilisieren – es dauert nicht mehr lange.«

»Wie erfahre ich davon?«

»Benedict wird es wissen. Er wird dir davon erzählen.«

»Er hat mir bisher nie viel erzählen wollen!«

»Wozu auch! Nur damit du dich benachteiligt fühlst? Du weißt, daß er dich gut behandelt hat, daß er sich Sorgen um dich macht. Wenn die Zeit reif ist, wird er die nötigen Schritte unternehmen.«

»Und wenn er es nicht tut? Wirst du mir dann helfen?«

»Ich werde tun, was ich kann.«

»Wie kann ich dich finden? Wie kann ich es dich wissen lassen?«

Ich lächelte. An diesem Punkt des Gesprächs waren wir angelangt, ohne daß ich bewußt darauf abgezielt hatte. Den wichtigen Aspekt brauchte ich ihr nicht zu verraten. Nur genug, um mir vielleicht später zu nützen ...

»Die Tarockkarten«, sagte ich. »Die Familientrümpfe. Die sind mehr als eine sentimentale Narretei. Sie sind ein Verständigungsmittel. Besorge dir meine Karte, blicke sie fest an, konzentriere dich darauf, versuche, alle anderen Gedanken aus deinem Geist zu vertreiben, tu so, als hättest du es wirklich mit mir zu tun, ehe du mich ansprichst. Dabei wirst du feststellen, daß dein Wunsch Wirklichkeit geworden ist, daß ich dir tatsächlich antworte.«

»Das sind alles Dinge, die mir Großvater beim Umgang mit den Karten verboten hat!«

»Natürlich.«

»Wie funktioniert das?«

»Das erzähle ich dir später einmal«, sagte ich. »Eine Hand wäscht die andere, weißt du noch? Ich habe dir von Amber und den Schatten erzählt. Jetzt erzähl du mir von Gérards und Julians Besuch.«

»Ja«, sagte sie. »Da gibt es allerdings nicht viel zu berichten. Vor fünf oder sechs Monaten hielt Großvater eines Morgens mitten in seiner Tätigkeit inne. Er war gerade dabei, einige Bäume im Obstgarten zu beschneiden – das macht er gern selbst –, und ich half ihm dabei. Er stand auf einer Leiter und schnipselte herum, und plötzlich erstarrte er, senkte die Schere und bewegte sich mehrere Minuten lang nicht. Ich dachte schon, er ruhe sich aus, und harkte weiter. Dann hörte ich ihn sprechen – er murmelte nicht nur vor sich hin, sondern sprach, als wäre er an einer Unterhaltung beteiligt. Zuerst dachte ich, er meinte mich, und fragte, was er gesagt habe. Doch er kümmerte sich nicht um mich. Jetzt kenne ich die Trümpfe und weiß, daß er mit einem von ihnen gesprochen haben muß. Wahrscheinlich mit Julian. Jedenfalls stieg er anschließend hastig von der Leiter, sagte mir, er müsse auf einen oder zwei Tage fort, und ging zum Haus. Doch gleich darauf blieb er stehen und kehrte zurück. Dann sagte er mir, daß er mich, falls Julian und Gérard auf Besuch kämen, als verwaiste Tochter eines getreuen Bediensteten vorstellen würde. Wenig später ritt er davon und nahm zwei reiterlose Pferde mit. Er hatte das Schwert angelegt.

Er kehrte mitten in der Nacht zurück und hatte beide Brüder bei sich. Gérard war nur noch so eben bei Bewußtsein. Sein linkes Bein war gebrochen, und die gesamte linke Körperhälfte wies Prellungen auf. Julian war ebenfalls ziemlich mitgenommen, hatte aber nichts gebrochen. Die beiden sind fast einen Monat lang bei uns geblieben; sie haben sich schnell wieder erholt. Dann liehen sie sich zwei Pferde aus und verschwanden. Seither habe ich sie nicht wiedergesehen.«

»Was haben sie über die Gründe ihrer Verwundungen gesagt?«

»Nur, daß sie in einen Unfall verwickelt worden seien. Sie wollten mit mir nicht darüber sprechen.«

»Wo? Wo ist das geschehen?«

»Auf der schwarzen Straße. Ich habe sie mehrmals davon sprechen hören.«

»Wo liegt die schwarze Straße?«

»Das weiß ich nicht.«

»Was haben sie darüber gesagt?«

»Sie haben sie lauthals verflucht. Das war alles.«

Ich blickte hinab und sah einen Rest Wein in der Flasche. Ich bückte mich, schenkte zwei letzte Gläser voll und reichte ihr eins.

»Auf unser Wiedersehen«, sagte ich und lächelte.

Fünftes Kapitel

»Auf das Wiedersehen«, wiederholte sie, und wir tranken.

Sie begann, unser Lager aufzuräumen, und ich half ihr. Plötzlich machte sich wieder das Gefühl bemerkbar, daß mir die Zeit zwischen den Fingern hindurchrinne.

»Wie lange soll ich warten, bis ich mich mit dir in Verbindung setze?« fragte sie.

»Drei Monate. Laß mir drei Monate Zeit.«

»Wo wirst du dann sein?«

»Hoffentlich in Amber.«

»Wie lange bleibst du hier?«

»Nicht sehr lange. Offen gesagt muß ich auf der Stelle einen kleinen Ausflug unternehmen. Bis morgen müßte ich zurück sein. Und dann bleibe ich wahrscheinlich nur noch ein paar Tage.«

»Ich wünschte, du bliebest länger.«

»Ich auch. Es würde mir sicher Spaß machen, wo ich dich jetzt kenne.«

Sie errötete und schien sich ganz auf den Korb zu konzentrieren, den sie packte. Ich suchte unsere Fechtsachen zusammen.

»Kehrst du jetzt zum Haus zurück?« fragte sie.

»In die Ställe. Ich reite sofort los.« Sie nahm den Korb auf.

»Dann gehen wir zusammen. Mein Pferd steht in dieser Richtung.«

Ich nickte und folgte ihr zu einem Pfad, der sich rechts von uns entlangzog.

»Wahrscheinlich wäre es das beste, wenn ich niemandem etwas sage, und schon gar nicht Großvater, nicht wahr?«

»Das wäre ratsam.«

Das Plätschern und Gurgeln des Flüßchens auf seinem Wege zum Meer verhallte, nur noch das Quietschen des Mühlrads, welches die Wasserfläche zerteilte, war eine Zeitlang zu hören.

6
―――――

Meistens ist das gleichmäßige Vorankommen wichtiger als Geschwindigkeit. Solange es eine regelmäßige Folge von Anreizen gibt, in die sich der Geist nacheinander verbeißen kann, ist auch Platz für eine laterale Bewegung. Hat dieser Vorgang erst einmal begonnen, ist das Tempo eine Sache des persönlichen Geschmacks.

Ich bewegte mich also langsam, doch gleichmäßig voran und setzte mein Urteilsvermögen ein. Es wäre sinnlos gewesen, Star unnötig zu ermüden. Schnelle Veränderungen fallen schon einem Menschen ziemlich schwer. Tiere, die sich nicht leicht etwas vormachen, haben größere Schwierigkeiten damit und drehen manchmal sogar durch.

Ich überquerte den Fluß auf einer kleinen Holzbrücke und bewegte mich eine Zeitlang parallel zu ihm. Ich hatte vor, die eigentliche Stadt zu umgehen und der ungefähren Richtung des Wasserlaufes zu folgen, bis ich in Küstennähe war. Es war ein schöner Nachmittag. Mein Weg lag im kühlen Schatten. Grayswandir hing an meiner Hüfte.

Ich ritt nach Westen und erreichte schließlich die Hügel, die sich dort erhoben. Ich wollte mit der Verschiebung erst beginnen, wenn ich eine Stelle erreicht hatte, von der ich auf die große Stadt hinabblicken konnte, die immerhin die größte Bevölkerungskonzentration darstellte in diesem Land, das meinem Avalon ähnelte. Die Stadt trug denselben Namen, und mehrere hunderttausend Menschen lebten und arbeiteten hier. Etliche Silbertürme fehlten, und der Fluß durchschnitt die Stadt weiter südlich in einem etwas anderen Winkel, nachdem er sich seither um das Zehnfache verbreitert hatte. Rauch stieg auf von den Schmieden und Schänken, leicht bewegt in der Brise aus dem Süden; die Menschen bewegten sich zu Fuß, im Sattel oder auf dem Bock von Wagen oder Kutschen durch die schmalen Straßen, betraten und verließen Läden, Herbergen, Häuser; Vogelscharen wirbelten durcheinander, stießen hinab und stiegen wieder auf über den Plätzen, wo Pferde angebunden waren; bunte Wimpel und Banner regten sich, Wasser schimmerte, Dunst lag in der Luft. Ich war zu weit entfernt, um Stimmen zu hören oder das Klappern, Hämmern, Sägen, Rasseln und Quietschen; nur ein sehr vages Summen schlug an mein Ohr. Zwar vermochte ich

Sechstes Kapitel

keine individuellen Düfte auszumachen, doch als Blinder hätte ich schon am Geruch bemerkt, daß eine Stadt ganz in der Nähe lag.

Der Anblick erfüllte mein Herz mit einer gewissen Nostalgie, mit der vagen Sehnsucht nach jenem Ort, der genauso hieß wie diese Stadt, der aber in einem Schattenland der Vergangenheit untergegangen war, ein Ort, an dem das Leben so einfach und ich glücklicher gewesen war als in diesem Augenblick.

Doch man lebt nicht so lange wie ich, ohne jene besondere Erkenntnisfähigkeit, die naive Gefühle im Entstehen erfaßt und im allgemeinen verhindert, daß Sentimentalitäten aufkommen.

Die damalige Zeit war vorbei und erledigt, und mein Streben zielte jetzt voll und ganz auf Amber ab. Ich zog das Pferd herum und setzte meinen Weg nach Süden fort. Der Wunsch zu siegen regte sich stärker in mir. Amber, ich vergesse dich nicht ...

Die Sonne wurde zu einem grellen Wundmal über meinem Kopf, und der Wind begann, mich zu umtosen. Der Himmel wurde immer gelber und strahlender, bis ich den Eindruck hatte, als erstrecke sich über mir eine Wüste von Horizont zu Horizont. Die Hügel wurden zum Tiefland hin felsiger und boten sich den Blicken in windgeformten Skulpturen von grotesker Gestalt und düsterer Färbung dar. Als ich die Vorberge verließ, hüllte mich ein Sandsturm ein, so daß ich das Gesicht in meinem Mantel verbergen und die Augen zu Schlitzen zusammenkneifen mußte. Star wieherte, schnaubte mehrmals, mühte sich weiter. Sand, Felsbrocken, Wind, und das Orangerot des Himmels vertiefte sich, eine düstere Wolkengruppe, auf die sich die Sonne zubewegte.

Dann lange Schatten, das Ersterben des Windes, Ruhe ... Nur das Klappern der Hufe auf dem Gestein und die Geräusche der Atemzüge ... Dämmerung, als Sonne und Wolken zusammentreffen ... Die Grundfesten des Tages, von Donner erschüttert ...

Ferne Objekte in unnatürlicher Deutlichkeit sichtbar ... Ein kaltes, blaues, elektrisierendes Gefühl in der Luft ... Wieder Donner ...

Jetzt ein wogender, glasiger Vorhang zu meiner Rechten, der Regen, der Regen, der auf mich zukommt ... Blaue Bruchstellen in den Wolken ... Die Temperatur im Absinken, unsere Schritte gleichmäßig, die Welt ein einfarbiger Hintergrund ...

Dröhnender Donner, grellweißes Blitzen, der Vorhang, der nach uns greifen will ... Zweihundert Meter ... Dann hundertundfünfzig ... Genug!

Die untere Kante des Vorhangs pflügt, furcht sich schäumend dahin ... Der feuchte Erdgeruch ... Das Wiehern Stars ... Ein Voranstürmen ...

Kleine Wasserrinnsale, die sich vorwagen, einsinken, den Boden beflecken ... Zuerst schlammig blubbernd, dann dahinrinnend ... Und schon ein gleichmäßiger Strom ... Ringsum kleine plätschernde Bäche ...

Vor uns eine Anhöhe, und Stars Muskeln spannen und entspannen, spannen und entspannen sich unter mir, während er die Spalten und Wasserläufe überspringt, sich durch die dahinrasende Wasserwand stürzt und den Hang erreicht, mit funkensprühenden Hufen auf Felsgestein, während wir höher klettern, während die Stimme des gurgelnden, dahinschäumenden Stroms zu einem gleichmäßigen Tosen absinkt ...

Immer höher und schließlich Trockenheit, eine kurze Pause, um die Säume meines Umhangs auszuwringen ... Unter und rechts von uns leckt ein graues, sturmzerzaustes Meer am Fuß der Klippe, auf der wir halten ...

Ins Binnenland nun, auf die Kleefelder und den Abend zu, das Dröhnen der Brandung im Rücken ...

Die Verfolgung von Sternschnuppen im dunkler werdenden Osten, nach einiger Zeit Stille und Nacht ...

Klar ist der Himmel, hell die Sterne, bis auf einige feine Wolkenfetzen ...

Eine heulende Schar rotäugiger Geschöpfe, die sich auf unserer Spur winden ... Schatten ... Grünäugig ... Schatten ... Gelb ... Schatten ... Und fort ...

Doch dunkle Gipfel mit Schneerücken bedrängen sich gegenseitig ringsum ... Festgefrorener Schnee, trocken wie Staub, von den eisigen Windstößen des Gebirges wogenhaft angehoben ... Schneewogen, die über Felshänge getrieben werden ... Ein weißes Feuer in der Nachtluft ... Meine Füße, die in den nassen Stiefeln schnell zu erstarren beginnen ... Star schnaubend und verwirrt, einen Huf vorsichtig vor den anderen setzend, den Kopf schüttelnd, als könne er das alles nicht fassen ...

Schatten hinter den Felsen, ein leichterer Hang, ein ersterbender Wind, weniger Schnee ... Ein sich windender Weg, immer wieder in die Kurve, ein Weg in die Wärme ... Hinab, hinab in die Nacht, unter den sich verändernden Sternen ...

Fern ist der Schnee der letzten Stunde; jetzt ausgetrocknete Pflanzen und eine Ebene ... Weit ist der Schnee, und die Nachtvögel erheben sich taumelnd in die Luft, wirbeln über der Aasmahlzeit durcheinander, werfen heiseres Protestgeschrei ab, als wir vorbeireiten ...

Wieder langsamer, zu dem Ort, wo das Gras wogt, bewegt von dem weniger kalten Wind ... Das Fauchen einer jagenden Katze ... Die schattenhafte Flucht eines hüpfenden rehähnlichen Wesens ... Sterne, die ihre Plätze einnehmen, und das zurückkehrende Gefühl in meinen Füßen ...

Sechstes Kapitel

Star bäumt sich auf, wiehert, flieht im Galopp vor einer unsichtbaren Erscheinung ... Es dauert lange, ihn zu beruhigen, und noch länger, bis das Zittern vergangen ist ...

Eislichtzapfen des zunehmenden Mondes auf fernen Baumwipfeln ... Die feuchte Erde, die einen schimmernden Nebel ausatmet ... Motten, die im Nachtlicht tanzen ...

Der Boden momentan in pendelnder, sich wölbender Bewegung, als träten Berge von einem Bein aufs andere ... Jedem Stern ein Double ... Ein Lichtkranz um den runden Mond ... Die Ebene, die Luft darüber, alles voller fliehender Umrisse ...

Die Erde, eine abgelaufene Uhr, tickt und verstummt ... Stabilität ... Trägheit ... Die Sterne und der Mond wieder eins mit ihrem Geist ...

Ein Bogen um den Waldrand, nach Westen ... Impression eines schlummernden Dschungels: Delirium von Schlangen unter Öltuch ...

Nach Westen, nach Westen ... Irgendwo ein Fluß mit breiten sauberen Ufern, die mir den Weg zum Meer erleichtern ...

Hufschlag, wirbelnde, zuckende Schatten ... Die Nachtluft in meinem Gesicht ... Ein kurzer Blick auf Nachtwesen auf hohen, dunklen Mauern und schimmernden Türmen ... Die Luft schmeckt plötzlich süßer ... Die Szene verschwimmt vor den Augen ... Schatten ...

Zentaurenhaft sind Star und ich unter einer gemeinsamen Schweißschicht verschmolzen ... Wir saugen die Luft ein und geben sie in gemeinsamen Explosionen der Anstrengung wieder von uns ... Der Hals in Donner gehüllt, schrecklich ist die Pracht der Nüstern ... Den Boden verzehrend ...

Lachend, der Geruch des Wassers ringsum, die Bäume links schon sehr nahe ...

Dann dazwischen ... Schmale Stämme, Hängeranken, breite Blätter, tropfende Feuchtigkeit ... Spinngewebe im Mondlicht, sich mühende Schatten darin ... Schwammhafter Boden ... Phosphoreszierender Fungus auf umgestürzten Bäumen ...

Eine freie Stelle ... Raschelnde lange Grashalme ...

Mehr Bäume ...

Wieder der Flußgeruch ...

Später Geräusche ... Laute ... Das glasige Lachen von Wasser ...

Näher, lauter, endlich daneben herreitend ... Der Himmel, der sich aufbäumt und seinen Bauch einzieht, und die Bäume ... Sauber, mit einem kühlen, feuchten Duft ...

Im gleichen Tempo links daneben her ... Leicht und schwebend, folgen wir ...

Trinken ... In den Untiefen herumplätschernd, dann bauchhoch mit gesenktem Kopf. Star im Wasser, trinkend wie eine Pumpe, Gischt aus den Nüstern prustend ... Flußaufwärts plätschert es gegen meine Stiefel, tropft mir aus dem Haar, läuft an meinen Armen herab. Stars Kopf wendet sich beim Klang des Lachens ...

Dann wieder flußabwärts, langsam, gewunden ... Zuletzt gerade, sich ausbreitend, langsamer werdend ...

Bäume dichter, dann gelichtet ...

Lang, gleichmäßig, gemächlich ...

Ein schwaches Licht im Osten ...

Jetzt nach unten geneigt und weniger Bäume ... Felsiger, die Dunkelheit wieder komplett ...

Der erste schwache Hinweis auf die See, ein verlorener Dufthauch ... Klappernd weiter, in der Kühle der späten Nacht ... Wieder ein flüchtiger Salzgeschmack der Luft ...

Gestein, das Fehlen von Bäumen ... Hart, steil, kahl, abwärts ... Immer unzugänglicher ...

Ein Blitzen zwischen Felswänden ... Losgetretene Steine in der jetzt dahinrasenden Strömung, das Plätschern vom Echo des Dröhnens verschluckt ... Immer tiefer der Schlund, dann sich ausbreitend ...

Hinab, hinab ...

Und weiter ...

Jetzt wieder Helligkeit im Osten, sanfter der Hang ... Wieder der Hauch von Salz, diesmal stärker ...

Schiefer und Dreck ... Um eine Ecke, hinab, immer heller ...

Vorsicht, weich und locker der Boden ...

Windhauch und licht, Windhauch und Licht ... Hinter einem Felsvorsprung ... Zügel anziehen. Unter mir lag die öde Küste, endlose Reihen gerundeter Dünenrücken, gegeißelt vom Wind, der aus Südwesten herandrängt, Sandstreifen emporschleudert, den Umriß des fernen kahlen, düsteren Morgenmeeres teilweise verwischt.

Ich sah zu, wie sich die rosa Schicht von Osten her über das Wasser legte. Da und dort entblößte der sich bewegende Sand düstere Kiesflecken. Über den anrennenden Wellen erhoben sich zerklüftete Felsmassen. Zwischen den mächtigen Dünen, die Hunderte von Fuß hoch waren, und mir, der ich hoch über der abweisenden Küste hockte, befand sich eine wilde, zerschmetterte Ebene aus zerklüfteten Felsen und Kies, im ersten Schimmer des Morgens aus der Hölle oder der Nacht emportauchend, belebt von Schatten.

Ja. Hier war ich richtig.

Ich stieg ab und sah zu, wie die Sonne die Szene mit einem trostlosen grellen Tag belegte. Dies war das harte weiße Licht, das ich gesucht hatte. Hier, ohne Menschen, war der richtige Ort, wie ich ihn Jahrzehnte zuvor auf der Schatten-Erde meines Exils gesehen hatte. Keine Bulldozer, keine Siebe, keine besenschwingenden Farbigen, keine her-

Sechstes Kapitel

metisch abgeriegelte Stadt Oranjemund. Keine Röntgenmaschinen, kein Stacheldraht, keine bewaffneten Posten. Hier gab es nichts von alledem. Nein. Denn dieser Schatten hatte niemals einen Sir Ernest Oppenheimer erlebt, und es hatte auch nie eine Firma ›Consolidated Diamond Mines of South West Africa‹ gegeben, auch keine Regierung, die eine solche Anhäufung von Küstenschürfinteressen gutgeheißen hätte. Hier erstreckte sich die Wüste, die Namib hieß, etwa vierhundert Meilen nordwestlich von Kapstadt, ein Streifen Dünen und Felsgestein, bis zu etlichen Dutzend Meilen breit und etwa dreihundert Meilen lang an dieser elenden Küste, an der meerwärts gelegenen Flanke der Richtersveld-Berge, in deren Schatten ich stand. Hier lagen Diamanten wie Vogelkot im Sand. Natürlich hatte ich eine Harke und ein Sieb mitgebracht.

Ich schnürte meine Vorräte auf und machte ein Frühstück. Ein heißer, staubiger Tag stand mir bevor.

Während ich in den Dünen arbeitete, dachte ich an Doyle, den kleinen Juwelier aus Avalon mit den dünnen Haaren und dem feuerroten, mit Geschwülsten bedeckten Gesicht. Juweliersrouge? Wozu wollte ich all das Juweliersrouge – genug, um eine Armee von Juwelieren ein Dutzend Leben lang zu versorgen? Ich hatte die Achseln gezuckt. Was interessierte es ihn, wozu ich das Zeug brauchte, solange ich dafür zahlte? Nun, wenn es eine neue Verwendung für das Zeug gab, die viel Geld zu bringen versprach, wäre man ja ein Dummkopf ... Mit anderen Worten, er war nicht in der Lage, mich innerhalb einer Woche mit der gewünschten Menge zu versorgen? Kleine gepreßte Kicherlaute zwischen Zahnlücken. Eine Woche? Oh nein! Natürlich nicht! Lächerlich, kam gar nicht in Frage ... Ich begriff. Nun, vielen Dank, und vielleicht war der Konkurrent ein Stück weiter oben in der Lage, das Zeug zu beschaffen; außerdem mochte er sich für ein paar ungeschliffene Diamanten interessieren, die ich in einigen Tagen erwartete ... Diamanten, sagten Sie? Moment. Er interessierte sich stets für Diamanten ... Ja, aber in Sachen Juweliersrouge ließen seine Leistungen doch zu wünschen übrig! Eine erhobene Hand. Vielleicht hatte er sich etwas zu voreilig über seine Fähigkeit geäußert, das Poliermittel zu liefern. Die Menge hatte ihn doch etwas stutzig gemacht. Die Ingredienzien gab es allerdings reichlich, und die Formel war ziemlich simpel. Ja, eigentlich gab es keinen Grund, warum man nicht etwas arrangieren könnte. Und innerhalb einer Woche. Aber nun zu den Diamanten ...

Ehe ich seinen Laden verließ, hatten wir etwas arrangiert.

Ich habe viele Menschen kennengelernt, die der Meinung waren, daß Schießpulver explodiert – was natürlich nicht zutrifft. Es brennt sehr schnell ab und entwickelt dabei einen Gasdruck, der ein Geschoß aus dem offenen Ende einer Hülse preßt und es durch den Lauf einer Waffe treibt, nachdem es von der Zündkapsel entzündet worden ist, die das eigentliche Explodieren besorgt, wenn der Zündhebel hineingetrieben wird. Mit der typischen Voraussicht meiner Familie hatte ich im Laufe der Jahre mit einer Reihe von Brennstoffen experimentiert. Meine Enttäuschung angesichts der Entdeckung, daß sich Schießpulver in Amber nicht entzünden ließ und daß alle ausprobierten Zündkapseln dort ebenfalls nicht funktionierten, würde nur durch die Erkenntnis abgemildert, daß auch keiner meiner Verwandten Feuerwaffen nach Amber bringen konnte. Erst viel später bot sich mir während eines Besuchs in Amber die Lösung. Ich hatte ein Armband poliert, das für Deirdre bestimmt war – und als ich das verschmutzte Tuch in einen Kamin warf, erlebte ich die in Amber so wundersame Eigenschaft des Juweliersrouges aus Avalon! Zum Glück flog nur eine kleine Menge in die Luft, und ich war in jenem Augenblick allein.

Das Mittel war ein ausgezeichneter Zündstoff. Mit einer ausreichenden Menge nichtzündfähigen Materials verschnitten, konnte man es auch richtig zum Abbrennen bringen.

Ich behielt die Entdeckung für mich, nahm ich doch an, daß sich das Mittel eines Tages dazu einsetzen ließ, um in Amber gewisse grundsätzliche Entscheidungen herbeizuführen.

Leider hatten Eric und ich unseren Zusammenstoß, ehe dieser Tag heranrückte, und die Entdeckung wurde zusammen mit all meinen anderen Erinnerungen auf Eis gelegt. Als ich mein Gedächtnis endlich zurückgewonnen hatte, tat ich mich mit Bleys zusammen, der einen Angriff auf Amber plante. Er brauchte mich eigentlich nicht, hatte mich aber als Partner akzeptiert – wohl um ein Auge auf mich zu haben. Hätte ich ihm Waffen geliefert, wäre er unbesiegbar und ich überflüssig gewesen. Und hätten wir Amber tatsächlich erobert, wie es seine Pläne vorsahen, wäre die Situation noch unhaltbarer geworden, da der größte Teil der Besatzungsmacht und natürlich das Offizierskorps auf seiner Seite standen. Dann hätte ich etwas Besonderes aufbieten müssen, um das Kräfteverhältnis wieder auszugleichen. Zum Beispiel ein paar Bomben und etliche automatische Waffen.

Wäre ich einen Monat früher wieder zu mir gekommen, hätte sich alles anders entwickelt. Dann säße ich jetzt vielleicht in Amber und wäre nicht ausgeglüht und erschöpft in dem Bewußtsein, daß ein weiterer Höllenritt und ein ganzer Sack voll Sorgen vor mir lagen, mit denen ich mich befassen mußte.

Ich spuckte Sand, um nicht zu ersticken, wenn ich lachte. Himmel, unser »Wäre doch nur« war wirklich etwas Besonderes! Ich konnte an andere Dinge denken als an das, was hätte geschehen können. Zum Beispiel an Eric ...

Sechstes Kapitel

Ich erinnere mich an jenen Tag, Eric. Ich stand in Ketten und war vor dem Thron auf die Knie gezwungen worden. Eben hatte ich mich selbst gekrönt, um dich zu verspotten, und war dafür geschlagen worden. Als ich die Krone das zweite Mal in der Hand hielt, schleuderte ich sie in deine Richtung. Aber du hast sie aufgefangen und gelacht. Ich war froh, daß sie wenigstens nicht beschädigt war, wenn sie dich schon nicht verwunden konnte. Ein so schönes Ding ... Ganz aus Silber, mit sieben langen Zacken besetzt mit Smaragden, die schöner sind als alle Diamanten. An jeder Schläfe ein großer Rubin ... An jenem Tag hast du dich selbst gekrönt, eine Geste der Arroganz, des hastig arrangierten Pomps. Deine ersten Worte als Herrscher wurden mir zugeflüstert, noch ehe das Echo »Lang lebe der König!« im Saal verhallt war. Ich erinnere mich an jedes einzelne Wort. »Deine Augen haben den schönsten Anblick genossen, den sie jemals sehen werden«, hast du gesagt, gefolgt von dem Befehl: »Wachen! Bringt Corwin in die Schmiede und brennt ihm die Augen aus! Er soll sich an die Szenen dieses Tages als die letzten erinnern, die er jemals vor Augen hatte! Dann werft ihn in die Schwärze des tiefsten Verlieses unter Amber, auf daß sein Name vergessen sei!«

»Jetzt herrschst du in Amber«, sagte ich laut. »Doch weder habe ich mein Augenlicht verloren, noch bin ich vergessen!«

Nein, dachte ich. Sieh zu, wie du mit deinem Titel fertig wirst, Eric. Die Mauern Ambers sind hoch und mächtig. Versteck dich dahinter. Umgib dich mit dem nutzlosen Stahl von Klingen. Wie eine Ameise panzerst du deine Behausung mit Staub. Du weißt jetzt, daß du nicht sicher leben kannst, solange ich lebe, und ich habe dir versprochen, daß ich zurückkehren werde. Ich komme, Eric! Ich bringe Waffen aus Avalon, und ich werde deine Tore niedertreten und deine Verteidiger auslöschen. Und dann wird es so sein wie schon einmal vor langer Zeit, eine Minute lang, ehe deine Männer dich retteten. An jenem Tage holte ich mir nur wenige Tropfen deines Blutes. Diesmal soll es alles sein.

Ich scharrte einen weiteren Rohdiamanten frei, etwa den sechzehnten, und schob ihn in den Beutel an meinem Gürtel.

Während ich auf die untergehende Sonne starrte, dachte ich an Benedict, Julian und Gérard. Was für eine Verbindung bestand zwischen diesen Männern? Wie immer sie aussah – jede Interessenverbindung, die Julian einschloß, war mir zuwider. Gérard war in Ordnung. Ich hatte ruhig einschlafen können damals im Lager, als ich mir vorstellte, daß sich Benedict mit ihm in Verbindung gesetzt hatte. Doch wenn er jetzt mit Julian verbündet war, lag hier ein Grund zur Besorgnis. Wenn mich ein Mensch noch mehr haßte als Eric, dann Julian. Wenn er erfuhr, wo ich steckte, war ich in großer Gefahr. Für eine Konfrontation war ich noch nicht gerüstet.

Vermutlich hätte Benedict einen moralischen Grund gefunden, mich in diesem Augenblick zu verraten. Schließlich wußte er, daß mein Tun darauf gerichtet war, Unruhe nach Amber zu tragen – und er wußte sehr wohl, daß ich etwas im Schilde führte. Ich vermochte seine Einstellung sogar zu verstehen. Ihm ging es in erster Linie um die Erhaltung des Reiches. Im Gegensatz zu Julian war er ein Mann mit Prinzipien, und ich bedauerte es, nicht auf seiner Seite zu stehen. Ich konnte nur hoffen, daß mein Coup so schnell und schmerzlos ablaufen würde wie eine Zahnziehung bei Betäubung und daß wir dann hinterher wieder am selben Strang ziehen konnten. Nachdem ich nun Dara kennengelernt hatte, wünschte ich mir dies auch um ihretwillen.

Er hatte mir zu wenig verraten. Ich wußte einfach nicht, ob er die ganze Woche über im Feld bleiben wollte oder ob er sich womöglich schon mit Streitkräften Ambers zusammengetan hatte, um mir eine Falle zu stellen, um mein Gefängnis zu mauern, um mein Grab auszuheben. Ich mußte mich beeilen, so gern ich noch in Avalon verweilt hätte.

Ich beneidete Ganelon, der jetzt in irgendeinem Gasthaus oder Freudenhaus trank, hurte oder kämpfte oder in den Bergen jagte. Er war zu Hause. Sollte ich ihn seinen Vergnügungen überlassen, obwohl er sich erboten hatte, mich nach Amber zu begleiten? Doch nein, bei meinem Verschwinden würde man ihn verhören, ihm Schlimmes antun, wenn Julian in der Sache steckte – und dann war es nicht mehr weit bis zu dem Augenblick, da er in dem Land, das er für seine Heimat hielt, als Ausgestoßener gelten würde – wenn man ihn überhaupt am Leben ließ. Daraufhin würde er sich zweifellos wieder außerhalb des Gesetzes stellen, und dieses dritte Mal mochte sein Verderben sein. Nein, ich wollte meine Versprechen halten. Er sollte mich begleiten, wenn er das noch immer mochte. Wenn er seinen Entschluß geändert hatte, nun ... Ich beneidete ihn sogar um die Aussicht auf ein gesetzloses Dasein in Avalon. Zu gern wäre ich noch länger geblieben, um mit Dara durch die Berge zu reiten, um über Land zu reisen, auf den Flüssen zu fahren ...

Ich dachte an das Mädchen. Das Wissen um ihre Existenz ließ das Bild doch etwas anders aussehen. Das Ausmaß dieser Veränderung war mir allerdings nicht ganz bewußt. Trotz unserer starken Haßgefühle und kleinkrämerischen Auseinandersetzungen sind wir Geschwister aus Amber doch ziemlich familienbewußt, stets interessiert an Neuigkeiten über die anderen, bestrebt, die Position der übrigen Familienmitglieder im wechselhaften Bild des Geschehens zu kennen. So mancher Austausch von Klatschgeschichten hat zwischen uns einen entscheidenden Schlag verzögert. Zuweilen vergleiche ich uns im Geiste mit einer Gruppe boshafter alter Damen in einem Altersheim, die ein abgefeimtes Hindernisrennen veranstalten.

Sechstes Kapitel

Ich vermochte Dara in das große Ganze nicht einzuordnen, da sie selbst nicht wußte, wohin sie gehörte. Oh, mit der Zeit würde sie das schon lernen. Sobald ihre Existenz sich herumsprach, würde sie hervorragende Lehrer finden. Nachdem ich sie nun auf ihre Einzigartigkeit aufmerksam gemacht hatte, war es nur eine Sache der Zeit, bis sie bei dem großen Spiel mitmischte. Während unseres Gesprächs im Wäldchen war ich mir zuweilen vorgekommen wie die Schlange der Verführung – doch immerhin hatte sie ein Recht auf dieses Wissen. Früher oder später würde sie die Wahrheit erfahren, und je eher sie sie erkannte, desto eher konnte sie damit beginnen, ihre Verteidigung vorzubereiten. Es war also nur zu ihrem Vorteil.

Natürlich war es möglich – und sogar wahrscheinlich –, daß ihre Mutter und Großmutter überhaupt nichts gewußt hatten von der eigenen Herkunft ...

Und was hatte es ihnen genützt? Nach Daras Auskunft waren sie beide eines gewaltsamen Todes gestorben.

War es möglich, daß der lange Arm Ambers aus den Schatten nach ihnen gegriffen hatte? Und daß er wieder zuschlagen wollte?

Wenn er wollte, konnte Benedict so hart und rücksichtslos sein wie wir alle. Vielleicht sogar brutaler. Er würde kämpfen, um seine Familie zu schützen, würde zweifellos auch einen von uns töten, wenn er es für nötig hielt. Er hatte offenbar angenommen, daß es ausreichte, Daras Existenz geheimzuhalten und ihr die Wahrheit zu verschweigen – daß dieser Schutz für sie genügte. Er war sicher wütend auf mich, wenn er erfuhr, was ich getan hatte – ein weiterer Grund zur Eile. Doch ich hatte ihr nicht aus reiner Gemeinheit die Wahrheit gesagt. Ich wollte, daß sie mit dem Leben davonkam; war ich doch der Meinung, daß er bisher nicht den richtigen Weg eingeschlagen hatte. Wenn ich zurückkam, hatte sie bestimmt Zeit gefunden, die Situation zu überdenken. Sicher bestürmte sie mich dann mit vielen Fragen, und ich wollte die Gelegenheit nutzen, sie zur Vorsicht anzuhalten und ihr Gründe dafür zu nennen.

Dies alles brauchte eigentlich nicht zu geschehen. War ich erst in Amber, sollte sich die Situation gründlich ändern. Es gab keine andere Möglichkeit ...

Warum hatte bisher niemand eine Möglichkeit gefunden, die grundlegende Natur des Menschen zu verändern? Selbst die Auslöschung all meiner Erinnerungen und das neue Leben in einer neuen Welt hatte nur wieder zu demselben alten Corwin geführt. Wenn ich nicht glücklich war mit dem, was ich darstellte, mochte ich wahrlich Grund zum Verzweifeln haben.

An einer ruhigen Stelle des Flusses reinigte ich mich von Staub und Schweiß und dachte gründlich über die schwarze Straße nach, die meinen beiden Brüdern Schwierigkeiten gemacht hatte. Mir fehlten noch viele Informationen.

Während des Bades lag Grayswandir in Reichweite. Ein Familienangehöriger vermag einem Verwandten durch die Schatten zu folgen, solange die Spur noch warm ist. Doch meine Wäsche blieb ungestört, wenn ich auch Grayswandir auf dem Rückweg dreimal einsetzen mußte, allerdings gegen weniger alltägliche Dinge als Brüder.

Aber damit war zu rechnen gewesen, hatte ich doch das Tempo erheblich beschleunigt ...

Es war noch dunkel, kurz vor Einsetzen der Morgendämmerung, als ich die Ställe hinter dem Landhaus meines Bruders erreichte. Ich kümmerte mich um Star, der zuletzt doch etwas nervös geworden war, redete ihm gut zu und beruhigte ihn, während ich ihn abrieb und ihm schließlich ausreichend Hafer und Wasser hinstellte. Ganelons Feuerdrache grüßte mich aus der benachbarten Box. Ich säuberte mich an der Pumpe im hinteren Teil des Stalls und versuchte mir darüber schlüssig zu werden, wo ich mich zum Schlafen niederlegen sollte.

Ich brauchte dringend Ruhe. Ein paar Stunden Schlaf mochten mich für eine Weile wieder auf die Beine bringen, doch ich gedachte die Augen nicht unter Benedicts Dach zu schließen – so leicht wollte ich mich denn doch nicht hereinlegen lassen. Zwar hatte ich oft geäußert, ich wollte einst im Bett sterben; in Wirklichkeit wünschte ich aber in hohem Alter von einem Elefanten zertrampelt zu werden, während ich mich den Liebesfreuden hingab.

Benedicts Alkohol gegenüber war ich weniger ablehnend eingestellt; ein kräftiger Schluck war geboten. Das Haus lag im Dunkeln; ich trat lautlos ein und tastete mich zur Kommode vor.

Ich schenkte mir ein gutes Glas voll, leerte es, goß nach und ging zum Fenster. Von hier aus hatte ich einen großartigen Ausblick. Das Landhaus stand an einem Hang, und Benedict hatte die Umgebung geschickt gestalten lassen.

»Weiß liegt die lange Straße im Mondenschein«, zitierte ich, überrascht vom Klang meiner Stimme. »Der Mond steht leer über dem Land ...«

»Kann man wohl sagen. Kann man wohl, sagen, Freund Corwin«, hörte ich Ganelon sagen.

»Ich habe Euch gar nicht bemerkt«, sagte ich leise, ohne mich umzudrehen.

»Der Grund dafür ist, daß ich so still sitze«, meinte er.

»Oh«, hauchte ich. »Wie betrunken seid Ihr?«

»Fast gar nicht«, erwiderte er. »Jedenfalls nicht mehr: Aber wenn Ihr ein netter Kerl wärt und mir einen Drink holen würdet ...«

Sechstes Kapitel

Ich wandte mich um.

»Warum könnt Ihr Euch nicht selbst versorgen?«

»Mir tun alle Knochen weh!«

»Na gut.«

Ich schenkte ihm ein Glas ein, brachte es ihm. Er hob es langsam, nickte mir dankend zu, trank einen Schluck. »Ah, das tut gut!« seufzte er. »Hoffentlich lassen sich ein paar Körperteile davon betäuben.«

»Ihr habt Euch in einen Kampf verwickeln lassen?« fragte ich.

»Aye«, entgegnete er. »In mehrere.«

»Dann erduldet Eure Wunden wie ein mutiger Soldat, damit ich mir mein Mitleid ersparen kann!«

»Aber ich habe gewonnen!«

»Gott! Wo habt Ihr die Leichen gelassen?«

»Oh, so schlimm war es auch wieder nicht. Ein Mädchen hat mir das angetan.«

»Dann laßt mich sagen, daß Ihr für Euer Geld wohl gut versorgt worden seid.«

»Um so etwas ging es gar nicht. Ich glaube, ich habe uns in ein schlechtes Licht gerückt.«

»Und? Wie denn?«

»Ich wußte nicht, daß sie die Dame des Hauses war. Ich kam zurück und war so richtig in Stimmung. Ich hielt sie für ein Hausmädchen ...«

»Dara?« fragte ich aufhorchend.

»Aye, so hieß sie. Ich klopfte ihr auf das Hinterteil und ging auf einen Kuß oder zwei aus ...« Er stöhnte. »Sie packte mich, hob mich vom Boden hoch und hielt mich über ihren Kopf. Dann sagte sie, sie sei die Dame des Hauses – und ließ mich los. Ich wiege fast zwei Zentner, wenn nicht mehr, und es war ein langer Weg nach unten.«

Er trank aus seinem Glas, und ich lachte leise.

»Sie hat auch gekichert«, sagte er reuig. »Sie half mir auf die Beine und war im großen und ganzen nicht unfreundlich. Ich habe mich natürlich entschuldigt ... Euer Bruder muß ein ziemlich harter Bursche sein. Ein so kräftiges Mädchen ist mir in meinem ganzen Leben noch nicht über den Weg gelaufen! Was die mit einem Mann so anstellen kann ...!«

Ehrfürchtiges Staunen schwang in seiner Stimme mit. Langsam schüttelte er den Kopf und kippte den Rest des Alkohols hinunter. »Es war erschreckend – und natürlich schrecklich peinlich«, schloß er.

»Hat sie Eure Entschuldigung angenommen?«

»Oh ja. Sie war ziemlich aufgeschlossen. Sie sagte mir, ich solle den Zwischenfall vergessen – sie würde dasselbe tun.«

»Warum liegt Ihr dann nicht im Bett und versucht, die Sache zu überschlafen?«

»Ich wollte auf Euch warten, falls Ihr noch kämt. Ich wollte Euch abfangen.«

»Nun, das habt Ihr getan.«

Langsam stand er auf und griff nach seinem Glas.

»Wir wollen ins Freie gehen«, sagte er.

»Guter Gedanke.«

Unterwegs ließ er noch die Brandykrugflasche mitgehen, was ich ebenfalls für einen guten Einfall hielt.

Gleich darauf folgten wir einem Weg durch den Garten hinter dem Haus. Schließlich setzte er sich ächzend auf eine alte Steinbank unter einem großen Eichenbaum, füllte unsere Gläser nach und kostete.

»Ah! Euer Bruder versteht sich auch auf Alkohol«, sagte er.

Ich setzte mich neben ihn und stopfte meine Pfeife.

»Nachdem ich mich entschuldigt und ihr meinen Namen gesagt hatte, kamen wir ein bißchen ins Reden«, fuhr Ganelon fort. »Sobald sie erfuhr, daß ich Euch begleite, wollte sie alle möglichen Sachen von mir wissen – über Amber und Schatten und Euch und die übrige Familie.«

»Habt Ihr dem Mädchen etwas gesagt?« fragte ich und zündete die Pfeife an.

»Völlig unmöglich, selbst wenn ich's gewollt hätte«, erwiderte er. »Ich weiß ja nichts von den Dingen, die sie wissen wollte.«

»Gut.«

»Doch ich habe darüber nachgedacht. Ich glaube nicht, daß Benedict ihr allzuviel erzählt, und begreife auch den Grund. An Eurer Stelle würde ich sehr darauf achten, was ich ihr sage, Corwin. Sie scheint ausgesprochen neugierig zu sein.«

Ich nickte und blies den Rauch durch die Nase.

»Dafür gibt es einen Grund«, sagte ich. »Einen sehr guten Grund. Es freut mich zu wissen, daß Ihr ein kühles Köpfchen bewahrt, auch wenn Ihr getrunken habt. Vielen Dank für die Nachricht.«

Er zuckte die Achseln und trank von seinem Brandy.

»Ein tüchtiger Sturz ist ziemlich ernüchternd. Außerdem ist Euer Wohlergehen zugleich das meine.«

»Das ist wahr. Findet diese Version Avalons Eure Zustimmung?«

»Version? Dies ist mein Avalon«, sagte er. »Eine neue Generation ist herangewachsen, gewiß, doch es ist derselbe Ort. Ich habe heute das Feld der Dornen besucht, wo ich in Euren Diensten Jack Haileys Truppe besiegte. Es war dieselbe Stelle.«

»Das Feld der Dornen ...«, sagte ich und erinnerte mich.

»Ja, dies ist mein Avalon«, fuhr er fort. »Und ich kehre später hierher zurück – wenn wir die Sache in Amber überstehen.«

»Ihr wollt noch immer mitkommen?«

Sechstes Kapitel

»Schon mein ganzes Leben lang habe ich mir gewünscht, Amber zu sehen – na ja, seit ich zum ersten Mal davon hörte, und zwar von Euch, in glücklicheren Tagen.«

»Ich weiß eigentlich nicht mehr, was ich damals sagte. Muß eine gute Geschichte gewesen sein.«

»Wir waren an jenem Abend herrlich betrunken, und es kommt mir wie gestern vor, daß Ihr mir – zum Teil unter Tränen – von dem mächtigen Kolvir-Berg und den grünen und goldenen Türmen der Stadt erzähltet, von den Promenaden, Plätzen und Terrassen, Blumen und Brunnen ... Eure Geschichte kam mir nur kurz vor – doch sie nahm den größten Teil der Nacht in Anspruch. Als wir schließlich ins Bett taumelten, war es schon Morgen. Gott! Ich könnte Euch fast eine Karte der Stadt zeichnen! Ich muß Amber sehen, ehe ich sterbe!«

»Ich erinnere mich nicht an den Abend«, sagte ich langsam. »Ich muß sehr betrunken gewesen sein.«

Er lachte leise. »Oh, wir haben in der guten alten Zeit so allerlei miteinander unternommen!« sagte er. »Und man erinnert sich hier an uns. Doch als Menschen, die vor langer, langer Zeit gelebt haben – und viele Geschichten sind ganz verkehrt. Aber was soll's! Wer behält die Dinge schon so in Erinnerung, wie sie wirklich waren?«

Ich rauchte stumm vor mich hin und dachte an die Vergangenheit.

»Und das alles bringt mich auf ein paar Fragen«, fuhr er fort.

»Bitte.«

»Euer Angriff auf Amber – wird der Euch mit Eurem Bruder Benedict verfeinden?«

»Ich wünschte, ich wüßte darauf eine Antwort«, entgegnete ich. »Zuerst wohl ja. Doch meine Attacke müßte längst abgeschlossen sein, ehe er einem Notruf folgen und Amber erreichen kann. Das heißt – mit Verstärkung. Er allein kann im Nu nach Amber gelangen, wenn ihm von der anderen Seite jemand hilft. Aber das brächte ihn nicht weiter. Nein. Ihm liegt bestimmt nichts daran, Amber zu zerreißen; folglich wird er jeden unterstützen, der es zusammenhalten kann, davon bin ich überzeugt. Wenn ich Eric erst einmal vertrieben habe, ist es sein Wunsch, daß die Auseinandersetzungen sofort beendet werden, und er wird mich auf dem Thron akzeptieren, nur um dieses Ziel zu erreichen. Natürlich billigt er die Tatsache der Thronübernahme nicht.«

»Darauf will ich ja hinaus. Wird es als Folge Eures Vorstoßes später böses Blut mit Benedict geben?«

»Ich glaube nicht. In dieser Sache geht es ausschließlich um Politik – und mein Bruder und ich kennen uns schon seit langer Zeit und sind stets besser miteinander ausgekommen als jeder von uns etwa mit Eric.«

»Ich verstehe. Da wir beide in dieser Sache stecken und Avalon nun Benedict zu gehören scheint, habe ich mir Gedanken gemacht, was er dazu sagen würde, wenn ich eines Tages hierher zurückkehrte. Würde er mich hassen, weil ich Euch geholfen habe?«

»Das möchte ich doch bezweifeln. So etwas entspricht nicht seiner Art.«

»Dann möchte ich meine Frage noch erweitern. Gott weiß, daß ich ein erfahrener Offizier bin, und wenn es uns gelingt, Amber zu erobern, gibt es für diese Tatsache einen guten Beweis. Nachdem nun sein Arm verletzt ist, glaubt Ihr, daß er mich als Feldkommandant seiner Miliz in Betracht ziehen würde? Ich kenne die Gegend hier sehr gut. Ich könnte ihn zum Feld der Dornen führen und ihm den Kampf dort beschreiben. Himmel! Ich würde ihm gut dienen –, so gut wie ich Euch gedient habe.«

Da lachte er.

»Verzeihung. Besser, als ich Euch gedient habe.«

»Das wäre nicht leicht«, erwiderte ich. »Natürlich gefällt mir der Gedanke. Aber ich bin mir gar nicht sicher, ob er Euch jemals vertrauen würde. Er könnte meinen, ich stecke dahinter und wolle ihn hereinlegen.«

»Diese verdammte Politik! Das wollte ich damit nicht sagen! Das Soldatendasein ist mein ein und alles – und ich liebe Avalon.«

»Ich glaube Euch ja. Aber könnte er Euch glauben?«

»Mit nur einem Arm braucht er einen guten Mann. Er könnte ...«

Ich begann zu lachen und beherrschte mich sofort wieder, denn Laute dieser Art sind noch aus großer Entfernung vernehmbar.

Außerdem ging es hier um Ganelons Gefühle.

»Es tut mir leid«, sagte ich. »Entschuldigt bitte. Ihr versteht das noch nicht richtig. Ihr begreift noch nicht, mit wem wir uns damals am ersten Abend im Zelt unterhalten haben. Euch ist er vielleicht wie ein ganz normaler Mensch vorgekommen – womöglich noch wie ein Krüppel. Aber das ist nicht der Fall. Ich habe Angst vor Benedict. Kein Wesen in den Schatten oder in der Realität kommt ihm gleich. Er ist der Waffenmeister Ambers. Könnt Ihr Euch ein Millennium vorstellen? Tausend Jahre? Mehrere Jahrtausende? Könnt Ihr einen Mann begreifen, der an fast jedem Tag eines solchen Lebens einen Teil seiner Zeit im Umgang mit Waffen, Taktiken und Strategien verbracht hat? Ihr seht ihn hier in einem winzigen Königreich als Kommandant einer kleinen Miliz, mit einem gepflegten Obstgarten hinter dem Haus – laßt Euch dadurch nicht täuschen! Was immer die Militärwissenschaft ausmacht – er hat sie im Kopf. Oft ist er von Schatten zu Schatten gereist und hat unzählige Variationen derselben Schlacht beobachtet, mit kaum veränderten Voraussetzungen, um seine Theorien über die Kriegführung auszuprobieren. Er hat Armeen von solcher Größe befehligt, daß Ihr sie Tag um Tag an Euch vorbeimarschieren lassen könntet, ohne daß ein Ende der Kolonnen abzusehen wäre. Auch wenn ihn der Verlust des Arms jetzt beeinträchtigt, würde ich nicht gegen ihn kämpfen wollen, weder mit Waffen noch mit den bloßen Fäusten. Nur gut, daß er selbst keine Absichten auf den Thron hat – sonst säße er längst darauf. Und wenn er dort säße, hätte ich meinen Anspruch wohl in diesem Augenblick aufgegeben und mich ihm unterworfen. Ich habe Angst vor Benedict.«

Ganelon schwieg eine lange Zeit, und ich trank einen tiefen Schluck, denn mein Hals war trocken geworden.

»Das wußte ich natürlich nicht«, sagte er schließlich. »Ich will es zufrieden sein, wenn er mich nur nach Avalon zurückkehren läßt.«

»Und das tut er bestimmt. Das weiß ich.«

»Dara sagte, sie hätte heute von ihm gehört. Er hat beschlossen, seinen Aufenthalt im Felde abzukürzen. Wahrscheinlich kehrt er schon morgen zurück.«

»Verdammt!« sagte ich und stand auf. »Dann müssen wir uns beeilen! Ich hoffe, Doyle hat das Zeug bereit. Wir müssen ihn morgen früh aufsuchen und die Angelegenheit beschleunigen. Ich möchte fort sein, wenn Benedict zurückkehrt!«

»Ihr habt also die Klunker?«

»Ja.«

»Darf ich sie mal sehen?«

Ich löste den Beutel von meinem Gürtel. Er öffnete die Schnur und nahm mehrere Steine heraus, die er in der linken Hand hielt und mit den Fingerspitzen langsam wendete.

»Die sehen ja nicht gerade umwerfend aus«, sagte er. »Soweit ich sie in diesem Licht überhaupt erkennen kann. Halt! Da ist ein Schimmer! Nein ...«

»Sie sind natürlich im Rohzustand. Ihr haltet ein Vermögen in den Händen.«

»Erstaunlich«, sagte er, tat die Steine wieder in den Beutel und schloß ihn. »Und es hat Euch keine Mühe gemacht.«

»So leicht war es nun auch wieder nicht.«

»Trotzdem will es mir etwas unfair erscheinen, daß Ihr so schnell an ein Vermögen gekommen seid.«

Er gab mir den Beutel zurück.

»Ich will dafür sorgen, daß Ihr ein Vermögen erhaltet, wenn unsere Arbeit beendet ist«, sagte ich. »Das dürfte ein kleiner Ausgleich sein, falls Benedict Euch keine Stellung anbietet.«

»Nachdem ich nun weiß, wer er ist, bin ich entschlossener denn je, eines Tages für ihn zu arbeiten.«

»Wir wollen sehen, was sich tun läßt.«
»Jawohl. Vielen Dank, Corwin. Wie fädeln wir unsere Abreise ein?«
»Am besten legt Ihr Euch jetzt hin, denn ich werde Euch früh wecken. Star und Feuerdrache mögen es bestimmt nicht, vor einen Wagen gespannt zu werden – doch wir müssen uns eines von Benedicts Fahrzeugen ausborgen und in die Stadt fahren. Vorher sorge ich noch für etwas, das von unserem geordneten Rückzug ablenkt. Dann treiben wir Juwelier Doyle zur Eile an, beschaffen uns unsere Fracht und verschwinden möglichst schnell in die Schatten. Je größer unser Vorsprung ist, desto schwerer wird es Benedict fallen, uns aufzuspüren. Wenn wir einen halben Tag herausholen können, ist es für ihn praktisch unmöglich, uns in die Schatten zu folgen.«

»Warum sollte ihm überhaupt daran liegen, uns zu folgen?«

»Er mißtraut uns – zu Recht. Er wartet darauf, daß ich handle. Er weiß, daß ich mir hier etwas beschaffen will, doch er weiß nicht, was. Er möchte es aber wissen, damit er Gefahr von Amber abwenden kann. Sobald er erkennt, daß wir endgültig verschwunden sind, weiß er, daß wir das Gewünschte bekommen haben, und wird nach uns suchen.«

Ganelon gähnte, reckte sich, trank sein Glas aus.

»Ja«, sagte er schließlich. »Wir sollten uns wirklich hinlegen, um für die große Hatz gerüstet zu sein. Nachdem Ihr mir nun einiges über Benedict anvertraut habt, finde ich jene andere Sache, die ich Euch noch eröffnen wollte, weniger überraschend – wenn ich auch nicht weniger beunruhigt bin.«

»Und das wäre ... ?«

Er stand auf, ergriff vorsichtig die Flasche und deutete den Weg entlang.

»Wenn Ihr in dieser Richtung weitergeht«, sagte er, »vorbei an der Hecke, welche das Ende dieses Grundstücks kennzeichnet, und wenn Ihr dann noch etwa zweihundert Schritte in den angrenzenden Wald hineingeht, erreicht Ihr zur Linken eine kleine Gruppe junger Bäume in einer überraschend auftauchenden Senke, etwa vier Fuß tiefer als der Weg. Dort unten befindet sich ein frisches Grab – die Erde ist festgetrampelt und mit Blättern bestreut. Ich habe die Stelle vorhin gefunden, als ich dort ... äh ... dem Ruf der Natur folgen wollte.«

»Woher wißt Ihr, daß es sich um ein Grab handelt?«

Er lachte leise.

»Wenn in einem Loch Leichen liegen, nennt man das im allgemeinen so. Das Grab ist nicht sehr tief, und ich habe ein bißchen mit einem Ast darin herumgestochert. Vier Leichen liegen dort – drei Männer und eine Frau.«

»Wie lange sind sie schon tot?«

»Nicht sehr lange. Höchstens ein paar Tage.«

Sechstes Kapitel

»Ihr habt nichts verändert?«
»Ich bin doch kein Dummkopf, Corwin!«
»Es tut mir leid. Aber Eure Entdeckung beunruhigt mich doch sehr, denn ich verstehe sie nicht.«
»Offensichtlich haben diese Leute Benedict verärgert, und er hat sich revanchiert.«
»Möglich. Wie sahen sie aus? Wie sind sie gestorben?«
»Nichts Besonderes zu berichten. Sie waren im mittleren Alter, und man hatte ihnen die Kehle durchgeschnitten – bis auf einen Burschen, der einen Stich in den Leib bekommen hat.«
»Seltsam. Ja, es ist gut, daß wir hier bald verschwinden. Wir haben schon genug eigene Sorgen und können auf die hiesigen Probleme gern verzichten!«
»Wahr gesprochen. Gehen wir zu Bett!«
»Geht ruhig schon vor. Ich bin noch nicht soweit.«
»Befolgt den eigenen Rat – legt Euch zur Ruhe«, sagte er und wandte sich wieder dem Haus zu. »Bleibt nicht etwa auf und macht Euch Sorgen.«
»Nein.«
»Also gute Nacht.«
»Bis morgen.«

Ich blickte ihm nach. Er hatte natürlich recht, doch ich war noch nicht bereit, mein Bewußtsein fahrenzulassen. Noch einmal ging ich meine Pläne durch um sicherzugehen, daß ich nichts übersehen hatte. Ich leerte das Glas und setzte es auf die Bank. Dann stand ich auf und schlenderte herum, wobei Tabakrauch meinen Kopf umwölkte. Mondlicht fiel herab, und die Morgendämmerung war meiner Schätzung nach noch ein paar Stunden entfernt. Ich war fest entschlossen, den Rest der Nacht im Freien zu verbringen, und hoffte, ein passendes Plätzchen zu finden.

Natürlich schritt ich schließlich doch den Weg hinab zu der Gruppe junger Schößlinge. Dort stöberte ich ein bißchen herum und fand tatsächlich frische Erdspuren, aber ich hatte keine Lust, beim Mondenschein Leichen zu exhumieren, und war durchaus bereit, auf Ganelons Aussage hinsichtlich seiner Funde zu vertrauen. Ich bin mir gar nicht sicher, warum ich diese Stelle überhaupt aufsuchte. Vermutlich ein morbider Zug meines Unterbewußtseins. Allerdings wollte ich mich nicht gerade hier zum Schlafen niederlegen.

Dann begab ich mich in die Nordwestecke des Gartens und fand dort ein Eckchen, das vom Haus nicht eingesehen werden konnte. Hecken ragten hoch auf, das Gras war lang und weich und roch angenehm. Ich breitete meinen Mantel aus, setzte mich darauf und zog meine Stiefel aus. Dann schob ich die Füße ins Gras und seufzte.

Lange konnte es nicht mehr dauern. Durch die Schatten zu den Diamanten zu den Waffen nach Amber. Ich war unterwegs. Noch vor einem Jahr hatte ich hilflos in einer Zelle gelegen und war so oft zwischen Vernunft und Wahnsinn hin und her gependelt, daß ich die Grenze zwischen den beiden Zustandsformen förmlich ausradiert hatte. Inzwischen war ich wieder frei und bei Kräften, ich konnte sehen und hatte einen Plan. Ich war eine Gefahr, die sich von neuem bemerkbar zu machen suchte, eine größere Gefahr als je zuvor. Diesmal hing mein Geschick nicht von den Plänen eines anderen ab. Diesmal war ich für Erfolg oder Fehlschlag allein verantwortlich.

Das Gefühl war angenehm – angenehm wie das Gras und auch der Alkohol, der sich inzwischen meines Körpers bemächtigt hatte und mich mit einer warmen Flamme erfüllte. Ich säuberte meine Pfeife, steckte sie fort, reckte mich, gähnte und wollte mich schon zum Schlafen niederlegen.

Da bemerkte ich in der Ferne eine Bewegung, stemmte mich auf die Ellbogen hoch und versuchte, genauer hinzuschauen, versuchte, die Ursache zu erkennen. Ich brauchte nicht lange zu warten. Eine Gestalt bewegte sich langsam und lautlos auf dem Weg. Immer wieder blieb sie stehen. Sie verschwand unter dem Baum, wo Ganelon und ich gesessen hatten, und war eine Zeitlang meinen Blicken entschwunden. Dann ging sie mehrere Dutzend Schritte weiter, verharrte und schien in meine Richtung zu blicken. Schließlich kam sie auf mich zu.

Sie passierte ein Gebüsch und verließ den Schatten; ihr Gesicht wurde plötzlich vom Mondlicht erfaßt.

Offenbar bemerkte sie die Veränderung, denn sie lächelte in meine Richtung und begann, langsamer zu gehen, und blieb schließlich vor mir stehen.

»Dein Quartier scheint dir nicht zu liegen, Lord Corwin.«

»Oh doch«, erwiderte ich. »Nur haben wir eine so schöne Nacht, daß der Naturmensch in mir die Oberhand gewonnen hat.«

»Auch letzte Nacht muß etwas in dir die Oberhand gewonnen haben«, sagte sie. »Trotz des Regens.« Sie setzte sich neben meinen Mantel. »Hast du drinnen geschlafen oder draußen?«

»Die Nacht habe ich im Freien verbracht«, sagte ich. »Doch zum Schlafen bin ich nicht gekommen. Um ehrlich zu sein, habe ich seit unserer letzten Begegnung noch nicht geschlafen.«

»Wo bist du gewesen?«

»Unten am Meer. Ich habe Sand gesiebt.«

»Hört sich trostlos an.«

»Das war es auch.«

»Ich habe viel nachgedacht, seit wir durch die Schatten gegangen sind.«

Sechstes Kapitel

»Das kann ich mir vorstellen.«

»Allzuviel geschlafen habe auch ich nicht. Deshalb habe ich dich nach Hause kommen und mit Ganelon sprechen hören, deshalb wußte ich auch, daß du hier irgendwo sein mußtest, als er allein zurückkam.«

»Richtig vermutet.«

»Ich muß nach Amber, weißt du. Ich muß das Muster beschreiten!«

»Ich weiß. Und das wirst du auch.«

»Bald, Corwin. Bald!«

»Du bist noch jung, Dara. Du hast viel Zeit.«

»Verdammt! Ich habe schon mein ganzes Leben darauf gewartet – ohne es überhaupt zu wissen! Gibt es denn keine Möglichkeit, jetzt zu reisen?«

»Nein.«

»Warum nicht? Du könntest mich auf kurzem Wege durch die Schatten führen, nach Amber, könntest mich das Muster abschreiten lassen ...«

»Wenn wir nicht auf der Stelle getötet werden, haben wir vielleicht das Glück, für die erste Zeit in benachbarten Zellen – oder auf benachbarten Streckbänken – unterzukommen, ehe man uns hinrichtet.«

»Weshalb denn nur? Du bist ein Prinz der Stadt. Du hast das Recht zu tun, was dir beliebt.«

Ich lachte.

»Ich bin ein Geächteter, meine Liebe. Wenn ich nach Amber zurückkehre, richtet man mich hin – das wäre noch ein Glück für mich – oder stellt etwas weit Schlimmeres mit mir an. Wenn ich mir allerdings überlege, wie sich meine Gefangenschaft beim letzten Mal entwickelt hat, möchte ich doch annehmen, daß man mich schnell tötet. Dieses Entgegenkommen hätte sicher auch meine Begleiterin zu erwarten.«

»Oberon würde so etwas nicht tun.«

»Bei entsprechender Provokation wäre er dazu wohl durchaus in der Lage. Aber diese Frage ist akademisch. Oberon herrscht längst nicht mehr. Mein Bruder Eric sitzt auf dem Thron und nennt sich Herrscher.«

»Wann ist es dazu gekommen?«

»Nach der Zeitrechnung in Amber vor mehreren Jahren.«

»Warum sollte er dich umbringen wollen?«

»Natürlich um zu verhindern, daß ich ihn umbringe.«

»Würdest du ihn denn töten?«

»Ja – und ich tue es auch. Und ich glaube, schon sehr bald.«

Sie sah mich an. »Warum?«

»Damit ich selbst auf den Thron komme. Du mußt wissen, daß der Titel eigentlich mir gehört. Eric hat ihn sich widerrechtlich angeeignet. Ich bin erst vor kurzem aus einer mehrjährigen Gefangenschaft geflohen, die er angeordnet hatte. Er machte allerdings den Fehler, mich am Leben zu lassen, weil er sich an meiner Qual weiden wollte. Er hatte nicht erwartet, daß ich mich befreien und ihn eines Tages erneut herausfordern würde. Ich hatte die Hoffnung selbst schon aufgegeben. Doch seit ich das Glück einer zweiten Chance genieße, möchte ich natürlich seinen Fehler vermeiden.«

»Aber er ist dein Bruder!«

»Nur wenigen Menschen ist diese Tatsache deutlicher bewußt als uns beiden, das kann ich dir versichern.«

»Wie schnell rechnest du damit, dein – Ziel zu erreichen?«

»Wie ich neulich schon sagte: Wenn du an die Trümpfe herankommst, solltest du dich in etwa drei Monaten mit mir in Verbindung setzen. Wenn das nicht geht und sich die Dinge plangemäß entwickeln, melde ich mich, sobald ich die Herrschaft angetreten habe. Du müßtest innerhalb eines Jahres die Chance erhalten, das Muster zu beschreiten.«

»Und wenn dir dein Vorhaben nicht gelingt?«

»Dann mußt du länger warten – bis Eric seine Herrschaft gefestigt und Benedict ihn als König anerkannt hat. Dazu ist Benedict im Augenblick nämlich nicht bereit. Er hat sich schon lange nicht mehr in Amber blicken lassen – und Eric glaubt vielleicht, daß er gar nicht mehr unter den Lebenden weilt. Wenn er jetzt in Amber erscheint, muß er sich für oder gegen Eric erklären. Stellt er sich auf Erics Seite, ist Erics weitere Herrschaft gesichert – aber dafür möchte Benedict nicht verantwortlich sein. Spricht er sich gegen ihn aus, muß das Kämpfe zur Folge haben – und das will er ebenfalls nicht. Er selbst hat keine Ambitionen auf die Krone. Nur indem er sich von der Bühne fernhält, kann er die Ruhe gewährleisten, die im Augenblick herrscht. Läßt er sich blicken, ohne Stellung zu beziehen, käme er wahrscheinlich damit durch, doch eine solche Haltung wäre gleichbedeutend mit einer Ablehnung von Erics Anspruch und würde ebenfalls zu Problemen führen. Nähme er dich mit auf die Reise nach Amber, würde er sich damit seines freien Willens berauben, denn Eric würde durch dich Druck auf ihn ausüben.«

»Wenn du den Kampf also verlierst, komme ich vielleicht überhaupt nie nach Amber?«

»Ich beschreibe dir die Situation, wie ich sie sehe. Es sind zweifellos viele Faktoren im Spiel, die ich nicht kenne. Ich bin lange ausgeschaltet gewesen.«

»Du *mußt* siegen!« sagte sie und fügte abrupt hinzu: »Würde Großvater dich unterstützen?«

»Das bezweifle ich. Aber die Situation wäre dann ganz anders. Ich weiß von seiner Existenz – und von der deinen. Ich werde ihn nicht bitten, mich zu unterstützen. Solange er sich nicht gegen mich stellt, bin ich zufrieden. Und wenn ich schnell, wirksam und erfolgreich handle, wird er nicht gegen mich vorgehen. Es wird ihm nicht gefallen, daß ich über dich Bescheid weiß, aber wenn er erkennt, daß ich dir nicht schaden möchte, ist alles in Ordnung.«

»Warum willst du mich nicht als Hebel benutzen? Ich wäre doch der logischste Ansatzpunkt.«

»Richtig. Aber ich habe inzwischen erkannt, daß ich dich mag«, erwiderte ich. »Das kommt also nicht in Frage.«

Sie lachte. »Ich habe dich bezaubert!« sagte sie.

Ich lachte leise. »Ja, auf deine spezielle zarte Weise – mit dem Degen in der Hand.«

Plötzlich wurde sie wieder ernst.

»Großvater kommt morgen zurück«, sagte sie. »Hat Ganelon dir davon erzählt?«

»Ja.«

»Wie beeinflußt das deine unmittelbaren Pläne?«

»Ich gedenke, ein hübsches Stück weg zu sein, wenn er hier eintrifft.«

»Was wird er tun?«

»Zuerst wird er sehr zornig auf dich sein, weil du hier bist. Dann wird er wissen wollen, wie du den Rückweg gefunden hast und wieviel du mir über dich erzählt hast.«

»Was sollte ich ihm antworten?«

»Sag ihm die Wahrheit über deinen Rückweg durch die Schatten. Das gibt ihm Stoff zum Nachdenken. Was deinen Status angeht, so hat dich deine frauliche Intuition hinsichtlich meiner Vertrauenswürdigkeit veranlaßt, mir dasselbe aufzutischen wie Julian und Gérard. Und wenn das Thema unseres Verbleibs zur Sprache kommt – Ganelon und ich haben uns einen Wagen ausgeliehen, um in die Stadt zu fahren. Wir haben gesagt, wir kämen erst spät zurück.«

»Aber wohin wollt ihr wirklich?«

»Oh, in die Stadt – aber nur kurz. Zurückkommen tun wir allerdings nicht. Mein Vorsprung muß möglichst groß sein, denn Benedict kann mich bis zu einem gewissen Punkt durch die Schatten verfolgen.«

»Ich werde ihn nach besten Kräften aufhalten. Wolltest du mich vor deiner Abreise nicht noch aufsuchen?«

»Ich wollte morgen früh noch mit dir besprechen, was wir eben geregelt haben. In deiner Unruhe bist du mir zuvorgekommen.«

»Dann freue ich mich, daß ich – unruhig gewesen bin. Wie gedenkst du, Amber zu erobern?«

Ich schüttelte den Kopf. »Nein, meine liebe Dara. Ränkeschmiedende Prinzen müssen ein paar Geheimnisse auch für sich behalten. Und dieses Geheimnis gehört mir allein.«

»Es überrascht mich, daß in Amber soviel Mißtrauen und Mißgunst herrschen.«

»Warum? So ist es doch überall, mehr oder weniger. Du bist stets von solchen Dingen umgeben, denn alle Orte sind nach dem Bilde Ambers geformt.«

»Das ist schwer zu verstehen ...«

»Eines Tages wirst du es verstehen. Laß es damit zunächst genug sein.«

»Noch etwas. Da ich in der Lage bin, irgendwie mit den Schatten fertigzuwerden, obwohl ich das Muster noch nicht bewältigt habe, sag mir doch bitte genau, wie du das anfängst. Ich möchte mich noch verbessern.«

»Nein!« sagte ich. »Ich darf es nicht zulassen, daß du mit den Schatten herumspielst, ehe du richtig darauf vorbereitet bist. Selbst später ist das noch gefährlich genug – und jeder vorherige Versuch wäre tollkühn. Du hast Glück gehabt, aber jetzt laß lieber die Finger davon. Und dabei will ich dir helfen – indem ich dir nämlich nichts mehr davon erzähle.«

»Na schön!« sagte sie. »Tut mir leid. Dann muß ich wohl warten.«

»Das dürfte ja auch nicht unmöglich sein. Und du bist nicht böse?«

»Nein. Na ja ...« Sie lachte. »Es würde ja auch nichts nützen. Du weißt sicher, wovon du sprichst. Ich bin froh, daß du um mich besorgt bist.«

Ich brummte etwas vor mich hin, und sie hob die Hand und berührte mich an der Wange. Ich wandte den Kopf zur Seite, und ihr Gesicht näherte sich langsam dem meinen; ihr Lächeln war verschwunden, die Lippen öffneten sich, die Augen waren fast geschlossen. Ich spürte, wie sich ihre Arme um meinen Hals und meine Schultern legten, wie die meinen sie in einer ähnlichen Geste umschlossen. Meine Überraschung ging in der Süße unter, in Wärme und einer gewissen Erregung, der ich bereitwillig nachgab.

Wenn Benedict jemals davon erfuhr, würde er mehr als zornig auf mich sein ...

7

Der Wagen quietschte monoton, und die Sonne stand bereits tief im Westen, von wo sie uns noch mit einem grellen heißen Streifen Tageslicht versorgte. Auf der Ladefläche schnarchte Ganelon zwischen den Kisten, und ich beneidete ihn um seine lautstarke Beschäftigung. Er schlief bereits seit mehreren Stunden – während ich schon den dritten Tag ohne Ruhepause auskommen mußte.
Wir hatten etwa fünfzehn Meilen zwischen uns und die Stadt gebracht und fuhren weiter nach Nordosten. Doyle hatte die erbetene Menge noch nicht fertig gehabt, doch Ganelon und ich hatten ihn veranlaßt, seinen Laden zu schließen und die Produktion zu beschleunigen. Dies verzögerte die Aktion unerwünschterweise um mehrere Stunden. Ich war zu aufgeregt gewesen um zu schlafen, und bekam auch jetzt kein Auge zu, während ich mich vorsichtig durch die Schatten manövrierte.
Ich kämpfte die Müdigkeit und den Abend zurück und holte einige Wolken herbei, die mir Schatten spendeten. Wir bewegten uns auf einer trockenen, tiefausgefahrenen Lehmstraße. Der Boden hatte eine häßliche gelbe Färbung und knirschte und bröckelte unter den Hufen und Rädern. Braunes Gras hing zu beiden Seiten schlaff herab, und die Bäume waren klein und knorrig, die Rinde dick und bemoost. Wir kamen an zahlreichen Schiefertonformationen vorbei.
Ich hatte Doyle für sein Mittel gut bezahlt und zugleich ein hübsches Armband erworben, das Dara am folgenden Tag zugestellt werden sollte. Meine Diamanten baumelten mir am Gürtel, der Griff Grayswandirs ruhte in der Nähe meiner Hand. Star und Feuerdrache schritten gleichmäßig und energisch aus. Ich war auf dem Weg zum Erfolg.
Ich fragte mich, ob Benedict schon nach Hause zurückgekehrt war. Ich überlegte, wie lange er sich wohl hinsichtlich meines Aufenthaltsortes täuschen ließ. Ich war vor ihm noch lange nicht sicher. Er vermochte einer Spur sehr weit in die Schatten zu folgen – und ich hinterließ eine ziemlich breite Spur. Aber ich hatte keine andere Wahl. Ich brauchte den Wagen. Ebenso mußte ich mich mit unserer jetzigen Geschwindigkeit abfinden, war ich doch beileibe nicht in der Verfassung für einen weiteren Höllenritt. Langsam und vorsichtig machte ich mich an die

Verschiebungen, im Bewußtsein meiner abgestumpften Sinne und der zunehmenden Erschöpfung und in der Hoffnung, daß die allmähliche Steigerung von Veränderung und Entfernung zwischen mir und Benedict eine Barriere errichtete, die hoffentlich recht schnell unüberwindlich wurde.

Auf den nächsten zwei Meilen suchte ich mir einen Weg vom Spätnachmittag zurück in die Mittagsstunde, die ich allerdings bewölkt hielt, denn ich wünschte mir nur das Licht des Mittags, nicht seine Hitze. Schließlich vermochte ich eine kleine Brise ausfindig zu machen.

Inzwischen mußte ich ständig gegen die Schläfrigkeit ankämpfen. Ich war in Versuchung, Ganelon zu wecken und unsere Flucht zunächst nur in die Entfernung gehen zu lassen, während er kutschierte und ich schlief.

Doch so früh wagte ich das nun doch nicht. Es gab noch zu viele Dinge zu tun.

Ich wünschte mir mehr Tageslicht, zugleich eine bessere Straße. Ich hatte den gottverdammten gelben Lehm satt, und ich mußte auch etwas an den Wolken verändern und durfte dabei nicht unser Ziel vergessen ...

Ich rieb mir die Augen und atmete mehrmals tief durch. Die Bilder in meinem Kopf begannen zu tanzen, und das ständige dumpfe Pochen der Pferdehufe und das Quietschen des Wagens begannen eine einschläfernde Wirkung auszuüben. Das Rucken und Schwanken nahm ich fast kaum noch wahr, die Zügel hingen mir locker in der Hand, und ich war schon einmal eingeschlummert und hatte sie zu Boden gleiten lassen. Zum Glück schienen die Pferde zu wissen, was ich von ihnen wollte. Nach einer Weile erklommen wir einen langen, flachen Hang, der in einen Vormittag hineinführte. Der Himmel war inzwischen ziemlich dunkel, und es kostete mehrere Meilen und ein halbes Dutzend Kehren, die Wolkendecke etwas aufzulösen. Ein Unwetter konnte den Weg im Handumdrehen in einen Sumpf verwandeln. Bei dem Gedanken zuckte ich zusammen, ließ den Himmel in Ruhe und konzentrierte mich wieder auf die Straße.

Wir erreichten eine baufällige Brücke, die über ein ausgetrocknetes Flußbett führte. Am gegenüberliegenden Ufer war die Straße glatter und weniger gelb. Im Laufe der nächsten Stunde wurde sie noch dunkler, flacher, härter, und das Gras am Rain nahm eine frische grüne Farbe an.

Doch inzwischen hatte es zu regnen begonnen.

Ich kämpfte eine Zeitlang dagegen an, entschlossen, mein Gras und die dunkle, leichte Straße nicht aufzugeben. Der Kopf begann mir zu schmerzen, doch der Schauer endete eine Viertelmeile später, und die Sonne ließ sich wieder blicken.

Siebtes Kapitel

Die Sonne ... oh ja, die Sonne.

Wir ratterten weiter und kamen in ein kühles Tal, in dem wir schließlich eine weitere schmale Brücke überquerten. Diesmal zog sich in der Mitte des Flußbetts ein schmaler Wasserlauf hin. Längst hatte ich mir die Zügel um die Handgelenke gebunden, da ich immer wieder für kurze Perioden einschlief. Wie aus großer Entfernung kommend, begann ich mich zu konzentrieren, richtete mich auf, ordnete meine Eindrücke ...

Aus dem Wald zu meiner Rechten erkundeten die Vögel zögernd den Tag. Tautropfen hingen schimmernd an den Grashalmen, den Blättern. Ein kühler Hauch machte sich in der Luft bemerkbar, und die Strahlen der Morgensonne fielen schräg zwischen den Bäumen hindurch.

Doch mein Körper ließ sich durch das Erwachen dieses Schattens nicht täuschen, und ich war erleichtert, als sich Ganelon endlich hinter mir reckte und zu fluchen begann. Wäre er nicht bald zu sich gekommen, hätte ich ihn wohl wecken müssen.

Ich hatte genug. Vorsichtig zupfte ich an den Zügeln. Die Pferde begriffen, was ich wollte, und blieben stehen. Ich leierte und zog die Bremse fest, da wir uns auf einer Steigung fanden, und griff nach der Wasserflasche.

»He!« sagte Ganelon, während ich trank. »Laßt mir auch einen Tropfen!«

Ich reichte ihm die Flasche nach hinten.

»Jetzt fahrt Ihr weiter«, sagte ich. »Ich muß schlafen.«

Er trank eine halbe Minute lang und atmete heftig aus.

»Gut«, sagte er, schwang sich über das Wagenbord auf die Straße. »Aber bitte noch einen Augenblick Geduld. Die Natur fordert ihr Recht.«

Er verließ die Straße, und ich kroch nach hinten auf die Ladefläche und streckte mich dort aus, wo er eben noch gelegen hatte. Den Mantel faltete ich mir zu einem Kissen zusammen.

Gleich darauf hörte ich ihn auf den Bock steigen, und es gab einen Ruck, als er die Bremse löste. Ich hörte, wie er mit der Zunge schnalzte und die Zügel aufklatschen ließ.

»Haben wir Morgen?« rief er mir zu.

»Ja.«

»Gut! Dann habe ich ja den ganzen Tag und die ganze Nacht hindurch geschlafen!«

Ich lachte leise.

»Nein – ich habe ein bißchen an den Schatten herumgeschoben«, sagte ich. »Ihr habt nur sechs oder sieben Stunden geruht.«

»Das verstehe ich nicht. Aber egal – ich glaube Euch. Wo sind wir jetzt?«

»Wir fahren noch immer nach Nordosten«, antwortete ich, »und stehen etwa zwanzig Meilen vor der Stadt und vielleicht ein Dutzend Meilen von Benedicts Haus entfernt. Gleichzeitig haben wir uns quer durch die Schatten bewegt.«
»Was soll ich jetzt tun?«
»Folgt der Straße, weiter nichts. Wir brauchen die Entfernung.«
»Könnte uns Benedict noch einholen?«
»Ich glaube ja. Deshalb dürfen wir die Pferde noch nicht ausruhen lassen.«
»Na schön. Soll ich nach etwas Bestimmtem Ausschau halten?«
»Nein.«
»Wann soll ich Euch wecken?« »Nie.«
Da schwieg er, und während ich darauf wartete, daß mein Bewußtsein aufgesaugt würde, dachte ich natürlich an Dara. Schon während des Tages waren meine Gedanken immer wieder zu ihr gewandert.

Die Erkenntnis war ganz überraschend gekommen. Ich hatte sie nicht als Frau gesehen, bis sie sich in meine Arme sinken ließ und meinen Gedanken in diesem Punkt eine neue Richtung gab. Ich konnte nicht einmal den Alkohol dafür verantwortlich machen, da ich gar nicht viel getrunken hatte. Warum wollte ich die Schuld überhaupt woanders suchen? Weil ich mir irgendwie schuldbewußt vorkam – deswegen. Sie war zu weitläufig mit mir verwandt, als daß ich sie mir wirklich als Familienmitglied vorstellen konnte. Und das war auch nicht der springende Punkt. Ich hatte außerdem nicht das Gefühl, die Situation ausgenutzt zu haben, denn als sie mich suchen kam, wußte sie durchaus, was sie tat. Es waren vielmehr die Umstände, die Zweifel an meinen Motiven aufkommen ließen. Als ich sie kennenlernte und auf den Spaziergang durch die Schatten führte, hatte ich mehr erringen wollen als ihr Vertrauen und ihre Freundschaft. Ich versuchte einen Teil ihrer Treue, ihres Vertrauens, ihrer Zuneigung von Benedict auf mich zu lenken. Ich hatte sie auf meiner Seite sehen wollen, als eine mögliche Verbündete in diesem Haus, das schnell zum feindlichen Lager werden konnte. Ich hatte gehofft, sie im Notfall ausnützen zu können. All dies stimmte. Doch ich konnte mir einfach nicht vorstellen, daß ich sie auf jene Weise besessen hatte, nur um diesen Zielen näherzukommen, als Mittel zum Zweck. Vielleicht aber doch – allerdings nicht nur. Jedenfalls machte mich diese Erkenntnis unruhig und weckte das Gefühl, niederträchtig gehandelt zu haben. Warum? Ich hatte in meinem Leben viele Dinge getan, die objektiv betrachtet viel schlimmer waren – und diese Dinge machten mir nicht sonderlich zu schaffen. Ich kämpfte mit mir und rang mich nur mühsam zu der Antwort durch, an der kein Weg vorbeiführte. Mir lag an dem Mädchen – ganz einfach. Mein Gefühl war etwas anderes als die Freundschaft, die mich mit Lorraine verbunden hatte, eine

Siebtes Kapitel

Freundschaft mit einem Hauch weltmüden Einvernehmens zwischen zwei Veteranen; auch unterschied sich mein Empfinden von der beiläufigen Sinnlichkeit, die kurz zwischen mir und Moire aufgeflackert war, ehe ich zum zweiten Mal durch das Muster schritt. Dieses Gefühl war ganz anders. Ich kannte Dara erst so kurze Zeit, daß es mir fast unlogisch vorkam. Ich war ein Mann, der Jahrhunderte und Dutzende von Frauen hinter sich hatte. Und doch ... hatte ich seit Jahrhunderten nicht mehr so empfunden. Ich hatte dieses Gefühl vergessen – bis es sich jetzt wieder regte. Ich wollte mich nicht in sie verlieben. Noch nicht. Vielleicht später. Am besten überhaupt nicht. Sie war nicht die richtige für mich. Im Grunde war sie noch ein Kind. Alles, was sie sich wünschte, alles, was sie neu und faszinierend fand, hatte ich irgendwann bereits getan. Nein, unsere Verbindung stimmte nicht. Es war nicht richtig, mich in sie zu verlieben. Ich hätte es eigentlich nicht dazu kommen lassen dürfen ...

Ganelon summte eine freche Melodie vor sich hin. Der Wagen hüpfte und knirschte, wandte sich bergauf. Die Sonne strahlte mir ins Gesicht, und ich bedeckte das Gesicht mit dem Unterarm. Irgendwo in dieser Gegend griff endlich die Bewußtlosigkeit zu und zog ihre Decke über mich.

Als ich erwachte, war die Mittagsstunde vorbei, und ich fühlte mich wie gerädert. Ich nahm einen großen Schluck aus der Flasche, schüttete mir etwas in die Handfläche und rieb mir damit die Augen aus, fuhr mir mit den Fingern durch die Haare. Dann sah ich mir die Umgebung an. Viel Grün erstreckte sich auf allen Seiten, kleine Baumgruppen und offene Flächen mit hohem Gras. Wir fuhren auf einem Lehmweg dahin, der hier allerdings ziemlich fest und glatt war. Der Himmel war bis auf einige Wolken klar; Licht und Schatten wechselten in ziemlich regelmäßigen Abständen. Ein leichter Wind wehte.

»Weilt Ihr wieder unter den Lebenden? Gut!« sagte Ganelon, als ich über die Trennwand nach vorn kletterte und mich neben ihn setzte ...

»Die Pferde werden langsam müde, Corwin, und ich möchte mir gern etwas die Beine vertreten«, sagte er. »Außerdem bin ich sehr hungrig. Ihr nicht auch?«

»Ja. Haltet dort vorn links im Schatten. Wir wollen ein Weilchen rasten.«

»Ich möchte aber gern noch ein Stück weiterfahren«, sagte er. »Hat das einen besonderen Grund?«

»Ja. Ich möchte Euch etwas zeigen.«

»Na schön.«

Wir fuhren vielleicht eine halbe Meile weiter und erreichten schließlich eine Kurve, die uns ein wenig mehr nach Norden führte. Nach kur-

zer Zeit kamen wir an einen Hügel, von dessen Gipfel aus wir eine weitere Anhöhe erblickten, die sich noch höher emporschwang.
»Wie weit wollt Ihr denn noch fahren?« fragte ich.
»Bis auf den nächsten Hügel«, erwiderte er. »Vielleicht können wir es von dort ausmachen.«
»Na gut.«
Die Pferde mühten sich mit der Steigung des zweiten Hügels, und ich stieg aus und half von hinten nach. Als wir den Gipfel endlich erreichten, zügelte Ganelon die Pferde und zog die Bremse fest. Er stieg auf die Ladefläche des Wagens und stellte sich auf eine Kiste. Nach links blickend, legte er die Hand über die Augen.
»Kommt doch einmal herauf, Corwin!« rief er.
Ich kletterte über die hintere Klappe, und er hockte sich hin und streckte mir die Hand entgegen. Ich ergriff sie, und er half mir auf die Kiste. Ich folgte seinem erhobenen Finger mit den Blicken.
Etwa eine dreiviertel Meile entfernt verlief von links nach rechts, soweit ich schauen konnte, ein breiter schwarzer Streifen. Wir befanden uns mehrere Meter höher als die Erscheinung und vermochten sie etwa eine halbe Meile weit gut zu überschauen. Der Durchmesser betrug mehrere hundert Fuß und schien konstant zu bleiben, obwohl sich der Streifen auf der Strecke, die wir einsehen konnten, zweimal drehte und wendete. In der Erscheinung standen Bäume – allerdings völlig schwarz. Auf dem Streifen schien Bewegung zu herrschen, doch ich vermochte nicht zu sagen, was dort geschah. Vielleicht war es nur der Wind, der das schwarze Gras am Rand bewegte. Doch in der ganzen Erscheinung schien sich zugleich etwas zu regen, dahinzufließen – wie Strömungen in einem flachen, dunklen Fluß.
»Was ist das?« fragte ich.
»Ich hoffte, daß Ihr mir das sagen könntet«, erwiderte Ganelon. »Ich nahm an, daß es vielleicht zu Eurem Schatten-Zauber gehört.«
Ich schüttelte den Kopf. »Ich war ziemlich schläfrig, doch ich würde mich erinnern, wenn ich so etwas Seltsames eingefädelt hätte. Woher habt Ihr gewußt, daß das Ding hier sein würde?«
»Während Ihr schlieft, sind wir dem Streifen schon mehrmals nahe gekommen und haben uns wieder von ihm entfernt. Ich mag die Aura nicht, die davon ausgeht – ein allzu vertrautes Gefühl. Erinnert Euch das nicht an etwas?«
»Ja, allerdings. Leider.«
Er nickte. »Dieses Ding fühlt sich an wie der verdammte Kreis in Lorraine. Ja, dem ist es sehr ähnlich.«
»Die schwarze Straße ...« sagte ich.
»Was?«

Siebtes Kapitel

»Die schwarze Straße«, wiederholte ich. »Ich wußte nicht, was sie meinte, als sie davon sprach, aber jetzt beginne ich zu verstehen. Dies ist leider keine angenehme Entdeckung.«

»Ein anderes schlechtes Vorzeichen?«

»Ich fürchte ja.«

Er fluchte. »Wird es uns sofort Ärger machen?«

»Ich glaube nicht, aber genau kann man das nie wissen.«

Er stieg von der Kiste, und ich folgte ihm.

»Wir wollen die Pferde grasen lassen«, sagte er, »und dann unsere Mägen versorgen.«

»Ja.«

Wir gingen nach vorn, und er nahm die Zügel. Am Fuße des Hügels fanden wir eine gute Stelle zur Rast.

Wir verweilten dort fast eine Stunde lang. Die schwarze Straße erwähnten wir nicht, obwohl ich mich in Gedanken sehr damit beschäftigte. Natürlich mußte ich mir das Ding noch näher ansehen.

Als wir zur Weiterfahrt bereit waren, übernahm ich wieder die Zügel. Die Pferde, die sich etwas erholt hatten, zogen energisch an.

Ganelon saß links von mir und war noch immer ziemlich gesprächig. Erst mit der Zeit ging mir auf, wieviel ihm seine seltsame Rückkehr bedeutet hatte. Er hatte viele Orte besucht, die ihm aus der Zeit seines Räuberlebens bekannt waren, außerdem Schlachtfelder, auf denen er sich in seiner ehrbaren Zeit ausgezeichnet hatte. Seine Erinnerungen rührten mich in mancher Hinsicht. Eine ungewöhnliche Mischung von Gold und Ton war dieser Mann. Er hätte ein Angehöriger Ambers sein sollen.

Die Meilen glitten schnell vorbei, und wir kamen allmählich der schwarzen Straße näher, als ich plötzlich einen vertrauten Stich im Kopf verspürte.

Ich reichte Ganelon die Zügel.

»Nehmt!« sagte ich. »Fahrt weiter!«

»Was ist?«

»Später! Fahrt!«

»Soll ich die Pferde antreiben?«

»Nein. Fahrt ganz normal weiter. Seid mal ein paar Minuten still.«

Ich schloß die Augen, stemmte den Kopf in die Hände, leerte meinen Geist und errichtete eine Mauer um die entstehende Leere. Der Ansturm ließ nach und setzte erneut mit voller Macht ein. Ich blockierte ihn ein zweites Mal. Es folgte eine dritte Welle, die ich ebenfalls stoppte. Dann war es vorbei.

Ich seufzte und massierte mir die Augen.

»Alles in Ordnung«, sagte ich.

»Was war los?«

»Jemand versuchte, sich auf einem ganz besonderen Wege mit mir in Verbindung zu setzen. Mit ziemlicher Sicherheit war es Benedict. Offenbar hat er eben ein paar Dinge herausgefunden, die ihm den Wunsch eingeben könnten, uns aufzuhalten. Ich übernehme wieder die Zügel. Ich fürchte, daß er uns bald auf der Spur sein wird.«

Ganelon überließ mir die Führung des Wagens.

»Wie stehen unsere Chancen?«

»Mittlerweile nicht schlecht, würde ich sagen. Wir haben immerhin schon ein hübsches Stück zurückgelegt. Sobald das Schwindelgefühl in meinem Kopf aufgehört hat, mische ich noch ein paar Schatten durcheinander.«

Ich steuerte den Wagen, und der Weg wand sich hierhin und dorthin, verlief eine Zeitlang parallel zu der schwarzen Straße und rückte schließlich näher heran. Wir waren nur noch wenige hundert Meter von ihr entfernt.

Ganelon betrachtete die Erscheinung stumm und sagte schließlich: »Das Ding erinnert mich zu stark an jenen anderen Ort. Die winzigen Nebelfetzen, die um alles herumwallen, das Gefühl, daß sich jemand links oder rechts von einem bewegt, ohne daß man ihn richtig sehen kann ...«

Ich biß mir auf die Lippen. Der Schweiß brach mir aus. Ich versuchte, mich von dem Ding durch die Schatten fortzubewegen – doch ich fühlte Widerstand. Nicht dasselbe Gefühl monolithischer Unbeweglichkeit, wie es eintritt, wenn man in Amber durch die Schatten zu treten versucht. Nein, es war etwas völlig anderes. Es war ein Gefühl der – Unentrinnbarkeit.

Dabei bewegten wir uns tatsächlich durch die Schatten. Die Sonne wanderte über den Himmel, rückte zur Mittagsstunde zurück – der Gedanke an eine Nacht in der Nähe des schwarzen Streifens mißfiel mir –, und der Himmel verlor etwas von seiner blauen Farbe, die Bäume schossen höher neben uns empor, und in der Ferne ragten Berge auf.

War es möglich, daß sich die Straße durch mehrere Schatten zog?

Es mußte so sein. Warum sonst hätten Julian und Gérard sie finden und sich so dafür interessieren sollen?

Lange Zeit fuhren wir parallel zu ihr und kamen ihr allmählich immer näher. Bald trennten uns noch etwa hundert Fuß. Dann fünfzig ...

... Und ich hatte es geahnt: Schließlich kam der Augenblick, da sich die Pfade kreuzten!

Ich zog die Zügel an. Ich stopfte meine Pfeife, zündete sie an und rauchte vor mich hin, während ich die Erscheinung studierte. Star und Feuerdrache mochten das schwarze Gebiet offenbar nicht, das unseren Weg kreuzte. Sie wieherten und wollten zur Seite ausbrechen.

Siebtes Kapitel

Wenn wir auf der Straße bleiben wollten, mußten wir diagonal über die schwarze Fläche fahren. Ein Teil des Terrains lag außerdem hinter einer Reihe Felsen und konnte nicht eingesehen werden. Hohes Gras stand am Rande des schwarzen Gebiets, da und dort auch ein Büschel am Fuße der Felsformationen. Nebelschwaden bewegten sich dazwischen, und über den Senken hingen Dunstwolken. Der Himmel, den man durch die Atmosphäre über dem Streifen sehen konnte, war um etliches dunkler und hatte ein seltsam rußiges, verschmiertes Aussehen. Eine unnatürlich anmutende Stille lag vor uns, fast als sei hier ein unsichtbares Wesen zum Angriff bereit und habe den Atem angehalten.

Dann hörten wir den Schrei. Es war die Stimme eines Mädchens! Der alte Trick mit der Frau in Not?

Er kam von irgendwo rechts, von einer Stelle hinter den Felsen. Die Sache roch mir nach einer Falle. Aber Himmel! Vielleicht war dort wirklich jemand in Gefahr! Ich warf Ganelon die Zügel zu, sprang zu Boden und zog Grayswandir.

»Ich sehe mich mal um«, sagte ich, schritt nach rechts und sprang über den Graben, der neben der Straße verlief.

»Beeilt Euch.«

Ich drängte mich durch lichtes Unterholz und erstieg einen Felshang. Auf der gegenüberliegenden Seite mußte ich ein weiteres Gebüsch überwinden und erreichte schließlich eine höhere Felsformation. Von neuem ein Schrei, und diesmal hörte ich auch andere Geräusche.

Schließlich war ich auf der Anhöhe und vermochte ziemlich weit zu blicken.

Das schwarze Territorium begann etwa vierzig Fuß unter mir, und die Szene, die meine Aufmerksamkeit erregte, spielte sich ungefähr hundertundfünfzig Fuß jenseits der Grenze ab.

Bis auf die Flammen war es ein einfarbiges Bild. Eine Frau mit schwarzem Haar, das ihr bis zu den Hüften herabhing, war an einen der schwarzen Bäume gefesselt, glimmende Äste lagen um ihre Füße aufgehäuft. Ein halbes Dutzend haariger Albinomänner, die schon fast völlig nackt waren und sich beim Herumtanzen weiter entkleideten, stocherten knurrend und lachend mit Stöcken nach der Frau und griffen sich dabei auch immer wieder an die Genitalien. Die Flammen waren inzwischen so hoch, daß sie das weiße Gewand der Frau versengten und den Stoff glimmen ließen. Das Kleid war zerrissen, so daß ich ihren herrlich geformten Körper erkennen konnte, während der Rauch sie dermaßen einhüllte, daß ihr Gesicht nicht auszumachen war.

Ich stürzte vorwärts, betrat das Gebiet der schwarzen Straße, sprang über die langen Grasbüschel und warf mich zwischen die Gestalten. Ich köpfte den ersten und spießte einen zweiten auf, ehe mein Angriff überhaupt bemerkt wurde. Die anderen drehten sich um und hieben brüllend mit den Stöcken auf mich ein.

Grayswandir wütete zwischen ihnen, bis sie zerstückelt zu Boden sanken und keinen Ton mehr von sich gaben. Ihr Blut war schwarz.

Ich wandte mich um und stieß mit einem Fußtritt das Feuer beiseite. Dann näherte ich mich der Frau und durchtrennte ihre Fesseln. Schluchzend fiel sie mir in die Arme.

Erst jetzt bemerkte ich ihr Gesicht – oder eher das Fehlen eines Gesichts. Sie trug eine elfenbeinerne Vollmaske, eine Maske ohne jede Andeutung von Gesichtszügen, bis auf zwei winzige rechteckige Schlitze anstelle der Augen.

Ich zog sie von dem Feuer und den Toten fort. Sie klammerte sich schweratmend an mich, wobei sie sich mit dem ganzen Körper an mich drängte. Nach einer mir angemessen erscheinenden Zeit versuchte ich, mich von ihr zu lösen. Doch sie gedachte nicht, mich loszulassen und entwickelte dabei überraschende Kräfte.

»Schon gut«, sagte ich. Sie antwortete nicht.

Ihre festen Hände bewegten sich fordernd über meinen Körper, vollführten rauhe Liebkosungen, die eine überraschende Wirkung auf mich hatten. Von Sekunde zu Sekunde stieg ihre Anziehung auf mich. Ich ertappte mich dabei, daß ich ihr Haar und ihren begehrlichen Körper streichelte, ihre festen Brüste, ihren Leib.

»Es ist alles vorbei«, sagte ich mit rauher Stimme. »Wer seid Ihr? Warum wollte man Euch verbrennen? Was waren das für Männer?«

Doch sie antwortete nicht. Sie hatte zu schluchzen aufgehört, wenn sie auch noch immer heftig atmete, nun allerdings aus anderen Gründen. Sie drängte ihren Leib fordernd an mich.

»Warum tragt Ihr die Maske?« flüsterte ich.

Ich griff danach, aber sie warf den Kopf zurück.

Doch dieses Detail kam mir nicht sonderlich wichtig vor. Während ein nüchterner, logischer Teil meines Ich genau wußte, daß diese Leidenschaft unvernünftig war, war ich zugleich so machtlos wie die Götter der Epikuräer. Ich wollte sie auf der Stelle besitzen und war dazu bereit. Meine Erregung hatte ihren Höhepunkt erreicht. Ich wollte nicht länger zögern, nestelte an meinen Hosen ...

In diesem Augenblick hörte ich Ganelon meinen Namen rufen und versuchte, mich in seine Richtung zu wenden.

Doch sie hielt mich zurück.

Ihre Kräfte verblüfften mich.

»Kind von Amber«, ertönte ihre vertraut klingende Stimme. »Wir schulden dir dies für die Dinge, die du uns gegeben hast, und wir werden dich jetzt ganz besitzen.«

Siebtes Kapitel

Wieder drang Ganelons Stimme an meine Ohren, eine endlose Flut von Verwünschungen.

Ich lehnte mich unter Aufbietung sämtlicher Kräfte gegen ihren Griff auf, der schwächer wurde. Meine Hand schoß vor, und ich riß die Maske ab.

Als ich mich befreite, ertönte ein kurzer zorniger Schrei – und vier letzte, verhallende Worte:

»*Amber muß vernichtet werden!*«

Hinter der Maske war kein Gesicht. Dahinter war überhaupt nichts.

Das Gewand der Frau sank schlaff über meinen Arm. Sie oder es – oder was immer es war – war verschwunden.

Ich machte hastig kehrt und sah Ganelon am Rand der schwarzen Fläche liegen. Seine Beine waren in unnatürlicher Haltung verdreht. Seine Klinge hob und senkte sich langsam, doch ich vermochte nicht zu erkennen, mit was er kämpfte. Ich eilte zu ihm.

Das lange schwarze Gras, das ich übersprungen hatte, lag um seine Knöchel und Unterschenkel. Während er sich freizuhacken versuchte, wippten andere Grashalme hin und her, als wollten sie seinen Schwertarm einfangen. Es war ihm gelungen, sein rechtes Bein teilweise zu befreien, und ich beugte mich vor und vermochte seine Arbeit zu vollenden.

Dann trat ich außer Reichweite der Gräser hinter ihn und warf die Maske fort, die ich, wie ich in diesem Augenblick erkannte, noch immer umklammert hielt. Sie fiel innerhalb der schwarzen Fläche zu Boden und begann sofort zu glimmen.

Ich packte Ganelon unter den Armen und versuchte, ihn fortzuzerren. Das Gras widersetzte sich, doch ich riß ihn los. Ich schleppte ihn über das restliche Gras, das uns von der friedlicheren grünen Abart am Straßenrand trennte.

Er kam wieder auf die Füße, mußte sich aber noch schwer auf mich stützen. Er bückte sich und beklopfte seine Beine.

»Betäubt«, sagte er. »Mir sind die Beine eingeschlafen.«

Ich half ihm zum Wagen zurück. Er klammerte sich am Wagenkasten fest und begann mit den Füßen aufzustapfen.

»Es kribbelt!« verkündete er. »Ich habe langsam wieder Gefühl darin ... autsch!«

Schließlich humpelte er zum vorderen Teil des Wagens. Ich half ihm auf den Kutschbock und folgte ihm.

»Das ist schon besser«, seufzte er. »Meine Füße kommen langsam wieder zu sich. Das Zeug hat mir förmlich die Kraft aus den Beinen gesogen – und aus dem Rest meines Körpers. Was war los?«

»Unser schlechtes Omen hat sein Versprechen wahrgemacht.«

»Was nun?«

Ich ergriff die Zügel und löste die Bremse.

»Wir fahren hinüber«, sagte ich trotzig. »Ich muß mehr über diese Erscheinung erfahren. Haltet Eure Klinge bereit.«

Er knurrte etwas vor sich hin und legte sich die Waffe über die Knie. Den Pferden gefiel mein Kommando gar nicht, doch als ich ihre Flanken mit der Peitsche tätschelte, setzten sie sich in Bewegung.

Wir erreichten das schwarze Territorium, und mir war, als wären wir plötzlich in eine Wochenschau aus dem Zweiten Weltkrieg geraten. Vage, doch ganz in der Nähe, düster, deprimierend, bedrückend. Selbst das Quietschen des Wagens und der Hufschlag klangen irgendwie gedämpft, schienen plötzlich aus der Ferne zu kommen. In meinen Ohren setzte ein schwaches, nachdrückliches Klingen ein. Das Gras am Straßenrand bewegte sich, wenn wir vorbeifuhren, doch ich achtete darauf, den Halmen nicht zu nahe zu kommen. Wir durchquerten mehrere Nebelfelder. Obwohl sie geruchlos waren, vermochten wir kaum darin zu atmen. Als wir uns dem ersten Hügel näherten, begann ich mit der Verschiebung, die uns durch die Schatten bringen sollte.

Wir umrundeten den Hügel.

Nichts.

Die düstere Höllenszene hatte sich nicht verändert.

Da wurde ich wütend. Aus dem Gedächtnis zeichnete ich das Muster auf und hielt es mir flammend vor das innere Auge. Und wieder probierte ich eine Verschiebung.

Sofort begann mein Kopf zu schmerzen. Von der Stirn bis zum Hinterkopf schoß ein Schmerz und verharrte dort wie ein glühender Draht. Aber das stachelte meinen Zorn nur noch mehr an und verstärkte meine Bemühungen, die schwarze Straße im Nichts verschwinden zu lassen.

Die Umgebung verschwamm. Der Nebel verdichtete sich, wallte in Schwaden über die Straße. Die Umrisse wurden undeutlich. Ich schüttelte die Zügel, und die Pferde griffen schneller aus. In meinem Kopf begann es zu dröhnen, als wollte mir der Schädel zerspringen.

Statt dessen zersprang sekundenlang alles andere ...

Der Boden erbebte, begann, da und dort Risse zu zeigen – aber es war mehr als nur das. Durch alles schien ein plötzliches Zucken zu gehen, und die Risse waren nicht nur bloße Bruchstellen im Boden. Es war, als habe jemand gegen einen Tisch getreten, auf dem sich ein lose zusammengelegtes Puzzle befunden hatte. Lücken erschienen in der ganzen Szene: hier ein grüner Stamm, dort ein Wasserflirren, die Ecke eines blauen Himmels, absolute Schwärze, ein weißes Nichts, die halbe Front eines Backsteinhauses, Gesichter hinter einem Fenster, Feuer, ein Stück sternenheller Himmel ...

Die Pferde jagten dahin, und ich mußte an mich halten, um vor Schmerz nicht aufzuschreien.

Siebtes Kapitel

Ein Chaos an Geräuschen – tierisch, menschlich, mechanisch – umtoste uns. Ich glaubte Ganelon fluchen zu hören, aber ich war meiner Sache nicht sicher.

Ich glaubte, der Schmerz müßte mir das Bewußtsein rauben, doch aus Sturheit und Zorn beschloß ich, so lange wie möglich durchzuhalten. Ich konzentrierte mich auf das Muster, so wie ein Sterbender sich vielleicht an seinen Gott klammert, und setzte meinen gesamten Willen gegen die Existenz der schwarzen Straße.

Im nächsten Augenblick war der Druck von mir gewichen, und die Pferde stürmten dahin, zerrten uns über ein grünes Feld. Ganelon griff nach den Zügeln, doch ich zog sie bereits an und brüllte den Pferden zu, bis sie anhielten.

Wir hatten die schwarze Straße überquert.

Ich drehte mich um und blickte zurück. Die Szene war schwankend und zuckend, als betrachtete ich sie durch aufgewühltes Wasser. Unser Weg durch die Schwärze zeichnete sich jedoch scharf und reglos ab, wie eine Brücke oder ein Damm, und das Gras am Rand war grün.

»Das war ja schlimmer«, sagte Ganelon, »als der Ritt, auf dem Ihr mich damals ins Exil führtet.«

»Das glaube ich auch«, sagte ich und redete leise auf die Pferde ein, brachte sie schließlich dazu, auf den Weg zurückzukehren und weiterzutrotten.

Die Welt war nun wieder heller. Wir bewegten uns zwischen großen Pinien, deren frischer Geruch in der Luft lag. Eichhörnchen und Vögel bewegten sich in den Ästen. Der Boden war dunkler und fruchtbarer. Wir schienen uns in größerer Höhe zu befinden als vor der Überquerung. Es freute mich, daß wir wirklich eine Verschiebung durchgemacht hatten – und noch dazu in der gewünschten Richtung.

Der Weg krümmte sich, führte ein Stück zurück, verlief wieder gerade. Ab und zu vermochten wir einen Blick auf die schwarze Straße zu werfen. Sie lag nicht allzuweit entfernt zu unserer Rechten. Noch immer fuhren wir etwa parallel dazu. Die Erscheinung zog sich eindeutig durch sämtliche Schatten. Soweit wir erkennen konnten, schien sie wieder in ihren unheimlichen Normalzustand zurückgefunden zu haben.

Meine Kopfschmerzen ließen nach, meine Stimmung verbesserte sich etwas. Wir erreichten eine höherliegende Fläche und hatten einen herrlichen Ausblick auf ein großes Waldgebiet, das mich an Teile von Pennsylvanien erinnerte, durch die ich vor vielen Jahren gefahren war.

Ich reckte mich. »Wie geht es Euren Beinen?« fragte ich.

»Gut«, sagte Ganelon, der sich umgedreht hatte. »Ich kann ziemlich weit schauen, Corwin ...«

»Ja?«

»Und ich sehe einen Reiter, der schnell dahingaloppiert.« Ich stand auf und drehte mich um. Vielleicht stöhnte ich, als ich mich wieder auf den Sitz fallen ließ und die Zügel schüttelte. Er war noch zu weit entfernt, um deutlich sichtbar zu sein – auf der anderen Seite der schwarzen Straße. Aber wer konnte es sonst sein, wer sonst konnte mit solchem Tempo unseren Spuren folgen?

Ich fluchte.

Wir näherten uns einer Anhöhe. Ich wandte mich an Ganelon und sagte: »Macht Euch auf einen weiteren Höllenritt gefaßt.«

»Ist das Benedict?«

»Ich glaube schon. Wir haben vorhin zuviel Zeit verloren. Allein kann er sich sehr schnell bewegen – und besonders durch die Schatten.«

»Glaubt Ihr, daß wir ihn noch abschütteln können?«

»Das werden wir feststellen«, erwiderte ich. »Und zwar ziemlich bald.«

Ich trieb die Pferde mit einem Schnalzen an und schüttelte erneut die Zügel. Wir erreichten die Kuppe, und ein eisiger Wind fuhr uns entgegen. Der Weg flachte ab, und der Schatten eines Felsbrockens zu unserer Linken verdunkelte den Himmel. Als wir daran vorbei waren, hielt sich die Dunkelheit, und feine Schneekristalle prickelten uns auf Gesichtern und Händen.

Wenige Minuten später fuhren wir wieder bergab, und das Schneetreiben war zu einem tobenden Sturm geworden. Der Wind kreischte uns in den Ohren, und der Wagen ratterte und rutschte zur Seite weg. Hastig richtete ich ihn wieder aus. Rasch waren wir von Schneewehen umgeben, und die Straße war weiß. Unser Atem dampfte, Eis schimmerte an Bäumen und Felsen.

Bewegung, vorübergehende Verwirrung der Sinne. Das brauchten wir jetzt ...

Wir rasten weiter, und der Wind bedrängte uns, schmerzte und brüllte. Die Schneewehen rückten bis auf die Straße vor.

Wir kamen um eine Kurve und verließen den Sturm. Noch war die Welt ein eisbedecktes Etwas, noch wehte dann und wann eine Schneeflocke vorbei, doch die Sonne löste sich aus den Wolken, schüttete ihr Licht über das Land, und wieder fuhren wir bergab ...

... Kamen durch einen Nebel und erreichten eine schroffe schneelose Felseinöde ...

... Wir hielten uns rechts, gelangten wieder in die Sonne, folgten einem gewundenen Weg durch hohes, glattes, blaugraues Gestein auf eine Ebene ...

... Wo fern zur Rechten die schwarze Straße Schritt hielt. Hitzewogen überrollten uns, und das Land dampfte. Blasen platzten in brodelnden Massen, die die Krater füllten, entließen ihre giftigen Dämpfe in

Siebtes Kapitel

die stickige Luft. Flache Pfützen erstreckten sich vor uns wie eine Handvoll verstreuter alter Bronzemünzen.

Die Pferde galoppierten dahin, halb irrsinnig vor Angst, als neben dem Weg Geysire auszubrechen begannen. Kochendheißes Wasser sprühte in schimmernden, dampfenden Kaskaden über die Fahrspur, verfehlte uns knapp. Der Himmel schien aus Messing zu bestehen, und die Sonne sah aus wie ein verfaulter Apfel. Der Wind war ein hechelnder Hund mit übelriechendem Atem.

Der Boden erzitterte, und in der Ferne spuckte ein Berg seinen Gipfel zum Himmel empor und warf ihm Feuersbrünste hinterher. Ein ohrenbetäubendes Krachen folgte, und Luftwogen bestürmten uns.

Der Wagen schwankte und brach aus der Spur.

Wir rasten auf eine Reihe schwarzer Berge zu, und die ganze Zeit über bebte der Boden, und der Wind bedrängte uns mit der Stärke eines Hurrikans. Als sich das, was von dem Weg noch übrig war, in die falsche Richtung wandte, verließen wir die Spur und fuhren holpernd und dröhnend über die Ebene. Die Berge wuchsen langsam vor uns empor, tanzten in der aufgewühlten Luft.

Ich wandte mich um, als ich Ganelons Hand auf meinem Arm spürte. Er brüllte irgend etwas, doch ich vermochte ihn nicht zu verstehen. Dann deutete er nach hinten, und ich blickte in die Richtung. Aber dort zeigte sich nichts Überraschendes. Die Luft war turbulent, bewegte Staub, Erdbrocken und Asche. Ich zuckte die Achseln und konzentrierte mich wieder auf die Berge.

Am Fuße der nächsten Anhöhe tat sich eine tiefe Dunkelheit auf. Ich hielt darauf zu.

Als sich der Boden wieder abwärts senkte, wuchs die Schwärze vor mir empor, eine gewaltige Höhlenöffnung, verdeckt durch einen Vorhang aus Staub und fallenden Steinen.

Ich ließ die Peitsche knallen, und wir legten die letzten fünf- oder sechshundert Meter zurück und stürzten uns hinein.

Dann hielt ich die Pferde zurück, ließ sie im Schritt gehen.

Der Weg führte weiter nach unten. Wir bogen um eine Ecke und befanden uns in einer breiten und hohen Grotte. Durch Löcher, die sich hoch über uns befanden, sickerte Licht herein, beleuchtete Stalaktiten und fiel auf zuckende grüne Seen. Der Boden beruhigte sich nicht. Mein Gehör erholte sich. Ich sah einen gewaltigen Stalagmiten zusammenbrechen und vernahm ein leises Klirren.

Wir überquerten einen schwarzen Abgrund auf einer Brücke, die aus Kalkstein zu bestehen schien – ein Bauwerk, das hinter uns zusammenbrach und in der Tiefe verschwand.

Felsbrocken regneten von oben herab. In Ecken und Spalten schimmerte es grün von Moos und rot von Pilzkulturen. Streifen von Mineralien krümmten sich funkelnd, große Kristalle und flache Blumen aus hellem Gestein trugen zu der feuchten, unheimlichen Schönheit dieses Ortes bei. Wir rollten durch Höhlen, die mich an eine Folge von Seifenblasen erinnerten, und fuhren mit einem schäumenden Strom um die Wette, der schließlich in einem schwarzen Loch verschwand.

Ein langer, gewundener Tunnel führte uns schließlich wieder nach oben, und ich hörte schwach und widerhallend Ganelons Stimme: »Ich glaube, ich habe eine Bewegung gesehen – könnte ein Reiter sein – oben auf dem Berg – nur einen Augenblick lang.«

Wir erreichten eine etwas hellere Höhle.

»Wenn das Benedict war, hat er alle Mühe, uns auf der Spur zu bleiben!« rief ich, gefolgt von einem Beben und gedämpftem Krachen, als weitere Felsmauern hinter uns zusammenbrachen.

Wir fuhren aufwärts, bis sich schließlich Öffnungen über uns zeigten und den Blick auf einige Stellen des blauen Himmels freigaben. Das Klirren der Hufe und das Grollen des Wagens klangen wieder einigermaßen normal, und wir nahmen wieder ein Echo wahr. Das Beben hörte auf, kleine Vögel schwirrten über uns dahin, und das Licht wurde stärker.

Dann noch eine Wegbiegung, und der Ausgang lag vor uns, eine breite niedrige Öffnung in den Tag. Wir mußten die Köpfe einziehen, als wir unter dem ausgezackten Überhang hindurchfuhren.

Wir hüpften und tanzten über einen Vorsprung aus moosbedecktem Gestein und schauten schließlich auf ein Kiesbett hinab, das sich wie eine Sensenspur über den Hang zog und zwischen Riesenbäumen unter uns verschwand. Ich schnalzte mit der Zunge, trieb die Pferde von neuem an.

»Die Tiere sind sehr müde«, bemerkte Ganelon.

»Ich weiß. Sie können bald ausruhen – so oder so.«

Der Kies knirschte unter unseren Rädern. Die Bäume dufteten angenehm.

»Habt Ihr es bemerkt? Dort unten, zur Rechten?«

»Was …?« begann ich und wandte den Kopf. »Oh«, sagte ich dann.

Die widerliche schwarze Straße war noch immer neben uns, etwa eine Meile entfernt.

»Durch wie viele Schatten zieht sie sich?« fragte ich.

»Offenbar durch alle«, meinte Ganelon.

Grimmig schüttelte ich den Kopf. »Hoffentlich nicht.«

Und wir fuhren in die Tiefe, unter einem blauen Himmel und einer goldenen Sonne, die sich ganz normal dem Westen entgegensenkte.

»Ich hatte beinahe Angst, die Höhle zu verlassen«, sagte Ganelon nach einer Weile. »Was hätte uns hier draußen nicht alles auflauern können!«

Siebtes Kapitel

»Die Pferde machen nicht mehr lange mit. Ich muß die Sache abschließen. Wenn wir vorhin Benedict gesehen haben, muß sein Pferd in ausgezeichneter Verfassung sein. Er hat es ziemlich stark angetrieben. Und dann all die Hindernisse ... Ich glaube, er ist zurückgefallen.«

»Vielleicht kennt sich das Tier mit solchen Hindernissen aus«, sagte Ganelon, während wir knirschend in eine Rechtskurve fuhren und der Höhlenschlund unseren Blicken entschwand.

»Die Möglichkeit besteht natürlich«, sagte ich, dachte an Dara und fragte mich, was sie in diesem Augenblick wohl machte.

Allmählich kamen wir immer tiefer, dabei schoben wir uns langsam und unmerklich durch die Schatten. Der Weg führte immer mehr nach rechts, und ich fluchte, als ich erkannte, daß wir uns wieder der schwarzen Straße näherten.

»Verdammt! Das Ding ist ja so aufdringlich wie ein Versicherungsvertreter!« sagte ich, und mein Zorn schlug in eine Art Haß um. »Im geeigneten Augenblick werde ich das Ding vernichten!«

Ganelon antwortete nicht. Er trank gerade einen großen Schluck Wasser. Dann reichte er mir die Flasche, und ich tat es ihm nach.

Schließlich erreichten wir ebenes Terrain, und wie bisher krümmte und wand sich der Weg beim geringsten Anlaß. Ich gab den Pferden die Zügel frei. Hier mußte sogar ein berittener Verfolger das Tempo mäßigen.

Etwa eine Stunde später ließ meine Spannung nach, und wir machten Rast um zu essen. Wir waren gerade fertig, als Ganelon – der unentwegt den Berg beobachtete – aufstand und die Hand über die Augen legte.

»Nein!« sagte ich und sprang auf. »Ich glaube es einfach nicht!«

Ein einsamer Reiter war aus der Höhle gekommen. Ich sah, wie er einen Augenblick zögerte und dann unserem Weg folgte.

»Was jetzt?« fragte Ganelon.

»Wir suchen unsere Sachen zusammen und fahren weiter. Auf diese Weise können wir das Unvermeidliche vielleicht noch ein Weilchen hinausschieben. Ich brauche noch etwas Zeit zum Nachdenken.«

Und wieder rollten wir dahin, noch immer in einem gemächlichen Tempo, das so gar nicht zur Hast meiner Gedanken paßte. Es mußte eine Möglichkeit geben, ihn aufzuhalten! Wenn möglich, ohne ihn umzubringen!

Doch mir fiel nichts ein.

Abgesehen von der schwarzen Straße, die sich wieder einmal heranschlängelte, war es ein herrlicher Nachmittag an einem wunderschönen Ort. Es war eine Schande, diese Erde mit Blut zu beflecken, besonders wenn es mein eigenes Blut sein sollte. Obwohl Benedict die Klinge nur noch links führen konnte, hatte ich Angst, ihm gegenüberzutreten.

Ganelon konnte mir da gar nichts nützen. Benedict würde kaum Notiz von ihm nehmen.

An der nächsten Kurve schob ich uns weiter durch die Schatten. Gleich darauf stieg mir schwacher Rauchgeruch in die Nase. Wieder nahm ich eine leichte Verschiebung vor.

»Er kommt schnell näher!« verkündete Ganelon. »Ich habe ihn eben noch gesehen, wie er ... Da steigt Rauch auf! Flammen! Der Wald brennt!«

Ich lachte und blickte zurück. Die Hälfte des Hangs war unter Rauchwolken verborgen, und ein orangerotes Phantom raste durch das Grün, und erst in dieser Sekunde erreichte das Krachen und Knistern meine Ohren. Aus eigenem Antrieb erhöhten die Pferde die Geschwindigkeit.

»Corwin! Habt Ihr ...?«

»Ja! Wenn der Hang steiler und unbewaldet gewesen wäre, hätte ich es mit einer Steinlawine versucht.«

Minutenlang war die Luft voller Vögel. Wir näherten uns dem schwarzen Weg. Feuerdrache warf den Kopf hoch und wieherte. Schaumflocken flogen ihm vom Maul. Er versuchte auszubrechen, stieg auf die Hinterhand und ließ die Vorderläufe durch die Luft wirbeln. Star stieß einen erschreckten Laut aus und zog nach rechts. Ich kämpfte einen Augenblick lang dagegen an, gewann die Kontrolle zurück, beschloß, die Tiere ein Weilchen laufen zu lassen.

»Er kommt trotzdem!« rief Ganelon.

Ich fluchte, und wir holperten dahin. Schließlich führte uns der Weg unmittelbar an der schwarzen Straße entlang. Wir befanden uns auf einer langen Geraden, und ein Blick über die Schulter zeigte mir, daß der ganze Berg in Flammen stand – ein rotes Meer, durch das sich wie eine fürchterliche Narbe der Weg zog. Und jetzt sah ich den Verfolger. Er war auf halbem Wege nach unten und galoppierte wie ein Derbyreiter dahin. Gott! Was für ein Pferd das sein mußte! Ich fragte mich, welcher Schatten das Tier geboren hatte.

Ich zog die Zügel an, zunächst sanft, dann fester, bis wir schließlich wieder langsamer fuhren. Wir waren nur noch wenige hundert Fuß von der schwarzen Straße entfernt, und ich hatte dafür gesorgt, daß es ganz in der Nähe eine Stelle gab, wo die Entfernung nur noch dreißig oder vierzig Fuß betrug. Es gelang mir, die Pferde an diesem Punkt zum Stehen zu bringen. Schweratmend standen sie vor dem Wagen. Ich reichte Ganelon die Zügel, zog Grayswandir und sprang auf die Straße.

Warum auch nicht? Es war ein gutes, ebenes Fleckchen, und vielleicht sprach das schwarze, verkohlte Stück Erde, das so sehr von den Farben des Lebens und Wachsens daneben abstach, einen morbiden Instinkt in mir an.

Siebtes Kapitel

»Was nun?« wollte Ganelon wissen.

»Wir können ihn nicht abschütteln«, sagte ich. »Und wenn er es durch das Feuer schafft, ist er in wenigen Minuten hier. Eine weitere Flucht wäre sinnlos. Ich erwarte ihn an dieser Stelle.«

Ganelon drehte die Zügel um einen Pflock und griff nach seinem Schwert.

»Nein«, sagte ich. »Ihr könnt das Ergebnis des Kampfes nicht beeinflussen, so oder so. Ich bitte Euch um folgendes: Fahrt mit dem Wagen ein Stück weiter und wartet dort auf mich. Wenn die Sache zu meiner Zufriedenheit ausgeht, reisen wir weiter. Wenn nicht, müßt Ihr Euch Benedict sofort ergeben. Er hat es auf mich abgesehen, und er wäre der einzige, der Euch nach Avalon zurückführen könnte. Er wird es tun. Wenigstens könntet Ihr auf diese Weise in Eure Heimat zurückkehren.« Er zögerte.

»Fahrt los«, sagte ich. »Tut, was ich gesagt habe.«

Er blickte zu Boden. Er löste die Zügel. Er sah mich an.

»Viel Glück«, sagte er und trieb die Pferde an.

Ich verließ den Weg, nahm vor einer kleinen Gruppe junger Bäume Aufstellung und wartete. Ich behielt Grayswandir in der Hand, schaute einmal kurz auf die schwarze Straße und richtete schließlich den Blick auf unseren Weg.

Nach kurzer Zeit erschien er am Rand der Flammen, umgeben von Rauch und Feuer und brennenden Ästen. Es war Benedict; er hatte das Gesicht zum Teil verdeckt, der Stumpf seines rechten Arms war zum Schutz der Augen hochgewinkelt – und er galoppierte herbei wie ein Flüchtling aus der Hölle. Er brach durch einen Schauer aus Funken und glimmenden Aschestücken und erreichte schließlich das Freie und stürmte auf dem Weg herbei.

Schon bald vermochte ich den Hufschlag zu hören. Es wäre nun eines Gentlemans würdig gewesen, die Klinge in der Scheide stecken zu lassen, solange ich wartete. Doch wenn ich das tat, hatte ich vielleicht keine Gelegenheit mehr, sie zu ziehen.

Unwillkürlich überlegte ich, wie Benedict seine Klinge tragen mochte und was für ein Schwert er wohl mitführte. Eine gerade Klinge? Oder gekrümmt? Lang? Kurz? Er verstand sich auf alle. Er hatte mir den Umgang mit Hieb- und Stichwaffen beigebracht ...

Es mochte nicht nur höflich, sondern auch klug sein, Grayswandir wegzustecken. Vielleicht wollte er sich zuerst nur mit mir unterhalten; die blanke Waffe mochte ihn zur Unbedachtsamkeit herausfordern. Doch als der Hufschlag lauter wurde, machte ich mir klar, daß ich Angst hatte, die Klinge wegzustecken.

Ehe er in Sicht kam, wischte ich mir einmal kurz die Handfläche trocken. An der Kurve hatte er sein Tier gezügelt, und er mußte mich im gleichen Augenblick gesehen haben wie ich ihn. Er ritt direkt auf mich zu und ließ sein Pferd dabei immer langsamer gehen. Doch er schien nicht die Absicht zu haben, sein Tier anzuhalten.

Es war geradezu ein mystischer Augenblick, ich weiß nicht, wie ich es anders ausdrücken soll. Während er näher kam, lief mein Verstand schneller als die Zeit, so daß ich den Eindruck hatte, als stünde mir eine Ewigkeit zur Verfügung, die Annäherung dieses Mannes zu verfolgen, der mein Bruder war. Seine Kleidung war verschmutzt, sein Gesicht geschwärzt, der Stumpf des rechten Arms erhoben, wild hin und her zuckend. Das große Tier unter ihm war schwarz und rot gescheckt und besaß eine wilde rote Mähne und einen ebensolchen Schwanz. Doch es war wirklich ein Pferd, das die Augen rollte, Schaum vor dem Maul hatte und rasselnd atmete. Im nächsten Augenblick erkannte ich, daß er die Klinge auf dem Rücken trug; der Griff ragte über seiner rechten Schulter empor. Sein Pferd zügelnd, den Blick starr auf mich gerichtet, verließ er die Straße und steuerte auf eine Stelle links von mir zu, zog einmal die Zügel an und ließ sie dann los, lenkte das Pferd nur noch mit den Knien. Die linke Hand fuhr in einer grußähnlichen Bewegung an seinem Kopf vorbei nach oben und packte den Griff der Waffe. Sie löste sich geräuschlos und beschrieb einen anmutigen Bogen über ihm, ehe sie in einer tödlichen Position schräg vor seiner linken Schulter zur Ruhe kam – wie ein einzelner Flügel aus mattem Stahl mit einer winzigen Vorderkante, die wie ein Streifen Spiegelglas schimmerte. Sein Anblick brannte sich mit einer gewissen Pracht in meinen Verstand, mit einer Großartigkeit, mit einem Glanz, der irgendwie anrührend war. Die Klinge war eine lange sensenähnliche Waffe, mit der ich ihn schon im Kampf beobachtet hatte. Nur hatten wir damals als Verbündete gegen einen gemeinsamen Gegner gekämpft, den ich für unbesiegbar gehalten hatte. Benedict hatte mir in jener Nacht das Gegenteil bewiesen. Als sich die Waffe nun gegen mich erhob, überfiel mich der Gedanke an meine Sterblichkeit – ein Gedanke, der mich nie zuvor in dieser Weise betroffen hatte. Es war, als sei ein Schutz von der Welt genommen worden, als werfe plötzlich jemand ein grelles Schlaglicht auf den Tod höchstpersönlich.

Der Augenblick war vorbei. Ich wich zwischen die Bäume zurück. Ich hatte mich dort aufgestellt, um die jungen Stämme auszunutzen. Ich wich etwa zehn, zwölf Fuß weit zwischen die Stämme zurück und machte zwei Schritte nach links. Das Pferd stieg im letzten Augenblick auf die Hinterhand und schnaubte und wieherte mit geblähten Nüstern. Dann wandte es sich zur Seite, wobei es große Erdbrocken aufwirbelte. Benedicts Arm bewegte sich mit unglaublicher Geschwindigkeit, wie die Zunge einer Schildkröte, und seine Klinge fuhr durch

Siebtes Kapitel

einen jungen Baum, dessen Stamm ich auf drei Zoll schätzte. Der Baum blieb noch einen Augenblick lang stehen, ehe er langsam umkippte.

Seine Stiefel prallten auf den Boden, und er schritt auf mich zu. Auch aus diesem Grund hatte ich mir die Baumgruppe ausgesucht – er sollte zu mir kommen müssen an einen Ort, da eine lange Klinge durch Äste und Stämme behindert werden mußte.

Doch im Voranstürmen schwang er die Waffe geradezu beiläufig hin und her, und ringsum stürzten die Bäume. Wenn er nur nicht so schrecklich gut gewesen wäre ...! Wenn er nur nicht Benedict gewesen wäre ...!

»Benedict«, sagte ich ganz ruhig. »Sie ist längst erwachsen und kann ihre eigenen Entscheidungen treffen.«

Doch er ließ nicht erkennen, ob er mich gehört hatte. Er schritt weiter und schwang dabei die mächtige Klinge hin und her. Sie sirrte durch die Luft, und immer wieder war ein weicher Laut zu hören, wenn sie einen weiteren Baum durchtrennte und davon nur geringfügig verlangsamt wurde.

Ich hob Grayswandir und richtete es auf seine Brust.

»Nicht weiter, Benedict«, sagte ich. »Ich möchte nicht mit dir kämpfen.«

Er hob die Waffe in Angriffsposition und sagte nur ein Wort: »Mörder!«

Dann zuckte seine Hand vor, und fast gleichzeitig wurde mein Schwert zur Seite geschlagen. Ich parierte den nachfolgenden Stich, und er fegte meine Riposte zur Seite und griff von neuem an.

Diesmal machte ich mir nicht die Mühe einer Riposte. Ich parierte einfach, zog mich zurück und trat hinter einen Baum.

»Ich verstehe das nicht«, sagte ich und schlug seine Klinge nieder, die an dem Stamm entlangglitt und mich beinahe aufgespießt hätte. »Ich habe in letzter Zeit niemanden getötet. Jedenfalls nicht in Avalon.«

Wieder ein dumpfer Laut, und der Baumstamm stürzte auf mich zu. Ich brachte mich in Sicherheit und wich, seine Schläge abwehrend, zurück.

»Mörder!« sagte er wieder.

»Ich verstehe nicht, was das soll, Benedict!«

»Lügner!«

Nun endlich blieb ich stehen und verteidigte meine Position. Verdammt! Es war so sinnlos, für etwas zu sterben, das gar nicht stimmte. Ich ripostierte, so schnell ich konnte, suchte überall nach einer Ansatzmöglichkeit. Doch die gab es nicht.

»Dann sag's mir wenigstens!« rief ich. »Bitte!«

Doch er schien nicht mehr reden zu wollen. Er bedrängte mich, und ich mußte erneut zurückweichen. Es war, als versuchte ich, mit einem

Gletscher zu kämpfen. Mit der Zeit festigte sich meine Überzeugung, daß er den Verstand verloren hatte – was mir allerdings nicht im geringsten weiterhelfen konnte. Bei jedem anderen hätte der Wahnsinn die Reaktionsfähigkeit beeinträchtigt. Doch Benedict hatte im Laufe der Jahrhunderte seine Reflexe perfektioniert.

Unbarmherzig trieb er mich zurück. Ich duckte mich zwischen den Bäumen hindurch, und er hieb sie nieder und bedrängte mich weiter. Ich machte den Fehler anzugreifen und vermochte seine Gegenattacke erst im letzten Augenblick von meiner Brust abzulenken. Ich kämpfte eine Woge der Panik nieder, als ich erkannte, daß er mich auf den Rand der Baumgruppe zutrieb. Bald hatte er mich im Freien, wo ihn keine Bäume mehr behinderten.

Meine Aufmerksamkeit war so total auf ihn gerichtet, daß ich die Störung von außen erst mitbekam, als es zu spät war.

Mit lautem Schrei sprang Ganelon von irgendwo herbei, legte die Arme um Benedict und hielt seinen Schwertarm fest.

Selbst wenn ich es wirklich gewollt hätte – es fehlte mir in diesem Augenblick die Gelegenheit, ihn zu töten. Er war zu schnell, und Ganelon kannte die Kräfte dieses Mannes nicht.

Benedict wendete sich nach rechts und brachte Ganelon auf diese Weise zwischen sich und mich. Gleichzeitig ließ er seinen Armstumpf wie einen Knüppel herumwirbeln und traf Ganelon an der linken Schläfe. Dann zerrte er den linken Arm frei, packte Ganelon am Gürtel, riß ihn von den Füßen und schleuderte ihn in meine Richtung. Als ich zur Seite trat, bückte er sich, nahm die Waffe wieder auf, die vor ihm niedergefallen war, und griff erneut an. Ich hatte kaum Zeit für einen Blick nach hinten, wo Ganelon zehn Fuß entfernt zu Boden gegangen war.

Ich parierte und setzte meinen Rückzug fort. Ich hatte nur noch einen Trick im Ärmel, und es betrübte mich, daß Amber seines rechtmäßigen Herrschers beraubt sein würde, wenn der Versuch mißlang.

Es ist irgendwie schwieriger, mit einem guten Linkshänder zu kämpfen als mit einem guten Rechtshänder; dieser Umstand wirkte sich zusätzlich gegen mich aus. Doch ich mußte einen kleinen Versuch wagen. Ich mußte etwas ausprobieren, auch wenn ich damit ein Risiko einging.

Ich machte einen großen Schritt zurück, entfernte mich vorübergehend aus seiner Reichweite. Dann beugte ich mich vor und griff an. Der Zug war sorgfältig überlegt und wurde sehr schnell vorgetragen.

Ein unerwartetes Ergebnis, das sicher zum Teil auf Glück beruhte, war der Umstand, daß ich ihn tatsächlich traf, allerdings nicht dort, wo ich wollte. Einen Augenblick lang rutschte Grayswandir über eine seiner Paraden und traf ihn am linken Ohr. Dies machte

Siebtes Kapitel

ihn vorübergehend langsamer, doch die Verwundung war minimal und führte sogar dazu, daß er sich noch intensiver einsetzte. Obwohl ich weiter angriff, kam ich einfach nicht mehr durch. Es war nur ein kleiner Schnitt, doch das Blut trat ihm aus dem Ohrläppchen und rann tropfenweise herab.

Nun kam der gefährliche Teil, doch ich mußte es wagen. Ich bot ihm eine kleine Chance, nur einen Sekundenbruchteil lang, wußte ich doch, daß er die Möglichkeit sofort ausnutzen würde.

Das tat er auch, und ich parierte im letzten Augenblick. Ungern erinnere ich mich daran, wie nahe seine Klingenspitze meinem Herzen kam.

Dann gab ich erneut nach, wich zurück, verließ rückwärts die Baumgruppe. Parierend und mich zurückziehend bewegte ich mich an Ganelon vorbei, der am Boden lag. Ich gab weitere fünfzehn Fuß nach, defensiv und konservativ kämpfend.

Dann offerierte ich Benedict eine zweite Möglichkeit.

Wie schon einmal griff er an, und ich vermochte ihn noch einmal abzuwehren. Nun verstärkte er seine Bemühungen noch mehr, drängte mich bis zum Rand der schwarzen Straße zurück.

Dort hielt ich inne und wehrte mich ernsthafter, wobei ich langsam an die Stelle rückte, die ich ausgesucht hatte. Ich mußte ihn noch ein paar Sekunden lang halten, mußte ihn in die richtige Position bringen ...

Diese Sekunden fielen mir sehr schwer, doch ich kämpfte verzweifelt und hielt mich bereit.

Dann gab ich ihm zum dritten Mal dieselbe Chance.

Ich wußte, daß er versuchen würde, sie auf die gleiche Art zu nutzen. Mein rechtes Bein stand hinter dem linken, spannte sich an, als er attackierte. Ich versetzte seiner Klinge nur einen leichten seitlichen Schlag, während ich rückwärts auf die schwarze Straße sprang und dabei sofort den Arm auf volle Länge ausstreckte, um ein Nachstoßen zu verhindern.

Und er tat, was ich gehofft hatte. Er hieb auf meine Klinge ein und rückte normal vor, als ich eine Quarte vollführte ...

... und er trat zwischen die schwarzen Grasbüschel, die ich im Zurückweichen übersprungen hatte.

Im ersten Augenblick wagte ich nicht nach unten zu blicken. Ich setzte mich zur Wehr ohne zurückzuweichen und gab der Flora eine Chance.

Es dauerte nur wenige Sekunden. Benedict merkte es, als er sich das nächste Mal zu bewegen versuchte. Ich sah den verwirrten Ausdruck auf seinem Gesicht, dann die Anstrengung. Da wußte ich, daß er in meiner Gewalt war.

Doch ich bezweifelte, daß ihn das Hindernis lange aufhalten würde, und schritt sofort zur Tat.

Ich tänzelte außerhalb der Reichweite seiner Klinge zur Seite, stürmte vor und sprang über den Grasrand von der schwarzen Straße. Er versuchte sich zu drehen, doch die Halme hatten sich bis zu den Knien um seine Beine gewunden. Er schwankte einen Augenblick, konnte sich aber auf den Beinen halten.

Ich ging hinter ihm nach rechts. Mit einem Stich hätte ich ihn nun mühelos töten können, aber dazu bestand natürlich keine Veranlassung mehr.

Er schwang den Arm hinter sich, drehte den Kopf und richtete die Klinge auf mich. Er begann, sein linkes Bein freizuziehen.

Doch ich fintete nach rechts, und als er zu parieren versuchte, hieb ich ihm mit aller Kraft die Breitseite Grayswandirs in den Nacken.

Er war betäubt, und ich vermochte mich zu nähern und ihm mit der linken Hand in die Nieren zu schlagen. Er krümmte sich leicht zusammen, und ich blockierte seinen Schwertarm und versetzte ihm einen zweiten Hieb in den Nacken, diesmal mit der Faust. Bewußtlos stürzte er zu Boden, und ich nahm ihm die Klinge aus der Hand und warf sie zu Boden. Das Blut aus dem Ohrläppchen zog sich wie ein exotischer Ohrring an seinem Hals entlang.

Ich legte Grayswandir zur Seite, packte Benedict an den Achselhöhlen und zog ihn von der schwarzen Straße fort. Das Gras leistete heftigen Widerstand, doch ich stemmte mich dagegen und vermochte ihn schließlich loszureißen.

Ganelon hatte sich langsam aufgerichtet. Er humpelte herbei, stellte sich neben mich und starrte auf Benedict hinab.

»Was für ein Bursche!« sagte er. »Was für ein Bursche ... Was machen wir nur mit ihm?«

Ich stemmte mir meinen Bruder im Feuerwehrgriff auf die Schultern und richtete mich auf.

»Ich bringe ihn zunächst zum Wagen«, sagte ich. »Schafft Ihr bitte die Waffen herbei.«

»Ja.«

Ich schritt die Straße entlang, und Benedict blieb bewußtlos – was ich sehr begrüßte, wollte ich ihn doch nicht noch einmal niederschlagen, wenn es sich vermeiden ließ. Ich deponierte ihn am Stamm eines großen Baumes neben der Straße.

Als Ganelon mich eingeholt hatte, steckte ich die Klingen wieder in die Scheiden und bat ihn, von mehreren Kisten die Seile zu entfernen. Während er damit beschäftigt war, durchsuchte ich Benedict und fand das Gewünschte.

Siebtes Kapitel

Anschließend fesselte ich ihn an den Baum, während Ganelon sein Pferd holte. Wir banden das Tier an einen benachbarten Busch, an den ich auch seine Klinge hängte.

Dann bestieg ich den Kutschbock des Wagens, und Ganelon kam herbei.

»Wollt Ihr ihn einfach so zurücklassen?« fragte er.

»Zunächst.«

Wir fuhren weiter. Ich schaute nicht zurück; dafür sah sich Ganelon um so öfter um.

»Er hat sich noch nicht bewegt«, berichtete er und fuhr fort: »Noch nie hat mich ein Mann so vom Boden hochgerissen und fortgeschleudert. Und dazu noch mit einer Hand!«

»Deshalb habe ich Euch auch gebeten, am Wagen zu warten und nicht gegen ihn zu kämpfen, falls ich besiegt worden wäre.«

»Was soll nun aus ihm werden?«

»Ich sorge dafür, daß er gerettet wird – bald.«

»Er kommt doch durch, oder?«

Ich nickte.

»Gut.«

Wir fuhren etwa zwei Meilen weiter, ehe ich die Pferde zügelte. Ich stieg vom Wagen.

»Regt Euch jetzt nicht auf«, sagte ich, »egal was passiert. Ich hole für Benedict Hilfe.«

Ich entfernte mich von der Straße und stellte mich in den Schatten. Dann nahm ich die Trumpfkarten zur Hand, die Benedict bei sich gehabt hatte. Ich blätterte sie durch, fand Gérard und nahm die Karte aus dem Stapel. Den Rest legte ich wieder in den seidenbespannten Intarsienkasten, in dem Benedict das kostbare Spiel aufbewahrte.

Ich hielt Gérards Trumpf vor mich hin und betrachtete ihn.

Nach einer Weile wurde das Bild real und schien sich zu bewegen. Ich spürte Gérards Gegenwart. Er war in Amber. Er schritt durch eine Straße, die ich kannte. Er sah mir ziemlich ähnlich und war nur größer und massiger. Ich bemerkte, daß er noch immer seinen Bart trug.

Er blieb stehen und riß die Augen auf.

»Corwin!«

»Ja, Gérard. Du siehst gut aus.«

»Deine Augen! Du kannst sehen?«

»Ja, ich kann wieder sehen.«

»Wo bist du?«

»Komm zu mir, dann zeige ich es dir.«

Er kniff die Augen zusammen.

»Ich weiß nicht recht, ob ich das wirklich tun sollte, Corwin. Ich bin im Augenblick ziemlich beschäftigt.«

»Es geht um Benedict«, sagte ich. »Du bist der einzige, bei dem ich mich darauf verlassen kann, daß er ihm hilft.«
»Benedict? Ist er in Not?«
»Ja.«
»Warum ruft er mich dann nicht selbst?«
»Das könnte er gar nicht. Er ist verhindert.«
»Warum? Wie denn?«
»Die Geschichte ist zu lang und zu kompliziert, um sie jetzt zu erzählen. Glaub mir, er benötigt deine Hilfe, auf der Stelle.«
Er biß sich auf die bärtige Unterlippe.
»Und du wirst allein nicht damit fertig?«
»Auf keinen Fall.«
»Und du glaubst, ich schaffe es?«
»Ich weiß es.«
Er lockerte seine Klinge in der Scheide.
»Ich will nicht hoffen, daß das eine Art Trick ist, Corwin.«
»Ich versichere dir, daß nichts dahintersteckt. Die lange Zeit, die seither vergangen ist, hätte mir doch sicher Gelegenheit gegeben, eine raffiniertere List auszutüfteln.«
Er seufzte. Dann nickte er.
»Na gut. Ich komme zu dir.«
»Bitte.«
Er verharrte einen Augenblick lang, dann machte er einen Schritt vorwärts.
Und schon stand er neben mir. Er streckte die Hand aus und berührte mich an der Schulter. Er lächelte.
»Corwin«, sagte er. »Es freut mich, daß du dein Augenlicht wieder hast.«
Ich wandte den Blick ab.
»Mich auch. Mich auch.«
»Wer ist das auf dem Wagen?«
»Ein Freund. Er heißt Ganelon.«
»Wo ist Benedict? Was hat er für Probleme?«
Ich machte eine Armbewegung.
»Dort hinten«, sagte ich. »Etwa zwei Meilen von hier an der Straße. Er ist an einen Baum gefesselt. Sein Pferd grast in der Nähe.«
»Was machst du hier?«
»Ich fliehe.«
»Wovor?«
»Vor Benedict. Ich bin derjenige, der ihn gefesselt hat.«
Er runzelte die Stirn.
»Ich verstehe das alles nicht ...«
Ich schüttelte den Kopf.

Siebtes Kapitel

»Es gibt da zwischen uns ein Mißverständnis, das ich nicht habe aufklären können. Er wollte mir nicht zuhören, und da haben wir gekämpft. Ich habe ihn bewußtlos geschlagen und gefesselt. Befreien könnte ich ihn nicht – er würde mich sofort wieder angreifen. Andererseits kann ich ihn nicht hilflos zurücklassen. Er könnte Schaden nehmen, ehe er sich selbst befreien kann. Deshalb habe ich dich gerufen. Bitte geh zu ihm, befreie ihn, begleite ihn nach Hause.«

»Was tust du inzwischen?«

»Ich verschwinde von hier, so schnell ich kann, und verliere mich in den Schatten. Wenn du ihn davon abhältst, mir erneut zu folgen, würdest du uns beiden einen Gefallen tun. Ich möchte nicht noch einmal gegen ihn kämpfen müssen.«

»Ich verstehe. Kannst du mir nicht sagen, was geschehen ist?«

»Ich weiß es nicht genau. Er hat mich einen Mörder genannt. Ich gebe dir mein Wort, daß ich während meines Aufenthalts in Avalon keinen Menschen getötet habe. Bitte berichte ihm, daß ich das gesagt habe. Ich hätte gar keinen Grund, dich anzulügen, und ich schwöre, daß ich die Wahrheit sage. Es gibt da noch eine andere Sache, die ihn vielleicht erzürnt hat. Wenn er darauf zu sprechen kommt, sag ihm, dabei müßte er sich mit Daras Erklärung begnügen.«

»Und die wäre?«

Ich zuckte die Achseln. »Du weißt schon Bescheid, wenn er das Thema anschneidet. Wenn nicht, vergiß die Sache.«

»Dara war der Name?«

»Ja.«

»Na schön. Ich tue, was du von mir erbittest ... Sagst du mir noch schnell, wie du deine Flucht aus Amber bewerkstelligt hast?«

Ich lächelte. »Ist das ein rein akademisches Interesse? Oder hast du das Gefühl, daß du dieses Wissen eines Tages brauchen könntest?«

Er lachte leise. »Die Information könnte eines Tages ganz nützlich sein.«

»Es tut mir leid, lieber Bruder, daß die Welt für diese Erkenntnis noch nicht reif ist. Wenn ich es jemandem erzählen müßte, dann dir – aber es gibt keine Möglichkeit, daß dir die Erkenntnis nützen könnte, während mir meine Verschwiegenheit auch künftig noch von Vorteil sein kann.«

»Mit anderen Worten – du kennst einen Geheimweg von und nach Amber. Was hast du vor, Corwin?«

»Was glaubst du denn?«

»Die Antwort liegt auf der Hand. Allerdings sehe ich die Sache mit gemischten Gefühlen.«

»Würdest du mir das bitte erklären?«

Er deutete auf einen Teil der schwarzen Straße, die von unserem Standort aus sichtbar war.

»Das Ding«, sagte er. »Es führt bereits bis zum Fuße Kolvirs. Eine Unzahl von Geschöpfen benutzt diese Straße, um Amber anzugreifen. Wir verteidigen uns, wir sind noch immer siegreich. Doch die Angriffe werden heftiger und kommen häufiger. Es wäre kein günstiger Augenblick für einen Staatsstreich, Corwin.«

»Oder genau der richtige Zeitpunkt«, erwiderte ich.

»Für dich gewiß, aber nicht unbedingt für Amber.«

»Wie wird Eric mit der Situation fertig?«

»Angemessen. Wie ich schon sagte, wir sind immer noch siegreich.«

»Ich meine nicht die Angriffe. Ich meine das ganze Problem – die Ursachen.«

»Ich bin selbst schon auf der schwarzen Straße gereist – ein weites Stück.«

»Und?«

»Ich vermochte sie nicht bis zum Ende zu beschreiten. Du weißt doch, daß die Schatten wilder und unheimlicher werden, je weiter man sich von Amber entfernt?«

»Ja.«

»Bis einem der Verstand verdreht und zum Wahnsinn hin gezwungen wird.«

»Ja.«

»Und irgendwo dahinter liegen die Gerichte des Chaos. Die Straße führt weiter, Corwin. Ich bin überzeugt, sie überspannt die volle Strecke.«

»Dann haben sich meine Befürchtungen also bewahrheitet«, sagte ich.

»Das ist der Grund, warum ich unabhängig von meiner Einstellung zu dir davon abrate, jetzt zu handeln. Die Sicherheit Ambers muß über allem anderen stehen.«

»Ich verstehe. Dann brauchen wir uns im Augenblick nicht weiter darüber zu unterhalten.«

»Und deine Pläne?«

»Da du sie nicht kennst, ist es sinnlos, dir zu eröffnen, daß sie unverändert sind. Aber das sind sie.«

»Ich weiß nicht, ob ich dir Glück wünschen soll – jedenfalls wünsche ich dir alles Gute. Ich freue mich, daß du wieder sehen kannst.« Er ergriff meine Hand. »Jetzt sollte ich mich aber um Benedict kümmern. Er ist doch nicht etwa schwer verletzt?«

»Von mir nicht. Ich habe ihn nur geschlagen. Vergiß nicht, ihm meine Worte auszurichten.«

»Nein.«

»Und bring ihn nach Avalon zurück.«
»Ich werd's versuchen.«
»Dann zunächst Lebewohl, Gérard.«
»Leb wohl, Corwin.«
Er machte kehrt und ging die Straße entlang. Ich blickte ihm nach, bis er nicht mehr zu sehen war. Dann erst kehrte ich zum Wagen zurück, schob seinen Trumpf zwischen die anderen Karten und setzte meinen Weg nach Antwerpen fort.

8
───────────

Ich stand auf der Spitze des Hügels und blickte auf das Haus hinab. Da ich ringsum von Gebüsch umgeben war, fiel ich nicht besonders auf.

Ich weiß eigentlich nicht, was ich zu sehen erwartete. Eine ausgebrannte Ruine? Einen Wagen in der Auffahrt? Eine Familie auf den Rotholzstühlen der Veranda? Bewaffnete Wächter?

Mir fiel auf, daß das Dach an einigen Stellen neue Schindeln vertragen konnte und daß der Rasen vor langer Zeit in seinen Naturzustand zurückgefallen war. Es überraschte mich, daß ich an der Rückseite nur eine zerbrochene Glasscheibe sehen konnte.

Das Haus sollte also verlassen aussehen. Interessant.

Ich breitete mein Jackett auf dem Boden aus und setzte mich darauf. Dann zündete ich mir eine Zigarette an. Die nächsten Häuser lagen ziemlich weit entfernt.

Für die Diamanten hatte ich fast siebenhunderttausend Dollar bekommen. Das Geschäft war in anderthalb Wochen erledigt gewesen. Von Antwerpen waren wir nach Brüssel gereist und hatten mehrere Abende in einem Klub an der Rue de Char et Pain verbracht, ehe mich der Mann aufstöberte, den ich sprechen wollte.

Arthur zeigte sich ziemlich erstaunt über meine Wünsche. Er war ein schlanker, weißhaariger Mann mit gepflegtem Schnurrbart, ein ehemaliger RAF-Offizier mit Oxford-Erziehung, und er hatte schon nach den ersten beiden Minuten den Kopf zu schütteln begonnen und mich mit Fragen über die Form der Lieferung unterbrochen. Er war zwar kein Sir Basil Zaharoff, doch machte er sich Sorgen, wenn ihm die Pläne eines Kunden zu unausgereift vorkamen. Es beunruhigte ihn, wenn zu bald nach der Lieferung etwas schiefgehen konnte. Er schien anzunehmen, so etwas könnte auf ihn zurückfallen. Aus diesem Grund war er bei der Verschiffung von Waffen nützlicher als die anderen. Und er hakte bei meinen Transportplänen ein, weil ich überhaupt keine zu haben schien.

Bei einem solchen Arrangement braucht man normalerweise eine Art Endverbraucher-Zertifikat. Im Prinzip handelt es sich dabei um ein Dokument mit der Bestätigung, daß das Land X die fraglichen Waffen bestellt hat. Man braucht diese Bescheinigung, um eine Exporterlaub-

Achtes Kapitel

nis des Herstellerlandes zu bekommen. Mit dem Dokument wahrt der Hersteller den Anschein der Seriosität, auch wenn die Sendung in das Land Y umgeleitet wird, sobald sie die Grenze überquert hat. Zur Beschaffung der Papiere versichert man sich üblicherweise durch entsprechende Zahlungen der Hilfe eines Botschaftsmitgliedes von Land X – vorzugsweise eines Mannes, der zu Hause Verwandte oder Freunde beim Verteidigungsministerium hat. Die Bescheinigung kostet ziemlich viel, und meinem Gefühl nach hatte Arthur die derzeit gültigen Tarife ausnahmslos im Kopf.

»Aber wie wollen Sie die Waffen versenden?« fragte er immer wieder. »Wie wollen Sie sie ans gewünschte Ziel bringen?«

»Das«, erwiderte ich, »ist mein Problem. Darüber zerbreche ich mir den Kopf.«

Doch er setzte sein Kopfschütteln fort.

»Es ist nicht ratsam, sich die Sache in diesem Punkt leichtzumachen, Colonel«, sagte er. (Für ihn galt ich seit unserer ersten Begegnung vor einigen Dutzend Jahren als Colonel. Den Grund weiß ich nicht genau.) »Das ist absolut nicht empfehlenswert. Wenn Sie auf diese Weise ein paar Dollar sparen wollen, können Sie die ganze Ladung verlieren und sich wirklichen Ärger einhandeln. Ich könnte Sie durch eines der jungen afrikanischen Länder problemlos absichern lassen ...«

»Nein – beschaffen Sie mir nur die Waffen.«

Während des Gesprächs saß Ganelon dabei und trank Bier, rotbärtig und düster-eindrucksvoll wie eh und je, und er nickte zu allem, was ich sagte. Da er kein Englisch verstand, hatte er keine Ahnung vom Stand der Dinge. Ihm war das im Grunde auch egal. Er befolgte allerdings meine Anweisungen und wandte sich von Zeit zu Zeit in Thari an mich, woraufhin wir uns einen Augenblick lang in dieser Sprache über Belanglosigkeiten unterhielten. Der arme alte Arthur war ein vorzüglicher Sprachenkenner und wollte natürlich wissen, für welches Land seine Waffen bestimmt waren. Ich spürte deutlich, daß er sich große Mühe gab, die unbekannten Laute zu identifizieren. Schließlich begann er, vor sich hinzunicken, als hätte er eine Lösung gefunden.

Nach weiteren Diskussionen wagte er sich vor. »Ich kenne die Zeitungsberichte«, sagte er. »Ich bin sicher, seine Anhänger können sich die Versicherungskosten leisten.«

Das war es fast wert, ihm die Wahrheit zu sagen.

Doch ich hielt mich an meinen Plan. »Nein«, sagte ich. »Glauben Sie mir – wenn ich die automatischen Gewehre übernehme, werden sie von der Erdoberfläche verschwinden.«

»Das wäre ein hübscher Trick«, sagte er, »zumal ich noch nicht einmal weiß, wo wir sie übernehmen.«

»Der Ort ist egal.«

»Selbstvertrauen ist eine gute Sache. Die nächste Stufe ist die Tollkühnheit ...« Er zuckte die Achseln. »Wie Sie wollen – Ihr Problem.«

Dann eröffnete ich ihm meine Wünsche hinsichtlich der Munition, und das schien ihn nun endgültig zu überzeugen, ich müsse den Verstand verloren haben. Er starrte mich sekundenlang verdattert an und verzichtete diesmal sogar darauf, den Kopf zu schütteln. Es kostete mich fast zehn Minuten, ihn nur dazu zu bringen, sich die Detailangaben anzusehen. Daraufhin begann er, doch wieder mit dem Kopf zu schütteln und murmelte etwas von Silberkugeln und nichtzündenden Zündern.

Der wirksamste Anreiz, Bargeld, ließ ihn schließlich auf meine Wünsche eingehen. Mit den Gewehren oder Lastwagen gab es keine Schwierigkeiten; doch eine Waffenfabrik dazu zu bringen, meine ulkige Munition herzustellen – das würde teuer werden, meinte er. Er war nicht einmal sicher, ob er eine finden würde, die so etwas mitmachte. Als ich ihm sagte, die Kosten spielten keine Rolle, schien ihn das noch mehr aufzuregen. Wenn ich es mir leisten könnte, mit verrückter Versuchsmunition herumzuspielen, meinte er, könnte ein Endverbrauchszertifikat doch auch nicht mehr soviel ausmachen ...

Ich blieb hart. »Nein«, sagte ich. »Mein Problem, denken Sie daran.«

Er seufzte ergeben und zupfte an seinen Schnurrbartspitzen. Dann nickte er. Also gut, alles sollte so geschehen, wie ich es wünschte.

Natürlich berechnete er mir viel zuviel. Da ich in allen anderen Dingen vernünftig auftrat, schien die Alternative zu einer Psychose darin zu bestehen, daß ich mich auf eine raffinierte Gaunerei eingelassen hatte. Diese Überlegung erregte sicher sein Interesse, doch kam er offenbar zu dem Schluß, er solle lieber die Nase nicht zu tief in ein so kitzliges Unternehmen stecken. Er war sogar bereit, jede Chance zu ergreifen, sich von dem Projekt abzusetzen. Sobald er den Munitionshersteller gefunden hatte – er überzeugte schließlich eine Firma in der Schweiz –, erklärte er sich einverstanden, daß ich direkten Kontakt aufnahm. Auf diese Weise hatte er nichts mehr damit zu tun – natürlich bis auf das Geld.

Ganelon und ich reisten mit falschen Papieren in die Schweiz. Mein Begleiter trat als Deutscher auf, ich als Portugiese. Mir war im Grunde gleichgültig, was meine Papiere auswiesen, solange die Fälschungen gut waren, doch ich hatte Deutsch als die Sprache bestimmt, die Ganelon am besten lernen konnte; schließlich mußte er eine Sprache dieser Schattenwelt beherrschen, und die deutschen Touristen schienen in der Schweiz besonders zahlreich zu sein. Er machte schnelle Fortschritte. Wenn Ganelon von einem Deutschen oder einem Schweizer nach seiner Herkunft gefragt wurde, sollte er antworten, er sei in Finnland aufgewachsen.

Achtes Kapitel

Wir brachten drei Wochen in der Schweiz zu, ehe ich mit der Qualitätskontrolle meiner Munition zufrieden war. Wie angenommen, tat das Zeug in diesem Schatten bei der Zündung keinen Muckser. Doch ich hatte die Formel bis ins letzte Detail ausgearbeitet, worauf es jetzt einzig und allein ankam. Das Silber war natürlich ziemlich teuer. Vielleicht war ich zu vorsichtig. Doch immerhin gibt es in Amber einige Dinge, die man am besten mit diesem Metall beseitigt; außerdem konnte ich's mir leisten. Ganz abgesehen davon: Gab es eine bessere Kugel – einmal abgesehen von Gold – für einen König? Wenn es dazu kam, daß ich Eric erschießen mußte, beging ich auf diese Weise wenigstens keine Majestätsbeleidigung. Habt Nachsicht mit mir, Brüder.

Anschließend überließ ich Ganelon ein wenig sich selbst, da er sich geradezu mit Begeisterung in seine Touristenrolle gefunden hatte. Ich setzte ihn in Italien ab, eine Kamera vor dem Bauch und einen abwesenden Blick in den Augen, und flog zurück in die Vereinigten Staaten. Zurück? Ja, das heruntergekommene Gebäude am Hang unter mir war fast zehn Jahre lang mein Zuhause gewesen. Zu diesem Haus war ich seinerzeit unterwegs gewesen, als ich von der Straße gedrängt und in den Unfall verwickelt wurde, welcher zu allen bisherigen Ereignissen führte.

Ich zog an meiner Zigarette und betrachtete das Gebäude. Damals war es nicht heruntergekommen gewesen. Ich hatte mich immer gut darum gekümmert. Das Haus war voll bezahlt. Sechs Zimmer und eine angebaute Garage für zwei Wagen. Ein Grundstück von etwa sieben Morgen, praktisch der ganze Hang. Ich hatte dort die meiste Zeit allein gelebt – ein Zustand, der mir gefiel. Einen großen Teil meiner Zeit verbrachte ich im Arbeitszimmer und in der Werkstatt. Ich fragte mich, ob der Holzschnitt von Mori noch im Arbeitszimmer hing. *Von Angesicht zu Angesicht* hieß er – die Darstellung zweier Krieger in tödlichem Kampf. Es wäre nett, wenn ich das Bild zurückhaben könnte. Aber sicher war es längst gestohlen; das sagte mir ein Gefühl. Wahrscheinlich waren die Dinge, die man nicht gestohlen hatte, zur Begleichung ausstehender Steuern versteigert worden. Ich konnte mir vorstellen, daß der Staat New York so etwas fertigbrachte. Es überraschte mich etwas, daß das Haus selbst noch keine neuen Bewohner hatte. Ich setzte meine Wacht fort, um ganz sicherzugehen. Himmel, ich hatte keine Eile. Ich wurde nirgendwo erwartet.

Kurz nach meiner Ankunft in Belgien hatte ich mich mit Gérard in Verbindung gesetzt. Ich hatte überlegt und dann zunächst auf den Versuch verzichtet, mit Benedict zu sprechen. Ich hatte Angst, daß er mich sofort wieder angreifen würde, so oder so.

Gérard hatte mich seltsam lauernd angesehen. Er war irgendwo in offenem Gelände und schien allein zu sein.

»Corwin?« fragte er schließlich. »Ja ...«

»Ja. Was war mit Benedict?«

»Ich fand ihn, wie du gesagt hattest, und ließ ihn frei. Er wollte dich sofort verfolgen, doch ich konnte ihn überzeugen, daß seit meinem Gespräch mit dir ziemlich viel Zeit vergangen sei. Da du gesagt hattest, er wäre bewußtlos gewesen, hielt ich das für den besten Weg. Außerdem war sein Pferd sehr erschöpft. Wir sind dann gemeinsam nach Avalon zurückgekehrt. Ich bin bis nach der Beerdigung bei ihm geblieben und habe mir dann ein Pferd ausgeliehen. Jetzt reite ich nach Amber zurück.«

»Beerdigung? Was für eine Beerdigung?«

Von neuem traf mich sein lauernder Blick.

»Du weißt es wirklich nicht?«

»Verdammt – würde ich fragen, wenn ich es wüßte?«

»Seine Dienstboten. Sie wurden alle ermordet. Er behauptet, du hättest es getan.«

»Nein!« rief ich. »Nein. Das ist lächerlich! Warum sollte ich seine Bediensteten umbringen? Ich begreife das alles nicht ...«

»Kurz nach seiner Rückkehr begann er, die Leute zu suchen, da sie nicht zur Begrüßung erschienen waren. Er fand sie ermordet vor – und du warst mit deinem Begleiter verschwunden.«

»Ich kann mir vorstellen, wie das auf ihn gewirkt haben muß«, sagte ich. »Wo waren die Leichen?«

»Vergraben, nicht sehr tief, in dem Wäldchen hinter dem Garten.«

Aha ... Aber ich sollte lieber nicht erwähnen, daß ich von dem Grab gewußt hatte.

»Welchen Grund sollte ich wohl haben, so etwas zu tun?« fragte ich.

»Er ist inzwischen ziemlich verwirrt, Corwin. Er begreift nicht, warum du ihn nicht umgebracht hast, als du die Gelegenheit dazu hattest, und warum du mich geholt hast, wo du ihn doch hättest liegen lassen können.«

»Ich verstehe jetzt, warum er mich während unseres Kampfes immer wieder einen Mörder genannt hat, aber ... Hast du ihm meine Worte ausgerichtet: Daß ich niemanden getötet habe?«

»Ja. Zuerst hat er das als Schutzbehauptung abgetan. Ich sagte ihm, du schienst es ehrlich zu meinen und wärst ziemlich ratlos gewesen. Ich glaube, es hat ihm zu schaffen gemacht, daß du so beharrlich gewesen bist. Er fragte mich mehrmals, ob ich dir glaubte.«

»Und glaubst du mir?«

Er senkte den Blick. »Verdammt, Corwin! Was soll ich wohl glauben? Ich bin mitten in diese Sache hineingeraten! Wir waren so lange getrennt ...«

Er hielt meinem Blick stand.

»Das ist aber noch nicht alles«, sagte er dann.

»Was meinst du damit?«

Achtes Kapitel

»Warum hast du mich gerufen? Du hattest Benedict ein komplettes Spiel Tarockkarten abgenommen. Du hättest dich an jeden von uns wenden können.«

»Du machst Witze«, sagte ich.

»Nein. Ich möchte eine Antwort haben.«

»Na schön. Du bist der einzige, dem ich noch traue.«

»Ist das alles?«

»Nein. Benedict möchte nicht, daß sein Aufenthaltsort in Amber bekannt wird. Du und Julian, ihr seid die beiden einzigen, von denen ich wußte, daß ihr Benedicts Wohnort kanntet. Und Julian mag ich nicht, ich traue ihm nicht. Also habe ich dich gerufen.«

»Woher wußtest du, daß Julian und ich über Benedict Bescheid wußten?«

»Er hat euch vor einiger Zeit beigestanden, als ihr auf der schwarzen Straße Probleme hattet, und er bot euch Unterkunft, während ihr wieder zu Kräften kamt. Dara hat mir davon erzählt.«

»Dara? Wer ist das überhaupt?«

»Die Waisentochter eines Ehepaars, das einmal für Benedict gearbeitet hat«, sagte ich. »Sie war im Haus, als du und Julian dort wart.«

»Und du hast ihr ein Armband geschickt. Du hast schon einmal von ihr gesprochen, am Straßenrand, als du mich gerufen hattest.«

»Richtig. Was ist denn los?«

»Nichts. Ich erinnere mich nur gar nicht an sie. Sag mir, warum bist du so plötzlich abgereist? Du mußt doch zugeben, daß das der Handlungsweise eines schuldbewußten Menschen entspricht.«

»Ja«, sagte ich. »Ich war auch schuldig – doch nicht eines Mordes. Ich war nach Avalon gekommen, um mir etwas zu besorgen. Ich bekam es und verschwand. Du hast ja selbst meinen Wagen gesehen, auf dem ich eine Ladung hatte. Ich bin vor Benedicts Rückkehr verschwunden, um ihm keine Fragen beantworten zu müssen über die Ladung. Himmel! Wenn ich einfach nur hätte ausreißen wollen, würde ich doch nicht einen hinderlichen Wagen mitgenommen haben! Ich wäre auf dem Pferderücken geflohen, schnell und mühelos.«

»Was war denn auf dem Wagen?«

»Nein«, entgegnete ich. »Ich wollte Benedict nichts darüber sagen, und ich werde dir auch nichts verraten. Oh, er kann es sicher herausfinden. Doch dazu soll er sich ruhig anstrengen, wenn er unbedingt will. Die Frage ist aber unwichtig. Die Tatsache, daß ich aus einem bestimmten Grund nach Avalon gekommen war und mir das Gewünschte geholt habe, müßte eigentlich ausreichen. In Avalon ist das Material nicht besonders wertvoll – um so mehr aber an einem anderen Ort. Genügt das?«

»Ja«, sagte er. »Das scheint mir jedenfalls einen Sinn zu ergeben.«

»Dann beantworte meine Frage: Glaubst du, daß ich die Leute umgebracht habe?«

»Nein«, entgegnete er. »Ich glaube dir.«

»Was ist mit Benedict? Was glaubt er heute?«

»Er würde dich nicht noch einmal auf der Stelle angreifen – er würde erst mit dir sprechen. Ihn bewegen Zweifel, das weiß ich.«

»Gut. Das ist ja wenigstens etwas. Vielen Dank, Gérard. Ich unterbreche jetzt die Verbindung.«

Ich machte Anstalten, die Karte zu verdecken.

»Warte, Corwin! Warte!«

»Was ist?«

»Wie hast du die schwarze Straße durchtrennt? An der Stelle, an der du sie überquert hast, ist ein Stück zerstört worden. Wie ist dir das gelungen?«

»Mit dem Muster«, sagte ich. »Wenn du je Ärger mit dem Ding bekommst, verwende das Muster als Waffe. Du weißt doch, daß man es sich manchmal im Geiste vorstellen muß, wenn einem die Schatten zu entgleiten drohen und die Lage unhaltbar wird.«

»Ja. Ich hab's versucht, aber es klappte nicht. Ich bekam nur Kopfschmerzen davon. Die Straße ist kein Teil der Schatten.«

»Ja und nein«, sagte ich. »Ich weiß, was sie ist. Du hast dich nicht genug angestrengt. Ich habe das Muster eingesetzt, bis sich mein Kopf anfühlte, als würde er zermalmt, bis ich vor Schmerzen halb blind und einer Ohnmacht nahe war. Doch statt dessen löste sich die Straße ringsum plötzlich auf. Die Sache war beileibe nicht leicht, doch sie hat funktioniert.«

»Ich werd's mir merken«, sagte er. »Wirst du jetzt noch mit Benedict sprechen?«

»Nein«, sagte ich. »Er weiß schon all die Dinge, die wir eben besprochen haben. Da er sich etwas beruhigt hat, wird er sich wieder mehr mit den Tatsachen beschäftigen. Mir ist lieber, wenn er das allein tut – und ich möchte keinen neuen Kampf riskieren. Wenn ich jetzt Schluß mache, werde ich mich lange nicht mehr melden. Ich werde mich auch allen Kontaktversuchen widersetzen.«

»Was ist mit Amber, Corwin? Was ist mit Amber?«

Ich senkte den Blick.

»Bleib mir aus dem Weg, wenn ich zurückkehre, Gérard. Glaub mir, die Sache wird kein Wettstreit ...«

»Corwin ... Warte. Ich möchte dich bitten, dir die Sache noch einmal gründlich zu überlegen. Greif Amber nicht gerade jetzt an. Es ist schwach, doch aus anderen Gründen.«

»Tut mir leid, Gérard. Aber ich bin sicher, daß ich in den letzten fünf Jahren mehr und öfter über das Problem nachgedacht habe als ihr alle zusammen.«

Achtes Kapitel

»Dann tut es mir leid.«
»Ich sollte jetzt lieber gehen.«
Er nickte. »Auf Wiedersehen, Corwin.«
»Auf Wiedersehen, Gérard.«

Nachdem ich mehrere Stunden lang auf den Sonnenuntergang gewartet hatte, der das Haus in ein vorzeitiges Dämmerlicht hüllte, drückte ich meine letzte Zigarette aus, zog meine Jacke an und stand auf. Auf dem Grundstück hatte sich nichts gerührt, niemand bewegte sich hinter den Fenstern, hinter der zerbrochenen Scheibe. Vorsichtig stieg ich den Hügel hinab.

Floras Haus in Westchester war bereits vor einigen Jahren verkauft worden – ein Umstand, der mich nicht überraschte. Aus reiner Neugier hatte ich mich dort umgesehen, da ich zufällig in der Gegend war. Ich war sogar einmal an dem Grundstück vorbeigefahren. Sie hatte schließlich keinen Grund, auf der Schatten-Erde zu bleiben. Nachdem ihr langes Wächteramt mit einem Erfolg geendet hatte, stand sie nun am Hofe Ambers in hohen Gnaden; das war jedenfalls der Stand der Dinge, als ich sie zum letzten Mal gesehen hatte. Meiner Schwester solange so nahe gewesen zu sein, ohne von ihr zu wissen, war doch ziemlich ärgerlich.

Ich hatte überlegt, ob ich mich mit Random in Verbindung setzen sollte, war aber davon abgekommen. Er konnte mir im Grunde nur mit Informationen über die aktuellen Ereignisse in Amber nützen. Das mochte zwar ganz unterhaltsam sein, war aber nicht absolut erforderlich. Ich war ziemlich sicher, daß ich ihm trauen konnte. Schließlich hatte er mir schon einmal geholfen. Zugegeben, seine Motive waren nicht gerade altruistisch gewesen – doch immerhin war er etwas weiter gegangen, als er es nötig gehabt hätte. Das Ganze lag allerdings schon fünf Jahre zurück, und seither war viel geschehen. Er wurde in Amber wieder geduldet und hatte inzwischen eine Frau. Vielleicht lag ihm daran, sich etwas Ansehen zu verschaffen. Ich wußte es nicht. Doch als ich die möglichen Vorteile gegen die Risiken aufwog, hielt ich es doch für besser zu warten und ihn bei meinem nächsten Besuch in Amber persönlich zu sprechen.

Ich hatte mein Wort gehalten und mich allen Kontaktversuchen widersetzt. In den ersten beiden Wochen auf der Schatten-Erde verspürte ich das vertraute Bohren fast täglich. Doch inzwischen waren mehrere Wochen vergangen, ohne daß ich belästigt worden war. Warum sollte ich jemandem freien Zugang zu meiner Denkmaschine gewähren? Nein danke, Brüder.

Ich näherte mich der Rückseite des Hauses, schob mich von der Seite an ein Fenster heran, wischte es mit dem Ellbogen sauber. Drei Tage lang beobachtete ich das Haus nun schon und hielt es für sehr unwahrscheinlich, daß sich jemand im Innern aufhielt. Trotzdem ...

Ich lugte hinein.

Drinnen herrschte natürlich ein fürchterliches Durcheinander, und ein großer Teil der Einrichtung fehlte. Einige Stücke waren allerdings noch vorhanden.

Ich bewegte mich nach links und drehte den Türknopf. Verschlossen. Leise lachte ich vor mich hin.

Ich ging auf die Terrasse. Neunter Stein von links, vierter Stein von unten. Der Schlüssel lag noch dort. Ich wischte ihn an meiner Jacke sauber und kehrte zurück. Dann betrat ich das Haus.

Überall lag Staub, der allerdings da und dort Spuren aufwies. Kaffeedosen, Sandwichhüllen und die Überbleibsel eines versteinerten Hamburgers im Kamin. In meiner Abwesenheit hatte sich die Natur durch den Schornstein Einlaß verschafft. Ich ging hinüber und schloß die Klappe.

Ich stellte fest, daß das Schloß der Vordertür aufgebrochen worden war. Ich drückte dagegen. Die ganze Füllung schien zugenagelt zu sein. An die Flurwand hatte jemand einen obszönen Spruch gemalt. Ich ging in die Küche, die völlig versaut war. Was von den Dieben nicht mitgenommen worden war, lag auf dem Boden herum. Herd und Eisschrank waren fort, der Fußbodenbelag zeigte noch die Kratzspuren, die die Einbrecher dabei hinterlassen hatten.

Ich kehrte in den Flur zurück und sah mich in meinem Arbeitszimmer um. Auch dort hatten die Langfinger tüchtig zugegriffen; es war praktisch nichts mehr übrig.

Ich ging weiter und war überrascht, mein Bett vorzufinden, noch immer ungemacht, und zwei teure Stühle, die niemand angerührt hatte.

Und eine noch angenehmere Überraschung wartete auf mich. Der große Tisch war mit Unrat und Staub bedeckt – aber das war auch schon früher so gewesen. Ich zündete mir eine Zigarette an und setzte mich dahinter. Wahrscheinlich war der Tisch zu schwer zum Mitnehmen. Meine Bücher standen auf den Regalen. Nur Freunde stehlen Bücher. Und dort ...

Ich traute meinen Augen nicht! Ich stand auf und ging quer durch das Zimmer und starrte aus der Nähe darauf.

Yoshitoshi Moris herrlicher Holzschnitt hing dort, wo er immer gehangen hatte, sauber, eindrucksvoll, elegant, gewalttätig. Der Gedanke, daß sich niemand mit einem meiner Lieblingsstücke davongemacht hatte ...

Sauber?

Ich starrte auf das Bild. Ich fuhr mit dem Finger über den Rahmen.

Zu sauber. Hier fehlten der Staub und der Schmutz, die alles andere bedeckten.

Achtes Kapitel

Ich suchte nach Alarmdrähten, ohne welche zu finden, nahm das Bild vom Haken, senkte es.

Nein, die Wand dahinter war nicht heller als der Rest – die Tapete war grau wie überall.

Ich stellte Moris Werk auf die Fensterbank und kehrte an meinen Tisch zurück. Unruhe hatte mich befallen – und das war zweifellos beabsichtigt. Jemand hatte das Bild offenbar an sich genommen und gut aufbewahrt, was ich nicht ohne Dankbarkeit vermerkte, und hatte es erst kürzlich wieder hierhergehängt. Es war, als hätte jemand meine Rückkehr erwartet.

Was eigentlich ein Grund zur sofortigen Flucht war, nehme ich an. Aber das war dumm. Wenn dies zu einer Falle gehörte, war sie längst zugeschnappt. Ich zerrte die Automatic aus meiner Jackentasche und steckte sie griffbereit in den Gürtel. Ich hatte ja selbst nicht gewußt, daß ich hierher kommen würde. Ich hatte mich kurzfristig dazu entschlossen, weil ich etwas Zeit hatte. Ich war mir nicht einmal sicher, warum ich das Haus eigentlich wiedersehen wollte.

Es handelte sich also um eine Art Vorsichtsmaßnahme. Wenn ich an den alten Herd zurückkehrte, dann vielleicht, um den einzigen Gegenstand an mich zu bringen, dessen Besitz sich lohnte. Also galt es, diesen Gegenstand zu erhalten und so aufzuhängen, daß ich ihn bemerken *mußte*. Schön, ich hatte das Bild bemerkt. Man hatte mich noch nicht angegriffen, also schien es sich nicht um eine Falle zu handeln. Was sonst?

Eine Nachricht. Eine Art Botschaft.

Was? Wie? Und von wem?

Der sicherste Ort im Haus war, wenn man ihn nicht aufgebrochen hatte, der Safe. Allerdings war er vor den Fähigkeiten meiner Geschwister nicht sicher. Ich näherte mich der rückwärtigen Wand, drückte auf die Verkleidung und ließ das Paneel aufschwingen. Ich drehte das Zahlenschloß, stellte die Kombination ein, öffnete behutsam und aus sicherer Deckung die Tür mit meinem alten Offiziersstab.

Keine Explosion. Gut. Ich hatte eigentlich auch keine erwartet.

Im Safe hatten sich keine sonderlich wertvollen Dinge befunden – ein paar hundert Dollar in bar, etliche Wertpapiere, Quittungen, Korrespondenz.

Ein Umschlag. Ein frischer weißer Umschlag lag ganz obenauf. Ich konnte mich nicht daran erinnern ...

Er enthielt einen Brief und eine Karte.

Bruder Corwin, begann der Brief, *wenn Du dies liest, ist unser Denken noch insoweit ähnlich, als ich in mancher Beziehung Deine Schritte vorausahnen kann. Ich danke Dir für die Leihgabe des Holzschnitts – nach meiner Auffassung einer von zwei möglichen Gründen für Deine Rückkehr in diesen trostlosen Schatten. Ich trenne mich ungern davon, da auch unser Geschmack in mancher Beziehung ähnlich* ist und das Bild nun schon seit einigen Jahren meine Räume schmückt. Die Darstellung rührt etwas ganz Besonderes in mir an. Die Rückgabe des Bildes möge als Zeichen meines guten Willens verstanden werden und als Bitte um Deine Aufmerksamkeit. Da ich ehrlich sein muß, wenn ich die Chance haben will, Dich von irgend etwas zu überzeugen, werde ich mich für nichts entschuldigen. Ich bedaure nur, daß ich Dich nicht umgebracht habe, als ich die Möglichkeit dazu hatte. Es war die Eitelkeit, die mich schließlich als Narren dastehen läßt. Zwar mag die Zeit Deine Augen geheilt haben, doch ich bezweifle, daß sie es jemals vermag, unsere Gefühle füreinander wesentlich zu beeinflussen. Dein Brief »Ich komme zurück« liegt in diesem Augenblick auf meinem Schreibtisch. Hätte ich ihn geschrieben, dann wüßte ich, daß ich zurückkehren würde. Da wir in mancher Beziehung gleich sind, erwarte ich also Dein Auftauchen – und nicht ohne einen Anflug von Sorge. Da ich weiß, daß Du kein Dummkopf bist, rechne ich damit, daß Du möglicherweise mit einer Armee eintriffst. Und das ist der Punkt, da die Eitelkeit der Vergangenheit den Stolz der Gegenwart zunichte macht. Ich würde mir Frieden zwischen uns wünschen, Corwin, im Interesse des ganzen Landes – nicht in meinem Interesse. Aus den Schatten sind starke Kräfte hervorgebrochen, die Amber vernichten wollen, und ich begreife nicht, was dahintersteckt. Zur Abwehr dieser Attacken, die schlimmste Gefahr, die meiner Erinnerung nach Amber jemals bedroht hat, ist die Familie geschlossen hinter mich getreten. Ich möchte auch Dich bitten, mir in diesem Kampf Deine Unterstützung zu gewähren. Wenn Du Dich dazu nicht bereit erklären kannst, bitte ich Dich, auf Deine Invasion zunächst zu verzichten. Entschließt Du Dich zur Mithilfe, erwarte ich nicht, daß Du Dich unterwirfst, sondern Du solltest lediglich meine Führung für die Dauer der Krise anerkennen. Dir würden Deine normalen Ehren zuteil. Es ist wichtig, daß Du Dich mit mir in Verbindung setzt, um Dich zu überzeugen, daß ich die Wahrheit sage. Da ich Dich durch Deinen Trumpf nicht erreichen konnte, lege ich den meinen bei für Deinen Gebrauch. Zwar wird Dich die Möglichkeit beschäftigen, daß ich lüge, doch ich gebe Dir mein Wort, daß das nicht der Fall ist. – Eric, Lord von Amber.

Ich las den Brief ein zweites Mal und lachte leise vor mich hin. Was glaubte er denn, wozu ein Fluch gut war?

Das genügt nicht, liebes Brüderchen. Es war nett von dir, in der Not an mich zu denken – und ich glaube dir, keine Sorge, denn wir sind doch alle Männer von Ehre – doch unser Zusammentreffen wird nach *meinem* Plan ablaufen, nicht nach dem deinen. Und was Amber angeht, so bin ich mir seiner Bedürfnisse durchaus bewußt, und ich werde mich zu einem von mir gewählten Zeitpunkt und auf meine Weise darum kümmern. Eric, du begehst den Fehler, dich für unersetzbar zu halten. Die Friedhöfe sind voll mit Männern, die in der irrigen Auffassung lebten, es gäbe keinen Ersatz für sie. Doch ich will warten und dir diese Wahrheit ins Gesicht sagen.

Ich schob seinen Brief und den Trumpf in meine Jackentasche. Dann drückte ich in dem schmutzigen Aschenbecher auf dem Tisch meine

Zigarette aus. Schließlich holte ich ein Laken aus dem Schlafzimmer, um meine »Kämpfenden« einzuwickeln. Sie sollten diesmal an einem besser gesicherten Ort auf mich warten.

Als ich noch ein letztes Mal durch das Haus ging, fragte ich mich, warum ich wirklich hierher zurückgekehrt war. Ich dachte an einige Menschen, die ich gekannt hatte, als ich hier lebte, und überlegte, ob sie jemals an mich dachten, ob sie sich wohl fragten, was aus mir geworden war. Eine Frage, die natürlich niemals eine Antwort finden würde.

Die Nacht war hereingebrochen, der Himmel war klar, und die ersten Sterne schimmerten hell, als ich ins Freie trat und die Tür hinter mir verschloß. Ich ging um die Ecke und legte den Schlüssel ins Versteck zurück. Dann erstieg ich den Hügel.

Als ich einen letzten Blick in die Tiefe warf, schien das Haus in der Dunkelheit eingeschrumpft zu sein, schien zu einem Stück der ganzen Trostlosigkeit ringsum geworden zu sein, wie eine leere Bierdose am Straßenrand. Ich ging über den Kamm und stieg wieder hinab, ging auf die Stelle zu, wo ich meinen Wagen abgestellt hatte, und wünschte mir, ich hätte nicht zurückgeschaut.

9

Ganelon und ich verließen die Schweiz in zwei Lastwagen. Wir hatten sie von Belgien aus dorthin gefahren – wobei ich die Gewehre transportierte. Die dreihundert Stück wogen etwa anderthalb Tonnen. Nachdem wir auch die Munition übernommen hatten, blieb genug Platz für Treibstoff und andere Vorräte. Natürlich hatten wir eine Abkürzung durch die Schatten gewählt, um jenen Leuten zu entgehen, die an den Grenzen den Verkehr verzögern. Auf die gleiche Weise reisten wir wieder ab, wobei ich die Führung übernahm, um gewissermaßen den Weg zu bereiten.

Ich steuerte uns durch ein Land düsterer Berge und langgestreckter Dörfer, in denen wir nur an Pferdewagen vorbeikamen. Als der Himmel in einem hellen Zitronengelb schimmerte, boten sich die Lasttiere den Blicken gestreift und manchmal sogar gefiedert dar. Stundenlang fuhren wir dahin und stießen schließlich auf die schwarze Straße, bewegten uns eine Zeitlang parallel zu ihr und schlugen dann wieder eine andere Richtung ein. Der Himmel machte ein Dutzend Veränderungen durch, und die Konturen der Landschaft verschmolzen und flossen von Hügeln in Ebenen und wölbten sich wieder auf. Wir krochen auf schlechten Straßen dahin und rutschten über ebene Stellen, die so hart und glatt waren wie Glas. Wir mühten uns einen Berghang hinauf und wichen einem weindunklen Meer aus. Wir kamen durch Unwetter und ausgedehnte Nebelgebiete.

Es kostete mich einen halben Tag, um sie wiederzufinden – zumindest einen Schatten, der ihrer Welt so nahe war, daß es keinen Unterschied machte. Ja, die Welt jener Wesen, die ich schon einmal ausgenutzt hatte. Es waren stämmige gedrungene Gestalten, sehr haarig, sehr dunkel, mit langen Schneidezähnen und einziehbaren Krallen. Doch sie hatten Finger, mit denen sich ein Abzug betätigen ließ, und sie verehrten mich. Meine Rückkehr freute sie sehr. Dabei kam es wenig darauf an, daß ich vor fünf Jahren die besten Männer dieses Volkes in ein fremdes Land geführt hatte – zum Sterben. Göttern stellt man keine Fragen, sondern verehrt sie, betet sie an und gehorcht ihnen.

Sie waren sehr enttäuscht, daß ich diesmal nur ein paar hundert Mann brauchte. Tausende von Freiwilligen mußte ich wieder nach Hause schicken.

Neuntes Kapitel

Diese Soldaten hatten nicht viel zu fürchten, waren sie doch die einzigen Kämpfer mit Schußwaffen. In ihrer Heimat war die Munition allerdings noch immer unentzündbar, und wir mußten mehrere Tage weit durch die Schatten wandern, ehe wir ein Land erreichten, das Amber so weit ähnelte, daß die Zündung endlich klappte. Das einzige Problem lag darin, daß die Schatten einem Gesetz der Kongruenz folgen, so daß dieser Ort schon ziemlich nahe bei Amber lag. Dieser Umstand machte mich während der Ausbildung meiner Soldaten etwas nervös. Zwar war es unwahrscheinlich, daß einer meiner Brüder zufällig gerade durch diesen Schatten streifte, doch es hatte schon schlimmere Zufälle gegeben.

Wir übten fast drei Wochen lang, ehe ich zu dem Schluß kam, daß wir ausreichend gewappnet waren. An einem schönen, frischen Morgen hoben wir unser Lager auf und bewegten uns in die Schatten. Die Kolonne der Männer marschierte hinter den Lastwagen. Die Motoren der Lkws würden vollends streiken, wenn wir uns Amber näherten – sie begannen bereits, erhebliche Schwierigkeiten zu machen –, doch wir hatten vor, sie zu benutzen, solange sie unsere Ausrüstung befördern konnten.

Diesmal gedachte ich Kolvir vom Norden her zu bezwingen und mich nicht noch einmal an den Hang, der zum Meer hin liegt, zu wagen. Die Männer kannten die Gegend von meinen Beschreibungen, und der Aufmarsch der Gewehrbrigaden war genauestens festgelegt und geübt.

Wir machten Mittagspause, aßen gut und setzten unseren Weg fort, wobei die Schatten langsam an uns vorbeiglitten. Der Himmel nahm ein leuchtend dunkles Blau an – der Himmel Ambers. Der Boden schimmerte schwarz zwischen dem Felsgestein und dem hellgrünen Gras. Das Laub von Bäumen und Büschen hatte einen feuchten Schimmer. Die Luft war süß und rein.

Bei Anbruch der Nacht hielten wir zwischen den mächtigen Bäumen am Rande des Waldes von Arden. Wir schlugen unser Lager auf und teilten ausreichend Wachen ein. Ganelon, der eine Khakiuniform mit Käppi trug, saß bis spät in die Nacht bei mir und ging ein letztes Mal die Pläne durch, die ich gezeichnet hatte. Bis zum Berg waren es noch etwa vierzig Meilen.

Die Lkws gaben am folgenden Nachmittag den Geist auf. Sie machten mehrere schnelle Veränderungen durch, blieben wiederholt stehen und ließen sich schließlich nicht mehr starten. Wir schoben sie in ein enges Tal und tarnten sie mit Ästen. Dann verteilten wir Waffen und Munition und den Rest der Rationen auf die Männer und marschierten weiter.

Dabei verließen wir den festgetretenen Lehmweg und arbeiteten uns durch den Wald voran. Natürlich kamen wir nicht mehr so schnell von der Stelle, und die Chance, daß uns eine von Julians Patrouillen überraschte, wurde größer. Die Bäume ragten riesig empor, da wir inzwischen schon ziemlich weit nach Arden vorgedrungen waren, und nach und nach kam mir die Gegend immer bekannter vor.

Wir sahen an diesem Tag jedoch nichts Gefährlicheres als Füchse, Rotwild, Kaninchen und Eichhörnchen. Der Geruch des Waldes, seine grünen, goldenen und braunen Farbtöne weckten die Erinnerung an angenehmere Zeiten. Kurz vor Sonnenuntergang erstieg ich einen riesigen Baum und vermochte die Bergkette auszumachen, über der sich Kolvir erhob. Über den Bergen entlud sich gerade ein Unwetter, dessen Wolken die höchsten Gipfel einhüllten.

Zur Mittagsstunde des nächsten Tages stießen wir auf eine Patrouille Julians. Ich weiß nicht mehr, wer wen überraschte oder wer mehr überrascht war. Es wurde sofort geschossen. Ich schrie mich fast heiser bei dem Versuch, die Knallerei zu unterbinden, da jedermann begierig zu sein schien, seine Waffe an einem lebendigen Ziel zu erproben. Es war nur eine kleine Truppe von achtzehn Mann, und wir töteten alle. Auf unserer Seite gab es nur einen Ausfall; ein Mann verwundete einen anderen. Anschließend marschierten wir mit erhöhtem Tempo weiter: Hatten wir doch ziemlich viel Lärm verursacht, und ich wußte nicht, ob vielleicht noch weitere Einheiten in der Nähe waren.

Bis zum Beginn der Dunkelheit legten wir eine große Strecke zurück und bewältigten einen ansehnlichen Höhenunterschied, und bei klarer Sicht konnten wir die Berge erkennen. Noch immer wallten die Gewitterwolken um die Gipfel. Meine Männer waren aufgeregt von der Schießerei und brauchten einige Zeit zum Einschlafen.

Am nächsten Tag erreichten wir die Vorberge, wobei wir zwei Patrouillen rechtzeitig entdeckten und ihnen aus dem Weg gingen. Ich ließ bis tief in die Nacht weitermarschieren, um eine besonders geschützte Stelle zu erreichen, die ich von früher kannte. Als wir uns endlich schlafen legten, waren wir etwa eine halbe Meile höher als in der Nacht zuvor.

Obwohl wir uns dicht unter einer Wolkendecke befanden, gab es keinen Regen; allerdings machte sich jene atmosphärische Spannung bemerkbar, wie sie oft einem Unwetter vorausgeht. In dieser Nacht schlief ich sehr unruhig. Ich träumte von dem brennenden Katzenkopf und von Lorraine.

Am Morgen setzten wir den Marsch unter einem grauen Himmel fort. Unbarmherzig trieb ich die Männer zur Eile an; dabei führte der Weg steil bergauf. Fernes Donnergrollen drang an unsere Ohren, und die Luft bebte und war elektrisch geladen.

Einige Stunden später führte ich unsere Kolonne einen gewundenen Felsweg hinauf. Da hörte ich plötzlich einen Schrei hinter mir, gefolgt von mehreren Gewehrsalven. Sofort hastete ich zurück.

Neuntes Kapitel

Eine kleine Gruppe von Männern, zu der auch Ganelon gehörte, starrte auf etwas am Boden, unterhielt sich mit leisen Stimmen. Ich drängte mich zwischen sie.

Ich wollte meinen Augen nicht trauen. Soweit ich mich zurückerinnern konnte, war ein Wesen dieser Art in der Nähe Ambers noch nicht gesehen worden. Etwa zwölf Fuß lang, mit der scheußlichen Parodie eines Menschengesichts auf den Schultern eines Löwen, mit adlergleichen Flügeln, die die blutigen Flanken bedeckten, ein noch immer zuckender Schwanz, der mich an einen Skorpion denken ließ. Ein einziges Mal hatte ich bisher einen Manticora gesehen auf einer Insel, die im tiefen Süden lag – ein fürchterliches Ungeheuer, das auf meiner Liste gräßlicher Lebewesen ziemlich weit oben stand.

»Es hat Rall zerrissen, es hat Rall zerrissen«, wiederholte einer der Männer immer wieder.

Etwa zwanzig Schritt entfernt sah ich die Überreste Ralls. Wir bedeckten ihn mit einer Plane, die mit Felsbrocken beschwert wurde. Mehr konnten wir nicht tun. Wenn der Zwischenfall überhaupt einen Nutzen hatte, dann den, daß wir die Welt mit neuer Vorsicht betrachteten, etwas, das uns nach dem gestrigen leichten Sieg verlorengegangen war. Die Männer marschierten stumm und wachsam dahin.

»Ein scheußliches Wesen«, sagte Ganelon. »Besitzt es die Intelligenz eines Menschen?«

»Das weiß ich nicht.«

»Ich habe so ein merkwürdiges Gefühl, ich bin nervös, Corwin. Als würde etwas Schreckliches passieren. Ich weiß nicht, wie ich es sonst ausdrücken soll.«

»Ich weiß.«

»Fühlt Ihr es auch?«

»Ja.«

Er nickte.

»Vielleicht ist es das Wetter«, sagte ich.

Wieder nickte er, diesmal zögernder.

Während wir unseren Aufstieg fortsetzten, wurde der Himmel immer dunkler, und das Donnergrollen hörte überhaupt nicht mehr auf. Im Westen zuckten Hitzeblitze auf, und der Wind wurde kräftiger. Wenn ich aufblickte, vermochte ich die gewaltigen Wolkenmassen über den höheren Gipfeln zu erkennen. Schwarze, vogelähnliche Gestalten zeichneten sich ständig davor ab.

Kurz darauf stießen wir auf einen zweiten Manticora, den wir aber zu töten vermochten, bevor er uns angreifen konnte. Etwa eine Stunde später wurden wir von einer Horde riesiger Ungeheuer mit rasiermesserscharfen Schnäbeln angegriffen. Solche Wesen kamen mir zum ersten Mal unter die Augen. Wir konnten sie zwar verscheuchen, doch der Zwischenfall beunruhigte mich noch mehr.

Wir kletterten weiter und fragten uns immer wieder, wann das Unwetter losbrechen würde. Der Wind wurde immer heftiger.

Es dunkelte, obwohl die Sonne noch nicht untergegangen sein konnte. Als wir uns den Wolkenbänken näherten, bekam die Luft etwas Nebliges, Dunstiges. Ein Gefühl der Feuchtigkeit machte sich überall bemerkbar. Die Felsen wurden glitschiger. Ich war geneigt, die Kolonne halten zu lassen, doch Kolvir war noch ziemlich weit, und ich wollte unsere Versorgungslage nicht gefährden.

Wir bewältigten noch etwa vier Meilen und mehrere tausend Fuß Höhenunterschied, ehe wir schließlich doch rasten mußten. Inzwischen war es stockdunkel geworden, und die einzige Beleuchtung stammte von den immer wieder aufflammenden Blitzen. Wir lagerten in einem großen Kreis auf einem harten, kahlen Hang, umgeben von Posten. Der Donner erdröhnte wie Kriegsmusik – eine Lärmkulisse ohne Ende. Die Temperatur sank ins Bodenlose. Es wäre sinnlos gewesen, das Anzünden von Lagerfeuern zu erlauben – wir hatten keinen Brennstoff. Wir machten uns auf eine kalte, feuchte, düstere Nacht gefaßt.

Manticoras griffen mehrere Stunden später an, überraschend, lautlos. Mehrere Männer kamen ums Leben, und wir töteten sechzehn Ungeheuer. Ich habe keine Ahnung, wie viele Angreifer fliehen konnten. Ich verfluchte Eric, während ich meine Wunden verband und mich fragte, aus welchem Schatten er diese Geschöpfe herbeigerufen hatte.

Während der Zeit, die hier als Vormittag galt, legten wir auf unserem Weg zum Kolvir noch etwa fünf Meilen zurück, ehe wir nach Westen abbogen. Wir wählten eine von drei möglichen Routen; ich hatte sie stets für diejenige gehalten, die sich am besten zu einem Angriff eignete. Wieder belästigten uns die Vögel – und zwar mehrmals und in größerer Zahl und viel beharrlicher als tags zuvor. Doch wir brauchten nur ein paar zu erschießen, um die ganze Schar zu verscheuchen.

Schließlich umrundeten wir den Fuß eines riesigen Felsvorsprungs. Eben noch bewegten wir uns in schwindelnder Höhe durch Donnergrollen und Nebel – doch plötzlich hatten wir freie Sicht, weit hinab und in die Ferne, Dutzende von Meilen über das Tal des Garnath, das sich rechts von uns erstreckte.

Ich ließ die Truppen halten und trat vor, um mir einen Überblick zu verschaffen.

Als ich dieses einst so schöne Tal zum letzten Mal gesehen hatte, war es eine verdorrte Wildnis gewesen. Inzwischen war die Lage noch schlimmer geworden. Die schwarze Straße zog sich durch das Tal, verlief bis zum Fuße Kolvirs und endete dort. Mitten im Tal tobte eine

Neuntes Kapitel

Schlacht. Berittene Streitkräfte galoppierten durcheinander, kämpften, trennten sich wieder. Infanteristen rückten reihenweise vor, stießen aufeinander, wichen zurück. Blitze zuckten und trafen zwischen den Kämpfenden auf. Die schwarzen Vögel umschwirrten die Männer wie Ascheflocken im Wind.

Über allem lag die Feuchtigkeit wie eine kalte Decke. Die Echos des Donners rollten zwischen den Gipfeln hin und her. Verwirrt starrte ich auf den Konflikt tief unter uns.

Die Entfernung war zu groß, um die Kämpfenden zu erkennen. Zuerst kam mir der Gedanke, daß dort vielleicht jemand dasselbe versuchte wie ich – daß Bleys seinen damaligen Sturz vielleicht überlebt hatte und nun mit einer neuen Armee vorrückte.

Aber nein. Diese Geschöpfe kamen von Westen heran, auf der schwarzen Straße. Und ich erkannte nun auch, daß die Vögel die Angreifer begleiteten, ebenso herumhüpfende Gestalten, die weder Pferde noch Menschen waren. Vielleicht Manticoras.

Die Blitze stürzten sich auf die heraneilenden Soldaten, zersprengten die Kolonnen, verbrannten und vernichteten sie. Als mir klar wurde, daß sie niemals in der Nähe der Verteidiger einschlugen, fiel mir ein, daß Eric offenbar eine gewisse Kontrolle über jenes Gebilde gewonnen hatte, das Juwel des Geschicks genannt wird. Mit diesem Juwel hatte Vater dem Wetter rings um Amber seinen Willen aufgezwungen. Eric hatte diese Waffe schon vor fünf Jahren mit erheblicher Wirkung gegen uns eingesetzt.

Die Angreifer aus den Schatten, von denen ich gehört hatte, waren also doch stärker, als ich angenommen hatte. Ich hatte mir Scharmützel vorgestellt – doch keine Entscheidungsschlacht am Fuße des Kolvir. Ich starrte auf das Gewirr in der Schwärze. Die Straße schien sich unter der herrschenden Aktivität förmlich zu winden.

Ganelon erschien neben mir. Er sagte lange Zeit nichts.

Ich wollte nicht, daß er mir die Frage stellte, doch ich brachte es nicht über mich, die Worte auszusprechen, ohne dazu aufgefordert zu sein.

»Was jetzt, Corwin?«

»Wir müssen das Tempo steigern«, sagte ich. »Ich möchte heute abend noch in Amber sein.«

Wir setzten den Marsch fort. Eine Zeitlang kamen wir schneller voran, und das war uns eine Erleichterung. Das regenlose Unwetter ging weiter, Blitz und Donner nahmen an Helligkeit und Lautstärke zu.

Durch Dämmerlicht setzten wir unseren Weg fort.

Als wir am Nachmittag einen sicher aussehenden Ort erreichten – eine Stelle knapp fünf Meilen vor den nördlichen Ausläufern Ambers –, ließ ich erneut halten, zur letzten Rast und Mahlzeit. Da wir einander anbrüllen mußten, wenn wir uns verständigen wollten, konnte ich nicht zu den Männern sprechen. Ich ließ die Parole ausgeben, daß wir ziemlich nahe vor der Stadt stünden und uns zum Kampf bereit halten müßten.

Während die anderen rasteten, nahm ich meine Rationen und kundschaftete das Gebiet vor uns aus. Etwa eine Meile entfernt erkletterte ich eine steile Felsformation. Auf den vor uns liegenden Hängen war ebenfalls eine Art Schlacht im Gange.

Ich blieb in Deckung und beobachtete. Eine Streitmacht Ambers war in einen Kampf gegen Angreifer verwickelt, die entweder vor uns den Hang erstiegen haben mußten oder auf einem gänzlich anderen Weg gekommen waren. Ich vermutete das letztere, da uns überhaupt keine frischen Spuren aufgefallen waren. Der Kampf erklärte auch, warum wir bei unserem Aufstieg bisher keinen Patrouillen begegnet waren – ein großes Glück für uns.

Ich schlich näher heran. Zwar hätten die Angreifer einen der beiden anderen Wege benutzen können, doch fand ich jetzt einen weiteren Hinweis darauf, daß dies wohl nicht der Fall war. Die Angreifer trafen nämlich noch immer ein – ein schrecklicher Anblick: Sie kamen aus der Luft!

Sie wehten aus dem Westen herbei wie gewaltige Wogen vom Wind getriebener Blätter. Die Flugbewegungen, die ich aus der Ferne wahrgenommen hatte, stammten von größeren Wesen als den angriffslustigen Vögeln. Hier oben schwebten die Fremden auf geflügelten Zweibeinern heran, die sich am ehesten mit einem heraldischen Flugdrachen vergleichen ließen. Nie zuvor hatte ich solche Tiere gesehen.

In den Reihen der Verteidiger taten zahlreiche Bogenschützen ihr Werk. Sie forderten ihren Tribut in den Reihen der heranstürmenden Flugwesen. Auch hier tobte die Hölle der Elemente; die Blitze zuckten und ließen die Angreifer wie Kohlestücke aufflammen und zu Boden stürzen. Doch immer weiter rückten die Ungeheuer vor und landeten, so daß Soldat und Ungeheuer die Verteidiger getrennt angreifen konnten. Ich suchte und fand den pulsierenden Schimmer, den das Juwel des Geschickes verstrahlt, wenn es eingeschaltet ist. Das Licht glühte mitten in der größten Verteidigergruppe, die sich am Fuße einer hohen Klippe festgesetzt hatte.

Ich starrte hinab, verfolgte die Entwicklung und konzentrierte mich schließlich auf den Träger des Juwels. Nein, ein Zweifel war unmöglich: Es war Eric.

Ich warf mich zu Boden und kroch auf dem Bauch weiter. Ich sah, wie der Anführer der nächsten Verteidigergruppe zu einem gewaltigen Schwerthieb ausholte und den Kopf eines landenden Drachen vom

Neuntes Kapitel

Rumpf trennte. Mit der linken Hand packte er die Rüstung des Reiters und schleuderte ihn gut dreißig Fuß weit fort, über die Kante des Felsplateaus. Als er sich dann umwandte, um einen Befehl zu geben, erkannte ich Gérard. Er schien einen Flankenangriff auf eine Gruppe Angreifer zu leiten, die die Streitkräfte am Fuß der Klippe bedrängte. Auf der gegenüberliegenden Seite vollführte eine andere Einheit ein ähnliches Manöver. Noch ein Bruder?

Ich fragte mich, wie lange die Schlacht schon im Gange war – im Tal und hier oben. Vermutlich schon ziemlich lange, wenn man bedachte, seit wann uns der unnatürliche Sturm begleitete.

Ich schob mich nach rechts und wandte meine Aufmerksamkeit dem Westen zu. Der Kampf im Tal ging mit unverminderter Heftigkeit weiter. Aus der Entfernung ließ sich nicht mehr erkennen, wer zu welcher Seite gehörte, geschweige denn beurteilen, welche Partei im Vorteil war. Allerdings zeichnete sich ab, daß keine neuen Soldaten aus dem Westen eintrafen, um die Truppen der Angreifer zu verstärken.

Ich wußte nicht, was ich machen sollte. Auf keinen Fall konnte ich Eric angreifen, solange er in einen Kampf verwickelt war, der für den Bestand Ambers entscheidend sein konnte. Es war sicher am besten, abzuwarten und später die Überreste aufzusammeln. Doch schon nagten die spitzen Zähne des Zweifels an diesem Plan.

Selbst ohne neue Verstärkung für die Angreifer war der Ausgang der Schlacht keinesfalls klar. Die Invasoren waren kampfstark und zahlreich. Ich hatte keine Ahnung, ob Eric noch über eine Reserve verfügte. In diesem Augenblick war nicht zu beurteilen, ob es sich lohnte, auf Ambers Sieg zu setzen. Wenn Eric verlor, mußte ich mich später gegen die Invasoren durchsetzen, nachdem ein großer Teil von Ambers Streitkräften sinnlos aufgerieben worden war.

Schaltete ich mich jedoch mit meinen automatischen Waffen in die Auseinandersetzung ein, konnten wir die Drachenreiter sofort niederringen, daran bestand für mich kein Zweifel. Überhaupt mußte sich einer oder zwei meiner Brüder unten im Tal befinden. Auf diese Weise ließ sich über die Trümpfe ein Tor für meine Truppen schaffen. Sicher waren die unbekannten Angreifer überrascht, wenn Amber plötzlich mit Gewehrschützen auftrumpfte.

Ich richtete meine Aufmerksamkeit wieder auf den Konflikt in meiner Nähe. Nein, die Sache stand nicht gut. Ich versuchte, mir über die Folgen meines Eingreifens schlüssig zu werden. Eric war bestimmt nicht in der Lage, sich gegen mich zu wenden. Zusätzlich zu dem Mitgefühl, das mir für die von seiner Hand erlittene Pein entgegenschlug, hatte ich ihm dann auch noch die Kastanien aus dem Feuer geholt. Für die Errettung aus einer gefährlichen Situation mochte er mir zwar dankbar sein, doch die allgemeine Stimmung, die sich daraus ergab, würde ihm weniger behagen. O nein. Corwin frei in Amber, begleitet von einer gefährlichen persönlichen Leibwache und den Sympathien der Bevölkerung. Ein interessanter Gedanke. Hier bot sich mir ein viel eleganterer Weg zu meinem Ziel als der bisher vorgesehene brutale Angriff, der mit meiner Thronbesteigung enden sollte.

Ja.

Ich lächelte. Ich gedachte, mich zum Helden aufzuschwingen.

Doch ich muß um Nachsicht bitten. Vor die Wahl gestellt zwischen einem Amber mit Eric auf dem Thron und einem vernichteten Amber, war es natürlich keine Frage, daß meine Entscheidung in jedem Falle dieselbe sein mußte – nämlich Angriff. Der Kampf stand nicht gut genug, um des Ausgangs sicher zu sein. Zwar mochte es zu meinem Vorteil sein, den Sieg zu gewährleisten, doch in letzter Konsequenz waren meine Interessen nicht wichtig. Eric, ich könnte dich nicht so hassen, würde ich Amber nicht so lieben!

Ich zog mich zurück und hastete den Hang hinab. Die Blitze ließen Schatten in alle Richtungen zucken.

Am Rand unseres Lagers blieb ich stehen. Auf der gegenüberliegenden Seite unterhielt sich Ganelon schreiend mit einem einzelnen Reiter. Ich erkannte das Pferd.

Ich eilte weiter, und auf ein Zeichen des Reiters hin setzte sich das Pferd in Bewegung, suchte sich einen Weg zwischen den Soldaten, wandte sich in meine Richtung. Ganelon schüttelte den Kopf und folgte.

Der Reiter war Dara. Kaum war sie in Hörweite, da begann ich auch schon zu brüllen.

»Zum Teufel, was machst du hier?«

Lächelnd stieg sie ab und stand im nächsten Augenblick vor mir.

»Ich wollte doch nach Amber«, sagte sie. »Jetzt bin ich hier.«

»Wie bist du hierhergekommen?«

»Ich bin Großvater gefolgt«, sagte sie. »Ich habe festgestellt, daß es leichter ist, einem anderen durch die Schatten zu folgen, als selbst den Weg zu finden.«

»Benedict ist hier?«

Sie nickte.

»Unten. Er führt die Streitkräfte im Tal. Julian ist bei ihm.«

Ganelon kam herbei und blieb in der Nähe stehen.

»Sie sagt, sie sei uns hier herauf gefolgt!« rief er. »Sie ist schon seit Tagen hinter uns.«

»Stimmt das?« fragte ich.

Wieder nickte sie. Sie lächelte immer noch.

»Das war nicht weiter schwer.«

»Aber warum das alles?«

Neuntes Kapitel

»Um nach Amber zu gelangen! Ich möchte das Muster beschreiten! Dorthin gehst du doch auch, nicht wahr?«

»Natürlich. Aber leider ist auf dem Weg dorthin noch ein Krieg im Gange!«

»Was tust du dagegen?«

»Ich werde ihn natürlich gewinnen!«

»Gut. Ich warte solange!«

Ich fluchte einige Sekunden lang, um Zeit zum Nachdenken zu gewinnen. Dann fragte ich: »Wo warst du, als Benedict zurückkehrte?« Das Lächeln verblaßte.

»Ich weiß es nicht«, entgegnete sie. »Als du abgefahren warst, bin ich ausgeritten und den ganzen Tag fortgeblieben. Ich wollte allein sein und nachdenken. Als ich am Abend zurückkehrte, war er nicht mehr da. Am nächsten Tag bin ich wieder ausgeritten. Ich habe dabei eine ziemlich weite Strecke zurückgelegt, und als es dunkel wurde, beschloß ich, im Freien zu übernachten. Das tue ich oft. Ehe ich am nächsten Nachmittag nach Hause zurückkehrte, hielt ich auf eine Bergspitze zu und sah ihn unten vorbeireiten, in Richtung Osten. Ich beschloß, ihm zu folgen. Der Weg führte durch die Schatten. Ich weiß nicht, wie lange wir unterwegs waren. Die Zeit geriet völlig durcheinander. Er kam hierher, und ich erkannte den Ort von einem der Bilder auf den Karten. In einem Wald im Norden traf er sich mit Julian, und beide stürzten sich in die Schlacht dort unten!« Sie deutete in das Tal hinab. »Ich hielt mich mehrere Stunden lang im Wald auf – wußte ich doch nicht, was ich tun sollte. Ich hatte Angst, mich zu verirren, wenn ich auf unserer Spur zurückritt. Dann sah ich deine Armee den Berg ersteigen. Ich sah dich und Ganelon an der Spitze. Da ich wußte, daß in dieser Richtung Amber lag, bin ich euch gefolgt. Mit der Annäherung habe ich bis jetzt gewartet, weil ich wollte, daß du Amber zu nahe bist, um mich zurückzuschicken.«

»Ich glaube nicht, daß du mir die ganze Wahrheit sagst«, erwiderte ich. »Doch ich habe jetzt keine Zeit, mich damit zu beschäftigen. Wir reiten in Kürze weiter, und es wird zu einem Kampf kommen. Es wäre das sicherste, wenn du hier bliebst. Ich stelle einige Leibwächter für dich ab.«

»Die will ich aber nicht!«

»Mir ist egal, was du willst. Du wirst dich mit den Leibwächtern abfinden müssen. Wenn der Kampf vorüber ist, lasse ich dich holen.«

Ich wandte mich um, wählte zwei Männer aus und befahl ihnen, zurückzubleiben und das Mädchen zu bewachen. Sie waren nicht sonderlich begeistert von dieser Aufgabe.

»Was sind das für Waffen, die deine Soldaten da haben?« fragte Dara.

»Später«, erwiderte ich. »Jetzt habe ich zu tun.«

Ich gab meinen Soldaten die notwendigsten Anweisungen und teilte die Einheiten ein.

»Du scheinst nur wenige Männer zu haben«, sagte sie.

»Sie genügen jedenfalls«, erwiderte ich. »Bis später!«

Ich ließ sie mit den Wächtern zurück.

Wir schlugen den Weg ein, den ich vorhin schon zurückgelegt hatte. Ein Stück weiter hörte das Donnern plötzlich auf, und die Stille war weniger eine Erleichterung als ein Grund zu weiterer Besorgnis. Dämmerlicht umgab uns, und unter der feuchten Decke der Luft begann ich zu schwitzen.

Kurz bevor wir meinen ersten Beobachtungspunkt erreichten, ließ ich halten. In Deckung schlich ich voran, begleitet von Ganelon.

Die Drachenreiter waren praktisch überall, und ihre Flugtiere griffen ebenfalls in den Kampf ein. Sie drängten die Verteidiger am Fuße der Felswand zusammen. Ich versuchte, Eric und den glühenden Edelstein zu finden, konnte aber nichts entdecken.

»Welches sind denn die Feinde?« wollte Ganelon wissen.

»Die Monsterreiter.«

Nachdem die himmlische Artillerie das Feuer eingestellt hatte, begannen die Angreifer nun, gezielt zu landen. Kaum berührten sie festen Boden, griffen sie auch schon zielstrebig an. Ich suchte die Reihen der Verteidiger ab, doch Gérard war nicht mehr zu sehen.

»Holt die Soldaten«, sagte ich und hob mein Gewehr. »Und sagt ihnen, sie sollen sowohl auf die Reiter als auch auf die Tiere schießen!«

Ganelon zog sich zurück, und ich zielte auf einen landenden Drachen und schoß. Mitten im Landeanflug begann das Tier wild mit den Flügeln zu schlagen. Es prallte gegen den Hang, überschlug sich und blieb zuckend am Boden liegen. Ich schoß ein zweites Mal. Im Sterben begann das Ungeheuer zu brennen. Innerhalb kürzester Zeit hatte ich vier Brände entfacht. Ich kroch in meine zweite Stellung vor. Dort angekommen, hob ich die Waffe und schoß von neuem.

Ich erlegte einen weiteren Angreifer, doch schon waren einige Wesen in meine Richtung geschwenkt. Ich verfeuerte den Rest meiner Munition und lud hastig nach. Mehrere Flugtiere rasten auf mich zu. Sie waren ziemlich schnell.

Ich vermochte sie aufzuhalten und lud gerade nach, als die erste Schützeneinheit eintraf. Gleich darauf wehrten wir uns mit verstärkter Feuerkraft und rückten weiter vor.

Nach zehn Minuten war alles vorbei. Sehr schnell erkannten unsere Gegner, daß sie keine Chance hatten, und begannen auf den Rand des Plateaus zuzurennen, wo sie sich in die Luft warfen und davonflogen. Doch erbarmungslos schossen wir sie herunter, und ringsum lagen brennendes Fleisch und glimmende Knochen.

Neuntes Kapitel

Links von uns erhob sich das feuchte Felsgestein zu einer steilen Klippe, die in den Wolken verschwand und daher kein Ende zu haben schien. Noch immer tobte der Wind durch Rauch und Nebel, und der Boden war voller Blut. Als wir schießend vorrückten, erkannten die Streitkräfte Ambers sofort, daß wir Hilfe brachten, und begannen ihrerseits vom Fuß des Felsens her vorzurücken. Ich sah, daß sie von meinem Bruder Caine angeführt wurden. Einen Augenblick lang trafen sich von ferne unsere Blicke, dann stürzte er sich in den Kampf.

Als die Angreifer weiter zurückwichen, fanden sich verstreute Amber-Gruppen zu einer zweiten Streitmacht zusammen. Sie verengten allerdings unser Schußfeld, indem sie begannen, die gegenüberliegende Flanke der Monstermenschen auf ihren Drachenvögeln anzugreifen, doch ich sah keine Möglichkeit, ihnen das verständlich zu machen. Wir rückten weiter vor und bemühten uns, genau zu zielen.

Eine kleine Gruppe von Männern blieb am Fuß der Felswand zurück. Ich hatte den Eindruck, Eric sei vielleicht verwundet worden, da das Unwetter sehr plötzlich aufgehört hatte. Ich löste mich von den anderen und schlug die Richtung ein.

Als ich in die Nähe der Gruppe gelangte, ließ die Schießerei bereits wieder nach. Was nun geschah, bemerkte ich erst, als es zu spät war.

Etwas Großes raste von hinten heran und war in Sekundenschnelle an mir vorbei. Ich stürzte zu Boden und ließ mich abrollen, wobei ich automatisch das Gewehr hob. Doch mein Finger krümmte sich nicht um den Abzug. Es war Dara, die soeben auf dem Pferderücken an mir vorbeigaloppiert war. Als ich ihr nachbrüllte, drehte sie sich im Sattel um und lachte.

»Komm zurück! Verdammt! Du wirst dich noch umbringen!«

»Wir sehen uns in Amber!« rief sie und galoppierte über das graue Gestein auf den Weg, der dahinter begann.

Ich war zornig. Aber ich konnte im Augenblick nichts unternehmen. Wutschnaubend rappelte ich mich wieder auf und setzte meinen Weg fort.

Als ich die Gruppe erreichte, hörte ich mehrmals meinen Namen. Köpfe wandten sich in meine Richtung. Männer traten zur Seite, um mich durchzulassen. Ich erkannte viele Gesichter, doch ich kümmerte mich nicht um die Umstehenden.

Ich glaube, ich entdeckte Gérard in demselben Augenblick wie er mich. Er hatte mitten in der Gruppe gekniet und stand jetzt auf und wartete. Sein Gesicht war ausdruckslos.

Als ich näher kam, sah ich, daß meine Vermutungen richtig gewesen waren. Gérard hatte am Boden gekniet, um einen Verwundeten zu versorgen. Es war Eric.

Ich erreichte die Gruppe, nickte Gérard zu und blickte dann auf Eric hinab. Widerstreitende Gefühle tobten in mir. Das Blut mehrerer Brustwunden schimmerte sehr hell – und er verlor sehr viel. Das Juwel des Geschicks, das noch an einer Kette um seinen Hals hing, war damit besudelt. Wie ein herausgerissenes Herz pulsierte es weiter unter der roten Schicht. Erics Augen waren geschlossen, sein Kopf lag auf einem zusammengerollten Mantel. Er atmete schwer.

Ich kniete nieder, unfähig, den Blick von dem aschgrauen Gesicht zu wenden. Ich versuchte, meinen Haß beiseite zu schieben, da er so offenkundig im Sterben lag, damit ich eine Chance hatte, diesen Mann, der mein Bruder war, in den Minuten, die ihm noch blieben, ein wenig besser zu verstehen. Ich stellte fest, daß ich so etwas wie Mitleid aufbringen konnte, indem ich an all die Dinge dachte, die er zusammen mit dem Leben verlieren würde, und indem ich mich fragte, ob ich wohl jetzt an seiner Stelle läge, wenn ich vor fünf Jahren gesiegt hätte. Ich versuchte, etwas zu finden, das zu seinen Gunsten sprach, fand aber nur die Worte: *Er starb im Kampf um Amber*. Das war immerhin etwas. Der Satz ging mir immer wieder durch den Kopf.

Er kniff die Augen zusammen, öffnete sie zuckend. Sein Gesicht blieb ausdruckslos, als er den Blick auf mich richtete. Ich war nicht sicher, ob er mich überhaupt erkannte.

Doch er sagte meinen Namen und fuhr fort: »Ich wußte, daß du es sein würdest.« Er schwieg einige Atemzüge lang und fuhr fort: »Sie haben dir Arbeit abgenommen, nicht wahr?«

Ich antwortete nicht. Er wußte, was ich gesagt hätte.

»Eines Tages bist auch du an der Reihe«, fuhr er fort. »Dann sind wir wieder gleich.« Er lachte leise und erkannte zu spät, daß er das lieber nicht hätte tun sollen. Ein gurgelnder Hustenreiz packte ihn. Als es vorbei war, starrte er mich düster an.

»Ich habe deinen Fluch gespürt«, sagte er. »Überall. Die ganze Zeit. Du brauchtest nicht einmal zu sterben, um ihn wirksam werden zu lassen.«

Als könnte er meine Gedanken lesen, lächelte er gespenstisch. »Nein«, sagte er. »Ich werde dich nicht mit meinem Todesfluch belegen. Den habe ich mir für die Feinde Ambers aufgehoben – dort draußen.« Er machte eine Bewegung mit den Augen. Dann sprach er flüsternd den Fluch, und ich erschauderte, als ich die Worte hörte.

Schließlich kehrte sein Blick zu meinem Gesicht zurück; einen Augenblick lang starrte er mich an. Er zupfte an der Kette, die um seinen Hals lag.

»Das Juwel ...« sagte er. »Nimm es mit in die Mitte des Musters. Halte den Stein empor. Ganz dicht – vor ein Auge. Blicke hinein – und stell dir vor, es wäre eine Schattenwelt. Versuche dich selbst – hinein-

Neuntes Kapitel

zuprojizieren. Du dringst nicht ein. Doch es gibt – ein Erleben ... Dann weißt du, wie du den Stein nutzen kannst ...«

»Wie ...?« sagte ich und stockte. Er hatte mir bereits gesagt, wie man sich auf den Edelstein einstellte. Warum sollte er seinen Atem mit der Erklärung verschwenden, wie er darauf gekommen war? Doch er erkannte, was ich wissen wollte. »Dworkins Notizen ... unter dem Kamin ... mein ...«

Dann überkam ihn ein neuer Hustenreiz, und Blut quoll ihm aus Nase und Mund. Er holte tief Atem und stemmte sich mit rollenden Augen in eine sitzende Position hoch.

»Führe dich so gut, wie ich es getan habe – Bastard!« sagte er, sank in meine Arme und machte seinen letzten blutigen Atemzug.

Ich verharrte mehrere Sekunden lang und brachte ihn dann in die frühere Stellung. Seine Augen waren noch offen, und ich hob die Hand und schloß sie. Fast automatisch legte ich seine Hände auf dem erloschenen Edelstein zusammen. Ich brachte es nicht über mich, ihm das Schmuckstück jetzt schon abzunehmen. Dann stand ich auf, zog meinen Mantel aus und bedeckte ihn damit.

Als ich mich umdrehte, sah ich, daß alle mich anstarrten. Viele altvertraute Gesichter, einige unbekannte dazwischen. Doch viele, die in jener Nacht dabeigewesen waren, als ich in Ketten zum Bankett geführt wurde ...

Nein. Jetzt war nicht der Augenblick, daran zu denken. Ich schlug mir den Gedanken aus dem Kopf. Das Schießen hatte aufgehört. Ganelon zog die Truppen zurück und brachte sie in Formation.

Ich trat vor und ging zwischen den Amberianern hindurch. Ich schritt zwischen Toten dahin, ging an meinen Soldaten vorbei und trat an den Rand der Klippe.

Im Tal unter uns ging der Kampf weiter. Die Kavallerie strömte hierhin und dorthin wie ein aufgewühltes Gewässer, vorschäumend, stockend, Strudel bildend, zurückweichend, umschwärmt von der insektengleichen Infanterie.

Ich nahm die Karten zur Hand, die ich Benedict abgenommen hatte. Ich zog sein Abbild aus dem Spiel. Es schimmerte vor mir, und nach einer Weile kam es zum Kontakt.

Er saß auf dem mir bekannten rotschwarzgescheckten Tier, mit dem er mich verfolgt hatte. Er war in Bewegung, ringsum wurde gekämpft. Da ich sah, daß er einem anderen Reiter gegenüberstand, blieb ich still. Er sagte nur ein einziges Wort.

»Warte!«

Er erledigte seinen Gegner mit zwei schnellen Klingenbewegungen. Dann ließ er das Pferd herumwirbeln und begann, sich aus dem Kampf zu lösen. Ich sah, daß die Zügel des Tieres verlängert und um den

Stumpf seines rechten Arms gebunden waren. Es kostete ihn gut zehn Minuten, sich an eine einigermaßen sichere Stelle zurückzuziehen. Als er soweit war, sah er mich an, und ich erkannte, daß er sich zugleich die Szene hinter mir ansah.

»Ja, ich bin auf dem Plateau«, sagte ich. »Wir haben gesiegt. Eric ist in der Schlacht gefallen.«

Sein Blick blieb starr auf mich gerichtet; er wartete darauf, daß ich weitersprach. Sein Gesicht war reglos.

»Wir haben gesiegt, weil ich Gewehrschützen in den Kampf führen konnte«, sagte ich. »Ich habe schließlich doch einen Explosivstoff gefunden, der hier funktioniert.«

Er kniff die Augen zusammen und nickte. Ich hatte das Gefühl, daß er sofort wußte, worum es sich bei dem Zeug handelte und woher es stammte.

»Es gibt zwar viele Dinge, die ich mit dir besprechen möchte«, fuhr ich fort, »aber zunächst will ich mich deiner Gegner annehmen. Wenn du den Kontakt hältst, schicke ich dir mehrere hundert Schützen hinunter.«

Er lächelte.

»Beeil dich«, sagte er.

Ich rief nach Ganelon, der mir ganz aus der Nähe antwortete. Ich trug ihm auf, die Männer zusammenzuholen und hintereinander Aufstellung nehmen zu lassen. Er nickte, entfernte sich und begann, Befehle zu brüllen.

Während wir auf seine Rückkehr warteten, sagte ich: »Benedict, Dara ist hier. Sie vermochte dir durch die Schatten zu folgen, als du von Avalon hierherrittest. Ich möchte ...«

Er bleckte die Zähne und brüllte: »Zum Teufel, wer ist diese Dara, von der du andauernd redest? Ich kannte sie überhaupt nicht, ehe du zu mir kamst! Bitte, sag's mir! Ich möchte es wirklich gern wissen!«

Ich begann zu lächeln.

»Sinnlos«, sagte ich und schüttelte den Kopf. »Ich weiß über sie Bescheid – doch ich habe niemandem verraten, daß du eine Enkelin hast.«

Unwillkürlich öffneten sich seine Lippen, und seine Augen waren plötzlich weit aufgerissen.

»Corwin«, sagte er. »Entweder bist du verrückt, oder du hast dich hübsch hinters Licht führen lassen. Soviel ich weiß, besitze ich eine derartige Verwandte nicht. Und was die Möglichkeit betrifft, mir durch die Schatten zu folgen – ich bin durch Julians Trumpf hierhergelangt.«

Natürlich! Meine einzige Entschuldigung, warum ich sie nicht sofort entlarvt hatte, war meine Konzentration auf die Auseinandersetzung. Benedict hatte natürlich durch den Trumpf von der Schlacht erfahren.

Neuntes Kapitel

Warum sollte er auf einer weiten Reise kostbare Zeit verschwenden, wenn eine schnelle Transportmöglichkeit zur Verfügung stand?

»Verdammt!« sagte ich. »Sie muß inzwischen in Amber sein! Hör zu, Benedict! Ich hole Gérard oder Caine – die sollen den Transport der Truppen zu dir durchführen. Ganelon wird die Männer begleiten. Gib deine Befehle durch ihn.«

Ich sah mich um und entdeckte Gérard, der sich mit mehreren Edelleuten unterhielt. Ich rief ihn mit lauter Stimme zu mir. Hastig wandte er den Kopf und rannte in meine Richtung.

»Corwin! Was ist?« Benedict hatte ebenfalls die Stimme erhoben.

»Ich weiß nicht! Jedenfalls stimmt etwas nicht!«

Ich schob Gérard den Trumpf in die Hand.

»Sieh zu, daß die Soldaten zu Benedict durchkommen!« sagte ich. »Ist Random im Palast?«

»Ja.«

»Frei oder eingesperrt?«

»Frei – mehr oder weniger. Er ist sicher in Begleitung einiger Wächter. Eric traut – traute ihm noch immer nicht.«

Ich machte kehrt. »Ganelon!« rief ich. »Tut, was Gérard Euch sagt. Er wird Euch dort hinabschicken – zu Benedict.« Ich machte eine Handbewegung. »Sorgt dafür, daß meine Männer Benedicts Befehle ausführen. Ich muß sofort nach Amber.«

»Gut!« gab er zurück.

Gérard lief auf ihn zu, und ich blätterte erneut die Spielkarten durch. Ich fand Randoms Bild und konzentrierte mich. In diesem Augenblick begann es endlich zu regnen.

Augenblicklich hatte ich Kontakt.

»Hallo, Random«, sagte ich, als sein Bild sich belebte. »Erinnerst du dich an mich?«

»Wo bist du?« fragte er.

»In den Bergen«, entgegnete ich. »Diese Schlacht haben wir gerade gewonnen, und ich schicke Benedict die Hilfe, die er braucht, um im Tal aufzuräumen. Doch zunächst brauche ich deine Hilfe. Hol mich zu dir!«

»Ich weiß nicht recht, Corwin. Eric ...«

»Eric ist tot.«

»Wer führt dann das Kommando?«

»Na, was glaubst du wohl? Hol mich zu dir!«

Er nickte hastig und streckte die Hand aus. Ich hob den Arm, ergriff sie und tat einen Schritt. Im nächsten Augenblick stand ich neben ihm auf einem Balkon, der auf einen der Innenhöfe hinabblickte. Die Balustrade bestand aus weißem Marmor, und der Hof unten war ziemlich kahl. Wir befanden uns im zweiten Stockwerk.

Ich schwankte, und er ergriff meinen Arm.

»Du bist ja verletzt!« sagte er.

Ich schüttelte den Kopf und bemerkte, wie müde ich war. In den letzten Nächten hatte ich nicht besonders gut geschlafen. Das und noch viel mehr ...

»Nein«, sagte ich und starrte auf die blutige Hemdbrust. »Ich bin nur müde. Das Blut stammt von Eric.«

Er fuhr sich mit der Hand durch das strohfarbene Haar und schürzte die Lippen.

»Du hast ihn also doch erledigt ...«, sagte er leise.

Wieder schüttelte ich den Kopf.

»Nein – als ich ihn erreichte, lag er bereits im Sterben. Komm mit! Beeil dich! Es ist wichtig!«

»Wohin? Was ist denn los?«

»Zum Muster«, sagte ich. »Warum? Den Grund kenne ich nicht genau. Ich weiß nur, daß es wichtig ist. Komm schon!«

Wir betraten den Palast und näherten uns der Treppe. Zwei Wächter standen an der obersten Stufe, doch sie salutierten bei unserer Annäherung und versuchten nicht, uns aufzuhalten.

»Ich bin froh, daß die Gerüchte über deine Augen stimmen«, sagte Random unterwegs. »Kannst du wirklich wieder gut sehen?«

»Ja. Wie ich gehört habe, bist du noch immer verheiratet.«

»Ja.«

Als wir das Erdgeschoß erreichten, hasteten wir nach rechts. Unten an der Treppe warteten zwei weitere Wächter, doch sie kümmerten sich nicht um uns.

»Ja«, wiederholte er, während wir zur Mitte des Palasts strebten. »Das überrascht dich, nicht wahr?«

»Allerdings. Ich dachte, du wolltest das Jahr hinter dich bringen und die Sache dann beenden.«

»Das dachte ich zuerst auch«, sagte er. »Doch ich habe mich in sie verliebt. Wirklich und wahrhaftig.«

»Es hat schon seltsamere Dinge gegeben.«

Wir durchquerten den marmornen Speisesaal und betraten den langen schmalen Korridor, der scheinbar endlos durch Schatten und Staub führte. Ich unterdrückte einen Schauder, als ich daran dachte, in welchem Zustand ich gewesen war, als ich diesen Weg das letzte Mal benutzt hatte.

»Sie mag mich wirklich«, sagte er. »Wie nie jemand zuvor.«

»Das freut mich für dich.«

Wir erreichten die Tür, die zu der Plattform am oberen Ende der langen Wendeltreppe führte. Sie stand offen. Wir schritten hindurch und begannen mit dem Abstieg.

Neuntes Kapitel

»Mich nicht«, sagte er. »Ich wollte mich nicht verlieben. Damals nicht. Wie du weißt, waren wir die ganze Zeit in Gefangenschaft. Darauf kann sie doch niemals stolz sein!«

»Damit ist es nun vorbei«, sagte ich. »Du bist gefangengesetzt worden, weil du meinem Beispiel gefolgt bist und Eric töten wolltest, nicht wahr?«

»Ja. Aber dann kam sie hierher zu mir.«

»Das werde ich nicht vergessen«, sagte ich.

Wir eilten weiter. Es war ein weiter Weg in die Tiefe, und nur etwa alle vierzig Fuß brannte eine Laterne. Es war eine riesige, natürlich gewachsene Höhle. Ich fragte mich, ob überhaupt ein Mensch wußte, wie viele Tunnel und Korridore sie enthielt. Plötzlich überkam mich Mitleid mit den armen Geschöpfen, die in den Verliesen dort unten verkamen – aus welchen Gründen auch immer. Ich beschloß, sie freizulassen oder eine bessere Verwendung für sie zu finden.

Minuten vergingen. Ich sah das Flackern der Fackeln und Laternen unter mir.

»Es geht um ein Mädchen«, sagte ich. »Sie heißt Dara. Sie hat mir erzählt, sie sei Benedicts Urenkelin – und zwar äußerst glaubhaft. Sie besitzt eine gewisse Macht über die Schatten und war sehr darauf aus, das Muster abzuschreiten. Als ich sie zuletzt sah, galoppierte sie zur Stadt. Benedict hat mir inzwischen geschworen, sie sei nicht seine Enkelin. Und plötzlich habe ich Angst. Ich möchte sie vom Muster fernhalten. Ich möchte sie ausfragen.«

»Seltsam«, sagte er. »Sehr seltsam, da muß ich dir recht geben. Glaubst du, daß sie schon unten ist?«

»Wenn nicht, dann kommt sie bestimmt bald. Das sagt mir mein Gefühl.«

Endlich erreichten wir den Boden, und ich hastete durch die Dunkelheit auf den richtigen Tunnel zu.

»Warte!« brüllte Random mir nach.

Ich blieb stehen und wandte mich um. Es dauerte einen Augenblick, bis ich ihn entdeckte, da er sich hinter der Treppe befand. Ich kehrte um.

Meine Frage blieb unausgesprochen. Ich sah, daß er neben einem großen bärtigen Mann kniete.

»Tot«, sagte er. »Eine sehr schmale Klinge. Ein geschickter Stich. Gar nicht lange her.«

»Weiter!«

Wir rannten zu dem Tunnel und bogen ein. Die siebente Abzweigung war die gesuchte. Im Laufen zog ich Grayswandir, denn die große metallbeschlagene Tür stand weit offen.

Ich stürmte hindurch, dicht gefolgt von Random. Der Boden des gewaltigen Raums ist schwarz und wirkt eben wie Glas, wenn er auch nicht so glatt ist. Das Muster brennt auf diesem Boden, in diesem Boden, ein komplizierter, schimmernder Irrgarten aus gekrümmten Linien, etwa hundertundfünfzig Meter lang. Mit weit aufgerissenen Augen blieben wir am Rand stehen.

Etwas war dort draußen, etwas beschritt das Muster. Ich spürte den kribbelnden Kältehauch, der mich immer überfällt, wenn ich das Gebilde betrachte. War es Dara? Ich vermochte die Gestalt nicht zu erkennen inmitten der Funkenfontänen, die immer wieder ringsum emporsprangen. Wer immer es war – es mußte jemand von königlichem Blute sein, denn es war allgemein bekannt, daß jeder andere vom Muster vernichtet wurde, und dieser Mensch hatte bereits die Große Kurve überwunden und beschäftigte sich gerade mit der komplizierten Serie von Bögen, die zum Letzten Schleier führte.

Die Flammengestalt schien mit der Bewegung auch die Form zu verändern. Eine Zeitlang widersetzten sich meine Sinne den winzigen unterbewußten Eindrücken, die zu mir durchdrangen. Ich hörte Random neben mir keuchen, und dieser Laut schien den Damm meines Unterbewußtseins zu brechen. Eine Horde von Impressionen überflutete meinen Geist.

In dem durchscheinend wirkenden Raum schien es zu riesiger Größe anzuschwellen. Dann schien es zu schrumpfen, zu ersterben, bis es fast nur noch ein Nichts war. Einen Augenblick lang sah es aus wie eine schlanke Frau – vielleicht Dara, deren Haar von dem Schimmer erhellt war, wehend, flatternd, knisternd von statischer Elektrizität. Doch im nächsten Augenblick waren das keine Haare mehr, sondern mächtige Hörner auf einer breiten gewölbten Stirn. Hörner, deren krummbeiniger Besitzer Hufe über den funkensprühenden Weg zu ziehen versuchte. Dann wieder etwas anderes ... Eine riesige Katze ... Eine gesichtslose Frau ... Ein hellgeflügeltes Gebilde von unbeschreiblicher Schönheit ... Ein Ascheturm ... »Dara!« rief ich. »Bist du das?«

Meine Stimme wurde zurückgeworfen, und das war alles. Wer immer, was immer sich dort draußen befand, es mühte sich mit dem Letzten Schleier. In automatischer Reaktion auf die Anstrengung regten sich meine Muskeln.

Schließlich brach es durch.

Ja, es war Dara! Groß und herrlich anzuschauen. Schön und zugleich schrecklich. Ihr Anblick rüttelte an den Grundfesten meines Verstandes. Freudig hatte sie die Arme gehoben, während ein unmenschliches Lachen über ihre Lippen kam. Ich wollte den Blick abwenden, konnte mich aber nicht bewegen. Hatte ich wahrlich dieses – *Wesen* in den Armen gehalten, liebkost, beschlafen? Ich war von einem schrecklichen Widerwillen erfüllt und zugleich von einer starken Sehnsucht, wie nie

Neuntes Kapitel

zuvor. Ein überwältigender Widerstreit der Gefühle tobte in mir, den ich nicht verstand.

Dann sah sie mich an.

Das Lachen hörte auf. Ihre veränderte Stimme erklang.

»Lord Corwin. Seid Ihr jetzt Herr von Amber?«

Von irgendwoher verschaffte ich mir die Kraft zu einer Antwort.

»Gewissermaßen schon«, sagte ich.

»Gut! Dann erschaut Eure Nemesis!«

»Wer seid Ihr? *Was* seid Ihr?«

»Das werdet Ihr niemals erfahren«, sagte sie. »Dazu ist es nun ein bißchen zu spät.«

»Das verstehe ich nicht. Was meint Ihr?«

»Amber«, sagte sie, »wird vernichtet werden.«

Und sie verschwand.

»Was war denn das, zum Teufel?« fragte Random.

Ich schüttelte den Kopf.

»Ich weiß es nicht. Wirklich, ich weiß es nicht. Dabei habe ich das Gefühl, daß es auf dieser Welt nichts Wichtigeres gibt als die Aufgabe, eine Antwort auf diese Frage zu finden.«

Er ergriff meinen Arm.

»Corwin«, sagte er. »Sie ... es ... hat jedes Wort im Ernst gesprochen. Und es wäre durchaus möglich, weißt du.«

Ich nickte. »Ich weiß.«

»Was machen wir jetzt?«

Ich steckte Grayswandir in die Scheide zurück und wandte mich zur Tür.

»Wir sammeln die Scherben auf«, sagte ich. »Das, was ich seit jeher zu erstreben glaubte, dürfte nun leicht zu erringen sein – ich muß es mir nun sichern. Und ich darf nicht auf die Dinge warten, die auf Amber zukommen. Ich muß die Gefahr suchen und beseitigen, bevor sie Amber erreicht.«

»Weißt du, wo du sie suchen mußt?« wollte er wissen.

Wir bogen in den Tunnel ein.

»Ich glaube, sie lauert am anderen Ende der schwarzen Straße«, sagte ich.

Wir schritten durch die Höhle zur Treppe, an deren Fuß der tote Wächter lag, und bewegten uns in der Dunkelheit über ihm immer wieder im Kreise, stiegen die Spirale empor zum Tageslicht.

Dritter Roman

Im Zeichen des Einhorns

1

Ich ignorierte den fragenden Blick des Pferdeknechts, als ich das unheimliche Bündel zu Boden senkte und das Tier in seine Obhut gab. Mein Umhang vermochte die Beschaffenheit des Gebildes nicht zu verhüllen, als ich es mir über die Schulter warf und auf den Hintereingang des Palasts zustapfte. Die Hölle würde bald ihren Tribut fordern.

Ich ging um das Übungsfeld herum und schlug mich zu dem Pfad durch, der zum Südteil des Palastgartens führte. Weniger Zeugen. Natürlich würde man mich entdecken, was hier aber nicht so unangenehm war wie auf der Vorderseite, wo immer Betrieb herrschte. Verdammt!

Und noch einmal: verdammt! Sorgen hatte ich meiner Ansicht nach wirklich genug. Doch wer viel hat, bekommt noch immer mehr hinzu. Eine geistige Form von Zins und Zinseszins, nehme ich an.

Am anderen Ende des Gartens, bei den Brunnen, lungerten ein paar Nichtstuer herum. Wächter bewegten sich durch die Büsche, die den Weg säumten. Die Männer sahen mich kommen, steckten kurz die Köpfe zusammen und wandten dann beflissen den Blick ab. Klug gehandelt.

Ich war noch keine ganze Woche wieder hier. Die meisten Probleme noch ungelöst. Der Hof von Amber voller Unruhe und Mißtrauen. Und jetzt das: ein Todesfall, der den kurzen, unglücklichen Anlauf Corwins I. – das bin ich – zur Herrschaft noch mehr gefährden konnte.

Ich mußte etwas in Gang bringen, das ich gleich hätte einleiten sollen. Aber schließlich war von Anfang an so unheimlich viel zu tun gewesen. Immerhin hatte ich nicht dagesessen und Däumchen gedreht. Ich hatte mir Prioritäten gesetzt und entsprechend gehandelt. Jetzt aber ...

Ich durchquerte den Garten und trat aus dem Schatten in das schräg einfallende Sonnenlicht hinaus, schritt auf die breite, geschwungene Treppe zu. Als ich den Palast betrat, salutierte ein Wächter. Ich nahm den hinteren Aufgang, stieg in die erste Etage hinauf, dann in die zweite.

Von rechts trat mein Bruder Random aus seinen Räumen.

»Corwin!« sagte er mit prüfendem Blick in mein Gesicht. »Was ist los? Ich habe dich vom Balkon aus gesehen, und ...«

»Hinein«, sagte ich und machte eine Bewegung mit den Augen. »Wir müssen uns unter vier Augen unterhalten, und zwar sofort.«
Er zögerte und starrte auf meine Last.
»Gehen wir zwei Türen weiter, ja?« sagte er. »Ich habe Vialle hier.«
»Gut.«
Er ging voraus und öffnete die Tür. Ich betrat das kleine Wohnzimmer, wählte eine passend erscheinende Stelle und ließ den Körper fallen.
Random starrte auf das Bündel.
»Was erwartest du von mir?« fragte er.
»Pack das gute Stück nur aus«, sagte ich. »Schau's dir an.«
Er kniete nieder, öffnete den Mantel und schlug den Stoff zurück.
»Tot«, bemerkte er. »Wo liegt das Problem?«
»Du hast dir das Ding nicht richtig angeschaut«, sagte ich. »Zieh mal ein Augenlid hoch. Öffne den Mund und sieh dir die Zähne an. Betaste die Spitzen auf den Handrücken. Zähle die Gelenke in den Fingern. Und dann berichte mir von dem Problem.«
Er kam meinen Wünschen nach. Als er die Hände erreichte, hielt er inne und nickte.
»Ja«, sagte er. »Ich erinnere mich.«
»Erinnere dich laut.«
»Vor langer Zeit, in Floras Haus ...«
»Ja, dort habe *ich* so ein Wesen zum ersten Mal gesehen«, sagte ich. »Aber die Kerle waren hinter *dir* her. Bis heute weiß ich nicht, warum.«
»Das ist richtig«, bemerkte er. »Ich hatte nie Gelegenheit, dir davon zu erzählen. So lange sind wir seither nicht zusammen gewesen. Seltsam ... Woher kommt der Bursche?«
Ich zögerte, hin und her gerissen zwischen dem Wunsch, ihm seine Geschichte abzuringen und ihm meine zu erzählen. Schließlich gewann meine Geschichte, weil sie mir noch sehr frisch im Gedächtnis war.
Ich seufzte und ließ mich in einen Sessel fallen.
»Wir haben gerade einen weiteren Bruder verloren«, begann ich. »Caine ist tot. Ich bin leider ein bißchen zu spät gekommen. Dieses Ding – dieses Wesen – hat es getan. Ich wollte es lebend fangen, du weißt, warum. Aber es wehrte sich erstaunlich heftig, und da hatte ich keine andere Wahl.«
Er pfiff leise durch die Zähne und setzte sich mir gegenüber auf einen Stuhl.
»Ich verstehe«, sagte er leise.
Ich musterte ihn eingehend. Lauerte da nicht ein schwaches Lächeln in den Kulissen, bereit, sich dem meinen anzuschließen? Durchaus möglich.

Erstes Kapitel

»Nein«, sagte ich entschieden. »Wenn es anders wäre, hätte ich dafür gesorgt, daß meine Unschuld weit weniger in Zweifel gezogen werden könnte. Ich sage dir, was wirklich geschehen ist.«

»Also schön«, sagte er. »Wo ist Caine jetzt?«

»Er liegt unter einer Erdschicht in der Nähe des Einhornwäldchens.«

»Das allein sieht ziemlich verdächtig aus«, sagte er. »Oder wird so aussehen – für die anderen.«

Ich nickte.

»Ich weiß. Doch ich mußte die Leiche verstecken und sie irgendwie bedecken. Ich konnte ihn nicht einfach herbringen und all die neugierigen Fragen auf mich einprasseln lassen. Nicht, solange da noch wichtige Tatsachen auf mich warten – in deinem Kopf.«

»Gut«, sagte Random. »Ich weiß nicht, wie wichtig sie sind, aber sie stehen dir natürlich zur Verfügung. Doch laß mich nicht in der Luft hängen, ja? Wie ist das alles passiert?«

»Es war unmittelbar nach dem Mittagessen«, sagte ich. »Ich hatte mit Gérard unten am Hafen gesessen. Anschließend holte mich Benedict durch einen Ruf mit seiner Trumpfkarte nach oben. In meinem Zimmer fand ich einen Zettel vor, den man offenbar unter der Tür hindurchgeschoben hatte. Darin wurde ich für später am Nachmittag zu einer privaten Zusammenkunft in das Einhornwäldchen gebeten. Die Unterschrift lautete: ›Caine‹.«

»Hast du den Zettel noch?«

»Ja.« Ich holte das Papier aus der Tasche und reichte es ihm. »Hier.«

Er studierte den Text und schüttelte den Kopf.

»Ich weiß nicht«, sagte er. »*Könnte* seine Handschrift sein – wenn er es sehr eilig hatte. Aber ich glaube nicht, daß sie es ist.«

Ich zuckte die Achseln, nahm den Zettel wieder an mich, faltete ihn zusammen und steckte ihn ein.

»Wie auch immer – ich versuchte, ihn durch seinen Trumpf zu erreichen, um mir den Ritt zu ersparen. Doch er war nicht empfangsbereit. Ich vermutete, er wollte seinen Aufenthaltsort geheimhalten, wenn die ganze Sache so wichtig war. Ich holte mir also ein Pferd und ritt los.«

»Hast du jemandem gesagt, wohin du wolltest?«

»Keiner Menschenseele. Allerdings beschloß ich, das Pferd ein bißchen auszureiten, und hatte ein ganz schönes Tempo drauf. Den Mord selbst habe ich nicht gesehen; aber als ich das Wäldchen erreichte, sah ich ihn schon am Boden liegen. Man hatte ihm die Kehle durchgeschnitten, und in einiger Entfernung bewegte sich etwas in den Büschen. Ich ritt den Kerl nieder, sprang ihm in den Nacken, kämpfte mit ihm und mußte ihn schließlich töten, weil er sich wehrte wie der Teufel. Dabei ist kein Wort gefallen.«

»Bist du sicher, daß du den Richtigen erwischt hast?«

»So sicher, wie man in einer solchen Situation sein kann. Seine Spur führte zu Caine. Er hatte frisches Blut an der Kleidung.«

»Vielleicht sein eigenes.«

»Schau ihn dir genauer an – er hat überhaupt keine Wunden. Ich habe ihm das Genick gebrochen. Natürlich fiel mir ein, wo ich seinesgleichen schon mal gesehen hatte. Deshalb habe ich ihn direkt zu dir gebracht. Doch ehe du mir mehr darüber erzählst, noch eine Kleinigkeit, gewissermaßen die Krönung der Sache.« Ich zog die zweite Nachricht aus der Tasche und übergab sie ihm. »Das Geschöpf hatte das hier bei sich. Ich vermute, es hatte den Zettel Caine abgenommen.«

Random las und gab mir das Blatt mit einem Nicken zurück.

»Von dir an Caine, mit der Bitte um ein Treffen. Ja, ich verstehe. Überflüssig anzumerken ...«

»Ja, überflüssig anzumerken«, fiel ich ihm ins Wort, »daß die Schrift tatsächlich ein bißchen wie die meine aussieht – jedenfalls auf den ersten Blick.«

»Ich frage mich, was geschehen wäre, wenn du als erster im Wäldchen eingetroffen wärst.«

»Wahrscheinlich gar nichts«, sagte ich. »Lebendig und unter Verdacht – so will man mich offenbar haben. Das Problem bestand darin, uns in der richtigen Reihenfolge dorthin zu holen – und ich habe mich doch nicht ausreichend beeilt um zu verpassen, was auf mich warten sollte.«

Er nickte.

»In Anbetracht des knappen Zeitplans«, sagte er, »muß es sich um jemanden handeln, der an Ort und Stelle ist, hier im Palast. Hast du zu diesem Punkt irgendwelche Vorstellungen?«

Ich lachte leise und griff nach meiner Zigarette. Ich zündete sie an und setzte mein Lachen fort.

»Ich bin gerade erst nach Amber zurückgekommen. Du bist die ganze Zeit hier gewesen«, sagte ich. »Wer haßt mich hier zur Zeit am meisten?«

»Corwin, das ist eine unangenehme Frage«, stellte er fest. »Jeder hat irgend etwas gegen dich. Auf den ersten Blick würde ich Julian oben auf die Liste setzen. Doch scheint das hier nicht zu funktionieren.«

»Warum nicht?«

»Er und Caine sind gut miteinander ausgekommen. Das geht schon seit Jahren so. Sie sind füreinander eingestanden, sind oft zusammen gewesen. Eine ziemlich dicke Freundschaft. Julian ist verschlossen und kleinkrämerisch und so unangenehm wie eh und je. Doch wenn er überhaupt jemanden mochte, dann Caine. Ich glaube nicht, daß er ihm so etwas angetan hätte, auch wenn es darum ging, dich zu treffen. Sicher

Erstes Kapitel

wären ihm andere Möglichkeiten eingefallen, wenn es ihm nur darauf angekommen wäre.«

Ich seufzte. »Wer steht als nächster auf der Liste?«

»Keine Ahnung. Ich weiß es wirklich nicht.«

»Also gut. Was meinst du, wie wird man auf die Sache reagieren?«

»Du sitzt in der Klemme, Corwin. Alle werden glauben, du hättest ihn getötet, gleichgültig, was du sagt.«

Ich deutete mit einer Kopfbewegung auf den Toten. Random schüttelte den Kopf.

»Das kann genausogut ein armer Bursche sein, den du als Sündenbock aus den Schatten geholt hast.«

»Ich weiß«, sagte ich. »Seltsam, meine Rückkehr nach Amber. Ich traf zum genau richtigen Augenblick ein, um eine günstige Ausgangsposition zu erringen.«

»Einen günstigeren Augenblick kann man sich nicht vorstellen«, stimmte mir Random zu. »Um dein Ziel zu erreichen, brauchtest du nicht einmal Eric zu töten. Das war ein großes Glück für dich.«

»Ja. Dennoch ist es kein großes Geheimnis, daß dies genau in meiner Absicht gelegen hat, und es dauert bestimmt nicht lange, bis meine Truppen – schwerbewaffnete Ausländer, die hier einquartiert sind – Ressentiments auslösen. Nur die drohende Gefahr von außen hat mich bisher davor bewahrt. Und dann die Dinge, die ich vor meiner Rückkehr getan haben soll – beispielsweise der Mord an Benedicts Dienstboten. Und jetzt dies ...«

»Ja«, sagte Random. »Das habe ich kommen sehen, als du mir davon erzähltest. Als du und Bleys vor Jahren euren Angriff gegen die Stadt vortrugt, hat Gérard einen Teil der Flotte abkommandiert und euch damit den Weg geebnet. Caine dagegen griff mit seinen Schiffen an und zersprengte eure Streitmacht. Nachdem er nun nicht mehr ist, wirst du vermutlich Gérard zum Befehlshaber der ganzen Flotte machen.«

»Wen sonst? Er kommt als einziger für den Posten in Frage.«

»Trotzdem ...«

»Trotzdem. Zugegeben. Wenn ich jemanden umbringen müßte, um meine Position zu festigen, wäre Caine das logische Opfer. Das ist die einfache und niederschmetternde Wahrheit.«

»Wie gedenkst du zu handeln?« fragte Random.

»Ich werde überall herumerzählen, was geschehen ist, und festzustellen versuchen, wer dahintersteckt. Hast du einen besseren Vorschlag?«

»Ich habe überlegt, ob es nicht eine Möglichkeit gibt, dir ein Alibi zu verschaffen. Aber das wäre nicht sehr vielversprechend.«

Ich schüttelte den Kopf. »Dazu stehst du mir zu nahe. Wie gut sich unsere Geschichte auch anhört – sie hätte vermutlich genau die entgegengesetzte Wirkung.«

»Hast du die Möglichkeit in Betracht gezogen, die Tat zuzugeben?«

»Ja. Aber Notwehr käme dabei nicht in Frage. Es muß ein Überraschungsangriff gewesen sein – die durchgeschnittene Kehle. Und für die Alternative fehlt mir der Nerv: irgendwelche Beweise zurechtzuflikken, wonach er etwas Übles im Schilde führte, und zu behaupten, ich hätte zum Wohle Ambers gehandelt. Ich bin klipp und klar dagegen, unter diesem Aspekt ein falsches Schuldbekenntnis abzulegen. Außerdem würde mir das einen ziemlich üblen Geruch anhängen.«

»Aber auch den Ruf der Härte.«

»Doch die falsche Härte für die Art Herrschaft, die ich ausüben möchte. Nein, das kommt nicht in Frage.«

»Damit hätten wir alle Möglichkeiten durch – so gut wie alle.«

»Was soll das heißen – so gut wie alle?«

Mit zusammengekniffenen Augen betrachtete Random seinen linken Daumennagel.

»Nun, ich muß daran denken, wenn es eine Person gibt, die du gern aus dem Rennen geworfen hättest, wäre jetzt der richtige Augenblick für die Erkenntnis, daß sich belastendes Material auch weiterreichen läßt.«

Ich dachte über seine Worte nach und drückte meine Zigarette aus.

»Nicht schlecht«, sagte ich. »Doch im Augenblick kann ich von meinen Brüdern keinen mehr erübrigen – nicht einmal Julian. Außerdem ist er derjenige, dem so ein Kuckucksei am schwierigsten ins Nest zu legen wäre.«

»Es braucht ja kein Familienmitglied zu sein«, meinte er. »Es gibt zahlreiche ehrenwerte Amberianer, die ein Motiv haben. Beispielsweise Sir Reginald ...«

»Vergiß die Sache, Random! Wir belasten keinen anderen!«

»Also gut. Damit sind meine kleinen grauen Zellen erschöpft.«

»Hoffentlich nicht die, die deine Erinnerung enthalten.«

»Also schön.«

Er seufzte, reckte sich, stand auf, stieg über den dritten Anwesenden und ging zum Fenster. Er zog die Vorhänge auf und starrte eine Zeitlang hinaus.

»Also schön«, wiederholte er. »Es gibt viel zu erzählen ...«

Und er begann, sich laut zu erinnern.

2

Der Sex steht zwar bei vielen Menschen obenan, doch gibt es so manche anderen Dinge, mit denen man sich zwischendurch auch gern beschäftigt, Corwin. Bei mir ist es das Schlagzeug, die Fliegerei und das Spielen, wobei die Reihenfolge nicht weiter wichtig ist. Na ja, vielleicht steht das Fliegen – in Gleitern, Ballonen und gewissen anderen Maschinen – ein wenig über den anderen Tätigkeiten, doch auch in diesen Bereichen spielt die jeweilige Stimmung eine große Rolle, wie du weißt. Ich meine, fragtest du mich ein andermal, würde ich vielleicht eins der beiden anderen Steckenpferde obenan stellen. Es hängt immer davon ab, was man sich im Augenblick am meisten wünscht.

Jedenfalls war ich vor einigen Jahren hier in Amber. Ich tat nichts Besonderes, sondern war nur zu Besuch und ging den Leuten auf die Nerven. Zu der Zeit war Vater noch in der Stadt, und als ich eines Tages bemerkte, daß er sich mal wieder in eine seiner miesen Stimmungen hineinsteigerte, kam ich zu dem Schluß, daß ein Spaziergang angebracht sei. Ein langer Spaziergang. Ich hatte schon oft bemerkt, daß seine Zuneigung mir gegenüber im umgekehrten Verhältnis zu meiner Nähe zunahm. Zum Abschied schenkte er mit jedenfalls eine hübsche Reitgerte – vermutlich um den Prozeß der Zuneigung zu beschleunigen. Es war eine wirklich schöne Gerte – versilbert und herrlich gestaltet –, und ich gebrauchte sie oft. Ich hatte beschlossen, mir einen kleinen Winkel in den Schatten zu suchen, wo ich ungestört meinen schlichten Freuden nachgehen konnte.

Es war ein langer Ritt – ich möchte dich nicht mit den Einzelheiten langweilen –, der mich ziemlich weit von Amber fortführte. Diesmal suchte ich nicht nach einem Ort, wo ich eine besondere Stellung besaß. Das wird entweder bald langweilig oder problematisch, je nachdem, wie wichtig man sein möchte. In diesem Falle wollte ich ein unverantwortlicher Niemand sein und meinen Spaß am Leben haben.

Texorami ist eine Hafenstadt mit schwülen und langen Nächten, mit viel guter Musik, einem Spielbetrieb, der rund um die Uhr geht, mit Duellen zu jedem Sonnenanfang und auch zwischenzeitlichen Auseinandersetzungen für alle, die nicht warten können. Und die Aufwinde dort sind einfach großartig. Ich besaß ein kleines rotes Segelflugzeug, mit dem ich alle paar Tage in den Himmel aufstieg. Ein herrliches Leben! Wenn ich Lust hatte, spielte ich Schlagzeug in einem Kellerlokal am Fluß, wo die Wände fast ebenso schwitzten wie die Gäste und der Qualm wie milchige Streifen um die Lampen strich. Wenn ich nicht mehr spielen wollte, suchte ich mir andere Unterhaltung – im Bett oder am Kartentisch. Und damit war dann der Rest der Nacht gelaufen. Verdammter Eric! – Ich muß eben daran denken ... Er hat mich einmal beschuldigt, falsch zu spielen, wußtest du das? Dabei ist das so etwa die einzige Tätigkeit, bei der ich ehrlich bin. Ich nehme das Kartenspiel ernst. Ich bin ein guter Spieler und habe Glück – und beides traf auf Eric nicht zu. Sein Problem war, daß er zu viele Dinge beherrschte; er wollte nicht einmal vor sich selbst eingestehen, daß es etwas gab, von dem andere mehr verstanden. Wenn man ihn immer wieder besiegte, mußte man eben betrügen. Eines Abends fing er deshalb eine laute Auseinandersetzung mit mir an, die ernst hätte werden können, wenn Gérard und Caine nicht dazwischengetreten wären. Das muß ich Caine zugestehen – an jenem Abend hat er für mich Partei ergriffen. Armer Bursche ... Ein verdammt unschöner Tod ... Die Kehle ... Na ja, jedenfalls hielt ich mich in Texorami auf, gab mich mit Musik und Frauen ab, spielte Karten und sauste am Himmel herum. Palmenbäume und aufgehende Nachtblüten. Herrliche Hafengerüche – Gewürze, Kaffee, Teer, Salz ... du weißt schon. Adlige, Kaufleute und Bauern – dieselben Figuren wie an den meisten anderen Orten. Ein Kommen und Gehen von Seeleuten und Reisenden verschiedener Herkunft. Burschen wie ich, die am Rande der Szene lebten. Ich verbrachte zwei glückliche Jahre in Texorami. Eine wirklich glückliche Zeit. Kaum Kontakt mit den anderen. Ab und zu ein grußkartenähnliches Hallo durch die Trümpfe, aber das war so ziemlich alles. In dieser Zeit mußte ich kaum an Amber denken. Aber das alles änderte sich eines Abends. Ich saß gerade mit einem Full House auf der Hand da, und der Bursche auf der anderen Seite des Tisches versuchte sich darüber klarzuwerden, ob ich bluffte oder nicht.

Da begann der Karo-Bube plötzlich zu mir zu sprechen.

Ja, so hat es begonnen. Ich war ohnehin in einer ziemlich verrückten Stimmung. Ich hatte gerade ein paar gute Spiele durchgebracht und war noch irgendwie in Fahrt. Außerdem war ich erschöpft von einem langen Flug während des Tages und hatte in der Nacht davor nicht besonders viel geschlafen. Ich habe mir später überlegt, daß es wohl unser geistiger Appell in Verbindung mit den Trümpfen gewesen sein muß, der mich etwas sehen ließ, sobald mich jemand zu erreichen versuchte, während ich Spielkarten in der Hand hielt – *irgendwelche* Spielkarten. Normalerweise empfangen wir solche Nachricht mit leeren Händen – es sei denn, der Anruf geht von uns aus. Vielleicht lag es an mei-

Zweites Kapitel

nem Unterbewußtsein, das damals irgendwie erschöpft war und das sich in jenem Augenblick rein gewohnheitsmäßig der vorhandenen Requisiten bediente. Später jedoch hatte ich Grund, mir das alles noch einmal durch den Kopf gehen zu lassen. Heute bin ich mir nicht mehr so sicher.

Der Bube sagte: »Random.« Dann verschwamm sein Gesicht, und er sagte: »Hilf mir!« Allmählich begann ich zu spüren, welche Persönlichkeit dahintersteckte, doch der Eindruck war nur vage. Der ganze Impuls war sehr schwach. Schließlich formte sich das Gesicht von neuem, und ich erkannte, daß ich recht gehabt hatte. Es war Brand. Er sah ziemlich übel aus und schien irgendwo festgebunden oder angekettet zu sein. »Hilf mir!« sagte er noch einmal.

»Ich bin hier«, sagte ich. »Was ist los?«

»... Gefangener ...«, sagte er, und dann noch etwas, das ich nicht verstehen konnte.

»Wo?« wollte ich wissen.

Daraufhin schüttelte er den Kopf. »Kann dich nicht holen«, sagte er. »Ich habe keine Trümpfe und bin zu schwach. Du mußt auf dem langen Wege kommen ...«

Ich fragte ihn nicht, wie er die Verbindung ohne meinen Trumpf hergestellt hatte. Es schien mir wichtiger, seinen Aufenthaltsort zu erfahren. Ich fragte ihn, wie ich ihn ausfindig machen könnte.

»Schau genau her«, sagte er. »Erinnere dich an jede Einzelheit. Vielleicht kann ich dir das Bild nur einmal durchgeben. Und bring deine Waffen mit ...«

Dann sah ich die Landschaft – über seine Schulter, eingerahmt von einem Fenster, über einer Befestigung – ich weiß es nicht genau. Es war ein Ort, weit von Amber entfernt, in einer Gegend, wo die Schatten verrückt zu spielen beginnen. Weiter entfernt, als mir lieb ist. Eine öde Welt, mit unruhig wechselnden Farben. Flammenzuckend. Ein sonnenloser Tag. Felsen, die wie Segelschiffe über das Land glitten. Brand in einer Art Turm – ein winziger Punkt der Stabilität in einer fließenden Szene. Ich erinnerte mich hinterher ganz deutlich daran, wie er es von mir verlangt hatte. Und ich erinnerte mich an das Geschöpf, das sich um den Fuß des Turms geringelt hatte. Ein prismatisch schimmerndes Gebilde. Offenbar eine Art Wachwesen – zu hell, um die Umrisse zu erkennen, um die wahre Größe zu erraten. Dann verging alles, wie ausgeknipst. Und ich saß da und starrte auf den Karo-Buben, und die Burschen auf der anderen Seite des Tisches wußten nicht, ob sie sich über mein langes Schweigen aufregen oder sich Sorgen machen sollten, daß ich womöglich einen Anfall erlitten hatte.

Ich brachte mein Spiel durch und ging nach Hause. Später lag ich ausgestreckt auf meinem Bett, rauchte eine Zigarette und überlegte.

Als ich Amber verlassen hatte, war Brand noch dort gewesen. Als ich mich jedoch später nach ihm erkundigte, wußte niemand so recht, wo er steckte. Er hatte eine seiner melancholischen Phasen gehabt, hatte sich eines Tages daraus gelöst und war fortgeritten. Und das war alles. Keine Nachrichten – gut oder schlecht. Er reagierte einfach nicht, er teilte nichts über sich mit.

Ich versuchte, das Problem von allen Seiten zu beleuchten. Brand war schlau, verdammt schlau. Vermutlich der intelligenteste in der Familie. Er steckte in der Klemme und hatte mich gerufen. Eric und Gérard waren kämpferischer veranlagt als ich und hätten sich über das Abenteuer bestimmt gefreut. Caine wäre vermutlich aus Neugier losgezogen; Julian, um sich über uns andere zu erheben und bei Vater Pluspunkte zu sammeln. Brand hätte sich auch – und das wäre das einfachste gewesen – direkt an Vater wenden können. Vater hätte dann schon die nötigen Schritte unternommen. Doch er hatte sich mit mir in Verbindung gesetzt. Warum?

Mir kam der Gedanke, daß vielleicht einer oder mehrere Brüder für seine Lage verantwortlich waren. Wenn Vater ihn beispielsweise offen begünstigt hatte ... Nun ja. Du weißt, wie so etwas geht. Eliminiere das Eindeutige. Wenn er zu Vater gekrochen wäre, hätte er wie ein Schwächling ausgesehen.

Ich unterdrückte also meinen Impuls, Verstärkung zu holen. Er hatte *mich* gerufen, und es war durchaus möglich, daß ich seinen Tod besiegelte, wenn ich in Amber bekanntwerden ließ, daß er seinen Notruf durchbekommen hatte. Also gut. Was war für mich dabei zu gewinnen?

Wenn es um die Nachfolge ging und er wirklich der erste Anwärter war, konnte es mir nur nützen, bei ihm in Gunst zu stehen. Und wenn nicht ... Dann gab es alle möglichen anderen Möglichkeiten. Vielleicht war er auf dem Rückweg auf etwas gestoßen, etwas, das zu wissen sich lohnen mochte. Neugierig stimmte mich auch die Methode, mit der er die Trümpfe umgangen hatte. Gewissermaßen war es also die Neugier, die mich dazu trieb, den Versuch der Rettung allein zu unternehmen.

Ich staubte meine Trümpfe ab und versuchte, mich mit ihm in Verbindung zu setzen. Doch ich erhielt keine Antwort. Ich schlief mich erst einmal aus und versuchte es am nächsten Tag noch einmal. Wieder nichts. Also gut – längeres Warten hatte keinen Sinn mehr.

Ich schärfte mein Schwert, gönnte mir ein gutes Frühstück und zog widerstandsfähige Kleidung an. Außerdem nahm ich eine dunkle Polaroidbrille mit. Natürlich wußte ich nicht, wie sich die Gläser dort auswirken würden, aber das Wachwesen war mir überaus hell vorgekommen, und es schadet nie, zusätzliche Schutzmittel auszuprobieren, wenn man rechtzeitig daran denkt. Übrigens nahm ich auch eine Feuer-

Zweites Kapitel

waffe mit. Ich hatte das Gefühl, als würde mir das Ding dort nicht viel nützen, und damit behielt ich recht. Aber wie gesagt, so etwas weiß man erst, wenn man es ausprobiert.

Die einzige Person, von der ich mich verabschiedete, war ein Schlagzeuger, dem ich vor dem Abflug mein Instrument übergab. Ich wußte, daß er gut darauf achtgeben würde.

Dann marschierte ich zum Hangar hinaus, machte das Segelflugzeug startbereit, stieg auf und suchte mir den richtigen Wind. Dies schien mir die beste Methode zu sein.

Ich weiß nicht, ob du schon einmal durch die Schatten geflogen bist, aber ... Nein?

Nun, ich steuerte aufs Meer hinaus, bis das Land nur noch eine vage Linie im Norden war. Dann ließ ich das Wasser unter mir kobaltblau werden, ließ es emporsteigen und die gischtsprühenden Bärte seiner Wogen schütteln. Der Wind schlug um. Ich machte kehrt. Unter einem dunkler werdenden Himmel flog ich mit den Wogen um die Wette in Richtung Küste. Texorami war verschwunden, als ich an die Flußmündung zurückkehrte; statt dessen breitete sich dort ein endloser Sumpf aus. Ich ließ mich von den Luftströmungen landeinwärts treiben und überquerte immer wieder den Fluß an neuen Windungen und Kurven, die er sich zugelegt hatte. Verschwunden waren die Hafenanlagen, die Straßen, der Verkehr. Die Bäume ragten hoch auf.

Wolken ballten sich im Westen zusammen, rosarot, perlmutterfarben, gelb. Die Sonne wechselte von orange zu rot zu gelb. Du schüttelst den Kopf? Die Sonne war der Preis der Städte, weißt du. Hastig entvölkere ich ... oder besser gesagt, ich gehe die Route der Elemente. Aus dieser Höhe hätten Dinge von Menschenhand mich nur abgelenkt. Schraffur und Beschaffenheit werden von entscheidender Bedeutung. Das meinte ich, als ich sagte, daß der Schattenflug doch etwas anders sei als die normale Expedition in die Schatten.

Also, ich hielt nach Westen, bis die Wälder von grünen Flächen abgelöst wurden, die schnell blasser wurden, ausliefen, in braune und gelbe Gebiete aufbrachen. Hell und krümelig, dann fleckig. Der Preis hierfür war ein Sturm. Ich ritt ihn ab, so lange ich konnte, bis die Blitze in der Nähe niederzuckten und ich Angst bekam, die Windstöße könnten zuviel werden für das kleine Segelflugzeug. Nun spielte ich den Sturm schnell herab, doch die Folge war mehr Grün unter mir. Trotzdem ließ ich das Unwetter schließlich hinter mir, eine gelbe Sonne sicher in meinem Rücken. Nach einer Weile holte ich die Wüste unten zurück, kahl und von Dünen geriffelt.

Dann schrumpfte die Sonne, und Wolkenfetzen zogen rasch vor ihrem Gesicht vorbei, löschten es Stück für Stück aus. Dies war die Abkürzung, die mich weiter von Amber fortführte denn je.

Nun gab es keine Sonne mehr, doch das Licht blieb, nicht minder hell, doch irgendwie unheimlich, diffus. Es täuschte das Auge, es verwirrte den Blick für die Perspektive. Ich ging tiefer hinab, beschränkte mein Sehfeld. Nach kurzer Zeit kamen riesige Felsbrocken in Sicht, und ich bemühte mich um die Umrisse, an die ich mich erinnerte. Allmählich kam es dazu.

In diesen Verhältnissen war der lebhafte, fließende Effekt leichter zu erzeugen, doch die Aufrechterhaltung war physisch belastend. Sie erschwerte die Beurteilung der Flugzeugbewegungen. Ich kam tiefer, als ich es für möglich gehalten hatte, und wäre fast mit einem Felsen zusammengestoßen. Doch endlich hob sich der Qualm, und Flammen tanzten empor, so wie ich es in Erinnerung hatte; dabei wurde kein bestimmtes Schema eingehalten, sondern sie kamen da und dort aus Rissen, Löchern, Höhlenöffnungen. Die Farben begannen ihr wirres Spiel, wie ich es während des kurzen Kontakts erlebt hatte. Dann begann die eigentliche Bewegung der Felsen – dahintreibend, segelnd, wie ruderlose Boote an einem Ort, da Regenbogen ausgewrungen werden.

Inzwischen waren die Luftströmungen völlig aus dem Häuschen geraten. Ein Aufwind nach dem anderen, wie Kamine. Ich kämpfte mit ihnen nach besten Kräften, wußte aber, daß ich in dieser Höhe nicht lange die Oberhand behalten konnte. Ich stieg ein gutes Stück empor und vergaß eine Zeitlang alles andere, während ich mein Fluggerät im Gleichgewicht zu halten suchte. Als ich wieder nach unten blickte, hatte ich den Eindruck, eine Regatta schwarzer Eisberge zu beobachten. Die Felsen zogen einher, stießen zusammen, wichen voreinander zurück, kollidierten erneut, gerieten ins Kreiseln, scherten aus über freie Flächen, passierten sich gegenseitig. Dann wurde ich herumgebeutelt, in die Tiefe gedrückt, wieder hochgesaugt – und ich sah, wie eine Strebe brach. Ich nahm eine letzte Korrektur an den Schatten vor und schaute noch einmal hinab. In der Ferne war der Turm aufgetaucht, ein Gebilde heller als Eis oder Aluminium lag um den Fuß des Bauwerks.

Die letzte Korrektur besiegelte mein Schicksal. Das erkannte ich, als sich der Wind besonders unangenehm bemerkbar zu machen begann. Mehrere Seile rissen, und ich war auf dem Weg nach unten – als würde ich von einem Wasserfall mitgerissen. Ich zog die Nase des Flugzeugs hoch, versuchte einen langen Anflug, sah die Stelle, an der ich aufkommen würde, und sprang im letzten Augenblick ab. Der Segler wurde von einem der herumsausenden Felsen zermalmt – und das machte mir im ersten Augenblick mehr zu schaffen als die Schnitte, Abschürfungen und Prellungen, die ich mir bei meinem Sturz holte.

Schon im nächsten Augenblick mußte ich sehr schnell reagieren, denn ein Berg kurvte auf mich zu. Wir wichen beide zur Seite aus – zum

Zweites Kapitel

Glück in unterschiedliche Richtungen. Ich hatte keine Ahnung, was diese Gebilde in Gang hielt, und vermochte zuerst auch kein System hinter ihren Bewegungen zu erkennen. Der Boden unter meinen Füßen schwankte zwischen warm und ausgesprochen heiß, und mit dem Rauch und den gelegentlichen Flammenzungen wallten aus zahlreichen Bodenöffnungen stinkende Gase empor. Ich hastete auf den Turm zu, wobei ich notgedrungen einen ziemlich gewundenen Weg wählte.

Es dauerte lange, bis ich die Strecke zurückgelegt hatte. Wie lange ich genau brauchte, weiß ich nicht, da ich keine Möglichkeit hatte, die Zeit zu messen. Doch begannen mir einige interessante Wiederholungen aufzufallen. Erstens bewegten sich die großen Felsen schneller als die kleinen. Zweitens schienen sich die Gebilde zu umkreisen – Kreise in Kreisen in Kreisen –, die größeren um die kleineren, wobei kein Stein jemals stillstand. Vielleicht ging die Ur-Bewegung von einem Staubkorn oder einem einzigen Molekül aus – irgendwo. Ich hatte weder Zeit noch Lust für den Versuch, das Zentrum dieser Maschinerie zu bestimmen. Dennoch setzte ich meine Beobachtungen unterwegs fort und vermochte sogar etliche Kollisionen ein gutes Stück im voraus zu bestimmen.

So erreichte denn Jung-Random das düstere Gemäuer, die Pistole in der einen, das Schwert in der anderen Hand. Die Brille hing mir um den Hals. Bei all dem Rauch und der verwirrenden Beleuchtung gedachte ich sie erst aufzusetzen, wenn es absolut erforderlich war.

Wo immer der Grund liegen mochte – jedenfalls wichen die Felsen dem Turm aus. Zuerst schien er mir auf einer Anhöhe zu stehen, doch ich erkannte beim Näherkommen, daß man wohl eher sagen mußte, die Felsen hätten unmittelbar davor eine enorme Senke ausgeschabt. Von meiner Seite vermochte ich nicht zu entscheiden, ob das Ergebnis einer Insel oder Halbinsel gleichkam.

Ich rannte durch Rauch und Geröll und wich den Flammenzungen aus, die aus Rissen und Löchern emporzüngelten. Schließlich krabbelte ich den Hang hinauf und löste mich damit aus dem Gewirr der wandernden Felsen. Mehrere Minuten lang verweilte ich unten am Hang an einer Stelle, die vom Turm aus nicht eingesehen werden konnte. Ich überprüfte meine Waffen, brachte meinen Atem wieder unter Kontrolle und setzte die Brille auf. Dann schwang ich mich über die Kante und duckte mich nieder.

Ja, die Brille funktionierte. Und – ja, das Ungeheuer wartete bereits auf mich.

Es bot einen fürchterlichen Anblick, obwohl es in gewisser Weise sogar schön zu nennen war. Es hatte einen gewaltigen Echsenleib und einen Kopf, breit wie ein mächtiger Vorschlaghammer, der zur

Schnauze hin spitz zulief. Augen von einem besonders hellen Grün. Das Geschöpf war durchsichtig wie Glas, auf dem schwache Linien einen Schuppenpanzer anzudeuten schienen. Die Flüssigkeit, die durch seine Adern floß, war ebenfalls ziemlich klar. Man konnte geradewegs in das Geschöpf hineinblicken und seine Organe ausmachen, die milchig-wolkig wirkten. Man war fast in Versuchung hinzustarren, wie dieser ungeheure Organismus funktionierte, und sich dadurch vom Eigentlichen ablenken zu lassen. Das Geschöpf besaß an Kopf und Hals eine dichte Mähne, die an Glasfaserbüschel erinnerte. Als es mich erblickte, hob es den Kopf und glitt auf mich zu – auf den ersten Blick wirkte es wie ein Strom, wie dahinfließendes Wasser, wie ein Fluß ohne Ufer. Was mich jedoch fast erstarren ließ, war die Tatsache, daß ich dem Ding in den Magen sehen konnte. Darin lag ein teilweise verdauter Mensch!

Ich hob die Pistole, zielte auf eins der Augen und drückte ab. Doch das Ding funktionierte nicht. Ich warf die Pistole fort, sprang nach links, näherte mich dem Wesen von seiner rechten Seite und hieb mit der Klinge nach seinem Auge.

Du weißt selbst, wie schwierig der Kampf gegen reptilienhafte Wesen ist. Ich hatte mich blitzschnell für den Versuch entschieden, das Ungeheuer zunächst zu blenden und ihm die Zunge abzuschneiden. Da ich nicht unbedingt langsam auf den Füßen war, hatte ich anschließend vielleicht Gelegenheit, ein paar Schläge am Kopf anzubringen, bis sich der Hals durchtrennen ließ. Dann konnte sich das Ding meinetwegen ineinander verknoten, bis alles vorbei war. Ich hegte die Hoffnung, daß es sich nach seiner letzten Mahlzeit noch einigermaßen schwerfällig bewegen würde.

Doch wenn das Wesen jetzt schwerfällig reagierte, war ich froh, daß ich nicht vor seiner Mahlzeit gekommen war. Es wich meiner Klinge geschickt aus und zuckte mit dem Kopf vor, noch während ich aus dem Gleichgewicht war. Die mächtige Schnauze streifte meine Brust, und ich hatte das Gefühl, von einem riesigen Hammer getroffen zu werden. Rücklings ging ich zu Boden.

Ich rollte mich seitlich ab, um außer Reichweite zu kommen, und rappelte mich am Rande der Anhöhe wieder auf. Das Geschöpf entspannte sich wieder, zerrte einen Gutteil seines Körpers in meine Richtung, richtete sich auf und neigte von neuem den Kopf in meine Richtung, etwa fünfzehn Fuß über mir.

Ich weiß durchaus, daß Gérard diesen Augenblick für einen Angriff gewählt hätte. Der großgewachsene Kerl wäre mit seiner Riesenklinge losgestürmt und hätte das Wesen in zwei Hälften zerhauen. Die Teile wären wahrscheinlich über ihn gefallen und hätten sich auf ihm herumgewunden, was ihm ein paar Prellungen und vielleicht eine blutige Nase eingebracht hätte. Benedict dagegen hätte das Auge nicht verfehlt. Er

Zweites Kapitel

hätte wahrscheinlich längst beide Augen in der Tasche gehabt und mit dem Kopf Fußball gespielt. Aber diese beiden sind eben echte Helden. Ich – ich stand einfach da mit erhobener Klingenspitze, beide Hände um den Griff gelegt, die Ellenbogen in die Hüften gestemmt, den Kopf zurückgeneigt so weit es ging. Ich wäre viel lieber geflohen und hätte die ganze Sache sausen lassen. Nur wußte ich, daß der Kopf gleich niederzukken und mich zermalmen würde, wenn ich das versuchte.

Schreie aus dem Turm ließen erkennen, daß man mich entdeckt hatte, doch ich war nicht willens, den Kopf zu drehen um nachzuschauen, was dort geschah. Dann begann ich, das Geschöpf zu verfluchen. Ich wollte, daß es endlich zuschlug, daß es die Sache zu Ende brachte, so oder so.

Als es schließlich handelte, zog ich die Beine an, drehte den Körper herum und richtete die Schwertspitze voll auf mein Ziel.

Der Schlag lähmte einen Teil meiner linken Flanke, und ich hatte das Gefühl, ein gutes Stück unangespitzt in den Boden getrieben worden zu sein. Irgendwie gelang es mir, auf den Füßen zu bleiben. Ja, ich hatte alles richtig hinbekommen. Das Manöver war genauso abgelaufen, wie ich gehofft und geplant hatte.

Bis auf das Ungeheuer; es machte leider nicht mit. Die erwarteten Todeszuckungen blieben aus.

Im Gegenteil, es machte Anstalten, sich zu erheben!

Und dabei nahm es noch mein Schwert mit! Der Griff steckte in der linken Augenhöhle, die Spitze ragte als weiterer Stachel aus der Mähne am Hinterkopf. Ich hatte das Gefühl, daß die angreifende Mannschaft geliefert war.

In diesem Augenblick erschienen Gestalten in einer Öffnung am Fuße des Turms. Sie sahen häßlich aus und waren bewaffnet, und ich hatte das Gefühl, daß sie nicht gerade auf meiner Seite standen.

Also gut – ich weiß, wenn es Zeit wird, die Zelte abzubrechen und auf ein anderes und besseres Spielchen zu hoffen.

»Brand!« brüllte ich. »Hier Random! Ich komme nicht durch! Tut mir leid!«

Dann machte ich kehrt, lief los und sprang über den Rand in jene Welt hinab, da die Felsen ihre verwirrenden Bahnen zogen. Ich überlegte noch, ob ich mir für meinen Abstieg wirklich die beste Zeit ausgesucht hatte.

Wie es oft der Fall ist, lautete die Antwort ja und nein.

Es war ein Sprung, wie ich ihn nur aus Gründen tun möchte, die in jenem Augenblick mich dazu zwangen. Als ich unten auftraf, war ich noch am Leben – doch das war auch schon alles, was sich über meinen Zustand sagen ließ. Ich war betäubt, und eine Zeitlang hatte ich das Gefühl, mir beide Knöchel gebrochen zu haben.

Was mich wieder zu mir brachte, war ein Schurren von oben; es folgte ein Prasseln von Steinen ringsum. Als ich meine Brille wieder auf die Nase geschoben hatte und den Kopf hob, erkannte ich, daß sich das Ungeheuer entschlossen hatte, mir den Garaus zu machen. Es wand sich wie ein Phantom die Schräge herab. Das Gebiet um seine Kopfwunde war inzwischen erheblich undurchsichtig geworden.

Ich richtete mich auf und kniete mich hin. Ich belastete prüfend mein Fußgelenk, hielt aber den Schmerz nicht aus. Ich entdeckte nichts, das sich als Krücke verwenden ließ. Na gut. Also kriechen. Ich begann zu kriechen. Ich floh. Was konnte ich anderes tun? Ich mußte einen möglichst großen Vorsprung herausholen und dabei angestrengt nachdenken.

Meine Rettung war ein Felsen – einer der kleineren, langsameren Brocken, etwa so groß wie ein Kombiwagen. Als ich das Ding näherkommen sah, wurde mir klar, daß ich hier ein ideales Beförderungsmittel hatte, wenn ich den Stein nur irgendwie besteigen konnte. Vielleicht war ich dort oben sogar einigermaßen sicher. Die wirklich großen und schnellen Felsen schienen am meisten herumgestoßen zu werden.

Unter diesem Aspekt beobachtete ich die großen Brocken, die meinen Stein begleiteten, schätzte ihre Kurse und Geschwindigkeiten ab, versuchte, die Bewegung des ganzen Systems vorauszuberechnen, und bereitete mich auf den entscheidenden Augenblick, die entscheidende Anstrengung vor. Ich achtete auf das Ungeheuer, hörte die Schreie der Männer vom Hügel und fragte mich, ob wohl eine der Gestalten dort oben auf mich setzte, und wenn ja, welche Chancen er mir einräumte.

Als der richtige Augenblick da war, setzte ich mich in Bewegung. An dem ersten großen Brocken kam ich problemlos vorbei, mußte dann aber auf das Vorbeirutschen des zweiten warten. Beim dritten und letzten großen Stein ging ich das Risiko ein, vor ihm vorbeizukriechen; es blieb mir auch gar nichts anderes übrig, wenn ich mein Ziel erreichen wollte.

Ich schaffte es im rechten Augenblick bis zur richtigen Stelle, hielt mich an Kanten fest, die ich mir vorher ausgesucht hatte, und wurde etwa zwanzig Fuß weit mitgeschleift, ehe ich mich vom Boden hochziehen konnte. Dann zog ich mich auf den harten Rücken des Brockens hinauf, blieb dort ausgestreckt liegen und schaute zurück.

Es war knapp gewesen – und noch immer war ich nicht außer Gefahr, denn das Ungeheuer hielt Schritt, wobei sein gesundes Auge den kreiselnden Bewegungen der großen Steine aufmerksam folgte.

Von oben hörte ich einen Aufschrei der Enttäuschung. Dann begannen die Kerle den Hang herabzurutschen, wobei sie Rufe ausstießen, mit denen sie wohl das Ungeheuer anfeuern wollten. Ich massierte mein Fußgelenk und versuchte, mich zu entspannen. Das Ungeheuer

Zweites Kapitel

wagte den entscheidenden Schritt hinter dem ersten großen Felsen, der eine weitere Umlaufbahn vollendete.

Wie weit konnte ich mich durch die Schatten schieben, ehe es mich erreichte? Ich wußte es nicht genau. Gewiß, hier gab es ständig Bewegung, eine dauernde Veränderung der Umgebung ...

Das Ungeheuer wartete auf den zweiten Felsen, glitt dahinter vorbei, verfolgte mich erneut, kam näher.

Schatten, Schatten, flugs herbei ...

Die Männer hatten inzwischen fast den Fuß des Hangs erreicht. Das Monstrum wartete auf die passende Lücke, auf die Chance, den inneren und letzten Satelliten zu überwinden – gleich mußte es soweit sein. Ich wußte, es vermochte sich weit genug aufzurichten, um mich von meiner hohen Warte zu zerren.

Zerdrück das wilde Biest zu Brei!

Während ich so dahingewirbelt wurde, bekam ich plötzlich den Stoff, aus dem die Schatten sind, in den Griff, ließ mich darin versinken, arbeitete mit den Geweben, von möglich zu wahrscheinlich zu tatsächlich, spürte sie mit leiser Drehung lebendig werden, gab ihnen im richtigen Augenblick den notwendigen Stoß ...

Natürlich kam das Ding von der Seite, auf der das Ungeheuer nicht sehen konnte. Ein gewaltiger Felsen, der wie außer Kontrolle dahinwirbelte ...

Es wäre eleganter gewesen, das Geschöpf zwischen zwei Brocken zu zerdrücken. Doch für solche Feinheiten hatte ich keine Zeit. Ich überfuhr das Geschöpf einfach und ließ es zappelnd im Granitverkehr liegen.

Doch wenige Sekunden später erhob sich der zermalmte Körper und stieg in die Luft empor. Immer weiter entfernte er sich, durchgeschüttelt von Winden, wurde immer kleiner und war schließlich verschwunden.

Mein Felsen trug mich langsam und gleichmäßig davon. Das ganze Umweltmuster trieb dahin. Die Burschen aus dem Turm steckten die Köpfe zusammen und faßten den Entschluß, mich zu verfolgen. Sie entfernten sich vom Hang und begannen, sich über die Ebene zu bewegen. Aber das war eigentlich kein Problem. Ich gedachte mein steinernes Reittier durch die Schatten zu führen, gedachte ganze Welten zwischen sie und mich zu legen. Dies war entschieden die leichteste Methode für mich. Zweifellos wären sie viel schwieriger zu überraschen gewesen als das Ungeheuer. Schließlich war dies ihr Land; sie waren auf der Hut und gesund.

Ich nahm die Brille ab und überprüfte noch einmal mein Fußgelenk. Ich richtete mich sogar einen Augenblick lang auf. Der Fuß schmerzte, trug aber mein Gewicht. Wieder legte ich mich hin und beschäftigte mich in Gedanken mit den Ereignissen der letzten Minuten. Ich hatte mein Schwert verloren und war wirklich nicht mehr in Hochform. Anstatt das Unternehmen mit diesem Handicap fortzusetzen, war es das klügste und sicherste, schleunigst zu verschwinden. Ich hatte ausreichend Kenntnisse über Örtlichkeit und Verhältnisse gesammelt, daß meine Chancen beim nächsten Mal wesentlich besser standen. Nun denn ...

Der Himmel über mir wurde heller; die Farben und Schatten verloren etwas von ihrer willkürlichen, wechselhaften Art. Die Flammen ringsum begannen, schwächer zu werden. Gut. Wolken begannen, sich über den Himmel zu tasten. Ausgezeichnet. Nach kurzer Zeit machte sich ein begrenzter Schimmer hinter einer Wolkenbank bemerkbar. Hervorragend. Wenn sich die Wolken verzogen, würde endlich wieder eine Sonne am Himmel stehen.

Ich schaute zurück und stellte zu meiner Überraschung fest, daß ich noch immer verfolgt wurde. Doch es konnte durchaus sein, daß ich nicht richtig mit der hiesigen Entsprechung für dieses Stück Schatten umgegangen war. Bei aller Eile ist es niemals ratsam, davon auszugehen, man habe an alles gedacht. Also ...

Ich leitete eine neue Verschiebung ein. Der Felsbrocken änderte langsam seinen Kurs, veränderte seine Form, verlor seine Satelliten, bewegte sich nun geradeaus in einer Richtung, die sich mit der Zeit als Westen herauskristallisierte. Über mir lösten sich die Wolken auf, und eine helle Sonne schien herab. Wir nahmen an Geschwindigkeit zu. Und damit hätte alles erledigt sein sollen. Ich war nun wirklich an einem anderen Ort.

Aber die Sache war beileibe nicht in Ordnung. Als ich wieder zurückschaute, saßen sie noch immer auf meiner Spur! Zwar hatte ich einen Vorsprung herausgeholt, doch die Gruppe marschierte zielstrebig hinter mir her.

Na schön. So etwas passiert eben manchmal. Es gab zwei Möglichkeiten. Da mein Verstand von den Ereignissen noch ziemlich mitgenommen war, hatte ich nicht gut gearbeitet und sie mitgezogen. Oder ich hatte eine Konstante aufrechterhalten, wo ich eine Variable hätte unterdrücken müssen – das heißt, ich hatte mich an einen Ort versetzen lassen und im Unterbewußtsein verlangt, daß das Verfolgungselement bleiben sollte. Also andere Burschen, die aber dennoch auf mich Jagd machten.

Wieder rieb ich mir das Fußgelenk. Die Sonne nahm langsam einen orangeroten Schimmer an. Ein Nordwind errichtete einen Schirm aus Staub und Sand hinter mir und ließ die Bande meinen Blicken entschwinden. Ich zog weiter gen Westen, wo inzwischen eine Bergkette emporgewachsen war. Die Zeit war in einer verzerrten Phase. Mein Fuß fühlte sich schon etwas besser an.

Zweites Kapitel

Ich ruhte mich eine Zeitlang aus. Mein Felsen war einigermaßen bequem, soweit man das überhaupt von einem Felsen behaupten kann. Sinnlos, einen Höllenritt zu beginnen, wenn alles einwandfrei zu klappen scheint. Ich streckte mich aus, verschränkte die Hände hinter dem Kopf und sah die Berge näherkommen. Ich dachte an Brand und den Turm. Ich war am richtigen Ort gewesen. Es hatte alles so ausgesehen, wie er es mir während unseres kurzen Kontakts gezeigt hatte. Bis auf die Wächter natürlich. Ich kam zu dem Schluß, daß ich durch den richtigen Schatten abkürzen, mir eine Kohorte meiner Leute zusammenstellen und zurückkehren mußte, um es diesen Burschen zu zeigen. Ja, dann würde alles in Ordnung sein ...

Nach einer Weile streckte ich mich aus, rollte auf den Bauch und blickte zurück. Verdammt! Sie folgten mir ja noch immer! Sie hatten sogar aufgeholt!

Natürlich begann ich mich aufzuregen. Zum Teufel mit der Flucht! Sie forderten mich ja geradezu heraus – es wurde Zeit, daß ihnen der Wunsch gewährt wurde!

Langsam schwang der Felsen aus der geraden Bahn, begann eine Kurve nach rechts zu beschreiben. Die Biegung wurde immer enger, bis der Stein schließlich direkt auf meine Verfolger zuraste, wobei sich meine Geschwindigkeit allmählich erhöhte. Ich hatte keine Zeit, hinter mir ein Unwetter zu entfesseln, obwohl das sicher eine hübsche kleine Zutat gewesen wäre.

Als ich mich auf sie stürzte – es waren etwa zwei Dutzend –, liefen sie klugerweise auseinander. Einige von ihnen schafften es dennoch nicht und wurden zermalmt. Ich ließ den Stein durch eine zweite Kurve schwingen und kehrte so schnell wie möglich zurück.

Dabei schockierte mich der Anblick mehrerer Leichen, die sich bluttriefend in die Luft erhoben; zwei schwebten schon ziemlich hoch über mir.

Beim zweiten Anflug hatte ich die Gruppe schon fast erreicht, als ich bemerkte, daß einige Männer während der ersten Attacke an Bord gesprungen waren. Der erste, der sich über die Kante schwingen konnte, zog prompt seine Klinge und bedrängte mich. Ich blockte ihn ab, schlug ihm die Waffe aus der Faust und schleuderte ihn in die Tiefe. Dabei bemerkte ich zum ersten Mal den Dorn auf den Handrücken dieser Wesen, denn mit dieser Spitze hatte es mir eine Verletzung beigebracht.

Inzwischen war ich zum Ziel mehrerer seltsam geformter Wurfgeschosse von unten geworden, und zwei weitere Gegner schwangen sich über den Rand; es sah so aus, als hätten sich noch mehr an den Felsen hängen können.

Nun, selbst Benedict weicht zuweilen zurück. Ich hatte den Überlebenden wenigstens eine Lektion erteilt.

Ich ließ die Schatten fahren, zog mir ein Stachelrad aus der Flanke, ein zweites aus dem Schenkel, hackte einem Burschen den Schwertarm ab und trat ihn in den Bauch, ging in die Knie, um einem wilden Hieb des nächsten Angreifers auszuweichen und schlug ihm meine Riposte quer vor die Beine. Auch er stürzte ab.

Aber fünf weitere waren auf dem Weg nach oben. Wir segelten wieder einmal nach Westen und ließen vielleicht ein Dutzend Überlebende zurück, die sich im Sand hinter mir neu formieren konnten, darüber ein Himmel voller tropfender treibender Gebilde.

Beim nächsten Gegner war ich im Vorteil, weil ich ihn angreifen konnte, ehe er voll herauf geklettert war. Soviel zu ihm, da waren's nur noch vier.

Doch während ich ihn erledigte, hatten sich drei weitere gleichzeitig an verschiedenen Stellen aufgerichtet.

Ich stürmte dem nächsten entgegen und tötete ihn, doch die beiden anderen überbrückten die Entfernung und fielen über mich her, als ich noch am Werk war. Während ich mich ihres Angriffs erwehrte, kam der letzte auf den Felsen geklettert und fiel ebenfalls über mich her.

Sie waren nicht gerade Meisterkämpfer, doch es wurde knapp: Ich sah mich von ziemlich vielen Spitzen und Schneiden bedrängt. Ich blieb in Bewegung, parierte immer wieder und versuchte zu erreichen, daß sie sich gegenseitig behinderten. Darin hatte ich zum Teil Erfolg, und als ich sie in der günstigsten Position hatte, die ich für möglich hielt, attackierte ich, wobei ich einige Blessuren riskierte – ich mußte mir eine kleine Blöße geben, um das Manöver überhaupt möglich zu machen –, doch vermochte ich dafür einem der Kerle den Schädel einzuschlagen. Er taumelte über den Rand und nahm in einem Gewirr von Gliedmaßen und Waffen den hinter ihm Stehenden mit.

Leider hatte der rücksichtslose Bursche auch mein Schwert mitgehen lassen, das in einem zerspellten Knochen steckengeblieben war. Ich mußte mich sehr schnell bewegen, um dem Hieb des letzten Gegners auszuweichen. Dabei glitt ich in einer Blutlache aus und schlidderte auf den vorderen Teil des Felsens zu. Wenn ich dort hinabstürzte, würde mich der Stein glatt überfahren und einen sehr flachen Random zurücklassen – wie einen exotischen Teppich, an dem künftige Wanderer herumrätseln oder ihren Spaß haben konnten.

Im Hinfallen suchte ich mit gekrümmten Fingern nach einem Halt. Mein Gegner machte einige hastige Schritte und hob sein Schwert, um mich zu erledigen, wie ich seinen Kumpel erledigt hatte.

Doch ich packte sein Fußgelenk – und ausgerechnet diesen Augenblick suchte sich jemand aus, um sich durch meinen Trumpf mit mir in Verbindung zu setzen.

Zweites Kapitel

»Ich habe zu tun!« brüllte ich. »Ruf später nochmal an!« Und meine Bewegung wurde gestoppt, als der Kerl zu taumeln begann, klappernd auf dem Felsen landete und an mir vorbeirutschte.

Ich versuchte, ihn zu halten, ehe er in das Reich der Teppiche einging, war aber nicht schnell genug. Eigentlich hatte ich ihn noch anders ausquetschen wollen. Trotzdem, mein inneres Ich war mehr als befriedigt. Ich kehrte in die Mitte des Steins zurück, um zu überlegen und mich zu orientieren.

Die Überlebenden folgten mir noch immer, doch mein Vorsprung reichte aus. Im Augenblick brauchte ich mir wegen einer neuerlichen Besteigung keine Sorgen zu machen. Nur gut. Wieder rutschte ich auf die Berge zu. Die Sonne, die ich heraufbeschworen hatte, begann, mich zu erhitzen. Ich war durchtränkt von Schweiß und Blut. Meine Wunden machten mir zu schaffen. Ich hatte Durst. Bald, bald, so überlegte ich, mußte es regnen. Das war jetzt das dringlichste Gebot.

Folglich begann ich mit den Vorbereitungen einer Verschiebung in diese Richtung – sich auftürmende Wolken, dunkler werdende Formationen am Himmel ...

Irgendwann zwischendurch muß ich eingeschlummert sein und hatte einen wirren Traum, in dem mich wieder mal jemand zu erreichen versuchte, aber vergeblich. Angenehme Dunkelheit.

Der plötzliche schwere Regenguß weckte mich. Ich wußte nicht zu sagen, ob die Dunkelheit des Himmels von dem Unwetter, vom Abend oder von beiden herrührte. Jedenfalls war es kühler geworden, und ich breitete meinen Mantel aus, legte mich hin und öffnete einfach den Mund. In regelmäßigen Abständen wrang ich die Flüssigkeit aus dem Mantel. Nach einiger Zeit hatte ich meinen Durst gestillt und begann, mich wieder sauber zu fühlen. Der Felsen sah inzwischen so glatt aus, daß ich mich nur ungern darauf bewegte. Die Berge waren viel näher gekommen, ihre Gipfel wurden von Blitzen aus der Dunkelheit geschält. In der entgegengesetzten Richtung war es zu dunkel um zu erkennen, ob noch immer Verfolger in der Nähe waren. Es wäre sicher eine ziemliche Plackerei gewesen, mit mir Schritt zu halten – doch andererseits ist es in fremden Schatten nicht ratsam, sich auf Vermutungen zu verlassen. Ich ärgerte mich ein wenig über mich selbst, daß ich eingeschlafen war, aber da mir das nicht weiter geschadet hatte, zog ich meinen durchnäßten Mantel enger um mich und beschloß, mir großmütig zu verzeihen. Ich tastete nach den Zigaretten, die ich mitgebracht hatte, und stellte fest, daß etwa die Hälfte das bisherige Abenteuer überlebt hatte. Nach dem achten Versuch hatte ich ausreichend mit den Schatten herumjongliert, um Feuer zu erhalten. Anschließend saß ich einfach da, rauchte vor mich hin und ließ mich beregnen. Es war ein angenehmes Gefühl, und ich verzichtete auf den Versuch, weitere Änderungen vorzunehmen; jedenfalls nicht in den nächsten Stunden.

Als das Unwetter endlich nachließ und der Himmel aufklarte, befand ich mich unter einem Nachthimmel voller fremder Konstellationen. Doch ein herrlicher Anblick, so können nur Nächte in der Wüste sein. Viel später verspürte ich ein leichtes Ansteigen des Bodens, und die Bewegung meines Felsens begann sich zu verlangsamen. Irgend etwas passierte mit den physikalischen Gesetzen, die meine Situation beherrschten. Dabei kam mir der Hang eigentlich nicht so steil vor, daß er mein Tempo so entscheidend beeinflussen konnte, wie er es tat. Ich wollte nicht in der Weise auf die Schatten Einfluß nehmen, daß ich aus der Bahn geworfen wurde. Ich wollte so schnell wie möglich auf vertrauteres Terrain überwechseln, wollte mir einen Ort suchen, da meine seelische Vorwegnahme äußerer Ereignisse eher der Wirklichkeit entsprechen konnte.

Ich ließ den Felsbrocken also zum Stillstand kommen, kletterte hinab und setzte den Weg hangaufwärts zu Fuß fort. Dabei spielte ich das Schattenspiel, das wir alle schon als Kinder gelernt hatten. Komm an einem Hindernis vorbei – einem vertrockneten Baum, einer Felsformation – und laß den Himmel dahinter anders aussehen als noch eben. Allmählich stellte ich die vertrauten Konstellationen wieder her. Ich wußte, daß der Berg, von dem ich herabsteigen würde, nicht derselbe war, den ich erklettert hatte. Meine Wunden schmerzten noch immer unangenehm, doch mein Fußgelenk machte bis auf ein Gefühl der Steifheit keine Probleme mehr. Ich war ausgeruht.

Ich wußte, daß ich eine Zeitlang durchhalten konnte. Alles schien wieder in Ordnung zu sein.

Es war ein langer Marsch in einem Gelände, das allmählich immer steiler wurde. Doch schließlich stieß ich auf einen Weg, und von da an war es wieder leichter. Mit gleichmäßigen Schritten ging ich unter dem inzwischen vertrauten Himmel bergan, entschlossen, nicht zu rasten und bis zum Morgen über den Gipfel zu sein. Beim Marschieren veränderte sich meine Kleidung, um sich diesem Schatten anzupassen – Jeanshosen, Jeansjacke, der nasse Mantel ein trockener Umhang. In der Nähe hörte ich eine Eule schreien, und aus großer Ferne unter und hinter mir ertönte ein Jaulen, das von einem Kojoten stammen mochte. Diese hörbaren Hinweise auf eine doch bekannte Welt steigerten mein Gefühl der Sicherheit und ließen den letzten Anflug von Verzweiflung schwinden, der sich mit meiner Flucht verband.

Etwa eine Stunde später gab ich der Versuchung nach, ein bißchen mit den Schatten herumzuspielen. Es war gar nicht so ungewöhnlich, daß sich ein Pferd in diese Berge verlief – und natürlich fand ich das Tier. Nachdem ich mich zehn Minuten lang mit ihm angefreundet

Zweites Kapitel

hatte, setzte ich mich auf seinen ungesattelten Rücken und näherte mich nun auf eine etwas angenehmere Art dem Gipfel. Der Wind säte Frost auf unseren Weg. Der Mond stieg auf und ließ ihn zu funkelndem Leben erwachen.

Kurz, ich ritt die ganze Nacht hindurch, erreichte lange vor der Dämmerung den höchsten Punkt und begann den Abstieg. Dabei wurden die Berge hinter mir noch gewaltiger, was natürlich der beste Augenblick war. Auf dieser Seite der Bergkette herrschte grüner Bewuchs vor, durchteilt von sauberen Schnellstraßen, da und dort gesäumt von Siedlungen. Alles entwickelte sich nach Wunsch.

Am frühen Vormittag war ich bereits in den Vorbergen, und meine Jeanskleidung war zu Khaki geworden, dazu ein buntes Hemd. Vor mir im Sattel lag ein leichtes Sportjackett. In großer Höhe zog ein Düsenflugzeug auf seinem Weg von Horizont zu Horizont zwei Streifen in die Luft. Vogelgesang umgab mich, der Tag war sonnig-mild.

Etwa um diese Zeit hörte ich, wie jemand meinen Namen sagte, und spürte wieder die Berührung des Trumpfs. Ich zügelte das Pferd und antwortete.

»Ja?«

Es war Julian.

»Random, wo bist du?« fragte er.

»Ziemlich weit von Amber entfernt«, erwiderte ich. »Warum?«

»Hat sich von den anderen jemand mit dir in Verbindung gesetzt?«

»In letzter Zeit nicht«, sagte ich. »Allerdings wollte mich gestern jemand sprechen. Ich hatte aber zu tun und konnte nicht antworten.«

»Das war ich«, sagte er. »Wir haben hier eine besondere Lage, von der du wissen solltest.«

»Wo bist du?« wollte ich wissen.

»In Amber. In letzter Zeit sind hier einige Dinge passiert.«

»Zum Beispiel?«

»Vater ist seit ungewöhnlich langer Zeit fort. Niemand weiß, wo er steckt.«

»Das wäre nicht das erste Mal.«

»Doch nicht, ohne Anweisungen zu hinterlassen und Aufgaben zu delegieren. So hat er jedenfalls bisher immer gehandelt.«

»Das ist wahr«, sagte ich. »Aber wie lange ist ›lange‹?«

»Gut ein Jahr. Du wußtest gar nichts davon?«

»Ich wußte, daß er fort war. Gérard hat vor einiger Zeit davon gesprochen.«

»Seither hat er sich nicht blicken lassen.«

»Ich verstehe. Wie habt ihr euch denn inzwischen beholfen?«

»Das ist es ja. Wir haben uns mit den Problemen beschäftigt, wie sie auf uns zugekommen sind. Gérard und Caine hatten auf Vaters Befehl sowieso die Marine unter sich. Ohne ihn haben sie die Entscheidungen einfach selbständig getroffen. Ich habe mich wieder um die Patrouillen in Arden gekümmert. Doch es gibt keine zentrale Macht, keinen Mann, der Streitfälle schlichtet, die allgemeine Politik festlegt und für ganz Amber spricht.«

»Wir brauchen also einen Regenten. Das können wir ja auslosen.«

»So einfach ist das nicht. Wir glauben, daß Vater tot ist.«

»Tot? Wieso? Wie?«

»Wir haben versucht, ihn durch seinen Trumpf anzusprechen. Seit einem halben Jahr haben wir es jeden Tag versucht. – Nichts. Was meinst du?«

Ich nickte.

»Vielleicht ist er wirklich tot«, sagte ich. »Man müßte doch annehmen, daß sich irgendein Hinweis auf ihn findet. Trotzdem läßt sich die Möglichkeit nicht ausschließen, daß er irgendwo in der Klemme steckt – vielleicht wird er irgendwo gefangengehalten.«

»Zellenwände halten die Trümpfe nicht auf. Nichts kann den Kartenzauber aufhalten. Er würde uns um Hilfe bitten, sobald der Kontakt bestünde.«

»Dagegen ist nichts zu sagen«, erwiderte ich, doch gleichzeitig mußte ich an Brand denken. »Aber vielleicht widersetzt er sich der Kontaktaufnahme absichtlich?«

»Weshalb sollte er das?«

»Keine Ahnung, aber möglich wäre es. Du weißt doch, wie verschlossen er in gewissen Dingen ist.«

»Nein«, sagte Julian. »Das ergibt keinen Sinn. Er hätte für die Zeit seiner Abwesenheit Anweisungen hinterlassen.«

»Nun, welche Gründe auch dahinterstecken, wie immer die Wahrheit auch aussehen mag – was schlägst du vor?«

»Jemand muß auf den Thron«, sagte er.

Das hatte ich während des Gesprächs natürlich kommen sehen – die Gelegenheit, die sich niemals ergeben würde, so hatte es jedenfalls lange Zeit ausgesehen.

»Wer?« fragte ich.

»Eric scheint mir der beste Kandidat zu sein«, erwiderte er. »Eigentlich hat er schon seit Monaten eine entsprechende Funktion ausgeübt. Jetzt geht es nur noch darum, seine Stellung formell festzulegen.«

»Nicht nur als Regent?«

»Nicht nur als Regent.«

»Ich verstehe ... Ja, du hast recht, während meiner Abwesenheit ist wirklich einiges vorgefallen. Wie steht es mit Benedict als Thronanwärter?«

»Er scheint zufrieden zu sein, wo er ist – irgendwo in den Schatten.«

Zweites Kapitel

»Was hält er von der ganzen Sache?«
»Er ist nicht uneingeschränkt dafür. Doch wir nehmen nicht an, daß er aktiven Widerstand leistet. Das würde die Dinge zu sehr aus dem Lot bringen.«
»Ich verstehe«, sagte ich. »Und Bleys?«
»Er und Eric haben sich einige Male ziemlich hitzig um die Frage gestritten, doch die Soldaten hören nicht auf Bleys. Er hat Amber vor etwa drei Monaten verlassen. Könnte sein, daß er später Ärger macht. Aber immerhin sind wir gewarnt.«
»Gérard? Caine?«
»Sie unterstützen Eric. Ich wollte wissen, wo du stehst.«
»Was ist mit den Mädchen?«
Er zuckte die Achseln.
»Die lassen doch alles auf sich zukommen. Kein Problem.«
»Und vermutlich wird Corwin ...«
»Da gibt's keine neuen Nachrichten. Er ist tot, das wissen wir doch alle. Auf seinem Denkmal sammelt sich seit Jahrhunderten der Staub. Wenn nicht, hat er sich auf ewig losgesagt von Amber. Von dieser Seite ist nichts zu erwarten. Doch ich frage mich, wo du stehst.«
Ich lachte leise. »Ich bin kaum in der Lage, eine starke Position zu vertreten«, sagte ich.
»Aber wir müssen es jetzt wissen.«
Ich nickte.
»Ich habe bisher noch immer erkennen können, aus welcher Richtung der Wind weht«, sagte ich. »Ich gedenke nicht, dagegen anzusegeln.«
Er lächelte und erwiderte mein Kopfnicken.
»Sehr gut«, sagte er.
»Wann ist die Krönung? Ich nehme doch an, daß ich eingeladen bin?«
»Natürlich, natürlich. Aber der Termin ist noch nicht festgesetzt. Vorher müssen noch ein paar Kleinigkeiten erledigt werden. Sobald die Angelegenheit feststeht, wird sich einer von uns wieder mit dir in Verbindung setzen.«
»Vielen Dank, Julian.«
»Auf Wiedersehen, Random.«
Und ich saß da und starrte eine Zeitlang beunruhigt vor mich hin, ehe ich meinen Marsch ins Tal fortsetzte. Wie viel Zeit hatte es Eric gekostet, auf diese Entwicklung hinzuarbeiten? fragte ich mich. Ein gewisser Teil des Drähteziehens in Amber ließ sich ziemlich schnell bewerkstelligen, doch die Grundsituation schien das Ergebnis langfristiger Überlegungen und Planungen zu sein. Ich konnte natürlich nicht ausschließen, daß er hinter Brands übler Lage steckte. Zugleich mußte ich an die Möglichkeit denken, daß er auch irgendwie mit Vaters Ver-

schwinden zu tun hatte. Das wäre natürlich keine Kleinigkeit. Dazu müßte er sich eine wirklich narrensichere Falle ausgedacht haben. Doch je mehr ich darüber nachdachte, desto weniger war ich willens, ihm eine solche Tat *nicht* zuzutrauen. Ich staubte sogar ein paar ganz alte Vermutungen ab hinsichtlich seiner Rolle bei deinem Tod, Corwin. Doch im ersten Augenblick fiel mir überhaupt nichts ein, was ich dagegen tun könnte. Mach mit, sagte ich mir, wenn dort die wahre Macht liegt. Versuch, auf der Sonnenseite zu bleiben.

Dennoch ... Man sollte es immer darauf anlegen, sich einen Tatbestand von mehr als einer Seite schildern zu lassen. Ich versuchte, zu einem Entschluß zu kommen, wer mir wohl Aufklärung geben könnte. Während ich diese Überlegungen anstellte, schaute ich über die Schulter zurück, um noch einmal die ungeheuren Berghöhen zu bewundern, die ich nicht ganz bewältigt hatte. Dabei fiel mir etwas auf.

In den oberen Regionen machte ich eine Gruppe von Reitern aus. Sie hatten das Gebirge offenbar auf demselben Wege überquert wie ich. Ich vermochte sie nicht genau zu zählen, doch ihre Zahl schien dem Dutzend verdächtig nahe zu sein – eine ziemlich große Gruppe für gerade jenen Ort und jenen Augenblick. Als ich feststellte, daß die Leute den Weg einschlugen, den auch ich genommen hatte, verspürte ich ein seltsames Kribbeln im Nacken. Wenn nun ...? Wenn es sich nun um dieselben Burschen handelte? Ich hatte das Gefühl, daß sie es waren.

Einzeln kamen sie nicht gegen mich an. Und selbst zu mehreren hatten sie nichts Berauschendes auf die Beine gestellt. Darum ging es nicht. Niederschmetternd war vielmehr die Erkenntnis, daß wir, wenn ich mit meiner Vermutung über diese Leute richtig lag, nicht die einzigen waren, die die Schatten auf durchgreifende Weise zu manipulieren vermochten. Es bedeutete, daß auch jemand anders eine Fähigkeit beherrsche, von der ich seit früher Jugend angenommen hatte, daß sie allein unseren Familienmitgliedern zustand. Wenn man außerdem die Tatsache in Betracht zog, daß sie Brands Wächter waren, schienen ihre Absichten gegenüber unserer Familie – zumindest einem Teil der Familie – nicht allzu wohlwollend zu sein.

Natürlich waren sie zu weit entfernt, als daß ich eindeutig feststellen konnte, ob es sich wirklich um meine Verfolger handelte. Doch wenn man beim Überlebensspiel die Oberhand behalten will, muß man jede Möglichkeit in Betracht ziehen. War es möglich, daß Eric besondere Wesen gefunden, ausgebildet oder geschaffen hatte, Geschöpfe, die ihm in dieser Hinsicht aushalfen? Neben dir und Eric hatte Brand einen der gültigsten Ansprüche auf die Nachfolge gehabt ... damit will ich nichts gegen deinen Fall sagen, verdammt! Du weißt schon, was ich meine. Ich muß dir davon erzählen, um dir zu verdeutlichen, was ich damals dachte. Das ist alles. Brand hatte also einen ziemlich guten

Zweites Kapitel

Anspruch, wäre er nur in der Lage gewesen, ihn anzumelden. Da du verschwunden warst, mußte er als Erics Hauptrivale gelten, wenn es darum ging, die bestehende Situation zu legalisieren. Wenn ich diesen Umstand zusammen mit Brands schlimmem Schicksal und der Fähigkeit dieser Kerle sah, die Schatten zu durchqueren, stand Eric für mich plötzlich in einem viel ungünstigeren Licht da. Dieser Gedanke ängstigte mich mehr als die Reiter selbst, die mich allerdings auch nicht gerade mit Entzücken erfüllten. Ich überlegte mir, daß ich nun sofort handeln mußte: Ich wollte mit jemandem in Amber sprechen, der mich dann durch seinen Trumpf zu sich holen konnte.

Gut. Ich traf eine schnelle Entscheidung. Gérard schien mir der beste Kandidat zu sein. Er ist Vernunftgründen zugänglich und neutral. In den meisten Dingen ehrlich. Und nach Julians Worten schien Gérards Rolle in der ganzen Angelegenheit doch etwas passiv zu sein. Ihm lag bestimmt nicht daran, Ärger zu machen. Was nicht bedeutete, daß er einverstanden war. Wahrscheinlich gab er sich wie immer: als der vorsichtige, konservative Gérard. Nachdem diese Entscheidung gefallen war, griff ich nach meinen Karten und hätte fast aufgeheult. Sie waren fort!

Ich durchsuchte jede Tasche in jedem Kleidungsstück, das ich am Leibe trug. Ich hatte die Karten mitgenommen, als ich Texorami verließ. Allerdings hätte ich sie während der Aktionen des gestrigen Tages jederzeit verlieren können; ich war genügend herumgesprungen und durchgebeutelt worden. Und ich hatte schon ganz andere Dinge verloren. In meinem Zorn stellte ich mir eine komplizierte Litanei aus Flüchen zusammen und grub meinem Pferd die Hacken in die Flanken. Jetzt mußte ich schnell vorankommen und noch schneller denken. Zunächst kam es darauf an, einen netten, belebten, zivilisierten Ort zu erreichen, wo ein Attentäter der primitiven Sorte im Nachteil war.

Während ich talwärts galoppierte und dabei auf eine der Straßen zuhielt, arbeitete ich mit dem Stoff, aus dem die Schatten sind – diesmal ganz vorsichtig, wobei ich meine volle Geschicklichkeit einsetzte. Es gab im Augenblick nur zwei Dinge, die ich mir wünschte: einen letzten Angriff auf meine möglichen Verfolger und Zugang zu einem Zufluchtsort.

Die Welt schimmerte und beschrieb eine letzte Wende, wurde zu dem Kalifornien, das ich gesucht hatte. Ein scharrendes, grollendes Geräusch schlug mir an die Ohren – das letzte i-Tüpfelchen, auf das es mir ankam. Als ich zurückblickte, sah ich, wie sich ein Teil der Felswand löste und wie in Zeitlupe auf die Reiter stürzte. Kurz darauf war ich abgestiegen und ging auf die Straße zu. Ich wußte die Jahreszeit nicht und fragte mich, wie das Wetter wohl in New York war.

Nach kurzer Zeit tauchte der Bus auf, den ich erwartet hatte, und stoppte auf mein Zeichen. Ich setzte mich an einen Fensterplatz, rauchte und beobachtete die Landschaft. Bald darauf schlief ich ein.

Ich erwachte erst am frühen Nachmittag, als wir eine Busstation erreichten. In der Zwischenzeit war ich sehr hungrig geworden und beschloß, etwas zu essen, ehe ich mit dem Taxi zum Flughafen fuhr. Mit meinen Texorami-Dollar erstand ich drei Käsesandwiches und ein Malzbier. Die Mahlzeit dauerte etwa zwanzig Minuten. Als ich die Snackbar verließ, sah ich eine Anzahl von Taxis vor dem Haus stehen. Doch ehe ich mir einen Wagen aussuchte, beschloß ich, auf der Männertoilette noch etwas Wichtiges zu erledigen.

Im ungünstigsten Augenblick, den du dir vorstellen kannst, flogen plötzlich hinter mir sechs Toilettentüren auf, und die Insassen der Kabinen stürzten sich auf mich. Die Spitzen auf ihren Handrücken, die übergroßen Kinnladen, die glühenden Augen – kein Zweifel! Sie hatten mich nicht nur eingeholt, sondern waren inzwischen ebenso unauffällig gekleidet wie ich. Zerstoben waren meine letzten Zweifel hinsichtlich ihrer Macht über die Schatten.

Zum Glück war einer der Angreifer schneller als die anderen. Außerdem wußten die Burschen angesichts meiner Größe wohl nicht, wie kräftig ich wirklich bin. Ich packte den ersten oben am Arm, wobei ich seinen Knöchelbajonetten auswich, zerrte ihn herum, zog ihn hoch und warf ihn den anderen entgegen. Dann machte ich kehrt und lief los. Auf dem Weg nach draußen machte ich die Tür kaputt. Den Hosenschlitz bekam ich erst zu, als ich in einem Taxi saß und der Fahrer mit durchdrehenden Reifen angefahren war.

Genug. Jetzt ging es mir nicht mehr um ein einfaches Versteck. Ich wollte mir ein Spiel Trümpfe besorgen und ein anderes Familienmitglied informieren. Wenn es sich um Erics Geschöpfe handelte, mußten die anderen davon erfahren. Wenn nicht, mußte auch Eric Bescheid wissen. Wenn sich diese Wesen so mühelos durch die Schatten bewegen konnten, war diese Gabe vielleicht auch anderen zugänglich. Was immer sie darstellten, mochte eines Tages zur Gefahr für das eigentliche Amber werden. Einmal angenommen, daß aus dem trauten Kreis meiner Familie niemand mit dieser Sache zu tun hatte, daß Vater und Brand die Opfer eines bisher völlig unbekannten Gegners waren. Dann existierte wirklich eine große Gefahr, der ich direkt in die Arme gelaufen war. Zugleich ein ausgezeichneter Grund für diese verbissene Jagd auf mich – der Gegenseite lag sicher sehr daran, mich zu erwischen. Meine Gedanken überstürzten sich. Vielleicht trieb man mich in eine Falle. Vielleicht waren die sichtbaren Gegner nicht die einzigen, die an der Treibjagd beteiligt waren.

Zweites Kapitel

Ich brachte meine Gefühle unter Kontrolle. Man muß sich dieser Dinge nacheinander erwehren, so wie sie auf einen zukommen, redete ich mir ein. Trenne Gefühle von Vermutungen! Dies ist der Schatten von Schwester Flora. Sie lebt am anderen Rande des Kontinents in einem Ort, der Westchester heißt. Geh an ein Telefon, laß dich mit der Auskunft verbinden, ruf sie an. Sag ihr, es wäre dringend, bitte um ihren Schutz. Das kann sie dir nicht verweigern, selbst wenn sie dich haßt. Dann setz dich in eine Düsenmaschine und flieg zu ihr. Laß deinen Vermutungen unterwegs freien Raum, wenn du unbedingt mußt – doch im Augenblick bewahre einen kühlen Kopf!

Ich rief also vom Flughafen aus an, und du warst dran, Corwin. Das war die unbekannte Größe, die alle Gleichungen durchbrach, welche ich in meinem Geist bewegt hatte – daß du plötzlich auftauchen würdest, in diesem Augenblick, an jenem Ort, in jenem Stadium der Ereignisse! Als du mir deinen Schutz anbotest, packte ich die Gelegenheit beim Schopfe – und das nicht nur, weil ich Schutz brauchte. Ich hätte die sechs Burschen vermutlich auch allein erledigen können. Aber darum ging es nicht mehr. *Ich dachte nun, es wären deine Kreaturen!* Ich stellte mir vor, daß du dich die ganze Zeit zurückgehalten und auf den richtigen Augenblick des Handelns gewartet hättest. Und jetzt, so sagte ich mir, warst du bereit. Hier hatte ich die Erklärung für alles. Du hattest Brand aus dem Verkehr gezogen und wolltest deine schattenwandernden Zombies nun dazu verwenden, Eric zu überrumpeln. Dabei wollte ich auf deiner Seite sein, denn ich haßte Eric und wußte, daß du zu planen verstehst und gewöhnlich auch bekommst, was du haben willst. Ich erwähnte die Verfolgung durch Männer aus den Schatten um zu sehen, was du sagen würdest. Die Tatsache, daß du gar nichts sagtest, bewies allerdings wenig. Entweder warst du überaus vorsichtig, überlegte ich, oder du konntest nicht wissen, wo ich gewesen war. Zugleich ging mir die Möglichkeit durch den Kopf, daß ich hier vielleicht in eine deiner Fallen tappte – doch ich steckte bereits in der Klemme und konnte mir nicht vorstellen, daß ich für das Machtgleichgewicht so wichtig war, daß du mich wirklich beseitigen wolltest. Besonders wenn ich dir meine Unterstützung zusagte, wozu ich durchaus bereit war. Ich flog also los. Und was soll ich dir sagen? – Die sechs kamen tatsächlich später an Bord und verfolgten mich. Gibt er mir eine Eskorte mit? fragte ich mich. Doch weitere Mutmaßungen hatten keinen Sinn. Ich schüttelte sie nach der Landung ab und fuhr zu Floras Haus. Dann tat ich, als hätte ich überhaupt noch keine Vermutungen angestellt, und wartete ab, was du tun würdest. Als du mir halfst, die Kerle zu beseitigen, war ich äußerst verwirrt. Warst du wirklich überrascht, oder spieltest du mir das nur vor, wobei du ein paar von deinen Gefolgsleuten opfertest, um mich über etwas im unklaren zu lassen?

Also gut, sagte ich mir, stell dich unwissend, mach mit, sieh zu, was er vorhat. Ich war der perfekte Partner für die Rolle, die du spielen mußtest, um deinen Gedächtnisverlust zu vertuschen. Als ich die Wahrheit erfuhr, war es zu spät. Da waren wir bereits unterwegs nach Rebma, und kein Detail meiner Erlebnisse hätte dir etwas bedeutet. Später, nach der Krönung, habe ich auch Eric nichts von der Sache erzählt. Ich war sein Gefangener und ihm nicht gerade wohlgesonnen. Dabei spielte auch der Gedanke eine Rolle, daß meine Informationen eines Tages etwas wert sein mochten – zumindest meine Freiheit –, wenn die Gefahr jemals reale Formen annehmen sollte. Was Brand angeht, so möchte ich bezweifeln, ob mir irgend jemand geglaubt hätte, und selbst wenn, war ich der einzige, der genau wußte, wie jener Schatten zu erreichen ist. Kannst du dir vorstellen, daß Eric dies als Grund für meine Freilassung hätte gelten lassen? Er hätte nur gelacht und mich aufgefordert, mir eine bessere Geschichte auszudenken. Außerdem habe ich nie wieder von Brand gehört. Auch keiner der anderen scheint seither mit ihm in Verbindung gewesen zu sein. Vermutlich ist er inzwischen tot. Und das ist die Geschichte, die ich dir immer schon mal erzählen wollte, Corwin. Versuch du festzustellen, was das alles bedeutet.«

3

Ich musterte Random und dachte daran, was für ein hervorragender Kartenspieler er doch war. Doch sein Gesicht verriet mir nicht mehr als beispielsweise ein beliebiger Karo-Bube, ob er nun log oder nicht – im Großen oder im Detail. Die Sache mit dem Buben war übrigens eine hübsche Ausschmückung. Und seine Geschichte enthielt genügend Dinge dieser Art, um sie irgendwie wahrheitsgemäß erscheinen zu lassen.

»Um mit Ödipus, Hamlet, Lear und all den Burschen zu sprechen«, sagte ich. »Ich wünschte, ich hätte das alles schon früher gewußt.«

»Dies war die erste Gelegenheit, dir die Geschichte zusammenhängend zu erzählen«, erwiderte er.

»Sicher«, stimmte ich zu. »Leider macht sie die Dinge nicht klarer, sondern trägt eher dazu bei, das Rätsel noch rätselhafter erscheinen zu lassen. Was keine Kleinigkeit ist. Hier stehen wir nun am Ende einer schwarzen Straße, die bis zum Fuße des Kolvir reicht. Sie durchschneidet alle Schatten, und Wesen sind auf ihr herangemarschiert, um Amber zu belagern. Die Beschaffenheit der Kräfte, die dahinterstehen, kennen wir nicht, doch sind sie offenbar bösartig und scheinen an Stärke zuzunehmen. Ich habe ihretwegen seit einiger Zeit Schuldgefühle, weil diese Phänomene meiner Auffassung nach mit meinem Fluch zu tun haben. Ja, ich habe uns mit einem Fluch belegt. Doch ob das Problem nun damit zu tun hat oder nicht – letztlich löst sich alles zu einer Art greifbarer Erscheinung auf, die man bekämpfen kann. Und genau das werden wir tun. Doch habe ich mir die ganze Woche darüber klarzuwerden versucht, welche Rolle Dara spielt. Wer ist sie wirklich? Was ist sie? Warum war sie so daran interessiert, das Muster zu erobern? Wieso ist es ihr gelungen? Und dann ihre letzte Drohung! ›Amber wird vernichtet werden‹, hat sie gesagt. Es scheint mir kein Zufall zu sein, daß dies zur gleichen Zeit passierte wie der Angriff über die schwarze Straße. Ich sehe es nicht als etwas Eigenständiges, sondern als Teil desselben Grundmusters. Und alles scheint irgendwie auf die Tatsache hinauszulaufen, daß es hier in Amber einen Verräter gibt – Caines Tod, die Notizen … Irgend jemand bei uns begünstigt entweder einen Feind von außen oder steckt selbst hinter der ganzen Sache. Und jetzt bring das mal alles mit Brands Verschwinden zusammen – durch diesen Burschen.« Ich stieß die Leiche mit dem Fuß an. »Damit sieht es doch so aus, als gehörte Vaters Tod oder Abwesenheit ebenfalls dazu. Doch wenn das der Fall ist, müssen wir daraus auf eine umfassende Verschwörung schließen, bei der über eine Reihe von Jahren ein sorgfältig geplantes Detail auf das andere gesetzt worden ist.«

Random untersuchte einen Schrank in der Ecke und holte eine Flasche und zwei Kelche. Er füllte sie, brachte mir einen und kehrte zu seinem Stuhl zurück. Stumm tranken wir auf die Nutzlosigkeit.

»Nun«, sagte er, »Ränke zu schmieden, ist immerhin die Lieblingsbeschäftigung hier, und jedermann hat viel Zeit, weißt du. Wir sind beide zu jung, um uns an unsere Brüder Osric und Finndo zu erinnern, die im Dienste an Amber gestorben sind. Doch der Eindruck, den ich aus meinem Gespräch mit Benedict gewonnen habe ...«

»Ja«, sagte ich. »Danach haben sie hinsichtlich des Throns mehr als nur Hoffnungen geäußert. Folglich war es unumgänglich, daß sie für Amber tapfer starben. Davon habe ich auch schon läuten hören. Vielleicht ist das so, vielleicht aber auch nicht. Genau erfahren werden wir das nie. Dennoch ... Ja, ich verstehe, was du meinst, aber das ist doch ohnehin klar. Ich bezweifle nicht, daß man es schon früher versucht hat. Einigen aus unserem Kreise ist das durchaus zuzutrauen. Doch wem? Bis wir das wissen, stehen wir unter einem lähmenden Handicap. Jeder offene Zug wird vermutlich bemerkt und verraten werden. Laß dir mal etwas einfallen.«

»Corwin«, sagte er, »ich will ganz ehrlich sein: Ich glaube, ich könnte Argumente für fast jeden von uns vortragen, sogar für mich, der ich immerhin in Amber gefangen war. Im Grunde wäre das sogar der beste Schutz für mich. Es hätte mich wirklich entzückt, äußerlich völlig hilflos dazustehen, während ich in Wirklichkeit an den Fäden zog, nach denen die anderen tanzen mußten. Das trifft natürlich auf uns alle zu. Wir alle haben unsere Motive, unsere Wunschvorstellungen. Und mit den Jahren haben wir alle Zeit und Gelegenheit gehabt, gewisse Vorbereitungen zu treffen. Nein, die Suche nach Verdächtigen ist der falsche Weg. Da käme jedermann in Frage. Wir sollten lieber zu bestimmen versuchen, was ein solches Individuum auszeichnen würde – *neben* den Motiven, *neben* der Gelegenheit zur Tat. Ich würde sagen, schauen wir uns die angewandten Methoden an.«

»Also gut. Fang an.«

»Einige von uns wissen mehr als andere über die Funktion der Schatten – über die kleinen Tricks, die Grundlagen für das Warum und Wie. Der Unbekannte verfügt außerdem über Verbündete, die er sich irgendwie von weither geholt hat. Dies ist die Kombination, mit der er gegen Amber vorgegangen ist. Leider haben wir keine Möglichkeit, uns eine Person anzuschauen und zu erkennen, ob sie solche besonderen

Drittes Kapitel

Kenntnisse und Fähigkeiten besitzt. Doch überlegen wir einmal, wo der Betreffende sie sich hätte aneignen können. Möglich, daß er ganz auf sich gestellt in den Schatten etwas erfahren, etwas dazugelernt hat. Oder er hat diese Dinge von Anfang an hier studiert, als Dworkin noch lebte und bereit war, Unterricht zu geben.«

Ich starrte in mein Glas. Es war nicht ausgeschlossen, daß Dworkin auch heute noch am Leben war. Er hatte mir zur Flucht aus den Verliesen von Amber verholfen – wie lange war das jetzt her? Ich hatte bisher niemandem davon erzählt und gedachte es auch jetzt nicht zu tun. Zum einen war Dworkin ziemlich verrückt – offenbar einer der Gründe, warum Vater ihn eingesperrt hatte. Zum anderen hatte er Kräfte zur Schau gestellt, die ich nicht verstand – und das hatte mich zu der Überzeugung gebracht, daß er ziemlich gefährlich sein konnte. Allerdings war er mir durchaus freundlich gesonnen gewesen, obwohl ich mir keine große Mühe gegeben hatte, mich bei ihm einzuschmeicheln. Wenn er noch irgendwo existierte, mochte ich bei einiger Geduld ganz gut mit ihm auskommen.

Aus diesem Grunde hatte ich die ganze Episode als mögliche Geheimwaffe für mich behalten. Und jetzt sah ich keinen Grund, diesen Entschluß zu ändern.

»Brand ist ziemlich oft mit Dworkin zusammen gewesen«, bestätigte ich, als mir klar wurde, worauf er hinauswollte. »Er interessierte sich für diese Dinge.«

»Genau«, erwiderte Random. »Und er wußte offensichtlich mehr darüber als wir übrigen – sonst hätte er die Kontaktaufnahme ohne Trumpf nicht geschafft.«

»Du meinst, er hat sich mit Außenseitern verbündet, ihnen den Weg bereitet und dann feststellen müssen, daß sie ihn nicht mehr brauchten – und in die Gefangenschaft schickten?«

»Nicht unbedingt. Allerdings wäre das eine Möglichkeit. Ich will aber auf eine andere Variante hinaus – wobei ich nicht abstreite, daß ich für ihn eingenommen bin: Ich glaube, er kannte sich mit dem Thema ausreichend aus um zu erkennen, sobald jemand mit den Trümpfen, dem Muster oder den Schatten unmittelbar um Amber etwas Ungewöhnliches anstellte. Doch dabei beging er einen Fehler. Vielleicht unterschätzte er den Bösewicht und forderte ihn direkt heraus, anstatt sich mit Vater oder Dworkin in Verbindung zu setzen. Was dann? Der ehemalige Verbündete überwältigte ihn und setzte ihn in dem Turm gefangen. Entweder hatte er eine so hohe Meinung von Brand, daß er ihn nicht töten wollte, wenn es nicht unbedingt erforderlich war, oder er glaubte, ihn eines Tages noch brauchen zu können.«

»Aus deinem Munde hört sich auch diese Version glaubhaft an«, sagte ich und hätte am liebsten hinzugefügt: »Und paßt natürlich hübsch zu deiner Geschichte«, um sodann sein Pokergesicht im Auge zu behalten – doch etwas hielt mich zurück. Vor längerer Zeit, als ich mit Bleys zusammen war, hatte ich beim Herumspielen mit den Trümpfen kurz Kontakt mit Brand gehabt. Dabei hatte ich seine Notlage gespürt, seine Gefangenschaft, aber dann war die Verbindung wieder abgebrochen. Insoweit konnte Randoms Geschichte stimmen. Ich sagte also: »Wenn er uns den Schuldigen zeigen kann, müssen wir ihn schon allein deswegen zurückholen.«

»Ich hatte gehofft, daß du das sagen würdest«, erwiderte Random. »Es geht mir gegen den Strich, eine solche Sache unerledigt zu lassen.«

Ich holte die Flasche und schenkte uns nach.

»Doch ehe wir uns näher damit befassen«, sagte ich, »muß ich einen geeigneten Weg finden, die schlimme Nachricht über Caine an den Mann zu bringen. Wo steckt Flora?«

»Ich glaube, unten in der Stadt. Heute früh war sie noch hier. Ich bin sicher, ich kann sie für dich auftreiben.«

»Ja, bitte tu das. Sie ist meines Wissens die einzige, die diese Kerle gesehen hat, als sie damals in ihr Haus in Westchester stürmten. Es wäre gut, wenn sie unsere Geschichte über den unangenehmen Charakter dieser Typen insoweit unterstützen kann. Außerdem möchte ich ihr noch einige andere Fragen stellen.«

Random leerte sein Glas und stand auf.

»Also gut. Ich erledige das sofort. Wohin soll ich sie bringen?«

»Zu mir. Wenn ich nicht dort bin, wartet bitte.«

Er nickte.

Ich stand auf und begleitete ihn in den Flur.

»Hast du den Schlüssel zu diesem Zimmer?« fragte ich.

»An einem Haken drinnen.«

»Dann schließ lieber ab. Wir wollen doch nicht, daß die Sache vorzeitig ans Licht kommt.«

Er schloß ab und gab mir den Schlüssel. Ich begleitete ihn zum ersten Treppenabsatz und verabschiedete mich von ihm. Dann suchte ich meine Räume auf.

Aus dem Safe nahm ich das Juwel des Geschicks, ein Rubinschmuckstück, das Vater und Eric die Wetterkontrolle rings um Amber ermöglicht hatte. Vor seinem Tode hatte mir Eric gesagt, was ich tun mußte, um das Juwel auf mich einzustimmen. Bis jetzt hatte ich noch keine Zeit gehabt, diesen Anweisungen zu folgen, und eigentlich fehlte mir die Zeit immer noch. Doch während meines Gesprächs mit Random war ich zu dem Schluß gekommen, daß ich mir die Zeit einfach nehmen mußte. Ich hatte Dworkins Notizen in der Nähe von Erics Kamin unter einem Stein gefunden. Auch das hatte er mir in seinen letzten Minuten verraten. Ich hätte gern gewußt, wie diese Notizen überhaupt in seinen

Drittes Kapitel

Besitz gekommen waren, denn sie waren unvollständig. Ich nahm sie aus dem hinteren Teil des Safes und blätterte sie noch einmal durch. Sie entsprachen Erics Anweisungen hinsichtlich der Einstimmung auf das Juwel.

Doch sie ließen erkennen, daß der Edelstein auch noch anders genutzt werden konnte, daß die Kontrolle meteorologischer Erscheinungen eine fast nebensächliche, wenn auch spektakuläre Auswirkung eines Komplexes von Prinzipien war, der dem Muster, den Trümpfen und der physikalischen Integrität des eigentlichen Amber abseits der Schatten zugrunde lag. Leider wurden keine Details aufgeführt. Doch je mehr ich mein Gedächtnis durchforschte, desto realer erschien mir die Grundlage für eine solche Vermutung. Vater hatte das Juwel nur selten getragen; und obwohl er es als Wetterveränderer bezeichnet hatte, war bei den Gelegenheiten, da er das Schmuckstück vorgeführt hatte, das Wetter nicht immer spürbar anders geworden. Und er hatte den Stein oft auf seinen kleinen Reisen mitgenommen. Ich war also gewillt zu glauben, daß tatsächlich mehr dahinter steckte. Eric hatte wahrscheinlich ähnliche Vermutungen gehegt, doch auch er war nicht in der Lage gewesen, die anderen Anwendungsarten herauszufinden. Er hatte lediglich die offensichtlichen Fähigkeiten des Juwels ausgenutzt, als Bleys und ich Amber angriffen; und er hatte es letzte Woche auf gleiche Weise eingesetzt, als die Wesen der schwarzen Straße ihren Angriff wagten. Beide Male hatte ihm das Juwel gut gedient, wenn es ihm auch nicht das Leben hatte retten können. Nun war es ratsam, sich die volle Gewalt über das Juwel zu verschaffen, sagte ich mir. Jeder kleine zusätzliche Vorteil war wichtig. Und es war gut, wenn man mich das Ding tragen sah. Besonders jetzt.

Ich legte die Notizen in den Safe zurück und steckte das Juwel in die Tasche. Dann begab ich mich in die untere Etage des Palastes. Wieder verlieh mir die Umgebung der riesigen Säle das Gefühl, als wäre ich niemals fort gewesen. Dies war mein Zuhause, hier wollte ich leben. Von nun an war ich der Behüter der Stadt. Ich trug nicht die Krone, doch waren die Probleme des Herrschers die meinen geworden. Das war wirklich ironisch. Ich war zurückgekehrt, um den Thron zu beanspruchen, um Eric die Krone zu entreißen, ich wollte den Ruhm, ich wollte herrschen. Doch plötzlich wankte der Boden unter unseren Füßen. Wir hatten ziemlich schnell erkannt, daß sich Eric nicht richtig verhalten hatte. Wenn er Vater wirklich umgebracht hatte, besaß er keinen Anspruch auf die Krone. Wenn nicht, hatte er voreilig gehandelt. Wie dem auch sei – die Krönung hatte nur dazu gedient, sein bereits aufgeblasenes Selbstgefühl weiter zu stärken. Ich selbst, ich strebte nach der Krone und wußte, daß ich ihre Last tragen konnte. Doch es wäre nun ebenso unsinnig gewesen, den Thron zu besteigen, während meine

Truppen noch in Amber lagerten, während der Verdacht, Caine ermordet zu haben, in Kürze auf mich fallen würde, während sich mir zugleich die ersten Anzeichen für eine fantastische Verschwörung offenbarten und im übrigen nach wie vor die Möglichkeit bestand, daß Vater noch lebte. Wir hatten seit seinem Verschwinden wohl mehrfach in Verbindung gestanden, und bei einer dieser Gelegenheiten, vor Jahren, hatte er sich mit meiner Thronbesteigung einverstanden erklärt. Doch in der Stadt gab es soviel Lug und Trug, daß ich nicht mehr wußte, was ich glauben sollte. Vater hatte nicht abgedankt. Außerdem hatte ich eine Kopfverletzung erlitten und war mir meiner eigenen Wünsche nur zu klar bewußt. Der Verstand ist ein seltsames Ding. Ich traute nicht mal mir selbst. War es denkbar, daß ich die ganze Sache selbst eingefädelt hatte? Seither war viel geschehen. Der Preis für das Leben als Amberianer ist vermutlich der perverse Umstand, daß man sich selbst nicht mehr trauen kann. Ich überlegte, was Freud wohl darüber gesagt hätte. Es war ihm zwar nicht gelungen, meine Amnesie zu durchbrechen, doch er hatte einige erstaunlich präzise Vermutungen über meinen Vater angestellt – wie er gewesen war, wie unsere Beziehung ausgesehen hatte. Das war mir damals gar nicht so bewußt geworden. Ich wünschte, ich könnte noch ein Gespräch mit dem genialen Gelehrten der Schattenwelt führen.

Ich wanderte durch den marmornen Eßsaal und trat in den dahinterliegenden dunklen und engen Korridor. Ich nickte dem Wächter zu und marschierte bis zum Ende, durch die Tür, hinaus auf die Plattform, dann hinab. Die endlose Wendeltreppe, die ins Innere Kolvirs führt. Hinabsteigen. Ab und zu Lichter. Dahinter Schwärze.

Es wollte mir scheinen, als habe sich irgendwann in der nahen Vergangenheit ein Gleichgewicht verschoben, so daß ich nicht mehr selbst handelte, sondern zum Handeln gebracht wurde – daß irgend etwas mich in Trab hielt, mich zum Reagieren zwang. Mich bedrängte. Und jeder Zug führte zum nächsten. Wo hatte das alles begonnen? Vielleicht ging es schon seit Jahren so, und ich begann es gerade erst zu merken. Vielleicht waren wir alle irgendwie Opfer – in einem Ausmaß und auf eine Weise, die sich keiner von uns klargemacht hatte. Ein großartiger Stoff für morbide Gedanken! Mehr als alles auf der Welt hatte ich König sein wollen – und wollte es noch immer. Doch je mehr ich erfuhr und je mehr ich über das Erfahrene nachdachte, um so stärker wurde mein Eindruck, daß ich lediglich Figur auf einem riesigen Spielbrett gewesen war. Dabei machte ich mir plötzlich klar, daß ich dieses Gefühl schon seit geraumer Zeit hatte, daß es sich immer stärker bemerkbar machte und mir ganz und gar nicht gefiel. Doch, so tröstete ich mich, es gibt kein irgendwie geartetes Lebewesen, das nicht irgendwelche Fehler macht. Wenn mein Gefühl eine reale Basis hatte, rückte mein ureigenster Pawlow mit jedem Glockenschlag mehr in die Reichweite meiner Fänge. Bald, bald, ich spürte, es mußte bald sein, würde ich dafür sorgen müssen, daß er mir zu nahe kam. Und dann lag es an mir, dafür zu sorgen, daß er weder entwischte noch jemals zurückkehrte.

Herum, herum, immer im Kreis, hinab, hier ein Licht, dort ein Licht, dies meine Gedanken wie ein Faden auf einer Spule, aufrollend oder abrollend, das war nicht genau zu bestimmen. Unter mir der Klang von Metall auf Stein. Die Schwertscheide eines Wächters, der sich erhob. Schwankendes Licht von einer emporgehobenen Laterne.

»Lord Corwin ...«

»Jamie.«

Unten nahm ich eine Laterne vom Regal. Ich stellte ein Licht hinein, machte kehrt und ging auf den Tunnel zu, wobei ich die Dunkelheit Schritt um Schritt vor mir herschob.

Endlich der Gang, und hinein, dabei die Abzweigungen zählend. Ich mußte den siebenten Seitentunnel nehmen. Echos und Schatten. Dumpfheit und Staub.

Dann am Ziel. Abbiegen. Nicht mehr weit.

Endlich die große, dunkle metallgefaßte Tür. Ich schloß auf und schob sie mühsam auf. Sie quietschte, leistete Widerstand, bewegte sich schließlich einwärts.

Ich stellte die Laterne rechts hinter der Tür ab. Ich brauchte sie nicht mehr, da das Muster ausreichend Licht ausstrahlte für das, was ich im Sinn hatte.

Einen Augenblick lang betrachtete ich das Muster – eine riesige schimmernde Masse gekrümmter Linien, die dem Auge Fallstricke stellten, wenn es versuchte, den Spuren zu folgen; eingebettet in die schimmernde Schwärze des Bodens. Dieses Muster hatte mir Macht über die Schatten geschenkt, es hatte den größten Teil meiner Erinnerungen zurückgeholt. Es würde mich augenblicklich vernichten, wenn ich nicht richtig damit umging. Wie immer meine Dankbarkeit gegenüber dem Muster aussah, sie war nicht ohne Furcht. Das Muster war ein herrlich rätselhaftes Familienerbstück, das sich genau dort befand, wohin es gehörte – im Keller.

Ich bewegte mich in die Ecke, wo das Labyrinth seinen Anfang hatte. Dann sammelte ich meine Gedanken, entspannte die Muskeln und stellte den linken Fuß auf das Muster. Ohne zu zögern, marschierte ich voran und spürte sofort die elektrische Spannung. Blaue Funken zeichneten die Umrisse meiner Stiefel nach. Noch ein Schritt. Diesmal ertönte ein Knistern, und der Widerstand setzte ein. Ich ging durch die erste Kurve und bemühte mich um Eile, wollte ich doch den Ersten Schleier möglichst schnell erreichen. Als es soweit war, bewegte sich mein Haar, und die Funken waren heller und länger geworden.

Ich mußte meine Anstrengungen verstärken. Jeder Schritt erforderte größere Mühe als der letzte. Das Knistern wurde lauter, die Spannung erhöhte sich. Meine Haare stellten sich auf, und ich schüttelte die Funken ab. Ich blickte starr auf die flackernde Feuerlinie und stemmte mich vorwärts.

Plötzlich ließ der Druck nach. Ich taumelte, blieb aber in Bewegung. Ich hatte den Ersten Schleier überwunden, was automatisch ein angenehmes Erfolgsgefühl auslöste. Ich erinnerte mich an das letzte Mal, als ich diesen Weg zurückgelegt hatte, in Rebma, der Stadt unter dem Meer. Das gerade abgeschlossene Manöver hatte die Rückkehr meiner Erinnerungen eingeleitet. Ja. Ich drängte weiter, und die Funken wurden länger, und die Elektrizität begann zuzunehmen, ließ mein Fleisch kribbeln.

Der Zweite Schleier ... Die Kurven ... Der Marsch durch das Muster schien einem stets die letzten Kräfte abzufordern und erzeugte das Gefühl, daß das gesamte Ego in reine Willenskraft umgesetzt wurde. Es war ein Gefühl des unbarmherzigen Vorwärtsstrebens. Im Augenblick war die Bewältigung des Musters das einzige auf der Welt, was mir etwas bedeutete. Ich war immer hier gewesen, hatte immer so gekämpft; ich war niemals fort gewesen, ich würde stets hier sein und meinen Willen gegen das Labyrinth der Macht setzen. Die dazwischenliegende Zeit war verschwunden. Nur die Elektrizität blieb.

Die Funken züngelten mir nun bis zu den Hüften empor. Ich erreichte die Große Kurve und kämpfte mich durch. Mit jedem Schritt wurde ich vernichtet und neugeboren, umhüllt von den Flammen der Schöpfung, verschreckt durch die Kälte am Ende der Entropie.

Hinaus und weiter, kehrtmachend. Drei weitere Biegungen, eine gerade Linie, eine Reihe von Arabesken. Schwindelgefühl, ein vages An- und Abschwellen der Empfindungen, als oszillierte ich aus dem Sein und wieder zurück. Biegung um Biegung um Biegung um Biegung ... Ein kurzer, scharfer Knick ... Die Linie, die zum Letzten Schleier führte ... Vermutlich atmete ich schwer und war in Schweiß gebadet; ich kann mich hinterher nie richtig daran erinnern. Kaum vermochte ich die Füße zu bewegen. Die Funken erreichten meine Schultern. Sie stachen mir in die Augen, und im Blinzeln vermochte ich das Muster kaum noch zu erkennen. An, aus, an, aus ... Da war es. Ich setzte den rechten Fuß vor und wußte im gleichen Augenblick, wie Benedict gefühlt haben mußte, dessen Beine vom schwarzen Gras festgehalten wurden. Unmittelbar bevor ich ihm den entscheidenden Schlag versetzte. Ich fühlte mich selbst völlig zerschlagen – überall am Leibe. Linker Fuß vorwärts ... So langsam, daß ich nicht genau wußte, ob sich das Bein überhaupt bewegte. Meine Hände waren blaue Flammen, meine Beine Feuersäulen. Noch ein Schritt. Noch einer. Und noch einer.

Drittes Kapitel

Ich kam mir vor wie eine zum Leben erwachte Statue, wie ein auftauender Schneemann, wie ein nachgebender Eisenträger ... Zwei weitere Schritte ... Drei ... Gletscherhaft waren meine Bewegungen, doch ich, der sie steuerte, hatte die ganze Ewigkeit zur Verfügung und eine Beständigkeit des Willens, die seine Anerkennung finden würde ...

Ich trat durch den Letzten Schleier. Ein enger Bogen folgte. Drei Schritte führten in Dunkelheit und Frieden. Sie waren die schlimmsten von allen.

Sisyphus! war mein erster Gedanke, als ich das Muster verließ. *Geschafft!* war mein zweiter. Und der dritte: *Nie wieder!*

Ich gönnte mir den Luxus einiger tiefer Atemzüge und eines kurzen Durchschüttelns. Dann nahm ich das Juwel aus der Tasche und hob es in die Höhe. Ich hielt es mir vor die Augen.

Im Inneren rot – ein tiefes Kirschrot, irgendwie rauchig schimmernd. Der Edelstein schien auf dem Wege durch das Muster an Licht, an Glanz gewonnen zu haben. Ich starrte hinein, dachte an Erics Instruktionen, verglich sie mit Dingen, die mir bereits bekannt waren.

Wenn man das Muster durchschritten und diesen Punkt erreicht hat, kann man sich davon an jeden Ort versetzen lassen, den man sich vorzustellen vermag. Es genügt der Wunsch und eine Willensanstrengung. Dementsprechend dachte ich nicht ohne leise Furcht an den nächsten Schritt. Wenn die Wirkung so war wie gewöhnlich, mochte ich mich in eine ungewöhnliche Falle begeben. Doch Eric hatte den Schritt erfolgreich getan. Er war nicht in den Kern eines Juwels irgendwo in den Schatten eingeschlossen worden. Dworkin, der jene Notizen niedergelegt hatte, war ein großer Mann gewesen, und ich hatte ihm vertraut.

Ich sammelte meine Gedanken und steigerte meine Konzentration auf das Innere des Steins.

Im Kern befand sich eine verzerrte Darstellung des Musters, umgeben von flimmernden Lichtpunkten, winzigen Fackeln und Blitzen, verschiedenen Kurven und Strängen. Ich traf meine Entscheidung. Ich richtete meinen Willen aus ...

Röte und langsame Bewegung. Als versänke ich in einem riesigen zähflüssigen Ozean. Zuerst sehr langsam. Ein Dahintreiben und Verdunkeln. All die hübschen Lichter noch weit, weit vor mir. Allmählich verstärkte sich meine spürbare Bewegung. Lichtflocken, fern, durchbrochen, immer wiederkehrend. Nun offenbar ein wenig schneller. Kein Größenvergleich möglich. Ich war ein Bewußtseinspunkt von unbestimmter Größe. Ich spürte Bewegung, ich nahm die Erscheinung wahr, der ich mich – nun fast beschleunigt – näherte. Die Röte war nahezu vergangen, wie auch der bewußte Gedanke an ein Medium. Der Widerstand ließ nach. Ich raste dahin. All dies schien nur einen winzigen Augenblick gedauert zu haben, schien noch immer den gleichen Augenblick zu beanspruchen. Das Ganze hatte etwas seltsam Zeitloses. Meine Geschwindigkeit in Bezug auf das, was nun mein Ziel zu sein schien, war enorm. Das kleine verdrehte Labyrinth wuchs an, löste sich zu etwas auf, das eine dreidimensionale Variation des Musters selbst zu sein schien. Durchsetzt von Funken aus farbigem Licht, wuchs es vor mir an, entfernt an eine bizarre Galaxis erinnernd, hingeworfen in die Mitte der ewigen Nacht, umgeben von einem schwachen Staubschimmer, dessen Bahnen aus zahlreichen funkelnden Punkten bestanden. Und das Gebilde wuchs an, oder ich schrumpfte ein, oder es rückte vor, oder ich rückte vor, und wir waren nahe, dicht beieinander, und dann füllte es den gesamten Raum aus, von oben bis unten, von hier bis dort, und meine Eigengeschwindigkeit schien noch mehr zuzunehmen, wenn das überhaupt möglich war. Ich wurde gepackt, überwältigt von dem grellen Glanz, und da war eine Lichtbahn, von der ich wußte, daß sie den Anfang bedeutete. Ich war zu nahe – hatte mich tatsächlich schon verirrt –, um die Erscheinung in ihrer Gänze noch zu begreifen, doch das Aufbäumen, das Flackern, das wilde Hin und Her jener Dinge, die ich ringsum davon sehen konnte, brachte mich auf die Frage, ob drei Dimensionen ausreichten, um die sinnverwirrenden Dinge zu erklären, denen ich mich gegenübersah. Fort von meiner galaktischen Analogie trug mich ein Winkel meines Geistes nun in das andere Extrem und ließ mich an den unendlich dimensionierten Gilbert-Raum des Subatomaren denken. Doch letztlich war dies eine Metapher der Verzweiflung. In aller Offenheit – ich verstand überhaupt nichts von alledem. Ich hatte nur das immer stärker werdende Gefühl – ausgelöst durch das Muster? Instinktiv? –, daß ich auch dieses Gewirr überwinden mußte, um jenen neuen Grad der Macht zu erringen, auf den es mir ankam.

Und darin irrte ich nicht. Meine offenkundige Geschwindigkeit veränderte sich nicht, als ich in die Erscheinung hineingewirbelt wurde. Ich wurde herumgezerrt und auf lichtblitzenden Wegen dahingeschleudert, ich flog durch substanzlose Wolken aus Glimmer und Schein. Es gab keine Zonen des Widerstands wie im echten Muster; mein Bewegungsmoment schien auszureichen, um mich hindurchzutragen. Eine blitzschnelle Tour durch die Milchstraße? Ein Ertrinkender, der durch Korallenschluchten gewirbelt wird? Ein schläfriger Spatz, der am Abend des vierten Juli über einen Jahrmarkt flattert? Dies waren meine Gedanken, als ich mir meine Passage in dieser veränderten Weise noch einmal vor Augen führte.

... Und hinaus, durch, über und vorbei, in einem rötlichen Licht, das mich beleuchtete, wie ich mich selbst beobachtete, während ich neben dem Muster stehend das Juwel betrachtete. Das Muster darin, in mir, alles in mir, ich darin, die Röte nachlassend, schwächer werdend, erlöschend. Dann nur noch ich, das Schmuckstück, das Muster, allein, die

Drittes Kapitel

Verbindung zwischen Subjekt und Objekt wiederhergestellt – nur eine Oktave höher, was meines Erachtens der beste Weg ist, die Veränderung zu beschreiben. Eine gewisse Empathie gab es nun tatsächlich. Es war, als hätte ich einen neuen Sinn hinzugewonnen, eine zusätzliche Ausdrucksmöglichkeit. Es war eine seltsame Empfindung, irgendwie befriedigend.

Begierig, diese Fähigkeit auf die Probe zu stellen, sammelte ich meine Willenskräfte und befahl dem Muster, mich an einen anderen Ort zu transportieren.

Und schon stand ich in dem runden Zimmer auf dem höchsten Turm in Amber. Ich durchquerte das Zimmer und trat auf einen schmalen Balkon hinaus. Der Gegensatz machte sich stark bemerkbar, so dicht nach der übersinnlichen Reise, die hinter mir lag. Einige Sekunden lang stand ich einfach nur da und schaute hinaus.

Das Meer wies eine Vielfalt von Schraffuren auf, der Himmel war zum Teil bewölkt, es näherte sich der Abend. Die Wolken selbst waren ein Muster aus weicher Helligkeit und krassen Schatten. Der Wind wehte zur See hin, so daß ich auf den Salzgeruch vorübergehend verzichten mußte. Dunkle Vögel bildeten Punkte am Himmel, die in großer Entfernung über dem Wasser hin und her schwankten oder verharrten. Unter mir erstreckten sich die Palasthöfe und die Terrassen der Stadt bis zum Rand des Kolvir. Die Menschen auf den Straßen waren winzig, ihre Bewegungen überflüssig. Ich fühlte mich ausgesprochen allein.

Dann berührte ich das Schmuckstück und ließ ein Unwetter aufziehen.

4
———————

Als ich zurückkehrte, warteten Random und Flora bereits in meiner Unterkunft. Randoms Blick richtete sich zuerst auf das Juwel, dann auf mein Gesicht. Ich nickte.

Dann wandte ich mich mit einer leichten Verbeugung an Flora. »Schwester«, sagte ich. »Es ist lange her, sehr lange.« Sie sah mich ein wenig verängstigt an, was mir nur recht war. Dann lächelte sie aber und ergriff meine Hand.

»Bruder«, sagte sie. »Wie ich sehe, hast du dein Wort gehalten.«

Hellgolden war ihr Haar. Sie trug es kurzgeschnitten und in Löckchen gedreht. Ich wußte immer noch nicht, ob ich die Frisur mochte oder nicht. Sie hatte herrliches Haar, blaue Augen und ausreichend Eitelkeit, um alles aus der ihr genehmen Perspektive zu sehen. Zuweilen schien sie ausgesprochen dumm zu handeln, doch dann gab es wieder Augenblicke, da ich über ihre Entschlüsse staunte.

»Entschuldige, daß ich dich so anstarre«, sagte ich. »Doch als wir das letzte Mal zusammen waren, konnte ich dich nicht sehen.«

»Ich bin sehr glücklich, daß du wieder sehen kannst. Blindheit muß schrecklich sein«, erwiderte sie. »Es war ziemlich ... Jedenfalls konnte ich es nicht verhindern.«

»Ich weiß«, sagte ich und dachte an ihr Lachen von der anderen Seite der Dunkelheit bei einem der Jahrestage des großen Ereignisses. »Ich weiß.«

Ich trat ans Fenster und öffnete es in dem sicheren Wissen, daß der Regen nicht zu uns hereindringen würde. Ich liebe den Geruch von Unwettern.

»Random, hast du etwas Interessantes erfahren über den mutmaßlichen Briefeschreiber?« erkundigte ich mich.

»Eigentlich nicht«, sagte er. »Ich habe Erkundigungen eingezogen. Niemand scheint an besagtem Ort zu besagter Zeit jemanden gesehen zu haben.«

»Ich verstehe. Vielen Dank. Vielleicht sprechen wir uns später noch.«

»Schön«, sagte er. »Ich werde ohnehin den Abend in meinem Zimmer verbringen.«

Viertes Kapitel

Ich nickte, wandte mich um, lehnte mich mit dem Rücken gegen die Fensterbank und beobachtete Flora. Random schloß die Tür leise hinter sich. Eine halbe Minute lang lauschte ich auf den Regen.

»Was willst du mit mir anstellen?« wollte Flora schließlich wissen.

»Anstellen?«

»Du bist neuerdings in der Lage, alte Schulden einzutreiben. Vermutlich soll es damit jetzt losgehen.«

»Vielleicht«, sagte ich. »Doch die meisten Dinge hängen von anderen Dingen ab – das ist hier und jetzt nicht anders.«

»Was soll das heißen?«

»Gib mir, was ich will – dann werden wir sehen. Ab und zu kann ich sogar nett sein.«

»Was willst du von mir?«

»Die Geschichte, Flora. Fangen wir einmal damit an. Wie du in jenem Schatten auf der Erde meine Wächterin wurdest. Alle wichtigen Einzelheiten. Wie lautete die Vereinbarung? Was hattet ihr abgesprochen? Das ist alles.«

Sie seufzte.

»Es begann ...«, sagte sie. »Ja ... es war in Paris, bei der Party eines gewissen Monsieur Focault. Etwa drei Jahre vor den Schrecknissen ...«

»Moment!« sagte ich. »Was tatest du dort?«

»Ich hatte mich etwa fünf Jahre Ortszeit in jener Schattengegend aufgehalten«, sagte sie. »Ich war auf der Suche nach etwas Neuem herumgewandert, nach etwas, das meine Unruhe stillen konnte. Und jenen Ort fand ich damals ohne besondere Umstände. Ich ließ mich von meinen Wünschen lenken und folgte meinen Instinkten.«

»Ein seltsamer Zufall.«

»Nicht, wenn man die darauf verwendete Zeit bedenkt – und die vielen Reisen, die wir im allgemeinen machen. Dieser Schatten war, wenn du so willst, mein Avalon, mein Amber-Ersatz, meine zweite Heimat. Nenn ihn, wie du willst, jedenfalls bist du damals an jenem Oktoberabend mit der kleinen Rothaarigen bei der Party aufgekreuzt – ich glaube, sie hieß Jacqueline.«

Ja, das brachte Erinnerungen aus der Tiefe hoch, Erinnerungen, auf die ich sehr lange nicht mehr zurückgegriffen hatte. Dabei erinnerte ich mich an Jacqueline viel klarer als an Focaults Party.

»Sprich weiter.«

»Wie gesagt«, fuhr sie fort. »Ich war dort. Du kamst später. Natürlich wurde ich sofort auf dich aufmerksam. Wenn man lange genug lebt und ziemlich viel reist, trifft man gelegentlich auf eine Person, die große Ähnlichkeit mit einem Bekannten hat. Das war mein Gedanke nach der ersten Aufregung. Bestimmt war das nur ein Doppelgänger! Es war sehr viel Zeit vergangen. Ich war lange ohne ein Wort von dir gewesen. Doch wir alle haben unsere Geheimnisse und gute Gründe für diese Geheimnisse. Hier war vielleicht eines deiner Geheimnisse. Ich sorgte dafür, daß wir einander vorgestellt wurden, und hatte anschließend große Mühe, dich für ein paar Minuten von dem rothaarigen Teufel zu trennen. Und du bestandest darauf, Fenneval zu heißen – Cordell Fenneval. Ich war unsicher. Ich konnte mir nicht schlüssig werden, ob du ein Doppelgänger warst oder du selbst in einer deiner Rollen. Allerdings ging mir auch die dritte Möglichkeit durch den Kopf – daß du nämlich eine ausreichend lange Zeit in benachbarten Schatten gelebt hattest, um eigene Schatten auszuwerfen. Vielleicht hätte ich die Party im Ungewissen verlassen, wenn Jacqueline nicht mir gegenüber deine Kräfte herausgekehrt hätte. Dies ist nun nicht gerade ein alltägliches Gesprächsthema zwischen Frauen, und ihr Ton überzeugte mich, daß sie von einigen Dingen, die du getan hattest, wirklich beeindruckt gewesen war. Ich horchte sie noch ein wenig aus und erkannte, daß es sich um Taten handelte, die durchaus im Rahmen deiner Fähigkeiten lagen. Das schloß die Möglichkeit eines Doppelgängers aus. Also entweder du selbst oder ein Schatten. Und selbst wenn Cordell nicht Corwin war – hier hatte ich nun zumindest einen Hinweis darauf, daß du in dieser Schattengegend warst oder gewesen warst – der erste echte Anhaltspunkt für deinen Verbleib. Ich mußte der Sache nachgehen. Ich beschloß, dir auf der Spur zu bleiben, ich ließ Nachforschungen über deine Vergangenheit anstellen. Je mehr Leute ich befragte, um so rätselhafter wurde die Sache. Nach mehreren Monaten war ich nicht weiter als am Anfang. Es gab genügend unklare Momente, um beide Varianten möglich zu machen. Die Frage klärte sich endgültig im folgenden Sommer, als ich mich eine Zeitlang in Amber aufhielt. Ich sprach mit Eric über die seltsame Angelegenheit ...«

»Ja?«

»Nun ... er ... verschloß sich dieser Möglichkeit nicht.«

Sie schwieg und legte die Handschuhe auf dem Stuhl neben sich zurecht.

»Aha«, sagte ich. »Was hat er gesagt?«

»Daß du es vielleicht wirklich wärst«, sagte sie. »Er teilte mir mit, es habe – einen Unfall gegeben.«

»Wirklich?«

»Also – nein«, räumte sie ein. »Er sprach nicht von einem Unfall. Er sagte, es wäre zu einem Kampf gekommen, und er hätte dich verletzt. Er wäre der Ansicht gewesen, du würdest sterben, und wollte nicht damit belastet werden. Folglich brachte er dich in die Schatten und ließ dich an jenem Ort zurück. Und nach langer Zeit kam er zu dem Schluß, daß du tot sein müßtest, daß der Streit zwischen euch endgültig ausgetragen sei. Meine Mitteilung beunruhigte ihn natürlich sehr. Er verpflichtete mich zur Verschwiegenheit und schickte mich zurück, damit ich dich im Auge behalte. Schließlich hatte ich einen guten Grund für meine Anwesenheit dort, da ich bereits überall herumerzählt hatte, wie gut mir diese Schattenwelt gefiel.«

»Du hast ihm dein Schweigen sicher nicht umsonst versprochen, Flora. Was hat er dir gegeben?«

»Er gab mir sein Wort, daß er mich nicht vergessen würde, wenn er jemals hier in Amber etwas zu sagen hätte.«

»Das war ein wenig leichtsinnig von dir«, sagte ich. »Schließlich hattest du trotz allem eine Handhabe gegen ihn – das Wissen um den Aufenthaltsort eines anderen Thronanwärters und um Erics Rolle bei der Versetzung des Rivalen dorthin.«

»Das ist richtig. Doch das glich sich irgendwie aus – und ich hätte meine Komplicenschaft zugeben müssen, sobald ich darüber sprechen wollte.«

Ich nickte.

»Mager, aber nicht unmöglich«, sagte ich. »Aber hast du angenommen, er würde mich weiterleben lassen, wenn er wirklich eine Chance auf den Thron erhielt?«

»Darüber haben wir nie gesprochen. Niemals!«

»Aber du hast dir doch bestimmt Gedanken darüber gemacht.«

»Ja, später«, sagte sie. »Und ich kam zu dem Schluß, daß er vermutlich gar nichts tun würde. Schließlich sah es inzwischen so aus, als hättest du das Gedächtnis verloren. Es gab nicht den geringsten Grund, dir etwas anzutun, solange du harmlos warst.«

»Du bist also geblieben, um mich zu bewachen, um dafür zu sorgen, daß ich harmlos blieb?«

»Ja.«

»Was hättest du getan, wenn erkennbar geworden wäre, daß ich mein Gedächtnis zurückerhielt?«

Nun sah sie mich an und wandte den Kopf ab.

»Ich hätte es Eric gemeldet.«

»Und was hätte er getan?«

»Keine Ahnung.«

Ich lachte auf, und sie errötete. Ich konnte mich nicht erinnern, wann ich Flora das letzte Mal in Verlegenheit gebracht hatte.

»Ich will hier nicht auf dem Offensichtlichen herumreiten«, sagte ich. »Schön, du bist also geblieben, du hast mich beobachtet. Was dann? Was passierte dann?«

»Nichts Besonderes. Du hast dein flottes Leben genossen, und ich habe dich im Auge behalten.«

»Und alle anderen wußten, wo du warst?«

»Ja. Ich hatte kein Geheimnis um meinen Verbleib gemacht. Die anderen haben mich sogar alle mal besucht, allerdings einzeln.«
»Auch Random?«
Ihre Lippen kräuselten sich.
»Ja, mehrmals«, sagte sie.
»Warum das spöttische Lächeln?«
»Ich kann nicht gerade behaupten, daß ich ihn mag«, sagte sie. »Weißt du, mir gefallen die Leute nicht, mit denen er sich abgibt – Verbrecher, Jazzmusiker ... Ich mußte ihm das übliche verwandtschaftliche Entgegenkommen erweisen, als er meinen Schatten besuchte, doch ging er mir ziemlich auf die Nerven. Immer wieder schleppte er komische Leute an – zu Jam Sessions und Pokerpartien. Nach seinem Besuch stank das Haus noch wochenlang nach Alkohol und Zigarettenqualm, und ich war immer froh, wenn er wieder fort war. Tut mir leid. Ich weiß, daß du ihn magst, aber du wolltest die Wahrheit hören.«
»Er hat dich in deiner Empfindlichkeit verletzt. Also gut. Jetzt möchte ich deine Aufmerksamkeit auf die kurze Zeit lenken, da ich dein Gast war. Dabei stieß Random ziemlich plötzlich zu uns. Ihm dicht auf den Fersen war ein halbes Dutzend unangenehmer Burschen, die wir in deinem Wohnzimmer erledigten.«
»Ich erinnere mich sogar ziemlich deutlich daran.«
»Erinnerst du dich auch an diese Kerle – die Wesen, gegen die wir kämpfen mußten?«
»Ja?«
»Noch so gut, daß du einen wiedererkennen würdest?«
»Ich glaube schon.«
»Gut. Hattest du diese Geschöpfe vorher schon einmal gesehen?«
»Nein.«
»Und seither?«
»Nein.«
»Hast du irgendwo eine Beschreibung von ihnen gehört oder gelesen?«
»Soweit ich mich erinnere, nicht. Wieso?«
Ich schüttelte den Kopf.
»Moment. Dies ist mein Verhör, denk dran. Jetzt erinnere dich bitte an die Zeit vor jenem Abend. An das Ereignis, das mich nach Greenwood brachte. Vielleicht sogar ein bißchen früher. Was passierte damals, und wie hast du davon erfahren? Wie waren die Umstände? Was war deine Rolle?«
»Ja«, sagte sie. »Ich wußte, daß du mich früher oder später danach fragen würdest. Eric setzte sich am Tag nach dem Ereignis mit mir in Verbindung – über den Trumpf, von Amber aus.« Wieder sah sie mich an, wohl um meine Reaktion zu beobachten. Mein Gesicht blieb aus-

druckslos. »Er sagte mir, du seist am Abend zuvor in einen schlimmen Unfall verwickelt worden und im Krankenhaus. Er bat mich, dich in eine Privatklinik verlegen zu lassen, wo ich mehr Einfluß auf deine Behandlung nehmen könnte.«

»Mit anderen Worten – er wollte, daß ich ein Wrack blieb.«

»Er wollte, daß du immer unter dem Einfluß von Betäubungsmitteln standest.«

»Hat er zugegeben, für den Unfall verantwortlich zu sein – oder nicht?«

»Er hat nicht gesagt, dein Reifen sei auf seinen Befehl hin kaputtgeschossen worden, doch er wußte genau über den Hergang des Unfalls Bescheid. Woher hätte er es sonst erfahren sollen? Als man mir später mitteilte, daß er den Thron besteigen wollte, nahm ich einfach an, er habe es schließlich für das beste gehalten, dich völlig zu beseitigen. Als der Versuch fehlschlug, kam es mir logisch vor, daß er die nächstbeste Maßnahme ergriff – dafür zu sorgen, daß du aus dem Wege bliebst, bis die Krönung vorüber war.«

»Ich hatte keine Ahnung, daß jemand auf meine Reifen geschossen hat«, sagte ich.

Ihr Gesichtsausdruck veränderte sich. Dann erholte sie sich wieder.

»Du hast mir gesagt, du wüßtest, daß es kein Unfall war – daß jemand dich hatte umbringen wollen. Da dachte ich, du wüßtest die Einzelheiten.«

Zum ersten Mal seit langer Zeit bewegte ich mich wieder auf schwankendem Boden. Meine Amnesie war noch immer nicht völlig geheilt – ein Zustand, bei dem es vermutlich bleiben würde. Meine Erinnerungen an die letzten Tage unmittelbar vor dem Unfall waren noch immer lückenhaft. Das Muster hatte die verlorenen Erinnerungen an mein gesamtes Leben bis zu dieser Zeit wiederhergestellt, doch das Trauma schien den Rückgriff auf einige Ereignisse unmittelbar davor zu verhindern. So etwas kommt vor. Vermutlich organischer Schaden, nicht bloß eine einfache Funktionsstörung. Ich war so glücklich, das große Ganze wieder im Griff zu haben, daß die wenigen Lücken mir nicht besonders ins Gewicht zu fallen schienen. Was den Unfall und mein Gefühl anging, daß es mehr gewesen war als nur ein Unfall ... Nun, ich erinnerte mich plötzlich an Schüsse. Es war zweimal geschossen worden. Vielleicht hatte ich sogar einen Blick auf die Gestalt mit dem Gewehr werfen können – blitzschnell, zu spät. Vielleicht war das aber auch nur Einbildung. Doch es wollte mir scheinen, als hätte ich den Kerl gesehen. Ein entsprechender Eindruck hatte mich geplagt, als ich nach Westchester fuhr. Doch selbst jetzt noch, da ich in Amber die Macht hatte, mochte ich diesen Mangel nicht eingestehen. Schon einmal hatte ich mich bei Flora durchgesetzt, und damals hatte ich viel weniger gewußt. Ich beschloß, bei dem erprobten Rezept zu bleiben.

»Ich war nicht in der Lage auszusteigen und mir anzusehen, was getroffen worden war«, sagte ich. »Ich hörte die Schüsse. Ich verlor die Kontrolle über den Wagen. Ich nahm an, daß es ein Reifen war, doch ich war meiner Sache nicht sicher. Ich habe die Frage auch nur aufgebracht, weil ich erfahren wollte, woher du wußtest, daß es ein Reifen war.«

»Ich sagte dir schon, daß Eric mir davon erzählt hat.«

»Nein, aber mir war viel wichtiger, wie du das gesagt hast. Deinem Tonfall nach zu urteilen, wußtest du die Einzelheiten schon vor seinem Anruf.«

Sie schüttelte den Kopf.

»Verzeih mir wegen der Ausdrucksweise«, sagte sie. »Dazu kommt es manchmal, wenn man die Dinge im Rückblick überdenkt, wenn man längst alles weiß. Ich muß leider abstreiten, was du hier andeutest. Ich hatte nichts damit zu tun und hatte vor dem Ereignis keine Ahnung davon.«

»Da Eric nicht mehr in der Lage ist, irgend etwas zu bestätigen oder abzustreiten, müssen wir es wohl dabei bewenden lassen«, sagte ich. »Im Augenblick jedenfalls.« Die letzten Worte setzte ich hinzu, damit sie sich noch mehr als bisher auf ihre Verteidigung konzentrierte, damit sie abgelenkt wurde von jedem möglichen Hinweis in Wort oder Ausdruck, aus dem sie womöglich auf die noch vorherrschenden kleinen Lücken in meinem Gedächtnis schließen konnte. »Hast du später noch erfahren, wer die Person mit dem Gewehr gewesen ist?« fragte ich.

»Niemals«, erwiderte sie. »Vermutlich ein gemieteter Gangster. Ich weiß es nicht.«

»Hast du eine Vorstellung, wie lange ich bewußtlos war, ehe ich gefunden und in ein Krankenhaus gebracht wurde?«

Wieder schüttelte sie den Kopf.

Irgend etwas störte mich, doch ich vermochte nicht genau zu bestimmen, was es war.

»Hat Eric dir gesagt, zu welcher Zeit ich ins Krankenhaus gebracht wurde?«

»Nein.«

»Als ich bei dir war, warum hast du versucht, zu Fuß nach Amber zurückzukehren? Warum hast du nicht Erics Trumpf verwendet?«

»Ich bekam keinen Kontakt mit ihm.«

»Du hättest einen anderen von uns ansprechen können, der dich geholt hätte«, sagte ich. »Flora – ich glaube, du lügst mich an.«

Eigentlich waren die Worte nur ein Schuß ins Dunkle um zu sehen, wie sie reagierte. Warum auch nicht?

»Inwiefern?« fragte sie. »Ich bekam mit niemandem Kontakt. Sie waren alle irgendwie beschäftigt. Meinst du das?«

Sie sah mich lauernd an.

Ich hob den Arm und deutete auf sie, und hinter mir, unmittelbar vor dem Gebäude, zuckte ein Blitz auf. Der Donnerschlag war ebenfalls sehr eindrucksvoll.

»Du versündigst dich durch Auslassung«, sagte ich probehalber.

Sie bedeckte das Gesicht mit den Händen und begann zu weinen.

»Ich weiß nicht, was du meinst!« sagte sie. »Ich habe alle deine Fragen beantwortet! Was willst du von mir? Ich weiß nicht, wohin du wolltest oder wer auf dich geschossen hat oder wann es geschah! Ich weiß nur die Tatsachen, die ich dir eben aufgezählt habe, verdammt nochmal!«

Entweder war sie ehrlich oder mit diesen Mitteln nicht zu überführen, überlegte ich. Wie dem auch immer – ich verschwendete meine Zeit. So kam ich nicht weiter. Außerdem sollte ich den Unfall lieber auf sich beruhen lassen, ehe sie sich Gedanken zu machen begann über seine Bedeutung für mich. Wenn mir noch etwas entgangen war, wollte ich es als erster finden.

»Komm mit«, sagte ich.

»Wohin?«

»Ich möchte, daß du etwas für mich identifizierst. Den Grund sage ich dir hinterher.«

Sie erhob sich und folgte mir. Ich führte sie durch den Flur zu der Leiche, ehe ich ihr die Geschichte mit Caine vortrug. Sie betrachtete ziemlich ungerührt den Toten. Dann nickte sie.

»Ja«, sagte sie und setzte hinzu: »Selbst wenn ich das Wesen nicht kenne, würde ich es gern behaupten – für dich.«

Ich knurrte etwas Unverbindliches. Familientreue rührt mich immer an. Ich war mir nicht schlüssig, ob sie mir glaubte, was ich über Caines Tod erzählt hatte, doch letztlich war mir das nicht wichtig. Ich erzählte ihr nichts über Brand, über den sie offenbar auch nichts Neues wußte. Als alles gesagt war, war ihr einziger Kommentar: »Das Juwel steht dir gut. Was ist mit dem Kopfschmuck?«

»Reden wir nicht davon – dazu ist es zu früh«, erwiderte ich.

»Was immer dir meine Unterstützung nützen kann ...«

»Ich weiß«, sagte ich. »Ich weiß.«

Mein Mausoleum ist ein ruhiger Ort. Es steht allein in einer Felsnische, auf drei Seiten vor den Elementen geschützt, umgeben von aufgehäufter Muttererde, in der zwei knorrige Bäume, verschiedene Büsche, Unkräuter und Bergefeupflanzen wurzeln. Die Stelle liegt auf der anderen Seite des Kolvir, etwa zwei Meilen unterhalb des Gipfels. Das eigentliche Mausoleum ist ein langes, niedriges Gebäude mit zwei Bänken an der Vorderfront; der Efeu hat einen großen Teil des Bauwerks eingehüllt und verdeckt gnädig die bombastischen Äußerungen, die unter meinem Namen in die Steinflächen eingemeißelt sind. Verständlicherweise ist das Bauwerk die meiste Zeit verlassen.

An jenem Abend jedoch begaben sich Ganelon und ich dorthin, begleitet von einem guten Vorrat an Wein und Brot und kaltem Fleisch.

»Du hast ja gar nicht gescherzt!« sagte er, nachdem er abgestiegen war, den Efeu zur Seite gestreift und im Mondlicht die Worte gelesen hatte, die dort angebracht waren.

»Natürlich nicht«, gab ich zurück, stieg ebenfalls ab und kümmerte mich um die Pferde. »Dies ist mein Haus.«

Ich band die Tiere an einen Busch in der Nähe, nahm die Beutel mit Vorräten ab und trug sie zur nächsten Bank. Ganelon setzte sich zu mir, als ich die erste Flasche öffnete und zwei Gläser füllte.

»Ich verstehe das noch immer nicht«, sagte er und nahm sein Getränk entgegen.

»Was gibt es da zu verstehen? Ich bin tot und liege hier begraben. Dies ist mein Zenotaph – das Monument, das errichtet wird, wenn eine Leiche nicht zu finden ist. Ich habe erst kürzlich von dem Bauwerk erfahren. Es wurde vor mehreren Jahrhunderten gebaut, als man zu dem Schluß kam, daß ich nicht zurückkehren würde.«

»Irgendwie unheimlich«, bemerkte er. »Was ist denn da drin?«

»Nichts. Allerdings hat man rücksichtsvollerweise eine Nische gebaut und einen Sarg hineingestellt, für den Fall, daß meine Überreste doch noch auftauchten. So war man auf alles vorbereitet.«

Ganelon machte sich ein belegtes Brot.

»Wessen Einfall war denn das?«

»Random meint, Brand oder Eric hätten die Sprache darauf gebracht. Niemand erinnert sich genau daran. Damals hielten wohl alle den Vorschlag für gut.«

Er lachte leise – ein unheimlicher Laut, der ausgezeichnet zu seinem faltigen, vernarbten, rotbärtigen Wesen paßte.

»Was wird denn jetzt daraus?«

Ich zuckte die Achseln.

»Vermutlich sind einige der Ansicht, es sei schade, das Bauwerk verkommen zu lassen; sie hätten es am liebsten, wenn ich es füllte. Doch bis es soweit ist, haben wir hier ein hübsches Fleckchen zum Besaufen. Jedenfalls hatte ich meinen Antrittsbesuch hier noch nicht gemacht.«

Auch ich richtete mir zwei Brote und verzehrte sie. Dies war die erste wirkliche Atempause, die ich seit meiner Rückkehr hatte – und vielleicht auf absehbare Zeit die letzte. Ich wußte es nicht. In der letzten Woche hatte ich jedenfalls keine Gelegenheit gehabt, mich mit Gane-

Viertes Kapitel

lon in Ruhe zu unterhalten, obwohl er einer der wenigen Menschen war, denen ich wirklich vertraute. Ich wollte ihm alles erzählen. Ich konnte nicht anders. Ich mußte mit jemandem sprechen, der nicht damit zu tun hatte, wie alle übrigen. Und ich trug ihm meine Sorgen vor.

Der Mond bewegte sich ein gutes Stück, und die Glasscherben in meiner Krypta vermehrten sich.

»Wie haben die anderen darauf reagiert?« fragte er schließlich.

»Wie nicht anders zu erwarten«, gab ich zurück. »Ich wußte genau, daß mir Julian kein Wort geglaubt hat – obwohl er das behauptete. Er weiß, wie ich zu ihm stehe, und ist nicht in der Lage, mich herauszufordern. Ich glaube auch nicht, daß Benedict mir glaubt, doch aus ihm wird man nicht so recht schlau. Er wartet seine Zeit ab, doch ich hoffe, daß er sich wenigstens die Mühe gibt, meine Argumente abzuwägen. Was Gérard angeht, so habe ich das Gefühl, daß jetzt der entscheidende Anstoß gegeben worden ist – wenn er mir bisher noch vertraut hat, ist es damit nun endgültig vorbei. Dennoch wird er morgen früh nach Amber zurückkehren, um mich zu dem Wäldchen zu begleiten. Wir wollen Caines Leiche heimholen. Ich wollte das Ganze zwar nicht zu einer Safari werden lassen, doch ein Familienmitglied sollte wenigstens dabei sein. Deirdre nun – sie schien ganz zufrieden zu sein. Ich bin sicher, daß sie mir kein Wort geglaubt hat. Aber das ist auch nicht erforderlich. Sie hat immer auf meiner Seite gestanden und Caine nie gemocht. Ich würde sagen, sie ist froh, daß ich offenbar meine Position konsolidiere. Ob Llewella mir geglaubt hat oder nicht, weiß ich nicht. Soweit ich ausmachen kann, ist es ihr ziemlich gleichgültig, was wir anderen miteinander anstellen. Und was Fiona betrifft, so schien sie lediglich amüsiert zu sein. Doch sie steht seit jeher irgendwie über den Dingen. Man weiß nie genau, was sie wirklich denkt.«

»Hast du den anderen schon von der Sache mit Brand erzählt?«

»Nein. Ich habe mich auf Caine beschränkt und ihnen gesagt, sie sollten morgen abend alle nach Amber kommen. Bei dieser Gelegenheit werden wir dann auf Brand zu sprechen kommen. Ich habe da eine Idee, die ich ausprobieren möchte.«

»Du hast dich mit allen durch die Trümpfe in Verbindung gesetzt?«

»Richtig.«

»Deswegen wollte ich dich schon immer mal fragen. In der Schattenwelt, in der wir vor einiger Zeit Waffen kauften, gibt es Telefone ...«

»Ja?«

»Während unseres Aufenthalts dort erfuhr ich von Abhörmöglichkeiten und so weiter. Was meinst du – ist es vielleicht möglich, die Trümpfe anzuzapfen?«

Ich begann zu lachen, hörte aber schleunigst auf, als mir einige Folgerungen seines Gedankens bewußt wurden. »Keine Ahnung«, sagte ich.

»Ein Großteil von Dworkins Arbeit liegt noch im Dunkeln. Bisher bin ich gar nicht auf den Gedanken gekommen. Ich jedenfalls habe es noch nicht versucht. Aber ich frage mich ...«

»Weißt du, wie viele Kartenspiele es gibt?«

»Nun, jeder in der Familie hat ein oder zwei Kartensätze, und in der Bibliothek befand sich etwa ein Dutzend Ersatzspiele. Ich weiß nicht, ob es woanders noch Karten gibt.«

»Ich habe den Eindruck, als ließe sich eine Menge erfahren, wenn man einfach nur zuhört.«

»Ja. Vaters Spiel, Brands Spiel, mein erstes Spiel, das Spiel, das Random verloren hat ... Hölle! Wir wissen heute wirklich nicht, wo eine Reihe von Kartensätzen geblieben sind. Aber ich habe keine Ahnung, was ich nun tun soll. Vermutlich sind eine Inventur und ein paar Versuche angebracht. Vielen Dank für deinen Hinweis.«

Er nickte, und wir tranken eine Zeitlang stumm vor uns hin.

»Was willst du tun, Corwin?« fragte er schließlich.

»In welcher Beziehung?«

»Na, wegen allem. Was greifen wir jetzt an? In welcher Reihenfolge?«

»Ursprünglich hatte ich die Absicht, die schwarze Straße zu ihrem Ursprung zurückzuverfolgen, sobald sich die Lage hier in Amber etwas beruhigt hätte«, antwortete ich. »Doch meine Prioritäten sehen inzwischen anders aus. Wenn Brand noch lebt, möchte ich ihn schleunigst zurückholen. Ist er aber tot, will ich wissen, was ihm zugestoßen ist.«

»Aber wird dir der Gegner soviel Bewegungsspielraum lassen? Vielleicht ist längst eine neue Offensive in Vorbereitung?«

»Ja, natürlich. Das ist berücksichtigt. Ich glaube aber, daß wir noch ein wenig Zeit haben, da unser letzter Sieg ja gerade erst letzte Woche stattgefunden hat. Die Wesen müssen sich erst wieder sammeln; sie müssen ihre Streitkräfte aufmuntern und die Situation im Hinblick auf unsere neuen Waffen überdenken. Ich trage mich mit dem Gedanken, an der schwarzen Straße eine Reihe von Wachstationen einzurichten, damit wir von jeder neuen Bewegung des Gegners sofort erfahren. Benedict hat sich bereit erklärt, diese Aktion zu leiten.«

»Ich frage mich, wieviel Zeit wir haben.«

Ich schenkte ihm frischen Wein nach – die einzige Antwort, die mir im Augenblick einfiel.

»In Avalon – in *unserem* Avalon, meine ich – waren die Dinge nie so kompliziert.«

»Das ist wahr«, gab ich zurück. »Du bist nicht der einzige, der sich in jene Zeit zurücksehnt. Wenigstens scheint sie einem im Rückblick einfacher und überschaubarer gewesen zu sein.«

Viertes Kapitel

Er nickte. Ich bot ihm eine Zigarette an, doch er lehnte ab, da er lieber eine Pfeife rauchen wollte. Im Flammenschein studierte er das Juwel des Geschicks, das noch immer auf meiner Brust hing.

»Kannst du mit dem Ding wirklich das Wetter kontrollieren?« fragte er.

»Ja.«

»Woher weißt du das?«

»Ich habe es ausprobiert. Es funktioniert.«

»Was hast du gemacht?«

»Das Unwetter heute nachmittag. Dafür war ich verantwortlich.«

»Ich weiß nicht recht ...«

»Was?«

»Ich frage mich, was ich mit dieser Art von Macht angefangen hätte. Was ich damit tun würde.«

»Mein erster Gedanke«, sagte ich und schlug mit der Handfläche gegen die Mauer meines Mausoleums, »lief darauf hinaus, dieses Ding durch Blitze zu zerschmettern. Damit jeder genau wußte, was ich fühlte und wozu ich imstande war.«

»Warum hast du's nicht getan?«

»Ich dachte ein bißchen darüber nach. Und beschloß ... Hölle! Vielleicht kommt das Gebäude in naher Zukunft doch noch zu Ehren, wenn ich nicht schlau genug oder rücksichtslos genug oder Glückspilz bin. Da die Lage nun mal so war, versuchte ich mir darüber klarzuwerden, wo ich am liebsten meine Knochen liegen haben wollte. Und ich kam darauf, daß dies wirklich ein ziemlich gutes Fleckchen ist – hochgelegen, sauber, eine Stelle, da die Elemente sich noch unmittelbar bemerkbar machen. Ringsum nur Gestein und Himmel. Sterne, Wolken, Sonne, Mond, Wind, Regen ... eine bessere Gesellschaft, als es die meisten anderen Leichen für sich beanspruchen können. Warum sollte ich neben jemandem zu liegen kommen, den ich nicht einmal jetzt neben mir dulden würde – und von der anderen Sorte gibt es nicht viele.«

»Du steigerst dich in eine morbide Stimmung hinein, Corwin. Oder du bist betrunken. Jedenfalls verbittert. Das hast du nicht nötig.«

»Warum maßt du dir an zu wissen, was ich nötig habe?«

Ich spürte, wie er neben mir erstarrte und sich dann wieder entspannte.

»Ich weiß nicht«, sagte er schließlich. »Ich sage nur, was ich sehe.«

»Wie halten sich die Truppen?« wollte ich wissen.

»Ich glaube, die Männer sind noch immer verwirrt, Corwin. Sie sind ursprünglich angetreten, um an den Hängen des Himmels einen heiligen Krieg auszufechten. Sie meinen, darum sei es bei der Schießerei letzte Woche gegangen. In dieser Beziehung sind sie also glücklich, sehen sie doch, daß sie gewonnen haben. Doch das Warten in der

Stadt ... Sie verstehen diesen Ort nicht. Etliche Wesen, die sie für Feinde gehalten haben, sind nun plötzlich Freunde. Sie sind verwirrt. Sie wissen, daß sie kampfbereit sein müssen, doch sie haben keine Vorstellung, wann eine neue Aktion beginnen und gegen wen sie sich richten würde. Da sie die ganze Zeit in der Kaserne bleiben müssen, ist ihnen auch noch nicht klar, wie sehr ihre Gegenwart den Einwohnern und Behörden gegen den Strich geht. Vermutlich kommen sie ziemlich schnell auf die Wahrheit. Ich hatte schon mit dir darüber sprechen wollen, aber du bist in letzter Zeit so beschäftigt gewesen ...«

Ich rauchte schweigend.

Dann sagte ich: »Am besten rede ich mal mit den Leuten. Doch morgen komme ich noch nicht dazu, obwohl bald etwas passieren sollte. Vielleicht können wir sie verlegen – etwa in ein Zeltlager im Wald von Arden. Morgen, ja, wenn wir zurückkehren, lege ich auf der Karte eine gute Stelle fest. Sag den Männern, es geht darum, die schwarze Straße im Auge zu behalten. Sag ihnen, daß aus dieser Richtung täglich ein neuer Angriff kommen kann – und das entspricht ja auch der Wahrheit. Laßt die Leute ständig üben, damit sie in Kampfbereitschaft bleiben. Ich komme so schnell wie möglich und rede mit ihnen.«

»Aber dann hast du keine direkte Unterstützung mehr in Amber.«

»Das ist wahr. Aber das Risiko mag ganz nützlich sein – als Demonstration des Selbstvertrauens wie auch als Geste des Entgegenkommens. Ja. Ich glaube, dieser Schritt ist empfehlenswert. Wenn nicht ...«

Ich zuckte die Achseln.

Dann schenkte ich ein und warf eine weitere leere Flasche in mein Mausoleum.

»Übrigens«, sagte ich, »möchte ich mich entschuldigen.«

»Wofür?«

»Ich habe gerade gemerkt, daß ich morbid und betrunken und verbittert bin. Das habe ich nicht nötig.«

Er lachte leise und stieß mit mir an.

»Ich weiß«, sagte er. »Ich weiß.«

Und so saßen wir da, während der Mond herabsank, bis die letzte Flasche bei ihresgleichen endete. Wir sprachen noch eine Zeitlang von vergangenen Zeiten. Schließlich schwiegen wir, und meine Augen wandten sich den Sternen über Amber zu. Es war gut, daß wir diesen Ort aufgesucht hatten, doch jetzt rief mich die Stadt zurück. Ganelon erahnte meine Gedanken, stand auf, streckte sich und ging zu den Pferden. Ich verschaffte mir neben meinem Grab Erleichterung und folgte ihm.

5

Das Einhornwäldchen liegt in Arden, südwestlich des Kolvir in der Höhe des Felsvorsprungs, an dem das Land seinen Abstieg in das Garnath-Tal beginnt. Garnath selbst war in den letzten Jahren verflucht, verbrannt und erobert worden und hatte als Schauplatz schwerer Kämpfe herhalten müssen, doch die angrenzenden Hänge und Täler hatten sich ihre Schönheit bewahrt. Das Wäldchen, in dem Vater vor langer Zeit angeblich das Einhorn gesehen und jene seltsamen Erlebnisse gehabt hatte, die dazu führten, daß das Tier zum Schutzpatron Ambers und zum Wappentier wurde, lag unseres Wissens an einer Stelle, wo es sich nur gerade dem Panoramablick über das Garnath-Tal zur See entzog – zwanzig oder dreißig Schritte unter der Sichtlinie; ein asymmetrischer Hain, in dem aus einer Felsformation eine kleine Quelle entsprang, einen klaren Teich bildete und einen winzigen Bach speiste, der in Richtung Garnath talabwärts plätscherte.

Zu dieser Stelle ritten Gérard und ich am folgenden Tag. Wir brachen so früh auf, daß wir den Kolvir bereits halb hinabgeritten waren, als die Sonne die ersten Lichtstreifen über das Wasser schickte und schließlich mit voller Kraft den Himmel erhellte. In diesem Augenblick zügelte Gérard sein Pferd. Er stieg ab und bedeutete mir, ebenfalls abzusteigen.

Ich entsprach seinem Wunsch, ließ Star und das Packpferd neben seinem riesigen Schecken stehen und folgte ihm etwa ein Dutzend Schritte weit in eine kleine Senke, die zur Hälfte mit Kies gefüllt war. Er blieb stehen, und ich erreichte ihn.

»Was ist los?« fragte ich.

Er drehte sich um und sah mich an, und seine Augen waren zusammengekniffen, seine Wangenmuskeln verkrampft. Er öffnete seinen Mantel, faltete ihn zusammen und legte ihn auf den Boden. Dann legte er seinen Schwertgürtel oben auf den Mantel.

»Lege Mantel und Schwert ab«, sagte er. »Die sind uns nur im Weg.«

Ich begann zu ahnen, was mir bevorstand, und sagte mir, daß ich wohl oder übel mitmachen mußte. Ich faltete meinen Mantel zusammen, legte das Juwel des Geschicks neben Grayswandir und baute mich vor ihm auf. Ich sagte nur ein Wort.

»Warum?«

»Es ist lange her«, sagte er. »Vielleicht hast du's vergessen.«

Langsam kam er auf mich zu, und ich streckte die Arme vor mir aus und wich zurück. Er hieb nicht nach mir. Früher war ich schneller gewesen als er. Wir hatten uns beide geduckt, und er machte ausholende Tatzenbewegungen mit der linken Hand, während er die rechte Hand näher am Körper behielt; seine Finger zuckten leicht.

Wenn ich mir für den Kampf gegen Gérard einen Ort hätte aussuchen dürfen, wäre meine Wahl nicht auf diese Stelle gefallen. Das wußte er natürlich genau. Und wenn ich schon mit Gérard kämpfen mußte, hätte ich keinen Ringkampf gewählt. Mit Klinge oder Stock bin ich besser als er. Jede Waffe, bei der es um Geschwindigkeit oder Strategie geht, jede Waffe, die es mir gestattete, ihn von Zeit zu Zeit zu treffen, während ich ihn mir ansonsten vom Leibe hielt, brachte mir die Möglichkeit, ihn zu ermüden, und die Chance immer energischerer Angriffe. Auch das war ihm natürlich bekannt. Deshalb hatte er mir ja diese Falle gestellt. Doch ich verstand Gérard und mußte mich nun auf seine Spielregeln einstellen.

Ich fegte ein paarmal seine Hand zur Seite, als er seine Bewegungen beschleunigte und mit jedem Schritt näherkam. Schließlich ging ich das Risiko ein, duckte mich und schlug zu. Ich landete eine schnelle, harte Linke unmittelbar über seiner Gürtellinie. Mit einem solchen Hieb hätte ich ein dickes Brett durchschlagen oder einem weniger gut trainierten Gegner innere Verletzungen beibringen können. Leider war Gérard mit der Zeit nicht schlapper geworden. Ich hörte ihn ächzen, doch er blockte meine Rechte ab, schob seine rechte Hand unter meinen linken Arm und traf mich von hinten an der Schulter.

Daraufhin, in der Vorahnung eines Schulterhebels, ging ich sofort in den Clinch, den ich vielleicht nicht mehr zu brechen vermochte; ich drückte nach vorn, packte seine linke Schulter auf ähnliche Weise, hakte mein rechtes Bein hinter sein Knie und vermochte ihn rücklings zu Boden zu schleudern.

Doch er ließ nicht los, und ich landete auf ihm. Ich löste meinen Griff und vermochte ihm im Auftreffen den rechten Ellbogen in die linke Flanke zu treiben. Der Winkel war jedoch nicht günstig, und seine Linke kam hoch und machte Anstalten, irgendwo hinter meinem Kopf seine Rechte zu ergreifen.

Ich konnte dem Griff entwischen, doch er hielt noch meinen Arm fest. Eine Sekunde lang hatte ich mit der Rechten freie Bahn auf seinen Unterleib, doch ich hielt mich zurück. Nicht daß es mir etwas ausmacht, einen Gegner unter die Gürtellinie zu schlagen. Doch ich wußte, wenn ich jetzt so handelte, würde Gérards Reflexbewegung vermutlich dazu führen, daß er mir die Schulter brach. Statt dessen zer-

Fünftes Kapitel

kratzte ich mir den Unterarm im Kies bei dem Versuch, den linken Arm hinter seinen Kopf zu schieben, während ich gleichzeitig den rechten Arm zwischen seine Beine schob und ihn am linken Oberschenkel packte. Ich ließ mich zurückrollen und versuchte, meine Beine auszustrecken, sobald ich meine Füße unter mir hatte. Ich wollte ihn vom Boden hochheben und wieder niederknallen lassen und ihm dabei zum besseren Nachdruck noch meine Schulter in den Bauch rammen.

Doch Gérard spreizte die Beine und rollte nach links, womit er mich zwang, über seinen Körper zu hechten. Dabei ließ ich seinen Kopf los und bekam meinen linken Arm frei. Im gleichen Augenblick drehte ich mich nach rechts, zog meinen rechten Arm fort und versuchte, eine neue Ausgangsbasis zu finden.

Doch Gérard wollte das nicht zulassen. Inzwischen hatte er die Arme unter sich gestemmt. Mit einer gewaltigen Kraftanstrengung riß er sich los und kam taumelnd wieder auf die Füße. Ich richtete mich ebenfalls auf und sprang zurück. Er stürmte augenblicklich auf mich zu, und ich sah ein, daß er mich fürchterlich zurichten würde, wenn ich mich auf weitere solche Aktionen mit ihm einließ. Ich mußte ein paar Risiken eingehen.

Ich beobachtete seine Füße, und als ich den besten Augenblick gekommen wähnte – er verlagerte gerade das Gewicht nach vorn auf den linken Fuß und hob den rechten –, tauchte ich unter seinen ausgestreckten Armen hindurch. Ich vermochte sein rechtes Fußgelenk zu packen und es etwa vier Fuß hochzuheben. Er wurde herumgerissen und ging zu Boden, versuchte aber sofort wieder, auf die Füße zu kommen, doch ich erwischte ihn mit einem linken Haken am Kinn, der ihn zu Boden warf. Er schüttelte benommen den Kopf und schützte sich mit den Armen, während er erneut hochkam. Ich versuchte es mit einem Tritt in den Magen, verfehlte aber mein Ziel, da er sich drehte, und traf ihn nur an der Hüfte. Er blieb im Gleichgewicht und rückte erneut vor.

Nun zielte ich kurze Haken auf sein Gesicht und umkreiste ihn. Noch zweimal traf ich ihn in den Magen und tänzelte erneut vor.

Nun zielte ich kurze Haken auf sein Gesicht und umkreiste ihn. Noch zweimal traf ich ihn in den Magen und tänzelte zurück. Er lächelte. Er wußte, daß ich Angst vor dem Nahkampf hatte. Ich zielte mit dem Fuß auf seinen Bauch und trat zu. Seine Arme sanken so tief herab, daß ich ihm unmittelbar über dem Schlüsselbein einen Hieb gegen den Hals versetzen konnte. Im gleichen Augenblick jedoch schossen seine Arme vor und legten sich um meine Hüfte. Ich knallte ihm die Handkante gegen das Kinn, was ihn jedoch nicht davon abhielt, seinen Griff zu verstärken und mich hochzustemmen. Ich versuchte, einen Schlag anzubringen. Zu spät. Seine mächtigen Hände waren bereits im Begriff, meine Nieren zu zerquetschen. Ich ertastete mit den Daumen seine Halsschlagadern und drückte zu.

Doch er hob mich immer weiter in die Höhe, über seinen Kopf. Meine Hände rutschten ab. Dann knallte er mich rücklings in den Kies, wie es die Bauersfrauen mit ihrer Wäsche tun.

Lichtpunkte explodierten um mich her, und die Welt wurde zu einem zuckenden, unwirklichen Ort, während Gérard mich von neuem hochzerrte. Ich sah seine Faust.

Der Sonnenaufgang war wirklich hübsch, doch der Winkel stimmte nicht. Um etwa neunzig Grad ...

Plötzlich durchströmte mich ein fürchterliches Schwindelgefühl – es überlagerte sogar die Bewußtwerdung eines ganzen Straßennetzes von Schmerzen, das sich auf meinem Rücken erstreckte und zu einer großen Stadt führte, die irgendwo in der Nähe meines Kinns liegen mußte.

Ich hing frei in der Luft. Wenn ich etwas den Kopf drehte, vermochte ich eine weite Strecke zu überschauen – in die Tiefe.

Kräftige Klammern hielten meinen Körper an Schultern und Oberschenkel fest. Als ich mir die Gebilde ansah, stellte ich fest, daß es sich um Hände handelte. Daraufhin verdrehte ich den Hals noch mehr und machte mir klar, daß es Gérards Hände waren. Er hielt mich mit ausgestreckten Armen über seinen Kopf. Er stand am Rand des Weges, und ich vermochte tief unter mir Garnath und das Ende der schwarzen Straße zu erkennen. Wenn er losließ, mochte sich ein Teil von mir mit dem Vogelmist vermischen, mit dem die Felswand reichlich bekleckert war, und der Rest würde den angeschwemmten Quallen ähneln, die ich schon an einigen Stränden gesehen hatte.

»Ja. Schau hinab, Corwin«, sagte er, als er meine Bewegung spürte. Er sah hoch und begegnete meinem Blick. »Ich brauche nur die Finger zu lockern.«

»Ich höre dich«, sagte ich leise und versuchte fieberhaft, eine Möglichkeit zu finden, ihn mitzunehmen, wenn er wirklich ernst machte.

»Ich bin kein kluger Mensch«, sagte er. »Aber mir ist da ein Gedanke gekommen – ein schrecklicher Gedanke. Und dies ist die einzige Methode, die mir dagegen eingefallen ist. Mein Gedanke beruht darauf, daß du arg lange von Amber fort gewesen bist. Ich habe keine Möglichkeit festzustellen, ob deine Geschichte vom Gedächtnisverlust der Wahrheit entspricht oder nicht. Du bist zurückgekehrt und hast hier die Führung an dich gerissen, doch herrschen tust du noch nicht richtig. Mich beunruhigte der Tod von Benedicts Dienstboten, so wie mir heute der Tod Caines zu schaffen macht. Aber auch Eric ist kürzlich gestorben, und Benedict hat eine schwere Entstellung hinnehmen müssen. Es ist nicht einfach, dir diesen Teil der Ereignisse zur Last zu legen, doch mir ist der Gedanke gekommen, daß es vielleicht doch nicht

Fünftes Kapitel

so abwegig ist – wenn du nämlich derjenige bist, der insgeheim mit unseren Feinden von der Schwarzen Straße verbündet ist.«

»Das bin ich nicht«, versicherte ich.

»Egal – du hörst dir an, was ich zu sagen habe«, sagte er. »Es wird kommen, wie es kommen muß. Wenn du während deiner langen Abwesenheit für diesen Stand der Dinge gesorgt und dabei vielleicht sogar Vater und Brand zum eigenen Vorteil von der Bühne geschafft hast, dann setze ich das mit dem Versuch gleich, jeglichen Widerstand in der Familie gegen deine Machtergreifung auszuschalten.«

»Wenn das so wäre – hätte ich mich dann Eric ausgeliefert, um mich blenden und gefangennehmen zu lassen?«

»Hör mich zu Ende an!« sagte er. »Vielleicht hast du ja Fehler gemacht, die zu diesen Ereignissen führten. Das ist inzwischen egal. Du magst so unschuldig sein, wie du sagst, oder denkbar schuldig. Sieh in die Schlucht hinab, Corwin. Das ist alles. Schau hinab auf die schwarze Straße. Der Tod steht am Ende deines Weges, wenn diese Straße dein Werk ist. Ich habe dir wieder einmal meine Kräfte bewiesen, die du vielleicht vergessen hattest. Ich kann dich töten, Corwin. Und sei dir nicht zu sicher, daß dich deine Klinge schützen würde, wenn ich noch einmal Hand an dich legen kann. Ich werde rücksichtslos sein, um mein Versprechen einzulösen. Und dieses Versprechen lautet, daß ich dich töte, sobald ich erfahre, daß du wirklich schuldig bist. Du solltest dir außerdem klarmachen, daß mein Leben geschützt ist, Corwin, denn es ist jetzt mit dem deinen verbunden!«

»Wie meinst du das?«

»In diesem Augenblick sind alle anderen durch meinen Trumpf bei uns – sie beobachten uns und hören jedes Wort. Du kannst jetzt nicht mehr für meine Beseitigung sorgen, ohne der gesamten Familie deine Absichten zu offenbaren. Wenn ich meineidig sterbe, kann mein Versprechen dennoch gehalten werden.«

»Ich verstehe«, sagte ich. »Und wenn jemand anders dich umbringt? Damit beseitigt er zugleich mich. Dann bleiben noch Julian, Benedict, Random und die Mädchen für die Barrikaden. Auf diese Weise steht der große Unbekannte, wer immer er ist, noch besser da. Wer ist überhaupt auf diese Sache gekommen?«

»Ich! Ich allein!« sagte er, und ich spürte, wie sich seine Hände verkrampften, wie seine Arme zitterten. »Du versuchst nur wieder, alles durcheinanderzubringen – wie immer!« stöhnte er. »Es ist alles erst schlimm geworden, als du zurückkamst! Verdammt, Corwin! Ich glaube, es ist alles deine Schuld!«

Dann schleuderte er mich in die Luft.

»*Unschuldig*, Gérard!« Mehr brachte ich in diesem Augenblick nicht heraus.

Im nächsten Augenblick fing er mich auf – ein gewaltiger Griff, der seine Schultern erbeben ließ – und zog mich vom Abgrund zurück. Er schwang mich landeinwärts um sich herum und stellte mich auf die Füße. Dann entfernte er sich in Richtung der Kiesgrube, in der wir gekämpft hatten. Ich folgte ihm, und wir suchten unsere Sachen zusammen.

Als er seinen großen Gürtel festmachte, sah er mich an und blickte wieder fort.

»Wir reden nicht mehr darüber«, sagte er.

»Schön.«

Ich machte kehrt und ging zu den Pferden. Wir stiegen auf und setzten unseren Weg fort.

Die Quelle plätscherte ihre leise Musik in dem Wäldchen. Die Sonne flocht Lichtlinien zwischen den Bäumen. Auf dem Boden schimmerte noch etwas Tau. Die Grasstücke, die ich für Caines Grab ausgestochen hatte, fühlten sich feucht an.

Ich holte den Spaten, den ich im Gepäck hatte, und öffnete das Grab. Wortlos half mir Eric, den Toten auf das Stück Segeltuch zu legen, das wir zu diesem Zweck mitgebracht hatten. Wir falteten das Tuch über dem Toten zusammen und nähten es mit großen Stichen zu.

»Corwin! Schau!« Gérards Stimme war ein Flüstern; seine Hand schloß sich um meinen Ellbogen.

Ich folgte seinem Blick und erstarrte. Keiner von uns beiden bewegte sich, während wir die Erscheinung beobachteten – ein sanftes weißes Licht hüllte sie ein, als wäre sie mit Federn bedeckt, nicht mit Fell – die winzigen Hufe schimmerten golden, ebenso das dünne, gedrechselt wirkende Horn, das dem schmalen Kopf entragte. Das Geschöpf stand auf einem Felsbrocken und fraß von den Flechten, die dort wuchsen. Die Augen, die sich hoben und in unsere Richtung blickten, waren hellgrün. Einige Sekunden lang schloß es sich unserer Reglosigkeit an. Dann machte es eine schnelle, nervöse Bewegung mit den Vorderhufen, ließ sie durch die Luft wirbeln und dreimal auf das Gestein schlagen, dann verschwamm es vor unseren Augen und verschwand wie eine Schneeflocke, lautlos, im Wald zu unserer Rechten.

Ich richtete mich auf und ging zu dem Stein. Gérard folgte mir. Im Moos machte ich die winzigen Hufspuren aus.

»Wir haben es also wirklich gesehen«, bemerkte Gérard.

Ich nickte.

»Wir haben etwas gesehen. Hast du die Erscheinung schon einmal beobachtet?«

»Nein. Du?«

Ich schüttelte den Kopf.

»Julian behauptet, er hätte das Geschöpf einmal beobachtet«, sagte ich. »Aus der Ferne. Seinen Worten zufolge haben sich die Hunde geweigert, die Verfolgung aufzunehmen.«
»Es war wunderschön! Der lange seidenweiche Schwanz, die schimmernden Hufe ...«
»Ja. Vater hat es stets als gutes Omen genommen.«
»Das würde ich auch gern tun.«
»Ein seltsamer Augenblick für so einen Auftritt ... Nach all den Jahren ...«
Wieder nickte ich.
»Gibt es jetzt besondere Vorschriften? Immerhin ist es ja unser Schutzgeist und so weiter ... Müssen wir jetzt etwas tun?«
»Wenn, dann hat mir Vater nie davon erzählt«, sagte ich und tätschelte den Stein, auf dem es erschienen war. »Wenn du eine Wende unseres Glück anzeigst, wenn du uns Gutes verheißest, dann danken wir dir, Einhorn«, fuhr ich fort. »Und selbst wenn nicht, möchten wir dir für den Glanz deiner Gesellschaft in einem düsteren Augenblick danken.«
Wir tranken aus dem Teich, machten das traurige Bündel auf dem Rücken des dritten Pferdes fest und führten unsere Tiere am Zügel, bis wir den Ort verlassen hatten, wo es bis auf das Wasser sehr ruhig geworden war.

6

Die Feiern des Lebens gehen ihre ewige Runde, der Mensch schmiegt sich immer wieder an den Busen der Hoffnung, und zwischen Regen und Traufe gibt es oft nur wenige trockene Plätzchen – das war an jenem Abend die Summe der Weisheit meines langen Lebens, gefördert von einer Stimmung kreativer Nervosität, kommentiert von Random mit einem Nicken und einem lächelnd vorgebrachten Kraftausdruck.

Wir saßen in der Bibliothek, und ich hockte auf der Kante des großen Tisches. Random nahm den Stuhl zu meiner Rechten ein. Gérard stand am anderen Ende des Raumes und betrachtete einige Waffen, die dort an der Wand hingen. Vielleicht interessierte er sich auch für Reins Stich des Einhorns. Wie auch immer – ähnlich wie wir ignorierte er Julian, der in einem Sessel neben den Vetrinen saß, mit ausgestreckten Beinen, die er an den Fußgelenken übereinandergeschlagen hatte, mit verschränkten Armen, den Blick auf seine schuppigen Stiefel konzentriert. Fiona – etwa fünf Fuß und zwei Zoll groß – starrte mit grünen Augen in Floras blaue Augen, während sich die beiden neben dem Kamin unterhielten; ihr Haar war ein mehr als ausreichender Ersatz für den leeren Kamin, loderte es doch förmlich und erinnerte mich wie stets an etwas, von dem der Maler soeben zurückgetreten war, Pinsel und Farbe beiseitelegend, hinter seinem Lächeln die ersten Fragen formulierend. Die Stelle an ihrem Hals, wo sein Daumen das Schlüsselbein angedeutet hatte, schien mir wie immer das Werk eines Meisters zu sein, besonders wenn sie fragend oder herablassend den Kopf hob, um uns Größere anzuschauen. In diesem Augenblick lächelte sie schwach; zweifellos spürte sie meinen Blick mit ihrem fast hellsichtig zu nennenden Wahrnehmungsvermögen, dessen Erkenntnis doch nicht verhindern kann, daß man immer wieder davon aufgestört wird. Llewella saß in einer Ecke und tat, als lese sie ein Buch; sie hatte uns den Rücken zugewandt; ihre grünen Locken bewegten sich etliche Zoll über dem dunklen Kragen. Ob ihre Zurückhaltung auf Feindseligkeit, Nervosität wegen Entfremdung oder nur Vorsicht zurückzuführen war, wußte ich nie genau zu sagen. Wahrscheinlich spielten alle Elemente mit hinein. Sie war nicht allzu oft in Amber anzutreffen.

Sechstes Kapitel

... Und die Tatsache, daß wir eine Ansammlung von Individuen und keine Gruppe, keine Familie waren, zu einer Zeit, da ich eine Art gemeinsamer Identität zu schaffen wünschte, einen Willen zur Zusammenarbeit – dies führte zu meinen Feststellungen und zu Randoms Zustimmung.

Ich spürte ein vertrautes Wesen, hörte ein »Hallo, Corwin«, und da war Deirdre, die sich mir zuwandte. Ich streckte die Hand aus, ergriff die ihre, hob sie an die Lippen. Sie machte einen Schritt vorwärts, wie die erste Figur eines formellen Tanzes, und stand dann dicht vor mir, sah mich an. Einen Augenblick lang hatte ein vergittertes Fenster ihren Kopf und ihre Schultern eingerahmt, und ein kostbarer Teppich hatte die Wand zu ihrer Linken geschmückt. Natürlich war dieser Effekt sorgfältig geplant gewesen. Trotzdem wirksam. Sie hielt meinen Trumpf in der linken Hand und lächelte. Als sie erschien, blickten die anderen in unsere Richtung, und sie schlug, sich langsam drehend, mit ihrem Lächeln zurück, wie eine Mona Lisa mit Maschinenpistole.

»Corwin«, sagte sie, gab mir einen Kuß und trat zurück. »Ich fürchte, ich bin früh dran.«

»Niemals«, sagte ich und wandte mich an Random, der schon aufgestanden war.

»Darf ich dir etwas zu trinken holen, Schwester?« fragte er, nahm sie an der Hand und deutete mit einer Kopfbewegung auf die Anrichte.

»Aber ja. Vielen Dank.« Und er führte sie fort und schenkte ihr Wein ein und vermied – oder verzögerte – auf diese Weise ihren üblichen Zusammenstoß mit Flora. Zumindest nahm ich an, daß die alte Animosität noch bestand, so wie ich sie in Erinnerung hatte. Das Manöver beraubte mich zwar für den Augenblick ihrer Gesellschaft, doch es trug dazu bei, den häuslichen Frieden zu wahren, der mir gerade jetzt ziemlich wichtig war. Wenn er will, ist Random in solchen Dingen ziemlich geschickt.

Ich trommelte mit den Fingern auf der Tischkante herum, rieb mir die schmerzende Schulter, schlug die Beine übereinander und stellte sie wieder nebeneinander. Ich überlegte, ob ich mir eine Zigarette anzünden sollte ...

Plötzlich war er da. Am entgegengesetzten Ende des Zimmers hatte sich Gérard nach links gewandt, hatte etwas gesagt und die Hand ausgestreckt. Einen Sekundenbruchteil später hielt er die linke und einzige Hand Benedicts, des letzten Mitglieds unserer Gruppe.

Also schön. Mit der Tatsache, daß Benedict durch Gérards und nicht durch meinen Trumpf gekommen war, brachte er seine Gefühle mir gegenüber zum Ausdruck. War dies zugleich ein Hinweis auf eine Allianz, die den Zweck hatte, mich zu kontrollieren? Zumindest sollte sein Schritt entsprechende Zweifel in mir wecken. War es vielleicht Benedict gewesen, der Gérards kleine Kampfübung mit mir angeregt hatte? Wahrscheinlich.

In diesem Augenblick stand Julian auf, durchquerte das Zimmer, sagte etwas zu Benedict und schüttelte ihm die Hand. Der Vorgang erweckte Llewellas Aufmerksamkeit. Sie wandte sich um, schloß ihr Buch und legte es zur Seite. Lächelnd trat sie vor, begrüßte Benedict, nickte Julian zu, sagte etwas zu Gérard. Die kleine Runde trat enger zusammen, begann, sich angeregt zu unterhalten. Also schön, also schön.

Vier und drei. Und zwei in der Mitte ...

Ich musterte die Gruppe auf der anderen Seite und wartete. Wir waren nun alle beisammen, und ich hätte um Aufmerksamkeit bitten und mit der Tagesordnung beginnen können. Aber ...

Die Versuchung war zu groß. Wir alle spürten die Spannung, das wußte ich. Es war, als wären im Zimmer plötzlich zwei magnetische Pole aktiviert worden. Ich war neugierig, wie sich die Metallsplitter formieren würden.

Flora warf mir einen kurzen Blick zu. Ich nahm nicht an, daß sie es sich über Nacht anders überlegt hatte – es sei denn, es hatte neue Entwicklungen gegeben. Nein, ich war zuversichtlich, daß ich den nächsten Zug richtig vorausgesehen hatte.

Und damit irrte ich mich nicht. Ich hörte sie etwas von Durst und einem Glas Wein sagen. Sie wandte sich halb um und machte eine Bewegung in meine Richtung, als erwarte sie, daß Fiona sie begleiten würde. Als dies nicht geschah, zögerte sie einen Augenblick lang. Damit stand sie plötzlich im Mittelpunkt des allgemeinen Interesses. Sie erkannte diese Tatsache, traf eine schnelle Entscheidung und kam lächelnd zu mir.

»Corwin«, sagte sie. »Ich glaube, ich möchte ein Glas Wein haben.«

Ohne den Kopf zu wenden, ohne den Blick von dem Tableau vor mir zu nehmen, rief ich: »Random, schenk doch bitte Flora ein Glas Wein ein, ja?«

»Aber natürlich«, erwiderte er, und ich vernahm die dazugehörigen Geräusche.

Flora nickte, gab ihr Lächeln auf und ging an mir vorbei nach rechts.

Vier und vier, womit Fiona hell lodernd in der Mitte des Zimmers verblieb. Sie wußte genau, was los war, und genoß die Situation; sie trat vor den ovalen Spiegel mit dem kostbar geschnitzten dunklen Rahmen, der zwischen den beiden nächsten Regalgruppen hing, und machte Anstalten, ein paar lockere Strähnen an ihrer linken Schläfe zu befestigen.

Ihre Bewegung erzeugte ein grünsilbernes Aufzucken zwischen den roten und goldenen Mustern des Teppichs in der Nähe der Stelle, wo ihr linker Fuß gestanden hatte.

Sechstes Kapitel

Ich wußte nicht, ob ich fluchen oder lächeln sollte. Das durchtriebene Luder konnte ihre Spielchen nicht lassen! Doch immer großartig ... Nichts hatte sich verändert. Weder fluchend noch lächelnd trat ich vor, wie sie es auch nicht anders erwartet hatte.

Doch auch Julian näherte sich, und sogar ein wenig schneller als ich. Er war ihr näher gewesen und hatte es vielleicht einen Sekundenbruchteil eher gesehen.

Er hob das Gebilde auf und ließ es langsam hin und her pendeln.

»Dein Armband, Schwester«, sagte er freundlich. »Es scheint deinem Arm entsagt zu haben, das dumme Ding. Hier – gestatte bitte.«

Sie streckte ihm die Hand entgegen und bedachte ihn zugleich mit einem Blick unter gesenkten Lidern und einem entsprechenden Lächeln, während er die Smaragdkette wieder schloß. Als er fertig war, ließ er ihre Hand zwischen seinen beiden Händen verschwinden und wandte sich seiner Ecke zu.

»Ich glaube, du hättest Spaß an dem netten Witz, den wir gerade erzählen wollten«, begann er.

Ihr Lächeln wurde womöglich noch breiter, als sie ihre Hand löste.

»Danke, Julian«, erwiderte sie, machte kehrt und nahm meinen Arm. »Ich glaube, mir steht der Sinn im Augenblick mehr nach einem Glas Wein.«

Ich nahm sie mit und sorgte dafür, daß sie die gewünschte Erfrischung bekam. Fünf gegen vier.

Julian, der etwas dagegen hat, starke Gefühle an den Tag zu legen, kam gleich darauf zu einem Entschluß und folgte uns in unsere Ecke. Er schenkte sich ein Glas Wein ein, trank, musterte mich einige Sekunden lang und sagte schließlich: »Ich glaube, wir sind jetzt alle da. Wann gedenkst du anzufangen mit dem, weswegen du uns hergeholt hast?«

»Ich sehe keinen Grund für eine weitere Verzögerung«, sagte ich, »nachdem nun jeder hier seinen Auftritt gehabt hat.« Ich hob meine Stimme und sprach die Gruppe auf der anderen Seite an. »Es ist soweit. Machen wir es uns bequem.«

Die anderen wanderten herüber. Stühle wurden herangezogen; man setzte sich. Frischer Wein wurde eingeschenkt. Gleich darauf hatten wir ein Publikum.

»Vielen Dank«, sagte ich, als man ganz zur Ruhe gekommen war. »Mir liegen heute abend etliche Dinge am Herzen, von denen einige vielleicht sogar tatsächlich zur Sprache kommen. Der Verlauf des Abends wird natürlich vom ersten Schritt abhängen, und den werden wir sofort tun. Random, berichte, was du mir gestern erzählt hast.«

»Schön.«

Ich zog mich auf den Stuhl hinter dem Tisch zurück, und Random setzte sich auf die Kante des seinen. Ich machte es mir bequem und hörte noch einmal die Geschichte seiner Kontaktaufnahme mit Brand und seines Rettungsversuchs. Es war eine gekürzte Version ohne Mutmaßungen, die mich eigentlich seit dem Augenblick nicht wieder losgelassen hatten, seit Random sie mir eingepflanzt hatte. Doch trotz der Auslassung bekamen die anderen die möglichen Weiterungen durchaus mit, das wußte ich. Dies war der Hauptgrund, weshalb ich Random sofort das Wort ergreifen ließ. Hätte ich nur den Versuch unternommen, meinen Verdacht vorzutragen und zu untermauern, wäre man zweifellos der Ansicht gewesen, ich huldigte dem überlieferten Brauch, die Aufmerksamkeit von mir selbst abzulenken – eine Überlegung, die sofort dazu führen mußte, daß sich die Aufnahmebereitschaft mir gegenüber auf Null senkte. Auf diese Weise jedoch mochten die anderen zwar der Meinung sein, Random würde nur die Dinge sagen, die ich ihn sagen lassen wollte, aber sie würden ihn bis zum Ende anhören und sich die ganze Zeit fragen, was das alles sollte. Sie würden sich mit den vorgetragenen Ideen befassen und zu erkennen versuchen, weshalb ich die Konferenz einberufen hatte. Sie würden sich soviel Zeit nehmen, daß die Theorien Wurzeln schlagen konnten, vorbehaltlich eines späteren Beweises. Und sie würde sich fragen, ob wir diese Beweise vorlegen konnten. Dieselbe Frage stellte ich mir auch.

Während ich wartete und mir Gedanken machte, beobachtete ich die anderen. Mehr noch als mein Mißtrauen erforderte es die schlichte Neugier, daß ich diese Gesichter nach Reaktionen und Hinweisen absuchte, soweit ich das vermochte – Gesichter, die ich besser kannte als alle anderen. Natürlich verrieten sie mir nichts. Vielleicht stimmte es tatsächlich, daß man sich einen Menschen nur beim ersten Zusammentreffen richtig ansieht und danach beim Wiedererkennen jeweils nur ein paar geistige Kürzel absolviert. Mein Gehirn ist faul genug, um dieser These ihren Wahrscheinlichkeitsgehalt zuzubilligen; es nutzt seine Fähigkeit der Abstraktion, um, wo immer möglich, Arbeit zu vermeiden. Diesmal zwang ich mich zum richtigen Hinschauen – aber es nützte trotzdem nichts. Julian behielt seine etwas gelangweilte, leicht amüsierte Maske auf. Gérard wirkte abwechselnd überrascht, wütend und bedrückt. Benedict sah einfach nur düster und mißtrauisch aus. Llewella so traurig und unwägbar wie eh und je. Deirdre machte einen abwesenden Eindruck, Flora einen ergebenen, und Fiona sah sich in der Runde um und stellte ihren eigenen Katalog an Reaktionen zusammen.

Die einzige Schlußfolgerung, die ich nach einiger Zeit zu ziehen vermochte, war die, daß Random Eindruck machte. Zwar verriet sich niemand, doch ich sah, wie die Langeweile verschwand, wie das alte Mißtrauen wich, wie neues Mißtrauen erwachte. Das Interesse meiner

Sechstes Kapitel

Geschwister war geweckt, fast eine Art Faszination. Schließlich hatte jeder seine Fragen auf der Zunge. Zuerst nur wenige, dann ein ganzer Schwall.

»Halt!« ging ich schließlich dazwischen. »Laßt ihn zu Ende erzählen. Die ganze Geschichte. Damit werden einige Fragen gleich beantwortet. Die anderen könnt ihr hinterher noch loswerden.«

Es wurde genickt und geknurrt, und Random sprach weiter. Er schilderte schließlich unseren Kampf gegen die Fremden bei Flora und deutete an, daß sie aus derselben Ecke kamen wie der Bursche, der Caine umgebracht hatte. Flora bestätigte dieses Detail.

Als dann Fragen gestellt wurden, beobachtete ich die Anwesenden intensiv. Solange es ihnen nur um Randoms Geschichte ging, war alles in Ordnung. Doch ich wollte die Dinge nicht so weit kommen lassen, daß man spekulierte, ob etwa einer von uns hinter der Sache steckte. Sobald es dazu kam, wurde bestimmt auch von mir gesprochen und der Möglichkeit, daß ich meine Spuren zu verwischen trachtete. Dies konnte zu bösen Worten und zu einer Stimmung führen, die ich nun wirklich nicht heraufbeschwören wollte. Da war es schon besser, zunächst die Beweisgrundlage zu schaffen, um späteren Vorhaltungen aus dem Weg zu gehen, den Missetäter nach Möglichkeit sofort einzukreisen und meine Position auf der Stelle zu festigen.

Ich paßte also auf und wartete meine Zeit ab. Als ich das Gefühl hatte, daß der entscheidende Augenblick nahe herangetickt war, hielt ich die Uhr an.

»All unser Reden, all unsere Vermutungen wären nicht erforderlich«, sagte ich, »wenn wir hinsichtlich der Tatsachen ein klares Bild hätten. Es gibt vielleicht eine Möglichkeit, sich diese Klarheit zu verschaffen – und zwar auf der Stelle. Deshalb seid ihr alle hier.«

Das hatte die gewünschte Wirkung. Ich hatte sie gepackt. Sie waren voll da. Aufmerksam. Bereit. Vielleicht sogar willens.

»Ich schlage vor, wir versuchen Brand zu erreichen und nach Hause zu holen«, sagte ich. »Jetzt.«

»Wie?« fragte mich Benedict.

»Durch die Trümpfe.«

»Das hat man schon versucht«, meinte Julian. »Auf diese Weise ist er nicht ansprechbar. Keine Antwort.«

»Ich meine nicht den gewöhnlichen Gebrauch der Trümpfe«, erklärte ich. »Ich habe euch gebeten, heute abend einen vollen Satz des Spiels mitzubringen. Ihr habt die Karten mit?«

Sie nickten.

»Gut«, sagte ich. »Holen wir Brands Trumpf heraus. Ich schlage vor, daß wir ihn zu neunt gleichzeitig anzusprechen versuchen.«

»Ein interessanter Gedanke«, bemerkte Benedict.

»Ja«, stimmte Julian zu, nahm seine Karten heraus und blätterte sie durch. »Einen Versuch ist es auf jeden Fall wert. Vielleicht gewinnen wir dadurch zusätzliche Kraft. Man kann nie wissen.«

Ich fand Brands Trumpf. Ich wartete, bis auch die anderen das entsprechende Bild vor sich hatten. Dann sagte ich: »Wir wollen uns koordinieren. Sind alle bereit?«

Achtmal Zustimmung.

»Dann los. Versucht es. – *Jetzt*!«

Ich betrachtete meine Karte. Brands Gesichtszüge ähnelten den meinen, doch er war kleiner und schmaler gebaut. Sein Haar erinnerte eher an Fiona. Er trug einen grünen Reitanzug und saß auf einem weißen Pferd. Wie lange war das jetzt her? Ich überlegte. Brand war stets ein Träumer gewesen, ein Mystiker, ein Poet – stets desillusioniert oder aufgekratzt, zynisch oder vertrauensselig. Im breiten Mittelfeld schien für seine Gefühle kein Raum zu sein. Manischdepressiv – das ist eine zu vage Bezeichnung für seinen vielschichtigen Charakter, doch mag das Wort eine gewisse Zielrichtung andeuten, die Vielzahl von Fähigkeiten, mit denen sein Lebensweg bestimmt war. Aus diesem Zustand heraus gab es Augenblicke, da ich ihn, ich muß es zugeben, so charmant, rücksichtsvoll und loyal fand, daß ich ihn über all meine anderen Geschwister stellte. In anderen Momenten jedoch konnte er dermaßen bitter, sarkastisch und rundheraus brutal sein, daß ich seine Gesellschaft mied aus Angst, ich könnte ihm etwas antun. Unser letztes Zusammensein war negativer Art gewesen, kurze Zeit bevor Eric und ich jene Auseinandersetzung hatten, die zu meinem Exil führte.

… Und das waren meine Gedanken und Gefühle, während ich seinen Trumpf betrachtete und ihn mit dem Verstand, mit dem Willen zu erreichen versuchte, während ich die Leere entstehen ließ, die er ausfüllen sollte. Ringsum gingen die anderen eigene Erinnerungen durch und taten dasselbe.

Langsam veränderte sich die Karte wie in einem Traum; sie schien an Tiefe zu gewinnen. Es folgte das vertraute Verschwimmen und das Gefühl von Bewegung, das den Kontakt mit dem Gesuchten ankündigt. Der Trumpf fühlte sich unter meinen Fingerspitzen kälter an, dann strömten Dinge herbei und formierten sich, errangen eine plötzliche Wahrhaftigkeit des Ausdrucks, nachhaltig, dramatisch, komplett.

Er schien sich in einer Zelle zu befinden. Hinter ihm ragte eine Steinmauer auf. Auf dem Boden lag Stroh. Er war angekettet, und seine Kette führte durch einen riesigen Ring, der in die Wand über ihm eingelassen war. Es war eine ziemlich lange Kette, die ihm ausreichend Bewegung gestattete. Im Augenblick nutzte er diese Tatsache aus; er lag ausgebreitet auf einem Haufen aus Stroh und Lumpen in einer Ecke. Kopfhaare und Bart waren ziemlich lang, sein Gesicht wirkte dünner, als ich es je zuvor gesehen hatte. Seine Kleidung war zerrissen und verdreckt. Er schien zu schlafen. Unwillkürlich mußte ich an meine eigene Gefangenschaft denken – an die Gerüche, die Kälte, die übelriechende Nahrung, die Feuchtigkeit, die Einsamkeit – an den Wahnsinn, der kam und ging. Wenigstens hatte Brand seine Augen noch. Plötzlich begannen seine Augenlider zu zucken, als mehrere von uns seinen Namen riefen. Er öffnete seine grünen Augen; sie hatten einen matten, leeren Ausdruck.

War er betäubt worden? Oder glaubte er eine Halluzination zu erleben?

Doch plötzlich kehrte der alte Geist zurück. Er richtete sich auf, streckte die Hände aus.

»Brüder!« sagte er. »Schwestern ...«

»Ich komme!« ertönte ein Schrei, der das Zimmer erzittern ließ.

Gérard war aufgesprungen und hatte dabei seinen Stuhl umgeworfen. Er stürmte durch die Bibliothek und riß eine riesige Streitaxt von den Wandpflöcken. Er band sie sich um das Gelenk der Hand, in der er den Trumpf hielt. Eine Sekunde lang erstarrte er, intensiv auf die Karte starrend. Dann streckte er die leere Hand aus und war plötzlich drüben, Brand umfassend, der sich diesen Augenblick aussuchte, um wieder ohnmächtig zu werden. Das Bild begann zu flackern. Der Kontakt war unterbrochen.

Fluchend suchte ich in meinem Spiel nach Gérards Trumpf. Mehrere andere schienen dasselbe zu tun. Als ich das Bild fand, suchte ich den Kontakt. Langsam das Verschmelzen, das Herumdrehen, das Neuformen. Da!

Gérard hatte die Kette straff über die Mauersteine gezogen und hieb mit der Axt darauf ein. Doch das Ding war stark und widerstand den mächtigen Hieben. Nach längerer Zeit sahen mehrere Kettenglieder zerdrückt und verkratzt aus, doch inzwischen hatten die widerhallenden Axtschläge die Wächter alarmiert.

Geräusche ertönten von links – ein Rasseln, das Scharren von Riegeln, das Knirschen von Türangeln. Mein Wahrnehmungsfeld reichte nicht so weit, doch offensichtlich wurde die Zellentür geöffnet. Brand richtete sich erneut auf. Gérard setzte seine Attacken auf die Kette fort.

»Gérard! Die Tür!« rief ich.

»Ich weiß!« knurrte er, wickelte sich die Kette um den Arm und zerrte daran. Sie gab nicht nach.

Im nächsten Augenblick ließ er die Kette los und schwang die Axt herum, als einer der dornenhändigen Krieger ihn mit erhobener Klinge angriff. Der Schwertkämpfer ging zu Boden und wurde im nächsten Augenblick von einem zweiten Mann ersetzt. Dann drängten sich ein dritter und ein vierter herbei, dichtauf gefolgt von weiteren Wächtern.

In diesem Augenblick war eine verschwommene Bewegung zu spüren, und plötzlich kniete Random im Bild. Seine rechte Hand ruhte in Brands Hand, seine Linke hielt einen Stuhl vor sich wie einen Schild. Er sprang auf und bestürmte die Angreifer, trieb den Stuhl wie einen Rammbock zwischen sie. Die Fremden wichen zurück. Er hob den Stuhl und ließ ihn herumschwingen. Eine Gestalt lag auf dem Boden, gefällt von Gérards Axt. Eine zweite hatte sich seitlich zurückgezogen und umklammerte den Stumpf ihres rechten Arms. Random zog nun einen Dolch, stieß blitzschnell zu, erledigte zwei weitere Gegner mit dem Stuhl und trieb den letzten zurück. Noch während dies im Gange war, schwebte der erste Tote plötzlich wie ein Gespenst vom Boden empor und trieb langsam in die Höhe. Blut tropfte herab. Der Mann mit der Stichwunde im Leib sank in die Knie; seine Hände waren um die Klinge gepreßt, die in seinem Bauch steckte.

Inzwischen hatte sich Gérard der Kette mit beiden Händen bemächtigt. Einen Fuß stellte er gegen die Wand und begann zu zerren. Seine Schultern wölbten sich, als sich die mächtigen Rückenmuskeln strafften. Die Kette hielt. Etwa zehn Sekunden. Fünfzehn ...

Mit lautem Knacken und Rasseln gab das Metall schließlich nach. Gérard stolperte zurück und stützte sich mit ausgestreckter Hand ab. Er blickte zur Seite, anscheinend auf Random, der im Augenblick außerhalb meines Blickfelds war. Offenbar befriedigt wandte er sich ab, beugte sich vor und hob Brand empor, der wieder bewußtlos zu Boden gesunken war. Ihn auf den Armen haltend, drehte er sich herum und streckte unter der schlaffen Gestalt hervor eine Hand in unsere Richtung. Neben den beiden erschien Random auf meinem Bild, jetzt ohne Stuhl, und gab uns ebenfalls ein Zeichen.

Wir alle streckten die Hände aus, und gleich darauf standen sie zwischen uns, und wir drängten uns um sie.

Jubelschrei erklang, als wir loseilten, um ihn zu berühren, zu sehen – unseren Bruder, der so viele Jahre fort gewesen und seinen geheimnisvollen Häschern endlich entrissen worden war. Vielleicht waren mit ihm auch einige Antworten befreit worden. Nur sah er so schwach, so dünn, so bleich aus ...

»Zurück!« rief Gérard. »Ich trage ihn zur Couch! Dann könnt ihr ihn euch in Ruhe ...«

Totenstille. Alle waren zurückgewichen, zu Stein erstarrt. Der Grund war die Tatsache, daß Brand plötzlich blutete, daß Blut zu Boden tropfte. In seiner linken Flanke, auf dem Rücken, steckte ein Dolch. Sekunden zuvor war die Waffe nicht dort gewesen. Einer von uns hatte eben versucht, ihm einen Stich in die Nieren zu versetzen, und hatte offenbar Erfolg damit gehabt.

Sechstes Kapitel

Ich hatte einen kurzen Augenblick Zeit, meine Sinne auf den Versuch zu konzentrieren, die Position jedes einzelnen in einer Art geistiger Fotographie festzuhalten. Dann war der Bann gebrochen. Gérard trug Brand zur Couch, und wir wichen zurück, wußten wir doch, daß uns allen nicht nur klar war, was hier geschehen sein mußte, sondern auch, was es bedeutete.

Gérard legte Brand auf das Sofa und riß das schmutzige Hemd auf.

»Besorgt mir sauberes Wasser, damit ich ihn waschen kann«, sagte er. »Und Handtücher. Holt Salzlösung und Glukose und etwas zum Aufhängen der Flaschen. Besorgt mir einen Arzneikasten.«

Deirdre und Flora näherten sich der Tür.

»Meine Räume liegen am nächsten«, sagte Random. »Einer von euch findet dort einen Arzneikasten. Aber das IV-Zeug befindet sich im Labor in der dritten Etage. Ich komme lieber mit und helfe.«

Wir alle hatten irgendwann eine ärztliche Ausbildung erhalten, hier wie im Ausland. Was wir in den Schatten lernten, mußte allerdings für Amber abgewandelt werden. Die meisten Antibiotika aus den Schattenwelten wirkten hier beispielsweise nicht. Andererseits scheinen sich unsere immunologischen Prozesse von denen aller anderen Lebewesen zu unterscheiden, die wir bisher studieren konnten, so daß wir uns viel seltener infizieren. Und wenn es doch einmal dazu kommt, sind wir das Problem auch schneller wieder los. Außerdem besitzen wir erhebliche regenerative Fähigkeiten.

Hätte aus unserer Runde jemand diese Wunde erlitten, während er ansonsten bei Kräften war, hätte ich prophezeit, daß er überleben würde, wenn er die erste halbe Stunde überstand. Brand jedoch ... Der Zustand, in dem er sich befand ... Niemand konnte eine Prognose stellen.

Als die anderen mit den Mitteln und Geräten zurückkehrten, säuberte Gérard den Bewußtlosen, nähte die Wunde und verband sie. Er hängte den Tropfer auf, löste Brands Armschellen mit Hammer und Meißel, die Random mitgebracht hatte, bedeckte Brand mit Laken und Decke und maß noch einmal seinen Puls.

»Wie ist er?« fragte ich.

»Schwach«, erwiderte Gérard, zog sich einen Stuhl heran und ließ sich neben der Couch nieder. »Jemand soll mir meine Klinge holen – und ein Glas Wein.«

Llewella ging zur Anrichte, und Random holte ihm von dem Gestell hinter der Tür sein Schwert.

»Willst du dort dein Lager aufschlagen?« fragte Random und reichte ihm die Waffe.

»Ja.«

»Wie wär's, wenn wir Brand in ein besseres Bett legten?«

»Er ist hier ganz gut aufgehoben. Ich werde entscheiden, wenn er verlegt werden kann. Zunächst soll mal jemand ein Feuer anzünden. Dann macht ein paar von den Kerzen aus.«

Random nickte.

»Wird gemacht«, sagte er und nahm das Messer zur Hand, das Gérard aus Brands Körper gezogen hatte, ein dünnes Stilett, dessen Klinge etwa sieben Zoll lang war. Er legte es auf seine Handfläche.

»Erkennt es jemand wieder?« fragte er.

»Ich nicht«, sagte Benedict.

»Ich auch nicht«, meinte Julian.

»Nein«, sagte ich.

Jedes der Mädchen schüttelten den Kopf.

Random betrachtete die Waffe.

»Leicht zu verstecken – in einem Ärmel, Stiefel oder Korsett. Ganz schön mutig, das Ding so zu benutzen …«

»Eine Verzweiflungstat«, sagte ich.

»Wäre es möglich, daß einer der Wächter dafür verantwortlich ist?« fragte Julian. »Drüben in der Zelle?«

»Nein«, sagte Gérard. »Von denen ist keiner nahe genug herangekommen.«

»Das Messer sieht aus, als könnte man es auch zum Werfen verwenden«, bemerkte Deirdre.

»Oh ja, die Balance stimmt«, stellte Random fest und schob die Waffe auf den Fingerspitzen hin und her. »Doch keiner von ihnen hatte freie Bahn oder eine Gelegenheit zum Werfen. Das weiß ich genau.«

In diesem Augenblick kehrte Llewella zurück. Sie brachte ein Tablett mit Fleischstücken, einem halben Brotlaib, einer Flasche Wein und einem Kelch. Ich räumte einen kleinen Tisch frei und stellte ihn neben Gérards Stuhl. Als Llewella das Tablett absetzte, fragte sie: »Aber warum? Damit bleiben wir übrig. Warum sollte einer von uns so etwas tun wollen?«

Ich seufzte.

»Wessen Gefangener ist er wohl gewesen?« fragte ich.

»Einer von uns steckt dahinter?«

»Was meinst du wohl? Beispielsweise konnte Brand etwas wissen, das dem Täter das Risiko wert war zu verhindern, daß es nicht ans Tageslicht kam. Der gleiche Grund hat ihn zuvor in die Zelle und in Gefangenschaft gebracht.«

Sie runzelte die Stirn.

»Das ergibt auch keinen Sinn. Warum hat man ihn nicht einfach umgebracht und die Sache damit erledigt?«

Ich zuckte die Achseln. »Vielleicht hatte man noch Verwendung für ihn. Aber es gibt eigentlich nur einen Mann, der uns diese Frage genau beantworten kann. Wenn ihr ihn findet, müßt ihr ihn fragen.«

Sechstes Kapitel

»Oder sie«, sagte Julian. »Schwester, du scheinst plötzlich von einem Übermaß an Naivität befallen!«
Ihre Augen begegneten Julians Blick – zwei Eisberge, die sich in eisiger Unwägbarkeit anfunkelten.
»Wenn ich mich richtig erinnere«, sagte sie, »bist du von deinem Stuhl aufgestanden, als sie durchkamen, hast dich nach links gewandt, bist um den Tisch herumgegangen und hast etwas zur Rechten Gérards gestanden. Dabei hast du dich ziemlich weit vorgebeugt. Ich glaube, deine Hände waren nicht sichtbar.«
»Und wenn ich mich richtig erinnere«, sagte er, »warst du auch in Stichweite, links von Gérard, und hast dich ebenfalls vorgebeugt.«
»Ich hätte die Tat aber mit der linken Hand begehen müssen – und ich bin Rechtshänderin.«
»Vielleicht verdankt er das bißchen Leben, das er noch hat, eben dieser Tatsache.«
»Du bist auffallend bemüht festzustellen, daß es jemand anders war, Julian.«
»Schon gut!« sagte ich. »Schon gut! Ihr wißt, daß so etwas zu nichts führt. Nur einer ist der Täter, und das ist kein Weg, ihn aus der Reserve zu locken.«
»Oder sie«, fügte Julian zornig hinzu.
Gérard stand auf, starrte düster in die Runde.
»Ich kann es nicht zulassen, daß mein Patient gestört wird«, sagte er.
»Außerdem wolltest du dich um das Feuer kümmern, Random.«
»Sofort«, sagte Random und machte sich an die Arbeit.
»Verlegen wir die Konferenz ins Wohnzimmer«, sagte ich. »Gérard, hier vor der Tür stelle ich einige Wächter auf.«
»Nein«, sagte Gérard. »Mir ist lieber, wenn derjenige, der es versuchen möchte, bis zu mir durchkommt. Ich übergebe dir dann morgen früh seinen Kopf.«
Ich nickte. »Jedenfalls kannst du klingeln, wenn du etwas brauchst – oder ruf einen von uns durch die Trümpfe. Wir informieren dich morgen, falls wir noch etwas erfahren.«
Gérard setzte sich wieder, knurrte etwas vor sich hin und begann zu essen. Random brachte das Feuer in Gang und löschte einige Lichter. Brands Decke hob und senkte sich, langsam, aber regelmäßig. Stumm verließen wir nacheinander das Zimmer und gingen zur Treppe und ließen die beiden allein.

7

Wie oft ist es geschehen, daß ich, zuweilen zitternd, doch immer erschrocken aus dem Traum erwacht bin, daß ich wieder in den Verliesen unter Amber läge, von neuem blind. Mir ist der Zustand des Gefangenseins also wahrlich nicht fremd. Man hat mich mehrfach eingesperrt. Einzelhaft und Blindheit ohne große Hoffnung auf Rettung sind am Entbehrungstresen im Warenhaus des Geistes allerdings etwas Besonderes. Das alles, verbunden mit dem Gefühl der Endgültigkeit, hatte seine Spuren hinterlassen. In den Stunden des Wachseins unterdrücke ich diese Erinnerungen normalerweise, doch nachts machen sie sich zuweilen frei, huschen durch die Gänge und tanzen um den Gedankentresen, eins, zwei, drei. Brands Anblick in seiner Zelle hatte sie wieder von der Kette gelassen, verbunden mit einem unpassenden Gefühl der Kälte; der anschließende Dolchstoß sorgte dafür, daß sie ein mehr oder weniger dauerhaftes Heim fanden. Während ich jetzt im Kreise meiner Brüder und Schwestern in dem schildbehangenen Wohnzimmer saß, kam mir der Gedanke, daß einer oder mehrere von ihnen mit Brand dasselbe getan hatten, was Eric zuvor mit mir angestellt hatte. Während ich es nicht sonderlich überraschend fand, daß ein Familienangehöriger dazu in der Lage sein sollte, war die Tatsache, daß ich mit dem Übeltäter im gleichen Zimmer saß und keine Ahnung hatte, wer es war, doch einigermaßen beunruhigend. Mein einziger Trost war, daß die anderen je nach Nervenkostüm ebenfalls beunruhigt sein mußten. Einschließlich des Schuldigen, nachdem nun eindeutig feststand, daß er unter uns zu suchen war. Inzwischen war mir klar, daß ich gehofft hatte, die Sache wäre einzig und allein auf Fremde zurückzuführen. Jetzt aber ... Einerseits fühlte ich mich noch mehr beengt als sonst in dem, was ich sagen durfte. Andererseits schien der richtige Augenblick gekommen, Informationen zu sammeln, solange noch jeder in aufgescheuchter Stimmung war. Der Wunsch, bei der Beseitigung der Gefahr zu helfen, konnte sich hier sehr positiv auswirken. Und sogar der Übeltäter hatte sicher den Wunsch, sich zu verhalten wie alle anderen. Wer konnte wissen, ob er sich nicht eine Blöße gab, während er diesen Effekt zu erzielen versuchte?

Siebtes Kapitel

»Nun, hast du noch andere interessante Experimente in petto?« fragte Julian, verschränkte die Hände hinter dem Kopf und lehnte sich in meinem Lieblingsstuhl zurück.
»Im Augenblick nicht«, erwiderte ich.
»Schade«, sagte er. »Ich hatte gehofft, du würdest vorschlagen, wir sollten Vater auf ähnliche Weise zurückholen. Wenn wir Glück haben, finden wir ihn, und jemand beseitigt ihn anschließend mit größerem Nachdruck. Hinterher könnten wir alle Russisch Roulett spielen mit den schönen neuen Waffen, die du uns mitgebracht hast – dem Sieger die Beute!«
»Du sprichst unüberlegt«, sagte ich.
»Oh nein. Jedes einzelne Wort ist sorgfältig überlegt«, erwiderte er. »Wir verwenden soviel Zeit darauf, uns gegenseitig anzulügen, daß ich es für amüsant hielt, endlich einmal zu sagen, was ich wirklich denke. Nur um zu sehen, ob es jemandem auffällt.«
»Du siehst, es ist aufgefallen. Wir haben auch bemerkt, daß dein wahres Ich nicht besser ist als das alte.«
»Welches Ich du auch vorziehst – beide fragen sich, ob du eine Ahnung hast, was du nun tun willst.«
»Oh ja«, sagte ich. »Zunächst gedenke ich, Antwort zu erhalten auf eine Reihe von Fragen – über all die Dinge, die uns zu schaffen machen. Wir können gleich mit Brand und seinen Sorgen beginnen.« Ich wandte mich an Benedict, der vor dem Kamin saß und ins Feuer starrte, und sagte: »Vor einiger Zeit hast du mir in Avalon gesagt, Brand hätte zu denjenigen gehört, die nach meinem Verschwinden nach mir gesucht hätten.«
»Richtig«, bestätigte Benedict.
»Wir alle haben dich gesucht«, sagte Julian.
»Zuerst nicht«, gab ich zurück. »Ursprünglich waren es Brand, Gérard und du, Benedict. Ist das die Auskunft, die du mir gegeben hast?«
»Ja«, sagte er. »Die anderen haben es später versucht. Auch das habe ich dir gesagt.«
Ich nickte. »Hat Brand damals etwas Ungewöhnliches mitgeteilt?« fragte ich.
»Ungewöhnlich? In welcher Beziehung?« wollte Benedict wissen.
»Keine Ahnung. Ich suche nach einer Verbindung zwischen dem, was ihm widerfahren ist, und meinen Erlebnissen.«
»Dann suchst du am falschen Ort«, meinte Benedict. »Er kehrte von der Suche zurück und meldete einen Fehlschlag. Und anschließend war er noch verdammt lange in der Stadt, und zwar unbelästigt.«
»Das hatte ich schon richtig mitbekommen«, sagte ich. »Doch aus Randoms Worten schließe ich, daß er endgültig etwa einen Monat vor dem Augenblick verschwand, da ich gesundete und zurückkehrte. Das

kommt mir irgendwie seltsam vor. Wenn er nach der Suche keine besonderen Vorkommnisse melden konnte – hat er dann vielleicht unmittelbar vor seinem Verschwinden noch etwas gefunden? Oder in der Zwischenzeit? Weiß irgend jemand etwas? Sagt es mir, wenn ihr etwas wißt!«

Köpfe wurden hin und her gewendet, man sah sich an. Die Blicke schienen mir allerdings eher von Neugier als von Mißtrauen oder Nervosität zu zeugen.

»Also«, sagte Llewella schließlich. »Ich weiß nicht recht. Ich weiß nicht, ob es wichtig ist, meine ich.«

Alle Blicke richteten sich auf sie. Während sie sprach, flocht sie unablässig die Enden ihrer Gürtelschnur.

»Es war in der Zeit dazwischen – und vielleicht hat es ja auch keine Bedeutung«, fuhr sie fort. »Die Sache kam mir jedenfalls seltsam vor. Brand kam damals nach Rebma ...«

»Wie lange ist das her?« fragte ich.

Sie runzelte die Stirn.

»Fünfzig, sechzig, siebzig Jahre ... Ich weiß es nicht genau.«

Ich versuchte, mich an den Umrechnungsfaktor zu erinnern, den ich während meiner langen Einkerkerung gefunden hatte. Danach entsprach ein Tag in Amber gut zweieinhalb Tagen auf der Schatten-Erde, auf der ich mein Exil verbracht hatte. Wann immer möglich, wollte ich die Ereignisse in Amber in meine Exilzeit umrechnen, für den Fall, daß sich seltsame Gemeinsamkeiten ergaben. Brand war also in einer Zeit nach Rebma gereist, die für mich irgendwann im neunzehnten Jahrhundert lag.

»Wie immer das Datum gewesen sein mag«, sagte sie, »er kam und besuchte mich. Er blieb mehrere Wochen.« Sie sah Random an. »Er erkundigte sich nach Martin.«

Random kniff die Augen zusammen und legte den Kopf auf die Seite.

»Hat er dir den Grund genannt?« fragte er.

»Eigentlich nicht«, sagte sie. »Er deutete an, er habe Martin irgendwann auf seinen Reisen kennengelernt, und erweckte den Eindruck, als würde er sich gern mit ihm in Verbindung setzen. Erst nach seiner Abreise wurde mir bewußt, daß er wahrscheinlich nur deswegen zu uns gekommen war, um möglichst viel über Martin herauszufinden. Ihr wißt ja, wie raffiniert Brand sein kann, wie er Dinge in Erfahrung bringt, ohne spürbar darauf scharf zu sein. Erst als ich mit einigen anderen gesprochen hatte, bei denen er ebenfalls zu Besuch gewesen war, ging mir auf, was geschehen war. Den Grund habe ich allerdings nie erfahren.«

»Das ist – höchst seltsam«, bemerkte Random. »Es bringt mir etwas in Erinnerung, dem ich bisher keine Bedeutung beigemessen habe. Einmal fragte er mich gründlich nach meinem Sohn aus – das kann durch-

Siebtes Kapitel

aus zur gleichen Zeit gewesen sein. Er machte allerdings keine Andeutung, daß er ihn kennengelernt habe – oder ihn kennenlernen wollte. Das Gespräch begann mit einer kleinen Stichelei über uneheliche Söhne. Als ich mich gekränkt zeigte, entschuldigte er sich und stellte mir ein paar vernünftigere Fragen über den Jungen, Fragen, die ich damals seinem Bemühen um Höflichkeit zuschrieb – damit ich mich später nicht im Zorn an das Gespräch erinnerte. Doch wie du schon sagst – er hatte eine besondere Art, seinen Gesprächspartnern Vertraulichkeiten abzuringen. Warum hast du mir nie davon erzählt?«

Sie lächelte ihn süßlich an. »Warum hätte ich das tun sollen?« fragte sie.

Random nickte langsam; sein Gesicht war ausdruckslos.

»Nun, was hast du ihm gesagt?« fragte er. »Was hat er erfahren? Was weißt du über Martin, das mir nicht bekannt wäre?«

Sie schüttelte den Kopf, und ihr Lächeln verblaßte.

»Eigentlich – nichts«, erwiderte sie. »Meines Wissens hat man in Rebma nicht wieder von Martin gehört, seitdem er durch das Muster geschritten und verschwunden ist. Ich glaube nicht, daß Brand bei seiner Abreise aus Rebma klüger war als bei seiner Ankunft.«

»Seltsam ...«, sagte ich. »Hat er sich mit seinen Fragen auch an andere gewandt?«

»Ich erinnere mich nicht«, sagte Julian.

»Ich auch nicht«, stellte Benedict fest.

Die anderen schüttelten die Köpfe.

»Dann merken wir uns das und lassen die Sache für den Augenblick ruhen«, sagte ich. »Es gibt andere Dinge, die ich wissen muß. Julian, ich habe erfahren, daß du und Gérard vor einiger Zeit der schwarzen Straße zu folgen versucht und daß Gérard unterwegs verletzt wurde. Anschließend habt ihr euch wohl eine Zeitlang bei Benedict aufgehalten, bis sich Gérard wieder erholt hatte. Über diese Expedition möchte ich gern mehr erfahren.«

»Du scheinst doch schon Bescheid zu wissen«, erwiderte Julian. »Du hast eben alles geschildert, was geschehen ist.«

»Wo hast du davon erfahren, Corwin?« fragte Benedict.

»In Avalon.«

»Von wem?«

»Dara.«

Er stand auf, durchquerte das Zimmer, blieb vor mir stehen und starrte düster auf mich herab.

»Du bestehst also noch immer auf der absurden Geschichte mit dem Mädchen!«

Ich seufzte. »Wir haben uns nun schon lang und breit darüber unterhalten«, sagte ich. »Dabei habe ich dir alles mitgeteilt, was ich über das

Thema weiß. Entweder glaubst du mir oder nicht. Jedenfalls hat sie mir das alles erzählt.«

»Anscheinend gibt es doch einige Dinge, über die du mich nicht informiert hast. Von diesem Detail hast du jedenfalls bisher nicht gesprochen.«

»Ist es wahr oder nicht? Ich meine, wegen Julian und Gérard.«

»Es stimmt«, sagte er.

»Dann sollten wir für den Augenblick meine Informationsquelle vergessen und uns auf die Ereignisse konzentrieren.«

»Einverstanden«, sagte Benedict. »Nachdem nun der Grund für meine Geheimniskrämerei fortfällt – natürlich Eric –, will ich mich offen äußern. Eric wußte nicht, wo ich lebte, und auch die meisten anderen hatten keine Ahnung. Gérard war mein wichtigster Verbindungsmann in Amber. Eric machte sich immer mehr Sorgen um die schwarze Straße und beschloß eines Tages, sie von Kundschaftern durch die Schatten bis zum Ausgangspunkt zurückverfolgen zu lassen. Julian und Gérard fiel die Aufgabe zu. Sie wurden in der Nähe Avalons von einer überlegenen Horde der schwarzen Wesen angegriffen. Gérard bat mich durch meinen Trumpf um Hilfe, und ich eilte hinzu. Der Feind wurde zurückgeschlagen. Da sich Gérard beim Kampf ein Bein gebrochen hatte und auch Julian ziemlich übel zugerichtet war, nahm ich beide mit nach Hause. Damals brach ich mein Schweigen und setzte mich mit Eric in Verbindung, um ihm zu sagen, wo sie sich aufhielten und was aus ihnen geworden war. Er ordnete an, sie sollten die Reise nicht fortsetzen, sondern nach Amber zurückkehren, nachdem sie sich erholt hatten. Bis dahin blieben sie bei mir. Dann ritten sie zurück.«

»Das ist alles?«

»Das ist alles.«

Aber es war nicht alles. Dara hatte mir noch etwas mitgeteilt. Sie hatte von einem anderen Besucher gesprochen. Ich erinnerte mich deutlich daran. An jenem Tag am Bach, während sich das Mühlrad eifrig drehte und Träume mahlte, an jenem Tag, da wir miteinander kämpften und plauderten und durch die Schatten wanderten und dabei durch einen urzeitlichen Wald kamen und einen mächtigen Fluß mit einem ungeheuren Rad erreichten, das eine Mühle der Götter hätte sein können, an jenem Tag, da wir ein Picknick abhielten, flirteten und klatschten – an jenem Tag hatte sie mir viel erzählt, und manches war sicher nicht wahr gewesen. Doch hinsichtlich des Besuches durch Julian und Gérard hatte sie nicht gelogen, und ich hielt es für möglich, daß sie auch die Wahrheit gesagt hatte, als sie mir mitteilte, Brand habe Benedict in Avalon besucht. »Oft« – das war das Wort, das sie verwendet hatte.

Benedict hatte nun keinen Zweifel daran gelassen, daß er mir mißtraute. Dies allein war sicher ein ausreichender Grund dafür, daß er

Siebtes Kapitel

Informationen über Dinge für sich behielt, die er für zu problematisch hielt, als daß sie mich etwas angingen. Hölle, wenn die Lage umgekehrt gewesen wäre, hätte ich mir auch nicht vertraut! Doch nur ein Dummkopf hätte ihn jetzt darauf angesprochen. Denn es gab noch andere Möglichkeiten.

Immerhin möglich, daß er mir später unter vier Augen von Brands Besuchen erzählen wollte. Dabei mochte es durchaus um etwas gegangen sein, das er nicht vor der Gruppe und besonders nicht vor Brands Möchtegern-Mörder besprechen wollte.

Oder ... Natürlich war auch die Möglichkeit nicht auszuschließen, daß Benedict selbst hinter allem stand. Die Folgen wagte ich mir nicht vorzustellen. Da ich unter Napoleon, Lee und McArthur gedient hatte, wußte ich den Taktiker wie auch den Strategen zu schätzen. Benedict war beides, der beste, den ich je gekannt hatte. Der kürzliche Verlust seines rechten Arms hatte diese Fähigkeiten in keiner Weise gemindert, ebensowenig wie seine Gefährlichkeit im Zweikampf. Wäre ich seinerzeit nicht vom Glück begünstigt gewesen, hätte er mich wegen eines Mißverständnisses mühelos windelweich geschlagen. Nein, ich wünschte mir nicht, daß Benedict der Drahtzieher war, und ich gedachte auch nicht, auf die Jagd nach den Dingen zu gehen, die er im Augenblick verheimlichen wollte. Ich hoffte nur, daß er sie sich lediglich für später aufhob.

Ich beschränkte mich also auf ein »Das ist alles« und beschloß, das Thema zu wechseln.

»Flora«, sagte ich. »Als ich dich nach meinem Unfall besuchte, sagtest du etwas, das ich auch heute noch nicht ganz verstehe. Da ich kurz darauf relativ viel Zeit zur Verfügung hatte und mir manche Dinge überlegen konnte, bin ich in meinen Erinnerungen auch auf diesen Satz gestoßen und habe mir Gedanken darüber gemacht. Ich verstehe ihn nicht. Würdest du mir bitte erläutern, was du gemeint hast, als du sagtest, die Schatten enthielten mehr Schrecknisse, als man geglaubt hätte?«

»Nun, ich erinnere mich nicht genau daran, so etwas gesagt zu haben«, erwiderte Flora. »Aber vermutlich habe ich es gesagt, wenn es einen solchen Eindruck auf dich gemacht hat. Du kennst den Effekt, den ich meinte: daß Amber auf die benachbarten Schatten wie eine Art Magnet wirkt und Dinge daraus herüberzieht; je mehr man sich Amber nähert, desto einfacher ist der Weg, selbst für Schattenwesen. Während es zwischen benachbarten Schatten immer ein gewisses Maß an Wechselwirkung gibt, scheint dieser Effekt bei Amber stärker und auch einseitiger zu sein. Wir achten seit jeher besonders auf seltsame Dinge, die sich aus den Schatten zu uns verirren. Nun, in den Jahren vor deiner Gesundung schienen diese Erscheinungen in der Nähe Ambers verstärkt aufzutreten. Unheimliche Wesen tauchten auf, fast immer gefährlich. Viele waren unverkennbar Geschöpfe aus nahegelegenen Bereichen. Nach einiger Zeit jedoch kamen die Besucher von immer weiter her. Schließlich tauchten Wesen auf, die uns völlig unbekannt waren. Man wußte keine Erklärung für diesen plötzlichen Transport von Gefahren, obwohl wir ziemlich gründlich nach den Ursachen forschten, die die Erscheinungen zu uns treiben mochten. Mit anderen Worten – es traten ziemlich unwahrscheinliche Schattendurchdringungen auf.«

»Dies begann schon, während Vater noch in der Stadt war?«

»Oh ja. Es begann mehrere Jahre vor deiner Gesundung – wie ich eben schon sagte.«

»Ich verstehe. Hat sich schon mal jemand mit der Frage beschäftigt, ob es zwischen diesen Ereignissen und Vaters Verschwinden eine Verbindung gibt?«

»Gewiß«, erwiderte Benedict. »Ich bin noch immer der Meinung, daß hier der Grund zu sehen ist. Er zog los, um den Phänomenen nachzugehen – oder um ein Gegenmittel zu finden.«

»Das ist lediglich eine Vermutung«, meinte Julian. »Du weißt ja, wie er war. Er hat niemals Gründe genannt.«

Benedict zuckte die Achseln.

»Es ist jedenfalls eine logische Schlußfolgerung«, sagte er. »Soweit ich weiß, hat er bei verschiedenen Gelegenheiten von seiner Sorge über die Monsterwanderungen – wenn wir sie so nennen wollen – gesprochen.«

Ich zog meine Karten aus ihrem Behältnis; ich hatte es mir in letzter Zeit angewöhnt, stets einen kompletten Satz Trümpfe bei mir zu führen. Ich zog Gérards Karte und betrachtete sie. Die anderen sahen mir stumm zu. Gleich darauf kam der Kontakt.

Gérard saß noch immer auf seinem Stuhl, die Klinge quer über die Knie gelegt. Er hatte seine Mahlzeit noch nicht beendet. Er schluckte, als er meine Gegenwart spürte und fragte: »Ja, Corwin? Was willst du?«

»Wie geht es Brand?«

»Er schläft«, erwiderte er. »Sein Puls ist ein bißchen kräftiger geworden. Seine Atmung ist unverändert – regelmäßig. Es ist noch zu früh ...«

»Ich weiß«, sagte ich. »Ich wollte mich nur erkundigen, ob du dich an eine bestimmte Sache erinnerst. Hattest du nach Dingen, die Vater gesagt oder getan hat, den Eindruck, daß sein Verschwinden irgendwie mit dem verstärkten Auftauchen von Schattenwesen in Amber zu tun hatte?«

»Das«, sagte Julian, »nennt man eine Fangfrage.«

Gérard wischte sich den Mund.

Siebtes Kapitel

»Eine Verbindung mag bestanden haben«, sagte er. »Er war irgendwie beunruhigt und mit den Gedanken ganz woanders. Und er sprach von den Wesen. Aber er hat niemals offen heraus gesagt, sie seien seine Hauptsorge – oder ob ihn vielleicht etwas ganz anderes beschäftigte.«

»Zum Beispiel?« – Er schüttelte den Kopf.

»Irgend etwas. Ich – ja ... ja, es gibt da etwas, das du wissen solltest; vielleicht nützt es etwas. Einige Zeit nach seinem Verschwinden wollte ich einen bestimmten Umstand feststellen; nämlich: ob ich tatsächlich die letzte Person war, die ihn vor seiner Abreise gesehen hat. Ich bin ziemlich sicher, daß ich es war. Ich hatte mich den ganzen Abend im Palast aufgehalten und machte Anstalten, an Bord meines Flaggschiffs zurückzukehren. Vater hatte sich etwa eine Stunde zuvor zurückgezogen, doch ich war noch im Wachzimmer geblieben und hatte mit Kapitän Thoben Dame gespielt. Da wir am folgenden Morgen auslaufen wollten, beschloß ich, ein Buch mitzunehmen. Ich ging also hier in die Bibliothek. Vater saß am Tisch.« Gérard machte eine Kopfbewegung. »Er blätterte in einigen alten Büchern und hatte sich noch nicht umgezogen. Er sagte: ›Du bist an der richtigen Stelle‹, und las weiter. Während ich die Regale absuchte, machte er eine Bemerkung darüber, daß er nicht schlafen könne. Ich fand ein Buch, wünschte ihm eine gute Nacht. Er sagte: ›Gute Fahrt‹, und ich ging.« Gérard senkte den Blick. »Ich bin überzeugt, daß er an jenem Abend das Juwel des Geschicks trug, daß ich es auf seiner Brust sah, so deutlich, wie ich dich jetzt vor mir habe. Ich bin ebenso überzeugt, daß er es früher am Abend nicht getragen hatte. Später war ich lange Zeit der Ansicht, er habe es mitgenommen, wohin immer er auch gegangen war. In seinen Räumen fand sich kein Hinweis darauf, daß er sich später noch umgezogen hatte. Ich sah den Stein erst wieder, als du und Bleys besiegt wurdet nach eurem Angriff auf Amber. Da trug Eric plötzlich das Juwel. Als ich ihn fragte, behauptete er, er habe das Schmuckstück in Vaters Gemächern gefunden. Da ich keine gegenteiligen Beweise hatte, mußte ich dies akzeptieren, aber zufrieden war ich damit nicht. Deine Frage – und die Tatsache, daß du den Stein jetzt trägst – hat die alten Erinnerungen wieder aufsteigen lassen. Ich dachte, du solltest darüber Bescheid wissen.«

»Danke«, sagte ich. Zugleich fiel mir eine andere Frage ein, die ich im Augenblick aber lieber nicht stellen wollte. Für die Ohren der anderen beendete ich das Gespräch mit der Frage: »Du meinst also, er braucht noch mehr Decken? Oder sonst etwas?«

Gérard prostete mir mit seinem Glas zu und trank.

»Sehr gut. Mach nur so weiter«, sagte ich und schob die Hand über seine Karte.

»Bruder Brand scheint es den Umständen entsprechend gut zu gehen«, sagte ich. »Und Gérard erinnert sich nicht daran, daß Vater etwas gesagt hätte, wonach die Schatten-Erscheinungen und seine Abreise in direktem Zusammenhang gestanden haben könnten. Wie wohl Brands Erinnerungen aussehen, wenn er wieder zu sich kommt ...«

»*Wenn* er wieder zu sich kommt«, sagte Julian.

»Ich glaube schon, daß er es schafft«, sagte ich. »Wir alle haben schon ziemlich harte Nackenschläge einstecken müssen. Unsere Lebenskraft ist eines der wenigen Dinge, denen wir vertrauen können. Ich würde sagen, daß er morgen früh den Mund aufmacht.«

»Was gedenkst du mit dem Schuldigen anzustellen«, fragte er, »wenn Brand den Namen nennt?«

»Ihn verhören«, sagte ich.

»Das würde ich gern übernehmen. Ich habe so langsam das Gefühl, daß du diesmal recht hast, Corwin, und daß die Person, die ihn ermorden wollte, vielleicht auch verantwortlich ist für die wiederholten Belagerungen, für Vaters Verschwinden und für Caines Tod. Es würde mir Spaß machen, den Kerl auszuquetschen, ehe wir ihm die Kehle durchschneiden – und auch dafür möchte ich mich gern zur Verfügung stellen.«

»Wir werden daran denken«, sagte ich.

»Du bist von der Untersuchung nicht ausgeschlossen!«

»Das weiß ich durchaus.«

»Ich muß etwas sagen«, schaltete sich Benedict ein und verhinderte damit eine Antwort Julians. »Mir machen die Stärke und das erkennbare Ziel der Opposition zu schaffen. Ich bin nun schon bei mehreren Gelegenheiten auf die gegnerischen Kräfte gestoßen, die es wirklich auf Blut abgesehen haben. Wenn wir einmal hypothetisch deine Geschichte über Dara akzeptieren, Corwin, so scheinen mir ihre letzten Worte die gegnerische Haltung klar zu definieren: ›Amber wird vernichtet werden.‹ Nicht erobert, unterworfen oder gezüchtigt. *Vernichtet!* Julian, du hättest doch nichts dagegen, hier zu herrschen, oder?«

Julian lächelte.

»Vielleicht in einem Jahr«, sagte er. »Heute nicht, vielen Dank.«

»Ich meine damit, daß ich mir vorstellen könnte, daß du – oder ein anderer von uns – Söldner einsetzt oder sich Verbündete sucht, um die Stadt zu übernehmen. Ich kann mir allerdings nicht vorstellen, daß ihr eine so starke Macht einschaltet, daß sie hinterher schon an sich ein ernstes Problem darstellt. Jedenfalls keine Macht, der es mehr auf Vernichtung als auf Eroberung ankommt. Ich kann mir einfach nicht denken, daß du, ich, Corwin oder die anderen versuchen würden, Amber tatsächlich zu vernichten – oder sich mit Kräften einzulassen, die dieses Ziel haben. Das ist der Aspekt, der mir an Corwins Vermutung, einer von uns stecke hinter der Sache, nicht gefällt.«

Siebtes Kapitel

Ich nickte. Natürlich war mir diese Schwäche in der Kette meiner Vermutungen bekannt. Doch gab es so viele Unbekannte ... Ich konnte Alternativen aufführen, wie es Random in diesem Augenblick tat – doch mit Mutmaßungen war nichts zu beweisen.

»Vielleicht«, sagte Random, »hat sich einer von uns mit solchen Kräften eingelassen, hat aber seine Verbündeten unterschätzt. Der Schuldige sitzt jetzt womöglich ebenso in der Klemme wie wir. Vielleicht kann er die Sache gar nicht mehr stoppen, selbst wenn er wollte.«

»Wir könnten ihm die Gelegenheit geben«, sagte Fiona, »seine Verbündeten hier und jetzt zu verraten. Wenn man Julian dazu bringen könnte, ihm nicht die Kehle durchzuschneiden, und die übrigen ebenfalls damit einverstanden wären, würde er vielleicht den Mund aufmachen – sofern Randoms Vermutung stimmt. Er könnte zwar keinen Anspruch auf den Thron mehr erheben, doch seine Chancen stehen im Augenblick ja auch nicht besonders gut. Auf diese Weise könnte er sein Leben retten und Amber ziemlich viel Ärger ersparen. Ist jemand bereit, hierzu eine Meinung zu äußern?«

»Ja, ich«, sagte ich. »Ich schenke ihm das Leben, wenn er sich äußert – unter der Voraussetzung, daß er es im Exil verbringt.«

»Damit bin ich einverstanden«, sagte Benedict.

»Ich auch«, sagte Random.

»Eine Bedingung«, verkündete Julian. »Wenn er nicht persönlich für Caines Tod verantwortlich war, mache ich mit. Sonst nicht. Und er müßte Beweise vorlegen.«

»Leben im Exil«, sagte Deirdre. »Also gut, einverstanden.«

»Ich auch«, sagte Flora.

»Ich ebenfalls«, folgte Llewella.

»Gérard ist vermutlich ebenfalls einverstanden«, sagte ich. »Doch ich frage mich, ob Brand so denkt wie wir. Ich habe so ein Gefühl, als könnte er etwas dagegen haben.«

»Fragen wir Gérard«, sagte Benedict. »Wenn es Brand schafft und sich als einziger dagegen ausspricht, weiß der Schuldige, daß er nur einem Feind aus dem Weg gehen muß – und auf dieser Basis können sich die beiden immer noch direkt einigen.«

»Gut«, sagte ich, unterdrückte einen Anflug von Unbehagen und setzte mich noch einmal mit Gérard in Verbindung, der sich ebenfalls einverstanden erklärte.

So standen wir denn auf und leisteten unseren Schwur auf das Einhorn von Amber – wobei Julians Schwur eine zusätzliche Klausel aufwies. Wir schworen, jeden aus unserem Kreis, der dem Eid zuwiderhandelte, ins Exil zu verbannen. Offen gestanden nahm ich nicht an, daß uns das alles etwas bringen würde, doch es ist hübsch, wenn eine Familie sich zu einer gemeinsamen Aktion aufrafft.

Anschließend machte jeder eine Bemerkung darüber, er würde über Nacht im Palast bleiben – vermutlich um anzudeuten, daß er keine Angst hatte vor den Dingen, die Brand morgen früh vielleicht enthüllen würde, und um anzudeuten, daß er nicht den Wunsch hatte, die Stadt zu verlassen – etwas, das man nicht so schnell vergessen würde, selbst wenn Brand in der Nacht den Geist aufgab. Da ich der Gruppe keine weiteren Fragen vorzulegen hatte und keiner aufgestanden war, um die Untat einzugestehen, die von unserem Schwur gedeckt wurde, lehnte ich mich zurück und hörte eine Zeitlang tatenlos zu. Die Gruppe fiel auseinander; es gab eine Reihe von Gesprächen und Wortwechseln, wobei eines der Hauptthemen die Nachstellung der Szene in der Bibliothek war. Jeder beschrieb seine Position und versuchte zu beweisen, daß bis auf ihn jeder andere in der Lage gewesen war, die Tat zu begehen. Ich rauchte eine Zigarette und sagte nichts zu dem Thema. Deirdre kam jedoch auf eine interessante Möglichkeit, wonach Gérard den Dolchstoß selbst hätte führen können, während wir herbeidrängten, und wonach sein entschlossenes Auftreten nicht dem Wunsch entsprang, Brand zu retten, sondern dem Bestreben, ihn am Sprechen zu hindern – was bedeutete, daß Brand die Nacht nicht überleben würde. Raffiniert ausgeklügelt, doch ich konnte nicht daran glauben. Auch sonst ließ sich niemand überzeugen.

Zumindest erklärte sich keiner bereit, nach oben zu gehen und Gérard von seinem Schützling zu trennen.

Nach einer Weile schlenderte Fiona herbei und setzte sich neben mich.

»Also, ich habe das einzige versucht, das mir eingefallen ist«, sagte sie. »Ich hoffe, es führt zu etwas.«

»Vielleicht.«

»Wie ich sehe, hast du deine Garderobe um ein seltsames Schmuckstück bereichert«, sagte sie, hob mit Daumen und Zeigefinger das Juwel des Geschicks empor und betrachtete es.

Dann sah sie mich an.

»Kannst du das Ding dazu bringen, Tricks für dich zu vollbringen?« fragte sie.

»Ein paar.«

»Dann hast du also gewußt, wie man sich darauf einstellt. Dabei wird das Muster eingeschaltet, nicht wahr?«

»Ja. Eric hat mir das Notwendige mitgeteilt – unmittelbar vor seinem Tod.«

»Ich verstehe.«

Sie ließ den Edelstein los, lehnte sich in ihren Sessel zurück und blickte in die Flammen.

Siebtes Kapitel

»Hat er dir auch Vorsichtsmaßregeln mit auf den Weg gegeben?« wollte sie wissen.

»Nein.«

»Ich frage mich, ob das an den Umständen lag oder Absicht war.«

»Nun, er war ziemlich mit Sterben beschäftigt. Das engte unsere Konversation doch etwas ein.«

»Ich weiß. Ich habe nur überlegt, ob sein Haß auf dich seine Hoffnungen für das Reich überwogen hat oder ob er einige der hier angesprochenen Prinzipien vielleicht selbst nicht gekannt hat.«

»Was weißt du denn davon?«

»Denk einmal an Erics Tod, Corwin. Ich war nicht dabei, doch zur Beerdigung bin ich ziemlich früh gekommen. Ich war zugegen, als sein Leichnam gebadet, rasiert und angekleidet wurde – und ich habe seine Wunden untersucht. Ich glaube nicht, daß die Wunden allein tödlich waren. Er hatte drei Brustwunden erlitten, doch nur eine sah so aus, als ginge sie bis in den Burstkorb ...«

»Das genügt völlig, wenn ...«

»Warte«, sagte sie. »Es war schwierig, doch ich habe den Winkel des Stichs mit einer Nadel zu ermitteln versucht. Eigentlich wollte ich ja richtig nachschauen, aber das hat Caine nicht zugelassen. Dennoch glaube ich nicht, daß sein Herz oder seine Arterien beschädigt waren. Wenn du willst, daß ich dieser Frage weiter nachgehe, ist es für eine Leichenöffnung noch nicht zu spät. Ich bin sicher, daß die Wunden und die allgemeine Belastung zu seinem Tod beitrugen, doch ich bin davon überzeugt, daß das Juwel den entscheidenden Anstoß gegeben hat.«

»Wie kommst du darauf?«

»Wegen einiger Bemerkungen, die Dworkin machte, als ich bei ihm studierte – und wegen anderer Dinge, die mir deswegen hinterher aufgefallen sind. Er deutete an, daß das Juwel zwar ungewöhnliche Fähigkeiten vermittelt, daß es aber zugleich eine Belastung für die Lebenskraft des Trägers darstellt. Je länger man es trägt, desto mehr wird einem von dem Schmuckstück Energie entzogen. Später habe ich darauf geachtet und festgestellt, daß Vater den Stein nur selten trug und niemals für längere Zeit.«

Meine Gedanken kehrten zu Eric zurück, zu jenem Tag, da er sterbend am Hang des Kolvir lag, während ringsum die Schlacht tobte. Ich erinnerte mich an den ersten Eindruck, den ich von ihm hatte – das bleiche Gesicht, der keuchende Atem, das Blut auf seiner Brust ... Und das Juwel des Geschicks, das ihm um den Hals hing, pulsierte wie ein Herz auf dem feuchten zerknitterten Stoff. Das Pulsieren hatte ich zuvor noch nie gesehen – und seither nicht wieder. Ich erinnerte mich, daß die Erscheinung schwächer wurde, und als er starb und ich seine Hände über dem Juwel faltete, hat das Phänomen ganz aufgehört.

»Was weißt du über die Funktionen des Juwels?« fragte ich.
Sie schüttelte den Kopf.
»Dworkin hielt das für ein Staatsgeheimnis. Ich weiß von der offensichtlichen Wirkung, von der Wetterkontrolle, und schloß aus einigen Bemerkungen Vaters, daß der Stein außerdem zu einem verbesserten oder zusätzlichen Wahrnehmungsvermögen führt. Dworkin erwähnte das Juwel in erster Linie als Beispiel für die Gegenwart des Musters in allem, was uns Macht verleiht – sogar die Trümpfe enthalten es, wenn du genau und lange genug hinschaust –, und er beschrieb es als Verkörperung des Erhaltungsprinzips: All unsere speziellen Kräfte haben ihren Preis. Je größer die Macht, desto größer die Investition. Die Trümpfe sind eine Kleinigkeit; trotzdem birgt ihre Benutzung ein Element der Erschöpfung in sich. Die Wanderung durch die Schatten, eine Anwendung der Linien des Musters, das in uns existiert, erfordert eine noch größere Anstrengung. Die physische Bewältigung des eigentlichen Musters kostet bereits erhebliche Energien. Das Juwel aber, so sagt Dworkin, repräsentiert eine noch höhere Oktave desselben Phänomens, und die Kosten für den Benutzer sind gleich um mehrere Faktoren größer.«

Wenn das stimmte, offenbarte sich hier eine andere zwielichtige Charakterfacette jenes Bruders, den ich am wenigsten gemocht hatte. Hatte er das Phänomen gekannt und das Juwel bei der Verteidigung Ambers dennoch angelegt und zu lange getragen, so wurde er dadurch zu einer Art Held. Seine Weitergabe des Steins an mich ohne Warnung stellte sich in diesem Lichte allerdings als letzter Racheversuch des Sterbenden dar. Dabei hatte er mich seinen Worten zufolge ausdrücklich von seinem Fluch ausgenommen, den er gegen unsere Feinde auf der schwarzen Straße einzusetzen gedachte. Das bedeutete natürlich nur, daß er sie ein wenig mehr haßte als mich und seine letzten Kräfte strategisch möglichst günstig einsetzen wollte – für Amber. Ich dachte an die Unvollständigkeit von Dworkins Notizen, die ich aus dem von Eric bezeichneten Versteck geholt hatte. War es möglich, daß Eric die kompletten Aufzeichnungen gefunden und den Teil mit den Warnungen absichtlich vernichtet hatte, um seinen Nachfolger in den Tod zu treiben? Dieser Gedanke erschien mir nicht gerade logisch, denn er konnte nicht wissen, daß ich in der Schlacht wieder auftauchen würde, daß der Kampf so enden würde und daß ich ihm tatsächlich auf den Thron folgen würde. Ebensogut hätte einer seiner Lieblingsbrüder an die Macht kommen können, in welchem Falle ihm sicher nicht daran gelegen hätte, irgendwelche Fallen zu hinterlassen. Nein. Wie ich die Dinge sah, war sich Eric entweder der wahren Eigenschaften des Steins nicht bewußt gewesen, da er eine nur unvollständige Gebrauchsanweisung erhalten hatte, oder jemand anders war vor mir an die Papiere her-

Siebtes Kapitel

angekommen und hatte genügend Informationen entfernt, um mich mit einer tödlichen Gefahr auf der Brust dastehen zu lassen. Vielleicht war hier wieder unser Todfeind am Werk gewesen.

»Kennst du den Sicherheitsfaktor?« fragte ich.

»Nein«, erwiderte sie. »Ich kann dir nur zwei Hinweise geben; vielleicht nützen sie dir etwas. Erstens kann ich mich nicht erinnern, daß Vater das Schmuckstück jemals über längere Zeiträume hinweg getragen hat. Den zweiten Aspekt habe ich mir aus einigen seiner Äußerungen zusammengesucht – angefangen mit der Bemerkung: ›Wenn Menschen zu Denkmälern werden, ist man selbst entweder am falschen Ort oder in Schwierigkeiten.‹ Über einen längeren Zeitraum hinweg bedrängte ich ihn natürlich wegen einer näheren Erläuterung und gewann schließlich den Eindruck, daß das erste Anzeichen für eine zu lange Aktivierung des Juwels eine Art Verzerrung des Zeitgefühls ist. Anscheinend beginnt es den Metabolismus – alles – zu beschleunigen, was zur Folge hat, daß sich die Welt ringsum zu verlangsamen scheint. Dies muß den Träger ziemlich viel Kraft kosten. Und das ist alles, was ich darüber weiß, und ich muß zugeben, daß insbesondere das letztere zum größten Teil Vermutung ist. Wie lange trägst du das gute Stück jetzt schon?«

»Eine ganze Weile«, sagte ich, zählte insgeheim meine Herzschläge und blickte in die Runde um zu sehen, ob sich schon etwas verlangsamt hatte.

Natürlich konnte ich nichts erkennen, wenn ich mich auch nicht besonders wohl fühlte. Bisher hatte ich allerdings vermutet, daß allein Gérard daran schuld war. Trotzdem wollte ich mir das Ding jetzt nicht einfach vom Hals reißen, nur weil es mir ein anderes Familienmitglied geraten hatte, auch wenn es die schlaue Fiona war, in zugänglicher Stimmung. Perversität, Halsstarrigkeit ... Nein, Unabhängigkeit. Das war es. Das und ein rein formelles Mißtrauen. Ich hatte das Ding erst vor einigen Stunden und nur für den Abend angelegt. Ich wollte warten.

»Nun, du hast erreicht, was du mit dem Juwel erreichen wolltest«, sagte sie. »Ich wollte dich nur davor warnen, dich dem Ding nicht zu lange auszusetzen, solange du nicht mehr darüber weißt.«

»Vielen Dank, Fi. Ich nehme das Juwel sowieso bald ab, und ich weiß deine Informationen zu schätzen. Was ist übrigens aus Dworkin geworden?«

Sie tippte sich mit dem Finger an die Stirn.

»Der arme Mann ist schließlich ganz durchgedreht. Ich hoffe, Vater hat ihn irgendwo in einem gemütlichen Schatten untergebracht.«

»Ich verstehe, was du meinst«, sagte ich. »Ja, nehmen wir das ruhig an. Der arme Bursche.«

Julian beendete sein Gespräch mit Llewella und stand auf. Er streckte sich, nickte ihr zu und schlenderte herbei.

»Corwin, hast du dir noch weitere Fragen für uns ausgedacht?« wollte er wissen.

»Keine, die ich im Augenblick stellen möchte.«

Er lächelte.

»Willst du uns vielleicht noch etwas eröffnen?«

»Im Moment nicht.«

»Keine weiteren Experimente, Demonstrationen oder Spielchen?«

»Nein.«

»Gut. Dann gehe ich jetzt zu Bett. Gute Nacht.«

»Nacht.«

Er verbeugte sich vor Fiona, winkte zu Benedict und Random hinüber, nickte Flora und Deirdre auf dem Weg zur Tür zu. An der Schwelle blieb er stehen, drehte sich um und sagte: »Jetzt könnt ihr über mich reden.« Dann ging er.

»Na schön«, sagte Fiona. »Reden wir über ihn. Ich glaube, er ist unser Mann.«

»Warum?« wollte ich wissen.

»Ich gehe gern die ganze Liste durch, so subjektiv und intuitiv sie auch sein mag. Benedict ist meiner Ansicht nach über jeden Verdacht erhaben. Wenn er den Thron haben wollte, hätte er ihn längst, durch direkte militärische Intervention. Jedenfalls hat er genügend Zeit gehabt, um einen Angriff einzuleiten, der erfolgversprechend gewesen wäre, sogar gegen Vater. Er ist ein hervorragender Soldat, das wissen wir alle. Du hast andererseits eine Reihe von Fehlern begangen, die du dir nicht geleistet hättest, wenn du im Vollbesitz deiner Kräfte gewesen wärst. Deshalb glaube ich dir die Geschichte mit der Amnesie. Niemand läßt sich blenden, nur weil es zu seiner Strategie gehört. Gérard gibt sich große Mühe, seine Unschuld herauszukehren. Ich nehme an, er sitzt jetzt eher aus diesem Grund oben in der Bibliothek als wegen des Wunsches, Brand zu schützen. Jedenfalls werden wir es bald genau wissen – oder neues Mißtrauen verspüren. Random ist in den letzten Jahren zu gut beobachtet worden, als daß er auch nur einen Teil der Ereignisse hätte einfädeln können. Er kommt also nicht in Frage. Von uns Mädchen hat Flora nicht das Köpfchen, Deirdre nicht den Mut, Llewella nicht das Motiv, da sie nicht hier, sondern stets nur an einem anderen Ort glücklich ist, und mir kann man höchstens Boshaftigkeit vorwerfen. Damit bleibt Julian übrig. Ist er eines solchen Verhaltens fähig? Jawohl. Erstrebt er den Thron? Natürlich! Hat er Zeit und Gelegenheit gehabt? Wieder ja. Er ist unser Mann.«

»Hätte er Caine umgebracht?« fragte ich. »Die beiden waren eng befreundet.«

Siebtes Kapitel

Sie kräuselte die Lippen.

»Julian hat keine Freunde«, stellte sie fest. »Seine eiskalte Persönlichkeit erwärmt sich nur, wenn er an sich selbst denkt. Oh, in den letzten Jahren *schien* er Caine näher zu stehen als anderen. Aber selbst das ... selbst das hätte zu dem Plan gehören können. Eine Freundschaft lange genug vorzutäuschen, um sie glaubhaft zu machen, damit er jetzt nicht in Verdacht kommen kann. Ich traue Julian so etwas zu, weil ich nicht glaube, daß er überhaupt starke gefühlsmäßige Bindungen eingehen kann.«

Ich schüttelte den Kopf.

»Ich weiß nicht recht«, sagte ich. »Seine Freundschaft mit Caine hat während meiner Abwesenheit begonnen; meine Kenntnisse darüber habe ich also aus zweiter Hand. Doch wenn sich Julian nach einem Freund umgesehen hat, der ihm in der Persönlichkeit ähnlich war, halte ich das durchaus für möglich. Die beiden hatten große Ähnlichkeit. Ich neige zu der Auffassung, daß die Bindung echt war, denn ich glaube nicht, daß jemand einem anderen Menschen jahrelang freundschaftliche Gefühle vormachen kann. Es sei denn, der andere wäre besonders dumm, was auf Caine nun wirklich nicht zutrifft. Und – nun, du sagtst, du urteilst subjektiv und intuitiv. Das trifft in solchen Sachen auch für mich zu. Ich glaube einfach nicht, daß jemand so ein Schweinehund sein kann, daß er seinen einzigen Freund auf diese Art mißbraucht. Und deshalb glaube ich, daß mit deiner Liste etwas nicht stimmt.«

Sie seufzte.

»Für einen Mann, der so lange im Geschäft ist wie du, Corwin, sagst du manchmal ziemlich naive Dinge. Hat dich dein langer Aufenthalt in der komischen kleinen Welt verändert? Vor Jahren hättest du das auf der Hand Liegende klar gesehen, so wie ich.«

»Vielleicht habe ich mich verändert; solche Dinge fallen mir nicht mehr sofort ins Auge. Vielleicht hast du dich aber verändert, Fiona! Du bist zynischer als das kleine Mädchen, das ich von früher kenne. Vor Jahren hätte so etwas für dich gar nicht so klar auf der Hand gelegen.«

Sie lächelte schwach.

»Du darfst einer Frau niemals sagen, daß sie sich verändert hat, Corwin. Höchstens zum Besseren. Auch das war dir einmal bekannt. Bist du vielleicht nur einer von Corwins Schatten, der hierher geschickt wurden, um für ihn zu leiden und uns einzuschüchtern? Steckt der echte Corwin womöglich an einem anderen Ort und lacht sich über uns ins Fäustchen?«

»Ich bin hier – und ich lache nicht«, sagte ich.

Sie lachte.

»Ja, das ist die Lösung!« sagte sie. »Ich bin eben zu dem Schluß gekommen, daß du nicht du selbst bist! –«

»Große Neuigkeit für alle!« rief sie in die Runde und sprang auf. »Ich habe eben bemerkt, daß dies nicht der echte Corwin ist. Es muß einer seiner Schatten sein! Das Geschöpf hier hat sich soeben zu Freundschaft, Anstand, geistigem Edelmut und anderen Dingen bekannt, die sonst nur in unbedarften Liebesromanen eine Rolle spielen! Ich bin hier offensichtlich auf etwas gestoßen!«

Die anderen starrten sie an. Wieder lachte sie und setzte sich dann ziemlich abrupt.

Ich hörte Flora murmeln: »Betrunken«, ehe sie sich wieder in ihr Gespräch mit Deirdre vertiefte.

»Schatten, soso?« murmelte Random und wandte sich wieder seiner Diskussion mit Benedict und Llewella zu.

»Siehst du?« rief sie.

»Was denn?«

»Du bist unwichtig«, sagte sie und tätschelte mir das Knie. »Und wenn ich's genau bedenke, trifft das auch auf mich zu. Heute war kein guter Tag, Corwin.«

»Ich weiß. Ich fühle mich verdammt ausgelaugt. Ich hielt es für einen guten Einfall, Brand zurückzuholen. Nicht nur das, die Sache klappte auch! Und nun siehst du, wie sehr ihm das genützt hat!«

»Vergiß nicht den Mantel der Tugend, den du dir umgelegt hast«, sagte sie spöttisch. »Dir kann man die nachfolgenden Ereignisse nicht anlasten.«

»Vielen Dank.«

»Julian hat vielleicht ganz recht«, sagte sie. »Ich möchte am liebsten schlafen.«

Ich stand ebenfalls auf und begleitete sie zur Tür.

»Es ist alles in Ordnung mit mir«, sagte sie. »Wirklich.«

»Bist du sicher?«

Sie nickte energisch.

»Bis morgen dann.«

»Hoffentlich«, sagte sie. »Jetzt könnt ihr über mich reden.«

Sie blinzelte mir zu und ging.

Ich wandte mich zurück und sah Benedict und Llewella näherkommen.

»Geht ihr zu Bett?« fragte ich.

Benedict nickte.

»Warum auch nicht?« fragte Llewella und gab mir einen Kuß auf die Wange.

»Wofür denn das?«

»Für etliche Dinge«, erwiderte sie. »Gute Nacht.«

»Gute Nacht.«

Random hockte vor dem Kamin und stocherte im Feuer herum. Deirdre drehte sich nach ihm um. »Du brauchst für uns kein Holz nachzulegen, Flora und ich gehen auch.«

»Gut.« Er legte den Feuerhaken fort und richtete sich auf. »Schlaft gut!« rief er den beiden nach.

Deirdre schenkte mir ein schläfriges Lächeln, Flora ein nervöses. Ich setzte meine Wünsche für eine gute Nacht hinzu und blickte den beiden nach.

»Hast du etwas Neues und Nützliches erfahren?« wollte Random wissen.

Ich zuckte die Achseln.

»Und du?«

»Meinungen, Schlußfolgerungen. Keine neuen Tatsachen«, sagte er. »Wir versuchten, uns darüber schlüssig zu werden, wer wohl als nächster dran ist.«

»Und ...?«

»Benedict hält das Rennen für offen. Du oder er. Natürlich vorausgesetzt, daß du nicht hinter allem steckst. Er ist außerdem der Meinung, dein Freund Ganelon sollte sich in acht nehmen.«

»Ganelon ... Ja, das ist ein Gedanke – ein Gedanke, auf den ich hätte kommen sollen. Und mit dem offenen Rennen hat er sicher auch recht. Das Handicap geht vielleicht sogar zu seinen Lasten, da man weiß, daß ich nach der versuchten Täuschung auf der Hut bin.«

»Ich würde sagen, daß auch Benedict inzwischen ziemlich wachsam ist und daß wir das alle wissen. Er hat es geschafft, seine Meinung überall bekanntzumachen. Ich glaube, er würde einen Angriff sogar willkommen heißen.«

Ich lachte leise vor mich hin.

»Das mag die Startpositionen wieder ausgleichen. Vielleicht ist es tatsächlich ein offenes Rennen.«

»Das hat er auch gesagt. Er wußte natürlich, daß ich es dir weitererzählen würde.«

»Natürlich – ich wünschte, er würde wieder direkt mit mir sprechen. Na ja ... daran kann ich im Augenblick wohl nichts ändern. Zum Teufel mit allem! Ich gehe zu Bett.«

Er nickte.

»Schau zuerst unter das Bett!«

Wir verließen den Raum und gingen den Flur entlang.

»Corwin, ich wünschte, du wärst so weitsichtig gewesen, außer den Gewehren auch ein bißchen Kaffee mitzubringen«, sagte er. »Jetzt könnte ich eine Tasse vertragen.«

»Hält dich das Zeug nicht unnötig wach?«

»Nein. Ich brauche am Abend ein paar Tassen.«

»Mir fehlt das Zeug am Morgen. Wenn wir das ganze Durcheinander aufgeklärt haben, müssen wir ein paar Portionen importieren.«

»Das ist ein geringer Trost, aber eine gute Idee. Was war übrigens mit Fiona los?«

»Sie hält Julian für den Schuldigen.«

»Damit hat sie vielleicht sogar recht.«

»Und Caine?«

»Nehmen wir einmal an, hinter unseren Problemen steckt keine Einzelperson«, sagte er, während wir die Treppe emporstiegen. »Sagen wir ruhig, es waren zwei, beispielsweise Julian *und* Caine. Die beiden haben sich unlängst erst gestritten, Caine war der Unterlegene, Julian beseitigte ihn und nutzte den Todesfall aus, um zugleich deine Position zu schwächen. Ehemalige Freunde geben die übelsten Feinde ab.«

»Sinnlos«, sagte ich. »Mir wird ganz schwindlig, wenn ich mich mit allen vorstellbaren Möglichkeiten befasse. Entweder müssen wir abwarten, bis etwas Neues passiert, oder wir müssen dafür sorgen, daß etwas geschieht. Wahrscheinlich das letztere. Aber nicht mehr heute abend ...«

»He! Warte mal!«

»Tut mir leid.« Ich blieb auf dem Treppenabsatz stehen. »Ich weiß nicht, was in mich gefahren ist. Vermutlich der Endspurt ins Bett.«

»Hast du eine Energie«, sagte er verdutzt und holte mich wieder ein. Wir setzten unseren Weg gemeinsam fort, und ich gab mir Mühe, mich seinem schleppenden Schritt anzupassen, widersetzte mich dem Bestreben loszueilen.

»Nun denn, schlaf gut«, sagte er schließlich.

»Gute Nacht, Random.«

Er setzte seinen Weg nach oben fort, während ich in den Korridor einbog und zu meinen Gemächern ging. Inzwischen war ich ziemlich nervös, worauf es wohl auch zurückzuführen war, daß ich meinen Schlüssel fallenließ.

Ich packte zu und schnappte das Ding noch in der Luft, ehe es weit gefallen war. Gleichzeitig hatte ich den Eindruck, daß sich der Schlüssel irgendwie langsamer bewegte, als er es hätte tun sollen. Ich steckte ihn in das Schloß und drehte ihn herum.

Das Zimmer lag im Dunkeln, doch ich verzichtete darauf, eine Kerze oder Öllampe anzuzünden. Ich war seit jeher an die Dunkelheit gewöhnt. Ich verschloß und verriegelte die Tür. Meine Augen hatten sich bereits dem Halbdämmer des Flurs angepaßt und stellten sich schnell um. Ich wandte mich um. Durch die Vorhänge drang Sternenlicht herein. Ich durchquerte den Raum, wobei ich gleichzeitig meinen Kragen öffnete.

Siebtes Kapitel

Er wartete in meiner Schlafkammer, links vom Eingang. Er hatte sich die ideale Stellung ausgesucht und machte keinen Fehler. Ich ging direkt in die Falle. Er hatte die beste Ausgangsposition, er hielt den Dolch in der Hand, er hatte die Überraschung ganz auf seiner Seite. Eigentlich hätte ich sterben müssen – nicht in meinem Bett, sondern dicht davor, am Fußende.

Als ich über die Schwelle trat, erfaßte ich den Ansatz der Bewegung, erkannte die Gefahr und ihre Bedeutung.

Noch während ich den Arm hob, um die Bewegung abzublocken, erkannte ich, daß ich dem Stich nicht mehr ausweichen konnte. Doch ehe mich die Klinge traf, fiel mir eine Besonderheit auf: Mein Angreifer schien sich mit lähmender Langsamkeit zu bewegen. Blitzschnell, mit der Anspannung des Wartens in den Muskeln, so hätte es sein müssen. Ich hätte, wenn überhaupt, erst nach der Tat mitbekommen dürfen, was hier geschah. Ich hätte nicht mehr die Zeit haben dürfen, mich halb zu drehen und meinen Arm so hoch zu heben, wie dies mir gelang. Ein roter Vorhang legte sich vor meine Augen, und ich spürte, wie mein Unterarm die Kante des angehobenen Arms traf, wie der Stahl meinen Bauch erreichte und sich hinein versenkte. In der Röte schien ein schwaches Abbild der kosmischen Version des Musters zu flimmern, dem ich vor einigen Stunden gefolgt war. Als ich zu Boden ging, unfähig zu denken, doch bei vollem Bewußtsein, wurde das Muster klarer und kam näher. Ich wollte fliehen, doch mein Körper geriet ins Stolpern, stürzte unter mir wie ein Pferd. Ich wurde abgeworfen.

8

Jeder muß im Leben Blut lassen. Leider war ich nun wieder einmal an der Reihe, und es fühlte sich an, als wäre es gar nicht so wenig. Ich lag zusammengekrümmt auf der rechten Seite, beide Arme um meinen Bauch verkrampft. Ich spürte Feuchtigkeit, die in meine Hosen rann.

Links, dicht über der Gürtellinie, war die Wunde. Ich kam mir vor wie ein beiläufig geöffneter Umschlag. Dies waren meine ersten Empfindungen, als das Bewußtsein den Kopf um die Ecke steckte. Und mein erster Gedanke war: »Worauf wartet er denn noch?« Offensichtlich war der *Coup de Grâce* irgendwie verzögert worden. Aber warum?

Ich öffnete die Augen. Sie hatten die unbestimmte Zeit, die inzwischen verstrichen war, genutzt und waren an die Dunkelheit gewöhnt. Ich wandte den Kopf. Ich sah keinen anderen Menschen im Raum. Statt dessen war etwas Seltsames passiert, das ich nicht genau zu bestimmen vermochte. Ich schloß die Augen wieder und ließ den Kopf zurück auf die Matratze fallen.

Etwas stimmte nicht, doch gleichzeitig war alles in Ordnung ...

Die Matratze ... Ja, ich lag auf meinem Bett. Ich nahm nicht an, daß ich mein Lager ohne fremde Hilfe hätte erreichen können. Doch es wäre absurd gewesen, mich mit dem Messer anzugreifen und mir dann ins Bett zu helfen.

Mein Bett ... Es war mein Bett und auch wieder nicht.

Ich kniff die Augen zusammen. Ich knirschte mit den Zähnen. Ich begriff überhaupt nichts mehr. Ich wußte, daß ich nicht mehr normal denken konnte im Gefolge eines Schocks, während mir das Blut im Leib zusammenlief und dann ins Freie strömte. Ich versuchte, mich zu einer klaren Überlegung zu zwingen. Das war nicht einfach.

Mein Bett. Ehe man irgend etwas anderes spürt, merkt man beim Erwachen, ob man im eigenen Bett liegt oder nicht. Und das traf auch hier zu, aber ...

Ich kämpfte gegen einen ungeheuren Niesreiz an; ich hatte das Gefühl, daß mir das Niesen schaden würde. Ich drückte meine Nasenflügel zusammen und atmete in kurzen Zügen durch den Mund ein. Ringsum der Geschmack und Geruch von Staub – zugleich fühlte es sich danach an.

Achtes Kapitel

Das Jucken in der Nase ließ nach, und ich öffnete die Augen. Endlich wußte ich, wo ich mich befand. Ich begriff nicht, wie und warum – doch ich war noch einmal an einen Ort zurückgekehrt, den ich niemals wiederzusehen erwartet hatte.

Ich senkte die rechte Hand, benutzte sie, um mich emporzustemmen.

Ich lag im Schlafzimmer meines Hauses. In meinem alten Haus. Das Haus, das mir in meiner Rolle als Carl Corey gehört hatte. Ich war in die Schatten zurückgebracht worden, auf jene Welt, genannt Erde, auf der ich die Jahre meines Exils verbracht hatte. Das Zimmer war völlig verstaubt. Das Bett war nicht gemacht worden, seit ich zum letzten Mal darin geschlafen hatte; gut fünf Jahre war das jetzt her. Ich kannte den Zustand des Hauses, hatte ich doch erst vor wenigen Wochen hier vorbeigeschaut.

Ich schob mich höher empor und vermochte schließlich die Füße von der Bettkante hinabgleiten zu lassen. Dann klappte ich von neuem zusammen und blieb reglos sitzen. Es ging mir ziemlich schlecht.

Zwar fühlte ich mich vor einem weiteren Angriff sicher; doch zugleich war mir bewußt, daß ich im Augenblick mehr als Sicherheit brauchte. Ich brauchte Hilfe, war ich doch nicht in der Lage, mir selbst zu helfen. Ich wußte nicht einmal genau, wie lange ich noch bei Bewußtsein bleiben konnte. Ich mußte also runter von diesem Bett und raus aus dem Haus. Das Telefon war sicher abgeschaltet, das nächste Haus war ziemlich weit entfernt. Ich mußte also zur Straße. Ich dachte daran, daß einer der Gründe für die Wahl der Wohnung hier die Abgelegenheit von der Straße gewesen war. Ich liebe die Einsamkeit – wenigstens manchmal.

Mit der rechten Hand zog ich das nächste Kissen heran und ließ es aus dem Bezug gleiten. Ich drehte das Innere nach außen, versuchte den Stoff zu falten, und gab den Versuch auf, statt dessen knüllte ich die Masse zusammen, ließ sie unter mein Hemd gleiten und drückte sie auf die Wunde. Dann saß ich einfach nur da und hielt zitternd den Kissenbezug fest. Doch selbst das war eine ungeheure Anstrengung. Es tat weh, wenn ich zu tief einatmete.

Nach einer gewissen Zeit jedoch zog ich das zweite Kissen heran, hielt es mir über die Knie und ließ es aus dem offenen Bezug gleiten. Ich wollte damit einem vorbeifahrenden Auto zuwinken, denn meine Kleidung war wie üblich dunkel. Doch ehe ich den Stoff durch meinen Gürtel ziehen konnte, fiel mir das Verhalten des Kissens auf. Es hatte den Boden noch nicht erreicht. Ich hatte es losgelassen, nichts hielt es auf, und es bewegte sich tatsächlich. Doch es sank sehr langsam abwärts, näherte sich dem Boden wie in Zeitlupe, wie in einem Traum.

Ich dachte an die Bewegung des Schlüssels, den ich vor meinem Zimmer losgelassen hatte. Ich dachte an meine unbeabsichtigte Schnelligkeit auf der Treppe. Ich dachte an Fionas Worte und an das Juwel des Geschicks, das mir noch immer auf der Brust hing und das nun im Rhythmus der pochenden Schmerzen in meiner Flanke pulsierte. Das Ding hatte mir wahrscheinlich das Leben gerettet; ja, das war vermutlich richtig, wenn Fionas Mutmaßungen stimmten. Wahrscheinlich hatte es mir, als der Angreifer zuschlug, einen Sekundenbruchteil mehr geschenkt, als mir normalerweise zugestanden hätte, so daß ich mich hatte drehen und den Arm hochreißen können. Vielleicht war das Juwel sogar für meine plötzliche Versetzung verantwortlich. Doch über diese Dinge mußte ich ein andermal nachdenken, wenn es mir gelang, eine Beziehung zur Zukunft aufrechtzuerhalten. Für den Augenblick mußte das Juwel verschwinden – falls auch Fionas Befürchtungen zutreffen –, und ich mußte mich endlich in Bewegung setzen.

Ich verstaute den zweiten Kissenbezug und versuchte mich aufzurichten, wobei ich mich am Fußende festhielt. Sinnlos! Schwindelgefühle und stechende Schmerzen. Ich ließ mich zu Boden gleiten und hatte Angst, unterwegs das Bewußtsein zu verlieren. Doch ich schaffte es. Ich ruhte mich aus. Dann begann ich mich zu bewegen, begann, langsam zu kriechen.

Ich erinnerte mich, daß die Haustür ja zugenagelt war. Also schön – dann eben zur Hintertür hinaus.

Ich schaffte es bis zur Schlafzimmertür und lehnte mich gegen den Türstock. Gleichzeitig nahm ich das Juwel des Geschicks ab und wickelte mir die Kette um das Handgelenk. Ich mußte das Ding irgendwo verstecken. Allerdings war der Safe in meinem Arbeitszimmer zu weit vom Wege. Außerdem hinterließ ich bestimmt eine deutliche Blutspur. Jemand, der darauf aufmerksam wurde, mochte neugierig genug sein, der Sache nachzugehen und das kleine Stück mitgehen zu lassen. Und mir fehlte die Zeit und die Energie ...

Ich schaffte es um die Ecke und in den Flur. Ich mußte mich ziemlich anstrengen, bis ich die Hintertür offen hatte. Ich beging den Fehler, mich nicht vorher auszuruhen.

Als ich wieder zu mir kam, lag ich auf der Schwelle. Die Nacht war kalt, und die Wolken bedeckten fast den ganzen Himmel. Ein eisiger Wind peitschte über die Veranda. Ich spürte feuchte Tropfen auf dem ausgestreckten Handrücken.

Ich gab mir einen Ruck und kroch weiter. Der Schnee war etwa zwei Zoll tief. Die kalte Luft belebte mich. Mit einem Gefühl, das an Panik grenzte, machte ich mir klar, wie vernebelt mein Geist auf dem bisheri-

Achtes Kapitel

gen Wege gewesen war. Ich konnte jederzeit das Bewußtsein verlieren und untergehen.

Ich machte mich auf den Weg zur abgelegenen Ecke des Grundstücks, wobei ich nur weit genug vom Wege abwich, um ein bißchen am Komposthaufen herumzuwühlen, das Juwel in die Vertiefung zu werfen und das Stück totes Gras, das ich losgerissen hatte, wieder an Ort und Stelle zu legen. Ich schaufelte Schnee über die Stelle und setzte meinen Weg fort.

Sobald ich die Ecke hinter mir hatte, befand ich mich im Windschatten des Hauses und vermochte hangabwärts zu kriechen. Als ich die Vorderseite des Hauses erreichte, rastete ich wieder. Eben war ein Wagen vorbeigefahren; ich sah die Rücklichter kleiner werden. Es war das einzige Fahrzeug weit und breit.

Eiskristalle stachen mir ins Gesicht, als ich weiterkroch. Meine Knie waren unangenehm kalt. Das Grundstück vor dem Haus fiel zur Straße hin ab, zunächst nur wenig, dann ziemlich steil. Etwa hundert Meter weiter rechts befand sich eine Senke, vor der die Autofahrer normalerweise das Gas zurücknahmen und auf die Bremse traten. Vielleicht verschaffte mir dieser Umstand eine etwas längere Zeit im Scheinwerferlicht der Wagen, die aus dieser Richtung kamen – einer jener kleinen positiven Aspekte, derer sich der Geist gern versichert, wenn es brenzlig wird, ein Aspirin für die Emotionen. Nach drei langen Pausen hatte ich den Straßenrand erreicht – den großen Felsbrocken, auf dem sich meine Hausnummer befand. Ich setzte mich auf den Stein und lehnte mich gegen den kalten Hang. Dann zerrte ich den zweiten Kissenbezug hervor und legte ihn mir über die Knie.

Ich wartete. Ich wußte, daß meine Gedanken verwirrt waren. Vermutlich bin ich mehrmals bewußtlos geworden und wieder zu mir gekommen. Sobald ich wieder einmal hochschreckte, versuchte ich, meine Gedanken in Ordnung zu bringen, um mir über frühere Ereignisse klar zu werden im Lichte der Dinge, die eben mit mir geschehen waren, damit ich noch andere Sicherheitsmaßnahmen ergreifen konnte. Doch schon der erste Versuch ging über meine Kräfte. Es war einfach zu schwierig, auf einer anderen Ebene zu denken, als es die Reaktion auf die augenblickliche Umgebung erforderte. Doch in einem matten Aufflackern der Erkenntnis wurde mir klar, daß ich meine Trümpfe noch hatte. Ich konnte jemanden in Amber anrufen, konnte mich zurückholen lassen.

Doch wen? Ich war noch nicht so mitgenommen, daß ich ausschloß, womöglich eben den Mann anzusprechen, der für meinen Zustand verantwortlich war. War es besser, dieses Risiko einzugehen oder hier nach einer Lösung zu suchen? Trotzdem, Random oder Gérard ...

Ich glaubte einen Wagen zu hören. Noch fern, sehr leise ... Der Wind und mein Pulsschlag kamen der Wahrnehmung allerdings ins Gehege. Ich wandte den Kopf. Ich konzentrierte mich.

Dort ... Wieder. Ja. Ein Motor. Ich hielt mich bereit, den Kissenbezug zu schwenken.

Doch selbst jetzt entglitten mir meine Gedanken. Einer der Gedankensplitter beschäftigte sich damit, daß ich womöglich gar nicht mehr in der Lage war, mich ausreichend zu konzentrieren, um mit den Trümpfen umzugehen.

Das Geräusch wurde lauter. Ich hob das Kissen. Gleich darauf wurde der am weitesten entfernte sichtbare Punkt der Straße zu meiner Rechten angestrahlt. Und schon erblickte ich den Wagen oben auf der Anhöhe. Als er den Hang hinabfuhr, verlor ich ihn wieder aus den Augen. Dann kam er langsam hangaufwärts; Schneeflocken wirbelten durch das Scheinwerferlicht.

Ich begann zu winken, als sich das Fahrzeug der Senke näherte. Das Licht berührte mich, als der Wagen heraufkam, der Fahrer mußte mich gesehen haben. Er fuhr dennoch vorbei, ein Mann in einer neuen Limousine, eine Frau auf dem Beifahrersitz. Die Frau drehte sich um und sah mich an, doch der Fahrer ging nicht einmal mit dem Tempo herunter.

Einige Minuten später kam ein zweiter Wagen vorbei, ein wenig älter, eine Frau am Steuer, allein. Sie bremste ab, doch nur einen Augenblick lang. Offenbar gefiel ihr mein Aussehen nicht. Sie trat wieder aufs Gas und war im Nu verschwunden.

Ich ließ mich zurücksinken und versuchte, mich auszuruhen. Ein Prinz von Amber kann sich wohl kaum auf die Nächstenliebe als moralisches Prinzip berufen. Wenigstens nicht mit ernstem Gesicht, und im Augenblick hätte mich ein Lachen zu sehr geschmerzt.

Ohne Kraft, Konzentration und eine gewisse Bewegungsfreiheit war meine Macht über die Schatten nutzlos. Ich beschloß, sie als erstes zu benutzen, um ein warmes Plätzchen zu erreichen ... Ich fragte mich, ob ich den Rückweg zum Komposthaufen schaffen würde. Bisher war es mir nicht eingefallen, mit Hilfe des Juwels das Wetter zu verändern. Wahrscheinlich war ich dafür inzwischen auch zu schwach. Die Anstrengung hätte mich womöglich das Leben gekostet. Trotzdem ...

Ich schüttelte den Kopf. Ich nickte langsam ein, wollte bereits in Träume versinken. Ich mußte wach bleiben! War das ein weiterer Wagen? Vielleicht. Ich versuchte, den Kissenbezug zu heben, er entglitt meinen Fingern. Als ich mich vorbeugte, um das Stück Leinen wieder an mich zu nehmen, mußte ich einen Augenblick lang den Kopf auf den Knien liegen lassen. Deirdre ... Ich wollte meine liebe Schwester rufen.

Achtes Kapitel

Wenn mir überhaupt jemand helfen würde, dann Deirdre. Ich wollte ihren Trumpf herausholen und sie ansprechen. Sofort. Wenn sie nur nicht meine Schwester gewesen wäre ...! Ich mußte mich ausruhen. Ich bin Bube, kein Dummkopf. Zuweilen, wenn ich ausruhe, tun mir gewisse Dinge vielleicht sogar leid. Einige Dinge. Wenn es nur wärmer wäre ... Aber eigentlich war es gar nicht schlimm, so dazusitzen, vornübergebeugt ... War das ein Auto? Ich wollte den Kopf heben, stellte aber fest, daß ich es nicht vermochte. Doch es machte wohl keinen großen Unterschied; der Fahrer würde mich sehen.

Ich spürte das Licht auf den Augenlidern und hörte den Motor. Jetzt kam das Geräusch nicht mehr näher und entfernte sich auch nicht mehr, nur ein gleichmäßiges an- und abschwellendes Knurren. Dann hörte ich einen Ruf. Dann das Klick-Pause-Klack einer sich öffnenden und schließenden Wagentür. Ich stellte fest, daß ich die Augen öffnen konnte, daß ich es aber nicht wollte. Ich hatte Angst, ich würde vor mir nur die leere dunkle Straße sehen, die Geräusche würden wieder zu Pulsschlägen werden oder sich im Wind auflösen. Es war besser, die Dinge festzuhalten, die ich hatte, als mich auf ein Risiko einzulassen.

»He! Was ist los? Sind Sie verletzt?«

Schritte ... Dies war die Wirklichkeit.

Ich öffnete die Augen. Ich zwang meinen Oberkörper hoch.

»Corey! Mein Gott! Du bist das!«

Ich zwang mich zu einem Grinsen, verhinderte im letzten Augenblick ein Umsinken.

»Ich bin's wirklich, Bill. Wie ist es dir so ergangen?«

»Was ist passiert?«

»Ich bin verletzt«, sagte ich. »Vielleicht ziemlich schlimm. Brauche einen Arzt.«

»Kannst du gehen, wenn ich dir helfe? Oder soll ich dich tragen?«

»Versuchen wir's mit Gehen«, sagte ich.

Er zerrte mich hoch, und ich stützte mich auf ihn. Wir begannen, auf den Wagen zuzugehen. Ich erinnere mich aber nur noch an die ersten taumelnden Schritte.

Als meine Himmelskutsche sich wieder emporzuschwingen begann, versuchte ich, den Arm zu heben, erkannte, daß er angebunden war, und beschränkte mich auf eine Betrachtung des daran befestigten Röhrchens. Dabei kam ich zu dem Schluß, daß ich die Sache offenbar überlebt hatte. Schon hatte ich Krankenhausgerüche wahrgenommen und einen Blick auf meine innere Uhr geworfen. Nachdem ich es nun bis hierher geschafft hatte, war ich es meinem inneren Schweinehund schuldig, das Ziel ganz zu erreichen. Außerdem war mir warm, und ich lag so bequem, wie es die kürzlichen Ereignisse nur erlaubten. Nachdem das geklärt war, schloß ich die Augen wieder, senkte den Kopf und schlief ein. Als ich später zu mir kam, fühlte ich mich schon besser. Eine Krankenschwester sagte mir, daß man mich vor sieben Stunden eingeliefert habe und daß sich in Kürze ein Arzt mit mir unterhalten wolle. Sie verschaffte mir auch ein Glas Wasser und ließ mich wissen, daß es zu schneien aufgehört habe. Sie hätte zu gern gewußt, was mir widerfahren war.

Ich überlegte, daß es Zeit war, mir eine Geschichte zurechtzulegen – je einfacher, desto besser. Also schön. Nach einem längeren Auslandsaufenthalt war ich nach Hause gekommen. Ich hatte mich als Anhalter herfahren lassen, war ins Haus gegangen und dort von irgendeinem Einbrecher oder Penner angegriffen worden. Anschließend war ich zur Straße gekrochen, um Hilfe zu suchen. Das war alles.

Als ich dem Arzt diese Details auftischte, wußte ich zuerst nicht, ob er mir glaubte oder nicht. Er war ein untersetzter Mann, dessen Gesicht schon vor vielen Jahren erschlafft war. Er hieß Bailey, Morris Bailey, und begleitete meine Schilderung mit einem Nicken. Dann fragte er: »Haben Sie einen Blick auf den Kerl werfen können?«

Ich schüttelte den Kopf.

»Es war dunkel«, sagte ich.

»Hat er Sie auch beraubt?«

»Keine Ahnung.«

»Hatten Sie eine Brieftasche bei sich?«

Ich kam zu dem Schluß, daß ich diese Frage wohl bejahen mußte.

»Nun, als Sie hier eingeliefert wurden, hatten sie keine – er muß sie also mitgenommen haben.«

»Ja«, sagte ich.

»Erinnern Sie sich denn gar nicht an mich?«

»Ich weiß nicht recht. Müßte ich Sie kennen?«

»Als man Sie hereinbrachte, kamen Sie mir irgendwie bekannt vor. Das war alles, zuerst ...«

»Und ...?« fragte ich.

»Was für Kleidung hatten Sie an? Das Zeug hatte eine gewisse Ähnlichkeit mit einer Uniform.«

»Die neueste Mode, drüben, wo ich herkomme. Aber Sie haben eben gesagt, ich sei Ihnen bekannt?«

»Ja«, meinte er. »Wo liegt dieses ›Drüben‹? Woher kommen Sie? Wo sind Sie gewesen?«

»Ich reise viel«, sagte ich. »Sie wollten mir etwas sagen.«

»Ja«, sagte er. »Wir sind ein kleines Krankenhaus, und vor einiger Zeit hat ein flinker glattzüngiger Vertreter die Direktion dazu überredet, sich für die Krankengeschichten einen Computer anzuschaffen.

Achtes Kapitel

Wäre diese Gegend besser erschlossen worden, damit wir uns hätten ausweiten können, wäre dieses Ding sicher von Nutzen gewesen. Doch nichts von alledem geschah, und nun ist die Sache nicht nur teuer, sondern führt außerdem zu einer gewissen Trägheit des Verwaltungspersonals. Alte Akten werden nicht mehr so gründlich gelöscht wie früher, selbst die aus der Notaufnahme. In dem ganzen System ist Platz für zuviel unnütziges Zeug. Als mir Mr. Roth Ihren Namen nannte und ich Sie routinemäßig untersuchte, wurde mir klar, warum Sie mir bekannt vorgekommen waren. Auch damals hatte ich in der Notaufnahme Dienst, vor etwa sieben Jahren, als Sie Ihren Autounfall hatten. Ich erinnere mich, daß ich Sie damals behandelt habe – und daß ich der Meinung war, Sie würden es nicht schaffen. Doch Sie haben mich eines Besseren belehrt – und auch heute sind Sie für mich eine Überraschung. Ich kann nicht einmal die Narben finden, die Sie eigentlich haben müßten. Sie haben sich verdammt gut herausgemacht.«

»Vielen Dank. Das ist sicher dem Chirurgen zu verdanken.«

»Würden Sie mir für die Unterlagen bitte Ihr Alter nennen?«

»Sechsunddreißig«, erwiderte ich. Das ist eine neutrale Zahl.

Er machte einen Vermerk in der Akte, die auf seinen Knien lag.

»Wissen Sie, als ich mich mit Ihnen zu beschäftigen begann und meine Erinnerungen zurückkamen – da hätte ich schwören können, daß Sie damals schon genauso ausgesehen haben.«

»Ich lebe eben gesund.«

»Kennen Sie Ihre Blutgruppe?«

»Eine ziemlich ausgefallene. Aber Sie können sie als AB positiv ansehen. Ich kann alles aufnehmen – doch Sie dürfen mein Blut niemandem geben.«

Er nickte.

»Ihr Mißgeschick macht natürlich die Einschaltung der Polizei erforderlich.«

»Das hatte ich mir schon gedacht.«

»Vielleicht wollen Sie noch ein bißchen darüber nachdenken.«

»Vielen Dank«, sagte ich. »Sie hatten also damals Dienst – und flickten mich zusammen? Das ist interessant. Woran erinnern Sie sich sonst noch?«.

»Was meinen Sie?«

»Ich meine die Umstände, unter denen ich damals eingeliefert wurde. Meine Erinnerungen setzen leider kurz vor dem Unfall aus und beginnen erst wieder, als ich längst in die andere Klinik verlegt worden war – Greenwood. Erinnern Sie sich noch, wie ich hergebracht wurde?«

Er runzelte die Stirn – nachdem ich gerade zu dem Schluß gekommen war, daß er nur einen einzigen Gesichtsausdruck kannte.

»Wir haben einen Krankenwagen losgeschickt«, sagte er.
»Woraufhin?« wollte ich wissen. »Wer hat den Unfall gemeldet? Wie ist das vor sich gegangen?«
»Jetzt weiß ich, was Sie meinen«, sagte er. »Die Staatspolizei hat den Krankenwagen angefordert. Soweit ich mich erinnere, hatte jemand den Unfall gesehen und in der Polizeizentrale angerufen. Von dort wurde ein Streifenwagen in der Nähe verständigt. Der fuhr zum See, bestätigte die Meldung, leistete Erste Hilfe und rief den Krankenwagen. Das war alles.«
»Gibt es einen Hinweis darauf, wer den ersten Anruf getätigt hat?«
»Um solche Dinge kümmern wir uns normalerweise nicht«, entgegnete er. »Hat Ihre Versicherung das nicht ermittelt? Wurden keine Ansprüche erhoben? Die Leute könnten Ihnen sicher ...«
»Ich mußte unmittelbar nach meiner Gesundung ins Ausland«, sagte ich. »Diesen Aspekten bin ich also gar nicht nachgegangen. Doch sicher hat es einen Polizeibericht gegeben.«
»Klar. Aber ich habe keine Ahnung, wie lange die aufbewahrt werden.« Er lachte leise. »Es sei denn, die Polizei hat sich vom selben Vertreter breitschlagen lassen ... Es scheint mir aber ziemlich spät zu sein, sich darüber Gedanken zu machen. Ich glaube, bei solchen Dingen gibt es eine Verjährungsfrist. Ihr Freund Roth kann Ihnen das bestimmt genau sagen.«
»Es geht mir nicht um Ansprüche an die Versicherung«, sagte ich. »Ich will nur wissen, was wirklich passiert ist. In den letzten Jahren habe ich mir öfter Gedanken darüber gemacht. Wissen Sie, ich leide an retrograder Amnesie.«
»Haben Sie schon einmal mit einem Psychiater gesprochen?« fragte er in einem Ton, der mir gar nicht gefiel. Gleich darauf kam mir eine auflodernde Erkenntnis: War es Flora vielleicht gelungen, mich für verrückt erklären zu lassen, ehe ich nach Greenwood verlegt wurde? War das vielleicht in meiner Akte hier verzeichnet? Und galt ich dort womöglich noch als flüchtig? Inzwischen war viel Zeit vergangen, und ich hatte keine Ahnung von den einschlägigen Vorschriften. Wenn die Verhältnisse wirklich so waren, wußte man hier sicher nicht, ob ich vielleicht bei einer anderen Behörde wieder für zurechnungsfähig erklärt worden war. Vermutlich war es die Vorsicht, die mich veranlaßte, den Kopf zu heben und einen Blick auf sein Handgelenkt zu werfen. Ich glaubte, im Unterbewußtsein wahrgenommen zu haben, wie er auf eine Kalenderuhr blickte, als er meinen Puls maß. Ja, richtig! Ich kniff die Augen zusammen. Also schön. Tag und Monat: 28. November. Ich rechnete hastig mit meiner Zweieinhalb-zu-eins-Formel und hatte das Jahr. Es war tatsächlich sieben Jahre her, wie er gesagt hatte.

Achtes Kapitel

»Nein, einen Psychiater habe ich noch nicht konsultiert«, antwortete ich. »Ich dachte, das Problem hätte organische und keine psychischen Ursachen, und habe die Zeit einfach abgeschrieben.«

»Ich verstehe«, sagte er. »Sie formulieren das ziemlich gewandt. So etwas findet man öfter bei Leuten, die in therapeutischer Behandlung gewesen sind.«

»Ich weiß«, sagte ich. »Ich habe viel darüber gelesen.«

Er seufzte und stand auf.

»Hören Sie«, sagte er. »Ich werde Mr. Roth anrufen und ihm sagen, daß Sie wach sind. Das ist vermutlich das beste.«

»Was soll denn das heißen?«

»Ich meine damit, daß Ihr Freund Anwalt ist – vielleicht gibt es Dinge, die Sie mit ihm besprechen wollen, ehe Sie eine Aussage bei der Polizei machen.«

Er öffnete die Akte, in der er irgendwo mein Alter notiert hatte, hob den Stift, runzelte die Stirn und fragte: »Wie war das Geburtsdatum doch gleich?«

Ich wollte meine Trümpfe haben. Meine Besitztümer lagen vermutlich in der Schublade des Nachttisches, doch ich hätte mich zu weit herumdrehen müssen, um die Hand danach auszustrecken; ich wollte meine Nähte noch nicht belasten. So dringend war es sowieso nicht. Acht Stunden Schlaf in Amber entsprachen etwa zwanzig hiesigen Stunden; meine Geschwister zu Hause mußten noch in den Betten liegen, wie es sich gehörte. Doch ich wollte mich mit Random in Verbindung setzen, damit er sich eine Geschichte einfallen ließ, die meine Abwesenheit am Morgen erklärte. Später.

Gerade jetzt wollte ich kein verdächtiges Verhalten an den Tag legen. Außerdem wollte ich sofort wissen, welche Aussage Brand zu machen hatte. Ich wollte in der Lage sein, entsprechende Maßnahmen deswegen einzuleiten. Ich stellte hastige Berechnungen an. Wenn ich den schlimmsten Teil meiner Gesundung hier in den Schatten hinter mich bringen konnte, verlor ich weniger Zeit in Amber. Ich mußte meine Tage und Stunden in dieser Welt gut einteilen und versuchen, mich aus Komplikationen herauszuhalten. Ich hoffte, daß Bill bald kam. Ich wollte unbedingt wissen, wie es um mich stand.

Bill hatte in dieser Gegend seine Jugend verbracht, war in Buffalo zur Schule gegangen und später zurückgekehrt, um zu heiraten und in die Familienfirma einzutreten. Das war's auch schon. Ich hatte mich ihm als ehemaliger Armeeoffizier vorgestellt, der zuweilen in unbestimmten Geschäften unterwegs war. Wir gehörten beide dem Country-Club an, wo ich ihn kennengelernt hatte. Davor hatte ich ihn schon ein Jahr lang gekannt, ohne daß wir mehr als ein paar Worte gewechselt hatten. Eines Abends saß ich dann zufällig neben ihm an der Bar, wobei irgendwie herauskam, daß er sich sehr für Militärgeschichte und besonders für die napoleonischen Kriege interessierte. Als wir das nächste Mal unsere Umgebung wahrnahmen, war der Barmann dabei, das Licht auszudrehen. Von da an waren wir dick befreundet – bis zur Zeit meiner Schwierigkeiten. Ich hatte seither gelegentlich an ihn gedacht. Bei meinem letzten Besuch im Haus hatte ich ihn eigentlich nur deshalb nicht aufgesucht, weil ich sicher war, daß er alle möglichen Fragen über meinen Verbleib stellen würde; ich dagegen hatte zu viele Sorgen, um ein solches Verhör in Ruhe über mich ergehen zu lassen und auch noch Spaß daran zu haben. Ein- oder zweimal war mir sogar der Gedanke durch den Kopf gegangen, daß ich ihn besuchen könnte, wenn in Amber letztlich alles geregelt war. Abgesehen von der Tatsache, daß dies nicht der Fall war, fand ich es schade, daß ich ihn nun nicht im Barraum des Klubs wiedersehen konnte.

Nach knapp einer Stunde traf er ein, klein, untersetzt, rotgesichtig, ein wenig grauer an den Schläfen, grinsend, eifrig nickend. Ich hatte mich inzwischen im Bett etwas aufgerichtet, nachdem ich bei Atemübungen feststellen mußte, daß ich noch ziemlich schwach war. Er umklammerte meine Hand und setzte sich auf den Stuhl neben dem Bett. Er hatte einen Aktenkoffer mitgebracht.

»Du hast mich gestern abend ganz schön erschreckt, Carl«, sagte er. »Ich dachte im ersten Augenblick, ich hätte ein Gespenst vor mir!«

Ich nickte.

»Wärst du ein bißchen später gekommen, hätte ich das durchaus sein können«, meinte ich. »Vielen Dank. Wie ist es dir ergangen?«

Bill seufzte.

»Immer viel zu tun. Du weißt ja, wie das so ist. Dieselbe Plage, nur mehr davon.«

»Und Alice?«

»Ihr geht es gut. Wir haben inzwischen zwei weitere Enkel von Bill Junior – Zwillinge. Augenblick mal.«

Er nahm seine Brieftasche heraus und suchte nach einem Bild.

»Hier.«

Ich betrachtete die Aufnahme und machte eine Bemerkung über die Familienähnlichkeit.

»Kaum zu glauben«, sagte ich dann.

»An dir scheinen die Jahre ziemlich spurlos vorübergegangen zu sein.«

Ich lachte leise und klopfte mir auf den Unterleib.

»Abgesehen davon, meine ich«, sagte er. »Wo hast du gesteckt!«

Achtes Kapitel

»Himmel! Wo bin ich *nicht* gewesen!« gab ich zurück. »Ich habe so viele Orte besucht, daß ich sie schon nicht mehr aufzählen kann.«

Sein Gesicht blieb ausdruckslos. Er sah mich offen an.

»Carl – in was für Schwierigkeiten steckst du?« fragte er.

Ich lächelte.

»Wenn du meinst, ob ich Schwierigkeiten mit dem Gesetz habe, lautet die Antwort nein. Meine Probleme hängen mit einem anderen Land zusammen, und ich muß in Kürze dorthin zurück.«

Sein Gesicht entspannte sich wieder, und hinter den zweigeteilt geschliffenen Brillengläsern begann es zu funkeln.

»Bist du dort eine Art Militärberater?«

Ich nickte.

»Kannst du mir den Ort nennen?«

Ich schüttelte den Kopf.

»Tut mir leid.«

»Das kann ich schon irgendwie verstehen«, sagte er. »Der Arzt hat mir mitgeteilt, was deinen Worten zufolge gestern abend passiert ist. Unter uns gesagt – hat das irgendwie mit den Dingen zu tun, die du in der Zwischenzeit getan hast?«

Wieder nickte ich.

»Das läßt das Bild ein bißchen klarer erscheinen«, sagte er. »Nicht viel, doch es reicht. Ich will dich gar nicht fragen, mit welcher Behörde, wenn überhaupt, du zu tun hast. Ich habe dich stets als Gentleman gekannt, als einen vernünftigen Menschen. Deshalb interessierte mich dein damaliges Verschwinden auch so, deshalb habe ich mich seinerzeit um die Sache gekümmert. Ich kam mir zwischendurch ein bißchen arg aufdringlich vor, doch dein rechtlicher Status war etwas rätselhaft, und ich wollte wissen, was geschehen war. In erster Linie, weil ich mir Sorgen um dich machte. Ich hoffe nicht, daß dich das stört.«

»Mich stören?« fragte ich. »Es gibt nicht viele Menschen, die sich darum scheren, was aus mir wird. Ich bin dir dankbar! Außerdem interessiert mich, was du herausgefunden hast. Ich selbst hatte nämlich keine Zeit, der Sache nachzugehen und alles zu regeln. Wie wär's, wenn du mir sagtest, was du in Erfahrung bringen konntest?«

Er öffnete die Aktentasche und zog einen braunen Umschlag heraus, den er sich auf die Knie legte. Er brachte mehrere Blatt gelbes Papier zum Vorschein, die mit seiner sauberen Handschrift vollgeschrieben waren. Er hob das erste Blatt hoch, starrte einen Augenblick lang auf den Text und sagte: »Nachdem du aus dem Krankenhaus in Albany geflohen warst und deinen Unfall hattest, ist Brandon offenbar verschwunden, und ...«

»Halt!« sagte ich, hob die Hand und versuchte, mich aufzurichten.
»Was?« fragte er.
»Du hast die Reihenfolge durcheinandergebracht, und auch der Ort stimmt nicht«, sagte ich. »Erst kam der Unfall, außerdem liegt Greenwood nicht in Albany.«

»Das weiß ich«, sagte er. »Ich meinte ja auch das Porter-Sanatorium, in dem du zwei Tage verbrachtest, ehe du verschwandest. Noch am gleichen Tag hattest du den Unfall und wurdest anschließend hierhergebracht. Dann erschien deine Schwester Evelyn auf der Bildfläche. Sie ließ dich nach Greenwood verlegen, wo du einige Wochen zubrachtest, ehe du erneut verduftet bist. Richtig?«

»Teilweise ja«, sagte ich. »Besonders der letzte Teil. Wie ich dem Arzt vorhin schon sagte, setzt mein Erinnerungsvermögen einige Tage vor dem Unfall aus. Das Institut in Albany erinnert mich allerdings an etwas, doch es ist alles noch sehr vage. Weißt du Einzelheiten?«

»Oh ja«, sagte er. »Und das hat vielleicht sogar mit dem Zustand deines Gedächtnisses zu tun. Du wurdest wegen Unzurechnungsfähigkeit eingeliefert ...«

»Durch wen?«

Er schüttelte das Blatt Papier und kniff die Augen zusammen.

»Bruder Brandon Corey; zuständiger Arzt: Hillary B. Rand, Psychiater«, las er vor. »Weckt das weitere Erinnerungen?«

»Möglich«, sagte ich. »Und?«

»Nun, auf dieser Grundlage wurdest du für unzurechnungsfähig erklärt, in Gewahrsam genommen und eingeliefert. Was nun dein Gedächtnis angeht ...«

»Ja?«

»Ich weiß nicht besonders viel über diese Behandlung und ihre Wirkung auf das Gedächtnis – jedenfalls wurdest du in Porter einer Elektroschock-Behandlung unterzogen. Dort – meine Unterlagen deuten jedenfalls darauf hin – bist du am dritten Tag ausgerückt. Anscheinend holtest du von einem nicht genannten Ort deinen Wagen und warst unterwegs nach hierher, worauf du den Unfall hattest.«

»Das scheint zu stimmen«, sagte ich. »Wirklich.« Als er zu sprechen begann, hatte ich einen Augenblick lang das verrückte Gefühl, in den falschen Schatten zurückgekehrt zu sein – in einen Schatten, da alles ähnlich, doch nicht kongruent war. Inzwischen glaubte ich das nicht mehr. Irgend etwas in mir sprach auf seine Geschichte an.

»Nun zu der Verfügung«, sagte er. »Sie beruhte auf gefälschten Unterlagen, was das Gericht damals aber nicht wissen konnte. Der echte Dr. Rand war zu der Zeit in England, und als ich mich später mit ihm in Verbindung setzte, hatte er noch nie von dir gehört. Während

Achtes Kapitel

seiner Abwesenheit war bei ihm im Büro eingebrochen worden. Außerdem hat er seltsamerweise keinen Mittelnamen, der mit einem B anfängt. Und er hatte noch nie von Brandon Corey gehört.«

»Was ist aus Brandon geworden?«

»Der ist einfach spurlos verschwunden. Als man in Porter dein Verschwinden bemerkte, versuchte man sich mehrfach mit ihm in Verbindung zu setzen, doch er war nicht auffindbar. Dann hattest du den Unfall, wurdest hierhergebracht und behandelt. Daraufhin meldete sich eine Frau namens Evelyn Flaumel, die sich als deine Schwester vorstellte. Sie gab an, du seist für unzurechnungsfähig erklärt worden, und die Familie wolle dich nach Greenwood verlegen lassen. Brandon, der zu deinem Vormund bestellt worden war, stand nicht zur Verfügung, und man ging auf ihre Wünsche ein, da sie immerhin die einzige verfügbare Verwandte war. So kam es, daß man dich in das andere Institut brachte. Dort bist du einige Wochen später aber wieder ausgerückt, und damit endet meine Aufzeichnung.«

»Wie ist mein rechtlicher Status im Augenblick?« wollte ich wissen.

»Oh, man hat dich wieder in deine Rechte eingesetzt«, sagte er. »Nachdem ich mit Dr. Rand gesprochen hatte, hat er sich an das Gericht gewandt und diese Tatsachen ausgeführt. Der Gerichtsbeschluß wurde aufgehoben.«

»Weshalb benimmt sich denn der Arzt hier, als wäre ich ein Fall für die Klapsmühle?«

»Oh Himmel – das ist eine gute Frage! Ich bin noch gar nicht darauf gekommen! In den hiesigen Unterlagen dürfte noch stehen, daß du mal ein psychiatrischer Fall warst. Am besten rede ich gleich mit den Leuten. Ich habe ein Exemplar der gerichtlichen Eintragung hier, das kann ich dem Arzt zeigen.«

»Wann wurde die Sache mit dem Gericht geklärt – wie lange nach meiner Flucht aus Greenwood?«

»Im folgenden Monat«, entgegnete er. »Es vergingen einige Wochen, ehe ich mich dazu aufraffen konnte, meine Nase in deine Angelegenheiten zu stecken.«

»Du konntest natürlich nicht wissen, wie froh ich bin, daß du es getan hast«, sagte ich. »Du hast mir außerdem mehrere Informationen gegeben, die sich noch als ungemein wichtig erweisen könnten.«

»Es ist schön, wenn man einem Freund ab und zu helfen kann«, erwiderte er, schloß den Umschlag und schob ihn wieder in die Tasche. »Eine Bitte ... wenn alles ausgestanden ist, wenn du darüber sprechen kannst ... dann würde ich gern die komplette Geschichte hören.«

»Ich kann dir nichts versprechen.«

»Ich weiß. Ich wollte es nur mal gesagt haben. Übrigens, was soll aus dem Haus werden?«

»Mein Haus? Gehört es noch immer mir?«

»Ja, aber es wird vermutlich nächstes Jahr wegen der anfallenden Steuern versteigert, wenn du nichts unternimmst.«

»Ich bin überrascht, daß es nicht schon längst verkauft ist.«

»Du hast der Bank Vollmacht gegeben, deine Rechnungen zu bezahlen.«

»Daran habe ich gar nicht mehr gedacht. Eigentlich hatte ich mir das Konto nur zur Bequemlichkeit eingerichtet und für die Kreditkarten.«

»Jedenfalls ist das Konto jetzt fast leer«, sagte er. »Ich habe erst kürzlich noch mit McNally von der Bank gesprochen. Die Folge ist, daß das Haus nächstes Jahr verkauft wird, wenn du nichts unternimmst.«

»Ich habe keine Verwendung mehr dafür«, sagte ich. »Sollen sie damit doch machen, was sie wollen!«

»Verkauf es lieber und hol raus, was noch drin ist.«

»So lange bin ich wohl gar nicht mehr hier.«

»Ich könnte das für dich übernehmen und dir das Geld schicken, wo immer du es haben willst.«

»Na schön«, sagte ich. »Ich unterschreibe die notwendigen Vollmachten. Bezahle meine Krankenhausrechnung davon und behalte den Rest.«

»Das geht doch nicht!«

Ich zuckte die Achseln.

»Tu, was du für das beste hältst, aber sorge dafür, daß du dir ein gutes Honorar abzweigst.«

»Ich überweise den Rest auf dein Konto.«

»Schön. Vielen Dank. Ehe ich es vergesse – würdest du bitte mal in der Schublade nachsehen, ob ein Kartenspiel darin liegt? Ich komme nicht ganz hin, und ich kann die Karten später gebrauchen.«

»Gern.«

Er hob die Hand und öffnete die Schublade.

»Ein großer brauner Umschlag«, sagte er. »Ziemlich dick. Wahrscheinlich hat man deinen ganzen Tascheninhalt hineingetan.«

»Mach auf.«

»Ja, hier ist ein Kartenspiel«, sagte er und griff hinein. »He! Das ist aber ein hübscher Kasten. Darf ich mal?«

»Ich ...« Was sollte ich sagen?

Er zog die Karten heraus.

»Herrlich ...«, murmelte er. »Eine Art Tarock ... Sind das antike Karten?«

»Ja.«

»Kalt wie Eis ... So etwas habe ich noch nie gesehen. Schau mal, das bist du doch! In einer Art Ritterrüstung! Wozu sind die Karten?«

Achtes Kapitel

»Ein ziemlich kompliziertes Spiel«, sagte ich zögernd.

»Wie kommt es, daß du hier abgebildet bist, wenn die Dinger antik sind?«

»Ich habe nicht behauptet, daß ich das bin – das hast du gesagt.«

»Ja, da hast du recht. Ein Vorfahr?«

»Kann man sagen.«

»He, das ist aber ein hübsches Mädchen! Und die Rothaarige erst ...«

»Ich glaube ...«

Er klopfte die Karten zurecht und schob sie wieder in den Kasten, den er mir reichte.

»Ein hübsches Einhorn«, setzte er hinzu. »Ich hätte mir die nicht ansehen sollen, wie?«

»Schon gut.«

Er seufzte, lehnte sich in seinem Stuhl zurück und verschränkte die Hände hinter dem Kopf.

»Ich konnte nicht anders«, sagte er. »Du hast etwas Seltsames an dir, Carl, etwas, das über deine Geheimdienstarbeit hinausgeht, wenn du so etwas wirklich machst. Und Rätsel interessieren mich nun mal. Noch nie war ich einem wirklichen Rätsel so nahe wie eben jetzt.«

»Und das alles, weil du ein Spiel kalter Tarockkarten in der Hand gehabt hast?«

»Nein, das bringt nur noch ein bißchen mehr Atmosphäre«, sagte er. »Zugegeben, was du in all den Jahren getan hast, geht mich nichts an – doch es gibt da Umstände, die ich nicht begreife.«

»Und die wären?«

»Als ich dich gestern abend hierhergebracht und Alice nach Hause gefahren hatte, bin ich noch zu deinem Haus gefahren, in der Hoffnung, irgend einen Aufschluß über die Ereignisse zu finden. Das Schneetreiben hatte inzwischen aufgehört, auch wenn es später wieder einsetzte, und deine Spuren waren noch deutlich sichtbar – am Haus und vorn auf dem Hang.«

Ich nickte.

»Doch es gab keine Spuren, die *ins* Haus führten – nichts, das für deine Ankunft sprach. Und wo wir schon mal dabei sind; es gab auch keine anderen Spuren, die sich entfernten – nichts, das auf die Flucht deines Angreifers hindeutet.«

Ich lachte leise vor mich hin.

»Du glaubst, ich habe mir die Wunde selbst beigebracht?«

»Nein, natürlich nicht. Es war ja nicht einmal eine Waffe zu sehen. Ich bin den Blutspuren bis ins Schlafzimmer gefolgt, bis zu deinem Bett. Natürlich hatte ich nur das Licht meiner Taschenlampe zur Verfügung, doch was ich zu sehen bekam, gab mir ein unheimliches

Gefühl. Es sah aus, als wärst du plötzlich blutend auf dem Bett aufgetaucht, hättest dich aufgerichtet und wärst ins Freie gekrochen.«

»Das ist natürlich unmöglich.«

»Trotzdem mache ich mir Gedanken über das Fehlen von Spuren.«

»Der Wind muß sie mit Schnee zugeweht haben.«

»Und die anderen nicht?« Er schüttelte den Kopf. »Nein, das glaube ich nicht. Ich möchte dir nur sagen, daß mich die Antwort auf diese Fragen ebenfalls interessiert – wenn du jemals in die Lage kommst, mir von allem erzählen zu können ...«

»Ich werde daran denken«, sagte ich.

»Ja«, meinte er. »Aber ich weiß nicht recht ... Ich habe so ein seltsames Gefühl, als ob ich dich nie wiedersehen würde. Es ist, als spielte ich eine Nebenrolle in einem gewaltigen Drama; wie ein Mann, der von der Bühne gefegt wird ohne zu erfahren, wie das Stück zu Ende geht.«

»Ich kann mir das Gefühl vorstellen«, sagte ich. »Wenn ich manchmal an meine Rolle denke, möchte ich den Autor am liebsten umbringen. Doch sieh es einmal so: Hintergrundgeschichten erfüllen selten die in sie gesetzten Erwartungen. Meistens handelt es sich um miese kleinkarierte Dinge, die sich auf die niedersten Beweggründe zurückführen lassen. Vermutungen und Illusionen sind oft der bessere Teil.«

Er lächelte.

»Du redest wie immer«, sagte er, »doch erinnere ich mich an Augenblicke, da du der Ehrlichkeit zugetan warst. Mehrfach sogar ...«

»Wie sind wir nur von den Spuren im Schnee auf mich gekommen?« fragte ich. »Ich wollte dir gerade sagen, daß ich das Haus auf dem Weg betreten habe, auf dem ich es dann wieder verließ. Mein Abgang hat offenbar die Spuren meiner Ankunft ausgelöscht.«

»Nicht schlecht«, sagte er und lächelte. »Und dein Angreifer ist derselben Route gefolgt?«

»Muß er wohl.«

»Ziemlich gut«, sagte er. »Du verstehst es, Zweifel auszusäen. Trotzdem habe ich das Gefühl, daß die Beweise hier auf etwas Unheimliches schließen lassen.«

»Auf etwas Unheimliches? Nein. Eher etwas Seltsames. Das ist eine Frage der Interpretation.«

»Oder des Ausdrucks. Hast du den Polizeibericht über deinen Unfall gelesen?«

»Nein. Du?«

»Ja. Was wäre, wenn die Sache mehr als seltsam wäre? Gestehst du mir dann den Ausdruck zu, den ich gebraucht habe – ›unheimlich‹?«

»Also schön.«

»... und beantwortest du mir eine Frage?«

Achtes Kapitel

»Ich weiß nicht ...«
»Ein einfaches Ja oder Nein. Das ist alles.«
»Also gut – abgemacht. Was stand in dem Bericht?«
»Aus dem Bericht ging hervor, daß der Unfall der Polizei gemeldet wurde und ein Streifenwagen die Stelle aufsuchte. Die Beamten entdeckten dort einen seltsam gekleideten Mann, der im Begriff war, dir Erste Hilfe zu leisten. Er sagte aus, er habe dich aus dem völlig zertrümmerten Wagen im See gezogen. Dies erschien glaubhaft, da er ganz durchnäßt war. Durchschnittlich groß, schmal gebaut, rotes Haar. Er trug einen grünen Anzug, der nach Aussage eines Beamten in einen Robin-Hood-Film gepaßt hätte. Er weigerte sich, seine Personalien anzugeben, die Beamten zu begleiten oder irgendeine Aussage zu machen. Als die Polizisten darauf bestanden, stieß er einen Pfiff aus, woraufhin ein weißes Pferd herbeitrabte. Er sprang auf und ritt im Galopp davon. Dann hat man ihn nicht mehr gesehen.«

Ich lachte. Es tat weh, doch ich konnte nicht anders.
»Ich will verdammt sein!« rief ich. »Endlich ergeben die Dinge einen Sinn.«

Bill starrte mich einen Augenblick lang stumm an. »Wirklich?« fragte er dann.

»Ja, ich glaube schon. Vielleicht hat es sich gelohnt, verwundet zu werden und hierher zurückzukehren – allein wegen der Dinge, die ich heute erfahren habe.«

»Du hast die beiden Dinge in seltsamer Reihenfolge aufgeführt«, sagte er und rieb sich das Kinn.

»Ja, das ist richtig. Doch ich beginne jetzt eine Art Ordnung zu erkennen, wo mir vorher überhaupt nichts klar war.«

»Und das alles wegen eines Kerls auf einem Schimmel?«

»Zum Teil, zum Teil ... Bill, ich werde hier bald verschwinden.«

»So schnell kommst du hier nicht raus.«

»Trotzdem – die Papiere, von denen du gesprochen hast ... ich glaube, ich sollte sie lieber schon heute unterschreiben.«

»Na schön. Ich lasse sie dir später bringen. Aber mach keine Dummheiten!«

»Ich werde von Sekunde zu Sekunde vorsichtiger«, erwiderte ich. »Das darfst du mir glauben.«

»Na, hoffentlich«, sagte er, ließ seinen Aktenkoffer zuschnappen und stand auf. »Also ruh dich aus. Ich schaffe die Probleme mit dem Arzt aus der Welt und schicke heute noch die Unterlagen herüber.«

»Nochmals vielen Dank.«
Ich schüttelte ihm die Hand.
»Übrigens«, sagte er. »Du wolltest mir eine Frage beantworten.«
»Ach ja. Und die lautet?«

»Bist du ein Mensch?« fragte er, während er noch meine Hand hielt. Sein Gesicht verriet nichts.

Ich begann zu grinsen, ließ es dann aber sein.

»Ich weiß es nicht. Ich – ich würde es ja gern sein. Aber ich weiß es im Grunde nicht. Natürlich bin ich ein Mensch! Was für eine dumme Frage ... Ach, zum Teufel! Du willst eine ehrliche Antwort, nicht wahr? Und ich habe gesagt, ich würde dir offen antworten ...« Ich kaute auf meiner Unterlippe herum und überlegte einen Augenblick lang. Dann sagte ich: »Ich glaube es nicht.«

»Ich auch nicht«, erwiderte er und lächelte. »Es macht eigentlich keinen Unterschied, aber ich dachte, daß es dir vielleicht etwas bedeutet – zu wissen, jemand weiß, daß du anders bist, ohne daß es ihm etwas ausmacht.«

»Auch daran werde ich denken«, sagte ich.

»Nun ... bis später also.«

»Ja.«

9

Der Mann von der Staatspolizei war vor kurzem gegangen ... Später Nachmittag. Ich lag im Bett und fühlte mich besser, und mir war besser, weil ich mich besser fühlte. Ich lag einfach nur da und dachte über die Gefahren nach, die ein Leben in Amber so mit sich brachte. Brand und ich waren beide bettlägerig durch die Lieblingswaffe der Familie. Ich überlegte, wen von uns beiden es wohl schlimmer getroffen hatte. Vermutlich ihn. Die Klinge hatte womöglich seine Niere verletzt, und er war ohnehin in schlechter Verfassung gewesen.

Ich war zweimal durchs Zimmer und wieder zurück getaumelt, ehe Bills Angestellter mit den Dokumenten kam, die ich unterschreiben sollte. Ich mußte meine Grenzen kennen – das ist immer von Nutzen. Da ich um ein Mehrfaches schneller gesundete als die Bewohner dieses Schattens, war ich der Meinung, daß ich schon wieder stehen und gehen können müßte, daß ich schon die Dinge schaffen müßte, die ein Hiesiger nach anderthalb oder zwei Tagen bewältigt. Und ich stellte fest, daß ich es konnte. Es tat weh, und beim ersten Mal wurde mit schwindlig, doch beim zweiten Mal ging es schon besser. Das war wenigstens etwas. Nun lag ich wieder im Bett und fühlte mich besser.

Dutzende von Malen hatte ich die Trümpfe vor mir aufgefächert, hatte Solitaire gespielt, hatte inmitten vertrauter Gesichter vieldeutige Zukunftszeichen gelesen. Und jedesmal hatte ich mich zurückgehalten, hatte ich den Wunsch unterdrückt, Random anzusprechen, ihm mitzuteilen, was geschehen war, und mich nach neuen Entwicklungen zu erkundigen. Später, später, sagte ich mir. Jede zusätzliche Stunde, die meine Geschwister schlafen, ist hier zweieinhalb Stunden lang. Zweieinhalb Stunden entsprechen sieben oder acht Stunden Heilung bei den einfachen Sterblichen in diesem Schatten. Halte dich zurück. Denk nach. Erhole dich.

Und so kam es, daß mir kurz nach dem Abendessen, als der Himmel langsam wieder dunkler wurde, jemand zuvorkam. Ich hatte bereits einem sauberen jungen Angehörigen der Staatspolizei all das mitgeteilt, was ich zu offenbaren gedachte. Ich habe keine Ahnung, ob er mir glaubte oder nicht, doch er war höflich und blieb nicht lange. Und schon wenige Minuten, nachdem er gegangen war, geschah es.

Ich lag im Bett und fühlte mich besser und wartete auf Dr. Bailey, damit er nachsah, wie es mit mir bergauf ging. Ich lag im Bett und ließ mir all die Dinge durch den Kopf gehen, die Bill gesagt hatte, und versuchte, sie mit anderen Dingen zusammenzubringen, die ich gewußt oder vermutet hatte ...

Kontakt! Jemand war schneller gewesen als ich. Jemand in Amber war ein Frühaufsteher.

»Corwin!«

Es war Random, in ziemlicher Erregung.

»Corwin! Steh auf! Mach die Tür auf! Brand ist zu sich gekommen und fragt nach dir.«

»Hast du an die Tür gehämmert, um mich zu wecken?«

»Ja!«

»Bist du allein?«

»Ja.«

»Gut. Ich bin nämlich nicht in meinem Zimmer. Du hast mich in den Schatten erreicht.«

»Das verstehe ich nicht.«

»Ich auch nicht. Ich bin verwundet, aber ich werde es überstehen. Aber davon später mehr. Erzähl mir von Brand.«

»Er ist vor kurzem aufgewacht. Er hat zu Gérard gesagt, er müßte dich sofort sprechen. Gérard hat nach einem Dienstboten geklingelt und ihn zu deinem Zimmer geschickt. Als der dich nicht wachbekam, ist er zu mir gekommen. Ich habe ihn eben zu Gérard zurückgeschickt mit der Nachricht, ich würde dich holen gehen.«

»Ich verstehe«, sagte ich, streckte mich langsam aus und richtete mich auf. »Begib dich an einen Ort, wo man dich nicht sehen kann, dann komme ich zu dir. Ich brauche einen weiten Mantel oder so. Mir fehlt es an Kleidung.«

»Es wäre wohl am besten, wenn ich meine Gemächer aufsuchte.«

»Gut. Dann los!«

»Bis gleich.«

Stille.

Ich bewegte langsam die Beine. Ich setzte mich auf die Bettkante. Ich nahm meine Trümpfe zur Hand und schob sie in das Etui. Ich hielt es für wichtig, meine Verwundung in Amber geheimzuhalten. Selbst in ruhigen Zeiten übertüncht man seine Schwächen.

Ich atmete tief durch und stand auf, wobei ich mich am Bett festhielt. Meine kleinen Übungen machten sich nun bezahlt. Ich atmete ganz normal und öffnete die Hand. Nicht schlecht. Wenn ich langsam ging, wenn ich nicht mehr auf mich nahm als die unbedingt notwendigen Bewegungen, um den Schein zu wahren ... Vielleicht konnte ich durchhalten, bis ich wieder voll zu Kräften gekommen war.

Neuntes Kapitel

In diesem Augenblick hörte ich Schritte, und eine freundliche Krankenschwester erschien in der Tür, adrett, gut gebaut; sie unterschied sich von einer Schneeflocke nur insoweit, als diese alle gleich sind.

»Zurück ins Bett, Mr. Corey! Sie dürfen noch nicht aufstehen!«

»Madam!« sagte ich. »Es ist von großer Bedeutung, daß ich aufstehe. Ich muß!«

»Sie hätten sich eine Bettpfanne bringen lassen können«, sagte sie, betrat den Raum und kam auf mich zu.

Ich schüttelte müde den Kopf, als Random wieder mit mir in Verbindung trat. Ich fragte mich, mit welchen Worten sie dieses Ereignis beschreiben und ob sie das prismatische Nachfunkeln meines durch den Trumpf verschwindenden Körpers erwähnen würde. Vermutlich eine absonderliche Geschichte mehr, die sich um meinen Namen rankte.

»Sehen Sie es doch so, meine Liebe«, sagte ich zu ihr. »Unsere Beziehung war von Anfang an etwas rein Körperliches. Sie werden andere finden ... viele andere. *Adieu!*«

Ich verneigte mich und warf ihr eine Kußhand zu, während ich nach Amber hinübertrat und sie mit einem Regenbogen in den Händen zurückließ. Ich taumelte und faßte Randoms Schulter.

»Corwin! Was zum Teufel ...«

»Wenn Blut der Preis der Admiralität ist, habe ich mir gerade ein Kommando verdient«, sagte ich. »Gib mir etwas anzuziehen.«

Er drapierte mir einen langen, schweren Mantel um die Schultern, und ich schloß mit unsicheren Fingern die Schnalle am Hals.

»Alles bereit«, sagte ich. »Bring mich zu ihm.«

Er führte mich zur Tür und durch den Flur zur Treppe. Unterwegs stützte ich mich schwer auf ihn.

»Wie schlimm ist es?« erkundigte er sich.

»Ein Messer«, sagte ich und legte die Hand auf die Stelle. »Gestern abend hat mich in meinem Schlafzimmer jemand angegriffen.«

»Wer?«

»Na, du kannst es nicht gut gewesen sein, denn ich hatte mich gerade an der Treppe von dir getrennt«, sagte ich, »und Gérard war bei Brand in der Bibliothek. Ziehe euch drei von den anderen ab und stelle deine Vermutungen an. Das ist das beste ...«

»Julian«, sagte er.

»Seine Aktien stehen in der Tat ziemlich schlecht«, sagte ich. »Fiona hat ihn mir gerade neulich abend vorgeführt, und natürlich ist es kein Geheimnis, daß er nicht gerade zu meinen Favoriten zählt.«

»Corwin, er ist fort. Er hat sich über Nacht abgesetzt. Der Dienstbote, der mich holen kam, hat gemeldet, daß Julian abgereist ist. Wonach sieht das aus?«

Wir erreichten die Treppe. Ich ließ eine Hand auf Randoms Schulter liegen und stützte die andere auf das Geländer. Am ersten Absatz hieß ich ihn stehenbleiben und rastete kurz.

»Ich weiß nicht«, sagte ich. »Manchmal ist es ebenso schlimm, sich zu sehr in die Position des anderen hineinzudenken, wie es überhaupt nicht zu tun. Aber mir will scheinen, daß er, wenn er wirklich der Meinung war, mich beseitigt zu haben, hier viel besser dran gewesen wäre. Da brauchte er jetzt nur noch den Überraschten zu mimen, sobald er von der Tat hörte. Sein Verschwinden aber sieht nun wirklich verdächtig aus. Ich neige zu der Auffassung, daß er verschwunden ist, weil er Angst vor Brands Enthüllungen hatte.«

»Aber du hast den Anschlag überlebt. Du bist deinem unbekannten Angreifer entkommen, der nicht sicher sein konnte, ob er dich getötet hat. Wäre ich der Täter, hätte ich längst Welten zwischen uns gebracht.«

»Das ist wohl richtig«, bestätigte ich im Weitergehen. »Ja, vielleicht hast du recht. Lassen wir die Frage im Augenblick auf sich beruhen. Jedenfalls darf niemand erfahren, daß ich verwundet bin.«

Er nickte.

»Schweigen wir wie Ambers Nachttöpfe.«

»Wie bitte?«

»Mylord, verzeiht des Vergleiches kühnen Bogen!«

»Deine Scherze tun mir sogar dort weh, wo ich nicht verwundet bin, Random. Versuch dir lieber zu überlegen, wie der Angreifer in mein Zimmer gekommen ist.«

»Das Wandpaneel?«

»Das ist von innen her verriegelt. Ich achte neuerdings darauf. Und das Türschloß ist neu und voller Tricks.«

»Ich hab's! Doch meine Lösung setzt einen Familienangehörigen voraus.«

»Sag schon!«

»Jemand war willens, sich seelisch zu engagieren und noch einmal im Schnellgang durch das Muster zu eilen, um dich zu erwischen. Der Betreffende ging nach unten, bewältigte das Muster, ließ sich in dein Zimmer versetzen und griff an.«

»Das wäre die Lösung – bis auf eine Kleinigkeit. Wir haben das Wohnzimmer ziemlich dicht hintereinander verlassen. Der Angriff ist nicht später am Abend erfolgt, sondern unmittelbar nach meinem Eintreten. Ich glaube nicht, daß einer von uns genug Zeit hatte, um in die Tiefe zu steigen und dann auch noch das Muster zu bewältigen. Der Angreifer wartete bereits auf mich. Wenn es einer von uns war, muß er auf anderem Wege zu dir eingedrungen sein.«

»Dann hat er dein Schloß geknackt, trotz der Tricks.«

»Möglich«, sagte ich, als wir den nächsten Treppenabsatz erreichten und unseren Weg fortsetzten. »Wir machen noch einmal Pause an der Ecke, damit ich die Bibliothek ohne Hilfe betreten kann.«

»Klar.«

Und das taten wir. Ich nahm mich zusammen, hüllte mich völlig in den Mantel ein, straffte die Schultern, trat vor und klopfte an die Tür.

»Augenblick!« Gérards Stimme.

Schritte, die sich der Tür näherten ...

»Wer ist da?«

»Corwin«, sagte ich. »Random ist bei mir.«

Ich hörte ihn über die Schulter rufen: »Möchtest du Random auch sprechen?« Und vernahm ein leises »Nein« als Antwort.

Die Tür ging auf.

»Nur du, Corwin«, sagte Gérard.

Ich nickte und wandte mich an Random.

»Später«, sagte ich zu ihm.

Er erwiderte mein Nicken und verschwand in der Richtung, aus der wir gekommen waren. Ich betrat die Bibliothek.

»Öffne deinen Mantel, Corwin!« befahl Gérard.

»Das ist nicht nötig«, sagte Brand, und ich hob den Kopf und sah, daß er mit etlichen Kissen im Rücken aufrecht auf der Couch saß und mich mit gelben Zähnen anlächelte.

»Tut mir leid, wenn ich nicht so vertrauensselig bin wie Brand«, sagte Gérard. »Ich habe aber keine Lust, meine Arbeit zunichte zu machen. Laß mich nachsehen.«

»Ich habe gesagt, daß das nicht nötig ist«, wiederholte Brand. »Er war nicht der Mann mit dem Dolch.«

Gérard wandte sich hastig um.

»Woher weißt du das?« fragte er.

»Weil ich weiß, wer es getan hat! Sei kein Dummkopf, Gérard. Ich hätte ihn bestimmt nicht kommen lassen, wenn ich Grund hätte, ihn zu fürchten.«

»Du warst bewußtlos, als ich dich herüberholte. Du kannst gar nicht wissen, wer es war.«

»Weißt du das genau?«

»Nun ... Warum hast du es mir denn nicht gesagt?«

»Ich habe meine Gründe, gute Gründe. Ich möchte jetzt mit Corwin allein sprechen.«

Gérard senkte den Kopf.

»Hoffentlich hast du dir im Delirium nichts vorgemacht«, sagte er. Er ging zur Tür und öffnete sie. »Ich bleibe in Rufweite«, fügte er hinzu und schloß sie hinter sich.

Ich trat näher. Brand hob den Arm, und ich ergriff seine Hand.
»Es freut mich, daß du zurück bist«, sagte er.
»Ebenfalls«, erwiderte ich und setzte mich auf Gérards Stuhl; ich mußte mir große Mühe geben, mich nicht hineinfallen zu lassen.
»Wie fühlst du dich?« fragte ich.
»In einer Beziehung ziemlich mies. Aber in anderer Hinsicht besser als seit vielen Jahren. Es ist alles relativ.«
»Das gilt für die meisten Dinge.«
»Nicht für Amber.«
Ich seufzte.
»Schon gut. Ich wollte nicht spezifisch werden. Was ist eigentlich passiert?«

Sein Blick war intensiv. Er musterte mich; vielleicht suchte er nach etwas. Wonach? Vermutlich nach dem Stand meiner Erkenntnis. Oder genauer: Unkenntnis. Da Nichtvorhandenes schwer abzuschätzen war, gingen ihm seit seinem Erwachen sicher allerlei Gedanken durch den Kopf. Wenn ich ihn richtig einschätzte, interessierte er sich weniger für die Dinge, die ich kannte, als für die, die mir unbekannt waren. Er gedachte keine Information herauszurücken, die nicht unbedingt erforderlich war. Er wollte das unbedingte Minimum an Aufklärung berechnen, das er geben mußte, um sein Ziel zu erreichen. Kein Wort zuviel durfte gesprochen werden. So war er nun mal – und natürlich wollte er etwas von mir. Es sei denn ... In den letzten Jahren habe ich mich mehr als früher davon zu überzeugen versucht, daß sich die Menschen ändern, daß die verstreichende Zeit nicht nur Dinge betont, die bereits vorhanden sind, sondern in den Menschen zuweilen auch qualitative Veränderungen hervorbringt aufgrund von Dingen, die sie getan, gesehen, gedacht und gefühlt haben. Dies wäre mir ein kleiner Trost in Zeiten wie jetzt, da alles andere schiefzulaufen scheint – ganz abgesehen davon, daß mein Weltbild erheblich aufgewertet worden wäre. Und Brand hatte ich es vermutlich zu verdanken, daß ich am Leben geblieben war und mein Gedächtnis zurückbekommen hatte – wie immer seine Gründe ausgesehen haben mochten. Also gut. Ich beschloß, zunächst das Beste von ihm anzunehmen, ohne mir allerdings eine Blöße zu geben. Eine kleine Konzession, mein Zug gegen die einfache Psychologie der Temperamente, die im allgemeinen den Beginn unserer Spiele beherrscht.

»Die Dinge sind niemals das, was sie zu sein scheinen, Corwin«, begann er. »Der Freund von heute ist der Feind von morgen, und ...«
»Hör auf!« sagte ich ungeduldig. »Der Augenblick ist gekommen, die Karten auf den Tisch zu legen. Ich weiß zu schätzen, was Brandon Corey für mich getan hat; der Trick, mit dem wir dich schließlich zurückgeholt haben, war meine Idee.«

Neuntes Kapitel

Er nickte.

»Ich denke mir aber, daß es gute Gründe gibt für das Aufflackern brüderlicher Gefühle nach so langer Zeit.«

»Und ich nehme an, daß du ebenfalls geheime Gründe hattest, mir zu helfen.«

Wieder lächelte er, hob die rechte Hand und senkte sie.

»Dann sind wir entweder quitt oder stehen nicht mehr in der Schuld des anderen, je nachdem, wie man solche Dinge sieht. Da mir scheint, daß wir uns im Augenblick gegenseitig brauchen, wäre es gut, uns im günstigsten Licht zu sehen.«

»Du redest um den heißen Brei herum, Brand. Du versuchst, mich in deinen Bann zu ziehen. Außerdem raubst du meiner idealistischen Tat von heute den Glanz. Du hast mich aus dem Bett geholt, um mir etwas zu sagen. Also tu's.«

»Ganz der alte Corwin«, sagte er und lachte leise. Dann wandte er den Blick ab. »Oder nicht? Ich weiß nicht recht ... Hat es dich verändert, was meinst du? Das lange Leben in den Schatten? Nicht zu wissen, wer du wirklich warst? Als Teil von etwas ganz anderem?«

»Vielleicht«, erwiderte ich. »Ich weiß es nicht. Ja, vermutlich hat es mich verändert. Zumindest bin ich neuerdings sehr ungeduldig, sobald Familienangelegenheiten zur Sprache kommen.«

»Offen heraus, direkt, kein Blatt vor den Mund! Damit entgeht dir aber ein Teil des Vergnügens. Aber auch dieses Neue hat seinen Wert. Damit kann man die anderen nervös machen ... man kann sein Verhalten wieder ändern, wenn es am wenigsten erwartet wird ... Ja, das könnte wertvoll sein. Zugleich erfrischend. Na gut! Reg dich nicht auf. Damit enden die Präliminarien. All die netten Worte der Einleitung sind gewechselt. Ich werde die grundsätzlichen Dinge bloßlegen, werde dem Monstrum Unvernunft die Zügel anlegen und aus dämmrigem Dunkel die Perle vornehmster Vernunft hervorzaubern. Doch zunächst noch eins, wenn es dir recht ist. Hast du etwas Rauchbares bei dir? Es ist jetzt etliche Jahre her, und ich hätte gern mal wieder das eine oder andere üble Kraut probiert – zur Feier meiner Rückkehr.«

Ich wollte schon nein sagen. Doch ich war sicher, daß im Tisch Zigaretten lagen, von mir selbst dort zurückgelassen. Eigentlich hatte ich etwas gegen die Anstrengung, doch ich sagte: »Moment.«

Als ich mich erhob und die Bibliothek durchquerte, versuchte ich, meine Bewegungen ganz entspannt aussehen zu lassen. Während ich die Tischschublade durchwühlte, stemmte ich die Hand auf die Platte und hoffte, daß es so aussah, als stützte ich mich lässig ab und nicht so schwer, wie es tatsächlich der Fall war. Ich verdeckte meine Bewegungen mit Körper und Mantel, soweit es ging.

Schließlich fand ich die Packung und kehrte auf dem gleichen Wege zurück; unterwegs verharrte ich kurz am Kamin, um zwei Zigaretten anzuzünden. Brand ließ sich Zeit, mir seine Zigarette abzunehmen.

»Deine Hand ist ziemlich zittrig«, sagte er. »Was ist denn los?«

»Zuviel gefeiert gestern«, sagte ich und kehrte zu meinem Stuhl zurück.

»Daran hatte ich ja noch gar nicht gedacht! Gewiß, dazu ist es gekommen, nicht wahr? Natürlich! Alle zusammen in einem Raum ... Der unerwartete Erfolg der Suche nach mir, meine Rückkehr ... Der verzweifelte Versuch seitens einer ausgesprochen nervösen und schuldbeladenen Person ... Ja, da lag der halbe Erfolg. Ich verwundet und stumm, doch wie lange? Dann ...«

»Du hast gesagt, du weißt, wer es getan hat. War das ein Scherz?«

«Nein.«

»Wer also?«

»Alles zu seiner Zeit, mein lieber Bruder. Alles zu seiner Zeit. Abfolge und Ordnung, Zeit und Akzent – das ist hier von großer Bedeutung. Gestatte mir, das Drama jenes Augenblicks in sicherem Rückblick zu genießen. Ich sehe mich verwundet und euch rings um mich. Ah! Was würde ich geben, um dieses Bild zu sehen! Könntest du mir vielleicht den Ausdruck auf den Gesichtern beschreiben?«

»Ich fürchte, die Gesichter waren in diesem Augenblick meine geringste Sorge.«

Er seufzte und blies Rauch aus.

»Ah, das tut gut«, sagte er. »Egal – ich kann mir die Gesichter vorstellen. Wie du weißt, besitze ich eine lebhafte Fantasie. Schock, Unbehagen, Verwirrung – hinüberwechselnd zu Mißtrauen und Angst. Dann, so sagt man mir, seid ihr alle gegangen, und der liebevolle Gérard hat mich umhätschelt.« Er schwieg, starrte in den Rauch, und eine Sekunde lang hatte seine Stimme nichts Spöttisches. »Weißt du, er ist der einzige Anständige unter uns.«

»Er steht ziemlich weit oben auf meiner Liste«, sagte ich.

»Er hat sich aufopfernd um mich gekümmert. Er hat sich immer um die anderen gekümmert.« Plötzlich kicherte er. »Ehrlich gesagt verstehe ich nicht, warum er sich die Mühe macht. Doch ich hing gerade meinen Gedanken nach, ausgelöst durch dein leidendes Ich – ihr müßt euch dann an einen anderen Ort zurückgezogen haben, um die Ereignisse zu besprechen. Noch eine Party, an der ich gern teilgenommen hätte. All die Emotionen und Verdächtigungen und Lügen, die da herumschwirrten – und niemand, der als erster Gute Nacht zu sagen wagte! Der Tonfall muß mit der Zeit ziemlich schrill geworden sein. Jedermann bemüht höflich, doch mit geballter Faust, um den anderen ein blaues Auge zu verpassen. Versuche, die einzig schuldige Person einzuschüchtern. Vielleicht ein paar Steinwürfe auf die Sündenböcke. Aber letztlich ohne Ergebnis. Habe ich recht?«

Ich nickte, wußte ich doch zu beurteilen, wie sein Verstand funktionierte, und war inzwischen auch durchaus gewillt, ihn auf seine Weise erzählen zu lassen.

»Du weißt selbst, daß du recht hast«, sagte ich.

Daraufhin warf er mir einen prüfenden Blick zu und fuhr fort: »Doch zuletzt sind alle gegangen, um anschließend besorgt wachzuliegen oder sich mit einem Komplicen zum Pläneschmieden zu treffen. Verborgene Stürme in der Nacht. Schmeichelhaft zu wissen, daß sich jedermann Gedanken um mein Wohlergehen machte. Natürlich waren einige dagegen, andere dafür. Und in der Mitte all dieser Ereignisse tummelte ich mich – nein, ich gedieh –, beseelt von dem Wunsch, meine Anhänger nicht zu enttäuschen. Gérard hat viel Zeit darauf verwendet, mich über die jüngste Geschichte aufzuklären. Als ich genug davon hatte, ließ ich dich holen.«

»Falls du es noch nicht bemerkt haben solltest, ich bin jetzt hier. Was wolltest du mir sagen?«

»Geduld, Bruder! Geduld! Denk an all die Jahre, die du in den Schatten verbracht hast, ohne dich an das hier zu erinnern.« Er machte eine umfassende Bewegung mit der Zigarette. »Denk an die lange Zeit, die du, ohne es zu wissen, gewartet hast, bis es mir gelang, dich zu finden, bis ich versuchte, dein schlimmes Los zu beenden. Im Vergleich dazu sind ein paar Minuten in diesem Augenblick doch nicht gar so kostbar.«

»Man hat mir gesagt, daß du mich gesucht hattest«, sagte ich. »Darüber habe ich mich gewundert, denn nach unserem letzten Zusammensein sind wir nicht gerade in bestem Einvernehmen auseinandergegangen.«

Er nickte.

»Das kann ich nicht abstreiten«, sagte er. »Doch über solche Dinge komme ich immer wieder hinweg, früher oder später.«

Ich schnaubte ungläubig durch die Nase.

»Ich habe mir darüber klar zu werden versucht, wieviel ich dir sagen soll, wieviel du mir wohl glauben würdest«, fuhr er fort. »Hätte ich geradeheraus behauptet, meine Motive seien bis auf einige Kleinigkeiten fast ausschließlich altruistischer Natur, hättest du mir das bestimmt nicht geglaubt.

Wieder schnaubte ich durch die Nase.

»Aber es stimmt«, fuhr er fort, »und ich sage dies, um dein Mißtrauen zu besänftigen und weil ich keine andere Wahl habe. Anfänge sind immer schwierig. Wo immer ich beginne – irgend etwas hat bestimmt schon vorher stattgefunden. Du warst ja auch so lange fort. Wenn man schon irgendeinen Aspekt besonders herausstellen muß, nehmen wir am besten den Thron. Na bitte! Jetzt habe ich es gesagt. Weißt du, wir hatten uns eine Strategie zurechtgelegt, den Thron zu übernehmen. Dies geschah kurz nach deinem Verschwinden und wurde in gewisser Weise vielleicht sogar dadurch ausgelöst. Vater hatte Eric im Verdacht, dich getötet zu haben. Allerdings gab es keine Beweise. Jahre vergingen, du warst auf keine bekannte Weise erreichbar, und die Wahrscheinlichkeit wuchs, daß du tatsächlich tot warst. Eric fiel bei Vater immer mehr in Ungnade. Eines Tages, im Gefolge einer Diskussion über ein völlig neutrales Thema – die meisten von uns saßen mit am Tisch –, sagte Vater plötzlich, kein Brudermörder würde jemals den Thron erringen – und dabei sah er Eric an. Du weißt ja, wie seine Augen sich verändern konnten. Eric wurde puterrot und bekam lange Zeit keinen Bissen hinunter. Aber dann trieb Vater die Sache weiter, als wir es vorausgesehen oder uns gewünscht hatten. In aller Fairnis dir gegenüber muß ich sagen, daß ich nicht weiß, ob es ihm nur darum ging, seinen Gefühlen Luft zu machen, oder ob er seine Worte wirklich ernst meinte. Jedenfalls sagte er uns, er sei bereits mehr als halb entschlossen gewesen, dich zu seinem Nachfolger zu machen, so daß er das, was dir widerfahren war, als persönliche Maßnahme gegen sich auffasse. Bestimmt hätte er nicht darüber gesprochen, wenn er nicht überzeugt gewesen wäre, daß du tot warst. In den folgenden Monaten errichteten wir dir einen Zenotaph, um dieser Schlußfolgerung eine greifbare Form zu geben, und sorgten dafür, daß Vaters Gefühle gegenüber Eric nicht in Vergessenheit gerieten. Immerhin wußten wir, daß Eric nach dir derjenige war, den wir ausschalten mußten, wenn wir den Thron erringen wollten.«

»Wir! Wer waren die anderen?«

»Geduld, Corwin! Abfolge und Ordnung, Zeit und Akzent! Herauskehrung, Unterstreichung ... Hör zu!« Er nahm eine neue Zigarette, zündete sie an der Kippe der ersten an, stach mit der brennenden Spitze durch die Luft. »Der nächste Schritt hatte zum Ziel, Vater aus Amber verschwinden zu lassen – der entscheidendste und gefährlichste Teil. Mit diesem Punkt nun begann die Uneinigkeit. Mir mißfiel der Gedanke an ein Bündnis mit einer Macht, die ich nicht ganz verstand, insbesondere eine Macht, die es den Schatten ermöglichte, einen Fuß in die Tür zu stellen. Sich Schatten nützlich zu machen, ist eine Sache; ihnen jedoch zu gestatten, *uns* zu gebrauchen, ist unüberlegt, wie immer die Voraussetzungen auch aussehen mochten. Ich sprach mich dagegen aus, doch die Mehrheit wollte es anders.« Er lächelte. »Zwei zu eins. Ja, wir waren zu dritt. Wir unter-

Neuntes Kapitel

nahmen also den nächsten Schritt. Die Falle wurde errichtet, und Vater schnappte nach dem Köder ...«

»Lebt er noch?« fragte ich.

»Ich weiß es nicht«, sagte Brand. »Ab hier begannen die Dinge schiefzulaufen, und später hatte ich eigene Sorgen, die mich in Trab hielten. Jedenfalls bestand unsere erste Maßnahme nach Vaters Verschwinden darin, unsere Position zu festigen, während wir eine gewisse Zeit abwarteten, bis es angebracht war, seinen Tod zu vermuten. Idealerweise brauchten wir dazu nur die Mitarbeit einer Person. Entweder Caine oder Julian – egal, wer. Weißt du, Bleys war bereits in die Schatten gegangen und stand im Begriff, eine gewaltige Armee zusammenzustellen ...«

»Bleys! Er war einer von euch?«

»Allerdings. Wir wollten ihn auf den Thron setzen – natürlich so sehr unter Kontrolle, daß es *de facto* letztlich auf ein Triumvirat hinausgelaufen wäre. Wie ich eben sagte, zog er los, um Truppen zusammenzustellen. Wir erhofften uns natürlich eine unblutige Übernahme; andererseits mußten wir bereit sein für den Fall, daß Worte zum Siege nicht genügten. Wenn Julian uns den Landweg nach Amber eröffnete oder Caine uns das Meer freigab, hätten wir die Truppen ohne Verzögerung herbeischaffen und uns notfalls auch mit Waffengewalt durchsetzen können. Leider suchte ich mir den falschen Mann aus. Meinem Gefühl nach war Caine korrupter als Julian. Mit wohlüberlegter Vorsicht trug ich ihm die Sache vor. Zuerst schien er bereit zu sein, sich auf unsere Vorstellungen einzulassen. Doch entweder überlegte er es sich hinterher anders, oder er täuschte mich von Anfang an. Natürlich glaube ich lieber an das erstere. Wie dem auch sei – irgendwann kam er zu dem Schluß, daß er mehr zu gewinnen hatte, wenn er einen anderen Thronanwärter unterstützte – nämlich Eric. Erics Hoffnungen auf den Thron waren durch Vaters Einstellung ihm gegenüber etwas gemindert worden – doch Vater war nun fort, und unsere geplante Aktion bot Eric die Möglichkeit, sich zum Verteidiger des Throns aufzuschwingen. Zum Pech für uns brachte ihn eine solche Position wieder in Reichweite des Herrschertitels. Aber damit nicht genug: Julian machte es Caine nach und unterstellte seine Truppen Eric zur Verteidigung. Auf diese Weise bildete sich das andere Trio. Eric leistete den öffentlichen Eid, den Thron zu verteidigen, und damit standen die Fronten fest. Ich befand mich zu dieser Zeit natürlich in einer etwas peinlichen Lage. Auf mich konzentrierte sich nämlich die Feindseligkeit der anderen, da sie nicht wußten, wer meine Verbündeten waren. Dennoch konnten sie mich nicht einsperren oder foltern, denn ich wäre sofort durch den Trumpf fortgeholt worden. Und wenn sie mich töteten, mochte es von unbekannter Seite Vergeltungsaktionen geben, das wußten sie sehr wohl. Also blieb die Partie eine Zeitlang ausgewogen. Die drei erkannten auch, daß ich keine direkten Schritte mehr gegen sie unternehmen konnte. Sie bewachten mich ständig. Hieraus ergab sich ein noch raffinierterer Plan. Wieder sprach ich mich dagegen aus, und wieder wurde ich zwei zu eins überstimmt. Wir wollten dieselben Kräfte einsetzen, die wir schon gerufen hatten, um Vater zu beseitigen – doch diesmal zur Bloßstellung Erics. Wenn sich die Verteidigung Ambers, die er so zuversichtlich auf seine Fahnen geschrieben hatte, als zuviel für ihn erwies und Bleys anschließend auf der Bühne erschien und das Problem mühelos aus der Welt schaffte, dann konnte Bleys auch noch auf die Unterstützung des Volkes rechnen, sobald er hinterher die Rolle des Verteidigers übernahm und sich – nach angemessener Zeit – dazu überreden ließ, die Bürde der Krone zu tragen, zum Wohle Ambers.«

»Eine Frage«, unterbrach ich ihn. »Was ist mit Benedict? Ich wußte, daß er sich unzufrieden nach Avalon zurückgezogen hatte, doch wenn Amber wirklich in Gefahr geriet ...!«

»Ja«, sagte er und nickte. »Aus diesem Grund zielte ein Teil unseres Plans darauf ab, Benedict mit eigenen Problemen zu konfrontieren, die ihn in Atem halten würden.«

Ich dachte an die Heimsuchung Avalons durch die Höllenmädchen. Ich dachte an seinen Armstumpf. Ich öffnete den Mund, um etwas zu sagen, doch Brand hob die Hand.

»Laß mich die Geschichte auf meine Art zu Ende erzählen, Corwin. Natürlich kann ich mir deine Gedankengänge vorstellen. Ich spürte den Schmerz in deinen Eingeweiden, den Zwilling meiner eigenen Wunde. Ja, ich weiß von diesen Dingen und vieles mehr.« In seinen Augen stand ein seltsames Brennen, als er eine neue Zigarette in die Hand nahm und an der alten anzündete. Er zog tief und blies im Sprechen den Rauch aus. »Wegen dieser Entscheidung überwarf ich mich mit den anderen. Ich sah darin eine zu große Gefahr – sogar für Amber selbst. Ich überwarf mich mit ihnen ...« Er beobachtete einige Sekunden lang den Rauch, ehe er weitersprach. »Aber unsere Unternehmungen waren viel zu weit fortgeschritten, als daß ich mich einfach zurückziehen konnte. Um mich und Amber zu verteidigen, mußte ich mich gegen sie stellen. Es war zu spät, auf Erics Seite umzuwechseln. Er hätte mir keinen Schutz gewährt, selbst wenn er es noch gekonnt hatte – außerdem war ich davon überzeugt, daß er unterliegen würde. Etwa zu dieser Zeit beschloß ich, gewisse neue Fähigkeiten einzusetzen, die ich mir zugelegt hatte. Ich hatte mich oft über die seltsame Verbindung zwischen Eric und Flora gewundert, auf jener seltsamen Schatten-Erde, von der sie behauptete, daß es ihr dort gefiele. Ich hatte den leisen Verdacht, daß an diesem Ort etwas sei, das ihn betraf,

Neuntes Kapitel

und daß sie vielleicht dort seine Agentin sei. Zwar kam ich nicht dicht genug an ihn heran, um eine Antwort auf diese Frage zu erhalten, doch ich war zuversichtlich, daß es nicht allzu viele direkte oder indirekte Nachforschungen kosten würde, um zu erfahren, was Flora im Schilde führte. Und damit behielt ich recht. Dann beschleunigten sich plötzlich die Ereignisse. Meine eigene Gruppe machte sich Sorgen über meinen Verbleib. Als ich dich aufgriff und im Schockverfahren einige deiner Erinnerungen zurückholte, erfuhr Eric von Flora, daß etwas nicht stimmte. Daraufhin suchten nun plötzlich beide Seiten nach mir. Ich war zu dem Schluß gekommen, daß deine Rückkehr die Pläne aller Beteiligten über den Haufen werfen und mich lange genug aus meiner Klemme befreien würde, um eine Alternative zur derzeitigen Entwicklung zu finden. Erics Thronanspruch wäre wieder geschwächt worden, du hättest sofort eigene Anhänger gefunden, meine Gruppe hätte das Motiv für ihre ganze Aktion verloren – und ich nahm an, du würdest dich für meinen Anteil an der Entwicklung nicht undankbar zeigen. Aber dann flohst du aus dem Porter-Sanatorium, und nun wurde es wirklich kompliziert. Wie ich später erfuhr, suchten alle nach dir – aus unterschiedlichen Gründen. Meine ehemaligen Verbündeten hatten allerdings ein besonderes As im Ärmel. Sie erfuhren, was im Gange war, machten dich ausfindig und waren als erste am Ziel. Für sie gab es eine ganz einfache Methode, den Status Quo zu erhalten, bei dem sie weiterhin im Vorteil waren. Bleys gab die Schüsse ab, die dich und deinen Wagen in den See stürzen ließen. Ich traf gerade in diesem Moment ein. Bleys zog sich sofort zurück, denn es sah so aus, als hätte er ganze Arbeit geleistet. Doch ich zog dich aus dem Wasser, und es war noch genug Leben in dir, daß sich das Zusammenflicken lohnte. Im Rückblick muß ich sagen, daß es ziemlich frustrierend war, nicht zu wissen, ob meine Behandlung tatsächlich wirksam war – ob du als Corwin oder als Corey erwachen würdest.

Und auch hinterher beschäftigte mich diese Frage ... Ich machte mich mit einem Höllenritt davon, als Hilfe eintraf. Einige Zeit später erwischten mich meine Verbündeten und steckten mich an den Ort, an dem du mich gefunden hast. Kennst du den Rest der Geschichte?«

»Nicht alles.«

»Dann unterbrich mich, sobald wir auf dem laufenden sind. Diesen Teil habe ich selbst erst später erfahren. Erics Mannen erfuhren von dem Unfall, brachten deinen Aufenthaltsort in Erfahrung und schafften dich in eine Privatklinik, wo du besser geschützt werden konntest. Um sich selbst zu schützen, ließen sie dich dort unter Betäubungsmittel setzen.«

»Warum sollte Eric mich beschützen, wo doch meine Gegenwart seine Pläne zunichtemachte?«

»Inzwischen wußten sieben von uns, daß du noch am Leben warst. Das waren zu viele. Es war zu spät für das, was er am liebsten getan hätte. Noch immer lebte er mit Vaters Verdacht. Wenn dir etwas passiert wäre, während du in seiner Macht warst, hätte ihm das den Weg zum Thron endgültig versperrt. Wenn Benedict jemals davon erfuhr oder Gérard ... Nein, er hätte es nicht geschafft. Hinterher, ja. Vorher, nein. So schrieb ihm das allgemeine Wissen um dein Überleben seine Handlungsweise vor. Er setzte seine Krönung an und beschloß, dich im Hintergrund zu halten, bis er auf dem Thron saß. Eine ausgesprochen voreilige Tat, doch ich wüßte nicht, wie er anders hätte handeln können. Was danach passiert ist, weißt du vermutlich, da du ja unmittelbar beteiligt warst.«

»Ich habe mich mit Bleys zusammengetan, als der gegen Amber vorrückte. Leider kein allzu glückliches Zusammenspiel.«

Er zuckte die Achseln.

»Oh, es hätte etwas daraus werden können – wenn ihr gesiegt hättet und wenn du Bleys irgendwie in Schach hättest halten können. Doch im Grunde hattest du keine Chance. Meine Kenntnis von den Motiven der beiden ist an diesem Punkt etwas ungenau, doch ich nehme an, daß der ganze Angriff im Grunde nur eine Finte war.«

»Wieso das?«

»Wie ich eben sagte – ich weiß es nicht. Immerhin hatten die beiden Eric dort, wo sie ihn haben wollten. Eigentlich hätte der Angriff überflüssig sein müssen.«

Ich schüttelte den Kopf. Zu viele Dinge drangen zu schnell auf mich ein ... Ein Großteil der Tatsachen hörte sich glaubhaft an, auch wenn man die Einstellung des Erzählers berücksichtigte. Trotzdem ...

»Ich weiß nicht ...«, begann ich.

»Natürlich«, sagte er. »Aber wenn du mich fragst, sage ich's dir.«

»Wer war das dritte Mitglied eurer Gruppe?«

»Natürlich dieselbe Person, die mir den Dolchstoß versetzt hat. Möchtest du raten?«

»Sag's mir einfach.«

»Fiona. Die ganze Sache war ihre Idee.«

»Warum hast du mir das nicht gleich gesagt?«

»Weil du nicht lange genug stillgesessen hättest, um dir auch die anderen Dinge anzuhören, die ich sagen mußte. Du wärst losgeeilt, um sie einzusperren, du hättest festgestellt, daß sie fort ist, du hättest die anderen geweckt, eine Ermittlung in Gang gebracht und damit wertvolle Zeit verschwendet. Vielleicht tust du das alles auch jetzt noch, doch wenigstens konnte ich dich ausreichend fesseln, um dich zu überzeugen, daß ich weiß, wovon ich rede. Wenn ich dir nun sage, daß die Zeit von größter Bedeutung ist, daß du dir so schnell wie möglich auch

Neuntes Kapitel

das übrige anhören mußt, das ich zu sagen habe, wenn Amber überhaupt noch eine Chance haben soll – dann hörst du mir jetzt vielleicht zu, anstatt einer verrückten Frau nachzujagen.«

Ich hatte mich bereits halb aus meinem Stuhl erhoben.

»Ich soll sie nicht verfolgen?« fragte ich.

»Zur Hölle mit ihr – wenigstens für den Augenblick. Du hast schlimmere Probleme. Du solltest dich lieber wieder setzen.«

Und das tat ich.

10

Ein Bündel Mondlicht ... Gespenstischer Fackelschein ... Sterne ... Einige schwache Nebelstreifen ...

Ich stützte mich auf das Geländer und blickte über die Welt ... Von hier aus gesehen umfing absolute Stille die Nacht, die traumerfüllte Stadt, das ganze Universum. Ferne Dinge – das Meer.

Amber, Arden, Garnath, der Leuchtturm von Cabra, das Einhornwäldchen, mein Grabmal auf dem Kolvir ... Stumm, tief unter mir, doch klar erkennbar ... Das Panorama für einen Gott, würde ich sagen, oder für eine Seele, die sich losgelöst hat und in höhere Sphären entschwebt ... Mitten in der Nacht ...

Ich war an den Ort gekommen, da die Gespenster Gespenster spielen, da die Omen, Vorzeichen, Symbole und Form gewordenen Sehnsüchte durch die nächtlichen Straßen und Säle des Amber-Palasts im Himmel Tirna Nog'th wallen ...

Ich wandte mich um, den Rücken zum Geländer, die Überreste der Tagwelt unter mir, und betrachtete die Straßen und dunklen Terrassen, die Häuser der hohen Herren, die Wohnungen der Niederen ... Das Mondlicht ist stark in Tirna Nog'th und legt sich silbrig auf das Äußere aller eingebildeten Dinge ... Mit dem Stock in der Hand trat ich vor, und die seltsamen Wesen bewegten sich ringsum, erschienen in Fenstern, auf Balkonen, an Stränden, in Torbögen ... Ungesehen ging ich vorbei, denn, wahrlich, wie immer ihre Substanz aussehen mochte – an diesem Ort war *ich* für sie das Gespenst ...

Stille und Silber ... Nur das Tappen meines Stocks, und das zumeist gedämpft ... Weitere Nebelschwaden auf dem wallenden Wege zum Kern der Dinge ... Der Palast ein weißes Freudenfeuer des Nebels ... Tau, wie Quecksilbertropfen auf den angerauhten Blütenblättern und Stengeln in den Gärten zu beiden Seiten der Wege ... Der vorüberziehende Mond so schmerzhaft für das Auge wie die Mittagssonne, die Sterne davon überstrahlt, verdunkelt ... Silber und Stille ... Der Schein ...

Ich hatte eigentlich nicht kommen wollen, denn die Omen – wenn sie das wahrhaft sind – stellen sich hier täuschend dar, die Ähnlichkeiten mit den Lebenden und den Szenerien unten ist beängstigend, ihr

Zehntes Kapitel

Anblick oft beunruhigend. Trotzdem war ich gekommen ... Ein Aspekt meines Paktes mit der Zeit ...

Als ich Brand verlassen hatte, damit er in der Obhut Gérards weiter gesunde, war mir klargeworden, daß ich selbst auch Ruhe brauchte. Dazu mußte ich ein geeignetes Plätzchen finden, ohne meine Schwäche zu verraten. Fiona war tatsächlich geflohen, und weder sie noch Julian waren über die Trümpfe zu erreichen. Hätte ich Brands Geschichte an Benedict und Gérard weitererzählt, hätten sie bestimmt darauf gedrungen, ihr nachzuspüren, vielleicht sogar beiden. Ich war sicher, daß dieser Versuch vergeblich gewesen wäre.

Schließlich hatte ich Random und Ganelon holen lassen, mich in meine Gemächer zurückgezogen und zugleich verbreiten lassen, ich gedenke den Tag allein zu verbringen, um mich auf eine Nacht in Tirna Nog'th vorzubereiten – ein glaubhaftes Verhalten für einen Amberianer, der ein schwieriges Problem zu lösen hat. Ich war nicht so recht überzeugt von der Praxis – im Gegensatz zu den meisten anderen. Da es jedoch der ideale Augenblick war, einen solchen Schritt zu tun, konnte ich hiermit meinen Ruhetag glaubhaft begründen. Natürlich verpflichtete mich das dazu, am Abend tatsächlich loszuziehen. Aber auch das war gut – auf diese Weise gewann ich einen Tag, eine Nacht und einen Teil des folgenden Tages, um mich wieder einigermaßen zu erholen. Ich war der Ansicht, daß ich die Zeit gut nützte.

Doch man muß sich jemandem anvertrauen. Ich schenkte Random und auch Ganelon reinen Wein ein. In meinem Bett sitzend, erzählte ich ihnen von den Plänen Brands, Fionas und Bleys' und von dem Eric-Julian-Caine-Trio. Ich berichtete, was Brand über meine Rückkehr und seine Gefangennahme durch die ehemaligen Mitverschwörer gesagt hatte. Sie erkannten, warum die Überlebenden beider Parteien – Fiona und Julian – geflohen waren; zweifellos, um ihre Streitkräfte zu rufen, die sie möglicherweise im Kampf gegeneinander aufreiben würden – was aber nur eine Hoffnung war; vermutlich würde es anders kommen. Aber das war kein unmittelbares Problem. Wahrscheinlich würde der eine oder der andere zunächst den Versuch machen, Amber zu erobern.

»Sie werden eine Nummer ziehen und warten müssen, bis sie an der Reihe sind, wie wir anderen«, hatte Random daraufhin gesagt.

»Das stimmt nicht ganz«, erwiderte ich. »Fionas Verbündete und die Wesen, die über die schwarze Straße kommen, sind identisch.«

»Und der Kreis in Lorraine?« hatte sich Ganelon erkundigt.

»Ein und dasselbe. Auf diese Weise haben sich die Erscheinungen eben in jenem Schatten manifestiert. Sie haben einen weiten Weg hinter sich.«

»Allgegenwärtige Teufel!« knurrte Random.

Ich hatte genickt und die Lage zu erklären versucht ... Und so kam ich nun nach Tirna Nog'th. Als der Mond aufstieg und das Phantom Ambers schwach am Himmel erschien, durchstochen von Sternen, mit schwachen Höfen um die Türme und winzigen Bewegungspunkten auf den Mauern, wartete ich, wartete mit Ganelon und Random, wartete auf der höchsten Weide Kolvirs, an der Stelle, wo die drei Stufen ins Gestein gehauen sind ...

Als das Mondlicht sie berührte, begannen die Umrisse der gesamten Treppe zu erscheinen, einer Treppe, die den mächtigen Abgrund bis zu der Stelle über dem Meer bewältigte, den die Visionsstadt einnahm. Als das Mondlicht darauf fiel, gewann die Treppe soviel Substanz, wie sie jemals besitzen würde, und ich stellte den Fuß auf den Stein ... Random hatte einen vollen Satz Karten bei sich, und ich hatte meine Trümpfe in der Jacke. Grayswandir, hier an diesem Ort bei Mondlicht geschmiedet, besaß Macht in der Stadt des Himmels; deshalb nahm ich die Klinge mit. Ich hatte mich den ganzen Tag ausgeruht und hielt nun einen Stab in der Hand, um mich darauf zu stützen. Illusion der Ferne und der Zeit ... Die Stufen durch den Corwin-ignorierenden Himmel nahmen irgendwie an Größe zu; sobald die Bewegung begonnen hat, gibt es auf dieser Treppe keine einfache arithmetische Progression. Ich war hier, ich war dort, ich hatte ein Viertel des Weges zurückgelegt, noch ehe meine Schulter den Griff von Ganelons Hand vergessen hatte ... Wenn ich irgendeinen Teil der Treppe zu intensiv ansah, verlor er seine schimmernde Undurchsichtigkeit, und ich sah tief unter mir den Ozean wie durch eine milchige Linse ... Obwohl es einem hinterher nicht lange vorkommt, verlor ich jedes Zeitgefühl ... Rechts von mir, in einer Tiefe unter den Wellen, die bald der Höhe entsprechen würde, die ich über das Meer emporstieg, erschienen die Umrisse Rebmas funkelnd und sich windend unter dem Wasser. Ich dachte an Moire und fragte mich, wie es ihr ging. Was würde aus unserem unterseeischen Double werden, wenn Amber fiel? Würde das Abbild unzerstört im Spiegel verharren, oder würden Gebäude und Menschen gleichermaßen durchgeschüttelt, wie Würfel in den unterseeischen Kasinosälen, über die unsere Flotten dahinziehen? Keine Antwort in den menschenfordernden Corwin-verfluchenden Gewässern, wenn ich auch einen Stich in der Seite spürte.

Oben an der Treppe trat ich ein, betrat die Geisterstadt, ähnlich wie man Amber erreicht, nachdem man die große Außentreppe an Kolvirs seewärtigem Hang erstiegen hat.

Ich stützte mich auf das Geländer, blickte auf die Welt hinaus.

Die schwarze Straße führte nach Süden. Nachts konnte ich sie wegen der Dunkelheit nicht sehen, aber das machte nichts. Ich wußte inzwischen, wohin sie führte, beziehungsweise, wohin sie nach Brands Aussage führte. Da er meinem Eindruck nach ein ganzes Menschenalter an Gründen zum Lügen aufgebraucht hatte, glaubte ich durchaus, daß er wußte, wohin sie führte.

Ganz hindurch.

Ausgehend von dem Glanz Ambers, von der Macht und der schimmernden Pracht der benachbarten Schatten durch die immer dunkler werdenden Scheiben von Abbildern, die in jede Richtung führen, immer weiter fort, durch verzerrte Landschaften, und immer weiter, hindurch durch Orte, die nur sichtbar werden, wenn man betrunken ist, im Delirium liegt oder träumt – aber dennoch weiter, hinaus über den Punkt, da ich Schluß mache ... Da *ich* Schluß mache ...

Wie soll man etwas einfach ausdrücken, das im Grunde nicht einfach ist ...? Solipsismus – das ist wohl der Begriff, mit dem wir beginnen müssen – die Vorstellung, daß nichts existiert außer dem Ich oder daß wir zumindest nichts anderes als unsere eigene Existenz, unser eigenes Erleben wirklich wahrnehmen können. Irgendwo in den Schatten, an irgendeinem Ort, ist alles zu finden, was ich mir nur vorstellen kann. Dazu ist jeder von uns in der Lage. Dies, so sage ich in gutem Glauben, spielt sich innerhalb der Grenzen des Egos ab. Nun mag man behaupten, wie es von den meisten von uns getan wurde, daß wir die von uns besuchten Schatten aus dem Stoff unserer eigenen Psyche schaffen, daß nur wir wirklich existieren, daß die Schatten, die wir durchqueren, lediglich Projektionen unserer Sehnsüchte sind ... Welche Argumente sich auch für diesen Standpunkt vortragen lassen – und es gibt mehrere –, hier wird ein wesentlicher Aspekt der Einstellung unserer Familie gegenüber Menschen, Orten und Dingen außerhalb Ambers erklärt. Demnach sind wir nämlich die Spielzeughersteller, und alles andere ist unser Spielzeug – gewiß, zuweilen gefährlich aktiviert, doch auch dies gehört zum Spiel. Der Veranlagung nach sind wir Impresarios und behandeln die anderen Familienangehörigen entsprechend. Während der Solipsismus gewisse Reibungsflächen mit der Ursachenforschung hat, kann man diese Problematik leicht vermeiden, indem man Fragen überhaupt nicht erst aufkommen läßt. Die meisten tun das, die meisten von uns handeln, wie ich schon oft festgestellt habe, in der Abwicklung ihrer Angelegenheiten fast völlig pragmatisch. Fast ...

Und doch – und doch enthält das Bild ein störendes Element. Es gibt einen Ort, da die Schatten verrückt spielen ... Wenn man sich bewußt durch eine Schattenschicht nach der anderen drängt und dabei mit jedem Schritt – wiederum bewußt – ein Stück des eigenen Verstehens aufgibt, erreicht man schließlich einen verrückten Punkt, über den man nicht hinauskommt. Warum so etwas tun? Ich würde sagen, hier wirkt die Hoffnung auf eine neue Einsicht oder auf ein neues Spiel ... Doch wenn man diesen Ort erreicht, wie wir es alle getan haben, wird einem klar, daß man die Grenzen der Schatten oder die eigenen Grenzen erreicht hat – gleichbedeutende Begriffe, so haben wir immer angenommen. Jetzt aber ...

Jetzt aber weiß ich, daß das nicht so ist, ich weiß es, während ich hier vor dem Gericht des Chaos stehe und erzähle, wie es war, jetzt weiß ich, daß das nicht so ist. Auch damals erkannte ich es schon, in jener Nacht in Tirna Nog'th; ich hatte es sogar schon vorher gewußt, als ich im Schwarzen Kreis von Lorraine gegen den Ziegenmenschen kämpfte; ich hatte es im Leuchtturm von Cabra geahnt, nach meiner Flucht aus den Verliesen Ambers, als ich das zerstörte Garnath-Tal betrachtete ... Ich wußte, daß dies nicht alles war. Ich wußte es, weil ich erkannte, daß die schwarze Straße über diesen Punkt hinausführte. Sie führte durch den Wahnsinn in das Chaos und war dann immer noch nicht zu Ende. Die Geschöpfe, die die Straße benutzten, kamen von irgendwoher, doch es waren nicht meine Geschöpfe. Ich hatte irgendwie dazu beigetragen, daß ihnen der Weg geebnet wurde, doch sie entsprangen nicht meiner Version der Wirklichkeit. Sie waren eigenständig oder das Produkt eines anderen – eine Frage, die in diesem Augenblick von geringer Bedeutung war –, sie rissen Löcher in das kleine Netz der Metaphysis, das wir über die Jahre hin geknüpft hatten. Sie waren in unser Reservat eingedrungen, dem sie nicht entstammten; sie bedrohten unser Refugium, sie bedrohten uns. Fiona und Brand hatten über alle Grenzen hinausgegriffen und etwas gefunden, an einem Ort, da es nach Auffassung der übrigen nichts mehr hätte geben dürfen. Die entfesselte Gefahr war in einer Weise fast den Beweis wert, den sie brachte: Wir waren nicht allein, und ebensowenig waren die Schatten wirklich unsere Spielzeuge. Wie immer unsere Beziehung zu den Schatten aussehen mochte, ich konnte sie nie wieder im alten Licht sehen ...

Und das alles, weil die schwarze Straße nach Süden führte und über mein Ende der Welt hinauslief.

Stille und Silber ... Mich von dem Geländer entfernen, mich dabei auf den Stock stützen, durch den nebeldurchwirkten, dunstverflochtenen, mondlichtbestrichenen Stoff des Sehens innerhalb der beunruhigenden Stadt gehen ... Gespenster ... Schatten von Schatten ... Abbilder der Wahrscheinlichkeit ... Bilder des Vielleicht-Später und des Hätte-Sein-Könnens ... Bilder der versunkenen Wahrscheinlichkeit ... Der wieder aufflackernden Wahrscheinlichkeit ...

Jetzt über die Promenade ... Gestalten, Gesichter, viele vertraut ... Was führen sie im Schilde? Schwer zu sagen ... Einige Lippen bewegen sich, einige Gesichter sind in Bewegung. Hier gibt es für mich keine Worte. Unbemerkt gehe ich zwischen ihnen hindurch.

Zehntes Kapitel

Dort ... Eine Gestalt ... Allein, doch wartend ... Finger, die Minuten umklammernd und wegwerfend ... Das Gesicht abgewandt, das ich sehen möchte ... Ein Zeichen, daß ich es sehen werde oder sehen sollte ... Sie sitzt auf einer Steinbank unter einem verkrüppelten Baum ... Sie blickt zum Palast hinüber ... Ihre Umrisse sind mir bekannt ... Im Näherkommen sehe ich, daß es sich um Lorraine handelt ...Sie starrt auf einen Punkt weit hinter mir, hört mich nicht sagen, daß ich ihren Tod gerächt habe.

Doch ich habe die Macht, mir hier Gehör zu verschaffen ... sie ruht in der Scheide an meiner Seite.

Ich ziehe Grayswandir, hebe die Klinge über den Kopf, wo das Mondlicht sein Muster in Bewegung versetzt. Ich lege es auf den Boden zwischen uns.

»Corwin!«

Ihr Kopf ruckt zurück, ihr Haar rostet im Mondlicht, ihre Augen stellen sich auf mich ein.

»Woher kommst du? Du bist früh dran.«
»Du wartest auf mich?«
»Natürlich. Du hast mich doch darum gebeten ...«
»Wie kommst du an diesen Ort?«
»Diese Bank ...?«
»Nein. Diese Stadt.«
»Amber? Ich verstehe nicht, was du meinst. Du hast mich doch selbst hierhergebracht. Ich ...«
»Bist du glücklich hier?«
»Das weißt du doch – solange ich nur bei dir bin!«

Ich hatte das Gleichmaß ihrer Zähne, die Andeutung von Sommersprossen unter dem Schleier des weichen Lichts nicht vergessen ...

»Was ist passiert? Die Antwort ist für mich sehr wichtig. Tu mal einen Augenblick lang so, als ob ich es nicht wüßte, sag mir alles, was nach der Schlacht des Schwarzen Kreises in Lorraine mit uns geschehen ist.«

Sie runzelte die Stirn. Sie stand auf, wandte sich ab.

»Wir hatten Streit«, sagte sie. »Du bist mir gefolgt und hast Melkin vertrieben. Dann unterhielten wir uns. Ich sah ein, daß ich im Unrecht war, und begleitete dich nach Avalon. Dort überredete dich dein Bruder Benedict, mit Eric zu sprechen. Du wurdest zwar nicht in deinen alten Stand eingesetzt, doch wegen etwas, das er dir sagte, erklärtest du dich mit einem Waffenstillstand einverstanden. Er schwor, dir kein Leid anzutun, und du schworst, Amber zu verteidigen, wobei Benedict als Zeuge fungierte. Wir blieben in Avalon, während du gewisse Chemikalien besorgtest, und suchten später einen anderen Ort auf, wo du seltsame Waffen kauftest. Wir gewannen die Schlacht, doch Eric ist schwer verwundet.« Sie drehte sich um. »Gedenkst du den Waffenstillstand zu beenden? Geht es darum, Corwin?«

Ich schüttelte den Kopf, und obwohl ich es besser hätte wissen müssen, streckte ich die Hände aus, um sie zu umarmen. Ich wollte sie an mich drücken, trotz der Tatsache, daß einer von uns nicht existierte, nicht existieren konnte, sobald die winzige Entfernung zwischen uns überbrückt war. Doch ich wollte ihr sagen, was geschehen war oder geschehen würde ...

Der Schock war nicht schlimm, doch er ließ mich stolpern. Ich lag über Grayswandir ... Mein Stab war mehrere Schritte entfernt ins Gras gefallen. Ich stemmte mich auf die Knie empor und sah, daß ihr Gesicht, ihre Augen, ihr Haar jede Farbe verloren hatten. Ihr Mund formte gespenstische Worte, während sich ihr Kopf suchend hin und her wandte. Ich steckte Grayswandir in die Scheide, brachte meinen Stab wieder an mich und stand auf. Ihr Blick stieß durch mich hindurch und fand ein Ziel. Ihr Gesicht wurde glatt, sie lächelte, setzte sich in Bewegung. Ich trat zur Seite und wandte mich um, sah sie auf den näherkommenden Mann zulaufen, sah sie in seiner Umarmung, erhaschte einen Blick auf sein Gesicht, als er es dem ihren zuneigte, glückliches Gespenst; Silber stieg am Kragen seiner Kleidung empor, er küßte sie, dieser Mann, den ich niemals kennen würde, Silber auf Stille, und wiederum Silber ...

Weggehen ... Nicht zurückschauen ... Die Promenade überqueren ...

Randoms Stimme: »Corwin, ist alles in Ordnung?«

»Ja.«

»Ist etwas Interessantes passiert?«

»Später, Random.«

»Entschuldige.«

Und plötzlich die schimmernde Treppe vor dem Palast ... Hinauf, dann nach rechts ... Jetzt langsam und geruhsam, in den Garten ... Geisterblumen gedeihen ringsum auf ihren Stengeln, Geisterbüsche schleudern ihre Blüten empor wie erstarrte Feuerwerksraketen. Alles ohne Farbe ... Nur die wichtigen Dinge skizziert, das Ausmaß der Silbrigkeit der einzige Anspruch ans Auge. Nur das Wichtige ist vorhanden. Ist Tirna Nogh'th eine spezielle Schattensphäre in der realen Welt, beeinflußt von den Anstößen des Id – ein Projektionstest in voller Größe am Himmel, vielleicht sogar ein therapeutisches Mittel? Wenn dies ein Stück der Seele ist, würde ich sagen, dann ist die Nacht sehr düster – trotz des Silbers. Und sehr still ...

Weitergehen ... Vorbei an Brunnen, Bänken, Hainen, raffiniert gestalteten Nischen in Heckenlabyrinthen ... Die Wege entlang, erst da, dann dort eine Treppe hinauf, über eine kleine Brücke ... Vorbei

Zehntes Kapitel

an Teichen, zwischen Bäumen hindurch, ab und zu an einer Statue vorbei, einem Felsbrocken oder einer Sonnenuhr (hier vielleicht Monduhr?), mich nach rechts wenden, immer nur weitergehen, nach einiger Zeit um die Nordecke des Palasts, dann nach links, vorbei an einem Hof voller Balkone, auf denen vereinzelt weitere Gespenster stehen ...

Nach hinten herum, um auch den rückwärtigen Garten in dieser Form zu sehen; im echten Amber, im normalen Mondlicht, bietet er einen herrlichen Anblick.

Ein paar weitere Gestalten, die herumstehen, sich unterhalten ... Außer meiner Eigenbewegung scheint sich nichts zu rühren.

... Und ich fühle mich nach rechts gezogen. Da man niemals ein kostenloses Orakel ablehnen sollte, gebe ich dem Drang nach.

... Nähere mich einer gewaltigen Hecke, darin eine kleine offene Fläche, wenn sie nicht überwachsen ist ... Vor langer Zeit ...

Darin zwei Gestalten, die sich umarmen. Sie weichen auseinander, als ich mich abzuwenden beginne. Geht mich nichts an, aber ... Deirdre ... Eine der beiden ist Deirdre. Noch ehe er sich umwendet, weiß ich, wer der Mann sein muß. Welche Macht auch immer hier im Silber und in der Stille herrscht, sie spielt mir einen grausamen Streich ... Zurück, zurück, fort von der Hecke. Umdrehen, fallen, wieder aufstehen, laufen, fort, fort, schnell ...

Randoms Stimme: »Corwin? Alles in Ordnung?«

»Später, verdammt! Später!«

»Wir haben nicht mehr lange bis Sonnenaufgang, Corwin. Ich hielt es für besser, dich zu erinnern ...«

»Und jetzt hast du mich erinnert!«

Fort jetzt, schnell ... Auch die Zeit ist in Tirna Nog'th nur ein Traum. Ein geringer Trost – aber besser als keiner. Schnell jetzt, fort, gehen, fort ...

... Auf den Palast zu, schimmernde Architektur des Geistes oder der Seele, deutlicher vor mir, als es der wirkliche Palast jemals gewesen ist. Vollkommenheit zu bescheinigen, ist ein wertloses Urteil, doch ich muß sehen, was sich darin befindet ... Bald muß das Ende kommen, denn ich werde vorangetrieben. Diesmal habe ich mir nicht die Zeit genommen, meinen Stab aus dem funkelnden Gras aufzuheben.

Ich weiß, wohin ich gehen muß, was ich tun muß. Völlig klar ist mir das, obwohl die Logik, die mich nun erfüllt, nicht die eines wachen Geistes ist.

Eilig hinauf zum rückwärtigen Portal ... Das Stechen in der Seite nistet sich wieder ein. Steigen, über die Schwelle, hinein ...

In Dunkelheit, weder Sternenschein noch Mondlicht. Die Beleuchtung ist ohne Richtung, scheint ziellos dahinzutreiben und sich beliebig zu sammeln. Wo sie kein Ziel findet, sind die Schatten absolut und lassen große Teile des Raums, des Saals und der Treppe unheimlich erscheinen.

Dazwischen hindurch, nun fast laufend. Schwarzweißbild meines Zuhauses ... Angst überfällt mich ... Die schwarzen Flecke wirken nun wie Löcher in diesem Stück Realität ... Ich fürchte, ihnen zu nahe zu kommen. Hineinzufallen und verloren zu sein ...

Umdrehen ... Überqueren ... Schließlich ... Eintreten ... Der Thronsaal. Bündel von Schwärze aufgestapelt, wo meine Augen gern Linien abtasten möchten, um zum eigentlichen Thron zu gelangen ...

Dort allerdings gibt es eine Bewegung.

Eine Verschiebung zu meiner Rechten, während ich voranschreite, ein Verschieben und Anheben.

Stiefel kommen in Sicht, als ich mich vorwärtsdrängend der Basis des Gebildes nähere.

Grayswandir gleitet mir in die Hand, findet seinen Weg an eine erleuchtete Stelle, wiederholt sein augentäuschendes, formveränderndes Strecken, gewinnt einen eigenständigen Schimmer ...

Ich stelle den linken Fuß auf die Stufe, stütze die linke Hand aufs Knie. Störend, doch erträglich: das Pulsieren meiner heilenden Wunde. Ich warte auf die Schwärze, ich warte, daß er zur Seite gezogen wird, der passende Vorhang für die Theaterrolle, die ich heute abend habe übernehmen müssen.

Und er gleitet zur Seite, enthüllt eine Hand, einen Arm, eine Schulter, der Arm ein funkelnd-metallisches Ding, die Oberflächen wie die Facetten eines Juwels, Handgelenk und Ellbogen herrliche Gebilde aus Silberdrähten, zusammengeschweißt mit Feuerpunkten, die Hand, stilisiert, skelettartig, ein Spielzeug von schweizerischer Präzision, ein mechanisches Insekt, funktionell, tödlich, auf seine Weise schön zu nennen ...

Und gleitet zur Seite, gibt den Blick frei auf den Rest des Mannes ...

Benedict steht lässig neben dem Thron, seine linke und menschliche Hand leicht darauf gestützt. Er beugte sich zum Thron. Seine Lippen bewegten sich.

Und der Vorhang gleitet weiter, enthüllt die Person auf dem Thron.

»Dara!«

Nach rechts gewendet, lächelt sie, nickt Benedict zu; ihre Lippen bewegen sich. Ich trete vor und strecke Grayswandir aus, bis seine Spitze in der Höhlung unter ihren Brüsten ruht ...

Langsam, ganz langsam, wendet sie den Kopf und begegnet meinem Blick. Sie gewinnt Farbe und Leben. Ihre Lippen bewegen sich wieder, und diesmal erreichen ihre Worte meine Ohren.

»Was seid Ihr?«

Zehntes Kapitel

»Nein, das ist meine Frage! Ihr müßt sie beantworten. Auf der Stelle!«

»Ich bin Dara. Dara von Amber. Königin Dara. Mein Anspruch auf diesen Thron begründet sich auf Blutsbande und Eroberung. Wer seid Ihr?«

»Corwin. Ebenfalls ein Abkömmling Ambers. Bewegt Euch nicht! Ich habe nicht gefragt, *wer* Ihr seid ...«

»Corwin ist schon viele Jahrhunderte tot. Ich habe sein Grab gesehen.«

»Leer.«

»Oh nein. Sein Leichnam liegt darin.«

»Nennt mir Eure Abkunft!«

Ihre Augen bewegen sich nach rechts, wo noch immer der Schatten Benedicts verharrt. Eine Klinge ist in seiner neuen Hand erschienen, eine Klinge, die fast wie eine Verlängerung des Armes aussieht, doch er hält sie entspannt, gelassen. Seine linke Hand liegt nun auf Daras Arm. Seine Augen suchen mich hinter Grayswandirs Griff. Als sie nichts finden, richten sie sich von neuem auf das, was sichtbar ist – Grayswandir – und erkennen das Muster.

»Ich bin die Urenkelin Benedicts und der Höllenmaid Lintra, die er liebte und später tötete.« Benedict zuckt bei diesen Worten zusammen, doch sie fährt fort: »Ich habe sie nicht kennengelernt. Meine Mutter und Großmutter wurden an einem Ort geboren, da die Zeit nicht so vergeht wie in Amber. Ich bin der erste Abkömmling der Familie meiner Mutter, der äußerlich voll dem Menschen ähnelt. Und Ihr, Lord Corwin, seid nur ein Gespenst aus einer längst beendeten Vergangenheit, allerdings ein gefährlicher Schatten. Wie Ihr hierherkommt, weiß ich nicht. Aber es war jedenfalls ein Fehler zu kommen. Kehrt in Euer Grab zurück. Stört die Lebenden nicht.«

Meine Hand zittert. Grayswandir weicht einen halben Zoll vom Ziel ab. Doch das genügt.

Benedicts Stich liegt unter meiner Wahrnehmungsschwelle. Sein neuer Arm treibt die neue Hand, die die Klinge hält, die Grayswandir trifft, während sein alter Arm zugleich seine alte Hand zieht, die Dara ergriffen hat und über die Seitenlehne des Throns zerrt ...

Dieser unterschwellige Eindruck erreicht mich Sekundenbruchteile später, woraufhin ich zurückweiche, durch die Luft haue, mich erhole und in die *en garde*-Position gehe ... Es ist lächerlich, daß sich zwei Gespenster bekämpfen. Dennoch ist der Kampf hier ungleich. Er kann mich nicht einmal erreichen, wohingegen Grayswandir ...

Aber nein! Seine Klinge wechselt die Hände, als er Dara losläßt und sich umdreht und beide zusammenbringt, die alte und die neue Hand. Sein linkes Handgelenk dreht sich, während er es vorwärts und hinabzieht, und sich in eine Stellung begibt, die *corps à corps* gewesen wäre, hätten wir uns in unseren sterblichen Hüllen gegenübergestanden. Einen Augenblick lang stehen wir verschränkt da. Dieser Augenblick genügt ...

Die schimmernde mechanische Hand stößt vor, ein Ding aus Mondlicht und Feuer, Schwärze und Glätte, ganz Schneide, keine Kurven, die Finger leicht gekrümmt, die Handfläche silbrig bekritzelt mit einem halbvertrauten Muster – diese Hand stößt vor, stößt vor und umfaßt meinen Hals ...

Das Ziel verfehlend, packen die Finger meine Schulter, und der Daumen geht auf die Suche – ob nach der Halsschlagader oder dem Zungenbein, weiß ich nicht. Ich probiere einen Hieb mit der Linken in Richtung Gürtellinie, doch dort ist nichts.

Randoms Stimme: »Corwin! Gleich geht die Sonne auf. Du mußt jetzt herabkommen!«

Ich kann nicht einmal antworten. Eine Sekunde oder zwei – und die Hand reißt fort, was immer sie umklammert hält. Diese Hand ... Grayswandir und diese Hand, die dem Schwert seltsam ähnelt, sind die einzigen Dinge, die in meiner Welt und in der Stadt der Gespenster auf einer gemeinsamen Ebene zu existieren scheinen ...

»Ich sehe die Sonne, Corwin! Löse dich und versuch mich zu erreichen! Der Trumpf ...«

Ich ziehe Grayswandir aus der Umklammerung, wirble es in einem weitausholendem Hieb herum und herab ...

Nur ein Gespenst hätte Benedict oder Benedicts Gespenst mit diesem Manöver überraschen können. Wir stehen uns zu nahe, als daß er meine Klinge abblocken kann, doch sein Gegenhieb, perfekt angesetzt, hätte mir den Arm abgeschlagen, wäre da überhaupt ein Arm gewesen.

Da es diesen Arm nicht gibt, vollende ich den Schlag, bringe die Klinge mit der vollen Kraft des rechten Arms ins Ziel, ziemlich weit oben auf dem tödlichen Gebilde aus Mondlicht und Feuer, Schwärze und Glätte, nahe der Stelle, da es mit ihm verbunden ist.

Mit einem unangenehmen Zupfen an meiner Schulter löst sich der Arm von Benedict und erstarrt ... Wir stürzen beide.

»Steh auf! Beim Einhorn, Corwin, steh auf! Die Sonne ist da! Die Stadt wird rings um dich in Stücke gehen!«

Der Boden unter mir gewinnt eine vage Durchsichtigkeit, pulsiert zurück in den alten Zustand. Ich mache eine lichtbeschuppte Wasserfläche aus. Ich lasse mich auf die Füße rollen, weiche nur knapp dem Ansturm des Gespenstes aus, das den verlorenen Arm zurückerobern will. Das Gebilde hängt wie ein toter Parasit an mir, und meine Wunde tut wieder weh ...

Zehntes Kapitel

Plötzlich bin ich schwer, und die Vision des Ozeans verblaßt nicht mehr. Ich beginne, durch den Boden zu sinken. Farbe kehrt in die Welt zurück, schwankende rosarote Streifen. Der Corwin-verachtende Boden teilt sich, und der Corwin-tötende Abgrund tut sich auf ...

Ich falle ...

»Hier entlang, Corwin! Jetzt!«

Random steht auf einer Bergspitze und öffnet sich mir. Ich strecke die Hand aus ...

11

… Und zwischen Regen und Traufe gibt es nur selten ein trockenes Plätzchen …

Wir lösten uns voneinander und standen auf. Gleich darauf setzte ich mich wieder – auf die unterste Stufe. Ich löste die Metallhand von meiner Schulter – kein Blut zu sehen, doch eine Vorahnung blauer Flecken – und warf sie zu Boden. Das Licht des frühen Morgens vermochte nicht von dem eleganten und drohenden Aussehen des Arms abzulenken.

Ganelon und Random standen neben mir.

»Alles in Ordnung, Corwin?«

»Ja. Laßt mich nur wieder zu Atem kommen.«

»Ich habe etwas zu essen mitgebracht«, sagte Random. »Wir können gleich hier frühstücken.«

»Guter Gedanke.«

Als Random die Vorräte auszupacken begann, berührte Ganelon meinen Arm mit der Stiefelspitze.

»Was, zum Teufel, ist das?« fragte er.

Ich schüttelte den Kopf.

»Das Ding habe ich Benedicts Geist abgeschlagen«, sagte ich. »Aus Gründen, die ich nicht verstehe, vermochte er mich zu berühren.«

Er bückte sich, nahm das Gebilde zur Hand und betrachtete es.

»Erheblich leichter, als ich gedacht hatte«, bemerkte er und fuhr damit durch die Luft. »Mit einer solchen Hand kann man ganz schön zulangen.«

»Ich weiß.«

Er bewegte die Finger.

»Vielleicht kann der echte Benedict etwas damit anfangen.«

»Vielleicht«, sagte ich. »Allerdings habe ich gemischte Gefühle bei dem Gedanken, ihm das Ding anzubieten – aber vielleicht hast du recht …«

»Wie geht es der Wunde?«

Ich drückte vorsichtig darauf.

Elftes Kapitel

»Nicht gerade schlecht, wenn man die Umstände bedenkt. Ich werde nach dem Frühstück reiten können, allerdings nur langsam.«

»Gut. Sag mal, Corwin, da Random gerade beschäftigt ist, hätte ich eine Frage, die vielleicht nicht angebracht ist – aber sie hat mir die ganze Zeit zu schaffen gemacht.«

»Na, schieß los.«

»Nun, ich will es mal so ausdrücken: Ich stehe natürlich ganz auf deiner Seite, sonst wäre ich jetzt nicht hier. Ich werde für dich kämpfen, damit du den Thron erringst, was auch kommen mag. Doch jedesmal, wenn über die Nachfolge geredet wird, regt sich jemand auf und bricht die Diskussion ab oder wechselt das Thema. Zum Beispiel Random, während du da oben warst. Vermutlich ist es nicht absolut erforderlich, daß ich die rechtliche Grundlage deines Thronanspruchs oder der Ansprüche der anderen kenne, doch ich würde zu gern wissen, woher all der Unfriede kommt.«

Ich seufzte und saß einen Augenblick lang nur da.

»Na schön«, sagte ich nach einiger Zeit und begann zu lachen. »Na schön. Wenn wir uns schon in der Familie nicht über diese Dinge einigen können, wieviel verwirrender muß das für einen Außenstehenden sein; das sehe ich ein. Benedict ist der Älteste. Seine Mutter war Cymnea. Sie gebar Vater zwei weitere Söhne – Osric und Finndo. Dann – wie drückt man so etwas aus? – brachte Faiella Eric zur Welt. Bald darauf sah Vater einen Mangel in seiner Ehe mit Cymnea und ließ sie auflösen – *ab initio*, wie das in meinem alten Schatten heißen würde: von Anfang an. Ein hübscher Trick. Aber schließlich war er der König.«

»Hat das die Brüder nicht alle zu unehelichen Söhnen gemacht?«

»Nun, ihr Status war jedenfalls plötzlich nicht mehr so klar. Wie man mir erzählt hat, waren Osric und Finndo mehr als ein bißchen verärgert, doch sie starben kurze Zeit danach. Benedict war entweder weniger verärgert oder in der ganzen Sache entgegenkommender. Er hat keinen Aufstand gemacht. Und dann heiratete Vater Faiella.«

»Und machte Eric damit zum ehelichen Kind.«

»Das wäre wohl richtig, wenn er Eric als seinen Sohn anerkannt hätte. Er behandelte ihn zwar so, doch hat er in dieser Beziehung niemals formelle Schritte unternommen. Das hing irgendwie mit der Bereinigung der Angelegenheit mit Cymneas Familie zusammen, die damals ziemlich viel Einfluß hatte.«

»Wenn er ihn aber wie den eigenen Sohn behandelt hat ...«

»Ah! Aber Llewella hat er später formell anerkannt! Sie wurde ebenfalls unehelich geboren, doch er beschloß, sie anzuerkennen, das arme Mädchen. Sämtliche Anhänger Erics haßten sie wegen der Auswirkungen dieses Schrittes auf seinen Status. Jedenfalls wurde Faiella später meine Mutter. Ich kam als Kind verheirateter Eltern zur Welt, womit ich der erste war, der einen klaren Anspruch auf den Thron hatte. Wenn du dieses Thema bei einem meiner Geschwister anschneidest, bekommst du wahrscheinlich ganz andere Auslegungen zu hören, doch das sind die Tatsachen, auf die sich alles andere gründet. Allerdings kommt mir die Sache nicht mehr so wichtig vor wie früher, nachdem Eric nun tot ist und Benedict kein Interesse zeigt. Jedenfalls ist das meine Position ...«

»Ich verstehe – ich glaube jedenfalls zu verstehen«, sagte er. »Aber noch etwas ...«

»Ja?«

»Wer ist der nächste? Ich meine, falls dir etwas zustoßen sollte ...?«

Ich schüttelte den Kopf.

»Dann wird es noch komplizierter. Caine wäre der nächste gewesen. Aber da er tot ist, geht die Thronfolge auf Clarissas Abkömmlinge über, die Rotschöpfe. Danach wäre Bleys an die Reihe gekommen, gefolgt von Brand.«

»Clarissa? Was ist denn aus deiner Mutter geworden?«

»Sie starb im Wochenbett. Deirdre war das Kind. Vater hat erst viele Jahre nach Mutters Tod wieder geheiratet. Dazu wählte er ein rothaariges Mädchen aus einem weit im Süden liegenden Schatten. Ich habe sie nie gemocht. Nach einer gewissen Zeit kam er zu demselben Schluß und begann, wieder Unsinn zu machen. Nach Llewellas Geburt in Rebma söhnten sie sich aus, und Brand war das Ergebnis. Als sie endlich geschieden wurden, erkannte er Llewella an, um Clarissa zu ärgern. Wenigstens glaube ich, daß es so war.«

»Bei der Thronanwartschaft rechnest du die Mädchen also nicht mit?«

»Nein – sie sind entweder nicht interessiert oder nicht geeignet. Kämen sie in Frage, würde Fiona vor Bleys kommen und Llewella ihm folgen. Nach Clarissas Gruppe ginge die Thronfolge auf Julian, Gérard und Random über, in dieser Reihenfolge. Entschuldige – du mußt Flora vor Julian stellen. Doch lassen wir es damit gut sein.«

»Gern«, sagte er. »Wenn du stirbst, ist also Brand an der Reihe, richtig?«

»Na ja ... er ist allerdings ein geständiger Verräter und geht praktisch jedermann gegen den Strich. Ich glaube nicht, daß die anderen ihn so, wie er ist, auf den Thron lassen würden. Andererseits nehme ich nicht an, daß er den Kampf schon aufgegeben hat.«

»Aber die Alternative ist Julian.«

Ich zuckte die Achseln.

»Die Tatsache, daß ich Julian nicht mag, macht ihn nicht automatisch ungeeignet für den Thron. Vielleicht wäre er sogar ein tüchtiger Monarch.«

Elftes Kapitel

»Und er hat dich in deinem Zimmer überfallen, um die Chance zu erhalten, dies zu beweisen«, rief Random. »Kommt und eßt.«

»Ich glaube es noch immer nicht«, sagte ich, stand auf und ging zu Random. »Erstens wüßte ich nicht, wie er an mich herangekommen sein sollte. Zweitens wäre es verdammt viel zu offenkundig. Drittens, wenn ich in naher Zukunft sterbe, wird Benedict bei der Nachfolge ein wichtiges Wörtchen mitzureden haben. Das ist allen bekannt. Er hat dazu das Alter, er hat auch das Köpfchen und die Macht. Er könnte beispielsweise einfach sagen: ›Zum Teufel mit der Streiterei, ich unterstütze Gérard‹, und das wär's dann.«

»Wenn er sich nun entschlösse, seinen eigenen Status zu überdenken und selbst auf den Thron zu steigen?« wollte Ganelon wissen.

Wir setzten uns auf den Boden und nahmen das Blechgeschirr zur Hand, das Random gefüllt hatte.

»Wäre es ihm darauf angekommen, hätte er schon längst am Ziel sein können«, sagte ich. »Es gibt mehrere Möglichkeiten, die Nachkommen einer für null und nichtig erklärten Ehe einzustufen – die günstigste wäre in seinem Fall zugleich die wahrscheinlichste. Osric und Finndo sahen das Problem aus negativster Sicht und kamen zu voreiligen Schlüssen. Benedict wußte es besser. Er hat einfach gewartet. Und so ... Möglich ist es. Meiner Meinung nach aber unwahrscheinlich.«

»Sollte dir etwas zustoßen, wäre die ganze Sache also noch ziemlich offen.«

»Sehr sogar.«

»Aber warum wurde Caine umgebracht?« wollte Random wissen. Kauend beantwortete er gleich darauf die Frage selbst. »Damit die Nachfolge, nachdem man dich ausgeschaltet hatte, sofort auf Clarissas Kinder übergänge. Ich habe mir überlegt, daß Bleys vermutlich noch am Leben ist – und er ist der nächste Anwärter. Seine Leiche wurde nie gefunden. Ich vermute folgendes: Während eures Angriffs hat er sich durch den Trumpf zu Fiona abgesetzt, ist in die Schatten zurückgekehrt, um seine Streitkräfte zu sammeln, und hat dich deinem Schicksal überlassen, das, wie er hoffte, auf den Tod durch Erics Hand hinauslaufen würde. Nun ist er allmählich wieder zum Zuschlagen bereit. Die beiden brachten also Caine um und versuchten einen Anschlag auf dich. Wenn sie sich wirklich mit der Horde von der Schwarzen Straße verbündet haben, ist jetzt vielleicht schon für einen weiteren Angriff aus dieser Richtung gesorgt. Dann kann er dasselbe tun wie du – in der letzten Minute eintreffen, die Invasoren zurückschlagen und sich hier einnisten. Und da wäre er dann – als nächster Thronanwärter mit der größten Macht hinter sich. Simpel. Außer daß du den Anschlag nun doch überlebt hast und Brand zurückgeholt wurde. Wenn wir Brands Anschuldigung gegen Fiona glauben wollen – und ich wüßte keinen Grund, warum wir das nicht tun sollten –, ergibt sich dies aus dem ursprünglichen Plan.«

Ich nickte.

»Möglich«, sagte ich. »Ich habe Brand diese Fragen auch schon gestellt. Er gibt zu, daß es möglich ist, doch er behauptet, nicht zu wissen, ob Bleys noch lebt. Persönlich bin ich der Auffassung, daß er gelogen hat.«

»Warum?«

»Es ist denkbar, daß er die Rache für seine Gefangenschaft und den Anschlag auf sein Leben mit der Beseitigung des nach mir einzigen Hindernisses zwischen sich und dem Thron verbinden will. Er scheint für mich eine gefährliche Rolle vorgesehen zu haben in einem Plan, den er zur Zeit schmiedet und der der Beseitigung der Schwarzen Straße dienen soll. Das Umstoßen seiner eigenen früheren Pläne und das Vernichten der Straße könnten ihn in ziemlich gutem Licht dastehen lassen, besonders nach all dem Leid, das er hat durchmachen müssen. Dann, vielleicht dann, hätte er eine Chance – oder bildet sich jedenfalls ein, eine zu haben.«

»Du nimmst also an, daß Bleys auch noch lebt?«

»Ja – aber es ist nur so ein Gefühl.«

»Wie stark ist die Gegenseite eigentlich?«

»Hier haben wir es mit einer Folge höherer Bildung zu tun«, sagte ich. »Fiona und Brand haben seinerzeit auf Dworkin gehört, während wir übrigen in den Schatten unseren Freuden nachgingen. Folglich scheinen sie die grundlegenden Prinzipien besser begriffen zu haben als wir. Sie wissen mehr über die Schatten und die Dinge dahinter, mehr über das Muster, mehr über die Trümpfe. Deshalb vermochte Brand dir seine Nachricht zu schicken.«

»Ein interessanter Gedanke ...«, sagte Random langsam. »Glaubst du, sie haben Dworkin beseitigt, nachdem sie der Meinung waren, genug von ihm gelernt zu haben? Das könnte auf jeden Fall dazu beitragen, die Kenntnisse im kleinen Kreis zu erhalten, sollte Vater etwas zustoßen.«

»Auf diesen Gedanken bin ich noch gar nicht gekommen«, gestand ich.

Und ich überlegte, ob sie womöglich etwas getan hatten, das sich auf Dworkins Geist ausgewirkt hatte. Etwas, das ihn zu dem Mann gemacht hatte, den ich bei unserem letzten Zusammentreffen erlebt hatte. Wenn das stimmte, wußten sie, daß er womöglich noch irgendwo lebte? Oder glaubten sie, ihn völlig vernichtet zu haben?

»Ja, ein interessanter Gedanke«, sagte ich. »Durchaus vorstellbar.«

Die Sonne stieg langsam am Himmel empor, und das Frühstück kräftigte mich. Im Licht des Morgens blieb keine Spur von Tirna Nog'th am

Elftes Kapitel

Himmel zurück. Meine Erinnerungen daran ähnelten bereits den Bildern in verstaubten Spiegeln. Ganelon holte das einzige andere Überbleibsel meines Ausflugs, den Arm, und Random verstaute ihn beim Geschirr. Am Tage sahen die ersten drei Stufen nicht wie eine Treppe aus, sondern eher wie unebenes Gestein.

Random machte eine Kopfbewegung.

»Reiten wir auf dem gleichen Weg zurück?« fragte er.

»Ja«, entgegnete ich, und wir stiegen auf.

Wir waren auf einem Wege hergekommen, der sich südlich um den Kolvir herumwand. Dieser Pfad war länger, aber weniger anstrengend als die Route über den Gipfel. Ich wollte mich weitgehend schonen, solange mir meine Wunde Schwierigkeiten machte.

So ritten wir dann nach rechts – Random voran, ich in der Mitte, Ganelon hinten. Der Weg führte ein Stück bergauf, dann wieder hinab. Die Luft war kühl und wehte einen Duft nach Gras und feuchter Erde heran – ziemlich ungewöhnlich für diesen kahlen Ort und diese Höhe. Vermutlich ein Windhauch aus den tieferliegenden Wäldern.

Wir ließen die Pferde gemächlich in die nächste Senke hinabtrotten und dann wieder hangaufwärts. Als wir uns der Kammlinie näherten, begann Randoms Pferd zu wiehern und sich auf die Hinterhufe zu stellen. Er brachte es sofort wieder in seine Gewalt, und ich sah mich um, konnte aber keine Ursache für das plötzliche Scheuen ausmachen.

Als er die Anhöhe erreichte, ritt Random langsamer und rief zurück:

»Schau dir mal den Sonnenaufgang an!«

Es wäre schwierig gewesen, das nicht zu tun, doch ich enthielt mich einer Bemerkung. Random neigt sonst nicht zu Sentimentalitäten über Schönheiten der Natur – es sei denn ganz spezielle.

Fast hätte ich selbst die Zügel angezogen, als ich die Anhöhe erreichte, denn die Sonne war ein fantastischer goldener Ball. Sie schien um etwa die Hälfte ihrer normalen Größe gewachsen zu sein, und ihre absonderliche Färbung unterschied sich von allem, was ich in meinem Leben bisher gesehen hatte. Die Beleuchtung stellte großartige Dinge an mit dem Streifen Ozean, der über der nächsten Erhebung sichtbar geworden war, und die Färbung von Wolken und Himmel war in der Tat einzigartig. Ich zügelte mein Pferd jedoch nicht, denn die plötzliche Helligkeit war schmerzhaft für die Augen.

»Du hast recht!« rief ich und folgte ihm in die nächste Senke. Hinter mir stieß Ganelon einen leisen Fluch aus.

Als ich die Nachwirkungen der Lichteffekte fortgeblinzelt hatte, bemerkte ich, daß die Vegetation dichter aussah, als ich sie aus dieser kleinen Senke am Kolvir in Erinnerung hatte. Ich hatte angenommen, daß es hier dürre Bäume und Flechtenbewuchs gäbe – doch tatsächlich fanden wir mehrere Dutzend Bäume, größer und grüner, als ich sie in

Erinnerung hatte, und da und dort Grasbüschel und Ranken, die die harten Umrisse der Felsbrocken verschönten. Nach meiner Rückkehr war ich allerdings nur bei Dunkelheit in dieser Gegend gewesen. Wahrscheinlich lag hier auch die Ursache für die Düfte, die ich kurz zuvor wahrgenommen hatte.

Im Hindurchreiten wollte mir scheinen, als wäre die kleine Vertiefung auch breiter, als sie sein sollte. Als wir sie hinter uns hatten und den gegenüberliegenden Hang erklommen, war ich mir meiner Sache sicher.

»Random!« rief ich. »Hat sich dieses Fleckchen kürzlich verändert?«

»Schwer zu sagen!« gab er zurück. »Eric hat mich nicht oft aus der Stadt gelassen. Scheint ein bißchen mehr zugewachsen zu sein.«

»Mir kommt die Senke größer – breiter vor.«

»Ja, da hast du recht. Ich hatte das meiner Einbildung zugeschrieben.«

Als wir den nächsten Kamm erstiegen hatten, wurde ich nicht wieder geblendet, weil sich die Sonne hier hinter Laub versteckte. Das Gebiet vor uns war von noch wesentlich mehr Bäumen bewachsen als die Strecke hinter uns – und sie waren größer und standen dichter beisammen. Wir zügelten unsere Tiere.

»Daran erinnere ich mich nun gar nicht«, sagte Random. »Selbst wenn man bedenkt, daß wir nachts hier durchgekommen sind – das hätte ich gemerkt. Wir müssen irgendwo falsch abgebogen sein.«

»Ich wüßte nicht, wo. Trotzdem wissen wir ungefähr, wo wir sind. Ich möchte lieber weiterreiten als umkehren. Allerdings müßten wir das Umfeld Ambers besser im Auge behalten.«

»Das ist wahr.«

Er begann, auf den Wald zuzureiten. Wir folgten ihm.

»Ein solcher Bewuchs ist in dieser Höhe irgendwie ungewöhnlich!« rief er.

»Es scheint hier auch wesentlich mehr Muttererde zu geben.«

»Ich glaube, du hast recht.«

Als wir die Bäume erreichten, wandte sich der Weg nach links. Ich erkannte keinen Grund für diese Abweichung vom direkten Weg. Wir folgten jedoch der Biegung, was zu der Illusion der Entfernung beitrug. Nach wenigen Minuten wandte sich der Weg plötzlich wieder nach rechts. Die Aussicht in dieser Richtung war seltsam. Die Bäume kamen uns womöglich noch größer vor und standen inzwischen so dicht, daß das Auge nicht mehr dazwischen hindurchschauen konnte. Als sich der Weg erneut krümmte, verbreiterte er sich zugleich und lag nun auf größere Entfernung gerade vor uns. Und diese Entfernung war zu groß. So breit war unsere kleine Senke einfach nicht.

Elftes Kapitel

Random stoppte erneut.

»Verdammt, Corwin! Dies ist lächerlich!« sagte er. »Du treibst doch mit uns keine Spielchen, oder?«

»Das könnte ich gar nicht, selbst wenn ich wollte«, sagte ich. »In unmittelbarer Nähe Kolvirs habe ich mir die Schatten niemals unterwerfen können. Angeblich gibt es hier keine Möglichkeit, ihrer habhaft zu werden.«

»Das habe ich auch immer gedacht. Amber wirft Schatten aus, ist aber selbst keiner. Dies alles gefällt mir nicht. Was meint ihr, sollen wir umkehren?«

»Ich habe so das merkwürdige Gefühl, als wären wir nicht in der Lage, unseren Weg zurückzuverfolgen«, sagte ich. »Es muß für diese Erscheinungen einen Grund geben, und den möchte ich erfahren.«

»Vielleicht ist das Ganze eine Falle.«

»Trotzdem«, sagte ich.

Er nickte, und wir ritten weiter auf dem schattigen Weg, unter Bäumen, die immer größer geworden waren. Im Wald ringsum herrschte Stille. Der Boden blieb eben, der Weg gerade. Halb unbewußt spornten wir die Pferde zu größerer Eile an.

Etwa fünf Minuten vergingen ohne Gespräch. Dann sagte Random: »Corwin, dies kann kein Schatten sein.«

»Warum nicht?«

»Ich habe ihn zu beeinflussen versucht, doch es geschieht nichts. Hast du es auch schon probiert?«

»Nein.«

»Warum versuchst du's nicht mal?«

»Na schön.«

Hinter dem Baum dort könnte ein Felsbrocken aufragen, eine Nachtigall könnte jubilieren in den Büschen ... Ein Stückchen Himmel müßte sich bedecken, eine winzige Wolke vor der Helligkeit ... Dann soll dort ein Ast abgefallen sein, mit Baumschwamm bewachsen an der Seite ... Ein trüber Teich ... Ein Frosch ... Eine fallende Feder, dahintreibende Pflanzensamen ... Ein Ast, der sich so dreht ... Ein anderer Weg, der den unseren kreuzt, frisch ausgetreten, mit tiefen Spuren, dicht an der Stelle, wo die Feder hätte landen müssen ...

»Sinnlos«, sagte ich.

»Wenn dies kein Schatten ist, was dann?«

»Natürlich etwas anderes.«

Er schüttelte den Kopf und überzeugte sich, daß seine Klinge locker in der Scheide saß. Ich tat es ihm automatisch nach. Wenige Sekunden später hörte ich hinter mir ein leises Klicken. Ganelon hielt seine Waffe ebenfalls bereit.

Der Weg vor uns wurde schmaler, und gleich darauf begann er, sich wieder hin und her zu winden. Wir mußten langsamer reiten; die

Bäume rückten näher, und die Äste hingen tiefer herab als je zuvor. Der Weg wurde zu einem Pfad, der sich abrupt hierhin und dorthin wandte, eine letzte Kurve beschrieb und endete.

Random duckte sich unter einem Ast hindurch, hob die Hand und ließ sein Tier anhalten. Wir ritten neben ihn. Soweit wir vorausschauen konnten, gab es keine Spur mehr von einem Weg. Er schien einfach aufzuhören. Als ich zurückblickte, war er auch hinter uns verschwunden.

»Jetzt sind ein paar praktische Vorschläge angebracht«, sagte er. »Wir wissen nicht, wo wir gewesen sind oder wohin wir reiten, geschweige denn, wo wir sind. Ich würde vorschlagen, wir sollten unsere Neugier fahren lassen und schleunigst von hier verschwinden.«

»Mit den Trümpfen?« wollte Ganelon wissen.

»Ja. Was meinst du, Corwin?«

»Einverstanden. Mir gefällt diese Situation auch nicht, und ich habe keine bessere Idee. Versuch es mal.«

»Wen soll ich ansprechen?« fragte er, nahm seine Karten zur Hand und zog sie aus dem Etui. »Gérard?«

»Ja.«

Er blätterte das Spiel durch, fand Gérards Karte und starrte darauf. Wir starrten ihn an. Die Zeit ging ihres Weges.

»Ich scheine ihn nicht erreichen zu können«, verkündete er schließlich.

»Versuch Benedict.«

»Gut.«

Dasselbe von vorn. Kein Kontakt.

»Versuch es mit Deirdre«, sagte ich, nahm meine Karten zur Hand und suchte nach ihrer Karte. »Ich schließe mich an. Mal sehen, ob es zu zweit einen Unterschied macht.«

Und wieder. Und noch einmal.

»Nichts«, sagte ich nach langer Anstrengung.

Random schüttelte den Kopf.

»Ist dir an unseren Trümpfen etwas aufgefallen?« fragte er.

»Ja, aber ich weiß nicht, was. Sie kommen mir irgendwie anders vor.«

»Meine Karten scheinen ihre Kälte verloren zu haben, sie fühlen sich anders an«, bemerkte er.

Prüfend blätterte ich die Trümpfe durch. Ich fuhr mit den Fingerspitzen über die Bilder.

»Ja, du hast recht«, sagte ich. »Das ist es. Aber versuchen wir es noch einmal. Nehmen wir Flora.«

»Schön.«

Das Ergebnis war das gleiche. Ebenso bei Llewella und Brand.

»Hast du eine Ahnung, was hier nicht stimmt?« fragte Random bang.

Elftes Kapitel

»Nicht im geringsten. Jedenfalls können sie uns nicht alle gleichzeitig blockieren. Und sie können auch nicht alle tot sein ... Na ja, möglich wäre es immerhin. Doch höchst unwahrscheinlich. Irgend etwas scheint die Trümpfe selbst verändert zu haben, da liegt der Hase im Pfeffer. Ich habe bisher gar nicht gewußt, daß es etwas gibt, das die Karten beeinflussen kann.«

»Nun, einer Äußerung des Herstellers zufolge«, sagte Random, »tragen sie keine hundertprozentige Garantie.«

»Was weißt du, das ich nicht weiß?«

Ich lachte leise.

»Unvergeßlich ist der Tag, wenn man volljährig wird und das Muster beschreitet«, sagte er. »Ich erinnere mich daran, als wäre es erst letztes Jahr gewesen. Als diese Prüfung geschafft war und ich rot vor Erregung und Freude dastand, übergab mir Dworkin meinen ersten Satz Trümpfe und unterwies mich in ihrem Gebrauch. Ich erinnere mich deutlich an meine Frage, ob sie denn überall funktionierten. Und ich erinnere mich auch an seine Antwort: ›Nein‹, sagte er, ›aber sie müßten dir an jedem Orte dienlich sein, den du jemals aufsuchst.‹ Übrigens hat er mich nie gemocht.«

»Aber du hast ihn sicher gefragt, was seine Antwort bedeutet.«

»Ja, und er sagte: ›Ich bezweifle, daß du jemals einen Status erlangst, da sie dir den Dienst versagen. Und jetzt fort mit dir!‹ Und ich trollte mich. Ich war begierig, allein mit den Trümpfen zu spielen.«

»›Einen Status erlangen‹? Er hat nicht gesagt ›einen Ort erreichen‹?«

»Nein, in manchen Dingen habe ich ein gutes Gedächtnis.«

»Seltsam – doch im Augenblick hilft uns das, soweit ich erkennen kann, nicht sonderlich weiter. Hört sich nach etwas Metaphysischem an.«

»Ich wette, Brand wüßte mehr.«

»Da hast du sicher recht – was immer uns das hier nützen mag.«

»Wir sollten etwas anderes tun als uns über Metaphysik zu unterhalten«, bemerkte Ganelon. »Wenn ihr die Schatten nicht manipulieren und die Trümpfe nicht einsetzen könnt, sollten wir schleunigst feststellen, wo wir sind. Und uns dann um Hilfe bemühen.«

Ich nickte.

»Da wir nicht in Amber sind, können wir wohl getrost vermuten, daß wir uns in den Schatten aufhalten – an einem ganz besonderen Ort, ganz dicht bei Amber, da die Veränderung nicht abrupt erfolgt ist. Da wir ohne eigene Teilnahme hierher versetzt wurden, muß irgendeine Macht und vermutlich auch eine Absicht hinter dem Manöver stehen. Wenn diese Macht uns angreifen will, ist dieser Augenblick so günstig wie jeder andere. Wenn sie etwas anderes von uns will, muß sie uns das klarmachen, da wir nicht einmal in der Lage sind, Mutmaßungen anzustellen.«

»Du schlägst also vor, daß wir gar nichts tun?«

»Ich schlage vor, daß wir warten. Ich sehe keinen Nutzen darin, herumzuwandern und sich womöglich noch tiefer im Wald zu verirren.«

»Wenn ich mich recht erinnere, hast du mir einmal erzählt, daß benachbarte Schatten einigermaßen kongruent sind«, bemerkte Ganelon.

»Ja, das habe ich vermutlich gesagt. Und?«

»Nun, wenn wir Amber so nahe sind, wie du vermutest, brauchen wir doch nur der aufgehenden Sonne entgegenzureiten, um an eine Stelle zu kommen, die der Stadt selbst entspricht.«

»So einfach ist es nun auch wieder nicht. Aber einmal angenommen, es wäre möglich, was soll uns das nützen?«

»Vielleicht würden die Trümpfe am Punkt größter Kongruenz wieder funktionieren.«

Random sah Ganelon an und wandte sich dann an mich.

»Das ist vielleicht einen Versuch wert«, sagte er. »Was haben wir denn schon zu verlieren?«

»Das bißchen Orientierung, das wir noch haben«, sagte ich. »Schau mal, es ist keine schlechte Idee. Wenn sich hier nichts tut, werden wir's versuchen. Doch im Rückblick will mir scheinen, daß sich der Weg hinter uns in direktem Verhältnis zu der zurückgelegten Entfernung schließt. Wir bewegen uns hier nicht nur räumlich. Unter diesen Umständen würde ich erst weiterwandern wollen, wenn ich weiß, daß wir keine andere Wahl haben. Wenn uns jemand an einem bestimmten Ort haben will, liegt es an ihm, seine Einladung ein wenig deutlicher zu formulieren. Wir warten lieber.«

Beide nickten. Random wollte eben absteigen, doch dann erstarrte er, einen Fuß im Steigbügel, den anderen auf der Erde.

»Nach all diesen Jahren«, sagte er. »Ich hab's nie wirklich geglaubt.«

»Was ist?« fragte ich irritiert.

»Unsere andere Wahl«, sagte er und stieg wieder in den Sattel.

Er brachte sein Pferd dazu, langsam weiterzugehen. Ich folgte ihm und erblickte es gleich darauf, so wie ich es schon in dem Wäldchen gesehen hatte, halb verborgen in einem Farnbusch: das Einhorn.

Als wir näherkamen, drehte es sich um, und Sekunden später eilte es fort, um dann von neuem halb verborgen hinter einigen Baumstämmen zu warten.

»Ich sehe es!« flüsterte Ganelon. »Wenn ich mir vorstelle, daß es so ein Wesen wirklich gibt ... Euer Familiensymbol, nicht wahr?«

»Ja.«

»Ein gutes Zeichen, würde ich sagen.«

Elftes Kapitel

Ich antwortete nicht, sondern setzte die langsame Verfolgung fort, ohne den Blick von dem Einhorn zu nehmen. Daß wir dem Geschöpf folgen sollten, bezweifelte ich nicht.

Es hatte eine besondere Art, sich niemals ganz zu zeigen – es schaute nur immer hinter irgend etwas hervor; wenn es sich bewegte, huschte es mit unglaublicher Geschwindigkeit von Deckung zu Deckung, mied offene Flächen, hielt sich in Dickicht und Schatten. Wir folgten dem Wesen immer tiefer in den Wald, der nun überhaupt keine Ähnlichkeit mehr mit der Vegetation hatte, wie man sie normalerweise auf den Hängen Kolvirs findet. Von allen Gebieten in der Nähe Ambers kam Arden dieser Umgebung am nächsten, zumal der Boden relativ eben war und die Bäume immer höher in den Himmel ragten.

Meiner Schätzung nach waren etwa anderthalb Stunden vergangen, als wir einen klaren Bach erreichten und das Einhorn kehrtmachte und dem Wasserlauf gegen die Strömung folgte. Als wir am Ufer entlangritten, sagte Random: »Hier kommt's mir langsam wieder bekannt vor.«

»Ja«, sagte ich, »aber nur vage. Ich weiß nicht, wieso.«

»Ich auch nicht.«

Kurze Zeit später erreichten wir einen Hang, der schnell steiler wurde. Die Pferde kamen nur noch langsam voran, doch das Einhorn paßte sich dem verminderten Tempo an. Der Grund wurde felsiger, die Bäume kleiner. Der Bach sprudelte in seinem gewundenen Bett dahin; ich gab es auf, die Windungen und Knicke zu zählen. Endlich näherten wir uns der Spitze des kleinen Berges.

Wir erreichten ebenes Gelände und näherten uns einem Wald, aus dem der Bach kam. An dieser Stelle nahm ich plötzlich etwas wahr, vorn rechts, an einer Stelle, da sich das Land senkte – das eisblaue Meer, das ziemlich tief unter uns lag.

»Wir sind ganz schön hoch«, bemerkte Ganelon. »Dabei sah es so aus, als wären wir im Tiefland, aber ...«

»Das Einhornwäldchen!« unterbrach ihn Random. »Danach sieht es hier aus! Schaut doch!«

Und er hatte recht. Vor uns lag ein felsbestreutes Areal. In der Mitte ließ eine Quelle den Bach entstehen, dem wir gefolgt waren. Das Wäldchen war größer und grüner und lag an einem Ort, der mir nach meinem inneren Kompaß nicht zu stimmen schien. Doch die Ähnlichkeit mußte mehr als zufällig sein. Das Einhorn erstieg den Felsen unmittelbar neben der Quelle, sah uns an und wandte sich schließlich ab. Vielleicht starrte es auf den Ozean hinaus.

Als wir weiterritten, gewannen das Wäldchen, das Einhorn, die Bäume ringsum, der Bach neben uns plötzlich eine große Klarheit, als strahlte alles einen besonderen Glanz ab, als pulsierte es mit der Intensität der eigenen Farben, während es gleichzeitig zu flimmern begann, schwach, am Rande der Wahrnehmung. Dies löste in mir den Anflug eines Gefühls aus, ähnlich der emotionalen Anspannung vor einem Höllenritt.

Und dann und dann und dann verschwand mit jedem Schritt meines Tieres ein Element aus der Welt um uns. Plötzlich begann eine Anpassung in der Beziehung von Objekten, untergrub meinen Sinn für Tiefe, vernichtete die Perspektive, veränderte die Anordnung der Gegenstände in meinem Gesichtsfeld, so daß alles seine gesamte Außenfläche darbot, ohne gleichzeitig eine vergrößerte Fläche in Anspruch zu nehmen: Winkel verzerrten sich, relative Größen hatten plötzlich etwas Lächerliches. Randoms Pferd wieherte und stieg auf die Hinterhand, mit schreckgeweiteten Augen, apokalyptisch, Gedanken an *Guernica* wachrufend. Und bestürzt erkannte ich, daß wir selbst von dem Phänomen nicht unberührt geblieben waren, daß Random, der mit seinem Tier kämpfte, und Ganelon, der Feuerdrache noch immer beherrschte, wie alle anderen von der kubistischen Raumvision überwältigt wurden.

Aber Star war ein Veteran manches Höllenritts; auch Feuerdrache hatte schon viel durchgemacht. Wir klammerten uns im Sattel fest und spürten die Bewegungen, die wir auf anderem Wege nicht richtig zu erfassen vermochten. Und Random gelang es endlich, dem Pferd seinen Willen aufzuzwingen, obwohl sich die Umgebung beim Weiterreiten noch mehr veränderte.

Als nächstes verschoben sich die Lichtwerte. Der Himmel wurde schwarz, nicht wie in der Nacht, sondern wie eine glatte, aber nichtreflektierende Fläche. Das gleiche traf auf gewisse Gebiete zwischen den Objekten zu. Das einzige Licht, das in der Welt verblieb, schien von den Gegenständen selbst auszugehen, und auch das wurde allmählich ausgebleicht. Verschiedene Weißschattierungen stiegen von den Ebenen der Existenz auf, und am hellsten von allen, immens, schrecklich anzuschaun, stieg plötzlich das Einhorn auf die Hinterhand, schlug mit den Vorderhufen durch die Luft und füllte etwa neunzig Prozent der ganzen Schöpfung mit dieser Zeitlupenbewegung, die uns meinem Gefühl nach vernichten mußte, wenn wir noch einen einzigen Schritt taten.

Dann war nur noch das Licht da.

Dann absolute Stille.

Schließlich verblaßte auch das Licht, und nichts blieb zurück. Nicht einmal Schwärze. Eine Lücke im Dasein, die einen Sekundenbruchteil oder eine Ewigkeit lang geklafft haben mag ...

Dann kehrte die Schwärze zurück und das Licht. Nur waren sie nun umgekehrt. Licht füllte die Zwischenräume, umriß Lücken, bei denen

Elftes Kapitel

es sich um Gegenstände handeln mußte. Der erste Laut, den ich vernahm, war das Plätschern von Wasser, und ich erkannte irgendwie, daß wir neben der Quelle angehalten hatten. Als erstes spürte ich Stars Zittern. Dann roch ich das Meer.

Dann kam das Muster in Sicht – oder ein verzerrtes Negativ davon ...
Ich beugte mich vor, und weiteres Licht quoll um die Kanten der Dinge. Mit den Knien drängte ich Star sanft zum Weitergehen.

Mit jedem Schritt kehrte nun etwas in die Welt zurück. Oberflächen, Abschattierungen, Farben ...

Hinter mir hörte ich, wie die anderen ihre Tiere anspornten. Unter mir gab das Muster nichts von seinem Geheimnis preis, doch es gewann einen Zusammenhang, einen Bezug im Rahmen der umfassenden Neuformung der Welt ringsum.

Auf unserem Weg den Hang hinab kehrte das Gefühl für Tiefe zurück. Das Meer, nun deutlich zu unserer Rechten sichtbar, erfuhr eine vermutlich rein optische Trennung vom Himmel, mit dem es offenbar vorübergehend zu einer Art Urmeer des Oben und Unten vereint gewesen war. Im Rückblick beunruhigend, doch im Augenblick unbemerkt. Wir bewegten uns einen steilen, felsigen Hang hinab, der seinen Anfang am Rand des Wäldchens zu nehmen schien, zu dem uns das Einhorn geführt hatte. Etwa hundert Meter unter uns befand sich eine völlig ebene Fläche, die aus festem, gewachsenem Fels zu bestehen schien – ungefähr oval, einige hundert Meter lang. Der Hang, auf dem wir uns befanden, schwang sich nach rechts und beschrieb einen weiten Bogen, eine Klammer, das ebene Oval halb einschließend wie die Tribünen einer Arena. Hinter dem rechten Vorsprung befand sich nichts – das heißt, das Land fiel steil zu jenem seltsamen Meer ab.

Und die Entwicklung ging weiter. Die drei Dimensionen schienen sich endlich wieder zusammenzufügen. Die Sonne war jene riesige Kugel aus geschmolzenem Gold, die wir schon einmal gesehen hatten. Der Himmel war von einem dunkleren Blau, als wir es aus Amber kennen, und trug keine Wolken. Das Meer hatte sich in seinem Blauton angepaßt, unberührt von Segeln oder Inseln. Ich sah keine Vögel und hörte bis auf die Geräusche, die wir selbst verursachten, nichts. Eine unheimliche Stille lag über diesem Ort, diesem Tag. Im Brennpunkt meines plötzlich klaren Sehvermögens offenbarte das Muster endlich seine Spuren auf der Fläche unter uns. Zuerst hatte ich angenommen, es sei in das Gestein eingemeißelt, doch als wir näherkamen, erkannte ich, daß es darin enthalten war – rosagoldene Wirbel, wie Adern in einem exotischen Marmorgestein, natürlich wirkend trotz der offensichtlichen Absicht hinter dem Lauf der Linien.

Ich zog die Zügel an, und die anderen verhielten neben mir ihre Pferde, Random zu meiner Rechten, Ganelon auf der anderen Seite.

Lange betrachteten wir die Erscheinung, ohne ein Wort zu sagen. Ein dunkler Fleck mit ungleichmäßigen Rändern hatte ein Stück des Gebietes unmittelbar unter uns ausgelöscht, vom Außenrand zur Mitte verlaufend.

»Weißt du«, sagte Random schließlich. »Das alles sieht aus, als hätte jemand den Gipfel Kolvirs abrasiert, mit einem Schnitt, der etwa in der Höhe der Verliese angesetzt wurde.«

»Ja«, sagte ich.

»Und wenn wir schon nach Kongruenz suchen – dann wäre das dort etwa die Stelle, wo unser eigenes Muster liegt.«

»Ja«, sagte ich wieder.

»Und der dunkle Fleck liegt nach Süden zu, von wo die schwarze Straße kommt.«

Langsam nickte ich, als das Verstehen kam und sich zur Gewißheit verhärtete.

»Was bedeutet das aber?« fragte er. »Dies scheint dem wahren Stand der Dinge zu entsprechen, doch abgesehen davon verstehe ich die Bedeutung nicht. Warum hat man uns hergeführt und dieses Ding gezeigt?«

»Es entspricht nicht dem wahren Stand der Dinge«, sagte ich. »Dies ist der wahre Stand der Dinge.«

Ganelon wandte sich in unsere Richtung.

»Auf jener Schatten-Erde, die wir besucht haben – auf der Welt, in der du so viele Jahre verbracht hattest –, hörte ich einmal ein Gedicht über zwei Straßen, die sich in einem Wald gabelten«, sagte er. »Es endet mit den Worten: ›Ich nahm die weniger befahrene, das machte den ganzen Unterschied‹. Als ich dies hörte, mußte ich an etwas denken, das du mir einmal gesagt hattest: ›Alle Straßen führen nach Amber‹. Ich machte mir Gedanken – damals wie jetzt – über den Unterschied, den unsere Entscheidung bringt, trotz der offensichtlichen Unausweichlichkeit des Ausgangs für Menschen eures Blutes.«

»Du weißt es?« fragte ich. »Du verstehst es?«

»Ich glaube schon.«

Er nickte und hob den Arm.

»Das ist das wirkliche Amber dort unten, nicht wahr?«

»Ja«, sagte ich. »Ja, das ist es.«

Vierter Roman

Die Hand Oberons

1

Ein hell lodernder Blitz der Erkenntnis, der zu jener absonderlichen Sonne paßte ...

Dort lag es ... ausgebreitet in diesem Licht, ein Gebilde, das ich bis jetzt nur selbstleuchtend in abgedunkelter Umgebung gesehen hatte: das Muster, das große Muster von Amber hingestreckt auf einem ovalen Felsabsatz unter/über einem seltsamen Himmel-Meer.

... Vielleicht ließ mich das Element, das uns alle zusammenkettete, die Wahrheit erkennen – jedenfalls wußte ich, daß es sich um das einzig wirkliche Muster handelte. Woraus sich ergab, daß das Muster in Amber lediglich der erste Schatten dieses Musters war. Woraus sich ergab ...

Woraus sich ergab, daß ganz Amber nur ein Schatten war, allerdings ein besonderer Schatten, denn das Muster wurde nicht an Orte versetzt, die außerhalb von Amber, Rebma und Tirna Nog'th lagen. Mit anderen Worten: Der Ort, den wir hier erreicht hatten, war nach Priorität und Struktur das wirkliche Amber.

Ich wandte mich zu einem lächelnden Ganelon um, dessen Bart und verfilztes Haar in der gnadenlosen Helligkeit verschmolzen wirkten.

»Woher wußtest du das?« fragte ich.

»Du weißt, daß ich zu mutmaßen verstehe, Corwin«, erwiderte er. »Ich erinnere mich an alles, was du mir über die Zusammenhänge in Amber verraten hast: wie seine Schatten und die eurer Mühen über die Welten geworfen werden. Bei meinen Überlegungen wegen der schwarzen Straße habe ich mich oft gefragt, ob nicht irgend etwas in der Lage war, einen solchen Schatten auch nach Amber selbst hineinzuwerfen. Dabei kam ich zu dem Ergebnis, daß ein solches Etwas eine denkbar grundlegende Kraft sein mußte, sehr stark und geheim.« Er deutete auf die Szene vor uns. »Etwa wie das hier.«

»Sprich weiter«, forderte ich ihn auf.

Sein Gesichtsausdruck veränderte sich, und er zuckte die Achseln.

»Es mußte also eine Stufe der Realität geben, die tiefer ging als euer Amber«, erklärte er, »eine Ebene, auf der die wirkliche Schmutzarbeit getan wurde. Euer Wappentier hat uns nun an einen Ort geführt, der diesen Vorstellungen zu entsprechen scheint, und der Fleck dort auf dem Muster sieht aus wie die Schmutzarbeit. Du hast mir zugestimmt.«

Ich nickte. »Mich hat mehr deine Hellsichtigkeit verblüfft als die eigentliche Schlußfolgerung«, sagte ich.

»Ihr seid mir zuvorgekommen«, sagte Random von rechts, »doch auch bei mir hat sich tief drinnen eine Ahnung gemeldet. Ich glaube, das Gebilde dort unten ist irgendwie die Grundlage unserer Welt.«

»Ein Außenseiter hat manchmal einen klareren Durchblick als jemand, der dazugehört«, kommentierte Ganelon.

Random warf mir einen Blick zu und konzentrierte sich wieder auf die Szene.

»Glaubst du, daß sich die Umgebung noch weiter verändert«, fragte er, »wenn wir hinabreiten und uns das Ding aus der Nähe ansehen?«

»Es gibt nur eine Möglichkeit, die Antwort festzustellen«, sagte ich.

»Hintereinander«, stimmte Random zu. »Ich voran.«

»Einverstanden.«

Random lenkte sein Pferd nach rechts, nach links und wieder nach rechts, in einer langen Folge von Kehren, die uns im Zickzack den größten Teil des Hanges hinabführten. Die Reihenfolge beibehaltend, die wir den ganzen Tag gewahrt hatten, folgte ich ihm, und Ganelon bildete den Abschluß.

»Scheint jetzt alles ziemlich stabil zu sein«, stellte Random fest.

»Bis jetzt!« sagte ich.

»Da unten gibt's eine Art Öffnung im Gestein.«

Ich beugte mich vor. Weiter rechts gähnte eine Höhlenöffnung in Höhe der ovalen Ebene. Sie war so gelegen, daß wir sie von oben nicht hatten sehen können.

»Wir kommen ziemlich dicht daran vorbei«, stellte ich fest.

»... schnell, vorsichtig und leise«, fügte Random hinzu und entblößte sein Schwert.

Ich zog Grayswandir blank, und eine Kurve über mir griff Ganelon ebenfalls zur Waffe.

Wir kamen dann doch nicht an der Höhle vorbei, sondern bogen vorher wieder nach links ab. Dabei kamen wir jedoch auf zehn oder fünfzehn Fuß heran, und mir fiel ein unangenehmer Geruch auf, den ich nicht zu identifizieren vermochte. Die Pferde dagegen schienen eine genauere Vorstellung davon zu haben – vielleicht waren sie auch von Natur aus pessimistisch veranlagt –, jedenfalls legten sie die Ohren an, bewegten die Nüstern und stießen ein nervöses Schnauben aus, während sie sich unruhig gegen die Zügel sträubten. Sie beruhigten sich wieder, als wir den Bogen beschrieben hatten und uns wieder von der Höhle entfernten, und wurden wieder nervös, als wir unseren Abstieg beendeten und auf das beschädigte Muster

Erstes Kapitel

zuzureiten versuchten. Sie weigerten sich, in die Nähe der Erscheinung zu gehen.

Random stieg ab. Er ging zum Rand des Linienlabyrinths, blieb stehen und starrte darauf. Nach einer Weile ergriff er das Wort, ohne sich umzudrehen.

»Nach allem, was wir so wissen«, sagte er, »ist zu schließen, daß der Schaden absichtlich herbeigeführt wurde.«

»Sieht jedenfalls so aus«, sagte ich.

»Ebenso klar ist, daß wir aus einem bestimmten Grund hierhergebracht wurden.«

»Das würde ich auch sagen.«

»Dann braucht man nicht allzuviel Fantasie, um auf den Gedanken zu kommen, daß wir hier feststellen sollen, wie das Muster beschädigt wurde und was man tun kann, um es zu reparieren.«

»Möglich. Wie lautet deine Diagnose?«

»Noch habe ich mir keine Meinung gebildet.«

Er bewegte sich am Rand der Erscheinung entlang, nach rechts zu, wo der verwischte Fleck begann. Ich stieß meine Klinge zurück in die Scheide und wollte absteigen. Ganelon hielt mich an der Schulter zurück.

»Ich schaffe es auch allein ...«, begann ich.

»Corwin«, sagte er jedoch, meine Worte ignorierend, »dort draußen, zur Mitte hin, scheint es eine Unregelmäßigkeit zu geben. Sieht nicht so aus, als gehört das Ding dorthin ...«

»Wo?«

Er hob die Hand, und ich schaute in die angegebene Richtung.

Etwa in der Mitte lag ein nicht zum Muster gehöriges Gebilde. Ein Stock? Ein Stein? Ein zusammengeknülltes Stück Papier ...? Aus dieser Entfernung war es nicht deutlich zu erkennen.

»Ich seh's«, sagte ich.

Wir stiegen ab und näherten uns Random, der inzwischen weiter rechts über die Maserung gebeugt kniete und die Verfärbung untersuchte.

»Ganelon hat in der Mitte etwas entdeckt«, sagte ich.

Random nickte.

»Schon bemerkt«, erwiderte er. »Ich versuche gerade, mir darüber schlüssig zu werden, wie man am besten hinauskommt, um sich das Ding mal näher anzusehen. Mir mißfällt die Vorstellung, ein zerstörtes Muster zu beschreiten. Andererseits frage ich mich, welchem Einfluß ich Tür und Tor öffne, wenn ich versuche, über die geschwärzte Fläche zur Mitte zu laufen. Was meint ihr?«

»Die vorhandenen Teile des Musters abzuschreiten, würde Zeit kosten«, sagte ich, »wenn der Widerstand dem entspricht, was wir von zu Hause kennen. Außerdem hat man uns eingeschärft, daß wir sterben müssen, wenn wir vom Muster abweichen – und wie die Dinge hier liegen, müßte ich das Muster verlassen, sobald ich den Fleck erreiche. Andererseits könnte ich, wie du sagst, unsere Feinde herbeirufen, die sich des schwarzen Weges bedienen. Folglich ...«

»Folglich wird es keiner von euch tun«, warf Ganelon ein. »Ich gehe!«

Ohne unsere Antwort abzuwarten, nahm er einen Anlauf, sprang auf den schwarzen Streifen und rannte darauf zur Mitte hin; hastig hob er den kleinen Gegenstand auf, drehte sich um und lief zurück.

Sekunden später stand er wieder vor uns.

»Das war aber ziemlich riskant«, bemerkte Random.

Er nickte.

»Hätte ich es nicht getan, würdet ihr immer noch diskutieren.« Er hob die Hand und hielt sie uns entgegen. »Was sagt ihr dazu?«

Er hielt einen Dolch in der Hand. Die Klinge hatte sich durch ein fleckiges Stück Pappe gebohrt. Ich nahm ihm den Fund ab.

»Sieht wie ein Trumpf aus«, stellte Random fest.

»Ja.«

Ich löste die Karte, glättete die eingerissenen Teile. Der Mann, den ich betrachtete, war mir halb vertraut – was zugleich bedeutete, daß er mir halb fremd war. Blondes, glattes Haar, ein wenig spitz im Gesicht, ziemlich schmal gebaut, ein halbes Lächeln.

Ich schüttelte den Kopf.

»Den kenne ich nicht«, stellte ich fest.

»Laß mal sehen.«

Random nahm mir die Karte ab und blickte stirnrunzelnd darauf.

»Nein«, sagte er nach einer Weile. »Ist mir auch unbekannt. Ich habe fast das Gefühl, als müßte ich ihn kennen, aber ... Nein.«

In diesem Augenblick setzten die Pferde ihre Proteste mit verstärkter Lautstärke fort. Wir brauchten uns nur ein kleines Stück umzudrehen, um die Ursache ihres Unbehagens zu erkennen, hatte sich das Wesen doch diesen Augenblick ausgesucht, um aus der Höhle zu kommen.

»Verdammt!« sagte Random.

Ich stimmte ihm zu.

Ganelon räusperte sich und zog sein Schwert.

»Weiß einer von euch, was das ist?« fragte er gelassen.

Als ich das Ungeheuer erblickte, kam mir sofort eine Schlange in den Sinn. Auf diesen Gedanken brachten mich sowohl seine Bewegungen als auch die Tatsache, daß der lange dicke Schwanz eher eine Fortsetzung des langgestreckten dünnen Körpers war als ein Anhängsel. Allerdings besaß das Wesen vier doppelt untergliederte Beine mit riesigen

Erstes Kapitel

Tatzen und bösartig schimmernden Klauen. Der schmale Kopf endete in einem Schnabel und bewegte sich beim Näherkommen von einer Seite auf die andere, so daß von den hellblauen Augen zuerst das eine und dann das andere zu sehen war. Große purpurfarbene Flügel aus einem lederartigen Material waren an den Flanken untergefaltet. Das Wesen besaß weder Haare noch Federn; allerdings hatte es Schuppenflächen auf Brust, Schultern, Rücken und Schwanz. Vom Schnabelbajonett zur hin und her zuckenden Schwanzspitze maß es gut drei Meter. Das Wesen näherte sich mit leisem Klirren, und ich sah an seinem Hals etwas Helles aufblitzen.

»Mir fällt im Augenblick nur ein Vergleich ein«, sagte Random. »Das Ding sieht aus wie ein Wappentier – ein Greifvogel. Nur ist der Bursche hier kahl und purpurfarben.«

»Jedenfalls handelt es sich nicht um unser Wappentier«, stellte ich fest, zog Grayswandir und richtete seine Spitze auf den Kopf des Tiers.

Das Geschöpf ließ eine gespaltene rote Zunge blicken. Es hob die Flügel um einige Zoll und ließ sie wieder sinken. Wenn der Kopf nach rechts schwang, bewegte sich der Schwanz nach links, dann nach links und rechts, nach rechts und links – das Ganze hatte fast etwas Hypnotisches.

Der Greif schien sich mehr für die Pferde als für uns zu interessieren; offenbar war er zu der Stelle unterwegs, wo unsere Tiere bebend und stampfend standen. Ich machte Anstalten, mich dazwischenzustellen.

In diesem Augenblick richtete sich das Monstrum auf.

Die Flügel fuhren hoch und zur Seite. Sie breiteten sich aus wie zwei schlaffe Segel, in denen sich ein plötzlicher Windhauch verfangen hat. Es stand auf den Hinterbeinen hoch über uns und schien im Handumdrehen viermal so groß zu sein wie zuvor. Und dann kreischte es: ein fürchterlicher Jagdschrei oder eine Herausforderung, die mir scheußlich in den Ohren gellte. Gleichzeitig klappte es die Flügel nach unten und sprang hoch, woraufhin es sich in die Luft erhob.

Die Pferde gingen durch. Das Ungeheuer war außer Reichweite. Erst jetzt ging mir auf, was das Klirren und Blitzen bedeutete. Das Geschöpf war an einer langen Kette festgemacht, die in die Höhle führte. Die genaue Länge dieser Kette war nun eine Frage von mehr als akademischem Interesse.

Als der Greif zischend und flatternd über uns dahinsegelte, drehte ich mich um. Zu einem richtigen Flug hatte der Absprung nicht gereicht. Ich sah, daß Star und Feuerdrache zum entgegengesetzten Ende des Ovals flohen. Randoms Pferd Iago war dagegen zum Muster hin ausgerückt.

Das Geschöpf kehrte auf den Boden zurück, drehte sich um, als wolle es Iago verfolgen, schien uns noch einmal zu mustern und erstarrte. Es war uns jetzt viel näher als zuvor – knapp vier Meter –, legte den Kopf auf die Seite, zeigte uns sein rechtes Auge, öffnete den Schnabel und stieß ein leises Krächzen aus.

»Was meint ihr, wollen wir es angreifen?« fragte Random.

»Nein. Warte. Das Ding verhält sich irgendwie seltsam.«

Während meiner Worte hatte es den Kopf sinken lassen und die Flügel nach unten gerichtet. Es berührte den Boden dreimal mit dem Schnabel und blickte wieder hoch. Dann faltete es die Flügel halb an den Körper zurück. Der Schwanz zuckte einmal und begann dann, kräftiger hin und her zu schwingen. Das Ungeheuer öffnete den Schnabel und wiederholte das Krächzen.

In diesem Augenblick wurden wir abgelenkt.

Ein gutes Stück neben der geschwärzten Fläche hatte Iago das Muster betreten. Fünf oder sechs Meter vom Rand entfernt, quer über den Linien der Macht stehend, wurde das Pferd in der Nähe eines der Schleier wie ein Insekt an einem Fliegenfänger festgehalten. Es wieherte schrill, als die Funken ringsum aufstiegen und sich seine Mähne senkrecht emporstellte.

Augenblicklich begann sich der Himmel über dem Muster zu verdunkeln. Doch keine Wasserdampfwolke bildete sich dort. Vielmehr handelte es sich um eine vollkommen kreisrunde Formation, rot in der Mitte, zum Rand hin gelb werdend, die sich im Uhrzeigersinn drehte. Töne klangen auf – etwas, das sich wie ein einzelner Glockenschlag anhörte, gefolgt von einem seltsamen Brausen.

Iago wehrte sich; zuerst befreite er den rechten Vorderhuf, mußte ihn aber wieder senken, als er den linken hochzerrte. Dabei wieherte er verzweifelt. Die Funken hüllten den Körper des Pferdes fast völlig ein; es schüttelte sie wie Regentropfen von Flanken und Hals und begann dabei, weich und golden zu schimmern.

Das Dröhnen nahm an Lautstärke zu, und kleine Blitze begannen, in der Mitte des roten Gebildes über uns aufzuzucken. Im gleichen Augenblick erregte ein Klappern meine Aufmerksamkeit, und als ich nach unten blickte, bemerkte ich, daß der purpurne Greif an uns vorbeigeglitten war und zwischen uns und der lärmenden roten Erscheinung Stellung bezogen hatte. Er hockte dort wie ein häßlicher Wasserspeier, von uns abgewandt, und beobachtete das Schauspiel.

Jetzt bekam Iago beide Vorderhufe frei und stieg auf die Hinterhand. Längst wirkte er irgendwie substanzlos; er schimmerte hell, und der Funkenschauer verwischte seine Konturen. Vielleicht wieherte er noch immer, doch das anschwellende Brausen von oben überdeckte nun alle anderen Geräusche.

Ein Trichter ging von der lärmenden Formation aus – hell blitzend, aufheulend und ungeheuer schnell. Die Spitze berührte das sich auf-

Erstes Kapitel

bäumende Pferd, und einen Augenblick lang erweiterten sich seine Konturen ins Ungeheure; gleichzeitig verblaßten sie. Im nächsten Augenblick war das Tier verschwunden. Eine Sekunde lang verharrte der Kegel an Ort und Stelle wie ein perfekt ausbalancierter Kreisel. Dann begann der Lärm nachzulassen.

Das Gebilde stieg langsam empor bis zu einem Punkt, der nicht sehr hoch – vielleicht eine Mannshöhe – über dem Muster lag. Dann zuckte es so schnell empor, wie es herabgestiegen war.

Das Heulen ließ nach. Das Brausen erstarb. Das Miniaturgewitter innerhalb des Kreises verging. Die ganze Formation begann zu verblassen und zu stocken. Gleich darauf war sie nur noch ein Stück Dunkelheit; eine Sekunde später war sie verschwunden.

Von Iago war nichts mehr zu sehen.

»Du brauchst mich gar nicht erst zu fragen«, sagte ich, als sich Random in meine Richtung wandte. »Ich weiß es auch nicht.«

Er nickte und richtete seine Aufmerksamkeit auf unseren purpurnen Freund, der in diesem Moment mit seiner Kette rasselte.

»Was machen wir mit Charlie?« fragte er und betastete seine Klinge.

»Ich hatte den Eindruck, daß er uns schützen wollte«, sagte ich und trat vor. »Gib mir Deckung. Ich möchte mal etwas ausprobieren.«

»Bist du sicher, daß du schnell genug reagieren kannst?« fragte er. »Mit deiner Wunde ...«

»Keine Sorge«, sagte ich ein wenig energischer als nötig und ging weiter.

Seine Bemerkung über meine Verletzung an der linken Seite war richtig; die verheilende Messerwunde verbreitete dort noch immer einen dumpfen Schmerz, der jede meiner Bewegungen begleitete. Grayswandir ruhte in meiner rechten Hand, und ich erlebte einen jener Augenblicke, da ich großes Vertrauen in meine Instinkte hatte. Schon früher hatte ich mich mit gutem Ergebnis auf dieses Gefühl verlassen. Es gibt Tage, da solche Risiken problemlos erscheinen.

Random trat vor und bewegte sich nach rechts. Ich wandte mich zur Seite und streckte die linke Hand aus, als wollte ich mich mit einem fremden Hund bekannt machen: sehr langsam. Unser Wappentier hatte sich aus seiner geduckten Stellung aufgerichtet und drehte sich um.

Nun musterte es Ganelon, der links von mir stand. Dann betrachtete es meine Hand. Es senkte den Kopf und wiederholte das Klopfen auf den Boden, wobei es sehr leise krächzte – ein kaum hörbarer gurgelnder Laut. Schließlich hob es den Kopf und streckte ihn langsam in meine Richtung. Es wackelte mit dem großen Schwanz, berührte mit dem Schnabel meine Finger und wiederholte die Bewegung. Vorsichtig legte ich die Hand auf seinen Kopf. Das Wackeln beschleunigte sich; der Kopf blieb bewegungslos. Ich kraulte das Wesen sanft am Hals, und es drehte langsam den Kopf zur Seite, als hätte es Spaß an der Liebkosung. Ich ließ die Hand sinken und trat einen Schritt zurück.

»Ich glaube, wir sind jetzt Freunde«, sagte ich leise. »Versuch du es mal, Random.«

»Du machst Witze!«

»Nein, ich bin sicher, daß du nichts zu befürchten hast. Versuch es!«

»Was tust du, wenn du dich irrst?«

»Ich entschuldige mich.«

»Großartig!«

Er näherte sich dem Wesen und hob die Hand. Das Ungeheuer blieb freundlich.

»Also gut«, sagte er etwa eine halbe Minute später, während seine Hand noch den schuppigen Hals tätschelte. »Was haben wir nun bewiesen?«

»Daß es ein Wachhund ist.«

»Aber was bewacht er?«

»Offenbar doch das Muster.«

Random wich zurück. »Ohne die näheren Umstände zu kennen«, sagte er, »möchte ich dazu bemerken, daß er seine Arbeit wohl nicht besonders gut tut.« Random deutete auf die dunkle Fläche. »Was begreiflich wäre, wenn er jeden, der nicht Hafer frißt und wiehert, freundlich begrüßt.«

»Ich würde sagen, daß er ziemlich selektiv veranlagt ist. Möglich wäre auch, daß er hier erst postiert wurde, als der Schaden schon geschehen war, um weitere unerwünschte Anschläge zu verhindern.«

»Wer soll ihn denn postiert haben?«

»Das wüßte ich selbst gern. Anscheinend jemand aus unserem Lager.«

»Du kannst deine Theorie noch weiter auf die Probe stellen, indem du Ganelon zu ihm schickst.«

Ganelon rührte sich nicht. »Kann ja sein, daß ihr einen Familiengeruch an euch habt«, sagte er schließlich, »und er nur Amberianer mag. Ich verzichte dankend auf den Versuch.«

»Na schön. So wichtig ist es auch nicht. Mit deinen Vermutungen hast du jedenfalls bisher sehr gut gelegen. Wie interpretierst du die Ereignisse?«

»Von den beiden Gruppen, die es auf den Thron abgesehen haben«, begann er, »war die Gruppe, die aus Brand, Fiona und Bleys bestand, nach euren Worten weitgehender über die Kräfte informiert, die Amber umgeben. Brand hat euch keine Einzelheiten mitgeteilt – es sei denn, ihr habt mir Dinge verschwiegen, von denen er sprach –, doch ich würde vermuten, daß der Schaden, den das Muster hier erlitten hat, die Pforte darstellt, durch die die Verbündeten der drei Zutritt zu eurem Reich erlangt haben. Ein oder mehrere Mitglieder dieses Kreises führten den Schaden herbei, der die schwarze Straße möglich machte. Wenn dieser Wachhund auf einen Familiengeruch oder andere Identifikationsmerkmale reagiert, die ihr alle besitzt, kann er durchaus schon seit Urzeiten hier sein und keinen Anlaß gesehen haben, gegen die Übeltäter vorzugehen.«

»Möglich«, stellte Random fest. »Und wie wurde der Schaden herbeigeführt?«

»Vielleicht lasse ich dich das demonstrieren, wenn du einverstanden bist.«

»Worum geht es?«

»Komm mal hierher«, sagte Ganelon, machte kehrt und näherte sich dem Rand des Musters. Ich folgte ihm. Random setzte sich ebenfalls in Bewegung. Der Greif schwänzelte neben mir her. Ganelon drehte sich um und streckte die Hand aus.

»Corwin, würdest du mir bitte mal den Dolch geben, den ich eben geholt habe?«

»Hier«, sagte ich, zog den Gegenstand aus meinem Gürtel und übergab ihn.

»Ich frage noch einmal: Worum geht es?« wollte Random wissen.

»Um das Blut von Amber«, erwiderte Ganelon.

»Ich kann nicht sagen, daß mir der Gedanke gefällt.«

»Wollen doch mal sehen.«

Random sah mich an.

»Was meinst du dazu?« fragte er.

»Tu es ruhig. Wir wollen es ausprobieren, die Sache interessiert mich.«

Er nickte.

»Also gut.«

Er nahm Ganelon das Messer ab und schnitt sich in die Kuppe seines linken kleinen Fingers. Er drückte zu und hielt den Finger über das Muster. Ein winziger Blutstropfen erschien, wurde größer, zitterte und fiel.

Sofort stieg an der Stelle, wo das Blut auftraf, eine Rauchwolke empor, und ein leises Knistern war zu hören.

»Da soll doch ...« Random war fasziniert.

Ein winziger Fleck hatte sich gebildet, ein Fleck, der allmählich zur Größe einer Hand anwuchs.

»Da habt ihr es«, sagte Ganelon. »So wurde das Muster beschädigt.«

Bei dem Fleck handelte es sich in der Tat um ein winziges Gegenstück zu der umfangreichen Verfärbung, die sich weiter rechts erstreckte. Der Greif stieß einen leisen Schrei aus und wich vor uns zurück, wobei er in schneller Folge von einem zum anderen blickte.

»Ruhig, alter Knabe, ganz ruhig«, sagte ich, streckte die Hand aus und tröstete das Wesen.

»Aber was kann einen so großen Fleck ...« Random unterbrach sich und nickte langsam.

»Ja, was?« fragte Ganelon. »An der Stelle, wo dein Pferd vernichtet wurde, sehe ich keine Verfärbungen.«

»Das Blut von Amber«, sagte Random. »Du steckst heute voller großartiger Erkenntnisse, wie?«

»Sag Corwin, er soll dir von Lorraine erzählen, dem Land, in dem ich lange gelebt habe«, erwiderte er, »und in dem der schwarze Kreis wucherte. Ich bin allergisch gegen die Spuren dieser Kräfte, obwohl ich sie damals nur aus der Distanz kennenlernte. Mit jedem neuen Aspekt, den ich von euch erfuhr, sind mir diese Dinge klarer geworden. Ja, nachdem ich nun mehr darüber weiß, habe ich auch neue Erkenntnisse gewonnen. Erkundige dich bei Corwin nach dem Denken seines Generals.«

»Corwin«, sagte Random, »gib mir mal den durchstochenen Trumpf.«

Ich zog die Karte aus der Tasche und glättete sie. Die Blutflecken daran kamen mir plötzlich viel unheildrohender vor. Und noch etwas fiel mir auf. Ich nahm nicht an, daß die Karte von Dworkin gezeichnet worden war, dem Weisen, Lehrer, Magier, Künstler und ehemaligen Mentor der Kinder Oberons. Bis zu diesem Augenblick war mir gar nicht der Gedanke gekommen, daß vielleicht jemand anders die Fähigkeit besaß, einen Trumpf herzustellen. Der Stil der Zeichnung war mir zwar irgendwie vertraut, doch handelte es sich eindeutig nicht um seine Arbeit. Wo hatte ich diese selbstbewußten Linien schon einmal gesehen, nicht so spontan wie die des Meisters, als wäre jede Bewegung durch und durch intellektualisiert worden, ehe der Stift das Papier berührte. Und noch etwas stimmte daran nicht – die Darstellung war anders als auf unseren eigenen Trümpfen, als habe der Künstler nicht nach dem lebendigen Objekt arbeiten können, sondern nur nach alten Erinnerungen, kurzen Blicken auf die Person oder sogar nur Beschreibungen.

»Corwin, bitte! Der Trumpf!« sagte Random.

Der Tonfall seiner Worte ließ mich zögern. Irgendwie hatte ich das Gefühl, daß er mir in einer wichtigen Sache womöglich einen Schritt voraus war – ein Gefühl, das ich ganz und gar nicht mochte.

»Ich habe unseren häßlichen Freund für dich gestreichelt und für unsere Sache einen Blutstropfen geopfert, Corwin. Jetzt gib mir die Karte!«

Ich reichte sie ihm, und mein Unbehagen wuchs, als er das Bild in der Hand hielt und stirnrunzelnd betrachtete. Warum kam ich mir plötzlich wie ein Dummkopf vor? Lähmte eine Nacht in Tirna Nog'th das Denken? Warum ...

In diesem Augenblick begann Random zu fluchen. Er äußerte eine Reihe von Kraftausdrücken, wie ich sie in meiner langen militärischen Laufbahn noch nicht gehört hatte.

»Was ist denn?« fragte ich schließlich. »Ich verstehe dich nicht.«

»Das Blut von Amber«, sagte er schließlich. »Wer immer das getan hat, ist zuerst durch das Muster geschritten, verstehst du? Dann stand er hier in der Mitte und setzte sich durch seinen Trumpf mit ihm in Verbindung. Als er antwortete und den festen Kontakt einging, wurde er erdolcht. Sein Blut strömte auf das Muster und löschte einen Teil der Linien aus, so wie hier mein Blut.«

Er schwieg und atmete mehrmals tief ein.

»Hört sich nach einem Ritual an«, bemerkte ich.

»Zur Hölle mit Ritualen!« rief er. »Zur Hölle mit ihnen allen. Einer von ihnen wird sterben, Corwin. Ich werde ihn – oder sie – töten.«

»Ich begreife immer noch ...«

»Wie dumm von mir, es nicht gleich zu merken! Schau doch! Sieh dir das Bild einmal genau an!«

Ruckhaft hielt er mir den durchstochenen Trumpf hin. Ich riß die Augen auf. Noch immer begriff ich nichts.

»Jetzt schau mich an!« forderte er. »Sieh mir ins Gesicht!«

Ich gehorchte. Dann starrte ich wieder auf die Karte.

Endlich wurde mir klar, was er meinte.

»Für ihn war ich nie mehr als ein Hauch des Lebens in der Dunkelheit. Aber sie haben meinen Sohn dafür mißbraucht«, fuhr er fort. »Das muß ein Bild von Martin sein.«

2

Neben dem defekten Muster stehend, ein Bild des Mannes betrachtend, der vielleicht Randoms Sohn war, der vielleicht an einer Messerwunde gestorben war, die er an einem Punkt innerhalb des Musters erhalten hatte, drehte ich mich um und machte einen gedanklichen Riesenschritt in die Vergangenheit.* Noch einmal überdachte ich die Ereignisse, die mich an diesen Ort unheimlicher Enthüllungen geführt hatten. Ich hatte in der letzten Zeit soviel Neues erfahren, daß es mir beinahe so vorkam, als ergäben die Vorgänge der letzten Jahre eine Geschichte, die anders war als jene im Augenblick des Erlebens. Die eben entdeckte, neue Möglichkeit und die sich daraus ergebenden Weiterungen hatten wieder einmal zu einer Verschiebung meiner Perspektiven geführt.

Ich hatte nicht einmal meinen Namen gekannt, als ich in Greenwood erwachte, einem Privatkrankenhaus im Norden des Staates New York, wo ich nach meinem Unfall zwei ereignislose Wochen ohne Erinnerungen verbracht hatte. Erst kürzlich hatte man mir erzählt, daß der Unfall von meinem Bruder Bleys arrangiert worden war, unmittelbar nach meiner Flucht aus dem Porter-Sanatorium in Albany. Diese Einzelheiten erfuhr ich von meinem Bruder Brand, der mich auf der Basis gefälschter psychiatrischer Unterlagen überhaupt erst in die Porter-Klinik eingeliefert hatte. Dort hatte man mich mehrere Tage lang einer Elektroschocktherapie unterworfen, die keine klaren Ergebnisse brachte, vermutlich aber ein paar Erinnerungen zurückholte. Offenbar hatte dies Bleys veranlaßt, nach meiner Flucht den überhasteten Mordversuch zu unternehmen; in einer Kurve über einem See hatte er mir zwei Reifen zerschossen. Der Unfall hätte mich zweifellos das Leben gekostet, wäre Brand nicht unmittelbar hinter Bleys aufgetaucht, bestrebt, seine Rückversicherung – mich – zu schützen. Er hatte mir erzählt, er habe die Polizei verständigt, mich aus dem See gezogen und mir Erste Hilfe geleistet, bis die Helfer eintrafen. Kurze Zeit später wurde er von sei-

---

* Auf den nächsten Seiten gibt der Autor eine kurze Zusammenfassung der bunten Abenteuer und verwirrenden Intrigen, die er in den frühen Bänden des Amber-Zyklus geschildert hat.

nen früheren Partnern – Bleys und unsere Schwester Fiona – gefangengenommen, die ihn an einem fernen Schatten-Ort in einen gut bewachten Turm verbannten.

Es hatte zwei Interessengruppen gegeben, die auf den Thron aus waren und die in erbittertem Wettbewerb miteinander standen, die sich bedrängt, bekämpft und sich gegenseitig behindert hatten, wo und wie es nach der jeweiligen Lage möglich war. Unser Bruder Eric, unterstützt durch die Brüder Julian und Caine, hatte Anstalten gemacht, den Thron zu besteigen, der seit dem rätselhaften Verschwinden unseres Vaters Oberon lange Zeit verwaist gewesen war. Das Verschwinden Oberons war aber nur für Eric, Julian und Caine rätselhaft gewesen. Die andere Gruppe, die aus Bleys, Fiona und – im Anfang – Brand bestand, wußte durchaus über die Abwesenheit Bescheid, war sie doch dafür verantwortlich. Die drei hatten für diesen Stand der Dinge gesorgt, um Bleys den Weg zum Thron zu ebnen. Dabei hatte Brand aber einen taktischen Fehler begangen und versucht, Caines Unterstützung zu gewinnen; Caine aber überlegte, daß er sich besser stünde, wenn er für Eric eintrat. Dies führte dazu, daß Brand genau beobachtet wurde, der sich aber Mühe gab, die Identität seiner Partner geheimzuhalten. Etwa um diese Zeit beschlossen Bleys und Fiona, ihre geheimen Verbündeten gegen Eric einzusetzen. Brand war damit nicht einverstanden, denn er fürchtete die Macht dieser Wesen; in der Folge wurde er von Bleys und Fiona verstoßen. Nachdem auf diese Weise jedermann hinter ihm her war, hatte er das Gleichgewicht der Kräfte völlig durcheinanderzubringen versucht, indem er jene Schatten-Erde aufsuchte, auf der Eric mich vor einigen Jahrhunderten als Todkranken ausgesetzt hatte. Erst später hatte Eric erfahren, daß ich nicht gestorben war, sondern an einer totalen Amnesie litt, die für ihn ebenso vorteilhaft war. Er hatte Schwester Flora beauftragt, über mein Exil zu wachen, und gehofft, mich auf diese Weise endgültig los zu sein. Brand erzählte mir später, er habe mich in das Porter-Sanatorium eingeliefert in dem verzweifelten Versuch, mein Gedächtnis zurückzuholen, damit ich anschließend nach Amber zurückkehren konnte.

Während sich Fiona und Bleys mit Brand beschäftigten, hatte Eric mit Flora in Verbindung gestanden. Sie hatte dafür gesorgt, daß ich aus der Klinik, in die mich die Polizei gebracht hatte, nach Greenwood verlegt wurde, wo ich im Betäubungsschlaf gehalten werden sollte, während Eric in Amber seine Krönung vorzubereiten begann. Kurz darauf wurde das idyllische Leben unseres Bruders Random in Texorami gestört, als es Brand gelang, ihm eine Botschaft außerhalb der üblichen Familienkanäle – damit meine ich die Trümpfe – zuzuleiten und seine Befreiung zu erflehen. Während Random, der ansonsten an dem Machtkampf denkbar desinteressiert war, sich dieses Problems annahm, gelang mir die Flucht aus Greenwood; allerdings stand es mit meinen Erinnerungen noch immer nicht zum besten. Nachdem ich mir von dem erschrockenen Direktor der Klinik Floras Anschrift verschafft hatte, begab ich mich in ihr Haus in Westchester, tischte ihr eine komplizierte Geschichte auf. Sie ließ sich bluffen, und ich quartierte mich als Hausgast ein. Random hatte unterdessen mit seinem Rettungsversuch für Brand keinen Erfolg gehabt. Es war ihm zwar gelungen, den Schlangenwächter des Turms zu töten, anschließend mußte er jedoch vor den inneren Wächtern fliehen, wobei er sich einen der seltsamen kreisenden Felsen jener Gegend zunutze machte. Die Wächter, eine ausdauernde Truppe annähernd menschlicher Gestalten, hatten ihn jedoch durch die Schatten verfolgen können, eine Leistung, die Nicht-Amberianern normalerweise nicht möglich ist. Daraufhin war Random auf die Schatten-Erde geflohen, auf der ich damit beschäftigt war, Flora in ein Labyrinth der Mißverständnisse zu führen, während ich gleichzeitig den richtigen Weg zur Erkenntnis über mein wahres Ich suchte. Random glaubte meiner Zusicherung, daß ich ihn schützen würde, und überquerte den Kontinent in der irrigen Annahme, seine Verfolger wären meine Geschöpfe. Als ich dann bei ihrer Vernichtung mitwirkte, war er verwirrt, wollte die Angelegenheit aber nicht zur Sprache bringen, solange ich offenbar private Pläne in Sachen Thronanwartschaft verfolgte. In der Tat ließ er sich schnell dazu verleiten, mich durch die Schatten nach Amber zurückzuführen.

Dieses Unternehmen erwies sich in mancher Hinsicht als vorteilhaft, während es in anderer Beziehung weniger zufriedenstellend verlief. Als ich schließlich den wahren Zustand meines Gedächtnisses offenbarte, führten mich Random und unsere Schwester Deirdre, die wir unterwegs getroffen hatten, in Ambers Spiegelstadt unter dem Meer – Rebma. Dort hatte ich das Muster durchschritten und daraufhin den größten Teil meiner Erinnerungen zurückerhalten – womit ich zugleich die Frage klärte, ob ich nun der wirkliche Corwin war oder lediglich einer seiner Schatten. Aus Rebma war ich direkt nach Amber zurückgekehrt, wobei ich mir die Macht des Musters zunutze machte, eine sofortige Versetzung zu bewirken. Nach einem ergebnislosen Duell mit Eric war ich durch die Trümpfe zu meinem geliebten Bruder und Möchtegern-Mörder Bleys geflohen.

Ich half Bleys bei einem Angriff auf Amber, einer schlecht organisierten Angelegenheit, mit der wir einen Fehlschlag erlitten. Während der letzten Auseinandersetzung verschwand Bleys, unter Umständen, die seinen Tod vermuten ließen, die aber – je mehr ich später erfuhr und darüber nachdachte – vielleicht doch nicht dazu geführt hatten. Jedenfalls wurde ich nun Erics Gefangener und unfreiwilliger Zeuge seiner Krönung, wonach er mich blenden und einkerkern ließ. Nach einigen Jahren in den amberianischen Verliesen hatten sich meine Augen regeneriert, doch ich war hilflos dem seelischen Verfall ausgeliefert. Erst das zufällige Auftauchen von Dworkin, Vaters altem Berater, der geistig noch schlechter dran war als ich, bot mir eine Chance zur Flucht.

Dann erholte ich mich gründlich und nahm mir vor, das nächste Mal umsichtiger gegen Eric vorzugehen. Ich reiste durch die Schatten einem alten Land entgegen, in dem ich einmal geherrscht hatte – Avalon – und wollte mich dort in den Besitz einer Substanz setzen, von deren Existenz ich als einziger Amberianer wußte – die einzige Chemikalie, die in Amber explosive Eigenschaften entwickelt. Unterwegs war ich durch das Land Lorraine gekommen und dort auf meinen alten exilierten avalonischen General Ganelon gestoßen – oder jemanden, der ihm sehr ähnlich war. Ich verweilte hier – wegen eines verwundeten Ritters, eines Mädchens und einer dort auftretenden Gefahr, die eine erstaunliche Ähnlichkeit mit einem Phänomen aufwies, das sich auch in der Nähe Ambers bemerkbar machte – ein wachsender schwarzer Kreis, der irgendwie mit jener schwarzen Straße zu tun hatte, auf der sich unsere Feinde bewegten, eine Erscheinung, an der ich mir selbst einen Teil der Schuld gab, hatte ich doch nach meiner Blendung einen Fluch gegen Amber ausgesprochen. Ich siegte in der Schlacht, verlor das Mädchen und reiste in Begleitung Ganelons nach Avalon.

Das Avalon, das wir schließlich erreichten, so erfuhren wir bald, stand unter dem Schutz meines Bruders Benedict, der hier eigene Probleme mit Erscheinungen hatte, welche möglicherweise mit den Gefahren des schwarzen Kreises und der schwarzen Straße ursächlich zusammenhingen. Im Entscheidungskampf gegen die Höllenmädchen hatte Benedict den linken Arm verloren, die Schlacht aber gewonnen. Er forderte mich auf, im Hinblick auf Amber und Eric Zurückhaltung zu üben, und gewährte mir schließlich die Gastfreundschaft seines Hauses, während er noch einige Tage im Felde blieb. In seinem Hause lernte ich Dara kennen.

Dara erzählte mir, sie sei Benedicts Urenkelin, deren Existenz vor Amber geheimgehalten worden sei. Sie war bemüht, mich über Amber, das Muster, die Trümpfe und unsere Fähigkeit des Schattenwanderns auszuhorchen. Sie war übrigens eine sehr geschickte Fechterin. Nachdem ich von einem Höllenritt an einen Ort zurückgekehrt war, der mir ausreichend Rohdiamanten geliefert hatte, um die Dinge zu bezahlen, die ich für meinen Angriff auf Amber brauchte, zeigte sich Dara nicht abgeneigt, und wir schliefen miteinander. Am folgenden Tag luden Ganelon und ich die erforderlichen Mengen der Chemikalie auf einen Wagen und fuhren zur Schatten-Erde ab, auf der ich mein Exil verbracht hatte. Hier wollten wir automatische Waffen und speziell nach meinen Wünschen gefertigte Munition abholen.

Unterwegs hatten wir Schwierigkeiten an der schwarzen Straße, die ihren Einfluß inzwischen offenbar auch auf die Schattenwelten ausgedehnt hatte. Mit dem Ärgernis der Straße wurden wir fertig, doch dann wäre ich bei einem Duell mit Benedict fast umgekommen, der uns erbittert und voll Haß verfolgt hatte. Zu aufgebracht, um mit mir zu diskutieren, hatte er mich mit dem Schwert durch ein kleines Wäldchen gejagt – ein besserer Kämpfer als ich, obwohl er die Klinge jetzt mit der Linken führen mußte. Besiegt hatte ich ihn schließlich mit einem Trick, der die besondere Eigenart der schwarzen Straße ausnutzte, die er nicht kannte. Ich war überzeugt, daß er wegen der Affäre mit Dara hinter mir her war. Aber das war ein Irrtum. In dem kurzen Gespräch, das wir führten, stritt er jedes Wissen um die Existenz einer solchen Person ab. Vielmehr habe er uns in der Überzeugung verfolgt, daß ich seine Dienstboten ermordet hätte. Ganelon hatte hinter dem Wald bei Benedicts Haus tatsächlich einige frische Leichen gefunden, aber wir waren übereingekommen, der Sache nicht nachzugehen, denn wir wußten nicht, wer die Ermordeten waren, und wollten unsere Mission nicht noch mehr verzögern.

Benedict in der Obhut meines Bruders Gérard zurücklassend, den ich durch seinen Trumpf aus Amber hatte kommen lassen, setzten Ganelon und ich die Reise zur Schatten-Erde fort. Hier bewaffneten wir uns, warben in den Schatten eine Armee an und kehrten zurück, um Amber anzugreifen. Bei unserer Ankunft stellten wir allerdings fest, daß Amber bereits von Wesen belagert wurde, die über die schwarze Straße gekommen waren. Meine neuen Waffen entschieden den Kampf sehr schnell zu Gunsten Ambers, doch mein Bruder Eric fiel in der Schlacht und hinterließ mir seine Probleme, seine Abneigung und das Juwel des Geschicks – eine Waffe zur Wetterbeeinflussung, die er gegen mich eingesetzt hatte, als Bleys und ich Amber angriffen.

Zu diesem Zeitpunkt tauchte plötzlich Dara auf, ritt im Galopp an uns vorbei nach Amber, stieß bis zum Muster vor und beschritt es – ein äußerer Beweis, daß sie tatsächlich irgendwie mit uns verwandt war. Während des anstrengenden Durchschreitens des Musters machte sie jedoch, so sah es jedenfalls aus, einige seltsame physische Veränderungen durch. Als sie das Muster hinter sich ließ, verkündete sie, Amber werde vernichtet werden. Dann verschwand sie.

Etwa eine Woche später wurde mein Bruder Caine ermordet. Die Tat war so arrangiert worden, daß ich als Täter dastehen mußte. Die Tatsache, daß ich seinen Mörder getötet hatte, brachte leider keinen Unschuldsbeweis für mich, denn der Kerl war leider nicht mehr in der

Lage, eine Aussage zu machen. Allerdings erkannte ich, daß ich ein Wesen dieser Art schon einmal gesehen hatte – die Wesen, die Random bis in Floras Haus verfolgt hatten! Ich nahm mir endlich die Zeit, mich mit Random zusammenzusetzen und mir die Geschichte seines erfolglosen Versuchs anzuhören, Brand aus seinem Turm zu befreien.

Random war vor Jahren, als ich nach Amber weitersprang, um im Duell gegen Eric anzutreten, in Rebma zurückgeblieben und hatte dort auf Königin Moires Veranlassung eine Frau ihres Hofes heiraten müssen, Vialle, ein hübsches blindes Mädchen. Dieses Urteil war teils als Strafe gedacht, denn vor Jahren hatte Random Moires inzwischen verstorbene Tochter Morganthe in anderen Umständen verlassen: Er hatte einen Sohn, Martin, das mutmaßliche Objekt des beschädigten Trumpfes, den Random jetzt in der Hand hielt. Doch Random – und das war bei ihm verwunderlich – hatte sich offenbar in Vialle verliebt und lebte jetzt mit ihr in Amber.

Nachdem ich Random verlassen hatte, brachte ich das Juwel des Geschicks an mich und trug es in den Saal des Musters. Dort folgte ich den bruchstückhaften Anweisungen, die ich mitbekommen hatte und die dazu führen sollten, daß sich das Juwel auf mich einstimmte. Während dieses Vorgangs erlebte ich einige ungewöhnliche Empfindungen und bekam schließlich die offensichtlichste Funktion des Juwels in den Griff: die Fähigkeit, meteorologische Phänomene auszulösen. Anschließend befragte ich Flora über mein Exil. Ihre Geschichte hörte sich logisch an und paßte zu den mir bekannten Tatsachen, wenn ich auch das Gefühl hatte, daß sie sich im Hinblick auf meinen Unfall nicht ganz offen aussprach. Sie gab mir allerdings das Versprechen, Caines Mörder als ein Wesen jener Art zu identifizieren, mit der Random und ich damals in ihrem Haus in Westchester gekämpft hatten; außerdem versicherte sie mich ihrer Unterstützung in allen Plänen, die ich im Augenblick haben mochte.

Als ich Randoms Bericht hörte, hatte ich noch keine Ahnung von den beiden konkurrierenden Gruppen und ihren Machenschaften. Ich kam zu dem Schluß, daß, wenn Brand noch lebte, seine Rettung von größter Wichtigkeit war, allein schon wegen der Tatsache, daß er offenbar Informationen besaß, die irgend jemand nicht weiter verbreitet wissen wollte. Ich entwickelte einen Plan, dieses Ziel zu erreichen, einen Plan, dessen Verwirklichung nur so lange zurückgestellt wurde, wie Gérard und ich brauchten, um Caines Leiche nach Amber zurückzubringen. Ein Teil dieser Zeit wurde von Gérard dazu benutzt, mich bewußtlos zu schlagen, für den Fall, daß ich seine Kräfte vergessen haben sollte; auf diese Weise wollte er seine Worte unterstreichen, wonach er mich persönlich zu töten gedachte, wenn es sich herausstellte, daß ich hinter Ambers augenblicklichen Schwierigkeiten steckte. Dieser Kampf war zugleich die exklusivste Fernsehübertragung, von der ich weiß: Durch Gérards Trumpf nahm die ganze Familie daran teil – zur Sicherheit, sollte ich tatsächlich der Übeltäter sein und mit dem Gedanken spielen, Gérards Namen wegen seiner Drohung von der Liste der Lebenden zu tilgen. Anschließend suchten wir das Einhornwäldchen auf und luden Caines Leiche aufs Pferd. Dabei erhaschten wir einen kurzen Blick auf das legendäre Einhorn von Amber.

Am Abend kamen wir in der Bibliothek des Palasts von Amber zusammen – Random, Gérard, Benedict, Julian, Deirdre, Fiona, Flora, Llewella und ich. In diesem Kreise probierte ich meinen Plan aus, der uns zu Brand führen sollte: Zu neunt wollten wir versuchen, ihn über seinen Trumpf zu erreichen. Das Experiment hatte Erfolg.

Wir setzten uns mit ihm in Verbindung und konnten ihn tatsächlich nach Amber zurückholen. Mitten im größten Gedränge, als Gérard ihn gerade durch den Trumpf zu uns brachte, stieß jemand Brand einen Dolch in die Seite. Gérard ernannte sich sofort zum verantwortlichen Arzt und räumte das Zimmer.

Wir übrigen zogen uns in ein Wohnzimmer im Erdgeschoß zurück, um dort die Ereignisse weiter durchzusprechen. Dabei teilte mir Fiona mit, daß das Juwel des Geschicks bei längerem Tragen eine Gefahr darstellen konnte; sie deutete sogar an, daß vielleicht weniger die Wunden für Erics Tod verantwortlich gewesen waren als das Juwel. Einer der ersten Vorboten der Gefahr war nach ihrer Auffassung eine Verzerrung des Zeitgefühls – eine scheinbare Verlangsamung des zeitlichen Ablaufs, welche in Wirklichkeit eine Beschleunigung der physiologischen Vorgänge des Trägers des Juwels darstellte. Ich faßte den Entschluß, mit dem Juwel künftig vorsichtiger umzugehen, da Fiona in solchen Dingen beschlagener war als wir übrigen, war sie doch einmal Dworkins gelehrigste Schülerin gewesen.

Vielleicht hatte sie sogar recht. Vielleicht stellte sich dieser Effekt tatsächlich kurze Zeit darauf ein, als ich in mein Quartier zurückkehrte. Jedenfalls hatte ich den Eindruck, daß sich die Person, die mich umzubringen versuchte, ein wenig langsamer bewegte, als ich es in einer ähnlichen Lage getan hätte. Die Klinge traf mich an der Seite, und die Welt versank.

Schlimm blutend erwachte ich im Bett meines alten Hauses auf der Schatten-Erde, wo ich lange Zeit als Carl Corey gelebt hatte. Wie ich dorthin gekommen war, wußte ich nicht. Ich kroch ins Freie und geriet in einen Schneesturm. Ich klammerte mich verzweifelt an das Bewußtsein und versteckte das Juwel des Geschicks in meinem alten Komposthaufen, denn die Welt ringsum schien sich tatsächlich zu verlangsamen. Dann schaffte ich es bis zur Straße und versuchte, einen vorbeifahrenden Autofahrer anzuhalten.

Zweites Kapitel

Schließlich wurde ich von meinem Freund und ehemaligen Nachbarn Bill Roth gefunden und in das nächste Krankenhaus gebracht. Dort behandelte mich derselbe Arzt, der unmittelbar nach dem Unfall vor vielen Jahren meine Wunden versorgt hatte. Er hielt mich für einen psychiatrischen Fall, da die alten Unterlagen noch immer den damals vorgetäuschten Stand der Dinge wiedergaben.

Doch später kam Bill und stellte alles richtig. Als Rechtsanwalt hatte er sich damals für mein seltsames Verschwinden interessiert und umfangreiche Nachforschungen angestellt. Dabei hatte er von dem falschen psychiatrischen Gutachten und meiner Flucht erfahren. Er besaß sogar Unterlagen über diese Dinge und den Unfall. Noch immer hatte er das Gefühl, daß irgend etwas nicht mit mir stimmte, daß ich irgendwie seltsam war, doch im Grunde störte ihn das nicht besonders.

Später setzte sich Random über meinen Trumpf mit mir in Verbindung und teilte mit, Brand sei zu Bewußtsein gekommen und wolle mich sprechen. Mit Randoms Hilfe kehrte ich nach Amber zurück. Ich suchte Brand auf. In diesem Gespräch erfuhr ich Details über den Machtkampf, der rings um mich getobt hatte, und über die Identität der Beteiligten. Sein Bericht zusammen mit den Dingen, die Bill mir auf der Schatten-Erde eröffnet hatte, brachte endlich ein wenig Sinn und Klarheit in die Ereignisse der letzten Jahre. Zugleich gab mir Brand näheren Aufschluß über die Beschaffenheit der Gefahren, denen wir uns im Augenblick gegenübersahen.

Am nächsten Tag unternahm ich gar nichts, sondern gab vor, mich auf einen Besuch in Tirna Nog'th vorzubereiten; in Wirklichkeit wollte ich nur Zeit gewinnen, um mich noch von meiner Verletzung zu erholen. Dem Vorwand mußte allerdings Glaubwürdigkeit verschafft werden. So reiste ich dann tatsächlich an jenem Abend in die Stadt am Himmel und stieß dort auf eine verwirrende Sammlung von Zeichen und Symbolen, die wahrscheinlich nichts bedeuteten, und nahm dabei dem Gespenst meines Bruders Benedict einen seltsamen künstlichen Arm ab.

Von diesem Ausflug in himmlische Höhen zurückgekehrt, frühstückte ich mit Random und Ganelon, ehe wir über den Kolvir nach Hause zurückreiten wollten. Langsam und rätselhaft begann sich der Weg rings um uns zu verändern. Es war, als schritten wir durch die Schatten, was in solcher Nähe zu Amber geradezu unmöglich war. Als wir zu diesem Schluß gelangt waren, versuchten wir unseren Kurs zu ändern, doch Random und ich waren nicht in der Lage, einen Szenenwechsel vorzunehmen. Etwa um diese Zeit tauchte das Einhorn auf. Es schien uns aufzufordern, ihm zu folgen – und wir gehorchten.

Es hatte uns durch eine kaleidoskopartige Fülle von Veränderungen geführt, bis wir schließlich diesen Ort erreichten, an dem es uns wieder allein ließ. Während mir dieser gewaltige Reigen der Ereignisse durch den Kopf ging, arbeitete mein Verstand an der Schwelle zum Unterbewußtsein weiter und kehrte nun zu den Worten zurück, die Random soeben gesagt hatte. Ich hatte das Gefühl, ihm wieder ein Stück voraus zu sein. Wie lange dieser Zustand andauern mochte, wußte ich nicht, doch war mir nun klar, wo ich schon einmal Darstellungen von der Hand gesehen hatte, die den durchstochenen Trumpf geschaffen hatte.

Wenn er eine seiner melancholischen Perioden durchmachte, hatte Brand oft zum Pinsel gegriffen; und als ich mir die vielen Leinwände vorstellte, die er bepinselt hatte, erinnerte ich mich an seine Lieblingstechniken. Dazu seine Jahre zurückliegende Kampagne, Erinnerungen und Beschreibungen aller Leute zu sammeln, die Martin gekannt hatten. Random hatte seinen Stil noch nicht erkannt, doch ich fragte mich, wie lange es dauern mochte, bis er wie ich über die möglichen Ziele von Brands Informationssuche nachzudenken begann. Selbst wenn seine Hand die Klinge nicht selbst geführt hatte, war Brand doch in die Angelegenheit verstrickt, denn von ihm kam das Werkzeug zu dieser Tat. Ich kannte Random gut genug um zu wissen, daß die eben geäußerten Worte ernst gemeint waren. Er würde versuchen, Brand zu töten, sobald ihm die Verbindung aufging. Eine mehr als unangenehme Sache.

Dabei ging es mir nicht darum, daß Brand mir wahrscheinlich das Leben gerettet hatte. Ich bildete mir ein, meine Schuld bei ihm beglichen zu haben, als ich ihn aus dem Turm rettete. Nein. Nicht Schuld oder Gefühl veranlaßte mich, nach einer Möglichkeit zu suchen, Random in die Irre zu führen oder von voreiligen Schritten abzuhalten. Es war vielmehr die nüchterne Überlegung, daß ich Brand brauchte. Dafür hatte er gesorgt. Daß ich ihn jetzt rettete, hatte einen Grund, der nicht weniger altruistisch war als die Motive, die ihn bewegt hatten, als er mich aus dem See zog. Er besaß etwas, dessen ich jetzt bedurfte: Informationen. Er hatte dies sofort erkannt und setzte mich geschickt auf kleine Rationen: sein Beitrag zur Gewerkschaft des Lebens.

»Ich sehe die Ähnlichkeit«, sagte ich zu Random. »Du könntest recht haben mit deiner Vermutung.«

»Natürlich habe ich recht.«

»Die Karte wurde durchstoßen«, sagte ich.

»Kein Zweifel. Ich weiß nicht ...«

»Er wurde also nicht durch den Trumpf geholt. Der Täter hat Verbindung aufgenommen, hat ihn aber nicht überreden können durchzukommen.«

»So? Der Kontakt muß sich aber bis zu einer ausreichenden Festigkeit und Nähe entwickelt haben, daß er zustechen konnte. Vielleicht hat er ihn sogar geistig blockiert und festgehalten, während er blutete. Der Junge hatte vermutlich keine große Erfahrung mit den Trümpfen.«

»Vielleicht, vielleicht aber auch nicht«, sagte ich. »Llewella oder Moire können uns sicher sagen, wieviel er über die Trümpfe wußte. Ich wollte mehr auf die Möglichkeit hinaus, daß der Kontakt vielleicht vor dem Tod unterbrochen wurde. Wenn er deine regenerativen Fähigkeiten geerbt hat, lebt er vielleicht noch.«

»Vielleicht? Ich möchte keine Mutmaßungen hören, sondern klare Antworten!«

Damit begann ein schwieriger geistiger Balanceakt. Ich glaubte etwas zu wissen, das ihm unbekannt war, doch meine Informationsquelle war nicht die beste. Außerdem wollte ich mich über die Möglichkeit zunächst ausschweigen, weil ich noch keine Gelegenheit gehabt hatte, mit Benedict darüber zu sprechen. Andererseits war Martin Randoms Sohn, und ich wollte seine Aufmerksamkeit von Brand ablenken.

»Random, vielleicht habe ich etwas«, sagte ich.

»Was?«

»Unmittelbar nachdem Brand verwundet wurde«, sagte ich, »als wir uns im Wohnzimmer unterhielten, da kam die Sprache auch auf Martin – erinnerst du dich?«

»Ja. Aber dabei wurde nichts Neues diskutiert.«

»Ich hätte damals etwas dazu sagen können, doch ich habe mich zurückgehalten, weil eben alle da waren. Außerdem wollte ich die Sache mit der betreffenden Person unter vier Augen weiter verfolgen.«

»Wer ist der Mann?«

»Benedict.«

»Benedict? Was hat der mit Martin zu schaffen?«

»Keine Ahnung. Deshalb wollte ich ja den Mund halten, bis ich mehr wußte. Außerdem war meine Informationsquelle problematisch.«

»Sprich weiter.«

»Dara. Benedict fährt aus der Haut, wenn ich ihren Namen nur ausspreche, trotzdem haben sich bisher etliche Dinge, die sie mir erzählte, als richtig herausgestellt – zum Beispiel die Reise Julians und Gérards über die schwarze Straße, ihre Verwundung, ihr Aufenthalt in Avalon. Benedict räumte ein, daß diese Dinge in der Tat geschehen seien.«

»Was sagte sie über Martin?«

Ja, was? Wie konnte ich es formulieren, ohne Brand bloßzustellen –? Dara hatte gesagt, Brand habe Benedict über Jahre hinweg mehrfach in Avalon aufgesucht. Der Zeitunterschied zwischen Amber und Avalon ist ziemlich extrem; nachdem ich nun darüber nachdachte, erschien es mir durchaus möglich, daß diese Besuche in die Zeit fielen, da Brand aktiv Informationen über Martin suchte. Ich hatte mich bereits gefragt, was ihn immer wieder dorthin zog, waren er und Benedict doch nie besonders gut miteinander ausgekommen.

»Nur daß Benedict einen Besucher namens Martin gehabt hätte, von dem sie annahm, er käme aus Amber«, log ich.

»Wann?«

»Einige Zeit ist das jetzt her. Ich weiß es nicht genau.«

»Warum hast du mir das nicht früher gesagt?«

»Ist ja eigentlich keine große Sache – außerdem hast du dich bisher nie erkennbar für Martin interessiert.«

Random blickte auf den Greif, der nun rechts von mir hockte und vor sich hin gurgelte. Dann nickte er.

»Jetzt interessiere ich mich aber für ihn«, erwiderte er. »Man ändert sich eben. Wenn er noch lebt, würde ich ihn gern näher kennenlernen. Wenn nicht ...«

»Schön«, sagte ich. »Die beste Methode zu beidem ist, zunächst einmal den Heimweg zu suchen. Wir dürften gesehen haben, was wir sehen sollten. Ich möchte jetzt lieber hier fort.«

»Darüber habe ich mir schon meine Gedanken gemacht«, sagte er. »Und ich bin darauf gekommen, daß wir wahrscheinlich das Muster benutzen können. Wir brauchen nur zur Mitte zu gehen und uns nach Hause versetzen zu lassen.«

»Über die dunkle Fläche?« fragte ich.

»Warum nicht? Ganelon hat es doch versucht und ist wohlauf.«

»Moment«, warf Ganelon ein. »Ich habe nicht gesagt, daß es leicht war. Außerdem meine ich, daß ihr die Pferde nicht aufs Muster bekommt.«

»Was dann?« wollte ich wissen.

»Erinnerst du dich an die Stelle, an der wir die schwarze Straße überquert haben – damals, als wir aus Avalon flohen?«

»Natürlich!«

»Nun, die Gefühle, die ich hatte, als ich die Karte und den Dolch zurückholte, hatten eine gewisse Ähnlichkeit mit der Erregung, die wir damals verspürten. Das ist einer der Gründe, warum ich so gelaufen bin. Ich wäre dafür, es zunächst noch einmal mit den Trümpfen zu versuchen, in der Annahme, daß dieser Ort mit Amber kongruent ist.«

Ich nickte.

»Na schön. Wir können genausogut versuchen, es uns so einfach wie möglich zu machen. Treiben wir zuerst die Pferde zusammen.«

Das taten wir, wobei wir die Länge der Kette des Greifs herausbekamen. Seine Grenze lag bei etwa dreißig Metern vor der Höhlenöffnung. Als sich die Kette spannte, begann er sofort durchdringend zu klagen. Dies erleichterte es nicht gerade, die Pferde zu beruhigen, brachte mich aber auf einen Gedanken, den ich zunächst für mich behielt.

Zweites Kapitel

Sobald wir alles unter Kontrolle hatten, griff Random nach seinen Trümpfen, und ich zog mein Spiel ebenfalls aus der Tasche. »Versuchen wir Benedict«, sagte er.

»Gut. Bist du bereit?«

Ich stellte sofort fest, daß sich die Karten wieder kalt anfühlten, was ein gutes Zeichen war. Ich zog Benedicts Karte aus dem Stapel und begann, mich an die Kontaktaufnahme heranzutasten. Random neben mir tat dasselbe.

Der Kontakt ergab sich fast sofort.

»Was liegt an?« fragte Benedict, und sein Blick wanderte über Random, Ganelon und die Pferde und richtete sich schließlich auf mich.

»Holst du uns zu dir?« fragte ich.

»Die Pferde auch?«

»Alles.«

»Kommt.«

Er streckte die Hand aus, und ich berührte sie. Wir alle näherten uns ihm. Sekunden später standen wir neben ihm an einem hohen felsigen Ort; ein kühler Wind bewegte unsere Kleidung, die Nachmittagssonne Ambers stand an einem wolkigen Himmel. Benedict trug eine dicke Lederjacke und Wildlederstiefel. Sein Hemd schimmerte in einem verwaschenen Gelb. Ein orangeroter Mantel verhüllte den Stumpf des rechten Arms. Er reckte das lange Kinn und blickte auf mich herab.

»Interessanter Ort, von dem ihr da kommt«, bemerkte er. »Ich habe ein Stück vom Hintergrund gesehen.«

Ich nickte.

»Interessanter Ausblick aus dieser Höhe«, sagte ich und blickte auf das Spionglas an seinem Gürtel; im gleichen Augenblick erkannte ich, daß wir auf dem breiten Felsvorsprung standen, von dem aus Eric am Tage seines Todes und meiner Rückkehr die Schlacht geleitet hatte. Ich trat vor und betrachtete den schwarzen Pfad durch Garnath, der tief unter uns lag und sich bis zum fernen Horizont erstreckte.

»Ja«, sagte er. »Die schwarze Straße scheint ihre Grenzen fast überall stabilisiert zu haben. An einigen Stellen jedoch erweitert sie sich noch immer. Es sieht fast so aus, als näherte sie sich einer höchsten Übereinstimmung mit irgendeinem ... Muster. Jetzt erzähl schon, woher kommt ihr?«

»Ich habe die letzte Nacht in Tirna Nog'th verbracht«, sagte ich. »Und heute früh sind wir beim Überqueren des Kolvir vom Weg abgekommen.«

»Was nun wirklich eine Leistung ist«, stellte er fest. »Sich auf dem eigenen Berg zu verirren! Man kommt immer wieder nach Osten, weißt du. Das ist die Richtung, aus der, wie zu hören ist, die Sonne aufsteigt.«

Ich spürte, wie mir die Röte ins Gesicht schoß.

»Es hat einen Unfall gegeben«, sagte ich und blickte zur Seite. »Dabei ist uns ein Pferd verlorengegangen.«

»Was für ein Unfall?«

»Ein schlimmer Unfall – schlimm für das Pferd.«

»Benedict«, sagte Random und hob den Kopf. Erst jetzt bemerkte ich, daß er die ganze Zeit den durchstochenen Trumpf angeschaut hatte. »Was kannst du mir über meinen Sohn Martin sagen?«

Benedict musterte ihn einige Sekunden lang, ehe er reagierte. »Woher das plötzliche Interesse?« fragte er dann.

»Weil ich Grund zu der Vermutung habe, daß er tot ist«, erwiderte Random. »Wenn das stimmt, möchte ich ihn rächen. Wenn nicht – nun, der Gedanke, daß er tot sein könnte, hat mich ziemlich aufgewühlt. Lebt er aber noch, möchte ich ihn gern sehen und mit ihm sprechen.«

»Wie kommst du darauf, daß er vielleicht nicht mehr lebt?«

Random sah mich an. Ich nickte.

»Fang beim Frühstück an«, sagte ich.

»Während er erzählt, besorge ich uns etwas zu essen«, sagte Ganelon und wühlte in einem seiner Tragebeutel herum.

»Das Einhorn wies uns den Weg ...«, begann Random.

3

Wir aßen schweigend. Random hatte zu sprechen aufgehört, und Benedict starrte über Garnath in den Himmel. Sein Gesicht war unbewegt. Ich hatte es vor langer Zeit gelernt, sein Schweigen zu respektieren.

Schließlich nickte er und wandte sich an Random.

»Seit langem habe ich etwas Ähnliches vermutet«, stellte er fest, »aus Bemerkungen, die Vater und Dworkin im Laufe der Jahre gemacht haben. Ich hatte den Eindruck, daß es ein Urmuster geben müsse, das sie entweder ausfindig gemacht oder selbst geschaffen hatten, wobei sie unser Amber nur einen Schatten entfernt davon ansiedelten, damit sie auf die Kräfte des Urmusters zurückgreifen konnten. Ich hatte allerdings keinen Hinweis darauf mitbekommen, wie man an diesen Ort gelangt.«

Sein Blick richtete sich auf Garnath, und er machte eine typische Bewegung mit dem Kinn. »Und das hier, so meint ihr, entspricht dem, was dort geschah?«

»Sieht so aus«, erwiderte Random.

»... und wurde hervorgerufen durch Martins Blut?«

»Ich nehme es an.«

Benedict hob den Trumpf, den Random ihm während seines Berichts übergeben hatte. Zuerst hatte Benedict nichts dazu bemerkt.

»Ja«, sagte er jetzt. »Dies ist Martin. Er besuchte mich, als er Rebma verlassen hatte. Er blieb lange bei mir.«

»Warum ist er zu dir gekommen?« wollte Random wissen.

Benedict lächelte.

»Irgendwohin mußte er doch«, gab er zurück. »Er war seiner Stellung in Rebma überdrüssig, seine Haltung gegenüber Amber war unausgeprägt, er war jung und frei und hatte gerade erst die Kräfte entdeckt, die das Muster ihm verlieh. Er wollte fort, wollte neue Dinge sehen, wollte durch die Schatten reisen – wie wir alle. Als kleinen Jungen hatte ich ihn einmal nach Avalon mitgenommen, damit er im Sommer mal über das trockene Land wandern konnte, damit er reiten lernte und sah, wie Korn geerntet wurde. Als er dann plötzlich in der Lage war, sich im Nu überallhin zu versetzen, waren seine Möglichkeiten dennoch nur auf die wenigen Orte beschränkt, die er kannte. Gewiß, er hätte sich auf der Stelle etwas erträumen und dorthin ziehen können – sich also eine Welt schaffen. Aber er wußte auch, daß er noch viel zu lernen hatte, ehe er sich sicher in den Schatten bewegen konnte. Er beschloß, zu mir zu kommen und mich zu bitten, ihn zu unterrichten. Das habe ich getan. Er hat bei mir fast ein Jahr zugebracht. Ich lehrte ihn kämpfen, machte ihn mit den Trümpfen und den Schatten bekannt und unterrichtete ihn in jenen Dingen, die ein Amberianer wissen muß, wenn er am Leben bleiben will.«

»Warum hast du das alles getan?« wollte Random wissen.

»Irgend jemand mußte es tun. Er kam zu mir, also oblag diese Pflicht mir«, erwiderte Benedict. »Nicht, daß ich den Jungen nicht gern hatte«, fügte er hinzu.

Random nickte.

»Du hast gesagt, er hätte fast ein Jahr bei dir gelebt. Was war hinterher?«

»Den Wandertrieb kennst du so gut wie ich. Kaum hatte er ein gewisses Vertrauen in seine eigenen Fähigkeiten gewonnen, da wollte er sie auch ausprobieren. Im Verlauf meines Unterrichts hatte ich ihn natürlich auf Reisen durch die Schatten mitgenommen, hatte ihn da und dort Bekannten vorgestellt. Dann aber kam die Zeit, da er seinen Weg allein gehen wollte. Eines Tages verabschiedete er sich und zog los.«

»Hast du ihn seither wiedergesehen?« fragte Random.

»Ja. Er ist immer mal wieder zurückgekehrt; er blieb eine Zeitlang und erzählte mir von seinen Abenteuern und seinen Entdeckungen. Dabei war stets von vornherein klar, daß er nur zu Besuch da war. Nach einer Weile wurde er unruhig und zog weiter.«

»Wann hast du ihn zum letzten Mal gesehen?«

»Das ist nach Avalon-Zeit jetzt mehrere Jahre her und geschah unter den üblichen Umständen. Er tauchte eines Morgens auf, blieb etwa zwei Wochen lang, erzählte mir von den Dingen, die er gesehen und getan hatte, und von den vielen Dingen, die er noch tun wollte. Später reiste er ab.«

»Und seitdem hast du nicht wieder von ihm gehört?«

»Im Gegenteil. Wenn er gemeinsame Freunde besuchte, hinterließ er Nachrichten für mich. Von Zeit zu Zeit setzte er sich sogar durch meinen Trumpf mit mir in Verbindung ...«

»Er hatte einen Satz Trümpfe?« fragte ich dazwischen.

»Ja, ich hatte ihm eines meiner Extraspiele zum Geschenk gemacht.«

»Hattest du einen Trumpf für ihn?«

Drittes Kapitel

Er schüttelte den Kopf.

»Bis zu diesem Augenblick hatte ich keine Ahnung, daß es einen solchen Trumpf überhaupt gibt.« Er hob die durchlöcherte Karte, blickte darauf und gab sie Random zurück. »Mir fehlt die Kunstfertigkeit, so etwas zu zeichnen. Random, hast du versucht, ihn durch diesen Trumpf zu erreichen?«

»Ja, sehr oft, seit die Karte in unserem Besitz ist. Zuletzt erst vor wenigen Minuten. Keine Reaktion.«

»Natürlich ist damit nichts bewiesen. Wenn die Ereignisse so abgelaufen sind, wie du vermutest, und er den Anschlag überlebt hat, ist er jetzt vielleicht entschlossen, alle künftigen Kontaktversuche abzublokken. Wie das geht, weiß er.«

»*Sind* denn die Ereignisse so gewesen, wie ich vermute? Weißt du mehr darüber?«

»Ich habe da so eine Ahnung«, sagte Benedict. »Weißt du, er ist vor einigen Jahren verwundet bei einem Freund in den Schatten aufgetaucht. Es handelte sich um eine Wunde, die auf einen Messerstich zurückzuführen war. Mir wurde berichtet, er sei in ziemlich schlechtem Zustand gewesen und habe nicht im einzelnen berichtet, woher er die Wunde hatte. Er blieb ein paar Tage lang, bis er wieder mobil war, und verschwand, bevor er sich richtig erholt hatte. Das war das letzte, was die Freunde von ihm gehört haben. Und ich auch.«

»Warst du denn nicht neugierig?« fragte Random. »Hast du nicht nach ihm gesucht?«

»Natürlich war ich neugierig. Das bin ich auch immer noch. Aber ein Mann hat das Recht, sein eigenes Leben zu leben, ohne daß sich Verwandte einmischen, so gut ihre Absichten auch sein mögen. Er hatte die Krise überwunden und machte nicht den Versuch, sich mit mir in Verbindung zu setzen. Anscheinend wußte er, was er wollte. Er ließ mir durch die Tecys ausrichten, ich solle mir keine Sorgen machen, wenn ich von dem Ereignis hörte, er wisse schon, was er tue.«

»Die Tecys?« fragte ich.

»Richtig. Das sind Freunde von mir in den Schatten.«

Ich verschluckte die Worte, die mir in den Sinn kamen. Ich hatte diese Familie für einen Teil von Daras Geschichte gehalten, in der sie die Wahrheit in anderer Hinsicht oft genug völlig verdreht hatte. Sie hatte zu mir von den Tecys gesprochen, als wären sie ihr bekannt, als hätte sie bei ihnen gewohnt – mit Benedicts Wissen. Es schien mir jedoch nicht der richtige Augenblick zu sein, ihm von meiner Vision tags zuvor in Tirna Nog'th zu erzählen und von den Dingen, die dabei über seine Beziehung zu dem Mädchen angedeutet worden waren. Ich hatte noch nicht die Zeit gehabt, mich mit dieser Frage und den sich daraus ergebenden Folgerungen auseinanderzusetzen.

Random stand auf, wanderte hin und her, blieb in der Nähe des Abgrunds stehen. Er hatte sich abgewandt, seine Hände waren auf dem Rücken krampfartig verschränkt. Nach kurzem Zögern drehte er sich um und kehrte zurück.

»Wie können wir uns mit den Tecys in Verbindung setzen?« fragte er Benedict.

»Überhaupt nicht«, erwiderte dieser. »Es sei denn, du besuchst sie.«

Random wandte sich an mich.

»Corwin, ich brauche ein Pferd. Du sagst, Star hätte schon einige Höllenritte hinter sich ...«

»Er hat einen anstrengenden Vormittag gehabt ...«

»Na, so anstrengend nun auch wieder nicht. Das meiste war doch Angst. Er scheint sich wieder beruhigt zu haben. Leihst du ihn mir?«

Ehe ich antworten konnte, drehte er sich zu Benedict um.

»Du führst mich doch hin, ja?«

Benedict zögerte. »Ich weiß nicht, was es da noch mehr zu erfahren gäbe ...«, meinte er.

»Mir ist alles wichtig! Alles, woran sie sich erinnern – vielleicht an etwas, das sie damals nicht für wichtig hielten, das im Rahmen unseres heutigen Wissens aber sehr wichtig ist.«

Benedict sah mich an. Ich nickte.

»Er kann Star nehmen, wenn du bereit bist, ihn zu führen.«

»Na schön«, sagte Benedict und stand auf. »Ich hole mein Reittier.«

Er drehte sich um und näherte sich einem großen Schecken, der hinter uns angebunden war.

»Vielen Dank, Corwin«, sagte Random.

»Du kannst mir deinerseits einen Gefallen erweisen.«

»Welchen?«

»Leih mir Martins Trumpf.«

»Wozu denn?«

»Mir ist da eben ein Gedanke gekommen – zu kompliziert, um ihn jetzt zu erklären; du willst ja gleich aufbrechen. Schaden kann er jedenfalls nicht.« Er biß sich auf die Unterlippe.

»Na schön. Wenn du damit fertig bist, will ich ihn aber zurück.«

» Selbstverständlich.«

»Hilft uns das bei der Suche nach ihm?«

»Vielleicht.«

Er reichte mir die Karte.

»Kehrst du jetzt in den Palast zurück?« wollte er wissen.

»Ja.«

»Kannst du dann Vialle sagen, was geschehen ist und wohin ich geritten bin? Sie macht sich sonst Sorgen.«

»Klar.«

Drittes Kapitel

»Ich passe gut auf Star auf.«
»Das weiß ich. Viel Glück.«
»Danke.«

Ich ritt auf Feuerdrache. Ganelon ging neben mir zu Fuß; er hatte darauf bestanden. Wir folgten dem Weg, auf dem ich am Tage der Schlacht Dara in die Stadt verfolgt hatte. Abgesehen von den kürzlichen Entwicklungen war es vermutlich dieser Umstand, der mich erneut an sie denken ließ. Ich entstaubte meine Gefühle, betrachtete sie gründlich und erkannte, daß mich mehr als reine Neugier zu ihr hinzog – trotz der Spielchen, die sie mit mir getrieben hatte, trotz der Morde, an denen sie zweifellos beteiligt war, trotz ihrer klar ausgesprochenen Pläne mit unserer Welt. Im Grunde überraschten mich diese Empfindungen nicht. Als ich das letzte Mal in der Kaserne meiner Emotionen Überraschungsvisite hielt, hatten die Dinge schon ähnlich gestanden. Nun stellte ich mir die Frage, wie wahrheitsgemäß denn meine Vision der letzten Nacht gewesen sein mochte, in der ihre mögliche Abkunft von Benedict behauptet worden war. Es gab tatsächlich eine gewisse äußerliche Ähnlichkeit, und ich war mehr als halb überzeugt, daß da eine Verbindung bestand. In der Gespensterstadt hatte Benedict dem auch gewissermaßen zugestimmt, den seltsamen neuen Arm erhebend, um sie zu verteidigen ...
»Was findest du denn so komisch?« fragte Ganelon links neben mir.
»Der Arm«, sagte ich, »der mir in Tirna Nog'th zugeflogen ist – ich habe mir Gedanken gemacht über eine verborgene Bedeutung, eine ungeahnte Schicksalskraft dieses Gebildes, das immerhin aus einer Welt des Rätsels und der Träumerei zu uns gekommen ist. Dabei hat es nicht einmal diesen Tag überstanden. Als Iago vom Muster vernichtet wurde, blieb nichts zurück. Die Visionen des ganzen Abends sind im Nichts versunken.«
Ganelon räusperte sich.
»Nun, ganz so, wie du offenbar annimmst, war es doch nicht«, sagte er.
»Was soll das heißen?«
»Der Metallarm befand sich nicht in Iagos Satteltasche. Random hat ihn bei dir verstaut. Dort waren vorher die Rationen; nachdem wir gegessen hatten, tat er die Utensilien in seine eigene Tasche, nicht aber den Arm. Dazu reichte der Platz nicht.«
»Oh«, sagte ich. »Dann ist also ...«
Ganelon nickte.
»... Er hat das Ding jetzt bei sich«, schloß er.
»Den Arm und Benedict. Verdammt! Dem Ding kann ich wirklich keine Liebe entgegenbringen. Es wollte mich töten. Bis jetzt ist in Tirna Nog'th noch niemand angegriffen worden.«

»Aber Benedict, Benedict ist doch in Ordnung. Er steht auf unserer Seite, auch wenn ihr im Augenblick leichte Differenzen habt, stimmt's?«
Ich antwortete nicht.

Er hob die Hand, packte Feuerdrache am Zügel und ließ ihn anhalten. Dann starrte er zu mir empor.

»Corwin, was war da oben eigentlich los? Was hast du erfahren?«

Ich zögerte. Ja, was hatte ich in der Stadt am Himmel erfahren? Niemand wußte, was eigentlich hinter den Visionen von Tirna Nog'th steckte. Durchaus möglich, daß dieser Ort, wie wir manchmal vermuteten, den Zweck hatte, den unausgesprochenen Wünschen und Ängsten des einzelnen Gestalt zu verleihen und sie vielleicht mit unterbewußten Mutmaßungen zu vermengen. Schlußfolgerungen und einigermaßen gründlich durchdachte Vermutungen zu äußern, das ging noch an. Verdachtsmomente aber, die aus dem Unbekannten erwuchsen, sollte man lieber für sich behalten. Allerdings war der Arm denkbar solide ...

»Ich habe dir doch schon erzählt«, sagte ich, »daß ich den Arm einem Gespenst Benedicts abgenommen habe. Du kannst dir denken, daß wir miteinander gekämpft haben.«

»Siehst du das als Omen, daß du und Benedict irgendwann in Konflikt geratet?«

»Vielleicht.«

»Dir wurde doch ein Grund dafür gezeigt, oder?«

»Na schön«, sagte ich und seufzte, ohne daß ich es gewollt hätte. »Ja. Es kam der Hinweis, daß Dara tatsächlich mit Benedict verwandt ist – was ja durchaus stimmen kann. Und wenn es stimmt, wäre es auch denkbar, daß er es gar nicht weiß. Deshalb halten wir in dieser Sache den Mund, bis wir eine Bestätigung haben – so oder so. Verstanden?«

»Natürlich. Aber wie wäre so etwas möglich?«

»Na, wie sie gesagt hat.«

»Urenkelin?«

Ich nickte.

»Durch wen?«

»Das Höllenmädchen, das wir nur vom Hörensagen kennen – Lintra, die Dame, die ihn den Arm gekostet hat.«

»Aber der Kampf hat doch erst kürzlich stattgefunden!«

»In den verschiedenen Reichen der Schatten strömt die Zeit unterschiedlich schnell dahin, Ganelon. In den ferneren Zonen ... Unmöglich wäre es nicht.«

Er schüttelte den Kopf und ließ die Zügel los.

»Corwin, ich bin der Meinung, Benedict sollte informiert werden«, fuhr er fort. »Wenn es stimmt, solltest du ihm eine Chance geben, sich

Drittes Kapitel

darauf vorzubereiten, anstatt ihn die Wahrheit überraschend entdecken zu lassen. Eure Familie ist manchmal dermaßen unfruchtbar, daß Vaterschaft euch offenbar mehr zu schaffen macht als anderen. Sieh dir Random an. Jahrelang hat er sich nicht um seinen Sohn gekümmert, und jetzt ... Ich habe so ein Gefühl, als würde er sein Leben für ihn riskieren.«

»Ich auch«, sagte ich. »Jetzt vergiß aber mal die erste Hälfte deines Satzes und denk dir die zweite noch einen Schritt weiter – bei Benedict.«

»Meinst du, er würde sich auf Daras Seite gegen Amber stellen?«

»Ich vermeide es lieber, ihn vor diese Alternative zu stellen, indem ich ihn gar nicht erst wissen lasse, daß es sie gibt – *wenn* es sie gibt.«

»Damit tust du ihm meiner Meinung nach keinen Gefallen. Er ist doch wohl kaum ein emotionaler Krüppel. Melde dich bei ihm durch den Trumpf und teile ihm deinen Verdacht mit. Auf diese Weise kann er wenigstens darüber nachdenken und wäre bei einer plötzlichen Konfrontation nicht unvorbereitet.«

»Er würde mir doch nicht glauben. Du hast selbst gesehen, wie er sich anstellt, wenn ich Dara nur erwähne.«

»Das allein mag schon bedeutsam sein. Möglicherweise ahnt er, was geschehen ist, und weist es so vehement von sich, weil er die Dinge lieber anders hätte.«

»Im Augenblick würde ich damit nur einen Riß erweitern, den ich gerade übertünchen will.«

»Dein Schweigen kann später aber zu einem völligen Bruch führen, sobald er die Wahrheit herausfindet.«

»Nein. Ich glaube, ich kenne meinen Bruder besser als du.«

Er ließ die Zügel los.

»Na schön«, sagte er. »Ich hoffe, daß du recht hast.«

Ich antwortete nicht, sondern gab Feuerdrache von neuem die Sporen. Zwischen uns bestand das unausgesprochene Einverständnis, daß Ganelon mich alles fragen konnte, was er wollte; ebenso selbstverständlich war es, daß ich mir die Ratschläge anhörte, die er zu geben hatte. Dies lag zum Teil daran, daß seine Stellung wohl einzigartig war. Wir beide waren nicht miteinander verwandt. Er war kein Amberianer. In die Machtkämpfe und Probleme Ambers war er durch eigene Entscheidung verwickelt. Vor langer Zeit waren wir Freunde und dann Feinde gewesen, und seit kurzem wieder Freunde und Verbündete in seiner Wahlheimat. Als diese Angelegenheit geklärt war, hatte er mich gebeten, mich begleiten zu dürfen; er wolle mir in meinen und den Angelenheiten Ambers helfen. Meiner Auffassung nach schuldete er mir nichts, und dasselbe galt umgekehrt – wenn man solche Dinge überhaupt dermaßen aufrechnen will. So kettete uns allein die Freundschaft aneinander – eine kräftigere Bindung als alle Schulden und Ehrenerklärungen: mit anderen Worten, eine Basis, die ihm das Recht gab, mir in solchen Dingen auch einmal auf die Nerven zu gehen, in Dingen, da ich, nachdem meine Meinung feststand, vielleicht sogar Random zum Teufel geschickt hätte. Ich machte mir klar, daß ich mich eigentlich nicht aufregen durfte, solange er seine Bemerkungen in gutem Glauben machte. Wahrscheinlich handelte es sich um ein altes militärisches Gefühl, das mit unserer ersten Zusammenarbeit wie auch mit dem augenblicklichen Stand der Dinge zusammenhing: Ich mag es nicht, wenn man meine Entscheidungen und Befehle in Zweifel zieht. Noch mehr, so schloß ich, ärgerte mich wahrscheinlich die Tatsache, daß er in letzter Zeit etliche vernünftige Mutmaßungen angestellt und darauf logische Vorschläge aufgebaut hatte – Dinge, von denen ich meinte, daß ich darauf hätte selbst stoßen müssen. Niemand gesteht gern eine Ablehnung ein, die auf solchen Dingen beruht. Trotzdem ... war das wirklich alles? Eine einfache Projektion der Unzufriedenheit wegen einigen Momenten persönlicher Unzulänglichkeit? Ein alter soldatischer Reflex hinsichtlich der Heiligkeit meiner Entscheidungen? Oder plagte mich etwas, das viel tiefer saß und das jetzt erst an die Oberfläche drängte?

»Corwin«, sagte Ganelon, »ich habe nachgedacht ...«
Ich seufzte.
»Ja.«
»... über Randoms Sohn. So wie eure Familie gesundet, würde ich es für möglich halten, daß er den Anschlag überlebt hat und sich irgendwo aufhält.«
»Das möchte ich auch gern glauben.«
»Sei nicht zu voreilig.«
»Was meinst du damit?«
»Soweit ich mitbekommen habe, hatte er keinen großen Kontakt zu Amber und zum Rest der Familie; schließlich ist er in Rebma ziemlich für sich aufgewachsen.«
»Ja, so hat man es mir auch berichtet.«
»Ich möchte sogar meinen, daß er außer mit Benedict – und Llewella aus Rebma – anscheinend nur mit einer anderen Person Kontakt hatte, der Person, die ihn zu erstechen versuchte – Bleys, Brand oder Fiona. Nun habe ich mir überlegt, daß er vermutlich eine ziemlich verzerrte Einstellung zur Familie hat.«
»Verzerrt mag sein Bild von uns sein«, sagte ich, »aber doch nicht ohne Grund, wenn ich verstehe, worauf du hinauswillst.«
»Ich glaube schon, daß du mich verstehst. Immerhin denkbar, daß er nicht nur Angst vor der Familie hat, sondern sich vielleicht auch an euch allen rächen will.«

Drittes Kapitel

»Denkbar wär's«, sagte ich.

»Glaubst du, er könnte sich mit dem Gegner zusammengetan haben?« Ich schüttelte den Kopf.

»Nicht wenn er weiß, daß diese Wesen Handlanger der Gruppe sind, die ihn hat töten wollen.«

»Aber sind sie das wirklich? Ich mache mir so meine Gedanken ... Du sagst, Brand hätte Angst bekommen und wollte raus aus dem Arrangement, das mit der Bande von der schwarzen Straße bestand. Wenn diese Wesen so mächtig sind, muß ich mich fragen, ob Fiona und Bleys nicht vielleicht *deren* Werkzeuge geworden sind. Wenn das so wäre, könnte ich mir vorstellen, daß Martin auf etwas aus ist, das ihm Macht über sie verleiht.«

»Das ist zu raffiniert gedacht«, stellte ich fest.

»Der Gegner scheint sehr viel über dich zu wissen.«

»Gewiß, aber er hatte auch eine Gruppe von Verrätern an der Hand, die ihm Informationen zugespielt hat.«

»Können diese Leute all das verraten haben, was Dara deinen Worten nach wußte?«

»Eine gute Frage«, sagte ich. »Aber auf eine Antwort kann ich mich nicht festlegen.« Dabei war die Sache mit den Tecys ganz klar; trotzdem beschloß ich, die Information zunächst zu verschweigen um festzustellen, worauf er hinauswollte; es hatte keinen Sinn, das Gespräch jetzt in eine neue Richtung zu lenken. Also sagte ich: »Martin war doch wohl kaum in der Lage, dem Gegner viel über Amber zu verraten.«

Ganelon schwieg einen Augenblick lang und fragte: »Hattest du Gelegenheit, dich um die Frage zu kümmern, die ich dir neulich abend vor deinem Grabmal gestellt habe?« fragte er schließlich.

»Welche Frage?«

»Ob man die Trümpfe abhorchen kann«, sagte er. »Nachdem wir nun wissen, daß Martin ein Spiel hatte ...«

Nun lag es an mir, den Mund zu halten, während eine kleine Familie von Erlebnismomenten meinen Pfad kreuzte, im Gänsemarsch, von links kommend, mir die Zunge herausstreckend.

»Nein«, sagte ich dann. »Darum habe ich mich noch nicht kümmern können.«

Wir legten eine ziemlich weite Strecke zurück, ehe er sagte: »Corwin, die Nacht, in der du Brand zurückholtest ...«

»Ja?«

»Du hast gesagt, du hättest dich um jeden einzelnen gekümmert bei dem Versuch festzustellen, wer dich erdolchen wollte, und daß eigentlich keines deiner Geschwister die Tat in der zur Verfügung stehenden Zeit hätte bewerkstelligen können.«

»Oh«, sagte ich. »Oh.«
Er nickte.
»Jetzt mußt du einen weiteren Verwandten in deine Überlegungen einbeziehen. Vielleicht fehlt ihm die Finesse der Familie nur, weil er noch jung und unerfahren ist.«

Vor meinem inneren Auge saß ich und winkte der stummen Parade von Momenten zu, die zwischen Amber und später hindurchmarschierte.

4

Als ich geklopft hatte, fragte sie, wer da sei, und ich gab ihr Antwort.
»Einen Augenblick.«
Ich hörte ihre Schritte, und dann ging die Tür auf. Vialle ist kaum größer als fünf Fuß und sehr schlank. Brünett, schmalgesichtig, eine sehr leise Stimme. Sie trug Rot. Ihre blicklosen Augen schauten durch mich hindurch, erinnerten mich an die Düsternis der Vergangenheit, an Schmerz.
»Random«, sagte ich, »hat mich gebeten, Euch zu sagen, daß er noch aufgehalten wurde, daß Ihr Euch aber keine Sorgen machen sollt.«
»Bitte kommt herein«, sagte sie, trat zur Seite und machte dabei die Tür ganz auf.
Ich kam ihrer Aufforderung nach. Ich wollte eigentlich nicht eintreten, doch ich tat es. Ich hatte Randoms Bitte nicht wörtlich nehmen wollen – ihr zu erzählen, was geschehen und wohin er geritten war. Im Grunde wollte ich ihr nur mitteilen, was ich eben gesagt hatte – nicht mehr. Erst als wir unserer separaten Wege gegangen waren, wurde mir klar, was Randoms Ersuchen eigentlich umfaßte: Er hatte mich um nichts weiter gebeten, als seine Frau aufzusuchen, mit der ich bisher kaum ein halbes Dutzend Worte gewechselt hatte, und ihr zu sagen, daß er losgeritten sei, um nach seinem illegetimen Sohn zu suchen, dem Kind, dessen Mutter Morganthe Selbstmord begangen hatte, wofür Random bestraft worden war, indem er Vialle heiraten mußte. Die Tatsache, daß diese Ehe sehr harmonisch war, verblüffte mich noch immer. Ich hatte nicht den Wunsch, der Überbringer unangenehmer Nachrichten zu sein; als ich in das Zimmer trat, versuchte ich, einen Ausweg zu finden.
Ich kam an einer Büste Randoms vorbei, die links an der Wand auf einem hohen Regal stand. Ich war schon daran vorbei, ehe mir auffiel, daß hier mein Bruder dargestellt war. Auf der anderen Seite des Zimmers entdeckte ich Vialles Arbeitstisch. Ich drehte mich um und betrachtete die Büste.
»Ich wußte gar nicht, daß Ihr Skulpturen macht«, sagte ich.
»Ja.«
Ich sah mich in der Wohnung um und entdeckte dabei andere Arbeiten, die von ihr sein mußten.

»Recht gut«, sagte ich.
»Vielen Dank. Möchtet Ihr Euch nicht setzen?«
Ich ließ mich in einen großen Stuhl mit hohen Armlehnen sinken, der bequemer war, als er aussah. Sie nahm auf einem niedrigen Diwan zu meiner Rechten Platz und zog die Beine hoch.
»Kann ich Euch etwas zu essen oder zu trinken anbieten?«
»Nein danke. Ich kann nicht lange bleiben. Die Sache ist die: Random, Ganelon und ich sind auf dem Rückweg ein bißchen vom Wege abgekommen, anschließend haben wir uns noch eine Zeitlang mit Benedict besprochen. Daraus hat sich ergeben, daß Random und Benedict eine weitere kurze Reise machen mußten.«
»Wie lange wird er fort sein?«
»Wahrscheinlich nur über Nacht. Vielleicht ein bißchen länger. Sollte es erheblich länger werden, wird er sich wahrscheinlich über irgendeinen Trumpf melden, und dann geben wir Euch Bescheid.«
Meine Wunde begann zu schmerzen, und ich legte die Hand darauf und massierte vorsichtig die Stelle.
»Random hat mir viel von Euch erzählt«, sagte sie.
Ich lachte leise.
»Seid Ihr sicher, daß Ihr nicht doch etwas essen möchtet? Es macht keine Schwierigkeiten ...«
»Hat er Euch etwa gesagt, daß ich immer Hunger habe?«
Sie lachte.
»Nein. Aber wenn Ihr wirklich so aktiv gewesen seid, wie Ihr eben angedeutet habt, ist Euch sicher nicht viel Zeit zum Essen geblieben.«
»Na, das stimmt nicht ganz. Aber gut. Wenn Ihr noch irgendwo ein Stück Brot herumliegen habt, würd' ich schon gern daran herumknabbern.«
»Gut. Einen Augenblick.«
Sie stand auf und verschwand im Nachbarzimmer. Ich ergriff die Gelegenheit, mir energisch die Wunde zu kratzen, die plötzlich unangenehm zu jucken begann. Erst danach fiel mir auf, daß sie ja gar nicht hätte sehen können, wie ich meine Hüfte bearbeitete. Ihre sicheren Bewegungen, ihr selbstbewußtes Benehmen hatten mich vergessen lassen, daß sie blind war. Es freute mich, daß sie so gut damit fertigwurde.
Ich hörte sie ein Lied singen: »Die Ballade der Wassergeher«, das Lied von Ambers großer Handelsflotte. Amber ist nicht wegen seiner Industrie bekannt, und Landwirtschaft ist auch nicht unsere Stärke. Doch unsere Schiffe segeln durch die Schatten, zwischen irgendwo und überall, und nehmen jede Ladung. So ziemlich jeder männliche Amberianer, von hohem Blute oder auch nicht, verbringt eine gewisse Zeit in

der Flotte. Die vom Blute haben die Handelsrouten vor langer Zeit festgelegt, auf daß andere Schiffe ihnen folgen konnten; im Kopf jedes Kapitäns befinden sich die Meere von etwa zwei Dutzend Welten. Ich hatte früher bei dieser Arbeit mitgeholfen, und obwohl ich mich nie so sehr damit beschäftigt hatte wie Gérard oder Caine, hatten mich die Kräfte der Tiefe und der Geist der Männer, die sie überquerten, sehr beeindruckt.

Nach einer Weile kehrte Vialle zurück. Sie brachte ein Tablett mit Brot, Fleisch, Käse, Früchten und einer Flasche Wein und stellte es auf einen Tisch in meiner Nähe.

»Wollt Ihr ein ganzes Regiment abfüttern?« fragte ich.

»Ich gehe lieber sicher.«

»Vielen Dank. Wollt Ihr nicht mitessen?«

»Vielleicht etwas Obst«, erwiderte sie.

Ihre Finger suchten einen Augenblick lang herum, fanden einen Apfel. Sie kehrte zum Diwan zurück.

»Random hat mir gesagt, Ihr hättet dieses Lied geschrieben«, sagte sie.

»Das ist jetzt schon lange her, Vialle.«

»Habt Ihr in letzter Zeit noch komponiert?«

Ich wollte den Kopf schütteln, faßte mich aber rechtzeitig und sagte: »Nein. Dieser Teil von mir ... schlummert.«

»Schade. Das Lied ist schön.«

»Random ist der eigentliche Musiker in der Familie.«

»Ja, er ist sehr gut. Aber Musizieren und Komponieren sind etwas völlig anderes.«

»Gewiß. Wenn sich die Dinge etwas beruhigt haben, werde ich vielleicht ... Sagt, seid Ihr glücklich hier in Amber? Ist alles so, wie Ihr es Euch wünscht? Braucht Ihr irgend etwas?«

Sie lächelte.

»Ich brauche nur Random. Er ist ein guter Mann.«

Es bewegte mich seltsam, so von ihm sprechen zu hören.

»Dann freue ich mich für Euch«, erwiderte ich. »Er ist jünger und kleiner als wir übrigen ... vielleicht hat er es etwas schwerer gehabt als die anderen in unserer Familie. Es gibt nichts Nutzloseres als einen weiteren Prinzen, wenn bereits eine ganze Horde davon herumtobt. Ich war in dieser Beziehung ebenso gemein wie die anderen. Bleys und ich haben ihn einmal zwei Tage lang auf einer Insel südlich von hier ausgesetzt ...«

»... und Gérard zog los und befreite ihn, als er davon hörte«, fiel sie ein. »Ja, er hat mir davon erzählt. Es muß Euch aber zu schaffen machen, wenn Ihr nach so langer Zeit noch daran denkt.«

»Auf ihn scheint der Vorfall aber auch Eindruck gemacht zu haben.«

»Nein, er hat Euch schon vor langer Zeit verziehen. Mir hat er die Sache als Witz erzählt. Außerdem hat er Euch später einen Dorn durch den Stiefelabsatz gebohrt; das Ding stach Euch in den Fuß.«

»Random war das also! Da soll doch ...! Ich hatte immer Julian in Verdacht.«

»Die Sache macht Random zu schaffen.«

»Wie lange das jetzt alles her ist ...« Ich schüttelte den Kopf und aß weiter. Mehrere Minuten lang herrschte Schweigen, dann sagte ich: »So ist's besser. Viel besser. Ich habe eine seltsame und anstrengende Nacht in der Himmelsstadt hinter mir.«

»Habt Ihr nützliche Omen erfahren?«

»Ich weiß nicht, als wie nützlich sie sich erweisen werden. Andererseits bin ich wohl froh, sie gesehen zu haben. Ist hier irgend etwas Interessantes passiert?«

»Ein Dienstbote hat mir gesagt, Euer Bruder Brand habe sich weiter gut erholt. Er hat heute früh mit Appetit gegessen, was immer ein ermutigendes Zeichen ist.«

»Das ist wahr«, sagte ich. »Es sieht aus, als wäre er außer Gefahr.«

»Anzunehmen. Es – es ist wirklich schrecklich, was Ihr alle habt durchmachen müssen. Es tut mir leid. Ich hatte gehofft, Ihr hättet in Tirna Nog'th Hinweise auf eine positive Wende Eurer Angelegenheiten gefunden.«

»Ist nicht weiter wichtig«, sagte ich. »Ich bin mir nicht mal sicher, welchen Wert die Sache überhaupt hat.«

»Warum aber ... Oh!«

Ich betrachtete sie mit neu erwachtem Interesse. Auf ihrem Gesicht zeigte sich noch immer keine Regung, doch ihre rechte Hand ruckte vor und zupfte an dem Stoff des Diwans.

Plötzlich hielt sie die Finger still, als sei ihr bewußt geworden, wie vielsagend die Bewegung sein konnte. Sie war offensichtlich eine Frau, die bereits eine Antwort auf ihre Frage gefunden hatte und sich jetzt wünschte, sie hätte sie lieber gar nicht gestellt.

»Ja«, sagte ich. »Ich habe Zeit zu gewinnen versucht. Ihr wißt natürlich von meiner Wunde.«

Sie nickte.

»Ich nehme es Random nicht übel, daß er Euch davon erzählt hat«, sagte ich. »Auf sein Urteil konnte man sich schon immer verlassen. Ich sehe keinen Grund, warum sich das jetzt ändern sollte. Dennoch muß ich mich erkundigen, wieviel er Euch verraten hat – zu Eurer eigenen Sicherheit und damit ich weiter ruhig schlafen kann. Denn es gibt Dinge, die ich vermute, von denen ich aber noch nicht gesprochen habe.«

Viertes Kapitel

»Ich verstehe das durchaus. Es ist schwierig, etwas Negatives zu beurteilen – die Dinge, die er vielleicht ausgelassen hat, meine ich –, aber er erzählt mir das meiste. Ich kenne Eure Geschichte und die der anderen in den wesentlichen Zügen. Er hält mich auf dem laufenden über Ereignisse, Verdächtigungen, Vermutungen, Schlußfolgerungen.«

»Vielen Dank«, sagte ich und trank einen Schluck Wein. »Das erleichtert mir das Sprechen doch sehr. Ich werde Euch alles erzählen, was seit dem Frühstück geschehen ist...«

Und das tat ich.

Während ich sprach, lächelte sie von Zeit zu Zeit, ohne mich zu unterbrechen. Als ich fertig war, fragte sie: »Ihr dachtet, es würde mich aufregen, von Martin zu sprechen?«

»Möglich erschien es mir«, antwortete ich.

»Nein«, sagte sie. »Wißt Ihr, ich kannte Martin aus Rebma, als er noch ein kleiner Junge war. Während er aufwuchs, lebte ich dort. Ich mochte ihn. Selbst wenn er nicht Randoms Sohn wäre, würde er mir noch heute etwas bedeuten. Ich kann mich über Randoms Sorge nur freuen und hoffe, daß sie ihn noch rechtzeitig überkommen hat, um beiden zu nützen.«

Ich schüttelte den Kopf.

»Mit Menschen wie Euch habe ich nicht oft zu tun«, sagte ich. »Es freut mich, daß ich endlich einmal mit Euch sprechen konnte.«

Sie lachte. »Ihr habt auch lange ohne Augen leben müssen«, sagte sie.

»Ja.«

»Das kann einen Menschen verbittern – oder ihm eine größere Freude an den Dingen schenken, die ihm noch geblieben sind.«

Ich brauchte gar nicht erst an meine Gefühle aus den Tagen der Blindheit zurückzudenken um zu wissen, daß ich zur ersten Kategorie gehörte, selbst wenn man die Umstände berücksichtigte, unter denen ich meine Blindheit erdulden mußte. Es tut mir leid, aber so bin ich nun mal.

»Wie wahr«, sagte ich. »Ihr seid ein glücklicher Mensch.«

»In Wirklichkeit ist es lediglich ein Gemütszustand – etwas, das ein Herr der Schatten natürlich sofort versteht.«

Sie stand auf.

»Ich habe mich immer gefragt, wie Ihr wohl ausseht«, sagte sie. »Random hat Euch beschrieben, aber das ist etwas anderes. Darf ich?«

»Natürlich.«

Sie kam näher und legte mir die Fingerspitzen auf das Gesicht. Vorsichtig ertastete sie meine Züge.

»Ja«, sagte sie schließlich, »Ihr seht etwa so aus, wie ich mir vorgestellt habe. Und ich spüre eine Spannung in Euch. Die gibt es schon seit langer Zeit, nicht wahr?«

»In der einen oder anderen Form wohl schon seit meiner Rückkehr nach Amber.«

»Ich möchte wissen«, sagte sie, »ob Ihr nicht glücklicher wart, als ihr das Gedächtnis noch nicht wiederhattet.«

»Das ist eine unmögliche Frage«, sagte ich. »Hätte ich meine Erinnerungen nicht zurückgewonnen, wäre ich jetzt vielleicht tot. Aber davon einmal abgesehen – selbst damals gab es etwas, das mich antrieb, das mich täglich beunruhigte. Ich suchte ständig nach Wegen festzustellen, wer und was ich wirklich war.«

»Aber wart Ihr glücklicher oder weniger glücklich als jetzt?«

»Weder noch«, erwiderte ich. »Es gleicht sich alles aus. Wie Ihr schon sagtet, es ist ein Gemütszustand. Und selbst wenn es nicht so wäre, könnte ich doch nie in das andere Leben zurückkehren, nachdem ich nun weiß, wer ich bin, nachdem ich Amber gefunden habe.«

»Warum nicht?«

»Warum stellt Ihr mir diese Fragen?«

»Ich möchte Euch verstehen. Seitdem ich in Rebma zum ersten Mal von Euch hörte, noch bevor Random mir Geschichten über Euch erzählte, bewegte mich die Frage, was Euch im Nacken saß. Jetzt habe ich die Gelegenheit – natürlich nicht das Recht, sondern nur die Gelegenheit –, meine Grenzen zu überschreiten und Euch zu fragen, und ich finde, es lohnt sich.«

Ein leises Lachen brandete in mir empor.

»Gut ausgedrückt«, sagte ich. »Mal sehen, ob ich ehrlich sein kann. Zuerst beflügelte mich der Haß – Haß auf meinen Bruder Eric – und mein Ehrgeiz auf den Thron. Hättet Ihr mich bei meiner Rückkehr gefragt, welches das stärkere Gefühl war, so hätte ich geantwortet, es sei der Thron. Jetzt aber ... jetzt müßte ich zugeben, daß die Verhältnisse in Wirklichkeit umgekehrt waren. Ich habe es mir bis jetzt nie richtig überlegt, aber es stimmt. Eric ist allerdings tot, von meinen damaligen Gefühlen ist nichts mehr übrig. Der Thron bleibt, doch heute muß ich feststellen, daß meine Gefühle in diesem Punkt gemischt sind. Es besteht die Möglichkeit, daß bei der augenblicklichen Sachlage keiner von uns einen Anspruch darauf hat, und selbst wenn alle Einwände seitens der Familie aufgehoben würden, wäre ich nicht bereit, den Thron zu besteigen. Zuerst müßte im Lande die Ruhe wiederhergestellt und eine Reihe von Fragen beantwortet sein.«

»Selbst wenn diese Dinge ergäben, daß Ihr den Thron nicht besteigen dürftet?«

»Selbst dann.«

Viertes Kapitel

»Langsam beginne ich zu verstehen.«

»Was? Was gibt es da zu verstehen?«

»Lord Corwin, mein Wissen über die philosophischen Grundlagen solcher Dinge ist beschränkt, doch habe ich mir eingebildet, daß Ihr in der Lage seid, im Bereich der Schatten alles zu erlangen, das Ihr Euch wünscht. Dies hat mich seit längerem beunruhigt; Randoms Erklärungen habe ich nämlich nie ganz verstanden. Wenn Ihr wolltet, könnte da nicht jeder aus der Familie in die Schatten wandern und sich ein anderes Amber suchen – in jeder Hinsicht identisch mit diesem Amber, mit der einzigen Ausnahme, daß Ihr dort herrschtet oder jeden anderen Status innehättet, der Euch am Herzen liegt?«

»Ja, solche Orte vermögen wir zu finden«, sagte ich.

»Warum wird das dann nicht getan und all der Streit damit beendet?«

»Es liegt daran, daß ein solcher Ort gefunden werden könnte, der derselbe zu sein *schiene* – aber das wäre auch alles. Wir alle sind ebenso gewiß ein Teil dieses Amber, wie es ein Teil von uns ist. Jeder Schatten Ambers müßte mit Schatten unserer selbst bevölkert sein, damit die Übung überhaupt einen Nutzen hat. Wir könnten sogar den Schatten unseres eigenen Ich aussparen, wollten wir persönlich in ein wartendes Reich umziehen. Die Leute des Schattens wären jedoch nicht genau wie die Menschen hier. Ein Schatten entspricht niemals dem Gegenstand, der ihn wirft. Und die kleinen Unterschiede summieren sich; im Grunde sind sie sogar schlimmer als die großen Differenzen. Im Gesamteffekt liefe es darauf hinaus, daß man ein Land voller Fremder beträte. Der beste Vergleich, der mir in den Sinn kommt, ist die Begegnung mit einer Person, die große Ähnlichkeit mit einem anderen Menschen hat, den Ihr gut kennt. Immer wieder erwartet man, daß der Betreffende wie der Bekannte reagiert; und noch schlimmer, man neigt dazu, sich ihm gegenüber so zu benehmen wie vor dem anderen. Man tritt ihm mit einer bestimmten Maske gegenüber, und seine Reaktionen stimmen nicht. Ein unbehagliches Gefühl. Ich habe nie Freude daran, mit Menschen zu sprechen, die mich an andere erinnern. Die Persönlichkeit ist das einzige Element, das wir in unserer Manipulation der Schatten nicht zu steuern vermögen. Tatsächlich liegt hier sogar der Aspekt, durch den wir erkennen, ob einer von uns nur ein Schatten oder er selbst ist. Deshalb war Flora auf der Schatten-Erde so lange im Ungewissen: Meine Persönlichkeit hatte sich sehr verändert.«

»Ich beginne zu verstehen«, sagte sie. »Euch geht es nicht nur um Amber, sondern um diesen Ort und alles andere.«

»Dieser Ort und alles andere ... *Das ist* Amber.«

»Ihr sagt, Euer Haß sei mit Eric gestorben, und Euer Streben nach dem Thron sei durch neue Kenntnisse abgekühlt worden, die Ihr inzwischen erlangt habt.«

»Richtig.«

»Dann glaube ich zu verstehen, was Euch motiviert.«

»Mich treibt der Wunsch nach Stabilität«, sagte ich, »und eine Art Neugier – und Rachegefühle gegenüber unseren Feinden ...«

»Die Pflicht«, sagte sie. »Natürlich.«

Ich schnaubte durch die Nase.

»Es wäre tröstend, könnte man der Sache dieses Mäntelchen umhängen«, sagte ich. »Doch wie die Dinge nun mal liegen, möchte ich nicht als Heuchler dastehen. Ich bin wahrlich kein pflichtbewußter Sohn Ambers oder Oberons.«

»Eure Stimme macht klar, daß Ihr nicht als solcher gelten wollt.«

Ich schloß die Augen, schloß sie, um zu ihr in die Dunkelheit zu treten, um mich vorübergehend an die Welt zu erinnern, wo andere Eindrücke als Lichtwellen den ersten Rang einnahmen. Ich wußte, daß sie mit meiner Stimme recht hatte. Warum hatte ich das Wort Pflicht so energisch abgetan, kaum daß es geäußert worden war? Ich möchte gelobt werden, wenn ich tatsächlich anständig, edel und mutig gewesen bin, und manchmal auch dann, wenn ich es nicht verdient habe – darin unterscheide ich mich nicht von meinen Mitmenschen. Was störte mich aber an dem Gedanken an eine Pflicht in Amber? Nichts. Was dann?

Vater.

Ich schuldete ihm nichts mehr, und schon gar kein Pflichtbewußtsein. In letzter Konsequenz war er für den jetzigen Status Quo verantwortlich. Er hatte eine große Nachkommenschaft in die Welt gesetzt, ohne eine konkrete Thronfolge festzulegen. Er hatte unsere diversen Mütter ziemlich unfreundlich behandelt und anschließend unsere Ergebenheit und Unterstützung erwartet. Er hatte einige seiner Kinder bevorzugt und möglicherweise sogar gegeneinander ausgespielt. Schließlich geriet er in eine Sache, mit der er nicht fertig wurde, und hinterließ das Königreich in schlimmem Zustand. Sigmund Freud hatte schon vor langer Zeit meinem normalen, allgemeinen Groll auf die Familie den Stachel genommen. In dieser Beziehung habe ich mit niemandem ein Hühnchen mehr zu rupfen. Tatsachen sind aber etwas anderes. Ich lehnte meinen Vater nicht nur deswegen ab, weil er mir keinen Grund gegeben hatte, ihn zu mögen; eher kam es mir vor, als habe er auf das Gegenteil hingewirkt. Genug. Ich erkannte, was mir an der Pflicht mißfiel: der, dem gegenüber sie erfüllt wurde.

»Ihr habt recht«, sagte ich, öffnete die Augen und sah sie an. »Ich bin froh, daß Ihr mir davon erzählt habt.« Ich stand auf. »Gebt mir die Hand«, sagte ich.

Sie streckte die rechte Hand aus, und ich hob sie an die Lippen. »Vielen Dank«, sagte ich. »Es war ein köstliches Mahl.«

Viertes Kapitel

Ich drehte mich um und ging zur Tür. Als ich zurückblickte, sah ich, daß sie rot geworden war und lächelte, die Hand noch immer ein Stück erhoben. Da begann ich die Veränderung zu verstehen, die mit Random vor sich gegangen war. Sie war eine fabelhafte Frau.

»Viel Glück für Euch«, sagte sie, als meine Schritte verstummten.

»... Und für Euch«, sagte ich und verließ hastig das Zimmer.

Eigentlich hatte ich nun vorgehabt, Brand aufzusuchen, doch ich brachte es nicht über mich. Zum einen wollte ich nicht mit ihm zusammenkommen, solange mein Gehirn vor Müdigkeit vernebelt war. Zum anderen war mein Gespräch mit Vialle das erste angenehme Ereignis seit langer Zeit gewesen, und zur Abwechslung wollte ich einmal aufhören, solange ich die Nase vorn hatte.

Ich erstieg die Treppe und ging durch den Korridor zu meinem Zimmer, wobei ich an die Nacht der Messer dachte, während ich den neuen Schlüssel in das neue Schloß steckte. In meiner Schlafkammer zog ich die Gardinen zu, sperrte das Licht des Nachmittags aus, zog mich aus und ging zu Bett. Wie es oft passiert, wenn man sich nach großer Anspannung ausruht und weitere Mühen vor sich weiß, konnte ich nicht sofort einschlafen. Lange Zeit warf ich mich auf dem Lager hin und her und durchlebte noch einmal die Ereignisse der letzten Tage und weiter zurückliegender Perioden. Als ich endlich einschlummerte, waren meine Träume eine Mischung aus demselben Stoff, einschließlich einer kurzen Zeit in meiner alten Zelle, die ich damit verbrachte, an der Tür herumzukratzen.

Es war dunkel, als ich erwachte. Ich fühlte mich tatsächlich erfrischt. Die Spannung hatte meinen Körper verlassen, meine Gedanken strömten viel gelassener. Tatsächlich zuckte sogar ein winziger Funke freudiger Erregung durch einen Winkel meines Gehirns. Es war ein Vorhaben, das ich unter der Schwelle des Bewußtseins wußte, ein vergrabener Plan, der ...

Ja!

Ich setzte mich auf, griff nach meiner Kleidung, begann mich anzuziehen. Ich gürtete Grayswandir um, faltete eine Decke zusammen und klemmte sie mir unter den Arm. Natürlich ...

Meine Gedanken waren klar, und die Wunde hatte aufgehört zu schmerzen. Ich wußte nicht, wie lange ich geschlafen hatte, und hielt es auch nicht für erforderlich, die Zeit in Erfahrung zu bringen. Ich mußte einer Sache nachgehen, die weitaus wichtiger war, etwas, das mir schon längst hätte einfallen müssen – und das mir sogar schon durch den Kopf gegangen war. Ich hatte einmal sogar direkt darauf gestarrt, doch der Ansturm der Zeit und der Ereignisse hatte das Detail aus meinem Gehirn vertrieben. Bis jetzt.

Ich verschloß das Zimmer hinter mir und ging zur Treppe. Kerzen flackerten, und der verblaßte Hirsch, der seit Jahrhunderten auf dem Wandteppich zu meiner Rechten im Sterben lag, starrte auf die verblaßten Hunde, die ihn ungefähr ebenso lange verfolgt hatten. Manchmal gelten meine Sympathien dem Hirsch; doch meistens bin ich ganz Hund. Irgendwann muß ich das Ding mal restaurieren lassen.

Die Treppe hinab. Kein Geräusch von unten. Muß also ziemlich spät sein. Gut. Ein neuer Tag, und wir sind immer noch am Leben. Vielleicht sogar ein bißchen klüger. Klug genug um zu erkennen, daß es noch viele Dinge gibt, die wir in Erfahrung bringen müssen. Und die Hoffnung, jawohl. Etwas, das mir fehlte, als ich in der verdammten Zelle hockte, die Hände vor die zerstörten Augen gepreßt, weinend. Vialle ... Ich wünschte, ich hätte mich damals ein paar Minuten lang mit Euch unterhalten können. Doch ich mußte durch eine harte Schule gehen, und selbst ein rücksichtsvollerer Lehrplan hätte mir wahrscheinlich niemals Eure Anmut verliehen. Trotzdem ... man weiß nie. Ich hatte immer das Gefühl, mehr Hund als Hirsch zu sein, mehr Jäger als Opfer. Ihr hättet mir vielleicht etwas beigebracht, das die Bitterkeit abgeschwächt, den Haß gemäßigt hätte. Aber wäre das wirklich besser gewesen? Der Haß erstarb mit seinem Ziel, und auf ähnliche Weise ist die Bitterkeit vergangen – aber rückblickend muß ich mich doch fragen, ob ich es ohne die Hilfe dieser Gefühle geschafft hätte. Ich bin mir gar nicht sicher, ob ich meine Gefangenschaft ohne diese häßlichen Begleiter überstanden hätte, die mich immer wieder ins Leben zurückholten und wieder zur Vernunft brachten. Heute kann ich mir den Luxus eines gelegentlichen Gedankens an den Hirsch leisten, aber damals hätte so etwas tödlich sein können. Ich weiß ehrlich keine Antwort darauf, freundliche Dame, und möchte bezweifeln, ob ich sie jemals finde.

Stille auch im ersten Stockwerk. Einige Laute von unten. Schlaf gut, Dame. Herum und weiter nach unten. Ich fragte mich, ob Random Dinge von großer Wichtigkeit herausgefunden hatte. Wahrscheinlich nicht, sonst hätten er oder Benedict sich längst mit mir in Verbindung gesetzt. Es sei denn, es gab Ärger. Aber nein. Es ist lächerlich, sich die Sorgen aus den Ecken herzusuchen. Die Realität macht sich zu gegebener Zeit von allein bemerkbar, und ich hatte mehr als genügend andere Sorgen.

Erdgeschoß.

»Will«, sagte ich, und: »Rolf.«

Die beiden Wächter hatten Haltung angenommen, als sie meine Schritte vernahmen. Ihre Gesichter verrieten mir, daß alles in Ordnung war; der guten Ordnung halber fragte ich trotzdem.

Viertes Kapitel

»Ruhig, Lord, ruhig ist es«, erwiderte der Dienstältere.
»Sehr gut«, sagte ich und setzte meinen Weg fort. Ich betrat und durchquerte den mit Marmor ausgekleideten Speisesaal.
Es würde klappen, davon war ich überzeugt, wenn Zeit und Feuchtigkeit nicht sämtliche Spuren getilgt hatten. Und dann ...
Ich betrat den langen Korridor, der bedrängt wurde von staubigen Wänden. Dunkelheit, Schatten, meine Schritte ...
Ich erreichte die Tür am anderen Ende, öffnete sie, trat auf die Plattform hinaus. Dann von neuem in die Tiefe, die Wendeltreppe hinab, hier ein Licht, dort ein Licht, hinab in die Höhlen des Kolvir. Mir ging der Gedanke durch den Kopf, daß Random recht hatte: Wenn man den Berg bis hinab zur Ebene jenes fernen Bodens abtrug, bestand eine weitgehende Übereinstimmung zwischen dem, was übrig war, und der Umgebung des Urmusters, das wir heute früh besucht hatten.
... Weiter hinab. In engen Kehren durch die Düsternis. Die durch Fackeln und Laternen erhellte Wachstation wirkte wie ein Bühnenbild. Ich erreiche den Boden und näherte mich dem Posten.
»Guten Abend, Lord Corwin«, sagte die ausgemergelt wirkende Gestalt, die an einem Lagerregal lehnte und mich angrinste, ohne die Pfeife aus dem Mund zu nehmen.
»Guten Abend, Roger. Wie stehen die Dinge in der Unterwelt?«
»Eine Ratte, eine Fledermaus, eine Spinne. Sonst rührt sich hier nicht viel. Friedlich ist es.«
»Gefällt Euch diese Aufgabe?«
Er nickte.
»Ich schreibe gerade eine philosophische Liebesgeschichte, durchdrungen von Elementen des Horrors und der Morbidität. An diesen Aspekten arbeite ich hier unten.«
»Das paßt ja nun wirklich«, sagte ich. »Ich brauche eine Laterne.«
Er nahm eine aus dem Regal und zündete sie an seiner Kerze an.
»Wird Eure Geschichte ein glückliches Ende haben?« wollte ich wissen.
Er zuckte die Achseln.
»Jedenfalls werde ich glücklich sein.«
»Ich meine, siegt das Gute, und geht der Held mit der weiblichen Hauptperson ins Bett? Oder laßt Ihr sie zum Schluß beide umkommen?«
»Das wäre kaum fair.«
»Na, egal. Vielleicht darf ich die Geschichte eines Tages mal lesen.«
»Vielleicht.«
Ich ergriff die Laterne, wandte mich ab und schritt in die Richtung, die ich seit langer Zeit nicht mehr eingeschlagen hatte. Ich stellte fest, daß ich die Echos noch immer auszumessen verstand.

Nach kurzer Zeit näherte ich mich der Wand, machte den richtigen Korridor aus und betrat ihn. Nun ging es nur noch darum, die Schritte zu zählen. Meine Füße kannten den Weg.

Die Tür zu meiner alten Zelle stand halb offen. Ich stellte die Laterne ab und gebrauchte beide Hände, um sie ganz zu öffnen. Sie ruckte widerstrebend auf und stieß dabei ein Ächzen aus. Dann hob ich die Laterne und trat ein.

Schauder überliefen mich, und mein Magen zuckte krampfartig. Ich begann zu zittern. Ich mußte gegen den starken Wunsch ankämpfen, die Flucht zu ergreifen. Auf diese Reaktion war ich nicht gefaßt gewesen. Am liebsten hätte ich mich gar nicht von der schweren, eisenbeschlagenen Tür entfernt, aus Angst, daß irgend jemand sie hinter mir zuschlagen und verriegeln könnte. Die kleine schmutzige Zelle löste in mir etwas aus, das nacktem Entsetzen sehr nahe kam. Ich zwang mich dazu, Einzelheiten zu betrachten – das Loch, das meine Toilette gewesen war, die geschwärzte Stelle, wo ich am letzten Tag das Feuer entzündet hatte. Mit der linken Hand betastete ich das Innere der Tür und erkundete die Rillen, die ich in meiner Verzweiflung mit dem Löffel geschabt hatte. Ich dachte daran, was diese Arbeit für meine Hände bedeutet hatte. Ich bückte mich und betrachtete die Spuren. Nicht annähernd so tief, wie es mir damals vorgekommen war, nicht wenn man die Gesamtdicke der Tür bedachte. Ich erkannte, wie sehr ich meine schwachen Befreiungsbemühungen damals überbewertet hatte. Ich ging weiter und betrachtete die Mauer.

Undeutlich zu erkennen. Staub und Feuchtigkeit hatten sich bemüht, die Zeichnung auszulöschen. Doch noch immer vermochte ich die Umrisse des Leuchtturms von Cabra auszumachen, umrahmt von vier Strichen meines alten Löffelgriffs. Der Zauber war noch vorhanden, die Kraft, die mich schließlich in die Freiheit versetzt hatte. Ich spürte sie, ohne sie gerufen zu haben.

Ich machte kehrt und sah mir die gegenüberliegende Wand an.

Die Zeichnung, die hier zu finden war, hatte die Zeit nicht so gut überstanden wie der Leuchtturm, doch schließlich war sie in äußerster Hast im Lichte meiner letzten Streichhölzer entstanden. Ich vermochte nicht einmal mehr alle Einzelheiten zu erkennen, wenn auch meine Erinnerung ein paar dazutat, die jetzt verborgen waren: der Blick in ein Arbeitszimmer oder eine Bibliothek, Bücherregale an den Wänden, ein Tisch im Vordergrund, ein Globus neben dem Tisch. Ich überlegte, ob ich es riskieren durfte, die Zeichnung abzuwischen.

Ich stellte die Laterne auf den Boden und kehrte zu der Zeichnung an der anderen Wand zurück. Mit einer Kante meiner Decke wischte ich vorsichtig etwas Staub von einer Stelle am Fuß des Leuchtturms. Die Linie wurde deutlicher. Ich wischte weiter und

Viertes Kapitel

drückte diesmal ein wenig fester zu. Dabei löschte ich einen Zoll der Linie völlig aus.

Ich trat zurück und riß einen breiten Streifen von der Seite der Decke ab. Den Rest faltete ich zu einem Kissen zusammen und setzte mich darauf. Langsam und vorsichtig begann ich, am Leuchtturm zu arbeiten. Ich mußte mich mit der Arbeit vertraut machen, ehe ich die andere Darstellung zu säubern versuchte.

Eine halbe Stunde später stand ich auf und streckte mich; dann bückte ich mich und massierte meine Beine, die eingeschlafen waren. Die Zeichnung des Leuchtturms war wieder sauber. Leider hatte ich etwa zwanzig Prozent des Bildes zerstört, ehe ich mich an die Struktur der Wand gewöhnt und die richtige Wischbewegung gefunden hatte. Ich nahm nicht an, daß ich meine Technik noch verbessern konnte.

Die Laterne begann zu flackern, als ich sie umsetzte. Ich entfaltete die Decke, schüttelte sie aus, und riß einen frischen Streifen ab. Dann machte ich mir ein neues Kissen, kniete mich vor der anderen Zeichnung hin und ging an die Arbeit.

Kurz darauf hatte ich die Reste des Bildes freigelegt. Den Schädel auf dem Tisch hatte ich vergessen, bis eine vorsichtige Bewegung ihn wieder zutage förderte – ebenso den Winkel der gegenüberliegenden Wand und einen hohen Kerzenhalter ... ich beugte mich zurück. Weiterzureiben konnte riskant sein. Wahrscheinlich war es auch überflüssig. Die Zeichnung kam mir so komplett vor, wie sie gewesen war.

Wieder flackerte die Lampe. Ich fluchte auf Roger, der es versäumt hatte, den Petroleumstand zu prüfen, stand auf und hielt das Licht in Schulterhöhe nach links. Dann konzentrierte ich mich so fest ich konnte auf die vor mir liegende Szene.

Während ich hinschaute, gewann das Bild bereits an Tiefe. Gleich darauf war es völlig dreidimensional und hatte sich über mein ganzes Blickfeld ausgebreitet. Da endlich trat ich vor und stellte die Laterne auf dem Tisch ab.

Ich sah mich um. An allen vier Wänden ragten Bücherregale empor. Fenster gab es nicht. Zwei Türen am entgegengesetzten Ende des Zimmers, sich links und rechts gegenüberliegend, die eine Tür zu, die andere halb geöffnet. Ich sah neben der geöffneten Tür einen langen niedrigen Tisch voller Bücher und Papiere. Bizarre Objekte standen an leeren Stellen in den Regalen und in seltsamen Wandnischen – Knochen, Steine, Töpfereiwaren, Schrifttafeln, Linsen, Stäbe, Instrumente, deren Zweck mir unbekannt war. Der riesige Teppich erinnerte mich an einen Ardebil. Ich machte einen Schritt in das Zimmer, und die Laterne flackerte ein drittes Mal. Ich drehte mich um und griff danach. Im gleichen Augenblick verlöschte das Licht.

Ich brummte einen Fluch und senkte die Hand. Dann drehte ich mich langsam um und suchte nach möglichen Lichtquellen. Auf einem gegenüberliegenden Regal schimmerte etwas, das an einen Korallenzweig erinnerte; außerdem war am Fuße der geschlossenen Tür ein bleicher Lichtstreifen zu sehen. Ich ließ die Laterne stehen und durchquerte das Zimmer.

Ich öffnete die Tür, so leise es ging. Der benachbarte Raum war leer, ein kleiner fensterloser Wohnraum im schwachen Licht eines noch glimmenden Herdfeuers. Die Wände bestanden aus Stein und ragten hoch über mir auf. Die Feuerstelle sah aus wie eine natürliche Vertiefung in der Wand zu meiner Linken. In der Wand gegenüber entdeckte ich eine breite Metalltür; ein großer Schlüssel war halb herumgedreht.

Ich trat ein, nahm von einem Tisch in der Nähe eine Kerze und ging zur Feuerstelle, um sie anzuzünden. Als ich niederkniete und in die Glut blies, um eine Flamme zu entfachen, hörte ich leise Schritte von der Tür her. Ich drehte mich um und entdeckte ihn auf der Schwelle. Etwa fünf Fuß groß, bucklig. Haar und Bart waren noch länger, als ich sie in Erinnerung hatte. Dworkin trug ein Nachthemd, das bis zu den Knöcheln herabhing. In der Hand hielt er eine Öllampe, seine dunklen Augen starrten an ihrem rußigen Aufsatz vorbei.

»Oberon«, fragte er, »ist es endlich Zeit?«

»Welche Zeit meinst du?« fragte ich leise.

Er kicherte.

»Na, welche schon? Zeit, die Welt zu vernichten!«

5

Ich hielt das Licht möglichst weit von meinem Gesicht ab und sprach sehr leise.
»Noch nicht ganz«, sagte ich. »Noch nicht ganz.«
Er seufzte.
»Du bist noch immer nicht überzeugt.«
Er legte den Kopf auf die Seite und blickte auf mich herab.
»Warum mußt du immer alles verderben?« wollte er wissen.
»Ich habe nichts verdorben.«
Er senkte die Lampe. Ich drehte wieder den Kopf, doch er konnte schließlich mein Gesicht deutlich erkennen. Er lachte.
»Lustig, lustig, lustig, lustig«, sagte er. »Du kommst als der junge Lord Corwin und glaubst, mich mit Familiengefühlen rühren zu können. Warum hast du nicht Brand oder Bleys genommen? Clarissas Kinder haben uns am besten gedient.«
Ich zuckte die Achseln und stand auf.
»Ja und nein«, sagte ich, entschlossen, ihn solange mit doppeldeutigen Antworten zu versorgen, wie er sie glaubte und darauf reagierte. Vielleicht ergab sich dabei etwas Interessantes – außerdem schien es mir die einfachste Methode zu sein, ihn bei Laune zu halten. »Und du?« fuhr ich fort. »Welches Aussehen würdest du den Dingen geben?«
»Nun, um dich mir gewogen zu machen, werde ich mithalten«, sagte er und begann zu lachen.
Er warf den Kopf zurück, und während sein Gelächter erklang, überkam ihn die Veränderung. Sein Körper schien länger zu werden, sein Gesicht flatterte wie ein Segel, das zu dicht vor den Wind geholt wurde. Der Höcker auf seinem Rücken nahm ab, er richtete sich auf, gewann an Größe. Seine Züge formten sich um, der Bart wurde dunkler. Nun gab es keinen Zweifel mehr daran, daß er die Masse seines Körpers irgendwie neu verteilte, denn das Nachthemd, das eben noch seine Knöchel bedeckt hatte, reichte plötzlich nur noch bis zur Mitte der Schienbeine. Er atmete tief, und seine Schultern wölbten sich. Die Arme wurden länger, der massige Unterleib schmaler, enger. Er wuchs mir bis zur Schulter, dann weiter. Er sah mich offen an. Seine Kleidung reichte nur noch bis zu den Knien. Der Buckel war völlig verschwunden. Über das

Gesicht lief ein letztes Zucken, seine Züge beruhigten sich, erhielten ein neues Aussehen. Sein Lachen wurde zu einem leisen Kichern und verhallte.

Ich betrachtete eine etwas schlankere Version meiner selbst.

»Na, reicht das?« fragte er.

»Gar nicht übel«, sagte ich. »Warte, bis ich ein paar Scheite ins Feuer geworfen habe.«

»Ich helfe dir.«

»Schon gut.«

Ich nahm Holz von einem Gestell zur Rechten. Jede weitere Verzögerung war mir nützlich, brachte mir Erkenntnisse für meine Rolle. Während ich an der Arbeit war, näherte er sich einem Stuhl und setzte sich. Ich bemerkte, daß er mich nicht ansah, sondern in die Schatten starrte. Ich zog das Feuermachen in die Länge, in der Hoffnung, er würde etwas sagen, irgend etwas. Schließlich tat er mir den Gefallen.

»Was ist nur aus dem großen Plan geworden?« wollte er wissen.

Ich wußte nicht, ob er das Muster oder einen alles umfassenden Plan meines Vaters meinte, an dem er beteiligt gewesen war. »Sag du's mir«, forderte ich ihn auf.

Wieder lachte er.

»Warum nicht? Du hast es dir anders überlegt, *das* ist daraus geworden!«

»Und wie stellt er sich jetzt für dich dar?«

»Mach dich nicht über mich lustig! Selbst du hast nicht das Recht, dich über mich lustig zu machen. Ja, du am allerwenigsten.«

Ich stand auf.

»Ich habe mich nicht über dich lustig gemacht«, sagte ich.

Ich ging quer durch das Zimmer zu einem anderen Stuhl, brachte ihn in die Nähe des Feuers, stellte ihn gegenüber Dworkin hin. Dann nahm ich Platz.

»Wie hast du mich erkannt?« fragte ich.

»Mein Aufenthaltsort dürfte nicht überall bekannt sein.«

»Das stimmt.«

»Halten viele in Amber mich für tot?«

»Ja, und andere vermuten, daß du in den Schatten unterwegs bist.«

»Ich verstehe.«

»Wie – fühlst du dich so?«

»Du meinst, ob ich noch immer wahnsinnig bin?«

»So krass wollte ich es nicht ausdrücken.«

»Es verblaßt und verstärkt sich wieder«, sagte er. »Es überkommt mich und verfliegt wieder. Im Augenblick bin ich fast der alte – fast, sage ich. Vielleicht liegt es am Erschrecken über deinen Besuch ... In

Fünftes Kapitel

meinem Gehirn ist irgend etwas zerbrochen. Das weißt du. Anders kann es nicht sein. Auch das ist dir bekannt.«

»Mag schon sein«, erwiderte ich. »Warum erzählst du mir nicht noch einmal alles im Zusammenhang? Vielleicht führt das bloße Reden dazu, daß du dich besser fühlst, und gibt mir die Chance, etwas auszumachen, was ich bisher übersehen habe. Erzähl mir eine Geschichte.«

Wieder lachte er.

»Wie du willst. Irgendwelche Wünsche – was möchtest du hören? Meine Flucht aus dem Chaos auf diese kleine seltsame Insel im Meer der Nacht? Meine Meditationen über den Abgrund? Die Enthüllung des Musters in einem Juwel, das um den Hals eines Einhorns hing? Meine Übertragung dieses Musters durch Blitz, Blut und Lyra, während unsere Väter verwirrt tobten, zu spät, um mich zurückzurufen, während das Gedicht des Feuers jene erste Route in meinem Gehirn durchlief und mich mit seinem Formwillen ansteckte. Zu spät! Zu spät ... Besessen von den Scheußlichkeiten, die sich aus der Krankheit ergaben, außerhalb ihrer Hilfsmöglichkeiten und ihrer Macht plante und baute ich, Gefangener meines neuen Ich. Ist das die Geschichte, die du noch einmal hören möchtest? Oder soll ich dir lieber von ihrer Ausheilung erzählen?«

Meine Gedanken wirbelten um all die Brocken, die er mir eben mit vollen Händen hingestreut hatte. Ich vermochte nicht zu erkennen, ob ich ihn wörtlich nehmen mußte oder ob er sich im übertragenen Sinne äußerte oder womöglich nur paranoide Wahnvorstellungen mitteilte; jedenfalls interessierte ich mich für Dinge, die der Gegenwart näher waren. Ich blickte also auf das umschattete Abbild meiner selbst, von dem die alte Stimme ausging, und sagte: »Berichte mir von deiner Heilung.«

Daraufhin legte er die Fingerspitzen zusammen und sprach darunter hindurch.

»In einem sehr realen Sinne bin ich das Muster«, sagte er. »Als es durch meinen Geist wanderte, um die Form anzunehmen, die es jetzt aufweist, das Fundament Ambers, zeichnete es mich so gewiß, wie ich Einfluß darauf hatte. Ich erkannte eines Tages, daß ich sowohl das Muster als auch ich selbst bin und daß das Muster im Zuge seiner Entstehung gezwungen war, zugleich Dworkin zu werden. Bei Geburt dieses Ortes und dieser Zeit gab es gegenseitige Anpassungen, und hierin lag unsere Schwäche wie auch unsere Stärke. Mir ging nämlich auf, daß ein Defekt am Muster automatisch auch mir schaden würde, während sich eine Beeinträchtigung meiner selbst umgekehrt dem Muster mitteilen würde. Dennoch konnte mir nichts Ernsthaftes zustoßen, denn das Muster schützt mich, und wer außer mir könnte dem Muster schaden? Ein wunderhübsches, in sich geschlossenes System, so sah es aus, die Schwächen von den Stärken völlig abgeschirmt.«

Er schwieg. Ich lauschte dem Knacken des Feuers. Was seine Ohren zu hören versuchten, weiß ich nicht.

»Ich irrte mich«, fuhr er fort. »Es war nur eine Kleinigkeit ... Mein Blut, mit dem ich das Muster zeichnete, konnte es auch wieder auslöschen. Aber es dauerte Ewigkeiten, bis ich erkannte, daß das Blut meines Blutes dieselbe Eigenschaft hatte. Man konnte es benutzen, konnte es auch verändern – ja, bis in die dritte Generation.«

Es überraschte mich nicht, zu erfahren, daß er der Urvater von uns allen war. Irgendwie hatte ich das Gefühl, von Anfang an darüber Bescheid gewußt zu haben, ohne es mir jemals deutlich zu machen. Und doch ... womöglich ergaben sich aus dieser Entdeckung mehr Fragen, als beantwortet wurden. *Nimm eine Generation deiner Vorfahren. Rücke auf das Feld der Verwirrung vor.* Ich wußte nun weniger denn je, was Dworkin eigentlich war. Und zu allem anderen die Tatsache, die er selbst anerkannte: Es war die Geschichte eines Wahnsinnigen.

»Aber um es zu reparieren ...?« begann ich.

Er lächelte; mein eigenes Gesicht verzog sich vor mir.

»Hast du die Lust daran verloren, ein Herr der lebendigen Leere zu sein, ein König des Chaos?« fragte er.

»Mag sein«, erwiderte ich.

»Beim Einhorn, deiner Mutter – wußte ich doch, daß es so weit kommen würde! Das Muster ist so stark in dir ausgeprägt wie das Reich. Was ersehnst du dir dann?«

»Ich möchte das Land erhalten.«

Er schüttelte den Kopf. »Es wäre einfacher, alles zu vernichten und einen Neuanfang zu versuchen – das habe ich dir schon so oft gepredigt.«

»Ich bin stur. Predige es mir noch einmal«, sagte ich und versuchte, Vaters barschen Ton nachzuahmen.

Er zuckte die Achseln.

»Wird das Muster vernichtet, geht Amber unter – und alle Schatten, die sich in polarem Arrangement darum erstrecken. Gestatte mir, mich selbst in der Mitte des Musters zu vernichten; damit würden wir es auslöschen. Eröffne mir diesen Weg, indem du mir versprichst, daß du dann das Juwel nimmst, welches die Essenz der Ordnung in sich birgt, um ein neues Muster zu schaffen, hell und rein und unbefleckt, mit einer Kraft, die du aus dem Stoff deines eigenen Seins schöpfst, während die Legionen des Chaos dich von allen Seiten bestürmen. Versprich mir das und laß mich Schluß machen, denn so heruntergekommen wie ich bin, möchte ich lieber für die Ordnung sterben als dafür leben. Was sagst du jetzt?«

»Wäre es nicht besser zu versuchen, das vorhandene Muster zu reparieren, anstatt die Arbeit von Äonen zunichtezumachen?«

»Feigling!« rief er und sprang auf. »Wußte ich doch, daß du wieder so reden würdest!«

»Nun, wäre es nicht so?«

Er begann, hin und her zu wandern.

»Wie oft haben wir dieses Gespräch nun schon geführt?« fragte er. »Nichts hat sich verändert. Du hast Angst, es zu versuchen.«

»Kann sein«, sagte ich. »Aber spürst du nicht auch, daß etwas, für das man soviel gegeben hat, einige Mühe, einige zusätzliche Opfer wert ist, solange nur die Möglichkeit der Rettung besteht?«

»Du verstehst mich noch immer nicht«, behauptete er. »Ich kann nur immer daran denken, daß etwas Beschädigtes vernichtet – und voller Hoffnung erneuert werden sollte. Die Wunde in mir ist so beschaffen, daß ich mir eine Wiederherstellung einfach nicht vorstellen kann. Ich bin nun mal auf diese Art beschädigt worden. Meine Gefühle sind vorherbestimmt.«

»Wenn das Juwel ein neues Muster schaffen kann, warum gibt es sich dann nicht dazu her, das alte zu reparieren, unseren Ärger zu beenden, unsere Moral zu heben?«

Er kam näher und baute sich vor mir auf.

»Wo sind deine Erinnerungen?« fragte er. »Du weißt genau, daß es ungeheuer viel schwieriger sein würde, den Schaden auszumerzen, als ganz von vorn zu beginnen. Selbst das Juwel könnte das Muster eher vernichten als reparieren. Hast du vergessen, wie es da draußen aussieht?« Er deutete auf die Wand hinter sich. »Möchtest du's dir noch einmal anschauen?«

»Ja«, sagte ich. »Ja, gern. Gehen wir.«

Ich stand auf und blickte auf ihn hinab. Als er sich aufzuregen begann, hatte er etwas die Kontrolle über sein Äußeres verloren. Schon hatte er drei oder vier Zoll an Größe verloren, sein/mein Gesicht zerschmolz zu den eigenen zwergenhaften Zügen, und der Buckel begann, zwischen seinen Schulterblättern sichtbar zu werden, war bereits erkennbar gewesen, als er seine große Armbewegung machte.

Er riß die Augen auf, als er in mein Gesicht blickte.

»Du meinst es ja ernst!« sagte er nach kurzem Schweigen. »Na schön! Gehen wir.«

Er machte kehrt und näherte sich der großen Metalltür. Ich folgte ihm. Mit beiden Händen drehte er den Schlüssel. Dann warf er sich mit voller Kraft dagegen. Ich machte Anstalten, ihm zu helfen, doch er schob mich mit außerordentlicher Kraft zur Seite, ehe er der Tür den letzten Stoß gab. Ein knirschendes Geräusch ertönte, dann schwang die

Tür nach außen und war schließlich völlig offen. Sofort fiel mir ein seltsamer, irgendwie vertrauter Geruch auf.

Dworkin trat über die Schwelle und hielt inne. Er nahm einen Gegenstand an sich, der zu seiner Rechten an der Wand lehnte – einen langen Stab. Mehrmals schlug er damit auf den Boden, woraufhin das obere Ende zu glühen begann. Das Licht erhellte die Umgebung und offenbarte uns einen schmalen Tunnel, in den er hineinging. Ich folgte ihm. Die Passage erweiterte sich nach kurzer Zeit, so daß ich schließlich neben ihm gehen konnte. Der Geruch wurde stärker, und ich wußte beinahe, worum es sich handelte. Erst vor kurzem hatte ich so etwas gerochen ...

Nach knapp achtzig Schritten führte der Weg nach links und dann nach oben. Dabei kamen wir durch eine kleine Erweiterung der Höhle. Hier lagen Knochen herum, und ein paar Fuß über dem Boden war ein Metallring in das Gestein eingelassen. Eine schimmernde Kette nahm hier ihren Anfang; sie lag am Boden und zog sich vor uns her wie eine Reihe zerschmolzener Tropfen, die im Dämmerlicht abkühlten.

Nun wurde der Tunnel wieder enger, und Dworkin übernahm wie zuvor die Führung. Gleich darauf erreichte er überraschend eine Ecke, und ich hörte ihn etwas murmeln. Als ich an die Biegung kam, wäre ich ihm fast auf die Hacken getreten. Er hatte sich geduckt und tastete mit der linken Hand in einer dunklen Felsspalte herum. Als ich das leise Krächzen hörte und erkannte, daß die Kette in der Öffnung verschwand, wußte ich, worum es sich handelte und wo wir waren.

»Braver Bursche«, hörte ich ihn sagen. »Ich gehe ja nicht weit. Schon gut, mein Alter! Hier hast du etwas zu knabbern.«

Woher er das Ding hatte, das er dem Ungeheuer zuwarf, weiß ich nicht. Jedenfalls fing der purpurne Greif, den ich jetzt auf seiner Schlafstätte erblickte, den fliegenden Brocken mit einer ruckhaften Kopfbewegung auf und verzehrte ihn mit mahlenden Kiefern.

Dworkin grinste zu mir empor.

»Überrascht?« fragte er.

»Worüber?«

»Du dachtest, ich hätte Angst vor ihm. Du dachtest, ich würde mich nie mit ihm anfreunden. Du hast ihn hier draußen postiert, um mich einzusperren – damit ich nicht an das Muster herankomme.«

»Habe ich das jemals behauptet?«

»Das brauchtest du gar nicht. Ich bin kein Dummkopf.«

»Wie du willst.«

Er lachte leise, stand auf und setzte seinen Weg durch den Tunnel fort.

Ich folgte ihm; der Weg wurde nun wieder eben. Die Decke wich zurück, der Gang verbreiterte sich. Endlich erreichten wir die Höhlen-

Fünftes Kapitel

öffnung. Dworkin stand einen Augenblick lang als Silhouette vor mir; er hatte den Stab angehoben. Draußen herrschte tiefe Nacht, eine saubere salzige Brise vertrieb den muffigen Höhlengeruch aus meiner Nase.

Nach kurzem Zögern ging er weiter; er trat in eine Welt aus Himmelskerzen und blauem Velours hinaus. Ich folgte ihm. Mir stockte der Atem bei der erstaunlichen Szene. Meine Reaktion galt nicht nur den Sternen, die in übernatürlichem Glanz schimmerten, und auch nicht der Tatsache, daß die Grenze zwischen Himmel und Meer wieder einmal völlig ausgelöscht war. Vielmehr glühte das Muster mit der azetylen-blauen Helligkeit eines Schweißbogens vor dem Himmel-Meer, und all die Sterne über, neben und unter uns waren mit geometrischer Präzision arrangiert und bildeten ein fantastisches undurchdringliches Gerüst, das vor allem den Eindruck erzeugte, als hingen wir in einem kosmischen Netz, dessen eigentliche Mitte das Muster war – der Rest des strahlenden Gewirrs, eine genaue Konsequenz seiner Existenz, Konfiguration und Position.

Dworkin wanderte zum Rand des Musters hinab, wo die abgedunkelte Stelle begann. Er schwenkte den Stab darüber und wandte sich zu mir um.

»Dort hast du es«, verkündete er, »das Loch in meinem Geist. Durch diese Lücke kann ich nicht mehr denken, ich muß mich irgendwie herumpirschen. Ich weiß nicht mehr, was zu geschehen hat, um etwas zu reparieren, das mir längst abgeht. Wenn du meinst, daß du es schaffst, mußt du auf die sofortige Vernichtung gefaßt sein, sobald du das Muster verläßt, um diese Bruchstelle zu beschreiten. Die Vernichtung würde nicht von der dunklen Stelle ausgehen, sondern vom Muster selbst, sobald du die Verbindung unterbrichst. Dabei mag dir das Juwel helfen – vielleicht aber auch nicht. Ich weiß es nicht. Jedenfalls wird der Gang durch das Muster nicht leichter, sondern mit jeder Wende schwieriger, und deine Kräfte werden ständig nachlassen. Als wir das letzte Mal darüber sprachen, hattest du Angst. Willst du etwa behaupten, du hättest seither einen Born der Kühnheit gefunden?«

»Mag sein«, sagte ich. »Eine andere Möglichkeit siehst du nicht?«

»Ich weiß, daß es zu schaffen ist, indem man ganz von vorn anfängt; so habe ich es nämlich gemacht. Abgesehen davon sehe ich keine Alternative. Je länger du wartest, desto schlimmer wird die Situation. Warum holst du nicht das Juwel und leihst mir deine Klinge, Sohn? Ich wüßte keinen anderen Weg.«

»Nein«, antwortete ich. »Ich muß mehr wissen. Erzähl mir noch einmal, wie der Schaden entstanden ist.«

»Bis heute weiß ich nicht, welches deiner Kinder unser Blut an dieser Stelle vergossen hat – wenn du das meinst. Jedenfalls ist es geschehen. Laß es dabei bewenden. In den Kindern ist die dunkle Seite unserer Natur längst ausgeprägt. Wahrscheinlich leben sie zu nahe an jedem Chaos, aus dem wir hervorgegangen sind; sie sind aufgewachsen ohne die Willensanstrengungen, die von uns gefordert wurden, damit wir es abstreifen konnten. Ich hatte angenommen, daß das Ritual des Muster-Durchschreitens für sie genügen müßte. Etwas Schwierigeres ist mir nicht eingefallen. Aber es hat nicht genügt. Und jetzt schlagen sie wild um sich. Sie sind bestrebt, das Muster selbst zu vernichten.«

»Wenn es uns gelingt, einen Neuanfang zu machen – könnten sich all diese Ereignisse nicht einfach wiederholen?«

»Keine Ahnung. Aber welche andere Möglichkeit gibt es als den Fehlschlag und die Rückkehr ins Chaos?«

»Was wird aus ihnen, wenn wir einen Neuanfang versuchen?«

Er schwieg eine lange Zeit. Dann zuckte er die Achseln.

»Ich vermag es nicht zu sagen.«

»Wie hätte eine andere Generation ausgesehen?«

Er lachte leise.

»Was soll man auf eine solche Frage antworten? Ich habe keine Ahnung.«

Ich nahm den beschädigten Trumpf heraus und reichte ihm die Karte. Er betrachtete sie im Licht seines Stabes.

»Ich glaube, es ist das Blut von Randoms Sohn Martin, das hier vergossen wurde«, sagte ich. »Ich weiß nicht, ob er noch lebt. Was meinst du, welche Rolle mag er gespielt haben?«

Er blickte auf das Muster hinaus.

»Dies ist also das Objekt, das dort draußen lag«, sagte er. »Wie hast du es geholt?«

»Es wurde geholt«, erwiderte ich. »Die Karte ist doch nicht etwa deine Arbeit, oder?«

»Natürlich nicht. Ich habe den Jungen noch nie gesehen. Aber dies beantwortet doch deine Frage, oder? Gibt es eine andere Generation, werden deine Kinder sie vernichten.«

»So wie wir sie vernichten wollen?«

Er starrte mir konzentriert in die Augen.

»Solltest du dich plötzlich zum fürsorglichen Vater wandeln?« fragte er.

»Wenn du den Trumpf nicht gezeichnet hast, wer dann?«

Er senkte den Blick und schnipste mit dem Fingernagel auf das Bild.

»Mein bester Schüler. Dein Sohn Brand. Das ist sein Stil. Begreifst du, was sie tun, sobald sie ein wenig Macht erringen? Würde einer von ihnen sein Leben riskieren, um das Reich zu erhalten, um das Muster wiederherzustellen?«

»Wahrscheinlich doch«, sagte ich. »Benedict, Gérard, Random, Corwin ...«

»Benedict läuft mit dem Zeichen des Untergangs durch das Leben, Gérard hat den Willen, aber nicht den Verstand, Random fehlt es an Mut und Entschlossenheit. Corwin ... steht er nicht in Ungnade und ist ohnehin verschwunden?«

Meine Gedanken kehrten zu unserem letzten Zusammentreffen zurück, in dessen Verlauf er mir geholfen hatte, aus meiner Zelle nach Cabra zu fliehen. Vielleicht hatte er sich deswegen inzwischen Gedanken gemacht, wußte er doch nicht, welche Umstände mich dorthin geführt hatten.

»Ist das der Grund, warum du seine Gestalt angenommen hast?« fuhr er fort. »Soll das eine Art Tadel sein? Stellst du mich wieder einmal auf die Probe?«

»Er steht weder in Ungnade, noch ist er verschwunden«, sagte ich, »obwohl er in und außerhalb der Familie Feinde hat. Er würde alles tun, um das Reich zu retten. Wie beurteilst du seine Chancen?«

»Ist er nicht lange Zeit fort gewesen?«

»Ja.«

»Dann hat er sich vielleicht verändert. Ich weiß es nicht.«

»Ich glaube, er ist anders geworden. Ich weiß genau, daß er gewillt ist, es zu versuchen.«

Wieder starrte er mich an, er wandte den Blick nicht mehr von meinem Gesicht.

»Du bist nicht Oberon«, stellte er schließlich fest.

»Nein.«

»Du bist der, den ich vor mir sehe.«

»Nicht mehr und nicht weniger.«

»Ich verstehe ... Ich hatte keine Ahnung, daß du von diesem Ort wußtest.«

»Ich wußte auch nichts davon – bis neulich. Beim ersten Mal wurde ich vom Einhorn hierhergeführt.«

Er riß die Augen auf.

»Das ist – sehr – interessant ... sehr ... interessant«, sagte er. »Es ist lange her ...«

»Was ist mit meiner Frage?«

»Wie? Frage? Welche Frage?«

»Meine Chancen. Glaubt Ihr ... glaubst du, ich könnte das Muster wieder instandsetzen?«

Er näherte sich langsam, hob den Arm und legte mir die rechte Hand auf die Schulter. Gleichzeitig wurde der Stab in seiner anderen Hand zur Seite geneigt, so daß das blaue Gesicht einen Fuß vor meinem Gesicht schimmerte; trotzdem spürte ich keine Hitze. Er starrte mir in die Augen.

»Du hast dich verändert«, sagte er schließlich.

»Ausreichend, um es zu tun?«

Er wandte den Blick ab.

»Vielleicht genug, um den Versuch zu rechtfertigen«, sagte er, »selbst wenn uns der Fehlschlag vorbestimmt ist.«

»Hilfst du mir?«

»Ich weiß nicht, ob ich das vermag«, antwortete er. »Das Problem mit meinen Stimmungen, meinen Gedanken – es kommt und geht. In diesem Augenblick spüre ich, daß mir die Beherrschung irgendwie entgleitet. Vielleicht die Aufregung ... Wir wollen lieber wieder hineingehen.«

Ich hörte ein Klirren hinter mir. Als ich mich umdrehte, entdeckte ich den Greif, dessen Kopf mit hervorzuckender Zunge langsam von links nach rechts schwang, während der Schwanz entgegengesetzt pendelte. Das Wesen begann, uns zu umkreisen, und blieb stehen, als es sich zwischen Dworkin und dem Muster befand.

»Er weiß Bescheid«, sagte Dworkin. »Er spürt es, wenn ich mich zu verändern beginne. Dann läßt er mich nicht mehr in die Nähe des Musters. Braver Kerl. Wir gehen wieder hinein. Es ist alles in Ordnung. Komm, Corwin.«

Wir näherten uns der Höhlenöffnung, und der Greif folgte uns – ein Klirren bei jedem Schritt.

»Das Juwel«, sagte ich, »das Juwel des Geschicks ... du meinst, wir brauchen es für die Wiederherstellung des Musters?«

»Ja«, sagte er. »Es muß den ganzen Weg durch das Muster getragen werden und muß an den Stellen, wo sie unterbrochen sind, die ursprünglichen Linien nachzeichnen. Das läßt sich nur durch jemanden bewerkstelligen, der auf das Juwel eingestimmt ist.«

»Ich bin auf das Juwel eingestimmt«, sagte ich.

»Wie?« wollte er wissen und blieb stehen.

Hinter uns stieß der Greif ein Krächzen aus, und wir gingen weiter.

»Ich bin deinen schriftlichen Anweisungen gefolgt – und Erics mündlichen Hinweisen«, erwiderte ich. »Ich nahm das Juwel mit in die Mitte des Musters und projizierte mich hindurch.«

»Ich verstehe«, sagte er. »Wie bist du an das Juwel gekommen?«

»Eric hat es mir auf seinem Sterbebett überlassen.«

Wir betraten die Höhle. »Du hast es noch?«

»Ich war gezwungen, es an einem Ort in den Schatten zu verstecken.«

»Ich würde vorschlagen, daß du es schleunigst holst und hierherbringst oder in den Palast schaffst. Es sollte in der Nähe des Zentrums aller Dinge aufbewahrt werden.«

»Warum das?«

»Es neigt dazu, einen verzerrenden Einfluß auf Schatten auszuüben, wenn es sich zu lange dort befindet.«

»Verzerrend? In welcher Hinsicht?«

»Das kann man vorher nie sagen. Hängt völlig von der Umgebung ab.«

Wir kamen um eine Ecke und setzten unseren Weg durch die Dunkelheit fort.

»Was hat das zu besagen«, fuhr ich fort, »wenn man das Juwel trägt und sich ringsum alles zu verlangsamen beginnt? Fiona sagte mir, dies sei gefährlich, aber sie wußte nicht genau, wieso.«

»Die Erscheinung bedeutet, daß du die Grenzen deiner Existenz erreicht hast, daß deine Energien in Kürze erschöpft sein werden, daß du stirbst, wenn du nicht schleunigst etwas unternimmst.«

»Und das wäre?«

»Gewinne Energie aus dem Muster selbst – aus dem Urmuster im Innern des Juwels.«

»Wie macht man das?«

»Du mußt dich ihm ergeben, dich entspannen, deine Identität auslöschen, die Fesseln lösen, die dich von allem anderen trennen.«

»Hört sich an, als wäre so etwas leichter gesagt als getan.«

»Aber man kann es schaffen – und es ist der einzige Ausweg.«

Ich schüttelte den Kopf. Wir gingen weiter und erreichten endlich die große Tür. Dworkin löschte den Stab und lehnte ihn an die Wand. Wir traten ein, und er verschloß den Durchgang hinter uns. Der Greif hatte sich unmittelbar davor aufgebaut.

»Du mußt jetzt gehen«, sagte Dworkin.

»Aber ich habe noch viele Fragen, ich möchte dir noch so viel erzählen!«

»Meine Gedanken verlieren ihre Bedeutung, deine Worte wären nur verschwendet. Morgen abend oder der Tag danach oder der nächste. Beeil dich jetzt! Geh!«

»Warum die plötzliche Hast?«

»Vielleicht tue ich dir etwas an, wenn mich der Wechsel überkommt. Ich stemme mich im Augenblick mit voller Willenskraft dagegen. Geh!«

»Ich weiß nicht, wie. Ich weiß, wie ich hierherkomme, aber ...«

»Im Tisch nebenan liegen alle möglichen besonderen Trümpfe. Nimm das Licht mit! Versetz dich irgendwohin! Verschwinde rasch von hier!«

Ich wollte schon einwenden, daß ich mich nicht vor Gewalttätigkeiten seinerseits fürchtete, als seine Züge wie Wachs zu zerfließen begannen und er plötzlich viel größer und schmalgliedriger wirkte. Ich packte die Lampe und floh aus dem Zimmer, von einem Gefühl der Kälte verfolgt.

... Zum Tisch. Ich zerrte die Schublade auf und nahm einige Trümpfe heraus, die in wirrem Durcheinander darin lagen. Nun hörte ich Schritte. Etwas betrat das Zimmer hinter mir, aus dem Raum kommend, den ich eben verlassen hatte. Die Schritte hörten sich nicht an, als würden sie von einem Menschen verursacht. Ich sah mich nicht um. Statt dessen hob ich die Karten vor meine Augen und betrachtete das Bild des obersten Trumpfes. Es war eine unbekannte Szene, doch ich öffnete sofort meine Gedanken in diese Richtung und griff danach. Eine Bergspitze, etwas Unbestimmtes dahinter, ein seltsam gefleckter Himmel, ein offener Sternhaufen links ... Die Karte fühlte sich in meiner Hand abwechselnd heiß und kalt an, und ein heftiger Wind schien mir aus dem Bild entgegenzuwehen, als ich mich darauf konzentrierte und den Ausblick irgendwie umarrangierte.

Dicht hinter mir ertönte plötzlich die unheimlich veränderte, doch immer noch erkennbare Stimme Dworkins. »Dummkopf! Du hast dir das Land deines Verderbens ausgesucht!«

Eine riesige klauenähnliche Hand – schwarz, ledrig, verknöchert – griff mir über die Schulter, als wollte sie mir die Karte entreißen. Aber die Vision schien komplett zu sein, und ich stürzte mich hinein, drehte die Karte von mir fort, als ich erkannte, daß die Flucht gelungen war. Dann blieb ich stocksteif stehen, damit sich meine Sinne an die neue Umgebung gewöhnen konnten.

Und dann wußte ich Bescheid. Bruchstücke von Legenden, Teile des Familienklatsches kamen mir in den Sinn, außerdem wies mir mein Gefühl den Weg: Ich wußte, welchen Ort ich hier aufgesucht hatte. Gewißheit über meinen Aufenthaltsort erfüllte mich, als ich den Blick hob und auf die Höfe des Chaos blickte.

6
―――――――

Wo? Die Sinne sind unzuverlässige Helfer, und die meinen waren jetzt über ihr Leistungsvermögen hinaus beansprucht. Der Felsen, auf dem ich stand ... Wenn ich den Versuch machte, den Blick darauf zu richten, sah er plötzlich aus wie ein Straßenpflaster an einem heißen Nachmittag. Das Gestein schien hin und her zu rücken und zu flimmern, obwohl ich meine Füße auf völlig ruhigem Boden wähnte. Außerdem wußte es nicht recht, in welchem Teil des Spektrums es zu Hause war. Es pulsierte und blitzte wie die Haut eines Leguans. Den Kopf hebend, erblickte ich einen Himmel, wie ihn meine Augen noch nie geschaut hatten. Im Augenblick war er in der Mitte geteilt – eine Hälfte im tiefsten Nachtschwarz liegend, worin die Sterne tanzten. Wenn ich von tanzen spreche, meine ich nicht, daß sie funkelten; sie sprangen herum und veränderten ihre Position und ihre Größe; sie zuckten hierhin und dorthin und umkreisten einander; sie flammten zur Helligkeit einer Nova auf und verblaßten ins Nichts. Es war ein erschreckendes Schauspiel, und mein Magen verkrampfte sich, während ich eine intensive Höhenangst erlebte. Als ich jedoch den Blick abwandte, verbesserte sich meine Lage nicht. Die andere Hälfte des Himmels erinnerte an eine Flasche mit farbigem Sand, der beständig geschüttelt wurde; orangerote, gelbe, rote, blaue, braune und purpurne Streifen drehten und dehnten sich; grüne, malvenfarbene, graue und grellweiße Punkte entstanden und verschwanden wieder, erlangten vorübergehend ebenfalls Streifenform, ersetzten oder verlängerten die anderen sich windenden Gebilde. Und auch diese Phänomene schimmerten und schwankten und erweckten unmögliche Empfindungen von Ferne und Nähe. Zuweilen schienen alle oder einige im wahrsten Sinne des Wortes himmelhoch über mir zu stehen, aber dann rückten sie heran und füllten die Luft vor mir, gazehafte, transparente Nebelwolken, durchschimmernde Schwaden oder feste Tentakel aus Farbe. Erst später ging mir auf, daß die Linie, die das Schwarz von der Farbe trennte, langsam von rechts herüberrückte, während sie auf meiner linken Seite nach hinten zurückwich. Es war, als rotierte das ganze Himmels-Mandala um einen Punkt, der sich direkt über mir befand. Was die Lichtquelle der helleren Hälfte anging, so war sie einfach nicht zu bestimmen. Ich rührte mich nicht vom Fleck und starrte nun auf eine Szene hinab, die mir zuerst wie ein Tal vorgekommen war, das mit unzähligen Explosionen von Farbe angefüllt zu sein schien; als jedoch die vorrückende Dunkelheit diese Erscheinung hinwegrückte, tanzten die Sterne nicht nur über mir, sondern auch in der Tiefe dieses Tals und erzeugten in mir den Eindruck eines bodenlosen Abgrunds. Es war, als stünde ich am Ende der Welt, am Ende des Universums, am Ende aller Dinge. Doch weit, weit von meinem Standort entfernt lauerte etwas auf einem Gebilde aus tiefstem Schwarz – selbst eine Schwärze, doch mit kaum wahrnehmbaren Lichtflecken eingefaßt und abgemildert. Ich vermochte seine Größe nicht abzuschätzen, denn Entfernung, Tiefe, Perspektive gab es hier nicht. Ein einzelnes Gebäude? Eine Gruppe? Eine Stadt? Oder nur ein Ort? Jedesmal wenn der Umriß neu von meiner Netzhaut wahrgenommen wurde, hatte er sich verändert. Nun trieben auch vage Nebelschwaden dazwischen und wanden sich wie in erhitzter Luft. Das Mandala stellte seine Drehung ein, sobald es sich umgekehrt hatte. Die Farben waren jetzt hinter mir, nur noch sichtbar, wenn ich den Kopf drehte, eine Bewegung, die ich nicht wünschte. Es war angenehm, einfach reglos hier zu stehen und zu der Formlosigkeit hinüberzustarren, aus der alle Dinge letztlich hervorgingen ... Dieses Ding existierte sogar vor dem Muster. Das war mir im Kern meines Denkens bewußt, vage, aber mit Gewißheit. Ich wußte es, denn ich war überzeugt, daß ich schon einmal hier gewesen war. Als Kind des Mannes, der ich geworden war, so wollte mir scheinen, war ich eines fernen Tages schon einmal hierhergebracht worden – ich erinnerte mich nicht, ob von Vater oder Dworkin – und hatte an diesem Ort oder einem sehr ähnlichen Ort gestanden oder war hier festgehalten worden und hatte mir dieselbe Szene angeschaut, sicher mit einem ähnlichen Mangel an Verständnis und einem ähnlichen Gefühl der Angst. Meine Freude wurde durch nervöse Erregung beeinträchtigt, durch ein Gefühl des Verbotenen, einen Hauch dubioser Erwartung. Seltsamerweise stieg jetzt zugleich eine Sehnsucht nach dem Juwel in mir auf, das ich auf der Schatten-Erde hatte zurücklassen müssen, das Ding, dem Dworkin soviel Macht zugesprochen hatte. War es möglich, daß ein Teil von mir eine Gegenwehr oder zumindest ein Symbol des Widerstandes gegen den unbekannten Einfluß suchte, der sich dort draußen befand? Möglich immerhin.

Während ich immer noch fasziniert über den Abgrund starrte, hatte ich plötzlich das Gefühl, daß sich meine Augen an etwas anpaßten oder das Bild sich erneut unmerklich veränderte. Denn jetzt machte ich winzige gespenstische Umrisse aus, die sich drüben an jenem Ort bewegten, wie Meteore, die im Zeitlupentempo über die Gazestreifen vorrückten. Ich wartete; dabei betrachtete ich die Erscheinung genau, spielte mit einem ersten Begreifen der Dinge, die dort geschahen. Schließlich wehte einer der Streifen ganz in meine Nähe. Kurz darauf hatte ich die Antwort.

Bewegung entstand. Eine der dahinhuschenden Gestalten wurde größer, und ich erkannte, daß sie dem gewundenen Weg folgte, der in meine Richtung führte. Nach wenigen Augenblicken hatte sie die Form eines Reiters angenommen. In der Annäherung gewann sie den Anschein von Festigkeit, ohne jedoch das Gespenstische zu verlieren, welches an allem zu haften schien, das sich vor mir befand. Eine Sekunde später sah ich einen nackten Reiter auf einem haarlosen Pferd heranstürmen, beide leichenhaft blaß. Der Reiter schwenkte eine knochenweiße Klinge; seine Augen und die Augen des Pferdes funkelten blutrot. Ich vermochte nicht zu sagen, ob er mich wahrnahm, ob wir überhaupt auf derselben Ebene der Realität existierten, so unnatürlich war sein Aussehen. Dennoch zog ich Grayswandir und trat einen Schritt zurück.

Sein langes weißes Haar versprühte winzige Funken, und als er den Kopf drehte, erkannte ich, daß er es auf mich abgesehen hatte, denn schon spürte ich seinen Blick wie einen kalten Druck vorn auf der Brust. Ich drehte mich zur Seite und hob die Klinge *en garde*.

Er ritt weiter, und ich erkannte, daß er und das Pferd sehr groß waren, größer, als ich zuerst angenommen hatte. Sie kamen immer näher. Als sie die Stelle erreicht hatten, die mir am nächsten war – etwa zehn Meter –, zog der Reiter die Zügel an, und das Pferd stieg auf die Hinterhand. Beide musterten mich, wobei sie schwankten und sich auf und nieder bewegten, als befänden sie sich auf einem Floß in einer sanft bewegten See.

»Dein Name!« forderte der Reiter. »Nenn mir deinen Namen, du, der du an diesen Ort kommst!«

Seine Stimme rief in meinen Ohren ein knisterndes Gefühl hervor. Sie schwang auf einer einzigen Klangebene, laut und ohne Modulation.

Ich schüttelte den Kopf.

»Ich nenne meinen Namen, wenn ich es will, nicht wenn es mir befohlen wird«, antwortete ich. »Wer bist du?«

Er stieß drei kurze bellende Laute aus, die ein Lachen sein mochten.

»Ich zerre dich hinab an einen Ort, da du ihn bis in alle Ewigkeit hinausbrüllst.«

Ich richtete Grayswandir auf seine Augen.

»Reden kostet nichts«, sagte ich. »Für Whisky braucht man Geld.«

In diesem Augenblick empfand ich eine seltsame Kühle, als hantierte jemand mit meinem Trumpf und dächte an mich. Aber es war eine vage und schwache Wahrnehmung, auf die ich nicht weiter achten konnte, denn der Reiter hatte seinem Pferd irgendein Zeichen gegeben; wieder stieg es empor. Ich kam zu dem Schluß, daß die Entfernung zu groß war. Aber dieser Gedanke gehörte in einen anderen Schatten. Das Untier stürzte sich auf mich – dabei verließ es die vage sichtbare Straße, an die es sich bisher gehalten hatte.

Der Sprung führte es an eine Stelle dicht vor mir. Dabei stürzte es nicht in den Abgrund und verschwand nicht, wie ich gehofft hatte. Vielmehr vollführte es die Bewegungen des Galopps, und obwohl sein Vorankommen in keinem Verhältnis zur sichtbaren Anstrengung stand, rückte es doch langsam über dem Abgrund näher.

Während dies geschah, entdeckte ich in der Ferne, aus welcher der Reiter gekommen war, eine zweite Gestalt, die anscheinend ebenfalls zu mir wollte. Es blieb mir nichts anderes übrig, als standhaft zu bleiben, zu kämpfen und zu hoffen, daß ich den ersten Angreifer ausschalten konnte, ehe der zweite heran war.

Während des Sprungs glitt der rote Blick des Reiters über mich hin, blieb jedoch an Grayswandir haften. Was immer die verrückte Lichterscheinung hinter mir sein mochte, sie hatte dazu geführt, daß das komplizierte Muster auf der Klinge wieder zum Leben erwachte; der Teil des Musters, der darauf eingeritzt war, funkelte und schimmerte auf ganzer Länge. Der Reiter war inzwischen ganz nahe heran, zog aber nun die Zügel an, und seine Augen richteten sich ruckhaft auf mein Gesicht. Das gespenstische Grinsen verschwand.

»Ich kenne dich!« sagte er. »Du wirst Corwin genannt!«

Aber wir hatten ihn, ich und mein Verbündeter, das Bewegungsmoment.

Die Vorderhufe des Pferdes berührten die Felskante, und ich stürmte vor. Die Reflexe des riesigen Tiers führten dazu, daß es trotz der angezogenen Zügel für seine Hinterhufe einen ähnlichen sicheren Halt suchte. Als ich angriff, ließ der Reiter seine Klinge in eine Gardeposition schwingen, doch ich trat zur Seite und griff von seiner Linken an. Als er die Klinge vor seinem Körper herumführte, stach ich bereits zu. Grayswandir bohrte sich in seine bleiche Haut, drang unter dem Brustbein ein.

Ich zog die Klinge zurück, und Ströme von Feuer ergossen sich wie Blut aus der Wunde. Der Schwertarm des Mannes sank herab. Als der lodernde Strom den Hals des Pferdes berührte, stieß es ein Wiehern aus, das einem schrillen Schrei glich. Ich tänzelte zurück, als der Reiter nach vorn kippte und das Tier, das inzwischen alle vier Hufe auf sicherem Grund hatte, weiter auf mich zustürmte. Wieder hieb ich zu, defensiv, im Reflex. Meine Klinge berührte das linke Vorderbein, das ebenfalls zu brennen begann.

Wieder wich ich zur Seite aus, als sich das Tier umdrehte und zum zweiten Mal auf mich zukam. Im gleichen Augenblick verwandelte sich der Reiter in eine Lichtsäule. Das Tier stieg hoch, fuhr herum und

Sechstes Kapitel

galoppierte davon. Ohne innezuhalten, stürzte es sich über die Felskante, verschwand im Abgrund und hinterließ mir die Erinnerung an den glühenden Kopf einer Katze, die mich vor langer Zeit einmal angesprochen hatte, und den unangenehmen Schauder, von dem dieser Rückblick stets begleitet war.

Keuchend lehnte ich an einem Felsen. Die nebelhafte Straße war inzwischen noch näher herangetrieben und bewegte sich etwa zehn Fuß von meinem Felsvorsprung entfernt. In meiner linken Seite spürte ich einen Krampf. Der zweite Reiter kam schnell näher. Er war nicht bleich wie der erste. Sein Haar war dunkel, sein Gesicht war von natürlicher Farbe. Sein Tier war ein Fuchs mit einer richtigen Mähne. Er schwang eine gespannte Armbrust. Ich blickte hinter mich, doch es gab dort keinen Schutz, keine Öffnung, in der ich mich verstecken konnte.

Ich wischte mir die Hände an der Hose ab und packte Grayswandir am Steg. Dann wandte ich mich zur Seite, um ein möglichst schmales Ziel zu bieten. Ich hob die Klinge zwischen uns, in Kopfhöhe, mit der Spitze zum Boden – der einzige Schild, den ich besaß.

Der Reiter kam auf gleiche Höhe mit mir und zügelte sein Pferd auf dem Gazestreifen. Langsam hob er die Armbrust, in dem Bewußtsein, daß ich meine Klinge wie einen Speer schleudern konnte, wenn er mich nicht mit dem ersten Schuß traf.

Er war bartlos und hager. Möglicherweise helläugig; doch er hatte die Augen zusammengekniffen, um besser zielen zu können. Er beherrschte sein Tier vorzüglich und lenkte es mit dem Druck seiner Schenkel. Seine Hände waren groß und ruhig. Fähig. Ein seltsames Gefühl überkam mich, während ich ihn betrachtete.

Die Zeit dehnte sich über den Augenblick des Angriffs hinaus. Er ließ sich zurückfallen und senkte die Waffe ein Stück, obwohl sein Körper noch immer angespannt war.

»Du!« rief er. »Ist das die Klinge Grayswandir?«

»Ja«, gab ich zurück.

Er setzte seine Musterung fort, und irgend etwas in mir suchte nach Worten der Erklärung, fand aber nichts und rannte hilflos durch die Nacht davon.

»Was willst du hier?« fragte er.

»Zurück nach Hause.«

Ein leises Zischen ertönte, als sein Bolzen ein gutes Stück links von mir auf die Felsen traf.

»Dann geh«, sagte er. »Dies ist ein gefährlicher Ort für dich.«

Er wendete sein Pferd in die Richtung, aus der er gekommen war. – Ich senkte Grayswandir.

»Ich werde dich nicht vergessen«, sagte ich.

»Nein, vergiß mich nicht«, erwiderte er, ohne sich umzuwenden.

Dann galoppierte er davon, und Sekunden später trieb der vage Nebelstreifen ebenfalls weiter.

Ich stieß Grayswandir in die Scheide und trat einen Schritt vor. Die Welt begann, sich wieder um mich zu drehen; von links rückte das Licht vor, rechts wich die Dunkelheit zurück. Ich suchte nach einer Möglichkeit, den Felshang hinter mir zu erklimmen. Er schien nur dreißig oder vierzig Fuß hoch zu sein, und ich hoffte, daß ich von weiter oben einen besseren Ausblick hätte. Der Felsvorsprung, auf dem ich stand, erstreckte sich nach rechts und links. Doch als ich mich ernsthaft damit befaßte, stellte ich fest, daß der Weg nach rechts schmaler wurde, ohne mir eine Aufstiegsmöglichkeit zu bieten. Ich drehte um und wanderte nach links.

Dort, hinter einem Felsvorsprung, wo der Weg ebenfalls ziemlich schmal wurde, erreichte ich einen zerklüfteten Teil der Wand. Ich suchte das Gestein mit den Blicken ab: Ein Aufstieg schien möglich. Ich warf einen vorsichtigen Blick nach hinten, um weitere Gefahren auszuspähen. Die gespenstische Straße war noch weiter fortgetrieben; da sich keine weiteren Reiter näherten, begann ich zu klettern.

Der Aufstieg war nicht schwierig, obwohl der Hang höher war, als er von unten ausgesehen hatte. Wahrscheinlich ein Symptom der räumlichen Verzerrungen, die meine Augen hier verschiedentlich wahrgenommen hatten. Nach einer gewissen Zeit richtete ich mich an einer Stelle auf, die mir einen besseren Blick über den Abgrund ermöglichte.

Wieder einmal nahm ich die chaotischen Farben wahr, die rechts von der Dunkelheit bedrängt wurden. Das Land, über dem sie tanzten, war mit Felsen übersät und voller Krater, keine Spur von Leben erkennbar. Mitten hindurch führte jedoch schwarz und gewunden ein Streifen, der sich vom fernen Horizont bis zu einem Punkt irgendwo rechts von mir erstreckte: Dies konnte nur die schwarze Straße sein.

Nach weiteren zehn Minuten Kletterei hatte ich eine Stelle gefunden, von der aus ich den Endpunkt der Straße sehen konnte. Sie führte durch einen breiten Paß in den Bergen geradewegs zum Rand des Abgrunds. Dort verschmolz ihre Schwärze mit der, die diesen Ort füllte, jetzt nur noch an der Tatsache erkennbar, daß keine Sterne hindurchschimmerten. Ich orientierte mich an dieser Verdeckung und gewann den Eindruck, daß sie sich bis zu dem schwarzen Gebilde fortsetzte, um das die Nebelstreifen wallten.

Ich legte mich flach hin, um auf den Konturen des niedrigen Hügels keinen Anhaltspunkt zu bieten für unsichtbare Augen, die diesen Teil der Berge beobachten mochten. In dieser Position dachte ich darüber nach, wie der schwarze Weg geöffnet worden war. Der Schaden, den das Muster erlitten hatte, war für diesen Einfluß zur Pforte nach Amber geworden, wofür – das nahm ich an – mein Fluch das auslösende Element gewesen war. Zwar spürte ich inzwischen, daß die Katastrophe wohl auch ohne mich geschehen wäre, doch ich war überzeugt, meinen Beitrag dazu geleistet zu haben. Die Schuld lastete noch immer auf mir, wenn auch nicht mehr mit ganzer Schwere, wie ich zunächst angenommen hatte. In diesem Augenblick mußte ich an Eric denken, der sterbend auf dem Kolvir-Berg gelegen hatte. Obwohl er mich haßte, hatte er gesagt, er wolle seinen Sterbefluch den Gegnern Ambers entgegenschleudern. Mit anderen Worten: diesem Einfluß, diesen Gestalten. Ironisch. Mein Tun galt heute im wesentlichen dem Bemühen, den Todeswunsch des von mir am wenigsten geliebten Bruders zu erfüllen. Sein Fluch sollte meinen Fluch aufheben, durch mein Einwirken. Irgendwie war das sogar richtig so.

Ich hielt Ausschau nach Reihen schimmernder Reiter, die sich auf der Straße bewegten oder sammelten – doch zu meiner Freude war nichts festzustellen. Wenn eine neue Armee der Angreifer nicht bereits unterwegs war, schwebte Amber nicht in unmittelbarer Gefahr. Trotzdem machte mir eine Reihe von Dingen zu schaffen. In erster Linie fragte ich mich, warum nicht tatsächlich längst ein neuer Angriff stattgefunden hatte, wenn sich die Zeit an diesem Ort wirklich so seltsam verhielt, wie es Daras mögliche Herkunft andeutete. Jedenfalls reichte die inzwischen verstrichene Zeit mehr als aus, um sich zu erholen und eine neue Attacke vorzubereiten. War kürzlich, nach amberianischer Zeit, etwas geschehen, das die gegnerische Strategie verändert hatte? Wenn ja, was? Meine Waffen? Brands Rückkehr? Oder etwas anderes? Ich fragte mich außerdem, wie weit Benedict seine Posten vorgeschoben hatte. Jedenfalls nicht bis hierher, sonst wäre ich informiert worden. War er überhaupt jemals hier gewesen? Hatte irgend einer der anderen in der jüngeren Vergangenheit hier gestanden, über den Höfen des Chaos, etwas wissend, das mir nicht bekannt war? Ich beschloß, Brand und Benedict danach zu fragen, sobald ich zurück war.

Dies alles brachte mich auf die Überlegung, wie sich wohl die Zeit in bezug auf mich verhalten würde, in diesem Augenblick. Am besten blieb ich nicht länger als unbedingt nötig an diesem Ort. Ich blätterte die anderen Trümpfe durch, die ich aus Dworkins Schublade mitgenommen hatte. Sie waren zwar alle interessant, zeigten aber keine bekannten Szenen. Daraufhin nahm ich mein eigenes Spiel zur Hand und zog Randoms Trumpf. Vielleicht war er derjenige, der mich vorhin hatte sprechen wollen. Ich hob seine Karte und betrachtete sie.

Nach kurzer Zeit begann sie vor meinen Augen zu verschwimmen, und ich blickte auf ein undeutliches Kaleidoskop von Bildern mit einem vagen Eindruck von Random in der Mitte. Bewegung, sich verzerrende Perspektiven ...

»Random«, sagte ich. »Hier Corwin.«

Ich spürte seinen Verstand, doch er antwortete nicht. Mir ging auf, daß er mitten in einem Höllenritt steckte und sich voll darauf konzentrierte, den Stoff der Schatten ringsum zu beherrschen. Er konnte nicht antworten, ohne die Kontrolle zu verlieren. Ich bedeckte den Trumpf mit der Hand und brach auf diese Weise den Kontakt.

Darauf zog ich Gérards Karte heraus. Sekunden später hatte ich Verbindung. Ich richtete mich auf.

»Wo bist du, Corwin?« fragte er.

»Am Ende der Welt«, sagte ich. »Ich möchte nach Hause.«

»Komm.«

Er streckte mir die Hand entgegen. Ich ergriff sie und trat hindurch.

Wir befanden uns im Erdgeschoß des Palastes von Amber, in dem Wohnzimmer, in das wir uns am Abend von Brands Rückkehr zurückgezogen hatten. Es schien früh am Morgen zu sein. Im Kamin brannte ein Feuer. Wir waren allein.

»Ich habe dich vorhin zu erreichen versucht«, sagte er. »Dasselbe vermute ich von Brand, aber ich weiß es nicht genau.«

»Wie lange bin ich überhaupt fort gewesen?«

»Acht Tage.«

»Da bin ich nur froh, daß ich mich beeilt habe. Was gibt's?«

»Nichts Besonderes«, erwiderte er. »Ich weiß nicht, was Brand will. Er fragte immer wieder nach dir, und ich konnte dich nicht erreichen. Daraufhin habe ich ihm einen Satz Karten gegeben und ihm anheimgestellt, es selbst zu versuchen. Offenbar ist es ihm nicht besser gegangen.«

»Ich war abgelenkt«, sagte ich. »Außerdem war der Unterschied im Zeitfluß enorm.«

Er nickte.

»Seitdem er außer Gefahr ist, gehe ich ihm aus dem Weg. Er steckt mal wieder in einer seiner finsteren Stimmungen und ist überzeugt, daß er sich allein versorgen kann. Damit hat er natürlich recht; mir ist es ja auch egal.«

»Wo ist er jetzt?«

»In seinen Räumen, dort war er wenigstens vor einer Stunde – in finstere Gedanken versunken.«

»Ist er überhaupt mal draußen gewesen?«

»Ein paar kurze Spaziergänge. Aber das war schon vor Tagen.«

»Dann sollte ich ihn jetzt aufsuchen. Ist irgend etwas über Random bekannt?«

»Ja«, gab er zurück. »Benedict kehrte vor einigen Tagen zurück. Er sagte, sie hätten etliche Spuren gefunden, die auf Randoms Sohn hindeuteten. Ein paar hat er mit überprüft. Eine Spur jedoch führte weiter, doch Benedict war der Meinung, er sollte sich bei der unsicheren Lage

Sechstes Kapitel

nicht allzu lange von Amber entfernen. So ließ er Random die Suche allein fortsetzen. Die Sache hat ihm allerdings etwas eingebracht. Als er zurückkam, hatte er einen künstlichen Arm an der Schulter, ein schönes Stück. Er kann damit praktisch alles machen – fast wie früher.«
»Wirklich?« fragte ich. »Hört sich seltsam bekannt an.«
Er lächelte und nickte.
»Er sagte mir, du hättest ihm das Ding aus Tirna Nog'th mitgebracht. Er möchte so bald wie möglich mit dir darüber sprechen.«
»Kann ich mir denken. Wo ist er jetzt?«
»Bei einem der Vorposten, die er an der schwarzen Straße stehen hat. Du müßtest dich über Trumpf mit ihm in Verbindung setzen.«
»Vielen Dank. Irgendwelche Neuigkeiten über Julian oder Fiona?«
Er schüttelte den Kopf.
»Na schön«, sagte ich und wandte mich zur Tür. »Dann will ich mal Brand besuchen.«
»Würde mich interessieren zu erfahren, was er im Schilde führt«, bemerkte Gérard.
»Ich werde dran denken.«
Ich verließ den Raum und ging zur Treppe.

7

Ich klopfte an Brands Tür.

»Herein, Corwin«, sagte er.

Ich gehorchte. Während ich über die Schwelle trat, nahm ich mir vor, nicht zu fragen, woher er gewußt hatte, wer vor der Tür stand. Sein Zimmer war ziemlich düster; obwohl es heller Tag war und es vier Fenster gab, brannten zahlreiche Kerzen. Drei Fensterläden waren geschlossen, nur der vierte war einen Spalt breit geöffnet. Brand stand dicht davor und starrte auf das Meer hinaus. Er war von Kopf bis Fuß in schwarzen Samt gekleidet und trug eine Silberkette um den Hals. Sein Gürtel bestand ebenfalls aus Silber – ein schönes Stück aus zahlreichen Gliedern. Er spielte mit einem kleinen Dolch herum und sah mich nicht an. Er war noch immer ziemlich bleich, doch sein Bart war inzwischen säuberlich getrimmt, und er wirkte frischer und ein wenig rundlicher als bei unserer letzten Begegnung.

»Du siehst besser aus«, stellte ich fest. »Wie fühlst du dich?«

Er wandte sich um und sah mich mit halb geschlossenen Augen ausdruckslos an.

»Wo bist du gewesen, zum Teufel?« fragte er.

»Da und dort. Weshalb wolltest du mich sprechen?«

»Ich habe gefragt, wo du warst!«

»Und ich habe dich verstanden«, gab ich zurück und machte die Tür hinter mir wieder auf. »Ich werde jetzt noch mal rausgehen und wieder hereinkommen. Ich würde vorschlagen, wir fangen unser Gespräch von vorn an.«

Er seufzte.

»Moment doch! Es tut mir leid. Warum sind wir denn alle so empfindlich? Ich weiß nicht ... Na schön, vielleicht ist es besser, wenn wir einen Neuanfang machen.«

Er steckte den Dolch ein, ging durch das Zimmer und setzte sich in einen breiten Stuhl aus dunklem Holz und schwarzem Leder.

»Ich begann, mir Gedanken zu machen über all die Dinge, die wir besprochen hatten«, sagte er, »und über einige, die wir noch nicht diskutieren konnten. Ich wartete eine mir angemessen erscheinende Zeit auf den Abschluß deines Anliegens in Tirna Nog'th und auf

Siebtes Kapitel

deine Rückkehr. Anschließend erkundigte ich mich nach dir und bekam zur Antwort, du seist noch nicht zurück. Ich wartete noch länger. Zuerst war ich ungeduldig, dann begann ich, mir Sorgen zu machen, daß dich unsere Feinde vielleicht in einen Hinterhalt gelockt hätten. Als ich später wieder nach dir fragte, erfuhr ich, daß du nur eben lange genug in der Stadt gewesen warst, um mit Randoms Frau zu sprechen – es muß ein wichtiges Gespräch gewesen sein – und um zu schlafen. Anschließend seist du sofort wieder abgereist. Ich war ärgerlich, daß du es nicht für nötig befunden hattest, mich über die Ereignisse zu informieren, doch ich beschloß, noch ein wenig länger zu warten. Schließlich bat ich Gérard, dich über deinen Trumpf anzusprechen. Als er keinen Erfolg hatte, machte ich mir ernsthafte Sorgen. Ich versuchte es selbst; dabei hatte ich zwar mehrfach das Gefühl, dich zu berühren, drang aber nicht ganz zu dir durch. Ich hatte Angst um dich; dabei sehe ich jetzt, daß ich mir überhaupt keine Sorgen hätte machen müssen. Deshalb war ich so aufgebracht.«

»Ich verstehe«, sagte ich und nahm zu seiner Rechten Platz. »Genau genommen ist die Zeit für mich schneller verstrichen als für dich; ich habe gar nicht das Gefühl, überhaupt fort gewesen zu sein. Wahrscheinlich ist deine Stichwunde inzwischen besser verheilt als meine.«

Er lächelte vorsichtig und nickte.

»Wäre ja wenigstens etwas«, sagte er, »als Gegenleistung für meinen Schmerz.«

»Ich habe ein paar Sorgen hinzugewonnen«, sagte ich. »Bitte verpaß mir keine neuen. Du wolltest mich sprechen. Raus damit.«

»Irgend etwas bekümmert dich«, sagte er. »Vielleicht sollten wir zunächst darüber sprechen.«

»Na schön«, sagte ich.

Ich wandte mich um und blickte auf das Bild neben der Tür. Ein Ölgemälde, eine ziemlich düstere Darstellung des Brunnens bei Mirata, in der Nähe zwei Männer im Gespräch, neben ihren Pferden.

»Du hast einen unverwechselbaren Stil«, sagte ich.

»In allem.«

»Damit hast du mir den nächsten Satz aus dem Mund genommen«, sagte ich, nahm Martins Trumpf zur Hand und gab ihn Brand.

Sein Gesicht zeigte keine Regung, während er die Zeichnung betrachtete, mir einen kurzen Seitenblick zuwarf und nickte.

»Ich kann meinen Stil nicht ableugnen«, sagte er.

»Deine Hand hat mehr als eine Karte gefertigt. Oder nicht?«

Er fuhr sich mit der Zungenspitze über die Oberlippe.

»Wo hast du sie gefunden?« fragte er.

»Dort wo du sie zurückgelassen hast, im Zentrum der Dinge – im wirklichen Amber.«

»Also ...«, sagte er, stand auf und kehrte zum Fenster zurück, wobei er die Karte hielt, als wollte er sie sich im hellen Licht genauer ansehen. »Du weißt also mehr, als ich dachte. Wie hast du vom Urmuster erfahren?«

Ich schüttelte den Kopf.

»Du antwortest als erster: Hast du Martin überfallen?«

Daraufhin wandte er sich wieder in meine Richtung, sah mich einen Augenblick lang an und nickte kurz. Seine Augen erforschten mein Gesicht.

»Warum?«

»Jemand mußte es tun«, erklärte er, »um den Mächten, die wir brauchten, den Weg zu bereiten. Wir haben Strohhalme gezogen.«

»Und du hast gewonnen?«

»Gewonnen? Verloren?« Er zuckte die Achseln. »Was kommt es noch darauf an? Die Dinge entwickelten sich nicht so, wie wir beabsichtigt hatten. Ich bin nicht mehr der Mensch, der ich damals war.«

»Hast du ihn umgebracht?«

»*Was?*«

»Martin, Randoms Sohn. Ist er an der von dir beigebrachten Wunde gestorben?«

Er drehte die Handflächen nach außen.

»Ich weiß es nicht«, antwortete er. »Wenn er nicht gestorben ist, dann nicht deswegen, weil ich's nicht versucht hätte. Du kannst deine Suche einstellen. Du hast den Schuldigen gefunden. Was fängst du jetzt mit diesem Wissen an?«

Ich schüttelte den Kopf. »Ich? Nichts. Vielleicht lebt er noch.«

»Dann sollten wir uns Dingen zuwenden, die von größerer Bedeutung sind. Wie lange weißt du schon von dem echten Muster?«

»Lange genug«, antwortete ich. »Herkunft, Funktionen, die Wirkung des Blutes von Amber auf das Muster – lange genug. Ich habe mehr auf Dworkin gehört, als du vielleicht angenommen hast. Doch sah ich keinen Vorteil darin, die Grundlage des Seins zu beschädigen. Ich ließ die schlafenden Hunde also in Ruhe. Erst nach unserem kürzlichen Gespräch bin ich auf den Gedanken gekommen, daß die schwarze Straße mit einer solchen Torheit zusammenhängen könnte. Als ich mir das Muster dann anschaute, fand ich Martins Trumpf und das übrige.«

»Ich wußte gar nicht, daß du Martin kanntest.«

»Ich habe ihn nie von Angesicht gesehen.«

»Woher wußtest du dann, daß er auf dem Trumpf dargestellt war?«

»Ich war nicht allein an jenem Ort.«

Siebtes Kapitel

»Wer war bei dir?«
Ich lächelte.
»Nein, Brand. Noch bist du an der Reihe. Bei unserem letzten Zusammensein hast du mir erzählt, die Feinde Ambers kämen aus den Höfen des Chaos, sie hätten Zugang zu unserer Welt über die schwarze Straße, und zwar aufgrund einer Sache, die du und Bleys und Fiona vor langer Zeit getan hättet, als ihr euch noch über den besten Weg zum Thron einig wart. Inzwischen weiß ich, was ihr getan habt. Aber: Benedict bewacht die schwarze Straße, und ich habe gerade einen Blick auf die Höfe des Chaos werfen können. Keine neuen Streitkräfte sammeln sich dort, nichts bewegt sich auf der Straße in unsere Richtung. Ich weiß, daß die Zeit an jenem Ort anders verläuft. Unsere Gegner hätten Zeit genug haben müssen, einen neuen Vorstoß einzuleiten. Ich möchte wissen, was sie zurückhält. Warum sind sie nicht in Aktion getreten? Worauf warten sie, Brand?«
»Du traust mir mehr Wissen zu, als ich besitze.«
»Ich glaube nicht. Du bist hier der Experte für diese Fragen. Du hast dich damit beschäftigt. Der Trumpf ist der Beweis, daß du mit anderen Dingen hinter dem Berg gehalten hast. Hör auf, dich zu winden – rede!«
»Die Höfe ...«, sagte er. »Du hast dich wirklich umgetan. Eric war ein Dummkopf, daß er dich nicht gleich umbringen ließ – wenn er wußte, daß du dich mit diesen Dingen auskanntest.«
»Eric war ein Dummkopf«, sagte ich. »Du bist keiner. Jetzt rede.«
»Aber ich *bin* ein Dummkopf«, beharrte er, »noch dazu ein sentimentaler. Erinnerst du dich an den Tag unserer letzten Auseinandersetzung hier in Amber? Lange ist es her.«
»Vage.«
»Ich saß auf meiner Bettkante. Du standest neben meinem Schreibtisch. Als du dich abwandtest und zur Tür gingst, nahm ich mir vor, dich zu töten. Ich griff unter das Bett, wo ich eine schußbereite Armbrust aufbewahrte. Ich hatte die Waffe schon berührt und wollte sie anheben, als mir ein Gedanke kam, der mich innehalten ließ.«
Er schwieg.
»Und?«
»Schau mal, dort drüben an der Tür.«
Ich blickte hinüber, sah aber nichts Besonderes. Ich schüttelte den Kopf, als er sagte: »Auf dem Boden.«
Dann sah ich, was er meinte – rotbraun, olivengrün, braun und grün, mit kleinen geometrischen Mustern.
Er nickte.
»Du standest auf meinem Lieblingsteppich. Ich wollte kein Blut darauf vergießen. Später war meine Wut verraucht. Auch ich bin also ein Opfer von Emotionen und äußeren Einflüssen.«

»Eine schöne Geschichte ...«, begann ich.

»... aber jetzt möchtest du, daß ich nicht länger um den heißen Brei herumrede. Doch ich habe um nichts herumgeredet. Ich wollte dir etwas mitteilen. Wir alle leben, indem wir uns gegenseitig dulden und indem von Zeit zu Zeit ein glücklicher Zufall zu unseren Gunsten spricht. Ich möchte vorschlagen, diese gegenseitige Duldung und die Möglichkeit eines Zufalls in einigen sehr wichtigen Punkten aufzugeben. Zuerst aber zu deiner Frage. Ich weiß zwar nicht genau, was unsere Gegner zurückhält, doch ich könnte es mir denken. Bleys hat eine große Armee um sich versammelt, die Amber angreifen soll. Sie wird natürlich nicht annähernd so groß sein wie die, die du mit ihm gegen Amber geführt hast. Weißt du, er verläßt sich auf die Erinnerung an den letzten Angriff und berechnet danach die Reaktion auf den neuen. Wahrscheinlich wird dem Angriff der Versuch vorausgehen, Benedict und dich zu töten. Das alles wird aber nur eine Finte sein. Ich würde vermuten, daß Fiona sich mit den Höfen des Chaos in Verbindung gesetzt hat – und sich im Augenblick vielleicht sogar dort aufhält –, um die dortigen Kräfte auf den richtigen Angriff vorzubereiten, der jederzeit nach Bleys Ablenkungsvorstoß beginnen kann. Aus diesem Grund ...«

»Du sagst, du könntest dir das alles denken«, unterbrach ich ihn. »Dabei wissen wir nicht einmal genau, ob Bleys überhaupt noch lebt.«

»Bleys lebt«, sagte er. »Über seinen Trumpf konnte ich mir Gewißheit über seine Existenz und sogar einen gewissen Eindruck von seinen augenblicklichen Aktivitäten verschaffen, ehe er meine Gegenwart spürte und mich abblockte. Er reagiert sehr feinfühlig auf solche Überwachung. Ich fand ihn im Felde mit Truppen, die er gegen Amber einzusetzen gedenkt.«

»Und Fiona?«

»Nein«, entgegnete er, »mit ihrem Trumpf habe ich nicht herumgespielt, und dir würde ich ebenfalls davon abraten. Sie ist sehr gefährlich; ich würde mich nur ungern ihrem Einfluß aussetzen. Meine Äußerung über ihren Aufenthaltsort basiert mehr auf Schlußfolgerungen als konkreten Erkenntnissen. Trotzdem glaube ich mich darauf verlassen zu können.«

»Ich verstehe«, sagte ich.

»Ich habe einen Plan.«

»Sprich weiter.«

»Die Art und Weise, wie du mich aus meinem Kerker befreit hast, war sehr raffiniert; du hast die Konzentrationskräfte aller Beteiligten vereint. Dasselbe Prinzip ließe sich wieder nutzbar machen, doch mit einem anderen Ziel. Eine solche Kraft könnte den Verteidigungswall

Siebtes Kapitel

einer Person durchbrechen – selbst wenn es sich um jemanden wie Fiona handelt –, solange die Aktion richtig gelenkt wird.«

»Soll heißen – durch dich gelenkt?«

»Natürlich. Ich möchte vorschlagen, daß wir die Familie zusammenrufen und zu Bleys und Fiona durchstoßen, wo immer sie sich aufhalten mögen. Wir halten ihre Körper fest, nur einen Augenblick lang, eben lange genug, daß ich zustechen kann.«

»So wie du es bei Martin getan hast?«

»Besser, so hoffe ich. Martin konnte sich im letzten Augenblick losreißen. Das dürfte diesmal nicht passieren, wenn ihr mir alle helft. Drei oder vier würden vermutlich genügen.«

»Glaubst du wirklich, daß du das so leicht schaffst?«

»Ich weiß jedenfalls, daß wir es versuchen müssen. Die Zeit geht weiter. Du wirst zu denen gehören, die ihr Leben verlieren, wenn sie Amber erobern. Und ich auch. Was meinst du?«

»Wenn ich mich überzeugen lasse, ist dein Vorgehen notwendig. Dann hätte ich keine andere Wahl, als mitzumachen.«

»Die Aktion ist unumgänglich, glaube mir. Als nächstes brauche ich das Juwel des Geschicks.«

»Wozu denn das?«

»Wenn sich Fiona wirklich in den Höfen des Chaos aufhält, genügt der Trumpf allein wahrscheinlich nicht, um sie zu finden und festzuhalten, selbst wenn wir alle dahinterstehen. In ihrem Falle brauche ich das Juwel, um unsere Energien zu konzentrieren.«

»Das ließe sich vielleicht machen.«

»Je eher, desto besser. Kannst du für heute abend alles arrangieren? Ich bin wieder soweit auf dem Damm, daß ich meinen Teil an der Aktion übernehmen kann.«

»Himmel, nein!« sagte ich und stand auf.

»Was soll das heißen?« Seine Hände krampften sich um die Armlehne des Sessels und stemmten ihn halb empor. »Warum nicht?«

»Ich habe gesagt, ich würde mitmachen, wenn ich überzeugt wäre, daß es keinen anderen Weg gibt. Du hast selbst gesagt, daß dein Plan weitgehend auf Schlußfolgerungen beruht. Das allein genügt, um mich noch längst nicht zu überzeugen.«

»Dann vergiß das Überzeugtsein! Kannst du dir das Risiko leisten? Der nächste Angriff wird weitaus heftiger ausfallen als der letzte, Corwin. Der Gegner kennt unsere neuen Waffen. Er wird sich bei seinen Plänen darauf einstellen!«

»Selbst wenn ich deiner Meinung wäre, Brand, könnte ich die anderen wohl kaum überzeugen, daß diese Hinrichtungen notwendig sind.«

»Sie überzeugen? Du mußt es ihnen sagen! Du hast sie doch alle im Griff, Corwin! Du bist im Augenblick ganz oben. Und dort möchtest du doch bleiben, oder?«

Ich lächelte und ging zur Tür. »Das werde ich schaffen«, sagte ich, »indem ich tue, was ich für richtig halte. Deine Vorschläge werde ich mir auf jeden Fall zu Herzen nehmen.«

»Das, was du für richtig hältst, wird dich aber das Leben kosten. Eher, als du glaubst.«

»Ich stehe schon wieder auf deinem Teppich.«

Er lachte.

»Sehr gut! Aber das war eben keine Drohung. Du weißt, was ich gemeint habe. Du bist jetzt für ganz Amber verantwortlich. Du mußt das Richtige tun.«

»Und du weißt, was *ich* gemeint habe. Kommt nicht in Frage, daß wir auf der Grundlage deiner Verdächtigungen einfach noch ein paar von unseren Geschwistern umbringen! Da müßte ich schon viel mehr in der Hand haben.«

»Wenn du die Beweise endlich hast, ist es vielleicht zu spät.«

Ich zuckte die Achseln.

»Das werden wir ja sehen.«

Ich griff nach dem Türknopf.

»Was hast du jetzt vor?«

Ich schüttelte den Kopf.

»Ich sage nicht jedem, was ich weiß, Brand. Eine Art Versicherung.«

»Das weiß ich zu schätzen. Ich will nur hoffen, daß du genug weißt.«

»Vielleicht fürchtest du ja auch, daß ich zuviel weiß«, gab ich zurück.

Einen Augenblick lang spannten sich die Muskeln um seine Augen. Dann lächelte er.

»Vor dir habe ich keine Angst, Bruder.«

»Es ist gut, wenn man nichts zu fürchten hat«, sagte ich.

Dann öffnete ich die Tür.

»Moment noch.«

»Ja.«

»Du hast mir noch nicht gesagt, wer bei dir war, als du Martins Trumpf entdecktest, an dem Ort, wo ich ihn zurückließ.«

»Nun, es war Random.«

»Oh. Kennt er die Einzelheiten?«

»Wenn du mich fragst, ob er weiß, daß du seinen Sohn überfallen hast, lautet die Antwort nein. Er weiß es noch nicht.«

»Ich verstehe. Und Benedicts neuer Arm? Ich hörte, daß du ihm das Ding in Tirna Nog'th besorgt hast. Darüber würde ich gern mehr erfahren.«

Siebtes Kapitel

»Jetzt nicht«, sagte ich. »Heben wir uns ein bißchen für unsere nächste Zusammenkunft auf. Sie ist bestimmt schon bald.«
Ich verließ das Zimmer und schloß die Tür, mit stummem Gruß an den Teppich.

8
___

Nachdem ich die Küche besucht und dort eine opulente Mahlzeit zusammengestellt und verzehrt hatte, ging ich in die Ställe, wo ich einen hübschen jungen Fuchs ausfindig machte, der früher einmal Eric gehört hatte. Das war aber kein Hindernis für unsere Freundschaft, und kurze Zeit später näherten wir uns dem Pfad am Kolvir-Hang, der uns zum Lager meiner Streitkräfte aus den Schatten führen mußte. Während ich dahinritt, versuchte ich mir über die Ereignisse und Enthüllungen jener Zeit klar zu werden, die für mich in wenigen Stunden verstrichen war. Wenn Amber in der Tat als Folge von Dworkins Rebellion in den Höfen des Chaos erstanden war, folgte daraus, daß wir alle mit den Kräften verwandt waren, die uns bedrohten. Natürlich wußte man nie genau, inwieweit Dworkins Äußerungen zuverlässig waren. Doch immerhin führte die schwarze Straße zu den Höfen des Chaos, offenbar als direktes Ergebnis von Brands Ritual, etwas, das er auf Prinzipien abgestellt hatte, die ihm von Dworkin beigebracht worden waren. Zum Glück hatten jene Teile von Dworkins Bericht, die am wenigsten glaubhaft waren, keine so große Bedeutung, soweit es die augenblickliche Lage anging. Dennoch erfüllte mich der Gedanke, von einem Einhorn abzustammen, mit gemischten Gefühlen ...

»Corwin!«

Ich zügelte das Pferd. Ich öffnete den ankommenden Impulsen meinen Geist, und Ganelons Bild erschien.

»Hier bin ich«, sagte ich. »Wie bist du an einen Satz Karten gekommen? Und wo hast du gelernt, sie zu gebrauchen?«

»Ich habe mir vor einiger Zeit einen Packen aus der Vitrine in der Bibliothek genommen. Hielt es für ganz gut, mich im Notfall schnell bei dir melden zu können. Und was die Anwendung angeht – ich habe einfach getan, was du und die anderen machen – auf den Trumpf blicken, daran denken, sich auf den Gedanken konzentrieren, mit der Person in Verbindung zu treten.«

»Ich hätte dir längst ein Spiel geben sollen«, sagte ich. »Das war eine Gedankenlosigkeit von mir. Ich bin froh, daß du selbst dafür gesorgt hast. Probierst du die Karten nur aus, oder hat sich etwas ergeben?«

»Das letztere«, sagte er. »Wo bist du?«
»Zufällig bin ich auf dem Weg zu dir.«
»Alles in Ordnung?«
»Ja.«
»Schön. Dann komm. Ich möchte dich lieber nicht durch dieses Ding zu mir holen, wie ihr es immer macht. So dringend ist die Sache nicht. Ich sehe dich dann.«
»Ja.«

Er unterbrach den Kontakt, und ich schüttelte die Zügel und setzte meinen Ritt fort. Eine Sekunde lang hatte es mich geärgert, daß er mich nicht einfach um einen Satz Karten gebeten hatte. Aber dann fiel mir ein, daß ich ja nach amberianischer Zeit eine gute Woche fort gewesen war. Wahrscheinlich hatte er sich Sorgen gemacht und den anderen nicht zugetraut, daß sie ihm die Karten überlassen würden. Damit hatte er vielleicht sogar recht.

Der Abstieg ging schnell vonstatten, und ich erreichte nach kurzer Zeit das Lager. Das Pferd – das übrigens Drum hieß – schien froh zu sein, endlich einmal wieder geritten zu werden, und hatte die Neigung, bei der erstbesten Gelegenheit das Tempo zu erhöhen. Zwischendurch gab ich ihm einmal die Zügel frei, um es ein wenig zu ermüden, und dann dauerte es nicht mehr lange, bis ich das Lager sichtete. Etwa um diese Zeit wurde mir klar, daß ich Star vermißte.

Im Lager wurde ich begrüßt und angestarrt. Eine seltsame Stille folgte mir; das Leben im Lager schien zu erstarren. Ich überlegte, ob man etwa annahm, daß ich den Kampfbefehl brachte.

Ganelon kam aus einem Zelt, ehe ich abgestiegen war.

»Schnell bist du«, stellte er fest und ergriff meine Hand. »Ein herrliches Pferd.«

»Ja«, sagte ich und gab seiner Ordonnanz die Zügel. »Was hast du für Neuigkeiten?«

»Nun ...«, sagte er. »Ich habe mit Benedict gesprochen ...«

»Rührt sich etwas auf der schwarzen Straße?«

»Nein, nein. Darum geht es nicht. Nachdem er seine Freunde – die Tecys – besucht hatte, suchte er mich auf, um mir mitzuteilen, daß es Random gutgehe und daß er einer Spur folge, die ihn vielleicht zu Martin führt. Dann kamen wir auf andere Themen zu sprechen, und er bat mich, ihm zu erzählen, was ich über Dara wisse. Random hatte ihm gesagt, sie habe das Muster beschritten, und er war zu dem Schluß gekommen, daß außer dir inzwischen zu viele Leute von ihrer Existenz wüßten.«

»Und was hast du ihm gesagt?«
»Alles.«
»Einschließlich der Spekulationen – nach Tirna Nog'th?«

»Ja.«

»Ich verstehe. Und wie hat er darauf reagiert?«

»Es schien ihn aufzuregen und irgendwie sogar glücklich zu machen. Komm, du kannst selbst mit ihm sprechen.«

Ich nickte, und er wandte sich zum Zelt. Er schob die Plane zur Seite und ließ mir den Vortritt. Ich ging hinein.

Benedict saß auf einem niedrigen Stuhl neben einer Truhe, auf der eine Landkarte ausgebreitet war. Auf dieser Karte suchte er etwas mit dem langen Metallfinger der schimmernden Skeletthand, die an dem mit Silberkabeln versehenen mechanischen Arm hing, den ich ihm aus der Stadt am Himmel mitgebracht hatte; das Gerät war nun am Stumpf seines rechten Arms befestigt, ein kleines Stück unter dem abgeschnittenen Ärmel seines braunen Hemdes – eine Verwandlung, die mich mit Schaudern erfüllte, so sehr ähnelte er nun dem Gespenst, mit dem ich zu tun gehabt hatte. Sein Blick hob sich, fiel auf mich, und er hob grüßend die Hand, eine elegant ausgeführte, lässige Geste, und setzte das breiteste Lächeln auf, das ich je auf seinem Gesicht gesehen hatte.

»Corwin!« sagte er, stand auf und hielt mir die Hand hin.

Ich mußte mich dazu zwingen, das Gebilde zu ergreifen, das mich fast getötet hätte. Benedict selbst schien mir jedoch gewogener zu sein als je zuvor. Ich schüttelte die neue Hand, die mir in absolut natürlichem Druck begegnete. Ich versuchte die Kälte und Eckigkeit des Gebildes zu übersehen und hatte beinahe Erfolg damit, so sehr verblüffte mich die Perfektion der Kontrolle, die er in dieser kurzen Zeit erlangt hatte.

»Ich muß mich bei dir entschuldigen«, sagte er. »Ich habe mich in dir getäuscht. Es tut mir wirklich leid.«

»Schon gut«, sagte ich. »Ich verstehe dich schon.«

Er umarmte mich einen Augenblick lang, und auf meine Überzeugung, daß zwischen uns alles in Ordnung war, fiel lediglich der Schatten des Griffes jener kalten und tödlichen Finger an meiner Schultern.

Ganelon lachte und zog sich einen Stuhl herbei, den er auf der anderen Seite der Truhe aufstellte. Mein Zorn, daß er ein Thema angeschnitten hatte, das ich unter keinen Umständen hatte besprechen wollen, verrauchte beim Betrachten der Auswirkungen; ich konnte mich nicht erinnern, Benedict je bei besserer Laune gesehen zu haben. Ganelon freute sich offenbar, unsere Differenzen beigelegt zu haben.

Ich lächelte meinerseits und nahm Platz, wobei ich den Schwertgürtel öffnete und Grayswandir am Zeltmast aufhängte. Ganelon holte drei Gläser und eine Flasche Wein. Während er die Gläser vollschenkte, bemerkte er: »Um die Gastfreundschaft deines Zeltes zu erwidern, damals spätnachts in Avalon.«

Achtes Kapitel

Benedict nahm sein Glas zur Hand; es war kaum ein Klicken zu hören.

»Aber die Stimmung in diesem Zelt ist entspannter«, sagte er. »Nicht wahr, Corwin?«

Ich nickte und hob meinen Wein.

»Auf diese Entspannung. Möge sie ewig anhalten.«

»Zum ersten Mal seit langer Zeit habe ich ausführlich mit Random sprechen können«, sagte Benedict. »Er hat sich ziemlich verändert.«

»Ja«, sagte ich.

»Ich bin jetzt eher geneigt, ihm zu trauen. Wir hatten Zeit für unser Gespräch, nachdem wir die Tecys verlassen hatten.«

»Wohin wart ihr unterwegs?«

»Martin hatte gegenüber seinen Gastgebern einige Bemerkungen fallen lassen, die darauf hindeuteten, daß er zu einem Ort tiefer in den Schatten unterwegs war, den ich kannte – die Blockstadt Heerat. Wir reisten dorthin und stießen in der Tat auf seine Spur.«

»Ich kenne Heerat nicht«, warf ich ein.

»Eine Stadt aus Adobe und Stein – ein Zentrum an der Kreuzung mehrerer Handelsstraßen. Random erhielt dort Nachrichten, die ihn nach Osten und vermutlich noch tiefer in die Schatten geführt haben. Wir trennten uns in Heerat, denn ich wollte nicht zu lange von Amber fort sein. Außerdem gab es da eine persönliche Angelegenheit, die ich weiterverfolgen mußte. Er hatte mir erzählt, er habe gesehen, wie Dara am Tag des großen Kampfes das Muster beschritt.«

»Das ist richtig«, sagte ich. »Sie hat es getan. Ich war auch dabei.«

Er nickte.

»Wie ich schon sagte, Random hatte mich beeindruckt. Ich war geneigt zu glauben, er habe die Wahrheit gesagt. Wenn das so war, bestand die Möglichkeit, daß du ebenfalls nicht gelogen hattest. Hiervon ausgehend, mußte ich den Behauptungen des Mädchens nachgehen. Da du nicht hier warst, habe ich Ganelon aufgesucht – vor mehreren Tagen schon – und mir von ihm alles erzählen lassen, was er über Dara weiß.«

Ich blickte Ganelon an, der leicht den Kopf neigte.

»Jetzt glaubst du also eine neue Verwandte entdeckt zu haben«, sagte ich. »Eine Lügnerin, gewiß, und möglicherweise ein Gegner – aber trotzdem eine Verwandte. Was hast du als nächstes vor?«

Er trank einen Schluck Wein.

»Ich würde ja gern glauben, daß sie mit mir verwandt ist«, sagte er. »Der Gedanke gefällt mir irgendwie. Mir geht es also darum, diesen Tatbestand zu bestätigen oder eben den Beweis für das Gegenteil zu finden. Wenn es sich erweist, daß wir wirklich verwandt sind, möchte ich gern die Motive ihres Tuns kennenlernen. Und ich möchte erfahren, warum sie sich mir nie direkt offenbart hat.« Er setzte das Glas ab, hob die künstliche Hand und bewegte die Finger. »Zunächst möchte ich aber von deinen Erlebnissen in Tirna Nog'th hören, soweit sie mich und Dara betreffen. Außerdem erfüllt mich brennende Neugier wegen dieser Hand, die mir das Gefühl verleiht, als sei sie für mich gemacht. Es ist meines Wissens zum ersten Mal geschehen, daß jemand aus der Stadt am Himmel ein greifbares Objekt mitgebracht hat.« Er ballte die Faust, öffnete sie wieder, drehte das Handgelenk, streckte den Arm aus, hob ihn, legte ihn sanft auf das Knie. »Random hat mir das Ding gut anoperiert, meinst du nicht auch?« schloß er.

»Oh ja«, sagte ich.

»Erzählst du mir deine Geschichte?«

Ich nickte und trank aus meinem Weinglas.

»Es geschah im Palast des Himmels«, sagte ich. »Der Ort war voller tintenschwarzer, zuckender Schatten. Ich verspürte den Drang, den Thronsaal aufzusuchen. Das tat ich auch, und als die Schatten zur Seite wichen, sah ich dich rechts vom Thron stehen und diesen Arm tragen. Als sich das Bild weiter aufhellte, erblickte ich Dara auf dem Thron. Ich trat vor und berührte sie mit Grayswandir, was mich für sie sichtbar machte. Sie erklärte, ich sei doch schon seit Jahrhunderten tot, und forderte mich auf, in mein Grab zurückzukehren. Als ich nach ihrer Herkunft fragte, erwiderte sie, sie stamme von dir und dem Höllenmädchen Lintra ab.«

Benedict atmete tief, sagte aber nichts. Ich sprach weiter.

»Die Zeit, sagte sie, bewegte sich an ihrem Geburtsort dermaßen schnell, daß dort inzwischen mehrere Generationen vergangen wären. Sie sei die erste gewesen, die dort wie ein Mensch ausgesehen hätte. Wieder forderte sie mich auf zu gehen. Während dieses Gesprächs hattest du dir Grayswandir angesehen. Du gingst auf mich los, um die Gefahr von ihr abzuwenden, und wir kämpften miteinander. Meine Klinge konnte dich berühren und deine Hand mich. Das war alles. Ansonsten handelte es sich um eine Auseinandersetzung zwischen Gespenstern. Als der Himmel zu verblassen und die Sonne aufzugehen begann, hattest du mich mit der Hand da gepackt. Ich schlug mit Grayswandir den Arm los und floh. Das Ding kehrte mit mir zurück, weil es sich noch in meine Schulter verkrampft hatte.«

»Seltsam«, sagte Benedict. »Bisher wußte ich nur, daß der Ort da oben falsche Prophezeiungen liefert – eher ein Bild der Ängste und verborgenen Sehnsüchte des Besuchers als eine klare Darstellung der Dinge, die da kommen werden. Doch zugleich macht Tirna Nog'th oft unbekannte Wahrheiten sichtbar. Und wie bei den meisten Dingen ist es schwierig, das Wahre vom Überflüssigen zu trennen. Wie hast du die Ereignisse gedeutet?«

»Benedict«, sagte ich, »ich neige dazu, Dara die Geschichte ihrer Herkunft abzunehmen. Im Gegensatz zu mir hast du sie nie gesehen. Sie ähnelt dir irgendwie. Was das übrige angeht ... so ist es zweifellos so, wie du sagst: Man muß es mit Vorsicht genießen.«

Er nickte langsam, und ich erkannte, daß er nicht überzeugt war, daß er mich aber nicht weiter bedrängen wollte. Er wußte so gut wie ich, was der Rest bedeutete. Wenn er seinen Anspruch auf den Thron weiter verfolgte und vielleicht sogar durchsetzte, mochte es sein, daß er eines Tages zu Gunsten seines einzigen Nachkommen abdankte.

»Was willst du tun?«

»Tun?« fragte er. »Was tut Random auf seiner Suche nach Martin? Ich werde sie suchen, sie finden, mir die Geschichte aus ihrem Munde anhören und dann eine eigene Entscheidung fällen. Aber das alles kommt erst, wenn die Sache mit der schwarzen Straße geklärt ist. Das ist ein anderes Thema, das ich mit dir besprechen möchte.«

»Ja?«

»Wenn die Zeit sich in der gegnerischen Festung so völlig anders verhält, hat man dort ausreichend Zeit gehabt, einen neuen Angriff vorzubereiten. Ich möchte nicht warten und mich dem Feind in Schlachten entgegenstellen, die letztlich zu nichts führen. Ich spiele mit dem Gedanken, der schwarzen Straße an ihren Ausgangspunkt zu folgen und unsere Gegner auf eigenem Gebiet anzugreifen. Das täte ich gern mit deinem Einverständnis.«

»Benedict«, sagte ich, »hast du die Höfe des Chaos gesehen?«

Er hob den Kopf und starrte an das Zeltdach.

»Vor langer, langer Zeit, als ich jung war«, sagte er, »unternahm ich einen Höllenritt so weit es ging, bis zum Ende des Seins. Dort, unter einem geteilten Himmel, starrte ich in einen furchterregenden Abgrund. Ich weiß nicht, ob der gesuchte Ort dort liegt oder die Straße überhaupt so weit geht, doch wenn das so ist, bin ich bereit, diesen Weg erneut zu beschreiten.«

»Es ist so«, sagte ich.

»Woher weißt du das?«

»Ich bin gerade zurückgekehrt aus diesem Land. Eine finstere Zitadelle schwebt darin. Die Straße führt dorthin.«

»Wie schwer ist dir die Annäherung gefallen?«

»Hier«, sagte ich, nahm den Trumpf zur Hand und reichte ihn ihm. »Der hat Dworkin gehört. Ich fand ihn unter seinen Sachen. Erst jetzt habe ich ihn ausprobiert. Er versetzte mich dorthin. An jenem Ort verläuft die Zeit bereits ziemlich schnell. Ich wurde von einem Reiter auf einer dahintreibenden Straße angegriffen, wie sie auf der Karte nicht zu sehen ist. Kontakte über den Trumpf sind dort draußen sehr schwierig, vielleicht wegen der Zeitunterschiede. Gérard hat mich zurückgeholt.«

Er betrachtete die Karte.

»Sieht aus wie der Ort, den ich damals besucht habe«, sagte er schließlich. »Mit dieser Karte sind unsere logistischen Probleme gelöst. Mit uns als Endpunkten einer Trumpfverbindung können wir die Truppen geradewegs hindurchtransportieren, wie wir es damals zwischen Kolvir und Garnath gemacht haben.« – Ich nickte.

»Das ist einer der Gründe, warum ich dir den Trumpf gezeigt habe; ich wollte dir meinen guten Willen beweisen. Vielleicht gibt es aber eine andere Methode, die weniger riskant ist, als unsere Truppen ins Unbekannte zu schicken. Ich möchte, daß du dein Unternehmen zurückstellst, bis ich diese Methode näher erkundet habe.«

»Ich muß mich ohnehin zurückhalten, um zunächst Informationen über jenen Ort zu erlangen. Wir wissen ja nicht einmal, ob deine automatischen Waffen dort funktionieren, oder?«

»Nein – ich hatte keine zum Ausprobieren dabei.«

Er schürzte die Lippen.

»Du hättest daran denken sollen.«

»Die Umstände meiner Abreise haben das unmöglich gemacht.«

»Umstände?«

»Ein andermal. Das ist im Augenblick nicht wichtig. Du hast gesagt, du wolltest der schwarzen Straße bis zu ihrem Ausgangspunkt folgen ...«

»Ja?«

»Dort liegt aber nicht ihr wahrer Ausgangspunkt. Der eigentliche Ausgangspunkt, die Ursache, liegt im echten Amber, im Schaden am Urmuster.«

»Ja, das ist mir schon klar. Random und Ganelon haben mir eure Reise zum Urmuster beschrieben und den Schaden, den ihr dort entdeckt habt. Ich sehe die Analogie, die mögliche Verbindung ...«

»Erinnerst du dich an meine Flucht aus Avalon und deine Verfolgung?«

Anstelle einer Antwort lächelte er.

»An einem Punkt haben wir die schwarze Straße überquert«, fuhr ich fort. »Erinnerst du dich?«

Er kniff die Augen zusammen.

»Ja«, sagte er. »Du schnittest einen Weg hindurch. An dieser Stelle war die Welt in ihren Normalzustand zurückgekehrt. Das hatte ich vergessen.«

»Bewirkt durch das Muster«, erklärte ich, »ein Einfluß, den man meiner Überzeugung nach in viel größerem Umfang ausüben kann.«

»Wieviel größer?«

»Na, um die ganze Erscheinung auszulöschen.«

Er lehnte sich zurück und erforschte mein Gesicht.

»Warum bist du dann nicht schon am Werk?«
»Ich muß zunächst ein paar Vorarbeiten erledigen.«
»Wieviel Zeit werden die kosten?«
»Nicht allzuviel. Wahrscheinlich nicht mehr als ein paar Tage. Vielleicht ein paar Wochen.«
»Warum hast du nicht eher davon gesprochen?«
»Ich habe erst vor kurzem davon erfahren, wie man so etwas anpackt.«
»Wie *packst* du so etwas an?«
»Letztlich läuft es auf eine Reparatur des Musters hinaus.«
»Also schön«, sagte er. »Nehmen wir einmal an, du hast Erfolg. Dann treibt sich der Feind doch noch immer da draußen herum.« Er deutete auf Garnath und die schwarze Straße. »Irgend jemand hat diese Wesen einmal durchgelassen.«
»Der Feind war immer da draußen«, sagte ich. »Und es liegt an uns, dafür zu sorgen, daß ihm keine Pforte mehr geöffnet wird – indem wir ein für allemal mit jenen abrechnen, die das Tor überhaupt aufgestoßen haben.«
»In diesem Punkt bin ich völlig deiner Meinung«, sagte er, »aber das meinte ich im Augenblick nicht. Auch die Mächte da draußen haben eine Lektion verdient, Corwin. Ich möchte ihnen Respekt vor Amber einbläuen, einen solchen Respekt, daß sie bis in alle Ewigkeit von Angst erfüllt sind, daß sie, wenn die Chance noch einmal kommen sollte, sich nicht mehr trauen, gegen uns vorzurücken. Das habe ich eben gemeint. Anders geht es nicht.«
»Du weißt nicht, wie schwer es ist, an jenem Ort zu kämpfen, Benedict. Es ist wahrhaft unbeschreiblich!«
Er lächelte und stand auf.
»Dann muß ich mir das wohl selbst mal ansehen«, sagte er. »Ich behalte die Karte zunächst, wenn du nichts dagegen hast.«
»Ich habe nichts dagegen.«
»Gut. Dann kümmere dich inzwischen weiter um das Muster, Corwin, während ich diese Sache erledige. Ein bißchen Zeit wird es kosten. Ich muß meine Kommandeure für die Zeit meiner Abwesenheit mit Befehlen versorgen. Wir wollen vereinbaren, daß keiner von uns entscheidende Schritte einleitet, ohne sich zunächst mit dem anderen abzustimmen.«
»Einverstanden«, sagte ich.
Wir leerten unsere Gläser.
»Ich werde auch bald wieder aufbrechen«, sagte ich. »Also viel Glück.«
»Dir auch.« Wieder lächelte er. »Die Dinge stehen besser«, sagte er und ergriff auf dem Weg zum Eingang meine Schulter.

Wir folgten ihm ins Freie.

»Bring Benedicts Pferd«, wandte sich Ganelon an die Ordonnanz, die in der Nähe unter einem Baum wartete; dann drehte er sich um und reichte Benedict die Hand. »Ich möchte dir ebenfalls Glück wünschen«, sagte er.

Benedict nickte und ergriff die Hand.

»Vielen Dank, Ganelon. Für vieles.«

Benedict zog seine Trümpfe.

»Bis mein Pferd eintrifft, kann ich noch schnell Gérard informieren«, sagte er.

Er blätterte die Trümpfe durch, zog einen heraus, betrachtete ihn.

»Wie willst du es anstellen, das Muster zu reparieren?« fragte mich Ganelon.

»Dazu muß ich das Juwel des Geschicks wieder an mich bringen«, sagte ich. »Mit diesem guten Stück kann ich den beschädigten Teil nachzeichnen.«

»Ist das gefährlich?«

»Ja.«

»Wo ist das Juwel?«

»Auf der Schatten-Erde. Dort habe ich es zurückgelassen.«

»Warum denn das?«

»Ich hatte Angst, daß es mich umbrächte.«

Daraufhin verzog sich sein Gesicht zu einer fast unmöglichen Grimasse.

»Das gefällt mir alles nicht, Corwin. Es muß eine andere Möglichkeit geben.«

»Wenn ich eine wüßte, würde ich sie wahrnehmen.«

»Einmal angenommen, du folgst Benedicts Plan und kämpfst gegen alle. Du hast selbst gesagt, ihm stünden in den Schatten unzählige Legionen zur Verfügung. Und du hast gesagt, er wäre der beste Kämpfer überhaupt.«

»Trotzdem bliebe aber der Schaden am Muster bestehen, und eines Tages würde etwas anderes kommen und ihn zu Hilfe nehmen. Der Feind des Augenblicks ist nicht so wichtig wie unsere innere Schwäche. Wenn die nicht behoben wird, sind wir bereits geschlagen, auch wenn kein fremder Eroberer in unseren Mauern weilt.«

Er wandte sich ab.

»Ich kann mich nicht mit dir streiten. Du kennst dein Land am besten«, sagte er. »Trotzdem meine ich, daß du vielleicht einen großen Fehler machst, wenn du dich – womöglich überflüssigerweise – in Gefahr begibst, wo du hier sehr gebraucht wirst.«

Ich lachte leise, war es doch Vialles Wort, das ich nicht hatte gelten lassen wollen, als sie es aussprach.

Achtes Kapitel

»Es ist meine Pflicht«, sagte ich.
Er antwortete nicht.
Benedict, der ein Dutzend Schritte entfernt stand, hatte Gérard offenbar erreicht, denn er murmelte etwas vor sich hin, hielt inne und lauschte. Wir standen in einiger Entfernung und warteten darauf, daß er sein Gespräch beendete und wir ihn verabschieden konnten.
»... Ja, er ist hier«, hörte ich ihn sagen. »Nein, das möchte ich doch sehr bezweifeln. Aber ...«
Benedict sah mich mehrmals an und schüttelte den Kopf.
»Nein, ich glaube es nicht«, sagte er. Dann: »Na schön, komm durch.«
Er streckte seine neue Hand aus, und Gérard trat ins Bild, sich an der Hand festhaltend. Gérard wandte den Kopf, erblickte mich und näherte sich sofort. Er musterte mich eingehend von Kopf bis Fuß, als suche er nach etwas.
»Was ist denn los?« fragte ich.
»Brand«, erwiderte er. »Er befindet sich nicht mehr in seinen Räumen. Jedenfalls zum größten Teil nicht mehr – er hat etwas Blut zurückgelassen. Das Mobiliar ist außerdem so sehr mitgenommen, daß ein Kampf stattgefunden haben muß.«
Ich blickte an meiner Hemdbrust und meinen Hosen hinab.
»Und jetzt suchst du nach Blutflecken? Wie du selbst siehst, sind das dieselben Sachen, die ich vorhin getragen habe. Schmutzig und zerknittert, gewiß – aber mehr nicht.«
»Damit ist noch nichts bewiesen«, sagte er.
»Es war dein Einfall zu schauen, nicht meiner. Wie kommst du auf den Gedanken, ich ...«
»Du warst der letzte, der mit ihm gesprochen hat«, stellte er fest.
»Mit Ausnahme der Person, mit der er gekämpft hat – *wenn* so etwas stattgefunden hat.«
»Was soll denn das heißen?«
»Du kennst doch seine Anfälle, seine Stimmungen. Wir hatten eine kleine Auseinandersetzung, gewiß. Vielleicht hat er sich nach meinem Verschwinden daran gemacht, die Einrichtung zu zertrümmern, vielleicht hat er sich dabei geschnitten und ist angewidert durch seinen Trumpf verschwunden, um einmal etwas anderes zu sehen ... Moment! Sein Teppich! War Blut auf dem hübschen kleinen Teppich vor seiner Tür?«
»Ich weiß nicht genau – nein, ich glaube nicht. Warum?«
»Ein Indizienbeweis, daß er die Szene selbst arrangiert hat. Der Teppich liegt ihm nämlich sehr am Herzen. Er hat es vermieden, ihn zu beflecken.«

»Das kaufe ich dir nicht ab«, sagte Gérard. »Außerdem kommt mir Caines Tod noch immer seltsam vor – dazu Benedicts Dienstboten, die vielleicht herausgefunden haben, daß du Schießpulver holen wolltest. Brand aber ...«

»Das Ganze mag ein neuer Versuch sein, mich als Schuldigen zu brandmarken«, sagte ich. »Benedict und ich sind uns inzwischen einigermaßen nähergekommen.«

Er wandte sich zu Benedict um, der ein Dutzend Schritte entfernt stehengeblieben war und ausdruckslos lauschend zu uns herüberblickte.

»Hat er die Todesfälle erklären können?« fragte Gérard.

»Nicht direkt«, erwiderte Benedict, »aber der Rest seiner Geschichte sieht jetzt zum großen Teil besser aus. Und zwar so sehr, daß ich geneigt bin, ihm alles zu glauben.«

Gérard schüttelte den Kopf und starrte mich finster an.

»Da ist noch einiges ungeklärt«, sagte er. »Worüber hast du dich mit Brand gestritten?«

»Gérard«, sagte ich, »das ist unsere Sache, bis Brand und ich beschließen, es weiterzuerzählen.«

»Ich habe ihn ins Leben zurückgeholt und bewacht, Corwin. Das ist nicht geschehen, damit er später bei einem Streit getötet wird.«

»Gebrauche deinen Verstand«, forderte ich ihn auf. »Wer hat denn den Einfall gehabt, überhaupt auf diese Weise nach ihm zu suchen? Ihn zurückzuholen?«

»Du wolltest etwas von ihm«, sagte er. »Und jetzt hast du es bekommen. Danach stand er dir nur noch im Wege.«

»Nein. Aber selbst wenn es so wäre, glaubst du ernsthaft, ich würde meine Spuren so wenig verwischen? Wenn er umgebracht worden ist, liegt der Fall auf derselben Ebene wie Caines Tod – ein Versuch, mich zu belasten.«

»Das Argument mit der Offensichtlichkeit hast du schon bei Caine benutzt. Vielleicht ist das gerade dein besonderer Trick – etwas, auf das du dich verstehst.«

»Das haben wir doch alles schon durchgekaut, Gérard ...«

»... Und du weißt, was ich dir damals gesagt habe.«

»Es wäre schwierig, deine Worte zu vergessen.«

Er hob die Hand und packte meine rechte Schulter. Ich konterte, stieß ihm die linke Faust in den Magen und riß mich los. Dabei zuckte mir der Gedanke durch den Kopf, daß ich ihm vielleicht hätte berichten sollen, worüber ich mit Brand gesprochen hatte. Aber ich mochte die Art und Weise nicht, wie er mich gefragt hatte.

Er griff erneut an. Ich trat zur Seite und erwischte ihn mit einer leichten Linken in der Nähe des rechten Auges. Mit kurzen Haken

Achtes Kapitel

hielt ich ihn dann auf Abstand. Ich war eigentlich noch gar nicht wieder in Form, und Grayswandir hing hinter mir im Zelt. Eine andere Waffe hatte ich nicht bei mir.

Ich umkreiste ihn. Meine Flanke schmerzte, wenn ich mit dem linken Bein auftrat. Einmal erwischte ich ihn am Schenkel mit dem rechten Fuß, doch ich war zu langsam und stand nicht richtig und hatte nichts nachzusetzen. So verließ ich mich weiter auf die kurzen Haken.

Schließlich blockierte er meine Linke und vermochte die Hand auf meinen Bizeps zu legen. Daraufhin hätte ich mich sofort von ihm lösen müssen, doch er bot mir eine Chance. Ich ging mit einer kräftigen Rechten auf seinen Magen los und legte meine volle Kraft in den Schlag. Keuchend klappte er nach vorn, dabei festigte sich jedoch sein Griff um meinen Arm. Er wehrte meinen Uppercut mit der Linken ab, riß mich aber weiter nach vorn, bis sein Handrücken mir gegen die Brust knallte; gleichzeitig zerrte er meinen linken Arm mit solcher Kraft nach hinten und zur Seite, daß ich zu Boden gerissen wurde. Wenn er sich jetzt auf mich stürzte, war es aus mit mir.

Er ließ sich auf ein Knie nieder und griff nach meinem Hals.

9

Ich machte Anstalten, seine Hand zu stoppen, doch sie erstarrte auf halbem Wege. Als ich den Kopf wendete, sah ich, daß eine andere Hand sich um Gérards Arm geschlossen hatte und ihn zurückhielt.

Ich ließ mich zur Seite rollen, blickte auf und sah, daß Ganelon meinen Bruder festhielt. Gérard riß seinen Arm nach vorn, kam aber nicht los.

»Haltet Euch hier heraus, Ganelon«, sagte er.

»Verschwinde, Corwin!« rief Ganelon. »Hol das Juwel.«

Gérard richtete sich auf. Ganelon ließ die Linke herumzucken und landete einen Kinnhaken. Gérard sackte vor ihm zu Boden. Ganelon griff an und zielte einen Tritt auf die Nieren, doch Gérard packte seinen Fuß und hebelte ihn rücklings zu Boden. Ich rappelte mich in eine geduckte Stellung hoch und stützte mich mit einer Hand ab.

Gérard hüpfte vom Boden hoch und bestürmte Ganelon, der eben das Gleichgewicht zurückgewonnen hatte. Als er ihn fast erreicht hatte, zielte Ganelon einen Schlag auf Gérards Genitalien, der ihn abrupt stoppte. Ganelons Fäuste hämmerten wie Kolben gegen Gérards Unterleib. Mehrere Sekunden lang schien Gérard zu betäubt zu sein, um sich zu schützen, und als er sich schließlich vorbeugte und die Arme abwehrend senkte, erwischte ihn Ganelon mit einer Rechten gegen das Kinn, die ihn zurücktaumeln ließ. Ganelon setzte nach, warf die Arme um Gérard, hakte das rechte Bein in Gérards Kniekehle. Gérard kippte um, und Ganelon stürzte auf ihn. Er setzte sich auf Gérard und versetzte ihm einen kräftigen Kinnhaken. Als Gérards Kopf zur Seite rollte, hielt Ganelon mit einem linken Schwinger dagegen.

Plötzlich trat Benedict vor, als wolle er eingreifen, doch Ganelon war bereits aufgestanden. Gérard lag bewußtlos am Boden; er blutete aus Mund und Nase.

Unsicher stand ich auf und klopfte mich ab.

Ganelon grinste mich an.

»Du solltest lieber nicht in der Nähe bleiben«, sagte er. »Ich weiß nicht, wie ich bei einer Revanche abschneiden würde. Geh das Schmuckstück suchen.«

Neuntes Kapitel

Ich blickte zu Benedict hinüber, der mir zunickte. Daraufhin ging ich ins Zelt, um Grayswandir zu holen. Als ich wieder ins Freie trat, hatte sich Gérard noch nicht gerührt; dafür stand Benedict vor mir.

»Denk daran«, sagte er. »Du hast meinen Trumpf, und ich habe deinen. Keine entscheidenden Schritte ohne vorherige Absprache.«

Ich nickte. Schon wollte ich ihn fragen, warum er Gérard und nicht mir hatte helfen wollen. Doch dann überlegte ich es mir anders; unsere frisch geschmiedeten Bande der Einigkeit wollte ich nicht so schnell aufs Spiel setzen.

»Gut.«

Ich ging zu den Pferden. Im Vorbeigehen schlug mir Ganelon auf die Schulter.

»Viel Glück«, sagte er. »Ich würde dich ja begleiten, aber ich werde hier gebraucht, zumal Benedict das Chaos aufsuchen will.«

»Gut gemacht«, sagte ich. »Ich dürfte eigentlich keine Schwierigkeiten haben. Mach dir keine Sorgen.«

Ich ging zur Einfriedung, in der die Pferde standen. Kurze Zeit später ritt ich los. Ganelon grüßte mich mit einer Handbewegung, die ich erwiderte. Benedict kniete neben Gérard.

Ich ritt zum nächsten Weg, der nach Arden führte. Das Meer lag hinter mir. Garnath und die schwarze Straße links, Kolvir rechts. Ich mußte ein gutes Stück zurücklegen, ehe ich mit dem Stoff der Schatten arbeiten konnte. Der Tag erstreckte sich hell und klar vor mir, sobald ich nach mehreren Erhebungen und Senken Garnath nicht mehr sehen konnte. Ich erreichte den Weg und folgte seiner weiten Biegung in den Wald, wo feuchte Schatten und leiser Vogelgesang mich an die langen Zeiten des Friedens erinnerten, die wir einst hier erlebt hatten, und an die seidig-schimmernde Gegenwart des mütterlichen Einhorns. Wie lange war das her.

Der pulsierende Schmerz ging im Rhythmus des Rittes unter, und ich beschäftigte mich noch einmal mit der Auseinandersetzung. Gérard zu verstehen, war nicht schwierig, hatte er mir seinen Verdacht doch offen dargelegt und mir eine Warnung zukommen lassen. Doch störte mich sein Eingreifen in einem dermaßen ungünstigen Augenblick nach Brands Verschwinden, daß ich hierin nur einen weiteren Versuch sehen konnte, mich entweder aufzuhalten oder völlig aus dem Verkehr zu ziehen. Mein Glück, daß Ganelon zur Stelle, bei Kräften und in der Lage gewesen war, seine Fäuste im richtigen Augenblick an die richtige Stelle zu setzen. Ich fragte mich, wie sich Benedict verhalten hätte, wenn wir nur zu dritt gewesen wären. Ich ahnte, daß er gewartet und vielleicht erst im letzten Augenblick eingegriffen hätte um zu verhindern, daß Gérard mich umbrachte. Unser Verhältnis stimmte mich noch nicht glücklich, wenn es auch gegenüber dem früheren Zustand eine klare Verbesserung darstellte.

Meine Gedanken führten mich schließlich zu der Frage, was aus Brand geworden war. Waren Fiona oder Bleys endlich zu ihm vorgestoßen? Hatte er die vorgeschlagenen Morde allein durchführen wollen und war auf Gegenwehr gestoßen, war er womöglich durch den Trumpf eines seiner Opfer gezogen worden? Hatten sich seine alten Verbündeten aus den Höfen des Chaos irgendwie zu ihm durchgekämpft? Oder war schließlich einer seiner hornhändigen Turmwächter zu ihm vorgedrungen? Oder war es so gewesen, wie ich Gérard hatte einreden wollen – eine versehentliche Selbstverletzung während eines Wutanfalls, gefolgt von einer Flucht im Zorn, in der Absicht, seinen finsteren Gedanken und Plänen an einem anderen Ort nachzuhängen?

Wenn ein einzelnes Ereignis so viele Fragen auslöst, läßt es sich selten mit reiner Logik klären. Trotzdem mußte ich mir alle Möglichkeiten vor Augen halten, damit ich etwas Konkretes hatte, sobald weitere Tatsachen hervortraten. Zunächst überdachte ich noch einmal gründlich die Dinge, die er mir gesagt hatte, und prüfte seine Behauptungen im Licht jener Informationen, die ich inzwischen erlangt hatte. Mit einer Ausnahme zweifelte ich die Tatsachen im wesentlichen nicht an. Er hatte ein zu raffiniertes Bauwerk errichtet, als daß man es nun einfach umstürzen konnte – immerhin hatte er viel Zeit gehabt, sich all diese Dinge zu überlegen. Nein, es war die Art seiner Darstellung der Ereignisse, die etwas verbarg. Sein neuester Vorschlag gab mir praktisch die Gewähr dafür.

Der alte Weg wand sich, wurde breiter, dann wieder schmaler, schwang sich nach Nordwesten und bergab in den dichter werdenden Wald hinein. Der Wald selbst hatte sich kaum verändert. Es schien sich um denselben Pfad zu handeln, auf dem ein junger Mann vor Jahrhunderten geritten war, nur so zum Spaß, fasziniert das gewaltige grüne Reich erkundend, das sich über den größten Teil des Kontinents erstreckte. Es wäre schön, mal wieder einen solchen Ritt zu unternehmen, aus keinem anderen Grund, als sich zu vergnügen.

Nach etwa einer Stunde hatte ich mich ziemlich weit in den Wald vorgearbeitet. Die Bäume waren riesige schwarze Türme; das bißchen Sonnenlicht, das noch zu sehen war, verfing sich wie Phoenixnester in den höheren Ästen, eine ewig feuchte, dämmrige Weichheit ließ die Umrisse von Stämmen, Stümpfen, Ästen und moosbewachsenen Felsen verschwimmen. Ein Hirsch verließ sich nicht auf die Deckung des Dickichts zu meiner Rechten und sprang vor mir über den Weg. Vogelstimmen erschallten ringsum, doch niemals in der Nähe. Von Zeit zu Zeit kreuzte ich die Spuren anderer Reiter. Einige waren noch ziemlich frisch, doch sie blieben nicht lange auf dem Weg. Kolvir war seit längerer Zeit außer Sicht.

Der Weg stieg wieder an, und ich wußte, daß ich in Kürze eine kleine Erhebung erreichen und zwischen einigen Felsen hindurchkommen würde, woraufhin es dann wieder bergab ging. Der Baumbestand wurde zum Kamm hin dünner, bis ich schließlich sogar den Himmel zu Gesicht bekam. Die Himmelsfläche nahm weiter zu, und als ich die Anhöhe erreichte, hörte ich den fernen Ruf eines Raubvogels.

Ich hob den Kopf und erblickte einen großen dunklen Umriß, der sich in weiten Kreisen am Himmel bewegte. Ich erreichte die Felsbrocken und trieb Drum zu schnellerer Gangart an, als der Weg klar vor mir lag. Wir stürmten den Hang hinab, bestrebt, in die Deckung der großen Bäume zurückzukehren.

Wieder schrie der Vogel, doch wir erreichten unbehindert den Schatten, die Dämmerung. Ich ließ das Pferd allmählich wieder langsamer gehen und hielt die Ohren offen, doch es waren keine beunruhigenden Laute zu hören. Die Umgebung hatte große Ähnlichkeit mit dem Wald auf der anderen Seite der Erhebung, bis auf einen kleinen Wasserlauf, dem wir eine Zeitlang folgten, ehe wir ihn an einer flachen Furt überquerten. Dahinter erweiterte sich der Weg, und ein wenig mehr Licht drang durch das Blätterdach und umschwebte uns etwa eine halbe Meile weit. Unsere Entfernung von Amber reichte fast aus, daß ich mit jenen kleinen Manipulationen der Schatten beginnen konnte, die mich auf den Weg zu meinem früheren Exil führen konnten, der Schatten-Erde. Allerdings war so etwas hier noch ziemlich schwierig, weiter entfernt würde es mir leichter fallen. Ich beschloß, mir und meinem Tier die Mühe zu ersparen, indem ich einen besseren Ausgangspunkt suchte. Bisher war im Grunde noch nichts Bedrohliches passiert. Der Vogel mochte ein Raubtier sein, weiter nichts.

Nur ein Gedanke machte mir zu schaffen.

Julian ...

Arden war Julians Reich, von seinen Reitern bewacht, Heimat mehrerer seiner Truppenabteilungen – Ambers innere Grenzwache, sowohl gegen natürliche Feinde als auch gegen jene Dinge, die an den Grenzen zu den Schatten auftauchen mochten.

Wohin war Julian verschwunden, als er in der Nacht des Überfalls auf Brand den Palast so plötzlich verließ? Wenn er sich nur verstecken wollte, hätte er nicht weiter zu fliehen brauchen als bis hierher. Hier war er stark, unterstützt von seinen Männern, in einem Bezirk, den er besser kannte als wir alle zusammen. Durchaus möglich, daß er sich im Augenblick gar nicht weit entfernt aufhielt. Außerdem liebte er die Jagd. Er hatte seine Höllenhunde, seine Vögel ...

Eine halbe Meile, eine Meile ...

Und plötzlich hörte ich den Laut, vor dem ich mich am meisten gefürchtet hatte. Der weittragende Ton eines Jagdhorns durchstieß das Grün und das Schattendunkel. Noch weit entfernt ... meinem Gefühl nach links hinter mir.

Ich trieb mein Pferd in den Galopp, und die Bäume links und rechts wurden zu verwischten Streifen. Der Weg lag gerade und eben vor mir, das machten wir uns zunutze.

Plötzlich hörte ich ein Brüllen – eine Art dröhnenden, widerhallenden, knurrenden Laut, der aus einer resonanzstarken Brust zu kommen schien. Ich wußte nicht, wer einen solchen Ton ausstoßen konnte, jedenfalls handelte es sich nicht um einen Hund. Nicht einmal ein Höllenhund vermochte so zu bellen. Ich warf einen Blick über die Schulter, doch Verfolger waren nicht in Sicht. Ich beugte mich vor und redete Drum gut zu.

Nach einer Weile hörte ich ein Krachen im Wald zu meiner Rechten, doch das Brüllen wiederholte sich nicht. Mehrmals sah ich mich um, doch ich vermochte nicht zu erkennen, was den Lärm erzeugte. Gleich darauf hörte ich wieder das Horn, schon viel näher, und diesmal wurde es von dem Bellen und Knurren beantwortet, das ich nur zu gut kannte. Die Höllenhunde kamen – schnelle, kampfstarke, bösartige Monstren, die Julian in irgendeinem Schatten gefunden und zur Jagd abgerichtet hatte.

Es war Zeit, mit der Verschiebung zu beginnen. Noch umgab mich Amber mit seiner Kraft, doch ich hakte mich in den Schatten fest, so gut es ging, und leitete die Bewegung ein.

Der Weg begann, sich nach links zu krümmen, und als wir darüber galoppierten, büßten die Bäume zu beiden Seiten ihre Größe ein und blieben zurück. Eine neue Kurve, und der Weg führte uns über eine Lichtung, die etwa zweihundert Meter groß war. Ich blickte auf und sah, daß der verdammte Vogel noch immer über mir kreiste, inzwischen aber viel näher, nahe genug, um mit mir durch die Schatten gezogen zu werden.

Die Sache war komplizierter, als mir recht sein konnte. Ich brauchte eine offene Fläche, auf der ich mein Pferd herumziehen und notfalls das Schwert frei bewegen konnte. Eine solche Stelle aber zeigte dem Vogel, der sich offenbar nicht so leicht abschütteln ließ, wo ich zu finden war.

Na schön. Wir erreichten eine leichte Anhöhe, überquerten sie, ritten auf der anderen Seite hinab und kamen dabei an einem einsamen, vom Blitz zerstörten Baum vorbei. Auf dem ersten Ast saß ein grausilbern und schwarz gefiederter Falke. Im Vorbeireiten pfiff ich ihm zu, und er sprang in die Luft und stieß dabei einen lauten Kampfschrei aus.

Neuntes Kapitel

Im Weitergaloppieren hörte ich das Gekläff der Hunde und das Donnern der Pferdehufe hinter mir. In diese Laute mischte sich aber noch etwas anderes, mehr eine Vibration, ein Erbeben des Bodens.

Wieder blickte ich zurück, doch noch war keiner meiner Verfolger über den Hügel. Von neuem richtete ich meine Geisteskräfte auf den Weg, woraufhin Wolken die Sonne verfinsterten. Seltsame Blumen erschienen am Pfad – grün, gelb und purpurn –, und in der Ferne grollte Donner. Die Lichtung erweiterte sich, wurde länger, der Boden verflachte.

Und wieder ertönte das Horn. Ich drehte mich im Sattel um.

Da kam es in Sicht, und ich erkannte, daß ich gar nicht das Ziel der Jagd war, daß die Reiter, die Hunde, der Vogel einzig und allein das Wesen verfolgten, das hinter mir lief. Natürlich war dies ein sehr theoretischer Unterschied, galoppierte ich doch vor der ganzen Korona dahin und wurde mit ziemlicher Wahrscheinlichkeit von dem Geschöpf gejagt. Ich beugte mich über Drums Hals, schrie dem Pferd etwas zu und preßte die Knie zusammen, wobei ich durchaus wußte, daß das Scheusal schneller war als wir. Es war eine reine Panikreaktion.

Ich wurde von einem Manticora verfolgt!

Zum letzten Mal hatte ich ein solches Tier am Tag vor der Schlacht gesehen, bei der Eric sein Leben verlor. Als ich meine Soldaten die hinteren Hänge des Kolvir hinaufführte, hatte so ein Wesen einen Mann namens Rall in Stücke gerissen. Wir hatten es mit automatischen Waffen erledigt. Das Geschöpf war zwölf Fuß lang gewesen und hatte wie dieses Monstrum ein Menschengesicht auf Kopf und Schultern eines Löwen getragen; zugleich besaß es ein Paar adlergleiche Schwingen und den langen spitzen Schwanz eines Skorpions, der sich hoch in den Himmel krümmte. Einige dieser Wesen waren irgendwie aus den Schatten zu uns vorgedrungen und hatten uns auf dem Weg in die Schlacht behindert. Es gab keinen Grund zu der Annahme, daß sie alle vernichtet worden waren, außer der Tatsache, daß seit damals kein Manticora gesehen worden und kein Hinweis auf ihren weiteren Aufenthalt in der Nähe Ambers ans Tageslicht gekommen war. Anscheinend hatte sich dieses Exemplar nach Arden gerettet und seither hier in den Wäldern gelebt.

Ein letzter Blick zeigte mir, daß ich jeden Augenblick aus dem Sattel gezerrt werden konnte, wenn ich nicht etwas unternahm. Gleichzeitig erblickte ich eine dunkle Lawine von Hunden, die sich den Hang hinab ergoß.

Intelligenz und Psychologie des Manticora waren mir nicht bekannt. Die meisten flüchtigen Geschöpfe nehmen sich nicht die Zeit, etwas anzugreifen, das sie nicht ihrerseits attackiert. Der Selbsterhaltungstrieb steht im allgemeinen an erster Stelle. Andererseits war ich nicht sicher, ob der Manticora überhaupt wußte, daß er verfolgt wurde. Vielleicht war er meiner Spur gefolgt und hatte dabei seine Verfolger aufmerksam gemacht. Vielleicht war das Wesen voll auf mich fixiert. Dies war kaum der richtige Augenblick, innezuhalten und alle Möglichkeiten zu überdenken.

Ich zog Grayswandir und lenkte das Pferd nach links, wobei ich die Zügel anzog.

Drum wieherte und stieg auf die Hinterhand. Ich glitt nach hinten und sprang zu Boden.

Doch ich hatte das Tempo der Sturmhunde vergessen; sie hatten vor langer Zeit Random und mich, als wir in Floras Mercedes fuhren, mühelos überholt; und ich hatte vergessen, daß sie im Gegensatz zu normalen Hunden, die hinter Wagen herjagen, damit begonnen hatten, das Fahrzeug auseinanderzureißen.

Plötzlich war der Manticora von Hunden bedeckt; ein Dutzend oder mehr sprang an ihm empor, biß sich an ihm fest. Das Ungeheuer warf den Kopf zurück und stieß einen Schrei aus. Es peitschte mit dem gefährlichen Schwanz auf die Horde ein, wirbelte ein Tier durch die Luft, lähmte oder tötete zwei weitere. Dann erhob es sich auf die Hinterpfoten, machte kehrt und schlug mit den Vorderbeinen um sich.

Doch schon verbiß sich ein Hund in das rechte Vorderbein, zwei weitere machten sich an seinen Keulen zu schaffen, und einer hatte sich gar auf den Rücken vorgekämpft und schlug seine Zähne in Schultern und Hals. Die anderen umkreisten das gefährliche Wesen. Sobald es sich auf einen Angreifer stürzte, würden die anderen vorspringen und zubeißen.

Schließlich erwischte der Manticora den Hund auf seinem Rücken mit dem Skorpionstachel und schlitzte einen anderen auf, der sich an seinem Bein zu schaffen machte. Doch längst blutete der Manticora aus zwei Dutzend Wunden oder mehr, und es wurde deutlich, daß das Bein verletzt war – es konnte nicht mehr richtig ausschlagen und trug auch das Gewicht des Körpers nicht mehr. Schon hatte ein anderer Hund seinen Rücken erklommen und bohrte ihm die Zähne in den Hals. Diesen Angreifer schien der Manticora nicht mehr so leicht abschütteln zu können. Ein Hund sprang von rechts hoch und zerfetzte ihm das Ohr. Zwei weitere griffen von hinten an, und als er sich aufrichtete, stürmte einer vor und schnappte nach seinem Geschlecht. Das Bellen und Knurren schien den Manticora immer mehr zu verwirren; er begann, blindlings nach den stets in Bewegung befindlichen grauen Gestalten zu schlagen.

Ich hatte Drums Zügel gepackt und versuchte, ihn soweit zu beruhigen, daß ich wieder in den Sattel steigen und mich schleunigst absetzen konnte. Doch er wich immer wieder zurück und stieg auf die Hinterhand, und ich mußte mich anstrengen, ihn überhaupt festzuhalten.

Neuntes Kapitel

Der Manticora stieß einen lauten Klageschrei aus. Er hatte nach dem Hund auf seinem Rücken geschlagen und sich dabei den Stachel in die eigene Schulter getrieben. Die Hunde nutzten die Ablenkung und griffen geifernd und zuschnappend an.

Ich bin sicher, daß die Hunde den Manticora erledigt hätten, doch in diesem Augenblick kamen die Reiter über den Hügel und galoppierten den Hang herab. Es waren fünf, angeführt von Julian. Er trug seine schuppige weiße Rüstung, und das Jagdhorn hing ihm um den Hals. Er ritt sein Riesenpferd Morgenstern, ein Ungeheuer, das mich seit jeher haßt. Er hob die lange Lanze, die er bei sich hatte, und grüßte damit in meine Richtung. Dann senkte er die Spitze und rief den Hunden einen Befehl zu. Widerstrebend ließen sie von ihrer Beute ab. Sogar der Hund auf dem Rücken des Manticoras ließ los und sprang zu Boden. Sie alle wichen zurück, als Julian Morgenstern die Sporen gab.

Das Ungeheuer wandte sich in seine Richtung, stieß einen letzten trotzigen Schrei aus und sprang mit hochgezogenen Lefzen los. Die beiden stießen zusammen, und einen Augenblick lang versperrte mir Morgensterns Schulter die Sicht. Doch schon ließ mich das Verhalten des Pferdes erkennen, daß der Stich gesessen hatte.

Eine Wende, und ich sah das Ungeheuer am Boden liegen; auf seiner Brust und am dunklen Stiel der Lanze war viel Blut zu sehen.

Julian stieg ab. Er sagte etwas zu den anderen Reitern; ich verstand die Worte nicht. Sie blieben in den Sätteln sitzen. Er betrachtete den noch zuckenden Manticora, blickte schließlich mich an und lächelte. Er näherte sich dem Ungeheuer, stellte ihm den Fuß in die Flanke, packte die Lanze mit einer Hand und riß sie aus dem Leib. Blut schoß aus der Wunde. Dann stieß er die Lanze in den Boden und band Morgenstern am Schaft fest. Er hob die Hand und tätschelte dem Pferd die Flanke, blickte wieder zu mir, machte kehrt und kam herüber.

Als er vor mir stand, sagte er: »Ich wünschte, du hättest Bela nicht umgebracht.«

»Bela?« fragte ich.

Er blickte zum Himmel. Ich folgte seinem Blick. Keiner der Vögel war zu sehen.

»Er war einer meiner Lieblinge.«

»Das tut mir leid«, sagte ich. »Ich wußte nicht, was hier los war.«

Er nickte.

»Na schön. Ich habe etwas für dich getan. Dafür kannst du mir erzählen, was passiert ist, seit ich den Palast verließ. Hat Brand es geschafft?«

»Ja«, erwiderte ich. »Doch in dieser Angelegenheit bist du aus dem Schneider. Er behauptet, der Messerstich wäre von Fiona gekommen. Und sie steht ebenfalls nicht für ein Verhör zur Verfügung. Wie du verschwand sie während der Nacht. Ein Wunder, daß ihr euch nicht über den Weg gelaufen seid.«

Er lächelte. »Etwas Ähnliches habe ich mir gedacht«, sagte er.

»Warum bist du unter so verdächtigen Umständen geflohen?« wollte ich wissen. »Das hat dich in einem wirklich schlechten Licht dastehen lassen.«

Er zuckte die Achseln.

»Wäre nicht das erste Mal gewesen, daß man mich zu unrecht verdächtigt. Genau genommen bin ich so schuldig wie unsere kleine Schwester, wenn man die Absicht mitzählt. Ich hätt's selbst getan, wenn ich rangekommen wäre. Ich hatte sogar das Messer parat an jenem Abend. Nur wurde ich zur Seite gedrängt, als er durchkam.«

»Aber warum?« fragte ich.

Er lachte.

»Warum? Ich habe Angst vor dem Schweinehund, das ist der Grund! Lange Zeit hatte ich angenommen, er wäre tot – jedenfalls hatte ich gehofft, daß er endlich von den finsteren Kräften verschlungen worden wäre, mit denen er sich einließ. Wieviel weißt du eigentlich über ihn, Corwin?«

»Wir haben uns lange unterhalten.«

»Und ...?«

»Er gab zu, daß er und Bleys und Fiona Absichten auf den Thron hatten. Sie wollten Bleys krönen lassen, doch die eigentliche Macht sollte von den beiden ausgehen. Die drei spannten die Kräfte ein, die du eben erwähntest, um für Vaters Verschwinden zu sorgen. Brand sagte, er habe versucht, Caine für die Gruppe zu gewinnen, doch Caine habe sich für dich und Eric entschieden. Ihr drei hättet dann eine ähnliche Gruppe geformt mit dem Ziel, Eric auf den Thron zu bringen, ehe ihr soweit wart.«

Er nickte.

»Die Ereignisse stimmen, aber die Gründe nicht. Wir wollten den Thron gar nicht, zumindest nicht so plötzlich, jedenfalls damals nicht. Unsere Gruppe formierte sich als Gegenstück zur ihren; sie *mußte* sich konstituieren, um den Thron zu schützen. Zuerst konnten wir Eric nur dazu bringen, eine Art Protektorat zu übernehmen. Er hatte Angst, daß er nicht mehr lange zu leben hätte, wenn er sich in der damaligen Situation zum Herrscher krönen ließ. Plötzlich tauchtest du wieder auf, mit deinem durchaus rechtmäßigen Anspruch. Wir konnten es uns damals nicht leisten, dich im Nacken zu haben, denn Brands Truppe drohte gerade mit einem umfassenden Krieg. Wir waren der Meinung, daß die Gegenseite vielleicht weniger Lust zu diesem Schritt hätte, wenn der Thron bereits besetzt war. Dich hätten wir nicht krönen können, denn du hättest dich geweigert, die Marionette zu spielen, eine Rolle, die du hättest übernehmen müssen, da das Stück bereits im Gange war und du in zu vielen Punkten keine Ahnung hattest. Wir überredeten also Eric, das Risiko einzugehen und sich krönen zu lassen. Und so geschah es dann auch.«

»Und als ich auftauchte, ließ er mich blenden und warf mich rein zum Spaß ins Verlies?«

Julian wandte sich ab und blickte auf den toten Manticora.

»Du bist ein Dummkopf«, sagte er schließlich. »Du warst von Anfang an ein Werkzeug. Sie benutzten dich, um uns zum Handeln zu zwingen – und wie immer wir uns entschieden hätten, du standest in jedem Fall auf der Verliererseite. Wenn Bleys' verrückter Angriff auf Amber Erfolg gehabt hätte, wärst du nicht lange am Leben geblieben. Und als der Angriff tatsächlich schiefging, verschwand Bleys und ließ dich allein zurück, als Verantwortlichen für den Umsturzversuch. Du hattest deinen Zweck erfüllt und mußtest sterben. In diesem Punkt ließ man uns keine große Wahl. Vom Gesetz her hätten wir dich töten müssen – und das weißt du auch.«

Ich biß mir auf die Unterlippe, hätte ich doch in diesem Augenblick so manches sagen können. Doch wenn seine Worte nur ungefähr der Wahrheit entsprachen, gab es eigentlich kein Gegenargument. Zunächst wollte ich mehr hören.

»Eric«, fuhr er fort, »rechnete sich aus, daß du nach einer gewissen Zeit dein Augenlicht wiedererlangen würdest, kannte er doch die regenerativen Kräfte unserer Familie. Er war in einer schwierigen Lage. Sollte Vater eines Tages zurückkehren, konnte Eric den Thron räumen und all seine Handlungen zur allgemeinen Zufriedenheit belegen – nur deinen Tod hätte er nicht rechtfertigen können. Das wäre ein zu klarer Schritt gewesen zur Absicherung seiner Position über die derzeitigen Unruhen hinaus. Und ich sage dir ganz offen, daß er dich eigentlich nur einschließen und vergessen wollte.«

»Von wem kam dann der Einfall mit der Blendung?«

Er schwieg lange. Dann sprach er leise weiter; seine Stimme war fast ein Flüstern. »Hör mich bitte bis zu Ende an. *Ich* hatte den Einfall, und vielleicht verdankst du dieser Idee dein Leben. Unser Vorgehen gegen dich mußte dem Tod gleichzusetzen sein, sonst hätte der Gegner bestimmt nachgehakt. Du konntest den dreien nicht mehr nützen, doch wärst du frei und am Leben gewesen, hätte die Möglichkeit bestanden, daß du später wieder zur Gefahr wurdest. Sie hätten deinen Trumpf verwenden können, um sich mit dir in Verbindung zu setzen und dich zu töten; sie hätten die Karte auch einsetzen können, um dich zu befreien und dich in einem neuen Schachzug gegen Eric zu opfern. Da du nun aber blind warst, bestand keine Veranlassung, dich zu töten. Die Blendung war also deine Rettung, weil du dadurch lange Zeit aus dem Verkehr gezogen wurdest; sie ersparte uns außerdem eine durchgreifendere Maßnahme, die man uns eines Tages vorwerfen konnte. So wie wir die Dinge sahen, hatten wir keine Wahl: Wir mußten es tun. Auch konnten wir dich nicht offiziell begnadigen, um uns nicht dem Verdacht auszusetzen, wir hätten etwas mit dir vor. Sobald es so ausgesehen hätte, wärst du ein toter Mann gewesen. Wir konnten höchstens beide Augen schließen, sobald Lord Rein deine Lage zu verbessern versuchte. Das war alles.«

»Ich sehe nun klarer«, sagte ich.

»Ja«, stimmte er mir zu, »du hast viel zu früh wieder sehen können. Niemand ahnte, daß deine Augen so schnell gesunden würden und du fliehen könntest. Wie hast du das nur gemacht?«

»Das werde ich dir nicht auf die Nase binden. Was weißt du über Brands Gefangenschaft?«

Er sah mich offen an.

»Mir ist nur bekannt, daß es in der Gruppe Streit gab. Die Einzelheiten kenne ich natürlich nicht. Aus irgendeinem Grunde hatten Bleys und Fiona Angst, ihn zu töten; andererseits wollten sie ihn nicht frei herumlaufen lassen. Als wir ihn aus dem Kompromiß – seiner Gefangenschaft – befreiten, hatte Fiona anscheinend mehr Angst davor, ihn in Freiheit zu wissen.«

»Und du hattest genug Angst vor ihm, um Anstalten zu machen, ihn umzubringen. Warum das, nach all der Zeit, wo doch die Ereignisse längst Geschichte sind und die Machtverhältnisse sich erneut verändert haben? Er war schwach und geradezu hilflos. Welchen Schaden kann er heute noch anrichten?«

Er seufzte.

»Ich verstehe die Kräfte nicht, die er besitzt«, sagte er, »aber sie sind beträchtlich. So weiß ich, daß er mit dem Verstand durch die Schatten wandern kann; daß er ein Objekt in den Schatten ausfindig machen und es dann durch reine Willenskraft zu sich holen kann, ohne sich aus seinem Stuhl zu erheben; außerdem vermag er sich auf ähnliche Weise physisch durch die Schatten zu bewegen. Er richtet seinen Geist auf den Ort, den er besuchen möchte, bildet eine Art gedankliche Tür und tritt einfach hindurch. Analog dazu nehme ich an, daß er manchmal deuten kann, was ein anderer denkt. Es ist fast, als wäre er selbst eine Art lebendiger Trumpf. Ich weiß von diesen Dingen, weil ich selbst beobachtet habe, wie er so etwas tut. Während wir ihn im Palast unter Beobachtung hielten, entwischte er uns auf diese Weise – etwa zu der Zeit, da er auf die Schatten-Erde reiste und dich in ein Institut einliefern ließ. Als wir ihn wieder eingefangen hatten, blieb einer von uns stets bei ihm. Damals wußten wir allerdings noch nicht, daß er Wesen durch die Schatten holen konnte. Als er erfuhr, daß du entkommen

Neuntes Kapitel

warst, beschwor er ein entsetzliches Ungeheuer herauf, das Caine angriff, der gerade sein Leibwächter war. Dann setzte er sich wieder auf deine Fährte. Offenbar haben ihn Bleys und Fiona kurz darauf in ihre Gewalt gebracht, ehe wir an ihn herankamen; ich bekam ihn erst wieder an jenem Abend in der Bibliothek zu Gesicht, als wir ihn zurückholten. Ich habe Angst vor ihm, da er über gefährliche Kräfte verfügt, die ich nicht begreife.«

»Wenn das so ist, würde ich gern wissen, wie ihn die beiden überhaupt festsetzen konnten.«

»Fiona besitzt ähnliche Fähigkeiten, was ich auch von Bleys annehme. Gemeinsam vermochten die beiden Brands Attacken offenbar abzublocken, während sie einen Ort schufen, an dem er machtlos war.«

»Aber nicht völlig«, wandte ich ein. »Er vermochte eine Nachricht an Random abzusetzen. Einmal hat er sogar mich erreicht, wenn auch nur schwach.«

»Also nicht völlig machtlos«, sagte er. »Aber ausreichend. Bis wir alle Barrieren niederrissen.«

»Was weißt du von den Aktionen der anderen Gruppe gegen mich – das Einsperren, der Mordversuch, dann meine Rettung?«

»Das verstehe ich nun wieder nicht«, sagte er. »Es muß mit einem Machtkampf innerhalb der Gruppe zusammenhängen. Offenbar hat man sich gestritten: Die eine oder andere Seite hielt dich wohl für ganz nützlich. Folglich versuchte die eine Gruppe, dich zu beseitigen, während die andere sich für deine Rettung einsetzte. In letzter Konsequenz holte natürlich Bleys das meiste aus dir heraus – bei dem Angriff, den er gegen Amber einleitete.«

»Aber er war es doch, der mich auf der Schatten-Erde umzubringen versuchte«, sagte ich. »Er hat mir in die Reifen geschossen.«

»Ach?«

»Nun, jedenfalls hat Brand mir das erzählt, doch es paßt zu allen möglichen anderen Details.«

Er zuckte die Achseln.

»In diesem Punkt kann ich dir nicht weiterhelfen«, sagte er. »Ich weiß eben nicht im einzelnen, was sich damals in der Gruppe abspielte.«

»Dennoch umschwärmst du Fiona«, sagte ich. »Genau genommen bist du mehr als freundlich zu ihr, wenn sie in deiner Nähe ist.«

»Natürlich«, sagte er lächelnd. »Ich habe Fiona immer sehr gemocht. Sie ist jedenfalls die Hübscheste und Zivilisierteste von uns allen. Schade, daß Vater immer so sehr gegen Ehen zwischen Geschwistern war. Es machte mir ehrlich zu schaffen, daß wir so lange Gegner sein mußten. Nach Bleys' Tod, nach deiner Gefangenschaft und Erics Krönung normalisierten sich die Dinge aber wieder einigermaßen. Sie nahm ihre Niederlage gelassen hin, und das war's dann. Offensichtlich hatte sie vor Brands Rückkehr ebenso große Angst wie ich.«

»Brand hat das alles aber ganz anders dargestellt«, erwiderte ich, »was natürlich kein Wunder ist. Zum einen behauptet er, Bleys lebe noch, er hätte ihn mit seinem Trumpf aufgespürt und wisse, daß er sich in den Schatten aufhalte und eine neue Streitmacht für den nächsten Angriff auf Amber zusammenstelle.«

»Das mag durchaus richtig sein«, erwiderte Julian. »Aber wir sind doch mehr als ausreichend gerüstet, oder nicht?«

»Er behauptet weiterhin, dieser Angriff werde eine Finte sein«, fuhr ich fort. »Der wirkliche Angriff soll angeblich direkt aus den Höfen des Chaos erfolgen, über die schwarze Straße. Er sagt, Fiona sei gerade damit beschäftigt, diese Aktion vorzubereiten.«

Er runzelte die Stirn.

»Ich hoffe, daß das alles erlogen ist«, sagte er. »Es würde mir ganz und gar nicht gefallen, wenn sich die andere Gruppe neu formiert und uns wieder an den Kragen will, diesmal mit Hilfe aus dem finsteren Lager. Und es würde mich schmerzen, wenn Fiona darin verwickelt wäre.«

»Brand sagt, er selbst habe nichts mehr damit zu tun, er habe eingesehen, wie falsch er gehandelt hatte – und dergleichen reuige Töne mehr.«

»Ja! Ich würde eher dem Monstrum trauen, das ich da eben getötet habe, als mich auf Brands Wort zu verlassen. Ich hoffe, du warst so vernünftig, ihn gut bewacht zurückzulassen, obwohl das nicht viel nützen dürfte, wenn er wieder im Vollbesitz seiner Kräfte ist.«

»Aber welches Spielchen mag er jetzt im Sinn haben?«

»Entweder hat er das alte Triumvirat wieder zusammengekittet, ein Gedanke, der mir gar nicht behagt, oder er hat einen neuen Plan. Irgend etwas führt er auf jeden Fall im Schilde, das ist klar. Mit einer reinen Zuschauerrolle war er nie zufrieden. Er muß immer irgendwelche Ziele verfolgen. Ich würde schwören, daß er sogar im Schlafe Verschwörungen anzettelt.«

»Vielleicht hast du recht«, sagte ich. »Es hat da nämlich eine neue Entwicklung gegeben, ob zum Guten oder Schlechten, weiß ich noch nicht. Ich habe mich eben mit Gérard geschlagen. Er meint, ich hätte Brand etwas angetan. Das stimmt natürlich nicht, aber ich war nicht in der Lage, meine Unschuld zu beweisen. Ich war heute die letzte Person, die Brand gesehen hat. Gérard hat vor kurzem seine Räume aufgesucht. Er behauptet, man hätte dort eingebrochen, Blutspuren befänden sich im Raum, und Brand sei verschwunden. Ich weiß nicht, was ich davon halten soll.«

Neuntes Kapitel

»Ich auch nicht. Aber ich hoffe, es bedeutet, daß irgend jemand diesmal richtig zugeschlagen hat.«

»Himmel!« sagte ich. »Wie verworren das alles ist! Ich wünschte, ich hätte früher davon gewußt.«

»Bis jetzt ergab sich einfach keine Gelegenheit, dir davon zu erzählen«, sagte er. »Unmöglich war es, als du noch Gefangener warst und noch über Trumpf angesprochen werden konntest, und hinterher warst du lange Zeit fort. Als du mit deinen Truppen und den neuen Waffen zurückkehrtest, wußte ich zuerst nicht recht, was du eigentlich wolltest. Dann überstürzten sich die Ereignisse, und plötzlich war Brand wieder im Lande. Da war es zu spät. Ich mußte verschwinden, um meine Haut zu retten. Hier in Arden bin ich stark. Hier vermag ich alles abzuwehren, was er gegen mich aufbietet. Ich habe die Patrouillen in voller Kampfstärke reiten lassen und auf eine Nachricht über Brands Tod gewartet. Ich wollte einen von euch fragen, ob er noch in Amber sei. Aber ich konnte mich nicht entschließen, wen ich fragen sollte, wähnte ich mich doch unter Verdacht, sollte er tatsächlich gestorben sein ... War er allerdings noch am Leben, so wollte ich, sobald ich davon hörte, selbst einen Anschlag auf ihn verüben. Nun diese Lage ... Was hast du jetzt vor, Corwin?«

»Ich bin auf dem Wege, das Juwel des Geschicks von einem Ort in den Schatten zu holen, an dem ich es versteckt habe. Es gibt eine Möglichkeit, mit dem Juwel die schwarze Straße zu vernichten. Ich will den Versuch wagen.«

»Wie willst du das schaffen?«

»Das ist eine zu lange Geschichte – denn eben ist mir ein schrecklicher Gedanke gekommen.«

»Ja?«

»Brand hat es auf das Juwel abgesehen. Er hat sich danach erkundigt, und jetzt ... Seine Fähigkeit, Objekte in den Schatten zu finden und zurückzuholen, wie weit ist die ausgeprägt?«

Julian sah mich nachdenklich an.

»Er ist jedenfalls nicht allmächtig, wenn du das meinst. Man kann in den Schatten alles finden, auf dem üblichen Wege – indem man sich dorthin begibt. Nach Fionas Worten verzichtet er lediglich auf die physische Komponente. Deshalb kann er im Grunde nur *irgendein* Objekt zu sich holen und keinen bestimmten Gegenstand. Außerdem ist das Juwel nach allem, was Eric mir darüber erzählt hat, ein sehr seltsames Gebilde. Ich glaube, Brand müßte sich persönlich darum kümmern, sobald er festgestellt hat, wo es sich befindet.«

»Dann muß ich meinen Höllenritt fortsetzen. Irgendwie muß ich ihm zuvorkommen.«

»Ich sehe, daß du Drum reitest«, stellte Julian fest. »Ein gutes Tier, ein leistungsfähiger Bursche. Hat so manchen Höllenritt mitgemacht.«

»Das freut mich zu hören«, sagte ich. »Was hast *du* jetzt vor?«

»Ich werde mich mit jemandem in Amber in Verbindung setzen und mich über die Dinge aufklären lassen, die wir hier nicht besprechen konnten – wahrscheinlich Benedict.«

»Sinnlos«, sagte ich. »Du wirst ihn nicht erreichen. Er ist zu den Höfen des Chaos aufgebrochen. Versuch es mit Gérard. Sag ihm, daß ich es ehrlich meine.«

»Die Rotschöpfe sind die einzigen Zauberer in unserer Familie – trotzdem will ich es versuchen ... Hast du Höfe des Chaos gesagt?«

»Ja – aber ich habe jetzt keine Zeit mehr.«

»Natürlich. Zieh los. Wir haben später noch Zeit – hoffe ich wenigstens.«

Er hob die Hand und umfaßte meinen Arm. Ich blickte auf den Manticora, auf die Hunde, die ringsum Platz genommen hatten.

»Vielen Dank, Julian. Ich – du bist manchmal so schwer zu begreifen.«

»Oh nein. Ich glaube, der Corwin, den ich gehaßt habe, ist vor Jahrhunderten schon gestorben. Nun reite schon los. Wenn Brand sich hier sehen läßt, nagele ich sein Fell an einen Baum!«

Als ich aufstieg, rief er seinen Hunden einen Befehl zu, woraufhin sie sich über den toten Manticora hermachten und ihn knurrend zu zerfleischen begannen. Ich ritt an dem seltsamen breiten, menschenähnlichen Gesicht vorbei und sah, daß die Augen offenstanden, Augen, die inzwischen jedoch glasig geworden waren. Sie schimmerten blau, und der Tod hatte ihnen eine gewisse übernatürliche Unschuld nicht nehmen können. Entweder das oder der Blick war das letzte Geschenk des Todes; wenn es so war, eine sinnlose Ironie.

Ich lenkte Drum auf den Weg zurück und begann meinen Höllenritt.

10

Auf dem Weg reitend, in mäßigem Tempo, Wolken verdüsterten den Himmel, und Drums Wiehern der Erinnerung oder Vorfreude ... Eine Wende nach links und bergauf ... Der Boden braun, gelb, zurück zum Braun ... Die Bäume ducken sich, wandern auseinander ... Grasflächen wogen dazwischen im aufkommenden kühlen Wind ... Ein schnell aufzuckendes Feuer am Himmel ... Ein Donnergrollen schüttelt Regentropfen los ...

Jetzt steil und felsig ... Der Wind zupft an meinem Mantel ... Hinauf ... Hinauf an einen Ort, da die Felsen mit Silber durchzogen sind und die Bäume ihre Grenze gefunden haben ... Die Grasflächen, grüne Brände, ersterben im Regen ... Hinauf in die schroffen, funkelnden, regensauberen Höhen, wo die Wolken wie ein schlammiger Fluß bei Hochwasser dahinwallen ... Der Regen schmerzt wie Schrotkörner, der Wind räuspert sich, will lossingen ... Immer weiter steigen wir empor, und die Anhöhe kommt in Sicht wie der Kopf eines aufgeschreckten Bullen, mit Hörnern, die den Weg bewachen ... Blitze zucken um die Spitzen, tanzen dazwischen ... Der Ozongeruch, als wir diesen Ort erreichen und weiterstürmen, der Regen plötzlich gestoppt, der Wind abgelenkt ...

Hinaus auf die andere Seite ... Dort gibt es keinen Regen, die Luft steht still, der Himmel ist glatt und von einem sternenübersäten Schwarz ... Meteore schneiden brennend ihre Bahn, verblassen zu vagen Narben, die immer mehr ausbleichen ... Monde, wie eine Handvoll Münzen hingeworfen ... Drei helle Zehner, ein matter Fünfziger, einige Pfennige, davon einer dunkel und zerkratzt ... Nun hinab auf dem langen gewundenen Weg ... Klare, metallisch klingende Hufschläge in der nächtlichen Luft ... Irgendwo ein katzenhaftes Fauchen ... Ein dunkler Umriß vor einem kleinen Mond, zerrissen, schnell ...

Abwärts ... Zu beiden Seiten senkt sich das Land ... Tief unten Dunkelheit ... Ritt auf einer unendlich hohen gekrümmten Mauer, der Weg hell im Mondlicht ... Der Weg krümmt sich, faltet sich, wird durchsichtig ... Gleich darauf treibt er gazehaft, durchsichtig dahin, Sterne darunter wie darüber ... Sterne zu beiden Seiten ... Land ist nicht mehr zu sehen. Nur die Nacht ist noch vorhanden, die Nacht und der dünne, durchscheinende Weg, auf dem ich zu reiten versucht hatte, um zu wissen, wie es sich anfühlte – so etwas konnte später einmal nützlich sein ...

Es ist jetzt absolut still, und jeder Bewegung haftet die Illusion der Langsamkeit an ... Allmählich fällt der Weg unter mir fort, und wir bewegen uns dahin, als schwämmen wir in unvorstellbarer Tiefe unter Wasser, als wären die Sterne helle Fische ... Die Freiheit, die Macht des Höllenritts vermittelt mir ein Hochgefühl, das nichts und doch alles mit der Tollkühnheit zu tun hat, wie sie einen manchmal im Kampf überkommt, die Kühnheit des Risikos, das Gefühl des Rechthabens, das sich einstellt, sobald man für einen Vers das richtige Wort gefunden hat ... Diese Empfindungen erfüllen mich, und der Anblick der Umgebung – reitend, reitend, reitend – vielleicht aus dem Nichts in das Nichts, über und zwischen den Mineralien und Feuern der Leere, frei von Erde und Luft und Wasser ...

Wir rasen mit einem großen Meteor um die Wette, wir berühren seine Masse ... Wir hasten über seine narbige Oberfläche, herum und wieder hoch ... Er dehnt sich zu einer großen Ebene, wird heller, gelber ...

Sand ist es, Sand unter unserer Bewegung ... Die Sterne verblassen, als sich die Dunkelheit in einem Morgen voller Sonnenaufgang auflöst ... Schattenbahnen vor uns, darin Wüstenbäume ... Auf die Dunkelheit zureiten ... hindurchbrechen ... Helle Vögel schwingen sich empor, kehren klagend zurück ...

Zwischen den dichter stehenden Bäumen hindurch ... Dunkler nun der Boden, enger der Weg ... Palmenwedel schrumpfen auf Handgröße, Baumrinde wird dunkler ... Eine Wende nach rechts, wo der Weg breiter wird ... Unsere Hufe locken Funken aus Basaltsteinen ... Der Weg vergrößert sich weiter, wird zu einer baumgesäumten Straße ... winzige Reihenhäuser zucken vorbei ... Helle Fensterläden, marmorne Treppen, bunte Türen und farbige Sonnenblenden zwischen Plattenwegen ... Wir überholen einen Pferdewagen mit frischem Gemüse ... Zu Fuß gehende Menschen drehen sich um, starren uns nach ... Leises Stimmengemurmel ...

Weiter ... Unter einer Brücke hindurch ... Am Bach entlang, bis er sich zu einem Fluß verbreitert, der zum Meer führt ...

Mit pochenden Hufen über den Strand unter einem zitronenfarbenen Himmel mit blauen Wolken ... Das Salz, das Wrack, die Muscheln, die glatte Anatomie des angeschwemmten Holzes ... Weiße Fische auf dem limonengrünen Meer ...

Im Galopp zu der Stelle, da die Welt des Wassers an einer Erhebung endet ... Hinauf, jede Stufe hinter uns abbröckelnd und in die Tiefe dröhnend, ihre Identität verlierend, im Brausen der Brandung untergehend ... Hinauf, hinauf, auf die flache, baumbestandene Ebene, auf der eine goldene Stadt wie eine Vision schimmert ...

Die Stadt wächst, wird dunkler unter einem schattenhaften Regenschirm, die grauen Türme recken sich empor, Glas und Metall blitzen hell durch das Zwielicht ... Die Türme beginnen zu schwanken ...

Als wir vorbeireiten, sinkt die Stadt lautlos in sich zusammen ... Türme stürzen ein, Staub wallt auf, wird durch eine tiefstehende Lichtquelle rosa angestrahlt ... Ein leises Geräusch wie von einer ausgelöschten Kerze ...

Ein Staubsturm, schnell aufgekommen, wird von Nebel abgelöst ... Durch das Nichts der Lärm von Autohupen ... Ein Dahintreiben, ein Anheben, ein Bruch in den grauweißen perligen Wolken ... Unsere Hufabdrücke auf dem Bankett einer Autobahn ... Nach rechts endlose Reihen von Fahrzeugen ... Perlweiß, grauweiß, von neuem treibend ...

Richtungslose Schreie und Klagelaute ... Wirre Lichtreflexe ...

Wieder emporsteigend ... Der Nebel senkt sich, wogt fort ... Gras, Gras, Gras ... Klar ist jetzt der Himmel und angenehm blau ... Eine Sonne, die ihrem Untergang entgegenstürmt ... Vögel ... Eine Kuh auf der Weide, starrend und kauend ...

Einen Holzzaun überspringen, dann auf einer Landstraße dahinreiten ... Ein plötzlicher Kältehauch hinter dem Hügel ... Die Gräser sind trocken, und Schnee liegt auf dem Boden ... Ein Bauernhaus mit Blechdach auf einer Anhöhe, darüber ein Rauchkringel ...

Weiter ... Die Hügel wachsen empor, die Sonne rollt hinab, zieht Dunkelheit hinter sich her ... Ein Spritzer Sterne ... Hier ein Haus, weit zurückgesetzt ... Dort ein anderes, die lange Auffahrt zieht sich zwischen alten Bäumen dahin ... Scheinwerfer ...

An den Straßenrand ... Zügel anziehen und den Wagen vorbeilassen ...

Ich wischte mir die Stirn, klopfte Ärmel und Hemdbrust ab. Dann tätschelte ich Drum den Hals. Das entgegenkommende Fahrzeug fuhr langsamer, und ich sah den Fahrer, der mich anstarrte. Ich bewegte vorsichtig die Zügel, und Drum setzte sich langsam in Bewegung. Der Wagen wurde gestoppt, und der Fahrer rief mir etwas nach, doch ich ließ das Tier weitergehen. Sekunden später hörte ich ihn anfahren.

Ab hier war es eine Landstraße. Ich ließ Drum in gemäßigtem Schritt gehen, wobei wir immer wieder an vertrauten Kennzeichen vorbeikamen, die mich an früher erinnerten. Einige Meilen weiter erreichte ich eine breitere, bessere Straße. Ich bog ab, hielt mich rechts. Die Temperatur nahm weiter ab, doch die kalte Luft fühlte sich angenehm und frisch an. Ein schmaler Mond zeigte sich über den Bergen zu meiner Linken. Einige kleine Wolken zogen am Himmel dahin, vom Mondlicht sanft angestrahlt. Wind gab es kaum, ab und zu rührten sich die Äste, das war alles. Nach einer Weile erreichte ich eine Reihe von Dellen in der Straße, die mir verrieten, daß ich fast am Ziel war.

Eine Kurve und noch ein paar Vertiefungen ... Ich erblickte den Felsbrocken neben der Einfahrt. Ich las meine Anschrift darauf.

Nun zog ich die Zügel an und blickte den Hang hinauf. In der Einfahrt stand ein Lieferwagen, im Haus brannte Licht. Ich führte Drum über ein Feld zu einer Baumgruppe. Ich band ihn hinter einigen Tannen an und rieb ihm den Hals und sagte, es würde nicht lange dauern.

Dann kehrte ich zur Straße zurück. Keine Wagen in Sicht. Ich überquerte die Fahrbahn und ging auf der anderen Seite die Auffahrt hinauf, wobei ich hinter dem geparkten Auto vorbeikam. Das Licht brannte im Wohnzimmer weiter rechts. Ich ging links ums Haus herum.

Als ich die Veranda erreichte, blieb ich stehen und sah mich um. Irgend etwas stimmte nicht.

Der Hof hatte sich verändert. Zwei altersschwache Gartenstühle waren fort – ebenso das uralte Hühnerhaus, an dem diese Stühle gelehnt hatten und das ich aus Zeitmangel hatte stehen lassen. Als ich das letzte Mal hier durchkam, war beides noch vorhanden gewesen. Außerdem waren drei alte Äste verschwunden, die hier herumgelegen hatten, und ein Haufen altes Feuerholz, das ich mir vor langer Zeit zurechtgehackt hatte.

Der Komposthaufen fehlte ebenfalls.

Ich näherte mich der Stelle, wo er gewesen war. Vor mir sah ich einen unregelmäßigen Flecken nackter Erde, der etwa die Form des Haufens hatte.

Während ich mich auf das Juwel einstimmte, hatte ich festgestellt, daß ich seine Gegenwart erspüren konnte. Nun schloß ich die Augen und versuchte, mich darauf zu konzentrieren.

Nichts.

Ich sah mich noch einmal gründlich um, doch nirgendwo blitzte es verräterisch auf. Nicht daß ich etwas zu finden erwartet hätte, nachdem ich schon vorher nichts gespürt hatte ...

Der erleuchtete Raum hatte keine Gardinen. Als ich mir das Haus genauer ansah, fiel mir auf, daß überall die Läden oder Rouleaus fehlten. Folglich ...

Ich ging um die Ecke. Vorsichtig näherte ich mich dem hellen Fenster und warf einen schnellen Blick hinein. Planen deckten den größten Teil des Bodens ab. Ein Mann mit Mütze und Overall strich die gegenüberliegende Wand.

Zehntes Kapitel

Kein Wunder.

Ich hatte Bill gebeten, das Haus zu verkaufen. Die erforderlichen Papiere hatte ich unterzeichnet, während ich in der hiesigen Klinik lag, nachdem ich im Anschluß an den Mordversuch in mein altes Zuhause versetzt worden war – möglicherweise durch Einwirken des Juwels. Das alles mußte nach hiesiger Zeit Monate zurückliegen, wenn ich den Zeitumrechnungsfaktor von etwa zweieinhalb zu eins zugrundelegte, wie er zwischen Erde und Amber anzuwenden war, einschließlich der acht Tage, die mich die Höfe des Chaos gekostet hatten. Natürlich hatte Bill meiner Bitte entsprochen. Allerdings war das Haus in schlechtem Zustand, nachdem es mehrere Jahre lang leer gestanden hatte. Einbrecher hatten sich Zugang verschafft ... Neue Scheiben waren erforderlich, das Dach mußte teilweise erneuert werden, ebenso die Regenrinnen und der Außenanstrich. Und es gab viel Unrat wegzuschaffen, draußen ebenso wie aus dem Inneren ...

Ich wandte mich ab und ging über den vorderen Hang zur Straße hinab. Dabei dachte ich daran, wie ich diesen Weg beim letzten Mal zurückgelegt hatte, halb im Delirium, auf Händen und Knien, mit einer blutenden Wunde in der Seite. Damals war es viel kälter gewesen; es schneite auf eine dichte Schneedecke. Ich ging an der Stelle vorbei, wo ich gesessen und mit dem Kissenbezug einen Wagen anzuhalten versucht hatte. Noch deutlich hatte ich jene Fahrzeuge in Erinnerung, die vorbeigefahren waren.

Ich überquerte die Straße und ging über das Feld zu den Bäumen. Dort machte ich Drum los und stieg auf.

»Wir müssen noch ein Stück weiter«, sagte ich zu ihm. »Allerdings nicht sehr weit.«

Wir kehrten zur Straße zurück, bogen darauf ein und passierten mein Grundstück. Hätte ich Bill nicht gesagt, er könnte das Haus verkaufen, wäre der Komposthaufen noch an Ort und Stelle, und das Juwel wäre auch noch hier. Schon hätte ich auf dem Rückweg nach Amber sein können, den rötlichen Stein um den Hals, bereit, die Schritte einzuleiten, die nun getan werden mußten. Statt dessen mußte ich mich auf die Suche danach machen, in einem Augenblick, da ich das Gefühl hatte, daß die Zeit wieder einmal knapp wurde. Wenigstens hatte ich hier einen günstigen Zeitlauf-Faktor in Relation zu Amber. Ich schnalzte mit der Zunge und schüttelte die Zügel. Trotzdem durfte ich keine Minute verschwenden.

Eine halbe Stunde später war ich in der Stadt und ritt durch eine ruhige Wohnstraße. Bei Bill brannte Licht. Ich bog in seine Auffahrt ein und stellte Drum auf dem Hinterhof ab.

Alice antwortete auf mein Klopfen, starrte mich einen Augenblick lang an und sagte dann: »Mein Gott! Carl!«

Minuten später saß ich mit Bill im Wohnzimmer, einen Drink in Reichweite. Alice war in der Küche, nachdem sie den Fehler begangen hatte, mich zu fragen, ob ich etwas essen wollte.

Bill zündete sich eine Pfeife an und musterte mich.

»Dein Kommen und Gehen sind nach wie vor sehr interessant«, stellte er fest.

Ich lächelte.

»Zweckmäßigkeit ist alles.«

»Die Schwester in der Klinik ... kaum jemand hat ihre Geschichte geglaubt.«

»*Kaum* jemand?«

»Die Minderheit, die ich damit meine – das bin ich natürlich.«

»Was hat sie denn erzählt?«

»Sie behauptete, du seist in die Mitte des Zimmers gegangen und wärst plötzlich zweidimensional geworden und verblaßt, wobei sie alle Farben des Regenbogens gesehen hätte.«

»Eine solche Beobachtung kann auch auf Grünen Star hindeuten. Sie sollte sich ihre Augen untersuchen lassen.«

»Ich bitte dich, Carl. Sie ist völlig in Ordnung. Das weißt du auch.«

Ich lächelte und hob mein Glas.

»Und du«, sagte er, »siehst aus wie eine gewisse Spielkarte, von der ich einmal sprach. Komplett mit Schwert. Was ist los, Carl?«

»Die Sache ist noch immer kompliziert. Sogar noch komplizierter als bei unserem letzten Gespräch.«

»Womit du sagen willst, daß du mir die große Erklärung noch immer nicht geben kannst?«

Ich schüttelte den Kopf.

»Du hast dir eine kostenlose Rundreise durch meine Heimat verdient, wenn alles vorbei ist«, sagte ich. »Das heißt, wenn ich dann noch eine Heimat habe. Im Augenblick stellt die Zeit fürchterliche Dinge an.«

»Wie kann ich dir helfen?«

»Gib mir bitte Informationen. Mein altes Haus. Wer ist der Bursche, durch den du es instandsetzen läßt?«

»Ed Wellen. Bauunternehmer aus dem Ort. Ich glaube, du kennst ihn sogar. Hat er dir nicht mal eine Dusche eingebaut oder so?«

»Ja, ja richtig ... Ich erinnere mich.«

»Er hat sich inzwischen ziemlich vergrößert. Hat große Maschinen gekauft und beschäftigt mehrere Arbeiter. Ich habe die Firmengründung für ihn durchgezogen.«

»Weißt du, wen er draußen bei mir eingesetzt hat – jetzt gerade?«

»Nein. Aber ich kann es schnell herausfinden.« Er legte die Hand auf das Telefon neben sich. »Soll ich ihn anrufen?«

»Ja«, sagte ich. »Aber an der Sache hängt ein bißchen mehr. Im Grunde bin ich nur an einem Detail interessiert. Hinter dem Haus war ein Komposthaufen. Bei meinem letzten Besuch habe ich ihn noch gesehen. Jetzt ist das Ding fort. Ich muß wissen, was daraus geworden ist.«

Er legte den Kopf schief und grinste um seine Pfeife herum. »Machst du Witze?« fragte er schließlich.

»Keinesfalls«, gab ich zurück. »Als ich damals an dem Komposthaufen vorbeikroch und den Schnee mit meinem kostbaren Lebenssaft zierte, habe ich etwas darin versteckt. Das muß ich jetzt zurückhaben.«

»Und worum handelt es sich?«

»Um einen Rubinanhänger.«

»Von unschätzbarem Wert?«

»Richtig.«

Er nickte langsam.

»Wenn nicht gerade du dort säßest, würde ich sagen, jemand will mich auf den Arm nehmen«, sagte er. »Ein Schatz in einem Komposthaufen ... Ein Familienerbstück?«

»Ja. Vierzig oder fünfzig Karat. Einfache Fassung. Schwere Kette.«

Er nahm die Pfeife aus dem Mund und stieß einen leisen Pfiff aus.

»Dürfte ich fragen, warum du das Ding dort versteckt hast?«

»Hätte ich es nicht getan, wäre ich jetzt tot.«

»Das ist ein guter Grund.«

Wieder griff er nach dem Telefon.

»Wir haben bereits einen Interessenten für das Haus«, bemerkte er dabei. »Das ist sehr gut, da ich noch gar nicht annonciert hatte. Ein Bursche, der irgendwoher Wind von dem Verkauf bekommen hatte. Ich habe ihn heute morgen herumgeführt. Er will sich's überlegen. Vielleicht finden wir ziemlich schnell einen Käufer.«

Er begann zu wählen.

»Moment!« sagte ich. »Erzähl mir von ihm!«

Er legte den Hörer wieder auf und sah mich an.

»Hagerer Bursche«, sagte er. »Rothaarig, mit Bart. Sagte, er sei Künstler. Sucht ein Haus auf dem Lande.«

»Dieser Schweinehund!« sagte ich im gleichen Augenblick, als Alice mit einem Tablett ins Zimmer kam.

Sie schnalzte tadelnd mit der Zunge und stellte mir lächelnd das Essen hin.

»Hamburger und ein paar Salatreste«, sagte sie. »Nur eine Kleinigkeit.«

»Vielen Dank. Ich hatte schon mit dem Gedanken gespielt, mir mein Pferd zu braten. Wäre mir wohl übel bekommen.«

»Ich kann mir außerdem nicht vorstellen, daß das Tier sehr glücklich darüber gewesen wäre. Guten Appetit!« Mit diesen Worten kehrte sie in die Küche zurück.

»War der Komposthaufen noch dort, als du dem Mann das Haus gezeigt hast?« fragte ich.

Bill schloß die Augen und runzelte die Stirn.

»Nein«, sagte er gleich darauf. »Der Hof war schon freigeräumt worden.«

»Das ist ja wenigstens etwas«, erwiderte ich und begann zu essen.

Nun erledigte er den Anruf, was mehrere Minuten dauerte. Ich bekam das Wesentliche mit, indem ich seinen Worten lauschte; trotzdem hörte ich mir anschließend die ganze Geschichte noch einmal ruhig an, während ich den Teller abräumte und mein Glas leerte.

»Es gefiel ihm nicht, guten Kompost zu verschwenden«, berichtete Bill. »Erst vor ein paar Tagen hat er den Haufen in seinen Kleinlaster umgeladen und auf seinen Hof gebracht. Dort hat er das Zeug auf einem Areal abgeladen, das er kultivieren möchte. Er hatte noch nicht mal Zeit, das Zeug zu verteilen. Er sagt, ihm wäre kein Schmuckstück aufgefallen, aber natürlich hat er's auch übersehen können.«

Ich nickte.

»Wenn ich mir mal eine Taschenlampe ausborgen könnte, schaue ich gleich nach.«

»Aber selbstverständlich. Ich fahre dich hin.«

»Ich möchte jetzt nicht von meinem Pferd weg.«

»Nun, du kannst sicher eine Harke und eine Schaufel oder Spitzhacke gebrauchen. Ich fahre das Zeug rüber und sehe dich dort, wenn du weißt, wo das ist.«

»Ich kenne Eds Hof. Er hat doch sicher auch Werkzeug.«

Bill zuckte die Achseln und lächelte.

»Na schön. Ich gehe noch mal eben ins Badezimmer, dann machen wir uns auf den Weg.«

»Ich hatte den Eindruck, als kennst du den Interessenten.«

»Du hast zuletzt unter dem Namen Brandon Corey von ihm gehört.«

»Der Bursche, der sich als dein Bruder ausgab und dich zum Geisteskranken gestempelt hatte?«

»›Ausgab‹? Himmel, er *ist* mein Bruder. Woran ich allerdings keine Schuld habe. Entschuldige mich mal einen Augenblick.«

»Er war dort.«

»Wo?«

»Bei Ed, heute nachmittag. Jedenfalls hat sich dort ein bärtiger Rothaariger blicken lassen.«

»Was hat er gemacht?«

Zehntes Kapitel

»Er hat sich als Künstler ausgegeben. Er fragte, ob er seine Staffelei aufstellen und eines der Felder malen dürfte.«

»Und Ed hat zugestimmt?«

»Natürlich. Er hielt das Ganze für eine großartige Idee. Deshalb hat er mir ja auch davon erzählt. Er wollte damit angeben.«

»Hol die Werkzeuge. Wir treffen uns dort.«

»In Ordnung.«

Das zweite, was ich im Badezimmer hervorholte, waren meine Trümpfe. Ich mußte schleunigst mit jemandem in Amber sprechen, mit jemandem, der stark genug war, um Brand aufzuhalten. Aber wer? Benedict war auf dem Weg zu den Höfen des Chaos. Random suchte nach seinem Sohn; von Gérard hatte ich mich nicht gerade freundschaftlich getrennt. Ich wünschte, ich hätte einen Trumpf für Ganelon.

Ich kam zu dem Schluß, daß ich es mit Gérard versuchen müßte.

Ich nahm seine Karte zur Hand und machte die erforderlichen geistigen Schritte. Sekunden später hatte ich Kontakt.

»Corwin!«

»Hör bitte zu, Gérard! Brand lebt noch, wenn dich das irgendwie tröstet. Ich bin fest davon überzeugt. Meine Bitte ist wichtig. Es geht um Leben und Tod. Du mußt etwas für mich tun – auf der Stelle!«

Sein Gesichtsausdruck hatte sich während meiner Worte schnell verändert – Zorn, Überraschung, Interesse ...

»Sprich weiter«, sagte er.

»Brand kann jederzeit zurückkommen. Vielleicht hält er sich bereits in Amber auf. Du hast ihn nicht zufällig schon gesehen, oder?«

»Nein.«

»Du mußt verhindern, daß er das Muster beschreitet.«

»Das verstehe ich nicht. Aber ich kann vor dem Saal mit dem Muster einen Posten aufstellen.«

»Stell den Wächter direkt neben das Muster. Brand kennt seltsame Beförderungsmethoden. Schreckliches kann geschehen, wenn er das Muster beschreitet.«

»Gut, ich bewache es persönlich. Was ist los?«

»Im Augenblick habe ich für Erklärungen keine Zeit. Nun zum nächsten Punkt: Ist Llewella wieder in Rebma?«

»Ja.«

»Setz dich über Trumpf mit ihr in Verbindung. Sie muß Moire bitten, das Muster in Rebma ebenfalls zu bewachen.«

»Wie schlimm ist das alles, Corwin?«

»Es könnte zum Ende aller Dinge führen«, sagte ich. »Ich muß jetzt fort.«

Daraufhin unterbrach ich den Kontakt und ging durch die Küche zur Hintertür; unterwegs nahm ich mir allerdings die Zeit, Alice zu danken und ihr eine gute Nacht zu wünschen. Ich wußte nicht genau, was Brand tun würde, falls er das Juwel in seinen Besitz gebracht und sich darauf eingestimmt hatte; allerdings hatte ich eine ziemlich genaue Vorstellung.

Ich bestieg Drum und lenkte ihn auf die Straße. Bill fuhr bereits den Wagen aus der Garage.

11

Ich konnte manche Abkürzung über die Felder machen, wo sich Bill an die Straßen halten mußte; folglich kam ich dicht hinter ihm ans Ziel. Als ich Drum zügelte, unterhielt er sich gerade mit Ed, der nach Südwesten deutete.

Ich stieg ab, und Ed musterte mein Pferd.
»Schönes Tier«, sagte er.
»Vielen Dank.«
»Sie sind fort gewesen?«
»Ja.«
Wir gaben uns die Hand.
»Schön, Sie wieder mal zu sehen. Ich habe Bill eben gesagt, daß ich gar nicht weiß, wie lange der Künstler eigentlich hier war. Ich dachte mir nur, daß er schon verschwinden würde, sobald es dunkel wird, und habe mich gar nicht mehr um ihn gekümmert. Wenn der Bursche nun wirklich etwas gesucht hat, das Ihnen gehört, und über den Komposthaufen Bescheid wußte, könnte er sich noch immer da draußen herumtreiben. Wenn Sie wollen, hole ich meine Schrotflinte und komme mit.«
»Nein, vielen Dank«, sagte ich. »Ich glaube, ich weiß schon, wer der Kerl war. Auf die Flinte können wir verzichten. Wir gehen nur mal eben hinüber und sehen uns die Stelle an.«
»Na schön«, sagte er. »Ich komme mit und helfe Ihnen.«
»Das ist aber nicht notwendig«, gab ich zurück.
»Was ist mit Ihrem Pferd? Soll ich es tränken und ihm zu fressen geben und es etwas abreiben?«
»Dafür wäre es Ihnen sehr dankbar – und ich auch.«
»Wie heißt es denn?«
»Drum.«
Er näherte sich dem Pferd und begann, sich mit ihm anzufreunden.
»Gut«, sagte er. »Dann bin ich drüben in der Scheune. Wenn Sie mich brauchen – ein Ruf genügt!«
»Vielen Dank.«
Ich holte die Werkzeuge aus Bills Wagen, und er führte mich im Schein einer Taschenlampe nach Südwesten, in die Richtung, in die Ed vorhin gedeutet hatte.

Ich folgte Bills Licht über das Feld und suchte nach dem Komposthaufen. Als wir eine Stelle erreichten, an der etwas lag, das wie die Überreste eines solchen Haufens aussah, atmete ich unwillkürlich tief. Irgend jemand mußte hier am Werk gewesen sein; die herumgestreuten Brocken sprachen eine deutliche Sprache. Vom bloßen Abladen wäre die Masse nicht so verstreut worden.

Trotzdem ... Die Tatsache, daß hier jemand gewühlt hatte, bedeutete nicht, daß das Gesuchte auch gefunden worden war.

»Was meinst du?« erkundigte sich Bill.

»Keine Ahnung«, gab ich zurück, legte die Werkzeuge fort und näherte mich dem größten Haufen. »Leuchte mal hierher.«

Ich sah mir die Überreste an, griff schließlich nach einer Harke und begann, alles zu zerstreuen. Ich zerbrach jeden Brocken, breitete ihn über den Boden aus und fuhr mit den Zacken hindurch. Nach einer Weile stellte Bill die Lampe auf einer kleinen Anhöhe ab und begann mir zu helfen.

»Ich habe ein seltsames Gefühl ...«, brummte er.

»Ich auch.«

»... als wären wir zu spät gekommen.«

Wir setzten unsere Arbeit fort: zerkleinern und ausbreiten, zerkleinern und ausbreiten ...

Da spürte ich das vertraute Kribbeln. Ich richtete mich auf und wartete.

Sekunden später kam der Kontakt.

»Corwin!«

»Hier Gérard.«

»Was hast du gesagt?« wollte Bill wissen.

Ich hob die Hand, um ihn zum Schweigen zu bringen, und konzentrierte mich auf Gérard. Er stand im Schatten vor dem hellen Anfang des Musters und stützte sich auf seine riesige Klinge.

»Du hattest recht«, sagte er. »Brand hat sich eben hier blicken lassen. Ich weiß nicht genau, wie er überhaupt hergekommen ist. Er kam dort drüben links aus den Schatten.« Er machte eine Handbewegung. »Er sah mich einen Augenblick lang an, machte kehrt und marschierte zurück. Auf meine Rufe hat er nicht reagiert. Daraufhin habe ich die Laterne großgestellt, doch er war nirgends zu sehen. Er ist einfach verschwunden! Was soll ich jetzt tun?«

»Trug er das Juwel des Geschicks?«

»Das konnte ich nicht erkennen. Ich habe ihn nur eine Sekunde lang gesehen, bei diesem ganz schlechten Licht.«

»Wird das Muster in Rebma auch bewacht?«

»Ja. Llewella hat die Leute dort alarmiert.«

»Gut. Bleib auf Wache. Ich melde mich wieder.«

Elftes Kapitel

»Gut, Corwin – und was die Sache von vorhin angeht ...«
»Längst vergessen.«
»Vielen Dank. Dieser Ganelon ist ein harter Bursche.«
»Kann man wohl sagen! Schlaf nicht ein!«
Sein Bild verblaßte, als ich den Kontakt fahren ließ; doch im gleichen Augenblick passierte etwas Seltsames. Das Gefühl der Verbindung, der Pfad blieb, objektlos, offen, wie ein eingeschaltetes Radio, das auf keine bestimmten Sender eingestellt ist.
Bill musterte mich mißtrauisch.
»Carl was geht hier eigentlich vor?«
»Keine Ahnung. Moment noch!«
Plötzlich hatte ich wieder Kontakt, allerdings nicht mit Gérard. Sie mußte versucht haben, mich zu erreichen, während meine Aufmerksamkeit Gérard galt.
»Corwin, es ist wichtig ...«
»Sprich weiter, Fiona.«
»Was du suchst, wirst du dort nicht finden. Brand hat es.«
»Das ahnte ich schon.«
»Wir müssen ihn aufhalten. Ich weiß nicht, wieviel du weißt ...«
»Ich auch nicht mehr«, gab ich zurück, »doch ich habe die Muster in Amber und Rebma unter Aufsicht gestellt. Gérard hat mir eben mitgeteilt, daß Brand am Muster von Amber erschienen ist, sich aber hat abschrecken lassen.«
Ihr hübsches kleines Gesicht nickte. Ihre roten Zöpfe waren ungewöhnlich zerzaust. Sie wirkte müde.
»Das ist mir bekannt«, sagte sie. »Ich beobachte ihn nämlich. Eine dritte Möglichkeit hast du allerdings vergessen.«
»Nein«, sagte ich. »Nach meinen Berechnungen dürfte an Tirna Nog'th noch niemand herankommen ...«
»Das meinte ich nicht. Er ist unterwegs zum Urmuster!«
»Um das Juwel einzustimmen?«
»Richtig!«
»Wollte er dieses Muster beschreiten, müßte er die beschädigten Stellen betreten. Soweit ich weiß, ist das kein geringes Problem.«
»Du weißt also davon«, sagte sie. »Gut, das spart uns Zeit. Die dunklen Stellen würden ihm nicht so sehr zu schaffen machen wie uns anderen. Er hat sich nicht mit der Dunkelheit arrangiert. Wir müssen ihn aufhalten!«
»Kennst du irgendwelche Abkürzungen dorthin?«
»Ja. Komm zu mir. Ich bringe dich hin.«
»Moment noch. Ich möchte Drum bei mir haben.«
»Weshalb denn das?«
»Man weiß nie – sicher ist sicher.«

»Na schön. Dann hol mich zu dir. Wir können genausogut von dort aufbrechen.«

Ich streckte die Hand aus. Gleich darauf hielt ich die ihre umklammert. Sie trat vor. »Himmelherrgott!« sagte Bill und wich zurück. »Ich hatte schon begonnen, an deinem Verstand zu zweifeln, Carl. Jetzt bin *ich* wohl reif für die Klapsmühle. Sie – sie steht auf einer der Karten, nicht wahr?«

»Ja, Bill, ich möchte dir meine Schwester Fiona vorstellen. Fiona, dies ist Bill Roth, ein guter Freund von mir.«

Fiona hielt ihm die Hand hin und lächelte, und ich ließ die beiden stehen und ging Drum holen. Wenige Minuten später führte ich ihn ins Freie.

»Bill«, sagte ich. »Es tut mir leid, dich gestört zu haben. Mein Bruder hat tatsächlich das Schmuckstück. Wir werden ihn jetzt verfolgen. Vielen Dank für deine Hilfe.«

Ich schüttelte ihm die Hand.

»Corwin«, sagte er, und ich lächelte.

»Ja, so heiße ich.«

»Wir haben uns unterhalten, deine Schwester und ich. In den wenigen Minuten konnte ich nicht viel erfahren, aber ich weiß, daß die Sache gefährlich ist. Viel Glück also: Und eines Tages möchte ich die ganze Geschichte hören.«

»Danke«, erwiderte ich. »Ich sorge dafür, daß du später alles erfährst.«

Ich stieg auf, beugte mich hinab und zog Fiona vor mich in den Sattel.

»Gute Nacht, Mr. Roth«, sagte sie. Dann zu mir: »Reite langsam an, über das Feld.«

Ich gehorchte.

»Brand behauptet, du hättest ihm die Messerwunde beigebracht«, bemerkte ich, als wir weit genug entfernt waren, um uns allein zu fühlen.

»Richtig.«

»Warum?«

»Um dies alles zu verhindern.«

»Ich habe mich lange mit ihm unterhalten. Er sagt, ursprünglich hättest du zusammen mit Bleys und ihm versucht, die Macht zu übernehmen.«

»Richtig.«

»Er erzählte mir, er habe Caine angesprochen, um ihn für eure Seite zu gewinnen, doch Caine wollte davon nichts hören; vielmehr habe er Eric und Julian Bescheid gegeben, was dazu führte, daß die drei eine eigene Gruppe bildeten, um euch den Weg zum Thron zu verstellen.«

Elftes Kapitel

»In groben Zügen ist das richtig. Caine hatte eigene ehrgeizige Pläne – langfristige Hoffnungen, doch immerhin Hoffnungen. Allerdings war er nicht in der Lage, sie zu realisieren, und wenn er schon die zweite Geige spielen mußte, wollte er lieber unter Eric als unter Bleys dienen. Das kann ich ihm sogar nachfühlen.«

»Brand behauptet weiterhin, ihr drei hättet ein Arrangement mit den Mächten am Ende der schwarzen Straße, mit den Höfen des Chaos getroffen.«

»Ja, das war richtig.«

»Du sprichst in der Vergangenheit?«

»Für mich und Bleys – jawohl.«

»Aber so hat Brand es nicht dargestellt.«

»Kein Wunder!«

»Er sagte, du und Bleys wolltet dieses Bündnis weiter ausbauen, er aber hätte es sich anders überlegt. Und deswegen, so sagt er, hättet ihr euch seiner entledigt und ihn in jenem Turm eingeschlossen.«

»Warum hätten wir ihn nicht einfach umbringen sollen?«

»Keine Ahnung. Verrat's mir.«

»Er war zu gefährlich, als daß er frei herumlaufen durfte; andererseits konnten wir ihn nicht umbringen, weil er über etwas Entscheidendes verfügte.«

»Was?«

»Nach Dworkins Verschwinden war Brand der einzige, der wußte, wie der Schaden, den er dem Urmuster zugefügt hatte, getilgt werden konnte.«

»Ihr hattet genug Zeit, um diese Information aus ihm herauszubekommen.«

»Er verfügte über unglaubliche Kräfte.«

»Warum bist du dann trotzdem mit dem Dolch auf ihn losgegangen?«

»Um dies alles zu verhindern, wie ich eben schon sagte. Wenn ich zwischen seiner Freiheit oder seinem Tod zu wählen hatte, war es besser, ihn zu töten. Dann hätten wir eben selbst eine Möglichkeit finden müssen, das Muster wiederherzustellen, so riskant das auch sein mag.«

»Wenn das alles so ist, warum hast du dich dann bereit erklärt, an seiner Zurückholung mitzuwirken?«

»Zunächst habe ich nicht daran mitgewirkt, vielmehr habe ich den Versuch sabotieren wollen. Aber zu viele haben sich wirklich Mühe gegeben. Ihr kamt zu ihm durch. Zweitens mußte ich zur Stelle sein und ihn zu töten versuchen, sobald ihr Erfolg hattet. Schade, daß die Dinge sich dann doch ganz anders entwickelt haben.«

»Du behauptest also, du und Bleys hättet Bedenken gehabt wegen eures Bündnisses mit den Kräften der Finsternis – Brand aber nicht?«

»Genau.«

»Wie wirkten sich diese Bedenken auf eure Bestrebungen aus, den Thron zu erlangen?«

»Wir glaubten, wir könnten es ohne weitere Hilfe von außerhalb schaffen.«

»Ich verstehe.«

»Glaubst du mir?«

»Ich fürchte, daß ich mich allmählich überzeugen lasse.«

»Hier abbiegen.«

Ich ritt in einen Einschnitt zwischen Hügeln. Der Weg war eng und sehr dunkel; über uns schimmerte lediglich ein schmales Sternenband. Fiona hatte während unseres Gesprächs die Schatten manipuliert; sie hatte uns von Eds Feld aus in die Tiefe geführt, in ein nebliges, moorähnliches Gebiet, dann wieder in die Höhe, auf einen Felspfad zwischen hohen Bergen. Während wir uns durch den düsteren Engpaß bewegten, spürte ich, wie sie erneut mit den Schatten arbeitete. Die Luft war kühl, aber nicht kalt. Die Schwärze links und rechts war absolut und ließ nicht etwa an schattenumhüllte nahe Felsen denken, sondern erzeugte die Illusion gewaltiger Tiefe. Ich erkannte plötzlich, daß dieser Eindruck durch die Tatsache verstärkt wurde, daß Drums Hufschlag kein Echo fand und auch keinen Nachhall, keine Obertöne hatte.

»Was kann ich tun, um dein Vertrauen zu erringen?« fragte sie.

»Das ist eine kitzlige Frage.«

Sie lachte. »Ich will sie neu formulieren. Was kann ich tun, um dich zu überzeugen, daß ich die Wahrheit sage?«

»Beantworte mir bitte eine Frage.«

»Welche?«

»Wer hat auf meine Reifen geschossen?«

Wieder lachte sie.

»Du hast es herausgefunden, nicht wahr?«

»Vielleicht. Aber sag's mir.«

»Brand«, sagte sie. »Er hatte es nicht geschafft, dein Erinnerungsvermögen zu vernichten, also beschloß er, dich ein für allemal auszuschalten.«

»Die Version, die ich bisher kannte, ging davon aus, daß Bleys schoß und mich im See ertrinken ließ, daß Brand aber noch rechtzeitig eintraf, um mich an Land zu ziehen und mir das Leben zu retten. Darauf schien mir auch der Polizeibericht hinzudeuten.«

»Wer aber rief die Polizei?« wollte sie wissen.

»Es war von einem anonymen Anruf die Rede, aber ...«

»Bleys war der Anrufer. Als ihm klar wurde, was da eigentlich passierte, kam er nicht rechtzeitig an dich heran, um dich zu retten. Er

Elftes Kapitel

hoffte, daß es die Beamten schaffen würden, was zum Glück der Fall war.«

»Was soll das heißen?«

»Brand hat dich nicht aus dem Autowrack gezerrt. Das hast du selbst geschafft. Er hielt sich in der Nähe auf, um sicher zu gehen, daß du auch tot warst. Statt dessen kamst du an die Wasseroberfläche und schwammst an Land. Er ging zu dir und beschäftigte sich gerade mit dir, um zu sehen, ob du von allein sterben würdest oder er dich wieder ins Wasser schubsen mußte. Etwa um diese Zeit traf die Polizei ein, und er mußte verschwinden. Wir erwischten ihn kurz darauf und vermochten ihn festzuhalten und in den Turm zu sperren. Das war keine Kleinigkeit. Später setzte ich mich mit Eric in Verbindung und teilte ihm mit, was geschehen war. Daraufhin befahl er Flora, dich in das andere Krankenhaus zu bringen und dafür zu sorgen, daß du bis nach seiner Krönung dort bliebst.«

»Es paßt alles«, sagte ich. »Vielen Dank.«

»Was paßt?«

»Ich war nur ein kleiner Landarzt in einer weniger komplizierten Zeit, und mit psychiatrischen Fällen hatte ich nie viel zu tun. Aber ich weiß, daß man niemandem eine Elektroschocktherapie verschreibt, wenn man sein Gedächtnis wiederherstellen will. EST bewirkt im allgemeinen genau das Gegenteil – es zerstört Kurzzeiterinnerungen. Mein Verdacht begann sich zu regen, als ich erfuhr, daß Brand mir eine solche Behandlung verschafft hatte. Darauf baute ich meine Hypothese auf. Das Autowrack löste keine Erinnerungen aus, ebensowenig das EST. Ich hatte schließlich begonnen, mein Gedächtnis auf natürlichem Wege zurückzugewinnen und nicht als Folge eines bestimmten Traumas. Ich muß irgend etwas getan oder gesagt haben, das auf diese Entwicklung hindeutete. Irgendwie erfuhr Brand davon und kam zu dem Schluß, daß dies keine gute Sache wäre. Also suchte er meinen Schatten auf, brachte mich in psychiatrischen Gewahrsam und unterwarf mich einer Behandlung, von der er hoffte, daß sie jene Dinge wieder auslöschen würde, an die ich mich seit kurzem erinnern konnte. Damit hatte er nur zum Teil Erfolg: Ich war nur in den Tagen unmittelbar nach der Behandlung verwirrt. Vielleicht hat auch der Unfall dazu beigetragen. Als ich jedoch aus dem Porter-Sanatorium floh und seinen Mordversuch überlebte, setzte sich der Prozeß der Erholung fort, und erst recht, als ich in Greenwood wieder zu mir kam und auch dieses Krankenhaus verließ. Schon bei Flora kehrten meine Erinnerungen schneller zurück. Der Vorgang wurde weiterhin beschleunigt, als Random mich nach Rebma mitnahm, wo ich das Muster beschritt. Wäre das nicht geschehen, davon bin ich jetzt überzeugt, wäre mir trotzdem alles wieder eingefallen. Es hätte bestimmt länger gedauert, aber der Damm war gebrochen, die Erneuerung des Gedächtnisses war ein fortlaufender Prozeß, der sich mit der Zeit immer mehr beschleunigte. Ich schloß also, daß Brand mich hatte behindern wollen, und das paßt nun zu den Dingen, die du eben erzählt hast.«

Das Band der Sterne war noch schmaler geworden und verschwand schließlich völlig. Wir bewegten uns scheinbar durch einen völlig schwarzen Tunnel, an dessen anderem Ende ein sehr vager Lichtschimmer zu erkennen war.

»Ja«, sagte sie in der Dunkelheit vor mir, »du hast richtig vermutet. Brand hatte Angst vor dir. Er behauptete, er hätte eines Nachts in Tirna Nog'th deine Rückkehr erschaut, zum Nachteil für unsere Pläne. Damals achtete ich nicht weiter auf ihn, wußte ich doch gar nicht, daß du noch am Leben warst. Kurz darauf muß er sich auf die Suche nach dir gemacht haben. Ob er deinen Aufenthaltsort auf übernatürlichem Wege herausfand oder ihn nur in Erics Verstand las, weiß ich nicht. Vermutlich das letztere. Gelegentlich vollbringt er solche Taten. Jedenfalls fand er dich – und den Rest weißt du selbst.«

»Es waren Floras Anwesenheit an jenem Ort und ihre seltsame Beziehung zu Eric, die sein Mißtrauen weckten. Jedenfalls behauptet er das. Aber darauf kommt es nicht mehr an. Was gedenkst du mit ihm zu tun, wenn wir ihn erwischen?«

Sie lachte leise.

»Du hast deine Klinge bei dir«, sagte sie.

»Brand sagte mir kürzlich, Bleys sei noch am Leben. Ist das richtig?«

»Ja.«

»Warum bin ich dann hier und nicht Bleys?«

»Bleys ist nicht auf das Juwel eingestimmt – im Gegensatz zu dir. Du hast aus geringer Entfernung Einfluß darauf, und es wird versuchen, dich zu schützen, solltest du in Lebensgefahr sein. Das Risiko ist deshalb nicht besonders groß«, sagte sie und fuhr fort: »Aber du solltest dich nicht zu sehr darauf verlassen. Ein schneller Hieb kann der Reaktion des Juwels zuvorkommen. Du könntest trotz allem in seiner Gegenwart sterben.«

Das Licht vor uns wurde größer und heller, doch es kamen kein Windhauch, kein Laut und auch kein Geruch aus dieser Richtung. Im Weiterreiten dachte ich an die verschiedenen Konstellationen von Erklärungen, die ich seit meiner Rückkehr gehört hatte, jede Version mit einem eigenen Komplex an Motiven und Rechtfertigungen für die Geschehnisse während meiner Abwesenheit, für die Ereignisse seither und die bevorstehenden Dinge. An all die Emotionen, die Pläne, die Gefühle, die Ziele, die ich wie eine Sturzflut durch das Gebäude der Tatsachen hatte strömen sehen, das ich auf dem Grab meines anderen Ich errichtete – und obwohl in der besten Steinschen Tradition eine

Elftes Kapitel

Tat eine Tat ist, verschob jede Woge der Interpretation, die mich untertauchen ließ, dieses oder jenes Detail, das ich fest verankert geglaubt hatte, und führte dadurch eine Veränderung des Ganzen herbei, mit der Folge, daß das Leben mir fast wie ein bewegtes Spiel der Schatten um das Amber einer nie zu erlangenden Wahrhaftigkeit anmutete. Trotzdem, ich konnte nicht leugnen, daß ich inzwischen mehr wußte als noch vor mehreren Jahren, daß ich dem Kern der Dinge näher stand als früher, daß der ganze Strom der Ereignisse, der mich bei meiner Rückkehr ergriffen hatte, nun der letzten Lösung entgegenzustürzen schien. Und was wollte ich dabei? Ich wünschte mir eine Chance zu erfahren, was richtig war, eine Chance, danach zu handeln! Ich lachte. Wem gelingt es jemals, die erste Chance zu erringen, geschweige denn die zweite? Also eine vernünftige Annäherung an die Wahrheit. Das würde genügen ... Und die Gelegenheit, meine Klinge ein paarmal in die richtige Richtung zu schwingen: Ich lachte wieder und vergewisserte mich, daß mein Schwert locker in der Scheide saß.

»Brand sagt, Bleys hätte eine neue Armee aufgestellt ...«, begann ich.

»Später«, sagte sie, »später. Dazu ist keine Zeit mehr.«

Sie hatte recht. Das Licht war größer geworden, hatte sich zu einer kreisförmigen Öffnung erweitert. Die Erscheinung hatte sich mit einem Tempo genähert, das nichts mit dem Schritt des Pferdes zu tun haben konnte; als zöge sich der Tunnel selbst zusammen. Tageslicht schien durch die Öffnung hereinzudringen, die ich mir als Tunnelausgang vorstellte.

»Also schön«, sagte ich, und gleich darauf erreichten wir die Öffnung und stürmten hindurch.

Ich kniff die Augen zusammen und blinzelte. Links befand sich das glitzernde Meer, das mit einem hellen Himmel zu verschmelzen schien. Die goldene Sonne, die darin schwebte, schien aus allen Richtungen gleichzeitig mit grellen Strahlen einzufallen. Hinter mir war nur noch Felsgestein; der Tunnel verschwunden. Ziemlich dicht unter uns, etwa hundert Fuß entfernt – lag das Urmuster. Eine Gestalt durchschritt den zweiten seiner äußeren Bögen; sie war dermaßen konzentriert, daß sie unsere Gegenwart offenbar noch nicht wahrgenommen hatte. Als sie um eine Biegung kam, ein rotes Aufblitzen: das Juwel, das um ihren Hals hing wie zuvor um meinen, um Erics und Vaters Hals. Die Gestalt war natürlich Brand.

Ich stieg ab, blickte zu Fiona empor, eine nervöse zierliche Person. Ich reichte ihr Drums Zügel.

»Hast du irgendeinen Vorschlag – außer ihn zu verfolgen?« flüsterte ich.

Sie schüttelte den Kopf.

Da wandte ich mich um, zog Grayswandir und machte mich an den Abstieg.

»Viel Glück«, sagte sie leise.

Als ich mich dem Muster näherte, erblickte ich die lange Kette, die von der Höhlenöffnung zur unbeweglichen Gestalt des Greifen führte. Der Kopf des Tieres lag auf dem Boden, mehrere Schritte vom Rest seines Körpers entfernt. Körper und Kopf hatten den Felsboden mit Blut besudelt.

Als ich mich dem Ausgangspunkt des Musters näherte, stellte ich eine hastige Berechnung an. Brand hatte bereits mehrere Kurven der gewaltigen Spirale des Musters hinter sich. Er war annähernd zweieinhalb Biegungen vom Anfang entfernt. Sobald wir nur noch durch eine Windung voneinander getrennt waren, vermochte ich ihn mit meiner Klinge zu erreichen, sobald ich einen Standpunkt parallel zu seinem erreicht hatte. Allerdings war das Vorankommen schwerer, je tiefer man in das Muster eindrang. Folglich bewegte sich Brand mit ständig abnehmendem Tempo. Es wurde also knapp. Ich brauchte ihn gar nicht zu fangen. Ich brauchte nur anderthalb Windungen aufzuholen, um ihn über den Streifen zwischen den Linien hinweg berühren zu können.

Ich stellte den Fuß auf das Muster und machte mich auf den Weg, schritt aus, so schnell ich konnte. Als ich mich in der ersten Kurve gegen den wachsenden Widerstand bewegte, begannen die blauen Funken, um meine Füße emporzustieben. Das Feuerwerk nahm schnell an Größe zu. Ich erreichte den Ersten Schleier, und meine Haare begannen sich aufzurichten. Das Knistern der Funken war nun deutlich vernehmbar. Ich stemmte mich gegen den Druck des Schleiers, wobei ich überlegte, ob Brand mich bereits entdeckt hatte: Jedenfalls konnte ich es mir in diesem Augenblick nicht leisten, zu ihm hinüberzublicken und mich womöglich ablenken zu lassen. Ich ging verstärkt gegen den Widerstand vor, und einige Schritte später war ich durch den Schleier und kam wieder etwas leichter voran.

Nun blickte ich auf. Brand verließ soeben den schrecklichen Zweiten Schleier; die blauen Funken sprangen hüfthoch. Er hatte ein Lächeln der Entschlossenheit und des Triumphes auf dem Gesicht, als er freikam und den nächsten Schritt machte. In dem Moment sah er mich.

Sein Lächeln erlosch, und er zögerte – ein Punkt zu meinen Gunsten. Wenn es nicht unbedingt sein muß, bleibt man auf dem Muster nicht stehen. Hält man an, kostet es erhebliche zusätzliche Energien, um wieder in Gang zu kommen.

»Du kommst zu spät!« rief er.

Ich antwortete nicht, sondern schritt eilig weiter aus. Blaues Feuer sprühte von den Linien des Musters auf Grayswandirs Klinge.

»Du schaffst es nicht über die schwarze Stelle«, rief er.

Elftes Kapitel

Ich ging weiter. Der schwarze Fleck lag vor mir. Ich war froh, daß sich der Schaden nicht über einen der schwierigeren Teile des Musters erstreckte. Brand setzte sich wieder in Bewegung und ging langsam auf die Große Kurve zu. Wenn ich ihn dort erwischte, hatte er keine Chance. In der Kurve hatte er weder die Kraft noch das Reaktionsvermögen, um sich erfolgreich zu verteidigen.

Als ich mich dem beschädigten Teil des Musters näherte, dachte ich an die Art und Weise, wie Ganelon und ich während unserer Flucht aus Avalon die schwarze Straße durchschnitten hatten. Es war mir gelungen, die Macht der Straße zu brechen, indem ich mir während der Überquerung das Bild des Musters vor Augen gehalten hatte. Hier war ich zwar ringsum von dem Muster selbst umgeben, doch die Strecke war nicht annähernd so groß. Ich hatte im ersten Augenblick angenommen, daß Brand mich mit seiner Drohung lediglich unsicher machen wollte, aber jetzt sagte ich mir, daß die Kraft des Schwarzen hier an ihrer Quelle womöglich viel stärker war. Als ich vor der verwischten Stelle stand, flammte Grayswandir in plötzlicher Intensität auf. Einer Eingebung folgend, setzte ich die Spitze der Klinge an den Rand des schwarzen Flecks – dort, wo die Linie des Musters endete.

Grayswandir klammerte sich an die Schwärze und konnte nicht mehr davon gelöst werden. Ich setzte meinen Marsch fort: Die Klinge schlitzte die Schwärze vor mir auf und verfolgte dabei einen Weg, der ungefähr der ursprünglichen Linie entsprach. Ich folgte. Die Sonne schien sich zu verdüstern, als ich die dunkle Fläche betrat. Urplötzlich spürte ich meinen Herzschlag, der Schweiß brach mir aus. Die Umgebung war plötzlich wie in ein graues Licht getaucht. Die Welt schien mir zu entrücken, das Muster zu verblassen. Sicher war es sehr leicht, an diesem Ort einen Fehltritt zu tun, und ich war mir ganz und gar nicht sicher, ob das Ergebnis genauso sein würde wie ein Verlassen der intakten Teile des Musters. Andererseits wollte ich es gar nicht wissen.

Ich hielt den Blick gesenkt und folgte der Linie, die Grayswandir vor mir zeichnete; die blaue Strahlung der Klinge war die einzige Farbe, die in der Welt noch verblieben war. Rechter Fuß, linker Fuß ...

Plötzlich lag der schwarze Fleck hinter mir, und Grayswandir bewegte sich wieder unbehindert in meiner Hand; das Feuer auf der Klinge war zum Teil erloschen.

Ich sah mich um und erkannte, daß sich Brand der Großen Kurve näherte. Was mich betraf, so arbeitete ich mich an den Zweiten Schleier heran. In wenigen Minuten würden wir beide uns angestrengt mit diesen Hindernissen auseinandersetzen müssen. Die Große Kurve ist allerdings schwieriger und zieht sich länger hin als der Zweite Schleier. So war ich vermutlich wieder frei unterwegs, ehe er seine Barriere überwunden hatte. Doch dann mußte ich das beschädigte Areal ein zweites

Mal überqueren. Anschließend mochte auch er wieder frei sein, doch er kam dann langsamer voran als ich, befand er sich doch in einem Gebiet, in dem die Beine noch mehr behindert werden.

Jeder Schritt war von einem gleichmäßigen Knistern begleitet, ein Kribbeln durchzog meinen ganzen Körper. Die Funken stiegen bis zur Mitte der Waden empor. Es war, als schritte ich durch ein Feld mit elektrisch geladenem Getreide. Mein Haar stand empor, ich spürte, wie es sich regte. Einmal blickte ich zurück und sah Fiona auf dem Pferd sitzen, reglos, beobachtend.

Ich kämpfte mich zum Zweiten Schleier vor.

Windungen ... kurze, enge Kurven ...Die Gegenwehr nahm zu und brandete gegen mich, so daß schließlich all meine Aufmerksamkeit, all meine Kraft dem Bemühen galten, dagegen anzukommen. Wieder einmal stellte sich das vertraute Gefühl der Zeitlosigkeit ein, als wäre dies alles, was ich jemals getan hätte, alles, was ich jemals tun würde. Und der Wille ... Ein Sammeln von Antrieben und Wünschen in einer solchen Intensität, daß alles andere ausgeschlossen wurde ... Brand, Fiona, Amber, meine eigene Identität ... Die Funken stiegen höher empor, während ich kämpfte, mich drehte, mich vordrängte: Jeder Schritt erforderte mehr Einsatz als der vorherige.

Ich stieß hindurch. Und wieder auf die schwarze Fläche.

Im Reflex bewegte ich Grayswandir vor mich nach unten. Wieder das Grau, der farblose Nebel, durchschnitten vom Blau der Klinge, die wie ein chirurgisches Skalpell den Weg aufbrach.

Als ich ins normale Licht zurückkehrte, suchten meine Augen nach Brand. Er befand sich noch im westlichen Quadranten, kämpfte noch mit der Großen Kurve – er hatte dieses Hindernis zu etwa zwei Dritteln überwunden. Wenn ich mich anstrengte, erwischte ich ihn vielleicht in dem Augenblick, da er wieder loskam. Ich konzentrierte mich mit aller Kraft darauf, die Linie so schnell wie möglich zu durchschreiten.

Als ich das Nordende des Musters und die Kurve erreichte, die zurückführte, ging mir plötzlich auf, was ich da plante.

Ich wollte neues Blut auf dem Muster vergießen!

Wenn ich zwischen einem weiteren Schaden für das Muster und der völligen Vernichtung des Musters durch Brand zu wählen hatte, dann wußte ich, was zu tun war. Doch spürte ich, daß es eigentlich eine andere Möglichkeit geben müßte. Ja ...

Ich ging etwas langsamer. Es kam auf den richtigen Zeitpunkt an. Brand hatte es im Augenblick viel schwerer als ich, so daß ich ihm in dieser Beziehung überlegen war. Meine neue Strategie zielte darauf ab, unsere Begegnung am richtigen Ort herbeizuführen. Ironischerweise fiel mir in diesem Augenblick Brands Sorge um seinen Teppich ein. *Diesen* Ort sauberzuhalten, war viel problematischer.

Elftes Kapitel

Er näherte sich dem Ende der Großen Kurve, und ich verfolgte ihn, während ich die Entfernung zur Schwärze abschätzte. Ich hatte beschlossen, ihn sein Blut auf dem Gebiet vergießen zu lassen, das bereits beschädigt war. Der einzige erkennbare Nachteil bestand darin, daß ich zur Rechten von Brand stehen würde. Um diesen Vorteil beim Kampf für ihn so klein wie möglich zu halten, mußte ich ein Stück hinter ihm bleiben.

Brand rückte mühsam weiter vor, seine Bewegungen liefen wie in Zeitlupe ab. Auch ich mußte mich anstrengen, doch nicht in gleichem Maße. Ich hielt mit ihm Schritt. Dabei beschäftigten sich meine Gedanken mit dem Juwel, mit der Affinität, die wir seit der Einstimmung gespürt hatten. Ich empfand seine Gegenwart links vor mir, obwohl ich es auf Brands Brust nicht zu sehen vermochte. Würde es mich wirklich auf diese Entfernung zu schützen versuchen, falls Brand in der bevorstehenden Auseinandersetzung die Oberhand gewänn? Seine Gegenwart spürend, war ich fast davon überzeugt. Es hatte mich einem Angreifer entrissen, in meinem Gedächtnis irgendwie einen traditionellen Platz der Geborgenheit gefunden – mein Bett auf der Erde – und mich dorthin befördert. Wie ich es nun spürte, wie ich durch Brands Körper hindurch förmlich den Weg vor seinen Füßen erblickte, durchströmte mich die beruhigende Erwartung, daß es sich von neuem zu meinem Schutz einsetzen würde. Andererseits dachte ich an Fionas Worte und war entschlossen, mich nicht darauf zu verlassen. Dennoch bedachte ich die anderen Funktionen des Juwels und spekulierte über meine Fähigkeit, es mir ohne Berührung nützlich zu machen ...

Brand hatte die Große Kurve fast hinter sich gebracht. Aus der Tiefe meines Seins heraus streckte ich mich und setzte mich mit dem Juwel in Verbindung. Ich erlegte ihm meinen Willen auf und forderte einen Sturm nach Art des roten Tornados, der Iago vernichtet hatte. Ich wußte nicht, ob ich dieses Phänomen hier zu lenken vermochte; dennoch rief ich danach und schickte es gegen Brand. Im ersten Augenblick passierte nichts, obwohl ich spürte, daß das Juwel in Aktion trat. Brand erreichte den Abschluß der Biegung und verließ nach einer letzten Anstrengung die Große Kurve.

Ich war unmittelbar hinter ihm.

Er wußte es – irgendwie. Kaum war der Druck von ihm gewichen, da hatte er auch schon die Klinge in der Hand; etliche Schritte legte er schneller zurück, als ich es für möglich gehalten hätte, dann stellte er den linken Fuß nach vorn, drehte den Körper zur Seite und begegnete meinem Blick über den Linien unserer Klingen.

»Du hast es tatsächlich geschafft«, sagte er und berührte meine Klingenspitze mit der seinen. »Du wärst nie so schnell hier gewesen, wenn sich nicht die Hexe auf dem Pferd da eingeschaltet hätte.«

»Eine hübsche Art hast du, von deiner Schwester zu sprechen«, sagte ich, fintete und beobachtete, wie er parierte.

Wir waren dadurch behindert, daß keiner von uns energisch angreifen konnte, ohne das Muster zu verlassen. Ein weiteres Problem bestand für mich darin, daß ich ihn noch nicht ernsthaft bluten lassen wollte. Ich täuschte einen Stoß vor, und er zuckte zurück, wobei er mit dem linken Fuß rückwärts über das Muster glitt. Dann hob er den rechten an, stampfte ihn nieder und hieb blitzschnell nach meinem Kopf. Verdammt! Ich parierte und ripostierte instinktiv. Der Brusthieb, mit dem ich antwortete, sollte ihn eigentlich gar nicht treffen, doch Grayswandirs Spitze zog eine Linie unter sein Brustbein. Plötzlich hörte ich ein Summen in der Luft über uns. Ich konnte es mir aber nicht leisten, den Blick von Brand zu lösen. Er blickte nach unten und wich weiter zurück. Gut. Eine rote Linie zierte sein Hemd; mein Schnitt hatte seine Spur hinterlassen. Bis jetzt schien der Stoff das Blut aufzusaugen. Ich stampfte vor, täuschte, stieß zu, parierte, griff erneut an, aber nicht zu heftig – ich tat alles, was mir in den Sinn kam, um ihn weiter zurückzutreiben. Dabei war ich psychologisch im Vorteil, wußten wir doch beide, daß ich die größere Reichweite hatte und mehr damit anfangen und mich schneller bewegen konnte. Brand näherte sich der dunklen Fläche. Noch ein paar Schritte ...Da hörte ich etwas, das sich nach einem Glockenschlag anhörte, gefolgt von lautem Brausen. Ein Schatten hüllte uns plötzlich ein, als habe sich eine Wolke vor die Sonne geschoben.

Brand hob den Kopf. Vermutlich hätte ich ihn in diesem Augenblick töten können, doch er war vom Zielgebiet noch einige Schritte entfernt.

Er faßte sich schnell und starrte mich finster an.

»Verdammt, Corwin! Das Ding kommt von dir, nicht wahr?« rief er und griff an, wobei er den letzten Rest von Vorsicht über Bord warf.

Leider war ich jetzt in einer schlechten Ausgangslage, aufgrund meines Bemühens, ihn auch den Rest des Weges vor mir her zu treiben. Ich war ohne Deckung und nicht sehr standfest. Noch während ich parierte, wurde mir klar, daß ich so nicht durchkam. Ich drehte mich zur Seite und stürzte rückwärts.

Dabei versuchte ich die Füße auf der Linie des Musters zu halten. Ich fing mich mit dem rechten Ellbogen und der linken Hand ab und fluchte. Der Schmerz war zu groß; mein Ellbogen glitt ab, und ich fiel auf die rechte Schulter.

Brands Stich aber hatte mich verfehlt, und in blauen Kaskaden berührten meine Füße noch immer die Linie. Brand vermochte nun keinen Todesstoß mehr anzubringen; dazu war ich zu weit entfernt; er konnte mir höchstens die Achillessehnen durchschneiden.

Elftes Kapitel

Grayswandir haltend, hob ich den rechten Arm. Ich versuchte, mich aufzurichten. Dabei erkannte ich, daß die rote Formation, die am Rande gelblich schimmerte, nun direkt über Brand kreiselte, knisternd vor Funken und kleinen Blitzen, während das Brausen zu einem schrillen Heulton anschwoll.

Brand packte seine Klinge unter dem Griffschutz und hob sie über die Schulter wie einen Speer, der in meine Richtung wies. Ich wußte, daß ich diese Attacke nicht parieren, ihr nicht ausweichen konnte.

Dieser Erkenntnis folgend, griff ich im Geiste nach dem Juwel und zu dem Gebilde am Himmel ...

Helles Licht zuckte auf, als ein kleiner Blitzfinger herablangte und seine Waffe berührte.

Die Klinge fiel ihm aus der Hand, die Hand hob sich ruckartig an seinen Mund. Mit der Linken zerrte er am Juwel des Geschicks, als würde ihm plötzlich klar, was ich tat, als wollte er meinen Angriff zunichtemachen, indem er den Stein bedeckte. An seinen Fingern saugend, blickte er empor; der Ausdruck des Zorns wich aus seinem Gesicht und wurde von einem der Angst, ja des Entsetzens abgelöst. Der Kegel begann sich herabzusenken.

Er machte kehrt, betrat das schwarze Gebiet und wandte sich nach Süden. Ruckhaft hob er beide Arme und schrie etwas, das ich über dem Heulen nicht verstehen konnte.

Der Kegel stürzte auf ihn zu, doch noch während der Annäherung schien er plötzlich zweidimensional zu werden. Sein Umriß schwankte. Er begann zu schrumpfen – was aber nicht eine Funktion tatsächlicher Größe zu sein schien, sondern eher die Auswirkung eines Davonrückens. Er wurde kleiner, immer kleiner und war verschwunden, einen Sekundenbruchteil bevor der Kegel die Stelle bedeckte, an der er eben noch gestanden hatte.

Mit ihm verschwand das Juwel, so daß ich nun keine Möglichkeit mehr hatte, das Gebilde über mir zu kontrollieren. Ich wußte nicht, ob es besser war, am Boden sitzenzubleiben oder aufzustehen. Ich entschied mich für das letztere, denn der Wirbelwind schien es auf Dinge abgesehen zu haben, die den normalen Fluß des Musters störten. Ich rutschte vorsichtig zur Linie. Dann beugte ich mich vor, bis ich hockte; gleichzeitig hatte der Kegel wieder zu steigen begonnen. Das Heulen glitt dabei in eine tiefere Tonlage ab. Das blaue Feuer um meine Stiefel war erloschen. Ich drehte mich um und sah zu Fiona hinüber. Sie bedeutete mir aufzustehen und weiterzugehen.

Ich richtete mich langsam auf, wobei ich sah, daß sich der Wirbel über mir weiter auflöste. Ich näherte mich der Stelle, auf der Brand eben noch gestanden hatte, und ließ mir von Grayswandir den Weg öffnen. Die verbogenen Überreste von Brands Klinge lagen auf der anderen Seite des dunklen Flecks.

In diesem Augenblick wünschte ich mir, es gäbe einen schnellen Weg aus dem Muster. Es kam mir sinnlos vor, den Weg zu vollenden. Doch es gibt keine Umkehr, sobald man es einmal betreten hat, und ich wagte es nicht, über den schwarzen Fleck zu entfliehen. So näherte ich mich der Großen Kurve. Ich fragte mich, wohin Brand geflohen sein mochte. Ich hätte dem Muster befehlen können, mich ebenfalls dorthin zu versetzen. Vielleicht hatte Fiona eine Idee. Wahrscheinlich würde er sich aber ein Versteck suchen, in dem er Verbündete hatte. Sinnlos also, ihn allein zu verfolgen.

Ich tröstete mich mit dem Gedanken, daß ich zumindest seine Einstimmung auf das Juwel verhindert hatte.

Dann erreichte ich die Große Kurve. Ringsum züngelten die Funken empor.

12

Spätnachmittag auf einem Berg: Die im Westen stehende Sonne schien grell auf die Felsen zu meiner Linken, schnitt lange Schatten in die Felsbrocken rechts von mir; ihr Licht sickerte durch das Laub rings um mein Grabmal und wirkte in gewissem Maße gegen die kalten Winde des Kolvir. Ich ließ Randoms Hand los und wandte mich zu dem Mann um, der auf der Bank vor dem Mausoleum saß.

Es war das Gesicht des Jünglings auf dem durchstochenen Trumpf. Linien zogen sich um seinen Mund, die Stirn wirkte betonter, und in der Bewegung der Augen, in der ganzen Gesichtshaltung lag eine Wachsamkeit, die auf der Karte nicht erkennbar gewesen war.

Ich wußte Bescheid, noch ehe Random sagte: »Dies ist mein Sohn Martin.«

Martin stand auf, als ich näherkam, ergriff meine Hand und sagte: »Onkel Corwin.« Dabei veränderte sich sein Gesichtsausdruck kaum. Er musterte mich aufmerksam.

Er war mehrere Zoll größer als Random, hatte aber dieselbe schlanke Statur. Kinn und Wangenknochen waren gleich geschnitten, das Haar ähnlich beschaffen.

Ich lächelte.

»Du bist lange fort gewesen«, sagte ich. »Dasselbe gilt für mich.«

Er nickte.

»Aber ich bin nie im eigentlichen Amber gewesen«, sagte er. »Aufgewachsen bin ich in Rebma – und an anderen Orten.«

»Dann möchte ich dich willkommen heißen, Neffe. Du stößt in einem interessanten Augenblick zu uns. Random hat dir sicher davon erzählt.«

»Ja«, sagte er. »Deshalb habe ich darum gebeten, dich hier zu sprechen – und nicht etwa in der Stadt.«

Ich blickte zu Random.

»Der letzte Onkel, den er kennenlernte, war Brand«, erklärte dieser. »Die Begegnung verlief sehr unangenehm. Nimmst du ihm das übel?«

»Aber nein. Ich bin ihm vorhin selbst über den Weg gelaufen. Ich kann nicht gerade behaupten, daß es die angenehmste Begegnung gewesen ist.«

»Über den Weg gelaufen?« fragte Random. »Jetzt verstehe ich gar nichts mehr.«

»Er hat Amber verlassen und verfügt über das Juwel des Geschicks. Hätte ich früher gewußt, was ich jetzt weiß, säße er nach wie vor in seinem Turm. Er ist der Gesuchte, und er ist sehr gefährlich.«

Random nickte.

»Ich weiß«, sagte er. »Martin hat alle unsere Vermutungen hinsichtlich des Überfalls bestätigt – es war Brand, der den Dolch führte. Aber was war das eben mit dem Juwel?«

»Er war als erster an dem Ort auf der Schatten-Erde, wo ich das Juwel zurückgelassen hatte. Nun muß er allerdings damit das Muster beschreiten und sich durch den Stein projizieren, um es auf sich einzustimmen und es einsetzen zu können. Er hat es auf dem Urmuster des echten Amber versucht – ich konnte das verhindern. Dabei ist er mir allerdings entkommen. Ich komme gerade von Gérard; wir haben eine Abteilung Wächter dorthin geschickt, zu Fiona, damit er nicht zurückkehrt und es noch einmal versucht. Unser eigenes Muster und das in Rebma werden ebenfalls bewacht.«

»Warum ist er denn so scharf darauf, sich auf das Juwel einzustimmen? Damit er ein paar Unwetter heraufbeschwören kann? Himmel, dazu braucht er doch nur durch die Schatten zu wandern; dort kann er das Wetter bestimmen, wie es ihm gefällt.«

»Eine Person, die auf das Juwel eingestimmt ist, könnte es benutzen, um das Muster auszulöschen.«

»Oh? Und was passiert dann?«

»Die Welt, die wir kennen, geht unter.«

»Oh«, wiederholte Random und fuhr fort: »Woher weißt du das, zum Teufel?«

»Es ist eine lange Geschichte, und ich habe keine Zeit, sie dir zu erzählen. Jedenfalls stammt sie von Dworkin, und ich glaube das meiste, was er mir erzählt hat.«

»Den gibt es noch?«

»Ja«, sagte ich. »Aber davon später.«

»Na schön. Aber Brand muß verrückt sein, wenn er so etwas vorhat.«

Ich nickte.

»Ich glaube, er nimmt an, er könnte anschließend ein neues Muster schaffen und ein neues Universum, in dem er der führende Mann ist.«

»Wäre das denn möglich?«

»Theoretisch vielleicht. Aber selbst Dworkin hat gewisse Zweifel, daß sich diese Tat jemals wirksam wiederholen ließe. Die Kombination der Faktoren war irgendwie einzigartig ... Ja, ich glaube wirklich, daß Brand geistesgestört ist. Wenn ich so in die Vergangenheit schaue,

Zwölftes Kapitel

wenn ich an die Schwankungen in seiner Stimmung denke, an seine immer wiederkehrenden Depressionen, so scheint mir hier doch eine Art schizoides Verhalten vorzuliegen. Ich weiß nicht, ob ihn das Bündnis mit dem Feind jenseits der Grenze wirklich hat durchdrehen lassen oder nicht. Das ist im Grunde auch egal. Ich wünschte nur, er säße wieder in seinem Turm. Ich wünschte, Gérard wäre kein so guter Arzt.«

»Weißt du, wer mit dem Messer auf ihn losgegangen ist?«

»Fiona. Du kannst dir die Geschichte von ihr erzählen lassen.«

Er lehnte sich an meinen Grabspruch und schüttelte den Kopf. »Brand«, sagte er. »Verdammt! Jeder von uns hätte mehrfach nicht übel Lust gehabt, ihn umzubringen – in der alten Zeit. Doch sobald er uns genug gepiesackt hatte, änderte er sich. Nach einer Weile sagte man sich dann, daß er ja gar kein so übler Bursche war. Nur schade, daß er nicht einen von uns im falschen Augenblick ein wenig zu sehr gereizt hat ...«

»Dann darf ich doch annehmen, daß jetzt keine Rücksicht mehr genommen wird«, sagte Martin.

Ich blickte ihn an. Die Muskeln um seinen Mund waren angespannt, seine Augen waren zusammengekniffen. Eine Sekunde lang huschten all unsere Gesichter über seine Züge, als würde ein Spiel unserer Familienkarten aufgeblättert. All unser Egoismus, Haß, Neid und Stolz schienen in jenem Augenblick vorüberzuströmen – dabei war er noch nicht einmal in Amber gewesen. Irgend etwas zerriß in mir, und ich packte ihn an den Schultern.

»Du hast guten Grund, ihn zu hassen«, sagte ich, »und die Antwort auf deine Frage lautet ›ja‹. Die Jagdsaison ist eröffnet. Die einzige Möglichkeit, mit ihm fertigzuwerden, scheint mir die totale Vernichtung zu sein. Ich habe ihn selbst gehaßt, solange er nur eine Abstraktion war. Doch jetzt ist das etwas anderes. Ja, wir müssen ihn töten. Aber dieser Haß soll nicht bestimmend sein für deine Aufnahme in unsere Gruppe. Es hat schon zuviel Haß zwischen uns gegeben. Ich sehe dein Gesicht – ich weiß nicht ... Es tut mir leid, Martin. Im Augenblick passiert einfach zuviel. Du bist jung. Ich habe schon mehr gesehen. Einiges macht mir eben ... anders zu schaffen. Das ist alles.«

Ich ließ ihn los und trat zurück.

»Erzähl mir von dir«, forderte ich ihn auf.

»Lange Zeit hatte ich Angst vor Amber«, begann er, »und ich würde sagen, daß das noch immer so ist. Seit Brands Angriff auf mich habe ich in der Furcht gelebt, daß er mich noch irgendwo erwischen würde. Seit Jahren fühle ich mich verfolgt, habe ich wohl Angst vor euch allen. Die meisten von euch kannte ich nur als Bilder auf Karten – Bilder mit einem schlechten Ruf. Ich sagte Random-Vater, daß ich euch nicht alle auf einmal kennenlernen wollte, und er schlug vor, zuerst mit dir zu sprechen. Keiner von uns wußte zu der Zeit, daß du dich besonders für gewisse Dinge interessieren würdest, die ich weiß. Nachdem ich dann davon gesprochen hatte, sagte Vater, ich müßte dich so schnell wie möglich sprechen. Er hat mir die Dinge geschildert, die hier im Gange sind und – ja, ich weiß etwas darüber.«

»Das ahnte ich schon – als nämlich vor nicht allzu langer Zeit ein bestimmter Name erwähnt wurde.«

»Die Tecys?« warf Random ein.

»Richtig.«

»Es ist schwierig, einen Anfang zu finden ...«, sagte Martin.

»Ich weiß, daß du in Rebma aufgewachsen bist, das Muster beschritten hast und deine Macht über die Schatten benutzt hast, um Benedict in Avalon zu besuchen«, sagte ich. »Benedict erzählte dir mehr über Amber und die Schatten, lehrte dich den Gebrauch der Trümpfe, bildete dich an den Waffen aus. Später bist du aufgebrochen, um allein durch die Schatten zu ziehen. Und ich weiß, was Brand dir angetan hat. Das wär' auch schon alles.«

Er nickte und starrte nach Westen.

»Nachdem ich Benedict verlassen hatte, bin ich jahrelang durch die Schatten gereist«, sagte er. »Es waren die glücklichsten Jahre, an die ich mich erinnern kann. Abenteuer, Spannung, neue Erkenntnisse, neue Bekanntschaften. In einem Winkel meines Gehirns nistete immer der Gedanke, daß ich eines Tages, wenn ich schlauer und härter – und erfahrener – sein würde, nach Amber reisen und meine anderen Verwandten kennenlernen wollte. Dann erwischte mich Brand. Ich lagerte an einem kleinen Hang, ruhte mich aus von einem langen Ritt und aß etwas zu Mittag. Ich war unterwegs zu den Tecys, die meine Freunde sind. Brand setzte sich mit mir in Verbindung. Ich hatte Benedict über seinen Trumpf erreicht, als er mich mit den Karten bekanntmachte. Er hatte mich sogar manchmal hindurchgeholt, so daß ich wußte, worum es sich handelte. Dieser Kontakt nun fühlte sich genauso an, und im ersten Augenblick dachte ich, es müsse Benedict sein. Aber nein. Brand rief mich an – ich erkannte ihn von seiner Karte. Er stand in der Mitte eines Gebildes, bei dem es sich offenbar um das Muster handelte. Ich war neugierig. Ich wußte nicht, wie er mich erreicht hatte, denn meines Wissens gab es für mich keinen Trumpf. Er redete eine Minute lang – ich habe seine Worte vergessen –, und als alles fest und klar war, da ... stach er nach mir. Ich stieß ihn fort und riß mich los. Doch irgendwie hielt er den Kontakt. Ich hatte große Mühe, die Verbindung zu unterbrechen, und als es mir gelungen war, versuchte er, mich wiederzufinden. Doch ich vermochte ihn abzublocken; Benedict hatte mir das beigebracht. Er versuchte es noch mehrmals, doch ich sperrte mich.

Zwölftes Kapitel

Schließlich gab er es auf. Ich befand mich in der Nähe der Tecys. Irgendwie kam ich auf mein Pferd und schaffte es zu ihnen. Ich glaubte schon, ich müsse sterben, war ich doch noch nie so schwer verletzt gewesen. Nach einer gewissen Zeit aber begann ich mich zu erholen. Dann wuchs die Angst, Angst, daß Brand mich finden und vollenden würde, was er begonnen hatte.«

»Warum hast du dich nicht bei Benedict gemeldet«, fragte ich, »und ihm alles berichtet – die Ereignisse und deine Befürchtungen?«

»Ich habe mich mit dem Gedanken beschäftigt«, sagte er, »und auch mit der Möglichkeit, daß Brand annahm, er habe Erfolg gehabt, und ich sei wirklich tot. Ich wußte zwar nicht, was für ein Machtkampf in Amber im Gange war, doch ich kam zu dem Schluß, daß der Mordversuch irgendwie damit zu tun hatte. Benedict hatte mir soviel von der Familie erzählt, daß ich als erstes auf diese Möglichkeit stieß. Und da überlegte ich mir, daß es vielleicht besser wäre, tot zu bleiben. Ich verließ die Tecys, ehe ich ganz wiederhergestellt war, und verlor mich in den Schatten.

Dabei stieß ich auf eine seltsame Erscheinung«, fuhr er fort, »etwas, das völlig neu für mich war, das aber praktisch allgegenwärtig zu sein schien: In fast allen Schatten, durch die ich kam, befand sich eine seltsame schwarze Straße. Ich begriff dieses Phänomen nicht, da es sich aber um das einzige mir bekannte Ding handelte, das die Schatten selbst zu durchqueren schien, war meine Neugier geweckt. Ich beschloß, ihr zu folgen und mehr darüber zu erfahren. Die Straße war gefährlich. Ich lernte bald, daß ich sie nicht betreten durfte. Seltsame Gestalten schienen sich des Nachts darauf zu bewegen. Normale Lebewesen, die sich darauf verirrten, wurden krank und verendeten. Ich war also vorsichtig und ging nicht näher heran, als erforderlich war, um sie im Auge zu behalten. So folgte ich ihr durch viele Welten. Dabei wurde mir bald bewußt, daß sie überall Tod, Elend oder Unruhe verbreitete. Ich wußte nicht, was ich davon halten sollte.

Ich war noch immer geschwächt von meiner Wunde«, setzte er seinen Bericht fort, »und beging den Fehler, mich zu übernehmen: Es kam der Tag, da ich zu weit und zu schnell ritt. An jenem Abend erkrankte ich und lag zitternd in meiner Decke – während der Nacht und fast den ganzen nächsten Tag. In dieser Zeit rutschte ich immer wieder ins Delirium und weiß daher nicht genau, wann sie auftauchte. Sie schien mir damals irgendwie zu meinem Traum zu gehören. Ein junges Mädchen. Hübsch. Sie kümmerte sich um mich, während ich langsam wieder zu Kräften kam. Sie hieß Dara. Wir unterhielten uns lange. Es war alles sehr angenehm. Jemanden zu haben, mit dem man so sprechen konnte ... Ich muß ihr meine ganze Lebensgeschichte erzählt haben. Anschließend berichtete sie mir von sich. Sie stammte nicht aus der

Gegend, in der ich krank geworden war. Sie sagte, sie sei durch die Schatten angereist. Sie vermochte sie noch nicht zu durchschreiten, wie wir es tun, wenn sie auch der Meinung war, sie könne es eines Tages lernen, denn sie behauptete, sie sei durch Benedict mit dem Haus von Amber verwandt. Sie war besonders interessiert, das Schattenwandern zu lernen. Damals reiste sie über die schwarze Straße durch die Schatten. Ihren üblen Einflüssen gegenüber sei sie immun, sagte sie, denn sie sei zugleich mit den Bewohnern am anderen Ende verwandt, mit den Wesen der Höfe des Chaos. Sie wollte jedoch unsere Methoden kennenlernen, und ich gab mir große Mühe, sie so weit zu unterrichten, wie ich selbst Bescheid wußte. Ich erzählte ihr vom Muster und zeichnete es ihr sogar auf. Ich zeigte ihr meine Trümpfe – Benedict hatte mir ein Spiel gegeben –, damit sie wußte, wie ihre anderen Verwandten aussahen. Dabei interessierte sie sich besonders für dein Bild.«

»Ich beginne langsam zu verstehen«, sagte ich. »Sprich weiter.«

»Sie erzählte mir, Amber habe durch das Ausmaß seiner Korruption und durch seine Anmaßung das metaphysische Gleichgewicht zwischen sich selbst und den Höfen des Chaos gestört. Ihre Leute hätten nun die Aufgabe, dies zu korrigieren, indem sie Amber vernichteten. Ihre Heimat ist kein Schatten Ambers, sondern eine eigenständige solide Welt. Unterdessen haben all die dazwischenliegenden Schatten infolge der schwarzen Straße einiges zu erleiden. Da meine Kenntnisse über Amber denkbar beschränkt waren, konnte ich ihr nur zuhören. Zuerst akzeptierte ich alles, was sie sagte. Brand jedenfalls schien mir ihrer Beschreibung böser Mächte in Amber durchaus zu entsprechen. Aber als ich ihn erwähnte, widersprach sie mir. In ihrer Heimat war er offenbar eine Art Held. Sie kannte die Einzelheiten nicht, machte sich aber auch keine großen Sorgen darum. Erst jetzt ging mir auf, wie selbstbewußt sie in jeder Hinsicht war – wenn sie sprach, hatte ihre Stimme einen geradezu fanatischen Klang. Fast gegen meinen Willen versuchte ich, Amber zu verteidigen. Ich dachte an Llewella und Benedict – und an Gérard, den ich einige Male gesehen hatte. Dabei stellte ich fest, daß sie sich sehr für Benedict interessierte – er war gewissermaßen ihre schwache Stelle. Über ihn hatte ich nun einige Kenntnisse zu vermitteln, und in seinem Falle war sie bereit, die guten Dinge zu glauben, die ich äußerte. Ich weiß natürlich nicht, was all das Gerede letztlich bewirkt hat, außer daß sie zum Schluß nicht mehr ganz so selbstsicher zu sein schien ...«

»Zum Schluß?« fragte ich. »Was soll das heißen? Wie lange war sie denn bei dir?«

»Fast eine Woche«, antwortete er. »Sie sagte, sie wolle sich um mich kümmern, bis ich wieder gesund sei – und das tat sie auch. Sie blieb sogar einige Tage länger. Sie sagte, sie wolle nur ganz sicher gehen, doch in Wirklichkeit wollte sie wohl unser Gespräch fortsetzen. Dann verkündete sie aber doch, sie müsse weiter. Ich bat sie, bei mir zu bleiben, doch sie lehnte ab. Ich bot ihr an, sie zu begleiten, aber auch das war ihr nicht recht. Dann muß sie erkannt haben, daß ich ihr folgen wollte, denn sie schlich sich während der Nacht davon. Ich konnte nicht auf der schwarzen Straße reiten und hatte keine Ahnung, welchen Schatten sie auf ihrem Wege nach Amber als nächsten aufsuchen würde. Als ich am nächsten Morgen erwachte und erkannte, daß sie fort war, spielte ich eine Zeitlang mit dem Gedanken, selbst nach Amber zu gehen. Aber ich hatte noch immer Angst. Möglicherweise hatten einige der Dinge, die sie mir erzählt hatte, meine Befürchtungen wieder aufleben lassen. Wie dem auch sein mag – jedenfalls beschloß ich, in den Schatten zu bleiben. Ich ritt weiter, sah mich um, versuchte zu lernen – bis Random mich fand und mir sagte, ich solle nach Hause kommen. Doch zuerst brachte er mich hierher, damit ich dich kennenlernte; er wollte, daß du vor allen anderen meine Geschichte hörtest. Ich hoffe, ich habe dir helfen können.«

»Ja«, sagte ich. »Vielen Dank.«

»Wie ich gehört habe, hat sie das Muster dann doch beschritten.«

»Ja, das hat sie geschafft.«

»Und hinterher hat sie sich als Feindin Ambers zu erkennen gegeben.«

»Auch das.«

»Ich hoffe«, sagte er, »daß sie das alles ohne Schaden übersteht. Sie war nett zu mir.«

»Sie scheint durchaus in der Lage zu sein, auf sich aufzupassen«, sagte ich. »Aber ... ja, sie ist ein liebenswertes Mädchen. Ich kann dir keine Versprechungen hinsichtlich ihrer Sicherheit machen, da ich im Grunde noch zu wenig über sie weiß, auch über ihre Rolle bei den Ereignissen. Dein Bericht hat mir jedenfalls geholfen ... Er läßt sie als ein Mensch erscheinen, dem ich noch immer so weit wie möglich entgegenkommen würde.«

Er lächelte.

»Das freut mich zu hören.«

Ich zuckte die Achseln.

»Was hast du jetzt vor?« fragte ich.

»Ich bringe ihn zu Vialle«, sagte Random. »Später will ich ihn den anderen vorstellen, je nach Zeit und Gelegenheit. Es sei denn, es hat sich etwas ergeben und du brauchst mich sofort.«

»Es hat sich in der Tat etwas ergeben«, sagte ich, »aber ich brauche dich trotzdem nicht. Allerdings sollte ich dich informieren. Ich habe noch ein bißchen Zeit.«

Während ich Random die Ereignisse seit seiner Abreise schilderte, dachte ich über Martin nach. Soweit es mich betraf, war er noch immer eine unbekannte Größe. Seine Geschichte mochte stimmen – ich hatte sogar das Gefühl, daß sie der Wahrheit entsprach. Andererseits ahnte ich, daß sie nicht vollständig war, daß er absichtlich etwas ausgelassen hatte. Vielleicht etwas Harmloses. Vielleicht aber auch nicht. Eigentlich hatte er keinen Grund, uns zu lieben. Ganz im Gegenteil. Mit ihm mochte Random ein Trojanisches Pferd nach Amber bringen. Wahrscheinlich sah ich nur Gespenster. Es ist nur leider so, daß ich niemandem traue, solange es noch eine Alternative gibt.

Jedenfalls konnte nichts von den Dingen, die ich Random erzählte, gegen uns verwendet werden, und ich bezweifelte doch sehr, daß Martin uns großen Schaden zufügen konnte, wenn er es darauf anlegte. Nein, wahrscheinlich war er nur ebenso vorsichtig wie wir alle, und aus etwa denselben Gründen: Angst und Selbsterhaltungstrieb bestimmten sein Handeln. Einer plötzlichen Eingebung folgend, fragte ich ihn: »Bist du hinterher noch einmal mit Dara zusammengekommen?«

Er errötete. »Nein«, sagte er etwas zu hastig. »Nur das eine Mal.«

»Ich verstehe«, erwiderte ich. Random war ein zu guter Pokerspieler, um dieses Signal zu übersehen; so hatte ich uns eine schnelle Bestätigung verschafft um den geringen Preis, daß ein Vater gegenüber seinem lang verlorenen Sohn mißtrauisch wurde.

Ich brachte die Sprache wieder auf Brand. Als wir gerade dabei waren, unsere psychopathologischen Beobachtungen zu vergleichen, spürte ich plötzlich das leise Kribbeln und das Gefühl der Anwesenheit, die einen Trumpfkontakt ankündigten. Ich hob die Hand und wandte mich zur Seite.

Gleich darauf bestand der Kontakt, und Ganelon und ich sahen uns an.

»Corwin«, sagte er. »Ich hielt die Zeit für gekommen, mich nach dir zu erkundigen. Hast du das Juwel, oder hat Brand das Juwel, oder sucht ihr beide danach? Wie lautet die Antwort?«

»Brand hat das Juwel«, sagte ich.

»Um so schlimmer«, sagte er. »Erzähl mir davon.«

Das tat ich.

»Dann hat Gérard also alles richtig mitbekommen«, sagte er.

»Er hat dir das alles schon mitgeteilt?«

»Nicht so detailliert«, erwiderte Ganelon, »außerdem wollte ich mich vergewissern, daß ich alles richtig verstanden hatte. Ich habe bis eben mit ihm gesprochen.« Er blickte nach oben. »Ich würde sagen, daß ihr euch langsam in Bewegung setzen solltet, wenn mich meine Erinnerungen an den Zeitpunkt des Mondaufgangs nicht täuschen.«

Ich nickte. »Ja, ich breche bald zur Treppe auf. Sie ist nicht allzuweit entfernt.«

»Gut. Du mußt dich auf folgendes vorbereiten ...«

Zwölftes Kapitel

»Ich weiß, was ich tun muß«, sagte ich. »Ich muß vor Brand nach Tirna Nog'th hinaufsteigen und ihm den Weg zum Muster verstellen. Wenn mir das nicht gelingt, muß ich ihn noch einmal durch das Muster verfolgen.«

»Das ist nicht die richtige Methode«, sagte er.

»Hast du einen besseren Plan?«

»Ja. Du hast deine Trümpfe bei dir?«

»Ja.«

»Erstens bist du auf keinen Fall in der Lage, schnell genug dort hinaufzusteigen, um ihm den Weg zum Muster zu verstellen ...«

»Warum nicht?«

»Du mußt den Aufstieg machen, dann zum Palast marschieren und dort zum Muster vordringen. Das kostet Zeit, sogar in Tirna Nog'th – und besonders in Tirna Nog'th, wo die Zeit ohnehin ihre Tücken hat. Vielleicht steckt in dir ja ein unbewußter Zerstörungsdrang, der dich langsamer gehen läßt. Wie auch immer, wenn du eintriffst, ist er bestimmt schon auf dem Muster. Durchaus möglich, daß er diesmal schon zu weit vorgestoßen wäre und du ihn nicht mehr einholen könntest.«

»Er wird müde sein. Das macht ihn bestimmt langsamer.«

»Nein. Versetz dich mal an seine Stelle. Wenn du Brand wärst, würdest du dich nicht in einen Schatten zurückziehen, in dem die Zeit anders läuft? Anstelle eines Nachmittags kann er sich durchaus mehrere Tage Ruhe verschafft haben, um für die Anstrengungen dieses Abends gerüstet zu sein. Sicherheitshalber solltest du annehmen, daß er gut bei Kräften ist.«

»Du hast recht«, entgegnete ich. »Darauf verlassen darf ich mich nicht. Also gut. Eine andere Möglichkeit, die ich mir überlegt hatte, die ich aber nur im äußersten Notfall in Betracht ziehen wollte, liefe darauf hinaus, ihn aus der Ferne zu töten. Ich nehme eine Armbrust oder eines unserer Gewehre mit und erschieße ihn einfach mitten auf dem Muster. Problematisch ist dabei die Wirkung unseres Blutes auf das Muster. Kann sein, daß nur das Urmuster darunter leidet, aber ich weiß es nicht.«

»Richtig. Du weißt es nicht«, sagte er. »Außerdem würde ich nicht empfehlen, daß du dich dort oben auf normale Waffen verläßt. Die Stadt am Himmel ist ein seltsamer Ort. Du hast selbst gesagt, sie wäre wie ein seltsames Stück Schatten, das am Himmel dahintreibt. Du weißt zwar, wie man in Amber ein Gewehr zum Funktionieren bringt – aber vielleicht gelten diese Regeln da oben nicht mehr.«

»Ein Risiko ist es«, gab ich zu.

»Und die Armbrust – was ist, wenn ein plötzlicher Windstoß den Pfeil ablenkt, so oft du auf Brand schießt?«

»Das verstehe ich nicht.«

»Das Juwel. Er ist damit durch einen Teil des Urmusters gegangen und hat seither ein bißchen Zeit gehabt, damit herumzuexperimentieren. Hältst du es für möglich, daß er schon etwas darauf eingestimmt ist?«

»Keine Ahnung. Soviel weiß ich gar nicht über seine Funktion.«

»Ich wollte dich nur darauf hinweisen, daß er das Juwel, wenn es wirklich so arbeitet, vielleicht zu seiner Verteidigung einsetzen kann. Der Stein mag sogar noch andere Eigenschaften besitzen, von denen du noch keine Ahnung hast. Damit will ich sagen, du solltest dich nicht zu sehr darauf verlassen, daß du in der Lage bist, ihn auf Distanz zu töten. Und bau' bitte auch nicht darauf, noch einmal mit demselben Trick durchzukommen – nicht wenn er sich inzwischen eine gewisse Kontrolle über das Juwel angeeignet hat.«

»Du stellst die Verhältnisse ein wenig problematischer dar, als ich sie mir zurechtgelegt hatte.«

»Wahrscheinlich aber auch realistischer«, sagte er.

»Zugegeben. Sprich weiter. Du hast etwas von einem Plan gesagt.«

»Richtig. Ich meine, wir dürfen es überhaupt nicht zulassen, daß Brand das Muster erreicht; meines Erachtens erhöht sich die Gefahr einer Katastrophe beträchtlich, wenn er auch nur einen Fuß darauf stellt.«

»Und du glaubst nicht, daß ich rechtzeitig zur Stelle sein könnte?«

»Nicht, wenn er fast ohne Zeitverlust herumspringen kann, während du erst lange zu Fuß unterwegs sein mußt. Ich würde sagen, er wartet nur auf den Mondaufgang, und sobald die Stadt Gestalt annimmt, wird er direkt am Muster auftauchen.«

»Ich verstehe deine Einwände, weiß aber keine Antwort darauf.«

»Die Antwort ist, daß du Tirna Nog'th heute nacht gar nicht betreten wirst.«

»Moment mal!«

»Luft anhalten! Du hast einen Meisterstrategen ins Spiel geholt, da solltest du dir anhören, was er zu sagen hat.«

»Na schön, ich höre.«

»Du hast mir zugestimmt, daß du wahrscheinlich nicht rechtzeitig an das Muster herankommst. Aber jemand anders könnte das schaffen.«

»Wer und wie?«

»Hör zu. Ich habe mit Benedict gesprochen. Er ist zurück. Im Augenblick befindet er sich in Amber unten im Saal mit dem Muster. Er dürfte das Muster inzwischen beschritten haben und in der Mitte warten. Du begibst dich unten an die Treppe zur Himmelsstadt. Dort erwartest du das Aufgehen des Mondes. Sobald Tirna Nog'th Gestalt annimmt, setzt du dich über Trumpf mit Benedict in Verbindung. Du

Zwölftes Kapitel

sagst ihm, daß alles bereit ist, dann nutzt er die Macht des Musters von Amber, um sich zum Muster von Tirna Nog'th versetzen zu lassen. Wie schnell Brand auch reist – dem kann er nicht zuvorkommen.«

»Ich sehe den Vorteil«, sagte ich. »Das ist die schnellste Methode, einen Mann dort hinaufzuschaffen – und Benedict ist zweifellos ein guter Kämpfer. Er dürfte mit Brand keine Schwierigkeiten haben.«

»Glaubst du wirklich, Brand trifft keine anderen Vorbereitungen?« fragte Ganelon. »Nach allem, was ich über ihn gehört habe, ist er trotz seiner Verbohrtheit sehr schlau. Vielleicht hat er sich auf etwas Ähnliches vorbereitet.«

»Möglich. Hast du eine Ahnung, was er tun wird?«

Ganelon holte aus und klatschte sich mit der Hand gegen den Hals.

»Eine Wanze«, sagte er lächelnd. »Verzeih mir. Lästiges kleines Ding.«

»Du glaubst immer noch ...«

»Ich glaube, du solltest den Kontakt mit Benedict aufrechterhalten, solange er dort oben ist, jawohl. Wenn Brand die Oberhand gewinnt, mußt du Benedict vielleicht herausholen, um sein Leben zu retten.«

»Selbstverständlich. Aber dann ...«

»Damit hätten wir eine Schlacht verloren. Zugegeben. Aber nicht den Kampf um Amber. Selbst wenn er das Juwel voll auf sich eingestimmt hätte, müßte er an das Urmuster heran, um wirklichen Schaden anzurichten – und das wird streng bewacht.«

»Ja«, sagte ich. »Du scheinst dir alles genau überlegt zu haben. Und so schnell. Ich bin überrascht.«

»Ich habe letzthin viel Zeit gehabt – keine gute Sache, es sei denn, man nutzt sie zum Nachdenken. Und das habe ich getan. Und jetzt meine ich, daß du dich in Marsch setzen solltest. Der Tag geht zu Ende.«

»Einverstanden«, sagte ich. »Vielen Dank für die gute Beratung.«

»Spar dir deinen Dank, bis wir wissen, was dabei herauskommt«, sagte er und unterbrach die Verbindung.

»Das hörte sich nach einem wichtigen Gespräch an«, bemerkte Random. »Was ist los?«

»Eine berechtigte Frage«, erwiderte ich, »aber ich habe absolut keine Zeit mehr. Du wirst auf die Einzelheiten bis morgen warten müssen.«

»Kann ich irgendwie helfen?«

»Ja«, sagte ich. »Würdet ihr bitte auf einem Pferd nach Amber reiten oder euch mit dem Trumpf dorthin begeben? Ich brauche Star.«

»Selbstverständlich«, sagte Random. »Kein Problem. Sonst noch etwas?«

»Nein. Aber Eile tut not.«

Wir gingen zu den Pferden. Ich tätschelte Star und stieg auf.

»Wir sehen dich in Amber«, sagte Random. »Viel Glück.«

»In Amber«, sagte ich. »Vielen Dank.«

Ich machte kehrt und begann meinen Ritt zum Ausgangspunkt der Treppe; dazu folgte ich den sich dehnenden Schatten meines Grabmals nach Osten.

13

Auf Kolvirs höchstem Kamm gibt es eine Formation, die an drei Stufen erinnert. Ich setzte mich auf den untersten Vorsprung und wartete darauf, daß etwas geschah. Es muß Nacht sein, und der Mond muß am Himmel stehen, damit überhaupt etwas geschieht; zur Hälfte waren diese Bedingungen bereits erfüllt.

Im Westen und Nordosten zogen Wolken auf, die mich mit Sorge erfüllten. Wenn sie sich ausreichend zusammenballten und den Mond verdeckten, verging Tirna Nog'th im Nichts. Dies war einer der Gründe, warum es ratsam war, stets einen Mann auf dem Boden zu haben, der einen Besucher Tirna Nog'ths durch seinen Trumpf zurückholte, sollte die Stadt plötzlich verschwinden.

Direkt über mir war der Himmel allerdings klar, angefüllt mit bekannten Konstellationen. Sobald der Mond aufging und sein Licht auf den Stein fiel, auf dem ich saß, würde die Treppe am Himmel entstehen, die sich in eine unglaubliche Höhe emporschwang und den Weg nach Tirna Nog'th ermöglichte, dem Spiegelbild Ambers, das den Himmel über der Stadt füllt.

Ich war müde. In zu kurzer Zeit war zuviel geschehen. Sich plötzlich ausruhen zu können, die Stiefel auszuziehen und die Füße abreiben zu dürfen, sich zurückzulehnen und den Kopf abzustützen, und wenn es nur eine steinerne Lehne war, kam mir wie ein Luxus vor und bereitete mir eine geradezu animalische Freude. Ich zog meinen Mantel enger, um die zunehmende Kühle abzuwehren. Ein heißes Bad, eine gute Mahlzeit, ein Bett wären mir jetzt sehr willkommen gewesen. Doch diese Dinge hatten hier oben fast etwas Mythisches. Es genügte mir im Augenblick, mich auszuruhen, meine Gedanken langsamer kreisen, sie wie Zuschauer über die Ereignisse des Tages gleiten zu lassen.

So viel war geschehen ... doch wenigstens hatte ich jetzt Antworten auf ein paar Fragen. Noch waren nicht alle beantwortet, doch mein Wissensdurst war zunächst gestillt ... Ich hatte jetzt eine Vorstellung davon, was während meiner Abwesenheit geschehen war, ein größeres Verständnis auch der Dinge, die im Augenblick geschahen, und eine Ahnung von einigen Dingen, die geschehen mußten, die *ich* tun mußte ... Ich spürte irgendwie auch, daß ich mehr wußte, als mir klar war, daß ich schon Puzzleteile besaß, die zu dem vor mir sich abzeichnenden Bild paßten, wenn ich sie nur genügend herumschob, umdrehte oder kreisen ließ. Das Tempo der neuesten Ereignisse, besonders des heutigen Tages, hatte mich keinen Augenblick lang zur Ruhe kommen lassen, so daß ich meine Gedanken nicht hatte sammeln können. Doch schon schienen sich einige dieser Stücke in seltsamem Winkel aneinanderzuneigen ...

Irgend etwas rührte sich über mir, ein seltsames Hellerwerden der Nachtluft lenkte mich ab. Ich wandte mich um, stand schließlich auf und betrachtete den Horizont. Ein erstes Schimmern machte sich über dem Meer bemerkbar, an dem Punkt, wo der Mond aufgehen würde. Während ich noch hinschaute, erschien ein winziger Lichtbogen. Zugleich hatten die Wolken ihre Position gewechselt, doch nicht so sehr, daß ich mir ernsthaft Sorgen machen mußte. Ich blickte nach oben, doch das große Himmelsphänomen hatte noch nicht begonnen. Trotzdem nahm ich meine Trümpfe zur Hand, blätterte sie durch und legte Benedicts Karte obenauf.

Die Lethargie war von mir gewichen, und ich verfolgte, wie sich der Mond über dem Wasser ausbreitete und plötzlich eine Lichtbahn über die Wellen warf. Hoch über mir, am Rande meines Blickfelds, schwebte plötzlich ein vager Umriß. Als das Licht zunahm, betonte da und dort ein Funken die Konturen. Die ersten Linien, schwach wie Spinnweben, erschienen über dem Gestein. Ich betrachtete Benedicts Karte, strebte nach Kontakt ...

Das Bild belebte sich. Ich sah ihn im Saal des Musters stehen, in der Mitte der Linien. Eine helle Lampe schimmerte neben seinem linken Fuß. Er spürte meine Gegenwart.

»Corwin«, sagte er. »Ist es soweit?«

»Noch nicht ganz«, sagte ich. »Der Mond geht auf. Die Stadt nimmt allmählich Form an. Es dauert also noch ein bißchen. Ich wollte mich nur vergewissern, ob du bereit bist.«

»Ich bin bereit«, sagte er.

»Nur gut, daß du gerade jetzt zurückgekommen bist. Hast du etwas Interessantes erfahren?«

»Ganelon hat mich zurückgerufen«, sagte er, »sobald er erfuhr, was geschehen war. Da mir sein Plan gut vorkam, bin ich nun hier. Was die Höfe des Chaos angeht, so meine ich tatsächlich, daß ich das eine oder andere festgestellt habe ...«

»Moment«, sagte ich.

Die Strahlen des Mondlichts hatten nun ein greifbares Aussehen. Die Stadt über mir war deutlich umrissen. Die Treppe war von Anfang bis Ende sichtbar, wenn auch stellenweise noch ziemlich schwach. Ich streckte die Hand aus, berührte die zweite Stufe, die dritte ...

Dreizehntes Kapitel

Kühl, weich, so fühlte sich die vierte Stufe an. Doch schien sie dem Druck meiner Hand noch nachzugeben.

»Fast ist es soweit«, sagte ich zu Benedict. »Ich werde die Treppe ausprobieren. Halte dich bereit.«

Er nickte.

Ich betrat die Stufen, eins, zwei, drei. Dann hob ich den Fuß und stellte ihn auf die gespenstische vierte Stufe. Sie gab unter meinem Gewicht allmählich nach. Ich hatte Angst, den anderen Fuß zu heben, und wartete, während ich den Mond beobachtete. Ich atmete die kühle Nachtluft, während die Helligkeit zunahm, während der Lichtstreifen auf dem Wasser breiter wurde. Hoch über mir verlor Tirna Nog'th etwas von seiner Durchsichtigkeit. Die Sterne dahinter schimmerten schwächer. Während dies geschah, wurde die Stufe unter meinem Fuß fester; sie verlor ihre Elastizität. Ich hatte das Gefühl, daß sie mein Gewicht nun tragen würde. Ich suchte die Treppe mit den Blicken ab und überschaute sie von Anfang bis Ende, hier matt-glasig, dort durchsichtig und funkelnd, doch komplett bis zur stillen Stadt, die über dem Meer schwebte. Ich hob den anderen Fuß und stellte mich auf die vierte Stufe. Hätte ich gewollt, würden mich weitere Schritte auf dieser himmlischen Treppe an einen Ort Wirklichkeit gewordener Träume, wandelnder Neurosen und zweifelhafter Prophezeiungen getragen haben, in eine mondhelle Stadt, in der mancher zwiespältige Wunsch erfüllt wurde, in der sich die Zeit verdreht und bleiche Schönheit herrschte. Ich blieb stehen und blickte zum Mond empor, der nun auf dem feuchten Rand der Welt schwebte. Im silbrigen Licht wandte ich mich wieder Benedict zu.

»Die Treppe ist fest, der Mond steht am Himmel«, sagte ich.

»Na schön. Ich gehe.«

Ich beobachtete ihn, wie er da in der Mitte des Musters stand. Er hob mit der linken Hand die Laterne und stand einen Augenblick lang reglos da. Gleich darauf war er verschwunden – und mit ihm das Muster. Eine Sekunde später stand er in einem ähnlichen Saal, jetzt außerhalb des Musters, dicht neben dem Punkt, wo die Linien begannen. Er hob die Laterne über den Kopf und sah sich um. Er war allein.

Er machte kehrt, ging zur Wand, stellte die Laterne ab. Sein Schatten reckte sich dem Muster entgegen und veränderte die Form, als Benedict auf dem Absatz kehrtmachte und die ursprüngliche Position wieder einnahm.

Ich stellte fest, daß das Muster hier in einem helleren Licht glühte als die Zeichnung in Amber – hier war das Licht silbrigweiß und ließ den vertrauten bläulichen Schimmer vermissen. Die eigentliche Linienführung war identisch, doch spielte die Geisterstadt ihre Tricks mit der Perspektive. Ich sah Verzerrungen, Verengungen und Erweiterungen, die über die Oberfläche des Musters zu wogen schienen, als sähe ich das ganze Gebilde nicht durch Benedicts Trumpf, sondern durch eine unregelmäßig geschliffene Brille.

Ich stieg die Steinstufen herab und setzte mich wieder auf den untersten Vorsprung. Von hier beobachtete ich weiter.

Benedict lockerte seine Klinge in der Scheide.

»Du kennst die mögliche Auswirkung von Blut auf das Muster?« fragte ich.

»Ja. Ganelon hat mir davon erzählt.«

»Hast du all diese Dinge vermutet?«

»Ich habe Brand nie getraut«, sagte er.

»Was war mit deiner Reise zu den Höfen des Chaos? Was hast du erfahren?«

»Später, Corwin. Er kann jetzt jeden Augenblick kommen.«

»Ich hoffe, daß sich keine störenden Visionen einstellen«, sagte ich und dachte an meine eigene Reise nach Tirna Nog'th und an seine Rolle dabei.

Er zuckte die Achseln.

»Wenn man zu sehr darauf achtet, verstärkt man sie nur noch. Meine Aufmerksamkeit gilt heute abend nur einer Sache.«

Er drehte sich einmal um sich selbst und betrachtete jeden Teil des Raums, verharrte schließlich wieder reglos.

»Ob er wohl weiß, daß du hier bist?« fragte ich.

»Mag sein. Das ist auch unerheblich.«

Ich nickte. Wenn sich Brand nicht sehen ließ, hatten wir einen Tag gewonnen. Die Wächter kümmerten sich um die anderen Muster, und Fiona hatte Gelegenheit, ihre eigene magische Geschicklichkeit unter Beweis zu stellen, indem sie Brand für uns aufspürte. Dann konnten wir ihn verfolgen. Sie und Bleys hatten ihn schon einmal bezwingen können. Schaffte sie es jetzt allein? Oder mußten wir Bleys finden und ihn überreden, uns zu helfen? Oder hatte Brand Bleys gefunden? Wozu wünschte sich Brand überhaupt diese Art von Macht? Ein Streben nach dem Thron, das konnte ich noch verstehen ... Aber das hier? Der Mann war verrückt, dabei sollte man es belassen. Schade, aber so war es nun mal. Vererbung oder Umwelt? Ich stellte mir ganz nüchtern diese Fragen. Wir alle waren auf unsere Art mehr oder weniger verrückt. Um ganz ehrlich zu sein, mußte schon eine Art Wahnsinn dahinterstecken, wenn man soviel besaß und trotzdem verbittert nach mehr strebte, nach einem winzigen Vorteil über die anderen. Brand projizierte diese Neigung ins Extrem, das ist alles. In ihm fand sich eine Überzeichnung der Manie, die uns alle gepackt hielt. Kam es so gesehen überhaupt darauf an, wer von uns der Verräter war?

Dreizehntes Kapitel

Oh ja. Er war schließlich derjenige, der gehandelt hatte. Wahnsinnig oder nicht, er war zu weit gegangen. Er hatte Dinge getan, die Eric, Julian und ich nicht getan hätten. Bleys und Fiona hatten sich im letzten Moment von seinem Gestalt annehmenden Plan zurückgezogen. Gérard und Benedict standen eine Stufe über den anderen – sie waren moralischer oder reifer, irgend etwas –, denn sie hatten an dem umfassenden Machtspiel nicht teilgenommen. Random hatte sich in den letzten Jahren sehr verändert. War es möglich, daß die Kinder des Einhorns eine lange Reifezeit brauchten, daß wir alle langsam unsere Entwicklung durchmachten, eine Entwicklung, die an Brand irgendwie vorbeigegangen war? Oder war denkbar, daß Brand durch seine Taten die Entwicklung in uns anderen erst auslöste? Wie es bei solchen Fragen meistens ist, war es gut, sie zu stellen; die Antwort war weniger wichtig. Wir waren Brand so ähnlich, daß ich in diesem Augenblick eine ganz besondere Angst empfand, die niemand sonst in mir hätte wecken können. Nein, es kam mir trotzdem auf eine Antwort an. Wie immer seine Gründe aussehen mochten, er war derjenige, der gehandelt hatte.

Der Mond war inzwischen höher gestiegen, sein Schein überstrahlte fast mein inneres Bild vom Saal des Musters. Die Wolken setzten ihre Bewegungen fort, wogten immer näher an den Mond heran. Ich wollte Benedict schon darauf aufmerksam machen, aber das hätte ihn nur abgelenkt. Über mir schwamm Tirna Nog'th wie eine übernatürliche Arche auf dem Meer der Nacht.

... Und plötzlich war Brand zur Stelle.

Instinktiv fuhr meine Hand an Grayswandirs Griff, obwohl ein Teil von mir sofort erkannte, daß er auf der anderen Seite des Musters stand, weit von Benedict entfernt, in einem dunklen Saal hoch am Himmel.

Ich ließ die Hand sinken. Benedict war sofort auf den Eindringling aufmerksam geworden und wandte sich in seine Richtung. Er machte keine Anstalten, die Waffe zu ergreifen, sondern starrte über das Muster auf unseren Bruder.

Zuerst hatte ich gefürchtet, Brand würde versuchen, direkt hinter Benedict zu landen und ihn von hinten zu erstechen. Ich selbst hätte so etwas allerdings nicht versucht, denn selbst im Tode hätten Benedicts Reflexe ausreichen können, seinen Angreifer auszuschalten. Offenbar war auch Brand nicht ganz so verrückt.

Brand lächelte.

»Benedict«, sagte er. »Daß ... du ... hier ... bist!«

Das Juwel des Geschicks hing feurig lodernd auf seiner Brust.

»Brand«, sagte Benedict. »Versuch es nicht.«

Lächelnd öffnete Brand seinen Schwertgürtel und ließ die Waffe zu Boden fallen. Als das Echo des Polterns erstorben war, sagte er: »Ich bin kein Narr, Benedict. Der Mann, der mit einer Klinge gegen dich ankommt, ist noch nicht geboren worden.«

»Ich brauche die Klinge nicht, Brand.«

Brand begann, langsam am Rand des Musters entlangzugehen.

»Und doch trägst du sie als Diener des Thron, auf dem du hättest sitzen können.«

»Das hat auf der Liste meiner Ziele noch nie einen hohen Rang eingenommen.«

»Richtig.« Er hielt inne. »Loyal und sich selbst verleugnend. Du hast dich überhaupt nicht geändert. Nur schade, daß Vater dich so gut trainiert hat. Du hättest viel weiter kommen können.«

»Ich habe alles, was ich wollte«, stellte Benedict fest.

» ... Daß du so unterdrückt worden bist, so früh gebrochen wurdest.«

»Und mit Worten schaffst du mich auch nicht, Brand. Zwing mich nicht, dir wehzutun.«

Das Lächeln blieb, und Brand setzte sich langsam wieder in Bewegung. Was hatte er nur vor? Ich konnte mir seine Strategie nicht erklären.

»Du weißt, daß ich gewisse Fähigkeiten habe, die die anderen nicht besitzen«, sagte Brand. »Wenn es irgend etwas gibt, das du dir wünschst, hast du jetzt die Gelegenheit, es mir zu nennen und zu erfahren, wie sehr du dich geirrt hast. Ich habe Dinge gelernt, die du kaum für möglich halten würdest.«

Benedict tat etwas, das ich selten bei ihm gesehen habe – er lächelte.

»Du fängst es falsch an«, versicherte er. »Ich kann alles aufsuchen, das ich mir wünsche.«

»Schatten!« sagte Brand verächtlich und blieb wieder stehen. »Jeder aus der Familie kann sich ein Phantom verschaffen! Ich spreche von der *Wirklichkeit!* Amber! Macht! Chaos! Nicht von Substanz gewordenen Tagträumen! Nicht von Illusionen aus zweiter Hand!«

»Wenn ich mehr wollte, als ich habe, wüßte ich den Weg dorthin. Ich habe ihn nicht eingeschlagen.«

Brand lachte und ging weiter. Inzwischen hatte er etwa ein Viertel des Weges um das Muster zurückgelegt. Das Juwel schimmerte heller. Seine Stimme hatte einen durchdringenden Klang.

»Du bist ein Dummkopf, trägst du doch freiwillig deine Ketten! Aber wenn Dinge nicht den Reiz auf dich ausüben, sie zu besitzen, wenn Macht dich nicht locken kann – was ist dann mit Wissen? Ich habe Dworkins Fähigkeiten voll ausgelotet. Und ich habe sie weiterentwickelt und einen unvorstellbaren Preis bezahlt für einen Einblick in die Funktionen des Universums. Du könntest diese Kenntnisse ohne Gegenleistung erlangen.«

Dreizehntes Kapitel

»Trotzdem würde es mich etwas kosten«, sagte Benedict, »ein Preis, den ich nicht zahlen will.«

Brand schüttelte den Kopf und ließ sein Haar fliegen. Im gleichen Augenblick zog eine dünne Wolke vor dem Mond vorbei, und das Bild des Musters schwankte. Tirna Nog'th verblaßte etwas, gewann dann seine normale Helligkeit zurück.

»Du meinst es ja wirklich ernst!« sagte Brand, der die Störung offenbar nicht bemerkt hatte. »Dann will ich dich nicht weiter in Versuchung führen. Probieren mußte ich es jedenfalls.« Wieder blieb er stehen und sah seinen Bruder an. »Du bist ein zu guter Mann, um dich für das Durcheinander in Amber zu verschwenden, um etwas zu verteidigen, das offensichtlich im Zerfall begriffen ist. Ich werde nämlich siegen, Benedict. Ich werde Amber auslöschen und es neu erbauen. Ich werde das alte Muster ausradieren und ein eigenes zeichnen. Dabei kannst du mich begleiten. Ich möchte dich auf meiner Seite haben. Ich werde eine vollkommene Welt schaffen, eine, die einen leichteren Zugang von und zu den Schatten möglich macht. Ich werde Amber mit den Höfen des Chaos verschmelzen. Ich werde dieses Reich durch sämtliche Schatten ausdehnen. Du wirst Legionen befehlen, die mächtigsten Streitkräfte, die es je gegeben hat. Du ...«

»Wenn deine neue Welt so vollkommen wäre, wie du sagst, Brand, bestünde kein Bedarf mehr an Legionen. Wenn sie andererseits den Geist ihres Schöpfers widerspiegeln würde, wäre sie für mich keinesfalls eine Verbesserung der jetzigen Zustände. Vielen Dank für dein Angebot, doch ich halte mich an das Amber, das bereits besteht.«

»Du bist ein Dummkopf, Benedict. Ein wohlmeinender Dummkopf, aber doch nur ein Dummkopf ...«

Lässig setzte er sich wieder in Bewegung. Noch war er vierzig Fuß von Benedict entfernt, dann dreißig ... Er ging weiter. Schließlich blieb er zwanzig Fuß entfernt stehen, hakte die Daumen in den Gürtel und starrte Benedict an, der den Blick erwiderte. Ich schaute nach den Wolken. Ein langer dunkler Streifen rückte zum Mond vor. Doch ich konnte Benedict jederzeit herausholen. Es war kaum gerechtfertigt, ihn in diesem Augenblick zu stören.

»Na, warum kommst du nicht und stichst mich nieder?« fragte Brand jetzt. »Schließlich bin ich unbewaffnet, da sollte das doch kein Problem sein. Die Tatsache, daß in unseren Adern dasselbe Blut fließt, macht doch keinen Unterschied, oder? Worauf wartest du noch?«

»Ich habe dir schon gesagt, daß ich dir nicht wehtun möchte«, sagte Benedict.

»Und doch bist du dazu bereit, sollte ich versuchen, an dir vorbeizukommen?«

Benedict nickte.

»Gib zu, daß du Angst vor mir hast, Benedict! Ihr alle habt Angst vor mir. Selbst wenn ich waffenlos vorrücke wie jetzt, rührt sich die Furcht in deinen Eingeweiden. Du siehst mein Selbstbewußtsein und verstehst es nicht. Du mußt einfach Angst haben!«

Benedict antwortete nicht.

»... Und du fürchtest mein Blut an deinen Händen«, fuhr Brand fort, »du fürchtest meinen Todesfluch.«

»Hast du Martins Blut an deinen Händen gefürchtet?« fragte Benedict.

»Dieser unreife Bastard?« rief Brand. »Der gehörte doch nicht wirklich zu uns. Er war lediglich ein Werkzeug.«

»Brand, ich habe nicht den Wunsch, einen Bruder zu töten. Gib mir das Schmuckstück, das du da um den Hals trägst, und kehre mit mir nach Amber zurück. Es ist nicht zu spät, alles zu regeln.«

Brand warf den Kopf in den Nacken und lachte.

»Edel gesprochen, Benedict! Wie ein wahrer Herr des Reiches! Du beschämst mich mit deiner übertriebenen Rechthaberei! Und was ist der entscheidendste Punkt von allen?« Er streichelte das Juwel des Geschicks. »Das Ding hier?« Wieder lachte er und trat vor. »Dieses Steinchen? Würde seine Übergabe uns Frieden, Freundschaft, Ordnung schenken? Würde er mein Leben sichern?«

Er blieb zum wiederholten Male stehen, jetzt nur noch zehn Fuß von Benedict entfernt. Er hob das Juwel mit zwei Fingern und blickte darauf hinab.

»Bist du dir über die Kräfte im klaren, die in diesem Stein schlummern?« fragte er.

»Jedenfalls soweit, daß ...«, begann Benedict, und seine Stimme brach.

Hastig machte Brand einen weiteren Schritt. Das Juwel schimmerte hell vor ihm. Benedicts Hand hatte sich zur Klinge bewegen wollen, sie aber nicht erreicht. Er stand starr da, als sei er plötzlich in ein Denkmal verwandelt worden. Endlich begriff ich, doch es war längst zu spät.

Auf Brands Worte war es gar nicht angekommen – sie waren im Grunde nur Ablenkung gewesen, während er sich vorsichtig in die richtige Entfernung manövrierte. Er war in der Tat teilweise auf das Juwel eingestimmt, und die beschränkte Kontrolle, die er darüber hatte, reichte aus, um etwas damit zu tun, das ich nicht für möglich gehalten hätte. Er aber mußte es von Anfang an gewußt haben. Brand war absichtlich ein Stück von Benedict entfernt gelandet, hatte das Juwel ausprobiert, war ein Stück nähergekommen, hatte es erneut versucht, war immer weitergegangen und hatte es immer wieder versucht, bis er den Punkt gefunden hatte, von dem aus er auf Benedicts Nervensystem einwirken konnte.

Dreizehntes Kapitel

»Benedict«, sagte ich, »du solltest jetzt lieber zu mir kommen.« Ich brachte meine ganze Willenskraft zum Tragen, doch er rührte sich nicht, er reagierte nicht. Sein Trumpf funktionierte, ich spürte seine Gegenwart, ich verfolgte die Ereignisse durch die Karte, doch ich kam nicht mehr an Benedict heran. Das Juwel beeinflußte offenbar mehr als nur seine motorischen Fähigkeiten.

Wieder blickte ich zu den Wolken empor. Sie breiteten sich immer mehr aus, begannen langsam, nach dem Mond zu greifen. Es sah so aus, als würden sie ihn bald verdecken. Wenn ich Benedict dann nicht zurückholen konnte, würde er ins Meer stürzen, sobald das Licht ganz verdeckt war, sobald die Stadt verschwand. Brand! Wenn er die Entwicklung mitbekam, konnte er das Juwel benutzen, um die Wolken zu vertreiben. Aber um das zu tun, mußte er Benedict wahrscheinlich freigeben. Ich nahm nicht an, daß er dazu bereit war. Die Wolken schienen sich nur langsam zu bewegen. Vielleicht machte ich mir unnötige Sorgen. Trotzdem suchte ich Brands Trumpf heraus und hielt ihn griffbereit.

»Benedict, Benedict«, sagte Brand lächelnd, »was nützt einem der beste Schwertkämpfer der Welt, wenn er nicht in der Lage ist, seine Klinge zu heben? Ich hab' dir doch gesagt, daß du ein Dummkopf bist! Hast du wirklich angenommen, ich würde freiwillig zur Schlachtbank schreiten? Du hättest auf die Angst vertrauen sollen, die du sicher gespürt hast. Du hättest wissen müssen, daß ich nicht hilflos hierherkommen würde. Ich sprach im Ernst, als ich sagte, daß ich siegen würde. Als Gegner warst du allerdings eine gute Wahl, denn du bist der beste. Ich wünschte ehrlich, du hättest mein Angebot angenommen. Aber so wichtig ist das nun nicht mehr. Nichts kann mich noch aufhalten. Keiner der anderen hat eine Chance, und sobald du aus dem Weg bist, wird es für mich noch leichter sein.«

Er griff unter den Mantel und zog einen Dolch.

»Hol mich zu dir, Benedict!« rief ich, doch es hatte keinen Sinn. Es kam keine Antwort, keine Kraft rührte sich, um mich an den Ort des Geschehens zu versetzen.

Ich ergriff Brands Trumpf. Dabei erinnerte ich mich meines Trumpfkampfes mit Eric. Wenn ich durch den Trumpf gegen Brand vorgehen konnte, störte ich damit vielleicht seine Konzentration soweit, daß Benedict freikam. Ich richtete all meine Sinne auf die Karte, rüstete mich für eine umfassende geistige Attacke. Aber nichts geschah. Der Weg war blockiert – Kälte und Dunkelheit schlugen mir entgegen.

Wahrscheinlich war seine Konzentration auf das Ziel, seine geistige Verwicklung mit dem Juwel so komplett, daß ich gar nicht an ihn herankam.

Plötzlich wurde die Treppe heller. Hastig blickte ich auf den Mond. Ein Streifen Kumuluswolken verdeckte einen Teil der Mondscheibe. Verdammt!

Ich wandte mich wieder Benedicts Trumpf zu. Es passierte langsam, doch ich gewann den Kontakt zurück, was doch darauf hindeutete, daß irgendwo tief im Innern Benedict bei vollem Bewußtsein war. Brand war noch einen Schritt nähergekommen und verspottete seinen Gegner weiter. Das Juwel an der dicken Kette schimmerte im Licht seiner Aktivität. Die beiden waren noch etwa drei Schritte voneinander entfernt. Brand spielte an seinem Dolch herum.

»... Ja, Benedict«, sagte er. »Du wärst wahrscheinlich lieber im Kampf gestorben. Andererseits kannst du dies als eine Art Ehre ansehen – als eine ganz besondere Ehre. In gewisser Weise ebnet dein Tod den Weg zur Geburt einer neuen Ordnung ...«

Eine Sekunde lang verblaßte das Muster hinter den beiden Gestalten. Doch ich vermochte den Blick nicht von der Szene zu lösen, um den Mond anzuschauen. Brand stand im Schatten und im flackernden Lichtschein mit dem Rücken zum Muster und schien nichts zu bemerken. Er machte einen weiteren Schritt.

»Aber davon jetzt genug«, sagte er. »Es gilt einiges zu erledigen, und die Nacht wird nicht jünger.«

Er trat vor und senkte die Klinge. »Gute Nacht, lieber Prinz«, sagte er und setzte zum tödlichen Stich an.

In diesem Augenblick bewegte sich Benedicts unheimlicher mechanischer rechter Arm, der aus dieser Welt des Silbers, der Schatten und des Mondlichts stammte, bewegte sich mit der Geschwindigkeit einer zustoßenden Schlange. Ein Ding voller schimmernder metallischer Flächen, die an die Facetten eines Juwels erinnerten, das Handgelenk ein wundersames Gewirr von Silberkabeln, benietet mit Punkten aus Feuer, stilisiert, skeletthaft, ein Werkzeug von Schweizer Präzision, ein mechanisches Insekt, funktionell, auf seine Weise tödlich – so schoß der Arm vor, mit einer Geschwindigkeit, der ich mit den Augen nicht zu folgen vermochte, während der Rest des Körpers ruhig blieb, eine Statue.

Die künstlichen Finger packten die Kette des Juwels, die um Brands Hals führte. Gleichzeitig ruckte der Arm nach oben und hob Brand in die Höhe. Brand ließ erschreckt den Dolch fallen und faßte sich mit beiden Händen an den Hals.

Hinter ihm verblaßte das Muster von neuem. Dann kehrte es zurück, doch es leuchtete bei weitem nicht mehr so hell. Brands Gesicht war ein gespenstisches, verzerrtes Etwas im Lampenschein. Benedict rührte sich noch immer nicht, hielt ihn lediglich empor, reglos, ein menschlicher Galgen.

Dreizehntes Kapitel

Das Muster wurde schwächer. Die Stufen über mir begannen zu verschwinden. Der Mond war nur noch halb sichtbar.

Strampelnd hob Brand die Arme über den Kopf und umfaßte die Kette zu beiden Seiten der Metallhand, die sie hielt. Er war kräftig, wie wir alle. Ich sah, wie sich seine Muskeln wölbten und härter wurden. Sein Gesicht war dunkel, sein Hals eine Masse hervortretender Stränge. Er biß sich auf die Lippe. Blut rann ihm in den Bart, während er an der Kette zerrte.

Mit lautem Knall riß die Kette, und Brand stürzte schweratmend zu Boden. Er rollte einmal um die eigene Achse, wobei sich beide Hände an seinem Hals zu schaffen machten.

Langsam, sehr langsam, senkte Benedict den seltsamen Arm. Die Hand hielt noch immer Kette und Juwel. Er zog den anderen Arm an. Ein leises Seufzen kam aus seinem Mund.

Das Muster verblaßte noch mehr. Tirna Nog'th wurde durchsichtig über mir. Der Mond war fast nicht mehr zu sehen.

»Benedict!« rief ich. »Kannst du mich hören?«

»Ja«, sagte er leise und begann, durch den Boden zu sinken.

»Die Stadt verblaßt! Du mußt sofort zu mir kommen!«

Ich streckte die Hand aus.

»Brand ...«, sagte er und drehte sich um.

Aber Brand sank ebenfalls ein, und ich erkannte, daß Benedict ihn nicht mehr erreichen konnte. Ich packte Benedicts linke Hand und zerrte ihn zu mir. Neben den Stufen stürzten wir zu Boden.

Ich half ihm auf. Dann setzten wir uns nebeneinander auf den Steinvorsprung. Lange sagten wir nichts. Ich blickte empor: Tirna Nog'th war verschwunden.

Ich überdachte die Ereignisse, die an diesem Tag so schnell, so überraschend über uns hereingebrochen waren. Müdigkeit überschattete mich wie eine ungeheure Last, und ich hatte das Gefühl, daß meine Energien erschöpft waren, daß ich so schnell wie möglich schlafen mußte. Ich vermochte kaum noch klar zu denken. Das Leben war in letzter Zeit einfach zu hektisch gewesen. Ich lehnte den Kopf wieder gegen das Gestein und betrachtete Wolken und Sterne. Die Puzzleteile ... Die Teile, die zusammenpassen mußten, wenn man sie nur richtig drehte und wendete ... Sie drehten und wendeten sich fast wie aus eigenem Antrieb, schienen sich von selbst an die richtigen Stellen zu legen.

»Was meinst du, ist er tot?« fragte Benedict und riß mich aus meinem Wachtraum sich formierender Gestalten.

»Wahrscheinlich«, sagte ich. »Er war ziemlich übel dran, als alles auseinanderfiel.«

»Es ist ein langer Sturz. Vielleicht hatte er unterwegs Gelegenheit, einen Ausweg zu finden, etwa so, wie er gekommen war.«

»Im Augenblick ist das nun wirklich egal«, sagte ich. »Du hast ihm die Reißzähne gezogen.«

Benedict knurrte etwas vor sich hin. Er hielt noch immer das Juwel umklammert, das nun in einem viel dunkleren Rot schimmerte als noch kurz zuvor.

»Das ist richtig«, sagte er schließlich. »Das Muster ist nun außer Gefahr. Ich wünschte ... wünschte, daß vor langer Zeit, irgendwann einmal irgend etwas ungesagt geblieben wäre, was ausgesprochen wurde, oder etwas geschehen wäre, das unterblieben ist. Irgend etwas, das – hätten wir es gewußt – ihm eine andere Entwicklung beschert hätte, etwas, das ihn zu einem anderen Menschen hätte werden lassen, nicht zu dem verbitterten, entstellten Wesen, das mir da oben gegenüberstand. Sein Tod wäre wirklich das beste – zugleich aber die Verschwendung einer großen Chance.«

Ich antwortete nicht. Seine Worte mochten richtig sein, vielleicht aber auch nicht. Es kam nicht darauf an. Brand mochte die Grenze zum Wahnsinn überschritten haben, was immer das bedeutet – vielleicht aber auch nicht. Es gibt immer einen Grund. Wo immer etwas versaut wird, wo immer etwas Abscheuliches passiert, gibt es irgendwo einen Grund dafür. Doch in jedem Fall hat man eine versaute, abscheuliche Situation, und alles Wegerklären ändert nicht das geringste daran. Tut jemand etwas wirklich Gemeines, hat er einen Grund. Man kann diesem Grund nachgehen, wenn man will, und dann erfahren, warum der Betreffende ein solcher Schweinehund geworden ist. Doch es ist allein die Tat, die bleibt. Brand hatte gehandelt. Daran änderte auch eine posthume Psychoanalyse nichts. Taten und ihre Folgen – danach werden wir von unseren Mitmenschen beurteilt. Bei allem anderen verschafft man sich nichts weiter als ein Gefühl moralischer Überlegenheit, indem man sich vorstellt, man selbst hätte doch an seiner Stelle etwas Netteres getan. Diese Dinge konnten ruhig dem Himmel überlassen werden. Ich fühlte mich nicht angesprochen.

»Wir sollten nach Amber zurückkehren«, sagte Benedict. »Es gibt viel zu tun.«

»Moment«, sagte ich.

»Wieso?«

»Ich habe mir so meine Gedanken gemacht.«

Als ich ihm keine weitere Aufklärung gab, fragte er: »Und ...?«

Langsam blätterte ich meine Trümpfe durch, schob seinen wieder hinein, ließ auch Brands Karte wieder verschwinden.

»Hast du dir noch keine Gedanken über den neuen Arm gemacht, den du da trägst?« fragte ich.

»Natürlich. Du hast das Ding aus Tirna Nog'th mitgebracht, unter ungewöhnlichen Begleitumständen. Der Arm paßt. Er funktioniert. Er hat sich heute abend bewährt.«

»Genau. Ist das nicht ein bißchen viel für einen bloßen Zufall? Die einzige Waffe, die dir da oben eine Chance gegen das Juwel gegeben hat. Und zufällig war sie ein Teil von dir – und zufällig warst du die Person, die da oben stand und die Waffe einsetzen konnte. Verfolge die Dinge einmal rückwärts und dann wieder vorwärts. Muß da nicht eine außerordentliche – nein, unmögliche Zufallskette am Werk gewesen sein?«

»Wenn du es so formulierst ...«, sagte er.

»Ich formuliere es so. Du mußt doch ebenso erkennen wie ich, daß an der Sache mehr dran ist.«

»Na schön. Nehmen wir das einmal an. Aber wie? Wie wurde es bewerkstelligt?«

»Keine Ahnung«, sagte ich und nahm eine Karte zur Hand, die ich lange, lange nicht mehr angeschaut hatte. Ich spürte ihre Kälte unter meinen Fingerspitzen. »Die Methode ist allerdings gar nicht wichtig. Du hast eben die falsche Frage gestellt.«

»Was hätte ich denn fragen sollen?«

»Nicht ›wie‹, sondern ›wer‹.«

»Du meinst, ein Mensch hätte die gesamte Kette der Ereignisse geknüpft, bis hin zur Rückholung des Juwels?«

»Das weiß ich eben nicht genau. Was heißt das schon: Mensch? Aber ich glaube, daß jemand zurückgekehrt ist, den wir beide kennen, und daß dieser Jemand hinter allem steckt.«

»Na schön. Wer?«

Ich zeigte ihm den Trumpf in meiner Hand.

»Vater? Das ist nun wirklich lächerlich. Er muß tot sein. Wir haben unendlich lange nichts von ihm gehört.«

»Er könnte das alles tatsächlich arrangiert haben. Raffiniert genug ist er. Wir haben seine Fähigkeiten nie ganz begriffen.«

Benedict stand auf und reckte sich. Dann schüttelte er den Kopf.

»Ich glaube, du hast zu lange im kalten Wind gestanden, Corwin. Wir wollen nach Hause zurückkehren.«

»Ohne meine Vermutung auf die Probe zu stellen? Komm schon! Das wäre nun wirklich sehr unsportlich! Setz dich und gib mir eine Minute Zeit. Ich möchte diesen Trumpf ausprobieren.«

»Er hätte sich doch längst mit irgend jemand in Verbindung gesetzt!«

»Ich glaube nicht. Eher ... Komm. Laß mir meinen Spaß. Was haben wir zu verlieren?«

»Na schön. Warum auch nicht?«

Er setzte sich wieder neben mich. Ich hielt den Trumpf zwischen uns, so daß wir beide das Bild sehen konnten. Wir starrten darauf. Ich entspannte mich innerlich, strebte nach Kontakt. Die Verbindung war augenblicklich da.

Er lächelte, als er uns sah.

»Das war gute Arbeit«, sagte Ganelon. »Freut mich, daß ihr mir mein Schmuckstück zurückgebracht habt. Ich brauche es bald.«

Fünfter Roman

Die Burgen des Chaos

1
———————

Amber: hellstrahlend auf dem Gipfel Kolvirs inmitten des Tages. Eine schwarze Straße; vom Chaos aus dem Süden durch Garnath herbeiführend, flach und finster. Ich: fluchend und hin und her schreitend, ein gelegentlicher Benutzer der Bibliothek des Palasts von Amber. Die Tür zu dieser Bibliothek: verschlossen und verriegelt.

Der verrückte Prinz von Amber setzte sich an den Tisch, richtete seine Aufmerksamkeit wieder auf das geöffnete Buch. Es klopfte an die Tür.

»Verschwinde!« rief ich.

»Corwin. Ich bin es – Random. Mach auf, ja? Ich habe dir sogar etwas zu essen mitgebracht.«

»Einen Augenblick.«

Ich stand auf, ging um den Tisch, durchquerte den Raum. Als ich die Tür öffnete, nickte Random. Er hielt ein Tablett in der Hand, das er auf einem kleinen Tisch neben dem Lesepult abstellte.

»Das ist ja reichlich«, stellte ich fest.

»Ich habe auch Hunger.«

»Also tu etwas dagegen.«

Dieser Aufforderung kam er nach. Er führte das Messer. Er reichte mir Fleischstücke auf einem Brotstück. Er schenkte Wein ein. Wir nahmen Platz und aßen.

»Ich weiß, du bist immer noch sehr zornig ...«, sagte er nach längerer Zeit.

»Und du bist das nicht mehr?«

»Nun ja, vielleicht habe ich mich schon mehr an das Gefühl gewöhnt. Ich weiß es nicht. Trotzdem ... Ja, es kam irgendwie plötzlich, nicht wahr?«

»Plötzlich?« Ich trank einen großen Schluck Wein. »Es ist im Grunde wie früher. Nein, schlimmer. Irgendwie hatte ich ihn sogar gemocht, solange er uns den Ganelon vorspielte. Wo er nun wieder das Sagen hat, gibt er sich so herrisch wie eh und je. Er hat uns Befehle zugebrüllt, die in allen Punkten unerklärt geblieben sind, und dann ist er von neuem verschwunden.«

»Er hat aber gesagt, er würde sich bald wieder melden.«
»Das hatte er das letzte Mal wohl auch vor.«
»Dessen bin ich nicht so sicher.«
»Und seine erste Abwesenheit hat er nicht erläutert. Im Grunde hat er uns *gar* nichts erklärt.«
»Dafür hat er sicher seine Gründe.«
»Daran beginne ich zu zweifeln, Random. Glaubst du, daß er allmählich den Verstand verliert?«
»Jedenfalls hat er bei ihm noch gereicht, dich zu täuschen.«
»Das war eine Kombination aus primitiver animalischer Schläue und seiner Fähigkeit zur Gestaltsveränderung.«
»Aber das Ziel wurde erreicht, oder nicht?«
»Ja. Es hat funktioniert.«
»Corwin, besteht vielleicht die Möglichkeit, daß du es ihm nicht gönnst, einen funktionierenden Plan zu schmieden, möchtest du vielleicht gar nicht, daß er einmal recht hat?«
»Lächerlich! Mir liegt nicht weniger als jedem anderen von uns daran, das Durcheinander zu ordnen.«
»Ja, aber wäre dir nicht lieber, wenn die Lösung aus einer anderen Richtung käme?«
»Worauf willst du hinaus?«
»Du willst ihm nicht trauen.«
»Das gebe ich zu. Ich habe ihn verdammt lange nicht gesehen – zumindest nicht in seiner wahren Gestalt –, und ...«
Er schüttelte den Kopf.
»Das meine ich nicht. Du ärgerst dich, daß er wieder da ist, habe ich nicht recht? Du hattest gehofft, wir wären ihn ein für allemal los.«
Ich wandte den Blick ab.
»Darin liegt etwas Wahres«, antwortete ich schließlich. »Doch nicht wegen des leeren Throns oder *ausschließlich* deswegen. Es liegt an ihm, Random. Ihm. Das ist alles.«
»Ich weiß«, gab er zurück. »Aber du mußt zugeben, daß er Brand hereingelegt hat, was nun wirklich keine Kleinigkeit ist. Seinen Trick begreife ich immer noch nicht: Wie hat er nur dich dazu bringen können, den Arm von Tirna Nog'th mitzubringen? Wie hat er mich veranlaßt, den Arm an Benedict weiterzugeben, wie hat er Benedict im richtigen Moment an den richtigen Ort manövriert, damit sich alles nach Plan entwickelte und er das Juwel zurückhielt? Im Umgang mit den Schatten ist er eben noch immer geschickter als wir. Er erreichte sein Ziel auf dem Kolvir, als er uns zum Urmuster brachte. Ich wäre dazu nicht in der Lage. Und du auch nicht. Und er vermochte Gérard zu schlagen. Ich glaube nicht, daß seine Kräfte nachlassen. Meiner Meinung nach weiß er genau, was er tut, und ob es uns gefällt oder nicht,

ich finde, er ist der einzige, der mit der augenblicklichen Lage fertigwerden kann.«

»Willst du mir damit einreden, daß ich ihm vertrauen sollte?«

»Ich will dir nur sagen, daß du keine andere Wahl hast.«

Ich seufzte.

»Da hast du wahrscheinlich genau ins Schwarze getroffen«, gab ich zurück. »Es ist sinnlos, verbittert zu reagieren. Trotzdem ...«

»Dich bekümmert der Angriffsbefehl, nicht wahr?«

»Ja, unter anderem. Wenn wir noch warteten, könnten Benedict und ich eine noch größere Streitmacht ins Feld führen. Für eine solche Aktion reichen drei Tage Vorbereitung nicht aus. Nicht, wenn man so wenig über den Gegner weiß.«

»Das muß aber nicht sein. Er hat sich lange unter vier Augen mit Benedict unterhalten.«

»Und das ist das zweite. Die getrennten Befehle. Seine Geheimniskrämerei ... Er traut uns nicht mehr, als er unbedingt muß.«

Random lachte leise, und ich machte es ihm nach.

»Na schön«, räumte ich ein. »Vielleicht würde ich an seiner Stelle nicht anders handeln. Aber drei Tage, um einen Krieg vorzubereiten!« Ich schüttelte den Kopf. »Da muß er wahrhaft mehr wissen als wir, sonst bringt die Sache nichts.«

»Ich habe den Eindruck, daß es eher ein Überraschungsschlag als ein Krieg sein wird.«

»Nur hat er sich nicht die Mühe gemacht, uns zu sagen, worum es dabei geht.«

Random zuckte die Achseln und schenkte Wein nach.

»Vielleicht verrät er uns mehr, wenn er zurückkommt. Du hast keine Sonderbefehle erhalten, oder?«

»Ich soll mich nur bereithalten und warten, weiter nichts. Was ist mit dir?«

Er schüttelte den Kopf.

»Er hat mir gesagt, ich wüßte schon Bescheid, wenn der richtige Augenblick gekommen wäre. Immerhin hat er Julian angewiesen, seine Truppen bereitzuhalten, um auf Befehl sofort losmarschieren zu können.«

»Oh? Stehen die denn nicht in Arden?«

Er nickte.

»Wann hat er diesen Befehl gegeben?«

»Als du schon fort warst. Er rief Julian durch den Trumpf hier herauf und gab ihm seine Anordnungen; anschließend ritten beide fort. Ich hörte Vater sagen, er würde ihn auf dem Rückweg ein Stück begleiten.«

»Haben sie den Ostpfad über den Kolvir genommen?«

»Ja. Ich habe den beiden nachgeschaut.«
»Interessant. Was habe ich sonst noch versäumt?«
Er rutschte auf seinem Stuhl hin und her.
»Etwas, das mir zu schaffen macht«, antwortete er. »Als Vater in den Sattel stieg und mir zum Abschied zuwinkte, blickte er mich an und sagte; ›Und paß auf Martin auf!‹«
»Ist das alles?«
»Das ist alles. Aber er lachte dabei.«
»Das natürliche Mißtrauen gegenüber einem Neuankömmling, würde ich sagen.«
»Warum aber das Lachen?«
»Keine Ahnung.«
Ich schnitt mir ein Stück Käse ab und aß es.
»Vielleicht liege ich doch nicht so falsch. Kann sein, daß er Martin nicht verdächtigt, sondern nur meint, er müsse vor etwas beschützt werden. Vielleicht ist es auch beides. Oder nichts von alledem. Du weißt ja, wie er sein kann.«
Random stand auf. »Soweit hatte ich das noch nicht durchdacht. Jetzt kommst du aber mit, ja? Du hast dich den ganzen Vormittag hier verkrochen.«
»Na gut.« Ich erhob mich und legte Grayswandir um. »Wo ist Martin überhaupt?«
»Ich habe ihn unten im Erdgeschoß zurückgelassen. Er unterhielt sich mit Gérard.«
»Dann ist er ja in guten Händen. Bleibt Gérard hier, oder kehrt er zur Flotte zurück?«
»Keine Ahnung. Er wollte sich über seine Befehle nicht auslassen.«
Wir verließen die Bibliothek und gingen zur Treppe.
Unterwegs hörten wir Lärm von unten, und ich beschleunigte meine Schritte. Über das Geländer blickend entdeckte ich am Eingang zum Thronsaal eine Gruppe Wächter, die von Gérards mächtiger Gestalt überragt wurden. Alle wandten uns den Rücken zu. Ich sprang die letzten Stufen hinab. Random war nicht weit hinter mir. Heftig drängte ich mich in die Gruppe. »Was geht hier vor, Gérard?« fragte ich.
»Wenn ich das nur wüßte!« antwortete er. »Schau doch selbst! Allerdings kann niemand hinein.«
Er wich zur Seite, und ich machte noch einen Schritt vorwärts. Und einen zweiten. Und mehr nicht. Es war, als stemmte ich mich gegen eine geringfügig nachgebende, aber völlig unsichtbare Mauer. Jenseits des Hindernisses spielte sich eine Szene ab, die meine Erinnerungen und Gefühle in Aufruhr brachte. Die Angst packte mich im Genick und lähmte meine Hände – und das war keine Kleinigkeit.

Erstes Kapitel

Lächelnd hielt Martin einen Trumpf in der linken Hand, vor sich Benedict, der anscheinend eben erst gerufen worden war. Ganz in der Nähe, auf dem Podest des Throns, stand ein Mädchen mit abgewandtem Gesicht. Die beiden Männer schienen miteinander zu sprechen, aber ich konnte die Worte nicht hören.

Endlich wandte Benedict sich um und sprach offenbar zu dem Mädchen. Nach einiger Zeit schien sie ihm zu antworten. Martin begab sich auf ihre linke Seite. Während sie etwas sagte, erstieg Benedict das Thronpodest. Nun konnte ich ihr Gesicht erkennen. Das Gespräch setzte sich fort.

»Das Mädchen kommt mir irgendwie bekannt vor«, sagte Gérard, der vorgetreten war und nun neben mir stand.

»Mag sein, daß du sie kurz gesehen hast, als sie an uns vorbeiritt«, sagte ich. »Es war an dem Tag, als Eric starb. Es ist Dara.«

Ich hörte, wie ihm der Atem stockte.

»Dara!« rief er. »Dann hast du ...« Seine Stimme erstarb.

»Ich habe nicht gelogen«, sagte ich. »Es gibt sie wirklich.«

»Martin!« rief Random, der rechts neben mir auftauchte. »Martin! Was geht da vor?«

Er erhielt keine Antwort.

»Ich glaube, er kann dich gar nicht hören«, meinte Gérard. »Diese Barriere scheint uns völlig zu trennen.«

Randoms Hände stießen gegen etwas Unsichtbares. Er schob mit voller Kraft.

»Probieren wir es alle mal«, sagte er.

Ich versuchte es also noch einmal, und auch Gérard stemmte sich mit ganzem Gewicht gegen die unsichtbare Mauer.

Als wir uns eine halbe Minute lang vergeblich bemüht hatten, trat ich zurück. »Es hat keinen Sinn«, sagte ich. »Wir bekommen das Ding nicht aus dem Weg.«

»Was ist das nur?« fragte Random aufgebracht. »Was hält uns auf ...?«

Ich hatte sofort eine gewisse Vorstellung gehabt von dem, was da vorging – eine Ahnung, die sich von einem starken Gefühl des *déjà vu* herleitete. Jetzt allerdings ... jetzt krampfte sich meine Hand um die Schwertscheide, um sicher zu sein, daß Grayswandir noch an meiner Hüfte hing.

Die Waffe war noch vorhanden.

Wie ließ sich aber das Auftauchen meiner auffälligen Klinge erklären, deren kunstvolle Ornamente vor aller Augen schimmerten, eine Klinge, die urplötzlich in der Luft erschienen war und dort nun ohne Stütze verharrte, die Spitze auf Daras Hals gerichtet?

Eine Erklärung hatte ich nicht.

Die Szene hatte allerdings eine zu große Ähnlichkeit mit den nächtlichen Ereignissen in Tirna Nog'th, der Traumstadt am Himmel, als daß es sich um einen Zufall handeln konnte. Es fehlte das ganze Drumherum – die Dunkelheit, die Verwirrung, die dichten Schatten, die Gefühlsstürme, die mich geschüttelt hatten – und doch war die Szene ungefähr so bereitet wie in jener Nacht. Es bestand eine große Ähnlichkeit, wenn auch keine hundertprozentige Übereinstimmung. Benedicts Haltung sah irgendwie anders aus – aus größerer Entfernung bildete sein Körper einen anderen Winkel. Ich konnte Dara die Worte nicht von den Lippen ablesen, fragte mich aber, ob sie dieselben seltsamen Fragen stellte. Ich nahm es nicht an. Das Tableau – der erlebten Szene ähnlich, aber auch wieder nicht – war vermutlich am anderen Ende – wenn es überhaupt eine Verbindung gab – durch die Einflüsse gefärbt worden, die Tirna Nog'ths Kräfte damals auf meinen Geist gehabt hatten.

»Corwin«, sagte Random, »was da vor ihr hängt, sieht mir sehr nach Grayswandir aus.«

»Kann man wohl sagen«, gab ich zurück. »Aber du siehst selbst, daß ich meine Klinge bei mir habe.«

»Es gibt doch keine zweite Waffe dieser Art ... oder? Weißt du, was da vor sich geht?«

»Ich habe allmählich das Gefühl, als könnte ich es wissen«, antwortete ich. »Was es auch ist, ich kann es jedenfalls nicht aufhalten.«

Plötzlich zuckte Benedicts Klinge aus der Scheide und bekämpfte die andere Waffe, die der meinen ähnelte. Im nächsten Augenblick focht er gegen einen unsichtbaren Gegner.

»Zeig's ihm, Benedict!« rief Random.

»Sinnlos«, meinte ich. »Gleich wird er entwaffnet.«

»Woher weißt du das?« wollte Gérard wissen.

»Irgendwie bin ich das, der da drinnen gegen Benedict kämpft«, entgegnete ich. »Vor uns sehen wir die andere Seite meines Traums in Tirna Nog'th. Ich weiß nicht, wie er das geschafft hat, doch es ist der Preis dafür, daß Vater das Juwel zurückbekommen hat.«

»Ich verstehe das nicht«, sagte er.

Ich schüttelte den Kopf.

»Ich habe auch keine Ahnung, wie so etwas möglich ist«, sagte ich. »Auf jeden Fall können wir erst eintreten, wenn zwei Dinge aus dem Thronsaal verschwunden sind.«

»Welche beiden Dinge?«

»Paß nur auf!«

Benedict hatte das Schwert in die rechte Hand befördert, und seine schimmernde Prothese zuckte vor und suchte sich ein unsicht-

Erstes Kapitel

bares Ziel. Die Klingen parierten die Hiebe der anderen, gingen überkreuz und preßten gegeneinander, wobei die Spitzen langsam zur Decke emporstiegen. Benedicts rechte Hand krampfte sich immer mehr zu.

Plötzlich kam die Grayswandir-Klinge frei und bewegte sich an der anderen vorbei. Sie richtete einen gewaltigen Hieb auf Benedicts rechten Arm, auf den Übergang zwischen Prothese und Armstumpf. Im nächsten Augenblick drehte sich Benedict herum, und mehrere Sekunden lang konnten wir nicht erkennen, was da geschah.

Endlich hatten wir wieder freie Sicht: Benedict sank im Drehen auf die Knie. Er umklammerte seinen Armstumpf. Der mechanische Arm mit der Hand hing nahe Grayswandir in der Luft. Er entfernte sich von Benedict und verlor dabei an Höhe, wie die Klinge. Als beide den Boden erreichten, prallten sie nicht auf, sondern glitten hindurch und waren gleich darauf nicht mehr zu sehen.

Ich fiel nach vorn, gewann mein Gleichgewicht wieder und eilte vor. Das Hindernis war verschwunden.

Martin und Dara waren vor uns bei Benedict. Als Gérard, Random und ich das Podest erstiegen, hatte Dara einen Streifen von ihrem Umhang abgerissen und verband damit Benedicts Armstumpf.

Random packte Martin an der Schulter und drehte ihn zu sich herum. »Was ist geschehen?« fragte er.

»Dara ... Dara wollte Amber sehen«, antwortete er. »Da ich jetzt hier lebe, erklärte ich mich einverstanden, sie hindurchzuholen und herumzuführen. Dann ...«

»Hindurchzuholen? Du meinst, durch einen Trumpf?«

»Nun ... ja.«

»Deinen oder ihren?«

Martin biß sich auf die Unterlippe.

»Also, weißt du ...«

»Gib mir die Karten«, forderte Random und riß Martin das Behältnis aus dem Gürtel. Er öffnete es und begann die Karten durchzublättern.

»Dann kam ich auf den Gedanken, Benedict zu verständigen, da er sich für sie interessierte«, fuhr Martin fort. »Benedict wollte kommen und sehen ...«

»Zum Teufel!« rief Random. »Hier haben wir einen Trumpf von dir, einen von ihr und einen von einem Kerl, den ich noch nie gesehen habe! Woher hast du die?«

»Zeig mal!« sagte ich.

Er reichte mir die drei Karten.

»Nun?« fragte er. »Hast du sie von Brand? Meines Wissens ist er heutzutage der einzige, der noch Trümpfe machen kann.«

»Ich will mit Brand nichts zu tun haben«, antwortete Martin, »außer ihn umzubringen!«

Doch ich wußte bereits, daß diese Karten nicht von Brand stammten. Sie entsprachen nicht seinem Stil. Die Art der Gestaltung war mir völlig unbekannt. Doch noch mehr beschäftigten mich die Gesichtszüge der dritten Person, des Mannes, von dem Random behauptete, er habe ihn nie zuvor gesehen. Ich aber kannte ihn. Vor mir sah ich das Gesicht des Jünglings, der sich mir vor den Höfen des Chaos mit einer Armbrust in den Weg gestellt hatte, der mich erkannt hatte und daraufhin nicht mehr schießen wollte.

Ich streckte Martin die Karte hin.

»Martin, wer ist das?« wollte ich wissen.

»Der Mann, der die zusätzlichen Trümpfe gefertigt hat«, gab er zur Antwort. »Da er schon einmal dabei war, zeichnete er gleich noch einen von sich selbst. Seinen Namen kenne ich nicht. Er ist ein Freund Daras.«

»Du lügst!« behauptete Random.

»Dann soll Dara uns Antwort geben«, sagte ich und wandte mich an sie.

Sie kniete noch immer neben Benedict, obwohl sie mit dem Wundverband fertig war und er sich wieder aufgerichtet hatte.

»Ja, wie steht es?« fragte ich und fuchtelte ihr mit der Karte vor dem Gesicht herum. »Wer ist dieser Mann?«

Sie blickte auf die Karte und sah dann mich an. Sie lächelte.

»Weißt du es wirklich nicht?« fragte sie.

»Würde ich fragen, wenn ich es täte?«

»Dann schau dir das Bild noch einmal an und anschließend in einen Spiegel. Er ist so sehr dein Sohn wie der meine. Er heißt Merlin.«

Ich bin nicht leicht zu verblüffen, doch hatte dieser Augenblick nichts von Leichtigkeit. Mir war schwindlig. Mein Verstand jedoch arbeitete schnell. Bei einem entsprechenden Zeitunterschied war so etwas möglich.

»Dara«, sagte ich, »was willst du?«

»Ich habe dir schon gesagt, als ich das Muster beschritt«, antwortete sie, »daß Amber vernichtet werden muß. Ich will nur meinen rechtmäßigen Anteil daran.«

»Du sollst meine alte Zelle bekommen«, sagte ich. »Nein, die Zelle daneben. Wächter!«

»Corwin, es ist schon gut«, sagte Benedict und stand auf. »Es ist nicht so schlimm, wie es sich anhört. Sie kann alles erklären.«

»Dann soll sie damit anfangen!«

»Nein. Unter uns, im Kreis der Familie.«

Ich winkte die Wächter zurück, die meinem Ruf gefolgt waren.

»Also gut. Ziehen wir uns in eines der Zimmer zurück, die an den Thronsaal stoßen.«

Er nickte, und Dara umfaßte seinen linken Arm. Random, Gérard, Martin und ich folgten den beiden. Einmal schaute ich auf die leere Stelle zurück, an der mein Traum Wirklichkeit geworden war. So ist der Stoff beschaffen.

2

Ich ritt über Kolvirs Gipfel und stieg an meinem Grabmal ab. Ich trat ein und öffnete den Sarkophag. Er war leer. Gut. Ich begann, mir so meine Gedanken zu machen und hatte schon halb damit gerechnet, mich selbst dort aufgebahrt liegen zu sehen, als Beweis für die Tatsache, daß ich trotz aller Vorzeichen und Intuitionen doch irgendwie in den falschen Schatten geraten war.

Nun kehrte ich nach draußen zurück und rieb Star die Nase. Die Sonne strahlte, und der Windhauch war kühl. Plötzlich verspürte ich den Wunsch, eine Seefahrt zu machen. Doch ich setzte mich nur auf die Bank und beschäftigte mich mit meiner Pfeife.

Wir hatten uns unterhalten. Dara hatte mit untergeschlagenen Beinen auf dem braunen Sofa gesessen, hatte gelächelt und die Geschichte ihrer Abkunft von Benedict und Lintra, dem Höllenmädchen, erzählt, von ihrer Jugend in und bei den Burgen des Chaos, eines extrem nicht-euklidischen Reiches, in dem die Zeit seltsame Verteilungsprobleme machte.

»Was du mir bei unserem Kennenlernen erzählt hast, war alles gelogen«, sagte ich. »Warum sollte ich dir jetzt mehr glauben?«

Sie hatte gelächelt und ihre Fingernägel betrachtet.

»Damals mußte ich dich anlügen«, erklärte sie, »um von dir zu bekommen, was ich wollte.«

»Und das war ...?«

»Kenntnisse zu erlangen über die Familie, das Muster, die Trümpfe, über Amber. Dein Vertrauen zu gewinnen. Dein Kind zu empfangen.«

»Und die Wahrheit hätte dir dabei nichts genützt?«

»Wohl kaum. Schließlich komme ich vom Feind. Meine Gründe, warum ich diese Dinge erstrebte, waren nicht von einer Art, die deine Zustimmung gefunden hätte.«

»Dein Umgang mit dem Schwert ...? Du sagtest mir, Benedict habe dich ausgebildet.«

Wieder lächelte sie, und in ihren Augen loderte ein düsteres Feuer.

»Ich bin beim großen Herzog Borel persönlich in die Schule gegangen, einem Hohen Lord des Chaos.«

»... und dein Aussehen«, fuhr ich fort. »Es änderte sich bei mehreren Gelegenheiten, als ich dich das Muster beschreiten sah. Wie? Und warum?«

»Jeder, dessen Herkunft sich irgendwie vom Chaos ableitet, ist zugleich Gestaltsveränderer«, antwortete sie.

Ich dachte an den Abend, an dem Dworkin mich dargestellt hatte.

Benedict nickte. »Vater hat uns mit seiner Ganelon-Verkleidung getäuscht.«

»Oberon ist ein Sohn des Chaos«, gab Dara zurück, »ein Rebellensohn eines Rebellenvaters. Trotzdem ist die Kraft noch vorhanden.«

»Warum besitzen wir sie dann nicht?« wollte Random wissen.

Sie zuckte die Achseln.

»Habt ihr es jemals versucht? Vielleicht besitzt ihr ja die Fähigkeit. Andererseits mag sie mit eurer Generation ausgestorben sein. Ich weiß es nicht. Was mich betrifft, so habe ich bestimmte Lieblingsformen, auf die ich im Notfall zurückgreife. Ich wuchs an einem Ort auf, an dem so etwas die Regel war, an dem die andere Gestalt zuweilen sogar überwog. Diesen Reflex habe ich mir bis heute bewahrt. Und das hast du beobachtet – damals.«

»Dara«, sagte ich, »warum warst du auf diese Dinge aus, die du uns eben genannt hast – Kenntnisse über die Familie, das Muster, die Trümpfe, Amber? Und einen Sohn?«

»Also gut«, sagte sie seufzend. »Also gut. Ihr kennt inzwischen Brands Pläne – Vernichtung und Neuaufbau Ambers ...«

»Ja.«

»Dies setzte unser Einverständnis und Mitwirken voraus.«

»Einschließlich des Mords an Martin?« fragte Random.

»Nein«, sagte sie. »Wir wußten nicht, wen er als – Mittelsperson benutzen wollte.«

»Hättest du dich davon abbringen lassen, wenn du Bescheid gewußt hättest?«

»Das ist eine hypothetische Frage«, gab sie zurück, »die du dir selbst beantworten kannst. Ich freue mich jedenfalls, daß Martin noch lebt. Mehr kann ich dazu nicht sagen.«

»Na schön«, sagte Random. »Was ist nun mit Brand?«

»Er vermochte sich mit unseren Führern durch Methoden in Verbindung zu setzen, die er von Dworkin gelernt hatte. Er hatte ehrgeizige Pläne. Er brauchte Wissen und Macht. Er machte uns ein Angebot.«

»Was für Wissen?«

»Zum einen wußte er nicht, wie er das Muster vernichten konnte ...«

»Dann warst *du* also für seine Untat verantwortlich«, sagte Random.

»Wenn du es so sehen willst.«

»Das will ich.«
Sie zuckte die Achseln und blickte mich an. »Wollt ihr seine Geschichte hören?«
»Sprich weiter!« Ich blickte zu Random hinüber, und er nickte.
»Brand erhielt das Gewünschte«, fuhr sie fort, »doch man traute ihm nicht. Man hatte Sorge, daß er sich nicht mit der Herrschaft über ein umgestaltetes Amber begnügen würde, wenn er erst einmal die Macht besaß, die Welt nach seinem Willen zu formen. Er würde versuchen, seinen Einfluß auch über das Chaos auszudehnen. Unser Ziel war ein geschwächtes Amber, neben dem das Chaos stärker werden konnte, als es jetzt ist – die Schaffung eines neuen Gleichgewichts, durch das uns mehr von den Schattenländern zufallen sollten, die zwischen unseren Reichen liegen. Man hatte schon vor langer Zeit erkannt, daß sich die beiden Königreiche niemals miteinander verschmelzen lassen können oder eines der beiden gar zerstört werden kann, ohne zugleich all jene Vorgänge auseinanderzureißen, die zwischen den beiden Polen ständig im Gange sind. Das Ergebnis wäre völliger Stillstand oder totales Chaos. Wenngleich unsere Führer erkannten, was Brand im Schilde führte, trafen sie eine Vereinbarung mit ihm. Es war die beste Gelegenheit, die sich seit langem bot. Man durfte sie nicht verstreichen lassen. Man hatte das Gefühl, daß man sich mit Brand zu gegebener Zeit auseinandersetzen und ihn dann sogar ersetzen konnte.«
»Ihr wolltet ihn also von vornherein betrügen«, sagte Random.
»Nicht wenn er sich an sein Wort hielt. Aber wir wußten genau, daß er das nicht tun würde. Wir schufen also die Ausgangsbasis für unsere Aktion gegen ihn.«
»Wie?«
»Wir wollten ihm gestatten, sein Ziel zu erreichen, und ihn dann vernichten. Sein Nachfolger sollte ein Mitglied der Königsfamilie von Amber sein, zugleich ein Angehöriger der ersten Familie der Höfe, ein Mann, der bei uns erzogen und für die Position ausgebildet worden war. Merlins Verbindung zu Amber leitet sich sogar von beiden Seiten her, durch meinen Vorfahren Benedict und direkt von dir selbst – den beiden begünstigsten Kandidaten für euren Thron.«
»Du entstammst dem königlichen Haus des Chaos?«
Sie lächelte.
Ich stand auf. Entfernte mich. Starrte in die Asche auf dem Kaminrost.
»Es stört mich irgendwie festzustellen, daß ich in ein nüchternes Fortpflanzungsprojekt verwickelt worden bin«, sagte ich schließlich. »Aber wenn das so ist und wenn man – für den Augenblick – deine Äußerungen als wahr hinnimmt – warum erzählst du uns das alles gerade jetzt?«

Zweites Kapitel

»Weil ich die Befürchtung habe«, antwortete sie, »daß die Lords meines Reiches für ihre Visionen so weit gehen würden wie Brand für die seinen. Und vielleicht noch weiter. Dabei geht es mir um das Gleichgewicht, von dem ich gesprochen habe. Nur wenigen scheint bewußt zu sein, wie leicht diese Balance zu stören ist. Ich bin durch die Schattenländer nahe Amber gereist, ich bin durch das eigentliche Amber geschritten. Außerdem kenne ich die Schatten, die auf Chaos' Seite liegen. Ich habe viele Leute kennengelernt und viele Dinge gesehen. Als ich schließlich Martin begegnete und mit ihm sprach, wuchs in mir die Überzeugung, daß die Veränderungen, die man mir als wünschenswert hingestellt hatte, nicht einfach zu einer Umgestaltung Ambers im Sinne der Vorstellungen meiner Familienoberen führen würden. Vielleicht würde Amber durch sie zu einem bloßen Auswuchs der Höfe werden, die meisten Schatten würden davonschäumen und sich dem Chaos anschließen. Auf diese Weise würde Amber als Insel dastehen. Etliche führende Persönlichkeiten gesetzteren Alters, denen es mißfällt, daß Dworkin Amber überhaupt erst entstehen ließ, erstreben eine Rückkehr zu den Zeiten vor diesem Ereignis. Zum totalen Chaos, aus dem alle anderen Dinge erstehen. Ich sehe die augenblickliche Lage als erstrebenswerter an und möchte sie erhalten. Mein Wunsch wäre, daß aus einem etwaigen Konflikt keine Seite als Sieger hervorgeht.«

Ich wandte mich um und bekam noch mit, daß Benedict den Kopf schüttelte.

»Dann stehst du also auf keiner Seite«, bemerkte er.

»Ich sehe es gern so, daß ich auf beiden Seiten stehe«, gab sie zurück.

»Martin«, fragte ich, »bist du mit ihr in die Sache verwickelt?«

Er nickte.

Random lachte. »Ihr beide? Gegen Amber und die Burgen des Chaos? Was hofft ihr zu erreichen? Wie gedenkt ihr eure Vorstellung von einem Gleichgewicht durchzusetzen?«

»Wir sind nicht allein«, gab sie zurück, »und der Plan stammt auch nicht von uns.«

Daras Finger verschwanden in einer Tasche. Als sie sie wieder zum Vorschein brachte, schimmerte etwas darin. Sie hielt das Gebilde ins Licht. Es war der Siegelring unseres Vaters.

»Woher hast du ihn?« fragte Random.

»Woher sonst?«

Benedict ging auf sie zu und hielt ihr die Hand hin. Sie gab ihm den Ring. Er betrachtete das Schmuckstück.

»Es ist wirklich sein Ring«, meinte er. »Hier sind kleine Markierungen auf der Rückseite, die ich schon einmal gesehen habe. Warum hast du den Ring?«

»Erstens will ich euch damit überzeugen, daß ich autorisiert bin, seine Befehle zu übermitteln«, sagte sie.

»Wie kommt es, daß du ihn überhaupt kennst?« fragte ich.

»Ich lernte ihn vor einiger Zeit kennen, als er seine – Schwierigkeiten hatte«, erwiderte sie. »Im Grunde kann man sogar sagen, daß ich dabei geholfen habe, ihn davon zu befreien. Damals war ich Martin schon begegnet, und meine Sympathie galt in größerem Maße Amber. Abgesehen davon ist euer Vater ein charmanter Mann, der zu überzeugen versteht. Ich kam zu dem Schluß, daß ich nicht einfach zusehen durfte, wie er von meinesgleichen gefangengehalten wurde.«

»Weißt du, wie er ursprünglich festgesetzt wurde?«

Sie schüttelte den Kopf. »Mir ist nur bekannt, daß Brand für seine Anwesenheit in einem Schatten gesorgt hat, der so weit von Amber entfernt war, daß er dort überwältigt werden konnte. Wenn ich mich nicht irre, ging es um die Suche nach einem erfundenen Zauberwerkzeug, mit dem sich das Muster hätte instandsetzen lassen. Inzwischen weiß er, daß nur das Juwel dazu in der Lage ist.«

»Daß du ihm bei der Flucht geholfen hast ... wie wirkte sich das auf die Beziehung zu deinen eigenen Leuten aus?«

»Nicht besonders gut«, sagte sie. »Ich bin vorübergehend ohne Heimat.«

»Und die suchst du hier?«

Wieder lächelte sie.

»Das hängt davon ab, wie sich die Dinge entwickeln. Wenn meine Leute sich durchsetzen, kann ich genauso gut zurückkehren – oder in den Schatten bleiben, die den Kampf überstehen.«

Ich zog einen Trumpf und betrachtete ihn.

»Was ist mit Merlin? Wo befindet er sich im Augenblick?«

»Sie haben ihn«, antwortete sie. »Ich fürchte, daß er inzwischen auf ihrer Seite steht. Er weiß, wer seine Eltern sind, aber man hat seine Erziehung lange unter Kontrolle gehabt, ich kann nicht sagen, ob man ihn dort irgendwie herausbekommt.«

Ich hob den Trumpf und starrte auf das Bild.

»Es nützt nichts«, meinte sie. »Zwischen hier und dort funktioniert das nicht.«

Mir fiel ein, wie schwer die Verständigung durch die Trümpfe im Grenzbereich jener Welt gewesen war. Ich versuchte es trotzdem.

Die Karte in meiner Hand fühlte sich plötzlich kalt an, und ich suchte die Verbindung. Denkbar schwach flackerte der Impuls einer Wesenheit. Ich verstärkte meine Anstrengungen.

»Merlin, hier ist Corwin«, sagte ich. »Hörst du mich?«

Ich glaubte eine Antwort zu hören, die Worte klangen nach: »Ich kann nicht ...« Und dann nichts. Die Karte verlor ihre Kühle.

Zweites Kapitel

»Hast du ihn erreicht?« fragte sie.

»Ich weiß es nicht genau«, sagte ich. »Aber ich nehme es an. Für einen kurzen Augenblick.«

»Besser als ich gedacht hätte«, meinte sie. »Entweder sind die Bedingungen gut, oder euer Verstand ist sehr ähnlich.«

»Als du mit Vaters Siegelring zu fuchteln begannst, sagtest du etwas von Befehlen«, sagte Random. »Was für Befehle? Und warum schickt er sie durch dich?«

»Es ist eine Frage der zeitlichen Abstimmung.«

»Zeitliche Abstimmung? Himmel! Er ist doch erst heute hier abgerauscht!«

»Ehe er mit etwas Neuem anfangen konnte, mußte er eine andere Sache zu Ende bringen. Er hatte keine Ahnung, wie lange das dauern würde. Ich habe mit ihm gesprochen, unmittelbar bevor ich hierherkam – wenn ich auch nicht auf einen solchen Empfang gefaßt war. Er ist jedenfalls bereit, die nächste Phase in Angriff zu nehmen.«

»Wo hast du mit ihm gesprochen?« fragte ich. »Wo ist er?«

»Keine Ahnung. Er setzte sich mit mir in Verbindung.«

»Und …?«

»Er möchte, daß Benedict sofort angreift.«

Nun rührte sich Gérard in dem riesigen Ohrensessel, in dem er das bisherige Gespräch verfolgt hatte. Er stand auf, hakte die Daumen in den Gürtel und blickte auf Dara hinab.

»Ein solcher Befehl müßte schon direkt von Vater kommen.«

»Das tut er auch«, sagte sie.

Er schüttelte den Kopf. »Ich sehe keinen Sinn darin. Warum sollte er jemanden wie dich ansprechen – jemanden, dem zu trauen wir wenig Grund haben – und nicht einen von uns?«

»Ich nehme nicht an, daß er euch im Augenblick erreichen könnte. Mich aber vermochte er anzusprechen.«

»Warum?«

»Er arbeitete ohne Trumpf. Für mich hat er gar keinen. Er machte sich einen Zurückstrahl-Effekt der schwarzen Straße zunutze, ähnlich wie Brand einmal Corwin entkommen konnte.«

»Du weißt ja viel von den Dingen, die sich hier abgespielt haben.«

»Ja. Ich habe noch meine Informationsquellen bei den Höfen, und Brand versetzte sich nach dem Kampf mit dir dorthin. Ich erfahre so manches.«

»Weißt du, wo sich unser Vater im Augenblick aufhält?« fragte Random.

»Nein. Aber ich nehme an, er hat sich in das wahre Amber begeben; es aufgesucht, um sich mit Dworkin zu beraten und noch einmal den Schaden am Urmuster zu überprüfen.«

»Und was soll das nützen?«

»Keine Ahnung. Vermutlich will er sich darüber klarwerden, wie er nun weiter vorgehen soll. Die Tatsache, daß er mich erreicht und den Angriff befohlen hat, dürfte bedeuten, daß er zu einem Entschluß gekommen ist.«

»Wie lange liegt diese Mitteilung zurück?«

»Wenige Stunden – meiner Zeitrechnung. Aber ich befand mich fern von hier in den Schatten. Ich weiß nicht, wie die Zeitunterschiede aussehen. Dafür ist mir das alles doch noch zu neu.«

»Es mag also erst kurze Zeit her sein«, sagte Gérard, »vielleicht nur Sekunden. Warum hat er aber mit dir gesprochen und nicht mit einem von uns? Ich glaube einfach nicht, daß er uns nicht erreichen könnte, wenn er das wirklich wollte.«

»Vielleicht wollte er euch klarmachen, daß ich in seiner Gunst stehe«, bemerkte sie.

»Das mag ja alles richtig sein«, warf Benedict ein. »Doch ich unternehme nichts, ehe ich nicht eine Bestätigung für den Befehl erhalte.«

»Hält sich Fiona noch am Urmuster auf?« fragte Random.

»Nach der letzten Nachricht von ihr«, sagte ich, »hat sie dort ihr Lager aufgeschlagen. Ich begreife, was du sagen willst ...«

Ich blätterte Fionas Karte auf.

»Zum Durchkommen brauchten wir mehr als einen von uns«, sagte er.

»Du hast recht. Hilf mir!«

Er stand auf und trat neben mich. Benedict und Gérard näherten sich ebenfalls.

»Das ist eigentlich überflüssig!« wandte Dara ein.

Ich beachtete sie nicht, sondern konzentrierte mich auf die zarten Gesichtszüge meiner rothaarigen Schwester. Gleich darauf hatten wir Kontakt.

»Fiona, ist Vater bei dir?« fragte ich. Der Hintergrund verriet mir, daß sie sich noch immer im Kern aller Dinge aufhielt.

»Ja«, antwortete sie mit gepreßtem Lächeln. »Er ist drinnen, bei Dworkin.«

»Hör zu, wir haben es sehr eilig. Ich weiß nicht, ob du Dara kennst oder nicht, aber sie ist hier ...«

»Ich weiß, wer sie ist, bin ihr aber noch nicht begegnet.«

»Nun, sie behauptet, einen Angriffsbefehl für Benedict zu haben, von Vater. Als Beweis kann sie seinen Siegelring vorweisen, aber er hat uns davon vorher nichts gesagt. Weißt du etwas darüber?«

»Nein«, antwortete sie. »Als er und Dworkin vorhin hier draußen waren, um sich das Muster anzusehen, haben wir uns lediglich begrüßt. Allerdings hatte ich gleich einen Verdacht, der nun bestätigt wird.«

»Einen Verdacht? Was meinst du?«

»Ich glaube, Vater will den Versuch machen, das Muster zu reparieren. Er hat das Juwel bei sich, und ich habe etwas von dem mitbekommen, was er zu Dworkin gesagt hat. Wenn er den Versuch wagt, wird man es in den Burgen des Chaos in dem Augenblick merken, da er das Muster betritt. Man wird versuchen, ihn daran zu hindern. Deshalb will er vielleicht zuerst losschlagen, um die Leute in Atem zu halten. Nur ...«

»Was?«

»Er wird es nicht überleben. Soviel weiß ich. Ob er nun Erfolg hat oder es nicht schafft, er wird dabei vernichtet werden.«

»Das kann ich kaum glauben!«

»Daß ein König für das Reich sein Leben gibt?«

»Daß Vater es tun würde.«

»Dann hat er sich verändert, oder du hast ihn nie richtig gekannt. Ich bin jedenfalls davon überzeugt, daß er es versuchen wird.«

»Warum schickt er seinen neuesten Befehl dann aber durch jemanden, von dem er weiß, daß wir ihm nicht vertrauen?«

»Um zu zeigen, daß ihr ihr trauen sollt, würde ich sagen – sobald er den Befehl bestätigt hat.«

»Das scheint mir einigermaßen umständlich zu sein, aber ich stimme dir zu, daß wir ohne diese Bestätigung nichts unternehmen sollten. Kannst du sie uns besorgen?«

»Ich werde es versuchen. Ich melde mich, sobald ich mit ihm gesprochen habe.«

Sie unterbrach den Kontakt.

Ich wandte mich Dara zu, die nur unsere Seite des Gesprächs mitbekommen hatte.

»Weißt du, was Vater vorhat?« fragte ich.

»Es hat irgendwie mit der schwarzen Straße zu tun«, antwortete sie. »Soweit hatte ich seine Hinweise verstanden. Was er aber im einzelnen plant oder wie er vorgehen will, hat er mir nicht gesagt.«

Ich wandte mich ab. Ich klopfte meine Karten glatt und steckte sie wieder ein. Die jüngste Wende der Ereignisse gefiel mir nicht. Der Tag hatte einen schlechten Anfang genommen und war seither ausschließlich bergab gegangen. Dabei hatten wir erst frühen Nachmittag. Ich schüttelte den Kopf. Dworkin hatte mir einmal erklärt, welche Folgen ein Reparaturversuch am Muster haben mußte, und das hatte sich ziemlich schrecklich angehört. Was würde geschehen, wenn Vater das Wagnis nicht schaffte und dabei umkam? Wo standen wir dann? Wo wir auch jetzt standen, nur ohne Anführer: vor dem Beginn einer großen Schlacht, und mit dem wiederauflebenden Nachfolgeproblem im Tornister. Die schreckliche Sache würde uns in einem Hinterstübchen unseres Verstandes beschäftigen, während wir in die Schlachten ritten, und wir alle würden unsere kleinen Vorbereitungen treffen für den Kampf gegen die Brüder und Schwestern, sobald der andere Feind geschlagen war. Es mußte einen anderen Weg geben! Es war besser, Vater lebendig auf dem Thron zu wissen, als die Nachfolge-Intrigen wieder aufleben zu lassen.

»Worauf warten wir?« fragte Dara. »Auf die Bestätigung?«

»Ja«, antwortete ich.

Random begann, hin und her zu schreiten. Benedict nahm Platz und überprüfte den Verband an seinem Arm. Gérard lehnte an der Kaminumrandung. Ich stand irgendwo im Zimmer und überlegte. Soeben war mir ein Einfall gekommen. Ich schob den Gedanken sofort zur Seite, wurde ihn aber nicht los. Die Vorstellung gefiel mir nicht, was aber mit praktischen Erwägungen wenig zu tun hatte. Allerdings würde ich schnell handeln müssen, ehe ich Gelegenheit fand, mich selbst eines Besseren zu belehren. Nein. Ich würde mich daran halten. Verdammt!

Es regte sich ein Kontakt. Ich wartete ab. Gleich darauf hatte ich erneut Fiona vor mir. Sie befand sich an einem mir bekannten Ort, den ich gleichwohl erst nach wenigen Sekunden erkannte: Dworkins Wohnzimmer hinter der dicken Tür hinten in der Höhle. Vater und Dworkin waren bei ihr. Vater hatte seine Ganelon-Rolle aufgegeben und zeigte wieder die alte Gestalt. Er trug das Juwel.

»Corwin«, meldete sich Fiona. »Es stimmt. Vater hat den Angriffsbefehl über Dara ausgeschickt und war auf unsere Bitte um Bestätigung gefaßt. Ich ...«

»Fiona, hol mich durch!«

»Was?«

»Du hast mich verstanden. Mach schon!«

Ich streckte die rechte Hand aus. Sie hob den Arm, und wir berührten uns.

»Corwin!« rief Random. »Was ist los?«

Benedict war aufgesprungen. Gérard kam bereits auf mich zu.

»Das werdet ihr bald erfahren«, antwortete ich und trat vor.

Ehe ich losließ, drückte ich ihr die Hand und lächelte.

»Vielen Dank, Fiona. Hallo, Vater! Hallo, Dworkin! Wie geht's denn so?«

Sofort blickte ich zu der dicken Tür hinüber und sah, daß sie offenstand. Ich ging um Fiona herum und näherte mich den beiden Männern. Vater hatte den Kopf gesenkt und die Augen zusammengekniffen. Diesen Ausdruck kannte ich.

»Was soll das, Corwin? Du bist ohne Erlaubnis hier. Ich habe den verdammten Befehl bestätigt, jetzt erwarte ich, daß er auch ausgeführt wird.«

Zweites Kapitel

»Das soll geschehen«, sagte ich und nickte. »Ich bin nicht gekommen, um mich darüber mit dir zu streiten.«
»Worüber dann?«
Ich rückte näher und berechnete dabei meine Worte wie auch die Entfernung. Es freute mich, daß er sitzen geblieben war.
»Wir sind eine Zeitlang als Kameraden miteinander geritten«, sagte ich. »Verflucht will ich sein, wenn ich dich in dieser Zeit nicht liebgewonnen habe. Ich hatte nie Sympathie für dich, weißt du. Auch nicht den Mut, so etwas bisher auszusprechen, aber du weißt, daß ich die Wahrheit sage. Ich spiele gern mit dem Gedanken, daß die Dinge so zwischen uns hätten stehen können, wenn wir nicht eben gewesen wären, was wir sind.« Einen Sekundenbruchteil lang schien sich sein Blick zu erweichen, während ich weiter in Position rückte. Dann fuhr ich fort: »Jedenfalls möchte ich an dich auf diese Weise glauben und nicht auf die andere, denn es gibt etwas, das ich sonst nicht für dich getan hätte.«
»Was?« fragte er.
»Dies.«
Ich packte das Juwel mit hochschnellender Hand und zerrte mit einem Ruck die Kette über den Kopf. Sofort machte ich auf dem Absatz kehrt und hastete durch den Raum und zur Tür hinaus. Ich zog sie hinter mir ins Schloß. Sie ließ sich von außen nicht verriegeln, und so eilte ich weiter, den umgekehrten Weg gehend, auf dem ich Dworkin damals durch die Höhle gefolgt war. Hinter mir ertönte das erwartete Gebrüll.
Ich folgte den Windungen. Dabei kam ich nur einmal ins Stolpern. Wixers Geruch machte sich in seinem Höhlennest noch stark bemerkbar. Ich hastete weiter und sah nach einer letzten Biegung Tageslicht vor mir.
Ich eilte darauf zu, wobei ich die Kette des Juwels über den Kopf gleiten ließ. Ich spürte, wie es mir vor die Brust fiel. Mit dem Verstand drang ich in das Gebilde ein. In der Höhle hinter mir hallten Echos auf.
Das Freie!
Ich sprintete auf das Muster zu. Währenddessen konzentrierten sich meine Gefühle im Juwel, das zu einem zusätzlichen Sinnesorgan wurde. Außer Vater und Dworkin war ich die einzige Person, die voll auf das Juwel eingestimmt war. Dworkin hatte mir gesagt, das Muster ließe sich reparieren, indem eine Person in einem solchen Stadium der Einstimmung das Große Muster durchschreite und bei jeder Überquerung die Verfärbung ausbrenne, sie ersetzend durch Urmasse aus dem Bild des Musters, das sie mit sich herumtrüge, dabei die schwarze Straße auslöschend. Es war besser, wenn ich diesen Versuch machte und nicht Vater. Ich war immer noch der Meinung, daß die schwarze Straße ihre

endgültige Form zum Teil auch der Stärke meines Fluches gegen Amber verdankte. Auch diese Schuld wollte ich jetzt auslöschen. Ohnehin war Vater besser als ich dazu geeignet, nach dem Krieg wieder alles ins Lot zu bringen. In jenem Augenblick wurde mir klar, daß ich den Thron gar nicht mehr wollte. Selbst wenn er mir zugestanden hätte – welch überwältigende Aussicht, dem Königreich durch all die langweiligen Jahrhunderte zu dienen, die mir noch bevorstehen mochten! Vielleicht war es der problemlosere Ausweg, wenn ich bei diesem Versuch umkäme. Eric war tot, und ich haßte ihn nicht mehr. Das andere, von dem ich beflügelt worden war – das Streben nach dem Thron – schien mir aus heutiger Sicht nur vorhanden gewesen zu sein, weil ich gemeint hatte, er wolle es so. Nun löste ich mich von beidem. Was blieb übrig? Ich hatte Vialle ausgelacht, ehe ich nachdenklich wurde. Aber sie hatte recht gehabt. Der alte Soldat war in mir die größte Kraft. Es war eine Sache der Pflicht. Aber nicht nur der Pflicht. Es ging um mehr ...

Ich erreichte den Rand des Musters und begab mich mit schnellen Schritten an seinen Anfang. Hastig blickte ich zur Höhlenöffnung hinüber. Vater, Dworkin, Fiona – von ihnen war noch niemand zu sehen. Gut. Sie würden mich nicht mehr aufhalten. Sobald ich einen Fuß auf das Muster stellte, blieb ihnen nichts anderes übrig, als abzuwarten und zuzusehen. Einen Sekundenbruchteil lang dachte ich an Iagos Auflösung, dann verdrängte ich den Gedanken und versuchte mich soweit zu beruhigen, wie es für mein Vorhaben erforderlich war. Gleich darauf mußte ich an meinen Kampf gegen Brand an diesem Ort denken und an sein seltsames Verschwinden von hier – aber auch das schob ich zur Seite. Ich atmete langsamer, bereitete mich auf meine Aufgabe vor.

Eine gewisse Lethargie machte sich bemerkbar. Es war Zeit zu beginnen, doch ich zögerte noch einen Augenblick lang in dem Versuch, meinen Geist auf die gewaltige Anstrengung einzustimmen, die vor mir lag. Einen Augenblick lang verschwamm das Muster vor meinen Augen. Jetzt! Verdammt! Jetzt! Keine weiteren Vorbereitungen! Fang an! redete ich mir zu. Geh los!

Aber noch immer stand ich da und betrachtete das Muster wie in einem Traum. Im Hinschauen vergaß ich mich sekundenlang selbst – ich betrachtete das Muster mit der langen schwarzen Schmierstelle, die ich entfernen wollte ...

Es erschien mir nicht mehr wichtig, daß ich dabei sterben konnte. Meine Gedanken gerieten ins Wandern, beschäftigten sich mit der Schönheit des Gebildes ...

Da hörte ich ein Geräusch. Sicher Vater, Dworkin, Fiona. Ich mußte etwas unternehmen, ehe sie mich eingeholt hatten. Ich mußte das Muster beschreiten, gleich würde ich ...

Zweites Kapitel

Ich riß den Blick von dem Muster los und blickte zur Höhle zurück. Die drei waren ins Freie getreten und ein Stück den Hang herabgekommen, waren dann aber stehengeblieben. Warum? Warum rührten sie sich nicht mehr?

Was machte das noch? Ich hatte genug Zeit um anzufangen. Ich begann, den Fuß zu heben, begann voranzuschreiten.

Aber ich konnte mich kaum bewegen. Mit großer Willensanstrengung schob ich den Fuß zentimeterweise voran. Dieser erste Schritt erwies sich als schlimmer als der letzte Teil des Musters. Aber ich schien weniger gegen einen äußeren Widerstand kämpfen zu müssen als gegen eine Trägheit meines eigenen Körpers. Es war beinahe, als würde ich ...

Plötzlich sah ich die Vision Benedicts neben dem Muster in Tirna Nog'th, während Brand sich spöttisch näherte, das lodernde Juwel auf der Brust.

Ehe ich den Blick senkte, wußte ich, was ich sehen würde.

Der rote Stein pulsierte im Takt meines Herzschlags.

Verdammt sollten sie sein!

In diesem Augenblick wirkten Vater oder Dworkin – oder beide – durch den Stein auf mich ein und lähmten mich. Ich bezweifelte nicht, daß die beiden jeweils auch allein über das Juwel gebieten konnten. Auf diese Entfernung wollte ich mich allerdings nicht ohne Gegenwehr in mein Schicksal ergeben.

Ich drängte weiter mit dem Fuß, ließ ihn langsam auf den Rand des Musters zugleiten. Sobald ich es berührte, hatten sie gewiß keine Gewalt mehr über mich ...

Dösen ... Ich spürte, wie ich zu fallen begann. Ich war eine Sekunde lang eingeschlafen. Und wieder verschwand meine Umwelt für kurze Zeit. Als ich die Augen öffnete, sah ich ein Stück des Musters vor mir. Als ich den Kopf drehte, erblickte ich Füße. Als ich aufblickte, entdeckte ich meinen Vater über mir, das Juwel in der Hand haltend.

»Geht jetzt!« sagte er zu Dworkin und Fiona, ohne den Kopf in ihre Richtung zu wenden.

Die beiden zogen sich zurück. Im gleichen Augenblick hängte er sich das Juwel wieder um. Anschließend beugte er sich vor und streckte mir die Hand hin. Ich ergriff sie, und er zog mich hoch.

»Das war sehr töricht gehandelt«, sagte er.

»Beinahe hätte ich's geschafft.«

Er nickte.

»Aber du wärst dabei umgekommen, ohne etwas zu erreichen«, meinte er. »Trotzdem hast du es geschickt angestellt. Komm, machen wir einen Spaziergang!«

Er faßte mich am Arm, und wir wanderten am Rand des Musters entlang.

Ich beobachtete das seltsame Himmelsmeer, das uns horizontlos umgab, und fragte mich, was geschehen wäre, wenn ich das Muster betreten hätte, was sich in diesem Augenblick abspielen würde.

»Du hast dich verändert«, sagte er schließlich. »Oder ich habe dich nie richtig gekannt.«

Ich zuckte die Achseln.

»Vielleicht spielen beide Elemente hinein. Etwas Ähnliches wollte ich gerade über dich sagen. Verrätst du mir etwas?«

»Was?«

»Wie schwer ist dir die Rolle als Ganelon gefallen?«

Er lachte leise. »Gar nicht schwer«, gab er zurück. »Durch ihn magst du einen Eindruck von meinem wirklichen Ich bekommen haben.«

»Er gefiel mir. Ich meine, du als er. Was ist nur mit dem echten Ganelon?«

»Der ist tot, Corwin. Ich traf ihn, nachdem du ihn aus Avalon verbannt hattest, das ist lange her. Kein übler Kerl. Ich hätte ihm nicht über den Weg getraut, aber das tue ich ja bei keinem, wenn ich nicht unbedingt muß.«

»Liegt wohl in der Familie.«

»Es tat mir leid, ihn töten zu müssen. Er ließ mir auch kaum eine andere Wahl. Das ist alles lange her, doch ich erinnerte mich deutlich an ihn, also muß er mich irgendwie beeindruckt haben.«

»Und Lorraine?«

»Das Land? Gute Arbeit, dachte ich. Gut gelungen, meinte ich. Ich bearbeitete den entsprechenden Schatten, der allein durch meine Gegenwart an Stärke gewann, wie es mit jedem Schatten geschieht, wenn einer von uns sich längere Zeit darin aufhält – wie bei dir in Avalon und später der andere Ort. Und ich erkannte, daß ich dort viel Zeit gewinnen konnte, indem ich dem dortigen Zeitstrom meinen Willen aufzwang.«

»Ich wußte nicht, daß so etwas möglich ist.«

»Beginnend mit der ersten Einführung in das Muster, wächst in einem die Kraft. Viele Dinge mußt du noch lernen. Ja, ich stärkte Lorraine und machte es besonders empfindsam gegenüber der wachsenden Macht der schwarzen Straße. Ich sorgte dafür, daß es auf deinem Weg liegen würde, wohin du auch gehen wolltest. Nach deiner Flucht führten alle Straßen nach Lorraine.«

»Warum?«

»Es war eine Falle, die ich dir gestellt hatte, vielleicht auch eine Art Prüfung für dich. Ich wollte bei dir sein, wenn du auf die Mächte des Chaos stießest. Außerdem wollte ich dich eine Zeitlang auf deinen Reisen begleiten.«

»Eine Prüfung? In welcher Beziehung hast du mich geprüft? Und warum wolltest du mich begleiten?«

»Kannst du dir das nicht denken? Im Laufe der Jahre habe ich euch alle genau beobachtet. Ein Nachfolger wurde aber von mir nicht bestimmt – diese Frage ließ ich absichtlich offen. Ihr alle seid mir hinreichend ähnlich, um zu wissen, daß in dem Augenblick, da ich einen von euch zum Thronwärter ernannte, sein oder ihr Todesurteil unterschrieben gewesen wäre. Nein. Ich habe die Dinge absichtlich bis zum Schluß im unklaren gelassen. Inzwischen habe ich meine Entscheidung allerdings getroffen. Du sollst der Nachfolger sein.«

»In Lorraine hast du dich einmal kurz bei mir gemeldet, in deiner wahren Gestalt. Du fordertest mich dabei auf, den Thron zu übernehmen. Wenn du dir damals schon darüber klarwarst, warum hast du dann die Maskerade fortgesetzt?«

»Aber die Entscheidung war doch noch gar nicht gefallen! Es ging mir nur darum, dich weiter bei der Stange zu halten. Ich fürchtete, deine Gefühle für das Mädchen und das Land könnten zu stark werden. Als Held des Schwarzen Kreises hättest du es vorziehen können, dort seßhaft zu werden. Ich pflanzte dir lediglich die Gedanken ein, die dazu führen mußten, daß du deine Reise fortsetztest.«

Ich schwieg eine lange Zeit. Wir hatten um das Muster bereits einen großen Bogen gemacht.

»Etwas muß ich ganz genau wissen«, sagte ich schließlich. »Bevor ich zu dir kam, sprach ich mit Dara, die sich bemüht, ihren Namen bei uns reinzuwaschen ...«

»Das ist bereits geschehen«, sagte er. »Ich spreche ihr das Vertrauen aus.«

Ich schüttelte den Kopf.

»Ich verzichtete darauf, ihr etwas vorzuwerfen, das mir seit einiger Zeit im Kopf herumgeht. Es gibt einen guten Grund für meine Annahme, daß man ihr nicht trauen darf – trotz ihrer Argumente und deiner Fürsprache. Eigentlich sogar zwei Gründe.«

»Ich weiß, Corwin. Aber sie hat Benedicts Dienstboten nicht umgebracht, um ihre Position in seinem Haus zu festigen. *Ich* habe das getan, um dafür zu sorgen, daß sie dich – wie es dann geschah – im richtigen Moment erreichte.«

»Du? Du stecktest mit *ihr* unter einer Decke? Weshalb?«

»Sie wird dir eine gute Königin sein, mein Sohn. Ich vertraue auf die Kraft des Blutes aus dem Chaos. Es wurde Zeit, daß wir frisches Blut hinzubekamen. So wirst du den Thron übernehmen und bereits einen Erben haben. Wenn er für sein Amt bereit ist, wird Merlin die Folgen seiner Erziehung längst überwunden haben.«

Wir hatten die schwarze Verfärbung des Musters erreicht. Ich blieb stehen, hockte mich nieder und betrachtete die Erscheinung.

»Du meinst, dieses Ding wird dich umbringen?« fragte ich endlich.

»Ich weiß, daß es so kommen wird.«

»Dir macht es nichts aus, unschuldige Menschen zu ermorden, um mich zu manipulieren. Trotzdem würdest du für das Königreich dein Leben opfern.« Ich blickte ihn an. »Ich habe auch keine sauberen Hände«, fuhr ich fort, »und maße mir kein Urteil über dich an. Doch als ich vorhin Anstalten machte, das Muster zu beschreiben, ging mir durch den Kopf, wie sehr sich doch meine Gefühle verändert hatten – gegenüber Eric, gegenüber dem Thron. Du handelst, glaube ich, auch aus einem Gefühl der Pflicht heraus. Auch ich fühle mich jetzt verpflichtet, gegenüber Amber, gegenüber dem Thron. Eigentlich sogar mehr, viel mehr, wie mir vorhin aufging. Aber mir ist auch etwas anderes klargeworden, etwas, worauf sich mein Pflichtgefühl nicht erstreckt. Ich weiß nicht, wann oder wie mein Bestreben aufgehört hat und ich mich verändert habe – aber ich möchte den Thron nicht mehr, Vater. Es tut mir leid, wenn das deine Pläne durcheinanderbringt, aber ich möchte nicht König von Amber werden. Bedaure.«

Ich wandte den Kopf und betrachtete wieder die unheilvolle Schwärung des Musters. Ich hörte ihn seufzen.

»Ich werde dich jetzt nach Hause schicken«, sagte er schließlich. »Sattle dein Pferd und nimm Vorräte mit. Der Ritt ist weit. Begib dich an einen Ort außerhalb Ambers – egal wohin, es muß nur einigermaßen abgelegen sein.«

»Mein Grabmal?«

Er schnaubte durch die Nase und stimmte ein leises Lachen an. »Das müßte genügen. Reite dorthin und erwarte meine weiteren Anweisungen! Ich muß nachdenken.«

Ich stand auf. Er streckte den Arm aus und legte mir die rechte Hand auf die Schulter. Das Juwel pulsierte. Er blickte mir in die Augen.

»Niemand bekommt alles, was er haben will, so wie er es haben will«, sagte er.

Es trat eine Art Distanzierungseffekt ein, wie die Kraft eines Trumpfs, aber in umgekehrter Richtung. Ich vernahm Stimmen und erblickte ringsum das Zimmer, das ich vor einiger Zeit verlassen hatte. Benedict, Gérard, Random und Dara waren bei mir. Ich spürte, wie Vater meine Schulter losließ. Dann war er fort, und ich befand mich wieder bei den anderen.

»Was ist passiert?« fragte Random. »Wir haben gesehen, wie Vater dich zurückgeschickt hat. Wie hat er das übrigens gemacht?«

»Keine Ahnung«, antwortete ich. »Jedenfalls bestätigt er Daras Angaben. Er gab ihr den Siegelring und die Botschaft.«

»Warum?« fragte Gérard.

»Wir sollten lernen, ihr zu vertrauen«, antwortete ich.

Benedict stand auf. »Dann will ich tun, was man mir aufgetragen hat.«
»Er möchte, daß du angreifst und dann zurückweichst«, sagte Dara. »Danach brauchst du sie lediglich in Schach zu halten.«
»Für wie lange?«
»Er sagte nur, das würde dir dann schon klar.«
Benedict lächelte, was er selten tat, und nickte. Er bediente sein Kartenetui mit einer Hand, nahm die Karten heraus und zog den speziellen Trumpf für die Höfe des Chaos, den ich ihm gegeben hatte.
»Viel Glück«, sagte Random.
»Ja«, betonte Gérard.
Ich äußerte ebenfalls meine Glückwünsche und sah zu, wie er verblaßte. Als das regenbogenbunte Nachbild verschwunden war, wandte ich mich ab und bemerkte dabei, daß Dara lautlos weinte. Ich machte keine Bemerkung darüber.
»Auch ich habe jetzt meine Befehle – gewissermaßen«, sagte ich. »Ich muß los.«
»Und ich kehre auf das Meer zurück«, verkündete Gérard.
»Nein«, hörte ich Dara sagen, als ich mich bereits der Tür näherte. Ich blieb stehen.
»Du sollst hierbleiben, Gérard, und dich um die Sicherheit Ambers kümmern. Einen Angriff zur See wird es nicht geben.«
»Aber ich dachte, Random wäre hier für die Verteidigung zuständig.«
Sie schüttelte den Kopf. »Random soll zu Julian nach Arden reiten.«
»Bist du sicher?« fragte Random.
»Ganz sicher.«
»Gut«, sagte er. »Hübsch zu wissen, daß er wenigstens an mich gedacht hat. Tut mir leid, Gérard, so ist die Lage.«
Gérard schaute ihn verwirrt an. »Ich hoffe, er weiß, was er tut«, meinte er.
»Das haben wir doch schon durchgekaut«, sagte ich. »Leb wohl!«
Als ich das Zimmer verließ, hörte ich Schritte. Dara tauchte neben mir auf.
»Was noch?« fragte ich.
»Ich dachte, ich könnte dich begleiten.«
»Ich will nur den Hügel hinauf, um mir Vorräte zu besorgen. Dann muß ich zum Stall.«
»Ich komme mit.«
»Ich reite allein.«
»Ich könnte sowieso nicht mitreiten. Ich muß noch mit deinen Schwestern sprechen.«
»Ah, sie gehören also auch dazu?«
»Ja.«

Wir gingen schweigend nebeneinander her. Dann sagte sie: »Die ganze Sache war nicht so nüchtern, wie sie dir vorkommen muß, Corwin.«

Wir betraten den Proviantraum.

»Welche Sache?«

»Du weißt, was ich meine.«

»Ach, das. Na schön.«

»Ich mag dich. Es könnte eines Tages mehr als das sein, wenn du überhaupt etwas empfindest.«

Mein Stolz legte mir eine schnippische Antwort in den Mund, die ich aber nicht aussprach. Im Laufe der Jahrhunderte lernt man eben doch dazu. Sie hatte mich für ihre Ziele mißbraucht, doch wie es im Augenblick aussah, war sie damals nicht ganz Herr über ihre Entscheidungen gewesen. Schlimmstenfalls war zu sagen, daß Vater sich wünschte, daß ich sie begehrte. Daß ich mich darüber ärgerte, sollte aber keinen Einfluß haben auf das, was ich wirklich fühlte oder fühlen würde.

»Ich mag dich auch«, sagte ich also und schaute sie an. Es sah so aus, als brauche sie dringend einen Kuß, und ich küßte sie. »Aber jetzt muß ich mich fertigmachen.«

Sie lächelte und drückte mir den Arm. Dann war sie verschwunden. Ich nahm mir vor, meine Gefühle erst später zu analysieren, und stellte meine Vorräte zusammen.

Dann sattelte ich Star und ritt die Hänge Kolvirs hinauf, bis ich mein Grabmal erreichte. Neben dem Eingang sitzend, rauchte ich meine Pfeife und beobachtete die Wolken. Ich hatte das Gefühl, einen sehr angefüllten Tag hinter mir zu haben, dabei war es noch früher Nachmittag. In den Grotten meines Verstandes überschlugen sich die Vorahnungen – doch ich wagte es nicht, mich näher damit zu befassen.

3

Ich döste gerade vor mich hin, als der Kontakt mich überraschte. Ich sprang sofort auf. Es war Vater.

»Corwin, ich habe meine Entscheidungen getroffen. Die Zeit ist reif«, sagte er. »Mach deinen linken Arm frei!«

Ich gehorchte, während seine Gestalt sich noch weiter verdichtete und dabei immer königlicher aussah, eine seltsame Traurigkeit im Gesicht, wie ich sie bei ihm noch nie bemerkt hatte.

Er ergriff meinen Arm mit seiner linken Hand und zog mit der anderen seinen Dolch.

Ich sah zu, wie er mir in den Arm schnitt und die Klinge wieder fortsteckte. Blut quoll hervor, das er mit der linken Hand auffing. Er ließ meinen Arm los, bedeckte die linke Hand mit der rechten und entfernte sich einen Schritt. Die Hände vor das Gesicht hebend, hauchte er seinen Atem dazwischen und öffnete sie ruckartig.

Ein Vogel von der Größe eines Rabens, das Gefieder blutrot, bäumte auf seiner Hand, stieg auf seinen Unterarm und starrte mich an. Sogar die Augen waren rot, und irgendwie kam mir das Wesen vertraut vor, als es den Kopf auf die Seite legte und mich anblickte.

»Er ist Corwin, der Mann, dem du zu folgen hast«, sagte Vater zu dem Vogel. »Präge ihn dir ein!«

Dann setzte er sich das Tier auf die linke Schulter, von wo es mich weiter unverwandt anstarrte, ohne Anstalten zu machen, fortzufliegen.

»Du mußt dich auf den Weg machen, Corwin«, sagte er. »Und zwar sofort. Besteige dein Pferd und reite nach Süden! Verschwinde in den Schatten, so schnell es geht! Beginne einen Höllenritt! Entferne dich so weit wie möglich von hier!«

»Wohin, Vater?« fragte ich.

»Zu den Burgen des Chaos. Du kennst den Weg?«

»In der Theorie. Ich habe ihn nie zur Gänze zurückgelegt.«

Er nickte langsam. »Dann mach zu!« sagte er. »Du mußt ein möglichst großes Zeitdifferential zwischen diesem Ort und dir schaffen.«

»Na schön«, sagte ich. »Aber ich begreife das alles nicht.«

»Du wirst es begreifen, wenn die Zeit reif ist.«

»Aber es gibt einen einfacheren Weg«, wandte ich ein. »Ich komme schneller und weitaus müheloser ans Ziel, wenn ich mich mit Benedict und seinem Trumpf in Verbindung setze und mich von ihm hindurchholen lasse.«

»Das nützt nichts«, sagte Vater. »Du mußt den längeren Weg nehmen, weil du etwas bei dir trägst, das dir unterwegs übermittelt wird.«

»Übermittelt? Wie denn?«

Er hob den Arm und streichelte dem roten Vogel über das Gefieder.

»Durch deinen Freund hier. Er schafft den ganzen Weg zu den Burgen des Chaos nicht – zumindest nicht rechtzeitig.«

»Was wird er mir bringen?«

»Das Juwel. Ich glaube nicht, daß ich in der Lage bin, die Überbringung selbst zu veranlassen, wenn ich die Aufgabe erledigt habe, die ich dem Juwel und mir stellen muß. An jenem Ort könnte seine Macht uns irgendwie von Nutzen sein.«

»Ich verstehe«, sagte ich. »Trotzdem brauche ich nicht die ganze Strecke zurückzulegen. Ich könnte durch den Trumpf ans Ziel springen, nachdem ich das Juwel erhalten habe.«

»Das geht wohl leider nicht. Sobald ich getan habe, was ich hier tun muß, werden die Trümpfe für eine gewisse Zeit ihre Wirkung verlieren.«

»Warum?«

»Weil die gesamte Struktur unserer Welt sich verändern wird. Nun reite schon los, verdammt! Steig auf dein Pferd!«

Ich richtete mich auf und starrte ihn noch einen Moment lang an. »Vater, gibt es keine andere Möglichkeit?«

Er schüttelte nur den Kopf und hob die Hand. Gleichzeitig begann er zu verblassen.

»Leb wohl!«

Ich machte kehrt und stieg auf. Es hätte noch mehr zu sagen gegeben, aber dazu war es zu spät. Ich zog Star zu dem Weg herum, der mich nach Süden führen würde.

Während Vater schon auf dem Gipfel Kolvirs mit den Schatten hatte spielen können, war mir das stets verwehrt geblieben. Ich mußte ein gutes Stück von Amber fort sein, ehe ich die ersten Verschiebungen bewirken konnte.

In dem Bewußtsein, daß es möglich war, wollte ich es heute aber einmal versuchen. Während ich also, den Weg nach Garnath ansteuernd, in südlicher Richtung über kahles Gestein und durch Felsschluchten ritt, durch die der Wind pfiff, versuchte ich, die Stofflichkeit meiner Umwelt zu verformen.

... Ein kleines Büschel blauer Blumen an einer steinigen Kante.

Drittes Kapitel

Diese Entdeckung erfüllte mich mit Erregung, denn sie waren ein bescheidener Bestandteil meiner Bemühungen. Ich fuhr darin fort, der Welt meinen Willen aufzuerlegen.

Der Schatten eines dreieckigen Steines tauchte hinter der Wegbiegung auf ... Ein Umschlagen des Windes ...

Einige kleinere Effekte funktionierten tatsächlich. Eine Rückwärtswendung des Weges ... Ein Spalt ... Ein uraltes Vogelnest hoch oben auf einem Felsvorsprung ... Mehr blaue Blumen ...

Warum nicht? Ein Baum ... Und ein zweiter ...

Ich spürte, wie sich die Kraft in mir regte. Ich bewirkte neue Veränderungen.

Plötzlich kam mir hinsichtlich meiner neuentdeckten Fähigkeiten ein Gedanke. Durchaus möglich, daß ich aus rein psychologischen Gründen solche Manipulationen bisher nicht hatte durchführen können. Bis vor kurzem hatte ich Amber für die einzige unveränderbare Realität gehalten, von der alle Schatten ihre Gestalt ableiteten. In diesem Moment erkannte ich, daß Amber nur der erste Schatten war und daß der Ort, an dem sich mein Vater aufhielt, die höhere Realität darstellte. So erschwerte die unmittelbare Nähe zwar das Herbeiführen von Veränderungen, doch waren sie nicht unmöglich. Unter anderen Umständen hätte ich dennoch meine Kräfte gespart, bis ich eine Stelle erreichte, da mir die Verschiebungen nicht mehr so viel Mühe machten.

Heute aber war mir Eile aufgetragen worden. Ich würde mich anstrengen müssen, würde hetzen müssen, um den Wünschen meines Vaters nachzukommen.

Als ich den Pfad erreichte, der den Südhang Kolvirs hinabführte, hatte sich die Landschaft bereits verändert. Vor mir lag nicht die steile Tiefe, sondern eine Folge flacher Hänge. Schon drang ich in die Schattenländer ein.

Als ich meinen Weg fortsetzte, lag die schwarze Straße wie eh und je als schwarze Narve zu meiner Linken; allerdings war das Garnath, durch das sie schnitt, in leicht besserer Verfassung als die Region, die ich bis in den letzten Winkel kannte. Die Konturen waren weicher, aufgelockert durch grünen Bewuchs, der näher an den toten Streifen heranreichte. Es war, als sei mein Fluch auf dieses Land leicht abgemildert worden. Natürlich eine Illusion des Gefühls, befand ich mich doch eigentlich nicht mehr in meinem Amber. *Meine Rolle hierbei tut mir leid*, sagte ich im Geiste auf wie ein Gebet. *Ich bin unterwegs, um mein Tun vielleicht rückgängig zu machen. Verzeih mir, Geist dieses Ortes.* Mein Blick wandte sich in die Richtung, in der sich der Hain des Einhorns befinden mußte, doch er lag zu weit im Westen und wurde durch zu viele Bäume verstellt, als daß ich auch nur einen Zipfel jenes heiligen Ortes zu sehen bekam.

Im weiteren Verlauf meines Rittes flachte der Hang noch mehr ab und ging in eine Reihe sanfter Vorberge über. Hier ließ ich Star schneller gehen, zuerst in südwestlicher Richtung, dann nach Süden. Immer tiefer kam ich. Links funkelte und flirrte in großer Entfernung das Meer. Bald würde sich die schwarze Straße zwischen uns schieben, denn mein Weg nach Garnath brachte mich ihr näher. Was immer ich mit den Schatten anstellte – jene unheildrohende Erscheinung würde ich nicht auslöschen können. Im Grunde führte der schnellste Weg zu meinem Ziel parallel zu ihr.

Endlich erreichten wir den Talgrund. Der Wald von Arden ragte in großer Entfernung rechts von mir auf, sich nach Westen erstreckend, immens und undurchdringlich. Ich ritt weiter und gab mir große Mühe, neue Veränderungen zu bewirken, die mich noch weiter von zu Hause fortführten.

Ich hielt mich zwar in der Nähe der schwarzen Straße, achtete aber auf Abstand. Es blieb mir nichts anderes übrig, war sie doch das einzige, das ich nicht zu ändern vermochte. Ich achtete darauf, daß uns Büsche, Bäume und niedrige Hügel trennten.

Und wieder schickte ich meinen Geist auf die Reise, und die Beschaffenheit der Landschaft veränderte sich.

Achatadern ... Haufen von Schiefergestein ... Ein Abdunkeln des Grüns ...

Wolken schwammen durch den Himmel ... Die Sonne schimmerte und tanzte ...

Wir erhöhten das Tempo. Das Land fiel noch weiter ab. Die Schatten wurden länger und verschmolzen miteinander. Der Wald wich zurück. Rechts von mir wuchs eine Felswand empor, eine zweite erschien zu meiner Linken ... Ein kalter Wind verfolgte mich durch den zerklüfteten Canyon. Himmelsstreifen – rot, golden, gelb und braun – zuckten vorüber. Der Canyongrund wurde sandig. Staubteufel umtanzten uns. Als der Weg anzusteigen begann, beugte ich mich noch weiter vor. Die einwärts geneigten Felsmauern rückten dichter zusammen. Der Weg wurde schmaler, immer schmaler. Beinahe vermochte ich beide Felswände zu berühren ...

Oben stießen sie zusammen. Ich ritt durch einen schattengefüllten Tunnel, das Pferd zügelnd, als es immer dunkler wurde. Phosphoreszierende Wesen erstanden vor meinen Augen. Der Wind erzeugte ein klagendes Geräusch.

Und wieder hinaus!

Das von den Felsmauern reflektierte Licht war blendend grell, und ringsum erhoben sich riesige Kristalle. Wir stürmten daran vorbei auf einem ansteigenden Weg, der von dieser Zone fortführte, durch eine Reihe moosbewachsener Täler laufend, in denen sich kleine und völlig runde Teiche still wie Glas erstreckten.

Drittes Kapitel

Riesige Farnwedel tauchten vor uns auf, und wir ritten hindurch. Ich hörte einen fernen Trompetenton.

Drehen, im Schritt reiten ... Die Farne nun breiter und kürzer ... Dahinter eine große Ebene, sich in einen rosa Abend erstreckend ...

Weiter über helles Gras ... Der Geruch frischer Erde ...

Weiter vorn Berge oder dunkle Wolken ... Von links ein ganzer Sturz von Sternen ... Ein kurzer Hauch sprühender Feuchtigkeit ... Ein blauer Mond springt am Himmel empor ... Es zuckt zwischen den dunklen Massen ... Erinnerungen und ein Grollen ... Geruch nach Unwetter und entfesselter Luft ...

Ein kräftiger Wind ... Wolken vor den Sternen ... Eine grelle Gabel spießt rechts von mir einen zerschmetterten Baum auf, läßt ihn hoch auflodern ... Ein Kribbeln ... Der Geruch nach Ozon ... Ich werde von Regen überschüttet ... Links eine Reihe von Lichtern ...

Klappernd über eine kopfsteingepflasterte Straße ... Ein seltsames Fahrzeug nähert sich ... Rund, prustend ... Wir gehen uns aus dem Weg ... Ein Ruf verfolgt mich ... In einem hellen Fenster ein Kindergesicht ...

Getrappel ... Wasserspritzen ... Läden und Wohnhäuser ... Der Regen läßt nach, erstirbt, ist vorbei ... Nebelschwaden werden vorbeigeweht, verharren, verdichten sich, leuchten perlig im Schein eines stärker werdenden Lichts zu meiner Linken ...

Das Terrain verschwimmt, wird rot ... Das Licht im Nebel wird noch heller ... Frischer Wind, von hinten, zunehmende Wärme ... Die Luft bricht auseinander ...

Hellgelber Himmel ... Eine orangerote Sonne, die der Mittagsstunde entgegeneilt ...

Ein Beben. Etwas, das ich nicht bewirkt habe, völlig überraschend ... Unter uns bewegt sich der Boden, aber das ist nicht alles. Der neue Himmel, die neue Sonne, die rostrote Ebene, auf die ich soeben geritten bin – dies alles bläht sich auf und zieht sich wieder zusammen, verblaßt und kehrt zurück. Ein Krachen ertönt, und mit jedem Verblassen sehe ich Star und mich allein, inmitten eines weißen Nichts – Figuren ohne Hintergrund. Wir treten ins Leere. Das Licht kommt von überall und erhellt nur uns selbst. Ein gleichmäßiges Knakken füllt meine Ohren, wie von einem auftauenden arktischen Fluß, an dem ich einmal entlanggeritten bin. Star, der schon viele Schatten erlebt hat, stößt ein angstvolles Schnauben aus.

Ich sehe mich um. Verschwommene Umrisse erscheinen, festigen sich, werden klar. Meine Umwelt ist wiederhergestellt, wenn sie auch irgendwie verwaschener aussieht. Ein wenig Farbe ist der Welt genommen worden.

Wir wirbeln nach links und galoppieren auf einen niedrigen Hügel zu, ersteigen ihn, verhalten schließlich auf seiner höchsten Stelle.

Die schwarze Straße. Sie scheint ebenfalls entartet zu sein – aber mehr noch als der Rest. Sie windet sich unter meinem Blick, scheint im Hinschauen beinahe zu fließen. Das Knacken setzt sich fort, wird lauter ...

Aus dem Norden pfeift ein Wind herbei, zuerst schwach, dann stärker werdend. In diese Richtung schauend, sehe ich, wie sich eine dunkle Wolkenmasse aufbaut.

Ich weiß, ich muß jetzt galoppieren wie nie zuvor in meinem Leben. Sternstunden der Vernichtung und Schöpfung ereignen sich an dem Ort, den ich besucht habe – wann? Egal. Die Wellen bewegen sich von Amber auswärts, und selbst Amber mag untergehen – und ich mit ihm. Wenn Vater nicht wieder alles in den Griff bekommt.

Ich schüttel die Zügel. Wir galoppieren nach Süden.

Eine Ebene ... Bäume ... Etliche zerstörte Gebäude ... Schneller ...

Rauch über einem brennenden Wald ... Eine Flammenwand ... Vorbei ...

Gelber Himmel, blaue Wolken ... Eine Armada von Segelschiffen, die vor mir vorbeikreuzen ...

Schneller ...

Die Sonne senkt sich wie ein Stück glühendes Eisen in einen Eimer Wasser, die Sterne werden zu Funken ... Helles Licht auf einem geraden Weg ... Geräusche im Dopplereffekt von dunklen Verschmierungen entstellt, ein Heulen ... Heller das Licht, schwächer die Aussicht ... Grau zu meiner Rechten, zu meiner Linken ... Noch heller ... Vor meinen Augen nichts als der Weg, auf dem ich reiten muß ... Das Heulen steigert sich zu schrillem Kreischen ... Umrisse laufen ineinander ... Wir stürmen durch einen Tunnel aus Schatten ... Er beginnt sich zu drehen ...

Drehen, sich winden ... Nur die Straße ist real ... Die Welten wirbeln vorbei ... Ich habe meine Kontrolle über die Welten aufgegeben und reite nun im Schwung der eigentlichen Kraft, erfüllt von dem einzigen Ziel, von Amber loszukommen und in Richtung Chaos zu rasen ... Wind überfällt mich, und in meinen Ohren gellt der Schrei ... Nie zuvor habe ich meine Macht über die Schatten bis an ihre Grenzen ausgelotet ... Der Tunnel wird so glatt und nahtlos wie Glas ... Ich glaube, durch einen Wirbel zu reiten, durch einen Mahlstrom, durch das Herz eines Tornados ... Star und ich sind in Schweiß gebadet ... Ein unbezwingbares Gefühl des Fliehenmüssens überkommt mich, als würde ich verfolgt ... Die Straße ist zu einer Abstraktion geworden ... Meine Augen schmerzen, als ich den Schweiß fortzublinzeln versuche ... Diesen Ritt vermag ich

Drittes Kapitel

nicht viel länger durchzuhalten ... An der Schädelbasis pulsiert ein Schmerz ...

Sanft ziehe ich die Zügel an, und Star verliert an Tempo ...

Die Mauern meines Lichttunnels werden körnig ... Es herrscht keine Einheitlichkeit der Färbung mehr, sondern ein Gewirr von Grau, Schwarz und Weiß ... Auch Braun ... Ein Hauch von Blau ... Grün ... Das Jaulen wird zu einem Summen, zu einem Grollen, verblassend. Der Wind kommt sanfter ... Umrisse kommen und gehen ...

Langsamer, immer langsamer ...

Es gibt keinen Weg. Ich reite über moosbewachsenen Boden. Der Himmel ist blau, die Wolken weiß. Mir ist ganz leicht im Kopf. Ich zügele das Tier. Ich ...

Winzig.

Entsetzt senkte ich den Blick. Ich stand am Rand eines Spielzeugdorfes. Häuser, die ich in der Hand halten könnte, winzige Straßen, kleine Fahrzeuge, die sich darauf bewegten.

Ich schaute zurück. Etliche kleine Behausungen hatten wir bereits zertreten. Ich sah mich um. Zur Linken war die Bebauung nicht so dicht. Vorsichtig führte ich Star in diese Richtung und machte erst wieder Halt, als wir den seltsamen Ort verlassen hatten. Ich hatte ein schlechtes Gewissen wegen dieser seltsamen Siedlung – was immer sie sein mochte, wer immer dort auch leben mochte. Aber ich konnte nicht das geringste für diese Lebewesen tun.

So setzte ich meinen Weg fort, durch die Schatten reitend, bis ich eine Art verlassenen Steinbruch unter einem grünen Himmel erreichte. Hier kam ich mir schwerer vor. Ich stieg ab, trank einen Schluck Wasser und wanderte ein wenig auf und ab.

In tiefen Zügen genoß ich die feuchte Luft, die mich einhüllte. Ich war fern von Amber, so weit entfernt, wie man es überhaupt nur sein kann, und hatte damit schon ein gutes Stück des Weges zum Chaos zurückgelegt. Selten war ich so weit von meinem Ausgangspunkt weg gewesen. Ich hatte mir diesen Ort zur Rast ausgesucht, weil er der Normalität so nahe kam, wie ich es nur irgend einrichten konnte; ich wußte aber, daß die Veränderungen bald immer radikaler werden würden.

Eben streckte ich meine müden Muskeln, als ich hoch über mir den Schrei hörte.

Aufblickend sah ich das dunkle Gebilde herniederzucken und zog automatisch Grayswandir. Doch in seinem weiteren Flug brach es das Licht im richtigen Winkel, und die geflügelte Gestalt sah aus wie in Feuer getaucht.

Mein Wappenvogel umkreiste mich und nahm schließlich auf meinem ausgestreckten Arm Platz. Die angsteinflößenden Augen musterten mich mit einer absonderlichen Intelligenz, doch schenkte ich ihnen nicht die Aufmerksamkeit, die ihnen bei anderer Gelegenheit gegolten hätte. Vielmehr steckte ich Grayswandir ein und griff nach dem Ding, das mir der Vogel gebracht hatte.

Das Juwel des Geschicks.

Da wußte ich, daß Vaters Versuch, was immer sich dahinter verbergen mochte, beendet war. Das Muster war entweder repariert oder völlig zerstört. Entweder lebte er, oder er war tot. Die Auswirkungen seiner Tat würden sich jetzt von Amber ausgehend durch die Schatten ausbreiten wie die sprichwörtlichen Wellen auf dem Teich. In Kürze würde ich mehr über sie erfahren. Bis dahin hatte ich meine Befehle.

Ich zog die Kette über den Kopf und ließ mir das Juwel auf die Brust fallen. Dann stieg ich wieder auf Stars Rücken. Mein Blutvogel stieß einen kurzen Schrei aus und stieg in die Luft.

Wieder waren wir unterwegs.

... Durch eine Landschaft, über der sich der Himmel in dem Maße aufhellte, wie der Boden dunkler wurde. Schließlich flammte das Land, und der Himmel schwärzte sich ein. Dann umgekehrt. Und noch einmal ... Mit jedem Schritt kehrte sich der Effekt um, und als wir zu traben begannen, wurde die Erscheinung zu einer stroboskopischen Reihe von Schnappschüssen ringsum, die sich allmählich zu ruckartiger Animation aufbauten, dann zur überdrehten Hektik eines Stummfilms. Schließlich war alles eine einzige verschwommene Masse.

Lichtpunkte zuckten vorbei wie Meteore oder Kometen. Ein pulsierender Schmerz machte sich bemerkbar, wie von einem allesdurchdringenden kosmischen Herzrhythmus. Ringsum begann alles zu kreisen, als wäre ich in einem Wirbelwind gefangen.

Etwas ging hier schief. Ich schien die Kontrolle zu verlieren. War es möglich, daß Vaters Tat sich bereits in diesem Bereich der Schatten bemerkbar machte? Es kam mir unwahrscheinlich vor. Trotzdem ...

Star stolperte. Im Sturz klammerte ich mich krampfhaft fest, wollte ich doch nicht in den Schatten von meinem Tier getrennt werden. Ich prallte mit der Schulter auf eine harte Oberfläche und lag einen Augenblick lang betäubt da.

Als die Welt sich wieder zusammensetzte, fuhr ich hoch und sah mich um.

Ein gleichförmiges Dämmerlicht hüllte mich ein, doch es gab keine Sterne. Statt dessen trieben große Felsbrocken unterschiedlicher Formen und Größen durch die Luft oder verharrten über mir. Ich stand auf und sah mich um.

Soweit ich meine Umgebung wahrnahm, konnte die unregelmäßige Steinfläche, auf der ich stand, ebenfalls ein berggroßer Felsbrocken sein, der zusammen mit den anderen dahintrieb. Star richtete sich auf

Drittes Kapitel

und stand zitternd neben mir. Absolute Stille hüllte uns ein. Die reglose Luft war kühl. Kein anderes Lebewesen war in Sicht. Mir gefiel dieser Ort nicht. Freiwillig hätte ich hier nicht Rast gemacht. Ich kniete nieder, um mir Stars Bein anzusehen. Ich wollte so schnell wie möglich weiter, und zwar im Sattel.

Während ich damit beschäftigt war, hörte ich ein leises Lachen. War es einer menschlichen Kehle entsprungen?

Ich erstarrte, legte die Hand auf Grayswandirs Griff und suchte nach dem Ursprung der Laute.

Nichts war zu sehen.

Dabei hatten mich meine Ohren nicht getäuscht. Langsam drehte ich mich um und schaute in jede Richtung. Nein ...

Dann war das Lachen erneut zu hören. Diesmal erkannte ich, daß es von oben kommen mußte.

Ich suchte die schwebenden Felsen ab. Mit Schatten befrachtet, machten sie mir die Suche nicht leicht ...

Dort!

Zehn Meter über dem Boden und etwa dreißig Meter weiter links stand so etwas wie eine menschliche Gestalt auf einer kleinen Insel am Himmel und betrachtete mich. Ich starrte hinauf. Was immer das Wesen war, es schien zu weit entfernt zu sein, um mir gefährlich werden zu können. Ich war überzeugt, daß ich hier verschwinden konnte, ehe der andere mich zu erreichen vermochte. Ich machte Anstalten, Star zu besteigen.

»Das nützt nichts mehr, Corwin!« rief die Stimme, die ich in diesem Augenblick am wenigsten hören wollte. »Du sitzt in der Falle. Ohne meine Erlaubnis kannst du hier nicht mehr fort.«

Im Aufsteigen lächelte ich, dann zog ich Grayswandir.

»Das wollen wir doch mal sehen«, sagte ich. »Komm, verstell mir den Weg!«

»Schön«, sagte er, und aus dem nackten Gestein zuckten Flammen empor, die mich in einem lückenlosen Kreis umgaben, züngelnd, eine Wand bildend, lautlos.

Star drehte durch. Ich rammte Grayswandir wieder in die Scheide, hielt Star einen Zipfel meines Mantels vor die Augen und rief beruhigende Worte. Gleichzeitig vergrößerte sich der Kreis, das Feuer zog sich an den Rand des mächtigen Felsbrockens zurück, auf dem wir standen.

»Na, bist du überzeugt?« fragte die Stimme. »Dieser Ort ist zu klein. Gleichgültig, in welche Richtung du reitest – dein Pferd gerät in Panik, ehe du in den Schatten verschwinden kannst.«

»Leb wohl, Brand«, sagte ich und begann zu reiten.

Ich beschrieb im Gegenuhrzeigersinn einen großen Kreis auf dem Gestein, wobei ich Stars rechtes Auge vor den Flammen am Rand abschirmte. Ich hörte Brand erneut auflachen; er hatte noch nicht gemerkt, was ich im Schilde rührte.

Zwei große Felsen ... gut. Ich ritt daran vorbei, auf Kurs bleibend. Zu meiner Linken jetzt eine zerklüftete Steinbarriere, eine Anhöhe, eine Senke ... Wirre Schatten warfen die Flammen über meinen Weg ... Dorthin. Hinab ... Hinauf. Ein Hauch von Grün in jenem Lichtfleck. Ich spürte die Verschiebung einsetzen.

Die Tatsache, daß es auf geradem Kurs leichter fällt, besagt nicht, daß es im Kreis nicht ebenfalls geht. Wir reiten jedoch so oft geradeaus, daß wir die andere Möglichkeit oft vergessen.

Als ich mich den beiden großen Felsen von neuem näherte, spürte ich die Verschiebung noch mehr. Nun begriff auch Brand, was hier vorging.

»Halt, Corwin!«

Ich winkte ihm grüßend zu und verschwand zwischen den Felsen, tauchte hinab in einen schmalen Canyon, in dem zahlreiche gelbe Lichtflecken flirrten. Wie bestellt.

Ich zog meinen Mantel von Stars Kopf und spornte das Tier an. Der Canyon beschrieb eine Biegung nach rechts. Wir folgten ihm in eine besser beleuchtete Zone, die sich verbreiterte und immer mehr aufhellte.

... Unter einen großen Felsvorsprung, darüber ein milchiger Himmel, der auf der anderen Seite perlgrau schimmerte.

Immer tiefer reitend, immer schneller, immer weiter ... Eine gezackte Klippe krönte den Hang zu meiner Linken, begrünt von gewundenen Buschpflanzen unter einem rosé angehauchten Himmel.

Ich ritt, bis aus dem Grün Blau geworden war unter einem gelben Himmel, bis die Schlucht einer fliederfarbenen Ebene entgegenstieg. Hier rollten orangerote Felsbrocken im Takt unserer Huftritte, die den Boden zum Erbeben zu bringen schienen. Ich ritt unter wirbelnden Kometen dahin und erreichte schließlich an einem Ort schwerer Parfumdüfte die Küste eines blutroten Meeres. Am Strand reitend sah ich eine große grüne und eine kleine bronzefarbene Sonne aus dem Himmel sinken, während skelettartige Flotten aufeinanderprallten und Tiefseeschlangen die orangeroten und blauen Segel umschwammen. Das Juwel pulsierte vor meiner Brust und schenkte mir Kraft. Ein heftiger Wind wehte und trieb uns durch einen kupferwolkigen Himmel über einem jaulenden Abgrund, der sich endlos zu erstrecken schien, schwarzgründig, funkendurchstoben, gefüllt mit betäubenden Gerüchen ...

Hinter mir ewiges Donnergrollen ... Zarte Linien, wie die Bruchstellen eines alten Gemäldes, sich überall ausbreitend ... Kalt, ein alle Düfte tötender Wind verfolgt uns ...

Drittes Kapitel

Linien ... Die Risse erweitern sich, Schwärze füllt sie, fließt heraus ... Dunkle Streifen wischen vorbei, hinauf, herab, kreiseln in sich selbst ... Die Umrisse eines Netzes, die Anstrengungen einer riesigen unsichtbaren Spinne, die die Welt in ihr Netz locken will ...

Hinab und immer weiter hinab ... Erneut der Boden, runzlig und ledrig wie der Nacken einer Mumie ... Unser pulsierender Ritt: lautlos ... Weicher der Donner, nachlassend der Wind ... Vaters letzter Atemhauch? Jetzt Tempo und fort ...

Ein Engerwerden der Linien, bis hinab zur Feinheit eines Kupferstichs, dann in der Hitze der drei Sonnen verblasend ... Und noch schneller ...

Ein Reiter, näherkommend ... Die Hand auf den Schwertgriff legend, meinem Beispiel folgend ... Ich. Ich, der ich zurückkehre? Gleichzeitig, unser Gruß. Irgendwie durch den anderen hindurch; die Luft ist in jenem trockenen Augenblick wie ein Wasservorhang ... Was für ein Carroll'scher Spiegel, was für ein Rebma- und Tirna-Nog'th-Effekt! Doch weit entfernt zur Linken windet sich ein schwarzes Ding ... Wir folgen der Straße ... Sie führt mich weiter ...

Weißer Himmel, weißer Boden und kein Horizont ... Sonnen- und wolkenlos das Panorama ... Nur jener schwarze Streifen in der Ferne, und überall schimmernde Pyramiden, mächtig und beunruhigend ...

Wir ermüden. Mir gefällt dieser Ort nicht ... Doch dem unbekannten Geschehnis, das uns verfolgt, sind wir zunächst entkommen. Zieh die Zügel an!

Ich war müde, spürte jedoch eine seltsame Vitalität in mir. Sie schien von meiner Brust auszugehen ... Das Juwel, natürlich! Ich versuchte, erneut auf seine Kraft zurückzugreifen. Ich spürte die Energie auswärts in meine Glieder strömen, kaum haltmachend an den Spitzen. Es war beinahe, als würde ich ...

Ja. Ich projizierte meinen Willen und legte ihn auf die kahle geometrische Umgebung. Sie begann, sich zu verändern.

Eine Bewegung. Die Pyramiden rutschten vorbei und wurden dabei dunkler. Sie schrumpften, verschmolzen, verwandelten sich in Kies. Die Welt stellte sich auf den Kopf, und ich stand wie auf der Unterseite einer Wolke und sah Landschaften unter und über mir vorbeizucken.

Licht strömte aufwärts, ausgehend von einer goldenen Sonne unter meinen Füßen, hüllte mich ein. Aber auch diese Erscheinung ging vorbei, und der weiche Boden verdunkelte sich, und Wasser schoß empor, um das vorbeiziehende Land aufzulösen. Blitze zuckten zur Welt über mir hinauf, wollten sie auseinanderbrechen lassen. Da und dort bröckelte sie, und die Bruchstücke fielen rings um mich nieder.

In einer vorbeihuschenden Woge der Dunkelheit begannen sie zu trudeln.

Als das Licht zurückkehrte, jetzt bläulich schimmernd, hatte es keinen Ausgangspunkt mehr und erhellte kein Land.

... Goldene Brücken durchqueren die Leere in gewaltigen Bögen, von denen sich einer funkelnd auch unter uns erstreckt. Wir folgen seinem Lauf, dabei stehen wir still wie ein Denkmal ... Dies dauert etwa ein Zeitalter. Ein Phänomen, das eine gewisse Ähnlichkeit mit Schnellstraßenhypnose hat, macht sich durch meine Augen bemerkbar, läßt mich gefährlich träge werden.

Ich tue, was ich kann, um unser Vorankommen zu beschleunigen. Ein weiteres Zeitalter vergeht.

Endlich erscheint weit vor uns als vager, vernebelter Fleck unser Ziel, das trotz unserer großen Geschwindigkeit nur langsam wächst.

Als wir es endlich erreichen, ist es gigantisch – eine Insel in der Leere, mit metallischen goldenen Bäumen bewaldet ...

Ich stoppe die Bewegung, die uns bis jetzt mitgerissen hat, und wir traben aus eigener Kraft weiter, in den seltsamen Wald hinein. Unter den Hufen knirscht Gras wie Aluminiumfolie. Seltsame Früchte, bleich schimmernd, hängen von den Bäumen ringsum. Von tierischem Leben ist nicht sofort etwas zu spüren. Weiter in den Wald vordringend, erreichen wir eine kleine Lichtung, die von einem quecksilbernen Bach geteilt wird. Dort steige ich ab.

»Bruder Corwin«, ertönt da die Stimme von neuem. »Ich habe auf dich gewartet.«

4

Ich drehte mich zum Wald um, sah ihn daraus hervortreten. Ich zog meine Waffe nicht, da auch er nicht danach gegriffen hatte. Allerdings stieß ich mit dem Verstand tief in das Juwel vor. Nach der eben beendeten Übung war mir klar, daß ich nun weitaus mehr damit erreichen konnte, als nur das Wetter zu steuern. Wie groß Brands Macht auch sein mochte, ich spürte, daß ich nun eine Waffe besaß, mit der ich ihm widerstehen konnte. Das Pulsieren des Juwels verstärkte sich, als ich mich darauf konzentrierte.

»Waffenstillstand«, sagte Brand. »Einverstanden? Können wir reden?«

»Ich glaube nicht, daß wir einander irgend etwas zu sagen haben«, gab ich zurück.

»Wenn du mir keine Gelegenheit dazu gibst, wirst du es nie erfahren, oder?«

Etwa sieben Meter entfernt blieb er stehen, warf sich den grünen Mantel über die linke Schulter und lächelte.

»Also gut. Sag, was du zu sagen hast«, knurrte ich.

»Ich wollte dich aufhalten«, begann er. »Vorhin, dort hinten. Dabei ging es mir um das Juwel. Offensichtlich weißt du inzwischen, was es damit auf sich hat, wie wichtig es ist.«

Ich schwieg.

»Vater hat es bereits gebraucht«, fuhr er fort, »und ich muß dir leider sagen, daß er das selbstgesteckte Ziel damit nicht erreicht hat.«

»Was? Woher willst du das wissen?«

»Ich kann durch die Schatten blicken, Corwin. Eigentlich hatte ich angenommen, deine Schwester hätte dich in diesen Dingen gründlicher unterwiesen. Es kostet mich nur ein wenig geistige Anstrengung, und ich kann alles wahrnehmen, was ich sehen will. Natürlich interessierte mich das Ergebnis dieser Affäre. Ich habe also zugesehen. Er ist tot, Corwin. Die Anstrengung war zuviel für ihn. Er verlor die Kontrolle über die Kräfte, mit denen er umging, und wurde von ihnen zerstört – zu der Zeit hatte er das Muster gut zur Hälfte durchschritten.«

»Du lügst ja!« rief ich und berührte das Juwel.

Er schüttelte den Kopf.

»Ich gebe zu, daß ich auch zum Lügen fähig bin, wenn es meinen Zielen dient. Diesmal aber sage ich die Wahrheit. Vater ist tot. Ich habe ihn fallen sehen. Daraufhin brachte dir der Vogel das Juwel, so hatte er es bestimmt. Nun befinden wir uns in einem Universum ohne Muster.«

Ich wollte ihm nicht glauben. Aber es war möglich, daß Vater es nicht geschafft hatte. Der einzige Experte in diesen Dingen, Dworkin, hatte mir bestätigt, wie schwierig die Aufgabe war, die Vater sich gestellt hatte.

»Nehmen wir einmal an, du hast recht – was geschieht dann?« fragte ich.

»Die Dinge fallen auseinander«, antwortete er. »Schon ist das Chaos dabei, das Vakuum um Amber zu füllen. Ein gewaltiger Strudel hat sich gebildet, der immer weiter anwächst. Er breitet sich unhaltbar aus, die Schattenwelten vernichtend, und wird erst innehalten, wenn er auf die Burgen des Chaos stößt, womit die Entwicklung der Schöpfung dann einen vollen Kreis beschrieben hat und das Chaos wie zu Anfang über alles gebietet.«

Ich war wie betäubt. Hatte ich mich aus Greenwood befreit, hatte ich all die Mühen und Gefahren auf mich genommen, um jetzt dieses Ende zu erleben? Sollte alles ohne Bedeutung, Form, Inhalt und Leben sein, nur weil die Dinge einer Art Vollendung entgegengedrängt worden waren?

»Nein!« sagte ich. »Das kann nicht sein.«

»Es sei denn ...«, sagte Brand leise.

»Es sei denn – was?«

»Es sei denn, ein neues Muster wird geschrieben, eine neue Ordnung wird geschaffen, um die Form zu bewahren.«

»Du meinst, einer von uns soll in die Wirrnis zurückkehren und den Versuch machen, die Sache zu vollenden? Du hast eben selbst gesagt, daß es den Ort gar nicht mehr gibt.«

»Nein. Natürlich nicht. Aber die eigentliche Lage ist unwichtig. Wo immer es ein Muster gibt, befindet sich der Mittelpunkt. Ich könnte es gleich hier tun.«

»Du meinst, du könntest schaffen, was Vater nicht gelungen ist?«

»Ich muß es versuchen. Ich bin der einzige, der genug darüber weiß und ausreichend Zeit hat, ehe die Wogen des Chaos eintreffen. Hör zu, ich gebe alles zu, was Fiona dir zweifellos über mich berichtet hat. Ich habe üble Pläne geschmiedet und auch danach gehandelt. Ich habe mich mit den Feinden Ambers eingelassen. Ich habe das Blut unserer Familie vergossen. Ich versuchte, dir das Gedächtnis auszubrennen. Aber die Welt, wie wir sie kennen, wird in diesem Augenblick vernichtet – und ich lebe auch darin. Alle meine Pläne – alles! – wird vernichtet werden, wenn nicht ein gewisses Maß an Ordnung bewahrt werden kann. Vielleicht haben die Lords des Chaos mich in diesem Punkt getäuscht. Es fällt mir schwer, so etwas zuzugeben, doch ich muß mit der Möglichkeit rechnen. Es ist allerdings nicht zu spät, sie von uns aus hereinzulegen. Wir können die neue Bastion der Ordnung hier an diesem Ort errichten.«

»Wie?«

»Ich brauche das Juwel – und deine Hilfe. Hier soll das neue Amber entstehen.«

»Einmal angenommen – *arguendo* –, ich gebe dir das Juwel. Würde das Muster mit dem alten identisch sein?«

Er schüttelte den Kopf.

»Das wäre nicht möglich, so wenig wie das Muster, das Vater erschaffen hätte, Dworkins Muster ähnlich gewesen wäre. Es ist unmöglich, daß zwei Autoren dieselbe Geschichte genau gleich erzählen. Individuelle stilistische Unterschiede sind unvermeidlich. Sosehr ich mich auch bemühte, das Original nachzumachen, meine Version würde geringfügig anders aussehen.«

»Wie könntest du das neue Muster schaffen«, fragte ich, »solange du auf das Juwel nicht voll eingestimmt bist? Du brauchtest ein Muster, um den Vorgang der Einstimmung abzuschließen – wie du sagst, ist das Muster aber zerstört. Was nun?«

»Ich sagte ja, daß ich deine Hilfe brauche«, erwiderte er. »Es gibt eine zweite Möglichkeit, jemanden auf das Juwel einzustimmen – dazu ist die Mitwirkung einer Person erforderlich, die bereits eingestimmt ist. Du müßtest dich noch einmal durch das Juwel projizieren und mich dabei mitnehmen – in und durch das Urmuster, das dahinter liegt.«

»Und dann?«

»Nun, wenn wir die Mühen hinter uns haben, bin ich eingestimmt, du gibst mir das Juwel, ich schreibe ein neues Muster, und dann sind wir wieder im Geschäft. Die Dinge halten zusammen. Das Leben geht weiter.«

»Und was ist mit dem Chaos?«

»Das neue Muster wird makellos sein. Unsere Gegner verfügen dann nicht mehr über die schwarze Straße, die ihnen Zugang zu Amber verschafft.«

»Wie sollte das neue Amber geführt werden, nachdem Vater nun tot ist?«

Er lächelte schief. »Für meine Mühen steht mir doch sicher etwas zu, meinst du nicht? Ich riskiere immerhin mein Leben, und die Chancen stehen nicht besonders gut.«

Ich erwiderte sein Lächeln.

»Wenn ich mir so ansehe, was dabei herauszuholen ist – warum gehe ich dann nicht das Risiko allein ein?« fragte ich.

»Weil du an dem scheitern würdest, was auch Vater zu Fall gebracht hat – an den Kräften des Chaos. Wenn eine solche Aktion beginnt, werden sie aus einer Art kosmischem Reflex heraus zusammengerufen. Meine Erfahrungen mit ihnen sind größer als die deinen. Du hättest keine Chance. Ich – vielleicht.«

»Nun wollen wir einmal annehmen, daß du mich belügst, Brand. Oder kleiden wir es in die freundlicheren Worte, daß du bei all dem Durcheinander keinen klaren Eindruck gewinnen konntest. Was ist, wenn Vater Erfolg gehabt hätte? Wenn bereits ein neues Muster bestünde? Was würde geschehen, wenn du hier und jetzt ein neues schüfest?«

»Ich ... so etwas hat es noch nie gegeben. Woher soll ich das wissen?«

»Ich weiß nicht recht«, sagte ich. »Könntest du auf diesem Wege trotzdem deine eigene Version der Realität erreichen? Handelte es sich um die Absplittung eines neuen Universums – Amber und Schatten – nur für dich? Würde unser Universum dadurch ausgeschaltet? Oder wäre die neue Schöpfung etwas Zusätzliches? Vielleicht gäbe es auch eine gewisse Überlagerung? Was meinst du angesichts unserer Situation?«

Er zuckte die Achseln.

»Ich habe dir bereits geantwortet. Niemand hat so etwas bisher getan. Woher sollte ich es wissen?«

»Aber ich glaube, daß du es weißt oder es dir zumindest ausmalen kannst. Und ich glaube, genau das hast du im Sinn, genau das willst du versuchen – weil dir nichts anderes übrigbleibt. Dein Vorgehen ist für mich ein Anzeichen dafür, daß Vater doch Erfolg gehabt hat und du nur noch einen Trumpf ausspielen kannst. Aber dazu brauchst du mich und das Juwel. Beides sollst du nicht bekommen.«

Er seufzte. »Ich hatte eigentlich mehr von dir erwartet. Aber schön. Du irrst dich zwar, aber lassen wir es darauf beruhen. Hör mir wenigstens gut zu. Anstatt alles untergehen zu lassen, will ich das Reich mit dir teilen.«

»Brand«, antwortete ich, »verzieh dich! Du bekommst das Juwel nicht, und helfen werde ich dir auch nicht. Ich habe mir deine Vorschläge angehört, und ich glaube, du lügst.«

»Du hast Angst«, sagte er, »Angst vor mir. Ich werfe dir nicht vor, daß du mir nicht vertrauen willst. Aber du machst einen großen Fehler. Du brauchst mich.«

»Jedenfalls habe ich meine Entscheidung getroffen.«

Er machte einen Schritt in meine Richtung. Und noch einen.

»Was immer du haben willst, Corwin. Ich kann dir alles geben, was du dir wünschst.«

Viertes Kapitel

»Ich war mit Benedict in Tir na Nog'th«, sagte ich, »als du ihm dasselbe Angebot machtest: Ich schaute durch seine Augen und hörte mit seinen Ohren zu. Ich will davon nichts wissen, Brand. Ich werde meine Mission fortsetzen. Wenn du glaubst, du könntest mich daran hindern, ist der jetzige Zeitpunkt ebenso günstig wie jeder andere.«

Ich ging auf ihn zu. Ich wußte, ich würde ihn töten, wenn ich ihn erreichte. Ich ahnte auch, daß ich nicht an ihn herankommen würde.

Er erstarrte. Er wich einen Schritt zurück.

»Du machst einen großen Fehler!« warnte er mich.

»Das glaube ich nicht. Ich finde, ich tue genau das Richtige.«

»Ich werde nicht gegen dich kämpfen«, sagte er hastig. »Nicht hier, nicht am Abgrund. Du hast deine Chance aber gehabt. Wenn wir uns das nächste Mal begegnen, nehme ich dir das Juwel ab.«

»Was soll es dir nützen, wo du doch nicht darauf eingestimmt bist?«

»Vielleicht gibt es noch einen Weg, damit umzugehen – schwieriger, aber immerhin denkbar. Du hast deine Chance vertan. Leb wohl!«

Er zog sich in den Wald zurück. Ich folgte ihm, doch er war verschwunden.

Ich verließ jenen Ort und ritt auf der Straße im Nichts weiter. Die Möglichkeit, daß Brand vielleicht die Wahrheit gesagt hatte – oder zumindest zum Teil –, wies ich weit von mir. Trotzdem quälten mich seine Worte. Wenn es Vater nun wirklich nicht geschafft hatte? Dann war mein Ritt wahrhaft sinnlos, dann war alles vorbei, eine bloße Frage der Zeit, bis sich das Chaos ringsum manifestierte. Ich verzichtete darauf, mich umzusehen, für den Fall, daß sich mir etwas näherte. Ich begann einen nicht allzu schnellen Höllenritt. Ich wollte die anderen erreichen, ehe die Wogen des Chaos bis zu ihnen vordrangen, nur um sie wissen zu lassen, daß ich mir meinen Glauben bewahrt hatte, um ihnen zu zeigen, daß ich bis zuletzt mein Bestes gegeben hatte. Ich fragte mich, wie die große Schlacht wohl stand. Oder hatte sie womöglich noch gar nicht begonnen?

Ich trabte über die Brücke, die sich unter dem heller werdenden Himmel zu verbreitern begann. Als sie sich wie eine goldene Ebene ringsum ausbreitete, begann ich mich mit Brands Drohung zu beschäftigen. Wollte er mit seinen Worten lediglich Zweifel wecken, mein Unbehagen steigern und meine Entschlossenheit lähmen? Möglich war es. Doch wenn er das Juwel brauchte, mußte er mir irgendwo einen Hinterhalt legen. Ich hatte Respekt vor der seltsamen Macht, die er sich über die Schatten erwerben konnte. Es erschien geradezu unmöglich, sich auf einen Angriff durch einen Mann vorzubereiten, der jeden meiner Schritte beobachten und sich ohne Verzug an die günstigste Stelle versetzen konnte. Wann würde er zuschlagen? Nicht sofort, nahm ich an. Zuerst wollte er mich bestimmt nervös machen – dabei war ich bereits erschöpft und schon ziemlich gereizt. Früher oder später brauchte ich Ruhe und Schlaf. Unmöglich, daß ich die weite Strecke in einem Gewaltritt schaffte, sosehr ich mein Tempo auch beschleunigte.

Orangerote und grüne Nebelschwaden huschten vorbei, umwirbelten mich, begannen, die Welt zu füllen. Der Boden unter uns hallte wie Metall. Von Zeit zu Zeit war ein melodisches Klingeln zu hören wie von aneinanderschlagenden Kristallen. Meine Gedanken wirbelten durcheinander. Erinnerungen an zahlreiche Welten kamen und gingen, wie es ihnen beliebte. Ganelon, mein Freund-Feind, und mein Vater, Feind-Freund, verschmolzen und trennten sich wieder, trennten sich und verschmolzen miteinander. Irgendwo fragte mich einer der beiden, wer das Recht auf den Thron habe. Ich hatte angenommen, die Frage käme von Ganelon, der unsere Motive wissen wollte. Jetzt war mir klar, daß Vater meine Gefühle hatte ausloten wollen. Er hatte sich ein Urteil gebildet, seine Entscheidung getroffen. Und ich kniff nun den Schwanz ein. Ich weiß nicht, ob hier eine Entwicklungsstörung vorlag, der Wunsch, einen solchen Mühlstein loszuwerden, oder eine plötzliche Erkenntnis auf der Grundlage meiner Erfahrungen der letzten Jahre – langsam in mir wachsend, mir eine reifere Einstellung zur beschwerlichen Rolle des Monarchen verschaffend, abseits der wenigen Augenblicke der Pracht und des Ruhms. Ich erinnerte mich an mein Leben auf der Schatten-Erde, Befehle ausführend, Befehle gebend. Gesichter schwammen vor meinem inneren Auge vorbei, Menschen, die ich im Laufe der Jahrhunderte kennengelernt hatte – Freunde, Feinde, Ehefrauen, Geliebte, Verwandte. Lorraine schien mich weiterzulocken – Moire lachte, Deirdre weinte. Wieder kämpfte ich gegen Eric. Ich dachte an das erste Durchschreiten des Musters, als ich noch ein Junge war, und die spätere Wiederholung, da ich Schritt um Schritt das Gedächtnis zurückerhalten hatte. Morde, Diebereien, Schurkereien, Verführungen – sie alle kehrten zurück, weil sie – wie Mallory sagt – vorhanden waren. Es gelang mir nicht einmal, sie alle in zeitlicher Reihenfolge richtig zu plazieren. Da es keine Schuldgefühle gab, bereiteten sie mir auch kein großes Unbehagen. Zeit, Zeit und noch mehr Zeit hatte die Kanten der unangenehmeren Dinge abgeschliffen, hatte verändernd auf mich gewirkt. Ich sah meine früheren Ichs als andere Menschen, Bekannte, denen ich entwachsen war. Ich fragte mich, wie ich je mit ihnen hatte identisch sein können. Im Voranstürmen schienen sich Szenen aus meiner Vergangenheit im Nebel ringsum zu verfestigen. Dichterische Umschreibungen waren nicht mehr möglich. Kämpfe, an denen ich teilgenommen hatte, nahmen greifbare Formen an, bis auf das völlige Fehlen von Geräuschen – das Aufzucken von Waffen, die Farben der Uniformen, der Banner und des Blutes. Und die Menschen – die meisten längst tot. Sie traten aus meiner Erinnerung und gerieten auf allen Seiten in stumme Bewegung. Keine dieser Gestalten gehörte der Familie an, doch hatten sie mir ausnahmslos etwas bedeutet. Dennoch erschienen sie nicht nach bestimmten Regeln. Es spielten sich edle Taten ab, wie auch unrühmliche Ereignisse, es traten Feinde auf und Freunde – und keine dieser Personen beachtete mich in irgendeiner Weise. Sie alle waren in einer längst vergangenen Abfolge von Ereignissen gefangen. Daraufhin begann ich, mir Gedanken zu machen über die Beschaffenheit der Welt, durch die ich ritt. Handelte es sich um eine irgendwie verwässerte Version von Tirna Nog'th, belebt durch eine für den Geist empfängliche Substanz, die mir jenes »Dies-ist-Ihr-Leben«-Panorama entlockte und ringsum projizierte? Oder begann ich, nur Halluzinationen zu erleben? Ich war müde, beunruhigt, verängstigt und bewegte mich auf einem Weg, der auf eine monotone, sanfte Weise die Sinne anregte, auf eine Weise, die zur Verträumtheit führte ... Ich erkannte nun sogar, daß ich schon vor längerer Zeit die Kontrolle über die Schatten verloren hatte und mich inzwischen lediglich linear durch diese Landschaft bewegte, gefangen in einer Art veräußerlichtem Narzismus ... Mir ging dabei auf, daß ich anhalten und ausruhen und vielleicht sogar ein wenig schlafen mußte, obwohl so etwas an diesem Ort gefährlich werden konnte. Ich mußte mich losreißen und zu einem ruhigeren, verlasseneren Ort vorzudringen versuchen ...

Ich zerrte an meiner Umgebung. Ich verdrehte die Dinge. Ich brach durch.

Wenig später ritt ich durch ein rauhes Berggebiet und erreichte nach kurzer Zeit die Höhle, die ich brauchte.

Wir ritten hinein, und ich versorgte Star. Ich aß und trank eben genug, um meinem Hunger die Schärfe zu nehmen. Ich verzichtete darauf, ein Feuer anzuzünden. Ich wickelte mich in meinen Umhang und eine Decke. Grayswandir hielt ich in der Rechten. Ich legte mich mit dem Gesicht zur Dunkelheit vor den Höhleneingang.

Mir war ein wenig übel. Brand war ein Lügner, das wußte ich; trotzdem machten mir seine Worte zu schaffen.

Aber ich hatte noch nie Mühe gehabt, Schlaf zu finden. So schloß ich die Augen und war schnell versunken.

5

Mich weckte das Gefühl, nicht mehr allein zu sein. Vielleicht war es auch ein Geräusch. Was auch immer, ich war plötzlich hellwach und wußte, es befand sich jemand in der Nähe. Ich verkrampfte die Finger um Grayswandirs Griff und öffnete die Augen. Ansonsten bewegte ich mich nicht.

Ein weicher Schein wie von einem Mond drang durch den Höhleneingang. Einen Schritt innerhalb der Höhle stand eine Gestalt, möglicherweise ein Mensch. Die Beleuchtung verriet mir nicht, ob er mir das Gesicht zugewandt hatte oder etwa nach draußen blickte. Im nächsten Augenblick machte die Erscheinung einen Schritt in meine Richtung.

Ich sprang auf und richtete dem Eindringling die Schwertspitze auf die Brust. Der Unbekannte blieb stehen.

»Frieden«, sagte eine Männerstimme auf Thari. »Ich suche nur Schutz vor dem Unwetter. Darf ich diese Höhle mit dir teilen?«

»Was für ein Unwetter?« fragte ich.

Wie zur Antwort dröhnte Donner, gefolgt von einer Windböe, die den Regengeruch in die Höhle trug.

»Schön, soweit sprichst du die Wahrheit«, sagte ich. »Mach es dir bequem.«

Ein gutes Stück vom Höhleneingang entfernt setzte er sich, den Rücken der rechten Felswand zugewandt. Ich faltete meine Decke zu einem Kissen zusammen und ließ mich ihm gegenüber nieder. Etwa vier Meter lagen zwischen uns. Ich nahm meine Pfeife zur Hand, füllte sie und probierte ein Streichholz aus, das ich von der Schatten-Erde mitgebracht hatte. Es brannte sofort und ersparte mir damit große Mühen. Der Tabak roch angenehm in der feuchten Brise. Ich lauschte auf das Prasseln des Regens und betrachtete den dunklen Umriß meines namenlosen Gefährten. Ich versuchte, mir Gefahren vorzustellen, die aus der Situation erwachsen konnten, doch nicht Brands Stimme hatte zu mir gesprochen.

»Dies ist kein natürliches Unwetter«, sagte der andere.

»Ach? Wie denn das?«

»Zum einen kommt es aus dem Norden. Regen und Sturm kommen hier niemals aus dem Norden, jedenfalls nicht um diese Jahreszeit.«

Fünftes Kapitel

»Für alles gibt es ein erstes Mal.«
»Zweitens habe ich noch nie ein solches Unwetter erlebt. Den ganzen Tag habe ich es näherkommen sehen – eine glatte Linie, langsam vorrückend, die Front wie eine Glasscheibe. Dabei ist das Blitzen so heftig, daß das Ganze wie ein ungeheures Insektenheer mit Hunderten von schimmernden Beinen aussieht. Absolut unnatürlich. Und dahinter wirkt alles sehr verzerrt.«
»So ist das nun mal im Regen.«
»Aber nicht so. Alles scheint die Form zu verändern. Scheint zu fließen. Als würde die Welt eingeschmolzen oder völlig neu geprägt.«
Ich erschauderte. Ich hatte angenommen, den dunklen Wogen so weit voraus zu sein, daß ich mir eine kurze Rast gönnen konnte. Natürlich konnte er sich irren, vielleicht war es wirklich nur ein ungewöhnliches Tief. Aber das Risiko durfte ich nicht eingehen. Ich stand auf, wandte mich dem hinteren Teil der Höhle zu und pfiff durch die Zähne.
Keine Antwort. Ich ging nach hinten und tastete herum.
»Ist etwas?«
»Mein Pferd ist fort.«
»Ist es vielleicht abgehauen?«
»Muß wohl. Ich hätte allerdings geglaubt, daß Star mehr Verstand besitzt, als sich in solches Wetter hinauszuwagen.«
Ich ging zum Höhleneingang, vermochte aber nichts zu erkennen. Sofort war ich durchnäßt. Ich kehrte an mein Lager vor der linken Felswand zurück.
»Scheint mir ein ganz normales Unwetter zu sein«, bemerkte ich.
»Die fallen in den Bergen doch manchmal sehr heftig aus.«
»Vielleicht kennst du dieses Land besser als ich?«
»Nein. Ich bin nur ein Durchreisender und möchte meinen Ritt bald fortsetzen.«
Ich berührte das Juwel. Ich versetzte mich hinein, stieg hindurch, hinaus und hinauf. Ich spürte das Unwetter ringsum und schickte es fort, mit roten Pulsschlägen der Energie, die meinen Herzschlägen entsprachen. Dann lehnte ich mich zurück, holte ein neues Streichholz heraus und zündete meine Pfeife an. Die Kräfte, die ich in Gang gebracht hatte, würden eine Weile brauchen, um sich gegen eine Sturmfront dieser Größe durchzusetzen.
»Dauert nicht mehr lange«, stellte ich fest.
»Woher weißt du das?«
»Geheime Informationen.«
Er lachte leise.
»Manche behaupten, so würde es mit der Welt zu Ende gehen – beginnend mit einem seltsamen Unwetter aus dem Norden.«

»Stimmt genau«, sagte ich. »Es ist soweit. Allerdings brauchst du dir keine Sorgen zu machen. Auf die eine oder andere Weise wird alles vorüber sein.«

»Der Stein, den du trägst ... Er leuchtet.«

»Ja.«

»Was du da eben über das Ende der Welt gesagt hast, war doch nur ein Scherz, oder?«

»Nein.«

»Du erinnerst mich an den Spruch aus dem Heiligen Buch – *Der Erzengel Corwin wird vor dem Sturm einherschreiten, einen Blitzstrahl auf der Brust* ... Du heißt nicht zufällig Corwin, wie?«

»Wie geht der Text weiter?«

»*... Auf die Frage hin, wohin er reise, wird er sagen:* ›*Ans Ende der Erde*‹, *und er begibt sich dorthin, ohne zu wissen, welcher Feind ihm gegen einen anderen Feind beistehen wird oder wen das Horn berührt.*«

»Das ist alles?«

»Jedenfalls über den Erzengel Corwin.«

»Mit den alten Schriften habe ich schon früher meine Probleme gehabt. Man erfährt darin so allerlei, das sich ganz interessant anhört, doch nie genug, um die Information wirklich sofort nutzen zu können. Es ist beinahe, als hätte der Autor Spaß daran, seine Leser zu quälen. Ein Feind gegen einen anderen? Das Horn? Verstehe ich nicht.«

»Wohin ziehst du denn?«

»Nicht mehr sehr weit, wenn ich mein Pferd nicht wiederfinde.«

Ich kehrte an den Höhleneingang zurück. Der Regen begann nachzulassen; hinter einigen Wolken hing ein Schimmer wie von einem Mond, und ein zweiter im Osten. Ich blickte den Pfad hinauf und hinab ins Tal. Nirgendwo waren Pferde zu sehen. Ich wandte mich wieder zur Höhle um. Im gleichen Augenblick jedoch hörte ich Stars Wiehern tief unter mir.

Ich rief dem Fremden in der Höhle zu: »Ich muß fort. Du kannst die Decke behalten.«

Ich weiß nicht, ob er mir antwortete, denn ich lief sofort in den Nieselregen hinein und tastete mich den Hang hinab. Von neuem machte ich einen Vorstoß durch das Juwel, und der Regen hörte ganz auf und wurde von Nebel abgelöst.

Die Felsen waren glatt, doch ich legte die Hälfte der Strecke zurück, ohne ins Stolpern zu kommen. Dann hielt ich inne, um wieder zu Atem zu kommen und mich zu orientieren. Von dieser Stelle vermochte ich nicht genau zu sagen, aus welcher Richtung Stars Wiehern gekommen war. Das Mondlicht war allerdings ein wenig kräftiger, man konnte weiter schauen, doch im Panorama vor mir tat sich nichts. Mehrere Minuten lang lauschte ich in die Nacht.

Fünftes Kapitel

Dann hörte ich das Wiehern erneut – von links unten, nahe einem dunklen Felsen – Hügelgrab oder aufragende Klippe. In den Schatten an seinem Fuß schien sich etwas zu bewegen. So schnell ich es wagte, begab ich mich in diese Richtung.

Ich erreichte ebenen Grund und eilte auf den Schauplatz der Ereignisse zu; dabei durchquerte ich Formationen von Bodennebel, die von einer Brise aus dem Westen bewegt wurden und silbrig meine Knöchel umspielten. Ich hörte ein Knirschen und Quietschen, als würde etwas Schweres über eine Steinfläche geschoben oder gerollt. Dann bemerkte ich einen Lichtstrahl unten an der dunklen Masse, der ich mich näherte.

Im Näherkommen erblickte ich kleine menschenähnliche Gestalten als Umrisse in einem Lichtrechteck, damit beschäftigt, eine große Felsplatte zu bewegen. Aus ihrer Richtung tönten die schwachen Echos von Hufschlägen und neuerlichem Wiehern herüber. Dann begann sich der Stein zu bewegen, begann zuzuschwingen wie eine Tür, die er vermutlich darstellte. Das beleuchtete Feld wurde kleiner, verengte sich zu einem Spalt und verschwand mit einem Dröhnen. Die sich abmühenden Gestalten waren zuvor im Innern verschwunden.

Als ich die Felsmasse endlich erreichte, war alles wieder friedlich und still. Ich legte das Ohr an das Gestein, hörte aber nichts. Wer immer diese Wesen waren – sie hatten mir mein Pferd weggenommen! Für Pferdediebe hatte ich noch nie etwas übriggehabt und hatte in der Vergangenheit so manchen aus dem Leben befördert. Außerdem brauchte ich Star in diesem Augenblick wie selten zuvor ein Pferd. Ich begann also, auf der Suche nach den Spalten des Felsentors herumzutasten.

Es war nicht sonderlich schwer, den Umriß mit den Fingerspitzen zu ertasten. Vermutlich fand ich es schneller als bei Tageslicht, wenn alles optisch verschmolzen wäre und sich das Auge eher getäuscht hätte. Nachdem ich die Lage des Durchgangs erkundet hatte, suchte ich nach einer Art Griff, mit dem er geöffnet werden konnte. Da mir die Kerle ziemlich klein vorgekommen waren, suchte ich tief unten.

Schließlich machte ich etwas ausfindig, das der Öffnungsmechanismus sein mochte, und umfaßte ihn. Ich zerrte daran, aber das Ding setzte mir Widerstand entgegen. Entweder waren diese Leute ungewöhnlich kräftig, oder die Bedienung setzte einen Trick voraus, den ich noch nicht kannte.

Egal. Es gibt eine Zeit für Vorsicht und Zurückhaltung und eine Zeit für brutale Gewalt. Ich war zornig und hatte es eilig, und das erleichterte mir die Entscheidung.

Wieder zerrte ich an der Felsplatte, die Muskeln meiner Arme, meiner Schultern und meines Rückens anspannend, und wünschte mir, ich hätte Gérard zu Hilfe rufen können. Die Tür ächzte. Ich zog weiter. Sie bewegte sich ein wenig – etwa einen Zoll breit – und saß dann fest. Ich ließ in meiner Anstrengung nicht nach, sondern verstärkte den Zug noch mehr. Wieder knirschte die Tür.

Ich lehnte mich zurück, verlagerte mein Gewicht und stemmte den linken Fuß neben dem Portal gegen die Felswand. Im Ziehen versuchte ich, zugleich das Bein durchzudrücken. Und wieder knirschte und mahlte es, und die Tür bewegte sich wieder einen Zoll heraus. Aber dann war es mit der Bewegung vorbei, und ich bekam sie nicht mehr von der Stelle. Ich ließ los und betrachtete den Durchgang, während ich zur Entspannung die Arme bewegte. Als nächstes stemmte ich die Schulter dagegen und drückte die Tür wieder ganz zu. Tief atmete ich ein und griff erneut danach.

Den linken Fuß stellte ich wieder an die alte Stelle. Diesmal kein allmähliches Anziehen. Ich zerrte und stemmte gleichzeitig.

Ein Knacken und Klappern ertönte aus dem Inneren, die Tür ruckte knirschend etwa fünfzehn Zentimeter. Sie kam mir schon etwas gelockert vor. Ich stellte mich hin, drehte mich mit dem Rücken zur Wand und fand ausreichend Halt, um die Felsplatte auswärts zu stemmen.

Sie bewegte sich schon leichter, doch ich konnte nicht widerstehen, meinen Fuß dagegenzustemmen, als sie bereits aufschwang, und so kräftig wie möglich dagegenzutreten. Sie klappte um hundertachtzig Grad, knallte mit gewaltigem Dröhnen gegen das Gestein auf der anderen Seite und zersplitterte an mehreren Stellen. Sie schwang zurück, fiel nach vorn und prallte mit ohrenbetäubendem Krachen zu Boden, der zu erbeben schien. Weitere Stücke platzten von der Tür ab.

Noch ehe die Platte zur Ruhe gekommen war, hatte ich Grayswandir gezogen und in Kampfstellung einen vorsichtigen Blick um die Ecke geworfen.

Lichter ... Das Innere war beleuchtet ... Von kleinen Lampen, die an Wandhaken hingen ... Neben der Treppe ... Hinab ... An einen Ort, der noch heller war und von dem Geräusche herauftönten ... Und Musik.

Niemand war zu sehen. Ich hatte mir eigentlich vorgestellt, daß der ungeheure Lärm, den ich gemacht hatte, jemanden an den Schauplatz des Geschehens rufen würde, aber die Musik ging weiter. Entweder hatten sich die Geräusche – aus irgendeinem Grund – nicht fortgepflanzt, oder es war den Leuten egal. Wie dem auch sein mochte ...

Ich richtete mich auf und schritt über die Schwelle. Mein Fuß berührte einen metallischen Gegenstand. Ich hob ihn auf und untersuchte ihn. Ein verdrehter Riegel. Sie hatten die Tür hinter sich verriegelt. Ich warf das Ding über die Schulter und ging die Treppe hinab.

Die Musik – Geigen und Flöten – wurde lauter. Der Einfall des Lichts verriet mir, daß rechts vom Fuß der Treppe ein Saal liegen mußte. Es waren kleine Stufen, aber sehr zahlreich. Ich gab mir keine Mühe, leise aufzutreten, sondern eilte zum Treppenabsatz hinab.

Als ich kehrtmachte und in den Saal blickte, sah ich mich einer Szene gegenüber, wie sie ein betrunkener Ire nicht verrückter hätte träumen können. In einem von Fackeln erleuchteten, verqualmten Saal hielt sich eine ganze Horde von Wesen auf, die nur etwa einen Meter groß waren, rotgesichtig und grüngekleidet: Sie tanzten zur Musik oder hoben große Krüge – war Bier darin? – an die Lippen, während sie mit den Füßen aufstampften, auf die Tische hämmerten oder einander auf die Schultern klopften, während sie grinsten, lachten und brüllten. Riesige Fässer waren an einer Wand aufgereiht, und etliche Festteilnehmer standen Schlange vor dem gerade angezapften Faß. Ein riesiges Feuer flackerte in einer Feuerstelle am anderen Ende des Raums; sein Rauch wurde durch einen Spalt im Gestein über zwei Höhlenmündungen abgezogen. Neben der Feuerstelle war Star an einem Ring im Fels festgemacht, und ein stämmiger kleiner Mann mit Lederschürze schärfte einige verdächtig aussehende Instrumente.

Mehrere Gesichter wandten sich in meine Richtung, es gab Geschrei, und plötzlich hörte die Musik auf. Das Schweigen war absolut.

Ich hob die Klinge in eine Habacht-Stellung und deutete quer durch den Saal auf Star. Inzwischen starrten mich alle Anwesenden an.

»Ich bin gekommen, um mein Pferd zu holen!« rief ich. »Entweder bringt ihr es mir, oder ich hole es. Wenn ich es holen muß, wird mehr Blut fließen!«

Rechts von mir räusperte sich einer der Männer, der größer und grauhaariger war als die meisten anderen.

»Verzeih«, sagte er. »Aber wie bist du hier hereingekommen?«

»Ihr werdet euch eine neue Tür machen müssen«, sagte ich. »Geht hinauf und schaut es euch an, wenn es einen Unterschied macht – und das mag durchaus sein. Ich warte.«

Ich trat zur Seite, die Felswand im Rücken.

Er nickte.

»Das werde ich tun.«

Er drückte sich an mir vorbei.

Ich spürte, wie meine aus dem Zorn geborene Kraft in das Juwel flutete und wieder zurück. Ein Teil von mir wollte sich quer durch den Saal hauen und stechen, ein anderer wünschte sich eine humanere

Regelung mit Leuten, die soviel kleiner waren als ich; und eine dritte und vielleicht klügere Stimme unterstellte, daß die kleinen Burschen vielleicht nicht ganz so leicht zu handhaben sein würden. Ich wartete also ab, um zu sehen, wie sehr sich ihr Sprecher von meiner Öffnung der Tür beeindrucken ließ.

Sekunden später kehrte er zurück, wobei er einen großen Bogen um mich machte.

»Gebt dem Mann sein Pferd!« sagte er.

Stimmengemurmel lief durch den Saal. Ich senkte die Klinge.

»Ich entschuldige mich«, sagte der Mann, der den Befehl gegeben hatte. »Wir möchten mit deinesgleichen keinen Ärger haben. Wir sehen uns anderweitig nach Fleisch um. Du bist uns hoffentlich nicht gram.«

Der Mann mit der Lederschürze hatte Star losgebunden und setzte sich in meine Richtung in Bewegung. Die Festteilnehmer machten ihm Platz.

Ich seufzte.

»Die Sache soll erledigt und vergessen sein«, sagte ich.

Der kleine Mann nahm von einem benachbarten Tisch einen Humpen und reichte ihn mir. Als er meinen Gesichtsausdruck bemerkte, trank er zunächst selbst daraus.

»Trink noch einen mit uns.«

»Warum nicht?« fragte ich, ergriff den Humpen und setzte ihn an die Lippen, während er einen anderen leerte.

Er rülpste leise und grinste mich an.

»Ein verflixt kleiner Schluck für einen Mann deiner Größe«, sagte er dann. »Ich hol dir noch einen Krug – für den Weg.«

Das Bier schmeckte recht gut, und meine Anstrengungen hatten mir Durst gemacht.

»Also gut«, sagte ich.

Er bestellte Nachschub; im gleichen Augenblick wurde Star mir übergeben.

»Du kannst die Zügel dort um den Haken winden«, sagte er und deutete auf einen niederen Vorsprung nahe der Tür. »Dann ist das Tier aus dem Weg.«

Ich nickte und kam seiner Aufforderung nach. Der Schlachter zog sich wieder zurück. Niemand zeigte noch großes Interesse an mir. Frisch gefüllte Humpen wurden gebracht. Einer der Geiger stimmte in ein neues Lied ein. Sekunden später fiel ein zweiter ein.

»Setz dich ein Weilchen her«, sagte mein Gastgeber und schob mir mit dem Fuß eine Bank zu. »Du kannst die Felswand weiter als Deckung benutzen. Es wird dir nichts geschehen.«

Ich tat, was er mir vorschlug, und er kam um den Tisch herum und setzte sich mir gegenüber, und die Bierkrüge standen zwischen uns. Es

Fünftes Kapitel

tat gut, ein paar Minuten zu sitzen, die Gedanken eine Weile von der vor mir liegenden Reise zu lösen, das dunkle Bier zu trinken und der lebhaften Musik zuzuhören.

»Ich will mich nicht noch einmal entschuldigen«, sagte mein Gegenüber, »und auch keine Erklärungen anbieten. Wir beide wissen, daß hier kein Mißverständnis vorliegt. Aber du hast das Recht auf deiner Seite, das liegt auf der Hand.« Er grinste und blinzelte mir zu. »Ich bin also auch dafür, die Sache zu begraben. Wir werden nicht hungern. Es gibt eben heute abend keine Mahlzeit. Du trägst da einen hübschen Edelstein. Erzählst du mir davon?«

»Ein Stein, weiter nichts«, sagte ich.

Das Tanzen ging weiter. Die Stimmen wurden lauter. Ich leerte meinen Krug, und er schenkte nach. Das Feuer zuckte. Die nächtliche Kälte wich aus meinen Knochen.

»Gemütliches Plätzchen habt ihr hier«, bemerkte ich.

»Das kann man wohl sagen. Dient uns seit undenklichen Zeiten. Sollen wir dich mal herumführen?«

»Vielen Dank, nein.«

»Das dachte ich mir, doch es war meine Pflicht als Gastgeber, dir das Angebot zu machen. Wenn du willst, kannst du auch gern mittanzen.«

Ich schüttelte den Kopf und lachte. Der Gedanke, mich an diesem Ort zu vergnügen, brachte mir Szenen aus Swift'schen Erzählungen in Erinnerung.

»Trotzdem vielen Dank.«

Er zog eine Tonpfeife aus der Tasche und begann, sie zu stopfen. Ich säuberte mein Rauchutensil und tat es ihm nach. Ich hatte das Gefühl, daß die Gefahr vorüber war. Er war ein freundlicher kleiner Bursche, und die anderen kamen mir mit ihrer Musik und ihrem Gehopse recht harmlos vor.

Und dort ... Ich kannte die Geschichten von einem anderen Ort, weit, weit von hier ... Das Erwachen am Morgen, nackt auf einem Feld, dieser Saal spurlos verschwunden ... Ich wußte davon ... Trotzdem ...

Ein paar Schlucke Bier kamen mir ungefährlich vor. Der Alkohol begann, mich zu wärmen, und nach den lähmenden Strapazen des Höllenritts klang das Fiepen der Flöten und das Klagen der Geigen sehr angenehm. Ich lehnte mich zurück und blies Rauch in die Höhe. Ich beobachtete die Tanzenden.

Der kleine Mann redete unentwegt. Alle übrigen beachteten mich nicht. Gut. Ich hörte phantastische Geschichten über Ritter und Kriege und Schätze. Obwohl ich nur mit halbem Ohr hinhörte, zog mich die Geschichte in ihren Bann, entlockte mir sogar einige Lacher. In mir aber warnte mich mein klügeres, unangenehmeres zweites Ich:

Los, Corwin, du hast genug gehabt. Es wird Zeit, daß du verschwindest ...

Doch auf wundersame Weise schien sich mein Krug wieder gefüllt zu haben, und ich ergriff ihn und trank daraus. Noch ein Krug – ein letzter – kann nicht schaden.

Nein, sagte mein anderes Ich, er überzieht dich mit einem Zauber. Spürst du das nicht?

Ich nahm nicht an, daß irgendein hergelaufener Zwerg mich unter den Tisch trinken konnte, aber ich war müde und hatte nicht viel gegessen. Vielleicht wäre es ratsam ...

Ich spürte, wie mir der Kopf auf die Brust sank. Ich legte meine Pfeife auf den Tisch. Mit jedem Lidschlag schien es länger zu dauern, bis ich die Augen wieder öffnen konnte. Es war mir angenehm warm, und in meinen erschöpften Muskeln machte sich ein Hauch köstlicher Betäubung breit.

Zweimal erwischte ich mich dabei, wie mir der Kopf herabsank. Ich versuchte, an meine Mission zu denken, an meine persönliche Sicherheit, an Star ... Ich murmelte etwas, hinter geschlossenen Lidern noch vage bei Bewußtsein. Es wäre so angenehm, noch eine halbe Minute länger in diesem Zustand zu verweilen ...

Die melodische Stimme des kleinen Mannes bekam etwas Monotones, sank zu einem Säuseln herab. Es kam gar nicht mehr darauf an, was er eigentlich sag ...

Star wieherte.

Ich fuhr kerzengerade hoch und riß die Augen auf: Die Szene vor mir vertrieb meine Müdigkeit sofort.

Die Musiker spielten weiter, doch inzwischen tanzte niemand mehr. Alle Festteilnehmer näherten sich lautlos. Jeder hielt etwas in der Hand – Flasche, Knüppel oder Klinge. Der Mann mit der Lederschürze schwenkte seine Schlächteraxt. Mein Gastgeber hatte soeben einen kräftigen Stab ergriffen, der unweit an der Wand gelehnt hatte. Mehrere der Burschen hielten kleine Möbelstücke in den Händen. Aus den Höhlen nahe der Feuerstelle waren weitere Gestalten aufgetaucht, mit Steinen und Knüppeln bewaffnet. Die Atmosphäre der Fröhlichkeit war verflogen, die Gesichter waren entweder ausdruckslos, voller Haß oder zu einem unangenehmen Lächeln verzerrt.

Mein Zorn kehrte zurück, doch es war nicht das rotglühende Aufbrausen, das mich vorhin durchfahren hatte. Ein Blick auf die Horde genügte: Mit den Burschen wollte ich mich nicht einlassen. Vorsicht dämpfte meine Reaktion. Ich hatte eine Mission. Ich durfte mich hier nicht in Gefahr bringen, wenn mir ein anderer Ausweg einfiel. Auf keinen Fall kam ich hier aber nur mit Worten heraus.

Ich atmete tief ein. Offenbar machte man Anstalten, auf mich loszustürmen, und ich dachte plötzlich an Brand und Benedict in Tir-ne Nog'th, und Brand war nicht einmal voll auf das Juwel eingestimmt. Wieder schenkte mir der feurige Stein neue Kräfte, ich hielt mich bereit, um mich zu schlagen, sollte es dazu kommen. Doch zuerst wollte ich sehen, wie es um die Nerven dieser tückischen Burschen bestellt war.

Da ich nicht genau wußte, wie Brand es gemacht hatte, griff ich lediglich durch das Juwel hindurch, wie ich es tat, wenn ich das Wetter manipulierte. Seltsamerweise spielte die Musik noch, als sei das Vorhaben der kleinen Leute lediglich eine grausige Fortsetzung ihres Tanzes.

»Steht still!« sagte ich laut und ließ diesem Befehl meinen Willen folgen. Gleichzeitig richtete ich mich auf. »Erstarrt! Werdet zu Statuen. Ihr alle!«

In und auf meiner Brust spürte ich ein heftiges Pulsieren. Ich fühlte, wie die roten Kräfte auswärts wogten, genau wie bei den früheren Gelegenheiten, da ich das Juwel einsetzte.

Meine kleinwüchsigen Angreifer verharrten. Die vordersten standen stocksteif, während es bei den Leuten weiter hinten noch geringfügige Bewegungen gab. Dann stießen die Flöten einen schrillen Mißton aus, und die Geigen schwiegen. Noch immer wußte ich nicht, ob ich durchgekommen war oder ob sie aus eigener Entscheidung innehielten, weil ich aufgestanden war.

Dann spürte ich die mächtigen Wogen der Kraft, die mir entströmten und die die gesamte Versammlung in eine enger werdende Matrix hüllten. Ich spürte, daß sie alle in diesem Ausdruck meines Willens gefangen waren, und hob die Hand und löste Stars Zügel.

Ich hielt die Männer mit einer Konzentration von einer Reinheit, wie ich sie auch bei meinen Reisen durch die Schatten anwandte, und führte Star zur Tür. Einen letzten Blick warf ich auf die erstarrte Gruppe und stemmte dann Star vor mir her die Treppe hoch. Ihm folgend, lauschte ich, doch von unten war von aufflackernder Aktivität nichts zu hören.

Als wir ins Freie kamen, malte sich im Osten bereits die bleiche Dämmerung. In den Sattel steigend, hörte ich zu meiner Verblüffung das ferne Fiedeln von Geigen. Sekunden später fielen die Flöten in das Lied ein. Anscheinend war es für diese Leute ohne Belang, ob sie ihren Plan gegen mich ausführen konnten oder nicht; auf jeden Fall ging das Fest weiter.

Ich zog Star nach Süden herum. In diesem Augenblick rief mich eine Gestalt aus dem Eingang an, den ich eben verlassen hatte. Es war der Anführer, mit dem ich getrunken hatte. Ich zog die Zügel an, um ihn besser zu verstehen.

»Und wohin reitest du?« rief er mir nach.
Warum nicht?
»Ans Ende der Erde!« rief ich zurück.
Er begann, auf der zerschmetterten Tür zu tanzen.
»Leb wohl, Corwin!« rief er.
Ich winkte ihm zu. Warum auch nicht? Manchmal fällt es verdammt schwer, den Tänzer vom Tanz zu unterscheiden.

6

Ich war noch keine tausend Meter in die Richtung geritten, die einmal Süden gewesen war, als plötzlich alles aufhörte – Boden, Himmel, Berge. Ich sah mich einer Fläche weißen Lichts gegenüber. Bei diesem Anblick fielen mir der Fremde in der Höhle und seine Worte wieder ein. Er war der Meinung gewesen, daß das seltsame Unwetter die Welt auslösche, daß die Erscheinung der Prophezeiung einer lokalen apokalyptischen Legende entspräche. Vielleicht hatte er recht. Vielleicht hatte es sich um die Woge des Chaos gehandelt, von der Brand gesprochen hatte, in diese Richtung schwenkend, vorbeischwemmend, vernichtend, alles auflösend. Dieses Ende des Tals war allerdings unberührt geblieben. Warum?

Dann erinnerte ich mich an mein Vorgehen beim Verlassen der Höhle. Ich hatte die Macht des Juwels eingesetzt, um das Unwetter aus diesem Gebiet fernzuhalten. Was war, wenn es sich tatsächlich um mehr als ein normales Unwetter gehandelt hatte? Nicht zum ersten Mal hätte sich das Muster gegen das Chaos durchgesetzt. War dieses Tal, in dem ich den Regen gestoppt hatte, inzwischen nur noch eine kleine Insel in einem ganzen Ozean des Chaos? Und wenn dem so war, wie sollte ich weiterkommen?

Ich blickte nach Osten, von wo sich der Tag aufhellte. Keine eben aufgegangene Sonne stand am Himmel, dafür eine ziemlich große, grellblanke Krone, ein schimmerndes Schwert in ihrer Mitte. Irgendwo sang ein Vogel, Töne, die beinahe wie Gelächter klangen. Ich beugte mich vor und barg das Gesicht in den Händen. Wahnsinn ...

Nein! Ich war schon oft in unheimlichen Schatten gewesen. Je weiter man kam, desto seltsamer wurden sie zuweilen. Bis ... Was war mir an jenem Abend in Tirna Nog'th durch den Kopf gegangen?

Zwei Zeilen aus einer Erzählung Isak Dinesens kamen mir in den Sinn, Zeilen, die mich soweit beunruhigt hatten, daß ich sie mir einprägen mußte, trotz der Tatsache, daß ich damals als Carl Corey gereist war: »... Nur wenige Menschen können von sich behaupten, von dem Glauben frei zu sein, daß die Welt, die sie ringsum sehen, in Wirklichkeit das Produkt ihrer eigenen Phantasie ist. Sind wir folglich zufrieden damit und stolz darauf?« Eine Zusammenfassung des liebsten Zeitvertreibs unserer Familie in Sachen Philosophie. Erschaffen wir die Schattenwelten? Oder sind sie bereits vorhanden, unabhängig von uns, und erwarten unser Kommen? Oder gibt es da eine bisher übersehene Mitte? Ist das Ganze eher eine Frage des Mehr oder Weniger als des Entweder-Oder? Ein trockenes Lachen stieg mir in der Kehle auf, als ich erkannte, daß ich die Antwort vielleicht nie finden würde. Und doch hatte ich mir schon in jener Nacht überlegt, daß es einen Ort geben mußte, einen Ort, da das Ich sein Ende findet, einen Ort, da Solipsismen keine plausible Erklärung mehr sind für die Örtlichkeiten, die wir aufsuchen, für die Dinge, die wir dort finden. Die Existenz dieses Ortes, dieser Dinge, sagt uns, daß zumindest hier ein Unterschied besteht; und wenn es diesen Unterschied hier gibt, dann wirkt er vielleicht auch zurück durch unsere Schatten, tränkt sie mit dem Nicht-Ich und drängt unsere Egos damit auf eine kleinere Bühne zurück. Ich spürte, daß dies ein solcher Ort war, ein Ort, da das »Sind wir folglich zufrieden damit und stolz darauf?« nicht gültig war, so wie das zerstörte Tal von Garnath und mein Fluch unweit der Heimat. Was immer ich auch letztlich annehmen mochte, ich spürte, daß ich im Begriff stand, das Land des totalen Nicht-Ichs zu betreten. Mein Einfluß über die Schatten mochte an diesem Punkt sein Ende finden.

Ich richtete mich wieder auf und starrte mit zusammengekniffenen Augen in die Helligkeit. Ich gab Star ein Kommando und schüttelte die Zügel. Wir ritten weiter.

Einen Augenblick lang fühlte es sich so an, als bewegten wir uns im Nebel. Nur war es erheblich heller, und ringsum war kein Laut zu hören. Dann begannen wir zu fallen.

Zu fallen oder zu treiben. Nach dem ersten Erschrecken war das kaum genauer zu sagen. Zuerst kam ein Gefühl des Höhenverlustes, vielleicht verstärkt durch den Umstand, daß Star in Panik geriet. Doch seine auskeilenden Hufe fanden keinen Halt, und nach einiger Zeit bewegte sich Star überhaupt nicht mehr, bis auf sein Zittern und die schweren Atemzüge.

Ich hielt die Zügel mit der rechten Hand und umklammerte das Juwel mit der linken. Ich weiß nicht, welche Befehle mein Wille ausstrahlte oder wie ich das Juwel zum Wirken brachte; mir war nur klar, daß ich diesen Ort grellen Nichts durchqueren wollte, um meinen Weg wiederzufinden und an das Ziel meiner Expedition zu gelangen.

Ich verlor jedes Zeitgefühl. Ich hatte nicht mehr den Eindruck, daß wir stürzten. Kam ich überhaupt voran, oder schwebte ich nur auf der Stelle? Es gab keine Möglichkeit, diese Frage zu beantworten. War die Helligkeit noch immer nur Helligkeit? Und die tödliche Stille ... Ich

Sechstes Kapitel

erschauderte. Hier mußten meine Sinne sogar noch mehr entbehren als in der Zeit meiner Blindheit in der alten Zelle. Hier gab es nichts – nicht das Huschen einer Ratte oder das Scharren meines Löffels gegen die Tür, keine Feuchtigkeit, keinen kühlen Lufthauch, keine Oberflächen. Ich schickte meine Gedanken weiter aus ...

Ein Flackern.

Ich hatte den Eindruck, als wäre das Blickfeld zu meiner Rechten kurz verändert worden, doch so kurz, daß es beinahe nicht zu merken gewesen war. Ich schickte meine Empfindungen in diese Richtung, fühlte aber nichts.

Die Erscheinung war von flackernder Abruptheit gewesen, und ich wußte nicht, ob ich mich täuschte. Es mochte sich um eine Halluzination handeln.

Aber da schien es schon wieder zu passieren, diesmal links. Wie lang die dazwischenliegende Zeit war, wußte ich nicht zu sagen.

Dann hörte ich auch etwas – eine Art richtungsloses Stöhnen. Auch diese Wahrnehmung war nur sehr kurz.

Als nächstes – und zum ersten Mal war ich mir meiner Sache sicher – erschien eine grauweiße Landschaft wie eine Mondoberfläche. Sie tauchte auf und verschwand wieder, nach etwa einer Sekunde, in einem kleinen Bereich meines Sehbereichs zur Linken. Star schnaubte.

Rechts erschien jetzt ein Wald – grau und weiß – herabstürzend, als passierten wir einander in unmöglichem Winkel. Ein sehr begrenztes Bild, weniger als zwei Sekunden lang zu sehen.

Dann Teile eines brennenden Gebäudes unter mir ... farblos.

Fetzen von Heultönen schallten aus dem Himmel herab ...

Ein gespenstischer Berg, eine Fackelprozession auf einem Serpentinenweg am mir zugewandten Hang ...

Eine Frau, die an einem Baum hing, ein straffes Seil um den Hals, den Kopf zur Seite gedreht, die Hände auf dem Rücken gefesselt ...

Auf dem Kopf stehende Berge, weiß; darunter schwarze Wolken ...

Klick! Eine winzige Vibration, als hätten wir für kurze Zeit etwas Festes berührt – vielleicht Stars Hufe auf felsigem Grund. Und wieder verschwunden ...

Ein Flackern.

Rollende Köpfe, tropfendes schwarzes Blut ... Ein leises Lachen aus dem Nichts ... Ein an die Wand genagelter Mann, mit dem Kopf nach unten ...

Und wieder das weiße Licht, rollend und wogend.

Klick! Ein Flackern.

Einen Herzschlag lang bewegten wir uns auf einem Pfad unter fleckigem Himmel. In dem Augenblick, als die Erscheinung verschwand, griff ich durch das Juwel danach.

Klick! Ein Flackern. Klick! Grollen.
Ein felsiger Weg, der sich einem hohen Bergpaß entgegenwand ... Noch immer monochrom, die Welt ... Hinter mir ein Krachen wie Donner ...

Ich drehte das Juwel wie einen Einstellknopf, als die Welt wieder zu verblassen begann. Sie kehrte zurück ... Zwei, drei, vier ... Ich zählte die Hufschläge, Herzschläge gegen den knurrenden Hintergrund ... sieben, acht, neun ... Die Welt wurde heller. Ich atmete tief ein und seufzte schwer. Die Luft war kalt.

Zwischen dem Donnern und seinen Echos hörte ich das Rauschen von Regen. Allerdings blieb ich davon unberührt.

Ich schaute zurück. Etwa hundert Meter hinter mir erstreckte sich eine mächtige Regenwand, hinter der ich nur sehr vage Bergkonturen wahrnehmen konnte. Ich schnalzte Star mit der Zunge zu, woraufhin er ein wenig schneller ausschritt, zu einem beinahe ebenen Stück Land emporsteigend, das zwischen zwei Gipfeln hindurchführte. Die Welt vor uns war noch unverändert, eine Studie in Weiß und Grau, der Himmel weiter vorn von dunklen und hellen Streifen verschmiert. Wir erreichten den Paß.

Ich begann zu zittern. Ich wollte die Zügel anziehen, rasten, essen, rauchen und herumgehen. Aber dafür war ich der Front des Unwetters noch zu nahe.

Stars Hufschläge hallten durch den Paß, der dem Zebrahimmel links und rechts mit steilen Felswänden entgegenragte. Ich hoffte, daß die Sturmfront an diesen Bergen zerbrechen würde, wenn ich auch zugleich das Gefühl hatte, daß das gar nicht möglich war. Es handelte sich nicht um ein normales Unwetter, und ich hatte das unangenehme Gefühl, daß es sich bis nach Amber erstreckte und daß ich ohne das Juwel für immer darin festgesessen und meinen Tod gefunden hätte.

Während mein Blick auf den seltsamen Himmel gerichtet war, umwirbelte mich plötzlich ein Schneesturm aus hellen Blumen, die mir den Weg erhellten. Angenehme Düfte füllten die Luft. Das Donnern hinter mir klang weicher. Die Felswände zu beiden Seiten waren von silbernen Adern durchzogen. Der Beleuchtung entsprechend, war die ganze Welt von einer Zwielichtaura erfüllt, und als ich den Paß verließ, blickte ich in ein Tal hinab, in dem die Perspektive nicht mehr stimmte, in dem sich keine Entfernungen mehr berechnen ließen: ein Tal, angefüllt mit natürlich aussehenden Spitzen und Minaretten, das mondähnliche Licht der Himmelsstreifen reflektierend, mich an eine Nacht in Tirna Nog'th erinnernd; dazwischen erhoben sich silbrige Bäume, leuchteten spiegelähnliche Teiche, wehten gespenstische Nebelschwaden. Das Tal schien an manchen Stellen zu künstlichen

Sechstes Kapitel

Terrassen geformt, an anderen in natürlichen Wellen zu verlaufen, durchschnitten von einer Linie, die eine Fortsetzung des Weges zu sein schien, auf dem ich mich bewegte, ansteigend und sich wieder senkend, das Ganze von einer seltsam elegischen Atmosphäre erfüllt, belebt durch unerklärliche Glanzlichter und Reflexionspunkte, bar jeder Spur von Besiedlung.

Ich zögerte nicht, den Abstieg zu beginnen. Der Boden ringsum war kreideweiß und glatt wie Knochen und – entdeckte ich dort zur fernen Linken die Linie einer schwarzen Straße? Ich vermochte sie nur vage auszumachen.

Ich ritt ohne Eile, da ich spürte, daß Star zu ermüden begann. Wenn das Unwetter nicht zu schnell nachrückte, konnten wir vielleicht an einem der Teiche im Tal rasten. Ich war ebenfalls erschöpft und hungrig.

Auf dem Weg nach unten hielt ich die Augen offen, bekam aber keine Menschen oder Tiere zu Gesicht. Der Wind erzeugte ein leises Seufzen. Als ich die tiefere Zone des Tals erreichte, wo sich normales Blattwerk ausbreitete, entdeckte ich weiße Blumen, die sich zwischen den Ranken am Wegrand bewegten. Zurückschauend erkannte ich, daß die Regenfront den Berggipfel noch nicht überschritten hatte. Allerdings türmten sich die Wolken schon steil dahinter auf.

Ich drang tiefer in die seltsame Welt ein. Schon seit längerer Zeit fielen keine Blumen mehr nieder, doch noch immer lag ein angenehmer Duft in der Luft. Außer den Geräuschen, die wir erzeugten, und dem Säuseln des beständigen Windes war nichts zu hören. Absonderliche Felsformationen erhoben sich auf allen Seiten; in der Reinheit ihrer Linien hatten sie beinahe etwas Künstliches. Unentwegt trieb Nebel durch das Tal. Das helle Gras schimmerte feucht.

Während ich dem Weg zur bewaldeten Talmitte folgte, veränderte sich laufend die Perspektive, Entfernungen verschoben sich, Panoramen wirkten verzerrt. Ich bog schließlich vom Weg nach links ab, um zu einem scheinbar nahegelegenen See zu reiten, der sich dann jedoch vor mir zurückzuziehen schien. Als ich ihn erreichte, abstieg und einen Finger in das Naß tauchte, schmeckte das Wasser eiskalt und süß.

Nachdem ich getrunken hatte, verweilte ich eine Zeitlang ausgestreckt auf dem Boden und schaute Star beim Grasen zu, ehe ich mir aus meiner Tasche eine kalte Mahlzeit zusammenstellte. Das Unwetter mühte sich noch immer über die Berge. Ich starrte lange darauf und beschäftigte mich mit der Erscheinung. Wenn Vater sein Ziel wirklich nicht erreicht hatte, dann tönte da hinten das Grollen von Armageddon, dann war mein ganzer Ritt sinnlos geworden. Solche Gedanken waren aber müßig, denn ich mußte ja unter allen Umständen weiter. Aber ich konnte nichts dagegen tun. Es konnte sein, daß ich mein Ziel erreichte, daß ich mitbekam, wie die große Schlacht gewonnen wurde, nur um dann Zeuge zu werden, wie alles davongeschwemmt wurde. Sinnlos ... Nein. Nicht sinnlos. Wenigstens hatte ich dann den Versuch gemacht, diese Entwicklung abzuwenden, und ich würde es bis zum Schluß weiter versuchen. Das war genug, auch wenn alles andere verloren ging. Verdammter Brand! Daß er ...

Ein Schritt.

Im nächsten Augenblick hatte ich mich sprungbereit hingehockt und starrte mit gezogener Klinge in die Richtung, aus der mir möglicherweise Gefahr drohte.

Eine Frau stand vor mir, klein, weißgekleidet. Sie hatte langes, dunkles Haar und wilde, dunkle Augen und lächelte mich an. Über dem Arm trug sie einen Flechtkorb, den sie zwischen uns auf den Boden stellte.

»Du mußt hungrig sein, Ritter«, sagte sie in einem seltsamen Thari-Dialekt. »Ich habe dich kommen sehen und dir dies gebracht.«

Ich lächelte und entspannte mich.

»Vielen Dank«, antwortete ich. »Ich bin wirklich hungrig. Mein Name ist Corwin. Und wie heißt du?«

»Lady«, entgegnete sie.

Ich hob eine Augenbraue. »Vielen Dank – Lady. Du lebst an diesem Ort?«

Sie nickte und kniete nieder, um den Korb zu öffnen.

»Ja, mein Zelt steht da weiter hinten am See.« Sie machte eine Kopfbewegung in Richtung Osten – zur schwarzen Straße hinüber.

»Ich verstehe«, sagte ich.

Die Speisen und der Wein im Korb sahen sehr real aus: frisch und appetitlich, auf jeden Fall besser als meine Wegzehrung. Natürlich war ich mißtrauisch. »Du ißt mit?« fragte ich.

»Wenn du willst.«

»Ja.«

»Na schön.«

Sie breitete ein Tuch aus, nahm mir gegenüber Platz, holte die Speisen aus dem Korb und deckte zwischen uns. Ohne zu zögern, begann sie dann zu essen. Ich kam mir ein wenig schäbig vor – aber nur ein wenig. Immerhin war dies ein seltsamer Wohnort für eine Frau, die anscheinend allein lebte und offenbar nur darauf wartete, den ersten Fremden, der des Weges kam, zu bewirten. Auch Dara hatte uns bei unserer ersten Begegnung zu essen gegeben, und da ich vermutlich dem Ende meiner Reise nahe war, konnten die Machtzentren des Feindes nicht mehr weit sein. Die schwarze Straße war ungemütlich nahe, und ich erwischte Lady mehrmals dabei, wie sie das Juwel betrachtete.

Sechstes Kapitel

Trotzdem verbrachten wir eine angenehme Zeit und lernten uns im Verlaufe der Mahlzeit auch besser kennen. Sie war das ideale Publikum, lachte und brachte mich dazu, über mich selbst zu sprechen. Dabei blickte sie mir oft tief in die Augen, und irgendwie schaffte sie es, daß wir uns immer wieder an den Fingern berührten, wenn wir uns etwas reichten. Wenn ich hier umgarnt wurde, dann auf sehr angenehme Weise.

Während des Essens und Sprechens hatte ich die ständig näherrückende Unwetterfront nicht aus dem Auge gelassen. Die finstere Linie hatte schließlich den Berggipfel überwunden und bewegte sich nun langsam von den oberen Hängen herab. Als Lady das Tuch zusammenfaltete, bemerkte sie meinen Blick und nickte.

»Ja, es kommt«, sagte sie, tat die letzten Utensilien wieder in den Korb und setzte sich mit Flasche und Trinkbechern neben mich. »Wollen wir darauf trinken?«

»Ich trinke gern mit dir – aber nicht darauf.«

Sie schenkte ein.

»Es kommt nicht darauf an«, sagte sie. »Nicht mehr.« Und sie legte mir die Hand auf den Arm und reichte mir den Becher.

Ich ergriff ihn und blickte auf sie hinab. Sie lächelte. Sie stieß mit ihrem Becher gegen den meinen. Wir tranken.

»Komm in mein Zelt!« sagte sie und ergriff meine Hand. »Dort verbringen wir die Stunden, die uns noch bleiben, auf angenehme Weise.«

»Vielen Dank«, gab ich zurück. »Zu jeder anderen Zeit wäre das ein herrlicher Nachtisch für eine großartige Mahlzeit. Leider muß ich weiter. Die Pflicht ruft, die Zeit eilt dahin, ich habe eine Mission.«

»Na schön«, sagte sie. »So wichtig ist es nicht. Und ich weiß alles über deine Mission. Inzwischen ist die auch nicht mehr so wichtig.«

»Oh? Ich muß gestehen, daß ich durchaus damit gerechnet hatte, du würdest mich zu einer kleinen Privatfeier einladen, die dazu führen mußte, daß ich irgendwo an einem einsamen Hügel allein herumirrte.«

Sie lachte. »Und ich muß gestehen, daß ich die Absicht hatte, so vorzugehen, Corwin. Aber das ist vorbei.«

»Warum?«

Sie deutete auf die vorrückende Linie der Zerstörung.

»Es ist nicht mehr erforderlich, dich aufzuhalten. Ich schließe daraus, daß die Mächte des Chaos gesiegt haben. Niemand könnte das Vorrücken des Chaos noch aufhalten.«

Ich erschauderte, und sie füllte unsere Becher nach.

»Ich würde es aber trotzdem vorziehen, wenn du mich in einem solchen Augenblick nicht verließest«, fuhr sie fort. »In wenigen Stunden wird es hier sein. Wie könnte man diese Zeit besser zubringen als in der

Gesellschaft des anderen? Wir brauchten ja nicht einmal in mein Zelt zu gehen.«

Ich neigte den Kopf, und sie rückte neben mich. Ach was! Eine Frau und eine Flasche – so hatte ich nach eigenem Bekunden mein Leben stets beenden wollen. Ich trank einen Schluck Wein. Wahrscheinlich hatte sie recht. Doch mußte ich an das Frauenwesen denken, das mich beim Verlassen Avalons auf der schwarzen Straße umgarnt hatte. Zuerst hatte ich ihr helfen wollen und war dann ihrem unnatürlichen Charme schnell erlegen – als dann ihre Maske fiel, mußte ich erkennen, daß sich nicht das geringste dahinter befand. Das hatte mir damals einen großen Schreck eingejagt. Aber schließlich hat jeder ein ganzes Regal voller Masken für verschiedene Anlässe – wenn man es mal nicht zu philosophisch betrachten will. Ich habe Psychologen oft dagegen wettern hören. Dennoch habe ich Menschen kennengelernt, die zunächst einen guten Eindruck machten, die ich dann aber zu hassen begann, als ich erfuhr, wie sie innerlich wirklich waren. Und manchmal glichen sie jenem Frauenwesen – es gab innerlich kaum etwas. So habe ich festgestellt, daß die Maske oft weitaus akzeptabler ist als ihre Alternative. Und ... Das Mädchen, das ich hier an mich drückte, mochte unter ihrem Äußeren ein Monstrum sein. Wahrscheinlich war sie das sogar. Trifft das nicht auf die meisten von uns zu? Wenn ich mich schon an diesem Punkt aufgeben wollte, gab es sicher unangenehmere Abgänge. Sie gefiel mir.

Ich leerte meinen Becher. Sie machte Anstalten, mir nachzuschenken, doch ich hielt ihre Hand fest.

Sie blickte zu mir auf. Ich lächelte.

»Beinahe hättest du mich herumbekommen«, sagte ich.

Dann schloß ich ihr mit vier Küssen die Augen, um den Zauber nicht zu zerstören, stand auf und bestieg Star.

»Leb wohl, Lady!«

Während das Unwetter ins Tal hinunterbrodelte, ritt ich weiter nach Süden. Vor mir erhoben sich neue Berge, und der Weg führte darauf zu. Der Himmel war noch immer schwarz und weiß gestreift, Linien, die sich jetzt aber ein wenig zu bewegen schienen. Alles in allem ergab sich daraus wie zuvor ein Zwielicht-Effekt, auch wenn in den schwarzen Zonen keine Sterne schimmerten. Noch immer der Wind, noch immer der süße Duft ringsum – und die Stille, die verdrehten Monolithen und das silbrige Blattwerk, unverändert taufeucht und funkelnd. Nebelfetzen wehten vor mir dahin. Ich versuchte, mit dem Stoff der Schatten zu arbeiten, doch es war schwer, und ich war müde. Nichts geschah. Ich holte mir Kraft aus dem Juwel und versuchte, einen Teil davon an Star weiterzugeben. Wir kamen in

Sechstes Kapitel

gleichmäßigem Tempo voran, bis sich das Land endlich vor uns emporwellte und wir einem neuen Paß entgegenstiegen, zerklüfteter als der, durch den wir das Tal betreten hatten. Ich hielt inne und schaute zurück. Etwa ein Drittel des Tals lag inzwischen hinter dem schimmernden Schirm des vorrückenden Sturm-Gebildes. Ich dachte an Lady und ihren Teich und ihr Zelt. Kopfschüttelnd ritt ich weiter.

Im weiteren Verlauf des Passes wurde der Weg steiler, und wir kamen nur noch langsam voran. Die weißen Flüsse am Himmel nahmen eine rötliche Färbung an, die sich immer mehr vertiefte. Als ich den Durchgang erreichte, schien die ganze Welt mit Blut übergossen zu sein. In den breiten felsigen Boulevard einreitend, mußte ich gegen einen heftigen Wind angehen. Der Boden flachte etwas ab, trotzdem gewannen wir weiter an Höhe, und ich konnte noch nicht durch den Paß schauen.

Plötzlich prasselte etwas in den Felsen zu meiner Linken. Ich schaute in die Richtung, sah aber nichts. Ich tat die Erscheinung als fallenden Stein ab. Eine halbe Minute später bäumte sich Star unter mir auf, stieß ein schreckliches Wiehern aus, wandte sich ruckartig nach links und begann, in diese Richtung zu sinken.

Ich sprang aus dem Sattel, und als wir beide zu Boden gingen, sah ich, daß aus Stars rechter Schulter ein Pfeil ragte. Ich rollte am Boden ab und blickte in die Richtung, aus der der Schuß gekommen sein mußte.

Eine Gestalt mit einer Armbrust stand auf einem Felsvorsprung rechts von mir, etwa zehn Meter über dem Paßweg. Sie war bereits damit beschäftigt, die Armbrust für einen zweiten Schuß zu spannen.

Ich wußte, ich kam nicht mehr rechtzeitig an den Mann heran. Ich suchte also nach einem handlichen Stein, fand am Fuße der Felswand hinter mir ein geeignetes Wurfgeschoß, wog es in der Hand und versuchte, mich nicht von meinem Zorn beeinflussen zu lassen. Meine Zielgenauigkeit wurde nicht beeinträchtigt, doch fiel der Wurf vielleicht etwas energischer aus als normal.

Der Stein traf ihn am linken Arm. Er stieß einen Schrei aus und ließ die Armbrust fallen. Die Waffe rutschte klappernd zwischen den Felsen herab und landete auf der anderen Seite des Weges, mir genau gegenüber.

»Du Schweinehund!« brüllte ich. »Du hast mein Pferd auf dem Gewissen. Das kostet dich den Kopf!«

Ich überquerte den Pfad und suchte nach dem kürzesten Weg zu ihm hinauf. Ein Stück weiter links entdeckte ich eine Möglichkeit. Ich eilte hinüber und begann den Aufstieg. Gleich darauf waren Licht und Blickwinkel besser, und ich konnte mir den Mann genauer ansehen, der zusammengekrümmt dasaß und sich den Arm massierte. Es war Brand, dessen Haar im blutroten Licht noch flammender wirkte als normal. »Jetzt ist Schluß, Brand«, sagte ich. »Ich wünschte nur, jemand hätte das schon vor langer Zeit erledigt.«

Er richtete sich auf und blickte mir einen Augenblick lang beim Klettern zu. Er griff nicht nach seiner Klinge. Als ich die Spitze erreichte und noch etwa sieben Meter von ihm entfernt war, verschränkte er die Arme vor der Brust und senkte den Kopf.

Ich zog Grayswandir und trat vor. Ich gebe zu, ich wollte ihn umbringen, welche Körperhaltung er auch einnehmen mochte. Das rote Licht hatte sich noch verstärkt, so daß wir nun in Blut getaucht zu sein schienen. Der Wind umtobte uns heulend, und aus dem Tal unter uns grollte Donner.

Plötzlich verblaßte Brand. Seine Umrisse verschwammen, und als ich die Stelle erreichte, an der er gestanden hatte, war er verschwunden.

Fluchend verharrte ich einen Augenblick lang und dachte an die Gerüchte, wonach er irgendwie in einen lebendigen Trumpf verwandelt worden war und sich innerhalb kürzester Zeit überall hinversetzen konnte.

Von unten war ein Geräusch zu hören ...

Ich eilte zum Rand und blickte hinab. Star strampelte noch immer mit den Hufen und prustete blutigen Schaum. Ein herzzerreißender Anblick. Aber nicht nur das bekümmerte mich.

Brand stand unter mir. Er hatte die Armbrust wieder an sich gebracht und bereitete einen weiteren Schuß vor.

Ich sah mich nach einem Stein um, doch es war keiner in Reichweite. Dann entdeckte ich ein Wurfgeschoß in der Richtung, aus der ich gekommen war. Ich hastete dorthin, steckte die Klinge fort und hievte den Stein hoch, der etwa so groß war wie eine Wassermelone. Ich kehrte damit an den Rand zurück und suchte Brand.

Er war nicht zu sehen.

Plötzlich kam ich mir sehr ungeschützt vor. Er konnte sich an jede günstige Stelle versetzt haben und bereits auf mich zielen. Ich ließ mich zu Boden fallen, wobei ich über meinen Stein stürzte. Gleich darauf hörte ich den Pfeil rechts von mir auftreffen. Dem Laut folgte Brands amüsiertes Lachen.

Da ich wußte, daß es ihn ein Weilchen beschäftigen würde, die Waffe wieder zu spannen, richtete ich mich auf. Ich schaute in die Richtung, aus der das Lachen gekommen war, und entdeckte ihn auf dem gegenüberliegenden Felsvorsprung, etwa fünf Meter über mir, ungefähr zwanzig Meter entfernt. Der Paßweg lag zwischen uns.

»Wegen des Pferdes tut es mir leid«, sagte er. »Ich hatte auf dich gezielt. Aber dieser verdammte Wind ...«

Doch schon hatte ich eine Vertiefung entdeckt und eilte darauf zu, wobei ich den Felsbrocken als Schild benutzte. Aus der keilförmigen Nische verfolgte ich, wie er einen neuen Pfeil auflegte.

»Ein schwieriger Schuß!« rief er und hob die Waffe. »Eine Herausforderung für jeden Schützen, aber auf jeden Fall die Mühe wert. Ich habe noch genug Pfeile.«

Er lachte, zielte und schoß.

Ich duckte mich und hielt mir den Stein vor den Torso, doch der Pfeil traf etwa zwei Fuß zu weit rechts auf.

»Das hatte ich schon geahnt«, sagte er und machte sich wieder an der Waffe zu schaffen. »Die Windkraft mußte ich erst einmal ausprobieren.«

Ich schaute mich nach kleineren Steinen um, die ich nach ihm hätte werfen können, doch in der Nähe waren keine zu sehen. Daraufhin wandten sich meine Gedanken dem Juwel zu. Angeblich bot es Schutz vor unmittelbarer Gefahr. Aber ich hatte das seltsame Gefühl, daß so etwas nur aus geringer Nähe funktionierte und daß Brand darüber Bescheid wußte und sich das Phänomen zunutze machte. Konnte ich nichts anderes mit dem Juwel unternehmen, um sein Vorhaben zu vereiteln? Für den Lähmungstrick schien er mir zu weit entfernt zu sein, doch ich hatte ihn schon einmal überwältigt, indem ich das Wetter zu meinen Gunsten steuerte. Ich fragte mich, wie weit das Unwetter entfernt war. Ich griff danach und erkannte, daß es Minuten dauern würde – Minuten, die ich nicht hatte –, um jene Bedingungen zu schaffen, aus denen heraus ich einen Blitzstrahl gegen ihn richten konnte. Die Winde aber standen auf einem anderen Blatt. Ich verband mich mit ihnen, spürte sie ...

Brand war beinahe fertig. Der Wind begann durch den Paß zu kreischen.

Ich habe keine Ahnung, wo sein nächster Schuß landete. Jedenfalls nicht in meiner Nähe. Wieder begann er die Waffe zu spannen, während ich die Faktoren für einen Blitzstrahl zusammenzuholen begann ...

Als er fertig war, als er wieder die Waffe hob, ließ ich den Wind erneut heftiger wehen. Ich sah ihn zielen, sah ihn tief Luft holen und den Atem anhalten. Dann senkte er den Bogen und starrte mich an.

»Eben geht mir auf«, rief er, »daß du den Wind in der Tasche hast, habe ich nicht recht? Das ist Betrügerei, Corwin!« Er sah sich um. »Ich müßte eine Position finden, in der es nicht darauf ankommt. Aha!«

Ich arbeitete weiter an den Umständen, die zu seiner Vernichtung führen konnten, war aber noch nicht am Ziel. Ich blickte zum rot und schwarz gestreiften Himmel empor, an dem sich über uns etwas Wolkenähnliches bildete. Bald, aber noch war es nicht soweit ...

Brand verblaßte und verschwand erneut. Verzweifelt suchte ich ihn überall.

Dann stand er mir gegenüber. Er war auf meine Seite des Passes herübergekommen. Er stand etwa zehn Meter südlich von mir und hatte den Wind im Rücken. Ich wußte, daß ich die Luftströmung nicht mehr rechtzeitig umlenken konnte, und überlegte, ob ich meinen Felsbrocken werfen sollte. Wahrscheinlich würde er sich ducken, womit ich dann meinen Schild loswürde. Andererseits ...

Er hob die Waffe an die Schulter.

Aufschub! rief ich mir innerlich zu, während ich weiter den Himmel manipulierte.

»Ehe du schießt, Brand, mußt du mir eine Sache verraten. Einverstanden?«

Er zögerte, dann senkte er die Waffe um einige Zentimeter.

»Was?«

»Hast du mir die Wahrheit gesagt über die Ereignisse – mit Vater, dem Muster, dem Anrücken des Chaos?«

Er warf den Kopf in den Nacken und lachte. Es klang wie ein Bellen.

»Corwin«, sagte er schließlich, »es freut mich unbeschreiblich, dich sterben zu sehen, ohne daß du etwas weißt, das dir soviel bedeutet.«

Wieder lachte er und hob die Waffe. Ich hatte eben den Stein gehoben, um ihn zu werfen und dann auf meinen Bruder loszustürmen. Doch keiner von uns vermochte sein Vorhaben zu Ende zu bringen.

Von oben gellte ein lautes Kreischen herab, dann schien sich ein Stück Himmel zu lösen und Brand auf den Kopf zu fallen. Er schrie auf und ließ die Armbrust fallen. Er hob die Hände, um an dem Ding zu zerren, das ihn bedrängte. Der rote Vogel, der Juwelenträger, von den Händen meines Vaters aus meinem Blut geboren, war zurückgekehrt, um mich zu verteidigen.

Ich ließ den Felsbrocken los und ging auf Brand zu. Dabei zog ich meine Klinge. Brand schlug nach dem Vogel, der davonflatterte und an Höhe gewann. Das Tier beschrieb einen Bogen und setzte zu einem neuen Sturzflug an. Brand hob beide Arme, um Gesicht und Kopf zu schützen, doch vorher sah ich noch das Blut, das aus seinem linken Augenloch strömte.

Als ich auf ihn zustürmte, begann er wieder zu verblassen. Der Vogel aber stürzte wie eine Bombe herab, und seine Krallen trafen Brand wieder am Kopf. Gleich darauf begann der Vogel ebenfalls zu verschwimmen. Brand griff nach seinem roten Angreifer, von dem er heftig attackiert wurde; im gleichen Augenblick verschwanden beide.

Sechstes Kapitel

Als ich den Schauplatz des Geschehens erreichte, war als einziges die hingefallene Armbrust zu sehen, die ich mit dem Stiefel zermalmte.

Noch nicht, noch nicht das Ende, verdammt! Wie lange wirst du mich plagen, Bruder? Wie weit muß ich noch gehen, um die Sache zwischen uns zu Ende zu bringen?

Ich kletterte zum Weg hinab. Star war noch nicht tot, und ich mußte ihn erlösen.

7

Eine Schale voller Zuckerwatte.

Nachdem ich den Paß nun hinter mir hatte, betrachtete ich das vor mir liegende Tal. Wenigstens nahm ich an, daß es sich um ein Tal handelte. Unter der dichten Wolken-Nebel-Decke war nichts auszumachen.

Am Himmel färbte sich einer der roten Streifen gelb, ein anderer grün. Dies munterte mich etwas auf, da sich der Himmel irgendwie ähnlich benommen hatte, als ich zum ersten Mal den Rand aller Dinge aufsuchte, den Abgrund vor den Burgen des Chaos.

Ich schulterte mein Bündel und wanderte den Pfad hinab. Der Wind nahm allmählich ab. Vage hörte ich das Donnern des Unwetters, vor dem ich auf der Flucht war. Ich fragte mich, wohin Brand verschwunden war. Ich hatte das Gefühl, daß ich ihn so schnell nicht wiedersehen würde.

Auf halbem Weg, in der Gegend, da der Nebel mich einzuhüllen begann, entdeckte ich einen alten Baum und schnitt mir einen Wanderstab ab. Als der Baum mein Messer spürte, schien er aufzuschreien.

»Verdammt!« tönte eine Art Stimme aus seinem Innern.

»Du bist intelligent?« fragte ich. »Tut mir leid ...«

»Ich habe lange gebraucht, um den Ast wachsen zu lassen. Vermutlich willst du ihn jetzt verbrennen?«

»Nein«, gab ich zurück. »Ich brauchte einen Spazierstock. Ich habe eine lange Wanderung vor mir.«

»Durch dieses Tal?«

»Genau.«

»Komm näher, damit ich dich besser spüren kann. Irgend etwas an dir scheint zu glühen.«

Ich trat einen Schritt vor.

»Oberon!« rief der Baum. »Ich kenne dein Juwel.«

»Nicht Oberon«, erwiderte ich. »Ich bin sein Sohn. Allerdings bin ich in seinem Auftrag unterwegs.«

»Dann nimm meinen Ast und meinen Segen noch dazu. Ich habe deinem Vater an manchem seltsamen Tag Schutz geboten. Er hat mich gepflanzt, weißt du.«

Siebtes Kapitel

»Wirklich? Einen Baum pflanzen – das ist eines der wenigen Dinge, die ich Vater niemals habe tun sehen.«

»Ich bin kein normaler Baum. Er pflanzte mich hier ein als Zeichen für die Grenze.«

»Welche Grenze?«

»Ich bin das Ende des Chaos und der Ordnung – je nachdem, von welcher Seite man mich sieht. Ich kennzeichne eine Trennung. Hinter mir gelten andere Regeln.«

»Welche Regeln?«

»Wer vermag das zu sagen. Ich jedenfalls nicht. Ich bin nur ein wachsender Turm intelligenten Holzes. Mein Stock mag dir jedoch Trost spenden. Eingepflanzt vermag er in seltsamen Gegenden Wurzeln zu schlagen. Vielleicht aber auch nicht. Wer weiß das schon? Nimm ihn jedenfalls mit, Sohn Oberons, an jenen Ort, zu dem du unterwegs bist. Ich spüre ein Unwetter nahen. Leb wohl!«

»Leb wohl«, sagte ich. »Und danke.«

Ich machte kehrt und folgte dem Weg in den dichter werdenden Nebel hinab. Allmählich ließ der rosa Schimmer nach. Ich schüttelte beim Gedanken an den Baum den Kopf, doch schon auf den nächsten paar hundert Metern wurde der Weg so uneben, daß mir der Stock gute Dienste leistete.

Dann klarte es etwas auf. Felsen, ein stiller See, etliche traurige kleine Bäume, mit Moosstreifen bekränzt, ein Fäulnisgeruch ... Ich eilte vorbei. Von einem der Bäume aus beobachtete mich ein dunkelgefiederter Vogel.

Während ich ihn noch anblickte, stieg das Tier auf und flatterte gemächlich auf mich zu. Da die jüngsten Ereignisse mich etwas vogelscheu gemacht hatten, duckte ich mich, als das Tier meinen Kopf umkreiste. Schließlich landete es aber vor mir auf dem Weg, legte den Kopf auf die Seite und betrachtete mich mit dem linken Auge.

»Ja«, verkündete der Vogel. »Du bist es.«

»Wer?« fragte ich.

»Der Mann, den ich begleiten werde. Du hast doch nichts dagegen, daß ein Vogel des bösen Omens dir folgt, oder, Corwin?«

Ich lachte. »Im ersten Augenblick will mir nicht einfallen, wie ich dich daran hindern sollte. Wie kommt es, daß du meinen Namen kennst?«

»Ich habe seit dem Anbeginn der Zeit auf dich gewartet, Corwin.«

»Das muß aber recht langweilig gewesen sein.«

»So langweilig ist das nicht gewesen. Zeit ist das, was man daraus macht.«

Ich setzte meinen Marsch fort. Ich ging an dem Vogel vorbei und blieb nicht wieder stehen. Sekunden später zuckte er an mir vorüber und landete rechts von mir auf einem Felsen.

»Ich heiße Hugi«, sagte er. »Wie ich sehe, trägst du ein Stück des alten Ygg bei dir.«

»Des alten Ygg?«

»Der eingebildete alte Baum, der da am Eingang zu diesem Ort steht und es nicht zuläßt, daß man sich auf seinen Ästen ausruht. Bestimmt hat er ordentlich geschrien, als du das Ding da abgeschlagen hast.« Der Vogel lachte schrill.

»Er hat sich sehr zurückgehalten.«

»Und ob! Aber schließlich blieb ihm nicht viel übrig, nachdem es bereits geschehen war. Wirst schon nichts davon haben.«

»Das Ding ist mir sehr nützlich«, widersprach ich und schwang den Stock in seine Richtung.

Flatternd wich er zurück. »He! Das war nicht komisch!«

Ich lachte. »Ich dachte aber, es wäre komisch.«

Ich ging an ihm vorbei.

Endlos führte der Weg durch eine Sumpfzone. Gelegentliche Windstöße ließen den Nebel aufreißen und zeigten mir den weiteren Weg. Von Zeit zu Zeit glaubte ich Musikfetzen zu hören – ich wußte nicht, aus welcher Richtung –, eine langsame und irgendwie feierliche Melodie, die von Instrumenten mit Stahlsaiten gespielt wurde.

Plötzlich wurde ich von links angerufen; »Fremder! Bleib stehen und sieh mich an!«

Irritiert kam ich der Aufforderung nach. In dem verdammten Nebel sah ich aber kaum die Hand vor Augen.

»Hallo!« rief ich. »Wo bist du?«

In diesem Augenblick öffneten sich die Nebelbänke einen Augenblick lang, und ich erblickte einen riesigen Kopf, dessen Augen in gleicher Höhe waren wie die meinen. Sie schienen zu einem Riesenkörper zu gehören, der bis zu den Schultern im Morast versunken war. Der Kopf war kahl, die Haut hell wie Milch und von felsiger Struktur. Im Kontrast dazu wirkten die Augen vermutlich dunkler, als sie es wirklich waren.

»Jetzt sehe ich dich«, sagte ich. »Du scheinst in der Klemme zu stecken. Bekommst du die Arme frei?«

»Wenn ich mir große Mühe gebe.«

»Ich will mich mal umsehen, ob ich etwas finde, an dem du dich festhalten kannst. Dort, das müßte eigentlich gehen.«

»Nein. Nicht nötig.«

»Möchtest du denn nicht raus? Ich dachte, du hättest deswegen gerufen.«

»Oh nein. Ich wollte nur, daß du mich ansiehst.«

Ich trat näher und starrte das Wesen durch den dichter werdenden Nebel an.

»Na schön«, sagte ich dann. »Ich habe dich angesehen.«
»Spürst du meine Qual?«
»Nicht sonderlich, wenn du dir nicht selbst helfen willst oder die Hilfe anderer ablehnst.«
»Was würde es mir nützen, wenn ich mich befreite?«
»Das ist deine Frage. Beantworte sie selbst.«
Ich wandte mich zum Gehen.
»Warte! Wohin reist du?«
»In den Süden. Ich soll dort in einem Moralstück auftreten.«
In diesem Augenblick flog Hugi aus dem Nebel herbei und landete auf dem großen Kopf. Er pickte daran und lachte.
»Verschwende deine Zeit nicht, Corwin. Hier ist weniger, als uns das Auge vorgaukelt«, sagte er.
Die riesigen Lippen formten meinen Namen. »Ist er es wirklich?«
»Er ist es, sei beruhigt«, erwiderte Hugi.
»Hör zu, Corwin!« sagte der eingesunkene Riese. »Du willst versuchen, das Chaos aufzuhalten, nicht wahr?«
»Ja.«
»Laß es sein. Es lohnt sich nicht. Ich möchte, daß alles zu Ende geht. Ich wünsche mir eine Befreiung aus diesem Zustand.«
»Ich habe dir bereits angeboten, dir herauszuhelfen. Du hast abgelehnt.«
»Um die Art Befreiung geht es mir nicht. Ich ersehne das absolute Ende.«
»Das ist kein Problem«, gab ich zurück. »Tauch den Kopf unter und atme tief ein.«
»Ich wünsche mir nicht meinen persönlichen Tod, sondern das Ende des ganzen törichten Spiels.«
»Es gibt sicher noch andere Leute auf der Welt, die in dieser Sache lieber selbst entscheiden möchten.«
»Für sie soll es auch vorbei sein. Es wird die Zeit kommen, da sie in meiner Lage sind und so fühlen wie ich.«
»Dann haben sie dieselbe Möglichkeit. Guten Tag.«
Ich machte kehrt und ging weiter.
»Du auch!« rief er mir nach.
Nach einiger Zeit holte Hugi mich ein und setzte sich auf das Ende meines Wanderstabes.
»Ganz angenehm, auf Yggs Ast zu sitzen, wo er jetzt nicht mehr – *heda!*«
Hugi sprang in die Luft und beschrieb einen Kreis.
»Hat mir den Fuß verbrannt! Wie war ihm das nur möglich?« rief er.
Ich lachte. »Keine Ahnung.«

Er flatterte noch ein wenig und näherte sich dann meiner rechten Schulter.

»Hast du etwas dagegen, wenn ich mich dort ausruhe?«

»Nur zu.«

»Vielen Dank.« Er machte es sich gemütlich. »Der große Kopf ist in Wahrheit ein geistiger Problemfall.«

Ich zuckte die Achseln, und er breitete die Flügel aus, um das Gleichgewicht nicht zu verlieren.

»Er versucht etwas zu greifen«, fuhr er fort, »geht dabei aber falsch vor. Er macht nämlich für seine eigenen Schwächen die Welt verantwortlich.«

»Stimmt nicht. Er wollte nicht einmal zugreifen, um aus dem Morast herauszukommen«, widersprach ich.

»Ich meinte das eher philosophisch.«

»Ach, die Art Morast. Das ist schade.«

»Das ganze Problem liegt im Ich, im Ego und seiner Verwicklung mit der Welt einerseits und dem Absoluten andererseits.«

»Ach, wirklich?«

»Ja. Weißt du, wir schlüpfen aus und treiben an der Oberfläche der Ereignisse dahin. Manchmal haben wir das Gefühl, die Dinge tatsächlich zu beeinflussen, und das spornt zum Streben an. Das aber ist ein großer Fehler, weil es Sehnsüchte weckt und ein falsches Ego erstehen läßt, während man sich damit begnügen sollte, einfach nur zu existieren. Darauf bauen sich weitere Wunschvorstellungen und neues Streben auf, und schon sitzt man in der Falle.«

»Im Morast?«

»Gewissermaßen. Man muß den Blick nur fest auf das Absolute richten und es lernen, die Halluzinationen, die Illusionen und das falsche Gefühl der Identität zu ignorieren, die einen als falsche Insel der Bewußtheit von allem anderen trennen.«

»Ich hatte auch einmal eine falsche Identität. Sie half mir sehr dabei, zu dem Absoluten zu werden, das ich heute bin – ich.«

»Nein, das ist ebenfalls falsch.«

»Dann wird mir das Ich, das vielleicht morgen besteht, dafür dankbar sein, so wie ich dem anderen Ich dankbar bin.«

»Du begreifst nicht, was ich sagen will. Jenes Du wird ebenfalls eine Täuschung sein.«

»Warum?«

»Weil es ebenfalls motiviert sein wird von jenen Sehnsüchten und Bestrebungen, die dich dem Absoluten entrücken.«

»Was ist denn daran falsch?«

»Du bleibst allein in einer Welt der Fremden, in der Welt der Phänomene.«

»Es gefällt mir aber allein. Ich bin mit mir ganz zufrieden. Auch mir gefallen Phänomene.«

»Und doch wird das Absolute immer gegenwärtig sein, dich anlocken und Unruhe säen.«

»Gut, dann habe ich ja keine Eile. Aber ja, ich verstehe, was du meinst. Es nimmt die Gestalt von Idealen an. Von denen hat ja jeder ein paar. Wenn du mich auffordern willst, ihnen nachzustreben, so bin ich deiner Meinung.«

»Nein, sie sind nur Verzerrungen des Absoluten, während du nur wieder das übliche Streben meinst.«

»Genau.«

»Ich sehe, daß du noch viel lernen mußt.«

»Wenn du damit meinen vulgären Überlebensinstinkt meinst, vergiß die Sache.«

Der Weg hatte in die Höhe geführt. Wir erreichten eine glatte, ebene Stelle, die dünn mit Sand bestreut war. Die Musik war lauter geworden und nahm auch noch an Lautstärke zu, je weiter ich vorankam. Im Nebel erkannte ich schließlich verschwommene Gestalten, die sich langsam und rhythmisch bewegten. Es dauerte einige Sekunden, bis ich erkannte, daß sie zur Musik tanzten.

Ich schritt weiter, bis ich die Gestalten genauer betrachten konnte – menschlich von Gestalt, hübsch anzuschauen, in höfische Gewänder gehüllt. Sie bewegten sich zu den langsamen Takten unsichtbarer Musiker. Es war ein komplizierter, hübscher Tanz, und ich blieb stehen, um ihn mir ein Weilchen anzusehen.

»Aus welchem Anlaß«, wandte ich mich an Hugi, »wird hier im weiten Nichts ein Fest gefeiert?«

»Man tanzt«, antwortete er, »um dein Vorbeikommen zu feiern. Es handelt sich nicht um sterbliche Wesen, sondern um die Geister der Zeit. Diese törichte Schau begann, als du das Tal betratest.«

»Geister?«

»Ja. Paß auf!«

Der Vogel verließ meine Schulter und flog durch mehrere Tanzende hindurch, als handele es sich um Hologramme, ohne eine der lächelnden Gestalten aus dem Takt zu bringen. Hugi krächzte mehrmals und kehrte zu mir zurück.

»Die Schau gefällt mir«, sagte ich.

»Dekadent«, meinte er. »Du solltest so etwas nicht gerade für ein Kompliment halten, denn man rechnet damit, daß du es nicht schaffst. Sie suchten nur einen Vorwand für eine letzte Feier, ehe der Vorhang endgültig fällt.«

Trotzdem schaute ich ein Weilchen zu, wobei ich mich auf meinen Stab lehnte. Die Formationen der Tänzer bewegten sich langsam im

Kreis, bis eine der Frauen – eine kastanienbraune Schönheit – in meiner Nähe war. Die Blicke der Tänzer waren zu keiner Zeit auf mich gerichtet; es war, als wäre ich nicht anwesend. Diese Frau jedoch warf mir mit einer genau berechneten Geste der rechten Hand einen kleinen Gegenstand vor die Füße.

Ich bückte mich und stellte fest, daß ich das Ding greifen konnte. Es war eine silberne Rose – mein Emblem. Ich richtete mich auf und machte sie an meinem Mantelkragen fest. Hugi blickte in die andere Richtung und sagte nichts. Ich hatte keinen Hut, den ich ziehen konnte, dafür verbeugte ich mich vor der Dame. Ich konnte mich irren, doch ihr linker Augenwinkel schien gezuckt zu haben. Ich wandte mich zum Gehen.

Der Boden verlor bald wieder seine Glätte, und schließlich verhallte die Musik. Der Pfad wurde unebener, und wo immer der Nebel aufklarte, sah ich nur Gestein oder öde Ebenen. Ich kräftigte mich mit Hilfe des Juwels, wenn ich nicht mehr weiterkonnte, und stellte dabei fest, daß die hinzugewonnenen Energien in immer kürzer werdenden Abständen aufgefrischt werden mußten.

Nach einer Weile bekam ich Hunger und rastete, um meine verbleibenden Rationen aufzuessen.

Hugi hockte in der Nähe auf dem Boden und sah mir zu.

»Ich gebe zu, daß ich deine Beharrlichkeit in gewisser Weise bewundere«, sagte er, »und auch deine Einstellung, die du mit deinen Worten über die Ideale angedeutet hast. Aber das ist auch schon alles. Wir haben uns vorhin über die Sinnlosigkeit von Sehnsüchten und Streberei unterhalten ...«

»Du hast davon gesprochen. Für mich ist das nicht die Hauptsorge im Leben.«

»Das sollte sie aber sein.«

»Ich habe schon ein langes Leben hinter mir, Hugi, und du kränkst mich, wenn du unterstellst, ich hätte mich noch nie mit diesen Fußnoten zur Schulphilosophie befaßt. Der Umstand, daß du die nach allgemeiner Übereinstimmung vorhandene Realität unfruchtbar findest, verrät mir mehr über dich als über diese Zustandsform. Und mehr noch, wenn du wirklich glaubst, was du da vorhin gesagt hast, tust du mir leid, weil du aus einem unerklärlichen Grund hier sein mußt, in dem Bestreben, mein falsches Ego zu beeinflussen, anstatt solchen Unsinns ledig auf dem Weg zu deinem Absoluten zu sein. Wenn du nicht daran glaubst, verrät mir das, daß man dich geschickt hat, um mich zu behindern und zu entmutigen, in welchem Falle du deine Zeit verschwendest.«

Hugi stieß eine Art Gurgeln aus. Dann fragte er: »Du bist nicht so blind, daß du das Absolute leugnest, den Anfang und das Ende von allem?«

Siebtes Kapitel

»Bei einer liberalen Bildung kommt man auch ohne aus.«
»Du gibst die Möglichkeit aber zu?«
»Vielleicht kenne ich das Absolute besser als du, Vogel. Das Ego, so wie ich es sehe, existiert in einem Zwischenstadium zwischen Rationalität und instinktiver Existenz. Es auszulöschen, wäre allerdings ein Zurückweichen. Wenn du von jenem Absoluten kommst – einem sich selbst auflösenden Ganzen –, warum möchtest du dann nach Hause zurückkehren? Verachtest du dich selbst so sehr, daß du Spiegel fürchtest? Warum soll die Reise sich nicht wirklich lohnen? Entwickle dich! Lerne! Lebe! Wenn man dich auf eine Reise geschickt hat, warum möchtest du ausbrechen und an den Ausgangspunkt zurückkehren? Oder hat dein Absolutes einen Fehler gemacht, indem es ein Wesen deines Kalibers schickte? Wenn du diese Möglichkeit einräumst, ist unser Gespräch zu Ende.«

Hugi starrte mich an, dann sprang er in die Luft und flog davon. Vermutlich mußte er in seinem Handbuch nachsehen ...

Als ich aufstand, hörte ich einen Donnerschlag. Ich marschierte weiter. Ich mußte meinen Vorsprung halten.

Der Pfad verbreitete und verengte sich mehrmals, ehe er auf einer kiesbedeckten Ebene völlig verschwand. Je weiter ich wanderte, desto deprimierter wurde ich in dem Bemühen, meinen geistigen Kompaß in der richtigen Einstellung zu halten. Jetzt waren mir die Geräusche des Unwetters beinahe willkommen, gaben sie mir doch einen ungefähren Anhalt dafür, wo Norden lag. Natürlich waren die Dinge im Nebel ohnehin verwirrend, so daß ich mir meiner Sache nicht absolut sicher sein konnte. Außerdem wurde das Donnergrollen lauter ... Verdammt!

... Und ich hatte Star nachgetrauert und mich über Hugis Äußerungen aufgeregt. Heute war kein guter Tag. Ich begann zu zweifeln, ob ich meine Reise überhaupt beenden konnte. Wenn ich nicht von irgendeinem namenlosen Bewohner dieser dunklen Welt überfallen wurde, bestand die Möglichkeit, daß ich durch das Nichts marschieren würde, bis die Kräfte mich verließen oder das Unwetter mich einholte. Ich wußte nicht, ob ich es noch einmal schaffen würde, den alles auslöschenden Sturm zurückzuschlagen. Ich begann, daran zu zweifeln.

Ich versuchte, den Nebel mit Hilfe des Juwels auseinanderzutreiben, aber es wirkte seltsam abgestumpft. Vielleicht war ich zu erschöpft. Ich vermochte eine kleine Zone freizuräumen, die ich schnell durchquert hatte.

Bedauerlich. Es wäre hübsch gewesen, wie in der Oper draufzugehen – in einem großen wagnerianischen Finale unter malerischen Himmelskulissen, im Kampf gegen große Gegner. Dieses sinnlose Herumhasten in einem nebligen Ödland war dagegen lächerlich.

Ich kam an einigen Felsvorsprüngen vorbei, die mir bekannt schienen. Bewegte ich mich etwa im Kreis? Man neigt dazu, sobald man völlig die Orientierung verloren hat. Ich lauschte dem Donnern, um mich wieder zu orientieren. Widersinnigerweise war es still. Ich begab mich zu den Felsen, setzte mich auf den Boden und lehnte den Rücken daran. Es war sinnlos, einfach herumzuwandern. Ich wollte ein Weilchen auf das Signal des Donners warten. Im Sitzen zog ich meine Trümpfe. Vater hatte gesagt, sie würden eine Zeitlang nicht funktionieren, aber ich hatte im Augenblick nichts Besseres zu tun.

Nacheinander ging ich die Karten durch, versuchte die Abgebildeten zu erreichen bis auf Brand und Caine. Nichts. Vater hatte recht gehabt. Den Karten fehlte die vertraute Kälte. Schließlich mischte ich das Spiel durch und legte die Karten im Sand aus. Aber die Deutung über meine Zukunft war unmöglich, also steckte ich alle wieder fort. Ich lehnte mich zurück und wünschte, ich hätte noch etwas Wasser. Lange Zeit horchte ich. Es kamen einige grollende Laute, die mir aber kein Richtungsgefühl gaben. Die Trümpfe ließen mich an meine Familie denken. Meine Angehörigen waren irgendwo vor mir – wo immer das sein mochte – und warteten auf mich. Und auf was? Ich beförderte das Juwel. Mit welchem Ziel? Zuerst hatte ich angenommen, seine Kräfte würden beim entscheidenden Konflikt benötigt. Wenn das der Fall war und wenn ich tatsächlich der einzige war, der sie einsetzen konnte, stand es schlecht um uns. Dann dachte ich an Amber und spürte tiefe Reue und eine Art Angst. Amber durfte niemals ein Ende finden, niemals. Es mußte einen Weg geben, das Chaos zurückzudrängen ...

Ich warf einen kleinen Stein fort, mit dem ich herumgespielt hatte. Als ich ihn losgelassen hatte, bewegte er sich nur sehr langsam.

Das Juwel. Wieder machte sich sein Verlangsamungseffekt bemerkbar ...

Ich entzog ihm Energie, und der Stein wirbelte davon. Es wollte mir scheinen, als hätte ich erst vor kurzem neue Kraft aus dem Juwel geschöpft. Diese Behandlung beflügelte zwar meinen Körper, doch mein Geist blieb vernebelt. Ich brauchte Schlaf – und Träume. Dieser Ort mochte mir weitaus weniger ungewöhnlich vorkommen, wenn ich erst ausgeruht war.

Wie weit noch bis zu meinem Ziel? Lag es schon hinter der nächsten Bergkette oder eine gewaltige Strecke entfernt? Und welche Chance hatte ich, meinen Vorsprung vor dem Unwetter zu halten? Und die anderen? Was war, wenn die große Schlacht bereits geschlagen war und wir verloren hatten? Mich plagten Visionen, daß ich zu spät käme, daß ich nur noch als Totengräber wirken könne ... Knochen und Nachrufe, Chaos ...

Siebtes Kapitel

Und wo war die verdammte schwarze Straße, wo ich sie nun endlich gebrauchen konnte? Wenn ich sie ausfindig machte, konnte ich ihr folgen. Ich hatte das Gefühl, daß sie sich irgendwo links befinden mußte ...

Wieder schickte ich meine Sinne aus, teilte die Nebelschwaden, ließ sie zurückwallen ... Nichts ...

Eine Gestalt? Eine Bewegung?

Es war ein Tier, vielleicht ein großer Hund, der den Versuch machte, in der Deckung des Nebels zu bleiben. Wollte er sich anschleichen?

Das Juwel begann zu pulsieren, als ich den Nebel noch weiter zurückdrängte. Freistehend schien das Tier sich zu schütteln. Dann kam es direkt auf mich zu.

8

Als das Wesen in meine Nähe kam, stand ich auf. Es war ein Schakal, ein großes Tier, das mir starr in die Augen blickte.

»Du kommst ein wenig früh«, sagte ich. »Ich habe nur gerastet.«

Das Wesen lachte leise. »Ich wollte mir lediglich einen Prinzen von Amber ansehen«, sagte das wilde Tier. »Alles andere wäre nur ein Bonus.«

Wieder lachte es. Ich tat es ihm nach.

»Dann laß deine Augen Mahlzeit halten. Versuche etwas anderes – und du wirst feststellen, daß ich doch ausgeruht bin.«

»Nein, nein«, gab der Schakal zurück. »Ich bin ein Anhänger des Hauses von Amber. Und des Hauses aus dem Chaos. Königliches Blut reizt mich, Prinz des Chaos. Und Konflikte.«

»Du hast mir da eben einen ungewöhnlichen Titel gegeben. Meine Verbindung zu den Höfen des Chaos ist lediglich eine Frage der Abstammung.«

»Ich denke an die Bilder Ambers, die sich durch die Schatten des Chaos bewegen. Ich denke an die Wogen des Chaos, die über die Bilder Ambers dahinschwemmen. Doch im Kern der Ordnung, für die Amber steht, bewegt sich eine höchst chaotische Familie, während das Haus des Chaos ruhig und ausgeglichen ist. Trotzdem habt ihr eure Bindungen wie auch Konflikte.«

»Im Augenblick interessiere ich mich nicht für das Aufspüren von Paradoxa und Begriffsspiele. Ich versuche, zu den Höfen des Chaos zu gelangen. Kennst du den Weg?«

»Ja«, sagte der Schakal. »Dein Ziel ist nicht mehr fern, in gerader Linie jedenfalls. Komm, ich zeig dir die Richtung.«

Das Tier machte kehrt und entfernte sich. Ich folgte ihm.

»Laufe ich zu schnell? Du scheinst müde zu sein.«

»Nein. Geh weiter! Es liegt gewiß hinter diesem Tal, habe ich nicht recht?«

»Ja. Es gibt da einen Tunnel.«

Ich folgte dem Schakal über Sand und Kies und trockenen harten Boden. Nichts wuchs hier. Mit der Zeit wurde der Nebel dünner und nahm eine grünliche Färbung an – vermutlich ein neuer Trick des gemaserten Himmels.

Nach einer Weile fragte ich laut: »Wie weit noch?«

»Nicht mehr weit«, lautete die Antwort. »Wirst du müde? Möchtest du rasten?«

Im Sprechen drehte sich der Schakal um. Das grünliche Licht ließ den häßlichen Kopf noch gespenstischer erscheinen. Aber ich brauchte einen Führer; außerdem gingen wir bergauf, was ich für richtig hielt.

»Gibt es Wasser in der Nähe?« wollte ich wissen.

»Nein. Wir müßten ein gutes Stück zurückgehen.«

»Vergiß es. Dazu fehlt mir die Zeit.«

Der Schakal zuckte die Achseln, lachte leise und schritt weiter. Der Nebel klarte noch ein wenig mehr auf, und ich sah, daß wir eine niedrige Bergkette erreichten. Ich stützte mich auf meinen Stock und hielt Schritt.

Etwa eine halbe Stunde lang kletterten wir, ohne innezuhalten, und der Boden wurde steiniger, der Hang immer steiler. Ich begann zu keuchen.

»Warte!« rief ich dem Tier nach. »Jetzt möchte ich mich doch ausruhen. Ich dachte, du hättest gesagt, es wäre nicht weit.«

»Verzeih«, sagte das Tier, »die Schakalozentrik. Ich habe in Begriffen meiner natürlichen Geschwindigkeit gesprochen. Das war ein Fehler, doch inzwischen sind wir tatsächlich fast am Ziel. Warum willst du dich nicht dort ausruhen?«

»Na schön«, erwiderte ich und ging weiter.

Nach kurzer Zeit erreichten wir eine Steinmauer, die sich als Fuß eines Berges entpuppte. Wir suchten uns zwischen dem davor lagernden Felsschutt einen Weg und erreichten endlich eine Öffnung, die in Dunkelheit führte.

»Da hast du es«, sagte der Schakal. »Der Weg führt geradeaus, und es gibt keine störenden Abzweigungen. Geh hindurch! Ich wünsche dir schnelles Vorankommen.«

»Vielen Dank«, erwiderte ich und gab den Gedanken an eine Rast zunächst auf. Dann betrat ich die Höhle. »Ich weiß deine Hilfe zu schätzen.«

»War mir eine Freude«, sagte der Schakal hinter mir.

Ich machte noch mehrere Schritte. Etwas knirschte unter meinen Füßen und klapperte, als ich es zur Seite trat. Ein Geräusch, das man nicht so schnell vergißt. Der Boden war mit Knochen übersät.

Ein weiches, abruptes Geräusch ertönte hinter mir, und ich wußte, daß mir nicht mehr die Zeit blieb, Grayswandir zu ziehen. Ich wirbelte herum, hob den Stab und stieß damit zu.

Diese Bewegung blockte den Sprung des Ungeheuers ab und traf es schmerzhaft an der Schulter. Doch zugleich wurde ich zurückgedrängt und stürzte rücklings zwischen die Knochen. Der Stab wurde mir beim Aufprall aus der Hand gewirbelt, und in den Sekundenbruchteilen, die mir der Sturz meines Gegners zur Entscheidung ließ, zog ich es vor, Grayswandir zu ziehen und nicht nach dem Holz zu tasten.

Es gelang mir, die Klinge blank zu ziehen, aber mehr auch nicht. Ich lag noch auf dem Rücken, und die Spitze der Waffe zeigte nach links, als der Schakal sich erholte und erneut ansprang. Mit voller Kraft ließ ich den Schwertknauf herumfahren und stieß ihn dem Angreifer ins Gesicht.

Die Erschütterung fuhr mir schmerzhaft durch den Arm und in die Schulter. Der Kopf des Schakals nickte zurück, und sein Körper drehte sich nach links. Sofort richtete ich die Klinge entsprechend aus, den Griff mit beiden Händen umfassend, und vermochte mich auf das rechte Knie hochzustemmen, ehe das Tier fauchte und von neuem zum Angriff überging. Als ich sah, daß ich das Tier gut erreichen konnte, zögerte ich nicht, mein volles Gewicht hinter die Klinge zu legen, die ich tief in den Körper des Schakals trieb. Ich ließ den Stahl sofort los und rollte zur Seite, um dem zuschnappenden Maul zu entgehen.

Der Schakal kreischte laut, versuchte sich aufzurichten und fiel wieder zu Boden. Keuchend lag auch ich zwischen den Knochen. Ich spürte den Holzstock unter mir und griff danach. Ich nahm ihn zur Hand und kroch zur Höhle zurück. Das Tier kam jedoch nicht wieder hoch, sondern lag zuckend am Boden. Im schwachen Licht konnte ich erkennen, daß es sich übergab. Der Geruch war ekelerregend.

Dann wandte es den Blick in meine Richtung und rührte sich nicht mehr.

»Es wäre so schön gewesen«, sagte es leise, »einen Prinzen von Amber zu fressen. Ich habe mich immer gefragt, wie wohl königliches Blut schmeckt.«

Dann brachen die Augen, und das Atmen hörte auf, und ich war allein mit dem Gestank.

Mit dem Rücken zur Wand richtete ich mich auf, den Stab vor mir erhoben. Es dauerte eine Weile, ehe ich den Mut aufbrachte, mein Schwert zurückzuholen.

Ein kurzer Rundgang ergab, daß ich mich nicht in einem Tunnel befand, sondern in einer Höhle. Ich kehrte ins Freie zurück, wo der Nebel gelb geworden war und ab und zu von einer Brise aus der Tiefe des Tals bewegt wurde.

Achtes Kapitel

Ich lehnte mich mit dem Rücken an die Felswand und versuchte, mir darüber klarzuwerden, welche Richtung ich einschlagen sollte. Einen Weg gab es nicht.

Schließlich wandte ich mich nach links. Dort kam mir der Hang irgendwie steiler vor, und ich wollte so schnell wie möglich nach oben aus dem Nabel hinaus und in die Berge gelangen. Der Stab leistete mir weiter gute Dienste. Ich hoffte, irgendwo auf Wasser zu stoßen, aber das schien es hier nicht zu geben.

So kämpfte ich mich weiter, stets aufwärts, und der Nebel wurde dünner und veränderte die Farbe. Schließlich war auszumachen, daß ich einem breiten Plateau entgegenkletterte. Darüber konnte ich stellenweise schon den bunten und bewegten Himmel erkennen.

Hinter mir ertönten mehrere heftige Donnerschläge, aber noch immer vermochte ich die Lage des Unwetters nicht zu bestimmen. Ich beschleunigte daraufhin meine Schritte, fühlte mich jedoch nach wenigen Minuten schwindlig. Ich blieb stehen und setzte mich schweratmend auf den Boden. Niedergeschlagenheit überwältigte mich. Selbst wenn ich es bis zur Hochebene schaffte, mochte mich das Unwetter dort überholen und verschlingen. Ich rieb mir die Augen mit den Handwurzeln. Was nützte es weiterzukommen, wenn ich im Grunde keine Chance hatte?

Ein Schatten bewegte sich durch den pistazienfarbenen Nebel, stürzte auf mich zu. Ich hob den Stab, ehe ich sah, daß es sich um Hugi handelte. Der Vogel bremste ab und landete vor meinen Füßen. »Corwin«, sagte er. »Du bist ja schon ziemlich weit vorangekommen.«

»Aber vielleicht nicht weit genug«, gab ich zurück. »Die Regenfront scheint immer näherzukommen.«

»Da hast du wohl recht. Ich habe meditiert und möchte dir gern über das Ergebnis einen kleinen Vortrag ...«

»Wenn du mir einen Gefallen tun möchtest«, warf ich ein, »hätte ich eine kleine Aufgabe für dich.«

»Und die wäre?«

»Flieg zurück und schau, wie weit das Unwetter noch hinter mir steht und wie schnell es vorankommt. Dann kehrst du zurück und erzählst es mir.«

Hugi hüpfte von einem Fuß auf den anderen. »Na schön«, sagte er dann, sprang in die Luft und flatterte in einer Richtung davon, die ich für Nordwesten hielt.

Ich klemmte mich auf den Stock und stand auf. Am besten kletterte ich unterdessen weiter, so gut ich es vermochte. Wieder wandte ich mich hilfeheischend an das Juwel, und die Energie fuhr wie ein rotglühender Blitzstrahl durch meinen Körper.

Nach einiger Zeit machte sich eine feuchte Brise aus der Richtung bemerkbar, in die Hugi verschwunden war. Wieder ertönte ein Donnerschlag. Das Grollen hatte aufgehört.

Ich nutzte den Energiestoß nach besten Kräften aus und kletterte schnell und umsichtig mehrere hundert Meter höher. Wenn ich schon untergehen sollte, dann konnte ich vorher auch noch den Gipfel erreichen. Dort konnte ich wenigstens sehen, wo ich mich befand und ob es nicht doch noch einen letzten Ausweg gab.

Je höher ich kam, desto klarer zeichnete sich der Himmel ab, der sich seit dem letzten Hinschauen erheblich verändert hatte. Zur Hälfte zeigte er eine ungebrochene Schwärze, zur anderen Hälfte ein Gewirr verschwimmender Farben. Die gesamte Himmelsschale schien um einen direkt über mir liegenden Punkt zu kreisen. Diese Entdeckung erfüllte mich mit Erregung. Genau diesen Himmel hatte ich gesucht, den Himmel, der sich schon damals über mir gespannt hatte, als ich meine erste Reise zum Chaos unternahm. Ich mühte mich weiter. Am liebsten hätte ich einen aufmunternden Schrei ausgestoßen, aber dazu war meine Kehle zu trocken.

Als ich mich dem Rand des Plateaus näherte, hörte ich ein Flattern. Plötzlich saß mir Hugi auf der Schulter.

»Das Unwetter macht Anstalten, dir in den Hintern zu kriechen«, sagte er. »Kann jeden Augenblick hier sein.«

Ich setzte meinen Aufstieg fort, erreichte ebenen Boden und stemmte mich förmlich hinauf. Einen Augenblick lang verweilte ich schweratmend. Hier schien der Wind den Nebel zu vertreiben, denn vor mir sah ich eine glatte Hochebene und vermochte den Himmel auf große Entfernung auszumachen. Ich wanderte los, um mir eine Stelle zu suchen, von der aus ich über den gegenüberliegenden Rand des Plateaus schauen konnte. Gleichzeitig wurde das Toben des Unwetters hinter mir wieder lauter.

»Ich glaube nicht, daß du es bis hinüber schaffst«, sagte Hugi, »ohne naß zu werden.«

»Du weißt, daß das kein normales Unwetter ist«, sagte ich gepreßt. »Wenn es das wäre, würde ich die Gelegenheit zu einem Trunk frischen Wassers nur begrüßen.«

»Ich weiß. Ich habe ja auch nur im übertragenen Sinne gesprochen.«

Ich brummte eine zotige Bemerkung und marschierte weiter.

Allmählich breitete sich das Panorama vor mir aus. Der Himmel führte seinen verrückten Schleiertanz auf wie zuvor, aber inzwischen war das Licht mehr als ausreichend. Als ich eine Stelle erreichte, von der aus ich klar überschauen konnte, was vor mir lag, blieb ich stehen und stützte mich schwächlich auf meinen Stab.

»Was ist los?« fragte Hugi.

Achtes Kapitel

Aber ich brachte kein Wort heraus. Ich deutete lediglich auf das weite Ödland, das irgendwo unterhalb des gegenüberliegenden Plateaurandes begann und sich mindestens vierzig Meilen weit erstreckte, ehe es an einer weiteren Bergkette endete. Und weit entfernt zur Linken erstreckte sich in gewohnter Klarheit die schwarze Straße.

»Die Wüste da?« fragte er. »Ich hätte dir gleich sagen können, daß sie da ist. Warum hast du mich nicht gefragt?«

Ich stieß einen Laut aus, halb Ächzen, halb Schluchzen, und ließ mich langsam zu Boden sinken.

Wie lange ich in dieser Stellung verharrte, weiß ich nicht genau. Ich hatte beinahe das Gefühl, im Delirium zu sein. Irgendwann glaubte ich sogar, eine Lösung auszumachen, wenn es in mir auch eine Stimme gab, die sich heftig dagegen aussprach. Endlich ließen mich das Tosen des Sturms und Hugis Geplapper wieder zu mir kommen.

»Ich schaffe es nicht hinüber«, flüsterte ich. »Es geht nicht.«

»Du sagst, du kannst es nicht schaffen«, sagte Hugi. »Aber du hast nicht versagt. Wenn man sich bemüht, gibt es kein Versagen und auch keinen Sieg. Das ist alles nur eine Illusion des Ego.«

Langsam richtete ich mich auf die Knie. »Ich habe nicht gesagt, ich hätte versagt.«

»Du sagtest, du könntest dein Ziel nicht erreichen.«

Ich blickte zu dem näherkriechenden Unwetter zurück, dessen Blitze nun deutlich zu erkennen waren.

»Richtig, so schaffe ich es nicht. Aber wenn Vater es nicht geschafft hat, muß ich etwas versuchen, von dem Brand mich überzeugen wollte, daß nur er es vermag. Ich muß ein neues Muster schaffen, hier und jetzt.«

»Du? Ein neues Muster schaffen? Wenn Oberon das nicht gelungen ist, wie könnte es ein Mann schaffen, der sich kaum noch auf den Füßen hält? Nein, Corwin! Ergib dich in dein Schicksal, das ist in dieser Lage die größte Tugend, der du dich verschreiben kannst.«

Ich hob den Kopf und senkte den Stab auf den Boden. Hugi flatterte herab und landete daneben. Ich sah ihn an.

»Du willst nichts von dem glauben, was ich dir gesagt habe, nicht wahr?« fragte ich. »Aber egal. Der Graben zwischen unseren Ansichten läßt sich nicht zuschütten. Für mich sind Sehnsüchte eine verdeckte Identität und das Streben nach Wachstum. Für dich nicht.« Ich hob die Hände und legte sie auf die Knie. »Wenn für dich die Vereinigung mit dem Absoluten das Größte ist, warum fliegst du nicht los, um dich ihm anzuschließen, in der Form des allesdurchdringenden Chaos, das sich uns nähert? Wenn ich hier versage, wird es das Absolute werden. Was mich betrifft, so muß ich versuchen, solange sich noch ein Atem in mir regt, ein Muster dagegen zu errichten. Ich tue dies, weil ich bin, was ich bin, und ich bin der Mann, der König von Amber hätte werden können.«

Hugi senkte den Kopf.

»Eher sehe ich dich Dreck fressen«, sagte er und lachte.

Meine Hand zuckte vor, und ich drehte ihm den Hals um, wobei ich mir wünschte, ich hätte die Zeit gehabt, ein Feuer anzuzünden. Obwohl es wie ein Opfer aussah, vermochte ich nicht zu sagen, wem moralisch der Sieg gebührte, da ich es auf jeden Fall hatte tun wollen.

9

... Cassis, und der Geruch der Kastanienblüten. Auf der vollen Länge der Champs-Elysées schäumten die Kastanienbäume in weißer Pracht ...

Ich erinnerte mich an das Plätschern der Brunnen auf der Place de la Concorde ... Und dann die Rue de la Seine hinab und am Seineufer entlang, der Geruch der alten Bücher, der Geruch des Flusses ... Der Duft der Kastanienblüten ...

Warum erinnerte ich mich plötzlich an das Jahr 1905 und das Paris dieses Jahres auf der Schatten-Erde – bis auf den Umstand, daß ich in jenem Jahr sehr glücklich gewesen war und mir automatisch einen Ausgleich für die Gegenwart gesucht hatte? Ja ...

Weißer Absinth, Amer Picon, Grenadinen ... Wilde Erdbeeren mit Crème d'Isigny ... Schach im Cafe de la Régence mit Schauspielern der Comédie Française, die gleich gegenüber lag ... Die Pferderennen in Chantilly ... Abende im Boîte à Fursy an der Rue Pigalle ...

Energisch stellte ich den linken Fuß vor den rechten, den rechten vor den linken. In der linken Hand hielt ich die Kette, an der das Juwel baumelte – und ich hielt es in die Höhe, damit ich in die Tiefen des Steins starren konnte, damit ich dort das Hervortreten des neuen Musters sehen und fühlen konnte, das ich mit jedem Schritt niederlegte. Ich hatte meinen Stock in den Boden gedreht und am Beginn des Musters zurückgelassen. Links ...

Der Wind sang ringsum, und ganz in der Nähe hallte Donner. Hier spürte ich keinen physischen Widerstand, wie ich ihn auf dem alten Muster hatte überwinden müssen. Hier gab es überhaupt keine Hemmnisse. Statt dessen – und das war in mancher Hinsicht schlimmer – waren alle meine Bewegungen von einer seltsamen Behutsamkeit bestimmt, die alles verlangsamte und ritualisierte. Ich schien mehr Energie auf die Vorbereitung jeden Schrittes zu vergeuden – ich stellte ihn mir vor, bedachte ihn, richtete meinen Geist auf die Ausführung ein, auf die tatsächliche Durchführung der Bewegung. Doch schien die Langsamkeit aus sich selbst heraus geboren, sie wurde mir von einem unbekannten Element abgefordert, die für alle meine Bewegungen Präzision und ein Adagio-Tempo voraussetzte. Rechts ...

… Und so wie das Muster in Rebma meine verblaßten Erinnerungen aufgefrischt hatte, so weckte dieses Muster, das ich hier zu schaffen versuchte, den Geruch der Kastanienbäume, das Aroma der Wagen mit frischem Gemüse, die durch die Morgendämmerung den Markthallen entgegenfuhren … Damals hatte ich keine große Liebe, wenn es auch viele Mädchen gab – Yvettes und Mimis und Simones, ihre Gesichter fließen ineinander –, und es war Frühling in Paris, mit Zigeunerkapellen und Cocktails bei Louis … Ich erinnerte mich, und mein Herz hüpfte in einer Art Proust'schen Freude, während die Zeit ringsum wie eine Glocke ertönte … Und vielleicht war dies der Grund für die Rückerinnerung, denn diese Freude schien sich meinen Bewegungen mitzuteilen, schien meine Wahrnehmungen anzureichern, meinen Willen zu stärken …

Ich sah den nächsten Schritt und machte ihn … Einen vollen Kreis hatte ich bereits beschrieben und den Perimeter meines Musters geschaffen. Hinter mir spürte ich das Unwetter. Es mußte bereits den Rand des Plateaus erstiegen haben. Der Himmel verdüsterte sich, die Regenfront löschte die schwingenden, schwimmenden bunten Lichter aus. Blitze zuckten, und ich konnte keine Energie oder Aufmerksamkeit mehr erübrigen für den Versuch, diese Dinge zu steuern.

Nach Abschluß der ersten Runde sah ich nur den Teil des neuen Musters, den ich abgeschritten hatte, als hellblau leuchtende Markierung im Gestein. Dort gab es keine Funken, nichts kribbelte an meinen Füßen, keine elektrisierenden Spannungen ließen mir die Haare zu Berge stehen – nur das gleichförmige Gesetz der Behutsamkeit wirkte, lag mir wie ein Mühlstein um den Hals … Links … … Mohnblüten, Mohn und Kornblumen und hohe Pappeln an Landstraßen, der Geschmack des Apfelweins aus der Normandie. Dann zurück in der Stadt, der Geruch der Kastanienblüten … die Seine voller Sterne … Der Geruch der alten Backsteinhäuser am Place des Vosges nach einem morgendlichen Schauer … Die Bar unter dem Olympia-Musiktheater … Dort ein Kampf … Blutige Knöchel, verbunden von einem Mädchen, das mich mit nach Hause nahm … Wie hieß sie doch gleich? Kastanienblüten … Eine weiße Rose …

Ich blähte die Nasenflügel. Die Reste der Rose an meinem Kragen hatten beinahe jeden Geruch verloren. Es überraschte mich, daß sich der Duft überhaupt so lange gehalten hatte. Dies gab mir Auftrieb. Ich drängte voran, wobei ich mich in sanfter Kurve nach rechts wandte. Aus dem Augenwinkel sah ich die vorrückende Sturmfront, glatt wie Glas, alles auslöschend, das sie passierte. Das Brausen ihres Donners war ohrenbetäubend.

Rechts, links …

Neuntes Kapitel

Das Vorrücken der Armeen der Nacht ... Würde mein Muster gegen sie standhalten? Ich wünschte, ich könnte mich beeilen, statt dessen schien ich im weiteren Verlauf immer langsamer voranzukommen. Ein seltsames Gefühl des Zwiespalts erfüllte mich, als befände ich mich auch im Innern des Juwels und zöge dort das Muster nach, während ich mich zugleich hier draußen bewegte, es betrachtete und seinen Fortschritt begutachtete. Links ... Eine Wendung ... Dann rechts ... Das Unwetter rückte immer weiter vor. Bald würde es die Knochen des alten Hugi erreichen. Ich roch die Feuchtigkeit und das Ozon und machte mir meine Gedanken über den seltsamen dunklen Vogel, der mir gesagt hatte, er habe seit dem Anbeginn der Zeit auf mich gewartet. Gewartet, um mit mir zu diskutieren oder um an diesem geschichtslosen Ort von mir verzehrt zu werden? Wie auch immer, in Anbetracht der Übertreibung, zu der Moralisten neigen, war es nur passend, daß er unter dramatischem Donnern verspeist worden war, nachdem er es nicht geschafft hatte, mir das Herz wegen meines seelischen Zustands schwerzumachen ... Donner tobte in der Ferne, in der Nähe, lauter und immer lauter. Als ich mich noch einmal in diese Richtung wandte, waren die Blitze blendend grell. Ich umklammerte meine Kette und machte einen weiteren Schritt ...

Das Unwetter schob sich bis an den Rand meines Musters vor und teilte sich dann. Es begann, um mich herumzukriechen. Kein Tropfen fiel auf mich oder das Muster. Doch allmählich wurden wir von der Erscheinung völlig eingehüllt.

Ich hatte den Eindruck, als befände ich mich in einer Luftblase auf dem Boden eines stürmischen Meeres. Wassermauern schlossen mich ein, dunkle Gestalten huschten vorbei. Es wollte mir scheinen, als dränge das gesamte Universum heran in dem Bestreben, mich zu zermalmen. Ich konzentrierte mich auf die rote Welt des Juwels. Links ...

Die Kastanienblüten ... Eine Tasse heißen Kakaos in einem Straßen-Café ... Ein Konzert in den Gärten der Tuilerien, die Töne in der sonnenhellen Luft perlend aufsteigend ... Berlin in den Zwanziger Jahren, der Pazifik in den Dreißigern – auch dort hatte es Freuden gegeben, doch von anderer Art. Es mochte sich nicht um die wahre Vergangenheit handeln, doch um Bilder der Vergangenheit, die herbeieilen, um uns, Mensch oder Nation, später zu trösten oder zu quälen. Egal. Über den Pont Neuf und die Rue de Rivoli hinab, Busse und Kutschen ... Maler vor ihren Staffeleien in den Luxembourg-Gärten ... Wenn alles gut wurde, mochte ich mir eines Tages einen Schatten dieser Art suchen ... Er stand auf gleicher Höhe mit meinem Avalon. Ich hatte viel vergessen ... Die Einzelheiten ... Die Farbtupfer, die das Leben ausmachen ... Der Geruch der Kastanien ...

Ausschreiten ... Ich vollendete eine neue Schleife. Der Wind heulte, und das Unwetter brauste weiter, doch ich blieb davon unberührt. Solange ich mich davon nicht ablenken ließ, solange ich in Bewegung blieb und mich auf das Juwel konzentrierte ... Ich mußte durchhalten, durfte nicht aufhören, meine langsamen, vorsichtigen Schritte zu machen, durfte nicht innehalten, langsamer und immer langsamer gehend, doch ständig in Bewegung ... Gesichter ... Es kam mir vor, als starrten Reihen von Gesichtern von außerhalb auf das Muster ... Groß wie der Riesenkopf, doch verzerrt – grinsend, spöttelnd, mich verhöhnend, darauf wartend, daß ich innehielt oder einen falschen Schritt machte ... Darauf wartend, daß sich meine kleine Welt auflöste ... Hinter ihren Augen und in ihren Mündern zuckten Blitze, ihr Lachen war das Donnern ... Schatten krochen zwischen ihnen ... Jetzt sprachen sie zu mir, in Worten wie ein Sturm, der über einen weiten dunklen Ozean herbeitobte ... Ich würde es nicht schaffen, redeten sie mir ein, ich würde versagen und davongeschwemmt werden, dieses Bruchstück von Muster würde hinter mir zerschmettert und aufgezehrt werden ... Sie verfluchten mich, sie spuckten und erbrachen sich in meine Richtung, wobei ich unbehelligt blieb ... Vielleicht waren sie in Wirklichkeit gar nicht vorhanden ... Vielleicht hatte die Anstrengung mich den Verstand gekostet ... Was nützten dann meine Mühen? Ein neues Muster, von einem Wahnsinnigen geformt? Ich geriet ins Schwanken, und die Wesen brüllten im Chor, mit den Stimmen der Elemente im Chor: »Verrückt! Verrückt! Verrückt!«

Ich atmete tief ein, genoß den Rest des Rosendufts und dachte erneut an Kastanien und an Tage voller Lebensfreude und organischer Ordnung. Die Stimmen schienen leiser zu werden, als meine Gedanken über die Ereignisse jenes glücklichen Jahres dahinhuschten ... Und ich machte einen weiteren Schritt ... Und noch einen ... Sie hatten meine Schwächen ausgenutzt, sie spürten meine Zweifel, meine Angst, meine Erschöpfung ... Was immer sie waren, sie nahmen, was sie erblickten, und versuchten, es gegen mich zu benutzen ... Links ... Rechts ... Nun aber sollten sie mein Selbstvertrauen spüren und dahinschwinden, redete ich mir ein. Ich habe es bis hierher geschafft. Jetzt mache ich auch weiter. Links ...

Sie schwollen an und umwirbelten mich und setzten ihre entmutigenden Äußerungen fort. Ich aber brachte einen weiteren Abschnitt des Bogens hinter mich und sah das Muster vor meinem inneren Auge weiter anwachsen.

Ich dachte an meine Flucht aus dem Greenwood-Krankenhaus, an den Trick, mit dem ich Flora Informationen abgeluchst hatte, an meine Begegnung mit Random, meinen Kampf mit seinen Verfolgern, unsere Rückkehr nach Amber ... Ich dachte an unsere Flucht nach Rebma und

Neuntes Kapitel

meinen Marsch durch das umgekehrte Muster, der mir einen Großteil meines Gedächtnisses zurückbrachte ... An Randoms Heirat und meine Rückkehr nach Amber, wo ich gegen Eric kämpfte und zu Bleys floh ... An die nachfolgenden Kämpfe, meine Blendung, meine Gesundung, meine Flucht, meine Reise nach Lorraine und dann nach Avalon ...

Immer schneller werdend, klapperte mein Geist die Erinnerung an die nachfolgenden Ereignisse ab. Ganelon und Lorraine ... Die Ungeheuer des Schwarzen Kreises ... Benedicts Arm ... Dara ... Die Rückkehr Brands und seine Dolchwunde ... Meine Messerwunde ... Bill Roth ... Krankenhausunterlagen. Mein Unfall ...

... Vom Anfang in Greenwood über all die dazwischenliegenden Ereignisse, bis hin zu diesem Kampf um jeden perfekt auszuführenden Schritt, durch diesen gewaltigen Bogen der Zeit und Erlebnisse – unabhängig davon, ob meine Handlungen dem Thron, meiner Rache oder meinem Pflichtgefühl galten – spürte ich das Anwachsen eines Gefühls der Erwartung, einer Erwartung, die die ganze Zeit bestanden hatte, bis zu diesem Augenblick, da sich schließlich noch etwas anderes hinzugesellte ... Ich spürte, daß das Warten endlich vorbei war, daß nun bald das eintreten würde, was ich vorausgesehen und dem ich entgegengestrebt hatte.

Links ... Sehr, sehr langsam. Nichts anderes hatte im Augenblick Bedeutung. Ich legte meine ganze Willenskraft in die Bewegungen. Meine Konzentration wurde absolut. Was immer sich außerhalb des Musters befinden mochte, ich nahm davon keine Notiz mehr. Blitze, Gesichter, Windstöße ... Darauf kam es nicht an. Es gab nur das Juwel, das wachsende Muster und mich – und meiner selbst war ich mir dabei gar nicht bewußt. Vielleicht kam ich in diesem Augenblick Hugis Ideal von der Verschmelzung mit dem Absoluten am nächsten. Eine Drehung. Rechter Fuß ... Wieder eine Wendung ...

Die Zeit hatte keine Bedeutung mehr. Der Raum war auf das Muster beschränkt, das ich mit den Füßen schuf. Ich bezog jetzt Energie aus dem Juwel, ohne sie bewußt zu rufen, als Teil des Vorgangs, der hier ablief. Auf eine Weise war ich wohl ausgelöscht. Ich verwandelte mich in einen sich bewegenden Punkt, programmiert durch das Juwel, eine Aufgabe ausführend, die mich dermaßen absorbierte, daß ich für mein eigenes Ich-Bewußtsein keine Aufmerksamkeit mehr übrig hatte. Auf einer anderen Ebene jedoch war mir klar, daß auch das zu dem hier ablaufenden Prozeß gehörte. Denn aus irgendeinem Grunde wußte ich, daß sich ein gänzlich anderes Muster ergeben würde, wenn ein anderer hier an meiner Stelle stünde.

Ich bekam nur vage mit, daß ich die Hälfte meines Weges zurückgelegt hatte. Das Vorankommen war noch mühsamer geworden, meine

Bewegungen verlangsamten sich noch mehr. Trotz des Unterschieds der Geschwindigkeit fühlte ich mich irgendwie an den Augenblick erinnert, da ich auf das Juwel eingestimmt wurde, an die seltsame vieldimensionale Matrix, in der der Quell des eigentlichen Musters zu liegen scheint.

Rechts ... Links ...

Ich spürte keine Behinderung. Eher kam ich mir leicht vor, trotz der Behutsamkeit, die mich bannte. Grenzenlose Energie schien mich zu durchströmen. Die Geräusche ringsum waren zu einem nichtssagenden Lärm verschmolzen und dann verschwunden.

Und plötzlich schien ich gar nicht mehr langsam voranzukommen. Ich hatte nicht den Eindruck, einen Schleier oder eine sonstige Barriere überwunden zu haben, vielmehr war mir, als hätte sich eine innere Umstellung vollzogen.

Es kam mir vor, als bewegte ich mich plötzlich in einem normaleren Tempo durch immer enger werdenden Schleifen auf meinem Weg zu der Stelle, die der Endpunkt des Musters sein würde. Ich war gefühlsmäßig noch weitgehend unbeteiligt, wenn ich auch mit dem Verstand wußte, daß auf einer tieferliegenden Ebene ein Freudengefühl wuchs und sich bald Bahn brechen würde. Noch ein Schritt ... Und ein weiterer ... Vielleicht noch ein halbes Dutzend Schritte ...

Plötzlich verdunkelte sich die Welt. Ich glaubte in einer großen Leere zu stehen, darin nur das schwache Leuchten des Juwels vor meinem Gesicht und das Schimmern des Musters, durch das ich schritt, einem Spiralnebel gleich. Ich zögerte, doch nur eine Sekunde lang. Dies mußte die letzte Anfechtung sein, der letzte Angriff. Ich mußte der Ablenkung widerstehen.

Das Juwel zeigte mir, was ich tun mußte, und das Muster zeigte mir, wo ich es zu tun hatte. Es fehlte nur eine Vision meiner selbst. Links ...

Ich machte weiter und schenkte jeder Bewegung meine volle Aufmerksamkeit. Endlich begann sich auch eine Kraft gegen mich zu ergeben, wie ich es auf dem alten Muster oft bemerkt hatte. Aber Jahre der Erfahrung hatten mich darauf vorbereitet. Gegen die stärker werdende Barriere kämpfte ich zwei weitere Schritte heraus.

Dann sah ich im Innern des Juwels das Ende des Musters. Die plötzliche Erkenntnis seiner Schönheit hätte mir beinahe den Atem verschlagen, doch in dieser Phase unterlag sogar mein Atem dem konzentrierten Willen meines Geistes. Ich legte meine ganze Kraft in den nächsten Schritt, und die Leere ringsum schien zu beben. Ich vollendete die Bewegung, und das nächste Vorrücken war noch schwieriger. Ich hatte das Gefühl, im Mittelpunkt des Universums zu stehen, auf Sterne tretend, im wesentlichen durch Willenskraft eine unerläßliche Bewegung vollführend.

Neuntes Kapitel

Langsam rückte mein Fuß vor, den ich allerdings nicht sehen konnte. Das Muster wurde plötzlich heller, bis es beinahe unerträglich grell funkelte.

Nur noch ein kleines Stück. Ich mühte mich verzweifelter als je zuvor auf dem alten Muster, denn der Widerstand erschien mir nun absolut zu sein. Ich mußte ihm mit einer Entschlossenheit und Beständigkeit des Willens gegenübertreten, die alles andere ausschlössen, obwohl ich nun überhaupt nicht mehr voranzukommen schien, obwohl alle meine Energien anscheinend darauf verschwendet wurden, das Muster heller scheinen zu lassen. Wenigstens würde ich vor einem prachtvollen Hintergrund untergehen ...

Minuten, Tage, Jahre ... Ich weiß nicht, wie lange das Ganze dauerte. Es kam mir wie eine Ewigkeit vor, als wäre ich in meiner Anstrengung schon seit Urbeginn gefangen.

Aber dann bewegte ich mich, und wie lange das dauerte, weiß ich nicht. Jedenfalls vollendete ich den Schritt und setzte zu einem neuen an. Und machte noch einen ...

Das Universum schien rings um mich zu kreisen. Ich war durch.

Der Druck verschwand. Die Schwärze war fort ...

Einen Augenblick lang stand ich im Mittelpunkt meines Musters. Ohne es überhaupt anzusehen, sank ich nach vorn auf die Knie und krümmte mich zusammen. Das Blut rauschte in meinen Ohren. Mir schwamm es vor den Augen, und ich atmete schwer. Am ganzen Körper hatte ich zu zittern begonnen. Vage war mir bewußt, daß ich mein Ziel erreicht hatte. Mein Muster würde Bestand haben ...

Ich hörte ein Geräusch, das es eigentlich nicht hätte geben dürfen, doch meine erschöpften Muskeln weigerten sich zu reagieren, nicht einmal im Reflex, und schon war es zu spät. Schon war mir das Juwel aus den schlaffen Fingern gerissen worden, und erst da hob ich den Kopf und ließ mich auf den Hintern plumpsen. Niemand war mir durch das Muster gefolgt – das hätte ich sicher gemerkt. Deshalb ...

Das Licht war beinahe normal. Dagegen anblinzelnd, schaute ich in Brands lächelndes Gesicht empor. Er trug eine schwarze Augenklappe und hielt das Juwel in der Hand. Er mußte sich durch Teleportation an diesen Ort versetzt haben.

Als ich den Kopf hob, schlug er nach mir, und ich stürzte auf die linke Seite. Er trat mir brutal in den Bauch.

»Du hast es also geschafft«, sagte er. »Ich hatte nicht geglaubt, daß du dazu in der Lage wärst. Jetzt muß ich ein neues Muster vernichten, ehe ich die Dinge regeln kann. Doch zuerst brauche ich dies, um die Schlacht an den Burgen zu entscheiden.« Er schwenkte das Juwel. »Leb wohl!« Und er verschwand.

Keuchend lag ich da und hielt mir den Bauch. Wogen der Dunkelheit stiegen auf, schwappten in mir wie eine Brandung und zogen sich wieder zurück, denn ich erlag der Ohnmacht nicht. Eine unvorstellbare Verzweiflung überschwemmte mich, und ich schloß die Augen und stöhnte. Jetzt hatte ich auch kein Juwel mehr, das mir mit seinen Energien zur Seite stand.

Die Kastanienbäume ...

10

Ich lag schmerzerfüllt am Boden und gab mich meinen Visionen hin: Brand, der auf dem Schlachtfeld erschien, auf dem die Streitkräfte Ambers und des Chaos gegeneinander anstürmten, das pulsierende Juwel auf seiner Brust. Anscheinend genügte ihm seine Kontrolle darüber, um die Geschehnisse zu unseren Ungunsten zu beeinflussen. Ich sah, wie er Blitze gegen unsere Truppen schleuderte. Ich sah ihn mächtige Windstöße und Hagelschauer heraufbeschwören, die uns vernichtend trafen. Am liebsten hätte ich geweint. Dies alles zu einer Zeit, da er sich noch hätte läutern können, indem er sich auf unsere Seite stellte. Es genügte ihm wohl nicht mehr, einfach nur zu siegen. Er mußte diesen Sieg für sich selbst erringen und nach seinen eigenen Vorstellungen. Und ich? Ich hatte versagt. Ich hatte ein Muster gegen das Chaos errichtet, was ich mir niemals zugetraut hätte. Und doch würde meine Tat nichts bedeuten, wenn die Schlacht verloren war und Brand zurückkehrte, um das Muster auszulöschen. Meinem Ziel so nahe zu sein und dann doch einen Fehlschlag zu erleiden ... Ich spürte den Drang, »Ungerechtigkeit« zu brüllen, obwohl ich wußte, daß sich das Universum nicht nach meinen Vorstellungen von Fairneß richtete. Ich knirschte mit den Zähnen und spuckte Dreck aus, der mir zwischen die Lippen geraten war. Mein Vater hatte mir den Auftrag gegeben, das Juwel zum Schlachtfeld zu bringen. Beinahe hätte ich es geschafft.

Plötzlich kam mir etwas seltsam vor. Etwas erforderte meine Aufmerksamkeit. Was?

Die Stille.

Der Sturm tobte nicht mehr, der Donner war verstummt. Die Luft stand still, und sie fühlte sich angenehm frisch an. Und ich wußte, daß auf der anderen Seite meiner geschlossenen Lider Licht strahlte.

Ich öffnete die Augen. Ich erblickte einen Himmel aus einem hellen, einheitlichen Weiß. Ich blinzelte und drehte den Kopf. Rechts von mir befand sich etwas ...

Ein Baum. An der Stelle, an der ich den vom alten Ygg abgeschnittenen Stock stehengelassen hatte, befand sich ein Baum. Schon war er größer als der ursprüngliche Stab. Ich glaubte förmlich zu sehen, wie er wuchs. Und er war grün von Blättern und weiß von vereinzelten Knospen; einige Blüten hatten sich bereits geöffnet. Aus dieser Richtung trug die Brise einen schwachen, angenehmen Duft herbei, der mich irgendwie tröstete.

Ich betastete meinen Körper. Ich schien ohne Rippenbrüche davongekommen zu sein, während mein Unterleib höllisch schmerzte von dem Tritt, den ich erhalten hatte. Ich rieb mir die Augen und fuhr mir mit den Fingern durchs Haar. Seufzend stemmte ich mich auf ein Knie hoch.

Den Kopf drehend, sah ich mich um. Das Plateau war das alte – aber auch wieder nicht. Es war noch immer kahl, doch nicht mehr abweisend und öde. Vermutlich eine Folge der Beleuchtung. Nein, es stand mehr dahinter ...

Ich hatte meine Drehung fortgesetzt, bis ich schließlich den ganzen Horizont abgesucht hatte. Es war doch nicht derselbe Ort, an dem ich meine Wanderung durch das Muster begonnen hatte. Es gab feine wie auch grobe Unterschiede: veränderte Felsformationen, eine Senke, wo zuvor eine Erhebung gewesen war, eine andere Maserung des Gesteins unter mir und in meiner Nähe, in der Ferne so etwas wie Mutterboden. Ich stand auf und glaubte plötzlich, aus unbestimmter Richtung Meeresgeruch wahrzunehmen. Diese Welt fühlte sich ganz anders an als die, in die ich geklettert war – es schien so lange her zu sein. Die Veränderungen waren zu tiefgreifend, als daß sie allein von dem Unwetter stammen konnten. Ich fühlte mich an etwas anderes erinnert.

In der Mitte des Musters stehend, setzte ich die Inspektion meiner Umgebung fort. Beinahe gegen meinen Willen schien meine Verzweiflung zu verfliegen und einem Gefühl der »Erfrischung« – ja, das schien mir irgendwie das richtige Wort zu sein – Platz zu machen. Die Luft war so sauber und süß, und die Szene wirkte irgendwie neu und unberührt auf mich. Ich ...

Natürlich! Es war die Umgebung des Urmusters. Ich wandte mich dem Baum zu, der inzwischen weiter gewachsen war, und betrachtete ihn von neuem. Ähnlich – und auch wieder nicht ... Etwas Neues lag in der Luft, im Boden, im Himmel. Dies war eine neue Welt. Ein neues Urmuster. Dann war alles ringsum die Folge des Musters, in dem ich stand.

Plötzlich ging mir auf, daß ich mehr empfand als nur Belebung. Es war ein Gefühl der Freude, ein Hochgefühl, das mich durchströmte. Ich befand mich an einem sauberen, frischen Ort, der irgendwie auf mich zurückging.

Die Zeit verstrich. Ich stand einfach nur da und beobachtete den Baum, ich sah mich um und genoß die Euphorie, die von mir Besitz ergriffen hatte. Hier lag auf jeden Fall eine Art Sieg – bis Brand zurückkehrte und ihn mir nahm.

Zehntes Kapitel

Plötzlich war ich wieder ganz nüchtern. Ich mußte Brands Plan vereiteln, ich mußte diesen Ort schützen. Ich befand mich im Zentrum eines Musters. Wenn es dieselben Eigenschaften hatte wie das andere, konnte ich mich mit seiner Kraft an jeden gewünschten Ort projizieren. Mit seiner Hilfe konnte ich mich den anderen anschließen.

Ich staubte meine Kleidung ab. Ich lockerte die Klinge in der Scheide. Die Lage war vielleicht nicht so hoffnungslos, wie sie mir eben noch erschienen war. Man hatte mir den Auftrag gegeben, das Juwel an den Schauplatz des Kampfes zu bringen. Das hatte Brand nun für mich übernommen; es würde auf jeden Fall zur Stelle sein. Ich mußte ihm nur folgen und es ihm irgendwie wieder abnehmen, um die Dinge so zu drehen, wie sie sich hätten entwickeln sollen.

Ich sah mich um. Ich würde ein andermal hierher zurückkehren müssen, um diese neue Situation genau zu ergründen – aber nur, wenn ich die kommenden Ereignisse überlebte. Irgendwo lag hier ein Rätsel. Es hing in der Luft, es bewegte sich mit der Brise. Es mochte viele Zeitalter dauern, das aufzuklären, was sich hier ereignet hatte, als ich das neue Muster zeichnete.

Ich grüßte den Baum. Wie zur Antwort schien er die Äste zu bewegen. Ich schob meine Rose zurecht und drückte sie wieder in Form. Es wurde Zeit, den Weg fortzusetzen. Ich hatte etwas zu erledigen. Ich senkte den Kopf und schloß die Augen. Ich versuchte, mir die Beschaffenheit des Landes vor dem letzten Abgrund an den Burgen des Chaos vorzustellen. Ich betrachtete die Szene unter dem wirbelnden Himmel und bevölkerte sie mit meinen Verwandten und mit Truppen. Ich glaubte dabei leise Kampfgeräusche wahrzunehmen. Die Szene vertiefte sich, wurde klarer. Ich hielt die Vision noch einen Augenblick lang fest, gab dann dem Muster den Impuls, mich dorthin zu tragen.

… Gleich darauf schien ich auf einem Hügel über einer Ebene zu stehen. Ein kalter Wind wehte meinen Mantel zur Seite. Der Himmel zeigte sich als das verrückte, kreisende, punktierte Durcheinander, das ich noch von meinem ersten Besuch in Erinnerung hatte – halb schwarz, halb gefüllt mit psychedelisch zuckenden Regenbogenfarben. Unangenehme Dämpfe verpesteten die Luft. Die schwarze Straße erstreckte sich zur Linken; sie überquerte die Ebene und führte darüber hinaus und über den Abgrund zu der schwarzen Zitadelle, die von zuckenden Glühwürmchenlichtern umgeben war. Durchscheinend wirkende Brücken schwebten in der Luft, aus den Tiefen der Dunkelheit heranreichend, und absonderliche Gestalten bewegten sich darauf wie auch auf der schwarzen Straße. Auf dem Terrain unter mir schien sich die größte Zusammenballung von Truppen zu befinden, die es je gab. Hinter mir hörte ich etwas. Ich wandte mich in die Richtung, die Norden sein mußte – immerhin hatte ich seinen Kurs schon mehrfach berechnet – und gewahrte den bekannten Teufelssturm, der durch die fernen Berge näherrückte, blitzend und grollend, sich herbeiwälzend wie ein himmelshoher Gletscher.

Ich hatte diese Erscheinung mit der Schaffung eines neuen Musters also nicht zum Stillstand gebracht. Anscheinend hatte sie mein geschütztes Gebiet einfach umgangen und würde sich weiterwälzen, bis sie ihr Ziel erreichte oder ins Leere stieß. Ihr auf dem Fuße folgten hoffentlich recht starke konstruktive Impulse, die sich bereits von dem neuen Muster ausbreiten müßten, mit der Wiedereinführung der Ordnung in allen Schattenwelten. Ich fragte mich, wie lange das Unwetter noch brauchen würde, bis es uns erreichte.

Plötzlich hörte ich Hufschlag, zog meine Klinge und drehte mich um ...

Ein gehörnter Reiter stürmte auf einem großen schwarzen Pferd in meine Richtung. In seinen Augen schienen Flammen zu züngeln.

Ich korrigierte meine Haltung und wartete ab. Er schien von einer der durchsichtigen Straßen herabgestiegen zu sein, die in meine Richtung trieben. Beide befanden wir uns abseits des allgemeinen Geschehens. Ich sah zu, wie er den Hügel herauftritt. Ein gutes Pferd. Eine schöne breite Brust. Wo, zum Teufel, steckte Brand? Ich war im Augenblick nicht auf einen Kampf scharf.

Ich beobachtete den Reiter und die gekrümmte Klinge in seiner rechten Hand. Als er Anstalten machte, mich niederzureiten, sprang ich zur Seite. Als er ausholte, war ich mit einem Parierschlag zur Stelle, der seinen Arm in meine Reichweite brachte. Ich packte ihn und zerrte ihn von seinem Tier.

»Die Rose da ...«, sagte er im Fallen. Ich weiß nicht, was er sonst noch sagen wollte, weil ich ihm die Kehle durchschnitt und seine Worte und alles andere an ihm mit dem heftigen Schnitt zu Ende gingen.

Ich fuhr herum, hielt Grayswandir zur Seite, rannte los und packte die Zügel des schwarzen Tiers. Dann redete ich beruhigend auf den Hengst ein und führte ihn von den Flammen fort. Nach einigen Minuten hatten wir uns kennengelernt, und ich stieg in den Sattel.

Er war sehr unruhig, doch ich ließ ihn zuerst nur ungezwungen auf dem Hügelkamm entlanggehen, während ich meine Beobachtungen fortsetzte. Die Streitkräfte Ambers schienen in der Offensive zu sein. Überall auf dem Schlachtfeld lagen qualmende Leichen. Die Hauptstreitmacht des Gegners hatte sich auf eine Anhöhe nahe dem großen Abgrund zurückgezogen. Ihre Reihen, bedrängt, aber noch nicht aufgelöst, bewegten sich in geordnetem Rückzug langsam darauf zu. Von der anderen Seite kamen dagegen weitere Kämpfer über den Abgrund und schlossen sich den Kämpfenden an, die die Anhöhe hielten. In Anbetracht der zunehmenden Kampfkraft und der günstigen Position ging ich davon aus, daß dort ein Gegenangriff vorbereitet wurde. Brand war nicht zu sehen.

Selbst wenn ich ausgeruht und in Rüstung gewesen wäre, hätte ich es mir zweimal überlegt, ehe ich dort hinabgeritten wäre, um an dem Kampf teilzunehmen. Meine Aufgabe war es zunächst, Brand ausfindig zu machen. Ich nahm nicht an, daß er direkt in den Kampf eingreifen würde. So suchte ich die Randzonen der eigentlichen Scharmützel ab, Ausschau haltend nach einer einsamen Gestalt. Nein ... Vielleicht auf der anderen Seite des Schlachtfelds. Ich würde zum Norden hinüberreiten müssen. In Richtung Westen war mir der Blick von hier aus zu sehr verwehrt.

Ich zog das Tier herum und lenkte es den Hügel hinab. Dabei überlegte ich mir, daß es sehr angenehm wäre, mich jetzt zum Schlafen niederzulegen. Einfach vom Pferd fallen und schlafen. Ich seufzte. Wo steckte Brand nur?

Ich erreichte den Fuß des Hügels und wechselte die Richtung, um durch einen Felsgraben zu reiten. Ich mußte einen besseren Beobachtungsstandpunkt finden ...

»Lord Corwin von Amber!«

Ich kam um eine Biegung der Senke und sah ihn vor mir, einen großen leichenblassen Burschen mit rotem Haar und einem fahlen Pferd. Er trug eine kupferschimmernde Rüstung mit grünlichen Markierungen und saß starr wie ein Denkmal im Sattel.

»Ich habe dich auf dem Hügel gesehen«, stellte er fest. »Du trägst keinen Panzer, oder?«

Ich schlug mir vor die Brust.

Er nickte energisch. Dann hob er die Hand, zuerst an die linke Schulter, dann an die rechte, dann nestelte er unter seinen Armen an den Halterungen des Brust- und Rückenschildes. Als er sie gelöst hatte, nahm er die Rüstung ab und senkte sie auf der linken Seite zu Boden. Auf gleiche Weise verfuhr er mit seinen Beinschützern.

»Ich wollte dich schon lange einmal kennenlernen«, sagte er. »Ich bin Borel. Es soll von mir nicht gesagt werden, daß ich dich auf unfaire Weise übervorteilt hätte, wenn ich dich jetzt töten muß.«

Borel ... Der Name kam mir bekannt vor. Dann fiel es mir ein. Der Mann hatte Daras Respekt und Zuneigung genossen. Er war ihr Fechtlehrer gewesen, ein Meister der Klinge. Allerdings ein Dummkopf. Er verspielte meinen Respekt, als er sich seiner Rüstung begab. Kämpfen ist kein Spiel, und ich hatte keine Lust, mich einem eingebildeten Dummkopf auszuliefern, der anderer Meinung war. Und erst recht keinem fähigen Dummkopf, wenn ich überdies noch am Ende meiner Kräfte war. Wenn schon nicht im Kampf, so mochte er mich auf jeden Fall mit seiner Ausdauer besiegen.

»Jetzt werden wir eine Sache klären, die mich seit langer Zeit beunruhigt«, sagte er.

Ich erwiderte mit einem passenden unfeinen Wort, riß meinen Schwarzen herum und galoppierte den Weg zurück, auf dem ich gekommen war. Er nahm sofort die Verfolgung auf.

Auf dem Ritt durch die Senke wurde mir klar, daß mein Vorsprung nicht ausreichte. In wenigen Sekunden würde er mich einholen und mich niederstrecken oder mir den Kampf aufzwingen. Meine Möglichkeiten waren zwar ziemlich beschränkt, doch ein wenig mehr wollte ich aus der Situation schon machen.

»Feigling!« brüllte er. »Du kneifst vor dem Kampf! Ist das der große Krieger, von dem ich schon soviel gehört habe?«

Ich hob die Hand und öffnete die Spange meines Mantels. Der obere Rand der Senke lag zu beiden Seiten auf Höhe meiner Schultern, dann meiner Hüfte.

Ich ließ mich nach links aus dem Sattel rollen, stolperte und fand das Gleichgewicht. Der Schwarze galoppierte weiter. Ich trat nach rechts und blickte dem anderen entgegen.

Meinen Mantel faßte ich mit beiden Händen und schwang ihn rückwärts im Kreis herum, ehe Borels Kopf und Schultern vor mir auftauchten. Der Stoff hüllte ihn mitsamt der gezogenen Klinge ein, seinen Kopf verdeckend, seine Armbewegungen hemmend.

Ich trat energisch zu. Dabei zielte ich auf seinen Kopf, erwischte ihn aber nur an der linken Schulter. Er wurde aus dem Sattel gedrückt, und sein Pferd galoppierte ebenfalls weiter.

Ich zog Grayswandir und sprang hinter ihm her. Ich erwischte ihn, als er eben seinen Mantel zur Seite streifte und sich aufzurichten versuchte. Ich spießte ihn an Ort und Stelle auf und sah den erstaunten Ausdruck auf seinem Gesicht, als die Wunde zu brennen begann.

»Oh, gemeines Tun!« rief er. »Ich hatte von dir Besseres erwartet!«

»Wir halten hier nicht die Olympischen Spiele ab«, sagte ich und wischte mir die Funken vom Mantel.

Dann fing ich mein Pferd wieder ein und stieg in den Sattel. Dies kostete mich mehrere Minuten. Meinen Ritt fortsetzend, erreichte ich höheres Terrain. Von dort vermochte ich Benedict auszumachen, der die Schlacht lenkte, und in einer weit zurückliegenden Senke Julian an der Spitze seiner Truppen aus Arden, die von Benedict offenbar in Reserve gehalten wurden.

Ich ritt weiter dem vorrückenden Unwetter entgegen, überragt von dem halb schwarzen, halb buntschillernden kreisenden Himmel. Nach kurzer Zeit erreichte ich mein Ziel, den höchsten Berg in dieser Gegend, und begann, ihn zu ersteigen. Unterwegs hielt ich mehrmals inne, um zurückzuschauen.

Zehntes Kapitel

Ich sah Deirdre in schwarzer Rüstung eine Axt schwingen; Llewella und Flora hielten sich bei den Bogenschützen auf. Fiona vermochte ich nicht auszumachen, ebensowenig Gérard. Dann sah ich Random auf dem Rücken eines Pferdes eine schwere Klinge schwingen; er führte einen Angriff auf die hochgelegenen Stellungen des Feindes. In seiner Nähe hielt sich ein grüngekleideter Ritter auf, den ich nicht erkannte. Der Mann setzte seinen Morgenstern mit tödlicher Genauigkeit ein. Auf dem Rücken trug er einen Bogen und an der Hüfte einen Köcher mit schimmernden Pfeilen.

Als ich den Hügelkamm erreichte, klang das Toben des Unwetters lauter herüber. Die Blitze zuckten mit der Gleichmäßigkeit von Neonröhren, und der Regen prasselte herab, ein Fiberglasvorhang, der nun über die Berge vorgerückt war.

Unter mir waren Tiere und Menschen – und nicht wenige Tiermenschen – in die Formationen des Kampfes verstrickt. Eine Staubwolke hing über dem Schlachtfeld. Als ich die Kräfteverteilung abschätzte, hatte ich nicht den Eindruck, daß sich die wachsenden feindlichen Streitkräfte noch weiter zurückdrängen lassen würden. Ich hatte sogar das Gefühl, daß der Gegenangriff unmittelbar bevorstand. Die Männer in den zerklüfteten Stellungen schienen sich bereitzuhalten und nur noch auf den Befehl zu warten.

Ich irrte mich nur um etwa anderthalb Minuten. Dann rückten die Horden vor, den Hang herabbrandend, die eigenen Reihen stärkend, unsere Kämpfer zurückdrängend, nicht innehaltend. Und von der anderen Seite des dunklen Abgrundes kam weitere Verstärkung. Unsere Soldaten begannen, einen einigermaßen geordneten Abzug einzuleiten. Der Feind bedrängte sie noch energischer, und als es so aussah, als würde sich die Lage zum Chaos wenden, schien ein Befehl zu kommen.

Ich hörte Julians Horn erklingen, und gleich darauf sah ich ihn auf dem Rücken Morgensterns an der Spitze der Männer aus Arden in den Kampf eingreifen. Dieses Manöver stellte das Gleichgewicht zwischen den beiden Seiten fast wieder her, und der Lärm nahm weiter zu, während der Himmel ungerührt über uns kreiste.

Etwa eine Viertelstunde lang beobachtete ich die Auseinandersetzung, die dazu führte, daß sich unsere Leute langsam zurückzogen. Dann sah ich plötzlich auf einem fernen Hügel eine einarmige Gestalt auf einem wilden gestreiften Pferd. In der Hand schwenkte der Mann eine Klinge; er blickte in die entgegengesetzte Richtung, nach Westen. Mehrere Sekunden lang rührte er sich nicht. Dann senkte er das Schwert.

Aus dem Westen tönten Trompeten herüber, doch zuerst sah ich nichts. Dann kam ein Schwadron Kavallerie in Sicht. Ich fuhr zusammen. Ich dachte einen Augenblick lang, Brand wäre dabei. Dann ging mir auf, daß dort Bleys vorstürmte, um mit seiner Truppe die ungeschützte Flanke anzugreifen.

Und plötzlich zogen sich unsere Kämpfer nicht mehr zurück. Sie hielten die Stellung. Dann drangen sie wieder vor.

Bleys und seine Reiter stürmten herbei, und ich erkannte, daß Benedict den Vorteil wieder auf seiner Seite hatte. Dem Feind drohte die totale Vernichtung.

Im nächsten Augenblick wehte eine kalte Bö aus dem Norden, und ich blickte in diese Richtung.

Das Unwetter war ein gutes Stück vorangekommen; in letzter Zeit schien es sich noch schneller zu bewegen. Und es hatte sich in einem bisher ungeahnten Maße verdüstert, mit helleren Blitzen und lauteren Donnerschlägen. Und der kalte, feuchte Wind nahm an Stärke noch weiter zu.

Ich fragte mich, ob die Erscheinung wie eine Vernichtungswoge über das Schlachtfeld schwappen würde – und dann weiter nichts? Wie stand es mit den Auswirkungen des neuen Musters? Würden diese sich anschließend bemerkbar machen und eine Art Korrektur bilden? Irgendwie zweifelte ich daran. Wenn dieses Toben der Elemente uns vernichtete, dann blieb es wohl dabei – davon war ich überzeugt. Die Kraft des Juwels war erforderlich, damit wir den Angriff über uns dahinrollen lassen konnten, bis die Ordnung wiederhergestellt war. Und was würde noch übrig sein, wenn wir überlebten? Ich konnte es mir nicht vorstellen.

Was hatte Brand also vor? Worauf wartete er? Was wollte er unternehmen?

Wieder blickte ich über das Schlachtfeld ...

Ein schattiger Winkel auf der Anhöhe, wo der Feind sich neu gruppiert hatte und vor dem neuerlichen Angriff verstärkt wurde – da war etwas.

Ein winziges rotes Blinken. Ich war überzeugt, daß ich es wahrgenommen hatte. Ich starrte weiter hinüber und wartete ab. Ich mußte es noch einmal sehen, mußte seine Position genau bestimmen ...

Eine Minute verging. Vielleicht auch zwei ...

Dort! Und noch einmal.

Ich zog das schwarze Pferd herum. Es schien nicht unmöglich zu sein, die nahegelegene Flanke des Feindes zu umgehen und jene angeblich leere Höhe zu ersteigen. Ich galoppierte den Hügel hinab und suchte mir meinen Weg.

Es mußte Brand sein mit dem Juwel. Er hatte sich ein gutes und sicheres Versteck ausgesucht, eine Stelle, von der er nicht nur das gesamte Schlachtfeld im Auge behalten konnte, sondern auch den anrückenden Sturm. Von dort oben konnte er seine Blitze gegen unsere vorrückenden Truppen schicken. Er konnte im richtigen Augenblick das Rückzugsignal geben, mit der entarteten Wut des Unwetters zuschlagen und sie von den Kämpfern ablenken, die er unterstützte. Dies schien mir die einfachste und nützlichste Verwendung zu sein, die er unter diesen Umständen für das Juwel haben konnte.

Ich mußte sofort möglichst dicht an ihn heran. Immerhin hatte ich eine größere Kontrolle über den Edelstein als er, doch meine Einwirkungsmöglichkeiten verringerten sich mit der Entfernung, und bestimmt hatte er das Juwel bei sich. Meine Chance lag allenfalls darin, auf ihn loszustürmen, um jeden Preis in die Kontrolldistanz zu kommen und dann das Kommando über den Stein zu übernehmen und ihn gegen Brand einzusetzen. Allerdings war es möglich, daß er sich dort oben mit einer Leibwache umgeben hatte. Dieser Gedanke beunruhigte mich, denn ein solches Hindernis mochte mich mit katastrophalen Folgen an der Ausführung meines Plans hindern. Und wenn er ungeschützt war – was hinderte ihn daran, mir mit Teleportation zu entwischen, wenn die Lage für ihn zu brenzlig wurde? Was sollte ich dann tun? Dann würde ich meine Jagd auf ihn von vorn beginnen müssen. Ich überlegte, ob ich mit dem Juwel verhindern konnte, daß er sich an einen anderen Ort versetzte. Ich wußte es nicht, nahm mir aber vor, es auf jeden Fall zu versuchen.

Es war sicher nicht der beste Plan, der jemals geschmiedet worden war, aber der einzige, der mir in den Sinn kam. Zeit für weitere Überlegungen blieb mir nicht mehr.

Im Reiten erkannte ich, daß auch andere auf die Anhöhe zuhielten. Random, Deirdre und Fiona waren in Begleitung von acht Kavalleristen durch die feindlichen Reihen geritten, dichtauf gefolgt von einigen anderen Soldaten – ob Freund oder Feind, wußte ich nicht. Der grüngekleidete Ritter schien dabei am schnellsten voranzukommen; er verringerte den Abstand zu der ersten Gruppe. Ich erkannte ihn – oder sie – nicht. Da Fiona zu der Expedition gehörte, wußte ich sofort, was der Vorstoß sollte. Sie hatte bestimmt Brands Gegenwart gespürt und führte nun die anderen zu ihm. Eine kleine Flamme der Hoffnung regte sich in meinem Herzen. Durchaus möglich, daß sie Brands Kräfte neutralisieren oder zumindest dämpfen konnte. Ich beugte mich vor und trieb mein Pferd heftig an; mein Weg führte mich nach links um die Kämpfenden herum. Der Himmel drehte sich unentwegt. Der Wind tobte. Ein ohrenbetäubender Donnerschlag hallte. Ich schaute nicht zurück.

Ich versuchte, die anderen einzuholen. Ich wollte nicht, daß sie ihr Ziel vor mir erreichten, fürchtete aber, daß ich es nicht verhindern konnte. Die Entfernung war zu groß.

Wenn sie sich nur umdrehen und mich sehen würden! Bei meinem Anblick würden sie wahrscheinlich warten. Ich wünschte, ich hätte ihnen mein Eintreffen irgendwie signalisieren können. Zu dumm, daß die Trümpfe nicht mehr funktionierten!

Ich begann zu rufen. Ich schrie hinter ihnen her, doch der Wind riß mir die Worte vom Mund, und der Donner rollte darüber hin.

»Wartet auf mich! Verdammt! Ich bin's, Corwin!«

Niemand schaute in meine Richtung.

Ich passierte die ersten Gruppen von Kämpfern und ritt außer Reichweite von Wurfgeschossen und Pfeilen an der Flanke des Feindes entlang. Die Gegner schienen sich inzwischen noch schneller zurückzuziehen, und unsere Truppen verteilten sich auf ein größeres Gebiet. Brand wollte sicher gleich zuschlagen. Ein Teil des rotierenden Himmels war von einer dunklen Wolke verdeckt, die vor wenigen Minuten noch nicht über dem Schlachtfeld geschwebt hatte.

Ich wandte mich hinter den zurückweichenden Streitkräften nach rechts und galoppierte auf die Hügel zu, die die anderen bereits erreicht hatten.

Unterwegs verdüsterte sich der Himmel immer mehr, und ich begann, um meine Genossen zu bangen. Sie rückten Brand bereits zu dicht auf den Pelz. Er würde etwas gegen sie unternehmen müssen. Es sei denn, Fiona war stark genug, um ihn zu bremsen ...

Vor mir zuckte ein greller Blitz auf. Mein Pferd stieg auf die Hinterbeine, und ich wurde zu Boden geschleudert. Der Donner brüllte, ehe ich den Boden berührte.

Sekundenlang lag ich betäubt da. Das Pferd war davongaloppiert und kam erst nach etwa fünfzig Metern unsicher zum Stehen. Ich rollte mich auf den Bauch und starrte den langen Hang empor. Die anderen Reiter lagen ebenfalls am Boden. Der Blitzstrahl war offenbar in die Gruppe gefahren. Mehrere bewegten sich, die Überzahl aber nicht. Noch hatte sich niemand aufgerichtet. Über ihnen erblickte ich das rote Funkeln des Juwels unter einer Art Felsvorsprung, heller und gleichmäßiger schimmernd, dahinter die schattenhaften Umrisse der Gestalt, die den Edelstein trug.

Ich begann, den Hang emporzukriechen. Ehe ich mich aufrichtete, wollte ich aus dem Blickfeld jener Gestalt verschwinden. Sie kriechend zu erreichen, würde zu lange dauern; ich mußte im Bogen um die anderen herum, da seine Aufmerksamkeit sicher nur ihnen galt.

Vorsichtig bewegte ich mich voran, jede Deckung ausnutzend, jeden Augenblick darauf gefaßt, daß der Blitz auch mich treffen würde, daß Brand die große Katastrophe auf unsere Kämpfer herabbeschwor. Es konnte jederzeit soweit sein. Ein Blick über die Schulter zeigte mir unsere Truppen weit ausgebreitet am anderen Ende des Schlachtfeldes. Der Feind hatte sich davon gelöst und bewegte sich in unsere Richtung. Es konnte nicht mehr lange dauern, bis ich auch diese Kämpfer noch in meine Überlegungen einbeziehen mußte.

Ich verschwand in einem schmalen Graben und schlängelte mich etwa zehn Meter weit in südlicher Richtung. Dann auf der anderen Seite wieder hinaus, in Deckung einer Anhöhe, in den Schutz einiger Felsen huschend.

Als ich vorsichtig den Kopf hob, um die Lage zu peilen, war das Glühen des Juwels nicht mehr auszumachen. Der Spalt, in dem es geleuchtet hatte, wurde nun durch einen Felsrand verdeckt.

Trotzdem kroch ich in unmittelbarer Nähe des großen Abgrundes weiter und wandte mich erst dann wieder nach rechts. Schließlich erreichte ich eine Stelle, an der ich mich gefahrlos aufrichten konnte, und tat es. Ich war auf einen weiteren Blitz, einen zweiten Donnerschlag gefaßt – ganz in der Nähe oder unten auf dem Schlachtfeld –, doch nichts geschah. Ich wunderte mich. Warum geschah nichts? Ich schickte meinen Geist aus und versuchte, die Gegenwart des Juwels zu erspüren, stieß aber auf keine Resonanz. Ich hastete auf die Stelle zu, an der ich das Schimmern gesehen hatte.

Ich starrte über den großen Abgrund, um mich zu vergewissern, daß aus dieser Richtung keine neuen Gefahren anrückten, und zog meine Klinge. Als ich mein Ziel erreichte, hielt ich mich dicht an den Felsen und ging seitlich in nördlicher Richtung. Als der Spalt unmittelbar vor mir lag, duckte ich mich und starrte um die Ecke.

Kein roter Schimmer. Keine schattenhafte Gestalt. Die Nische war leer. Nichts Verdächtiges war in der Nähe zu sehen. Hatte er sich an einen anderen Ort versetzt? Und wenn ja, warum?

Ich stand auf, ging um die Felserhebung herum und schritt weiter in diese Richtung. Noch einmal versuchte ich, Kontakt mit dem Juwel aufzunehmen und erhielt diesmal eine schwache Reaktion – es schien sich irgendwo rechts zu befinden und ein Stück über mir.

Lautlos bewegte ich mich in diese Richtung. Warum hatte Brand sein Versteck verlassen? Seine Position war geradezu ideal gewesen für die Durchführung seiner Pläne. Es sei denn ...

Ich hörte einen Schrei und einen Fluch. Von zwei verschiedenen Stimmen. Ich begann zu rennen.

11

Ich kam an der Nische vorbei und hastete weiter. Dahinter führte ein natürlicher Pfad in zahlreichen Windungen bergauf. Ich folgte ihm.

Noch war niemand zu sehen, doch mit jedem Schritt wuchs das Gefühl, daß das Juwel in der Nähe war. Ich glaubte von rechts einen Schritt zu hören und fuhr in diese Richtung, doch es ließ sich niemand sehen. Da das Juwel sich andererseits auch nicht so nahe anfühlte, setzte ich meinen Marsch fort.

Als ich mich dem Kamm der Anhöhe näherte, hinter der sich das schwarze Panorama des Chaos erstreckte, hörte ich Stimmen. Noch war nicht zu verstehen, was diese Stimmen sagten, doch sie klangen erregt.

Ich ging langsamer, duckte mich und starrte um einen Felsvorsprung.

Dicht vor mir stand Random; in seiner Begleitung waren Fiona und die Lords Chantris und Feidane. Bis auf Fiona hielten alle Waffen in die Höhe, als wären sie bereit, sie einzusetzen; allerdings machte niemand eine Bewegung. Sie starrten zum Abgrund aller Dinge hinüber, einem Felsvorsprung, der ein wenig höher lag und etwa fünfzehn Meter entfernt war – der Rand des Abgrunds.

Brand stand an dieser Stelle, und er hielt Deirdre an sich gepreßt. Den Helm hatte sie verloren, und ihr Haar wehte heftig im Wind, und er hatte ihr den Dolch an die Kehle gesetzt. Anscheinend hatte er ihr schon die Haut geritzt. Ich zog den Kopf wieder zurück.

Ich hörte Random leise fragen: »Kannst du wirklich nichts weiter tun, Fiona?«

»Ich kann ihn dort festhalten«, antwortete sie, »und auf diese Entfernung auch seine Kontrolle über das Wetter einschränken. Aber mehr nicht. Er ist in gewisser Weise auf das Juwel eingestimmt, ich aber nicht. Außerdem wirkt sich die größere Nähe zu seinen Gunsten aus. Alles, was ich sonst noch versuchen könnte, würde er abschmettern.«

Random biß sich auf die Unterlippe.

»Senkt eure Waffen!« rief Brand. »Sofort, oder Deirdre lebt nicht mehr.«

Elftes Kapitel

»Töte sie doch!« sagte Random. »Dann verlierst du das einzige Pfand, das dich noch am Leben erhält. Tu es, und ich zeige dir, was ich mit meiner Waffe mache!«

Brand murmelte etwas vor sich hin.

»In Ordnung«, sagte er schließlich. »Ich fange damit an, daß ich sie zerstückele.«

Random spuckte aus. »Dann tu's doch!« forderte er. »Sie kann ihren Körper erneuern wie jeder von uns. Denk dir eine Drohung aus, die wirklich etwas bedeutet, oder halt den Mund und steh deinen Mann!«

Brand schwieg. Ich hielt es für besser, meine Ankunft weiterhin zu verheimlichen. Sicher konnte ich etwas tun. Ich wagte einen zweiten Blick und prägte mir im Geiste das Terrain ein, ehe ich mich wieder zurückzog. Links befanden sich einige Felsen, aber sie reichten nicht weit genug heran. Ich sah keine Möglichkeit, Brand anzuschleichen.

»Ich glaube, wir müssen alles auf eine Karte setzen und ihn angreifen«, hörte ich Random sagen. »Ich sehe keine andere Möglichkeit. Du vielleicht?«

Ehe jemand antworten konnte, geschah etwas Seltsames. Der Tag wurde heller.

Ich sah mich nach der Ursache der Helligkeit um, schaute schließlich zum Himmel empor.

Die Wolken waren unverändert vorhanden, und dahinter trieb der verrückte Himmel seine Kapriolen. Die Helligkeit lag jedoch in den Wolken. Sie waren bleicher geworden und begannen nun zu glühen, als verdeckten sie eine weitere Sonne. Während ich noch hinschaute, verstärkte sich der Beleuchtungseffekt noch mehr.

»Was führt er jetzt im Schilde?« fragte Chantris.

»Keine Ahnung«, antwortete Fiona. »Aber ich glaube nicht, daß er dahintersteckt.«

»Wer dann?«

Eine Antwort bekam ich nicht mit.

Ich sah die Wolken heller werden. Die größte und hellste schien plötzlich zu wirbeln, als rühre jemand darin. Formen zuckten darin herum, arrangierten sich. Ein Umriß begann, Gestalt anzunehmen.

Die Kampfgeräusche auf dem Schlachtfeld unter uns verstummten. In dem Maße, wie die Vision anwuchs, wurde das Unwetter gedämpft. In dem grellen Lichtfeld über unseren Köpfen formierte sich etwas – es entstanden die Züge eines riesigen Gesichts.

»Ich weiß es nicht, das mußt du mir glauben!« hörte ich Fiona auf eine gemurmelte Frage antworten.

Noch ehe die Formbildung abgeschlossen war, erkannte ich das Gesicht meines Vaters am Himmel. Ein hübscher Trick. Und ich hatte auch keine Ahnung, was das sollte.

Das Gesicht bewegte sich, als betrachte es uns alle. Spuren der Anspannung waren auszumachen, und auch ein Anflug von Sorge im Ausdruck. Die Helligkeit verstärkte sich noch ein wenig. Die Lippen begannen sich zu bewegen.

Die Stimme ertönte – seltsamerweise in ganz normalem Gesprächston und nicht mit der hallenden Lautstärke, die ich erwartet hatte.

»Ich schicke euch diese Botschaft«, sagte er, »ehe ich den Versuch beginne, das Muster instandzusetzen. Wenn ihr dies hört, habe ich bereits Erfolg gehabt oder bin gescheitert. Sie wird euch vor der Woge des Chaos erreichen, die mein Bemühen begleiten muß. Ich habe Gründe für die Annahme, daß der Versuch meinen Tod bedeutet.«

Sein Blick schien das Schlachtfeld abzusuchen.

»Triumphiert oder trauert, wie es euch gefällt«, fuhr die Stimme fort, »denn dies ist entweder der Anfang oder das Ende. Sobald ich keine Verwendung mehr dafür habe, werde ich das Juwel des Geschicks zu Corwin senden. Ich habe ihn beauftragt, es an den Ort der Auseinandersetzung zu bringen. Alle eure Mühen dort werden nichts fruchten, wenn die Woge des Chaos nicht aufgehalten werden kann. Mit dem Juwel an jenem Ort müßte Corwin in der Lage sein, euch zu erhalten, bis die Erscheinung vorübergewogt ist.«

Ich hörte Brands Lachen. Es hörte sich an, als habe er völlig den Verstand verloren.

»Mit meinem Tod«, sprach die Stimme weiter, »wird sich für euch von neuem die Frage der Nachfolge erheben. Ich hatte in dieser Beziehung meine Vorstellungen, aber ich weiß inzwischen, daß sie nicht zu realisieren sind. Deshalb bleibt mir nichts anderes übrig, als dies dem Horn des Einhorns zu überlassen.

Meine Kinder, ich kann nicht behaupten, daß ich mit euch ganz zufrieden bin, aber das läßt sich vermutlich auch aus eurer Sicht mir gegenüber sagen. Lassen wir das! Ich verlasse euch mit meinem Segen, und das ist mehr als eine Formalität. Ich werde jetzt das Muster beschreiten. Lebt wohl!«

Daraufhin begann das Gesicht zu verblassen, und die Helligkeit schwand aus den Wolken. Wenig später war sie verschwunden. Eine seltsame Stille lag über dem Schlachtfeld.

»... und wie ihr sehen könnt«, hörte ich Brand verkünden, »hat Corwin das Juwel nicht. Werft die Waffen fort und verschwindet von hier! Oder behaltet sie und verzieht euch! Es ist mir gleich. Laßt mich allein! Ich habe zu tun.«

»Brand«, sagte Fiona, »kannst du erreichen, was er sich von Corwin vorgestellt hat? Kannst du das Juwel so einsetzen, daß die Erscheinung an uns vorbeigeht?«

Elftes Kapitel

»Wenn ich wollte, könnte ich das tun«, antwortete er. »Ja, ich könnte die Woge des Chaos umlenken.«

»Wenn du das tust, wirst du ein Held sein«, sagte sie leise. »Du hättest dir unsere Dankbarkeit verdient. Alle Fehler der Vergangenheit wären verziehen. Verziehen und vergessen. Wir ...«

Er begann, schallend zu lachen. »*Ihr* vergebt *mir?*« fragte er. »Ihr, die ihr mich in den Turm geworfen habt, die ihr mir die Messerwunde beibrachtet? Vielen Dank, Schwester. Sehr nett von dir, mir verzeihen zu wollen, aber du wirst Verständnis haben, wenn ich das ablehne.«

»Also schön«, schaltete sich Random ein. »Was *willst* du denn? Sollen wir uns entschuldigen? Steht dir der Sinn nach Reichtum und Schätzen? Nach einem wichtigen Posten? Nach all diesen Dingen? Sie sollen dir gehören! Aber das Spiel, das du mit uns treibst, ist sinnlos. Machen wir Schluß damit, gehen wir nach Hause und tun wir so, als wäre alles ein schlimmer Traum gewesen.«

»Ja, machen wir Schluß«, erwiderte Brand. »Indem ihr eure Waffen hinwerft. Dann entläßt mich Fiona aus ihrem Bann, und ihr alle macht kehrt und marschiert nach Norden. Entweder das, oder ich bringe Deirdre um.«

»Darauf kann ich nur sagen, daß du sie lieber töten und dich bereithalten solltest, die Sache mit mir auszukämpfen«, gab er zurück, »denn in Kürze sind wir sowieso tot, wenn wir dich gewähren lassen. Wir alle.«

Brand kicherte.

»Glaubst du wirklich, ich lasse euch sterben? Ich brauche euch – so viele wie ich nur retten kann. Hoffentlich auch Deirdre. Ihr seid immerhin die einzigen, die meinen Triumph wirklich zu schätzen wüßten. Ich werde euch vor dem Vernichtungssturm bewahren, der unmittelbar bevorsteht.«

»Das glaube ich dir nicht«, erwiderte Random.

»Dann solltest du dir die Zeit nehmen, einmal darüber nachzudenken. Du kennst mich gut genug, um zu wissen, daß ich es euch zeigen will. Ich will euch als Zeugen für meine Tat haben. In diesem Sinne brauche ich eure Anwesenheit in meiner neuen Welt. Und jetzt verschwindet von hier!«

»Du bekommst alles, was du willst – und unsere Dankbarkeit«, setzte Fiona an. »Wenn du nur ...«

»*Geht!*« schrie er.

Ich wußte, ich durfte nicht länger zögern. Ich mußte meinen Zug machen. Zugleich war mir klar, daß ich nicht rechtzeitig an ihn herankommen konnte. Mir blieb nichts anderes übrig, als das Juwel als Waffe gegen ihn einzusetzen.

Ich schickte meinen Geist auf die Reise und spürte die Gegenwart des Steins. Ich schloß die Augen und rief meine Kräfte an.

Heiß. Heiß, dachte ich. Das Juwel verbrennt dich, Brand! Es führt dazu, daß jedes Molekül in deinem Körper immer schneller vibriert. Du stehst im Begriff, zu einer menschlichen Fackel zu werden ...

Ich hörte ihn aufschreien.

»Corwin!« brüllte er. »Hör auf damit! Wo immer du bist! Ich bringe sie um! Schau!«

Ohne in meinem Auftrag an das Juwel nachzulassen, stand ich auf. Ich starrte ihn an. Seine Kleidung begann zu qualmen.

»Hör auf!« brüllte er, hob das Messer und fuhr Deirdre damit durch das Gesicht.

Ich schrie auf, und Tränen schossen mir in die Augen. Ich verlor die Kontrolle über das Juwel. Doch Deirdre, deren linke Wange zu bluten begann, biß Brand in die Hand, die sich zu einem zweiten Stich senkte. Im nächsten Augenblick hatte sie den Arm frei, stieß ihm den Ellbogen in die Rippen und versuchte, von ihm freizukommen.

Kaum hatte sie sich bewegt, kaum hatte sich ihr Kopf gesenkt, sah man ein silbriges Aufblitzen. Brand keuchte und ließ den Dolch fallen. In seinem Hals steckte ein Pfeil. Gleich darauf folgte ein zweiter und ragte ihm dicht neben dem Juwel aus der Brust.

Er machte einen Schritt zurück und stieß ein Gurgeln aus. Nur hatte er hier am Rande des Abgrunds keinen Bewegungsraum mehr.

Er riß die Augen auf und begann zur Seite zu sinken. Im nächsten Augenblick zuckte seine rechte Hand vor und packte Deirdres Haar. Ich war bereits brüllend losgelaufen, wußte aber, daß ich zu spät kommen mußte.

Deirdre heulte auf, Entsetzen auf dem blutigen Gesicht. Sie streckte mir die Arme hin ...

Im nächsten Augenblick waren Brand, Deirdre und das Juwel über den Rand gekippt, stürzten in die Tiefe, waren verschwunden ...

Ich glaube, ich wollte mich hinter ihnen herstürzen, doch Random hielt mich fest. Dann mußte er mich sogar niederschlagen, und die Welt versank.

Als ich wieder zu mir kam, lag ich auf steinigem Grund, ein gutes Stück von der Stelle entfernt, an der ich umgesunken war. Jemand hatte mir meinen zusammengefalteten Mantel als Kissen unter den Kopf gelegt. Als erstes gewahrte ich den kreisenden Himmel, der mich irgendwie an den Traum mit dem Rad denken ließ, den ich am Tage meiner ersten Begegnung mit Dara gehabt hatte. Ich spürte die anderen ringsum und hörte ihre Stimmen, bewegte den Kopf aber noch nicht. Ich lag nur reglos da und betrachtete das Mandala am Himmel und dachte an den Verlust, den ich erlitten hatte. Deirdre ... sie hatte mir mehr bedeutet als alle anderen Verwandten zusammen. Ich kann nichts dagegen tun. So war es nun mal. Wie oft hatte ich gewünscht, sie

Elftes Kapitel

wäre nicht meine Schwester! Doch hatte ich mich mit der Realität unserer Situation abgefunden. Meine Gefühle würden sich niemals verändern, nur ... gab es sie jetzt nicht mehr, und dieser Gedanke bedrückte mich mehr als die drohende Vernichtung der Welt.

Trotzdem mußte ich sehen, was jetzt geschah. Nachdem das Juwel nun außer Reichweite war, mußte alles vorbei sein. Trotzdem ... ich schickte meinen Geist aus, versuchte seine Gegenwart zu erspüren, wo immer es sich auch befinden mochte, doch es kam keine Reaktion. Daraufhin richtete ich mich auf, um zu sehen, wie weit die Woge vorgerückt war, doch ein Arm drückte mich zurück.

»Ruh dich aus, Corwin!« ertönte Randoms Stimme. »Du bist am Ende. Du siehst aus, als wärst du gerade durch die Hölle gekrochen. Du kannst nichts mehr tun. Laß es gut sein!«

»Was für einen Unterschied macht mein Gesundheitszustand noch?« erwiderte ich. »Bald kommt es nicht mehr darauf an.«

Wieder wollte ich aufstehen, und diesmal stützte mich der Arm und half mir dabei.

»Na schön«, sagte er. »Es gibt aber nicht viel Lohnenswertes zu sehen.«

Damit hatte er wohl recht. Die Schlacht schien vorbei zu sein, bis auf einige vereinzelte Widerstandsnester des Gegners, die bereits umzingelt und niedergekämpft wurden, wobei sich alles allmählich in unsere Richtung bewegte, zurückweichend vor der herbeiwogenden Front, die bereits die andere Seite des Schlachtfeldes erreicht hatte. In Kürze würden sich auf unserer Anhöhe die Überlebenden beider Seiten drängen. Ich schaute hinter uns. Von der düsteren Zitadelle kam keine Verstärkung mehr. Konnten wir uns an jenen Ort zurückziehen, wenn das Chaos uns schließlich erreichte? Und dann was? Der Abgrund schien der letzte Ausweg zu sein.

»Bald«, murmelte ich und dachte an Deirdre. »Bald.« Warum auch nicht?

Ich beobachtete die Unwetterfront, die quirlte und kochte und Blitze aussandte. Ja, bald. Nachdem das Juwel mit Brand, untergegangen war ...

»Brand ...«, sagte ich. »Wer hat ihn da vorhin erwischt?«

»Diese Ehre beanspruche ich«, sagte eine mir bekannte Stimme, die ich aber nicht unterbringen konnte.

Ich wandte den Kopf. Der Mann in Grün saß auf einem Felsen, Pfeil und Bogen neben sich auf dem Boden. Er musterte mich mit einem bösen Lächeln.

Es war Caine.

»Da soll mich doch ...!« sagte ich und rieb mir das Kinn. »Ich hatte da ein seltsames Erlebnis auf dem Weg zu deiner Beerdigung.«

»Ja. Ich habe davon gehört.« Er lachte. »Hast du dich schon mal selbst umgebracht, Corwin?«

»Letzthin nicht. Wie hast du das fertiggebracht?«

»Ich bin in den entsprechenden Schatten eingedrungen«, sagte er, »und habe den dortigen Schatten meiner selbst in einen Hinterhalt gelockt. Der lieferte mir die Leiche.« Er erschauderte. »Ein unheimliches Gefühl, das kann ich dir sagen! So etwas möchte ich nicht noch einmal durchmachen.«

»Aber warum?« wollte ich wissen. »Warum hast du deinen Tod vorgetäuscht und mir zur Last legen lassen?«

»Ich wollte an die Wurzeln der Probleme in Amber«, sagte er, »und damit ein für allemal aufräumen. Der beste Weg dorthin schien mir die Arbeit aus dem Untergrund zu sein. Und wie hätte ich euch nachhaltiger davon überzeugen können, daß ich wirklich tot war? Wie ihr seht, habe ich mein Ziel nun doch noch erreicht.« Er hielt inne. »Die Sache mit Deirdre tut mir allerdings leid. Aber ich hatte keine andere Wahl. Es war unsere letzte Chance. Ich hatte nicht geglaubt, daß er sie mit sich in den Tod reißen würde.«

Ich wandte den Blick ab.

»Ich hatte keine andere Wahl«, wiederholte er. »Ich hoffe, das siehst du ein.«

Ich nickte. »Aber warum hast du es so aussehen lassen, als hätte ich dich umgebracht?« wollte ich wissen.

In diesem Augenblick traf Fiona in Bleys Begleitung ein. Ich begrüßte beide und wandte mich dann wieder Caine zu, der mir noch eine Antwort schuldig war. Auch von Bleys wollte ich Auskünfte haben, die mir aber nicht so sehr unter den Nägeln brannten.

»Also?« fragte ich.

»Ich wollte dich ausschalten«, entgegnete er. »Ich dachte noch immer, du könntest der Drahtzieher hinter allem sein. Du oder Brand. Auf diese beiden hatte ich die Sache schon eingeengt. Ich nahm sogar an, daß ihr beide vielleicht gemeinsame Sache machtet – besonders, wo er sich solche Mühe gab, dich zurückzuholen.«

»Das hast du nicht richtig gesehen«, schaltete sich Bleys ein. »Brand versuchte, ihn fernzuhalten. Er hatte erfahren, daß er die Erinnerung wiederfand, und ...«

»Das weiß ich heute«, sagte Caine. »Aber damals stellte sich die Sache anders dar. Ich wollte Corwin also wieder in einem Verlies wissen, während ich nach Brand suchte. Anschließend behielt ich den Kopf unten und hörte mir alles an, was durch die Trümpfe gesagt und getan wurde und hoffte auf einen Hinweis, der mir Brands Aufenthaltsort verraten hätte.«

»Das meinte Vater also!« sagte ich.

Elftes Kapitel

»Was?« fragte Caine.
»Er deutete an, es gebe einen Lauscher in den Trümpfen.«
»Ich wüßte nicht, wie er das gemerkt haben sollte. Ich hatte mir beigebracht, mich völlig passiv zu verhalten. Ich habe alle Karten vor mich hingelegt, sie alle zugleich leicht berührt und darauf gewartet, daß sich etwas rührte. Wenn es dazu kam, richtete ich meine Aufmerksamkeit auf den Sprechenden. Wenn ich mich einzeln mit euch beschäftigte, konnte ich sogar manchmal eure Gedanken lesen, auch wenn ihr die Trümpfe nicht benutztet – dazu mußtet ihr aber ausreichend abgelenkt sein.«
»Trotzdem wußte er Bescheid«, sagte ich.
»Durchaus möglich«, sagte Fiona. »Sogar wahrscheinlich.« Bleys nickte ihr zu.
Random rückte näher. »Was sollte deine Frage nach Corwins Gesundung?« fragte er. »Woher wußtest du überhaupt von der Wunde, wenn du nicht ...«
Caine nickte nur. Ich sah Benedict und Julian in einiger Entfernung stehen; sie sprachen zu ihren Soldaten. Caines stumme Bewegung führte aber dazu, daß ich sie vergaß.
»Du?« fragte ich mit belegter Stimme. »Du hast mir den Stich beigebracht?«
»Trink einen Schluck«, sagte Random und reichte mir seine Flasche. Es war verdünnter Wein. Ich trank gierig. Mein Durst war groß, doch ich hielt nach mehreren Schlucken inne.
»Erzähl mir darüber«, forderte ich.
»Na schön – das bin ich dir schuldig«, gab er zurück. »Als ich aus Julians Gedanken erfuhr, daß du Brand nach Amber zurückgebracht hattest, kam ich zu dem Schluß, daß eine alte Vermutung von mir richtig gewesen war – daß du nämlich mit Brand unter einer Decke stecktest. Das hieß, ihr mußtet beide vernichtet werden. In jener Nacht projizierte ich mich mit Hilfe des Musters in deine Räume. Dort versuchte ich, dich umzubringen, aber du warst zu schnell und konntest dich durch den Trumpf retten, ehe ich es noch einmal versuchen konnte.«
»Die Verdammnis treffe dich!« sagte ich. »Wenn du unsere Gedanken lesen konntest, hättest du dann nicht erkennen können, daß ich nicht der Gesuchte war?«
Er schüttelte den Kopf.
»Ich konnte nur Oberflächengedanken und Reaktionen auf die jeweilige Umgebung auffangen. Und das nicht immer. Außerdem hatte ich deinen Fluch gehört, Corwin, der sich zu bewahrheiten begann. Es war überall zu sehen. Ich hatte das Gefühl, daß wir alle viel sicherer sein würden, wenn es dich und Brand nicht mehr gäbe. Seine Taten vor deiner Rückkehr hatten mir gezeigt, wozu er fähig war. Aber ich kam

damals nicht an ihn heran, wegen Gérard. Dann begann er stärker zu werden. Ich machte später noch einen Versuch, der aber fehlschlug.«

»Wann war das?« fragte Random.

»Es war der Angriff, an dem Corwin die Schuld erhielt. Ich maskierte mich – für den Fall, daß er entkommen konnte wie Corwin. Er sollte nicht wissen, daß ich noch mitspielte. Ich projizierte mich durch das Muster in seine Gemächer und versuchte, ihn umzubringen. Wir wurden beide verletzt – es floß viel Blut –, doch auch er konnte sich durch den Trumpf retten. Vor kurzem setzte ich mich dann mit Julian in Verbindung und schloß mich ihm für diese Schlacht an, denn hier mußte Brand auftauchen. Ich hatte einige Pfeile mit silbernen Spitzen machen lassen, weil ich davon überzeugt war, daß er nicht mehr der alte war, nicht mehr so wie wir übrigen. Ich wollte ihn schnell töten können, und zwar aus der Entfernung. Ich übte Bogenschießen und machte mich hier auf die Suche. Und schließlich hatte ich ihn gefunden. Und jetzt versichert mir jeder hier, daß ich mich in dir geirrt habe. Ich schätze, der für dich bestimmte Pfeil wird im Köcher bleiben.«

»Vielen Dank.«

»Mag sein, daß ich dir sogar Abbitte leisten muß.«

»Das würde mich zu Tränen rühren.«

»Andererseits sage ich mir, daß ich recht hatte. Ich habe gehandelt, um die anderen zu retten ...«

Ich bekam Caines Entschuldigung nicht zu hören, denn im gleichen Augenblick ertönte ein Fanfarenstoß, der die ganze Welt erzittern ließ – richtungslos, laut, langgedehnt. Wir drehten die Köpfe hin und her, suchten nach dem Bläser.

Caine stand auf und hob den Arm. »Dort!« sagte er.

Mein Blick folgte seiner Bewegung. Im Nordwesten hatte sich der Vorhang der Sturmfront geöffnet, an der Stelle, an der die schwarze Straße daraus hervorkam. Ein gespenstischer Reiter auf schwarzem Pferd war erschienen und stieß ins Horn. Es dauerte einen Augenblick, ehe neue Töne uns erreichten. Sekunden später erschienen zwei weitere Trompeter – ebenfalls bleich von Gestalt und auf schwarzen Pferden sitzend. Sie hoben die Instrumente an die Lippen und fielen in die Fanfaren ein.

»Was mag das sein?« fragte Random.

»Ich glaube, ich weiß es«, meinte Bleys, und Fiona nickte.

»Was denn?« fragte ich.

Aber sie antworteten nicht. Die Reiter auf der schwarzen Straße kamen näher, und weitere Berittene tauchten hinter ihnen auf.

12

Ich verfolgte die Szene. Auf den Hängen ringsum war Stille eingekehrt. Die Truppen waren erstarrt und beobachteten die Prozession. Sogar die Gefangenen aus den Burgen des Chaos, in Ketten gelegt, wandten die Köpfe in diese Richtung.

Im Gefolge der bleichen Trompeter ritt eine Horde Soldaten auf weißen Pferden. Sie trugen Banner, von denen ich einige nicht erkannte, und folgten einem Menschwesen, das die Einhorn-Standarte Ambers hochhielt. Dieser Gruppe folgten weitere Musiker, von denen einige auf Instrumenten spielten, wie ich sie nie zuvor gesehen hatte.

Hinter den Musikern marschierten gehörnte Wesen von Menschengestalt in leichter Rüstung, viele lange Kolonnen, und jeder zwanzigste trug eine riesige Fackel in der Hand, die hoch über die Köpfe aufragte. Ein dumpfes Grollen schlug uns an die Ohren – langsam, rhythmisch, eine Unterlegung der Fanfarenstöße und der anderen Musik –, und ich erkannte, daß die Fußsoldaten sangen. Endlos marschierte die Truppe aus dem Regenvorhang auf uns zu, der schwarzen Straße folgend, und obwohl viel Zeit zu vergehen schien, rührte sich keiner von uns oder sagte ein Wort. Die Gestalten kamen an uns vorbei, mit den Fackeln und den Bannern und der Musik und ihrem Gesang, und die ersten erreichten schließlich den Rand des Abgrunds und betraten die beinahe unsichtbare Verlängerung jenes düsteren Weges, und ihre Fackeln flackerten vor der Dunkelheit und erleuchteten ihnen den Weg. Trotz der Entfernung wurde die Musik lauter, denn immer neue Stimmen fielen in den düsteren Chor ein, immer neue Kolonnen von Marschierenden ließen den blitzenden Sturmvorhang hinter sich. Von Zeit zu Zeit grollte ein Donnern auf, das den Gesang aber nicht zu übertönen vermochte, ebensowenig brachte es der Wind fertig, auch nur eine der Fackeln zu löschen, die in meinem Blickfeld loderten. Die Bewegung hatte etwas Hypnotisches. Es war beinahe, als beobachtete ich diese Prozession schon seit unzähligen Tagen, vielleicht Jahren und hörte die Melodie, die ich nun wiedererkannte.

Plötzlich segelte ein Drache aus der Front des Unwetters, gefolgt von einem zweiten und dritten. Grün und golden und schwarz wie altes Eisen waren diese Geschöpfe, die sich im Wind tummelten, die Köpfe drehten und Wimpel aus Feuer hinter sich herzogen. Hinter ihnen zuckten Blitze. Die Drachen boten ein prächtiges, ehrfurchterregendes Bild. Unter ihnen tauchte eine kleine Herde weißer Rinder auf, die Köpfe hin und her werfend und schnaubend. Reiter bewegten sich dahinter und ließen lange schwarze Peitschen knallen.

Es folgte eine Prozession wahrhaft monströser Soldaten aus einem Schattenreich, mit dem Amber zuweilen Handel treibt – massig, schuppig und mit Krallen bewehrt. Diese Geschöpfe spielten Instrumente wie Dudelsäcke, deren perlende Töne vibrierend und pathetisch klangen.

Und weiter ging der Marsch: Neue Fackelträger und Soldaten erschienen mit ihren Wappen und Wimpeln – aus Schattenreichen fern und nah. Wir sahen sie vorbeimarschieren und den Windungen der Straße in den fernen Himmel folgen, wie ein Wanderzug von Glühwürmchen, ihr Ziel war die schwarze Zitadelle, die man auch die Burg des Chaos nennt.

Es schien kein Ende zu nehmen. Ich hatte jedes Zeitgefühl verloren. Seltsamerweise rückte das Unwetter in dieser Zeit nicht weiter vor. Ich drohte mein Gefühl für meine Identität zu verlieren, so sehr bannte mich die Prozession. Hier spielte sich ein Ereignis ab, das niemals zu wiederholen war. Prächtige Flugechsen schossen über den Kolonnen hin und her, und noch höher schwebten dunkle Umrisse.

Es kamen gespenstische Trommler, Wesen aus reinem Licht, und ein Schwärm schwebender Maschinen. Ich sah schwarzgekleidete Reiter auf einer Vielzahl verschiedener Ungeheuer. Einen Augenblick lang schien sich am Himmel ein riesiger Drache abzuzeichnen wie eine Feuerwerksfigur. Und die Geräusche – Hufschlag und Schritte, Gesang und Trommelrassel, Paukendröhnen und Trompetenschall – dies alles steigerte sich zu einer gewaltigen Woge, die über uns hinschwappte. Und immer weiter und weiter und über die Brücke der Dunkelheit wand sich die Prozession, deren Lichter den mächtigen Abgrund nun ein gutes Stück überspannten.

Als mein Blick wieder einmal an diesen Linien entlang zum Ausgangspunkt wanderte, erschien ein neuer Umriß aus dem schimmernden Vorhang. Es war ein ganz in Schwarz gehüllter Karren, gezogen von einem Gespann schwarzer Pferde. An den vier Ecken ragten Stäbe auf, die in blauem Feuer erstrahlten, und dazwischen ruhte ein Gebilde, bei dem es sich nur um einen Sarg handeln konnte, bedeckt von unserer Einhorn-Flagge. Der Fahrer war ein buckliger Mann in orangefarbener und purpurner Kleidung, und trotz der Entfernung wußte ich sofort, daß Dworkin das Gespann führte.

So ist es also, dachte ich. Ich kenne den Grund nicht, aber irgendwie erscheint es mir passend, daß du jetzt in das Alte Land reist. Es gibt vieles, das ich dir hätte

Zwölftes Kapitel

sagen können, während du noch am Leben warst. Einiges habe ich gesagt, doch von den richtigen Worten sind nur wenige ausgesprochen worden. Jetzt ist es vorbei, denn du bist tot. So tot wie all jene, die vor dir zu jenem Ort eingegangen sind, an den wir übrigen dir vielleicht bald folgen. Es tut mir leid. Erst nach so vielen Jahren, als du ein anderes Gesicht und eine andere Gestalt zeigtest, lernte ich dich wirklich kennen und respektieren und konnte dich sogar gernhaben – obwohl du auch in jener Person ein störrischer alter Kerl gewesen bist. War das Ganelon-Ich vielleicht von vornherein das echte Du, oder nur eine der vielen Gestalten, die du aus Bequemlichkeit angenommen hast, du alter Gestaltveränderer? Ich werde es nie erfahren, doch möchte ich mir gern einbilden, dich schließlich so gesehen zu haben, wie du wirklich warst, einem Menschen begegnet zu sein, der mir gefiel, jemandem, dem ich vertrauen konnte, und daß dieser Jemand du warst. Ich wünschte, ich hätte dich sogar noch besser kennenlernen können, bin aber dankbar für das wenige ...

»Vater ...?« fragte Julian leise.

»Wenn es mit ihm zu Ende ging, wollte er über die Burgen des Chaos hinaus in die letzte Dunkelheit überführt werden«, sagte Bleys. »Das hat mir Dworkin einmal erzählt. Über das Chaos und Amber hinaus, an einen Ort, wo niemand herrscht.«

»Und so geschieht es«, sagte Fiona. »Doch befindet sich Ordnung irgendwo hinter jener Mauer, durch die sie kommen? Oder erstreckt sich das Unwetter ins Unendliche? Wenn er Erfolg gehabt hat, kann diese Erscheinung nur vorübergehend sein und bringt uns keine Gefahr. Aber wenn nicht ...«

»Es kommt nicht mehr darauf an«, warf ich ein, »ob er Erfolg gehabt hat oder nicht, denn ich habe es geschafft.«

»Was meinst du damit?«

»Ich glaube, er hat sein Ziel nicht erreicht«, sagte ich. »Er wurde vernichtet, ehe er das alte Muster reparieren konnte. Als ich den Sturm kommen sah, ging mir auf, daß ich nicht mehr rechtzeitig mit dem Juwel hier eintreffen konnte, das er mir nach seinem Versuch hatte schicken lassen. Brand hatte mir den Stein unterwegs abnehmen wollen – um ein neues Muster zu schaffen, wie er sagte. Später brachte mich das auf den Gedanken. Als ich erkannte, daß nichts anderes mehr helfen konnte, gebrauchte ich das Juwel, um ein neues Muster zu schaffen. Es war die schwierigste Aufgabe, die ich je übernommen habe, doch es gelang mir. Wenn diese Woge vorbei ist, müßte die Welt eigentlich zusammenhalten, ob wir diesen Ansturm nun überleben oder nicht. Brand stahl mir das Juwel in dem Augenblick, als ich das Muster beendet hatte. Als ich mich von seinem Angriff erholt hatte, konnte ich mich mit Hilfe des neuen Musters hierher projizieren. Es gibt also nach wie vor ein Muster, egal, was passiert.«

»Aber was ist, wenn Vater doch erfolgreich gewesen ist?« fragte sie.

»Keine Ahnung.«

»So wie ich die Dinge nach Äußerungen Dworkins verstehe«, sagte Bleys, »kann es im gleichen Universum nicht zwei verschiedene Muster geben. Dabei zählen die Phänomene in Rebma und Tirna Nog'th nicht mit, da sie nur Spiegelungen unseres Urmusters waren ...«

»Was würde geschehen?« fragte ich.

»Ich glaube, es gäbe eine Abspaltung, es würde sich eine neue Existenz bilden – irgendwo.«

»Und was wäre die Auswirkung auf unsere Welt?«

»Entweder eine totale Katastrophe oder keinerlei Folgen«, antwortete Fiona. »Für beide Möglichkeiten könnte ich Argumente vorbringen.«

»Dann sind wir genau dort, wo wir angefangen haben«, bemerkte ich. »Entweder geht unsere Welt in Kürze unter, oder sie bleibt erhalten.«

»So sieht es aus«, sagte Bleys.

»Es kommt sowieso nicht mehr darauf an, wenn wir den kommenden Ansturm nicht überstehen«, sagte ich. »Und der kommt bestimmt.«

Ich wandte mich wieder der Totenprozession zu. Hinter dem Reiter waren weitere Reiterscharen aufgetaucht, gefolgt von marschierenden Trommlern. Dann Flaggen und Fackeln und lange Reihen marschierender Soldaten. Noch immer wehte Gesang herüber, und weit, weit entfernt über dem Abgrund konnte man den Eindruck haben, als habe die Spitze der Prozession endlich die düstere Zitadelle erreicht.

... Ich haßte dich so lange, warf dir so viele Dinge vor. Jetzt ist es vorbei, und von diesen Gefühlen ist nichts zurückgeblieben. Statt dessen hast du sogar den Wunsch geäußert, mich zum König zu machen, eine Stellung, für die ich – das erkenne ich jetzt – nicht geeignet bin. Ich sehe ein, daß ich dir letzlich doch etwas bedeutet haben muß. Ich werde den anderen nichts davon sagen. Es genügt, wenn ich es weiß. Aber ich kann dich nie mehr so sehen wie früher. Dein Bild beginnt bereits zu verblassen. Ich sehe Ganelons Gesicht, wo sich eigentlich das deine befinden müßte. Er war mein Weggefährte. Er setzte für mich sein Leben ein. Er war du – aber ein anderes Du – ein Du, das ich vorher nicht gekannt hatte. Wie viele Ehefrauen und Feinde hast du überlebt? Hattest du viele Freunde? Ich glaube nicht. Aber es gab so viele Dinge an dir, von denen wir nichts wußten. Ich hätte es nie für möglich gehalten, daß ich dein Hinscheiden erleben würde. Ganelon – Vater – alter Freund und Feind, ich verabschiede mich von dir. Du schließt dich Deirdre an, die ich geliebt habe. Du hast dein Geheimnis bewahrt. Ruhe in Frieden, wenn das deinem Willen entspricht. Ich schenke dir diese verwelkte Rose, die ich durch die Hölle getragen habe, indem ich sie in den Abgrund werfe. Ich überlasse dir die Rose und die verfälschten Farben am Himmel. Du wirst mir fehlen ...

Endlich endete der lange Zug. Die letzten Marschierer kamen durch den Vorhang und entfernten sich. Die Blitze zuckten noch immer, der Regen strömte herab, und der Donner dröhnte. Trotzdem hatte kein Teilnehmer an der Prozession naß ausgesehen. Ich hatte am Rande des

Zwölftes Kapitel

Abgrunds gestanden und das Schauspiel verfolgt. Eine Hand lag auf meinem Arm. Wie lange sie schon dort ruhte, wußte ich nicht. Nachdem der Zug nun zu Ende war, ging mir auf, daß das Unwetter seinen Weg fortsetzte.

Die Rotation des Himmels schien mehr Dunkelheit über uns zu bringen. Links von mir ertönten Stimmen. Es kam mir vor, als sprächen sie schon lange, die Worte hatte ich allerdings nicht verstanden. Ich erkannte, daß ich am ganzen Leib zitterte, daß mir sämtliche Muskeln wehtaten, daß ich kaum noch zu stehen vermochte.

»Komm, leg dich hin«, sagte Fiona. »Die Familie ist für heute genug geschrumpft.«

Ich ließ mich von ihr vom Abgrund fortführen.

»Würde es wirklich noch einen Unterschied machen?« fragte ich. »Wie lange haben wir denn deiner Meinung nach noch?«

»Wir brauchen nicht hierzubleiben und darauf zu warten«, antwortete sie. »Wir werden die dunkle Brücke zu den Burgen des Chaos überqueren. Die Verteidigungslinien unserer Feinde sind bereits durchbrochen. Vielleicht dringt das Unwetter nicht so weit vor. Vielleicht wird es vom großen Abgrund aufgehalten. Es wäre sowieso angemessen, wenn wir Vater auf seinem letzten Weg begleiteten.«

Ich nickte. »Es sieht so aus, als bliebe uns kaum eine andere Wahl, als bis zum Schluß unsere Pflicht zu tun.«

Ich setzte mich vorsichtig und seufzte. Wenn das überhaupt möglich war, fühlte ich mich noch schwächer.

»Deine Stiefel ...«, sagte sie.

»Ja.«

Sie zog sie mir von den Füßen, die zu schmerzen begonnen hatten.

»Vielen Dank.«

»Ich besorge dir etwas zu essen.«

Ich schloß die Augen. Ich begann zu dösen. Zu viele Bilder zuckten mir durch den Kopf, als daß sich ein zusammenhängender Traum ergab. Wie lange dies dauerte, weiß ich nicht, doch ein alter Reflex holte mich beim Klang näherkommenden Hufschlags ins Bewußtsein zurück. Ein Schatten glitt über meine Lider.

Ich hob den Blick und entdeckte einen verhüllten Reiter, reglos, stumm. Er musterte mich.

Ich erwiderte den Blick. Keine drohende Bewegung war gemacht worden, doch in dem kalten Blick lag Ablehnung.

»Dort liegt der Held«, sagte eine leise Stimme.

Ich schwieg.

»Ich könnte dich mühelos umbringen.«

Da erkannte ich die Stimme, wenn ich auch keine Vorstellung hatte von den Ursachen für die Ablehnung.

»Ich habe Borel gefunden, ehe er starb«, sagte sie. »Er erzählte mir, wie unehrenhaft du ihn besiegt hast.«

Ich konnte nicht anders, ich hatte keine Kontrolle darüber. Ein trockenes Lachen stieg in meiner Kehle auf. Was für eine lächerliche Kleinigkeit, um sich darüber aufzuregen! Ich hätte ihr sagen können, daß Borel viel besser ausgerüstet und ausgeruhter gewesen war als ich und daß er mir den Kampf förmlich aufgezwungen hatte. Ich hätte ihr klarmachen können, daß ich keine Regeln gelten lasse, wenn mein Leben in Gefahr ist, oder daß ich den Krieg nicht für ein Spiel halte. Ich hätte vieles sagen können, doch wenn sie das nicht bereits wußte oder nicht verstehen wollte, konnten meine Äußerungen auch nichts mehr ändern. Außerdem waren ihre Gefühle klar.

So äußerte ich nur eine schlichte, große Wahrheit: »Im allgemeinen hat jede Geschichte mehr als eine Seite.«

»Ich begnüge mich mit der, die ich kenne«, gab sie zurück.

Am liebsten hätte ich die Achseln gezuckt, doch meine Schultern schmerzten zu sehr.

»Du hast mich zwei der wichtigsten Personen meines Lebens gekostet«, sagte sie nun.

»Ach?« gab ich zurück. »Das tut mir leid, deinetwegen.«

»Du bist nicht der, als der du mir dargestellt wurdest. Ich habe in dir eine wahrhaft edle Gestalt gesehen, stark, doch zugleich verständnisvoll und zuweilen voller Rücksicht. Ehrenvoll ...«

Das Unwetter, das immer näher kam, tobte hinter ihr. Ich dachte an etwas Vulgäres und sprach es aus. Sie ging darüber hinweg, als hätte sie meine Worte nicht gehört.

»Ich gehe jetzt«, sagte sie. »Ich kehre zu meinen Leuten zurück. Bisher habt ihr den Kampf gewonnen – aber in jener Richtung hat einmal Amber gelegen«. Sie deutete auf das Unwetter. Ich konnte sie nur anstarren. Nicht die tobenden Elemente. Sie. »Ich glaube nicht, daß von meinen neuen Bindungen noch viel übrig ist, das ich widerrufen müßte«, fuhr sie fort.

»Und was ist mit Benedict?« fragte ich.

»Nicht ...«, sagte sie und wandte sich ab. Ein kurzes Schweigen trat ein. Dann fuhr sie fort: »Ich glaube nicht, daß wir uns noch einmal wiedersehen.« Ihr Pferd trug sie nach links davon, in die Richtung zur schwarzen Straße.

Ein Zyniker hätte zu dem Schluß gelangen können, daß sie sich nun auf die Seite derjenigen schlug, die in ihren Augen als die Sieger dastanden, da die Burgen des Chaos das Kommende wohl überstehen würden. Aber ich wußte es nicht. Ich konnte nur an das Bild denken, das ich wahrgenommen hatte, als sie ihre Armbewegung machte. Die Kapuze war zur Seite geglitten, und ich hatte einen Blick auf das werfen kön-

Zwölftes Kapitel

nen, was sie geworden war. Das Gesicht in den Schatten war nicht mehr menschlich gewesen. Doch ich wandte den Kopf und folgte ihr mit den Blicken, bis sie verschwunden war. Nachdem Deirdre und Brand und Vater nicht mehr am Leben waren und nach der Trennung von Dara – in dieser Stimmung kam mir die Welt viel leerer vor, das wenige, das davon noch übrig war.

Ich lehnte mich seufzend zurück. Warum sollte ich nicht einfach hierbleiben, wenn die anderen weiterritten, und darauf warten, daß der Sturm über mich dahinfuhr, und mich auflöste, während ich noch schlief? Ich mußte an Hugi denken. Hatte ich nicht nur sein Fleisch in mich aufgenommen, sondern auch seine Flucht vor dem Leben? Ich war so erschöpft, daß mir dieser Ausweg als der leichteste vorkam ...

»Hier, Corwin.«

Wieder war ich entschlummert, wenn auch nur für kurze Zeit. Fiona hockte neben mir, Eßrationen und eine Flasche in der Hand. Jemand war bei ihr.

»Ich wollte deine Audienz nicht stören«, sagte sie, »und habe gewartet.«

»Du hast mitgehört?« fragte ich.

»Nein, aber ich kann mir ausmalen, wie es gewesen ist, denn sie ist fort. Hier.«

Ich trank Wein und wandte meine Aufmerksamkeit dem Fleisch und Brot zu. Trotz meines seelischen Zustands schmeckte alles sehr gut.

»Wir müssen bald los«, sagte Fiona und warf einen Blick auf die tobende Unwetterfront. »Kannst du reiten?«

»Ich glaube schon«, antwortete ich.

Wieder trank ich von dem Wein.

»Aber es ist viel zuviel geschehen, Fiona«, fuhr ich fort. »Mein Gefühl ist wie betäubt. Ich bin aus einem Sanatorium in einer Schattenwelt ausgebrochen. Ich habe Menschen übertölpelt und umgebracht. Ich habe mir Vorteile ausgerechnet und erkämpft. Ich errang mein Gedächtnis wieder und habe seither versucht, mein Leben wieder auf eine vernünftige Grundlage zu stellen. Ich habe meine Familie gefunden und festgestellt, daß ich sie liebe. Ich habe mich mit Vater versöhnt. Ich habe um das Königreich gekämpft. Ich habe mich bis zum Letzten verausgabt, um die Dinge zusammenzuhalten. Und jetzt sieht es so aus, als habe das alles nichts genützt, und meine Kraft reicht nicht mehr, um darüber traurig zu sein. Ich bin völlig gefühllos geworden. Verzeih mir.«

Sie küßte mich.

»Noch sind wir nicht besiegt. Du wirst zu dir selbst zurückfinden.«

Ich schüttelte den Kopf.

»Es ist wie im letzten Kapitel von *Alice im Wunderland*«, sagte ich. »Wenn ich rufe: ›Ihr seid doch nur ein Kartenspiel!‹, dann wirbeln wir alle in die Luft, ein Packen gemalter Motive. Ich begleite euch nicht. Laßt mich hier zurück. Ich bin sowieso nur der Joker.«

»In diesem Augenblick bin ich stärker als du«, widersprach sie. »Du kommst mit!«

»Das ist nicht fair«, sagte ich leise.

»Iß zu Ende«, sagte sie. »Wir haben noch ein wenig Zeit.«

Als ich ihrer Aufforderung nachkam, fuhr sie fort: »Dein Sohn Merlin möchte dich gern sprechen. Ich würde ihn gern heraufrufen.«

»Als Gefangenen?«

»Eigentlich nicht. Er hat am Kampf nicht teilgenommen. Er traf lediglich vor kurzem ein und wollte dich sehen.«

Ich nickte, und sie entfernte sich. Ich legte die Nahrung fort und sprach noch einmal dem Wein zu. Plötzlich war ich nervös. Was sagt man einem erwachsenen Sohn, wenn man erst kürzlich erfahren hat, daß es ihn überhaupt gibt? Ich fragte mich, welche Gefühle er mir entgegenbringen würde. Und ob er von Daras Entscheidung wußte. Wie sollte ich mich ihm gegenüber verhalten?

Ich sah ihn aus einer Gruppe meiner Verwandten treten, die sich ein gutes Stück links von mir zusammengefunden hatte. Ich hatte mich schon gefragt, warum man dermaßen auf Abstand von mir ging, doch je mehr Besucher zu mir kamen, desto mehr ahnte ich die Lösung. Ich fragte mich, ob der Rückzug meinetwegen verzögert wurde. Die feuchten Böen des Unwetters wurden stärker. Merlin blickte mich im Näherkommen an, ohne einen besonderen Ausdruck auf dem Gesicht, das dem meinen so sehr ähnelte. Ich fragte mich, wie Dara zumute war, nachdem sich ihre Prophezeiung von der Vernichtung endlich zu bewahrheiten schien. Und ich fragte mich, wie sie wirklich zu dem Jungen stand. Ich stellte mir ... viele Fragen.

Er beugte sich vor und ergriff meine Hand. »Vater ...«

»Merlin.« Ich blickte ihm in die Augen. Ohne seine Hand loszulassen, stand ich auf.

»Bleib liegen.«

»Schon gut.« Ich drückte ihn an mich und ließ ihn wieder los. »Ich bin froh«, fuhr ich fort. »Trink mit mir.« Ich hielt ihm den Wein hin, zum Teil auch um zu verbergen, daß ich plötzlich keine Worte fand.

»Vielen Dank.«

Er nahm die Flasche, trank daraus und reichte sie zurück.

»Auf deine Gesundheit«, sagte ich und trank ebenfalls. »Tut mir leid, daß ich dir keinen Stuhl anbieten kann.«

Ich setzte mich wieder auf den Boden. Er folgte meinem Beispiel.

Zwölftes Kapitel

»Von den anderen scheint niemand genau zu wissen, was du eigentlich getan hast«, sagte er, »außer Fiona, die mir sagte, es sei sehr schwierig gewesen.«

»Ach was«, gab ich zurück. »Ich freue mich, daß ich es bis hierher geschafft habe, und wenn es wegen dieses Gespräches wäre. Erzähl mir von dir, mein Sohn. Was für ein Mensch bist du? Wie ist das Leben mit dir umgesprungen?«

Er wandte den Blick ab. »Ich habe noch nicht lang genug gelebt, um viel erreicht zu haben«, erwiderte er.

Es interessierte mich, ob er die Fähigkeiten eines Gestaltveränderers besaß, ich verzichtete aber zunächst darauf, ihn zu fragen. Es hatte keinen Sinn, nach Unterschieden zwischen uns zu forschen, nachdem ich ihn eben erst kennengelernt hatte.

»Ich kann mir nicht vorstellen, wie es gewesen sein muß«, sagte ich, »in den Höfen aufzuwachsen.«

Zum ersten Mal lächelte er.

»Und ich kann mir nicht vorstellen, wie es woanders hätte sein können«, entgegnete er. »Es war insofern anders, als ich viel mir selbst überlassen blieb. Man brachte mir die Dinge bei, die ein Edelmann wissen muß – Magie, Waffen, Gifte, Reiten und Tanzen. Man sagte mir, ich würde eines Tages in Amber herrschen. Aber das gilt nicht mehr, oder?«

»Für die absehbare Zukunft sieht es nicht danach aus«, sagte ich.

»Gut«, erwiderte er. »Dies war auch die einzige Sache, die ich nicht tun wollte.«

»Was möchtest du denn tun?«

»Ich möchte das Muster in Amber beschreiten, wie Mutter es getan hat, und Macht über die Schatten gewinnen, damit ich sie aufsuchen und dort unbekannte Dinge sehen und Abwechslung erleben kann. Meinst du, daß das möglich ist?«

Ich trank einen Schluck und reichte ihm den Wein.

»Durchaus möglich«, sagte ich, »daß Amber gar nicht mehr existiert. Es hängt alles davon ab, ob dein Großvater mit einem Versuch, den er begonnen hat, Erfolg gehabt hat – aber er kann uns nicht mehr sagen, was mit ihm in Amber geschah. Wie dem auch sei, auf jeden Fall gibt es ein Muster. Wenn wir dieses dämonische Unwetter überstehen, dann sollst du ein Muster finden, das verspreche ich dir. Ich werde dich unterweisen und dafür sorgen, daß du es durchschreitest.«

»Vielen Dank«, sagte er. »Erzählst du mir jetzt von deinem Ritt hierher?«

»Später«, sagte ich. »Was hat man dir von mir erzählt?«

Er wandte den Blick ab. »Man lehrte mich, viele Aspekte Ambers abzulehnen«, antwortete er schließlich und fuhr nach kurzem Zögern fort: »Vor dir als meinem Vater brachte man mir Respekt bei. Aber man ließ mich nicht darüber im unklaren, daß du der gegnerischen Seite angehörtest.« Wieder schwieg er. »Ich erinnere mich an den Patrouillenritt, als du an diesen Ort kamst und ich dich nach deinem Kampf gegen Kwan fand. Damals war ich schwankend in meinen Gefühlen. Du hattest gerade jemanden umgebracht, den ich kannte – und doch mußte ich deine Art bewundern. In deinem Gesicht sah ich das meine. Es war irgendwie seltsam. Ich wollte dich näher kennenlernen.«

Der Himmel hatte sich einmal völlig gedreht, bis nun die Dunkelheit über uns stand und die Farben über dem Chaos. Das gleichmäßige Vorrücken der blitzenden Sturmfront wurde durch diesen Effekt betont. Ich beugte mich vor und griff nach meinen Stiefeln und begann, sie anzuziehen. Bald war es Zeit für unseren Rückzug. »Wir werden unser Gespräch in deiner Heimat fortsetzen müssen«, sagte ich. »Es ist Zeit, vor dem Unwetter zu fliehen.«

Er wandte sich um und betrachtete die Elemente, dann starrte er über den Abgrund.

»Ich kann einen Himmelssteg rufen, wenn du willst.«

»Eine der dahintreibenden Brücken, wie du sie benutzt hast, als wir uns zum ersten Mal begegneten?«

»Ja«, antwortete er. »Sie sind sehr angenehm. Ich ...«

Aus der Gruppe meiner Verwandten stieg ein Schrei auf. Als ich hinüberblickte, schien sich nichts Bedrohliches zu tun. Also stand ich auf und machte einige Schritte auf die anderen zu, während Merlin sich hinter mir aufrichtete.

Dann sah ich es. Eine weiße Gestalt, die aus dem Abgrund aufstieg, scheinbar in der freien Luft einhertrabend. Die Vorderhufe trafen auf den Felsrand, dann trat das Wesen vor und blieb stehen, uns alle betrachtend: unser Einhorn.

13

Einen Augenblick lang vergaß ich Schmerzen und Müdigkeit. Hoffnung flackerte in mir auf, während ich die zierliche weiße Gestalt betrachtete, die vor uns verharrte. Eine innere Stimme forderte mich auf vorzustürzen, doch eine stärkere Kraft hielt mich in Bann, zwang mich, reglos abzuwarten.
Wie lange wir so verhielten, vermochte ich nicht zu sagen. An den Hängen unter uns hatten sich die Soldaten auf das Abrücken vorbereitet. Die Gefangenen waren gefesselt, Pferde beladen, Kriegsgerät verstaut worden. Diese gewaltige Armee hatte in ihren Marschvorbereitungen plötzlich innegehalten. Es war keine natürliche Erscheinung, daß sie die Vorgänge bei unserer Gruppe so schnell bemerkt hatte – trotzdem war jeder Kopf, den ich sehen konnte, in unsere Richtung gedreht, das Einhorn am Abgrund betrachtend, dieses wunderschöne Geschöpf vor dem belebten Himmel.
Ich spürte plötzlich, daß der Wind hinter mir sich beruhigt hatte; der Donner allerdings grollte weiter und explodierte, und die Blitze ließen huschende Schatten vor mir erscheinen.
Ich dachte an die andere Gelegenheit, da ich das Einhorn zu Gesicht bekommen hatte – beim Einholen der Leiche des Schatten-Caines, an dem Tag, da ich meinen Kampf gegen Gérard verloren hatte. Ich dachte an die Geschichte, die ich gehört hatte ... Konnte dieses Wesen uns wirklich helfen?
Das Einhorn trat einen Schritt vor und blieb stehen.
Es war so lieblich anzuschauen, daß allein der Anblick aufmunternd auf mich wirkte. Es löste allerdings auch eine schmerzhafte Überreaktion aus, war doch seine Schönheit von einer Art, die man nur in kleinen Dosen genießen sollte. Irgendwie spürte ich die unnatürliche Intelligenz in dem schneeweißen Kopf. Ich spürte den Drang, das Tier zu berühren, wußte aber, daß das nicht ging.
Das Geschöpf ließ seinen Blick über uns wandern. Seine Augen richteten sich auf mich, und ich hätte den Kopf abgewandt, wenn ich dazu in der Lage gewesen wäre. Ich schaffte es jedoch nicht, und so erwiderte ich den Blick, in dem ich ein Verständnis fand, welches das meine weit überstieg. Es war, als wisse das Einhorn alles über mich und habe in den

letzten Sekunden auch all meine jüngsten Qualen erfaßt. Einen Augenblick lang glaubte ich in jenen Augen so etwas wie Mitleid und einen starken Ausdruck der Liebe zu sehen – und vielleicht auch einen Anflug von Humor.

Dann wandte sich der Kopf, und der Blickkontakt bestand nicht mehr. Unwillkürlich seufzte ich. Im gleichen Moment glaubte ich im Schein eines Blitzes etwas am Hals des Tiers schimmern zu sehen.

Das Einhorn trat noch einen Schritt vor und blickte nun zu der Gruppe der Verwandten hinüber, der ich mich hatte anschließen wollen. Es senkte den Kopf und stieß ein leises Wiehern aus. Dann stieß es mit dem rechten Vorderhuf auf den Boden.

Ich spürte Merlin neben mir. Ich dachte an Dinge, die ich verlieren würde, wenn hier alles ein Ende finden sollte.

Das Einhorn tänzelte mehrere Schritte weit. Es warf den Kopf hoch und senkte ihn wieder. Es sah so aus, als nähere es sich nur ungern einer so großen Gruppe von Menschen.

Beim nächsten Schritt sah ich es wieder funkeln – und mehr! Weiter unten am Hals schimmerte ein winziger roter Funke. Das weiße Geschöpf trug das Juwel des Geschicks. Wie es daran gekommen war, wußte ich nicht. Es war auch nicht wichtig. Wenn es uns den Stein ausliefern würde, mochte ich in der Lage sein, das Unwetter niederzukämpfen – oder uns zumindest an diesem Ort vor seinem vernichtenden Einfluß zu schützen.

Aber der eine lange Blick hatte genügt. Das Einhorn beachtete mich nicht mehr. Langsam, vorsichtig, als sei es bereit, beim geringsten Anlaß zu fliehen, näherte es sich der Stelle, an der Julian, Random, Bleys, Fiona, Llewella, Benedict und mehrere Edelleute standen.

Ich hätte erkennen müssen, was da vorging, doch ich ahnte nichts. Ich verfolgte lediglich die Bewegungen des schlanken Wesens, das vorsichtig die Gruppe umkreiste.

Wieder blieb es stehen und senkte den Kopf. Dann schüttelte es die Mähne und brach mit den Vorderhufen in die Knie. Plötzlich hing das Juwel des Geschicks an seinem verwundeten goldenen Horn. Die Spitze dieses Horns berührte beinahe die Person, vor der das Einhorn kniete.

Plötzlich sah ich vor meinem inneren Auge das Gesicht meines Vaters am Himmel, und seine Worte hallten in meinem Kopf nach: »Mit meinem Tod wird sich für euch von neuem die Frage der Nachfolge erheben ... Deshalb bleibt mir nichts anderes übrig, als dies dem Horn des Einhorns zu überlassen.«

Ein Murmeln ging durch die Gruppe, weil allen wohl der gleiche Gedanke gekommen war. Das Einhorn ließ sich dadurch nicht stören,

Dreizehntes Kapitel

sondern verharrte als zarte weiße Statue und schien nicht einmal zu atmen.

Langsam hob Random die Hände und nahm das Juwel von dem goldenen Horn. Sein Flüstern drang bis zu mir.

»Danke«, sagte er.

Julian zog seine Klinge, kniete nieder und legte sie Random zu Füßen. Bleys, Benedict und Caine, Fiona und Llewella taten es ihm nach. Ich schloß mich ihnen an. Ebenso mein Sohn.

Random schwieg lange Zeit. Dann sagte er: »Ich nehme euren Treueschwur an. Jetzt steht auf, ihr alle!«

Als wir das taten, fuhr das Einhorn herum und galoppierte davon. Es galoppierte den Hang hinab und war nach wenigen Sekunden verschwunden.

»Damit hatte ich nun wirklich nicht gerechnet«, sagte Random, der das Juwel in Augenhöhe vor sich hielt. »Corwin, kannst du dieses Ding nehmen und das Unwetter damit aufhalten?«

»Es gehört jetzt dir, und ich weiß nicht, wie weit sich die Erscheinung erstreckt. In meinem Zustand halte ich vielleicht nicht lange genug durch, um uns alle zu retten. Ich glaube, dies wird deine erste Tat als Herrscher sein müssen.«

»Dazu mußt du mir aber zeigen, wie man damit umgeht. Ich dachte, wir brauchten ein Muster, um die Einstimmung vorzunehmen.«

»Ich glaube nicht. Brand hat unterstellt, daß eine Person, die bereits auf das Juwel eingestimmt war, eine zweite einweisen kann. Ich habe seither darüber nachgedacht und glaube einen Weg zu wissen. Komm, wir suchen uns ein abgelegenes Plätzchen!«

»In Ordnung.«

Schon lag in seiner Stimme und Haltung ein neues Element. Die ihm so unverhofft übertragene Rolle schien sich sofort auszuwirken. Ich fragte mich, was für eine Art König er mit seiner Partnerin Vialle sein würde. Aber es war zuviel. Meine Gedanken waren irgendwie losgelöst. In letzter Zeit war einfach zuviel geschehen. Ich vermochte die jüngsten Ereignisse nicht mehr zu überschauen. Mein Bestreben ging dahin, mich an einen ruhigen Ort zu verkriechen und einmal rund um die Uhr zu schlafen. Statt dessen folgte ich Random an eine Stelle, wo noch ein kleines Lagerfeuer glomm.

Er stocherte in der Asche herum und warf einige Holzstücke hinein. Dann setzte er sich daran und nickte mir zu. Ich nahm neben ihm Platz.

»Diese Königswürde«, begann er. »Was soll ich tun, Corwin? Ich bin völlig unvorbereitet.«

»Tun? Du wirst dich wahrscheinlich recht gut schlagen«, erwiderte ich.

»Meinst du, es gibt viele Ressentiments?«

»Wenn es sie gibt, so sind sie nicht an die Oberfläche gekommen«, antwortete ich. »Du bist eine gute Wahl, Random. In letzter Zeit ist soviel geschehen ... Vater hat uns im Grunde gut beschützt, vielleicht mehr, als für uns gut war. Der Thron ist bestimmt keine leichte Aufgabe. Du mußt dich auf eine schwere Zeit gefaßt machen. Und das haben die anderen meiner Meinung nach erkannt.«

»Und du?«

»Ich strebte nur danach, weil auch Eric es tat. Damals war mir das nicht klar, aber es stimmt. Es war der Siegespreis in einem Spiel, das wir die Jahre über gespielt haben. Eigentlich das Ende einer Vendetta. Und ich hätte ihn dafür umgebracht. Heute bin ich froh, daß er einen anderen Tod gefunden hat. Wir waren uns ähnlicher, als wir verschieden waren, er und ich. Auch das erkannte ich erst viel später. Nach seinem Tod jedoch stieß ich immer wieder auf Gründe, die dagegen sprachen, den Thron zu übernehmen. Endlich ging mir auf, daß ich das in Wirklichkeit auch gar nicht wollte. Nein. Du sollst die Macht haben. Herrsche gut, Bruder! Ich bin sicher, daß dir das gelingt.«

»Wenn Amber noch existiert«, sagte er nach kurzem Schweigen, »will ich es versuchen. Komm, erledigen wir die Sache mit dem Juwel. Das Unwetter rückt unangenehm nahe.«

Ich nickte und nahm ihm den Stein aus den Fingern. Ich hielt das Juwel an der Kette in die Höhe, so daß sich das Feuer dahinter befand. Das Licht schimmerte hindurch, das Innere schien völlig klar zu sein.

»Beug dich vor und blicke mit mir in das Juwel!« sagte ich.

Er kam der Aufforderung nach, und während wir beide den Stein anstarrten, fuhr ich fort: »Denk an das Muster!« Gleichzeitig begann ich, ebenfalls daran zu denken, und versuchte, mir seine Windungen und Wirbel, seine bleichschimmernden Linien vorzustellen.

Im Mittelpunkt des Steins glaubte ich einen schwachen Makel auszumachen. Während ich mir das Hin und Her der Linien, die Drehungen und Biegungen vorstellte, beschäftigte ich mich auch mit dieser feinen Verfärbung ... Ich stellte mir die Energie vor, die mich durchströmte, sobald ich diesen komplizierten Weg in Angriff nahm.

Die Verfärbung des Steins nahm immer mehr zu.

Ich richtete meinen Willen darauf, ließ die Erscheinung zur vollen Reife gedeihen. Dabei überkam mich ein vertrautes Gefühl – wie an jenem Tag, da ich mich auf das Juwel eingestimmt hatte. Ich konnte nur hoffen, daß ich kräftig genug war, um diese Erfahrung noch einmal durchzumachen.

Ich hob die Hand und packte Randoms Schulter.

»Was siehst du?« fragte ich ihn.

Dreizehntes Kapitel

»Etwas, das dem Muster ähnlich ist«, antwortete er, »nur scheint es dreidimensional zu sein. Es befindet sich am Grunde eines roten Meeres ...«

»Dann komm mit!« sagte ich. »Wir müssen dorthin.«

Wieder das Gefühl der Bewegung, zuerst ein Dahintreiben, dann ein sich immer mehr beschleunigender Sturz in Richtung auf die nie ganz klar erschauten Windungen des Musters im Juwel. Ich trieb uns mit Willenskraft voran, die Gegenwart meines Bruders neben mir spürend, und der rötliche Schein, der uns einhüllte, wurde dunkler, wurde zur Schwärze eines Nachthimmels. Das Muster wuchs mit jedem dröhnenden Herzschlag weiter an. Aus irgendeinem Grund lief dieser Vorgang müheloser ab als früher – vielleicht, weil ich bereits eingestimmt war.

Random neben mir spürend, zog ich ihn mit, während der vertraute Umriß anwuchs und der Eintrittspunkt sich abzeichnete. Während wir in diese Richtung gezogen wurden, versuchte ich noch einmal, die Totalität dieses Musters zu erfassen, und verlor mich von neuem in Erscheinungen, bei denen es sich um die mehrdimensionalen Verquickungen des Musters handeln mußte. Gewaltige Kurven und Spiralen und verknotet wirkende Linien wanden sich vor uns durcheinander. Ein Gefühl der Ehrfurcht, wie ich es schon von früher kannte, ergriff mich, und ganz in der Nähe war auch Random davon gebannt, das spürte ich.

Wir erreichten die Zone des Beginns und wurden hineingezerrt. Schimmernde Helligkeit, durchzuckt von Funken, umgab uns, während wir in der Matrix aus Licht aufgingen. Diesmal wurde mein Verstand von dem Vorgang total absorbiert, und Paris schien weit entfernt zu sein ...

Eine unterbewußte Erinnerung machte mir die schwierigeren Abschnitte bewußt, und hier brachte ich meinen Wunsch ins Spiel – meinen Willen, wenn Sie wollen –, der uns über den funkelnden Weg drängte, wobei ich rücksichtslos auf Randoms Energien zurückgriff, um unser Vorankommen zu beschleunigen.

Es war, als nähmen wir das schimmernde Innere einer riesigen und kunstvoll verformten Muschel in Angriff. Nur war unser Ausschreiten lautlos und unsere Körper unsichtbare Punkte der Intelligenz.

Unsere Geschwindigkeit schien immer mehr zuzunehmen, wie auch ein innerer Schmerz, der mir von meinen bisherigen Reisen durch das Muster nicht erinnerlich war. Vielleicht hatte die Erscheinung mit meiner Müdigkeit zu tun oder mit meinem Bestreben, möglichst schnell ans Ziel zu gelangen. Wir brachen durch die Barrieren, wir waren von gleichmäßigen, fließenden Wänden aus Licht umgeben. Allmählich ließen meine Kräfte nach, mir wurde schwindlig. Aber den Luxus einer Ohnmacht konnte ich mir nicht erlauben, ebensowenig durfte ich langsamer gehen, denn das Unwetter war schon sehr nahe herangerückt.

Wieder griff ich voller Bedauern auf Randoms Energien zurück – diesmal aber, um uns überhaupt in Gang zu halten. Wir schritten weiter voran.

Hier fehlte das kribbelnde, flammende Gefühl, umgeformt zu werden – vermutlich eine Folge meiner Einstimmung. Meine erste Wanderung durch das Juwel mußte mir in dieser Beziehung eine leichte Immunität verschafft haben.

Nach einer zeitlosen Periode hatte ich den Eindruck, daß Random neben mir erschlaffte. Vielleicht hatte ich seine Kräfte zu sehr in Anspruch genommen. Ich begann mich zu fragen, ob seine Energien noch ausreichen würden, dem Unwetter zu begegnen, wenn ich mich noch mehr auf ihn stützte. Ich nahm mir vor, ihn nicht weiter in Anspruch zu nehmen. Wir hatten bereits ein gutes Stück zurückgelegt. Nun mußte er ohne mich weiterkommen, wenn es darauf ankam. Ich würde sehen müssen, daß ich irgendwie über die Runden kam. Ich war entbehrlich; *er* durfte auf diesem Weg nicht verlorengehen.

So stürmten wir weiter, während meine Sinne sich auflehnten, während die Schwindelgefühle zunahmen. Ich bot meine ganzen Willenskräfte auf und zwang alles andere aus meinem Schädel hinaus. Ich glaubte mich dem Abschluß nahe, als eine Verdunkelung einsetzte. Und ich wußte, daß sie fehl am Platze war und nicht zu den Vorgängen gehörte. Ich bezwang meine Panik.

Es nützte nichts. Ich spürte, daß ich den Halt verlor. So dicht vor dem Ziel! Ich war sicher, daß wir es bald geschafft hatten. Es konnte doch kein Problem mehr ...

Alles strömte davon. Meine letzte Empfindung war die Erkenntnis, daß Random sich besorgt nach mir umwandte.

Zwischen meinen Füßen flackerte es orangefarben und rot. War ich in einer unbekannten astralen Hölle gefangen? Während mein Verstand allmählich erwachte, starrte ich weiter auf die Erscheinung. Das Licht war von Dunkelheit umgeben, und ...

Es waren Stimmen zu hören, bekannte Stimmen ...

Die Bilder wurden klar. Ich lag auf dem Rücken, die Füße einem Lagerfeuer zugewendet.

»Alles in Ordnung, Corwin. Alles in Ordnung.«

Fiona hatte zu mir gesprochen. Ich wandte den Kopf. Sie saß über mir auf dem Boden.

»Random ...?« fragte ich.

»Ihm geht es auch gut – Vater.«

Merlin saß weiter rechts.

»Was ist geschehen?«

»Random hat dich zurückgetragen«, antwortete Fiona.

Dreizehntes Kapitel

»Hat die Einstimmung geklappt?«
»Er nimmt es an.«
Ich versuchte, mich aufzurichten. Sie wollte mich zurückdrücken, doch ich wehrte mich.
»Wo ist er?«
Sie machte eine Bewegung mit den Augen.
Ich hob den Blick und entdeckte Random. Er stand etwa dreißig Meter entfernt auf einem Felsvorsprung, dem Unwetter zugewandt. Die Sturmfront war ganz nahe, und ein starker Wind zerrte an seiner Kleidung. Blitze zuckten kreuz und quer vor ihm auf. Der Donner schien unentwegt zu dröhnen.
»Wie lange steht er schon dort?« wollte ich wissen.
»Erst wenige Minuten«, antwortete Fiona.
»Und so lange ist es her – seit unserer Rückkehr?«
»Nein«, sagte sie. »Du bist lange ohnmächtig gewesen. Random hat sich zuerst mit den anderen beraten und dann den Rückzug der Truppen angeordnet. Benedict hat die Soldaten auf die schwarze Straße geführt. Sie gehen hinüber.«
Ich wandte den Kopf.
Auf der schwarzen Straße herrschte Bewegung; düstere Kolonnen zogen der Zitadelle entgegen. Durchscheinende Bahnen wehten zwischen uns; am anderen Ende zuckten Funken rings um die düstere Masse. Der Himmel hatte sich wieder einmal völlig gedreht; wir befanden uns unter der dunklen Hälfte. Wieder hatte ich das seltsame Gefühl, vor langer, langer Zeit schon einmal hier gewesen zu sein, um zu erkennen, daß nicht Amber, sondern dieser Punkt das wahre Zentrum der Schöpfung war. Ich versuchte, nach dem Hauch von Erinnerung zu greifen, die jedoch wieder verschwand.
Mit den Blicken suchte ich das blitzdurchzuckte Zwielicht ab.
»Sie alle – fort?« fragte ich. »Du, ich, Merlin, Random – wir sind auf dieser Seite die letzten?«
»Ja«, antwortete Fiona. »Möchtest du ihnen folgen?«
Ich schüttelte den Kopf. »Ich bleibe bei Random.«
»Ich wußte, daß du das sagen würdest.«
Ich stand gleichzeitig mit ihr auf. Merlin kam unserem Beispiel nach. Fiona schlug die Hände, und ein weißes Pferd tänzelte auf sie zu.
»Du brauchst meine Pflege nicht mehr«, sagte sie. »Ich werde mich also den anderen in den Burgen des Chaos anschließen. An den Felsen dort sind Pferde für euch angebunden.« Sie deutete mit dem Arm.
»Kommst du mit, Merlin?«
»Ich bleibe bei meinem Vater und dem König.«
»So sei es denn. Ich hoffe, ich sehe euch bald drüben.«
»Vielen Dank, Fiona«, sagte ich.

Ich half ihr in den Sattel und blickte ihr nach.

Dann kehrte ich zum Feuer zurück und setzte mich wieder. Ich beobachtete Random, der dem Unwetter starr entgegenblickte.

»Wir haben noch viel zu essen und genug Wein«, stellte Merlin fest. »Soll ich dir etwas besorgen?«

»Eine gute Idee.«

Das Unwetter war inzwischen so nahe, daß ich ihm hätte entgegengehen und es in wenigen Minuten erreichen können. Ich vermochte nicht zu sagen, ob Randoms Anstrengungen etwas fruchteten. Ich seufzte schwer und ließ meine Gedanken wandern.

Vorbei. Auf die eine oder andere Weise hatten meine Mühen seit Greenwood nun ein Ende gefunden. Es brauchte kein Rachedurst mehr gestillt zu werden. Nein. Wir hatten ein intaktes Muster, vielleicht sogar zwei. Die Ursache für alle unsere Probleme, Brand, war tot. Etwaige Überreste meines Fluches mußten den gewaltigen Erschütterungen zum Opfer fallen, die durch die Schatten fuhren. Außerdem hatte ich mich wirklich bemüht, meine Tat wiedergutzumachen. Ich hatte in meinem Vater einen Freund gefunden und mich mit ihm in seiner eigentlichen Gestalt arrangiert, ehe er unsere Welt verließ. Wir hatten einen neuen König, mit dem Segen des Einhorns, unseres Wappentiers, und hatten ihm unsere Treue geschworen. Diese Geste schien mir ehrlich gemeint zu sein. Ich war mit meiner Familie wieder versöhnt. Ich glaubte, meine Pflicht getan zu haben. Nichts trieb mich zu weiteren Taten. Ich hatte keine Motive zum Handeln mehr und war dem Frieden so nahe, wie ich es vielleicht jemals sein würde. Nach all meinen Erlebnissen meinte ich, sogar ruhig sterben zu können, sollte es wirklich soweit sein. Ich würde mich nicht ganz so heftig dagegen wehren, wie ich es zu jeder anderen Zeit getan hätte.

»Du bist weit von hier, Vater.«

Ich nickte und lächelte dann. Ich ließ mir etwas zu essen geben und biß ab. Gleichzeitig beobachtete ich den Sturm. Noch war es für einen genauen Eindruck zu früh, doch es sah aus, als rücke er nicht weiter vor.

Zum Schlafen war ich zu müde. Oder etwas Ähnliches. Meine Schmerzen hatten nachgelassen und einer herrlichen Betäubung Platz gemacht. Ich hatte das Gefühl, in dicke Baumwolle gehüllt zu sein. Die Ereignisse und Erinnerungen ließen das Uhrwerk meiner Gedanken weiterticken. In mancher Hinsicht war es ein großartiges Gefühl.

Ich aß zu Ende und legte Holz ins Feuer. Ich trank Wein und beobachtete das Unwetter wie durch ein beschlagenes Fenster ein großes Feuerwerk. Das Leben war großartig! Wenn Random sein Problem löste, würde ich morgen in die Höfe des Chaos einreiten. Was mich dort erwarten mochte, wußte ich nicht. Vielleicht eine Falle. Ein Hinterhalt.

Dreizehntes Kapitel

Ein Trick. Ich schüttelte den Gedanken ab. Irgendwie kam es in diesem Augenblick nicht darauf an.

»Du hattest mir von dir erzählt, Vater.«

»Hatte ich das? Ich weiß nicht mehr, was ich gesagt habe.«

»Ich würde dich gern besser kennenlernen. Erzähl mir mehr.«

Ich machte mit den Lippen ein schnalzendes Geräusch und zuckte die Achseln.

»Dann dies.« Er machte eine Handbewegung. »Dieser ganze Konflikt. Wie hat er begonnen? Wie sah deine Rolle darin aus? Fiona hat mir erzählt, du habest viele Jahre lang ohne Erinnerung in den Schatten gelebt, in einem Schattenreich namens Erde. Wie bist du zurückgekehrt, wie hast du deine Brüder und Schwestern gefunden – und Amber?«

Ich lachte leise. Noch einmal blickte ich zu Random und dem Unwetter hinüber. Ich trank einen Schluck Wein und zog den Mantel enger um mich.

»Warum nicht?« sagte ich dann. »Wenn du dir gern lange Geschichten anhörst ... Am besten fange ich wohl mit der Greenwood-Privatklinik an, die sich auf der Schatten-Erde meines Exils befindet. Ja ...«

14
_____

Während ich redete, drehte sich der Himmel – einmal, zweimal. Dem Sturm den Weg versperrend, hielt Random seine Position. Das Unwetter teilte sich vor uns, teilte sich wie von einer Riesenaxt gespalten. Zu beiden Seiten wallte es davon und verschwand schließlich, schwächer werdend, im Norden und Süden. Die Landschaft, die die Erscheinung verdeckt hatte, blieb bestehen, doch die schwarze Straße war verschwunden. Merlin meint, das sei allerdings kein Problem, er könne jederzeit eine durchsichtige Bahn herbeirufen, wenn der Augenblick des Weitermarsches gekommen ist.

Random ist inzwischen fort. Er hat unglaubliche Anstrengungen hinter sich. Im Schlaf hatte er keine Ähnlichkeit mehr mit seinem früheren Ich – mit dem forschen jüngeren Bruder, den wir immer gern neckten. Über sein Gesicht zogen sich Furchen, die neu für mich waren, Spuren einer seelischen Tiefe, auf die ich bisher nicht geachtet hatte. Vielleicht waren meine Eindrücke von den jüngsten Ereignissen beeinflußt, doch er kam mir irgendwie edler und stärker vor. Kann eine neue Rolle solche Auswirkungen haben? Vom Einhorn ernannt, vom Unwetter gesalbt, schien er mir in der Tat etwas Königliches an sich zu haben, sogar im Schlaf.

Auch ich habe geschlafen – so wie Merlin jetzt schläft –, und es ist ein angenehmes Gefühl, in dieser kurzen Zeit vor seinem Erwachen der einzige wache Geist auf dieser Klippe am Rande des Chaos zu sein, zurückschauend auf eine überlebende Welt, eine Welt, die schlimme Narben davongetragen hat, die aber dennoch weiterbestehen wird ...

Es mag sein, daß wir Vaters Beerdigung verpaßt haben, sein Dahintreiben an einen namenlosen Ort jenseits der Höfe. Das wäre traurig, doch ich hatte einfach nicht die Kraft, mich zu rühren. Immerhin habe ich seinen Leichenzug gesehen und trage viel von seinem Leben in mir. Ich habe meinen Abschied von ihm genommen. Er würde das verstehen. Und leb wohl, Eric! Nach so langer Zeit sage ich dies, auf diese Weise. Hättest du so lange gelebt, wäre es zwischen uns aus gewesen. Vielleicht wären wir eines Tages sogar Freunde geworden, nachdem sich alle Ursachen für unsere Auseinandersetzungen gelegt haben. Wir beide waren uns ähnlicher als alle anderen Mitglieder unserer Familie.

Vierzehntes Kapitel

Bis auf Deirdre und mich, in anderer Hinsicht ... Aber die Tränen darüber sind längst getrocknet. Doch auch dir noch ein Lebewohl, liebste Schwester! Irgendwo in meinem Herzen wirst du immer weiterleben.

Und du, Brand ... Mit Bitterkeit erfüllt mich die Erinnerung an dich, wahnsinniger Bruder. Du hättest uns in deinem Ehrgeiz beinahe vernichtet. Fast wäre es dir gelungen. Amber von seinem hohen Thron auf Kolvir zu stürzen. Du hättest sämtliche Schatten vernichtet. Beinahe hättest du das Muster zerstört und das Universum nach deinem Bilde umgeformt. Du warst verrückt und böse, und du kamst der Verwirklichung deiner Ideen so nahe, daß ich selbst jetzt noch zittern möchte. Ich bin froh, daß es dich nicht mehr gibt, daß die Pfeile und der Abgrund dich verschlungen haben, daß du die Welt der Menschen mit deiner Gegenwart nicht mehr beschmutzt und nicht mehr die süße Luft Ambers mit deinem Atem verpestest. Ich wünschte, du wärest nie geboren worden oder wärest, da dies ja nicht möglich ist, früher gestorben. Genug! Es setzt mich herab, solchen Gedanken nachzuhängen. Sei tot und belaste mich nicht mehr!

Ich gebe euch aus wie ein Kartenspiel, meine Brüder und Schwestern. Es ist schmerzlich und ein wenig herablassend, in Verallgemeinerungen zu sprechen, doch ihr ... ich ... wir scheinen uns alle verändert zu haben, und ehe ich mich wieder in das Hin und Her einreihe, muß ich einen letzten Blick in die Runde werfen.

Caine, dich habe ich nie gemocht. Ich traue dir auch heute noch nicht. Du hast mich beleidigt und verraten und mir sogar eine beinahe tödliche Wunde beigebracht. Vergessen wir das. Deine Methoden gefallen mir nicht, obgleich ich diesmal an deiner Loyalität nichts aussetzen kann. Also Frieden. Möge die neue Herrschaft mit einem glatten Konto zwischen uns beginnen.

Llewella, du besitzt Charakterreserven, die von der eben überstandenen Situation nicht angezapft worden sind. Dafür bin ich dankbar. Es ist zuweilen sehr angenehm, aus einem Konflikt herauszukommen, ohne auf die Probe gestellt worden zu sein.

Bleys, für mich bist du nach wie vor eine in Licht gehüllte Gestalt – mutig, überschäumend, voreilig. Für die erste Gabe meinen Respekt, für die zweite mein Lächeln. Und die letzte Eigenart scheint sich neuerdings ein wenig abgeschliffen zu haben. Gut. Halte dich künftig von Verschwörungen fern. Sie stehen dir nicht.

Fiona, du hast dich am meisten verändert. Ich muß an die Stelle des alten Gefühls ein neues stellen, Prinzessin, da wir zum ersten Mal Freunde geworden sind. Nimm meine Zuneigung an, Zauberin. Ich bin dir einiges schuldig.

Gérard, bedächtiger, treuer Bruder, wir beide haben uns wohl am wenigsten verändert. Du hast fest dagestanden wie ein Felsen und bist dem treu geblieben, an was du geglaubt hast. Möge es geschehen, daß du dich künftig nicht so leicht täuschen läßt. Möge ich nie wieder mit dir aneinandergeraten. Fahre in deinen Schiffen über die Meere und atme die klare Salzluft.

Julian, Julian, Julian ... Kann es sein, daß ich dich nie richtig gekannt habe? Nein. Ardens grüner Zauber muß deine alte Eitelkeit während meiner letzten langen Abwesenheit gemäßigt haben, einen gerechteren Stolz zurücklassend und etwas, das ich Fairness nennen möchte – etwas, das nicht gleich Großmut ist, doch immerhin eine Ergänzung deiner Charakterzüge, die ich nicht herabwürdigen will.

Und Benedict, die Götter wissen, daß du weiser wirst, während die Zeit der Entropie entgegenbrennt und sich verzehrt, doch übersiehst du in deinem Wissen um die Menschen noch immer einzelne Exemplare der Spezies. Vielleicht sehe ich dich einmal lächeln, nachdem diese Schlacht nun geschlagen ist. Komm zur Ruhe, Krieger!

Flora ... die Freundlichkeit, so heißt es, beginnt zu Hause ... Du scheinst mir nicht schlimmer zu sein als vor langer Zeit, da ich dich kennenlernte. Es ist nichts anderes als ein sentimentaler Traum, dich und die anderen so abzuhaken, wie ich es tue, die Bilanzen zu erstellen und abzuschließen, mit dem Auge auf positive Posten gerichtet. Wir sind keine Feinde mehr, wir alle nicht, und das müßte genügen.

Und der schwarz und silbern gekleidete Mann mit der Silberrose? Er möchte gern glauben, daß er seine Lektion des Vertrauens gelernt hat, daß er seinen Blick in einem klaren Quell gereinigt hat, daß er ein paar Ideale hat aufpolieren und sich bewahren können. Wie auch immer. Mag sein, daß er nach wie vor nur ein kaltschnäuziger Störenfried ist, hauptsächlich geübt in der unwichtigen Kunst des Überlebens, so blind, wie er es in den Verliesen war. Ach was! Laß es dabei bewenden, laß es ruhen! Ich bin wohl nie mit ihm zufrieden.

Carmen, *voulez-vous venir avec moi?* Dann ein Lebewohl auch dir, Prinzessin des Chaos. Es hätte hübsch sein können.

Noch einmal dreht sich der Himmel, und wer vermag zu sagen, auf welche Taten sein Buntglas-Licht herabscheint? Die Patience ist ausgelegt und gespielt. Wo zuvor neun von uns gewesen waren, gibt es nur noch sieben und einen König. Doch sind Merlin und Martin bei uns, neue Spieler des sich fortsetzenden Spiels.

Meine Kräfte kehren zurück, während ich in die Asche starre und den Weg überdenke, den ich zurückgelegt habe. Der vor mir liegende Pfad interessiert mich, von der Hölle zum Hallelujah. Ich habe meine Augen wieder, meine Erinnerungen und meine Familie. Und Corwin wird stets Corwin sein, selbst am Tage des Jüngsten Gerichts.

Merlin beginnt, sich zu bewegen, und das ist gut. Es ist Zeit aufzubrechen. Es gibt zu tun.

Vierzehntes Kapitel

Nachdem Random das Unwetter bezwungen hatte, kam er noch einmal zu mir, um mit mir gemeinsam durch seinen Trumpf an Gérard heranzutreten, gestärkt durch das Juwel. Sie sind wieder kalt, die Karten, und die Schatten sind genau das, was sie früher waren. Amber hat Bestand. Jahre sind vergangen, seit wir es verließen, und weitere mögen ins Land gehen, ehe ich dorthin zurückkehre. Die anderen sind vielleicht durch ihre Trümpfe schon wieder zurückgekehrt, wie Random es getan hat, um seine Aufgaben in Angriff zu nehmen. Ich aber muß jetzt die Höfe des Chaos besuchen, die Trutzburgen und Zitadellen am Abgrund, denn ich habe versprochen, ich würde es tun, außerdem braucht man mich dort vielleicht.

Wir machen unsere Sachen fertig, Merlin und ich, und bald wird er seine durchscheinende Straße herbeirufen.

Wenn an jenem Ort alles erledigt ist und wenn Merlin sein Muster durchschritten hat und losgezogen ist, um seine Welten zu erobern, muß ich eine Reise machen. Ich muß jenen Ort aufsuchen, an dem ich den Ast des alten Ygg einpflanzte. Ich muß den Baum besuchen, zu dem er herangewachsen ist. Ich muß nachschauen, was aus dem Muster geworden ist, das ich unter dem Gurren der Tauben der Champs-Élysées schuf. Wenn dieses Muster mich in ein anderes Universum führt, wovon ich inzwischen überzeugt bin, dann muß ich dorthin gehen, muß ich sehen, was ich habe erstehen lassen, wie meine Schöpfung geworden ist.

Die Straße schwebt vor uns, den fernen Burgen entgegensteigend. Die Zeit ist gekommen. Wir steigen in die Sättel und reiten los.

Wir bewegen uns über die Schwärze auf einer Straße, die mir sehr brüchig vorkommt. Feindliche Zitadelle, eroberte Nation, Falle, Heimat meiner Urväter ... Wir werden sehen. Von Zinnen und Balkonen flackert es schwach herüber. Vielleicht kommen wir sogar noch zu einer Beerdigung zurecht. Ich richte mich auf und lockere die Klinge in der Scheide. Es dauert nicht mehr lange, dann sind wir am Ziel.

Lebe wohl und hallo, wie immer!